Staread
星文文化

此间，燃灯生莲

CIJIAN RANDENG SHENGLIAN

（上）

江雪落——著

成都时代出版社
CHENGDU TIMES PRESS

第十五章 至人无梦 365
第十六章 有情无情 401
第十七章 花朝月夕 443
第十八章 争风吃醋 494
第十九章 翻云覆雨 513
第二十章 紫陌红尘 552
第二十一章 燃灯生莲 595
第二十二章 无上妙严 617
第二十三章 以直报怨 654
尾声 683
番外一 礼物 701
番外二 故人 705
番外三 求娶 708
番外四 撒娇 712
番外五 噩梦 715
番外六 携手 718

目录

楔子 001
第一章 不速之客 007
第二章 不情之请 028
第三章 不择手段 042
第四章 莫失莫忘 058
第五章 万劫不复 085
第六章 一缘一会 111
第七章 一意孤行 134
第八章 一饮一啄 173
第九章 一生一世 201
第十章 多事之秋 232
第十一章 言多必失 261
第十二章 夜长梦多 284
第十三章 自求多福 313
第十四章 多此一举 332

楔　子

今日是花朝节，九重天上这个时辰，玉帝所设的百花小宴上早已觥筹交错，众神论道，其乐融融。

然而这儿是章尾山，清潋已在这儿守了三千年。此时的九重天上，无人会记得那位奉东极青华大帝之命看守炁渊的霜雪神女。

不过清潋不在乎这些。纵然山外人间桃李芬芳，天庭热闹非凡，但白雪皑皑的章尾山另有一番美。推开窗，还能瞧见海棠窗棂上凝着的一层霜花，清潋心念微动，指尖轻挥曼舞，只见白霜变幻，窗棂上竟浮现一幅栩栩如生的“海上鱼跃图”。

一颗水珠顺着她的手指缓缓淌落。

不知今年的百花小宴，师尊会不会也在。

清潋的师尊东极青华大帝是仙界尚存的生于洪荒之时的四位上古大神之一，掌十方幽冥。世人传青华大帝“妙道真身，紫金瑞相”，然只有仙界见过他真身的才知道，这位上古大神如今虽有九万岁，仍是人间翩翩少年郎的模样，形貌昳丽，姿容极佳。

大约当神仙久了的都有一样的毛病——无聊至极，尤其像清潋这般，日日夜夜都一个人住着，守着同一块地方，每天都做同样的事儿。她在庭院里种了两棵树，一棵是梨树，另一棵也是梨树。每隔十天半月，她都会在午后给两棵梨树浇上一大桶水。

对着窗外发呆的清潋不会想到，震动整个仙界的意外就在这时发生了。

覆满白雪的群山发出低沉的嗡鸣，远处的天际云团滚滚，隐隐泛出不寻常的青苍。

云团拥簇，汹汹来袭，待行至章尾山上方，已成泼墨之势，似转瞬即有倾盆大雨将至。安然了整整三千年的炁渊之内，往日光洁平整的青石地砖嗡嗡震颤，泛着灰黑之气的尘末自砖缝飞速渗出，转眼又消弭无踪。一些用来关押大妖的铁笼也发出咯吱声，仿佛有无数看不见的手，在同一时间偷偷撬动这些铁笼。本该各自安守的怨妖频频走动，显得烦躁异常。

章尾山的妖神烛龙焦急嘶喊着她的名字，她与烛龙一同驻守炁渊三千年，从未听他用这般焦急的语气讲话。远远地，她看到层层黑云自远方朝着山中炁渊所在的方位聚拢而来，只见群山环抱的炁渊上方，本该一片平坦的青砖石竟被破出一个巨大的豁口，数道青黑怨气自豁口飞升，直指人界所在。此前覆满霜雪的山峦，此刻尽被怨气所侵，一片焦黑。数簇阴火无风自燃，黑烟伴着阴火，将此前一派清净平和的章尾山变成了比十方地狱还要可怕的存在。

往日在“清心化戾诀”和炁渊自成的巨大阵法之下日趋平和的怨妖们又被强大的怨气浸染，失去神志，四下奔逃，有的化作本体，彼此缠斗不休。

群妖乱舞犹如魔域，号叫声、狂笑声、哀鸣声，还有骨骼被生生嚼碎的声音充塞着整个章尾山。每过瞬息，地上就堆出许多怨妖的残肢，而这些残肢又被阴火点燃，腥膻的血气、烧尸的臭气裹挟着怨气，兜头盖脸地笼罩在整个炁渊上空。这比三千年前炁渊创始之时所镇压的百妖怨气还要浓厚，还要可怖!

她认识的鹊妖汐汐只来得及说一个“跑”字，就倒在她怀里没了声息，唯一留下的是去年生辰，汐汐和另一只怨妖一同用尾羽织给她的香囊。

眼底有滚烫的东西溢了出来，清潋伸出手，想将汐汐脸上的血污拭去，可手伸出去才发现，她自己手上、身上的血垢已多到发黑。她只能轻轻将汐汐放在地上，朝九重天的方向望去。

她竭力布下的三清严霜阵已成，本该漫天洒落的青色霜花却悬在半空，转眼间，霜花与空中弥漫的黑色碎屑交融。

霜花落在地上，却已被染成黑色。怨气源源不竭，两股黑气在天地之间交融，三清严霜阵被越压越低，如一只水满将溢的牛皮水囊，眼看就要被撑破。

“这不可能……”她错愕地呢喃。

不远处，烛龙发出一声凄厉的哀叫。

整个山谷怨气遮天蔽日，烛龙尾部被黑蛟连鳞带肉扯掉一块。他不似其父，到底只是一条出生还不足三千年的幼兽，而黑蛟活了数万年，被关在炁渊之前，曾跟随昔日的妖族首领南征北战。

再这样下去，不光是这些妖，就连烛龙也要死在这儿了。

“不行!”就算耗尽元神化为灰烬，她也要替师父守住炁渊。

清潋从体内逼出覆雪的霜华镜，这是她的本命法宝。她飞身行至大阵当中，想以命拖到援兵来救。

三清严霜阵中，一束束温暖的金光自镜中散射而出，黑雪遇光消弭，怨气见光溃散。然而炁渊被百妖冲出的那个巨大豁口，如一只巨眼，望不到底。无尽怨气自黑眼滋生，弥天漫地，不可断绝。本命镜中射出的金光虽能涤荡怨气，但这怨气的生机源源不竭，几乎不过转瞬，团团黑气再次反扑。

清潋感到自己的五脏六腑如被巨轮碾压，生生咽下自喉咙喷涌而出的鲜血。她双目紧闭，渐渐感觉不到周身冷暖，也不能再听到任何声音。

她在心底告诉自己，不能就这样死去，不能！

哪怕留不住这条性命，她也想再见师父一面，至少可以当面告诉师父，自己真的已经尽力了。

再多撑一会儿，为了炁渊，为了师父，再多撑一会儿。

不要令师父失望。

不知道过了多久，天边传来战鼓之声，清潋隐隐听到“天尊”二字，在失去意识之前，仍不忘看了一眼远处倒下的那两棵梨树。

冷。

一开始被人押着向前，清潋几乎是麻木的，直到身后天兵见推不动她，使的力气更大了，又搡了她一下，她双膝直挺挺跪在地上，发出嘭的一声。

身边似有数道目光同时朝她看来。清潋却想，章尾山那般严寒，也没令她觉出半点凉意，想不到三千年后重回九重天，却觉周身上下如有千百根钢针刺入身体，直入骨髓。

好冷啊。

“霜雪神女，你可知罪？三千年前，青华大帝耗万年修为，建炁渊、锁百妖、镇怨气于章尾山，这才避免幽冥崩坏、阴阳失衡，还三界太平。看守炁渊责任重大，系着世间三界的安稳。百年前，你成功度化并释放了第一批怨气尽消的大妖，我对你是嘉赏不已，没想到你今天居然做出这样的恶行！”

玉帝的声音在头顶上方响起。

清潋抬起头，发现眼前如蒙了一层薄纱，所有人她都只能模模糊糊看出个影儿。玉帝的声音更是每一个字都重叠起来了，发出几个重音来，她费了好大的劲儿，才听明白。

“我……”她突然发现自己发不出任何声音，不对，这不对，再怎么重伤，神仙都不可能无法发声。

“不说话？那烛龙，你来说。”玉帝的声音有了一丝怒气。

“人证物证在此！”小烛龙血染银甲，目眦尽裂。他将一堆零碎物件摔在清潋跟前，又亲手铐来两只在炁渊里残存下来的怨妖，“就算你是青华大帝的爱徒，也别想一声不吭拖到尊上回来，妄图脱罪！”

那只狼妖才来炁渊没多少日子，清潋几乎叫不上她的名字。她眼角垂泪，瑟瑟发抖地跪在清潋身边。“前天深夜，我亲眼见到霜雪神女，独自一人走到我们住处附近，弯着腰不知在捣鼓什么……”

小烛龙冷声质问："她停留的地方，具体在何处？"

狼妖的嗓音幽冷嘶哑，如同一把在清潋头骨上反复拉扯的锯："就是今日，炁渊崩塌的'巨眼'所在。"

凌曦惊呼，众仙哗然，烛龙冷哼出声："你不吭声，是因为心里明白，根本无从辩驳！可能你唯一想不到的，就是炁渊毁得不够彻底，还留下了我们这些活口吧！"

接下来的一切，清潋都觉得像在做梦，与自己同生共死的伙伴烛龙口口声声指责自己是破坏炁渊的罪魁祸首，而虎妖赠自己的兽牙、鹊妖赠自己的香囊都成了自己同妖怪勾连破坏炁渊的罪证。

人证、物证，铁证如山。

耳畔尽是烛龙等人一刻不停的举证、指责，间或夹杂一两声不知什么人的嗤声冷笑，她本就听不真切，此时也顾不得费力去分辨谁说了什么。她只记得师父曾经说过，三千年间，数万日夜，以霜雪压阵，再辅以清心化戾诀，除了那几只非常危险、被关押于牢笼的上古妖兽，其余百妖怨气已非常微弱，只消再过上几千年，就可尽数放出。日常与他们交往，将他们权当作寻常妖物即可，不必严苛，亦不可仗着仙界身份欺凌压迫他们。

她一直谨记职责，恪守本分，师父说过的每一句话，她都分毫未改牢记在心——她想守好这炁渊。三千年了，每一天、每一个时辰，她无不想着好好守住章尾山、守好炁渊百妖，这样才不算辜负师父当年从百名仙娥中独独挑选了她的那份信任，才不辱没青华大帝万年来唯一徒弟的名分。

"够了！"玉帝终于开口制止众人的议论。他俯首，看向跪在众仙间半晌一言不发的青衫女子。

她腰间的棠雪剑寸寸折断，本命法宝霜华镜片片破碎，丹田尽毁，双瞳溃散，周身青色罗裙被血色污染，从前欺霜赛雪的一张明净脸庞，更是沾染着斑斑血痕，耳铛似被他人暴力扯断，雪团儿般的珍珠粒子零零散散，白润玲珑的耳垂儿也被扯出一道缺口。她本人早已麻木了，耳垂儿、手臂、腰间不时有丝丝鲜血渗出，却好像丝毫觉不出疼。被人推了一把后就跪在那里，从始至终，未曾挪动过半分。

许是众仙争辩间，凌曦仙子的求情多少起了一些作用，玉帝问："清潋，炁渊被破，怨妖逃窜，你可有辩解？"

清潋垂首，炁渊今日种种犹如诅咒，如影随形。她闭上眼睛，眼前全是鲜血；她捂上耳朵，却仍能听到撕心裂肺的惨嚎。她如何辩解？

辩解？呵呵，也是，封住了我的嘴，我就不能辩解了。

从前在九重天时是这样，她离开了三千年，再回到这里，竟然还是这样，难怪师尊会远走寻找伏羲琴，而不愿待在天宫。

“清潋。”温柔女声唤她的名字，是众人之中唯一肯为她求情的凌曦仙子。从前在九重天上时，也只有凌曦仙子愿意时不时来她的寝殿坐一坐，与她一同泡茶、谈天。此刻凌曦仙子嗓音里隐隐透着焦急，早没了平常的从容淡定：“你怎么不说话！你倒是解释啊！”

清潋垂着眸，张了张嘴，但只流下了一滴泪。

“你说啊，你别不说话啊！”凌曦仙子急道，“清潋，你即使真这样做了，肯定也是有原因的……”

玉帝没有说话。

凌曦仙子瞬间消音，转眼又低声哀求：“玉帝怜悯，凌曦求您，但请看在霜雪神女看守炁渊三千年的分上，就从轻处罚吧！”

此前端坐一隅从未出声的冬神哂笑一声道：“看守炁渊算得上什么功劳？就算有，也是青华大帝垂怜妖族，耗万年修为修建炁渊的结果。说什么承袭青女血脉，可青华大帝悉心教导三千年，到今天仍然灵力微薄，也难怪你心术不正，想要勾结怨妖——”

另一道声音这时插话：“说起来，同情妖族，暗中勾连，以致不清不楚，酿成大祸，也是青女一族的传统了……”

此言一出，众仙哗然。

玉帝低沉的嗓音就在这时响起，他语音缓缓，字字清楚，明显不容任何置喙：“霜雪神女清潋，未曾恪守本分，勾结妖邪致炁渊被破，怨妖逃窜，祸患三界，其罪当诛。按例究办，受诛神阵四十九道天雷，以儆效尤。”

诛神阵四十九道天雷，可令凡人身死，仙者魂消。

“玉帝……”凌曦仙子跪在大殿上，想继续哀求。

清潋原是无知无觉跪在那里，待玉帝说完这番话，不等其余众人有何反应，她已先人一步，拖着满身鲜血、伤痕，慢慢站直了身躯。

若有人有半分心思，在这时朝她看上一眼，就会发现，这位霜雪神女，缓缓站直了脊梁时，唇瓣是微微弯起的。真没想到啊，她竟然也有一日，能让这么多人大张旗鼓、费尽心机设如此大局！

既然是一个别人做好的死局，还特意选了师尊不在的时候，就是为了置她于万劫不复。无所谓了，死就死吧，师尊自然会替自己讨回公道的，但可惜了，自己终究没能守住师尊的心血，更让青女一族因自己而蒙受耻辱。

她还记得那天，师尊照例来炁渊巡视，带来玉帝准备嘉赏她和烛龙的消息。她听着，心怦怦狂跳，如有雷响，却连抬眼多看他片刻都不敢，只记得从前对着镜子练习了无数次的那句话，总算用在了关键时刻："炁渊是师尊心血铸成，度化怨气的阵法亦是师尊亲授，清潋不敢居功。"

她记得那时他是笑了的，很轻很轻一声笑。当时她来不及多想，抬起眼，正好和他微垂的眸对视。师尊弧度优美的唇不点而丹，哪怕不笑，也微微上扬。他是天生笑唇，但因疏冷惯了，反倒透出少许讥诮的味道。

但那天他看着她时，唇畔绽出的笑并无半分讥诮，而是发自真心的。

她想，他应是很高兴的吧。

那天，师尊觉得她看守炁渊甚是无聊，赠了她两颗梨树的种子。青华大帝妙严宫里取来的花种，总归有些特别之处。种下这种子的第二年春天，人间开花的时节，这两棵梨树果然无惧霜雪，依照凡间梨树的样儿，几乎一夜之间，就开出满树繁花。五百多年了，这花开了谢，谢了开，就没个消停的时候。

她问过师尊，这花是不是不会如人间梨树那般，花落生叶，叶落结果。

青华大帝每次都是来去匆匆，那天临走前听到她的问话，难得顿住脚步，有耐心地回了一句："心之所念，自生因果，且好好养着吧。"

其实她也不大明白何谓"好好养着"，但只要是师父交代的，就如这看守炁渊的重任一般，她都会竭力完成，而且力争做到最好。

棠雪剑折断，霜华镜尽毁，生而为仙五千载，痴心守护三千年，到头来发现，其实当神仙也没什么意思，这九重天更是没劲透了。

一日后，青华大帝携伏羲琴自雷泽折返九重天，只来得及收拢霜雪神女的一缕元神。

第一章　不速之客

天上无月。

夜风刮过脸庞，寒得刺骨。曲苏飞快穿越层层密林，落脚时甚至能感觉到靴子向前挪动而带起的黏腻。

那是之前杀人沾的血。

周遭是伸手不见五指的黑和自己身上浓得令人近乎窒息的血腥气，她缓缓放轻脚步，似乎捕捉到一丝若有若无的吐息。

“周周，是我。”

说出这句话时，曲苏的意识陡然清醒过来。她死死咬住舌尖，甚至觉得口中尝到了淡淡的铁锈味，却发现自己仍然深陷梦中。

她已清楚那是梦，却怎样都醒不过来。咬舌尖也好，用手掐大腿内侧也好，她甚至尝试屏息，却发现周遭仍然是冷风拂过树梢的簌簌响声，以及那道极淡的几乎难以捕捉的吐息声。

“周周，出来呀，是我。”梦里的自己又说。

曲苏深吸一口气，既然醒不过来，那就再梦一遍也罢。虽然她是极不愿意回想起那一夜的。

那一晚本来是她的任务，事先筛查信息时她已得知，目标人物并不懂武功，也没什么得力的朋友，那本该是一次非常简单也非常完美的刺杀。但正因为一切看起来都太简单、太容易，她中计了。

她本以为对方已是瓮中之鳖，殊不知她才是那条自投罗网的鱼。

而后的一切都显得那么简单明了。无止境地厮杀，混乱中四下奔逃，她不知自己杀了多少人才突出重围，只记得那晚星光寥落，彼时她借着远处极幽微的灯火一看，随身多年的红罗刀已经砍到卷刃。

她的两臂、小腿、后背已有数道伤口，最重的一道伤在左肋，若不是她凭借多年训练反应及时，那一刀刺中的就是她的心脏。

围上来的人还在增多，而她早已战至力竭。

飞刀朝她刺来时，宛若紫电清霜，又有雷霆之势，她只来得及听见刀刃携风过叶的声音。

那柄飞刀本该刺中她的太阳穴，该是她死的。

是岳周及时出现，关键时刻拉了她一把。

刀锋刮过她的脸颊，刮出一道极细的血痕。那刀太快，一开始她甚至没留意到，其实刀锋不仅仅划过了她的脸。

转脸的一瞬间，她看到岳周略微偏了偏头。

岳周宛如从天而降，有了这位打小一同长大的好友并肩作战，她浑身上下仿佛生出了使不完的力气。她拉着他一路奔逃，行至一个岔路时，为了引开来人，她与岳周约定，两人分开奔逃，稍后在南郊靠近山脚的小树林重聚。

终于赶到小树林时，她记得自己接连喊了两声都没得到回应，便低低吹起一段口哨，那是她和岳周之间的专属暗号。

周遭一片静谧，仿佛连风都已止息。

下一瞬，缓慢的脚步声从她左前方一点的位置传来。

“周周。”曲苏难掩心头的雀跃，上前一步主动伸手去抓。

“曲苏。”出现在她眼前的，是岳周苍白俊美的脸。他的脸上有两道血痕，向来漂亮的眸子此刻紧紧闭着，嘴唇毫无血色。

看清岳周双眼的那一刻，曲苏彻底忘记自己其实是在梦中。

她又回到了那一夜。

震惊、慌乱、无措，数不尽的懊悔和自责，比周遭伸手不见五指的黑夜更浓，比头顶无月亦无星的夜空更沉重，朝她迅速围拢，犹如汪洋倒灌，将她整个人彻底湮没……

是她筛查信息不慎，是她顺风顺水太久，是她太过大意而轻敌。

如果真的要死，就让她死好了。反正她在这世上无父无母，孑然一身。自打那年被大哥捡回“落羽”，大哥手把手教她功夫，供她吃穿，让她足足过了十几年的逍遥日子。如果就在那一夜，让一柄飞刀穿过她的头颅，让她死个干净利落，她绝无任何遗憾。

可她没有死，岳周却替她瞎了一双眼。

岳周还那么年轻，他不仅是她在落羽最好的兄弟，更是大哥接管落羽后一手培养、提拔的左膀右臂。江湖杀手排行第一的岳周，“十步杀一人，千里不留行”的岳周，有一双漂亮眼眸、与她无数次坐在月亮底下把酒言欢的岳周，因为她而瞎了。

事后，大哥第一次开口让她去戒律堂领了十鞭子，还罚她接下来所有任务所得的收益，都要拿出一半分给岳周。

大哥语重心长地对她说："苏苏，别怪兄长罚得重。岳周为你失去了双眼，有些事，这一生兄长都可以替你挡，但有些责任，你要学着自己扛。"

十鞭子抽在脊背，真的很疼。可这怎么可能够？

岳周和她从小一起长大，为她挡过箭、试过毒，背着后背中刀的她走过两天两夜的山路，他是她的兄弟、挚友，也是她的救命恩人。

这些弥补，根本不够。她要努力赚银子，要像大哥期待的那样，尽快长大，她会替岳周找来天下最好的大夫，只要有一线希望，她都会去尝试，帮他恢复光明。

她已经顺利找到他，从这一刻起，她决不会让他再受任何伤害。她再次伸出手，紧紧攥住他的手腕，说："周周，跟着我。"

"嗯。"岳周应了一声，甚至还像从前那般，朝她笑了笑。

可紧接着，一支不知来向的箭呈破空之势擦过她的肩膀，扑哧一声，正中他的胸口。

她看见岳周的心口处绽出一朵鲜红的花，他朝她张了张嘴，像是想说什么，可一股鲜血从他的唇间喷涌而出。

她一步冲上前，想要扶住他，可直到那一刻她才发现，原来她从来没有留意过，她曾经拉住岳周并紧紧拽着他的地方，身后便是万丈悬崖。

最后是岳周狠狠推了她一把。

她跌坐在地，清晰地看到他坠下悬崖的那一瞬。他似是怕吓到她，依然如从前两人谈笑时，朝她露出安抚的笑。

"不是这样的！不是这样的！岳周！"

不应该是这样的结局，那一晚，不是这样的！

曲苏从床上一骨碌爬起来，单手扶着桌沿，一个人在客栈的屋内无声地站了好一会儿。

壶里的水冰冷刺骨，就像梦里那一夜的风。但梦里的风会让她迷幻，而冷水灌入肚子，能让人快速清醒。

擦掉唇边的水渍，曲苏拎起床头的包袱，一把推开窗。

春风裹挟着淡淡花香，伴着往来车马行走扬起的尘土，轻拂过她的鼻尖和鬓角，曲苏忍不住缓缓吐出一口气。

一切不过是梦罢了。

眼前这个温暖、鲜活、尘土飞扬的人间，才是她可以牢牢把握的。

这是大周至德元年暮春，翠柳飞絮，暖风熏人，正是一年好时节。沧浪城外一处小镇栽有数里梨树，年年此时，梨花飞雪，蜂黄蝶粉，远近闻名，爱好踏青的青年男女常常相邀前往。

“糖渍果子怎么卖？”

“这位姑——”卖果子的小贩话到嘴边，抬头看清眼前女子的装扮，连忙改口，“女侠好眼光！这个呀，可是咱们棠梨镇的特产，这一路走来您看到不少梨花吧，我这果子是用去年秋天摘的头茬儿红棠梨腌的，还用了咱这儿上好的百花蜜。”

曲苏听到小贩的称呼，不禁一乐，她自认为近来穿着和其他女子无甚差别，只是行走匆忙，忘记摘去腰间那柄短刀，居然被这小贩看出了身份。左右无事，她一罐罐看过去，最后指了几样：“这个，这个，还有你说的红棠梨，都给我包一份。”

“得嘞！”小贩手脚麻利，很快包好果子，还单独包了一小份，里面有七八枚各色果子，递过去说：“这个送给您。吃着好，您可记得再来呀！”

曲苏笑眯眯地应了声，拈了一块甜杏脯送进嘴里：“唔，好吃。”她仰脸看看头顶的太阳，“我以前还真会选地方，真是便宜岳周那小子了！”

棠梨镇不算大，走了半盏茶工夫，就到了记忆中的那处院落。

她渐渐停下脚步。当初走得匆忙，那件事发生后，她将人安顿在这儿，当晚就北上寻药，可记忆中，这院子好像没眼前这么……精致、妥帖啊。

院墙和篱笆显然重新打理过，其中一根篱笆桩上还挂着一个巴掌大小彩色丝线编织的蝴蝶结。院里栽着一棵桃树、一棵梨树，以及许多她叫不出名字的花儿，还架起了葡萄架！放眼望去，粉的、白的、蓝的花儿开得繁茂，色彩鲜亮，绚烂夺目。离葡萄架和石桌不远的地方，还挖了个水塘，看这样子，这家伙还打算在家里养鱼？

“不对啊，”她忍不住嘀咕，“这不是岳周那家伙的作风啊！”她还是走上前，准备敲门。

她定睛一看，更觉出几分不对劲。头一回来时，门口那两扇木门板，一扇破破烂烂，另一扇摇摇欲坠，她当时没留意，随手一推，那原本就不怎么牢固的花梨木门顿时不堪重荷，吱嘎一声，兜头朝她扑来，幸好没被砸到。那门绝不是眼前这两扇新漆的枣红色门板。

曲某人向来心大，胆儿肥了二十年，觉得事有蹊跷，忙不迭伸腿踢门。

“你做什么?!”

怀抱着大包小包果子的“曲女侠”听到这声厉喝，懵懂转身，见不远处站了俩人。

走在前面的是一个女子，巴掌大的小脸儿格外妩媚，露出的半条手臂戴了足有十几圈缠臂金，日光照耀下，一圈圈金臂钏熠熠生辉，愈加衬得她两条酥臂雪白细润。腰间那条绣满榴花的罗裙艳红似火，偏她生得纤腰长腿，走起路来更是摇曳生姿。此时，美人那双顾盼生姿的勾魂眼警惕地在她身上打了个转，张口质问：“你打哪儿来的？姓甚名谁？为何要踢我家的门？”

曲苏好不容易将目光从美人胸前移走，可巧顺着曼妙的曲线向下一瞄，瞧见了她腰间用洒金杏色软烟罗系成的蝴蝶结。曲苏忍不住扭头朝那篱笆桩看了一眼。

这打结的手法千千万，但篱笆桩上那个随风摇曳的蝴蝶结，与眼前女子腰间的蝴蝶结如出一辙。一长一短两条尾巴的俏皮风格一模一样，确实出自同一人之手。

看来这院子能修缮打理成这般境界，多亏了眼前这位红裙姑娘。

“喂，我在同你讲话，你这人怎么这般没有礼貌！”

曲苏转过头，挠了挠脸，说：“这个，我能先问一句……”

“林梵。”跟在美人身后的男子，没等曲苏说完话，便先开口。这男子声音犹如风入松间，疏疏落落，委实清越，好听得紧。曲苏只觉得耳根一酥，这才记起，她刚刚看美人儿太过专注，一时没注意到美人儿身后还站了一个人。

这一望可不得了，曲苏手一松，差点儿没把怀里的蜜饯果子通通掉在地上。

男子头戴九珠冕旒，手执青翠欲滴的柳枝，一袭云蒸霞蔚般的长袍，说不出的流光溢彩。那张脸更是入目难忘，长眉入鬓，眸若寒星。哪怕是这样微垂着眼谁都不瞧，那副微抿着唇的疏冷模样，也足以令天下女子为之心动。

此人绝非凡品！可惜看他这身衣着，全然不是正常人的装扮，倒像刚从戏班子跑出来的戏子。曲苏将纸包夹在臂间，腾出手来给他鼓了鼓掌，说：“这位仁兄，你这身装扮……是来不及换掉戏服吗？”

男子垂首，扫了一眼自己身上的穿着，眉心轻蹙，并不搭理曲苏。他再次将目光落在红裙姑娘身上，说：“我的问题，你要认真想清楚再回答。”

红裙姑娘眼眸下垂，低声说：“人都没了，现在追究当年的细节，还有什么意义。尊上还是请回吧！”

曲苏竖着耳朵铆足劲儿听，没听清红裙姑娘是怎么称呼这位俊美青年的，但这不妨碍她走上前凑热闹。她伸出手，想摸一摸男子身上的布料，不想手指距离衣袖只有半寸时，对方已挪开半臂距离。

男子斜她一眼，喝道：“放肆！本尊衣服可是你能碰的?!”

还本尊？曲苏扑哧一声笑了出来，说：“你这是唱戏唱上瘾了？”她退后一步，将男子上下左右好一番打量，“这位仁兄，别说，你这衣服料子选得不错，扮的是哪家神仙？我不记得哪一出戏有神仙出场，你这唱的是什么新戏？”

男子开始有些不耐烦，待听到她后半句，面上一怔，低头看向自己身上的装束。那神色在曲苏眼中愈加有趣。

曲苏道："我也没有别的意思，就是想问你这料子是在哪家布庄买的，改天我也去买来做条裙子穿。"

男子面色仍冷冰冰的，只是眉眼间的神情发生了细微的变化。曲苏这话说得他委实恼了。

他抬起眸子，见曲苏抱着手臂，歪头瞧着他笑，那副神情明显是在看他笑话。

男子唇角微翘，淡声道："想穿这身衣料，怕你永生永世都没有办法。"

曲苏"呵"了一声。她原本只是看这人生得俊美，一身穿着足够有趣，才主动上前搭讪两句，不想这人不但长得好看异常，脾气也是臭得异常。

尽管刚刚只听到红裙姑娘与他之间的只字片语，可她多年来行走江湖，阅遍人情世故，她觉得，这事儿不难推断清楚。

论美貌，红裙姑娘虽是个难得一见的娇媚美人儿，但比身后这位还是差了不止一点点，故而从前两人相恋，这位郎君很可能不好好珍惜人家，两人闹掰了。如今郎君后悔了，想要挽回，但姑娘不同意和好。

不愧是她一眼就相中的美人儿，人美心硬，当断则断，她喜欢！

曲苏干脆撇开这穿神仙道服的古怪家伙，笑眯眯地对红裙姑娘道："这位美人，我想向您打听个人。"

红裙女子虽然面上透着不耐烦，到底还是走上前几步，说："说吧。"

"我想问，这一家，"她指了指身后那扇新漆的枣红色木门，"是不是住着个姓岳的小子？"

红裙姑娘闻言神色微变，她再度打量起面前的曲苏，但比初见时更警惕，此时她的眼神里透出审视和挑剔。其实曲苏长得并不差，但她本人似是疏懒惯了，并未精心装扮自己。她发式梳得毫无新意，似乎只图轻省简便，面上唇间更是不施粉黛，就连发间都没有任何配饰。只是老天似乎对她颇为眷顾，她生来肌肤便欺霜赛雪，那双红唇色泽嫣红，哪怕素面朝天，也仍是清水出芙蓉的妙人。她肩上背的包袱看起来既大又沉，压得她左肩微斜，唇角沾上了糖浆也浑然不觉。大约是被打量得久了，她眯着那双弯月般的眸子，露齿一笑，还将手上的蜜饯果子递了过来。

红裙姑娘微微摇头，双眸盯住地上的某处，似是打定主意不再看她，生怕徒惹误会："既是来找人，总该说明自己的身份，不然别人怎知你是好人还是坏人。"

曲苏一听这话就乐了，她指了指自己的鼻子，看看红裙女子，又别有深意地瞥了眼女子身后那位，慢悠悠道："姑娘这话说得就错了。好人坏人，又不是写在脸上。有的人长得虽好，可这人品却是信不得啊！"

红裙姑娘被她说得愣了愣，待看清她目光所向，不由得跟着点了点头，说：

“不错。”

“至于我是谁，等见了岳周，姑娘细细问他本人不是更好？”曲苏转身，看向两人身后这处院落，“此处能有今日光景，想必是岳周那小子承了姑娘的恩情呢！”

这话说得有几分喧宾夺主，可不等对方小脸儿挂霜，曲苏又道：“既然都住到了一起，岳周可找了媒婆？这三媒六聘，过了没？”

红裙姑娘被她说得俏脸由白转红，又看见曲苏笑眯眯打量她的模样，不由福至心灵，嘴唇微颤，连声音都透出几分婉转、羞涩：“难不成您是岳周哥哥的姐姐？”

美人儿声音好听，这一声“岳周哥哥”喊得曲折婉转，分外甜腻。岳周这小子，还真是好大的艳福！曲苏险些被嚼了一半的桃脯呛着，连连捶了捶胸脯。如此粗鲁的动作，看呆了身旁的红裙姑娘，连身后不远处的俊俏郎君都接连瞥了她两次。

曲苏连忙摆了摆手，可一转念她便想到，自己虽比岳周小了两岁，可平日里两个人没大没小的，她既未称过一声兄长，又未喊过一声师兄，如今有送上门的机会能让岳周的未来娘子喊自己一声“姐姐”……她翘着嘴角，坏笑道：“这个嘛，说是姐姐也不为过。既是一家人，咱们就别站在外边寒暄了，先带我进屋喝口水可方便？”她边说，边往门口方向走，“这玩意儿吃多了真有点儿口干。”

“姐姐，怎么称呼？”红裙女子几步上前，主动推开门，一边颇为殷勤地接过曲苏怀里的大包小包，一边朝身后男子看了一眼。她招待曲苏道：“身上包袱可重？请先随我来这边。”

曲苏顺着她的目光看去，就见先时门外那位穿着古怪的男子，竟未打一声招呼，跟在她二人身后大摇大摆进了这院子。

“我姓曲，单名一个苏字，你可以随岳周，喊我一声曲姐姐。”曲苏越说越忍不住笑，她居然这么轻而易举就占了岳周的便宜，当了姐姐。她一直嚷嚷口渴，嘴却不停：“或者叫我苏苏也可以。岳周他不在？对了，美人，你叫什么名字？”

红裙姑娘顾不上回答曲苏的问题，从后厨的大水缸里舀一碗清水拿茶盏盛了，恭敬地端给穿道服的古怪男子，又舀一碗清水给曲苏，这才回答曲苏的问题：“我叫林梵。姐姐别嫌弃，这是咱自家挖的井里的水，干净，而且清甜。岳周哥哥他这会儿应是在附近的书塾。”

曲苏是真渴了，双手端碗，接连灌了几口，道了声：“舒坦！”她将碗一撂，指着跟进来的古怪男子问：“这人是谁？是你的客人，还是纠缠你的登徒子？要不要我替你打发了？”

那男子进了院子，便抱着手臂，站在水塘不远处，微垂着眼，气定神闲，似在观察塘里那几尾游得甚是欢畅的大青鱼。那副怡然自得的模样，不知道的还以为他才是这庭院的主人。

林梵手指微颤，但态度到底还算坚定，她走到那男子身边，语气恭敬，轻声道："尊上还是请回吧！"

男子看了林梵一眼，一派从容神色，说："不回。借厢房一用。"

说完，他不等林梵有何反应，广袖一甩，径自寻了空着的厢房，推门走了进去。

林梵不欲与这男子纠缠。曲苏细细观察后发现，她对这男子不仅怀着显而易见的幽愁暗恨，那微微收缩的瞳孔和轻颤的手指都在说明，她对他心怀畏惧，故而尽管她心中不满，也不敢出声拦阻。而那男子显然深知这一点，因此毫无顾忌。

她如今好歹也是这大周朝最大暗杀组织"落羽"排行第三的杀手，尽管从前岳周双眼未盲时，年年魁首都是他，但要论懂女人和扯八卦，曲苏从十三岁成名至今，放眼江湖，罕逢敌手。就连岳周那小子，每每论及，也要当面作揖，道一句"甘拜下风"。

曲苏把见到这两人以来的种种细节在脑中过了一遍，又在内心补足细节，低声问林梵："你心里，已没有他了吧？"

林梵被她问得一呆，脸上透出几分茫然。

曲苏点点头，是了，闹到不欢而散的情侣，分手后凡被问及对方，女方总是恨不得撇清一切，之前种种当作从未发生。更何况，如今她与岳周有了新家，看看这庭院和房内的布置，处处透着精心、细致，想来林梵也是打定主意要与岳周在一起，好好过日子的。

曲苏了解，岳周性格不羁，一旦对什么人上了心，便不会计较她的过往。

这事儿就好办了。

曲苏拍拍林梵的肩膀，说："屋里坐着，我去撵人。"

幸亏她今日来得巧，林梵生得娇媚柔弱，岳周如今又身体不便，实力到底大不如前，院子里那小子看着就是个功夫不错的，若这三人聚到一处，很可能岳周要吃大亏，搞不好刚到手的媳妇儿还没焐热，就被人强抢了去。

哪知曲苏刚跨出一步，手臂便被一只绵若无骨的小手抓住。她不由得挑了挑眉，笑着道："是我小瞧了，你这力气，还真不是普通女子所有。"

曲苏想想也是，家里院墙的青砖都是新砌的，几处篱笆扎得又结实又漂亮，再瞧那葡萄架、水塘和家里新打的桌椅板凳，若是个手无缚鸡之力的柔弱女子，怎能将这庭院内外收拾得焕然一新、井井有条？这样一想，曲苏看向林梵的目光愈加透出几分欣赏。

林梵被她说得面色微僵，眼中透出的焦急神色却真真切切："曲姐姐别去，你不是他对手！”

曲苏闻言便笑了声，拉开衣袖上摸着软绵绵却很有力气的小手：“放心，你曲姐姐也不是一般人。”

那男子动作委实很快，曲苏才走到院中，他已更换了一身玄色长衫出来，如墨青丝以一顶白玉莲瓣发冠高高束起，通身衣物说不上多华贵，只是格外妥帖。他换了这身打扮，又眉目如星，气质冷峻，委实半点也不像唱戏的，反倒像个仗剑走江湖的侠客。

曲苏半眯着眸子将他上下一番打量：“哟，转眼就把戏服脱了啊，人家姑娘都不愿搭理你，阁下是不是也该知趣离开了？”

她看得清清楚楚，这家伙从厢房出来时身上连个包袱都没有，明显是将换下的那身衣物留在屋里了。这摆明是赖着不走啊！

男子面无表情，待听到她这话后，注意力从远处屋内的林梵身上移到面前的曲苏身上。他身量颀长，曲苏在女子里面算得上高挑，可他足足比她高出一个头，他这么半垂着眸子看向她，曲苏莫名就觉得气势上矮了一截。

曲苏自诩深谙审美之道，都说“灯前观花影，月下赏美人”，她以前也觉得这两句话说得颇有道理，可今日这青天白日的，当着这昭昭烈阳，她发现自己错了。这人若是真的好看，哪怕是烈日当头，他脸上的每一寸肌肤也还是好看得无与伦比。

然而好看归好看，正事还是要办。

曲苏深吸一口气，欲再开口，就见面前男子神色不改，那双似是含着远山淡水的凤眸轻飘飘朝她瞥了一眼，似在嘲弄，又似压根儿没将她看在眼里：“与尔何干。”

那语气着实冷淡，连个问的意思都没有，完全像在阐述事实。

若论模样、气质，此人确实生得玉树临风，是她有生以来未曾见过的俊俏。远的不说，岳周那模样在男子里面也算生得一等一，可若跟眼前这位比，根本没有一较高下的必要。但一想到见到此人以来他种种纠缠、尾随的行径，联想林梵看向他时眼中难掩的恐惧，就觉得此人不仅是神经有问题的戏子，还可能是人渣。

曲苏一手叉腰，另一只手朝腰间的“斩尽春风”摸去：“怎么与我无关？这院子我买的，你现如今站在我的地盘——”

男子淡淡地打断她未说完的宣言：“我刚刚听闻此间主人为岳周。”

曲苏一噎，正想继续争辩，就听身后林梵的话语低声响起：“这确是岳周的家。”

男子瞥了林梵一眼。

只这么一眼，曲苏便见林梵脖颈微缩，双肩战栗，交握在腰际的一双小手紧紧攥着，不住地颤抖。显然，她虽然鼓足了勇气出来与之对峙，但心里仍然怕这男子。

曲苏道："吓唬一个手无缚鸡之力的弱女子算什么本事？你再不走，可别怪我不客气了。"

男子的目光越过曲苏肩头，如剑芒直指林梵："当日炁渊情形，你据实说来。你在此间的事情，我不干预。"

曲苏一手按在腰间，只待男子再敢出言不逊，定要让他好好长点记性。可谁知道这家伙开口说的话，单拎出来每一个字她都明白，合在一起她却听不懂了。

气渊？还是弃园？这说的都是什么玩意儿？还有，他这说话的口吻，也真十足欠打，他以为自己是谁，玉皇大帝还是天王老子，张嘴就逼人"据实说来"，还说什么"我不干预"？说得好像自己对人有着天大的恩赐一般！

"姐姐，让我同他说几句话，以前一些旧事，还是我自己来处理吧。"林梵对曲苏说，随后她走到男子面前，"可否移步说话？"

男子随林梵走远，林梵低眉对男子道："那日确实凶险万分，我拼了一条命才得以逃脱，并不知道清潋身边情形。但若问我，我决不相信这事与她相关。"

林梵咬了咬唇，似有千般不甘，看着另一处道："尊上若真有心查明真相，为何不多查查清潋以外的其他神仙呢？还是尊上也和那些上仙一般，就认准了此事与清潋有关，其余的人轻轻揭过罢了？"

男子若有所思，一时未再多言。

林梵忍不住飞快瞟了他一眼："我知道的都已说了。尊上刚刚答应过的，我在这里，就和其他人一样，过着普通的生活。"

男子双目扫过林梵眉间细细闪烁的猩红之焰。那抹猩红之焰，常人眼中不可见，但他不是凡人，自然看得一清二楚。林梵自炁渊逃出已有三百年，她身上的怨气消弭近无，可她与凡人相恋，动了真情，贪嗔痴怨相伴而生，如今她周身怨气有飘忽游走、源源不竭之势。

他确实不会干预人间事，但他不会轻纵任何一个有可能祸乱人界的怨妖。

他环顾四周，目光落在不远处的鱼塘，眼神深邃："凑巧，我在此间还有些未了之事，要叨扰林姑娘几日了。"

林梵一听这话，浑身一颤，双眸圆睁："你……"

这人出尔反尔，态度轻慢至极，显然拿捏住了林梵的短处，笃定她拿他一点办法没有。曲苏在远处看得气不打一处来。她平生最看不得纠缠不清的男人，暗想："看来今日得教训教训……"

曲苏刚抽出半截腰间的软剑，半敞着的大门就在这时发出细微的声响。紧随着的，是属于男子清冷的嗓音："今日有劳韩娘子。"

另一个声音娇细细的："岳公子何必向我道谢，是舍弟失礼在先，我来那日就听舅舅说了。小心门槛……"

"有劳。"

"这没有什么。"

"岳公子，这是我亲手做的米糕，趁热吃最是软糯。"

"多谢韩娘子盛情。"

门外一男一女你来我往，不但曲苏听得直挑眉头，连她身后的林梵也紧皱着眉，三步并作两步直奔过去，一把拉开大门。

门外站着一对青年男女，男子一袭半旧的月白色长衫，身量颇高，薄唇未语先笑，好一副风流蕴藉模样。只是若仔细看便不难发现，男子那双格外漂亮的眸子虽然清亮依旧，却目光散漫，显然双目尽盲，这正是曲苏和林梵口中念叨许久的岳周了。身旁伸手扶着他的是一位少女，身穿橘粉齐胸襦裙，绣着百合花，脸上满是倾慕神色。

曲苏瞧了一眼，将拔出一半的剑反手回推，另一只手扶住额头。

岳周这小子从前就爱惹麻烦，原以为他瞎了，某种程度来说也算好事一桩，别的不说，好歹人家是安生了，麻烦是远离了，生命彻底得到保全了。哪能想到，她这才走个把月，他就能在这么安静祥和的小镇上接连惹出两朵如此出色的桃花。

曲苏哀叹一声，她本以为自己今日来得还算及时，现在看来，她应该再晚两个月来。

她叹息声很小，但有的人，眼睛瞎了，耳朵进化得更好使了。岳周还未转身，就先笑了："你来了。"

这话说得委实暧昧，不单是那位脸上写满温柔的韩娘子霎时朝曲苏瞪来，就连之前对她颇为友好的林梵也在瞬间变了脸色。

曲苏连气都不敢叹了，在心底道了声"祖宗"，连忙小跑着走上前，扯住岳周的肩膀，以一种哥俩好的姿态，将人薅了过来："是啊，我再不来看，怕是你哪天招呼都不打一声，卷铺盖走人了，到时候我上哪儿找人哭债去，是不是？"

岳周一点儿也不生气，浅笑着说："我还未谢过韩娘子。"

"我替你谢！"曲苏生平最见不得这男女之间的黏黏糊糊、腻腻歪歪，半转过脸朝那位韩小娘子点头致意："多谢娘子送我兄长归家，今日家里人有点多，就不留娘子用饭了。"

话音刚落，门就被林梵推上，严丝合缝。可怜门板虽新，韩娘子却险些遭遇和昔日曲苏一般的凶险。

对付完门外那位，一转身，正对上院子里这位。

曲苏和林梵刚刚一致对外，分外默契，此时却面面相觑。

她们两个一声不吭，不代表岳周就什么都觉察不到。他以前双目未盲时，放眼天下，一身功夫也算顶尖。院内显然有第四道吐息声，很是轻缓，不难听出对方修为在他之上。岳周微笑，脸庞微微偏向曲苏站的方向，问："苏苏，是你朋友？"

曲苏冷哼："哪能呢！"

岳周闻言，笑容更是温和："这么说来，是林梵的朋友了，或是家人？"

林梵没有出声。

岳周没有听到林梵回答，唇畔笑意仍在，却透出几分冷意："阁下既然不是我们任何人的朋友，为何出现在这里，还请道清来历，否则，请阁下移步。"

玄衣男子抱着手臂站在院子当中，在曲苏和林梵饱含敌意的目光中，缓缓绽出初来此地的第一个笑，微垂的眼眸看向曲苏所在的方向："青玄虽算不上这两位的朋友，却是故人。"

当着岳周的面，名叫青玄的家伙再次提出借住一段日子的要求，这在曲苏看来几乎是不可能答应的事，可不知岳周是怎么想的，他沉默了片刻，没听到林梵出声反对，便答应了。曲苏心里不满，可一路舟车劳顿，折腾了一上午，她是真的饿了。

俗话说得好："人是铁，饭是钢，一顿不吃饿得慌。"而且这撵人的事儿，说起来实是一桩体力活，曲苏打定主意，先将此事放下，和岳周、林梵先把这顿午饭吃好，再好好收拾那家伙。

尤其她还能趁着做饭的光景，从林梵这大美人身上套取不少八卦。毕竟，她虽和岳周交情匪浅，但这对俊男美女之间一见钟情的故事，怎么也是女孩子亲口讲来才温柔动人。若是让岳周讲，估计五十个字之内，就把这两个月的情形说完了。

"所以说，你和岳周初次见面，也算是美人救英雄了！"曲苏听得颇具兴味，左手一把瓜子，右手捏着几块果脯，搬来一张板凳坐在厨房一角，边听故事边看林梵忙活。

曲苏本就不擅厨艺，也懒得故作贤惠给别人添乱。林梵洗一把小青菜，朝曲苏笑得娇甜："岳周哥哥都跟我说了，若不是曲姐姐，他如今这条命还不知道在哪里。您是岳周哥哥的救命恩人，也就是林梵的恩人。"

曲苏打小在落羽长大，见过的人形形色色，自然能看出林梵的眼神赤诚无二，但恰是如此，让她生出几分难得的羞涩。她用手抓了抓脸，意识到自己这动作孩子气，连忙咳一声，假作捋发，坐直了，说："也不是他说的这样啦。以前他救过我不止一回，认识这些年，我这还是头一回能帮上他。"

说着，她看向林梵的目光透出几分揶揄：“若说‘救命恩人’这四个字，还是林姑娘当之无愧。听你所说，那书塾的先生着实小气，岳周不过闲说几句，他就放任那些半大孩子朝岳周扔石头。我那时走得匆忙，他又刚盲，对这镇子十分陌生，若没有你，想来他定要吃不少苦头。”

林梵笑得愈加娇甜：“我就是没见过他那么有趣的人。明明功夫在身，被一群孩子围着扔石头，也不出手反抗。”她抬手抚了抚脸颊上的发丝，明明在洗菜、择菜，可那姿态看起来精致、漂亮极了，“当时我就想，这人眼睛瞎了，怎么还这么笨，都不知道保护自己，笨就算了，人却长得那么好看……”

一串话说下来，不仅她自己笑了，连曲苏都被她逗得咯咯直笑。

林梵突然问：“曲姐姐，待会儿我要做鱼，你想如何吃？清蒸，红烧，还是糖醋？”

曲苏一听“糖醋”二字，口水险些流出来，连声道：“糖醋好，若再加辣，更好！”

林梵觉得曲苏这口味着实怪了点。

林梵接着说：“我那时才来这儿不久，正四下寻找便宜的住处，与人合住亦可。听一位大娘说，前不久有两个人刚从她手里买下一处院子，地方很大，足够十来口住呢。但那个同来的姑娘第二天就不见影儿了，独留那青年男子一人，且是个瞎子。当时我想，既然地方足够宽敞，又是新买下的，说不定肯便宜租我一间，也能省不少银钱……”

曲苏听到这儿，接话道：“却不想你寻他途中，凑巧路过书塾，路见不平，出手相助，救下人一看，不仅刚好是个瞎子，长得还挺好看！这不，房子有了，男人也有了，万事俱备，就差个媒婆，你看我来得是不是很及时？”

林梵被曲苏一席话说得忍不住笑了，脸颊透出淡淡红晕：“曲姐姐也觉得岳周哥哥生得很好看？”

曲苏道了声：“那是。”似是想起了什么，匆忙起身将瓜子皮和吃光的果脯袋子往盛脏物的桶里一扔，“你等着，我去给你拿个好东西！”然后就急匆匆出了厨房。

她的包袱放在院子靠东头的一间正房里，是林梵特意为她选的，说是房间宽敞，白日里阳光也足。曲苏自小到大，因为常常要外出行走，为了完成任务，卧过金床玉枕，也躺过木板草席。上至贵族小姐家的房梁，下至勾栏瓦肆里舞姬的床底，哪里是她曲某人睡不得、睡不着的？要说衣食住行，她最在意的，一是吃得饱，二是行得便捷。余下两桩，穿和住，她不挑剔。

不过那间房里的水曲柳大床，她喜欢得很，尤其那床幔的料子，也不知林梵从哪儿弄来的，清透柔韧，阳光照耀下，可以看到冰花般的光芒流转其间，握在手里凉冰冰的，蒙在眼上，却特别遮阳。曲苏回到床畔取东西，摸着床幔，忍不住又悄悄儿攥了一把，自言自语："那些文人诗词里写的什么鲛绡透，是不是也就这样？"

"那是雾縠冰绡，鲛绡虽美，却不遮光，没人会拿来做床幔。"那男声有如碎珠落玉盘，格外清冷。

曲苏不用抬头就知来人是谁。她将脑袋一偏，臂弯在身后，悄悄撒开床帐子："想不到你一个男子，倒是对这布匹织物知晓甚详。"她又忍不住嘟囔，"鲛绡不是传说中人鱼织成的布料？说得好像你真的见过一样！"

青玄抱着手臂站在门外，侧脸对她，双目似在远眺后厨的方向："常识而已。"他朝曲苏瞥了一眼，"雾縠冰绡也算难得，你身为女子，见之心喜，舍不得撒手，算不得丢人。"

这是把她刚才偷偷儿拽了一把床幔，又悄悄儿拿它蒙了双眼，最后想趁他不注意赶紧松手的一举一动，都瞧得清清楚楚。这可有损于她多年来行走江湖的飒爽侠女形象。这人蔫坏！

曲苏抿着唇从包袱里扯出一册书，揣进怀里，走到门口时，特意当着某人的面，仔仔细细将门关好。

青玄在旁点评道："这门闩一挑便开，如此折腾，岂不徒劳？"

他说话时几乎是面无表情，只是看向曲苏的那一眼，透出不解。

曲苏转身就走，不想多说一句。

她算是看出来了，先前那会儿她为林梵出头，对他放了好儿回狠话，这厮看着淡然，但在心里一笔一笔记着呢。这不，现在就主动上门找她的不痛快了！

必须尽早和岳周商议，让这人速速卷铺盖走人！

曲苏想着不能让林梵久等，于是足下生风，但还未走近，就听厨房里传来嘭、嘭、嘭的巨响。

后厨里，林梵手执一把一尺长的砍刀，手起刀落，一只精神抖擞的大肥芦花鸡来不及发出一声哀号，脖子一歪、两腿一蹬，"走"得分外安详。

紧接着，一条大青鱼被她丢在案板上。林梵用刀背连拍两下，原本翘着尾巴的鱼就翻起了白眼儿。

曲苏喟叹。她错了，她不该看人只看表面，她早该想到，林梵手劲儿那么大，绝不是手无缚鸡之力的弱女子。就刚刚，那身法，那力道，那矫健的挥刀姿态，林梵这姑娘，绝不是个平平无奇的弱女子。

想来也是，若是平平无奇空有美貌，也不能在短短两月就俘获了她家小周周那颗孤寂了二十三年的少男的芳心！

怀着满腔激赏，曲苏从怀里掏出书册，大步跨进厨房。林梵这姑娘，当真是她行走江湖十五年难逢的知己啊，这个朋友她交定了！

曲苏脚步轻盈，带过一缕微风。林梵嗅觉极为灵敏，哪怕这后厨之中诸多香气混杂，她仍能从曲苏身上嗅到一股颇为熟悉的清幽香气。那香气说是清幽，又含暖意，总令她想起许久之前的往事，她忍不住脱口问："曲姐姐搽了什么香？"

曲苏被她问得一愣，扯起自己的衣袖闻了闻："没有啊。我从不用香粉。"气味这东西看似无足轻重，但她干的是杀人的行当，有时恰恰是平日里无关紧要的细节，却会在关键时刻暴露自己的行迹，引祸上身。她决不会犯这种低级错误。更何况，平常她连发髻都懒得好好梳，更别提脂粉、香囊一类的劳什子。

林梵被那股突然飘至鼻端的幽微香气勾起了心底许多回忆，一时着急，连连抽动细巧的鼻尖，可那香味转瞬即逝，仿佛幻梦。

曲苏怀里抱着一本册子，还在纳闷："我只闻到了红枣鸡汤的香味，辣子糖醋鱼的味道，还有豆腐、胡椒、老姜……"

林梵扑哧一笑："大约是我闻错了，曲姐姐别在意。"

曲苏摆摆手，取出怀里的册子，翻开当中一页，朝她招招手，神情颇为神秘。

林梵朝那书册望去，一眼就怔住了："这是……"

曲苏一双明眸眯成两道月牙："这书可是稀罕物儿。当今天下，凡是美人，不论男女，均被收入此册。每年上元佳节增删更改，重新刊印，以表公正。今年可都出到第十册了！不瞒你说，从前的九册，每一本我都有收藏。"

林梵道："可这里面怎会有……"

"自然是有岳周的。他那般玉树临风的容貌与气度，仅仅一个侧脸，也堪称风华绝代，被收入此册，不足为奇吧！"曲苏笑眯眯地说着，待看到林梵面露不解，一拍脑门道，"啊，忘了告诉你，当初投稿的是我们自己人，所以直至今日，出版这本画册的书商只有他这一张侧脸的肖像，无人知他真实身份。可哪怕无人知晓，也不妨碍这小子一连三年，年年都挂在这'十二君子'里头。怎么样，这幅画是不是绘得惟妙惟肖，颇有神韵？"

林梵这才放下心来，再细一看，那画像旁写了三个楷体小字"蘅芜君"，并附上了一首七言绝句。那首小诗写得绝妙，既赞美了岳周与众不同的风流，又道出了诗人对这位神秘男子的好奇。

林梵自打认识岳周，便觉他样样都好，眉眼鼻梁，唇畔浅笑，每一处都长在她的审美点上。如今读到这诗，更觉遇到知音，她只读了一遍，就记在心上，一边炒那道山蕈青菜，一边忍不住轻轻念出声。

曲苏见她这痴模样，捂着嘴偷笑了好一会儿，突然咳了两声，出声提醒："那个，糖醋鱼好像再不出锅就煳了。”

“噢，噢！”林梵回过神，觉得自己刚才失态，将整条鱼并糖醋汁盛入大碗时，手一哆嗦，眼看着鱼顺着碗沿就要滑出去。

“当心！”

曲苏盯那条鱼盯得直咽口水，自然第一个就冲了过去，可她怀里还宝贝地抱着那册书，出手的动作难免慢了一拍。

岳周不知何时进了后厨，听声辨位，不仅一手端平盛鱼的青花大碗，还顺便扶了一把美人纤腰。

约莫是身边还站着曲苏的缘故，林梵还未开口，脸先红了。

曲苏“哎呀”一声，将书册往怀里一塞，从案上拿起两块厚布去端砂锅：“不打扰你们，我先把这鸡汤端出去！”

林梵理了理耳鬓发丝，说：“我把青菜盛出来，还差一道芙蓉蛋花汤，就可以吃饭了。”

岳周有些无奈地劝道：“曲苏从来零食不断，饿不着她的，你不必烧这么多菜的。”

林梵小声说：“毕竟多了两张嘴，我怕你吃不饱。若是营养不够，眼睛又怎么能尽早恢复？”

岳周神色微滞，松开了扶着林梵的手，他极轻地叹息了一声，用一双已无法聚焦的眼眸看向她，说：“你不必如此，无论做什么，万事都要先考虑你自己，没有人值得你这样相待。”

明知道此时他的眼睛什么都看不到，可林梵还是被他温柔垂眸的眼神看得心慌意乱，她轻咳两声摇头，坚定道：“旁人自是不值得，但你值得。你那样好，我为你做什么都觉得值得。”她说完之后也不待岳周回应，便觉得双颊滚烫，忍不住轻轻推了下他，“哎呀，你先出去吧，不然曲姐姐看到了，要笑话我了。”

这段时间，有林梵陪着每日练习，岳周已对家中方位、摆设十分熟悉。他本就方向感极好，除了最初那几日无人照管过得狼狈，如今在家中坐立行走，已与常人无异，甚至在镇上行走，也只是比寻常人走得慢些。也正因如此，今日林梵才会放心任他独自往返书塾和自家。想到这儿，她忍不住咬了咬唇：“今日送你回来那个……”

岳周低笑：“你不是说让我赶紧出去？”

林梵气得一扭身，去做蛋花汤了。

岳周摸了摸鼻子，低声道：“等吃完饭，你想知道什么，我都仔细说给你听。”

“我才不想知道！”林梵气呼呼地嘟囔。转眼，看到手旁窗台上的那包米糕，她眼珠一转，趁着岳周刚走，曲苏未回，连忙拿起米糕丢到米缸后的角落。

她知道浪费粮食是不好的，可那个韩娘子明显不安好心，谁知道她送给岳周的米糕里有没有放什么迷魂药！她也是为了岳周身体着想，谨慎一些，才小心翼翼把东西藏起来了。大不了，大不了等没人时，她把那份米糕吃了总可以吧？反正一般的毒药害不到她。

"知道什么？"哪怕有厚布垫着，端着砂锅一路从后厨到厅堂，也烫得曲苏手指微红。曲苏双手捏着自己的耳垂儿，见案上摆着两盘做好的青菜，一手端了一盘，凑近林梵观察她神色，"咋了，和我们周周闹别扭了？"

"不是。"哪怕和曲苏现在很投缘，但这女子呷醋的微妙小事，怎么也算小情侣之间的情趣，她不好意思径直说出口，"曲姐姐端完这些就不必过来了，先趁热吃着，这汤马上就好。"

曲苏摇了摇头："我还得过来一趟，饭还没盛呢。"说到这儿，她忍不住叹了口气，"林梵，你老实跟我说，你跟那个青玄，是不是不仅是……难不成你还欠了他银子？"那家伙张口提出要在这儿借住一段时间，林梵明显不愿意，却怎么都不敢出言拒绝。依照她多年经验，这种情况，多半是弱势的一方有把柄被人握在手里。这把柄，要么是钱财，要么是见不得光的陈年旧事。刚刚这两人间的对话她虽听得不甚明白，但林梵显然已将自己所知和盘托出，青玄那斯却还能有恃无恐，紧咬不放，说明他们两个之间，应当还有其他的牵扯。

林梵最怕曲苏或岳周问及此事，此时听到曲苏最后一句，她愣了一下，缓缓点了点脑袋，背对着她不敢回头。

她自小就不擅撒谎，曲苏看着豪爽洒脱，但并不是个粗心大意之人，她怕自己一扭头，脸上神色就先暴露了真相。

身后曲苏的语气却严肃了不少："欠了多少？"

林梵哪能说出具体数字，然而不等她现编，就听曲苏紧接着道："待会儿吃过饭，你和我好好说说，若是不太多，这钱我替你还了，省得家里还供了一个大爷，看他那张脸，饭我都要少吃两口。"

最后两句话，曲苏边往外走边嘀咕，声调低不可闻。但林梵耳力出众，听得清清楚楚，忍不住叹了口气，双肩沮丧地塌下去：当人可太难了。光是说谎这件事，她恐怕再修行五百年，也难学得会。

曲苏一进屋，就惊觉岳周与青玄两人之间的气氛不太对。不是她想象中的剑拔弩张，或是两相厌嫌，恰恰相反，她端着菜进屋时，这两人面前放着两盏清茶，且不知青玄刚刚说了句什么，竟惹得岳周唇角含笑。

青玄见她怒目瞥来，不慌不忙端起茶盏，呷了一口，评道：“茶不错，尤其这水甚好。”

岳周笑吟吟道：“青玄兄果然是行家。这茶是我一位故友不久前差人快马加鞭送来的明前绿茶，叫‘一斛春’；这水是我三日前与林梵同去山间接回的山泉水。用此水来泡这一斛春，最是相宜。”

四方的桌子，一侧一个座位，曲苏盘算了一下，一屁股坐在青玄旁边：“说得那么好听，怎么也不见给我泡一杯尝尝！”这个位置旁边是空着的，稍后林梵只能坐到她旁边。这已是曲苏能想到的最大限度将青玄、林梵两人隔开的位置了。当然，原本在她的设想中，若是岳周与她同仇敌忾，青玄这厮压根没有入席的资格。

岳周笑道：“你不是一贯爱喝果子露，爱喝甜酒，什么时候爱喝茶了？”

曲苏恨这人没个眼色，不由气道：“今日，当下，此刻！不行？”可紧接着她就想到，岳周如今双目尽盲，确实难以捕捉自己的眼神暗示。这么一想，火气瞬间消了大半。

岳周接着道：“刚好有些事要与你商谈，饭后我再为你泡茶，如何？”

曲苏一听，仅剩的那点火气瞬间烟消云散：“好。”正好，她原本想着，等吃过饭就和岳周好好说一说这青玄的事。看来岳周与这厮相谈甚欢，都是假象。她美好的度假生活即将顺利开启！

眼见林梵落座，曲苏不再忍耐，举起竹筷就朝大碗里最为肥嫩的鱼腹伸了过去。

偏巧另一双筷子与她在半空“短兵相接”，曲苏紧盯着鱼肉，筷尖从左绕过，哪知那双筷子也向左微偏，挡住来路。

曲苏怒目以对，“罪魁祸首”却在这一瞬撒手，语气温温的：“凑巧，我也爱食鱼腹之肉。”

林梵这时刚盛好一碗红枣鸡汤，那鸡汤黄澄澄的，去掉浮油，闻起来鲜香极了。她撕了一条鸡腿，送至岳周面前，说：“当心烫。”

岳周目不能视，却特别自然地从她手中接过汤匙，又盛了一碗鸡汤，汤碗里是另一条鸡腿。

鱼腹肉没吃上的曲苏，这会儿感动得泪眼汪汪：“还是周周懂得心疼人！”

然而鸡汤稳稳当当摆在林梵面前，偏偏岳周还不知发生了什么，顺着曲苏的话笑着道：“这是应当的，林梵做饭辛苦了。”

曲苏伸出去接汤碗的手就这么停在半空。

她发誓，绝对听到了有人毫不遮掩的笑声，尽管那声笑很短促，又很低，但她就是听到了！她扭脸瞪去，却忍不住惊呼：“我的鱼……”

鸡汤盛完两碗就已见底，两条鸡腿各有归宿。算了，很显然，她不在的这段日子里，岳周和林梵已经培养出了不一般的默契。她算是彻底明白过来，为什么明明都炖了一锅鸡汤，林梵还要再额外做个芙蓉蛋花汤。现在她知道了，这鸡汤从一开始就没有她的份儿。然而事关岳周未来五十年的幸福，她是很识大体的，决不能拖好兄弟的后腿。可谁能想到，就这么一眨眼的工夫，糖醋鱼最肥最嫩的鱼腹被人整块夹走，尤其是正在吃鱼的那人还不慌不忙地舀了两勺汤汁浇在饭上，吃得那叫一个津津有味。

这家伙还真会吃！

曲苏咬着下唇，强忍不甘，以迅雷不及掩耳之势从砂锅底捞出一只鸡翅膀。她算看出来了，自己再不抓点紧，这满桌菜肴剩给她的估计就只有豆腐渣了。

林梵亮晶晶的眼睛看着她："曲姐姐也爱吃鸡翅膀？"

岳周手里的汤匙再一舀，从砂锅底捞起另一只鸡翅，精准送到她碗里："她不挑食，青菜豆腐也爱吃。"

他微微侧过脸，朝曲苏浅笑解释："林梵最爱吃烧鸡、炖鸡，平日我们做这道菜，一对鸡翅都是她的。"

言下之意，能分她一只鸡翅膀已经很讲兄弟情了！

青玄在这时开口："林姑娘厨艺不错，这糖醋鱼真好吃。"他顿了顿，似在细品，"下次再做，可以少放辣椒。"

曲苏不好跟眼盲的计较，更不可能跟林梵一个姑娘家脸红，但眼前这个，她还是可以说话的："我爱吃辣。林梵做这道糖醋鱼，是做给我吃的！"

青玄一撩眼皮儿，眼神落在她手里的碗上："但我看姑娘不怎么捧场，如此未免辜负了林梵的心意。"

曲苏深吸一口气："我那是不想……"她本要说，她那是不想吃吗，明明有人厚脸皮，故意抢走她最爱吃的鱼腹！

她话没说完，就被青玄格外豪气的举动噎了回去。只见此君拿起公筷，将鱼巧妙一翻，一大块厚厚的鱼脊背落入她碗里。

青玄听到她未说完的前半句，眉心轻蹙："你不想什么？"

曲苏瞪着碗里的鱼背肉，难得茫然了一瞬。她上一次吃鱼脊背还是在很小的时候，彼时她刚入落羽，年纪小，吃东西也慢，某日晚饭，同门的师兄弟早抢光了菜，只留一块鱼脊肉和一条鱼尾巴给她。鱼脊背的肉又厚又硬，最不入味，刺多且密，她当时年纪太小，不懂这些，饿得狠了，刚吃一口就被鱼刺卡住了喉咙。

最后还是一个小师姐被她指着喉咙掉泪的样子给吓到了，及时喊来了大哥，鱼刺倒是顺利取了出来，但她喉咙肿了足足半个月，咽不下水，说不出话。

她自小是爱吃鱼的。那之后，她只吃鱼腹之肉，若是没有就不吃了。哪知今日被青玄这厮硬塞一块鱼脊背，心理阴影顿时浮出水面，好一会儿说不出话。

大概见她一直不答话，青玄也不再问，后半餐饭吃得沉闷许多。唯林梵捧着鸡汤，一口一口满足地喝着，那副模样，好像是即使与岳周毫无交流，光是看着他的侧脸下饭，她也可以吃得满腹甜蜜。

一餐饭吃得曲苏“伤心流泪”，好歹就着岳周口中“她也爱吃”的青菜豆腐，混个半饱。

曲苏自诩一向以大局为重，尽管这顿饭一没吃好，二没吃饱，但与岳周的重要谈话绝对拖不得。饭后她拖着岳周到院中葡萄藤下石桌旁坐下。

曲苏面前放了一盏刚泡好的一斛春，一杯杏子露。据说这杏子露是林梵亲手所制，酸甜解腻，饭后来一杯最是舒坦。

岳周又指了指其中一盏：“茶要趁热喝，不然就失了风味。”

不论杏子露还是清茶，全都是刮油的。曲苏扁了扁嘴，端起茶喝一大口，没吭声。

岳周如今虽然看不到，但天下之事，一失必有一得，他耳力敏锐更胜从前，光听动静就知曲苏的小动作：“看人家喝，你偏要。要到手，你又不爱喝。”

提起这事，曲苏就来气：“你是真傻还是装傻？那个青玄来历不明，又跟林梵有些旧交，怎么三言两语就被他哄骗了，整顿饭都笑嘻嘻的，还真让他在这儿住下来。”

“曲苏。”岳周干脆半躺在藤椅上，他从前也是“十步杀一人，千里不留行”的顶级刀客，饶是曲苏这般跟他自小相识一路陪伴长大的，从前也极少见他露出这般慵懒的姿态。但此刻盲了的岳周穿着一身旧衣，端一盏茶靠着藤椅轻摇的模样，落在曲苏眼里，却又让她觉得一切都是那么美好。

曲苏眨了眨眼睛，正要说什么，就听岳周又喊了一声她的名字：“曲苏。”

她抬起眸，就见岳周微微笑着，缓声道：“不久前，开国侯的人已找到这里，就在三日前，他第二次派人重金相求，只为请我出山。而青玄这个人，我们虽然暂时不知他的身份、来历，但看林梵的反应，我可以断定，他绝非敌人，在这个时候，何必节外生枝。”

曲苏忍不住坐直了身：“他以重金相邀，让你杀谁？”

“当朝太子，容璟。”

曲苏一听就急了：“这么大的事，你怎么不早同我讲！就算你我在江湖中有些许人脉，但这两端，一个开国侯，一个太子，都不是你我能扳得动的人物！还在这儿坐着干什么，赶紧收拾东西，走啊！”

岳周唇边噙着淡淡笑意：“这棠梨镇是你为我挑的定居之所，也是我与林梵初识的地方，这里很好，我不会走的。”

曲苏霍然起身：“岳周，今日林梵跟我闲聊时，还说觉得你有时有点傻。我看你不是有点傻，是十分傻。”

“天下万事，堵不如疏，疏不如引。”岳周道，“开国侯既能这么快找到我的踪迹，不论我搬到哪儿都是枉然。而青玄此人，身份绝不简单。即便是我，都不知他的武功境界有多高。青玄既然不是冲着我来的，就凭着他那句‘却是故人’，万一我有不测，至少，他可以护住林梵，林梵可以好好活着。”

曲苏不知该如何形容刚刚一瞬间涌上心头的强烈不安，可冷静下来细细思索，她又不得不承认，岳周一贯策无遗算。

开国侯两度相邀，均被岳周婉拒，想来对方也不会无止境地纠缠。至于青玄，相信岳周的判断就好了，岳周从未出过错。照岳周所说，兵来将挡，水来土掩，倒也在理。尤其现在岳周不是一个人了，这不还有林梵呢！

其实就在刚刚，她忍不住又想起了来棠梨镇之前的那个梦。梦里的岳周双目流血、胸口中箭跌落悬崖的模样太过凄惨，尽管这几日她尽可能回避不去想，但此刻骤然想起，难免心神不宁。

她忍不住想，或许让岳周在这样一个小镇定居，娶林梵这样一个貌美、耿直又擅管家的姑娘，就是他此生最好的归宿。

为了远避开国侯而四处奔走，固然自由自在，但终究太冷清。

他这双手从前握刀握酒，唯独未曾牵过美人的手。如今刀剑入库、马放南山，该握一握心爱女人的手了。

第二章　不情之请

月上柳梢头，洒落清辉满庭。吃光一大碗阳春面后，曲苏嚼着果脯溜达到院子里，一抬头，不禁“哇”了一声。

林梵走在她身后，闻声也朝远处天空望去：“好多孔明灯啊！”

曲苏轻盈一跃，站到石凳上，看到主街上人影攒动，连忙跳下来，拉上林梵就往外走：“今早在巷口买茯苓饼时，好像听人说，最近有个什么灯节，看来就是今夜了！”

林梵被她扯着走出几步，又连连拽曲苏的衣袖。

曲苏回头，就见林梵的桃腮透出淡淡的粉红，羞涩道：“要不我们叫上岳周哥哥一起？”

曲苏一开始还没转过弯来，直愣愣道：“前几日才给他涂了我北上带回的药，如今还裹着布条……”其实她真正想说的是，岳周那双眼是为剑气所伤，即便跟她们一道出门，也是什么都看不到的。哪怕敷着她千辛万苦寻来的药，短时间内也不见得真能起到多大作用。尤其今日这般摩肩接踵、热闹非凡的灯会，让他跟着，也只能体会人贴人、脚踩脚的拥挤。

眼伤的事儿，岳周心里显然是有数的，但林梵不知道。曲苏看在眼里，谈及此事，难免要迂回一些，生怕多说多错，惹得这对正在热恋的小情侣闹起别扭。

林梵的满腔热情丝毫不受影响，拉了拉她的手道：“曲姐姐稍等我一会儿。”

说完，她先跑回主屋，也不知与岳周说了什么，又急匆匆赶回自己的房间。

曲苏摸不着头脑，只得也先回主屋，还没迈过门槛，就见青玄先一步走了出来。

他见到曲苏，目光不着痕迹地将她从头至脚打量一圈：“不是要去逛灯会？”

曲苏一见此人就气不打一处来。这家伙狡猾得很！这才不过十几日的光景，岳周竟然对青玄生出好感，每日除了去书塾听书，其余在家的时间，常常与这人各捧一盏清茶，上谈天文下谈地理，聊的闲话简直比从前岳周和她一年说的话还要多。曲苏觉得青玄此人太会演戏了，居然能让岳周与他如此投缘。

这些日子下来，大家同住在一个院子里，每日抬头不见低头见的，难免让她悠闲度假的心情平添阴霾。听听，青玄说的都是什么话，怎么就逛个灯会的事，要带上岳周不说，看这意思他也要去？

曲苏目光越过他肩膀，投向屋内的岳周："周周，周周！"

岳周应了一声，从屋内缓缓走出。他如今眼上敷着药，便用一根与衣裳同色的淡蓝色布条蒙了起来。这布条是林梵精心缝制的，处处透着用心，尾端绣了一对藕色并蒂莲，寓意美好。这小子一双桃花眸以前勾人得很，未笑而含情，却不想那双惹祸的眸子被一根布条遮起之后，丝毫不损容貌，反倒比从前多了几分超然出尘的清隽。也难怪能把林梵一个大美人迷得晕头转向，仿佛全然忘记他是瞎子，连去逛个灯会都要把人拴在身边。

彼时曲苏未通情窍，自然不懂林梵此举并非脑子糊涂，实乃情人之间的情趣所致。但她向来心思豁达，岳周又与她交情匪浅，林梵想带着他就带上吧，她不嫌弃。

哪知下一秒，岳周就说出一句令曲苏极为嫌弃的话："我来棠梨镇两月有余，早就听说，每年暮春，这里接连三日举办千灯晚会，热闹非凡。青玄兄可愿同往？"

听听，还什么"可愿同往"，还有那温柔得仿佛能滴出水来的声音，不知道的还以为他这话是对林梵说的！

嫌弃归嫌弃，曲苏仍被岳周的一番详尽描述说得心痒痒，有"金凫银燕儿灯"，又有什么"垂丝翠柳灯"，当听到灯会上可以吃到各种时令小食时，她忍不住揉揉肚子。约莫是怕她如之前几日那般贪吃积食，今日林梵准备的大碗阳春面只是看着多，实则汤多面少，所以这才没过多久，她就有些饿了。

她不禁将目光偷偷瞥向站在一旁的青玄。前两日她与林梵一同外出闲逛时已听说了，他们两个从前虽然相识，但彼此的关系称不上熟稔，也不是她之前误以为的关系。照理说，说清楚这一层，她好像也就没理由讨厌这家伙了。可约莫是吃饭时他总喜欢和她抢同一道菜，又或是不论聊起什么，他们两个总持相反的观点，而且这个人还说得头头是道……

哪知道青玄也正在瞧着她，那眼神里似乎还有不解："曲姑娘不同去吗？"

曲苏被问得一愣："我没说不去啊。"

青玄微微一笑："哦。"他又微侧过脸，显然在回答岳周："既然三位都去，我一个人留在家中也没意思，同去也好。"

"曲苏，"岳周微笑着道，"既是去逛灯会，你是否也要梳洗打扮一番？我二人在大门口等你和林梵。"

曲苏愣在当场，直到眼看着这两个人越过自己，先行一步走出院子，才明白这两个人是什么意思：林梵这岂不就是传说中的"媚眼做给瞎子看"？当然她决不是贬损林梵，更不是对自家兄弟进行人身攻击，纯粹就是字面意思。

直到半盏茶之后，她亲眼看着林梵身着一袭橘色长裙从房间走了出来，终于有点品出了味道："乖乖，我们周周真是艳福不浅呢！"

林梵抿着唇朝她笑，她在眉心贴了一枚珍珠花钿，衬得她眼波流转，娇媚至极。两边耳垂戴了不知是什么材质的耳饰，白茸茸一只雪团子，曲苏忍不住好奇，伸手摸了摸："还挺滑的，这是兔毛？"

林梵脸颊透出几分羞涩，眼神瞥向一边："曲姐姐若是喜欢，改日我做好了，赠你一对。"

曲苏摆了摆手："我怕疼，没有扎耳洞。"

林梵悄悄吐出一口气："曲姐姐，我今日这样打扮，会不会有点奇怪？"

曲苏笑眯了眼："很好看的。你放心，待会见到岳周，我会跟他好好描述你今日的穿着。"这不就是林梵精心装扮的用心吗？说来也是她之前想得少了，和心上人一块儿出游，女孩子总要打扮得漂亮些，岳周眼睛看不着，不正是她这个好朋友派上用场的时候？

林梵脸颊更红了，很显然，曲苏这句话说到了她心坎上。两人行至大门时，林梵不知从哪儿摸出一只毛茸茸的团子，比她耳垂上的那个稍大一圈，上面还挂了一朵梨花，透着沁人心脾的花香："曲姐姐，这个送你。"她似乎很少送人东西，有些忐忑，"你可以……可以系在腰间。"

女孩子大多喜欢毛茸茸的饰品，曲苏虽然平日过得粗糙，在这一点上倒不例外。她道了谢，喜滋滋接过来，系在腰间，与荷包挨着。

毛茸茸的雪团子与玉涡色的荷包一并悬在腰间，随着走动一跳一跳的，看起来煞是可爱。

曲苏亲昵地挽住林梵的手臂："我很喜欢！"

两人一同走到大门外，林梵唤了一声岳周的名字，莲步轻移走上前。

曲苏惦记着今晚职责所在，连忙占了岳周另一边的位置，低声和他形容了今晚林梵的穿着。

岳周浅笑道："小梵哪怕只是荆钗布裙，也是最美的。"

他又微一低头，轻声对林梵道："稍后跟紧我，别走丢了。"

林梵"嗯"一声，小手既轻且柔地攀上岳周手臂。

曲苏在一旁看着，忍不住微微打了个哆嗦，那双小手力气有多大，她是目睹过的。有林梵两手拽着，她对他们家周周的人身安全那是一百个放心。

三人并肩同行，剩下的那个人选择走在谁身边，就是个大问题了。

在曲苏警惕的目光中，青玄一袭青衫，步履从容，看起来并未怎么迟疑，就选择走在她的左手边。

虽然不怎么愿意搭理这个家伙，但看到他并未选择走在林梵身畔，多少令曲苏心中感到安慰。还算这厮有几分自知之明，没有再去破坏人家小两口的感情。

四人并行了一小段路，还未走入主路，便被朝着同一个方向涌动的人流冲散。林梵面上含羞，但扶着岳周的手臂却稳稳当当，将人护得周全，岳周半点也未受到旁人冲撞。但左右拥来的人太多，几乎眨眼间，他们两人与曲苏、青玄之间就隔了五六个人。

曲苏瞧见林梵回首，便朝她挥了挥手："没事，你们先走着。"这棠梨镇拢共也没多大，怎么也是走不丢的。

曲苏刚说完这话就觉腰间有异，伸手去捞，却摸了个空。

定睛再看，那只雪团子被青玄捏在指尖，见她瞪他，他却毫不心虚，沉声道："本以为你只是看着不聪明，没想到，是真不怎么聪明。"

曲苏出掌去夺，周边人潮如织，两人就在边走边挤间过了十几招。末了曲苏被一个身高只及腰畔的孩童狠狠一撞，慌乱间躲闪不及，整个人便朝青玄怀里栽去。

她五指仍是张开的手势，如此一来，刚好牢牢抓在青玄胸口。

空气有了一瞬的凝滞，饶是曲苏一向大大咧咧，此时也难免生出几分尴尬。

青玄犹嫌不足，戏谑道："相识不过几日，不想姑娘如此热情，着实令在下惶恐。"

曲苏狠狠推了他一把，她使出五成掌力，寻常成年男子哪怕身怀功夫，被她这般突然发力一搡，怎么也要倒退两步才能稳住身体，却不想这家伙看着腰身瘦削，还真不是个绣花枕头，双足犹如生根一般扎在原地，全身纹丝未动。唯有垂在肩畔的发丝随风轻拂，其中有一缕还调皮地抚上了曲苏脸颊。

曲苏猝不及防地退一步，又觉得自己这般举止颇有示弱之嫌，可她确实抢不过他，也推不动他，只能继续发动眼神攻势，狠狠瞪他："东西还我！"

如果眼神也能化为兵器削人，眼前这家伙早被她凌迟一百零一遍了！

青玄浑然未觉曲苏眼神之中的满满杀意，慢悠悠将先前与她过招那只手抬了起来，五指平摊，掌中空空："不知掉到哪里去了。"

曲苏难以置信，但此时不是与他争吵的时候，她如陀螺一般绕着这家伙滴溜溜地转了一圈，前后左右仔仔细细寻了一遍，真没有！她刚绕到他身后时就发觉了，他腰间只有一条鞶带，正中镶一块双鱼戏莲玉佩，显然藏不下婴儿拳头大小的绒毛白团子。

唯一的合理解释，就是刚刚趁着周围人多，他偷偷将团子丢在地上，又被他人捡了去。

绒毛团子被青玄故意摘走弄丢了，一会儿和林梵、岳周会合，她要怎么跟林梵交代呀！

曲苏越想越气，也懒得同他说话，转身就走。

可不论周遭如何拥挤，不论她怎么努力穿越人群欲将身后的人甩开，青玄始终与她保持着一臂的距离。男子的步子本就比女子大，只要他想，随时多迈一步，就可以轻易与她追平。

曲苏觉察到他的用意，又发现两人间如此近的距离，却几乎连他的呼吸声都听不到，可知此人内力之深厚，远在她的预估之上。

曲苏现在明白岳周的判断了，青玄的身上，颇有些古怪。

拐过街角，眼前豁然开朗，只见街道两旁或立或挂着千百盏造型各异的花灯，璀璨炫目，小镇的夜空被映得宛如白昼。曲苏心中虽有许多不痛快，此时也被眼前美景震撼了，好一会儿说不出话来。

青玄站在她身旁，没有说话，只是递了一盏栩栩如生的白兔灯给她。兔子眼睛红彤彤的，宛若相思红豆。

曲苏一看到白兔，就想起被他故意丢在街边不知去向的白团子，心中翻腾着恼意，没好气地道："以后不要乱扔别人东西，也好过事后亡羊补牢。"

"'亡羊补牢，犹未晚矣'，"约莫是见曲苏瞪他的眼神，愤懑中还透着茫然，他难得有耐心地多解释了句，"用在此处，不甚妥当。"

曲苏差点没气死，这人不仅没礼貌，乱丢她的东西，现在还嫌她没文化胡乱用词。她忍不住加重语气，字句铿锵："重点是这个吗？重点在'不要乱扔别人东西'这几个字好吗？"

青玄沉默片刻，才说："那不是好东西，常人戴着，绝无益处。"

曲苏听得直皱眉："你胡说什么？那是林梵送我的，她自己耳上也戴着。"

青玄不再解释，将花灯杆儿往她手里一塞，转身便走。

曲苏虽不想再跟他同路，奈何整个小镇首尾相连，街道贯通，若要尽快与岳周、林梵聚齐，只有顺着这条路继续朝前最为便捷。她抿着唇跟在他身后，不想身边有个声音颇为焦急地连声唤她。

曲苏扭脸，就见几盏花灯之后，探出一张笑出数道褶子的苍老面孔："姑娘好眼光，白兔灯仅此一盏，特惠二十文。"

这人连道歉都没个诚意，塞给她的这只白兔灯虽符合她的审美，他却压根儿没打算从自个儿口袋里掏钱！曲苏气得直磨牙，又舍不得撒手，只能从荷包里数出铜板，塞给卖花灯的老先生。

老头儿卖了许多年花灯，难得见到如此大方半点儿不讲价的客人，笑眯眯地朝曲苏拱了拱手，道了句吉祥话儿："姑娘慢走，祝您与夫君百年好合！"

直到走出好几步远，曲苏才反应过来摊主是什么意思，攥着白兔灯的手抖了又抖，还是舍不得砸。

街道两边梨花夜开千朵，飘来阵阵清甜香气。灯火辉煌欲迷人眼，斑驳的光影映照着前方男子的侧脸，曲苏一抬眸，正看到他唇畔微微勾起的弧度，说不清道不明的，她莫名脸颊一热："喂！"

她加快脚步与他并行："既要送灯给我赔礼，怎么连银子都要别人掏？"

青玄面色淡淡："我没银子。"

曲苏故作打量他的模样，目光如炬，将人从头到脚品评一番，末了摇头嗤道："谁信！"

青玄侧目看她："不是曲姑娘说的，林梵定是欠了我不少银子，否则怎会心虚至此，容我久居？"

这还是五日前的晌午，她和林梵闲聊时说的话。曲苏伸出食指，微微发抖："你……你偷听！"

青玄一脸正色，说："恰巧路过，实是姑娘说话声音大了些。"

曲苏道："所以现在你是承认了？"

青玄静了片刻，才道："她所欠之物，比金银更为贵重。除非她肯放下这里的一切，与我走一趟。"

曲苏闻言心中一沉，看来青玄和林梵之间的事，绝不是自己初时臆测的那么简单，也不知会不会影响到岳周和林梵的感情。照她这些时日的旁观来看，岳周甚是看重林梵。如今看来，不论青玄是什么身份，只希望他不会成为两人的阻碍。

走过卖花灯的摊子，卖各色小食的摊子渐渐多了，光闻香味，曲苏就馋得直流口水，但她好歹还记得有正事儿要办，对青玄说："我们先去找他俩会合，等我和林梵把这盏花灯放了，再折回来买东西吃。"

青玄没有吭声，但这些时日相处下来，曲苏多少也了解了他的性情，这时不开口，便是默许的意思。

两人又走出很长一段路，却都没见到岳周和林梵的身影。曲苏自认目力一流，只要他们两人出现在这主街上，怎么都不会看漏。唯一的可能，就是她个头不够高，视野不好，说不准正是因为此，才与他们两个错过了。她挠了挠腮，问青玄："你别光走路啊，也帮忙找人。"

她这话出口，倒还真是管用，不过半盏茶的光景，青玄开口："在河对岸。"

曲苏闻言连忙踮起脚："哪里？我瞧瞧！"

“真是他们！”曲苏以手搭了个“凉棚”，半眯着眸子朝河对岸张望了好一会儿，果真在一群人中见到了他们两个。主要是林梵那身橘色长裙在灯火映照下足够显眼，不然周围那么多青年男女，还真是不太好找。

她转身便想往回走，他们才刚经过通往河对岸的那座拱桥，绕回去是最近的路。

后肩被人轻点两下，轻触即离。曲苏转身，就见青玄微垂着眸道：“桥上人太多，这盏灯半路就挤坏了。”

或许因为桥上可以吹风，又适宜赏景，沿途路过的两座小桥，都挤满了人。桥上人潮涌动，摩肩接踵，想从中走过，那盏手指稍用些力就能戳破的精巧花灯怕是保不住了。曲苏一心想与林梵分享这盏花灯，却也知道青玄说的是事实，只得闷闷不乐地继续顺着人群前行的方向往河边走去。

流水潺潺，并不湍急，盏盏梨花灯逐水漂流，蕊芯明亮，映得花瓣晶莹剔透，一盏盏花灯宛如盛放在河中的莲花。远远看去，河灯结成长队，顺着河道缓缓前行，更像是一条身躯秀颀的银龙，沿着河水蜿蜒游走，这夜景当真蔚为壮观。曲苏边走边观赏着，待行至岸边，毫不费力便能看清对面岳周和林梵手里都拿着梨花灯，显然不缺她这一盏。令她更为瞠目的是，岳周右手边站着林梵，左手边还站着另一个年轻姑娘，也捧一盏花灯，双颊染霞，似在与岳周说着什么。那姑娘虽看不出是谁，但发髻上的桃花簪看着眼熟。

“啊，她是那个，那个……”

“青岩书塾教书先生的外甥女，韩娘子。”青玄在一旁道。

“对，就是韩娘子！”曲苏奇怪地瞥了他一眼，“你这是专门打听过人家？不然怎么连人家是谁家外甥女这种事都了如指掌？”

“岳周与林梵解释时，我在一旁。”

原来是赶上了八卦现场，怪不得知道得这般清楚。曲苏忍不住看向林梵，但见她面色平静，辨不出喜怒，似将全副心神都凝在两手之间那盏花灯上。

她陡然反应过来：“刚才我看到路上有个女孩赠岳周花笺，那花笺不会就是韩娘子所制吧？”

还真是个容貌秀美又心灵手巧的好女子。不得不说，岳周今年遭遇的这两朵桃花，当真是质量高！当然了，这段日子以来，她每日睡的是林梵打的水曲柳大床，吃的是林梵烹制的可口三餐，做人是要讲良心的，培养感情是要讲先来后到的。所以这韩娘子虽然也好，但她在心里早就把票投给了同样人美心善且能干的林大美人。

曲苏正想着今年也算岳周的“桃花年”，要不要她来主动牵头，敦促两人趁早把婚事办一办，也好避免这些不必要的桃花债，突然就听到远处传来一片此起彼伏的惊叫声，甚至盖过了近处喧嚷的人声。她蓦地抬头，就见相距不过几丈之遥的对岸，数个黑衣人不知何时出现在人群之中，各个身手矫健，手持利刃。为首那人目标明确，越过数人，直朝岳周攻去。

曲苏把捧了一路的白兔灯扔在一旁，取出腰间软剑，踩水直朝河对岸奔去。

人群四下奔逃，曲苏两脚刚落在地上，就被一个身形高壮的男子撞得一个趔趄。她视线受阻，不由得更急，连忙闪身而过，四下寻找岳周和林梵的身影。

“岳公子！”

凄厉的女声惊得曲苏一个激灵，她沿着声音来向找寻，只见岳周一手紧紧揽着林梵，躲避着四下朝他攻来的黑衣人。他面前还挡着一名女子，那女子碧衫染血，脚步凌乱，显然之前那声呼喊正出自她口，是前不久还站在岳周身旁含情脉脉的韩娘子。

岳周从前身手一流，如今尽管双目已盲，好在轻功向来不错，他一手拖住韩娘子，疾奔数步，将人安置在道边一棵柳树旁。

林梵自始至终被岳周半揽在怀里，当此之时，更是瑟瑟发抖，柔弱不堪，她攀住岳周手臂，半靠在他肩膀：“岳周哥哥，我好怕……”

岳周一手将林梵的小脑袋半扣在怀里，唇角轻翘：“青玄兄，烦请暂时照看韩娘子一二。”

大柳树后，一片黑暗之中，青玄的身影半隐半现，一声不吭。

林梵似乎又急又惧：“岳周哥哥，咱们走吧。”

岳周道了声“多谢”，拽起林梵朝相反的方向跑去。

青玄看了一眼地上的人，随即伸脚轻踢了一下。韩娘子半昏半醒的，被这么一踢，整个人瞬间软倒在地。大柳树前有不少杂草，如此一来，倒是把她遮掩得相当完美。

一切都发生在瞬息之间，别说黑衣人，就是曲苏都未看到大柳树后青玄的身影。

曲苏刚想追上岳周，就被数个黑衣人层层围住，一交手便发现，这些应是被雇的杀手，目的明确，下手狠绝。譬如此刻，他们为能缠住她，出剑凌厉，角度刁钻，只要她一个不留神，就要被这些人当场戳出几个血窟窿！

曲苏在心里暗骂青玄太不仗义，平日里闲着无事跟个牛皮糖似的，处处碍眼，这危难之际却全不见踪影，不然凭他的身手，与她一同杀出重围，救走岳周三人，简直易如反掌。如今只留她一个应敌，难免要费些力周旋。

曲苏双目如电，寻到几个黑衣人之间的空门，剑尖如灵蛇蜿蜒刺出，如此接连解决掉几个。她将剑反手一挡，甩下其余几人，朝着岳周撤退的方向飞快追去。

另一边，岳周紧紧揽住林梵，使出轻功一路穿花拂叶，奔走在密林之中。不过半盏茶的工夫，他眉间显出几分疑色，渐渐停下脚步：“那些人没有再追了。”

没有其他人的脚步声，这林间宛如一片死寂之地，除了他们两人的呼吸，其余一切声音皆不可闻。就连这时节该有的鸟叫虫鸣声，也悉数听不到了。

林梵鼻端隐隐可以嗅到浓重的血腥味，她一双小手紧紧揪着岳周的衣领：“我也不知。”她声音透着微颤，似是怕极了，“可能是岳周哥哥轻功高强，他们怎么都追赶不上，就尽数散了。”

岳周扶着林梵肩头的手缓缓摩挲着她，似在安慰。沉默片刻，他叹了声：“罢了。”

曲苏一路追赶，心中暗道岳周昔时不愧是落羽轻功年年第一的高手，她追这一路都觉得有些疲了。一路已躺倒数个黑衣人的尸体，还有的虽靠在道边树底吊着口气，显然也无力再追。

这帮黑衣人显然得了命令，眼见一轮追杀未能得手，便先散去。

曲苏最终在拱桥边的一棵老梨树下找到了岳周和林梵。

岳周安然无恙，除了左袖和胸口染了少许血迹，好得不能再好了。林梵一侧脸颊和衣袖上遍染鲜血。乍一见她这般，曲苏不免心惊，待上前仔细察看，却发现那些血并不是她的，不由松了口气。

曲苏环顾四周，冷静干脆地说：“眼下暂且安全。但我想，这镇子应是待不得了。”她看向岳周，眸色一暗，“今晚这些应是被雇佣的专业杀手，周周，你……”

她本想说“你心中可有猜测”，但考虑到他身旁还站着林梵，犹豫之下，后半句话便未问出口。

林梵仰起脸庞，眼波流转看着岳周：“我都听岳周哥哥的。”说着，她把手往身后缩了缩。曲苏眼尖地看到她食指和拇指上各有一道极细的红痕，刚想再看得清楚些，林梵却已将手放在岳周手臂上，还轻轻摇了摇他，又道：“不过，咱们若是要离开这儿，我知道一个地方，你们跟着我走，保管任何人都寻不到。”

曲苏闻言不禁一愣：“这么神秘，是什么好地方？”

林梵笑容淡淡，可仰脸看向岳周的双眼却亮晶晶的，充满期待：“是我幼时待过的地方。”

曲苏没有吭声，她倒是无所谓，这段时日她推掉所有任务，一则是为照看岳周，另一则也是想借机给自己好好放个假，去哪儿都是一样的。

岳周却迟迟不语。

直到林梵又唤了声他的名字，他才回过神，微微一笑：“我不能走。”

“不走就不走，我都听岳周哥哥的！”林梵笑得甜甜的，显然是走是留，只要能陪在岳周身边，旁的事她全不放在心上，“那咱们这就回家吧。”

三人一路走出密林，曲苏发现岳周异常沉默，不由暗作打算，稍后回到家中找个合适的机会，她还是要单独问一问岳周内心的打算。

行至一棵大柳树旁，曲苏一眼瞧见站在树旁的身影，她手里还拿着剑，不由得用剑柄一指，气道："贪生怕死，说的就是你！"

青玄原本静静站在树旁，听到她这样说，不由面露淡淡愕然："曲姑娘这话说得好没道理。"

他脸上那份惊愕太过平淡，颇有故意做戏的嫌疑。曲苏越看越是狐疑，瞪着他道："难道你还有什么解释？"

青玄微一侧首："受岳兄所托，特在此看护这位韩娘子，故一直未敢走远。怎的到了姑娘口中，我却成了贪生怕死之辈？"

曲苏走上前一看，大树底下还真躺着一个人——韩娘子，她胸腹处被刺一剑，血染青衫，面如白纸，这会儿已然失去意识。只是刚巧这棵大柳树旁一点灯火也无，草丛又生得茂密，她这样躺着，放眼一望，还真被遮掩得毫无破绽。

曲苏忍不住冷哼了声："还真是辛苦你了。"

"也还好。"青玄微微一笑，"只是此处阴暗寒凉，候了这些许时间，倒有些饿了。"

曲苏听到这话，倒是头一回对青玄的话升起了少许认同感，肚子也应景地咕咕叫了两声。

青玄问："岳兄，你方才说的那家梨花豆沙馅圆子，不知在哪条街上？"

岳周道："就在去医馆的路上。"

此言一出，林梵的目光反复朝那韩娘子瞥去，攥着岳周衣袖的小手险些将布料生生扯烂。

至于青玄，他先时脸色还未变，此刻更是笑得轻巧："实是饿得紧了，先走一步。"

曲苏眼疾手快，一把将人拽住："哎，你就这么走了，你这是想让岳周背着韩娘子去医馆？"

青玄冷哼了声，侧眸瞥她："难不成让本尊背？"

这人的古怪毛病又冒出来了。

可也真是奇怪，他这话一出，旁边林梵的脸色瞬间泛白，双肩瑟瑟发抖，仿佛又回到了曲苏与这两人初识那日的光景。

她记得真切，那日林梵称呼他"尊上"，他也真不推脱，那模样显然习惯了他人这般称呼。她暗暗对青玄的身份开始真正好奇起来，莫非这家伙还是个王公贵族？

曲苏没好气地道："岳周眼睛本来就不方便！"

青玄语气淡淡的："眼睛不方便，也没耽误他逃跑。"

曲苏刚想再争，林梵已先一步站了出来："曲姐姐！"

"啊？"她被林梵突如其来的发声吓了一跳。

林梵笑靥盈盈，单手往韩娘子肩膀一按，几乎不过眨眼间，已单手将人提了起来："男女授受不亲，韩娘子毕竟是女儿家，由我来背最合适。"

这理由令人无法反驳，曲苏一噎，林梵已将人搭在自己肩膀。

曲苏一边连忙追着，想帮忙托着点，一边看岳周："可……可这……"

岳周破天荒没发声儿，林梵笑着道："曲姐姐，没关系的，这点力气我还是有的。"

曲苏结巴了，终于把一直想说的话说了出来："可她也挺沉的。"

"……"

一阵沉默过后，就听幽幽一声嘤咛，伏在林梵肩上的韩娘子已悠然转醒。

林梵一弯腰，韩娘子就从后背滑了下来。

韩娘子脚步踉跄，脸色苍白，仿佛下一刻就要再度晕厥："我……这是在哪儿？"

曲苏和林梵两人，一左一右搀住她，曲苏勉励道："加油，再走两百步就到医馆了！"

韩娘子唇瓣惨白，还对她笑了笑："多谢姑娘。"她环顾左右，目光凝在不远处岳周的脸上，"岳公子！"

岳周已走上前："韩娘子，救命之恩，没齿难忘，稍后请医问药的费用，请让岳某一力承担，万不要推辞。"

韩娘子弱弱一笑："岳公子不要这样说。只要能看到岳公子平安，就是我这一生的心愿。"

曲苏忍不住将人提了提："年纪轻轻的，别一张嘴就一生一世，听得我瘆得慌。"她给林梵使个眼色，"小梵，这人命关天，咱们抓点紧！"

林梵连连点头，素白的小手紧紧抓住韩娘子另一边臂膀。

经过刚刚那场混乱，此时桥边、河畔游人稀少，灯也寥落，不复之前的热闹了。

一行人缓缓前行，也不知过了多久，总算瞧见医馆的招牌。曲苏把韩娘子往医馆一放，笑眯眯地对岳周说："我实在是饿得不行了，得先去吃碗汤圆垫一垫。"然后就跟撒了欢儿的狗子一般，飞快没了影儿。

她自觉走得极快，可身后始终跟着一个人。

曲苏头也不回："跟着我干什么？"

"早说过了，我也饿了。"

摊主是个热情的大婶儿，见到两人，就热情招呼："小娘子要吃什么馅儿的，自己挑，挑好了给你煮一碗。”

“一半梨花豆沙，一半鲜肉，给我来大份的！”

“好嘞！”

青玄站在摊前，见大婶儿那目光又投向他，略一思索便道：“和她一样。”

曲苏拿眼睛斜他：“你不是没带银子吗，拿什么买？”

青玄一语不发地看着她。曲苏才不怕跟他眼瞪眼，她单手叉腰，转过身与他面对面地看着对方。他出门逛街连钱都不带，要怎么学她买汤圆吃？

哪知道这人放在身后的手突然朝她伸出来，曲苏垂眸一瞧，险些跳起来。

是那只慌乱之下被她不知丢到哪儿去了的白兔灯！

胖乎乎的白兔灯，长长的兔耳，红豆般的眼，与她买的那盏一模一样，绝不可能是他从别的什么地方找的。当时她急匆匆冲去对岸，有那么一会儿没见他，原来他是在后头捡这灯来着？

曲苏心头暖烘烘的，从前岳周和其他两个师兄就说过她是这样的脾气，高兴不高兴，都来得快去得也快。这不，眼下瞧见他手里捧着这盏白兔灯，她还真一点儿都生不起他的气了。

她从他手里接过来，朝那笑眯眯瞧着他俩的大婶儿道：“给他煮一碗和我一样的。”又问他，“够吃吗？”

青玄点了点头。他本就无所谓吃或不吃，要吃，只是因为想尝尝味道。

这家卖汤圆的是棠梨镇的老住户，傍晚出摊，一直卖到子时，每晚的这个时辰，生意都很红火。这不，与曲苏和青玄相邻的一张桌上，坐了好几个年轻男女。其中一个年轻男子笑吟吟道：“你们可知沧浪城内近来最大的新闻是什么？”

另一个男子正在剥花生，听到他这话便笑着道：“又来了，这事你今日都念叨多少回了！”

先开口那个男子“啧”了声道：“我说了多少回怎么了？小蕙和阿茹又没听过，自然是要再讲一遍的！”

旁边两位年轻姑娘果然笑着附和：“快说来听听！”

他身子前倾，将头压低，故意做出一副神秘的模样。曲苏饿着肚子等夜宵，本就无聊至极，有一搭没一搭地听着隔壁几桌聊天，勾起了她的好奇心。

她行走江湖十几年，早习惯了眼观六路耳听八方。她捧着那盏白兔灯，一手拽着兔尾巴，另一手缓缓摩挲着白兔脑袋，装作事不关己的模样，可其实早已百爪挠心，只恨那开口讲话的男子说个八卦太磨叽，将那两个姑娘胃口吊得高高的，就是不切入正题。

耳畔一道清悦的男声道：“你若不喜欢，直接扔了便是，倒也不必这般蹂躏它。”

曲苏回过神，正对上他透着淡淡戏谑的眸，他看了一眼白兔灯道：“这兔子但凡是个活物，眼睛早被你戳瞎了。”

曲苏被他那道目光扫得手指一僵，定睛一看，她的食指指尖刚好停在白兔灯的那双红豆眼上。这只白兔做得栩栩如生，憨态可掬，被他这么一说，仿佛真透出无尽的委屈来。曲苏难得被说得有几分羞赧，见他伸过右掌，连忙伸手护住：“我没有不喜……”

话没说完，两人都发觉不妥。

青玄的一只手已覆在白兔脊背上，而曲苏双手伸出太急，不仅把白兔灯护得牢牢的，连青玄的一只手也被她紧紧压在手心底下。

曲苏连忙将手抬起，心里却忍不住想，早知道这家伙内功深厚，没想到手背却凉冰冰的，不怎么热乎，难道真是因为跟着她在外面溜达了一晚上，饿得狠了？

她刚想开口，就听邻桌那男子终于说到了正题：“开国侯，你们都听说过吧？”

“自然听说过，昔年开国侯护国有功，先帝特赐丹书铁券，咱们全大周朝独一份儿啊，这谁人不知，谁人不晓！”坐在另一张桌的中年男子在搭话。

显然，有心旁听八卦的人不止曲苏一个。

另一个道：“哈哈，我猜到这位仁兄想说的是何事了！”

“是什么事，你快说！”

那男子吊了这许久胃口，自然不甘心到了关键时刻却被一个路人抢了风头，当即截断那人的话：“我要说的就是开国侯，如今正广发英雄帖，召集各路能人异士……”

曲苏早在听到“开国侯”三个字时，就忍不住将目光瞥向说话那人，心中更是升起一百个警惕。不能怪她大惊小怪，不久前她才从岳周那儿听说过开国侯的种种“围追堵截”，今晚又经历了如此怪异的一场“大追逃”，再听到此人名讳，一时之间实难淡定。

“这般大张旗鼓，他想如何？”

“让我来猜猜，难道事关南疆战事？”

“他呀，是想找儿子！”那男子说完这几个字，就大笑出声，朝在座各位拱了拱手，“诸位若是得了空闲，不妨自己去瞧瞧那寻人启事，就在城内的布告栏里贴着呢，保不准在座某位就是那位侯爷失散多年的嫡亲儿子！”

现场顿时一片哄笑，有人趁着热闹道：“这事若是真的，不出三日，侯府的大门槛儿还不得被踏破了！”

“你以为什么人都入得了侯府的大门？人家既然是寻自己失散多年的亲生儿子，

肯定得有许多证据才行。常人若是吃了熊心豹子胆敢去冒认，轻则一顿板子免不了，重则一命呜呼啊！”

“可若一朝事成，那可就是侯府未来的继承人，富贵啊……”

热腾腾的汤圆上桌，曲苏却吃得有些心不在焉。她抬起头，就见青玄坐在桌子对面，眼睫低垂，淡色的唇被热气熏出几分红色。他本就俊美至极，此刻唇色嫣然，更显俊朗。曲苏见他吃得头也不抬，便出声问：“好吃吗？”

青玄似乎还很认真地思索了片刻：“豆沙馅加入梨花瓣子，少了甜腻，多了清新。”他又看向曲苏的碗。

曲苏最是护食，被他这么一看，顿时腹内长鸣，连忙捧住碗沿：“我觉着有点烫！”

青玄瞥她一眼，没再说话。

吃到后面时，曲苏吃得比青玄可快多了。吃光一大碗汤圆，仍觉得不饱，回医馆的路上，她又买了几串鹌鹑蛋和各种炸食。青玄跟在一旁，看着她吃，并不吭声。

曲苏觉得他眼巴巴地看着自己吃，委实有些可怜，便递过两根炸串。

青玄接过，却没有吃。

曲苏咽下沾着辣椒粉的肉肠，手在嘴边扇风：“怎么不吃，这个凉了就不好吃了。”

青玄淡淡道：“这种吃法，我不会。”

曲苏一脚迈过医馆门槛，听到这话，脚又收回来，转过身朝他伸出手：“那还给我。”真是把这人惯得，吃个路边摊还挑三拣四，她把最好吃的两样分给了他，他可倒好，居然还嫌吃炸串不够斯文，而且话里话外还带暗讽。

青玄将手背在身后，曲苏瞪着他正要说话，就听他说：“岳兄喊你呢。”

曲苏什么声音都没听到，撇嘴道：“你少骗我。”

“曲苏，”身后响起岳周的声音，“过来帮忙。”

曲苏又气又难以置信，拿手指隔空点了点他，转身朝医馆内奔去。

第三章　不择手段

那晚，一行人回到岳周的宅邸时已近子时。

韩娘子因需养伤，就这么顺理成章地在岳周家暂住下来。

曲苏觉得如此安排很不明智，刚进家门，她便攀住岳周肩膀："周周，借一步，聊两句？"

"姑娘家还是斯文些。"岳周伸手，将她的手肘挪开。他虽目不能视，可说话时双眸一直望着青玄的方向，"青玄兄，可有兴致秉烛夜游？"

相识十几载，这还是岳周头一次当着旁人的面，要她举止斯文些，曲苏险些以为自己听岔了。

青玄的目光在一旁微昂着头的林梵面庞上一扫而过，点点头道："可。"

岳周侧首对林梵柔声道："劳累了一天，你也早些睡吧。"和曲苏说话时，又是全然不同的语气："曲苏，韩娘子就劳烦你了。"

曲苏虽然对好友非要舍自己而选青玄颇为不满，到底还是皱着眉答应道："知道了，这事你就别管了。"

韩娘子伤口已妥善包扎，此刻面色微白，看起来颇有几分楚楚之姿："岳公子，叨扰了。"

岳周微微一笑："韩娘子哪里的话，早些休息吧。"

林梵站在岳周身畔，磨蹭着不肯走，看起来还有悄悄话儿想与她的岳周哥哥讲。曲苏看在眼里，有心把单独相处的机会留给这对小情人，一把搀起韩娘子转身就走，心里忍不住嘀咕：也不知岳周这家伙近来是怎么了，连她都能看出今晚河岸边这场"打戏"和韩娘子的"舍身相救"演得有多浮夸，以岳周的敏锐和细致，又怎会全无觉察？可他不仅主动提出将人送到医馆医治伤口，现在还顺着那韩娘子的意思，将人一路带回家妥善安置。她转念一想，难道岳周把人留下，是打算将计就计，主动出击？这么一想，曲苏的心情顿时好了许多，连扶着韩娘子走路的步伐都轻快了许多。

曲苏所住厢房隔壁就是一间空房，房间没有她那间大，采光也没有她的好，尤其那张床，别说躺了，一坐上去就咯吱作响。曲苏进了那间房，四下打量一圈，心中顿感宽慰。她扶着韩娘子在床边坐下，点上灯，又给她捎来一壶水，拍拍手就准备离开。

韩娘子却在这时将人喊住："这位姐姐，还未请教该如何称呼？"

曲苏满脑子都是旁的事，一路上又吃吃喝喝不停，这会儿也有点乏了，不耐烦地挥了挥手："免贵姓曲，称呼随意。"

韩娘子道："原来是曲姐姐。"昏黄的灯光下，韩娘子一手扶着床柱，勉强站直了身，朝曲苏躬身，"日后，还请曲姐姐多关照。"

曲苏漫不经心地带上门，待回到自己房间洗了把脸，才骤然反应过来："日后，日什么后？"

照她的意思，收留这韩娘子一个晚上，让她就近早睡方便养伤，实属仁至义尽，合着这姑娘还打算长住？

曲苏将手上水珠儿一甩："做你的春秋大梦！"

但她委实困得厉害，长发散开，洗过双足，全身放松，侧卧在床上酣沉入眠。

前院一棵桃树下，青玄等在那儿。

这些日子，桃花早谢光了，树影婆娑，一旁梨花皎洁，映得此人身姿飒爽，芝兰玉树一般立于庭中。岳周是看不到这般情形的，但不妨碍他徜徉在这夜色中，闻着周遭花的芬芳和坛子中的酒香。

青玄也闻到了，他转过身，没说话。

岳周道："镇北孤雁峰半山腰有座凉亭，去那儿饮酒如何？"他目不能视，嗅觉倒是愈加灵敏，"配上曲苏给你买的炸物，这坛梨花白正合适。"

青玄没有说话。

一黑一青两道身影沿着街道疾行，此时若有第三个功夫相当的追上两人，就会发现，岳周已使出轻功十成，疾奔如电，手中酒坛内的酒一滴未洒。他这样的轻功，可算当世罕见。然而他身畔的那道黑色身影自始至终不疾不徐，一寸不落于他后，亦一寸不超越他前，如此这般，绝非尘世中人可以做到。

直至两人坐在凉亭栏杆上，夜晚山风飒飒，岳周蒙眼的那根布条被吹得簌簌作响，他抚了抚额头，笑道："想来以青玄兄的功力，若要到此，瞬息便可直抵。"似刚刚那般与他并肩驰骋，已算极难得的迁就。

青玄刚来那日午后，他已探知，眼前这位绝非凡尘中人。大家同住一个屋檐下，日日接触，两人也不止一次谈天说地，青玄未经掩饰的种种特异之处，无疑为他的猜测增添更多佐证。

青玄并未多做解释，只是沉默片刻，说："你的轻功，在凡间，已是极好。"

岳周听到"凡间"两字，知道青玄这是默认了自己的身份，顿时了然。他将手上的酒坛放到两人中间，自怀里掏出两只酒盏，分了一只给青玄。

梨花白清洌甘爽，青玄尝了一口，又默默咬了一口手上的炸食。

曲苏说得没错，这种炸食趁热吃最好。岳周说得也不错，虽然凉吃有失风味，但就着手边这坛梨花白，明月清风相伴，也算别有滋味。

月光映照下，岳周的脸庞看起来多了两分亮色。他微侧过脸："岳某有一事不解，希望青玄兄可以看在这些日子相识的缘分上，知无不言，为我解惑。"他放下酒盏，双目看向青玄的方向，"青玄兄来此，可是一心要带走林梵？"

青玄望着滚圆的月，从这个高度去看月亮，倒有几分昔日在九重天赏月的熟悉之感："我可以不带她走，但前提是，她不可越界。"

岳周追问："何谓越界？"

青玄道："不虐，不杀，不扰太平。"

岳周沉默片刻，问："如若犯戒，可有补救之法？"

青玄道："有一，便有二，若是放任自由，再难回头。"他饮尽盏中酒，淡声道，"不过，我会在她堕入那般境地之前先一步了结她。"

岳周知道眼前这人与芸芸众生天差地别，所以此人能始终保持置身事外的态度。这次，青玄在他面前毫不掩饰自己的能力。

但他只沉默了一瞬，就开口："有我在她身边，我会看着她、伴着她，永远不会有那一日。"

青玄侧眸扫了他一眼，道："但愿如此。"

岳周默默良久，突然道："若有朝一日，我不在了，不知仙君可否出手，保林梵一世平安，让她远离这些红尘纠葛？"

青玄淡声道："她的红尘纠葛，从遇到你那一刻便开始了。"

岳周道："但你是仙人，当日你来寻她，不也是想将她带走吗？"他垂下眸，嗓音干涩，"若是，若是带走她，可以让她平安、幸福，那么带她离开人间，回到她最初居住的地方，也是很好的。"

青玄倏然一笑，道："这世上，哪怕是仙人，也不能保证谁一辈子都过得平平安安、幸福无忧。岳兄这是关心则乱了。"他侧过脸，看着岳周，许诺道："你放心，有我看着，没人敢把歪心思动到她的身上。至于她每日是喜是忧，是留还是走，就不是我能管的了。"

岳周沉默良久："我知道了。"

一壶酒喝完之前，他问了青玄最后一个问题："人真的有来生吗？"

月色温柔，从岳周面上的神情看，他似乎对这个问题的答案颇为向往，显出几分平日少有的缱绻与期待来。青玄凝视着他的面容，道："与其寄望来生，不如好好珍惜今生今世。”他稍稍停顿，终究还是开口指点：“因为哪怕真有来生，你也不是此刻的你了。”

岳周点了点头：“多谢仙君，我知道了。”

一坛梨花白见底，两人再未交谈，回家的路上，也都默默无语。

走进院子时，不论岳周还是青玄，步子都很轻。很快，院内两个房间先后亮起了灯。

吱呀一声，一扇门缓缓推开，韩娘子身披一件粉色外衣，斜倚门边，软软喊了声：“岳公子。”

岳周耳尖动了动，面庞仍朝向前方。

几乎瞬息之间，他面前那个方向的门也打开了。林梵一身橘色长裙穿得整整齐齐，显然岳周离家之后，她一直未睡，此刻她从门边探出小脑袋，桃腮半露：“岳周哥哥。”

岳周还未开口，就听那头韩娘子又道：“抱歉，我刚刚伤口疼得厉害，想寻一口热水喝，却不知厨房该怎么走。”她衣领微敞，外衣只是披在肩头，显然是才从床上爬起来。因身上有伤，脸色惨白，勉力扶着门板，整个人看起来如风中的菟丝花般摇摇欲坠，好不可怜。

岳周侧过脸，却发现身畔早已空无一人。显然两人一同进了院门后，早在其他人听到门板作响的那一刻，青玄已悄无声息地溜了。

林梵三步并作两步走到岳周身边，刚触到他的手便“呀”了一声：“手怎么这么凉？”她拉起岳周的手，在自己唇边连连呵气。

岳周浅笑道：“不妨事的，我不冷。”

林梵才不听他的，一路将人推到自己房门口：“等着，我去烧水。”她转过脸，半咬着唇看向韩娘子，“既然韩娘子也要热水，那我就多烧些。免得后半夜韩娘子再觉口渴，还要这般衣衫单薄地满院子找水喝。”

韩娘子眺望着站在门口的岳周，柔柔地说：“有劳林姑娘了。”

林梵扭头，在韩娘子看不到的角度悄悄掐了一下岳周的手臂：“外面冷，你快进去。”

灶台还热着，烧水也快，不多时，林梵就烧了两壶热水，一壶她亲自给韩娘子提到屋里。看到桌上那只水壶，她“咦”了一声：“这不是曲姐姐提的那只水壶？我记得这里面就有不少热水呀。”

韩娘子坐在床边，素手拢鬓，淡淡一笑：“也不知怎的，今夜格外口渴些，水都被我喝光了。”

林梵上前一拎，还真是轻飘飘的。这一大壶水，足可以倒出满满一盆来，如今却半点也不剩。她朝韩娘子笑了笑：“热水送到，保管韩娘子今夜喝个够。你身上有伤，还是早点休息吧，我和岳周哥哥就不打扰啦。”

韩娘子没有说话，也没有起身相送，只是望着林梵转身走远的背影，目光幽幽的。

她的手上攥着一张从医馆药童那儿得来的字条，字条攥了这一路，已略略沾了汗，上面的蝇头小楷仍清晰可辨：小树林死伤惨重，非人力所为，留在岳家，细查细探。

林梵提着水壶刚一进门，岳周已起身来接。林梵将把手一递，空出的双手径直攀上岳周肩膀，仰着小脑袋，呵气如兰：“岳周哥哥。”

岳周被她推得接连倒退几步，勉强站稳，伸手摸了摸她的脑袋：“都说了让你早些休息，怎么不听话？”

林梵不吭声，转过脸儿低头去解自己的扣子。

岳周敏锐地感觉到哪里不太对：“小梵，你在做什么？”

他话音刚落，林梵已经贴了过来，柔软的手抚上岳周微挺的喉结：“我比她好看，岳周哥哥。”

岳周感觉到她的手很柔软，跟他常年拿刀的手完全不一样。她就那么一点一点地抚摸在他最敏感的地方，最后慢慢停在他的脖颈处。

作为杀手，他永远不会将这样敏感而脆弱的地方交付到别人手中，可林梵，她不一样。他总是无条件地信任她，或许因为她永远无条件地爱他。

“岳周哥哥，你不能看别人，你只能看我。”林梵踮着脚，在他脸侧吞吐着热气。

岳周抬手环住她的腰，呼吸微促：“我一个瞎子，都看不见她长什么样，这样你也吃醋？”

林梵哼了声，抬起一只手，指尖落到他眉眼处，另一只手拉住岳周的手放在自己脸上：“反正我比她好看，我们一族长得都很好看，你摸摸。”

她的大胆带着一点稚嫩的天真，岳周的喉结上下滚动，带着薄茧的指腹拂过她的眉眼、鼻尖、唇边。

他当然知道她生得好看。

“小梵是天底下最好看的小仙女。”

“真的吗？”林梵心里乐开了花，嘴角拼命控制，都没忍住上扬的趋势。

“自然当真。”

林梵捏捏他的手，踮着脚就去亲他，温软的吻落在他唇边，岳周有一瞬间僵滞，下一秒，林梵就被岳周捏住双肩，轻轻地拉开了两个人之间的距离。

“怎么了？”林梵有点迷茫。

岳周握住她的手，问她："烧了两壶水，很重吧，累不累？"

原来是关心她，林梵晃晃脑袋，又将头伏在他肩膀，模仿着刚刚从韩娘子那儿学来的语气，柔声柔气道："不累的。"

岳周闻声眉间微皱："怎么了，你哪里不舒服？"

"没有呀。"林梵学着韩娘子的调调，说话时将最后一个字的尾音拉长，显得整个人都软绵绵的。她趴在他肩头，侧过脸讲话时，呼出的热气全喷在岳周耳根："岳周哥哥，你觉得我这样讲话会不会比较好听？"

她刻意这样，让岳周无奈失笑，却还要一本正经地跟她说清："不会，我喜欢小梵平时那样讲话。自然大方的，是你本来的样子，就很好。"

"真的吗？"林梵将脸颊在他衣衫上蹭了蹭，春日里衣衫单薄，她这样蹭几乎与径直贴着他的肩膀无异，"那我……"

岳周神色微滞，抬手像揉一只毛茸茸的小兽那般，揉了揉她后脑，又扶着她站直了身体："当然了。"他微微笑着，微垂的双目望着林梵，他的眼眸因失明而有些难以聚焦，可他眼底的神色却是那样温柔，让林梵想起自己很小的时候，跟着阿娘和族人一同生活在青丘时，每天夜晚倒映着广袤星辰的那条宽河，那样广阔、深邃，仿佛蕴藏着无数常人难解的谜，却又好像什么都知道那般，温柔满溢，包容万千。

她看到岳周轻启唇瓣，笑着对她道："小梵，在我身边，你只需要做你自己。无须为了任何人、任何事而刻意迎合、改变，包括我。"

家里突然多出一个人，方方面面都显得那么不协调。

如果说从前曲苏看着最碍眼的就属青玄，如今韩娘子则毫无疑义"荣登榜首"，青玄安全降级至"第二碍眼"。

比如吃饭。曲苏突然发现，这座怎么排怎么别扭。好好一张四四方方的饭桌，从前他们四个，一人一边。哪怕她和青玄抢着夹菜，筷子打架，也不用担心殃及无辜。现在可好，韩娘子一来，他们四个便要挤挤凑凑，多腾出一边来给她坐。林梵倒是高兴了，可以堂而皇之和岳周挨得更近，一会儿为他夹菜，一会儿为他盛汤，吃得真真蜜里调油。

但这两个人就没有考虑一下她和青玄的感受啊！

她这一低头，一抬手，和青玄手挨着手，简直挤出了那晚在灯市的氛围。

老实说，挨得这么近，她都不好意思再和青玄抢着夹菜了。毕竟一抬眼就是这家伙的眼角眉梢，视觉冲击力过大，想干点什么坏事，经常她一个不留神儿，转眼就给忘了。

偏偏那个韩娘子有吃的也不见消停，刚尝了一口鲫鱼汤，就蹙了蹙眉。

林梵瞧见了，第一反应就是也低头尝了一口，又一脸茫然看向曲苏。

曲苏端起碗喝了一大口。这鲫鱼汤熬成了奶白色，入口又细腻又鲜甜，好喝得紧。她朝林梵微微摇头，示意她别管。

另外两个，一个眼瞎瞧不见，一个埋头和曲苏抢另一道肉菜，压根儿没留意到三个女子之间的“眉眼官司”。

约莫是迟迟不见其他人的反应，韩娘子又喝了一口鲫鱼汤：“林姑娘的手艺真好，这汤做得清甜，让我想起从前阿娘做的味道。”

林梵一听到“阿娘”两个字，正欲反驳，岳周这时笑着接口：“小梵做的鱼汤确实很好喝。韩娘子若是喜欢，可以多喝两碗。”

韩娘子浅浅一笑，看向岳周：“其实我刚刚是想到，岳公子双目有疾，日后再做这鲫鱼汤时，可以放一些桑叶或杞子，对眼伤恢复有益。”

曲苏“咦”了一声：“周周眼睛有伤，韩娘子是如何知道的？”普通人见到岳周目不能视，会以为他天生如此，也有猜测他是后天遭遇了事故，但这事故是毒、是病，还是外伤、旧伤、新伤，可不是轻易能看出的。

韩娘子笑得有些腼腆：“家父在世时，在京城有一间自己的医馆，故而我粗通医理。”她的目光在岳周眼睛处绑着的布条上稍做停留，“昨日与公子一同放灯时，我约莫分辨出几味中药，猜到了些许。”

岳周微微一笑：“原来韩娘子不仅熟读诗书，还通晓岐黄之术，真是难得。”

韩娘子脸颊微红：“岳公子过誉了，我只略懂一点，远称不上‘通晓’。不然昨日，也不至于那贼人刺来时，我全无他法，只得以肉身相搏。”

岳周看不到，可曲苏看得清清楚楚，韩娘子话说到后面，林梵那筷子尖戳米饭次数更频繁了。若不是米饭软糯，禁得住“千锤万击”，就这么几句话的工夫，真能被林梵这“小醋壶”戳出个筛子来。

一顿饭吃得比打一架还累。午饭过后，曲苏嫌天气热得过分，回房打算换一身清凉些的衣服。刚进门，就听窗边传来讲话声。

这几日由春入夏，天气逐渐炎热，她房间的窗全都半支起来，从前她隔壁没人，倒是日日清静，不想今日倒派上这般妙用。就听那韩娘子声音细细道：“多谢公子盛情，昨夜好心收留，照理说，本不该有再多请求，只是我确实有难言之隐。我自幼没了母亲，宁可一生不嫁，也要自己做主。我知这个请求有些不知礼数，但事关小女子一生幸福，小女子厚颜，求岳公子收留我一段时日。等熬过这段日子，我会自行离开，决不给岳公子添半点麻烦。”

最后这几句话，当真是语调婉转、字句铿锵，凸显了一位弱女子孤苦无依却又坚忍不拔的品格，真是令闻者伤心、听者流泪。曲苏听得直打瞌睡。也不知过了多久，听到房门传来两声轻响，曲苏猛地惊醒，起身去开了个门。

门外，岳周站在那儿，唇角含笑，说："你这是听得入迷了？"

"可太入迷了。"入迷得她自己都不知何时抽空打了个盹儿。曲苏倚着门板翻了个白眼，"所以你答应那个韩娘子暂住在此的请求了？"她把玩着发尾，瞟一眼岳周，满眼嫌弃，"我说周周，那么烂的借口，什么母亲早逝、父亲病死、叔伯逼婚，二十年前街头卖艺的小姑娘唱得都比她动听多了，你居然有耐心听她叨了小半个时辰？"

岳周仍是那副浅浅笑着的模样："既然是送上门的'钉子'，那就把她钉在这后院儿里。至少，放在眼皮底下，许多事我们能一目了然。"

曲苏摇了摇头，她说不上来心里那股别扭劲儿："我总觉得你有什么事瞒着我。"

岳周从怀里掏出一张银票："你明天要去沧浪城赶集，拿着，多买些女儿家的东西回来，你和小梵一人一份。"

曲苏把银票推了回去："大哥说过的，从今年起，我每一笔买卖赚的银子都要分你一半，哪能倒过来收你的钱？"

岳周执意举着那张银票："拿着。给小梵买的东西，总要用我的钱。"

这大约就是男人的自尊吧。曲苏拿他没辙，接过银票卷了两卷塞进荷包，答应一声让他放心。反正这钱到她手里倒个手，隔几天再塞给林梵也是一样。眼看这小两口就要成婚了，以后再生几个娃，要用银子的地方多了去了，岳周这是缺乏经验。

第二日，曲苏难得起了个大早，出发前往沧浪城一处地下钱庄。钱庄归落羽所有，她来此处点卯，顺便查看往来信件，连同大哥留给她的一封短笺，一共得了三封信，这一趟还真不算白来。

正事办完，开始采买各色吃食、玩意儿。等她从传说中沧浪城规模最大、生意最红火的那间脂粉铺子里挤出来，日已西斜。她拎着大包小包，正愁还有一大堆东西没买，一抬头，就见街对面站着一个颇为熟悉的身影。

突然看到熟人，曲苏连忙把东西往脚边一撂，朝那人挥了挥手："青玄！"

那人一袭霜色长袍，白玉莲瓣发冠在日光照耀下光泽流转。听到她呼唤，他侧眸朝她看来。曲苏也在同一时间看清他身后的招牌，不由在心底"嚯"了一声。

路上行人如织，曲苏连连招手，又指了指自己脚边的重物，好一会儿，这家伙总算肯挪动步子了。可走到近前，他却只是看着，半点也没有要出手帮忙的意思。因为那晚在街边同吃汤圆的情分，加上岳周每每提及这人时的态度，曲苏已经没有那么讨厌他了。而且这沧浪城这么大，他们两人竟然还能在逛街时遇到，也当真是巧。

迎着夕阳，曲苏仰起脸儿，将手在前额搭个“凉棚”，眸子半眯望着他：“吃饭了没？”

青玄摇了摇头。

曲苏今日抢购到许多稀罕物件儿，此时心情大好，也懒得跟他计较他这一贯傲慢的态度：“晚饭我请你吃，还有今日买的这些东西，除了药材要留给周周，其他的每一样都分你一份。”说着话，她将东西拎起来，往他怀里一塞，“作为回报，你帮忙拎着这些。怎么样，这笔买卖你不吃亏吧？”

青玄瞥了她一眼：“让我拎东西，放眼这天上地下，是你赚了。”

曲苏懒得同他斗嘴，不管怎么说，经过那晚灯市夜游，她对青玄这家伙的印象倒是比从前好了那么一点点。至少这人话不多，不太招人烦，心也还算仔细，关键时刻还知道借个火儿、捡个灯笼什么的，倒也勉强可以算得半个相伴逛街的合格“工具人”。

至于为什么是一半，自然是因为这家伙身份不详、来历不明、话少却嘴毒、饭桌上总跟她抢食，外加格外厚脸皮地赖在岳周家里蹭吃蹭喝。

两人从一间淮扬菜馆出来，约莫是见曲苏咬着糖葫芦还总皱个眉头，青玄终于开口：“若没有吃饱，待会儿回到棠梨镇，可以再去吃那家鲜肉汤圆。”

曲苏都被这家伙的厚脸皮给逗乐了：“是我没吃饱，还是你没吃饱？”这是嫌刚刚那三菜一汤油水不够，还想找借口加个餐？

青玄道：“我见你的样子，和平日里没吃饱时很像。”

“我的样子？”曲苏平日出门在外，并不太讲究，因而未如其他同龄女子那般随身携带小镜，她忍不住纳罕：“我刚刚是什么样子？”她回想片刻，突然“噢”了一声，“我刚才不是饿，是在愁一件事。”

青玄道：“说来听听。”

曲苏瞟他一眼，心想反正这一路也没别的事，倒不如听听他的见解，听后自己能豁然开朗也说不定。

曲苏想了想，道：“也是岳周的事。”

青玄若有所思：“你是说岳兄今年命犯桃花？”青玄话说得不多，却似乎意有所指，“但岳周真正的问题，不在桃花上。”

曲苏听他说得玄之又玄，不由打趣了句：“说得这么玄乎，难道你还会算命？”

青玄沉默片刻，道：“其实你也知道岳周的问题，你很了解他。”说完瞥了她一眼，那一眼大有深意，只是彼时的曲苏全无觉察，仍兴致勃勃拉着青玄，让他详细讲讲。

可青玄却没再继续之前的话题，只是淡淡道：“凡人这一生，真正需要时时提防、对抗的并不是外界外物，往往是自己的心魔。像你现在这样，凡事过眼却不存于心，其实很好。”

曲苏说道：“你这话乍一听是很有道理，可是细一想，换个说法不就是一个人再悲惨再倒霉，都是自己不好，与人无关，哪怕路上被强盗杀了，也要怪自己走错了道？”

青玄被她说得一噎，又道：“简直强词夺理，本尊懒得同你多解释。”说罢，他脸上居然泛出一丝红晕，估计他也没想到，自己有朝一日会被一个凡人女子说得词穷。

曲苏盯着他的侧脸，不由得唇角弯弯、心情大好：“喂，你好像脸红了！”

青玄一甩袖子，快步走在了曲苏前面。

回到棠梨镇的家中，天早已黑了。

林梵接过大包小包的东西，和曲苏两人在堂屋逐一拆开，两个女孩子叽叽喳喳说个不停。

曲苏见岳周站在身后不远处，不说话，但也不走，心中有数，走上前贴了封信在他胸口：“这封是你的。”

尽管知道岳周瞧不见，她还是将另外两封在他面前扇了扇：“我比你多一封！”

岳周感觉到凉风轻拂，不禁笑道：“定然有一封是翊大哥给你的。”

自打岳周金盆洗手，他与曲苏提起落羽如今的掌舵人君翊时，便以一声“大哥”相称。一则，避人耳目，免去不必要的麻烦；二则，他可以说是君翊一手提拔的，君翊之于他和曲苏，既是师长，又是兄长，称他一声“大哥”一点都不为过。

曲苏笑眯眯地说：“对呀！但另一封你肯定猜不到是谁的。”

岳周将信收入袖中，寻了青玄旁边的椅子坐下：“哦？”他最了解曲苏的性子，她这个人若在兴头上，只要给她搭个梯子，她自个儿就能叽里呱啦说个不停。

果然，曲苏兴致勃勃地道：“周周，你还记得芸芸吗？”

岳周一边为自己和青玄盏中添些新茶，一边道：“白帝城城主之女，秦芸芸。”

“就是她！”曲苏从怀里摸出信，这两封信，刚回来时她已反复阅读过，现在想起来还颇为兴奋，“芸芸自小体弱，我之所以会认识她，是因为那次顺手抓了个爱偷各样奇珍异宝的盗贼，从他手上拿到了芸芸的保命药——紫清丹。”

岳周点了点头：“因为此事，秦城主尊你为白帝城的贵宾，芸芸也视你为闺中密友。”

“哎呀，我们俩交好倒不是因为这个，主要还是爱好一致。”曲苏说得有些口渴，从桌上取了杯茶，“反正我和芸芸一见如故，这几年每年春夏时节，她都给我来一封信，因为以前一位很有名望的大夫给她瞧过病，说她这病最怕春天。只要熬过三春，那么接下来一整年都会平安无虞。”

岳周道："听你的语气，是如今芸芸姑娘的病好多了？"

"知我者，周周也。"曲苏笑着坐在椅子上，舒坦地长舒一口气，"她信里说，今年孟春，秦城主得了一道偏方，一开始她还觉着不可信，但用了这些时日下来，她的病果真大好了！这次写信就是邀我过些日子去参加她今年的生辰宴呢！"

岳周道："你若去白帝城，此事还须事先和翊大哥打声招呼。"

"放心吧，我明日就写信给大哥申请一下。"说完这话，她又斜着眼睛望青玄，"喂，你去没去过白帝城？"

青玄淡声道："许久之前，去过一次。"

"哦？青玄兄也去过？"岳周闻言不禁也来了兴趣："白帝山势奇绝，景色秀美，我曾同曲苏去过一回，至今对那儿念念不忘。"

青玄轻蹙着眉，似是想起了什么不太愉快的经历："风光确实不错，就是食物……"

曲苏哈哈大笑："我就知道！"两个人初次相识那天，这厮非要跟她抢食糖醋鱼，彼时她在后厨看着林梵做鱼，特意让她多放些辣子。后来在饭桌上，她没吃到最爱的鱼腹之肉，心里别提多气闷了，可她也是眼看着这家伙一顿饭筷子不停，面上淡然，耳朵尖却有点泛红。

如今听他亲口承认不能吃辣，他这样的饮食习惯，偏要在蜀地一日三餐，诸般情景，细细设想，真是大快人心！

此时，韩娘子跟在林梵身后进屋，手上还端着一份羹汤，声音温柔："岳公子，这是我亲手做的莲杞桂圆银耳汤，最是滋润明目，请尝一尝吧。"

"只有岳周的，没有我们这些人的吗？"曲苏把玩着一对刚买回来的莲蓬耳坠子，她没有耳洞，这东西是她乍见之下觉得可爱，买回来给林梵戴着玩的。

韩娘子笑语盈盈："自然是有的，我特意煮了满满一锅。"看向曲苏时，神情有点娇怯怯的，"只是我力气小，一回拿不动那么许多，所以才只端了三碗过来。"

眼瞧着韩娘子双手递来盛得满满的一碗甜羹，林梵微侧过身："晚饭吃了许多，我还不饿，就不吃了。"那碗看着摇摇欲坠的，当她不知道这小蹄子打的什么鬼主意，只要她一伸手，这汤定要洒在她们两人身上。

到时若洒在她林梵身上，苦要她自己受；若洒在韩娘子身上，她就成了嫉妒、狭隘、不容人的坏女人。

她才不会上当呢！

韩娘子浅浅一笑，又将碗朝曲苏递了来。

曲苏"呀"了一声："我怕烫，劳烦韩娘子帮我放在桌上。"

"没关系的。"汤碗确实烫得很，这么一折腾，待碗放在桌上，韩娘子的指尖已红。

岳周道："突然想起来，曲苏刚才说明日中午要吃青鱼。我去池塘看看鱼养得怎么样了。"

林梵连忙跟着起身："我去帮忙。"

青玄一直在埋头翻书，突然抬首，看向林梵的目光，了然之中带着几分不可思议。

曲苏心里一整晚都不怎么得劲儿，这种连她自己都说不清的怪异之感在青玄注视林梵的时候达到顶峰。她咳了一声，侧过身舀起一勺甜羹送入口中。刚煮出来的银耳羹又稠又烫，曲苏从椅子上弹起来，吐也不是，不吐也不是。

一只茶盏递到面前，曲苏一扭头，正对上青玄的眸："这盏我没喝过，已凉了。"

曲苏一听是凉的就立即接了过来，哪儿还顾得上是谁喝过的。她接连灌入喉咙两口，又抿了些含在舌尖，总算勉强止住了嘴中难忍的烫感。

"想不到曲姑娘的爱好如此别致，真是令人眼界大开。"

"噗！"曲苏一口茶没忍住，先是喷出半口，又觉如此举止实在不妥，就把剩下的半口硬生生咽了下去。

她一手抚着心口，忍不住瞥了青玄一眼，正要开口说什么，却见青玄神色倏然一变，已朝门外走去。

隔着一段距离，曲苏依稀看到，院门口处不知何时站了一个人。一袭素白的衣裳，隔得老远也能看到那料子光泽流转，虽然比不得初见青玄时他身上那件，却也不是如今市面上能买到的绫罗绸缎。

曲苏正在好奇，却见青玄微微动了动，将他面前对话那人遮了个严严实实。

曲苏："……"

她又没有多想看，于是扭过脸，却在这时听那人喊了一声"尊上"，不由哼了一声。

岳周走近，听到这哼声，不由笑着问了句："谁又惹你了？"

曲苏道："没谁惹我。就青玄那个家伙，一天到晚，干活儿从来指望不上，排场倒是不小。"

门口有人来找青玄，这些岳周都听得一清二楚，再联想不久前他与青玄的那次夜谈，岳周淡笑道："青玄兄确实有些来历，约莫在他家乡那边，一贯都是如此。"

说话间，曲苏已转过身，她正想顺着岳周的话调侃那家伙两句，却发现院门口空荡荡的。不仅先前那白衣人不见了，就连青玄，也不见了人影。

初夏的傍晚，凉风送爽，云霞漫天。曲苏自邻城折返，提着大包小包，不慌不忙走在返回棠梨镇的小路上。说起来，这条近路还是前不久去沧浪城赶集那日，青玄领她走的。

那日她好奇，问青玄是如何知道这样走更近，那厮一如既往地狂妄，故意用那种淡淡的语气道：“我说这条路最近，便是最近，你若不信，不妨你走你的路，看谁先一步到家。”

曲苏当即便轻笑一声：“你以为我会上当?”这家伙内力深厚，轻功也好，若两人各自分开走，说不准他用其他什么法子，照样能比她先一步到家。

青玄看着她：“我从不骗人。”

曲苏瞥他一眼，语气里有淡淡的骄傲：“不必那么麻烦，从前那条路我走过好几回，出城门到小镇门口，约莫一炷香光景。若走这条路少于一炷香的时间，就证明你是对的。”计算时间、路程这种事，对她而言都是基本功课，若是换了旁人，还真有可能被他轻易诓骗，可巧是让她碰上了。

青玄唇角微弯：“若你故意拖慢脚步，我也无法。”

曲苏道：“我没必要做这种事。”迎着青玄看她的目光，她悠悠地竖起两根手指，“一来，若真能证明这条路近，无疑方便我日后行走；二来，我馋林梵做的香炙鸡排了，她答应给我留一份的，能早点回去最好不过。”她耸了耸肩，“我没必要做损人不利己的事，那太蠢了。”

回想起那天的情形，曲苏嘴角弯弯，今日出门前，她也和林梵约定好，单独给她做一份辣味的香炙鸡排。真是想想都忍不住要流口水。

“是曲姑娘啊！”

曲苏听到这声喊，抬首远眺，就见道边站着两人，其中一个是位年纪大的老伯，另一个却是岳周。

远远地，她听到那位老伯对岳周道：“是曲姑娘回来了。”

曲苏觉得奇怪，连忙加快脚步走到近前：“周周。”

她这样走了一路，提的东西又多，难免微微气喘：“周周，你怎么来了?”

岳周原本面上含着淡淡笑意，听到她这话，眉心一蹙，语气透出迟疑：“不是你让我在这时辰来镇口等你的?”

曲苏见他脸色微变，心中也跟着一沉：“我出门前只和林梵说，让你们给我留晚饭，别的什么都没说。”

这样的事若放在寻常人家，只是日常琐碎，但对岳周和曲苏这样身份的人来说，任何微末之事的异常，都可能意味着灭顶之灾。两人各自沉默瞬息，几乎同时觉出不妙，岳周当即便道：“糟了。”

曲苏将东西往肩后一扛，另一只手拉住岳周手臂，使出轻功一路往家的方向飞奔。

途中，岳周脸色泛白，嘴唇紧紧抿着，过了好一会儿才再度开口：“吃过午饭，我知道你今日要去邻城采买，也就未送你出门。”

曲苏道：“我知道。”她每隔几日都要去附近城镇逛逛，家里几人都知道，岳周更是早就知道她是闲不住的性子，所以平日根本不会专程送她出门。

“后来我坐在后院藤椅上小憩，听到你和我说话，说让我晚饭前去镇口接你。”岳周越说，嗓音越是干涩，“现在想来，应当是有人精通口技，模仿你的声音，故意引我离开家。”

那声音听来与曲苏一模一样，就连喊“周周”二字的咬字和停顿，都与曲苏平日里喊他如出一辙。加上他一贯知道，曲苏买东西总喜欢买上一堆，喊他晚饭前去接一接，也在情理之中。

“是韩娘子？”曲苏一听就明白了，“调虎离山？可为什么，他们的目标不应该是你……”话音未落，她已想明白。

对方应当是想以林梵来要挟岳周，来达到他们的目的。

棠梨镇不大，曲苏和岳周的轻功也属上乘，几句交谈间，两人已赶回家中。然而岳周出来已有好一会儿工夫，这段时间，不论对方想做点什么，都足够了。

家中每个房间的门窗都关得好好的，一应物品摆放一如往常，唯独没有人在。

不论是林梵，还是韩娘子，都如此前从未出现过一般，消失无踪。

岳周在林梵房间的圆凳上坐下，模糊的梳妆镜中，是他微微昂起的侧脸。他眼上的药已换过三次，如今这根用来蒙眼的淡蓝色布条也是新的。残阳如血，大片云霞烧得如火如荼，在他脸边映出金红相接的斑驳色块，连那布条一角新绣的并蒂莲也染上了一丝凝重的血色。

曲苏走进房间看到的便是这幅景象，无端产生一种挥之不去的不祥之感，可她一向是跳脱的性子，几步走上前，出声打破满屋寂寂：“周周，你手里拿的什么？”她故作轻松道，“每个房间我都看了，没有任何信或是字条什么的，说不定——”

“我们等。”很多年了，曲苏从不曾见岳周这样主动打断他人讲话，偏偏他面上的神色是让人无法劝说的平静，“既然他这么用心，先是重金收买，后又安排河边刺杀，派美人离间我们，就连韩娘子都精通口技，今日又这般费尽心思调虎离山，那我等他就是了。”

曲苏知道他口中的“他”指的是开国侯，可她一时间有些迷惑，因为岳周此刻实在太平静了。没有愤恨，没有焦虑，只有一种浓重的、让她看不破参不透的、几乎令人窒息的平静。

她曾跟着君翊一同去看过大海，因此她知道，风暴来临前的宁静才最可怕。

“周周，”曲苏伸出手，覆在岳周手臂，“不论任何时候，你都不是一个人。你有我在，你我的身后，还有大哥和落羽。”

曲苏进房前，岳周手里一直紧紧攥着什么东西，直到这时，他才摊开那只手，并将其中一只递到曲苏手里：“曲苏。”

那是林梵从前最喜欢戴的一对耳铛。从前他们四人同游灯市那晚，曲苏曾见林梵戴过，一对毛茸茸的白雪团子，戴在耳畔又灵动又别致。当时她看得实在喜欢，林梵还赠了一只同款的白雪团子给她，却被青玄故意弄丢了。为这事，她有好长一段时间都在生青玄的气，却怎么都不敢告诉林梵，生怕她误解自己不珍惜她的礼物。

就在前不久，岳周亲手为这对白雪团子耳铛缀上了一对弯月形的翠玉，看起来更添华美，也更匹配林梵的气质。这对弯月形玉佩据说是岳周娘亲留给他的唯一遗物，取下来嵌合在一起，刚好是一枚圆形的碧玉环，就如同他们两个人的相遇一般，有着美满团圆的好寓意。曲苏更知道，“月”同“岳”，若是雪团子代表着林梵，那两枚弯月形玉佩就代表着岳周。这对耳铛，可以说是林梵和岳周的定情之物了。

正因为知道得格外清楚，曲苏第一反应就是推拒。

岳周却将她的四指紧紧扣拢，曲苏抬起眼，就见岳周在朝她笑：“这个你好好拿着。”约莫知道曲苏不可能答应，他又接着道：“你暂且替小梵保管。”

曲苏直觉不对：“这耳铛本就是一对……”

“所以一只我留着，另一只，小梵戴着。你是她在这世上最信任的朋友，你拿着她才安心。”

曲苏已站起身：“你再说这样的话我要生气了。”她从一进屋就感到莫名不安，随着岳周古怪的态度，事态逐渐显出清晰的轮廓，“韩娘子也好，开国侯也罢，龙潭虎穴，我陪你闯！周周，你不要随意说丧气话，我不爱听。”

岳周仍浅浅笑着：“你这才是孩子话。曲苏我问你，如今到底是谁有求于谁？”

曲苏道：“自然是开国侯有求于你。”可她紧接着又道：“可他到底是皇亲国戚，财雄势大，身边能人异士无数，总而言之，这人不好惹。”

岳周只微微一顿，又道：“不论他身边有多少帮手，我身上有他稀罕的东西，他如今绑走林梵，无非也就是要我答应他的条件。他的目的尚未达到，不会轻易伤害小梵。”

曲苏问：“那你会答应吗？”

岳周似乎早想好了这个问题的答案：“为了林梵的安全，我会答应。”他微笑着，不疾不徐道，“至于我能做到的，是不是他想要的，那可就说不准了。”

曲苏见他一副胸有成竹的模样，似乎另有计策与那开国侯周旋，心中多少安定了几分：“你可不准胡来。”她将腿往旁边凳子上一横，“从现在起，咱俩绑在一块儿，你不许单独行动。”

岳周似乎被她逗笑了："我如今这样，还要仰仗曲女侠照顾起居，引我走路，就算我想单独行动，条件也不允许。"

曲苏闷头喝了口茶，嘀咕："每次一到关键时刻，青玄这家伙就消失得无影无踪，真是溜得比风还快！"上次他借口说什么躲在大柳树后面是受岳周所托看着韩娘子，这回她可是把整个院子里里外外都翻了一遍，好像自从那天傍晚有个穿白衣的人来找他后，这家伙就转眼没影儿了，之后也一直没回来过。

等这家伙回来，看他又能找什么借口开脱。

岳周却并不介意青玄的缺席："这本就是我个人的事，少牵连一个是一个。"说到这儿，他侧过脸，虽然瞧不见曲苏，但双眼的方向却是朝着她的，"曲苏，你要答应我一件事。"

曲苏才不会轻易上当："你先说清是什么事，我再考虑要不要答应你。"

岳周郑重其事道："此事暂且保密，不要告诉翊大哥。"他知道曲苏不愿轻易答允，就耐心劝解："你也说了，开国侯势大，手握重兵，又与一些江湖中人过从甚密，而如今正是壮大落羽的关键时期，若在此时将翊大哥拖入局中，可能对整个落羽都会有不好的影响。"

岳周说到了点子上，曲苏也知君翊接管落羽之后的种种不易，尤其前些年，他与几位元老斡旋良久才夺回对整个组织的掌控权，如今落羽正蒸蒸日上，但也正是君翊发展落羽的关键期。两边都是她相处多年近乎亲人的存在，这一回，曲苏沉默良久才缓声答应："若有朝一日，单靠你我两人难以应对……"

"不会有那一日。"岳周为曲苏又倒了一杯水，"相信我，此事我能处理周全。"

第四章　莫失莫忘

夜色如一口黑沉的大锅，闷声倒扣在这片土地上。曲苏突然发现，这一晚与梦中的那个夜晚一样，是个无星亦无月的暗夜。

曲苏点燃桌上的油灯，房内一片静谧，唯有灯芯的毕剥声偶尔响起。

她与岳周一同坐在林梵屋中，两人之间的桌上那壶茶早已冷了，可谁也没起身去添水。

杀手的必修课之一，便是耐心。

曲苏有这个耐心，岳周也有。

可随着时间越来越晚，曲苏发现岳周的脸色一点点苍白起来。曲苏正要出声询问，就听院门传来吱呀一声。

“岳先生可在？”清脆的女童声，在这寂静的夜晚，听着不复平日的活泼可爱，反而有些瘆人。

曲苏想起身，但被岳周按住了，就听咣当一声，是木门撞到墙上的声响。紧接着，院子里似乎传来什么人的脚步声，却又不是寻常人的脚步声。非要形容的话，那更像是钉了蹄的马掌落在地上的声音，一下一下，如同金石掷地，铿锵有声。

那声响如将一把粗沙粒撒入瓷碗细细研磨，听着令人不适。曲苏皱紧了眉，搭在椅子扶手上的右手食指有些焦躁地飞快轻敲两下，可随即她便意识到，这点声音放在平时并不起眼，可在此刻这样极度安静的环境里，轻易便可听得一清二楚。她自己能听到，走在院子里的那人也能循着声儿找来。

曲苏的手指便这么悬在距离扶手只有半寸的地方，她忍不住偏头去看岳周，却见他微侧着头，极为认真地探听院中动静。

“找到你了，岳先生。”

饶是曲苏胆大惯了，也被突然响彻耳畔的童音惊了一跳。

之前为了不错过任何风吹草动，房门本就是敞开的，就在她刚刚一偏头的工夫，门口已站着一位穿着红衣红裤的女童。

女童小脸儿雪白，嘴唇紫红，眉心一点嫣红，贴了格外精巧的落梅花钿，愈加映得一双猫儿眼乌沉沉的。之前离得稍远，听着她声音还寻常，如今离得这般近，曲苏才发现她的声音听起来比同龄的女童更为疏冷、僵硬，每说一字，都有短暂的间隔。

“给岳先生的信。”女童身躯一动不动，唯有右手如木偶般节节抬高，那只雪白的小手掌心朝上摊开，是一块包好的红色丝帕。女童抬着手臂，微喇的衣袖滑落臂弯，刚好露出一截细藕般的小臂，苍白的手肘处，似有什么东西微光闪烁。

曲苏凝眸，就着屋内微弱的光看去，骤然发现那闪光的物事不是任何女子佩戴的首饰，赫然是一枚闪着寒光的镔铁钉！

细细打量，女童手腕下方也有一枚，只是之前隐没在暗影中，若不仔细探察，根本不会看到。

女童之前一直望着岳周的方向，也不知是因为两人迟迟不理会，还是曲苏凝视的目光太过明显了些，她突然扭头，双瞳直直看向曲苏。

“给岳先生的信。”

她的双瞳沉如暮色，仿佛蒙了一层什么东西，让人看不真切，但她确实在看着曲苏。也不知为什么，曲苏总觉得那种眼神不该是眼前这女童的。或者，是有什么别的人，借女童这双眼在凝视着她。

饶是曲苏从前见过许多血腥可怖的情形，也被眼前这女童的种种怪异之处惊得心头微跳，但她面上不显，格外平静地起身，走到女童前，接过那用一块红色丝帕包裹的东西。她滚动着喉头正欲开口，那女童已抬脚迈过门槛。

曲苏发现自己根本没看清女童的动作，她已站到岳周面前。

岳周坐在那儿，微垂着头，女童立在他面前，身量刚好与他脸贴着脸，两人的鼻尖差毫厘便可相触。

“周周！”曲苏深知，以岳周的敏锐听觉，早就发现了来者不寻常，她此刻彻底摸不清面前这女童的来路，因此一直慎之又慎，哪怕心中惊疑无数，却没有轻易开口，但亲眼看着这样的情形，她决不可能不出声提醒。

红衣女童沉默地看着岳周，紫红的樱桃小口突然咧开：“真有趣。”

本该是欢欣鼓舞的语气，但女童的声音凉冰冰的，仿佛她的心绪与语言表达彻底割裂，互不相通。

曲苏走上前想要阻止，尽管她也不知自己要阻止什么，女童却在同一时间转过身与她错身而过，身形之快，如同魅影，眨眼便出了屋。

但曲苏在两人身影交错那一瞬清楚地看到，她面上仍是笑着的，小小的嘴巴似乎难以承载那样灿烂的笑，两边嘴角甚至牵引出龟裂。她脸孔白如骨瓷，毫无瑕疵，因此哪怕那纹路又细又小，依旧清晰可见。

曲苏站定在岳周面前，唇舌微僵，告诉他：“她走了。”

她打开手里的红色丝帕，是一撮沾着斑斑血迹的雪白绒毛和一张字条。

曲苏将绒毛放入岳周掌心，又念出字条上的内容："请岳先生今夜子时，镇北银花林一叙。"

棠梨镇北是一片梨树，因梨花开时树白如雪，宛如千万银花绽放，渐渐就得了"银花林"这么个名字。曲苏知道银花林的说法，却想不明白对方为何把时辰定在子时，她喃喃低语："莫非是想以此拖延时间，耗费我们的耐心和体力，届时便可将我们一网打尽？"

可开国侯既然安排了韩娘子日夜监视，自然明白他们拢共也没有几个人手。如今青玄不在，只剩下她和岳周两人。对付他们两人，难道也值得如此费尽心思？

曲苏知那撮绒毛是林梵之物，毕竟就在不久前，她和岳周还谈及林梵的雪团子耳饰。可她却不明白岳周到底想到了什么，脸色会如此难看，甚至连指尖都在微微颤抖。她联想到绒毛上的血渍，安慰道："你放心，今晚我们一定可以救出林梵的。"其实绒毛上沾的血并不多，且早已干涸，顶多就是寻常人扎伤手指流的一点血。或许这正是开国侯的意思，就如岳周此前猜测的那样，这点血渍就是一个警告。告诫他们乖乖按照字条上的指令去做，如若不然，他们就会对林梵不客气。但在此之前，他们也不会真伤害林梵。

岳周问曲苏："那个传信的女童是不是脸色惨白、关节僵硬，不似活人？"

曲苏点点头："没错。你是如何知道的？"她倒是不曾听说江湖上何时有过这样一个怪人。她向岳周详尽描述女童的容貌、穿着，以及她所观察到的种种奇诡，末了她迟疑片刻，还是如实道："我看到她手腕和肘弯，各有一枚镔铁钉。镔铁比寻常铁器更为坚硬，不知她小小年纪，经历了这样残酷的手段，是怎么活下来的。"

岳周摇了摇头，声音喑哑："只是想起从前在书上看到的一个传说。"

可接下来不论曲苏怎么问，他都不肯再多说了。

直到半个时辰后，两人一同走在通往银花林的路上，岳周才突然开口："那个女童，有可能是傀儡娃娃。"

岳周曾听人说，制作傀儡娃娃的过程极为残忍：用三四岁的幼童，多是从平常人家掳掠而来，先好生养几月，待幼童身子骨强健，便择一日，先将幼童周身各处关节逐一掰断，再以钢钉仔细固定。光是这一步骤，便是几百个幼童也难活其一。略去中间诸多步骤不提，最后一步"夺魂"是傀儡娃娃制成的关窍所在：在幼童颅顶以骨锥撬开一个洞，放入"替生蛊"，以此达到控制娃娃一举一动的目的。须知"替生蛊"是将一些蛊虫放在活人身上生噬血肉，饲养数年，蛊虫们彼此厮杀，终得一只蛊王，将之放入傀儡娃娃颅内，仍需活人血肉日日喂养，若一着不慎，不仅饲主会难以操控，遭到反噬，就是傀儡娃娃也再难养活。可以说，傀儡娃娃与“替生蛊”，其阴损、残忍如出一辙，更相应相生，二者缺一不可。若无替生蛊，则傀儡娃娃最终难成；若无傀儡娃娃，则替生蛊就算炼成，也会因缺少最佳容器而逐渐陨灭。此法阴毒，过程极难施为，故而傀儡娃娃世所罕见，许多人将之当作传说。

由苏听完，只觉毛骨悚然，可她看岳周的面色始终透着某种浓重的忧虑，便笑着道：“看来开国侯身边真是人才济济，什么邪门歪道的法师都找来了。也好，待会儿我若再见到那个娃娃，可要仔细看看，寻常时候哪有这样的机会。”

岳周轻轻拉住曲苏的衣袖。

曲苏偏过头，就见岳周朝她侧过脸，眉心轻蹙，唇角紧紧抿着。

“曲苏，”岳周道，“待会儿不论看到什么……”

曲苏道：“放心吧，我才不会这么容易被吓到。”

这一天是初一，天上本就无月，子时更是一天之中阴气最重的时刻。曲苏本不懂这些，只是来的路上听岳周零零散散说了一些，可当她和岳周一同走入这片银花林，她突然就懂了何谓阴气浓重。

初夏时节，梨花落尽，黑黢黢的梨树林里，突然一点儿声响都听不到了。

夏季的夜晚，哪怕无人经过，也不该是这样没有半点声息的死寂，没有鸟叫，没有虫鸣，甚至连一丝风声都无。

这里就像一处被彻底隔绝的封闭所在，而她和岳周，就如两只明知凶险偏要主动入彀的雀。

曲苏瞧见远处亮起一团光晕。

她一直扶着岳周的臂肘，这时更牢牢攥住他的衣衫布料，无声却坚定地朝着那团光晕走去。

随着他们逐渐走近，道路两旁次第亮起一盏又一盏灯火。但那灯火却不是寻常人家的白亮温暖，而是森森的幽绿色。曲苏眼尖，瞧见伴随着烛影摇曳，灯笼口儿上方溢出丝丝黑烟，小蛇一般蜿蜒而上，又消弭无踪。

她低声提醒岳周：“屏息，有古怪。”

她和岳周舌下都含了可以令人头脑清明的药片，是落羽特制的，从前出一些特殊任务时，她也会事先含一片在口，碰上江湖上常见的迷烟毒雾，那些玩意儿通通都会失效。

但此刻，曲苏自己也不确定，这药片是否还会如从前那般管用。因为她已看清此前远远望见的白色光晕是什么了。

一缕又一缕白而软的烟自林梵体内冒出，在她周身游走，又在头顶汇聚成一团明亮的光。那团光仿佛流光，哪怕聚拢成一个模糊的球形，也仍在缓缓流动，看起来清亮纯澈极了，若要用世间人所共知的事物来形容它的模样，怕只有星月之光可比拟。

曲苏从未见过这样的情景，第一眼望去，便在瞬间屏住了呼吸。可随后她便注意到，林梵人似乎是清醒的，没有被绑，也没有站着，而是好端端地坐在一张看起来十分舒适的毛毡椅上，可她那副模样看起来怎么也说不上是好。

她脸上看起来没有一丝血色，双眸望着前方，近乎空茫，最令曲苏震惊和揪心的，是她如堆云般的发髻之上，生着一对毛茸茸的兽耳。那对耳朵是雪白的三角形，耳尖本是淡淡的粉色，此刻却已显出某种病态的绯红，且在不停地淌出鲜血，一只耳朵已有些侧歪，轻轻颤着，却怎么都立不起来。

曲苏忍不住加快步伐，待走近了，她才看清，不只是耳朵，林梵的口鼻都在不停地渗出丝丝鲜血。只是头顶那团光太过明亮，而她的肤色雪白得近乎透明，离得稍远便有些看不真切。平日那双顾盼生姿的明媚眼眸，眼白已尽是血红，瞳孔中间更是显出一条黑中透红的竖线。曲苏从前在野兽身上见过带黑色竖线的瞳孔，这是兽瞳。

林梵似乎根本没有觉察到曲苏就站在面前，或者以她现在的情形，根本什么都看不到。

但曲苏看得清清楚楚。她从林梵发间的雪耳，再到那双已流出两行血泪的兽瞳，待看到从层层衣裙中垂落的九条狐尾时，曲苏发现，自己已不会感到丝毫惊愕了。

九条本该雪白蓬松的狐尾在其身后，有两条已被拔光了绒毛，露出鲜血淋漓的淡粉色皮肉，细细看去，原本幼嫩如婴儿肌肤的尾巴上，一个接一个细小斑驳的伤口，不时渗出殷殷鲜血，显然是有人用镊子一类的器具逐一拔掉绒毛所致。九条尾巴如同死物一般，全无生机，唯有那两条光秃秃的，偶尔剧烈地抽搐一下，如同濒死却凭本能挣扎的鱼。

曲苏终于知道，那团沾着鲜血的白色绒毛是怎么来的了。

有生之年，她终于知道了“惨不忍睹”四个字的真正含义。

似乎是感觉到她浑身的轻颤，岳周轻声唤道：“曲苏。”

曲苏整个人几乎愣在当场，她看着端坐在他们面前的林梵，眨了眨泛起潮气的双眸，她知道为何岳周在听到“子时”和有关傀儡娃娃的描述时忧虑重重；手里攥着带血渍的白色绒毛，又为何总是紧蹙着眉；她也知道了，为何当时自己一再追问，岳周却不肯说许多，赴约途中，他几次欲言又止——原来这便是岳周的担忧和疑虑，原来这就是岳周一直瞒着她的、有关他和林梵之间的秘密。

可她现在完全顾不上思索更多，甚至顾不上回味心头巨大的震惊和惶恐，她第一反应就是再向前，哪怕能更近一些，近到她可以确定林梵是否还清醒着。

“岳先生，想见你一面，还真不容易。”

林梵身后的密林中，徐徐走出穿一身绛紫蟒袍的男子，他两鬓霜白，眉目修长，步子走得并不急，手捏一串黑檀串珠，走近些才看到，串珠上被他握在手心的是一块看起来温若凝脂的羊脂白玉，那块玉看起来年头已久，约莫因为常年把玩，边缘已有些模糊得看不出原本的形状。

他的目光在岳周身上流转，也不知是想起了什么，一时间眉眼间竟有几分恍惚之色。

此人年轻时模样应当极为俊美，哪怕如今随着年纪渐长，积威日重，更添年轻男子所不具备的沉稳风度，但他朝曲苏和岳周看过来时，目光温润、神色柔和，不经意间便透出翩翩、粲然的气度。

自打林梵不便走动，岳周一直在默默探察周围环境，此刻他感觉不到周遭除了曲苏和来人之外的第三人存在，不由微微偏头，似在仔细分辨。

曲苏知道岳周此刻最在意的便是林梵的安危，率先一步开口道：“阁下想必就是开国侯了。”

开国侯的目光移向曲苏，他面上仍带着笑，说话时更是出人意料的温柔：“你是曲苏。”

曲苏并不意外开国侯会知道自己的身份，只是没料到他与人说话时是这样的谦和态度，正微愕时，便听开国侯又开口道：“听闻岳先生大名已久，今日终于得见，岳先生当真凤表龙姿，处处不凡，倒是令我想起一位故人，方才一时失态了。”说话间，他看向曲苏的目光也透出几分笑来，“也难怪岳先生的两位红颜知己与你患难与共不离不弃。”

岳周道：“岳某不过一介布衣，如何敢在开国侯面前提‘龙凤’二字。”从听到开国侯声音那一刻起，岳周的表情就极为平淡，比起他选择隐居之后的那份平淡和满足，此时此刻岳周面上的平静无波，更像他从前戴上尚未脱模的人皮面具那般，无波亦无澜。这是他的伪装，亦是他的自我保护。

曲苏刚欲趁着开国侯与岳周交谈，再上前仔细探察林梵的情形，突然就觉手臂被什么东西阻挡了一下，整个人被眼前一道看不见的屏障弹了回来，她勉强稳住身形，但岳周已有觉察，及时扶了她一把。

开国侯也同时伸出手，虚扶了曲苏一把，语透关怀：“这丹霞琉璃扆坚硬得很，曲姑娘当心。”在今夜以前，曲苏从未经历过任何奇诡之事，对这一类东西懂得也并不多，她不知道开国侯口中的“丹霞琉璃扆”是什么东西，但此物的神奇之处她刚刚已体会过。隔着这样一件东西，她能看见林梵，但却听不到她那边的任何声响，林梵却好像根本看不到他们。

岳周敏锐地道："你把林梵怎么了？"

开国侯的目光停留在岳周眉心那淡之又淡的褶皱上，微微一笑道："岳先生尽管放宽心，林梵很好。若是不信，你尽可问你身边这位曲姑娘，林梵现下如何，她已一目了然。"

这话说得着实诛心，因为如今的岳周偏偏无法"一目了然"，而曲苏尽管什么都看得清清楚楚，偏偏有口难言。

若她照实说出林梵当下的处境，以岳周一贯的性子和对林梵的感情，怕是接下来不论开国侯提出何等过分的要求，岳周都会全盘接受。这是曲苏不愿看到的。假如林梵清醒着，可以听到他们的对话，也不会赞同她以实情相告。这些日子相处下来，曲苏清楚地知道岳周对林梵有多重要，同样知道林梵对岳周用情至深，林梵决不会允许自己成为岳周的软肋，使他任人宰割。

岳周是瞎了眼看不到，林梵同样被阻隔在一道肉眼不可见的屏障之后，但哪怕只是学开国侯的原话，简简单单一句"林梵很好"，她也不可能说得出口，她无法当着岳周和林梵两个人的面说谎，她做不到对最好的朋友说谎。

真不愧是大周朝开国以来辅佐过两位国君的股肱之臣，看似温和无害的一句话，便可轻而易举将人心玩弄于股掌之间。

约莫是见曲苏紧抿着唇一语不发，开国侯笑了笑道："我让人安排这次会面，决无冒犯之意，只是对岳先生仰慕已久，此前因为种种不便，一直无缘得见。"说话间，他看向一语不发的岳周，语气温和道："刚得知林梵的身份时，我确实很惊讶。但看到岳先生与林梵这般相爱至深，倒让我想起了年轻时的一段往事。"

开国侯说起这段往事时，颇有几分与好友倾诉往事的娓娓道来之感，曲苏一时之间摸不准他的意思，只得与岳周一般沉默地听下去。

"我与我所爱之人自小一同长大，青梅竹马，两小无猜，她处处都好，容貌好，脾性也好，不论我遇上多大难事，回家见到她，听她柔声细语开解我一二，总能令我茅塞顿开。记得有一回我随军外出，回来时受了些伤，醒来后却一连三日都有鸡汤，后来我才得知，她为给我补身体，不仅日日操劳、变卖绣品，还将她娘亲留给她唯一的首饰——一对玉佩——也变卖了。后来我得了赏银，第一桩事便是将那对玉佩赎了回来，又在她生辰那天拿了出来，还为她放了许多烟花。我记得那天晚上，她一直都在笑着。那几年里，日子虽然并不富裕，但我与她彼此珍惜，日子过得也很甜蜜。"说到这时，开国侯的眼眶泛起湿润，他似乎也觉察了自己的失态，微顿了顿，语调转缓，“只是后来她为了我，为奸人所害，不久便病故离世，我与她自此阴阳两隔。”

开国侯骤然讲起自己年轻时的一段情缘，曲苏一开始听得莫名其妙，待听到后面，愈加觉得这人城府至深，性情诡谲，简直让人防不胜防。他这哪里是在讲自己的故事，分明是在借一个狗屁倒灶的烂梗敲打岳周。

曲苏拽着岳周的袖子，转脸正想悄悄与他耳语两句，却发现岳周背在身后的手竟抖得厉害，再看岳周的脸色，不知何时已苍白若纸。

这就是开国侯，每一句话听起来都似有心又无意，却偏偏拿捏住人心最软弱之处，不差毫厘。先是妄图通过她的话让岳周心志松动，现在又讲这样一个意有所指的故事来动摇人心。他这一番看似不显山不露水的闲谈，显然已直戳岳周最碰不得的软肋。

曲苏看得心中微悸，开口替岳周抢白：“开国侯想要什么直说便是，何必这样拐弯抹角！”

开国侯微微一笑：“我想说的都在这故事里了。”他的目光扫过岳周的脸庞，似在端详他此刻的神情，“都说易求无价宝，难得有情人，试问这世上，还有什么比‘情’这一字更宝贵的呢？能与林姑娘拥有这样一段不世情缘，岳先生应当好好珍惜，千万不要像我一样，痛失所爱，终成遗憾。”

曲苏道：“开国侯若真有诚意相谈，便该放开林梵，至少让我确认她眼下真的安好。”毕竟这是她与岳周商谈一切事宜的前提条件，也是她和岳周此次前来的底线。

“这是自然。”开国侯浅笑着望着曲苏，“曲姑娘也是敞亮人。还请你和岳先生不要误会，我让人设下此阵，又以丹霞琉璃㲿隔开，并不是有心做什么，而是林梵的身份特殊。若不用非常手段，怕是那晚河边密林的惨事会再度发生。”

他最后这句话意有所指，目光更是瞥向岳周，缓缓道：“殃及无辜，犯下杀孽，对百姓来说绝非益事。我想，岳先生应当能明白本侯的苦心。”

开国侯身后，侍卫殷勤地搬来圈椅、矮几和一盏热茶，随着侍卫一同出现在他身边的，还有曲苏见过的那个红衣女童和一个身穿黄色法袍的独眼法师。

独眼法师身量瘦小，但他的一条手臂上竟坐着红衣女童，他用另一手从身旁侍卫端着的纤巧银盘里叉起一块食物，喂给那女童吃。女童一双猫儿瞳轻合，似是倦极了，一只小手还搭在法师肩膀。她这样不言不语，半闭着眸，长长卷翘的眼睫低垂，模样漂亮精致极了，真像毫无生命的瓷娃娃一般。

曲苏一开始还极认真地端详，待看清法师喂进女童嘴里的东西，第一反应是想要挪开视线，却已迟了。

她眼睁睁看着女童将那块血糊糊的东西吃下去之后，眼睫轻轻掀动，随之便睁开了眼。

一大一小两人同时朝曲苏看过来，法师声音粗，笑着道："去岳先生家的路还真不好走，把我家乖乖累得不轻，只能吃些肝脏补一补精神。"

曲苏离这两人并不远，这个距离使她不仅能看清银盘中被切成几块的绝不是什么动物肝脏，甚至还能嗅到那股直冲口鼻的浓郁血腥气。来的路上，岳周曾向她提及傀儡娃娃的制作之法，也告诉过她，若想养活傀儡娃娃和她颅内那只替生蛊，须得日日以活人血肉饲喂，但耳听是一回事，亲眼所见是另一回事。曲苏自认也是刀山血海闯过来的人，但亲眼看到一个能说会动的"活物"是以那般残忍手法制成，且要每日生吃人的肝脏而活，仍然感到五脏六腑一阵痉挛。

曲苏的手指缓缓拢紧，她不想当着这些人的面轻易显出弱点，但胃里那翻江倒海般的恶心久久挥之不去。

开国侯对这一切恍若未见，手捧热茶靠坐在椅子上，怀里拥一只毛色雪白的鸳鸯瞳波斯猫："年纪大了，不比你们年轻人体力好，咱们坐下说话吧。"

曲苏和岳周身后，也各放了一张椅子，茶几上还放着两盏热茶和一些娇艳欲滴的珍稀瓜果。

"说起来，请岳先生来的路上，我也想过，如此强人所难，实在不美。因此我和法师也商量过，是否还有旁的法子，可以替代岳先生走这一遭。"开国侯说这话时，目光含着笑意瞥向黄袍法师，那法师朝他行了一礼，小心翼翼将女童放到另一名侍卫怀里，推着一辆制式奇特的手推车，转身往林梵的方向走去。

那辆手推车颜色青黑，不似寻常铁器，上下共有三层，摆放着无数大大小小的盒子，路过曲苏和岳周时，曲苏瞧见最上面的两个透明罐子里，其中一个里面盛满了颜色雪白的珠子，另一个罐子里盛满了水，泡着一团轮廓模糊的粉红色物事。

林中土路难免颠簸，车轮碾过几颗碎石，那些瓶瓶罐罐也随之发出磕碰的细碎声响，那罐白色圆珠晃晃悠悠，有不少翻了个个儿，露出密密麻麻的黑色圆点，曲苏反应过来的同时顿觉毛骨悚然——那些圆珠竟然全是人的眼珠！

须知眼珠被挖出之后多少都会连着血肉，不可能是这样被完整剥离出来的，更没有这样雪白的颜色，但曲苏今晚已见识过太多"不可能"，这法师满身邪气，行事诡谲，如今又有开国侯这样财雄势大的金主做靠山，还有什么是他做不出或不敢做的？

哪怕明知开国侯话中所指和法师推车经过的举动是故意的，曲苏却不能不上当，她不能拿林梵的性命安全去赌开国侯的良心："开国侯若……"

岳周开口截断曲苏的话："开国侯想要太子殿下的命，此事放眼天下，只有岳某可以做到，何谈什么别的法子。”

此时法师已走到林梵身旁，他抬手在空中虚点几处，曲苏眼见着林梵目光微茫朝他们看来，便知林梵这是多少恢复了意识，至少能看到、知晓她和岳周来了。

黄袍法师戴上一双三金缂丝手套，双手将林梵头顶那团明光取下。曲苏虽不知道他的手套是什么宝物，但看他小心翼翼的模样，且那双手套薄如蝉翼、灿若黄金，便知此物价值不菲，且很有可能须得佩戴此物才能接触从林梵体内提取的光团。

先前那团光晕悬在林梵头顶，她虽脸色几近透明，双目空茫，但人好歹还能勉强坐直，就如开国侯所言，林梵看起来“很好”。可就在黄袍法师将光团取下的那一瞬，就见林梵额头青筋显露，双耳战战，架在椅边的两手猛地一挣，似在嘶叫，而后两颗小小的尖齿显露在毫无血色的唇边，发间的簪花扑簌簌落地，两鬓至额头的两绺乌发瞬息转白。

那团光应该是林梵作为狐妖修行的精元所在，就这样被人强行攫取，自当痛入肺腑，元气大伤。

虽然隔着无形的屏障什么都听不到，但曲苏能想象得到，林梵刚刚发出的那声哀鸣，该有多难熬、多绝望。

这道屏障，隔去了林梵的所有声响，也隔绝了岳周对林梵的一切感知。曲苏觉得自己就如一个坐在台下看皮影戏的观众，越是寂静无声，越是惊心动魄，而她除了看着，什么都做不了。

黄袍法师将那团光晕拢在怀里，心肝宝贝般地好一阵爱抚，才恋恋不舍存入一只黑色小匣。

曲苏眼睁睁看着这一切发生，喉咙如有一团棉花噎住，一个“不”字悬在唇齿之间，将吐未吐，胸口闷痛，竟连呼吸都忘了。她并不知道，尽管她一直竭力克制自己的一切反应，但她全身僵硬坐在那儿，双拳紧握，唇齿紧扣，一双眼虽看起来毫无泪意，但早已赤红如血。

而坐在她身旁的岳周，也不知是不是因为双目尽盲而一无所知，此时面色仍然平常，周身上下看不出丝毫变化。岳周如此举重若轻、镇定泰然，若是落入寻常人眼中，怕是要骂他铁石心肠，可开国侯看在眼里，暗暗赞许此人当真临危不乱、毫无破绽。

“这天下之大，无奇不有。”开国侯呷了一口茶，悠悠道，“这不，从前我还不信这世间真的有妖，可就在今天，还真让我亲眼见着一只白狐，听法师说，这只狐妖已修出九尾，可算是世所罕见，极为难得了。岳先生刚刚说，能轻易接近太子并顺利完成刺杀的人，只有你，以前本侯也是这样以为。毕竟这世间能精通易容之术，幻化千面又能下毒于无形的，只有岳先生你一人。尤其你还瞎了眼，让我想一想，昔日教导殿下多年的那位张太傅，可不就是年迈眼瞎。在我看来，岳先生真是最合适的人选。所以我此前三顾茅庐，就是希望能以诚心打动岳先生。就在你们两位来之前，我听法师说了一个非常有趣的故事，不知道岳先生有没有兴趣也听上一听？”

几乎只听到“法师”二字，岳周眉峰便是一动。曲苏已亲眼见证那法师是如何凌虐林梵的，且他身旁自始至终跟着一个现成的傀儡娃娃，她如今又岂会不知，开国侯口中那个“非常有趣的故事”，显然正与林梵相关。

曲苏心头如有千斤重压，从前刀口舔血的日子虽然危险，却也快意恩仇，潇洒来去，哪里会如此刻这般憋屈，这般无力施为。

但或许，这才是从前君翊和岳周挡在她身前护她周全时，替她掩去的人间真实。

体味到这一点，曲苏心中五味杂陈，尤其她的目光和林梵每每在半空交接，她便能感觉到林梵眼睛里的恨与痛。

曲苏心头如有一团烈火灼烧，可紧接着，开国侯的一席话，就如一桶冷水，将她心头那团火瞬间浇熄。

约莫是曲苏的眼神让开国侯看出了什么，他笑着道：“本来这个方法，虽然要劳林姑娘亲自出手，但不会危害到她的性命安全。而且刺杀这件事，由人来做，再高明的手段，终究要留下些许痕迹，但妖就不同了。”

开国侯身旁，黄衣法师笑出声：“侯爷说得极是，若是寻常妖物由我来操控，必定能做到杀人无痕，事后更是查无可查。”

曲苏看到，几乎就在开国侯说话的同时，林梵的唇瓣一直在翕动，仔细辨认，她是在说：“让我去做，我替他……去做。”

法师说完那几句话，抬手在半空一抹，曲苏突然就能听到林梵的声音了。显然那道无形的屏障已被撤去。

尽管林梵身体虚弱，声如蚊蚋，但岳周还是听到了。

他眉眼轻垂，神情冷淡，此前一直沉默不语，此时却突然开口，且那声音似含着淡淡嘲讽：“若这才是最完美的方式，想必侯爷早就行动，又何必劳师动众，拿林梵做筹码邀我至此呢？”

黄衣法师看了岳周一眼，嗤笑道：“我虽自诩天赋异禀，驱蛊控妖，还能制作傀儡，书中记载的百般难行之法，到我手上，都是手到擒来，容易至极，但我也知，凡人不与天斗。林梵不是普通九尾狐妖，而是一只身怀怨气的怨妖。眼下这般将她控制住，已是常人难以企及的无上之法，若是更进一步，贸然操控怨妖，使之煞化，那便是搅动风云、祸乱人间的灭顶之灾。这三界因果，如何是我一个凡人担得起的？我可没有那么傻。”

说到此，他看向林梵，目光幽幽：“怨妖出世，百鬼夜行，那可是什么人性都没有的至浑至邪之妖物，世间一切，都沦为她眼中该杀、可杀之物，不杀到她满意，根本不会停下来。怨气既生，源源不绝，怨妖眼中，哪里会有‘满意’这两个字？真到了那么一天，怕只有传说中以一己万年修为建炁渊、镇百妖的青华大帝降世，才有可能化解怨气、斩妖镇魔了。”

怨妖这个说法，不仅曲苏是头一回听到，就连岳周都听得神色怔忪、眉心微锁。

开国侯见状，浅笑着道：“法师已然言明此法难行之处，想来岳先生也能理解，为何我别无他法，只得诚邀岳先生前来了。”

岳周回过神，神色寡淡：“侯爷费心，竟还搜罗出这般曲折惊险的传说故事，只为说服我安心上路。”

岳周说出“上路”两字，开国侯面色便是微微一变，他端详岳周神色，正要再问，就听岳周又道：“我已明白侯爷所托，既如此，岳周却之不恭。”

开国侯煞费苦心布置了一切，如今终于见岳周松口，面上的笑不禁更为和蔼：“得岳先生襄助，此行必定马到功成。”

岳周道：“我也希望侯爷能答应我两件事。”

开国侯笑着道：“这是自然，岳先生请说。”

岳周道：“第一，我希望侯爷答允，此事从头至尾，由岳某一人完成，我不与他人合作。”

开国侯蹙了蹙眉：“可以。”他又道：“不过，你若假扮张太傅，身边终究需要一些人手。”

岳周道：“我若有需要，决不会和侯爷客气。”岳周这话说得狂傲，但他声名在外，开国侯一心邀他出山，此时见他这般狂傲不羁，颇有江湖上那些少年豪侠的姿态，反倒愈加放下心来。

开国侯点了点头，问：“那么第二件事呢？”

岳周微微昂起了头，他并不知道，离他不远处，长着一棵足有百年的老梨树。这时节别的梨花早已落尽，可不知是这棵梨树品种不同，还是年纪太大成了精，仍有散碎白花簌簌飘落。此刻他昂起头，淡蓝色的布条随风而起，轻扫过眼角眉梢，灯火掩映之下，婆娑树影映在他的脸庞，细碎花瓣无声落在他的发丝上，愈加衬得他肤白如玉、眉眼清绝。他浅浅一笑，似是骤然想到了什么有趣至极的事，那笑容又轻又暖，连曲苏站在一旁，都不禁看得有些愣住。

印象里，岳周从未露出过这样发自肺腑的轻松笑颜。

并不是他从前在她和林梵面前的笑不够真心，而是岳周此人，看似不羁，实则周密。心思周密至极的人，不论什么时候，对人对事总是留一手的。也正是因为此，岳周从前的笑不论多暖，在曲苏眼中，总觉着他是清醒而克制的。

唯这一笑，仿佛有一种释下一切重担的轻松洒脱。

曲苏不由自主地走近一步，不等她说什么，岳周已开口道："第二件事，就是希望侯爷可以亲口答允岳某，不论如何，都不可以为难林梵和曲苏，保证她们安全、自由。"

这两桩都不是无理要求，开国侯又正是踌躇满志之时，并不会在这样的事项上与岳周斤斤计较，因此答应得格外痛快。

他起身时，甚至心情颇佳地对岳周多说了几句："只要顺利完成此事，本侯必有重酬。也不知为什么，我今日见到岳先生，总觉投缘，希望日后，能与岳先生多多交流才是。"

岳周面上仍含着笑，朝着开国侯声音来向半转过身，在曲苏惊讶的目光中，朝他作一长揖。

或许别人不了解，但他们两个从小一起长到大，曲苏最是清楚，岳周这人骨子里向来清高，哪怕真答应开国侯去刺杀太子，也犯不着对他行如此大礼，曲苏不由得脱口道："周周！"

岳周声音沉稳，无波亦无澜："岳某在此，先恭贺侯爷心愿得遂、岁岁安康。"

开国侯虽觉岳周这番祝词略显突兀，但他知晓岳周此前多番推拒、态度冷淡，今日这样客气，说不准只是欲向自己表明立场，不由豁然一笑："若日后有岳先生襄助，本侯必定岁岁安康、日日开怀！"

三日后，便是岳周允诺开国侯前往皇都刺杀太子的日子。

当晚，岳周将林梵从椅子上抱起来时，她已全身脱力，面如金纸，几乎无法维持完整的人形。曲苏靠近了才瞧见，林梵藏在袖中的手，水葱般的指甲尽数折断，十根手指抓挠得鲜血淋漓。十指连心，锥心之痛，可以想见之前法师的种种折磨手段当真令她痛极、恨极。岳周动作很稳，抱她的动作也格外轻柔，但林梵两手全是伤口，耷拉在椅子上的几条狐尾更是惨不忍睹，他动作再轻，仍难免触碰到她身上的伤。

林梵紧抿着唇一声不吭，她双眸的眸色在看清岳周面容时已有回转，兽瞳褪去，血丝稍减，乖乖靠在岳周肩头，两绺白发自额际沿着脸边垂落，亦如她本人一般，乖巧蜷缩在岳周胸口。她看得不高兴，垂着眼儿非跟自己较劲，颤抖的手指想将那两绺白发悄悄拽回来，然后藏起来。曲苏在一旁看得不忍，强忍着在眼眶里打转的泪水，指尖飞快地偷偷帮她将发丝拽回，再掖回耳畔。

岳周道："怎么了？"

曲苏飞快抹了下眼睛："没事，压到小梵的头发了。"

黄衣法师似乎对就这样放走林梵抱憾不已，但开国侯的手下站在一旁，他只能不错眼珠地看着，一个多余动作都不敢有。

待曲苏和岳周走出银花林，彻底甩脱开国侯的人，林梵已变回了白狐原形，小小一团蜷在岳周怀里，两耳耷拉，双眸紧闭，白色的皮毛上显出斑驳的血迹，唯有粉嫩的小鼻子偶尔翕动着，轻蹭着岳周的手臂。

曲苏跟在一旁，看得心疼不已。此前她不知林梵是狐狸，看到开国侯的人送来那撮白毛时，还以为她伤得并不要紧。可如今看到林梵露出原形，虚弱得连眼皮都抬不起来，明明她一向不爱掉泪，到底泪水还是在眼眶里打了几转，随后无声洒落衣襟。

第二天，曲苏起了个大早，先去巷口买了些热乎的吃食回来，又到镇上医馆买了几味大补药物，问好方子，准备回家为林梵炖煮参汤，补养元气。林梵自打回到家中就兀自沉睡，岳周一心照看，几乎足不出户，更没什么心思吃东西。平日里摆上桌常常不够分吃的菜食，这天清晨却几乎没怎么动，杯盘碗碟堆在桌上，就连曲苏自己，也难得失了胃口。

青玄的房间空空如也，他仍没有回来，随身的一应衣物也消失无踪，仿佛这个人从未出现过一般。

曲苏推开门之后，对着空无一人的房间，静静站了好一会儿。

这些日子发生了太多的事，与青玄相识的时间虽然不算长，但如今一一回想，倒觉得这个人也没有初见时那般令人讨厌。只不过他们两个每每凑在一处，抬杠惯了，两个人吃饭的口味也相近，饭桌上总爱有些争抢。相处得久些，便发现这人也没那么难相处，有时还觉得与他说话别有趣味。可如今他走了，再没人与她抢食，那么多食物摆在桌上，曲苏才发现，自己一个人根本吃不完。

从前她也设想过，过些日子她暂离此处，与林梵和青玄这两个新结识的朋友告别的情形，但她从前从未想过，与青玄的分离竟来得这般突兀。

他走得匆忙，甚至等不及与她好好道个别。

又或许，在他心中，棠梨镇与他们这些人，本就没那么重要，红尘漫漫，过客匆匆，本也无须道别。

曲苏对着满室空荡荡，平生第一次尝到了寂寞的滋味。

晌午，她与岳周谈及三日后的行动，却不想岳周面带浅笑，开口便道："前几日你不是还念叨，过些日子要去白帝城找秦小姐相聚，待林梵身体好些，你也可以启程了。"

曲苏哪会这么容易被他糊弄过去："你这是急着撵我走？"她闷声说道："昨天你

答应开国侯，三日后便前往太子府行刺，现在已是第一天了。这三天，我会好好陪着你看护林梵，三日后，我陪你一同启程。”

岳周道：“你该知道我一贯的手段。就算我帮你易容，你也不懂改换姿态和语调行事，跟在我身边，反而更容易使我暴露。”

岳周这话倒说得一点不错，易容绝非表面改形换貌那么简单，一个人说话的声线、语调，举手投足的细微动作，行走坐卧间的独特气质，这些都不是一朝一夕能训练学成的。这也是为何岳周从前未退出落羽时，能接连七年蝉联杀手排行榜榜首的原因。

岳周的剑术、轻功本已高绝，再加上这千人千面的巧妙易容术和落羽独家调制的诸多毒药、暗器，可说是无往而不利。古诗中所写“十步杀一人，千里不留行。事了拂衣去，深藏功与名”，昔年曲苏第一次读到这一首诗，便觉这诗写的就是岳周本人。

可岳周早已不是从前的岳周，如今他不仅双目尽盲，且有了林梵这个牵绊。更何况，以前岳周接单杀人，不论何时，都是自愿的。开国侯这一次，却是用尽手段逼迫他杀人，尤其刺杀的对象还是当朝太子。即便事成，她也担心接下来他要面对数不尽的凶险和麻烦。曲苏怎么想都不放心，只捧着碗执着道：“我可以不跟在你左右，但我也要去皇都，哪怕就在太子府附近盯梢呢，不然我心里总不踏实。”

岳周叹了口气：“曲苏，你若也走了，谁来照顾林梵？”

这话还真把曲苏给问住了。

曲苏迟疑间，岳周已起身，放下碗筷往林梵的房间去了。

炸糖糕已有些凉了，曲苏咽下最后一口，只觉喉咙噎得厉害。此时此刻，就连心里都仿佛堵了块东西一般，沉甸甸的，难以释怀。

这天傍晚，林梵终于从沉睡中苏醒，只是她身体虚弱，虽然勉强恢复人形，但发间的两只毛绒耳朵还露在外面。

搭在床头的小桌上摆满了各样吃食，岳周扶着林梵坐起来，三人一起围着小桌吃饭。曲苏心中焦灼，捧着一碗米，就着几样时令小菜，吃得头也不抬。岳周则端着一碗鸡汤粥，一勺接一勺喂林梵慢慢吃着。

林梵几次拿眼偷瞄，见曲苏头也不抬，便有点难过。

冷不防曲苏猛地抬起头，说：“这个青玄，等他回来我得好好说说他。”

林梵说话声气比平时虚弱许多，但眼见曲苏肯和她说话，立刻搭话问：“为什么要说他？”

曲苏看了岳周一眼，故作轻松地冷哼了声：“平日里有事没事的，一天到晚在人眼前晃悠。这一有事需要他上阵了，立刻消失得干干净净，连个影儿都不见。真是一点都指望不上，白吃咱家那么多粮。”

林梵被曲苏说得想笑，可又因为青玄的身份摆在那儿而不敢轻易笑，她咬了咬唇，决定还是照实说出自己所知道的：“他不是普通人，突然离开，应是遇到了什么非同一般的要紧事，而且他不会轻易插手这些事。”之所以这么说，是因为她知道，哪怕从前他那般看重烝渊，也做不到天天前往，所以才在诸多仙娥中挑选了霜雪神女代为看守。

九重天上，太微玉清宫。

一袭青色法衣的男子骤然现身，殿前忙碌的仙娥、仙童见了，纷纷停下手上动作，忙不迭地躬身行礼：“尊上。”“见过尊上。”

早在殿前等候的陆波仙子快步迎上，却不敢抬眼直视面前这位，垂首恭敬道：“尊上，这边请。”

青华大帝凤眸轻垂：“玉帝遣仙使传信，说有要事相商。”

陆波仙子动了动唇角，本想抿出一缕笑，却发现当着这位的面，自己在其他仙君、仙娥面前那股子游刃有余的心念，根本难以施为。

有些年没和青华大帝这般面对面打交道，倒险些忘了，似青华大帝这样的上古之神，本就与如今天界的诸仙不同，原是她轻慢了。

陆波仙子将头颈垂得更深：“陆波不知陛下所说的要事是什么，不过陛下近几日闲来无事时都在下棋。”

“尊上，请。”野草蔓蔓的庭院前，陆波仙子停住脚步，不敢再进。也唯有到了此刻，她才有胆量悄悄抬眸，瞥了一眼面前这位上神的脸色。

只见那张让三界无数仙娥、妖姬心旌摇曳的锋锐俊颜，修眉入鬓，凤眸清亮，一如经年，无喜无嗔。

青华脚下未停，几乎未等陆波仙子说什么，便径直走了进去。

陆波仙子完成了任务，只在原地呆呆望了片刻青华大帝的背影，便转过身，快步离开了。

几乎没走出多远，就见两三个小仙娥凑在一处，正在叽叽喳喳，不用细辨都能听到“尊上”两字。

陆波仙子还没来得及出声，那几个小仙娥见她出来，就将她团团围住，问起了刚刚的情形。

胆子最大的那个率先开口：“仙子，您跟在陛下身边最久，想来也见过尊上许多回了，他一直都是这样不爱笑的吗？”

另一个道：“反正我一共见过三回青华尊上，从未见他笑过。”

陆波仙子神色微微恍惚，被几个小仙娥晃着衣袖，未经细思话已出口：“许久以前，他不是这样的。”

“那他是什么样的？”

陆波仙子自回忆中回过神来，心念微定，随口打发几个小家伙道：“青华大帝是什么样的人，何曾轮到你我置喙？我看你们几个，近来真是闲昏了头了！”

小仙娥们被陆波仙子口头捶了一顿，再不敢造次，悄悄对视一眼，向陆波仙子告礼，四散离去。

唯陆波仙子因着突然浮上心头的往事，一个人在殿前静静站了许久。

陶养苑内，思过亭中。

一袭素色常服的玉帝手执白子，正对着棋盘细细思索，听到人来，他眼也不抬地笑着道：“青华来了。左右无事，你我手谈一局。”

青华大帝在玉帝对面坐了下来。

眼前棋局，已走完半程，正处在胜负难辨的酣战之时。

青华大帝垂眸看了片刻，自一旁拿起黑子，投下一颗。

玉帝捋须端详，道出一个“好”字，不慌不忙地落了白子。

青华大帝落子极快，几乎每一次都是紧随玉帝落子，直到关键一子落下，他起身拱了拱手：“不敌陛下。”

玉帝笑眯了眸，一边朝他招了招手：“坐。许久未见你，这才只下了一盘，怎么这么着急要走？”说话间，他伸手摸了摸鬓角，“莫不是嫌和我这个老人家一块儿下棋太过无聊？”

青华大帝神色淡淡地道：“实在不擅此道。”

“前些日子在素曜宫附近举办的那个宴席，去了不少年轻人。”玉帝将面前的果盘和茶盏向前推了推，“我听说，太阴元君可也给你去了请帖的。”

青华大帝微微一怔，显然并不记得还有这样一桩往事，哪怕这事就发生在十几天前。

玉帝又道：“怎么，太阴元君请来的那些仙娥，你一个都看不上？”他捋须笑道，“我记得，仿佛青丘和鲛人族也都遣了人来。你与这两族的族长，似乎有几分旧交。”

青华大帝道：“旧交谈不上，许久以前，揍过两回。”

如此惨不忍闻的旧事，偏青华大帝还说得云淡风轻，这般作态，就连玉帝都难免被噎了一下。

青华大帝的目光在玉帝身后不远的焚香处轻飘掠过，他站起身：“还有些公务在身，就不与陛下闲话了。至于百花小宴，还是紫微大帝和佑圣真君他们两位更适合前往参加。”

青华大帝深谙哪壶不开提哪壶这个道理，说起天界如今这几位上古之神，最令玉帝头疼的，可不只他一人。

玉帝这回可不仅仅是被噎了，他顺着青华大帝提起的这两人思量片刻，再回过神，面前哪还有青华大帝的影子？

“这个青华！”玉帝嗔了一声，再想起刚刚青华大帝提到的那两人，又忍不住溢出一声长叹。

六界之中，众人皆道这几位上古之神是天界之福，可有些时候玉帝觉得，这福分实在有些难以消受。

饭后，看着林梵喝过一碗人参鸡汤，曲苏忙着将杯盘碗碟收拾到后厨，她有心将时间留给岳周和林梵这对小情人单独相处，哪怕忙完了手头的事，也没急着再进林梵的房间。

房间里只剩下自己和岳周两个人，从没有哪一个瞬间，让林梵像此时此刻这样庆幸，可惜岳周的眼睛是看不到的。

岳周觉察到自己喂药时，怀里的姑娘总是不老实地向后微仰，不禁轻笑着道：“你躲什么？”

林梵声音小小的，脸颊透着绯红：“我没……就是药……药有点苦。”

岳周将药碗放在一旁，扶着她在床头坐好，变戏法儿一般，从袖中取出一个纸包，递到她眼前。

林梵不用打开就闻到了味道，眼睛都在闪闪发亮：“是镇上老李家的炙鸡肉。他家很贵呀，而且做得也没有我做得好吃……”

岳周伸出手，在她发间轻轻摩挲：“可你生病了，怎么能自己烤东西吃呢？况且，若是小梵想吃老李家的炙鸡肉，那我们每天吃都是吃得起的，用不着特意简省。”

林梵本来还想说什么，可她突然感觉到耳朵尖上传来温暖的触觉，待反应过来时，整张小脸儿都已红透了：“主要还是我做的炙鸡肉更好吃。”

“嗯，小梵做的最好吃。”岳周笑着将碗拿起来，重新舀起一勺，送到林梵唇边，“先喝药，喝完就吃鸡肉。”

林梵眼睛水润润的，她仰脸望着岳周下颏的弧度，狐生难得体会到什么叫作小心翼翼：“岳周哥哥，你会不会觉得，我是狐，你是人，我们这样……”

岳周皱着眉片刻，缓缓道：“小梵是狐仙，我却只是普通人，还是个眼瞎的普通人，小梵若是突然想通，嫌弃我了……”

“才没有！”林梵抢白道，“我不会嫌弃你。”她悄悄揪紧岳周的衣襟，声音小却坚定，“但岳周哥哥也不能嫌弃我。”

岳周轻叹了声，目光意有所指地瞥向刚放在一旁的炙鸡肉：“我可没有那么清闲，排了整整一个多时辰的队，就为给一个我嫌厌的人买这东西吃。”

林梵头顶的一对狐耳顿时拉平，耳朵尖微微颤动，嘴唇虽然没有一点血色，小脸儿上却尽是欢喜：“我也好喜欢岳周哥哥！”

她靠在岳周肩膀，垂眸间瞥见夹在两人之间的那绺白发，眼眸微垂，掩住内里的一片厉色。自下定决心长留岳周身边，她已尽量学着处处与人为善，但这红尘浊世人心难料，有如曲苏一般的赤子心肠，也有如韩娘子那般的手段频出，遇上这两者，林梵自认能秉持本心，公平相待：曲苏对她好，她也会对曲苏好；韩娘子对她使绊子，她也有的是小伎俩与之相对。但她自入世以来，还未栽过这次这么大的跟头。

那个黄衣法师对她百般折磨，又用那么阴损的法子抽取她内丹精华，害她损耗千年修为，在心爱之人的面前，几乎连人形都难以维持，可这个仇，她报不了。

她虽然离开青丘多年，到底也是一只修炼三千年的狐妖，寻常法师就算有些道行、功法，也不可能这么容易就将她绑走又牢牢束缚。

那法师手上，别的东西倒还寻常，唯独那将她锁得动弹不得的丹霞琉璃扆，绝非凡间俗物。

她在那上面，嗅到了仙界那些家伙的味道。

林梵闭了闭眸，身子也不由随之一抖。她生来便是妖，妖对于神仙的恐惧，是一种刻入骨髓的力量压制，除非她能强大到如扶桑女帝或是当年的青丘老祖那般。可放眼整个妖界，像她们那般强大的妖，数万年来，也仅仅诞生过那么几位。

平凡妖族，就如她一般，哪怕只是想隐藏身份，活在心爱之人的身边，甘愿做个普通人，也要终其一生小心翼翼、躲躲藏藏，稍有不慎，就会引来天界的追杀。她本已经够小心了，却还是不知从哪儿引来了天界的注意，黄衣法师和那隐含仙力的丹霞琉璃扆，就是对她的警告。

这世上能对妖族有几分怜悯的，就只有青华大帝和昔日的霜雪神女。可惜他们两个，一个此刻刚好不在她身边，另一个，早在五百年前就魂飞魄散了。

岳周觉察到怀里人的不安，摸了摸她的头顶，说：“怎么了，是不是累了？”

“嗯。”林梵依偎在岳周怀里，任他一勺接一勺喂下苦药，偶尔小声撒个娇，又或者以耳朵轻蹭岳周心口的位置，听他心跳声有没有偷偷加快，一碗药喂得尽是甜蜜。喝罢药，没过多久，林梵便昏昏欲睡。

岳周替她掖好被角，又在她床边坐了好一会儿，因为目不能视，他看不见她，便轻轻握住她的手："等你好起来，我们……"剩下的话岳周没再说出口，他只是眼睫颤抖，克制而隐忍地在她手背上落下一个轻柔的吻。

岳周端着空碗起身走到屋外，若不是他早有所察觉，险些一脚踢着在门边蹲成一个团儿的曲苏。

听到身后的脚步声，曲苏头也不回，闷声问："又睡着了？"

今早两人一起吃早饭时，曲苏谈及要同去太子府协助岳周完成刺杀，岳周怎么都不松口，两人闹得不欢而散。当着林梵的面，曲苏对岳周的态度看不出异常，但此时只剩下他们两人，曲苏自然不会藏着掖着。

岳周"嗯"了一声："这药里放了好几味补气安神的药材，她能多睡是好事，对恢复身体有益。"

曲苏往旁边挪了两步，让出过道，嘴巴里叼着一根狗尾草，手里有一搭没一搭拿墙头摘的夕颜花编着花环。

岳周在她一旁的回廊寻了块地方坐下，轻声喊道："曲苏。"

曲苏眼皮儿都不抬："干什么？"

岳周道："你不是一贯爱听八卦故事嘛，那么，你想不想听一听我和林梵的故事？"

岳周这话问得精妙，委实搔到了曲苏的痒处。几乎话音刚落，就听曲苏接了话，只是语气仍然不怎么热衷："有什么新鲜的，林梵早就给我讲过了。"

岳周浅浅一笑："林梵约莫只是告诉你，她是如何来到这镇上，想租房子时，又是怎样凑巧在书塾那儿替我解围的吧。"岳周这人有耐心跟人讲话时，能把一个平凡得不能再平凡的小事儿讲得十分精彩，如今他故意起了这个话头，又带出了几分悬念，自是勾起了曲苏的好奇心。

觉察曲苏仍硬气着不吭声，岳周又加码道："难道你就不好奇，我当日为何肯让林梵住在家里，又是什么时候得知林梵是妖非人的吗？"

说完这话，岳周耐心等了片刻，突觉身畔带起一阵微风。他知道，是曲苏站起身坐到了他身边。

曲苏心里还憋着气，就算对这个故事馋得不得了，也不肯多讲话。

岳周道："你该知道，我八岁那年跟着翊大哥请来的易先生学会易容一术，旁人认人、记人，多依赖容貌、着装，我则是凭借骨相和感知。"

岳周本人便精通易容术，自然知道不只容貌、穿着，甚至一个人的形态、气质，都是可以模仿、改变的。因此，他辨认一个人的方式与旁人不同，这点曲苏一直知道，但听到这儿，她还没有理出头绪，仍默默听着。

“五年前有一次，我受命前往不夜堡刺杀，任务虽顺利完成，但临走前惊动了堡主，逃到一片密林时，眼睛忽然什么也看不到了。后来我才知道，那处密林有一种奇异的瘴气，毫无准备随意闯入，会有终生失明的危险。”

此事算得上岳周杀手生涯中难得遭遇的险事，曲苏对此也是印象深刻：“我记得你讲过，你在那儿遇到一个当地的猎户，给你吃了一味林中独有的草药，又为你指路，你才得以从树林另一个鲜有人知的出口顺利逃过不夜堡的追杀。”

岳周笑着道：“我撒了谎。”

曲苏不由得瞠大了眼，她与岳周认识这么多年，还是第一次听到他亲口说出这四个字，更令她想不到的是，在这件事上，岳周有什么理由对她说谎。

岳周突然伸出手，抚了抚曲苏发顶：“那年我十八岁，你也不过是个十五岁的女孩子，这件事我当时遇到，总觉匪夷所思，便没有对你和盘托出。”

曲苏惊诧道：“你那时在林中遇到的是林梵！”毕竟能让一向博闻强识的岳周说出“匪夷所思”四个字，如今想来，也只能是与神异鬼怪一类相关的事了。

岳周笑了：“当时我并不知道自己遇到的是什么人，因为目不能视，我格外焦灼，一路误打误撞，就走到了一处山洞，听到里面有潺潺流水，还有女子的笑声。”

曲苏“嗤”一声就笑了出来：“你撞见了林梵沐浴？”天哪，这种话本中才会发生的段子居然会发生在岳周身上，也难怪他刚刚说，当年他只有十八岁，谈及这段经历时故意把神秘女子说成什么猎户了。

岳周若有所思：“她当时应当不是沐浴，我猜她当时应该在修炼什么功法。只是那功法应当比较特别，林梵当日坐在那股热泉之中，应当穿得相当清凉。”

那日他倚剑独行，一路摸索，走到那处山洞，就觉周遭热气弥漫，水雾氤氲，他正在思索这山洞内怎会有一处天然温泉，突觉双目模糊可见一道独特的金色屏障，正震惊于如此情景绝非人间所有，就听一女子嗓音悠悠道：“怎么，被我惊世骇俗的绝世美颜震撼到了？喂，我和你讲话呢！”女子的嗓音又脆又甜，说话间气势却有几分彪悍，“你看都看了，怎么还不理人，你这就是那些人说的得了便宜还卖乖。”

岳周虽看不清眼前的情形，但稍一思索，便知是撞见了不该瞧见的情形。这山洞中颇多怪异，女子嗓音娇甜，言辞却颇为大胆，他心生警惕，拱了拱手道：“抱歉，在下眼瞎，看不见。”想了想，他补充说：“故而无法点评。”

女子的嗓音透出几分气闷：“这是讽刺我丑吗？”

岳周：“……”他怀疑他倚剑而行的姿势是不是不够明显。

他重复道：“是真的看不见。”

他记得来时的路，倒退几步，又朝女子声音来向拱了拱手：“打扰了。”

出了那处山洞，周边恢复了他初入山林时所感受的那种阴冷和窒息。他一路逃亡，眼睛看不到之后胡乱走了一段路，如今骤然从温暖干净的山洞回到这种湿冷的环境中，不知不觉就有些乏了。他计算着刚刚进山洞前走出的距离，沿着之前探索的路又走出一小段，在一棵大树上刻下标记，便坐了下来。

这片山林很大，又有诸多岔路，就算他双目无碍，想要在密不见天的林中找到正确的方向走出去，也要一路做好标记，才能少走弯路。如今他看什么都模糊一片，行走间更添不便，想来要在这儿多煎熬几日。只是不知下山后解了这瘴毒，会不会留下什么不良症状，影响日后行走。正这样想着，他就觉身边传来一阵细小的摩擦声响。他坐在原地未动，手却倏然伸向左侧身后一捞，果不其然，一只胖墩墩的毛绒团子就这么被他捏在指间。他凭借手感和气味略一判断，便浅浅一笑："原来是一只小狐狸。"

那还是一只幼崽，身体圆滚滚，全身毛茸茸，头上两只尖耳摸着也软乎乎的，小狐狸被他这样捏着，也不知是因为害怕，还是尚且不知什么是怕，一点都没有要攻击他的迹象。

岳周自身后包袱内摸出一块干粮，掰碎了几块，喂这幼崽吃了，一边摸了摸它的脑袋："我这无肉也无酒，吃完这些，你还是自己去寻些野味吧！"

喂过这只小狐狸，岳周便又起身，继续沿着之前做过记号的路向前摸索。却不知大树身后，一抹红色的身影悄悄现身。她从狐狸幼崽的爪子里捏起一块干粮，塞进嘴里，嘀嘀咕咕："这是什么玩意儿？"

干粮本就不是什么好吃的食物。

岳周又在林中行走了两日，林中湿气重，干粮受潮，味道更是有如泡发了的木头一般，干涩无味，难以下咽。林梵嚼了嚼，连连呸了两声："这都是什么呀?!"她又看向岳周走远的方向，不由得同情道："心地倒是不错，就是这吃东西的品位实在太差了。"

岳周一开始并不知身后悄悄跟上了一位女子，只是接下来两日，他先是在河边捕鱼时，莫名摸到以一片宽大树叶盛着的蜂蜜，又接连被几颗可以食用的新鲜野果砸在身上，而他这一路行来，除了先前在洞中遇到的那女子，再没见过其他人，不用想也知道，这都是那位女子所为。

他当时并未多想，对方既然不愿现身，他也不便贸然出声道谢。

虽然此前只是短短一面之缘，但他已经发现，这位女子身份应当不一般。寻常人间女子，绝不会孤身一人生活在这般危险的林中，更不会意外被男子看到清凉穿着后，还敢主动出言调戏。尤其是，若她为凡人，以他的内力修为，如此距离，他不会觉察不到半点气息。

接连两日，每餐都吃到蜂蜜，他的眼睛虽然仍然看不清周围，但那种犹如蝎蜇的火辣刺痛之感已渐渐散去。而真正让他确定女子绝非凡人身份的，是他即将走出山林那天，彼时他再一次摸到刻有痕迹的大树，准备向右行时，突然听到左边地上“噌”一声，有如金石坠地之音。

这声音听着熟悉，他脚步微顿，突然记起，是在山洞中与那女子交谈时，她身上就传出过这种清脆的声响，应当是金玉一类的佩饰。

他抬起脚，转而向左，那道声音便一直在他前面几步远的地方，声响清泠悦耳，一路蹦跳着为他指路。直到最后一刻走出密林时，他微转过身，朝着身后模糊的一片深深行了一礼。

回想起那日情形，岳周笑了笑道：“自从今年我隐退之后，便一直想告诉你，或许我双目失明，并不是因为那天的剑气，不夜堡密林瘴气为‘天下七毒’之一，说不准我是那时便落下了病根。”

也正因为有过那天的短暂失明经历，兼之这几年来他历练颇多，对江湖上的许多事也多有厌倦，今次再度失明，才能拥有如此平静的心境，遇事泰然，处变不惊。

曲苏一听就连连摇头：“才不是。”岳周中瘴毒已经是好几年前的事，要是落下什么病根，早就有所觉察，他如今这样说，无非是想她心里好过。

将岳周方才所讲细细咀嚼，再回想林梵所讲她与岳周相识以来的点滴，曲苏越想越是心折，拿胳膊肘戳了戳岳周手臂，小声说：“你那时就知道林梵不是人间女子了，有没有一点怕？”

岳周笑了笑：“是人或非人，都是救了我，我又有什么好怕的呢？”

曲苏也跟着笑道：“通透，不愧是你！”她忍不住将岳周所讲串联起来，细细品味。说来也真奇异，若是在昨日之前，就算岳周亲口对她讲出这段经历，怕她也会将信将疑地觉着他发高烧说胡话。有些事，若非亲眼所见，不论旁人说得怎么绘声绘色，总之是难以置信。开国侯那人城府至深、心思奇诡，但他有一句话说得没错，这天下之大，无奇不有。

曲苏这般想着，说：“林梵给我讲过，她第一次见你那天，眼见你被书塾的几个半大孩子追着打，还有两个小的朝你砸石头，她见你长得好看，明明有功夫在身，却完全不还手，就路见不平，替你出声教训那几个小家伙。她以为那便是你们的初见，却不知，其实你们的初见比这还要早很多呢。”岳周出门在外，多做易容，尤其这般执行任务时，更要改形换貌，就连他们这些朝夕相处的同门都辨认不出。故而林梵并不知道，几年后她在书塾一见钟情的瞎眼男子，其实正是从前她在林中修行时曾见过、调戏过、帮助过的独行剑客。

岳周浅浅笑着，没有说话。

后面的故事，他也在回忆，却并不想讲给除了他和林梵之外的第三个人听，哪怕那个人是曲苏，他这辈子的至交好友。

那天，他刚一听到林梵的声音时，愣了好一会儿，直到又听到林梵行动间臂上缠臂金发出的清脆声响，他才真的确认，几年前双目被迷时，他在山洞门口听到的那仿若仙人的嗓音，就是源自眼前这个路见不平的爽利姑娘。

他用竹竿确认过身前的路并无障碍，便向外走去，林梵跟在他身后出了书塾，追着他问为什么不反抗，明明他会功夫，却偏要任由他人欺侮。

他说："那些都是小孩子，被他们打几下，也不疼。我若出手，便是以强凌弱。"

身后那又娇又甜的嗓音听起来有些气闷："我不懂。被打就该打回去，被欺负就应当反抗，这世上哪里有站着挨打的道理呀？"

约莫是见他不吭声，她追在他身后又接着道："就算那些小孩子手无缚鸡之力，也不代表他们所做的事就是对的。强者不是天生就该给弱者让路，谁弱谁有理？这又是什么道理！"

她追在他身后嘀嘀咕咕，一路到了家门口，还想跟进来，他却将那两扇破门一阖。

隔着门，他听到她声音娇娇地问："喂，你这房子这么大，一个人也住不了，不如租给我一间，我每天一日三餐做饭给你吃，就当房租，成不成？"

从前曲苏总说他对谁都温温柔柔的，但那天，他背对着她，一门之隔，声音冷硬："我习惯独居，姑娘若是需要租房，可去镇上其他住户家询问。"

"我做饭很好吃的，比这镇上许多酒楼做得都好吃。喂！"约莫是见他离了那扇门，她也跟着挪向一旁，隔着几扇歪歪斜斜的破篱笆朝他喊话，"这么大房子，你一个人住，每日打扫都打扫不过来，你不嫌累呀！"

他一个人坐在空荡荡的小屋里，没有说话。

也不知过了多久，门外终于没有了女孩子甜甜的吵嚷声，一切回归寂静。

那之后不久，镇上接连发生了几桩怪事。先是有几户人家丢了下蛋的母鸡，从现场的血迹来看，像是黄鼠狼一类的野兽所为。那几户人家虽然觉着怪异，但也只能自认倒霉。可紧接着，又有两户人家的小孩子也消失不见了，其中就有书塾先生家的儿子。不知怎的，这镇上就流传出了怨妖的说法，说那怨妖先时还只是偷一些寻常家畜，等到胃口越吃越大难以餍足之时，就要开始吃人了。镇上几户遭了灾的人家筹了银子请大师来作法。

他也一直在暗中留意这件事，此前他接连三日走遍整个棠梨镇，寻找线索，心里有了判断，便当众戳穿了那个所谓大师的骗子的伎俩。

他知道，自己做这些事的时候，身后一直跟着个姑娘。

后来，他果然在距离城镇不远的小树林里找到了那两个结伴离家出走的孩子。两个孩子出走时随身带的干粮早吃完了，饿了两天，一见有大人寻来，还是个从前就认识的熟脸，顾不得别的，抱着他的脖子，眼泪和鼻涕蹭了他一身。

导致几户人家丢鸡的元凶也找到了，是一只每到晚上就挨家挨户偷鸡吃的小狐狸。

他将两个孩子送回家，又喂了小狐狸一根烤熟的鸡腿，在山脚下把它放生了。

镇上的人并没有因为他出手帮忙而出言感谢，陆陆续续地，还有人开始议论他的背景、来历，甚至编造他瞎眼的缘由。原本与他和平相处的几户邻居日日门窗紧闭，不敢再与他往来。

对于这一切，他早有心理准备，毫不在意。可有一天他在街上行走，再次听到身后传来那些嘈杂的议论声时，他听到那个熟悉的声音又开腔了。

“你们都是白眼狼吗？是谁帮你家还有那个教书先生家找回了孩子，帮你们从那个骗子手里讨回作法的银子？你们有什么资格在这议论别人长短？忘恩负义，是非不分！他是眼睛看不见，你们这群看得见的人，眼睛心也盲！”

那是第一次，他主动拉住她的手，带她从那条街道离开。

走得远了，身边不再有旁人，她小声问他：“喂，你不觉得委屈吗？那群人那样议论你、排挤你，你怎么一声不吭的？”

他当时是如何回她的？他说：“成见这种东西，一旦产生，便难以消除。我只做我心之所向，与人无尤，于己无悔。”

她约莫是真的生气了，语气难得有了几分冷：“你怎知这世上所有人都是一样的？你怎么知道，当你愿意发声解释，那些人仍不会信你？还是在你心里，也从不敢轻信人心？如果你肯主动解释，说不定会有人听进去，即便有人会继续误解你，但也有人会就此理解了你，知道你的好，知道你的不易。你不试试又怎么知道？”

他不再言语，一路到了家门口。他同上次一样，将门一阖，半途却被她一掌拦住。

他只说了几个字：“天色已晚，姑娘该离开了。”

她执拗地不肯走：“让我们一起住吧，我还能保护你呢！有我在，没人能再欺负你。”

他当时听了这话，其实是有些想笑的，可他不能留她住下来。当初与曲苏商定好住在这处小镇时，对于接下来的日子，他已有自己的规划。

而她的出现，只会打乱他已谋定的一切。

那天，她又在门口站到太阳落山才离开。

第二天，他从一位相交不错的老大爷口中得知，她租下了邻近一处院子。并且自那天起，真如她先前说的那般，开始一日三餐做饭，顿顿给他送来。

她没有说谎，她做饭确实很好吃，比他以前在任何酒楼饭庄吃到的山珍海味滋味都更好。于他而言，那是自幼时母亲故去后便久违的味道。

之后一日，大雨滂沱，她进屋时声音都在抖，还执意和他说："岳周哥哥，我买了一条好大的鱼，打算中午给你做糖醋鱼和豆腐鲜鱼汤。"她声音有点低了下去，听起来完全没了往日的活泼，反而透出几分可怜巴巴的味道，"外面好大的雨呢，你别赶我走了，让我在你家的厨房做这顿饭吧。我保证，给你做过这顿晌午饭，我就离开。"

她就像是一枚小太阳，永远都带着光，带着热，照亮他与她相识之后的每一天。但她比太阳更明媚肆意，而他无法抵挡这样的光芒和温暖。

再之后，她租住的那户人家，也不知为什么事，丈夫和妻子发生口角，还动了手，妻子额头都见了血，她出手帮忙，打那丈夫一巴掌，却反被那妻子指责。

她气得要命，抱着一个又瘦又小的包袱，坐到他的家门口。

他一向睡得晚，听到门口有动静，便出门去查看。

得知原委，他在她身旁的门槛坐下，问她："后悔出手帮忙吗？"

她摇头的动静，他听得到，又听她嗓音闷闷地答："当时那种情形，那位姐姐是向我求救来着，她是真觉得自己要被她那个丈夫给打死。而且她平时对我也很好，家里炖了鸡，肉都留给丈夫、儿子，鸡汤兑水煮了一大锅，总会分我两碗喝呢。"

听到鸡汤这段，他忍不住笑了。

她揪住他袖口道："就算为了报答喝鸡汤的恩情，再来一次，我还是会出手的。"她说话的声音小了点儿，"顶多我下次出手轻些，不再一巴掌把人打掉五六颗牙齿了。"

他听得想笑，却又忍住，最终叹了口气，站起身。

他向内走，却没有听到身后有跟上来的动静，只得转身，朝着那抹照亮他无数日夜的明媚之光，淡淡出声问："外头不冷吗，你还想坐多久？"

然后他就听到了这世界上最美的嗓音，她几步冲到他的面前，挽住他的手，仰脸朝他笑着说："我就知道，岳周哥哥对我最好啦！"

那之后，她住进了这个院子。挂上蝴蝶结的篱笆院墙，涂了新漆的大门，挖出来养鱼的池塘，还有摆在葡萄藤下的舒适躺椅……这处原本空落落的院子，一点一点被她用各式家具布置填满，一点一点，开始有了家的样子。

肩膀被人重重拍了一下，是曲苏的嗓音："周周，你要好好对林梵，不然我都不会答应。"

岳周从那段冗长却洒满阳光的回忆里回过神，低声说："是啊，我是应好好待她的。"

他说完，顿了半晌，才又笑着向曲苏看去，“说起来，我正有一件事关我与林梵的大事，必须托付给你。”

曲苏狐疑地抬起头：“什么事，你说。”

岳周道：“你还记得，我给你讲过我娘的事吗？”

“记得。”

岳周进落羽时已八岁了，比她年长三岁，他娘亲是在他七岁时去世的，听说染了很重的痨病，足足拖了一年多，最后死时因为不放心他孤零零一个人，眼睛一直是睁着的。

这些事都是几年之后两人逐渐相熟，岳周亲口讲给她听的，那时曲苏已经十岁了，能记住事，尤其对于好友家里的这些事，更是一直记得清清楚楚。

岳周道：“我娘住的那间老宅，前些年我刚攒够银子时，就把它盘了下来。那里面除了一些我和我娘的旧时衣物，还有一个妆奁，里面有一对碧玉鸳鸯小金钗，是我娘当年成亲时戴的。待林梵身体好些，你便替我跑一趟，把金钗连同那个匣子，一起拿过来。”他笑着道，“那地方离此处不远，有个三五日便足够往返了，不耽误你过些日子启程去白帝城。”

曲苏起先还有点不乐意，待她琢磨一会儿，陡然反应过来：“你，你这意思，是要与林梵成亲？”不然为什么让她跑一趟去取他娘成亲时用过的对钗，这东西寓意这么好，自然是要留给新娘子成亲时戴的。

曲苏高兴地在岳周面前走了好几个来回，都忽略了岳周并未答话。临了，她揪着岳周的袖子道：“周周，那你可要答应我，这次刺杀，不论如何，你都必须处处以你自己的安全为先。什么任务，什么开国侯，都没有你自己重要。待林梵身体稍好，我便启程，一定快去快回。我和林梵就在这儿，两个人一起等你回来。”

岳周仰脸望着她：“那可就说好了，曲苏一定不能辜负我之所托。”

岳周说得这样郑重其事，曲苏也难得严肃起来：“你放心，这样的大事，我定不负所托。”

第五章　万劫不复

岳周走的那天清晨，清风送爽，朝霞满天，连院里的鸟儿都啾啁不停。曲苏和林梵一路送行到镇口，岳周都忍不住笑了起来。他亲手为林梵系披风的系带，为她将一绺垂发掖到耳后，又朝两人挥了挥手，示意她们折返，随后倒退一步，翻身上马。

“回吧。”最后两个字散在风中，岳周的身影很快便看不清了。

岳周刚走那天的夜晚，林梵突然发起了高烧，曲苏本打算第二日便启程，只能暂且搁置。好在这几日她照顾人已有了些许经验，熬药炖汤、酒楼订餐、雇人跑腿儿全都难不倒她，家中里里外外，倒也操持得井井有条。

深夜，曲苏又为林梵换过一次敷在额头的布巾，摸着温度总算降了下来，终于长舒了一口气。刚转身欲走，就被陡然睁眼的林梵一把抓住了手。

她脸颊犹带高热才褪的绯色，嘴唇泛白，人看起来仍透着憔悴，唯独那双眼亮得惊人。

曲苏见她双眼睁得大大的，吐息急促，约莫是做梦魇住了，手背被她抓得生疼，也没出声让她松开，另一只手还摸了摸她头顶：“别怕，我在呢。”想到岳周临走前的叮嘱，说是这几天林梵睡着时，偶尔会被噩梦惊醒，约莫是那几日被开国侯手下的法师折磨恫吓所致，曲苏便学着岳周的口吻，轻声安抚：“小梵不要怕，有我在呢，没人能伤害到你。”

“不是，不是我！”林梵惊慌之中，破碎的指甲抠破了曲苏的手背也浑然不知，“是岳周哥哥。我梦到他，梦到他浑身是血，他还对着我笑，跟我说，跟我说……”

“都是梦，当不得真的。”

林梵神情迷乱，满脸是泪，一番形容说得曲苏心头微惊，却仍笑着安抚她：“算时辰，就算以最快的速度，他们这时也才入城门，这还得是一路接连换马，人丝毫不能停歇。以开国侯和岳周的谨慎，一路行事不会这般张扬。依我看，他们这时准在半路歇下来了。”

“真的？”林梵没去过皇都，并不知道路途远近，但她相信曲苏的话，就如同信任岳周那般。曲苏没有盲目安慰，而是细细对她讲起往来路上都要经过什么关口，经过那些城池，要办什么手续，算下来，确实如她所言，岳周一行人约莫刚行至半途，这个时辰早就歇下来了。

林梵有点不好意思，一双狐耳微垂，白如玉结的小手轻轻揪着被子："对不起，可能是我太过担忧了。"

"你这是发高烧呢，而且日有所思夜有所梦，做噩梦也是正常的。"曲苏起身，"我去为你倒点热水。"

林梵点了点头："劳烦你了，曲姐姐。"

曲苏道："客气什么。"她问林梵："饿不饿，炉上还热着鸡肉粥，是岳周走前教我做的，给你盛一碗？"

"岳周"两字简直是林梵的灵丹妙药，曲苏话音刚落，就见林梵连连点头，她笑着去厨房，端来一杯热水并一碗鸡肉粥，给林梵补充营养。

林梵的体力恢复得已算不错，岳周不在身边，她不对曲苏撒娇，已能自己坐起来喝一碗粥。

吃过东西，有了体力，林梵拽着曲苏，让她详细讲皇都风物。

曲苏笑着道："都说百闻不如一见。等岳周回来，你们成过亲，我们同去皇都好好游览一番。"

林梵见曲苏又说成亲一事，面上显出羞怯，瞥向曲苏的眼却偷偷写满期冀："岳周哥哥已经同曲姐姐说过这件事了吗？"

曲苏眼睛亮起："你知道了，他跟你说的？"

林梵在唇边抿出一个笑。那日她昏昏欲睡之际，听到了岳周的话，即便"我们"后面的话岳周未说出口，可她知道，完整的话一定是：我们就成亲。

虽然很多时候她都觉得岳周待她忽冷忽热，可那天她能感受到他是真真切切地将她捧在手心里的。

曲苏看见她的神色，立即喜道："你真的要快点养好身体。"她站起身，扶着林梵躺下，又为她掖好被角，"只有你养好身体，我才能尽早出门，依照岳周的叮嘱，为你们筹备一应采买事宜。"

她特意强调"岳周"两字，果然又见林梵露出甜蜜的笑。

那天晚上，为林梵掩上房门时，曲苏都能看到她躺在床上，微侧着脸，明眸灿灿，仿佛倒映了天上星河。

又三日后，林梵身体明显好转，已能照顾自己了。曲苏决心即日启程，她不舍得林梵操劳，仍叫酒楼跑腿儿送来一日三餐，又托付医馆每日送来一锅熬得浓浓的参汤并一些补气益血的蜜丸。林梵只需在家每日好吃好睡，安心等待。

临行前，林梵送她至门口，依依不舍道："曲姐姐，让林梵跟你同去可好？我还没去过岳周哥哥的故乡，也想去看看他和母亲住过的地方。”

这几日忙着照顾林梵之余，曲苏已将整件事细细想过，心中已有决断，她这一趟出行，不计换多少马匹，势必要以最快的速度直抵。而林梵才经大难，身体孱弱，不可能跟着自己舟车劳顿。尤其这一趟行走，只为求个心安，很可能是白走一遭，若让林梵跟着几番周折，于事无益。她学岳周走前那样，为她整了整披风的系带：“我一人快马加鞭，争取五日内返回，你就在家好好休养，最好等我回来，能看到一个气色红润、漂漂亮亮的待嫁美娇娘！”

不等林梵继续开口央求，曲苏又道：“前几日我雇人拿着你的尺寸送去沧浪城内最大最好那间布庄，算算日子，约莫再过三日，他们就会送货来家里。你在家好好等着，记得，他们人到之后先别急着遣走，你把每一件衣裳都好好试过一遍，哪处不合身、不舒服，要当着他们的面说清，让他们记下，拿回去尽快改好再送来。”

除曲苏从布庄订购的成亲当日用的婚服外，这几日陆续送至家中的还有新娘脖上戴的累丝嵌红玉璎珞项圈、一对成色极好的玉镯、沧浪城最新贩售的胭脂水粉、两床崭新的大红鸳鸯锦被褥，以及更多成亲当日要用的各色物品。

这些送至家中的物品中不乏名贵之物，若家中无人，确实有诸多不妥。曲苏提及此事，多少冲淡了两人短暂分别的愁绪，林梵只能看着她上马：“曲姐姐，一路平安，快去快回。”

曲苏道了声：“我知道。”

清早的棠梨镇车马稀少，曲苏一路疾行，转眼便出了小镇。

曲苏此番出行的目的地并非细柳镇，而是大周国的皇都雒城。算算日子，岳周应当正在筹备，且很有可能就在这一两日间动手。她本就对岳周此行放心不下，又加上岳周刚走那天深夜林梵做的那个噩梦，更是让她这几天都过得心神不宁。当着林梵的面，她尽量做出一切如常的宽心模样，可私下里，不论手头有多少事要操持，她总会在不经意间记起自己来棠梨镇的路上做过的那个梦。

放在以前，曲苏定然不会对梦境一类的虚无缥缈之事过多挂怀，可经历了林梵一事，许多过往心中从未质疑的信念如今便有了松动。曲苏不知道，她与林梵一前一后所做的梦到底意味着什么，她不愿细想。但她做事一向果断，既然心有牵挂，那就不如抓紧行动。趁着告知林梵要前往细柳镇取旧物的当口，她先往雒城去一趟，哪怕此番前去见到岳周，他尚未有所行动，又或者如从前那样变着花样儿撵她离开，她至少能安心几分，再见林梵，也可大大方方告诉她，岳周一切都好。

从棠梨镇出发，曲苏日夜兼程，每天只睡一两个时辰，一连换了七次马匹，匆匆抵达这座气势恢宏的都城，在一个下着绵绵细雨的午后。

曲苏连日奔波，餐风饮露，早已疲惫不堪，唯有腰间葫芦里的烈酒和胸口那团因牵系岳周安危而燃烧不熄的火焰一直支撑着她，跋涉千里，一路至此。

雒城共有四道城门，不知为何，这天城东的大门也即正门紧锁，曲苏只得跟随着人流，取道南门。她随身携带着通关文牒，牵着马匹，跟在长长的队伍后头。

时近盛夏，雨下得也并不大，但不知为什么，这一天的风冰凉刺骨，只是这样缓慢前行，曲苏都觉得身体各个关节有些吃不住地酸痛难忍。冷不防听到身后一声幼童的惊呼，曲苏牵着缰绳的手微顿，激灵灵打了个寒战。

曲苏一路骑行，顶风冒雨，身披蓑衣，头上还戴着斗笠，因此抬头或转身时多有不便，但身旁接二连三传来的议论声，让她也不由得循着人们看去的方向缓缓仰起头，朝着不远处城门上方看去。

天色晦暗，远处的天际乌云翻腾，携风披雨，滚滚而来。雨丝绵密，银光粼粼，落入眼内时有如针尖。有那么一瞬间，曲苏突然觉得自己好像什么都看不到了。

周遭的一切声响嘈杂浸耳，曲苏零零碎碎听到几个字眼，什么“刺客”“该死”。眼前一片白茫茫，天与地仿佛同时在飞速旋转，直到斗笠边缘的毛刺扎得指尖钝痛，她才蓦地回过神来。

看清城墙上挂着的那具尸身的一瞬，此前一直死死捏着斗笠外沿的手无声地落了下去。

苍白的指尖缓缓沁出一颗细小却殷红的血珠，随着她指尖低垂，无声坠地。

尸体已被斩首，身上一应衣物看着都很陌生，唯独腰间系的那一枚翠得仿佛能滴出水来的弯月形玉佩，曲苏只看了一眼，便觉双眸刺痛，不堪久瞻。

岳周含着笑的声音犹在耳畔：“这个你好好拿着。”“一只我留着，另一只，小梵戴着。你是她在这世上最信任的朋友，你拿着她才安心。”

她怎么这么蠢，岳周一举一动，早就计划好了，偏偏她当时被眼前困局迷住双眼，竟然看不破他句句托付皆有深意。

隔着衣物，曲苏手臂僵硬，缓缓抬手，抚上怀里的暗袋，那里放着另一只缀着弯月形玉佩的雪团子耳铛。是林梵被开国侯的人劫走当日，岳周托付于她，让她好好拿着转交给林梵的。之后数日奔波，匆忙间她一直忘记交还。不想今日，两枚玉佩仅隔几丈之距，玉佩的主人已成了她连抬头多看一眼都不能的皇都罪人。

曲苏发现自己一滴泪都流不出来。

她已不敢去想留在棠梨镇的林梵。

天地苍茫，雨势渐急，转眼便下成倾盆之势。城门口似乎传来什么人的呼喊，前行的人群也加快了步伐。

曲苏在人群之中，走走停停，形如槁木。身旁一位年纪较大的伯伯嘱咐身旁家人：“一会儿到城门口，低着头走过去，守城官兵这几日盘查得厉害。”

相隔不远，另一道男声压低了嗓音道：“听说是行刺当朝太子失败，昨日正午便被挂到了城门口。天子有令，行刺太子者，暴尸三日，不许任何人为其收敛。”

“是谁捉住的刺客？”

雨水打在脸上，凉丝丝的，如同冰霜，话终于问出口，嗓音却粗哑难闻，连曲苏都辨不出是自己的声音。

好在无人在意，而人群之中，对此事好奇者不在少数，虽不敢高声吵嚷，但窃窃私语间，离得近的彼此都能听个真切。

“是开国侯！”

“是了。听说开国侯骁勇不减当年，那刺客被乱箭射死之后，是开国侯亲自割了那刺客的脑袋瓜子，血溅三尺呢！那刺客死时脸上还带着笑，吓得太子府的丫鬟直接晕倒了好几个。”

曲苏没有再说话。

她混在人群之中，如不久前亲眼见过的那个傀儡娃娃，一举一动都僵硬滞涩，犹如被他人提线操控一般，跟着人群，亦步亦趋进了城门。

过了关卡，人群四散，瓢泼大雨狂泻而下，街道上的人们无不步履匆匆，唯独曲苏牵着马匹站在街道中央。她忍不住抬头望向天空，人生第一次，从心底生出一种天大地大却无处可去的茫然与惶恐来。

细柳镇。

镇子不大，曲苏依照岳周从前描述的周围风物，很快便找到了岳周幼时的家。

时近子夜，四下寂静，曲苏身上带着钥匙，却不想开锁声音惊扰左邻右舍，于是翻身过墙，悄悄溜进了这处庭院。

曲苏取出随身的火折照亮周遭情形，也照亮自己苍白的脸。

岳周没有说谎，这处宅子虽不算大，但多年来一直由他托付的人常常洒扫，小小庭院拾掇得干净妥帖，走进房内，桌椅板凳锃亮如新，一丝灰尘也无。

曲苏对内宅环境并不熟悉，找到岳周所说的那只朱漆妆奁，很是费了一番功夫。此物已在柜中闲置数年，灯火映照下，朱漆却鲜艳依旧。整只妆奁做成金莲花般的式样，看起来华美异常，饶是火折子的光只有小小一簇，也不妨碍曲苏看清上面的纹饰，那上面竟绘着一只栩栩如生的火凤，火凤姿态翩跹，一双眼眸竟以拇指大小的珍珠镶嵌，绝不是普通百姓所能用的制式。

如豆灯火的映照下，曲苏的眉眼逐渐凝重，她在妆奁外围来回摩挲，寻到开合处，指尖轻拨，就听咔嗒一声，妆奁应声自动向左右分开，有什么东西从盒子底部冉冉升起。曲苏第一反应便是向左侧空地闪避，她从前执行任务，也开启过不少各式箱匣，却不想岳周留给她的东西，其中也会有此类机巧。

然而那东西停住之后，并未如曲苏料想那般发射出任何暗器。曲苏眸光回转，重新坐了回去，只见匣内有一杠杆支撑旋转而起的小小木板，木板之上，别无他物，只余一封信。

灯火再照向妆奁底部，光影明灭交叠之处，曲苏从中摸起一物。

那是一块白玉，皎如明月，莹若凝脂，就着光亮，曲苏将玉石拢在手中，越看越是觉得眼熟，某种难以置信的荒诞感自心底蔓延开来。白玉之上雕刻着月映荷塘，细细看去，这块玉上所绘只有半幅，也就是说，这玉原本应有一对。

脑海中有什么东西，电光石火般飞快闪过，曲苏的心一点点沉了下去，她不及多想，就将那封信拿了起来。

素白的信封之上，只有“曲苏亲启”四字，那是她一贯熟悉的，独属于岳周的字迹。但那字迹又与岳周常年惯写的洒脱行草不同，落笔微凝，墨痕深重，显然笔者当初书写这几字时，心境并不似往日那般无所挂牵。

她这一路赶来，接连换马，行至渡口又换水路，半途又买一匹马，几天加在一块儿也只睡了几个时辰。沿途行过密林，走过羊肠小道，末了行近细柳镇，还撂下马匹独自翻越了整座大山。赶上暴雨倾盆，一身衣物悉数浇透，随身换洗衣物也在丢下那马匹时一并舍弃。彼时已近傍晚，她在一处山洞避雨，寻不到一根干燥的木条、荆棘，连火都点不燃，只得一个人孤零零静坐在那儿。

几日来，她拼了命一般赶路，很少睡觉休息，除了酒和续命的干粮，几乎不曾正经吃过什么食物，更不想给自己留出多余的时间去多想。

她不知接下来该怎么做，更不知自己应该怀着怎样的心情去面对林梵。活了二十年，刀尖舔血的日子她也能笑着走过，可当她看清吊在城门上方的那具无头尸体时，过往一切坚持与信念全都碎成齑粉，取而代之的，是一种巨大的、几近将人吞没的惶恐和空虚。有生以来，曲苏第一次发现自己真的行至绝路，下一步该如何走，她真的一点都想不出来。

漫天昏黑，大雨如一道银帘遮天幕地，仿佛将她与外面整个世界分割开来，除却雨声，其余一切声息都已听不真切。她望着洞外雨帘绵密如钩，用内力缓缓烘干周身衣物。

她还记得，岳周临行前一晚，与她在院内告别时，从身后喊了一声她的名字。

曲苏转过头，只记得那天晚上星月都好，夜空也明灿，岳周看着她，突然就笑了笑：“曲苏。”

他一连喊了两声她的名字，曲苏心里不解，又觉得有点儿好笑：“怎么，临出发又觉得对不住我了？那等我将林梵照顾妥当，尽快赶去雒城与你会合便是。”

岳周却摇了摇头，对她说：“细柳镇，你务必要替我走一趟。我娘留下的朱漆妆奁……”

她当时不明白他的意思，只是道：“我记得，一定连盒子带那对金钗，都给你妥妥当当地取回来。”

当时岳周听了这话，微愣了愣，又朝她一笑：“曲苏，谢谢你。”

当日她并不明白，岳周为何再次为了这事向她道谢，可当她一路赶到这里，手里捧着这只岳周娘亲生前留下的妆奁时，她看得清清楚楚，整只匣子里，除了那半块白玉，就只有这封信，什么碧玉鸳鸯小金钗，都是岳周编来骗她的。

唯有这封亲笔信，是岳周留给她的，真真切切，不容置疑。

打开信封，抽出里面的信纸，曲苏已不知自己当下该以何种心境、何种神情去读完这封信，几乎在看清信上的第一行字时，她已经听到自己心中有什么此前一直坚持的东西轰然倒下。

苏苏：

见信如晤，不若展颜。此行山高水远，今生无缘再见，与君相识十五载，实乃岳周此生大幸。

见到这块玉，以你之聪慧，想来已约略猜出事情原委。

四岁那年，母亲抱我离开雒城，辗转数地，最终在细柳镇落脚。彼时我已记事，时常向她问起父亲，她只说京师鱼龙混杂，父亲为了我与她的安全，派人将我们送至江南暂居，待到我父亲平定雒城，一切尘埃落定，我们便能再回家中，与父亲阖家团圆。

在我心中，我父亲是会带兵打仗的大英雄，他与母亲恩爱至深，一诺千金，只要我听母亲的话，用心读书，快些长大，很快便能再见到他。

四年后，我去书塾路上忘记带伞，折返家中翻找东西时，听到母亲与人谈话。

那是离京后我第一次见到他。

他一袭雪衣，手握玉牌，清贵不可一世。而我母亲荆钗布裙，衣上打着补丁，两手粗糙，布满老茧与冻疮。他一进屋，母亲便一声不吭朝他跪了下去。

直到那时我才知道，母亲当日离京是私自出逃，因为若不逃，就是死。他要娶当朝丞相独女为妻，就要清理过往，不留把柄。而我与母亲继续存在于世上，便是他前行路上的绊脚石。母亲带我在外流落四年，每日为人洗衣、绣花辛苦营生，他再见到母亲时，却未曾对母亲说过一句关怀之语，开口便问我在哪儿，说让母亲体谅他这一生如履薄冰，行至高处，实属不易。

我躲在柜子里，看到母亲跪在地上求他，额头磕出一片血迹，他站在那儿，眼睛看着窗外，只说："盈月，你该知我为难。"

他身边站着两人，送上白绫、毒药，约莫是想母亲死个痛快。

母亲笑了一声，再向他叩首，说："往昔情断，我跪的不是我夫君，而是凯旋班师的郑将军，将军锦绣前程，与我等有云泥之别，求将军放过我亲儿一条生路。盈月的命，不劳将军动手。"

说完这话，她自怀里摸出一柄短剑，照着自己心窝一捅。

我一直记得那柄剑，母亲曾告诉我，她十六岁那年生辰，我父亲赠了这柄名为"燕尾"的轻巧短剑给她，还告诉她，他不在身边时，她可以此自卫；待我出生，她可先以此剑教我粗浅功夫。等他闲暇，他会手把手教我武功，让我成为和他一样的国之栋梁。

可最后她被昔日赠剑的人逼着，将这柄燕尾插在了自己的心口。

母亲死时面色平静，只是双手握着剑柄，两眼死死盯着他站的方向。

身边有人问他是否还要在这镇上四处寻我，他手里攥着那块白玉，垂目站在那儿，不知是因为看到母亲到死都未瞑目的眼，还是看到了旁的什么，他对那些人说，不用找了，一个小孩子没了娘，活不了多久。

母亲用自己的死和那柄燕尾，替我换来了一线生机。

可我亲眼看她死在我眼前，而逼死她的人，是我生父，逼死她的缘由，是他要亲手了结我。这是长在我骨子里的仇，我在什么都不懂时已将之铭刻在血液之中，这一生都放不下。

真正的我，早已死在八岁那年那个下着雨的午后。落羽于我有恩，我在落羽十五年，日夜不懈，勉力报答，幸而未曾辜负。眼瞎之后，岳周这个名字也该画上句号。我此生别无他求，唯一的挂牵，便是母亲的死。

开国侯三次平定外乱，是大周国股肱之臣，在朝中已是一人之下万人之上，然无人知晓，他私下却筹谋窃国已久——豢养能人死士，图谋暗杀太子，就连他的伯乐岳父，那位刘丞相及其诸多门生，也是被他暗中搜集证据，逐个击破。因他毫不避嫌，先拿刘相开刀，为此甚至还得了个“忠勇仁义”“大义灭亲”的好名声。自我母亲死后，他虽娶刘相之女为妻，却不想其诞下的两子一女先后夭折，无一顺利长成。他设计谋害刘相之前，便以关怀妻子身体为由，遣奴仆日日喂以慢性毒药，刘相之女一年都未熬过，对外称因病离世。以上种种，皆是过往数年，我在落羽时利用便利，私下调查得知。

我知他一心筹谋刺杀太子，于是让落羽中人散布传言，营造出此事非我不可的假象，两次婉拒，只会更激起他的好奇之心。而我多年所学和瞎眼的便利，更让他逐渐确定，欲杀太子，非我不可。

你提前折返，在我意料之外，原想你云游在外，可以避开这些琐事，好在一切都在我掌控之中，你虽早归数日，但在我的这桩阴谋中并未遭受任何凶险。

你既能看到此信，说明此局已成，棋已行至最后一步。苏苏，最后劳烦你一件事，带着这封信去雒城开国侯府，将玉佩还给他。

他戎马一生，平步青云顺遂至此，我要你帮我看一看他，运筹帷幄多年，殷殷盼子多年，最后亲眼看到他布局驱役、随意扼杀的所谓棋子不是旁人，而是他盼了多年的唯一儿子时，到底是如何神色。

不用再替我出手，我和母亲的仇，我已亲手得报。我希望他往后活得长长久久，母亲在世时受的罪，我十六年来遭受的种种磨难，我想他往后多年，定要一一尝尽。

此生唯一愧对的人，便是林梵。我从未想过，会在棠梨镇与她重逢，更未想过，会与她生出日后种种。如你所见，我自私自利，无心无情，是个极端冷血之人。我这样的人，生如尘埃，死后成灰，风一吹就散了。不必为我收尸，更别为我难过，我不值得。

苏苏，我算计一切，筹谋一切，只为引他入彀，为此甚至不惜连你也牵连其中。我一心想要复仇，却未能狠心拒绝林梵，将她卷入这些往事，害她受伤遭罪。希望我死之后，青玄兄能如昔日承诺那般，看住她、护住她，或者干脆忘记我与这万丈红尘，做回与我初见时那个自在无忧、敢作敢为的林梵。

这封信写得并不长，岳周一生的苦痛与挣扎，他刻入骨血的仇，他哪怕眼瞎也忘不掉的恨，哪怕伤害林梵、牺牲自己、利用好友也要抱的不平，尽在这薄薄两张纸上。

字字句句，都是血与泪。

曲苏强撑着看到最后一行，只见是“暑气逼人，唯冀珍卫”八字，与从前每年暑热时节两人书信往来所写一模一样，两行泪就这么无声地滚了下来。

她从小便贪凉畏热，岳周和翊大哥两人最是清楚，所以每年盛夏时节书信往来，最后一句便是这个。然而这是岳周此生最后一次写信给她了。

从今往后，再也不会有人陪她醉饮三日，不会有人听她吹牛说大话，与她赛跑拼轻功，在她危难之时以身相替、为她以命相搏了。

她也无颜再面对林梵，明明走前还对她说了那么多满口甜蜜的吉祥话，家里院内摆满了两人成亲用的各色物品。此时的林梵怎么都不会想到，她等的那个人，永远都不会回来了。

直到彻底看完这封信，曲苏才从心底生出一种近乎绝望的真实来。

岳周真的死了，她的好朋友，再也回不来了。

她将信收拢，叠信的时候，两手颤抖，泪水愈加难以止息。信与那块玉一同藏入怀里，又将朱漆妆奁用一块柜子里寻来的包袱皮仔细包好，飞快出了宅子。

天光大亮。曲苏换上差人买来的一身素裙，将那柄从不离身的“斩尽春风”软剑归鞘，抱在怀里，孤身一人敲响开国侯府的大门。

当着侯府老管家的面，曲苏将手里的包袱递了过去：“此事，我只当面说与开国侯听。”

老管家跟随开国侯几十年，如何会不认识这个包袱里的朱漆妆奁，况且近年来他家侯爷欲寻亲子，几近疯魔，有时在家中醉酒，还会呼喊从前那位夫人和儿子的小名。他双手颤抖，深知此事耽搁不得，朝曲苏颔首道：“请姑娘随我来。”

开国侯少时偏好奢华之物，先帝爱重他，御赐宅邸，因此侯府建造得靡丽繁复，重檐叠楼，曲榭回廊。初来侯府的人，哪怕有人引领，也常常看得乱花迷眼、目不暇接。老管家暗暗观察，见曲苏一路跟来目不斜视、面无殊色，行至一处偏厅时，他叮嘱道：“请姑娘在此稍候。”又问：“还未请教姑娘如何称呼。”

“我叫什么并不重要。”她下颏轻抬，指了指管家怀里的妆奁，“重要的是，此物是开国侯心爱之物。”

老管家不再多言，拿着包袱匆匆离去。

不多时，匆匆脚步声去而复返，开国侯一袭颇为闲适的绣金白锦缎长袍，人刚迈过门槛，就已出声：“敢问姑娘，此物从何而来？”

曲苏转过身，双手抱剑朝开国侯作了一揖，她嗓音清冷干脆，听不出半点情绪：

“曲苏在此，恭喜侯爷，终于觅得麟子，父子团聚，得享天伦，真是天下头等喜乐之事。”

开国侯未料到这位拿着旧人信物前来的年轻女子竟会是她。曲苏来得突然，言谈更是透着古怪，他先是蹙了蹙眉，随后便微微一笑：“你也真有些本事。”他绕过曲苏，在主人椅上坐了下来，掸了掸衣衫，道：“银花林一别，想不到短短数日，曲姑娘便又现身雒城，还寻来我侯府。不知今日有何见教？”

曲苏站直了身：“我已经说明来意。”她顿了顿，语意微沉，“但看起来，侯爷不大相信曲苏。”

开国侯顺着她的目光，看向一旁老管家捧在双手的那物，眉心微蹙，目光渐沉：“曲姑娘还什么都未说，又如何取信于本侯？”

曲苏无声地望着他，这是她与开国侯第二次相见，上一次，是这位开国侯步步为营，占尽先机，先是拿捏住林梵作岳周的命门，又以那诡异法师让她方寸尽失。为了动摇岳周，他甚至主动谈及岳周的娘亲，佯作深情，追忆二人过往时，捏造了她的死因，说她是为他人所害，不幸离世。他说的每一句话、做的每一个举动，都直指岳周心中最软弱处，逼得当日岳周彻底对他心灰意冷，毫无留恋地走上绝路。

如今想来，曲苏终于明了，为何那时岳周的脸色那般难看，他一向冷静，却怎么都控制不住背在身后一直发抖的手。

开国侯根本不会想到，这一切看似是他苦心孤诣、步步为营，可早在他开始留意到江湖上“岳周”这个名字的那一刻起，他就已步入岳周的局。

而今，这局棋已走到最后一步。这一步，是要她替他完成，那一晚两人道别前，岳周向她道谢，便是为了今日。

如今开国侯明明急于知道亲子下落，偏偏在她面前摆足架子，但看他从进了屋开始，目光已朝老管家双手看去两次，且丝毫没有不耐烦要走的意思，就知他已被曲苏拿住了心。

曲苏站在这位位高权重、说一不二了半辈子的大周朝第一权臣面前，轻声道：“以开国侯一贯为人，想来不论我故事讲得多么曲折离奇、感人肺腑，开国侯也一句都不会信吧。”她淡淡一笑，从怀中掏出一物，“那么开国侯不妨认一认此物，还能记起吗？”

曲苏素白的指间是一块白玉，旁人或许不认得，但这玉的另一半，他日日把玩、夜夜摩挲，如何会不认得？

玉石所绘，一半是月下荷塘，另一半是美人闲卧，原就是他得到这块美玉时寻来巧匠，悉心雕刻。这幅画的原图，是他亲手所绘，那半幅美人闲卧，更是以他曾经深爱的女子容貌入画。

更何况，当今世上，能拿出这块玉石的人，多半与他那多年未见的亲生孩儿关联紧密，饶是开国侯从容不迫惯了，乍一见曲苏拿在指间的白玉，也一时难以自持。

开国侯起身夺玉的动作极快，曲苏毫不意外，也不与他争抢，只冷眼看着站在一旁反复摩挲手中玉石的男子。

开国侯将那块玉攥在手中，人如磐石一般，许久一动未动，再抬头时，看向曲苏的目光不再如初见时那般温情款款，反而尽显锋芒："他如今人在何处？"

曲苏看向开国侯的脸庞，目光从他鬓角早生的华发，到鼻翼两侧清晰可见的纹路，再到他虽极力隐忍却仍透出些微颤意的手，像是早在等他这个问题一般，蓦然一笑道："他人在何处，开国侯应当比我更清楚才是。"

开国侯缓缓落座，看着她的眼神，宛如在看一个死人："你可知道，我有一百种法子，可以令你生不如死，知无不言。"

曲苏好像听到天大的笑话一般，笑了出来："咱们大周朝的开国侯，二十年如一日地杀伐决断、果敢英豪，曲苏早就领教过了！"她看着开国侯的目光，宛若在看什么令她悲悯至极的物事一般，也是这种目光，令开国侯从刚刚起就浑身不适，望向曲苏的目光丝毫不掩那种恨不得生啖其肉的凶狠。然而曲苏接下来的话，却令他如堕入阿鼻地狱，整个人坐在椅上，却如被人牵制手脚，动弹不能。

曲苏幽幽的嗓音响起，冷若冬日檐上的霜雪："毕竟这个世上，能手刃亲子、摘其头颅的人，除却开国侯，还能再有几人呢？"

开国侯望着她，嗓音冷淡："你在说什么浑话，本侯听不明白。"

曲苏自怀中取出一物，朝他一掷："看过此信，你便全都清楚了。"她自见到开国侯起，说话语气便始终透着浓浓的嘲弄，唯独说完这一句，一贯清冷的女声也微微颤抖，"还请开国侯快些看完，这几日天热，我怕拖得再久点，人带回来时，已烂得不能看了。到时侯爷想请人查验，也看不出个什么了。"

曲苏的话，指向愈加明显，开国侯凝眸，捏着信纸的手竟也止不住颤了颤。

他自小聪敏，读书识字都是一目十行，两张信纸很快便看完，但越是往后，他胸脯起伏越大，待看完最后一行字，他已双目猩红，不待一旁焦急观望的老管家上前关切，他已抬起手。

身旁侍卫听令，拔步上前，听候命令。

"去取回……"开国侯刚说出三字，气息稍平，话未出口，已张口喷出一口血来。

血溅在他攥牢于手中的玉上，白玉染血，光泽黯淡，令人生出一种不祥之感。

"侯爷！"身旁老管家和侍卫、仆人纷纷上前，唯独曲苏站在一旁，冷眼旁观。

"我当年……"开国侯嘴角流血，嗓音嘶哑，"我当年也是被姓刘的老贼逼迫，舟儿母亲能带着他连夜逃出雒城，是我派出两名当年最信任的护卫一路为她清除障碍。我若不出手，当天夜里她与舟儿便都会没命。那日我找到盈月，身旁一直跟着他派来的手下，他逼我亲手结果自己最爱的女人和儿子，我别无他法，只能眼看着盈月死在我面前，我竭尽所能，勉强保下舟儿。之后几年，我卧薪尝胆，一心要扳倒那老贼。”说到这儿，他低哑地笑了几声，“苍天有眼，他做了那么多恶事，报应来时，满门皆亡。我和那贱人所生的几个孩子，没一个活过三岁，都是他害死盈月的报应！”

曲苏冷声道：“若不是你贪恋权势，一心向上爬，本可以与心爱的人还有儿子，一家三口，和乐美满。刘相满门被灭，是他的报应。你无子送终，亲人、爱人全都先你而去，是你的报应。何必在这儿假惺惺再找借口粉饰太平！”

被派去取回岳周尸体的侍卫，一炷香后返还。这还是手持开国侯的令牌，又有开国侯手书一封，才能在整个京师这般来去自如、顺遂如风。

约莫是跟着一同出门的老管家叮嘱过什么，他们一并取回了岳周的头颅，四名侍卫抬着一副临时找来的棺椁，步履如飞进了厅堂。

然而这一炷香的光景，对有的人来说，却如戎马倥偬的前半生那般漫长。

自始至终，曲苏都站在厅堂一隅，旁的人不知缘由，唯独跟在侍卫身后匆匆赶回的老管家最后进屋时多看了一眼，时辰尚早，太阳还未升高，曲苏所站的地方，是整个偏厅在这个时辰唯一能照耀到明亮辰光的地方。

日光灼灼，映着曲苏一身素白。老管家陡然意识到，她这样通身简素，不着半点佩饰，原就是送葬时才有的穿着。

老管家见开国侯站了起来，快步上前，扶着这位几乎是他看着成长起来的天之骄子，如今呼风唤雨的国之柱石，一步一步走到棺椁近前。

侯爷没有吩咐，侍卫便不敢轻易将棺椁落地，四人躬身，单膝跪地，整副棺椁便这么悬在半空，刚好是人走过来时能一眼看清内里全貌的高度。

开国侯静静地站在那儿，若不是他终于动了，旁人还以为他已站成一尊雕塑！

他一动不动，一语不发，其余几人，除了曲苏，也便一动都不敢动，尽管几名侍卫肩上的负担不轻，而棺椁之中，正止不住地散发出恶臭。

曲苏走上前，剑柄一挑，看似轻飘飘，四名侍卫却觉肩上一空，就听嘭一声重响，盛着岳周的棺椁已铿然落地。

“别这么抬着了。他们不累，我怕岳周累。”

她站在那儿，垂眸看着岳周的脸，尽管死人的脸没什么好看的。她活到二十岁，看过许多将死之人、已死之人的脸。从前她不觉得那些人的脸有什么分别，尤其死过几天之后，每个人的脸上都是一样的苍青、枯槁，双眼不想合上的，也会给人一抹，被迫合上。合上眼，就更没什么分别了。

拜开国侯的贵重身份和说一不二所赐，她替岳周收敛好头颅，总算能在岳周死后再好好看他一次，也送他最后一程。

看来那些传言说得不假，尽管死前身中数箭，又眼睁睁看着自己被亲生老子割掉头颅，但岳周这小子，死前直到最后一瞬，面上都是带着笑的。

约莫是怕吓到她，又或者他打从心底里觉得这一切快意极了、好笑极了，他和梦里时一样，哪怕身坠悬崖，望着她时也是笑着的。

曲苏看着看着，就笑了，眼圈却悄悄泛红。

他果然什么都算到了，他算准她会忍不住来雒城寻他，也会依照他的托付，不论如何都会赶往细柳镇取回那只妆奁；她会好好读完那封信，更能明白他的遗志，带上一切信物来开国侯府，替他完成整个棋局的最后一步。

她笑着走上前，从岳周腰间摘下那枚弯月形玉佩，与她怀里本来之物拼回完整的一对，而后从开国侯手中扯回那封信。

开国侯抬起眼看她，换作旁人，只会觉得他这眼神看着瘆人。曲苏却不管不顾，将信收拢在怀里："这是岳周留给我的遗物。他留给你的，尽在这儿了。"

曲苏所指，便是地上棺椁中的岳周尸身。

他的命是父母所赐，如今这一身血肉，悉数奉还。

开国侯顺着她的目光再度看去，大笑声响彻侯府。

"好，好，好。"他接连说了三个"好"字，望着岳周的尸身，目眦尽裂，唇角沁血，"好周密的布局，不愧是我郑知言的儿子。果然对自己够狠，够绝，真是好样的！"

岳周确实够狠绝，他对开国侯的恨，不死不休，恨到心甘情愿将自己作为一颗棋子；恨到非要让开国侯往后半生伶仃孤寂，尝尽无子送终的苦楚；甚至恨到放弃自己原本可以洒脱追逐的肆意人生，放下他与林梵的一段好姻缘。

可转瞬，曲苏就想到，眼前这个人那样固执、狂妄，甚至对一朝太子虎视眈眈，若不是岳周以死作局，这世上还有谁能让开国侯在权力达到如此巅峰时停下来，不再行这样的倒行逆施之举？

岳周此举，既是报复，也是保全。

"智者不锐，慧者不傲，谋者不露，强者不暴，但侯爷您，不智，不慧，不谋，不强，其实你就是个懦夫，胆小鬼！"

噌的一声，在老管家的惊呼声中，曲苏手中那柄"斩尽春风"终于出鞘，刀锋在开国侯脖颈上轻轻刮过，削落他一绺鬓发，又回到鞘中。

"岳周不杀你，他是我最好的朋友，我也不会杀你。我要你接下来的每一天，都活在悔恨和痛苦里。别再自欺欺人做你的春秋大梦。十五年前，压根儿不是什么旁人迫害，是你亲手逼死你口中的至爱。十五年后，你也未假他人之手，亲手杀了你在这世上唯一的亲生儿子。”

年轻女子的声音清凌干脆，一如那柄刮过他脖颈鬓发的剑。开国侯一动不动地站在那儿，迎着朗朗乾坤，直至视线里那抹素白的身影飘然远去。

他一直静静站着，直到老管家发觉不对，上前触碰，却发现他眼角泛泪、口角流涎，一只手不受控制地剧烈颤抖着，身子僵直不动——竟是惊痛之下得了中风之症。

曲苏一路疾行，奔向开国侯府的大门口，脸上的泪被风吹干，她终于能对着明朗天光缓缓吐出一口气。

岳周身后之事她办妥一半，虽然心里仍空落落的，但肩上隐形的担子好像轻了一些。

少时某次她与岳周饮酒，提及各自的“身后事”，她记得自己说：“人死万事清，我若哪天死了，不用葬我，也不用年年祭拜，省却那些买纸扎的钱，喝酒时想着我点儿，你喝一杯，我便跟着尝到一口。”

彼时的岳周被她的轻狂话逗得哈哈大笑，说：“那可说好，若我死后，你也一样。尸体用不着你埋，棺材用不着你买，不过我遗物里肯定有不少钱，你都一并拿去买酒喝！”

“记得，买你我最爱的‘白玉京’，痛饮三天，就当是祭奠了！”

当日她与岳周异口同声，说完那句话，两人更是畅饮十坛白玉京。饶是她一贯酒量了得，第二天也在床上睡到日落西斜，方才懒洋洋醒来。

如今想来，恍若隔世，更觉自己当日说的都是年少不懂事的玩笑话。昨夜重回雒城，她也饮了许多白玉京，可不论怎么喝，都喝不出从前与岳周对饮时的风味。

原来人死之后，死的人或许万事皆清，但对活着的人来说，却是虚空的莫大长痛。

行至门口时，曲苏逐渐放慢脚步，她轻轻抚上怀中暗袋，那里不仅放着岳周的信，还有一对他从前说过要与林梵一人一只的弯月形玉佩。雒城事了，不论前路如何艰难，她都应当折返棠梨镇，当面给林梵一个交代。

然而，曲苏不知道的是，一场真正的浩劫，正追风赶日一般朝着整个雒城席卷而来。

曲苏刚出府门，就听街道上一阵嘈杂，人群吵嚷声、车轮声、马儿的嘶鸣声，不绝于耳。她放眼一看，只见街上行人疾行，车马拥塞，人们仿佛迫不及待地想要远离什么一般，面色惊惶，吵闹着奔走。天色不知何时暗了下来，远处天际黑黢黢的乌云如有千军万马之势，沉闷地嘶吼着，朝着整个雒城呼啸而来。雷声轰隆，几乎炸裂耳朵，一道闪电划破长空，紧接着，一道又一道闪电自苍穹直劈而下，犹如一柄柄擎天利剑，又好像一只巨大的、瘦骨嶙峋的鬼爪，张牙舞爪地朝着大地挥来。

向来整洁的青石砖路尘土飞扬，不知从何处蹿出越来越多的老鼠，刚开始还只有十数只，渐渐地，伴随着刺耳的尖叫声，密密麻麻的鼠群如同潮水一般涌向街道，奔向远方。

黑压压的天空突然裂开一条缝隙，曲苏被狂沙迷眼，一边抬起手臂遮挡前额，一边朝天空光亮的方向望去，却见狭长的缝隙之中隐隐显出的不是寻常日光，而是半轮猩红色的红日。

那简直不像是红日，更像是一只巨大的兽瞳在无情窥伺着整个人间。

红日一闪便不见踪影，仿佛一切都不过是幻觉，接着，天地之间彻底黑了下来。

耳畔响起数道女声，有的在凄凄啼哭，有的在莺莺笑语，还有的似在怯怯撒娇，更多的，则是无法用言语形容的尖厉嚎啸，如有数把铁耙一同在石板路上摩擦，其声之恐怖，似乎多听一时半刻，便能令常人失去神志。

曲苏感觉到身边有人拽住她的手臂、大腿，甚至还有什么东西又凉又滑，缠住她的足踝，令她勉力保持清醒的同时却仍然寸步难行。

曲苏看不到的是，一个穿着大红衣裳的女子的手臂缓缓伸出，搭在她肩头，自袖中露出一只美人手，腕骨圆润，指若削葱，唯独五根手指指甲长三寸有余，猩红如血，且指甲尖端隐隐透出怪异的青黑之色。

她浑然不觉，自腰间拔出软剑，却发现丝毫听不见刀锋破空的声响，她挥剑砍向两旁，想破除身边障碍，却在剑刚挥出的那一瞬，觉得耳后一凉，幽幽女声如泣如诉："曲姐姐，你好狠的心哪！"

这声音听得曲苏一怔，手上动作也不觉停了："林梵？"她忍不住朝左右张望，可除了一片昏黑，她什么都看不见，"是你吗，林梵？"

"为什么要骗我呢？"林梵的声音，不知怎的又在头顶上方响起，虽是她的声音，却又不是她一贯说话的腔调。

"我等了好久，等他来娶我呢，可我等来的到底是什么？"从前林梵偶尔也朝曲苏撒娇，但那声音娇甜绵软，别有一番小女儿的娇态。即使是平常与人应对，林梵的嗓音也一直都很婉转动听。她从不曾用这般幽怨的语气说话，乍一听，有一种令曲苏感觉陌生的诡异与阴森。

"没有。"曲苏想解释，却发现在一片昏黑之中，尽是哀怨鬼哭之音，她就算喊破嗓子，所发出的那一点声音连她自己都听不真切，更遑论此时不知到底身在何处的林梵了。

她看不到的是，在她身后稍远的地方，一个犹如一座小山般庞大的暗影自地面滋生，沿着开国侯府的外墙蜿蜒而上，几乎转眼就将整个侯府都笼罩在它的阴影之下。

最先发现不对劲的是住在侯府的那位黄衣法师，他匆忙遣人告知管家：怨妖来了，恐对侯府不利。他自床边抱起他最为宝贝的傀儡娃娃，推起他的那辆特制的手推车，匆匆忙忙朝侯府小门儿逃去。

老管家对侯府忠心耿耿，闻言连忙调配人手保护开国侯，一行人寻了偏门，打算掩护开国侯先走一步。

侯府大乱，仆役四下逃窜，不知何人在惊慌中抬起了头，待看清头顶那道巨大的黑影是何模样时，顿时尖叫出声。

惊叫声、呼救声不绝于耳。黄衣法师还未走到小门儿，已觉察不妥，他额头沁出汗滴，一手背在身后，朝着头顶正在俯瞰他的那物道："你辛苦修行三千载，难道就为与我一个凡人为难，甘愿重新堕为怨妖，就此万劫不复？"

头顶上方，巨大的暗影两耳尖尖，一双红瞳透出浓烈的怨意："你取我内丹，毁我千年修为，可曾想过会有今日？"

黄衣法师举起手中的布包，隔着布包，仍能看到里面透出的莹莹之光："你的内丹、修为在此，拿走它，我们自此互不相干。"

暗影发出介于人与兽之间的笑声，那笑声猖狂轻佻、尖刻刺耳，如同不懂事的稚童拿尖石摩擦地砖时发出的声响，令人不堪细听。

"如今……"林梵每说一个字，都仿佛有十数人与她同时发声，那些声音听起来有的苍老，有的稚嫩，男女老少，各有不同，但彼此交叠，听在耳中，只觉说不出的凄厉、鬼魅，令人胆战心惊，"你也配与我讲道理？"

黄衣法师面色勃然一变："你虐杀百人，若再不停手，定会惹怒仙界，将你打到魂飞魄散！"

"惹怒又如何，我怕他们吗？"林梵嗓音幽幽的，透着无尽深意，"而且即便我什么都不做，就老老实实地修行，他们也不会放过我的。我行走人间几百年，也未见过杀孽如你这般重的，单你怀里这个傀儡娃娃，就是折磨死几十甚至上百幼童，才炼出的一个。可那些自以为是的神仙却还帮着你伤我。妖杀人便是万劫不复，那你们这些同类相残的人为何还能活得恣意、快活？"

黄衣法师背在身后的手中锋芒隐现，嘴上却说："呵，我杀人再多，也还是人，我清楚知道自己每时每刻都在做些什么。你既彻底堕为怨妖，此刻恐怕你连自己说了些什么、做了些什么都不清楚，你连一团混沌都不如，有什么资格与人相提并论？简直可笑！”

“我们就来看看，到底是谁更可笑。”林梵一字一字，说得很慢，却似乎在酝酿着什么一般，笑声诡异，令人不寒而栗。

黄衣法师来不及细思她话中的意思，突觉背在身后的右手手腕一痛，紧接着，他的左手也痛了起来。

他两股战战，伸起两臂，却发现两手酥软无力，怎么都无法抬起，这才明白，自己两个手腕尽被折断。紧接着，手肘、肩轴、锁骨及全身上下各处关节，伴随着一声接一声令人齿酸的咯嘣声，先后被不知名的外力折断。

一声高过一声的惨号从他喉咙嘶叫而出，但黄衣法师已全然顾不上求饶，因为他终于知道，林梵口中所谓的“可笑”，究竟是何深意。

她在模仿他从前制作傀儡娃娃那般，将他全身关节逐一打碎。但他从前操作这些时，为了尽量保证幼童存活，打断全身关节是个漫长且熬人的过程，需得耗时半年甚至更久，几乎可说是一边折断，一边治伤，一边钉入钢钉。饶是如此，大多数幼童也会因为熬不住，最终奄奄一息直至死去。如今他抱在怀里的这个，是他煞费苦心才制成的最完美的杰作。

可他从没想过，有朝一日，自己也会如这娃娃一般，被一股更强大的力量当作“娃娃”，被任意撕扯，毫无还手之力。

折断全身关节是酷刑，不多时，黄衣法师便瘫在地上，如同一摊烂泥，一个字都说不出了。

而更可怕的还在后面。林梵不知用了何等法术，原本乖巧地趴在他怀里的傀儡娃娃竟发了狂，双眸泛红，张开紫红色的小嘴儿，朝他咧嘴一笑。随后便在他怀里，隔着衣物，开始一口接一口撕咬他的血肉。

原本觉得自己已经历世间极痛的法师浑身颤抖，喉间发出模糊的呜咽，半昏半醒间，他骤然记起，数年前在书中读到此法时，上有记载——傀儡反噬，便是以主人为饲料，直到将主人吃得只剩累累白骨，头颅之中替生蛊再无养料可饲，才会彻底消弭在天地间。

惨叫声响彻整个侯府。

曲苏人在侯府前门，与黄衣法师相隔甚远，听不到他此前都说了什么，但前一刻黄衣法师发出的那声凄厉的惨号，她听得清清楚楚。林梵所说的每一个字，她也听得真切。一开始她还接连喊了两声林梵的名字，渐渐地，她已醒悟，雒城有今日之难，天地皆暗，红日当空，万鬼齐哭，林梵的种种反常，正是昔日银花林中那黄衣法师所说的怨妖“煞化”。

“曲姐姐，若在你与开国侯之间选一个人先去死，”独属于林梵娇甜的嗓音突然在耳畔响起，惊得曲苏一个激灵，反倒换来林梵咯咯笑个不停，她笑时便又恢复了百种嗓音同时发声的诡异，听在耳中，尤为可怖，“你是选你先死呢，还是他？若不是曲姐姐频频劝阻，害我耽搁了，岳周本不会死。是你骗我留在家中待嫁；是你骗我说你要去细柳镇，却只身赶来皇都；是你害死了我的岳周哥哥！曲姐姐明知开国侯便是害死岳周的真凶，却不肯亲手替他报仇，亲眼看到那一幕时，我可真失望极了。”说完这句，林梵的嗓音又恢复了那种介于人与兽之间的怪异，浑厚而模糊，“既然如此，就让我来。所有害死岳周的人，都要死！”举头三尺，林梵的声音陡然尖锐起来，此前在耳边缠绵的数道破碎的女声也同时尖声附和，“你该去死！去死！”

噌的一声，此前一直握在手间的“斩尽春风”在这一瞬立了起来，曲苏觉出不对，想要夺回掌控，却发现连自己的双手都开始不听使唤，她两手握住剑柄，将剑横过，竟渐成引颈自刎之势！

她拼尽全身力道想要停止手上的动作，可凡人之力，如何与怨妖相搏？“斩尽春风”已在颈前，刀锋若清霜白雪，映得她双眸一痛，随后颈间传来的痛觉，更令她整个人汗毛倒竖。

“曲姐姐别担心。”林梵甜甜地劝慰，“我马上去结果了开国侯，一定让他紧随着你去死。”

“不……”曲苏全身都在角力，根本无力也无心说出一句完整的话，她全身都被汗水浸透，甚至不知自己什么时候开始眼角已泛起潮湿。

她想说，你不可以杀开国侯，也不该杀我，你若真堕成怨妖，最伤心的恐怕就是岳周。可颈间剑刃越逼越近，她陡然意识到，别说是劝解林梵，瞬息之间，自己的命就要交待在此处了。

她双手紧握着剑柄，眉眼低垂，一滴液体顺着脸颊、下颏滑落，叮的一声，落在雪亮得几乎能映出容颜的薄刃之上，连她自己都不知，那一滴到底是汗还是泪。

就在这时，一只男性的手伸了过来，骨节明晰，手指修长，无声却坚定地握住她握剑的手。曲苏只觉一阵暖流淌过四肢百骸，此前附在剑上与她角力的那股外力骤然消失了。她原本全身肌肉都在使劲儿，突然卸去力道，整个人止不住朝前栽去。

刀锋所指处，是一个熟悉的人影，曲苏蓦地睁大双眸，只觉肩膀被人扶了一把，随后整个人在空中盘旋了半圈，终于勉强站稳——竟然是青玄！

眼前不知何时出现一条白而亮的通道，甬道从天上破空而来，一眼望不见尽头，如同仙人之力，将这铺天盖地的昏黑撕出一条口子，而在这终于破出一线生机的白光之中，依稀可以看到悬在空中的那轮烈烈朝阳。

他又穿回两人初见那日的一袭黑色长衫，但细看发现，这长衫隐隐泛着金色流光，流光宛若活鱼一般，四下游走，在他周身形成一层薄薄却坚韧的金光。他墨色的发高高束起，在这黑暗与明亮交汇之地，愈加显得那双凤眸黑白分明，眼尾狭长而上挑，隐隐可见两道金色痕迹顺着眼尾绵延至鬓发，又在这极亮的白光中消失不见。

曲苏几乎要觉得自己出现了幻觉，之前她几次念叨这人总在关键时刻靠不住，却不想真到了她命悬一线的时候，他就这样毫无征兆地出现了。

面前的男子薄唇轻启，张口仍是熟悉的挑衅语气："数日不见，你怎么好像更傻了点儿？别人让你去死，你还真这般乖乖地引颈自刎？"

青玄将她手上软剑一卸，推着她的肩让她原地转了一圈。

曲苏不明所以地转过身，这才发现，青玄在昏天黑地之中劈出一条白色甬道，而她身后，尽管仍然幽暗迷离，却被这条甬道的白光照射着，依稀可以看清一切事物的轮廓。

林梵就站在她身后的这片幽暗之中，一袭大红嫁衣，黑发曳地，九条狐尾如凤凰尾翼一般在身后盛放，只是从前见过的蓬松胜雪的狐尾此时雪色尽褪，取而代之的是红中透黑的怪异之色。

林梵眉毛泛白，嘴唇却紫红泛黑，望着曲苏的双瞳已变成兽瞳。见曲苏转身朝自己看来，林梵唇角微扬："尊上日理万机，想不到还有此雅兴，专程在此等候林梵。"

青玄走到曲苏身旁，向前一步，隐隐护住曲苏半个身子："你一路驱风赶雨，横行至此，杀人数以百计，千年修行毁于一旦，你若还知晓天地常理，就此收手，仍有退路。你身上的怨气，我可引伏羲琴尽数涤清。"

林梵凄然大笑："我要什么退路？"她双瞳泛红，定定地看向青玄身后的曲苏，"我要的是公道，我要这天下所有害我、欠我、骗我、负我之人，通通还我一个公道！"

她伸出一只手，虚握半空，曲苏看到，那是一团红中泛黑的圆形光团，与从前在银花林见到的光团非常相像，只不过那时从林梵体内抽取出的光团是纯净温暖的白色。

林梵张开五指轻挑慢拨，转眼，那团红色光团变成了一柄利剑，而她的目光，也在同一时间朝曲苏看来："我要你先死！"

青玄淡声道："那你只有死路一条。"他眸色微沉，看向林梵，"你可想好了，你修行三千载，此前一直谨小慎微，一心行善，才有今日修为，如今偏要为一个已死之人犯下杀孽，从此永堕畜生道，值得吗？"

林梵声音凄厉，如杜鹃啼血："岳周身死，是谁之过？我要所有害死岳周的人，都为他偿命，我有什么错！"

青玄沉默片刻，道："岳周不过肉胎凡躯，即便平安到老，不过区区数十年，于你而言，短若瞬息。"

林梵道："可就是因为他们，我连这短若瞬息的欢愉也不可求得。"她看着青玄，露出似哭似笑的神情来，"尊上不通情爱，所以不懂，遇到一心所爱，哪怕只有短若烟火的快乐，也比虚空走过的千载光阴来得有滋有味。"

林梵露在衣裳外的肌肤上，渐渐显出红黑相间的纹路，犹如藤蔓一般交织缠绵，自她脖颈蜿蜒而上，直至覆盖整个脸庞。

曲苏看得心中悚然，不由脱口道："林梵，你的脸……"

"怨气入骨。"青玄的声音似从格外遥远的地方传来，听在耳中，疏阔高远，转眼便压住林梵操控的万女哀怨，"你既如此执迷不悟，休怪本尊手下无情了。"

曲苏突然发觉，她身后的白光越来越强，越来越多，就像天上骄阳释放出的无尽光芒和暖意，取之不尽、用之不竭。那些白光越过她的肩膀、头顶，铺天盖地朝她面前倾泻挥洒，终于，她连一丝黑暗之色都瞧不见了。

曲苏觉得眼皮微微一沉，仿佛有一条无形的布带蒙住了她的眼，不论青玄还是林梵的身影，都看不到了。她刚想伸手去摸，就听耳畔传来青玄的声音："此光极圣极严，常人无法承受，你若想当一辈子瞎子，就尽管卸了去。"

曲苏伸出一半的手只能又悄悄落了回去。但她惦记青玄与林梵交战："那我什么时候可以……"

她本想问什么时候可以取下这东西，可话刚说到一半，就听一道女声尖厉号叫："天下苍生与我何干？万物生灵与我何干？为了岳周，我甘堕怨妖！岳周既死，这人间我也没什么可留恋的，我要所有人为我陪葬！"

那是林梵的声音，可又不像曲苏此前听过的任何与林梵相关的声音，那道声音既有男子的雄浑，又有女子的柔婉，既有林梵平日的玲珑大方，又有今日她已听过许多次的凄绝尖厉，但那之中，还有曲苏此生从未听过的宁死也要毁灭一切的绝望。

"为了你的短暂快乐，却要生灵涂炭、万劫不复，你要他们给你陪葬，谁又给他们陪葬？"是青玄的声音，不同于他一贯的云淡风轻，这句诘问中竟透出淡淡的悲悯。

话音刚落，铮铮琴声响起，伴随着林梵绝望至极的尖叫。琴音若潮，翻涌反复，绵延不绝。不知为何，这琴音听在耳中，渐渐地，曲苏就觉心底生出一种莫名的亲切、熟悉之感，又有一种说不出的仿佛深入骨髓的伤感，脑海中似有什么东西想要冲出，但又被一股更强大的力量生生抑制。曲苏心底衍生出一股说不出的复杂情绪，她陷入其中不能自拔，因而许久不动。待她回过神时才发现，林梵的叫声已渐渐衰弱，林梵尽显颓势。她顾不得更多，一把拽下蒙在眼上的东西，刚想张口，却见先前那种强烈得几乎灼伤人眼的白光已如潮水消退，一切不知何时已恢复。四下望去，哪里还有青玄和林梵的影子？

路边车旅往来，行人奔走，商贾吆喝，妇女采买，稚童打闹，仿佛之前发生的一切，都只是曲苏的大梦一场。然而还是有什么东西与往常不同的，曲苏发现，她与周围这些人之间好像隔了一层什么东西，就像那黄袍法师用过的无形屏障，她明明站在街道中央，可以看到众生百相，却无人能看到她。

曲苏到处都看不到青玄，也找不见林梵，只能沿着主街一路奔走，到了尽头就转入另一条路，哪怕是一条不知去向的偏僻小径。她自己也不知究竟跑了多久，直到冲进一条死巷，才发现自己满头大汗，后背尽湿，就连脸上全是泪都毫无察觉。她望着面前高高的围墙，不知这两人身在何方，忍不住喊："青玄，你别杀林梵。"

她想说，林梵是岳周一生的至爱，岳周已死，她不想林梵也就此身死魂消。

可突然，她什么话都说不出口了。

因为不知不觉，她竟跑回了城门，这里是岳周死后被吊尸示众的地方，曲苏心里发冷，步子也越走越慢，就在她抱着双臂踟蹰的时候，她突然看到了那道熟悉的背影。

她喊："青玄。"

青玄转过身，曲苏看到，在他的面前，林梵仍是一袭大红嫁衣，可身后九尾已不见踪影，发间兽耳也彻底消失，她看起来就如这世间寻常女子一般，跪坐在那儿，只是一头青丝已尽数转白，眉毛雪白，细看连眼睫都泛着冰凉雪意。

都说人伤心到极致，才会一夜白头，但曲苏知道，林梵不仅仅是伤心绝望，方才她偏要与青玄搏命，如今这般，应是妖力反噬、修为尽消的结果。

果然，林梵再抬头朝她看过来时，眼睛已恢复昔日神色。

曲苏忍不住快步跑上前："林梵。"

青玄伸出手，朝林梵递了过去："既然你执迷不悟，我便让你明白个彻底。"

青玄手中是一面菱花小镜，曲苏就站在两人身旁，镜中景象，林梵能看到，她也能旁观得一清二楚。只见那镜中先是由暗转明，随后竟出现了岳周的身影。

镜中出现的，是以前还活着的岳周，更是尚未再见林梵时的岳周。他在曲苏的帮助下定居棠梨镇，每隔几日便往落羽去信一封，他看似眼瞎无依，枯坐家中，实则筹谋天下，以自己的布局，与多年未曾谋面的生父开国侯下了一盘大棋。直至最终，两败俱伤。他夙愿得偿，为母报仇，终于求得他生前未得的公平和安宁。他破除开国侯的阴谋，保全了太子，也保全了大周朝未来百年的安泰与繁华。

"他一心求死，你却想让他活，林梵，你真的以为你救下他了吗？"青玄低声道。

林梵的神情似哭似笑，望着镜中那个让她觉得既熟悉又陌生的男子，流下两行血泪。她将他看得比自己的性命还要重要，他却视自己的命轻若鸿毛，就为报仇，就为让开国侯后悔终生，就为了那些与他们的人生本可以毫不相干的外人，他将自己的命信手一抛，死了个干干净净。

他对这人世、对她、对他们这段情缘，竟然做到了毫无留恋、随手丢弃。

徒留她在人间伤心欲绝，重堕怨妖。

她还真的以为他放她进屋的那一日，她就走进他心里了。其实，她爱上的是一个没有心的人，一切只是她一个人的自作多情。

“周周。”曲苏将这两个字咬在唇间，刚想上前一步再看仔细些，就发现画面一转，镜中端坐在案几面前一手握书的男子，是岳周，可又不像岳周。

岳周眉尾飞扬，眼泛桃花，是万中无一的倜傥风流相。不出任务时，他总爱穿一袭月白长衫，而且，岳周的眼睛是瞎的。

可镜子里这个人，他穿着岳周寻常最不爱穿的黑色长袍，眉毛没有岳周那般张扬，一双桃花眸眼角内勾，眸色更沉，神情难测。他的五官尽是曲苏熟悉的模样，但神情举止却令曲苏感觉陌生至极，尤其是这个人正在读书，他的双眸完好无损——他不是岳周。

林梵比曲苏更快一步明白了镜中人是怎么一回事，她抬起眸，看向青玄，唇边透出苦涩：“他修成仙身了。”

“我与他相识，于我是三千年间璀璨一瞬，于他……”

青玄面无殊色，淡淡道：“这只是他成仙飞升需要历劫的最后一世。”也不知是在向林梵说明，还是在向对此不甚明了的曲苏解释，他又道：“历劫完成，飞升成仙，凡尘种种，皆是虚幻。”

“虚幻，”林梵缓缓吐出两字，惨笑出声，“我与他相知相爱，情愿为他万劫不复，此间种种，难道就只是他的幻梦一场？”

青玄沉默片刻，说：“他此生所要参悟的唯有‘放下’二字，参悟了，便能回归仙位。”

“放下……所以从我遇到岳周开始，就注定是一个错。爱恨执着，都不过只是他的一世修行。错便错了，死了便是。为什么要告诉我真相，为什么？！”

林梵的笑声苍凉入骨，听在耳中，既瘆人又可怜。可她此刻本身已虚弱至极，几近崩溃，那笑声连调都不成，破碎不堪，最后接连咳了两声，唇边淌下了殷红的血。

她什么都不要了，就想跟他在一起，可她从来不曾在他的未来人生计划之中。

是岳周的时候，他只想复仇。

飞升成仙之后，他可还记得她是谁？

“我怕是连他的劫都不算。”林梵哑声开口。

青玄淡声道：“他应了你的劫也好，你应了他的劫也罢，到底你与他有这一世纠葛。”

“林梵，他心中是有你的。”曲苏喉头哽咽，“他曾为你动摇过。”

林梵面上流着血和泪，一笑便觉得扭曲又恐怖：“我为了他甘愿去死，到头来就只换来他片刻动摇？若他现在出现在我面前，我是不是还应该跪拜叩首，谢他曾对我有过一丝不忍？我是怨妖，但我的心也是热的。妖爱上一个人，就活该卑微至此吗？还是说，这就是他愿意让我进屋，愿意与我同住的原因？若我只是凡人女子，他也会如此忍心对我吗？就因为我是妖，是一只怨妖，就活该被丢下、被舍弃吗？曲姐姐，你是不是也觉得，妖不会死，不会伤心，被随意对待也无所谓？”

她好似终于冷静下来了，这一声“曲姐姐”又轻又柔，却比哪一次都让曲苏心惊。

青玄在旁道：“三千年修为尽消，天道公允，你可再入轮回。”

“再入轮回？无论是永入畜生道，还是日复一日修行，都还在这世间。”林梵声音虚迷，“这世间，爱恨嗔痴皆是罪，轮回可真是一点意思都没有呢。”

曲苏想要说什么，林梵却突然转身，朝青玄俯首叩拜。

“尊上。”林梵伏跪在地，头也不抬，“求尊上怜悯，别送我入轮回。”

“他早知你我身份，还曾托我好好照顾你，爱恨嗔痴不是罪，只是他心结难解，恨比爱更深。”青玄负手而立，垂眸看着跪在面前的林梵，低声道，“不入轮回，再过片刻，你便会灰飞烟灭，从此世间再无林梵。”

曲苏听到这句，再也不敢迟疑，她冲到林梵面前，刚伸出手，却发现根本触碰不到她，她的身影正逐渐透明。

曲苏不由得急了：“林梵，岳周现在是仙，你是狐妖，你们都能活千岁万岁，只要你们两个都好好的，终有一日，你们还有再相见的机会，你总得等他来同你好好说清楚……”她飞快地从怀里翻出那对弯月形耳铛，双手捧着递到林梵面前：“这是岳周托付给我的，他说过，这玉佩原就是一对，你和他……”

此刻曲苏心中唯一的念头，就是留住林梵，哪怕是青玄口中的再入轮回，哪怕是林梵不堪忍受入畜生道，甚至哪怕林梵自此无情无爱，不再理会与岳周有关的任何事……但只要林梵还活着，岳周也还在这世上，他们两个人都好好的，事情终究会有转机。

她想要抓住林梵的手，却终究抓着一片虚无：“林梵，这世上不是只有情爱一事，不是只有岳周一人。岳周心里，除了你，还有为他而死的母亲，还有他恨了一生一世的生父，还有我这个朋友，所以你也不能只为了岳周而活。这世上还有许多其他的东西，还有许多其他人，未来你可能遇到的其他事，都值得你惦记，值得你珍惜！”

“曲姐姐，他放弃我了。”林梵低声说，她的声音听起来透出虚无，面上透出一丝笑，她的笑容又甜又艳，就像初见那日，她在院中打了一碗特别甜的井水给她喝时那样，姿容娇艳，笑颜耀眼。她看着曲苏，目光像是透过她想起了某些非常美好的回忆一般，"就像清潋姐姐曾经说过的那样，九重天上的神仙大多凉薄。爱上一个神仙，是一件很苦的事。现在我懂了。"

她看着曲苏，笑得释然却苍凉："谈情说爱，妖本不配。"

她只是特别想质问岳周一句：既然他从未想过给自己留退路，为何还要给她机会？

"我不该不自量力。"

到头来，是她错了。

曲苏喉咙一哽，她想抓住林梵的手，想捧着那对玉佩，再和林梵多说点儿什么，可林梵只是最后朝她笑了笑，目光飘向远处的天际，随之便彻底消失不见了。

铿的一声，一物坠地，是一枚只有常人小指大小的雪色卷轴，青玄将那东西持在手中，神色莫名。

"是狸书。"青玄淡淡道，"林梵生前所有记忆，尽在此物中。"

曲苏望着那枚玲珑卷轴，许久才低声道："你从一开始就什么都知道。"

青玄知道她想说什么，只道："那是他们的人生，就算我是神仙，就算知道故事的结局，也不该牵涉其中。"

曲苏手里还捧着那对弯月形耳铛，小小两枚玉，翠得仿佛能滴出水。"所以就应该什么都不做吗？"

可这世界上有许多人，明知结局凄惨，也不畏赴死；就算只得一线希望，也甘愿以命相搏。在神仙眼里，凡人是多么渺小脆弱的生物，但这世间凡人何止千万，神仙又怎么知道，千万凡人之中，就没有一个有胆色、有本事，敢以一命逆天改命的！她不相信，这世上所有人的命运，只有一个结局。

"世上之事皆有因果，旁人擅自插手不会有好下场。曲苏，你之所求，不是岳周所想，更非林梵所念。"他看向林梵，眼色清凉，微挑的凤眸眼尾绵延出淡薄的弧，"人活一世，各有所执，此一世，既是岳周的劫，也是林梵的劫。只是林梵悟不透罢了。"

岳周只求以死报复，而林梵所念是与岳周恩爱长久，这两者本就是相互矛盾的，一人心愿得偿，势必另一个人就要痛失所有。可如果岳周知道他一意孤行会害得林梵灰飞烟灭，从此上穷碧落，下入九幽，他与林梵死生再无机会相见，他真能当机立断，就此舍得吗？

"飞升成仙的岳周，还会有在人世的记忆吗？"曲苏突然问。

青玄沉默一瞬，才道："曲苏，凡尘种种，于岳周而言，不过一场必经的劫。日后他或许会想起这段记忆，但所能想到的不过只是此生所修的割舍与放下。”

曲苏心中酸苦，紧紧攥着手中的耳铛，玉石冰冷得仿佛沁入骨中，许多话翻涌心头，最终只笑着朝青玄看过去，轻启唇齿，冷声道：“青玄，你知道吗，随波逐流，早晚也会呛到水的。逆水而上，未必不能赢得一线生机。”

说完这句，曲苏转身就走。她想，或许这就是神仙吧，高高在上，掌控全局，却连一句提醒的话都不愿意多讲。或许，这就是那些话本故事里所说的“仙凡有别”。如果这就是仙，如果成仙成神就要过这样明知结果却无所作为的无趣人生，那么她宁可一头扎进眼前的红尘。是生是死，至少活出个苦辣酸甜的滋味儿来。

曲苏头也不回地离开，因而她并不知道，站在她身后的青华大帝神色淡然，挥手打开了幽冥之门。此前被林梵吞噬的亡魂一个个显出生前的模样，排着队缓缓走向一片白茫茫的虚无。而在这看似虚无的白光中，缓缓呈现一个曲苏熟悉的身影。

来人白发黑袍，一双桃花眼锋芒尽敛，目光沉静，唇色苍白。就在不久前，曲苏和林梵透过青玄手中镜看到他时，他仍是一头墨发，不知何时已尽数转白。

青玄看到他这副模样，似乎毫不意外，只是淡淡道：“早来片刻，你还能再见她一面。”

岳周垂眸拱手，向青华大帝深深一揖：“红尘中事，我已尽忘了。”

只是在青华大帝看不见的地方，一滴泪飞快自他眼眸坠下，滚落在脚下的尘埃之中，还未落地便已消失不见了。

青玄沉默地看着他弯折的脊背，递给他一枚玉牌：“你往青要界去一趟吧！我与青女一族早有约定，每隔五百年，从青要山姑射莲池取一斛清水。你此番去，和清沅长老说，我要重塑炁渊，需要莲叶一片、清水十斛。这枚青溟玉，你替我转赠给她，权当谢礼吧！”

第六章　一缘一会

九重天上，太阳星君正带着新入郁仪扶桑宫的小仙童巡查岗位，他不经意间朝远处望了一眼，突然踩着云朵一跃而起，眺望着章尾山的方向：“尊上居然将炁渊重建了！”

身后跟着的小仙童初登九重天，从未听过什么炁渊，不免有些迷茫：“星君，炁渊是什么啊？”

话音刚落，小仙童也发现了变化，他忍不住张大了嘴。远处天际，一向后代稀薄的神鸟金凤翱翔九霄，仰颈长鸣。清寂了几千年的九重天上，竟然出现了日月合璧、百鸟朝凤的奇景！平常大家都传，有朝一日能有幸登临九重天，虽说肯定群美环绕，可以大饱眼福，可总有那么几位，是哪怕望断脖子也见不着一面的。其中之一说的就是这只金凤，金凤向来是孤高桀骜的鸟儿，难觅踪迹；还有一位，就是太阳星君口中的那位青华大帝了。

眼前这一切，正是青华大帝重建炁渊才有的祥瑞景象！

太阳星君身着黄衣，头戴金冠，周身像是笼罩了层荧荧金光似的，衬得他本就白嫩的皮肤愈加雪白，闻言他扬起眉梢回道：“你可知三万多年前，天地失序，清浊颠倒，怨妖横行，人间是个什么景象？”

不等小仙童开口，太阳星君已迫不及待地道：“生灵涂炭，哀鸿遍野！现如今那十八层地狱就是参照当年人间惨象建造而成的，你们这些后辈是不知道的。正是因为青华大帝心怀大慈悲，耗万年修为建造炁渊，将人间怨气连同数百怨妖尽镇于炁渊之中，才让人间重见天日。”

“那为何现在是重建，炁渊被毁过吗？”能被挑到郁仪扶桑宫的自然不是一般人，小仙童只蒙了一瞬，很快就发现了问题所在。

太阳星君愣了一愣，挑了挑眉毛：“五百年前，镇守炁渊的霜雪神女与被关押在炁渊的怨妖勾结，一夕之间，怨气暴增，百妖相残，炁渊尽毁。”说到这里，星君长长地叹了口气，“尊上现下虽有伏羲琴在手，却不知此次又耗损了多少修为，才将炁渊重塑。”

小仙童眯着眼睛看着太阳星君：“星君，您今日怎么说话文绉绉的，还四个字四个字的，和您平时说话的风格不一样啊？”

这次太阳星君是真怒了，这新来的小跟班太不上道了，自己好不容易装一次高深，还要被当场拆台，他这星君还有没有点威严了？太阳星君恼怒道：“你懂什么，讨论尊上与炁渊，能用寻常八卦的语气聊天吗？要尊重，要心怀敬畏，懂吗？去去去，干你的事去！”

太阳星君说完，突然一拍后脑勺：“我这记性，出了这么大的事，还在这儿跟你磨叽什么！”话音还未落，太阳星君便化作一道金光，转瞬就没了影儿。

小仙童叹道：“我的星君哪，说好要送文昌帝君的细柳瓶还在我这儿呢！”

重塑炁渊一事会在九重天引起轩然大波，青华大帝早就有所预料，他独来独往惯了，最烦天界这些家伙围在身边啰唆一堆。自炁渊返回时，他特意选了一条最为偏僻的路径，直接改道去了北极星宫。北极星宫远在大罗天境，位于天之北极，是北极紫微大帝的住所。

青华大帝与紫微大帝私交甚笃，往来频繁，这地界于他人遥不可及，却宛如青华大帝第二个住处。

青华大帝远远便瞧见热泉汩汩、水汽氤氲，紫藤架下飞花迷眼，放眼六界仅此一把的龙鳞竹摇椅轻轻晃着，墨发银衣的青年仰面朝天，盘膝而坐，眉心一抹天然的紫色痕迹，随着他仰头的动作清晰显露出来，更添绝色。他一手捏着把小巧的碧玉酒壶，往嘴里灌着酒，桌上的葡萄不时跃起一两枚，落入他张着的口中，也真亏得他能懒到这个份儿上，连吃个水果都要让人家果子自己“送上门”。那番懒散姿态，怕是翻遍九重天也找不出第二个这般任性的神仙了。

青华大帝还未走近，紫微大帝已先一步站了起来，竹椅乱晃，酒壶倾倒，淌出琥珀色的琼浆。若是放在往日，旁人敢这般糟蹋他的宝贝美酒，不论是谁，都要被他足足念上半年有余。可今日紫微大帝却全然顾不上心疼，趿着软履，倏地便到了青华大帝面前。

他将青华大帝上上下下、前前后后、仔仔细细看了两圈，忽而瞠目，一把将人扯住：“重塑炁渊，你这番又是耗损了多少修为？”

“不多不多。”青华大帝甩开衣袖，“九成而已。”

此间没有外人，他也不再遮掩，褪去冕冠法衣，着一身黛蓝长袍，端坐在热泉旁的石凳上。他此刻面色苍白，唇色极淡，因此衬得眉黑眸凉，面容越发虚弱孤冷。

“那你现在只剩下一成功力？你疯了！”紫微大帝当即便变了脸色，“为何这么急？炁渊五百年前就毁了，青华，你可不是无的放矢的人。”

青华大帝瞥了他一眼，缓缓道："玉帝已经对怨妖下手了。"

"什么意思？"紫微大帝不解。

紫微大帝道："我这趟去人间，一只从前被炁渊成功净化的怨妖突然煞化，我观她内丹，发现有人以仙力扰乱了她的修行。刚巧那个时候，玉帝派手下仙官邀我前往天庭，我以为是什么要事，到了地方，他却顾左右而言他，拖着我下棋。"

紫微大帝陡然回过味儿来，悚然道："你明知玉帝这样做，是在明明白白地告诉你，不要再管怨妖的事，你偏还……"

青华大帝轻抿着唇，凤眸含谑，眉眼间的锋锐之意毫不遮掩："我也是在明明白白地告诉他，我想要做的事，谁能阻挡？"

好家伙，就为了这，生生耗了九成修为，不愧是青华大帝。

青华大帝却不跟他见外，指向石桌对面的位置："坐，有事找你。"

他面色虽苍白，浑身精气神却还在，到底还是那个高高在上、尊贵无匹的青华大帝。

紫微大帝见他这般气定神闲，转身又行至龙鳞竹摇椅上坐着，道："青华大帝好心态，不知尊上有没有听过人间的一句话，'虎落平阳被犬欺'。"

青华大帝瞥他一眼："你什么时候有当犬的爱好了？"

紫微大帝被他气得笑出声："你最近还是别出门了，我怕你被打。"说完这句，他向后一躺，问："找我什么事？说说看。"

"我知你还有两朵忆昔花，今日用你一朵。"青华大帝道。

紫微大帝眉间微蹙，不由坐直了身体："你要忆昔花来做什么？"

忆昔花只生长在极北极寒之地，却要在长出花苞后，以温泉日日滋养，受足七十七次满月时的月光，才有可能顺利开花。若不幸被雨浇霜打，又或者满月被阴云遮蔽，忆昔花便会中途凋谢。花开时，需喂其一滴仙人的眉心血，花朵才不会枯萎，能完好封存在罐中。忆昔花难养、难活，这最后一步更是难上加难，如今放眼整个九重天，也只有紫微大帝手中还有两朵。

青华大帝开口要一朵，紫微大帝毫不迟疑答应了。忆昔花顾名思义，其特殊珍贵之处便是可为仙人重现昔年发生过的情景，绝无半点疏漏。只是青华大帝一向冷情，而忆昔花此前多为仙界痴情儿女追忆故人所用，紫微大帝怎么都想不到，青华大帝此时找上他，开口便是索要此花。

青华大帝眸色微沉："我要你为我重现五百年前清潋与烛龙在天庭对峙的情景。"

紫微大帝双目微瞠，一时转不过弯来："什么？"且不说就他所知，青华大帝对他三千多年前收的这个徒弟，虽称得上悉心教导，但也绝无暧昧情愫，且人都死了这么久了，他怎么今日突然想起要看这段过往？

青华大帝道：“我在人间得了一只怨妖的‘狸书’，发现炁渊出事的前一日，烛龙曾出手加固过几只上古妖兽的阵法。今日重塑炁渊，我在章尾山一处旧址发现一个反向阵法，画阵之人手法拙劣，是在我所设阵法之上仓促绘制。”说到这儿，青华大帝露出一抹极淡的讽笑，“我要你重现当日情景，就是想看看那日在场的人都说过什么、做过什么。这幕后之人煞费苦心，毁炁渊，放百妖，栽赃清潋，我不信他能忍住不露破绽。”

紫微大帝道：“想要忆昔花重现往昔，需要一个当日也在现场的人。”

青华大帝道：“我既来找你，正是因为你身边就有这么个现成的人选。”

紫微大帝皱了皱眉，思索道：“我怎么不记得有这么个人？”五百年前祸起炁渊，他不在当场，不在九重天，而是陪青华大帝一道取那伏羲琴去了。若他没有记错，那日九重天正在筹办百花小宴。可这诸位花仙由青帝所管，他身边跟着伺候的，除了几个酿酒做点心的手巧仙娥，其余尽是男子，并没有哪个是跟“花”沾边的。

不多时，葡萄仙子脸染酡红，脚步飘摇，飞快赶来：“尊上。”

紫微大帝见了来人便笑：“真亏你想得到。”

葡萄仙子最擅酿酒，偶尔九重天上有什么盛大节日，玉帝就会向紫微大帝借人。这百花小宴，说白了就是玉帝给四海八荒诸位仙君、仙子准备的“相亲宴”，这种宴席，葡萄仙子被借去酿酒，是再正常不过的。

紫微大帝着人去取了一朵忆昔花来，以指尖沾了晒过月光的灵泉水，轻触花瓣，默念一段咒语，又向葡萄仙子借了一滴眉心血，滴在花瓣之上。

不多时，原本拢成一束紧紧闭合的花朵立于半空，婉转轻旋，徐徐绽放间，一股独特的清幽之气弥漫开来，令人为之一振。

两人面前的半空中浮现出五百年前天庭一幕。

九重天上，烛龙不停地谴责跪在地上一身血污的女子，质问她，炁渊祸起时，她人在何处？怨妖冲出炁渊之时，她又为何迟迟未到？若非他拼了命地守住那几个上古妖兽的阵法，拖到援手赶来，天兵天将赶到时看到的便是他的尸体，也就没人能当着众仙的面揭发她此前与诸多怨妖过从甚密、早有勾结的真相了。

紫微大帝联想青华大帝此前所言，不禁啧了一声：“这条小烛龙，是在当众‘甩锅’吗？还有这位凌曦仙子……”紫微轻啧了声，“看似句句维护，实则字字诛心啊！”

青华大帝亦眸色沉重：“清潋从来不会说谎。”

可惜当日他不在九重天，未能护住这唯一的徒弟。

九重天上，玉帝震怒，众口一词，便无一人怀疑是烛龙在颠倒是非，更无一人愿听清潋一句辩驳。玉帝倒是问过清潋一句，对此事可有辩驳，但清潋还未来得及说什么，凌曦仙子便在这当口重提建炁渊是青华大帝的主意，要动清潋，也该等他回来，当面处置。

真是一番诛心之言！表面听着是维护之语，实则说是火上浇油也不为过。若玉帝真迟疑着不做处置，倒显得好似畏惧了他这位青华大帝了。

凌曦仙子……青华大帝微微敛眸，从前倒是忽略了，九重天上，还有她这么一号人物。

青华大帝沉吟片刻，道："小烛龙如今应当还在尘世历劫，五百年前的事，并不久远，替我详查，我心中有猜想，但缺证据。"

紫微大帝点了点头道："小龙破壳在四千多年前，被你带到九重天之前，从未离开过故乡，他在天界认识的人有限，这事好查。"

青华大帝又道："尽快帮我查到他的踪迹。"

紫微大帝沉吟道："寻常仙人下凡历劫，归文昌帝君所辖，哪怕你我，也不可能轻易窥得天机。更何况这小烛龙是妖神后裔，虽然被投下凡尘历劫，但又与寻常仙人不同。这事急不得，你且缓我些时日。"

谈完正事，紫微大帝唤来仙娥，端来盛酒和果品的托盘，指着那几物道："知道你不爱喝乱七八糟的补汤。这是千年雪参酒，没放任何旁的东西，最适合你现下的情形。这几样果子，你也一并吃了吧。"他知青华大帝口味挑剔，补充说："我都尝过了，真的不难吃。"

青华大帝这一次倒未推托，执酒壶，倒入盏中，一声不吭地喝着。

紫微大帝见状，嘿嘿一笑："这酒你既然亲口尝了，定然知道我没诓你。不过这酒的来历，我还得好好跟你说道说道。"

眼见好友蹙起眉心，紫微大帝忙抬起双手："先别动怒，这事儿不是你想的那样。我还能不知道你的脾气，这酒虽然是女仙送来的，却不是你最烦的那些，细论起来，算是你的一位故交了。"

青华大帝冷着脸色道："我不记得自己跟哪个'女仙'称得上'故交'。"随之看向紫微大帝的眼神，怎么看都透出几分嫌弃来。

紫微大帝扶额，他都有几分心疼人家姑娘了："说起来总和魔界交战的那些年，人家冬神也和你并肩作战过的吧，而且不止一次。人间有句诗是怎么说的来着，'岂曰无衣，与子同袍'，冬神和你，怎么也算得上同袍之谊吧？"

青华大帝摇了摇头："没什么印象。"他神色淡然，唇角轻轻一撇，"而且当年，不论魔界派了谁来，我都是一个人单挑，不记得有过什么'同袍'。"

紫微大帝长叹了口气：“那人家冬神的父母你总该有点印象吧？我怎么记得你当初还夸过一句她父亲天赋不错来着。”

青华大帝沉默片刻，像是终于成功地从回忆中拖出一抹熟悉的影儿：“我当日说的应当是，其父凛渊的天赋与那位司寒上神的霜雪之能，仿佛有些渊源。”

紫微大帝眸光一转，哼笑了声，一拍大腿：“明白了，明白了。”

青华大帝瞥他一眼，神色冷淡：“你又想到哪儿去了？”

紫微大帝呵呵笑了两声，像是参透了什么上古秘闻一般，拊掌道：“提起冬神，你说不记得；说神魔大战，你说你自己一个能打一百个，与旁人从无瓜葛；就连我提起冬神的父亲，你能勉强记起人家，也是因为与那位‘有些渊源’，这还有什么不明白的？”

“说一千道一万，能在你心里挂个名，还能被你称赞一句的女仙，也就只有司寒上神了吧？当年你怎么跟我说人家的来着……”紫微大帝半眯着眸，佯装费力地回想，而后故作恍然地击掌，“‘观如今诸神，唯司寒上神，有女娲遗风’，这是你的原话吧？”

紫微大帝啧啧两声：“想来司寒上神若还活着，知道自己在青华大帝心中有这么高的评价，那也当真是死而无憾了！”说到这儿，不等好友说什么，紫微嘶了一声，曲起食指关节接连叩了两下嘴唇，“失言失言！”

紫微大帝安静了片刻又突然开口说：“说起来人间可是个好地方，凡是下去了的，就没一个单着上来的，所以我前几天给你掐算了一把，你猜我算到了什么？”

青华大帝眼皮儿都不抬，紫微大帝早就习惯了他这做派，继续自说自话：“你这回在凡间是不是有什么艳遇？”

青华大帝与他熟稔，知他一贯跳脱，嘴上更是没把门的，听了倒也不气，若有所思道：“艳遇没有。只是遇到了个很不识趣的人。”

“这说的是一个……姑娘吧？”紫微大帝不由眉毛一挑，斜眼看向青华大帝，“我可算到了，孤寡数万年的青华大帝，红鸾星动了。”

青华大帝终于抬眼看他：“你上回还说我有个流落在外的儿子。”

紫微大帝有些尴尬，但很快便淡定下来，“那不是我以为你跟南海那位小公主有一腿吗，我算了算她的命格，可不就是有个儿子，不过不是你的罢了。”

北极紫微大帝，掌管天经地纬、星辰运转，乃是众星之主，他若肯认真卜算，说一个人“红鸾星动”，就连时辰也不差分毫。但青华大帝并非普通仙者，他的命格由天而定，即便是紫微大帝也只能掐算个模糊的卦象。

他见青华大帝一语不发的模样，打定心思故意说些调侃的话激一激他，便道：“我还真是好奇，近年三界爱慕你的这些女仙里头，南海那位娇滴滴的小公主，你一听到人家的名字就退避三舍；冬神那样英姿飒爽的，你过目即忘，连人都对不上号；咱们那位清雅出尘的仙界第一美人，一天到晚有空就追着你到处跑，你也不搭理；这能让你上心的女子，到底得是个什么样儿的？”

若是以往，青华大帝定要刺他几句才行，但今日他突然想到曲苏那张似笑非笑的脸，他轻咳一声，说：“总归不会是脑子一根筋的。”

紫微大帝八卦心起：刚刚就说人家姑娘不识趣，现在说人家脑子一根筋，这还不是有故事！冷心冷肺的青华大帝什么时候对一个女子这般上心过？

紫微大帝正要说话，却见青华大帝眉间突然一蹙。

“怎么了？”紫微问。

“方才感应到，以前赠出的一枚青溟玉碎了。”青溟玉破碎，意味着对方遭到了危及性命的险事，青华大帝蹙着眉，在识海中感应起具体方位。

能让青华大帝亲赠青溟玉，说明此人与青华大帝应当有些渊源，紫微大帝想起刚刚为好友掐指算过之事，不禁眉头微挑：“可是那个脑子一根筋的？”

青华大帝摇了摇头：“是一只小蝙蝠。”约莫是见紫微大帝神色透着不信，他解释道，“她在一间供奉我的道观之中长大，从小以灵气修习，几百年前我下凡寻找伏羲琴下落时，她曾帮过我。”

紫微大帝道：“你要去救她？”

青华大帝颔首：“青溟玉碎，本就是大不祥，方才我为她卜了一卦，卦象显示，七日之内，她有一生死大劫，且此劫关系白帝城百年气运。此行我非去不可。”

紫微大帝知道青华大帝的性格，凡是他觉得一定要行之事，即便刀山火海，也无人能阻。他叹了口气，凌空伸手抓来一只精巧的白玉小葫芦：“这个你佩在腰间。虽然你不大记得人家冬神了，但她酿造的这千年雪参酒总归是好东西。每日喝一些，能助你恢复修为。”他又道：“烛龙之事，你且放心，我一定尽快查明。”

青华大帝垂眸瞥一眼腰侧挂的酒葫芦，紫微大帝能拿出手的都是好东西，这只酒葫芦只有成人手掌大小，白玉莹润，触手生温。只是，此番前往白帝城，若再遇到那个人，两个人闹起来时，她怕是要扒着这只酒葫芦问他，为什么这么小一只，却能源源不断生出酒液了。

见青华大帝收了东西，紫微大帝自心底松了口气。岂料这口气还没喘顺畅，外面便来了人轻唤着：“尊上！”

紫微大帝朝青华大帝看去：“定是找你的。”

青华大帝挑起眉梢，拱手客气又欠揍地对他说道：“我现在只剩一成功力，身心俱疲，实在没力气去应付旁人，就劳烦紫微尊上了。”

若换作往常，紫微大帝绝对不会搭理这人，今日看他惨白着脸瘫在那儿，实在可怜，他紫微大帝从来都有一颗菩萨心，便不跟他计较了，理一理衣袍，冷哼一声就往外走去。

他刚出去便听有人道："尊上。"

紫微大帝听到这声线，笑容不改，往前睇了一眼："原来是凌曦仙子。"

这人哪，就是不禁念叨。他才在青华大帝面前提过这位仙界第一美人的名字，转眼人就找上门了。

只见迎面赶来的女子广袖华衣，珠翠辉辉，仙袂飘飘，一身娇嫩的鹅黄华服如有雪光月华，光泽流泻，更衬得她雪肤花貌、身姿婀娜，尤其一双水光盈盈的妙目，更是让人一见难忘。哪怕在这仙子如云的九重天上，这位凌曦仙子也是千年难得一见的美人儿。更别提她还是太阴元君首徒。除此，她还有一重身份，哪怕是紫微大帝见了，也不得不稍给薄面。这身份细说起来，可是要引出一桩四千多年前让四海八荒吃足了"瓜"的风流韵事。

凌曦仙子生母不详，不论仙法还是灵力，别说九重天了，就是第一重天她也不可能进得来。可她初登九重天那日，是赤帝本人带着浩浩荡荡的一支长队，驾丹龙、擎朱旗，亲自将人带到玉帝和众仙面前的。

当日这桩八卦就从九重天流传出去了。有议论这位凌曦仙子姿容绝代的，也有说这位刚满一千岁的仙子有不足为外人道的通天仙法，而最多的猜测，便落在了赤帝和这位凌曦仙子的关系上。

赤帝说要为她在众仙之中寻一位师父悉心教导，又请托玉帝往后对此女多多关照。而一向深居简出、向来不与人争的太阴元君在玉帝屡次眼神暗示下，木着脸揽下了这桩差事，这凌曦仙子的真实身份也便呼之欲出了。

至少在天界，哪怕是刚入职不久的小小仙童都知道，九重天上仙子无数，唯独这凌曦仙子，最惹不得。

凌曦仙子身后站着八名随侍，将奇珍异果、仙草灵药捧了满怀。离凌曦仙子最近的两名随侍，一个高举一只足有半人大小的紫玉灵芝，另一人怀里则捧着一颗浸在圣水之中的千年白鹤心。那颗白鹤心显然才剖出不久，一滴泛着淡淡玉露光泽的鲜血落入盘中圣水之中，久凝不散。

凌曦仙子悠悠一笑，向紫微虚行一礼："尊上，我听师父说，青华帝尊此次伤得不轻，这紫玉灵芝、天琴羽，以及这朵百露青芙蓉，都是我向父王讨来的。"说到这儿，她面染绯红，显出几分羞涩，"千年雪顶鹤实在难寻，我找了许久，才寻到一只，剖下它的心就匆匆赶来，还请尊上放行，让青华帝尊尽早服下，才能见药效……"

凌曦说这话时，一双素手轻搭在腰间，仿佛不经意间，露出手腕缠绕的一抹鎏金素纱。离凌曦最近的那名侍女轻声说：“仙主为了追那只白鹤，手腕都被割伤了，可仙主惦记帝尊，怕耽搁太久而导致这心的药效不佳，全然不听奴婢们劝说，一刻不停地赶来尊上的北极星宫。”

紫微大帝发出一抹恰到好处的感慨：“想不到啊，太阴元君整日闭门不出，消息还挺灵通，可见平日里是将咱们青华大帝放在心上了。”

眼见凌曦因为这句话面色微微一变，紫微的目光又瞥向凌曦身后那名侍女手上的托盘，目光中的神色令人难以捉摸：“雪顶白鹤生性孤高，宁折不弯，这活了千年的雪顶白鹤，怕早已修成人形了。”说到这儿，他又似笑非笑地瞥了眼凌曦仙子用鎏金素纱层层缠绕的手腕，“想不到仙主身手如此了得，竟生剖了人家的一颗心。”

凌曦眉眼灿灿，唇角噙笑：“不过一只畜生罢了，就算修成人形，也终究是妖。青华尊上为了六界生灵重塑炁渊，是无上功德。这千年白鹤心若能助青华尊上滋补气血，恢复修为，也是它的无上功德了！”

紫微大帝指尖微动，一柄折扇瞬间出现在手上。紫微大帝生平最爱收藏各式各样的扇子，今日手上拿的，是近来的一柄“新宠”——三山浮海。他将那三山浮海扇一抖，扇面展开，遮住半边脸，露出的那半边脸唇角微勾，另一边脸则毫无表情，那副冷冰冰的神情，乍看之下颇得了平日里青华大帝几分真传：“既然如此，我就先替青华收下仙主的一片心意了。”

“我父王得知此事，让我前来北极星宫，务必要将这些灵药、鲜果通通送到尊上面前，才能表达他老人家对青华帝尊的情谊。”

“理解。咱们这天上地下，本就是一家，你父王和青华相识多年，倒也不必这么客套。”

凌曦仙子眼珠微转，看着紫微：“尊上，可是青华帝尊他……”

“啊……”紫微大帝拖长了音，眸光微厉，“他毕竟是青华大帝，他此时状况如何，可不是你我能随意议论的。”

凌曦仙子微垂下脸庞，樱桃红唇微翘：“尊上教训得是。”

紫微大帝又缓了语气道：“我也知道，凌曦仙子对咱们青华的关心发自肺腑，但他刚对我说不想见人，我和他关系是还不错，但也左不了他的性子。不然这样，这些灵果灵药，我这就替凌曦仙子带进去。至于这会面吧……”他轻摇折扇，露出的半边脸笑得格外春风和煦，“如今仙子知道了他就住在我这儿，不妨改日再来，届时青华出关，见到为救他而生剖千年白鹤心受了伤的您，肯定感动。仙子想想，是不是我说的这个理？”

凌曦自打四千多年前跟随赤帝到了九重天，又顺利拜在太阴元君门下，成为其唯一的大弟子，何时吃过这般的闭门羹？可眼前这位怎么说也是紫微大帝，门内那个更是她不敢也不想惹其生气的青华大帝，如果非要勉强，她这趟示好还不如不来。

凌曦想明白了这一层，眼圈微红，朝紫微大帝行了一礼："尊上说这些，都是为了凌曦着想，凌曦明白。"凌曦向身后随侍微微偏头，示意她们将东西交给紫微大帝身后的侍从。

紫微大帝笑眯眯地叮嘱凌曦仙子："代问赤帝好，代问你师父太阴元君好。"

送走凌曦一行人，紫微大帝徐徐转身，一脚踏入自家大门，手上折扇啪的一声合上："搞定，总算清爽了。"

打发了凌曦，紫微大帝重回庭中，却见青华大帝并未休息，反而不知何时走出了屋。他眉心轻锁，似在凝神思索什么。

五百年倏忽而过，清潋死后，烛龙被罚下界，炁渊彻底荒废，章尾山俨然成了一片死域。断壁残垣，孤垒荒寂，一日也未停歇的片片雪花，虽然如此，但依稀可窥当年炁渊初建成时的盛景。

清潋刚成为他弟子不久，便被派来镇守炁渊。真说起来，他除了传授她一些口诀和简单阵法，并未用心教过她什么。师徒两人单独相处的情景，如今回想起来，竟一日也没有。那时炁渊初成，他每日忙着思索从根源上化解怨气之法，又四处寻找几件遗失的上古神器，每一次前往炁渊，都是来去匆匆。

那棵在大战中被死气、怨气烧得只剩一截焦木的老梨树，从前开得盛极，繁花胜雪，哪怕在许多年后，他还能记起那冰雪交映的美景。三千年前，他给了清潋一颗梨树种子，却从未告诉她，压制和消解整个炁渊怨气的阵眼就在这棵被她日日浇灌的老梨树下。

可这绘制阵法之人倒是聪明得很，不仅找准了阵眼所在，还能在极短时间内绘制出反向阵法，以这棵梨树为阵眼，将阵法巧妙隐藏起来。然而就是这么一个粗劣、仓促的反向阵法，足以令整个炁渊大阵倒行，怨气滋生，源源不竭。因为此阵，数百怨妖突然失控，互相残杀致死；因为此阵，当日清潋拼死护阵，本命法宝霜华镜尽碎，也未能与此间怨气抗衡。

青华大帝凝眸，在心底默念：清潋，师父从未认真当过你的师父，师父欠了你的，这就替你寻回，你所受的委屈和痛，师父会还你一个公道。

空气中有血腥气。青华大帝顺着气息转过身，见紫微大帝不知什么时候又坐回了那张摇椅，旁边站着一群随侍，各个手里捧满了东西，为首那个离他最近，手上捧着一颗鲜红的心脏，其上灵气浮动，缓缓流淌的鲜血泛着玉露般的光泽。

眼见一向神色淡然的青华大帝眉心微蹙，紫微大帝在旁故作为难地皱了皱眉，出声感慨：“最难消受美人恩呢，青华，喏，这颗千年白鹤心，趁着新鲜热乎，灵气十足，你还是抓紧笑纳了吧！”他说着话，从一旁果盘里抓起一颗新鲜的大蟠桃，有滋有味地嚼了起来。

说起来这凌曦仙子也是够绝的，费尽心思千挑万选，摆足了派头来触青华大帝霉头。这九重天上，但凡对青华大帝有些了解的，都知道他平日里最讨厌的几桩事：奢靡浪费，屠戮生灵，不遵循天地自然章法，胡乱介入打乱他人命数。凌曦仙子倒是好，一门心思准备了这些奇珍异果巴巴儿地送上门来，却把青华大帝最讨厌的这几样事儿一并占全了。

近万年来，上古大神们陆续死去，映蓝惨死致明阎堕魔，三界怨气丛生；妖族在老烛龙死后两分天下，一蹶不振；魔尊更是避世不出，妖、魔式微，其中包括白鹤在内的许多妖族更是人丁凋零，难以为继。尤其白鹤一族，战斗力一般，繁衍能力更弱，能健康蹦跶到一千岁的白鹤，放眼整个六界，没剩下几只。

仙界或许有许多人都和这位凌曦仙子一样，并不怎么将一只灵妖的性命放在眼里，可青华大帝不在此列。那凌曦仙子一心想讨好青华大帝，却不想做出这样的事儿！

紫微越想越是乐不可支，照他推断，凌曦仙子虽然打着太阴元君的名号前来，但以元君的性子，怕是压根儿不知道有这件事。赤帝那老家伙肯定是知道的，所以派人送来的补品都是灵药、鲜果，既显诚意，又迎合了青华大帝的一贯喜好。却没想到，他背着家中夫人宠溺的私生女自作聪明，为了讨好青华大帝，在一堆上乘补品之外，不知追了人家白鹤几万里，猎了这颗千年白鹤心。

果然，就如紫微大帝猜测的那般，青华大帝一弹指，将一丝灵力注入那颗红扑扑、血淋淋的白鹤心，对他说：“我要下界，你着人跟着凌曦，把这颗白鹤心送回去。至于这些灵药补品，就悉数交给白鹤一族的长老作为补偿吧！”

千年白鹤心的神奇之处，除了是滋补佳品，还有一点，若及时归还，那只白鹤有可能救得回来，尤其青华大帝还注入了一丝自己的灵力。紫微大帝笑应一声，正想调侃两句，不想因为凌曦仙子搅局，惹得青华大帝在这满是血腥味儿的地方一刻都不想多待，毫不迟疑地离开了。

白云之下，白帝山巅。

只见此处地势开阔，桑竹萧萧，更远一点的地方，金、白两色的宫殿在云端若隐若现，往来男女衣袂翩跹，多着金、白两色，步履匆匆。

青华大帝凌空落下，叫住一名路过的年轻男子：“白帝在何处？”

青华出现得太突然，不单是那男子，附近但凡看到青华大帝模样的，个个面露异色，纷纷打量他，还有的三五成群，低声议论。

青华大帝无意仔细探听那些人在说些什么，继续对面前那男子说道：“我找白帝。”

那男子打量片刻，突然“啊呀”一声，倒退一步，转身就跑。

青华大帝看向四周，只见其中几个凑在一处的少女见他看过来，顿时面露惊慌，转身逃走的同时还不忘彼此手拉着手。

青华大帝：“……”

也不是他想不开，非要捉个人问清楚，实在是远处那不只是一座宫殿，简直是宫殿群，也不知白帝这厮犯了什么毛病，左一座宫殿右一座宫殿，盖起来没完没了。与其费心去找，还不如直接抓个人问。

而且此前他不论去往哪位神仙的地盘，也没见谁家里的仆从是这种反应的。

他看起来很吓人吗？

青华大帝拂袖转过身，准备去大门口碰碰运气，就算白帝手底下这些仆从不靠谱，大门守卫总不可能弃门而逃吧。也怪他这一趟来得急了些，想着径直进来能省点工夫。

刚转过身，身后传来一道有些苍老的和蔼嗓音：“尊上大驾光临，有失远迎，实在失敬。”

青华大帝没有转身，身后那人已闪身至他身前，躬身行礼，是个看起来面相颇和善的老人。

青华大帝认得这人，他朝她微微颔首：“皓月婆婆，许久不见。”

皓月婆婆笑着直起身，温声道：“这里有许多年没有来过外人了，那些孩子年纪小，不经事，故而见到尊上，有失仪态，还请尊上别往心里去。”

青华大帝淡淡道：“习惯了，从前白帝每每见了我，十次有九次，也是这样躲着我走。”

皓月婆婆忍俊不禁，说：“阿曜孩子心性，他并非恐惧尊上，而是不善言辞。你们两个相识多年，对于他的性子，尊上应当也了解几分的。”

青华大帝向皓月婆婆拱了拱手：“我来此并非叙旧，而是有一件事关白帝城百年气运的事要问他。”

皓月婆婆闻言，面色微肃：“每年这个时节，他都会去城中游玩。尊上想找他谈正事的话……”说到这，皓月婆婆轻咳了声，向来温和的脸上，竟然少见地显出了几分不自在，“您尽管找城中最热闹的茶楼。”

青华大帝怔了一瞬："他是去喝茶听书？"

皓月婆婆唇角微颤："尊上见到了，自会明了。"

说完这话，皓月婆婆老脸一红，朝青华大帝行了一礼，竟也如此前其他仆从那般，匆匆离开了。

整个白帝山，都弥漫着一种对青华大帝避之唯恐不及的玄妙氛围。

青华大帝百思不得其解。

"相传哪，这白帝长居白云之间，白帝山巅，若人们诚心供奉，他会保佑人间风调雨顺、丰收连年。各位，这传说的真假，实难考证，但如今咱们这座城，还缀着'白帝'二字，这也算是这位神仙可能真实存在的证据之一吧。"

白帝城最好的茶楼里，曲苏选了处临窗的位子，边听不远处一位说书先生讲故事，边招呼来店小二，点了一壶热茶和两份从前爱吃的糕点。

白帝城麻辣口味的热锅子，放眼大周，人人尽知，然而曲苏每每来此，却格外沉迷于此地的各色茶点。茶点是白帝城的本地特色，不仅有甜口的，咸口的也做得极好，曲苏就很爱吃这家的葡萄冻和千层咸糕。

帘外细雨微斜，遥看远山翠色，倒也颇有风味。一位年轻书生拎着书箱，正在推销一些话本子，一旁的小二睁一只眼闭一只眼，并不去管，显然书生做这桩买卖是与这家老板商量好了分成的。到了曲苏这桌时，他手里捧着几卷书，笑眯眯地道："这位姑娘看着好生面善。"

曲苏当他是寻常搭讪的。她近来不像从前那般爱笑，眉眼间也笼着一层淡淡愁绪。听到这话时，她略一抬眼，刚想随口说一句打发了这人，却在看清这书生的面容时微愣了愣。

书生容貌堪称清秀，唯独左脸上生了一朵红云般的胎记。两年前她来白帝城办事，也是在此处钱庄取了翊哥传来的书信，坐在二楼这一桌吃些点心，那天也是这个书生，向她推荐几本自己誊抄的话本子。因他字写得好看，又颇善言谈，面上那朵红色胎记也令人印象深刻，因而直至今日，曲苏还能记起他。

她这一迟疑，显然是认出了对方，那书生见状不由得笑了："记得两年前姑娘从我这儿买书时，曾说过最喜欢看些江湖闲谈，今日我这里刚好有一本。"他自书箱翻找出一本蓝色封皮的书，朝她笑着道："这一本里头有不少画，字是我誊的，画是我一位擅画的朋友对着原版所绘，但所有从我这儿买过的都说，比那原版画得还要妙些。"

书放在桌上，清风拂过，书页飞快翻动，曲苏一眼就看到其中的关键字眼。书生说得不错，这本书讲的是近来江湖上一些传奇人物，或一些八卦奇谈。这套书编写了许多年，正版是由京城一家颇具特色的书局贩售，一些大书局也有售卖。不过这套书很受欢迎，尽管售价并不便宜，却常年是稀缺货。从前曲苏每个月初都盯着这些，只要书局一开门就去抢购，落羽家中的书柜，收藏着她好几套此类书籍。去年有几本，那故事写得一咏三叹、荡气回肠，配图也精致细腻、栩栩如生，她闲暇时翻看过许多遍，个中内容几乎倒背如流。

一道清朗微凉的男声恰在这时插了进来："你倒知道她的喜好。"

那书生半转过脸，朝着身后来人拱了拱手，笑着道："公子有所不知，这套书每个月刚一出炉，就被哄抢一空，不单是姑娘家，就是我和几位朋友也很喜欢看。咱们白帝城离雒城太远，购买这些颇为不便，这还是我和一位朋友日夜赶工誊抄出的十几本，现在只余这一本了。"

曲苏怎么都没料到，一别数天，两人竟会在这白帝城的茶楼相见。

想来他也是有了上一回的经验，再临人间，居然还记着换一身寻常人的衣裳。只见他一身黛蓝窄袖长袍，脑后高马尾以一支白玉簪束得整齐，腰间别无坠饰，唯一只白玉小葫芦悬于腰间，那小葫芦玲珑可爱，愈加衬得他腰身劲瘦、身姿挺拔。完全是世家公子便装出游一般的派头，一出现在这茶楼之中，便格外引人注目。

曲苏只定定地看了他一眼，便飞快地转移视线，将目光凝在面前的书页上，轻嘲："不知这附近又有什么稀罕事儿要发生，引得你也来了。"

青玄却径直经过那书生，走到曲苏桌前，毫不客气地敛衽落座，还朝身后不远处的店小二道："与这位姑娘一样的茶点，再来一份。"

饶是曲苏向来口齿伶俐，也被他这行云流水般的蹭吃蹭喝行为惊得一时无言。

青玄仿佛全无察觉，当着曲苏和那书生的面，拿起桌上的书飞快翻阅。看那模样似乎一目十行，但面上不见一般人阅读此书时的喜色，而是微微蹙着眉，似是对其中一些情节颇为不解。

曲苏翘了翘唇角，自荷包里摸出一块碎银，递给那书生："不用找了。"

书生见曲苏如两年前一般出手大方，却不似那时笑语盈盈，眉眼间似笼着淡淡愁绪，就连一向爱看的江湖八卦本子也那般交由友人，任其翻阅，并不怎么放在心上。他心中稍做思量，故意凑趣道："姑娘既来咱们白帝故地重游，想来对咱们这儿也很熟悉了，您可知近来城中传得最为火热的消息是什么？"

书生这话问得巧妙，曲苏眼中的八卦之火突然燃烧了起来："快说快说，发生了什么有趣的事儿？"

这书生却故意卖起了关子："姑娘可知，这白帝城中最尊贵的千金是哪个？"

曲苏很是配合，这聊八卦，就讲究个氛围："这你倒是考不住我，不就是那位秦小姐吗？”

这书生也是有点意思，一张口便聊到她熟悉的人身上。但想想也不奇怪，单单白帝城主独女这个身份，就足以令秦芸芸成为城中百姓关注的焦点。书生既爱搜集八卦，又想博人关注，以秦芸芸作为开场的话题引入，倒是个不错的选择。

书生笑吟吟道：“姑娘说得不错。说来也是一桩喜事，咱们白帝城，过不了多久便要有一场轰动全城的嫁娶之事了。城主爱女心切，到时必定十里红装，风光大嫁呀！”

曲苏惊讶：“你是说，城主千金即将出嫁？她要嫁给谁？”

“也是咱们白帝城近来的风流人物，医药世家的那位小公子，司徒琰。”书生笑眯眯地解释，“从前只听闻司徒家嫡出的那位大公子仪表不凡、精通药理，尽得其父真传。不想今年呀，这位小公子不鸣则已，一鸣惊人！”

果然是兜售话本子的人才，普普通通一段姻缘，也被这书生说得悬念迭起，曲苏也被他带得兴致勃勃，问：“这话怎么说？”

书生解释道：“您既然听说过秦小姐，应当知道这位小姐自小身带弱疾，十六年前，城主请来药王谷那位神医帮忙诊治，神医就曾断言，秦小姐这身子，病不得、累不得、冷不得、热不得，就这么好生娇养着，也难以活过十八岁。”

曲苏点了点头，她与秦芸芸相识已有几年光景，此事她也听闻一二，自然知道书生所言不假。

书生话锋一转，叹了口气道：“再过不到二十日，就是秦小姐的十八岁生辰了，今年这上半年，应当是城主最难过、最消沉、最提心吊胆的一段日子。可不想，司徒家的这位小公子得到了一张上古遗方，听说这药方从前也有人提起过，难就难在这方子上的药材，纵有千金，举世难求！可司徒琰对秦小姐一见钟情，自从见了秦小姐一面，便向城主发誓，必定寻得药材，根治秦小姐的顽疾。”

书生睇了曲苏一眼，眸中透出隐隐笑意：“或许这就是情感动天，不出两个月，司徒公子当真找全了药材，秦小姐的病就这么奇迹般地治好了。秦城主了却多年心病，秦小姐与司徒公子两情相悦、生死不弃，也成就了一段佳话。”

青玄看到书生说话时目光一直在曲苏面上打转，淡淡开口道：“常言道生死有命、富贵在天。这位秦小姐是什么寿数，早有定数，一个毛头小子岂能扭转乾坤？”

“公子说话也很有趣儿，那司徒公子与我们差不多年纪，您却称他是毛头小子，仿佛阁下已经很大年纪了一样。”不等青玄动怒，他又道：“不过我觉得公子有句话说得不错。要我说啊，不仅生死有命，姻缘也是如此。所谓有缘千里来相会，当真是玄妙至极，这有些事啊，非人力所能勉强。”

似乎是有意哄人开怀一般，那书生又道：“两位此次相携出游，不妨多停留些日子，待秦小姐与司徒公子大婚那日，一同观礼，多沾喜气也是好的。据我母亲说，如此盛大的婚嫁之事，还是她年轻时旁观咱们城主迎娶先城主夫人了。”

书生说完，朝两人拱了拱手，拎起书箱，又往下一桌去了。

青玄见曲苏目光仍空落在某处，茶也不喝，对自己手里这本书并不怎么在意，全然不见从前在棠梨镇和林梵分享这一类书时的兴奋喜悦，可方才那书生故意挑起江湖八卦的话头，还是能勾起她几分精气神儿。青玄心念微转，故意道：“书中这个青竹公子，依据所绘小像来看，不过尔尔。”

曲苏虽然有些日子不看这类闲书，但毕竟是八卦界中的翘楚，对其中提到的一些风流人物，自是如数家珍，听闻这话不由接口道：“江南七绝，青竹公子的琴排在第五，他本也不是靠容貌出名的。”

青玄嗤笑：“容色如此，琴艺也强不到哪儿去。”

曲苏道：“你又没听过人家弹琴，怎知人家弹得不……”她话未说完，但说到一半时，已记起青玄确实也会弹琴的。那日在雒城，她虽然没有亲眼见到他所用的琴是何模样，但琴音清绝，浩浩汤汤，涤荡心神，那般琴艺，哪怕一生只听一次，也绝对难以忘怀。

但她又不想当着青玄的面承认他琴艺高绝，远胜青竹公子，正在想该怎么当面打击一下这人过于蓬勃的自信心，就见这家伙已翻过几页，皱着眉道：“这个花圣，既没种出百花，又非绝世之容，居然还敢取此等名号。”

曲苏忍不住道：“你怎么张口闭口就是人家长得不行？”

青玄眉也不抬，说：“相由心生，单看容貌，这书里就没一个能看的。”

曲苏轻笑：“我差点忘了，你尽管只是个貌不惊人、能力平平的小小仙官，但在仙界，应该也见过许多仙君、仙娥的吧。平日里群美环绕，寻常人的容貌，你自是看不入眼了。”

曲苏这话本是在嘲讽他，却不想青玄还真认真地想了下，开口道：“好像也没几个生得好看的。”他随口提了几个，颇不在意地点评，“太阳星君每天穿得像一块金子，晃得人眼花；太阴元君一年到头衣着简素，平日里也不怎么爱出门，都想不起她长什么模样了；玉清那家伙倒是还凑合，但每次见他都来去匆匆，一路火花带闪电，就是长得好看，估计也没人敢看。”

远在九重天的太阳星君和太阴元君揉了揉耳朵，玉清真王确实来去如风，但被青玄这么一念，不由脚步微滞，垂眸扫了一眼自己身上一闪而过的紫色电流。他本就号令雷霆，人间行云布雨归他所管，斩妖除魔多靠他降下雷罚，每日确实忙碌非常。青玄说他走起路来火花带闪电，是因他性子冷，目下无尘，毫不在意外在。他们这些与百姓日常生活息息相关的神仙，每天不知要被念叨上多少次，但那都是凡人耳语，就是日夜不停念叨上一万遍，也不及青华大帝信口一提。

曲苏被他几句形容逗得几乎要笑出声，但想起上一回在雒城，两人之间几乎是不欢而散，那抹溢到唇边的笑不由瞬时一敛："你也真是胆大，竟敢在背后这般编排这些大神仙，不怕被人家知道了，追着你打！"

青玄却唇角微翘："你以前说我们是朋友。朋友之间，就是容你这般轻易出卖的吗？"

曲苏将桌上的茶点往桌子对面一推："这些糕点还堵不住你的嘴？"

青玄将那本书往自己怀里一揣，接过盘子，不慌不忙尝了一口："还是棠梨镇那家鲜肉汤圆好吃。"

曲苏愣了愣，不禁眸色一柔，垂着眼帘道："是，我也很想念那家的汤圆。"

有些事，旁人不戳破时，心是硬的，回忆是冷的；可一旦有共同经历过那段过往的人主动提及，那些冷硬的画面就如画卷重展，一切都重新生动起来，那回忆是暖的，气息是鲜活的，一切仿佛触手可及，清晰如昨日。

喝过热乎的茶，人也觉得暖和不少，再出门时，雨虽未停，到底不觉有之前那般湿冷了。

下楼时，几乎一眨眼的工夫，跟在身旁的青玄就消失不见了。曲苏只愣了片刻，便记起从前在棠梨镇，他也如这次这般，不过一个眨眼的工夫，就消失不见了。

那之后，林梵被黄衣法师绑走，受尽折磨；岳周如愿以偿地将开国侯、林梵，连同她在内的所有人算计其中，以命设局，报复了开国侯，却也因此伤透了林梵的心；之后林梵堕为怨妖，再清醒时，却甘愿灰飞烟灭。

凡人的命运，在他一个仙人的眼中，压根儿不是什么了不得的事儿。

曲苏翘了翘唇角，仰脸望向屋檐下成串的水珠儿，毫不迟疑地一脚踏入了绵绵雨中。

另一边，眼见曲苏头也不回地下了楼，先前那书生还在一脸热情地挨桌向客人推荐话本子。青玄走上前，拎起对方的衣领子，借着楼梯转角避开茶楼众人视野，弹指落下一个屏障，隔去凡人的窥视。

那书生一落入青玄的屏障，瞬时换了一副模样。清秀脸庞上那块红云般的胎记隐去无踪，一双清亮的丹凤眼正滴溜溜打着转，本是濯濯若春月柳的清雅贵气，却因眉眼间闪过的恼怒而折损了几分高华气度。

青玄见他这副模样，不禁轻嗤了声："你当别人也同你一样傻？"

当着他和曲苏的面演足了戏，还真当他看不穿他的破绽，继续大摇大摆地留在茶楼里，玩他假扮书生的游戏。

“你才傻！”白帝顿时恼羞成怒，一把推开青玄，连连倒退两步，站到墙根处，那份尽己所能和青华大帝拉开距离的决心显露无遗，“这里是白帝城，我的地盘，我想在哪儿就在哪儿，还轮得着你管？”

青玄笑容淡淡，故作恍然：“确实轮不到我管，难怪之前见到皓月婆婆，向她打听你的去处，她是那副神情。”

白帝刚想强辩，陡然反应过来什么一般，浑身一哆嗦：“你去我白帝山了？”

青玄一副看傻子的神情，瞥了他一眼。

白帝缩了缩脖子，飞快别开了目光：“有什么事，快说。”

青玄道：“想让你帮忙找个人。”

白帝闻言，笑了声：“如今这天上地下，还有你青华大帝找不见的人？”

青玄道：“一只灵妖，我在天界时推演到，她的生死，事关白帝城万千百姓的安危，我没时间和你废话。”

他虽和青华大帝不对付，却知他不会在这种事上撒谎，话说到此，白帝的脸色也凝重了几分，他问了名字，凝神片刻，摇了摇头：“我感知不到她的气息。”

青玄道：“但她此刻，的的确确就在这白帝城中。”

“我当然知道。”白帝默了片刻，从怀里摸出一个手掌大小的罗盘，“你不是擅长占卜吗？把她的血滴到这上面，罗盘会显现她所在的方向。”

青玄淡淡道：“我凭赠出的青溟玉感知到她就在城中，若能拿到她的血液，我不早就找到她的人了？”

白帝此人果然万年如一日地不靠谱。

白帝也回过味儿来，瞪了青玄一眼，抓了抓头道：“那就换一个方法。”

白帝一手旋转罗盘，一边口中念念有词：“既是灵妖，又是危急时刻向你求助，就说明她该是被什么人或是什么物困住了。整个白帝城，除却我白帝山之外，布有阵法的地方共有三处……咦？”

白帝抬眸，两人的目光触在一处，白帝道：“我没在城主府布过什么阵，那里怎么会有？”

青玄道：“知道了。”

“城主府当年还是我选的地方，本就占尽了这城中风水，用不着布阵也能长盛不衰，怎么会……”白帝口中喃喃，一抬头，却发现这楼梯拐角早已空无一人。

唯独店小二站在不远处，一脸惊恐地望着他，仿佛在看一个傻子。

白帝：“……”

什么青华大帝，阴险小人一个！

白帝在心里狠狠记了一笔，转身就走。

等他回去，定要和皓月婆婆还有家中仆从好好说一说这青华大帝行事到底有多阴险，多狡诈，多讨人厌！

墙头雨细，碧草纤垂，清风裹挟着落花吹洒荷塘；街边老井旁，小贩叫卖着煎茶暖酒；道上行人，不慌不忙地撑起一把又一把油纸伞。

哪怕是这样风雨频频的时节，只要踏入白帝城，便能感受到此地充溢着其他地方难得一见的热闹烟火气。

出了茶楼，青玄感知着曲苏的气息，几乎不过片刻工夫，就追上了曲苏。只是刚欲走到她身边，冷不防被迎面追跑的两人一撞，他一时不防备，竟被推得直朝曲苏倒了过去。

就听曲苏懒洋洋的嗓音道："青天白日的，你这是打算碰瓷？"

青玄一抬眼，正望进那双透着淡淡嘲意的弯月眼眸。

曲苏仿佛看着什么新奇事物一般，将他上上下下一番打量："你如今这身子骨也着实柔弱了些，还是又拾起了旧行当，在我面前演戏呢？"

自上次雒城一别，两月时间倏忽而过，经历过林梵一事，曲苏自然早已知道青玄的身份绝非凡人，更不是什么戏班卖艺的，但不妨碍她一见着这人，张口便就想损上几句。

尤其刚刚在茶楼，这人再次当她面表演了一回"不辞而别"。

如果说刚认识时她对这家伙的美色还有几分惦念，如今就只剩下了满满的嫌弃外加不顺眼。

曲苏今日没穿从前在棠梨镇时最爱的那身玉色长裙，而是换了一身藕荷色襦裙，一绺乌黑的发垂在肩上，不似从前那般尽数利落地挽起，平添三分温柔绰约之态。

只是她这一开口，委实不含半分"温柔"不说，态度比之前在茶楼更刺人了几分。

"并非演戏。"青玄开口，嗓音微哑，他一路淋雨独行，细小的水珠悬在眉梢，连眼睫都沾染了氤氲雾气，脸色也有些苍白，孤零零一人站在这烟雨朦胧间，更衬得眉目如画，看着倒真似生过一场大病一般。

曲苏不想再看他这副颇为惹人怜惜的病弱姿态，哼了一声，扭头就走。

不想这人却不像初识那阵子那般孤冷，曲苏对他没有半分好脸色，他反倒不卑不亢，静静跟在曲苏身后，一连穿过两条街。

约莫是见曲苏一语不发，这家伙还主动开口攀谈："你来白帝城，可是与从前提过的那位城主之女相约小聚？”

曲苏声音漠然：“你今日倒是管得很宽。”她目不斜视，看着前方的路。遇到路边有家卖伞的铺子，那店家也颇有眼力见儿，主动探出半个身子，递过一把与她身上衣物颜色相近的紫藤花伞。曲苏伸手接过，递回去几个铜板，撑起伞继续往前，“从前但凡遇到些紧要事，你便消失无踪。约莫你们神仙都是这般，想来就来，想走便走，凡人生死，在你们眼中渺如尘埃。”

曲苏正想继续说“既然如此，还不如从此桥归桥路归路，互不打扰”，就听身后那人浅浅咳了两声。

这咳嗽得倒很恰到好处，这是暗示她只给自己撑伞，不管他淋雨着凉。曲苏一句话噎在喉咙，说也不是，不说也不是，脚步只停滞了一瞬，便依照此前收到的地图指引，继续往钱庄的方向寻去。

好在青玄只咳了两声便收声，低声说：“我也是身不由己。”

曲苏侧眸瞥了他一眼。

青玄叹了口气，道：“我不过是北极星宫一名小小仙官，紫微帝君派我下凡，是为搜罗素材，编纂典籍……”青玄的谎话张口就来，没有半分生疏或不适感，话说到一半，他还咳了一声，以示自己此刻当真颇为虚弱，接着说，“所以我刚说了，许多事上，我并不自由。”

曲苏将信将疑地看着他：“我是书读得不多，你不要骗我。”曲苏心想，他若真只是紫微大帝座下一名小小仙官，初见之时，何以穿着那般绚丽夺目的七彩霞衣；又何以当着她的面，摆出那般不可一世的高傲派头。对了，那时林梵每每对上他，还总要微低着头，客客气气称呼一声“尊上”。

青玄闷咳一声，以拳掩唇，遮住唇边翘起的笑意，面上仍是淡淡的无奈：“好端端的，我骗你做什么，狐假虎威不知道啊，我一个小仙官至少也比得上你们凡间的一个王爷。”

曲苏眯着眸子睇他一眼，收回目光：“我姑且信你。”

青玄悄悄往她伞下挪了挪，道：“怎么？”也不知是那店家好心，看他二人并行，故意递来一把大伞，还是那家伞铺的伞尺寸本就比寻常伞大上一圈，青玄只需稍挪脚步，便很轻松地避在伞下，唯余半个肩头多少还会淋着些雨。但至少不必如之前那般狼狈。

这伞下确实宽敞，曲苏又将全副注意力放在与这人交谈角力上，一时并未觉察他这小动作，只是唇角轻翘，眼眸微弯，淡淡道：“你既不是品阶高的大神仙，平日里却还总摆足派头，连我看了都想打。”她顿了顿，再开口时，语气里已含了忍不住的愉悦的笑，“平时在天上，也没少挨揍吧？”

“那却未曾。”青玄看她，“天上有天上的规矩，看不顺眼就动手打人，这是违反天规的。”

“违反了天规会怎样？”曲苏的八卦之心被勾起。

青玄本不愿与常人细说这些，可不知为何，看着她笑靥盈盈，就有了兴致，他道：“违反天规自有仙君量刑定罪，无故伤人，最低会面临轮回三世畜生道的刑罚。”

曲苏挑起眉梢：“那要是凡人做了坏事会下十八层地狱，也都是真的？”

青玄答：“十八层地狱是有，但更有前世来生，阎官裁决，不是那么简单。”

“所以说凡人的生死也不是全由阎王爷决定，天上的神仙如果坏了规矩，量刑也要有依据……”曲苏摸了摸下巴，“那如果这些事儿，大家意见不一，吵起来了，最后谁说了算？玉帝吗？”

青玄闻言，淡淡道：“玉帝也并非最大。”

曲苏来了兴致：“那玉帝之上，还有谁管事儿？”

青玄眼色微冷，神情也莫名一肃：“天道有常。即便是玉帝，也不能妄为。”

曲苏才不想和青玄辩解，接着问起她以前好奇的那些事儿：“那天上真的有龙王爷吗？掌管四季雨雪。”

“五帝龙王和四海龙王各驻一方，并不住在九重天。四季由四帝掌管，龙王只管行云布雨。至于霜雪……”

曲苏不知道青玄为什么突然停住话头儿，又为什么突然看向了自己，她眨巴眨巴眼：“忘词儿了？问到你知识盲区了？”

青玄沉默片刻，继续拾步向前：“平日里话本子也没少看，怎么什么都要问旁人。”

曲苏哼笑一声：“我现在问的是天上的事，这人间的八卦，你尽管考我！上至三天前进入贵妃娘娘寝宫的那顶小轿里坐的是谁，下至江湖上最近一场比武招亲比的是哪门哪派、招的又是何方新秀，我都能给你说个明明白白。”

青玄道：“哪里有八卦，哪里就有你。”

曲苏晃了晃脑袋，五指朝前虚虚一抓：“咱可是专业的，我也有我独一无二的情报网。”

两人行至又一处拐角，就此停住脚步，曲苏指了指不远处的钱庄：“就在这道别吧。”她将伞柄朝他递过去，“我来白帝城，一则是为探望旧友；二则有任务在身，那便就此别过。”

她从青玄的面色、举止看出，他的身体状况确实不比从前。细细想来，那次与林梵交手，他应该着实伤到了根基。这般琢磨后，倒觉他初时所说自己不过一介小小仙官有几分真了。

青玄并不知自己此刻在曲苏心中，“武力值”和“实力评分”比之昔日，早已一落千丈。他接过油纸伞，却仍撑在曲苏头顶。斜风卷雨，水雾飘忽，青玄微侧过身，挡住风口，轻垂下眼眸，望着曲苏道：“你这是接了自家的单子，要去杀人？”

曲苏将头一昂：“是啊。所以我有要务在身，你既也有事要忙，就别添乱了。”

青玄道：“上峰未有指示，左右无事，陪你走一遭也无妨。”

曲苏狐疑地将他一阵打量：“你这又揣了什么心思？”目光落在青玄腰间，她微微眯起眼眸，“你是不是没钱了？”

青玄被她逗得唇角微弯，紧紧跟在她身边，语气淡淡道：“曲姑娘莫忘了，带我这样一个身手了得的神仙在身边一起执行任务，你可不亏。”

“你果然就是没钱了！”曲苏没好气地道，“什么时候回去了，跟你家那位紫微帝君说说，我们老百姓有句老话叫‘穷家富路’，既派你出来公干，就该为你备好银钱，怎好这般蹭吃蹭喝，实在有失仙家气度。”

曲苏这回骂的是紫微大帝，又不是他，故而青玄面色平静，态度坦然，毫不辩驳。

远在北极星宫的紫微大帝骤然打了个喷嚏，揉了揉鼻子。

青玄依旧撑伞，曲苏自荷包中取出信件，细细翻阅，方才在钱庄内人多眼杂不便查看。可不想打开信件一看这雇佣杀人的“金主”地址，还真叫曲苏吃了一惊。

“竟然是在城主府。”曲苏目露怪异之色，轻声说，“有些奇怪。”

青玄倒是镇定得很：“不是正好，还免得你多跑一个地方。”

青玄面上丝毫不显，心中却隐隐觉得奇异。此番来白帝城，依卦象所示，旧相识千千应当就在城内，未离城半步。可自从进了内城，这种感应却逐渐转淡，接近于无，若是修为低些的散仙，遇到这种情形，很有可能会判断要找的人已离开此地。但青玄是神，哪怕经过炁渊一事，修为只余一成，许多事他无须掐算，亦能感应。不仅因为他生而为神，更因为这人间百态，他已历经万万年，不会轻易被一些人为制造的假象所迷惑。

千千并不是不在白帝城中，而是被人藏了起来。

用阵法，用咒术，又或者兼而有之。唯一可以肯定的，便是此事绝不是凡人所为，且要做到这一步，势必要以鲜血和生命为代价，才有可能将千千这般千年灵妖掩藏到一丝气息也寻觅不到。

这隐藏千千踪迹之人，必定与害她命悬一线的人有着千丝万缕的关联。

而当曲苏说出“城主府”三个字时，青玄心中微微一动，直觉告诉他，这个地方，他必须前往一探。

此前他为千千占卜命数，同时卜算到，此事关乎白帝城百年气运。

或许正应在此处。

曲苏将信上余下内容读完：“上一次收到芸芸来信，是三个多月前的事。我本来想着这次来白帝城，在城主府留宿两天，为她庆祝十八岁生辰。”

依她从前所知，白帝城城主秦映寒多年来只有芸芸一女，府中更无其他亲眷。可如今这买凶之人，竟然堂而皇之留下城主府地址，邀曲苏前往，这就说明，往落羽下单买凶之事，秦映寒至少应当持默许态度，甚至有可能正是城主本人。

可据钱庄二楼巧遇的那位卖话本子的书生所说，秦芸芸不久便要大婚，且不说如此重要的人生大事，芸芸竟在信中半点也未透露，更为怪异的是，多年来被如珍似宝娇宠着养大的爱女大婚在即，城主又怎会在这个节骨眼上暗中派人往落羽下单买凶？秦映寒身为白帝城城主，也算得上半个江湖人，这种沾染血腥的凶煞之事，此时他应当在意和避讳才是。

曲苏沉默片刻，摇了摇头：“许是我想多了。”可当她抬起头，看向不远处城主府的匾额，却见傍晚时分天色幽暗，云幕低垂，数不尽的乌云簇拥在城主府上空，宛如一只浑身墨色，咆哮着俯冲的巨兽，誓要将整个府邸吞吃入腹一般，来势汹汹，势不可挡。

往日铁画银钩金光灿灿的“城主府”三个大字，竟在乌云铺天盖地的遮蔽之下，光泽黯淡，隐隐透出某种不祥的晦暗。

第七章　一意孤行

自有白帝城，便有城主府。府邸建筑典雅古朴，占地广阔，距今已有千年历史。

曲苏与青玄抵达城主府时已是傍晚，彼时彤云密布，烟雨蒙蒙，天色模糊得看不出时辰。曲苏递上拜帖，与青玄在偏厅候了片刻，不多时，就见朱管家匆匆赶来。

朱管家体态肥胖，一路小跑过来，气喘吁吁，脸泛潮红，见到曲苏和青玄，他连连拱手道："事先也未听我们大小姐说起曲女侠要来的事，招呼不周，实在有愧。"

曲苏微微一愣，旋即道："我们也是一时兴起，一路南下游玩，不知不觉就到了白帝城。"她与青玄交换一个眼神，又看向正在悄悄打量青玄的朱管家，故意做出为难的神色，"会不会打扰了？"

朱管家连忙道："曲女侠这是哪儿的话，您可是我们整个城主府的恩人！大小姐若是知道您来了，一定会很高兴的。"

曲苏笑眯眯地寒暄："芸芸近来身体可好啊？"

"好，好。"朱管家道，"我们大小姐的身体早就好了。"他躬身请道，"两位贵客还未用晚膳吧，我们城主特意交代过，一定要好好招待曲女侠和您这位朋友，两位这边请。"

跟在身后的侍女主动为两人撑伞，曲苏跟在朱管家身后，刚要开口，就听朱管家忙不迭地道："自打过完上元节，咱们大小姐的身子便一日好过一日了。春风习习，大小姐闹着要放纸鸢，咱们全府上下加起来也超过百人呢，城主就给咱们放了两天假，天天陪着大小姐放纸鸢。那几日咱们城主府上空飞起的纸鸢，可真成了白帝城一景。后来城中百姓听闻此事，也跟着一同放了起来。纸鸢五颜六色的，什么样式都有，每一只纸鸢上都写着对咱们大小姐的祝福，愿她身体健康、长命百岁。我可是看着大小姐长大的，这些年，从没见大小姐这么开心过。"

"春日时大小姐虽然见好，底子到底还虚弱了些，那阵子还只能看着旁人放纸鸢玩。自打入夏，大小姐身子骨强健了许多，别说放纸鸢，就是操琴跳舞也是经常的事。城主说，今年咱们大小姐的生辰宴，一定要大办。"

曲苏听得微微皱眉，从前秦芸芸身体有多虚弱，她是亲见过的，若说闲暇时踏青操琴，约莫还有可能，可这短短不过半载时间，她竟连跳舞都可以了，这病实在好得也太快了些吧？可见朱管家的神色，虽然有些故意转移话题的嫌疑，这番言谈却全然不是假话。

说话间，朱管家领着曲苏和青玄穿过一条回廊，远远地，便看到一处四面环水的凉亭。曲苏目力极好，一眼便看到那凉亭中除了两名侍女，并无他人，她心头微疑，面上却不显，似笑非笑问朱管家：“今晚芸芸和城主会来招待我们吗？好吃的应该不少吧，我可还一直惦记着你们府上的水煮鱼和夹沙肉呢！”

从前每次曲苏过府，当天晚上城主与芸芸必定与她一同小聚，这也成了她与芸芸之间的默契。可喋喋不休的朱管家听到曲苏这话却戛然而止。他笑着擦了擦额头的汗，朝曲苏露出一个颇有些为难的笑容：“曲女侠来过咱们白帝城好几次，应该也知道的，眼看就是城里一年一度的观音节了，咱们城主每天忙得脚不沾地，实是脱不开身。不然，只要听到曲女侠过府的消息，城主大人是一定要亲自来作陪的。刚刚过来之前，城主更是特意吩咐小人，接下来这几日，一定要为两位贵客安排好一应行程……”

曲苏微微一笑，“朱管家慌什么，以我与芸芸的交情，还在意这些俗礼？”她佯装没留意到朱管家听到这话时微变的面色，“城主日理万机，着实辛苦，理解，万分理解！”

曲苏说得轻描淡写，目光似有似无地扫在朱管家面上。“是是是，以您和小姐的交情，称您为自己人也不为过。”说话间，一行人已行至凉亭。“今晚有芸芸陪我，只要好吃的东西多，什么都无所谓。”朱管家闻言，露出一个充满歉意的表情，“这个时辰对咱们来说尚早，但大小姐如今一直用着药，司徒公子说过，这药别的都好，唯独用后会有些嗜睡。每天约莫日落时分，大小姐就早早歇下来了。”

曲苏闻言，眉目不动：“这么说来，我今天是见不到芸芸了？”

朱管家再次致歉，又向曲苏保证：“明日一早，趁着大小姐精神好，我在院门口候着，让曲女侠与大小姐好好叙旧。”

曲苏微微一笑，不动声色地调转了话锋：“说起来，这来的路上，我就听说了芸芸与司徒家小公子即将大婚的喜讯。”

朱管家擦了擦额头：“正是。司徒公子少年英才，与大小姐可是天作之合。”

曲苏自入府之后便将种种反常之处看在眼中，却也不好当面戳破，只顺着朱管家的话道：“还是芸芸的身子要紧，今日这晚膳就我们两人用吧，等明天芸芸养足精神，我再约她相见。”

朱管家连连点头：“正是如此。”他引曲苏和青玄步入凉亭，介绍道：“这是城主特意安排的，贵客放心，此处虽是凉亭，却因建筑特殊，又有帘幕遮挡，绝不会吃风受凉，还能将咱们这碧落湖的美景尽收眼底。”又叮嘱了领头的婢女几句后，朱管家便匆匆退下了。

凉亭中一应物品，尽皆精巧，美酒佳肴摆满一桌，身旁还留了四名年轻美婢，轻声细语，殷勤服侍。

曲苏却吃得有些心不在焉，凑近青玄轻声说道："秦芸芸身患弱疾，先天不足，这吃药嗜睡，十分正常，但这朱管家把我当三岁孩子骗，见着我，嘴上闲话不停，还强作镇定。以前我来，他嘴巴也甜，但绝不是嘴碎啰唆之人。今日这般作态，绝对心里有鬼。"

"看不出来，你还挺会装的。"青玄斜着眼睛看着曲苏。

"哼，也不看看我是什么身份？每年新鲜出炉的江湖杀手排行榜，我的名次，那可是一年更比一年高，我又不是没脑子。秦映寒自十三岁便从父亲手中接过白帝城城主之职，三十年间励精图治，白帝城在他手中被打理得井井有条。一年一度的观音节虽然盛大，但年年筹办，早成了定例，根本不会牵扯他多少精力。用这些理由糊弄我，是把我当傻子吗？"

青玄没接话，任凭曲苏因自己发挥了逻辑推理专长而自得不已，他没这么不识趣，要在这个时候去嘲讽曲苏。可曲苏凑近他说悄悄话的气息拂在耳边，确实有些痒痒的。他忍着不用手去拂开耳边碎发，可却忍不住心头那股挥之不去的躁意，一时间颇有些心浮气躁，拿起酒盏一连饮了两杯，引来身旁曲苏惊异的目光。

青玄开口，语气淡淡的："这酒有几分我在天上惯喝的味道。"

曲苏闻言，也端起酒盏尝了一口，却皱了皱眉："你是认真的？"

青玄侧眸看她，却见曲苏边喝边嘀咕："这天上神仙喝的酒，就是屠苏酒的味儿？也不怎么高大上啊……"

青玄险些被酒液呛得咳出了声，在曲苏狐疑的凝视下，收回眼神，目不斜视道："你若是好奇，下次再见，我带些味道别致的酒请你喝。"

曲苏顿时笑眯眯："那敢情好！"她一把拍上青玄的肩，一双清亮的眸子，目光炯炯，看起来精神抖擞，"天上的那可都是好东西。你先跟我说说，是不是话本子里写的那样儿，喝上一口，多活十年；喝上一坛，千秋万代？"

青玄这回是真被曲苏的敢想敢说逗得咳出了声，倒不是这酒呛人，而是这么边喝酒边与身边这姑娘对话，实在高危，一不小心就要被她逗得呛着嗓子。

曲苏瞬时双眼更亮："你都这么心虚了，可见我猜中了真相。可记着啊，不许抵赖！"

青玄忍不住摸了摸腰间的小玉葫芦，这里面装着临行前紫微大帝赠他的雪参酒。只是这酒是大补之物，寻常人身体康健，强行饮此酒，未必对身体有益。如此思虑片刻，青玄的手又落了回去，只是低应了一声。心里却忍不住想，紫微大帝前不久还在吹嘘，新晋的两位仙官擅长酿酒，新酿了几种鲜花佳酿。他听了不以为意，紫微大帝也知道，他最不爱喝甜酒，因此只是口头提了两句，并未主动相赠。可若是女孩子……他忍不住微微侧眸，她爱吃梨花豆沙圆子，也喜欢吃今日午后的葡萄冻，显然爱吃甜口的。

改日……过两天，让紫微那厮派人送来几瓶花酿。

帘外细雨蒙蒙，依稀可见湖中一座白玉观音像，一手提篮，神态安详。观音像周围种了许多莲花，细雨之中莲叶田田，如同碧玉妆成；荷花亭亭，仿佛美人曲颈。曲苏不由得提高声音问："这种紫色的莲花，从前怎么没有见过？"

领头的婢女答道："此莲是司徒公子特为大小姐栽种的，说是莲香清幽，采来晒干放进软枕，可以使人一夜好眠。这莲花难栽得很，春日时府内每一片水塘都撒了种子，只在碧落湖养成这一片。"

青玄此前一直默不作声，此时却开口："看来司徒公子对于城主千金的病，当真上心。"

婢女笑靥微红："是啊，公子有所不知，就在上月，华容夫人已然上门提亲，我们城主也答允了。"

曲苏不由重复道："华容夫人？"

另一个婢女答："就是司徒公子的娘亲。华容夫人常年在道观修行，不仅道法高深，还精通医术，司徒公子那一手高妙医术，便是华容夫人亲自传授。"

饭后，两人离了凉亭，一路西行，曲苏不想再被人跟着，只对那几位婢女道："忙你们的去吧，别再跟了。"

她步履极快，青玄亦不是寻常人，两人几乎转眼间就将那几个一直紧紧跟随的婢女甩了个干净。

细雨绵绵，周围景色陌生，却颇为空旷，青玄跟在她身边，环视着问："你那位雇主约在何处见面？"

说到这儿，曲苏便颇为郁闷："说是今晚亥时三刻，府内西北角藏翠林相见。"

青玄道："那你还偏要急着出来。"

曲苏徐徐吐出一口气："你又不是没看出来，朱管家走了之后，那几个人什么都不干，全程跟紧我们。我都要被盯得窒息了。"

青玄悠悠道："你这位好友的家里，不简单哪！"

如果说抵达城主府之前，他约莫有些感应，那么进入城主府之后，这种似有似无的"感应"，便转化成了实质。

哪怕千千现下并不在这里，这个城主府，也处处机关，绝非凡人所为。

曲苏皱着眉没吭声。她上一次见芸芸，还是两年前的这个时候。认识芸芸本就属非常俗套、狗血的剧情，俗套得她都不屑于对外说。无非有一次在街上，一个四处游荡作案的小贼初来白帝城，看秦芸芸一行人穿着华贵，便将她的婢女随身的钱袋子抢了去。他却不知，那袋子里最值钱的不是什么银钱首饰，而是秦芸芸自小到大一日也离不了的保命药——紫清丹。彼时曲苏坐在街边一处二层小楼喝酒，将这一幕看在眼里，顺手揪了那毛贼，从他怀里取了钱袋，还在关键时刻拉了一把险些被受惊的马儿踢着的秦芸芸，两人这便相识了。

这位大家千金身子虚弱，还患有咳疾，平日大门不出二门不迈，难得能出府逛个街，还被曲苏来个“美人救美”，就此赖上了曲苏，非要与她做好朋友。两人相识之后那几年，曲苏只来过白帝城两次，其余大多数时间，两人都是书信往来。若说对彼此的了解，曲苏此刻突然觉得，自己并不那么了解秦芸芸，自然也就更不了解秦映寒和城主府了。

亥时三刻，曲苏与青玄准时出现在藏翠林。

夜色寂寂，雨落潇潇，藏翠林中竹影横斜。两人一走入林中，就看到不远处站着一人。

对方一手撑伞，另一手提着灯笼，一袭红衣若血，仿佛生怕来人不好找见他一般，大方嚣张得很。

曲苏还未走近，已看清对方面容。

离得远时，她本以为相邀之人是个女子，走近才发现，这身姿颀长的“红衣佳人”，原来是个模样俊美至极的青年。

他眉毛极黑却极细，眉峰凌然，朱唇榴齿，皮肤比寻常女子还要白上三分，雨夜竹林，灯影朦胧间，乍一看去，漂亮得有一种雌雄难辨的鬼魅之感。

曲苏行走江湖多年，也算见遍各色佳人，初见此人样貌风度，仍是微微一怔。

那青年的目光在曲苏身上微微打了个转，又落在曲苏一旁的青玄身上：“在下只同落羽约了一位杀手，今日为何来了两人？”

曲苏自腰间取出一枚鸽子蛋大小的特制令牌，落羽所制令牌，一牌一号，用过即毁，世间绝无第二枚重复字号，为杀手与金主相认时专用。她将令牌递到红衣男子手中，微微一笑，道：“公子难道未曾听说，近来江湖不太平，所以我们总舵新立了规矩，但凡出行，必定两人。如此既能保证任务高质量完成，又能确保我们自己人周全。”

男子接过令牌仔细对比，将之捏在掌中，似是觉得好笑：“未曾听杀手竟也会畏死。”

曲苏语笑嫣然，嗓音甜甜道：“既为杀手，总要命长些，才好为雇主多做些事。公子放心，不多收你佣金。”

男子的目光自青玄身上一闪而过，鸦羽般的浓黑眼睫低低垂着，恰到好处地遮蔽了眸中所有的情绪：“你们跟我来吧！”

曲苏拔腿便走，却发现青玄站在原地，神色深幽，她拽了他一把，唇瓣微动，无声道：“跟上。”

灯笼摇摇晃晃，忽明忽暗，曲苏本是行惯夜路的，跟在这红衣男子身后，却突然生出一种莫名的胆寒之感。她刚才催促时扯着青玄的手臂，放在平时早已松开，这时却不自觉地揪紧了手中布料。

青玄感到手臂传来的拉扯感，也未避开，只是配合着曲苏的步伐，无声地跟在这身份神秘的男子身后。

方才他一进竹林，还未走近，就从红衣男子身上感知到了千千的气息，且这份气息浓郁鲜活，明显沾有千千鲜血的味道，青玄便知，此人与千千命危失踪一事有关。

走出竹林，又行过一段曲径回廊，倏然望见不远处闪着点点银光，夜色之中唯有大片水域才会这般泛出粼粼波光。曲苏夜视能力极好，看清水中景色时不禁一怔。这片湖种着大片紫色的莲花，且莲花当中立着一尊白玉观音像，正是此前朱管家为他们引路时介绍过的那座碧落湖。

也就是说，她和青玄走过大半个城主府，穿过藏翠林，又绕回原地。

曲苏若有所思，开口道：“这莲花倒是长得漂亮，不知叫什么名字。”

红衣男子走在前头，半点没有要开口的意思，青玄道：“此花名为‘幽梦引’，倒是很多年没见过了。”

曲苏听到他这句“很多年”，不禁有些想笑，红衣男子倒是停住脚步，目光朝青玄看来。

青玄目光微深：“此花盛开之时采摘晒干，是一味良药，但少有人知，若加大剂量，便是天下至毒。”

红衣男子终于回过头，目带欣赏地朝青玄看去：“未曾想落羽之中还有公子这般博闻强识之人，还未请教姓名？”

曲苏正在思索青玄那句“天下至毒”，就听见青玄报出自己的名字，而那红衣男子点了点头，道：“在下司徒琰。”

曲苏心中微震，面上却显出好奇的模样：“原来你就是司徒公子。”

司徒琰眉毛微挑：“姑娘听说过我？”

曲苏笑着道：“我们今日入城便听闻了司徒公子的事迹。司徒公子年少有为，治好了城主千金多年痼疾，可说是街头巷尾议论纷纷呢。”说到这儿，曲苏话锋一转道：“只是不晓得司徒公子是要我等去杀谁？”

“一个应当被千刀万剐的恶人。”司徒琰朝曲苏看去，他模样生得俊美，眸色缱绻，唇色嫣红，骤然绽出一抹自嘲的笑，明明相貌艳若桃花，在这无边晦暗的雨夜与灯火的交相映照下却显得有些阴森，“此人名叫斛向秋，平日作恶多端，干尽了丧尽天良之事。早前他还伤害过芸芸，说来惭愧，在下一心想要为芸芸报仇，想为被伤害的那些人讨回一个公道，却是心有余而力不足，情非得已之下，只好求助江湖中的大侠。”

曲苏眉心微跳，她觉得司徒琰可太会说话了，直接将她一个每日刀口舔血的江湖杀手捧成了盖世英豪，她可受不起这样的殊荣。她在内心将“斛向秋”这个名字默念片刻，道：“倒是没听说过江湖上有这么个人。”

青玄一语不发，似是想到什么一般，眼波微动。

曲苏看在眼里，却苦于不能当着司徒琰的面出声询问，一时颇有百爪挠心之感。

司徒琰摇了摇头：“斛向秋只是他众多名号中的一个，女侠也知道，许多江湖中人都不会将自己真实姓名告知于人。”他又看了一眼青玄，目露微光，“不过想来，此次有了曲苏和青玄公子相助，捉拿此人，或许会容易许多。”

曲苏看司徒琰面上含笑，那笑却未直达眼底；神色看似云淡风轻，但薄唇轻抿，眼圈泛着淡淡猩红；执伞的手发力至指节泛白，攥着灯笼柄的左手尾指更因用力太过而微微战栗。

曲苏从前见过许多向落羽下单的主顾，提及他们想要杀死的对象时，有的人青筋暴起，恨不得生啖其肉；有的人眼角含泪，显然对那人不仅有恨，而且也用情至深；还有人情绪激动时忍不住呵笑出声，手脚战栗，一脸兴奋至眼中隐隐泛光。但这些人无一例外，都不会过于隐藏对要杀之人的情绪。爱恨怨愤，当着杀手的面，他们多会毫不隐藏地发泄出来。

也有极个别的，下单时没有多余的话，但这多是出自利益相关，而非个人恩怨。

而司徒琰，与他们都不相同。

他待人接物游刃有余，看似毫不在意，实则已在濒临爆发的边缘，仿佛一座隐藏在冰山之下的火山，只待喷薄而出。

直觉告诉曲苏，这个人很危险。

因为聊过几句，司徒琰不再像之前那般一语不发，相隔数步走在前面，而是比两人略前一步，手执灯笼照亮前路。他模样生得出挑，似这般彬彬有礼走在一旁，倒真有几分世家公子的翩翩之姿。只是曲苏早看出此子并非善类，如今他就这般走在身侧，她也不好和青玄再交流什么。谁知青玄就在这时微微侧眸，看了她一眼。

那个眼神，不似从前两人针锋相对时那般常常透着讥诮或调侃，反而多了几分从未有过的安抚意味，就好像他知道曲苏在想什么一般。曲苏刚心中稍定，转念一想，这家伙本就是个神仙，若真是这样，岂不是自己任何时刻所思所想，在他看来，都若白纸黑字一般写得明明白白？

曲速突然瞪了他一眼，青玄感到莫名其妙，他再侧首，以眼神询问何意，谁知曲苏以迅雷不及掩耳之势扭过脸去。

青玄："……"

从前紫微大帝常在他耳边念叨，说什么女子的心思最是难猜，常常上一刻十分开心，下一瞬就突然生气。如今他倒是真领教了。

司徒琰引他们前往的院落，与不久前朱管家说让她和青玄入住的庭院相邻，曲苏不禁微微蹙眉。

三人前后脚穿过月亮门，迎面走来一位婢女，屈膝行礼："司徒公子。"

司徒琰道："安排他们在这儿住下。"

蓝衣婢女应了声"是"，对曲苏和青玄道："两位请随我来。"

曲苏道："司徒公子留步。"她追问，"公子还未言明，那斛向秋住在何处，我们该去哪儿寻他。"

司徒琰听了这话，回眸一笑，这一笑犹如春风拂面，又若优昙初绽，一旁的婢女瞬间便红了脸颊。似乎曲苏的提问令司徒琰颇为愉悦，他笑着回答："不用你们去寻。不出两日，他自会主动送上门来。"

司徒琰目送曲苏和青玄消失在长廊尽头。不消片刻，他身边出现了一个身穿白袍的女冠。那女冠朝司徒琰行了一礼，悄声道："少主，曲苏是秦芸芸四年前在白帝城结识的朋友。那之后她来城主府小住过几次，每一次都半月有余，最近一次是两年前。之后两人一直有书信往来。"

司徒琰语气淡淡地说："那令牌不是假的，对得上。"静默片刻，他又问："那个青玄呢？"

这一次，女冠言语间多少透露出迟疑："并没有查到任何与此人有关的消息。这人就像是凭空出现的一般。"

司徒琰垂眸思虑片刻，道："他功夫如何？"

女冠道："会一些功夫，轻功应当很好。但江湖上从没有听过有这么一号人，想来应当不是什么绝世高手。"

司徒琰想起青玄的言谈举止，微微眯眸，说："不过是个少出门的世家之后罢了，不足为惧。"

女冠回应："少主说得是。凭他是什么绝世高手，在夫人与少主的筹谋之下，进了城主府，便是瓮中之鳖，事成之后，都会化作一缕青烟，连骨头渣儿都剩不下。"

女冠常年跟在司徒琰母亲左右，是她最得力的一位属下，说起话来也很有华容夫人私下的风范，神情猖狂，言辞狠戾，对于忤逆的人，每每谈及，都恨不得生啖其肉一般。就连司徒琰听到这最后一句，也不禁微微一怔，旋即又转过身，说："没什么事了，你下去吧！"

女冠却一动未动地说："少主，夫人让我过来知会您一声，夜风寒凉，早些歇息才是。"

司徒琰语气极淡地说："你只是我母亲的一条狗，凭你，也配教我该如何做事？"

明明司徒琰此前并未做出什么出格之举，手段更是不及平日里华容夫人万一，可也不知为何，明明近乎毫无感情的一句讽刺，听得女冠心一凉。她抬眼想看一眼司徒琰此刻的神色，待看清他眼底的神色后，慌乱地低下头，匆匆一拱手，便退下了。

司徒琰是华容夫人唯一的爱子。女冠在华容夫人面前再得宠，也难以和夫人的亲子相提并论。真正让她一个字都不敢多说便仓促离开的，是方才司徒琰的一个眼神。

如果说华容夫人拥有世间英伟男子也难以企及的野心和能量，令她和其他弟子心甘情愿地追随，对华容夫人，她们既崇拜又敬畏，那么，刚才司徒琰用一个眼神已经让她明白，这个人比华容夫人还可怕。

司徒琰是个疯子。疯子没有原则，更无底线，随时随地都可能陷入癫狂，杀一切想杀之人。

她不想成为献祭疯子的第一人，但恐怕那个人，距离他们布下的这张名为"献祭"的天罗地网，已经很近了。

曲苏与青玄分得相邻的两个房间。夜已深沉，曲苏却毫无睡意，如从前在外行走时那般逐一检查过房内各处，这才坐下来，从门口取过婢女送来的热水，新沏了一壶热茶，边喝边道："接过这么多单，就属这一次最奇怪。哪有杀手等着被杀对象主动上门的？这都叫什么事啊！"

房内灯火昏黄，曲苏和他一同在雨中行了许久，几绺发辫濡湿，垂在肩畔，檀黑的发缠在颈侧，她本就生得肤白，这般黑与白映衬着，茶香氤氲间，更显出被热水润泽的唇是殷红一抹。

青玄坐在一旁，目光幽幽："这单子你如今可还要接？"

曲苏闻言挑了挑眉，问："怎么，这单子有什么不可接、不该接之处吗？"

青玄见她一径只管自己喝个舒服，于是微垂着眸取过茶壶，清洗过杯盏，也给自己倒了一杯，说："若那斛向秋并不是司徒琰口中为非作歹的嗜杀之人，你可还要杀他？"

曲苏听他这话，就想到岳周之事，问："你又知道些什么？那斛向秋难道又是什么历劫的仙官？"

青玄摇头回答："不是，只是觉得那司徒琰古怪，他想杀的斛向秋也不一定就是坏人。"

曲苏本想说此事她心中自有判断，可看着青玄那副淡然的模样，便故作桀骜道："他是好人怎样，是坏人又如何？况且有的时候，一个人是好还是坏，你问不同的人，可能会是截然相反的答案。我是杀手，杀手的信条就是拿人钱财，替人消灾，我又不是青天大老爷，杀人之前还要先好好判上一案！而且，送上门的银子都不伸手拿，可要遭报应变成穷光蛋的。你再多啰唆，当心我揍你！"

青玄喝了口茶，水质着实一般，茶叶更是陈茶碎屑，喝在嘴里有一股浑浊的苦味，唯一可取之处，便是这热水烧得够沸，一杯烫茶入肚，多少能让淋了半宿雨的人暖和一些。面前坐着的那人，平日里看似耽于享乐，挑剔吃喝，可对着哪怕是寻常人也会嫌弃的粗茶，却没有多一句抱怨。这般想着，他抬眸瞥了曲苏一眼，淡淡道："我曾听说紫微大帝收录过一首仙曲，名为《勇气》，如今想来，倒很适合你来演绎。毕竟除了这一身愚勇，你也不剩旁的什么了。"

曲苏"呵"了一声，说："我困了，走的时候把门带上。"

青玄看了她一眼。从前在棠梨镇时，她每日睡到日上三竿，午后无事还要吃着零嘴儿在后院葡萄架下补眠小憩，今日这一番折腾，眼下还真显出两抹淡淡烟青，看来是真倦了。他不再多言，转身出了房门。

夜雨消歇，苍穹之上，铅云翻滚，周边却连一丝风也没有，绿柳低垂，花儿仿佛也陷入沉眠，万物安静得不真实，像在酝酿着一场可怖的风暴。青玄双眸微合，右手掐诀，黛蓝的衣角翻飞，人已悬至半空。

白帝说得不错，从这个角度俯瞰整个城主府，栽种着幽梦引的碧落湖，西北角遍栽绿竹的藏翠林，乃至靠近后山的石洞三窟和观音庙，整个府邸都处在一座巨大的阵法中。此阵法锁妖镇妖，可以说，一旦有妖入局，纵有通天法力，也难以施展半分。这也是他和白帝各施所能，都丝毫感应不到千千所在的真正原因。

有人苦心布阵，将千千藏了起来。

但若反过来思索，既有锁妖阵，必定有妖被锁，由此就不难猜出，这布阵的人到底将千千藏在了哪儿。

青玄心中有了考量，目光在某处稍停，无声落了地。

蜀地多雨，第二日一早，又下起了蒙蒙细雨。

前一晚代为安排住宿的婢女，一早派人送来饭食。问起接下来的安排时，只说司徒公子有令，行动就在今晚。

曲苏与青玄翻墙到隔壁，寻了个眼熟的婢女，只说一定要见朱管家，因他前一天答允过，今日一定会带她去见大小姐。不多时，朱管家还真来了，只是临走时颇有些为难地看了看青玄："大小姐婚期在即，曲女侠是我们大小姐多年挚友，城主早就交代过的，见一见也无妨。但这位公子，委实不便相见。"

曲苏蹙了蹙眉，与青玄交换一个眼色："我去去就回。"

青玄突然伸出手，在她发间轻轻一抹。他的动作如行云流水，神色也格外自然，看起来丝毫不令人觉得怪异，反而像是从前就做惯了这些一般。

曲苏被他突如其来的动作弄得一蒙，抬手也朝自己的发髻摸去，却被青玄轻扯住了袖子。

"别碰。"青玄目光微深，看着她的眼睛说，"方才这根碧玉钗有点歪了。"

曲苏"哦"了一声，微转过脸，刚想对朱管家说话，却发现他和一旁的婢女都在抿着嘴笑。

曲苏原本不觉有什么，被他们这样一笑，反倒生出不一样的滋味，走出很长一段路后，仍觉得脸颊微烫。

秦芸芸的闺房是一座二层雕花小楼，周遭栽了两棵珍稀品种的云松并许多白鹤仙，白鹤仙叶片肥硕娇莹，花苞似簪，色白如玉，烟雨蒙蒙中仿若仙境。曲苏知道，秦映寒特意种了这许多白鹤仙，一是因为此花娇美脱俗，最衬他心中爱女容貌；二是这花名字、寓意都好，白鹤吉祥长寿，正合了他心中对芸芸的祝福。

如从前一般，朱管家将曲苏送至门口，并不跟进去。

刚上到二楼，曲苏就听到女子的笑声，这声音听着有些熟悉，却因此更令曲苏惊奇。

直到步入房中，看清内里情形，曲苏才真正吃了一惊。

房内多处都放着熏炉，掀开帘栊，光是这般站着，曲苏就觉一股热气兜头袭来，透着暖甜的熏香直冲鼻端，几乎不过片刻，就令人有一种陶然若醉的昏沉之感。曲苏不由得朝房内其余人看去，果然那些婢女的穿着格外清凉，饶是如此，也个个脸颊泛红，好几个人额头、鼻尖依稀可见晶莹的汗水。

而从前大多数时间不是卧床便是安坐的秦芸芸，今日竟穿了一袭雪色长裙，她头戴花冠，手系银铃，一边笑着，一边翩翩起舞。一旁的婢女，齐刷刷站成两排，都在为大小姐的曼妙舞姿鼓掌喝彩。

“曲姐姐来了。”秦芸芸一个回旋，身姿轻盈，不需任何人搀扶，也能稳稳地站在原地，朝着曲苏绽出一个甜甜的笑，“怎么了曲姐姐，你怎么也同她们一般，难道看我看得傻了？”

曲苏确实看得入神，直到秦芸芸走过来，拉着她在一旁的软榻坐下，又递了一杯烫得热热的酒水给她，曲苏才恍然回神。

酒水端在手中，便能闻到一股芬芳扑鼻的甜香，原来刚进屋时闻到的那股味道不仅仅是熏香，而是混合了这味道别致的酒香。可这酒滋味再甜，也终究是酒，曲苏一时间有些难以置信：“你这……”她端起一杯酒，嗅了嗅，问：“你连酒也会喝了？”

秦芸芸杏眼含笑，雪腮染红，回答：“这是司徒琰为我酿的花蜜酒，旁的酒水我还不敢碰，这个倒是可以喝。”

也不知怎的，曲苏虽平素爱美食佳酿，听了司徒琰的名字，却不觉放下了手中酒盏。她忍不住细细端详面前青春洋溢的女孩子，说：“你看起来，变了许多。”

秦芸芸以前病得太久了，气色不好，五官容貌不过是个堪称清秀的小姑娘，如今却彻底褪去病容，容光焕发，竟然长成这般花容月貌。尤其这一身牛乳般的皮肤，赞一句冰肌雪肤也不为过，而且房内这般高温，饶是曲苏这般习武之人，坐上一会儿也觉得有些熬不住，秦芸芸却清凉无汗，看起来舒爽极了。

如此天差地别般的蜕变，曲苏看在眼里，有些恐惧。

但曲苏到底是带着目的而来，她的胆子恐怕比世上许多男人还要大些，因此心里越是觉得怪异，那股子好奇和好胜之心就越强。她觑着秦芸芸的侧脸，似笑非笑地道：“怎么上一次来信，只说要我陪你过生辰，一个字也不提司徒琰的事儿？芸芸这是两年不见，就和我生疏了？”

曲苏主动问及司徒琰的事，秦芸芸面上显出几分羞涩：“才不是你说的那样，曲姐姐是我最好的朋友，我有了好消息，都是第一时间想跟你分享的。只是……”

曲苏佯作生气的模样，抱着手臂，问：“只是什么？害羞了，不好意思？”她下巴微扬，步步紧逼，“还是这个司徒琰，其实对你也没有外人看起来那么好，所以你才迟疑了，没有和我透露一句？”

“不是这样的。”秦芸芸连连摆手，她看一眼身旁跟着伺候的几名侍女，对领头那个道：“我要和曲姐姐多聊一会儿，你们去取些蒙顶甘露和点心。”秦芸芸皱了皱眉，“你不知道曲姐姐爱吃什么点心，就去问后厨，多做些曲姐姐爱吃的。”

曲苏此前一直在悄悄观察那为首的婢女，听到这儿不禁一笑：“我倒是没那么挑剔。蒙顶甘露很好，点心的话，捡两样你们小姐平常不爱吃的给我端来就成。”

秦芸芸闻言，噘起了嘴：“曲姐姐还在生我的气吗？怎么吃点心都要故意和我反着来了。”

曲苏笑着说：“我记得府上的面点师傅做的东西都很好吃，拿两样你平常不爱吃的，就当尝尝鲜了。”见秦芸芸一直抿着嘴唇，神色不快，她改口道：“还是取几样你们大小姐平日最爱吃的送来吧。”

婢女得令离开了。秦芸芸这才如小女孩儿一般，凑近曲苏悄声道：“不是我不想告诉你司徒的事。曲姐姐，其实……”她面上显出羞涩，更多的是甜蜜，“其实我与司徒的婚事，也是最近一段日子才定下来的。那时我想写信告知你，可我父亲说，你远在异地他乡，又事务繁忙，没必要为了这事叨扰你。”

曲苏故意做出惊愕的神情：“这可是你的终身大事，怎么能算叨扰？”

秦芸芸闻言，坐直了身，双手把玩着衣裙上垂下的一截流苏道：“我约莫能猜到父亲的心思。我这病好得多少有些奇怪，自从我病情大好，父亲好像一直在担忧什么，平常哪怕不忙公事，也少来看我。朱管家说，父亲他这是欢喜过头儿了，关心则乱。”说到这儿，秦芸芸揉了揉眼睛，“朱管家说得对，父亲不让我把婚事告知你，可能就是怕你来参加婚礼，又闹得空欢喜一场，到时——”

“瞎说什么晦气话！”曲苏截断秦芸芸的话，“城主或许有他的忧虑，但你身体好了是事实，你该振作精神才是。”

秦芸芸闻言，侧眸朝曲苏怯怯地看了一眼：“曲姐姐，你不生我的气了？”

“本来也是逗你玩儿的。”曲苏说话说得有些口干，端起盛着花蜜酒的酒盏，刚送到唇边，就闻到一股说不清道不明的气味，那味道隐隐约约带着一股腥甜，曲苏面上不动声色，酒盏微倾指尖一抹，便将之放在一旁，朝秦芸芸一笑，“这酒闻着就甜，也就是你这样刚学会喝酒的姑娘才爱喝。”

秦芸芸被她说得莞尔一笑：“曲姐姐是侠女，侠女自然要喝烈酒的。”

“果然喝了蜜酒，这小嘴儿都变甜了。”曲苏话头一转，又问秦芸芸，“婚事是城主促成，那你呢？你自己可喜欢司徒？”

“我……”秦芸芸面上茫然之色一闪而过，很快，便又显出之前那副害羞甜蜜的笑容，“司徒琰待我很好，我……”

说话间，被支走去取点心和茶的侍女已然回转，隔着一段距离，曲苏已听到几个人上楼梯的脚步声，她打定主意，霍然起身，朝秦芸芸道：“忽然想起一件事，我得先走一步。”

秦芸芸面上显出可惜的神色："刚着人泡好的茶……"

曲苏朝为首那婢女一笑："茶留给这几位美人姐姐享受，至于这点心，给我包上两盘，我待会儿边走边吃。"

曲苏从前也是这般来如雨去如风的行事作风，秦芸芸倒不觉得奇怪，那几个婢女个个都是头一回见曲苏，听到她一句"美人姐姐"，也纷纷露出笑颜，如此倒也无人再多劝留。

那为首的婢女还与秦芸芸轻声说话："司徒公子之前吩咐过，这个时辰，您得小憩片刻，待睡醒来，就该用午膳了。"

秦芸芸非常乖顺地点头称好，她又看了眼曲苏："曲姐姐，那我就不远送了。"

曲苏拎了两包点心，在一位婢女的陪同下出了院子。

临走前，曲苏突然记起一个人，问："我记得两年前来时，陪在你家小姐身边的有一个叫澜儿的婢女，最得大小姐喜欢。"

那婢女笑了笑，答："今年春天那会儿，澜儿姐姐娘家人来接她，说是去跟表哥成亲了。"

曲苏沉默片刻，说："与她一起的那几个，好像今日都没见到。"

婢女道："大小姐身边服侍的人极多，大家各司其职，说不准您认识的那几个，正在忙些别的活儿。"

曲苏还想再说什么，那婢女朝她行了一礼，说："奴婢还要回去服侍大小姐，就送到这儿了。"

曲苏若有所思，转身离开了。

庭院里，青玄随手布了一道屏障，自袖中取出一枚清音镜，在石桌边坐了下来："可是查到了烛龙的踪迹？"

"费了点手段，到底还是靠着你和文昌帝君昔日的交情，让我给套出话来了。"紫微大帝显然为这件事费了不少心思，一双俊眸下透着两片不明显的乌青，"小烛龙人在雒城，不过若依着我，我觉得这事你还是别太着急，徐徐图之。"

见青玄蹙了蹙眉，紫微大帝又道："你想向他询问当年真相，怎么也要等他历劫结束，小烛龙乃是上古妖神后裔，他的命劫不可随意插手……"

青华大帝道："我知道，我不仅要问他当年的事。烛龙之鳞的下落，放眼三界，可能只有他知道。"

紫微大帝不由一惊："你要那东西做什么？"他细细思索，"我记得烛龙死时，为避免自身怨气为祸三界，故意吞了灭魂丹。"

“老烛龙死前，我曾与他有过一面之缘，他虽被煞气侵袭得非常虚弱，唯独护心麟和一双烛龙之瞳未受影响。他曾和我说过，待他死后，若觉得这些东西能对荡平三界怨气起些作用，尽管去一趟章尾山，尽数取走。”

紫微大帝听到这儿，不由惊愕：“那你当初……”他看着好友的神色，很快反应过来，“你没找到这两样东西？”

青华大帝道：“我之前有过猜想。”

紫微大帝这才明白过来：“你从前觉得，这些都是烛龙的东西，若真是阿燚那家伙偷了，你也不打算跟他计较，甚至为了维护他，从未对天界中人提起此事。”

青华大帝没再说话，但这态度，摆明就是默认了紫微大帝的猜测。

紫微大帝缓缓吸了口气，说：“我真不知该说你什么了。”

天界此前还有过传闻，说青华大帝把小烛龙带来天界，就不管不问了。可若这几样宝贝都在小烛龙身上，他哪儿还用得着青华大帝维护？

烛龙护心麟可抵三界怨气，让佩戴之人不受侵袭；烛龙双瞳可勘破世间一切迷障；还有青华大帝未曾提及的烛龙之息，那可是传说中让人起死回生的宝贝啊！

紫微大帝连连吸气，说：“这事非同小可！”

青华大帝淡声道：“别的东西，他想要，自己留着便是。但烝渊想要重新开启，非烛龙之鳞不可。”

他之前耗去九成修为，也仅仅重塑了烝渊，但想要烝渊重启，且净化怨气之功能更强，就必须要拿到烛龙之鳞充当净化大阵的阵眼。

紫微大帝道：“我知道事有轻重，但文昌帝君今日说了与我之前差不多的话。烛龙毕竟是妖神，若在他回归天界之前，强行唤醒他从前的记忆而令其历劫失败，他恐怕会有性命之忧。”

青华大帝道：“我知道了。”

两人交谈间，青华大帝在清音镜中觑见一个身穿白衣的少年身影，候在紫微大帝身旁。那是个模样清秀的少年，一双眸子透着幽幽深蓝，只见他悄悄瞥了一眼小镜上的情形，刚好和青华大帝的目光相交。少年眼色慌张，慌乱地错开视线，知晓自己举止失仪，悄悄朝青华大帝行了一礼。

紫微大帝低声叮嘱那白衣少年几句，少年应了一声，行过礼后，转眼便不见踪影。

青华大帝道：“阿缎在你那儿，倒适应得很好。”

紫微大帝道：“阿缎是个知道感恩的孩子，他一直记得当年是你救了他和族人，又把他送到我这儿，就是胆子小了些，当着你的面，不敢说话。”言下之意是他疾言厉色，吓到了小孩儿。

青华大帝淡声道：“我不会照顾幼童，但与你相识多年，我知道，紫微大帝虽一向不着四六，到底不会苛待了一个孩子。”

紫微大帝正在饮酒，听到这话，险些咳出了声。他连连拍了两下自己的胸脯，正要开口替自己的人品辩驳两句，就听青华大帝又道：“你可还记得白帝？”

紫微大帝看到青华大帝脸上一闪而过的困惑之色，再联想到有关白帝的种种，瞬间来了精神，颇为忘我地顺着好友的话转了话题：“怎么，你这白帝城一行，不大顺利？”

“有了些眉目，不过……”他蹙了蹙眉，“我之前为了寻找千千的去向，去找过白帝，不论是他，还是整个白帝山的人，都有些怪异。”

青华大帝还没说完，紫微大帝的声音已瞬时拔高：“你去见了白帝？”

虽说青华大帝此行的目的地就是白帝城，可那白帝并不是爱管闲事的性子，听说他素来不爱出门，成天闷在宫殿作画，缅怀故人，最远也就是到他所辖的白帝城中溜达几步，是不折不扣的“宅男”。

因而此前紫微大帝想着，就算青华大帝去往白帝城寻那小灵妖，这两个人也几乎没有碰面的可能。

紫微大帝温雅的俊颜透出几分不可思议：“你是不是近来事忙，记性不大好？”

青华大帝瞥了他一眼：“这话是何意？”

紫微大帝连连摆手：“下回你要去拜访故人，还是先跟我打听一声，不然我怕你被人家踢出来都不知道缘由。”

青华大帝嗤笑：“凭他也敢？”但顺着紫微大帝的话那么一想，青华竟然破天荒地品出一份不寻常来，“不过我提起去过白帝山时他的反应，像是有几分心虚。”

“何止是几分心虚，”紫微大帝干笑了几声，皮笑肉不笑地道，“放眼六界，所有于你不利的谣言，都是这家伙传出去的，好吗？”

“什么‘金玉其外，故作清高’，什么‘与诸多女子纠缠不清，不堪细说’，光是我亲耳听到的，就有好几回。白帝山本就是他自己的地盘，他当着族人和仆从的面，能说出你什么好话才怪！”

那些人听了几万年有关青华大帝的“不堪传闻”，乍一见到本尊，能不反应怪异吗？

青华大帝面上难得滞了一瞬，他反问好友：“我得罪过他？”他敛眉细想，“可我不记得揍过他。”

紫微大帝似笑非笑地睨了他一眼：“自然是得罪过。”

青华大帝闻言，抬眸看向好友，就见紫微大帝揶揄地对他眨了眨眼：“我受累多提醒一句，这位白帝，数万年来只痴恋一人，就是三万年前不幸羽化的司寒神尊。”他觑着好友的脸色，“你现在可明白了？”

青华大帝说：“无聊。”

紫微大帝还想再说什么，可面前的清音镜已被好友断开了连接。

紫微大帝轻叹一声：“可能这就是传说中的冤家路窄吧。”

曲苏一个人默默行至院门口，却不想瞥见一抹黛蓝色。

看见绘着紫藤花的油纸伞，曲苏一眼便认出来了。她此次出门也撑了把伞，不过是从婢女那儿顺手取的一把旧伞。她走上前，并不掩饰面上的惊讶：“你站在这儿，是在等我？”

青玄瞥一眼她发间的碧玉钗，曲苏临走前他那伸手一抹，是在这钗上施了个小法术。倘若曲苏此行遇到危险，他可立即知悉，瞬息赶到。

见他不言语，曲苏微踮起脚，小声道：“应该都听到了吧，你是不是动了我的发钗？”

其实她刚一开始并没有反应过来，待行了半程，多少便想明白了，当时青玄应该是在她发间动了什么手脚。不过这家伙平时嘴巴虽毒，心思却正，怎么说也是天宫下来的神仙，不论他做什么，绝不至于害她便是，想来也是想借此多探听点什么消息罢了。

青玄微微一怔，旋即想笑：“我想知道什么，自己去查便是，用这种小伎俩偷听，还不至于。”

曲苏觑他面色，见他浑不似作伪，不禁抓了抓脸，擎着伞转身进了房。

“见到你那位好友了？”

“嗯。”曲苏捏了一只茶盏在手，细细端详上面的纹路，轻声道，“说不上缘由，只是觉得，许多地方都怪怪的。”

青玄道：“还算没有笨到家。”

曲苏哼了一声：“没听说过一句话吗，‘请神容易送神难’，他们既请了我来，我倒要查个清楚，他们这葫芦里到底卖的什么药。”

青玄被她这句话逗得唇角微翘：“请神容易送神难？”

曲苏愣了愣，待看清他面部神情才反应过来，自己这句话好像不经意间反倒把这家伙恭维了一把。她抿了抿唇，说：“饿了。”说完这话，她将手里拎的两包点心在桌上摊开，“帮忙看看这个，有没有什么不妥？”

青玄只瞧了一眼，就说：“都是寻常糕点。”

曲苏皱了皱鼻子，说："看来是我多心了。"她也觉得从秦芸芸那儿拿来的点心不至于有毒，毕竟这些东西，都要过秦芸芸的手，府中诚然有诸多异常，那些人胆子再大，也不敢拿秦芸芸这位千金小姐冒险。况且，若是普通的毒药、迷药，用不着青玄，她自己就能验得出来。她觉得有问题的，其实恰恰是那些人专供给秦芸芸本人吃的食物。比如茶，比如点心，比如那杯她光闻着就感觉浑身不适的酒。

提到酒，曲苏顿时来了精神，隔着桌子将手往青玄鼻子底下一伸。

曲苏指间、掌心虽因常年练武生着薄茧，但她皮肤生得白皙，递出的一只手，骨节圆润，指若削葱，无端横在眼前，令人难以忽视。

青玄被她闹得眼睫一颤，敛息屏气，修眉微敛，朝她斜眼。

曲苏浑然不觉："愣着做什么？我特意从她杯子里沾了一点酒。"

青玄目光清正，凝眸睇她："你把本尊当狗？"

曲苏扑哧一声就笑了出来："我发现你这人也是有意思，越是用着你的时候，越是爱摆谱。"全然不提她把青玄当狗的事。

青玄仍用之前那眼神看她。

曲苏猛地发现，两人相距只有一臂不到的距离，她站着，他坐着，此刻她还主动递过一只手到他面前，仿佛青玄稍稍往前再凑半寸，她的指尖就能触到他的唇。

曲苏猛地将手向后一躲："那个……"

她本想说，闻不出味儿就算了。可青玄却一把拉住她的手腕，静默片刻，他道："这酒里滴了人血。"

曲苏指尖一顿："人血？"

青玄顿了顿："虽然以血灵芝、百花蜜和其他两味气息浓烈的滋补药材相辅，但这酒里最主要的一味，还是人血。"

"其他都是辅料，唯独人血，才是……"曲苏说到这儿，脸色微变，"这是司徒琰特意给芸芸酿的酒。他到底想干什么？"

青玄淡淡一哂："凡事有因必有果。你如今看到的，只不过是'果'的一部分罢了。"

曲苏摆了摆手："我当然知道。就好像一张撕碎的图纸，摆在我面前的，只是一些看似无关紧要的部分罢了。"她琢磨片刻，将在秦芸芸处观察到的种种异常和青玄说了，末了着重提了句那酒的味道，"反正当时，我就觉得那酒不对劲。"

青玄闻言道："咱们曲女侠好歹也是武林名宿，何时还缺这几块点心和一杯酒的钱了？"

曲苏听得斜眼看他，就见青玄朝她微微一笑道："而且我觉得，比起他人偏好，我更相信曲女侠的品位。"

言下之意，她实在不必为了节省银钱，蹭人吃喝。

曲苏被最后这一句捧得相当舒服，站起身道：“算你有眼光。就冲你这句话，今天的午饭，包我身上了。”

不多时，不单曲苏回来，身后还跟着好几个婢女，端着盛有滚沸红汤的热锅子、新鲜肉类、时令蔬菜，一应摆上桌。桌边矮几上还摆满了新鲜水果和几种不同口味的陈年佳酿。

目送那些送饭食的人依次离开，青玄眯了眯眼，又看向曲苏。昨夜连一壶驱寒的热茶都那般粗陋，才过了一夜，城主府的人为何会这般殷勤伺候？

曲苏知道他在疑心什么，主动解释道：“有钱能使鬼推磨。哪怕是在城主府，只要给足银子，后厨那些人伺候谁不是伺候呢？”说话间她已拿起公筷，往热汤里投入牛肉，“既来蜀地，怎能不尝尝这热锅子呢？你且放心吧，我都验过的，没毒。”

青玄目光在那鲜艳如火的汤锅里一扫，微微眯眸，淡声道：“我确实放心。”他抬眸看向曲苏，“毕竟我不是凡人，人间百毒，于我不痛不痒。”

曲苏一噎，忍不住白了他一眼：“我回来的路上见到不少人，司徒琰这次不仅请了落羽，除了咱们，还有好几十号人呢。人家可是白帝城城主的东床快婿，实在犯不着千万人中偏要取我首级。”

青玄赞同：“确实，如此这般费尽心机，绝不只为对付你。”他故作为难地蹙了蹙眉，“至于我，虽然值得他们布下天罗地网，可谅他们也没这个眼力。更没这个实力。”

曲苏将涮成鲜红一片的青菜送入青玄碗中，说：“你这么能说，你倒是尝一口啊！”

青玄沉默地看着碗中辣意十足的青菜，拿起筷子，从锅里夹起两棵红辣油亮的小油菜，反手送入曲苏碗里，说：“不客气。”

曲苏毫不畏战，笑眯眯夹起小油菜，赞道：“好久没吃到这么正宗的热锅子了。”

青玄夹起碗里的青菜，默默吃了一口，面上丝毫不显，不多时耳根就悄悄红了。

曲苏刚吃完碗里的两棵菜，还未抬头，迎面便是一块烫得酥软的白豆腐，接着，牛肉、兔肉、豆腐衣……几乎每次曲苏刚吃完一样，碗里便又添上好几样烫得鲜红火辣的食材。关键这家伙夹菜比她速度快，曲苏夹菜再快，也要用公筷，青玄却连手指都不需抬，那些食物就乖乖投入锅底，一会儿又精准投入她的碗中。

不多时，曲苏便转身取来一瓶冰镇的果子露，一边背对着青玄，悄悄吐了吐舌，接连用手扇了几扇。

用法术涮热锅子，他真是千古第一人了！

曲苏接连灌了两口冰镇果子露，吐出一口气，说：“你这是耍赖！”

青玄耳后泛起一片绯色，偏偏面上极为淡然：“是你说的，既来白帝城，怎能不吃辣？”

曲苏连连吸气，却还辣得不能自已：“我不是这个意思。”她终于逮到机会，夹了一块鲜嫩的鱼肉送到青玄碗里，“你要夹菜，就该像我这样，用法术岂不是要赖皮？”

青玄缓缓抬眼：“哦？”他看着曲苏，神色中透出几分故作不知的懵懂，“蒙曲女侠费心费钱，包了这桌席面，我这吃白食的，所能做的也不过是伺候人的琐事罢了。”

这话说得无辜，柔弱之中透着淡淡哀愁，当真是闻者心疼见者不忍，曲苏若再埋怨，就有故意欺负人的嫌疑。

说话间，他眸光微转，曲苏放在手旁的果子露无声地悬空，颇为乖巧地又斟了满杯。

看起来当真毫无恶意，一心服侍她呢！

曲苏拿起杯子灌了一口，咬着筷子尖，望着碗里沾着红油的青菜，无语凝噎。

传说中的杀敌一千自损八百，约莫就是她今晚这样了。

屋外阴雨连连，屋内热锅子配冰酒，约莫是两人你来我往一番“推让”，倒也吃得暖意融融。一顿热锅子吃了许久，不知不觉，天彻底黑了。

曲苏摸着肚子，一边喝了些茶水消食，一边长舒了口气。

青玄看起来吃得并不比她少，可他不论吃上多少，看起来都是那副凌然出尘的模样。见曲苏这般毫无形象地侧歪在一旁小榻上，忍不住出声道：“倒也不必吃这么多，有本尊在，你这顿决计不会是断头饭。”

曲苏斜了他一眼：“我吃得多，是因为这一桌吃食足足花了我十两雪花银。你没听过浪费粮食天打雷劈吗？”

青玄沉默了一会儿，才道：“玉清真王所降天雷，从不劈凡人。要劈也劈那种扰乱三界祸害众生的妖魔，少吃一顿粮食，还真不至于劳玉清真王出手降下雷罚。”

曲苏又喝了口热茶，道：“喂，反正闲来无事，说点天上的八卦来解解闷。”

青玄默了片刻，就在曲苏以为他不会搭话茬儿的时候，他开口了：“你可知道白帝城的由来？”

真是稀奇，这家伙一向性子冷淡，又不喜欢背后说人，今日也不知怎么了，不仅乐意配合她的爱好，还懂得先抛出个问题引入故事了。

曲苏歪在小榻上，眼睛亮晶晶的：“知道啊，前两天刚在茶楼听过这段，说是因为有个叫白帝的神仙，这里是他的地盘，所以才叫白帝城。听说他住的地方，叫白帝山，老百姓供奉他，为求来年风调雨顺、庄稼丰收。”

青玄淡淡地道：“确实有白帝这么个神仙，他也确实住在一个叫白帝山的地方。不过这个白帝，是天界出了名的痴情种。”

曲苏没想到故事居然朝着这个方向转折，不由来了兴致："他有多痴情？"

"他思慕的那位是天界有名的上神，但那位上神当年大开家乡之门，并不是为了欢迎他……"青玄道，"那上神常年在外忙碌，很少回家，广开大门，也是因为许多人来到她面前，请求帮助。但白帝这家伙，做得少，想得多。他一天到晚住在上神的家乡，为她画了无数画像，可直到死，那上神都没多看他一眼。"

曲苏听到这，不禁"咦"了一声："这还是你第一次说到神仙的死，上神死了，会有转世吗？"

青玄摇了摇头："神与仙不同。神，天生地养，死的时候一身神力回归天地，不会有转世。"说到这儿，他看向曲苏，"怎么了，觉得神可怜？"

曲苏长叹一口气："人家可是上神，再不济也活了几万年、几十万年，我一介凡人，活个七八十岁都磕磕绊绊的。"末了，她总结道："你问这话，简直是故意扎我的心。"

青玄见她这副模样，不由唇角微翘，这时，门外响起婢女的声音："司徒公子请诸位前往正厅。"

曲苏应了一声。这司徒琰倒也不拖沓，昨天说两日之内，今晚还真就成了。

等她与青玄一同来到正厅，白天她沿着碧落湖走上半圈时见过的那些人，全在这儿了。这些人里，男女皆有，形貌各异，有许多人还如从前岳周那般，稍做易容，遮掩本来容貌，不用多看便知，这些全是与她一般行当的。若说有什么共通之处，便是这些人都很年轻。可杀手一行，本就是吃青春饭，二十五六岁金盆洗手的更是大有人在，因而此番来的都是年轻人，也算不得什么稀罕事。唯一的异常之处，便是这司徒琰未免太小题大做。杀一个斛向秋，竟然雇这么多职业杀手，放眼望去，怎么也有五六十之数。

一旁青玄低声说了句："七十七。"

曲苏没听清，抬眸看向他。

青玄这次倒也有耐心，微垂下颈，附在她耳边低声道："算上你和我，刚好是七十七个人。"

曲苏不解这是何意，但青玄既然特意说了，这其中总归有些玄机："这数有什么讲究？"

青玄却不再答，只是低声道："待会儿……跟紧我。"

曲苏听了这话，不禁挑了挑嘴角："这话该我来说吧！"她顺手一揽青玄的肩，"别多逞能，牢牢跟在我身边才是真的，真遇到点儿什么事，我好及时出手救你。"

青华大帝是地位何等尊贵的神，自他出生之日起，别说是曲苏这样的凡人，就是九重天上那些依靠各种途径苦修晋升的仙人，也无一人有过哪怕一瞬她这般的念头，更无人敢这样自然地朝他说一句："别多逞能，跟紧我。"

曲苏却浑然不觉青玄垂眸凝视她的眼神，因为司徒琰一声高喊，她注意力都放在他身上了。

"诸位，请听我一言。"司徒琰墨发高束，着一袭绛色锦缎长袍，出现在众人面前。

与前一晚初见时他如火的红衣相比，今日这身锦缎长袍少了几分鲜衣怒马的意味，在灯火的映照下，大片大片的暗红，像是干涸之后渐渐凝固的血，令人一眼看去，无端便觉不祥。他的脸色却不似此前那般苍白，也不知是来的路上奔走急切，或是其他什么缘故，他的脸颊透出几分不寻常的颜色，那双漂亮至极的凤眸眼波流转，光泽闪耀。

人群中议论纷纷，他们中有来得早的，已在此等了七日之久，似曲苏这般来得晚些的，也已在这儿过了一夜，最后一晚竟然不是城主秦映寒亲临，许多人都颇为不满。也是，如此大张旗鼓，为何不是城主本人出来相见？

司徒琰开门见山，示意身旁婢女将手中画像分发下去："诸位，这画像中人名为斛向秋，就是我请诸君深夜前来代为诛杀的目标。此人作恶多端，杀人无数，不仅有意危及大小姐的生命安全，甚至还曾放出狂言，要将城主府中人上至城主下至奴仆，赶尽杀绝，寸草不留。此人不杀，难平我心中愤懑，更会成为我白帝城大患。就在今日傍晚，我收到消息，斛向秋今夜会再探城主府……"

这时，底下的杀手有人出声："我们这么多人，就杀一个毛头小子？未免有点……"

另一个人道："喂！这斛向秋，该不会是个妖吧？"

"是啊，杀一个普通人，哪里用得着我们这么多人！"

"我可听说，近来江湖上乱得很，这白帝城隔几天就有人失踪，找到的尸体，看起来也不像是被人所杀。"

这时，一个看起来四十出头的中年人道："我知道这斛向秋。斛家在白帝城也算大户，这斛公子也是名门之后。"说到这儿，他似笑非笑地看向上首的司徒琰，"就是不知道，他和司徒公子是怎么结下的仇。"

司徒琰道："我在此许诺，只要捉拿到此人，不论生死，均可得到赏金。"说到这儿，他顿了顿，目光在每个人的脸上扫过，最终也不知是何缘由，竟停在曲苏和青玄两人的身上，他微微笑着，语深意长，"今夜若有哪位义士技高人大胆，摘其头颅，可在赏金之外再得千两黄金。若能将此人彻底控制住，卸其武功，全须全尾带到我面前，可在赏金之外再得五千两。"

最后这两句彻底点燃了现场气氛，众人一时议论纷纷，底下不知是谁，尖声问："司徒公子，你说这话可算数？可别到时有人拎了这斛向秋的人头，你又推说做不了主，故意赖账啊！”

“城主既派我来，此事便全权交托于我，这位朱管家在府中多年，想来大家也认得他。有他作证，此事断然做不得假。”

朱管家被推到最前面，他从未与这些江湖人打过交道，张了张唇，却没正经说上一句，只得朝众人哈了哈腰，一边抬起衣袖，匆忙抹掉额间滚落的豆大的汗珠，一边偷偷瞧了眼身旁司徒琰的脸色。

平日里朱管家当着众人面何等八面玲珑，此时却半点施展不出，竟是被司徒琰一个外姓人生生拿捏住了。

此情此景落入众人眼中，台下一时安静了下来。司徒琰从容一笑，朝众人拱了拱手：“那么，司徒便在此恭候诸位的好消息了。”

子夜。

曲苏跟在青玄身边，问：“你从刚开始，就一直说往这边来，这边有什么？”她的方向感一直很好，哪怕在毫无星月的雨夜，也不会迷失方向。她看了一眼不远处，不禁皱起了眉，“再往前走，就是碧落湖了。”

青玄瞥了她一眼：“怎么，你初见时不是很喜欢这个湖吗？还跟人家打听这紫色莲花的名字。”

曲苏沉默一瞬，声音听起来没什么底气：“我要是说了，你可不准生气。”

青玄“哦”了一声，语透微讶：“原来这世上还有曲女侠不敢说的话。”

“我那是不敢说吗？”曲苏忍不住抬头瞪他，“怎么说你也是天上来的，而且行走江湖，还是多少有些忌讳的。”

青玄的语气听起来淡淡的，却正因这份淡然无波，反而一字一句，掷地有声：“有我在，你想说什么尽可直说，百无禁忌。”

曲苏移开眼，不再看那片湖水，而是将脸朝着青玄一边，轻声说：“初见时，确实觉着那种紫色的莲花很别致。但后来跟在那个司徒琰身后绕湖而行时，不小心看到了那个立在莲花中央的白玉观音像。”

细雨淅沥，曲苏说话的声音很轻，若是旁人恐怕都有些听不清她在说什么，却不妨碍青玄听得一清二楚：“昨晚一直下雨，也可能是我累了，当时看到那个观音像的手好像动了一下。”

青玄闻言，面色丝毫不改，只是目光越过曲苏的肩膀，看向不远处那尊观音雕像：“你是说，看到观音像的手动了，是左手还是右手，你还记得吗？”

曲苏回忆片刻，道：“应该是提篮的那只手。”

或许是由于青玄问得详细，曲苏回忆得更为仔细，她突然想到了什么，目光微闪，朝着青玄粲然一笑："你在这儿等着。"

说话间，曲苏已飞身而起，很显然，她的目标是绕向湖的另一边。雨夜之中，她身形极快，飘忽跃起，在湖面轻点几下，很快身影便不那么清晰了。她一身淡紫色的裙装，层层叠叠，如烟似雾般，仿佛一不留心，便会消失在这苍茫的天地间。

青玄纵身而起，他身形更快，瞬息便追上曲苏，一手轻抚过她的肩，压根儿不必她自己再费力，眨眼间便带她行至碧落湖的另一边。

曲苏一路走走停停，很快，她的目光锁定了与观音像遥相对应的一处湖边矮石。这种石头看起来平平无奇，围湖砌了一圈，周遭又有植株、鲜花遮蔽，寻常人很少会注意到。

青玄见她专注得过分，也就没有出声打扰，任由曲苏将那块石头从上到下摸了一圈，末了，她眼神晶亮，弯着腰朝青玄道："你别光顾着看我，现在，你快看湖中央那个观音像！"

说起来这也是青玄刚刚提醒了她，若不是她被雨夜影响看错了眼，那么就只有两个可能：要么，这城主府闹鬼。可青玄就在她身边，若是有什么鬼怪异象，他肯定不会瞒着自己。要么，此事是他人所为，而非怪力乱神之事。既是人为，就一定有迹可循。他们当时走在湖的另一侧，若有人在同一时间旋转什么机关，则肯定在这一边。

这破解机关，可是曲苏的强项之一。从前接受杀手训练，她最喜欢玩的几样，就是破解机关、拼图和破解密室。就这机关设置得，除了与观音像相连有那么一点新意，也不够她玩上一时半刻。

青玄依言看去，他目力极好，哪怕此时雨丝缠绵不绝，又是夜晚，他也能清晰地看到，就在曲苏摸着那石头底下动了什么之后，观音像提篮的那只手缓缓转了半圈，从下垂转为向前指。

青玄微微一笑："有点意思。"

说完这话，他身影一掠而过，转眼便到了几丈开外。曲苏还有话没来得及说出口，就见他人虽身处细雨之中，那雨却如同一道帘幕，凡他经过之处，如有一只无形的手，将雨帘分开又缓缓合拢，细雨飘过却不沾身。他身若游龙，立在半空，神色冷肃，正在俯瞰那座此前曲苏几乎不敢直视的观音像。夜雨之中，他的侧脸仿佛比白玉观音像还要白上三分，高高束起的墨发随风飘扬，远远看去，如天降神祇一般。

曲苏看得几乎怔住，明明从前在雒城时，亲眼见过他劈天破地踏光而来的情形，可却仿佛直到此刻，心中才彻底烙下一个清晰鲜明的念头：这就是神仙！

当神仙也太舒服了吧！这般身手，她身为凡人，就是再练一百年，也学不了人家的一点皮毛。曲苏忍不住摸了摸下巴，她记得落羽后山好像是有个道观的，要不这趟回去后去那儿走一遭，研究一下修仙的事儿?

手臂突然多了一道温暖的触碰，曲苏回过神，就见青玄不知何时已折回，还握住了她的手臂，俯首向她说：“跟我来。”

曲苏被他拉着凌空而起，夜风飒飒，雨珠儿扑簌簌打在油纸伞上，不等曲苏回过神，两人已安然落在湖水中央的雕像底座旁。曲苏见青玄伸手在那观音像的篮子上一拧一抹，四周湖水先是倏然一静，紧接着，湖水裹挟着紫色的莲花翻涌起伏，沿着观音像周围的罅隙倒灌而入。曲苏只觉眼前一暗，耳畔传来青玄一声模糊的低语，整个人便随着湖水倒灌的力量飞速沉坠。

一蓝一紫两道身影转瞬便消失在湖上。碧波翻涌，浪花儿泛起白沫，浇在紫色的莲花上，花瓣儿愈加水灵了。连日阴雨，水位虽有下降，却几乎不会引起什么人注意，唯余一把绘着紫藤花的油纸伞浮在湖面。不一会儿，伞面也禁不住雨水、湖水的连番撕扯，在湖面打了几个旋儿后，徐徐沉落湖底。

曲苏听得耳边传来隆隆的水声，周身水流激荡，她却仿佛被青玄拉着一路下坠。她虽会水，也懂闭气，到底未曾有过这般奇异的冒险，跟着青玄一同落在地面上时，好一会儿仍觉目眩耳鸣。

不想那碧落湖之下竟别有洞天，铺展在两人眼前的，是一道人工挖掘建造的地下通道。

远处隐约传来人声。曲苏一手抚着心口，因为着急换气，轻咳了两声，她抬眸看向青玄，却见这人吐息丝毫不乱，只是唇色微白，依稀能看出昨日重逢乍见时虚弱的影子。

她忍不住问：“你怎么样?”她从腰间解开一只香囊，幸好翊哥早有准备，此物避水，经历这么一遭，内里药物倒未见潮湿。

曲苏从中取出一颗褐色的药丸，犹豫着正想开口，就听青玄“唔”了一声，她还没反应过来，已被这人牵着连连后退，后背抵在一处拐角的石壁之上。青玄虽然仿佛体力不支，卸了小半力道压在曲苏肩头，令她步履不稳踉跄了几步，但他的一条手臂还撑在她身后，使得曲苏后背没有撞上石壁。

曲苏怕他就这样栽倒，连忙站直了身子，任他一手扶着自己肩膀，匆忙抬头去看他的神色：“你没事吧?”

“无妨。”青玄微垂着眸，唇角轻抿。他极少露出这般神态，仿佛雪压青竹一般，实是撑不住了，不得不如此一般。

越是这般说，越是令旁人担忧。曲苏这下再不敢迟疑了，径直把药丸递了过去：“这个是翊哥从前找一位神医炼制的，补神益血，说是关键时刻吃上一颗，比千年人参还管用！”她先是有过片刻的犹豫，倒不是舍不得给青玄服用，而是此药她也未服用过，青玄又不是凡人，且她并不清楚他此前受了什么内伤，贸然服用，万一吃了身体出现什么不适，反倒不好。

青玄眸光微垂，避开曲苏的凝视：“此药既是你大哥费心求来，必定珍贵，我怎么能吃。”

曲苏一听这话便急了：“都什么时候了，你还这么抠！”尽管青玄此刻看起来柔弱无依，半靠在她身上，宛如弱柳扶风一般，身姿楚楚，惹人怜惜，她仍然忍不住翻个白眼，“我说，你好歹也是天上来的，就不能麻溜儿地吃了这颗，回去以后还我个更贵的吗？”

曲苏越说越气不打一处来，倒出一颗药丸，硬塞在青玄手上：“可见你们那个紫微大帝，也不是什么大方人，把你给穷得，出门不仅没银子，连点像样的仙丹都不带一颗！”

青玄侧着脸不看她，声音淡淡的，却愈加显出几分寂寥：“我若吃了，你回去如何跟你大哥说？”

曲苏脑子还未转过弯来，理所当然地道：“为什么要和他说这个？他送给我，就是我的东西，我要给谁吃，就是天王老子来了也管不着！”

青玄转过脸却未说话，他目光轻垂，本是要看那颗药丸，却看到曲苏被湖水浸湿的衣物。她这身雾紫色的衣料虽是难得的避水珍品，但若倾盆大雨，或是方才这般长时间浸在湖中，终究还是要如寻常衣物一般被彻底浸透。如烟似雾的淡淡紫色，衬着她纤细的锁骨，晶莹剔透的水珠儿缓缓滑过，又在紧紧贴着她胸前的衣物间消失不见了。

青玄眸色微深，几乎未经深思，两指轻拨，已先一步掐了个诀。

曲苏突觉周身一轻，低头一看，只见身上衣物连同头发都格外干爽，就像从未沾过半点水渍一般。

她抬起头，刚想问这又是什么法术，面前已递来一只小巧的白玉葫芦。

青玄话也不多，只一个字：“喝。”

身上衣物虽干，但寒意犹存。曲苏接过酒葫芦，刚喝了一口，便又被青玄夺了去。

曲苏何曾受过这般待遇，不由得微微瞪圆了眸。她眉眼本就生得甜润娇妍，平时却极少显露这般神态，就像向来张牙舞爪得意惯了的野猫儿突然被抢了毛线球儿一般，茫然之中难得透出一些娇憨。

青玄也不解释，只就着酒葫芦也喝了两口，又挂回腰间。

曲苏本想说他什么，可看着他这小心翼翼、珍而重之的举动，忍不住替青玄叹了口气：若当神仙的都像青玄这般，这落魄神仙，不当也罢！眼看都到生死关头了，才能拿点好药出来。

小半口酒水入喉，自小腹升起一股令人舒适极了的暖意，转眼又见他连擦都不擦葫芦嘴，就在她喝了之后径直抿了两口，不禁咬了咬唇，一声不吭地扭过头。

“把药收好。”青玄刚说完这句，就听到远处传来了人群的嘈杂声。曲苏一面收好香囊，一面与青玄一同循着声音寻去。此处本是碧落湖底，她与青玄可谓是误打误撞之下才如此顺利进来，怎么会在此处听到如此热闹的人声？

这条道路很是宽敞，约有两层楼高，两侧墙壁绘着并不常见的花纹，脚下砖石光洁无尘，显然平日里也绝非闲置场所。曲苏和青玄走了不多时，就与人群撞了个正着。来人有二十来个，却是此前在正厅见过的那些人。

杀手认人、记人都是基本功，这些人很快也认出二人，领头那个问：“你们也是来追那姓斛的？”

曲苏目光微闪：“是啊，几位大哥也是？”

领头的男子皱了皱眉：“你们在哪儿看到他的？”

这一回是青玄回答：“就在碧落湖附近。”

另一个人搭腔：“我就说吧！你们看，这两人与我一样，是在那附近看到黑影的。”这人又嘀咕，“也真是奇了，从那洞窟进来，居然会一路通到这地底下来。”

曲苏见这些人神色有异，尤其领头那个，也不知是想到什么，脸色尤为难看，便问：“这位大哥可是看出什么不妥？”她面上透出几分愁色，“我刚还在与我师哥说呢，白帝城这个单子，确实古怪。”

说着这话，曲苏顺势瞥了青玄一眼，不想这人竟然唇角噙笑，看起来很清闲的样子，与周围众人格格不入，这压根儿不在一个节奏上啊！

曲苏忍不住轻戳了他手臂一下——她是在演戏啊！就叫了一声师哥，他至于一副捡了多大便宜的表情吗？

青玄唇边笑意收敛，可看起来依旧没有太多的焦虑紧张。曲苏忍不住扶额，算了，这家伙平日在天上待得久了，不接地气，接不上她的戏。看在他有伤在身的分儿上，她不跟他一般见识。

领头那男子哼了一声，道：“玩了一辈子鹰，临了被鹰啄了眼。”

另一个人接着道：“先前我还纳闷儿，看画像，这斛向秋不过是一个乳臭未干的黄毛小子，也值得哥儿几个一块儿出山？我看，这厉害的人压根儿不是斛向秋，倒是司徒琰这人，一肚子坏水！”

“我们这许多人，难道还怕他一个小兔崽子不成？我今日倒要看看，这城主府能搞出个什么名堂?!”

曲苏与青玄对视一眼，放慢了脚步，渐渐落于人后。

曲苏看着前方举着火把仍在向前探索的众人，挑起眉梢道：“发现了吗？除了你我二人，其他这些被引到此处的杀手，就像……”

青玄见她迟疑，接话道：“像是被狼群故意撵着归拢到一处的羊？”

野兽狩猎，也讲求战术、策略。这么多杀手分散在城主府中，就算斛向秋是神仙，也做不到同一时间出现在城主府各处，能清楚知道这些杀手身在何处，故意设置诱饵引众人到此的，必定是城主府中人。司徒琰此举，就像静静等待收网的渔人，不知道这网要收的大鱼到底是斛向秋，还是众杀手，或是两者皆有？

眼前只有这一条通道，哪怕众人以火把、灯笼等物照明，也约莫只能看出几米远。曲苏和青玄走在人群的最末，前方是乌泱泱的人群，身后是一眼望不到底的黑暗，而她和青玄此刻，是明知山有虎，偏向虎山行。曲苏突然想起，最近一次她有过类似经历，便是银花林那一晚她与岳周一同营救林梵。

那一次她没有怕。这一次，不论前方是风雨俱来，还是千难万险，她同样不怕。

对于曲苏来说，她本就是接单收钱，既然都走到这一步了，反倒不觉得有什么可怕的，毕竟龙潭虎穴她也闯过了。城主府到底有多少秘密，这些秘密是否与芸芸的种种异常有关，她心里好奇，也甘愿冒这个险探知真相。

哪怕司徒琰在前方设下了天罗地网，今天这一趟，她也走定了。

不过自从进了城主府，青玄这家伙的种种反应，现在想来，很是可疑。

曲苏觑着青玄的神色：“你是不是早就知道些什么？”就像从前那时一样，他一早就知道林梵是狐妖，也一早就知道岳周身怀仙缘，但他偏偏什么都不说，从一开始便打定主意冷眼旁观。旁观林梵飞蛾扑火，旁观岳周步步为营，旁观他们这些凡人为了各自的爱恨嗔痴，在这红尘间翻覆颠倒，难以自拔。

“高高在上的感觉就那么好吗？”有些话曲苏早就想说了，“既然都来了人间，是不是也该学一学我们人间的规矩？”

青玄听她说话，就仿佛小孩子在学大人说话一般。但他没有戳穿，而是顺着她的话虚心求教：“你们人间，是什么规矩？”

曲苏微微扬头：“你来白帝城的目的是什么？你借了我们落羽的名头、我朋友的身份才这么顺利进了城主府，本着公平公正的原则，我觉得你也应当对我透个底才是。”

青玄神色看起来认真极了，很有求知欲：“不是你师哥？”

曲苏冷笑了声：“当我师哥，冬天暖床，夏天打扇，危险时挡在最前，逃走时主动殿后。”说到这儿，她微微一顿，眸光流转，“尤其，我从前和几位师哥出门，就没有一次是我主动掏银子的。”

青玄沉默片刻：“别的都不难，暖床是怎么一回事，可否详解？”

曲苏一噎，都怪她平常和那些师兄弟开玩笑，说话习惯了没把门儿，这回可好，被这家伙抓了话把儿。

面对青玄愈加狐疑且透出深意的目光，曲苏迎难而上，一本正经地道：“暖床有许多种方式，具体方式，因人而异。”

青玄刨根问底：“比如？”

“比如，烧暖炉、点熏香、灌上汤婆子……”这使唤人的事儿，曲苏还不是张口就来，随随便便就给青玄来了个基础版睡前服务知识的普及，“这些，还都是最基本的功课罢了。”

青玄点了点头，这些不难，尤其对他而言，动一动手指的工夫罢了。

曲苏猛地发现，不知不觉又被这人带偏了话题，她刚想再说，就听前方有人说：“好像有水声。”

曲苏也听到了，而且应当是活水流淌的声音，可紧接着，人群突然一静。

所有人都在侧耳倾听，淙淙的水流声中，似乎还有什么别的声响。

那声音断断续续，幽微至极，细细听来，既似冷泉呜咽，又像女子哭泣，在这般黑暗逼仄的甬道里骤然听到此种声音，不论是谁，都会觉得汗毛竖起，背心泛凉。

曲苏听得皱起眉心，人群尽管都觉前方有异，也仍壮着胆子继续向前。一则，他们自觉人多势众，不论司徒琰还是城主秦映寒，都没那个实力将他们几十个武林高手全歼；二则，众人深夜一路追赶至此，发现事情有异，却又都觉得这城主府内，石窟之下，说不定藏着什么令人意想不到的隐秘。

人皆有好奇之心，这些杀手异士，好胜欲比普通人更强。两者相加，便是这些人毫不迟疑继续前行的动力。

行过一条弯道，之前听到的那道幽微之声突然消失了，曲苏敏锐地捕捉到身旁有人吐出一口气，然而异变就在此时突然发生！

一道雪色身影犹如闪电破开夜色一般飞掠而至，紧接着就听一个男子惨号了声，连个“救”字都未说完，就被那道身影拖行在地上，飞快往远处行去。

腥热的血早在男子惨叫时便喷洒出来，就连曲苏脸上都溅落少许血渍，众人都知，这是伤到了颈部动脉，想救也已来不及了。

被撕裂喉咙的男子又被拖行远去，血迹沿着甬道蜿蜒向前，那白衣怪人不仅功夫奇诡血腥，力气也远超常人。甬道中众人顿时大乱，有人第一反应便是转身逃向来时的路；也有人亮出兵刃，朝着那雪色身影一路追去。曲苏拽住青玄衣袖，也朝那突然出手的怪人追去。

眼前场景突然开阔，骤然亮起的灯火令曲苏眼前一晃，不等她反应过来，已被身侧的青玄拽了一把，旋身躲过了来人的攻击。

曲苏突然被明火照射，双眼酸涩，接连眨了几下眼，却在看清眼前情形时忍不住惊呼出声："芸芸！"

一身雪色长裙的年轻女子双手被缚，左右各站着一个身穿白色道袍的年轻女冠。两名女冠手持利剑，显然此前突然出手攻击曲苏的就是这两人了。

然而这身着雪色长裙的年轻女子说是秦芸芸，却已几乎算不得是从前的秦芸芸了。

她一身雪色长裙被鲜血所污，白日里见过的那张活泼鲜妍的小脸儿，如糊了一张纸皮面具一般，苍白僵硬。一对眉毛霜白，眼眶猩红，眼珠也似覆了一层白霜，朝人看来时，诡异非常，只让人觉得毛骨悚然。她的脸上自眉尾至两颊，尽被雪色绒毛所覆，靠近耳朵的地方甚至生出一对横向伸展的尖尖副耳。因被人强压着背脊难以行动，她的喉咙发出细小而哀怨的呜叫，与曲苏等人此前在外间行走时听到的呜咽毫无二致。她被人用白色布帛强行捆缚的两手，十指自指尖至手背均生出一层雪色绒毛，指甲暴增至三寸长，指甲尖正沥沥滴着鲜血。不仅如此，她唇边沾染的鲜血和残留的皮肉无一不昭示着，此前在甬道出手袭击大家的怪人就是她。

约莫是听到曲苏喊她的名字，秦芸芸自喉咙发出一声幼兽般的哀叫，白色的眼珠一动不动地盯住曲苏，似在向她求助。

曲苏刚要上前，就被青玄一把拉住，低声道："她吃了不该吃的东西，如今已不能算是人了。"

曲苏双目微瞠，看向青玄。

之前青玄说，司徒琰给芸芸准备的花蜜酒里，最主要的成分便是人血。

他是芸芸的未婚夫，更是治好她弱疾的大夫，而所谓特酿的花蜜酒，掺了让秦芸芸欲罢不能的人血，岂不是饮鸩止渴？

青玄应当比她更早就猜到了。

曲苏觉得毛骨悚然。芸芸自己也说，这病好得太快，快得蹊跷！司徒琰究竟用了什么药给芸芸治病？这样的所谓治病，让芸芸白天迅速恢复健康，与常人无异，可到了晚上呢？她会彻底沦为一只丧失理智、嗜杀嗜血的怪物。曲苏陡然想起之前婢女提及的紫色莲花——幽梦引。当时那婢女说，幽梦引是司徒琰特意找来，养在湖中，晒干放进软枕，只为秦芸芸好眠。现在想来，这幽梦引的功用，想必是为了让芸芸昏睡，避免生出今晚这样的事端吧。

白日花蜜酒，夜晚幽梦引，司徒琰倒是打得一手好算盘！

尤其青玄当时还提过一句，幽梦引若使用得当，是一味良药；若剂量过大，便是天下至毒。

司徒琰究竟给芸芸用了多少幽梦引？或者说，若是她没有来这一遭，若不是她凑巧与芸芸是旧识，有朝一日司徒琰突然加大剂量，要了秦芸芸的命，这城主府内可会有人怀疑？

曲苏本就聪明，她很快将仅有的几条线索串联起来，一瞬之间，她想到了许多，更对司徒琰这人深恶痛绝。

秦芸芸就站在曲苏面前，经过了初时的震撼和不可思议，曲苏渐渐明白过来，她不仅出手伤人，徒手撕开了那人的喉咙，还迫不及待生啖其肉，所以才弄得满身狼狈，唇边、脸上、指尖尽是活人血肉。

青玄说得不错，眼前的秦芸芸，已经不是人了。

曲苏越想越怒：以她从前连只受伤的鸟儿、小兔都要救活的善良心性，若是知道真相，她会如何？从两人白日相聚的情形不难看出，芸芸对于自己的病情是有些迷糊的。她若知道自己白日的康健有力，是用不知多少活人的鲜血喂养的，她会如何？

曲苏想到了秦芸芸身边无故消失的几名侍女，尤其领头的那个，几乎是与芸芸一起从小玩到大的。显然，她们已经死了。就死在秦芸芸的手里。

她不敢再想，若是秦芸芸知道了这样的真相，会是怎样一番情形。

青玄看到曲苏面上的神情，抿着唇道："你可是觉得秦小姐可怜？此间若还有比她更为可怜之人，你待如何？"

仿佛为了印证这句话一般，他话音刚落，不远处又出现十余个身穿白色道袍、头戴鬼脸面具的女冠，这些人手持符箓，一边口中念咒，一边沿着巨大的青铜锁链朝着湖水当中走去。

曲苏放眼一望，这才发现，此间是一处地下湖泊，周边以青色石板铺围，湖水幽深，如一口巨大古井，一丝縠皱也无，平静得如同镜面一般。九道青铜锁链掠水而过，又以半人高的铁环锁在四周墙上。湖面正中，高悬着一座九支莲花青铜灯，每一盏灯座上，都有一个小人儿，九个小人儿形态各异，却个个都有一张鬼脸，手舞足蹈的，因而显得诡异。

不多时，九名白衣女冠站定在青铜锁链上。曲苏注意到，她们每个人的面具是不相同的，却与青铜灯上的鬼脸小人儿逐个对应，这般遥遥望去，只觉她们如同九个纸扎人一般，一动不动，静待主人命令。须臾，巨大的水声伴随着铁笼被拉起的轰隆声响，响彻耳畔，原来此前锁链浮在水面之上，只是因为这底下还拴着一只铁笼。

原本的锁链撑高，铁笼徐徐升起，湖面上又出现了九道更粗的青铜锁链，九条锁链交合的中心，缓缓出现一只巨大的九瓣金莲。金莲有圆桌大小，每一瓣的尖端都如世上最尖的武器一般，闪耀着不同寻常的红光。在场的这些人都杀过人，而且杀过很多人，寻常百姓或许认不出，但他们都知道，只有经年被鲜血浇灌淬炼，才会凝成这样深邃而明艳的红。

一众人几乎全被眼前壮阔而怪异的景象惊呆了。

苍青色的铁笼悬在半空，曲苏微眯着眸仰颈看去，只见那笼中关着的，是一个近乎赤裸的妙龄少女。

她肤色和发色皆白，仿若远山冰雪，一头白发几乎曳地，两条细细的眉毛如覆霜雪，眉心一点朱砂红，本是天然娇媚的模样，微微上挑的眼眸此时却血一般鲜红，令人不敢直视。一对肉粉色的蝙蝠耳沿着脸颊向两侧斜生而出，毫无血色的唇微微张着，露出两颗小小的尖齿。最令人不敢直视的是她暴露在外的躯体，两条修长笔直的腿上是一道又一道的血痕，有的甚至深可见骨，似是被人以利器一条一道生剜其肉所致。一条手臂自手肘位置便血肉模糊，依稀可见森森白骨，两根手指更被人彻底斩断。

她模样生得娇美，形态却妖异，几乎一眼，在场所有人便都辨出她不是凡人。有人在旁低语："这是……是妖？城主府碧落湖底，竟然藏着一只女妖？"

曲苏却在第一时间注意到了她的耳朵，如果说刚才看到芸芸耳侧生出的一对幼小副耳时，她尚且辨认不出那是什么动物的耳朵，那么看到此女，一切都明了了。再看她满身鲜血淋漓的模样，想起不久前青玄所说，曲苏简直不敢相信自己心中逐渐推演出的答案："她，芸芸……"

青玄道："所谓治好秦芸芸的灵丹妙药，便是千千的血肉。"他的语气轻而缓，透着某种意味不明的悲悯，"千年灵妖的血肉，是肉体凡胎能轻易消化的吗？"

更何况秦芸芸本就身体羸弱，非要强行吃下千年蝙蝠的血肉，只会逐渐变成不人不鬼的怪物。

曲苏朝远处的秦芸芸看去，她被两人押解着坐在一张椅子上，双眸迷乱，张着沾血的唇咻咻喘息，显然已丧失身为人的意识，彻底沉溺在对鲜血的渴望之中，沦为一只连妖都不如的怪物。曲苏轻声开口，连她自己都不知道，说这话是在为谁辩驳："芸芸从前只是一位普通的少女，她……"

她本想说，芸芸也很可怜，可当着那笼中少女的面，这样的话曲苏却无论如何都说不出口。

青玄说得对，若她出自真心觉得芸芸可怜，那眼前这少女呢？

"出不去了，我们都出不去了！"

远处传来一阵嘈杂的吵嚷声，曲苏循声望去，就见先前四散逃走的那些人，仿佛身后有什么东西追赶一般，从不同的方向朝着这湖边涌来。从这些人的争论声中，曲苏很快明白过来，他们来时的通道已落下石门，这里被彻底封死了。

不仅有先前在甬道见过的那些人，还有其他一些面孔，曲苏逐一看去，所有杀手，已尽数在此。

若是算上被秦芸芸亲手撕裂喉咙的那个倒霉蛋，就如青玄所说一般，刚好是七十七人。

“人都到齐了。”偌大的地下空间，一道圆润优美的女声突然响起，众人纷纷循声望去。

来人是一穿着绛紫法衣的女子，只见她皮肤白腻，眉若新月，眸似秋水，唯独两条细细的法令纹多少泄露了年龄。她虽生得美艳，保养得宜，但终究不是少女年华了。她将手上拂尘一甩，在不远处高台的椅子上施施然落座，朝着身后某个方向道：“琰儿，还在磨蹭什么？”

在场有人认出了她的身份，低声喊出了她的名号：“华容夫人。”

黑暗之中，徐徐走出一道身着红衣的身影，不正是此前对众人许以重赏的司徒琰吗？

众人有的惊恐，有的愤怒，见到正主出现，本都打算出声讨伐，却在看清他身后的一长串身影后，齐齐噤声。

只见他如和曲苏初见那晚一般，一袭红衣，手执灯笼，不慌不忙地从唯一的通道走出。而他身后，竟跟着一长串穿着白衣的矮小身影。一行人的影子映在两旁的青砖墙壁上，亦步亦趋，悄无声息，宛若许多人幼时看过的皮影戏。此情此景，怪异如斯，世间哪有如此恐怖的真人皮影戏？

司徒琰仿佛全不在意在场这些人会如何想，一路走来，面上始终含着淡淡的微笑，依旧是那副翩翩贵公子模样，可他此刻神情越是恬淡，众人的恐惧不安越甚，所有人都忘了言语，偌大的地下空间里，竟然安静得连一根针落地的声音都可以听得清清楚楚。

直到走得近些，曲苏才看清，那些未及他大腿高的身影，是三四岁的孩子，男女皆有，个个披散着头发，神情木讷，如同木偶一般跟在他身后。

“他们这是……被什么法术控制住了吗？”曲苏喃喃道。

青玄眉心微蹙，默默看着跟在司徒琰身后的孩童，低声道：“小蝙蝠被他们囚禁在此折磨多日，已堕成怨妖。他故意重金聘请杀手，引大家入局，是想以七十七个身上杀气深重的活人生祭此阵，以杀气、死气来镇怨气，至于这些幼童……”

“时间紧迫，我儿竟还找来九十九个童男童女，”华容夫人眯着眸子开口，目光落在司徒琰的身上，“当真是有心了。”

司徒琰站在华容夫人下首，微垂着眸，让人几乎看不清他此刻的神色：“孩儿从一本古书上看到此法，若以九十九个童男童女同入此阵，不仅可以加快净化怨气，还能令母亲益寿延年。”

“益寿延年？”华容夫人笑得璀璨，“看来我儿当真对这蝙蝠妖用情至深呢。”

司徒琰将头埋得更低：“母亲说笑了，只是秦芸芸喝了她的血之后就开始变得不人不妖，孩儿想着，妖毕竟是妖，妖的血肉或许有些作用，但吃得多了，怕会有不好的效用，影响母亲日后修行。孩儿查遍古书，才寻得此法，一切都是为了母亲的身体着想。”

华容夫人笑了一声，未置可否，只幽幽道：“还算你有点良心，放心吧，从小到大，只要你想要的东西，我有什么不答应的？”只见她将拂尘甩向一侧手臂，突然站起身，“今日这份大礼我收下了。琰儿，你先把这些孩子带到中间去。”

在场众人看到如此场景，还有什么不明白的，刚发觉不对时便有人想要逃跑，可当此之时，众人皆知去路尽断，再无退路，畏惧的也好，仇恨的也好，破釜沉舟的也好，纷纷祭出自己的兵器、绝招，不约而同朝华容夫人攻去。

然而这些杀手的所谓反击，早在华容夫人和司徒琰的意料之中。不仅华容夫人丝毫不见慌张之色，就连司徒琰也毫无反应，朝母亲行了一礼，转过身，引着身后长长的队伍，继续向中间走去，却不想迎头撞上铁笼之中的那双眼。

铁笼之中的妖双眸血红，直直地望着司徒琰。

司徒琰脚下微顿，他看着她，看到她眼底的不甘和怨恨，看到她惨白的唇轻颤着好似想要对他说什么，司徒琰攥紧了拳头，心脏突然一阵抽疼。他眯起眼睛，勾起唇角道：“这么恨我做什么？千千，你若要恨，就恨你的小情人来得太迟，他若早点来，你也不必受这样的苦。”

笼中的千千闻声突然张开嘴唇，一双兽耳倏然立起，面上、手上白毛战栗，双眸爆红，仰颈长啸，发出了一阵难以形容的尖啸之声。

尖啸声震耳欲聋，如同狂风暴雨一般，瞬间充斥着整个地下。

曲苏连同在场的其他杀手，不论武功修为再高，乍一听到此声，均觉头晕目眩，难以承受。有内力差些的，当场便口鼻喷血，晕倒在地。

曲苏只觉周身血脉剧烈震荡，她来不及说话，第一反应便是伸手朝青玄背心抚去。他此前便受了内伤，若再受这一遭，说不定很快也要如那些倒在地上的人一般，经脉逆行，口鼻流血。

青玄意识到她想做什么，不禁唇角微抿，反手扣住她的手腕拢在掌中，另一手轻抵在她背心，唇虽未动，却能让曲苏清晰地听到他的声音："别乱动，屏息凝神。"

曲苏也知道事态严重，不敢托大，一股暖流自青玄手掌抵扣的位置传向四肢，周身犹如有一股纯净而温暖的水流缓缓流过。

华容夫人眯眸远眺，看清这般情形时却不慌不忙，她眼珠微转，突然伸手抓住旁边女冠的肩膀，年轻女子被她拔地带起，接连飞出几丈远，半空之中，只见她长袖一甩，抽身退出，那女冠连一声惊呼都未来得及发出，整个人如同沙袋一般，落在其中一条青铜锁链上。

只见那青铜锁链如同活物一般，骤然伸出铁爪，抱住年轻女子的躯体，在咯吱、咯吱的转动声中，女冠接连发出数声惨号，声音凄厉，简直不是人能发出的声音。紧接着，那青铜锁链又旋了半圈，这半圈转得略微缓慢，数不尽的鲜血悉数倒流至锁链终端的九瓣金莲。青铜锁链旋转一整圈，女冠的尸体已干瘪破碎，不成人形，就这么被调转到朝向湖面的一边，如同抛掷一件毫无价值的垃圾一般，扑通一声坠入湖中。

那铁笼中女子的声音越来越小。

曲苏正想松一口气，突然数不尽的惨叫声、唾骂声、哭号声又在这时响彻耳畔，曲苏放眼望去，就见眼前景象宛如人间炼狱：华容夫人派出女冠，提起刚刚那些受不了千千音波攻击而倒地翻滚的人，逐个往湖中央的九条粗大锁链抛去。青铜锁链宛若活物，伸出尖刺锁紧犹在挣扎的人们，咯吱、咯吱转动的声响好像一只无形的怪兽在咀嚼送入口中的新鲜食物一般，令人毛骨悚然。

许多人哪怕能抵挡得住千千发出的尖啸，看到此景也吓得两股战战，一步都挪不动。

不过瞬息之间，湖水中央的九瓣金莲便吸纳许多鲜血，赤金色的花瓣红光流转，愈加耀眼，而抛入尸体的湖水也很快变成了诡异的紫红。原本平静的湖面渐渐冒起细小的水泡，如同一口正在煮沸的大锅，须臾之间，甚至冒起黑色的雾气。

黑雾如有生命一般，飞快攀过铁笼的栏杆，急切地自少女脚踝蜿蜒而上，贪婪舔舐着她白雪般细腻白皙的肌肤。然而黑雾游走经过之处，数道纹路自她露在外面的双腿、双臂迅速蔓延全身，那纹路纤细若丝，却鲜红如血，密密麻麻，难以细数，转瞬间，少女雪白的皮肤如同迸出裂纹的细瓷一般。那情景充斥着一种令人作呕的残酷可怖，又血腥至极，令人目不忍视。少女双臂紧紧环抱住自己，却不能自已地发出尖号，显然已痛到极致！长及脚背的白发瞬间无风自扬，一双鲜红的血眸突然睁开，目光直直地盯着站在人群最后的司徒琰，缓缓淌下两道血泪。

华容夫人悠然一笑："琰儿，是时候了。"

司徒琰收回视线，仿佛浑然未觉笼中少女此前的敌视与当下的狂暴，领着他身后那些孩童，一路走到湖边。他口中念念有词，也不知念的什么咒语，跟在他身后的孩子突然加快了脚步，仿佛看不到面前沸腾着冒起滚滚黑雾的湖泊一般，纷纷朝湖面拥了过去。

曲苏见状不由瞠目，正待上前，却被青玄两指扣着手腕，力道看似极轻，却将她整个人轻飘飘地推了出去。

他自己凌空飞起，朝着湖面疾行而去。

曲苏心下急切，立刻就想追上前，突然噌的一声，利剑破空，一道雪色身影几乎与青玄同一时间冲至半空，但那人站得更接近湖水，因而比青玄先一步朝那朵九瓣金莲落去。

他刚刚落下，司徒琰的声音就响了起来："斛向秋，你还真敢来！"

曲苏停在原地挑起了眉梢。这几日，司徒琰从来都是一副彬彬有礼的世家公子样，这还是她第一次听到司徒琰用这样的语气说话，那一字一句像是要将人在齿间碾磨、嚼碎一般，再朝司徒琰看了一眼，司徒琰已经眼睛血红，表情变得扭曲至极。

她忍不住朝来人看去，只见他一袭白衣若雪，衣袂翩然，身姿笔挺如松，单足立于金莲之上。细观其容貌，只见眉如远山，目若寒星，乍一看去，眉眼间竟与司徒琰有四五分相似，只是司徒琰眉眼间透着一股雌雄难辨的明艳之色，模样比之更为俊美。而这白衣男子神色淡然，举手投足间缥缈若仙，又隐有两分昔日青玄施法时的风姿。

曲苏心中突然生出一种恍然之感，难怪之前她每次见到司徒琰，总有一种诡异的违和感，每每在人前，司徒琰故意做出的那副温文尔雅、彬彬有礼的模样，明显更符合眼前这人。

刚刚司徒琰叫他斛向秋，这可不就是司徒琰想杀的人吗？

青玄与男子在半空中目光相交，不过转瞬，青玄已有决断，旋身倒行，身影如风，退回曲苏身边。

"千千？"斛向秋皱紧眉头，抬眼去看铁笼之中的女子，可他刚刚抬眼，此前弥漫在湖面之上的黑色雾气就以一种前所未有的贪婪之势朝他扑去，数道黑雾飞快竖起，又分成数股纤细如发的黑色细丝。曲苏心头微跳，刚想出声提醒，那黑雾转眼便变成一个密不透风的巨大黑茧，将白衣男子包裹在内，眨眼间，便连男子身上的一丝雪色都难以窥见了。

司徒琰双眸灼灼，脸颊绯红，面上露出某种扭曲至极的笑。任他斛向秋再怎么高高在上，不染纤尘，然而此刻，也要被这九瓣金莲连同大阵衍生出的死气所污，被这活人生祭之阵所束，任他功夫再高强，也终不得逃脱。

司徒琰朝着斛向秋的方向笑道：“斛向秋，你就好好站在此处，被这些生魂啃噬七天七夜，饱尝锥心刺骨、肉烂骨枯之痛再死吧！”

“难怪刚刚死了一个。”曲苏朝青玄看去，“斛向秋才是第七十七个。”

青玄摇了摇头：“这司徒琰做了两手准备，诛杀斛向秋，不过是他们母子诱骗这些江湖人献祭的托词罢了。”

司徒琰希望斛向秋可以自投罗网，但如果斛向秋不来，司徒琰母亲的那些手下，任何一个，都能成为最后那个充当阵眼的关键。

好歹毒的心思！好个一箭双雕的计谋！

“不急。”青玄神色如常，示意曲苏往前看。

曲苏抬眼看去，变化就在这一瞬陡然而生。

先是一束冰蓝剑光自黑色巨茧的一头飞射而出，紧接着，数道剑光自内向外将整个黑雾凝成的巨茧裂成数条，冰蓝色的万道剑光如同星月之光，清洁明净，瞬间照亮整个被死气和怨气笼罩的地下暗湖。遍布在九瓣金莲上的鲜血和脏污死气笼上了一层银白冰霜，皎洁的银莲之上，斛向秋白衣如雪，双眸微合，立在原地。

只见他一手持剑，剑尖指天，立于面前，另一手伸出两指，自剑柄沿着剑锋飞速一抹，唇瓣轻启：“转乾坤，破！”

自他手指溢出的鲜血如有生命一般，沿着剑锋笔直上行，数道小剑自他手中长剑里破空而出，飞至半空，犹如流星一般坠落在黑暗之中，归于虚无。可紧接着，就在下一瞬，整个地底混沌晦暗之地，如同笼在一个巨大的冰蓝色的罩子里，周遭瞬间亮了起来。

几乎同一时间，青玄朝着华容夫人看去，华容夫人面容扭曲地念着咒，青玄抬手朝她和她身后诸人一指，众人如被施了定身术一般，瞬间不动了。

无人再念咒，无人再行动，秦芸芸先是身躯一僵，接着便如面条一般软倒，昏厥在地。

弥漫在湖面之上的诡异黑烟瞬息消失。走在最前的孩童也在同一时间停住脚步，眼中渐显清明之色；原本挣扎着想要逃走的杀手，也纷纷恢复意识，尽管身体还痛楚着，到底不再像此前那般痛得不能自已了。

司徒琰目眦尽裂，他没有去管青玄做了什么，双眼死死盯在斛向秋身上：“你会法术！”他突然反应过来，双眸泛红，指尖微颤，“你是仙，你居然是仙！”

斛向秋立在半空，他本是谦谦君子，一向温润，此刻却面色冰冷：“司徒琰，你可知千千是灵妖？她一生行善，本该修成仙身，获得仙籍，受万人朝拜。你却欺她骗她，割她血肉，害她性命！”他手腕一转，冰锋雪刃直指司徒琰，双眸已微微泛红，“你该死！”

司徒琰微昂着头，眼瞳空茫，听到斛向秋这样问，他原本有些呆愣的面上突然绽出一抹笑。此时斛向秋与青玄突然联手，欲强行逆转此阵，司徒琰与其母亲同是布阵之人，当下已渐渐体会到被阵法反噬的滋味——五脏六腑如被车轮碾压，就连灵魂也在经受煎熬。他凝视着面前这在千千口中与自己有四五分相像的俊逸男子，一字一顿缓缓道:“我该死？我是人，她是妖，我吃她肉、饮她血就是为民除害，我凭什么该死？我不杀她，难道让我娶她吗？那你为何不娶，你当日为何会避开她，远走他乡？”

剧痛瞬间侵袭全身，就是身负绝世武功者也难保全自身，更遑论司徒琰这般普通身手，全靠心间一口气强撑。他一字一句道出一番诘问，屏息沉默片刻，仍然忍不住吐出一口鲜血。

司徒琰却仿佛全然不知痛楚一般，伸出拇指，云淡风轻地抹去唇边血迹，看着斛向秋，全然不畏他手中之剑，眉眼微弯，神色温柔，嗓音如同含了蜜：“你这么放不下她，那你娶了她啊，郎有情妾有意，简直天作之合。还是你觉得你是仙，她是妖，你要等她修得仙身才觉得配得上你？”

另一边，青玄与曲苏一同出手，将悬在半空的铁笼卸了下来。

华容夫人浸淫此道已久，看人比司徒琰更为老辣，她一眼看出青玄身份不凡，是比那斛向秋更难对付的角色。但她只是蔑视地扫了青玄一眼：“管你们是什么来头，今日都要死在我这大阵之中！能为我永生奉上一份力量，也算是你们的机缘了。”

铁笼被青玄打开，曲苏进去将千千抱了出来，她的气息已十分微弱。青玄抬手给她渡过灵气，那双白色眼睫轻轻颤动，终于睁开了血红的眼睛。

在看到青玄的一瞬间，千千耳尖轻颤，双眸微亮，这是她第二次见到青华大帝的真身。她自小便在他的道观之中长大，纵使他换了华服，她也一眼就认出了他，她想朝他笑上一笑，再问声好，却发现自己连笑的力气都没有了。

曲苏半抱着千千，见千千在看到青玄时，眼底那漂亮的光，想起她初见秦芸芸之时，秦芸芸眼睛里也有这样的光。

想到此，曲苏心中便猛地一颤——芸芸日日所喝的，便是这小姑娘的血。

“千千，静心。”青玄出声。

千千被困在这里太久，身上遭受百般折磨，生不如死，她心里有太多不解、不甘、不能原谅，可亲眼看到青华大帝和斛向秋都来救她，她的心中又对这世界生出无限的期盼和希望来。她的手指蜷了蜷，努力蠕动着嘴唇，却连一句完整的话都说不出来，混着鲜血的眼泪自她眼角淌下，她怎么都不舍得闭眸，只拿一双眸子直直望着青玄。

可随即，耳边响起司徒琰的声音，字字诛心。千千的眸子再次化为血红，且这一次，她的双瞳显出幽深而诡异的黑色，两行血泪顺着白得近乎透明的脸颊蜿蜒而下。她扭头看向司徒琰的方向，唇瓣微动，一字未语，却在瞬间身躯自行倒转，凌空立起，身量暴增，雪白如瀑的发丝漫天飞扬，满身白羽覆盖，一对雪白的巨大翅膀凌空张开，周身爆出泛着焦黑的血红之光，大有吞天含地、毁灭一切之势。

曲苏惊诧地看着眼前这一幕。

他们这边的动静太大了，引来斛向秋的注目，斛向秋几乎是在瞬间变了脸色，他顾不上与司徒琰对峙，直朝千千飞奔而去："千千，不要！"

经历过林梵一事，看到斛向秋焦灼的神色和一旁青玄凝重的神情，曲苏也恍惚间明白过来：千千这是被司徒琰的一番话激得再次煞化了。

"青玄，"曲苏伸手抓住青玄的衣袖，"救她啊！"

青玄一连两次抬手在千千面上拂过却毫无作用，千千心中怨气太重，而他当下只有不到一成的修为。青玄不再犹豫，伸出一指在千千眉心一点，目光朝曲苏看来。

第八章　一饮一啄

曲苏一时不明白他的意思，迎上他的目光时，突觉眼前一片晕白，再睁开眼时，却发现眼前情景已变，闲云悠悠，绿树白花，仰首看到的匾额昭示着，此处是白帝城中一处香火颇为鼎盛的道观。

“我只能暂时将千千封印，避免她堕为怨妖。这是千千的回忆，别抵触，跟着我。”

曲苏这才明白，眼前并不是自己平日里所看到的真实情景，而是发生在千千身上的过往之事。

千千自小便是在眼前这间道观中长大，她是一只灵妖，书中记载：“有千岁蝙蝠，色白如雪，末服之，令人寿四万岁。”说的便是千千他们这一族。

千千最崇拜的人便是东极青华大帝，每一个与青华大帝有关的故事，她都听过许多遍。每日在观中听经修习，还不到一千岁时，她已修出了人形。

认识斛向秋那天，正如他的名字一般，是个明媚的秋日。

千千虽然修出人形，却不怎么通晓人情世故，更没有亲人朋友，她在城中待得无聊至极，便化为原形，前往城郊一处山水秀丽处玩耍。

树底下两拨人刚打起来时，她伏在一棵长得盛大金黄的银杏树上睡得正香，被打斗声吵醒，她揉了揉眼，正在发蒙，紧接着便听到底下有女子喊救命的声音。

有人喊救命，便是需要帮忙，这点道理千千还是很明白的。

一群山匪和一行外地来的商队发生了打斗，商队一行人携妻带子，被山匪打劫，转眼间便显出颓败之势。商队领队的妻子和儿女哭喊着求救，就在这时，千千一袭白裙从天而降之势，不仅把商队一行人吓傻了，就连那些举着砍刀的山匪也被惊得迟滞了一瞬。

同样突然出现在众人眼前的，还有斛向秋。

不过他是骑马出现的，尽管也是一袭白衫，模样出众得仿若仙人一般，到底比千千的出场正常多了。

千千出手极快，且有些不分轻重，几乎转眼之间，就撂倒了山匪一行人。她正欲下杀招时，被斛向秋出手拦个正着。

深秋午后的阳光格外明媚，将整座山的秋色染成灿烂的金色，道两旁的银杏树被风吹得沙沙作响，金黄色的小扇子片片飘落，刚好有一片轻旋着飘落在两人之间。

斛向秋伸出两指，凌空捏住那片银杏树叶，趁千千瞧向他有些呆住的间隙，朝她浅浅一笑，将那片树叶递给了她。

斛向秋和商队一起将那些山匪逐个儿绑好了，跟在商队后头一块儿进了城。

千千捏着那片仿佛心形的银杏树叶，一路上总盯着斛向秋瞧。

斛向秋见她不怎么说话，便从挂在马上的包裹里取出一包糕饼，朝她递了过去。

糕饼打开，里面的芙蓉糕已碎成一块一块的。芙蓉糕本就松甜绵软，自然禁不住路途颠簸。

斛向秋一看糕点碎成那样，伸手就要取回去，千千却毫无察觉，伸出两指拈起一块放进口中。

她以前见道观旁边的小孩子吃过这些，一直好奇糕饼是什么味道，今天可算有机会尝一尝了。一块芙蓉糕进嘴，千千吃得眯起了眼。

她朝斛向秋道谢："这个真好吃。"

斛向秋生得面如冠玉，因此脸红的样子也格外明显。

千千看到了，"咦"了一声："你的脸红了。"

斛向秋面染绯色，唇边却含笑："这个碎了，不该给你吃的。"他看着千千耳畔的发丝，低声说，"我叫斛向秋，未知姑娘芳名，姑娘若是不嫌弃，稍后进城，待了结此事，我请姑娘去望江楼吃一顿好些的，当作赔罪如何？"

"我叫千千。"千千能听懂他的每一句话，却有些不明白他为什么要这样说，"嫌弃什么？为什么要赔罪？"她看向手上的糕点，有些难过，"这些不能给我吃吗？"

斛向秋双眸又朝她耳畔望了一眼："这些糕点碎了，味道不好。"

千千双眸瞪得圆圆的，看向他："这还不好吃？"

斛向秋被她逗得笑了，唇角微弯："我知道城里有一家钱庄，他家二楼是茶室，做的芙蓉糕最好吃，待会儿我们去买一包新鲜出炉的，让你尝尝。"

千千点了点头，可很快，她又低下头："可是我没有银子。"她修出灵识，也观察人类的生活许久，一些基本的常识她是明白的。

日常生活，买卖东西，都要用到银钱。可她一无家人，二无营生，也就没途径去赚银子。好在她是灵妖，不吃人间的这些食物也饿不死，可是有机会尝过那么一两次之后，她也知道，人间美食，种类繁多，味道也好。只可惜她没钱买来吃，也不认识什么朋友，所以从前绝大多数时候，她都是眼巴巴地看着别人吃。

斛向秋的声音低低的，只有他们两个人可以听到，可在千千耳中，却是长久以来听到的最温暖的一道声线。她听到他说："千千姑娘应当才修出人形不久吧，没有银子也是寻常事。相逢即是有缘，不必计较这些银钱俗物。”

千千记得自己当时那种既惊愕又温暖的感受：惊愕于眼前这个人怎么会一语道破她是妖非人；温暖的是，这个人的话听起来温柔又有礼，一点都没有嫌弃或者畏惧她是妖的意思。两人初次见面，却仿佛相识很久的好朋友一般。很久以后，千千尝试着用自己掌握的词汇形容两人初遇时的感觉，那时的斛向秋浅浅一笑，望着两人头顶上方的一弯小月，温声说：“与君初相识，犹如故人归。”千千觉得斛向秋将这几个字娓娓道来的语调，真是好听极了。

然而当下的千千只惊愕了一瞬，很快便反应过来此前他为何多次看向她的鬓发：普通女子那里只是鬓角，并无不妥，可对于蝙蝠妖而言，斛向秋所看的那个位置生着一对透着淡淡粉色的蝙蝠耳朵。

千千的第一反应就是伸出一只手捂住，可另一手还拿着糕点，她想伸手捂住，又舍不得糕点掉在地上，一时间又焦急又为难，眼眶都急红了一圈。

斛向秋连忙伸出手帮她托住糕点，神色有些好笑，更多的却是面对她时的坦然。千千记得自己当时仔仔细细看过他的眼睛，斛向秋的眼睛亮亮的，就像秋日阳光下的镜湖，看着她的时候没有一丝嫌厌，细看好像还盈着点点笑意。

斛向秋对她说：“姑娘不必着急，旁人看不到的。我因有些际遇，也是仙途中人，故能窥得一二。”

过了好一会儿，千千才放下手，不再遮着与他较近那一侧的耳朵，她对他实在有太多好奇了，其中最好奇的，还是他口中所说的修仙。

两人陪同商队将那些山匪交给官府，还买到了斛向秋口中白帝城中最好吃的芙蓉糕，一同坐在望江楼临江的位子上时，已是傍晚时分。

傍晚的江面落霞如锦，波光粼粼，如同一只光芒万丈看不到头尾的赤红金鲤。斛向秋点了一桌好菜，千千第一次吃到这般美味的食物，却仍不忘抛出一个又一个疑问。

“你已经修成仙了吗？你好厉害啊，我用了整整一千年，才只是修成人形。”

斛向秋笑着为她盛了一碗三丝银鱼羹，缓声道：“我并不厉害，只不过因缘际会之下凑巧想通了一些事。”他看着千千说，“千千才是真的厉害，这么短时间就修成人形，比我以前听过的都要厉害。”

“真的吗？”千千听得开心极了，她追问斛向秋，“你是不是去过许多地方，认识许多人？可不可以给我讲一讲你认识的那些妖，我想知道。”

那天的晚膳吃了许久，人类的食物对妖而言，是永远也吃不饱的。斛向秋点了满满一桌菜肴，对千千而言，也不过如普通人吃了开胃小菜那般。斛向秋令小二撤下那些空盘后，又上了十几样糕点并一些茶水，两人一边对着窗外的月色江景谈天说地，一边品尝各色点心。

斛向秋对她说：“想要融入人间的生活，就不能做出格的事。譬如吃饭，人的饭量该是多少，你便吃多少。让普通人觉察你的异常，进而发现你是妖，是一件非常危险的事。”

千千听得发愁，却很认真地逐一记下。她问斛向秋：“那你会怕我吗？”

许久之后，千千仍然记得她问斛向秋这个问题时的心情，尽管面上装作淡定自然的模样，但她的心跳快极了，就好像第一次亲眼见到青华大帝本人，又一路领着青华大帝去寻找那块指引着伏羲琴方向的碎片时一样，心里面仿佛揣了一只活蹦乱跳的小鹿，有点无措，有点雀跃，还有一点自己都说不清的紧张和恐惧。斛向秋是她在人间交的第一个朋友。他聪明、强大又温柔，他看过千山万水，懂得人情世故，并且愿意与她分享。

越是新奇，越是感到珍贵，也就越害怕从对方口中听到对自己哪怕一点点的否定。

千千并不知道，自己紧张的时候，鬓角边的蝙蝠耳会微微颤动。她本就生得雪肤花貌，眉间一点朱砂红，称得上倾国倾城，那对蝙蝠耳看起来就如她本人一般，玲珑毓秀的外表下透着一点不自知的天然娇憨。

她只记得，那时斛向秋定定地看了她好一会儿，神情郑重而认真：“我们如今已算是朋友了，朋友之间，没有嫌弃，没有畏惧。若你能坚守本心，潜心修仙，以后我们会成为百年、千年的挚友。挚友之间，是高山流水，是士为知己者死。”

说到这儿，他又笑了：“但那些对于现在的你我来说都太遥远了，我只知道，我很喜欢你是我的朋友。”

斛向秋说的每一个字，千千都记在了心里，尽管他说的许多话，她都有点听不明白。千千一边思索，一边朝他绽出一抹甜甜的笑：“我也很喜欢，很喜欢斛向秋。”

皎洁的月光之下，千千发现，斛向秋的脸上悄悄泛起红晕。

斛向秋是世家子弟，出身极好，却一点也没有清高、不好相处的样子。相反，他性格温柔，又极富耐心，很快就与千千成了无话不说的好友。

那天之后，斛向秋陆陆续续教给千千许多道理。还告诉她，既然修成人形，就该以做人的标准约束自己，不杀生、不滥用法术，也不要去扰乱天地间的秩序、缘法。千千心思纯善，又有慧根，很多时候斛向秋说的话，千千都是一点就透。斛向秋便向她讲了许多修仙之事，鼓励她在人间积德行善，好好修仙，才好早日得道成仙。

然而在“路见不平”“积德行善”这八个字上，千千的领悟与执行力之间出现了那么点偏差。

不久后的一日，千千在药铺附近遇到一位老婆婆，见婆婆拄着拐，走得很是吃力，便背起婆婆，好心送她回家。但千千忘了，她的本体是蝙蝠，若不刻意放慢速度，走起路来是很快的，转眼间，便穿过了三条街。婆婆急得连连拍她，要她放自己下来，因为她儿子去药铺为她买膏药，婆婆想着以普通人的脚程，背着她走一小段，用不了多久，她那儿子就能跟上来。可千千走得实在太快，婆婆等不到儿子，又被晃得眼花，急得险些哭起来。

千千只得又背着婆婆，把人送了回去，好在半路上便遇上了她的儿子。她记起斛向秋说过，主动开口道歉，旁人多半不会怪罪。因她生得明眸皓齿，实在可爱，又主动张口道歉，婆婆和她的儿子知道她并无坏心，倒也未曾怪罪。

春节后不久，便是上元佳节，千千与斛向秋相约一同逛灯市。千千行至一处颇为偏僻的小巷时，便见一位衣着单薄的女子被一个青年搂在怀里，颤声推拒着说："不要。"

那巷子又窄又黑，千千与那两人相距甚远，换作旁人还真不一定能听见那女子口中在说什么，可千千是蝙蝠妖，向来耳聪目明，一听那女子的话，便觉女子定是受了欺负，当即来了火气，主动上前替那女子抱不平。

出手时，她仍牢记着斛向秋说过的话，不能仗着自己是妖就随意欺凌凡人，凡人力气没有她大，是很脆弱的，以她的力气出手揍人，十有八九要闹出人命。因而她只是上前揪住那青年的衣领，将人甩了出去。

然而她以为的"轻轻甩出去"，对那青年而言，却如同一只沙包被人一把丢出，糊在墙上。青年一口气没喘上来，当场昏了过去。

更令千千感到惊愕的是，此前出声呼救的女子不仅没有道谢，反而尖叫着朝青年扑了过去，转眼就哭成泪人儿。紧接着女子还指着她大声叫喊起来，说她是"杀人凶手"，让行人报官，决不能轻饶千千这种故意伤人的恶徒。

千千蒙在原地，想要辩解，可话刚说到一半，讲到女子开口说"不要"那段，那女子便双手捂脸，嘴里嚷着"我不要活了"，起身朝不远处的一棵大树冲了过去。

斛向秋久等不见人，一路循着人声找了过来，及时拦住寻死觅活的年轻姑娘，又和一旁看热闹的众人一起将昏迷的男子送到附近医馆。

斛向秋在白帝城声名远播，是远近皆知的温润君子，众人自然愿意听他解释，了解到原来不过是千千不懂男女之事，贸然出手才导致的祸事，人群便散了。

斛向秋费了好一番工夫才让千千明白，那位青年并不是对女子欲行不轨，两人本就是一对小情侣。女子口中的"不要"，其实只是情侣之间的小情趣。

事情终于解释清楚了，千千知道自己再一次好心办了坏事，整个人就蔫了，斛向秋整张脸也红了。

月满中天，华灯如昼，千千手里端着斛向秋专门为她买的桂花圆子，没精打采地坐在小摊旁的长凳上，许久都提不起精神。

斛向秋见状，温声安慰道："你也是好心，解释清楚之后，不也有人替你说话，说那对小情侣举止不妥，才会引人误会？"千千的发顶被斛向秋揉了两下，又听他道："快些吃吧，这桂花圆子冷了就不好吃了。"

千千舀起一勺圆子，送入口中，尽管心里难受，但斛向秋太会买好吃的了，桂花馥郁，酒酿酸甜，圆子又软又糯，甜甜的豆沙馅儿进了胃里，感觉整个人都舒坦了几分。她不由得抬起头，看向斛向秋："我是不是很笨？你教了这么久，我还总是闯祸。"

斛向秋笑着睨她，他抱着一柄剑斜坐在那儿，鬓发微乱，眸色温暖。他一身雪衣，月白色的大氅，整个人看起来就如头顶上方皎洁的月色一般，看似清冷，只有真正亲近的人才知他的温柔。他看着她的眸中仿佛倒映着溶溶月光："千千，不要总记着自己做过的错事，行走世间，人孰无过？只要你记得做事出自本心，无愧天地，也便够了。"

说完这话，斛向秋的目光已投向了远方。千千顺着他的目光看去，发现他在看远处的烟火。烟花绽放，辉煌灿烂，连他的脸庞和眼眸都被映上一抹近乎奇异的亮色。

可就在那一瞬间，千千突然觉得他看起来很遥远。

此前的斛向秋，皑若山上雪，皎如云间月，可一旦熟识了，就觉他更像身边触手可及的烛火、灯光，哪怕只是这般看着，也让人觉得温暖。

可就在那一晚，她看着斛向秋眺望烟火的侧脸，突然发现，月亮就是月亮，再温柔若水，也永远高高挂在天上。

或许妖的预感一向准，之后不久，斛向秋即向千千告别。

他说自己最近道心不稳，需要外出历练，锤炼心境。千千心里有说不出的失落和不舍，但面上仍作出高高兴兴的模样，与斛向秋在望江楼一同吃了顿送行饭。送行饭与两人初遇那天的傍晚吃得一模一样，都是千千和斛向秋最爱吃的菜肴。

饭后，千千将斛向秋送至城外十里外。

那是一个盛夏的午后，千千记得很清楚，因为那日临行前，斛向秋送给了千千他在城外湖边的一位大嫂那儿买的一把新鲜莲蓬和一朵开得最美的雪色荷花。

临走前，他跨坐在马上，如同从前的每一次那般，轻轻拍了拍千千的发顶："夏日暑热，吃些莲子清心降火。"

那日千千梳了个双丫髻，发间簪一对紫色桔梗鎏金小钗，这对小钗还是从前斛向秋在一间古董铺子看到，悄悄买下赠给她的。千千不知此物是斛向秋揣在怀中踯躅多日，才状似不经意间取出相赠。这对小钗看着轻盈别致，紫色桔梗花更是雕刻得惟妙惟肖，自从千千收下，便时常佩戴。她捧着一把莲蓬和那朵白荷，仰头望他，乌黑的发间一对紫色桔梗花玲珑可爱，随着她的动作轻轻摇曳：“斛向秋，一路顺风，早日归家。”

这是她不久前才听一位大婶与家人道别时说的话，当时便记在心里，却不想这么快就派上了用场。

斛向秋朝她一笑，道了声“保重”，便打马远去。

十里长亭外，千千目送着他一路远去，直到连人影都看不真切才离开。

那天午后，千千送走了斛向秋，不知不觉便走到两人初识的那片山坳，寻了棵生得高大结实的树木，化作原形栖在树间小憩。

盛夏的天气到底不比秋后舒爽，远远望去，都是深深浅浅的绿色，并不是记忆里令人心生快乐的金黄色。天高云淡，这一觉千千睡得不怎么踏实，迷糊间便瞧见一个身穿一袭霜白色长衫的年轻男子，墨发微散，眸色温柔，远远望去，仿佛就连侧脸与五官都和斛向秋有四五分相像，千千一下子就来了精神。

他身边跟着几名小厮，但身前却有数十个提着刀、长得凶神恶煞的山匪，山匪挥了挥刀，那些小厮便四散逃逸，无人再管他的死活。掀翻的行李、药材散落一地，白衣男子一人面对数十个山匪，但他的面上仍是那副淡淡的神色，仿佛已将生死置之度外。

千千突然觉得，她方才是看花了眼。斛向秋性子温柔，但面对恶人时，手里的剑绝不留情。

就在山匪要一刀刺向男子时，千千从树上跳下来，将男子一把拽开。千千发现他并不怎么会功夫，被她拉到一旁时甚至站立不稳，险些一头栽进她的怀里。

四目相交那一刻，男子的眉目清晰地刻入千千的眼中。

千千出手极快，瞬息之间便制伏了数个山匪。白衣男子正扶着一旁的大柳树，他的眉既细且黑，生得比许多女子还要好看些，一双凤眸宛若星辰倒影，看着千千的眼神透着某种令人看不真切的深浓。

他开口时，声音宛如碎珠落玉盘，听得人耳朵一酥：“多谢仙子救命之恩。在下司徒琰，还未请教仙子芳名。”

千千被他一句话说得脸颊微烫：“我，我叫千千，我不是什么仙子。”像是在有意强调什么一般，千千咬了咬唇，“我就是个普通人罢了。”

司徒琰闻言便笑了，他笑的时候，一侧脸颊会出现一个很浅的笑窝，十分招人喜爱。盛夏午后的阳光灿烂，透过树叶缝隙落在他轻垂的眼睫上，洒落点点碎金。光影斑驳间，那浓密的眼睫轻轻眨了眨，又朝着她缓缓抬起，宛若一对从小憩中醒来翻飞着翅膀的蝶，蝶翼旋转，光泽耀目。

司徒琰就那么凝视着千千的脸，后退一步，朝她深深作了一揖："千千小姐救命之恩，琰自当以身相报。"

千千此前也帮过许多人，雨天忘记带伞的老人，路边找不到母亲的稚童……斛向秋离开前那些日子，适逢蜀地暴雨，多处塌方，她与斛向秋四下奔走，救下不少被砸至重伤的路人，又将人一路送至城内的医馆救治。可那些人中，大多数人第一反应都是向斛向秋道谢，偶尔因为她理解错了意思，闹出笑话，那些人不仅不会感激，还会说一些让她不知所措的话。

像司徒琰这般郑重其事地向她作揖道谢，她还是第一次遇到。

她早已习惯行善不求回报，心中也从没有过不平、不甘，可面对着司徒琰郑重其事的姿态，她在脸颊泛红的同时，发现自己心底难以自抑地冒起微小却温暖的气泡。那感觉奇妙极了，就好像从前她独自一人去山中泡温泉，整个人浸泡在暖烘烘的热水之中，那种舒适的感觉，让她久久难以忘怀。

那天午后，千千就这样在山间救下了被山匪打劫的司徒琰。

那时她并不知道，这个人不仅是与她命运纠缠的爱侣，更是她命里的魔星。

那天之后的许多个日夜，她的爱恨，她一生的愤恨不平、苦难纠结，乃至最后连死都不肯瞑目的不甘与不可原谅，都来自眼前这个眉目如画、斯文俊美的年轻男人——司徒琰。

有了上一次的经历，千千轻车熟路，很快便在不伤害那些山匪的情况下将人制伏，又一路陪同司徒琰折返城中。

彼时的千千心无城府，望着司徒琰的侧脸说："你长得好像我一个朋友啊。"

司徒琰笑容腼腆："不知姑娘所说的朋友是什么人，但能成为千千姑娘的朋友，想必也十分厉害。"

千千赞同地点了点头："他确实是个顶厉害的人物。我今日才送走他，不想就在那附近遇到了你。"

司徒琰眼眸轻垂，温声道："今日多亏遇到姑娘，不然我真不知回家该如何向父母交代。"

千千拍了拍他肩膀："公子不必惊慌，平安就好，我送你回家吧！"

千千这话是依照从前她跟着斛向秋一块救人时，斛向秋对那些女子所说的，她一板一眼说与司徒琰听。但她并不知道，寻常女子面对男子，哪怕是搭救过对方，也不会这般用词。

司徒琰却并不生气，反而朝她浅浅一笑，作了一揖："那就多谢千千姑娘。"

进了城，照旧料理了那帮匪徒，又将几车药材送到医馆，司徒琰提出请千千吃饭以表谢意。千千微微一怔，相似的话，斛向秋也说过。想起斛向秋，还有两人初遇那天的种种，千千忍不住舔了舔嘴唇："是去望江楼吗？"

司徒琰闻言不禁一愣，随即笑得温柔："想不到千千姑娘对吃也这么懂，望江楼的菜色确属一绝，在那吃饭景色也好，我们就去望江楼。"

千千道："我记得他家的樱桃酪很好吃，还有樱桃毕罗、酥油泡螺、桂花蜜沙冰……"

司徒琰微微弯眸："千千姑娘喜食甜食，我记着了。"

千千从前倒是未曾这么想过，但司徒琰这话听着耳熟，她思索片刻，笑眯眯道："对呀。从前也有朋友这样说过我。"

司徒琰说："前面不远有家铺子……"

"我知道，他家的芙蓉糕最好吃！尤其是刚出锅的时候，软软的，香香的。"

司徒琰道："看来千千姑娘从前的朋友，也是个饕客。"

千千不太明白"饕客"这个词的意思，只能摇了摇头，懵懂道："他不爱吃甜的，是我爱吃。"

司徒琰道："这一家的芙蓉糕确实做得不错，但还有一绝，不知千千姑娘有没有尝过？"

不多时，司徒琰领着千千从钱庄二楼下来，千千手里已多了一只冒着白烟的冰碗。

冰碗里盛着白嫩嫩的果藕和鲜菱角，大颗樱桃鲜红欲滴，司徒琰当时特意交代老板，浇了厚厚一层乳酪和桂花蜜，舀一勺进嘴里，凉冰冰甜丝丝，这样的暑热天里吃，别提多过瘾。千千吃得眼睛都眯起来了，对司徒琰说："司徒琰，你知道得真多，我从没吃过这么好吃的冰甜点。"事实上，在今天之前，她压根儿都不知道世上竟有甜津津又凉丝丝的，还这么好吃的小食。

司徒琰笑着道："我还知道望江楼里有两样菜，你从前肯定也没有吃过。"

千千连连点头："那咱这就走吧！"

两人在望江楼自然饱餐了一顿。道别时，司徒琰问起千千的住处，说是改日登门道谢。

千千白日不论去什么地方，晚间都会变回原形，回道观睡觉，但经过斛向秋的诸多叮咛，她也知道，与人交往，最好不要暴露自己是妖，否则是会吓坏人家的。她随口报出一个离道观最近的巷子名，便与司徒琰匆匆道别。

司徒琰说话算话，第二日傍晚便到道观附近的那条巷子找寻千千的踪迹，幸好千千闲来无事，两人在巷口便遇个正着，便免去了一番解释。

司徒琰温文尔雅，行事格外妥帖，他领着千千去城中最热闹的小吃一条街，一摊接一摊地吃过去，还为她介绍各种食物的特色和一些传说。千千爱吃也爱玩，尤其爱听故事，司徒琰此举对足了她的胃口，简直比两人初遇那天在望江楼吃得玩得还要爽快。不过一个晚上的工夫，两个人之间的距离悄然拉近。司徒琰知晓了千千的许多爱好、习惯，包括饮食上的小癖好；千千也了解到，此前司徒琰外出，是奉了父母之命去外地采买药材，却不想山路曲折，险些被山匪劫去这一趟外出的全部收获。他是家中庶子，自小什么都有上面的嫡出大哥压着，母亲又好强，一心教导他事事做到完美，唯有强过大哥，才有可能博得父亲青眼。

千千不明白，为什么都是儿子，在父亲那儿却有不一样的待遇，但她已经将司徒琰视作朋友，便耐心开导他说："像你这般优秀的人，早晚会有一番作为，令你父亲刮目相看。"她拍了拍司徒琰的肩，神色认真，"我相信你，你也要相信你自己。"

司徒琰轻笑了声，他的眼瞳是浅褐色的，琉璃珠一般晶莹剔透，这般近距离地与人对视，千千可以清晰地看到两枚自己的小小身影。

也许是自小的习惯，他说话时总喜欢盯着千千："我也相信，有朝一日，我定能青云直上，令世人刮目相看。"

那天之后，两人成了几乎无话不谈的好友。

彼时司徒琰常穿一身素衣，墨发白袍，腰间系一块形状颇为别致的白色玉牌，彬彬有礼，神色温柔，遥遥一望，真与斛向秋有四五分相似。千千每每看向他时，总觉他是与斛向秋一样的人，谦谦君子，温润如玉。可他又与斛向秋不同，他并未修仙，也不懂功夫，因是医药世家出身，司徒琰精通药理，救治过许多人。

若说在千千心中，这两人除了容貌还有什么共同之处，便是一样与众不同，一样超群绝伦，是那种哪怕走在人群中也会闪闪发光的人。

千千一心想要多做善事，而在她心中，司徒琰每日行医，便是在行大善，因而熟悉起来之后，她常去医馆找他，还主动提出要帮他一起治病救人。司徒琰对她这般主动显得高兴极了，偶尔会教她一些分辨药材的方法，或是讲一些从前外出采买药材、为人看诊时遇到的奇特之事。千千每每听得投入，末了总会忍不住感慨："司徒琰，你懂得可真多啊！"

不久后，司徒琰奉命外出，说是要置办一批药材。千千看他手上拿的方子，发现上面陈列的药材多达几十种，有的要去外地采买，有的则生长在深山之中，还有几味，譬如月圆之夜荷叶上的露水、入秋一旬的叶上清霜，除了细心和用心，须得天时地利才能取得。

"这里面有几味药材有点奇怪。"她指着其中一味，轻蹙眉尖，"这个，说要一只灵狐的眉心血。别说灵狐敏锐，普通人很难捉到，就是真的捉到了，取了它的眉心血，灵狐肯定要死的。”

司徒琰浅浅一笑：“千千是想帮我凑齐这张药方，却不想灵狐死？”

千千缓缓点了点头，她心中为难，但还是照实对司徒琰道：“如果为了救活一个人，就要害死一只灵狐，我觉得这样不好，难道一只灵狐的命，就比不上一个人的命吗？”她望着司徒琰，有些好奇：“这张药方是治什么病的？”

司徒琰在她脸颊上一捏，轻垂眼帘，又浓又翘宛如蝶翼的眼睫恰到好处遮蔽了他那一瞬的神情：“是我母亲偶然从一位仙长那儿得到的上古遗方，暂且还用不上，但我对照过许多医书，若真能凑齐这药方上的药材，或许能救好许多病入膏肓之人。”

千千若有所思。过了片刻，她拍了拍司徒琰，为自己突然想到的主意雀跃不已：“我有办法！”她朝司徒琰眨了眨眼，“我知道在哪儿可以捉到灵狐，但到时你要听我的，保准既能取到灵狐血，又不伤害它的性命。”

司徒琰浅浅一笑：“这样最好不过。”

千千所说的能捕捉到灵狐的地方，就是蜀地的贡嘎山。贡嘎山经年覆雪，山峰陡峭，若无当地向导指引，寻常人就算侥幸进山，用不了几日，也会彻底迷失在错综复杂的山脉之中。

可有了千千，全部难题迎刃而解。她寻了一条最近便、最缓和的山路，带着司徒琰快速进山，还为他寻来雪山之中也难得一见的冰天雪莲。

冰天雪莲是一味极珍贵的药材，更为难得的是，千千将其摘下时，雪莲花还开着。雪莲的花瓣纯白似雪，花蕊透着淡淡的天然的冰蓝，圣洁而美好，触手微寒，不似凡尘之物。

司徒琰将冰天雪莲接在手中，看着千千的神情透着几许莫名：“给我？”

“对呀，送你。”千千笑吟吟的。幸好两人准备充足，不仅穿上了厚实暖和的冬衣、皮靴，还一路带了暖炉，司徒琰的脸色才一直如常。千千是灵妖，本就不畏酷暑严寒，哪怕身处这种冰雪覆盖的高寒之地，周遭环境对她而言，也如春季一般和暖。她不敢在司徒琰的面前轻易显露自身的异常，便如他一般裹得厚实。既然当初是她提出来此处寻找灵狐，她就要护他周全，不仅要让他冻不着、饿不着，还要带他领略这雪山最美的景色，送他最美的冰天雪莲，待会儿若是能捕捉到雪湖中的大肥鱼，两人就可谓不虚此行了。

司徒琰的面上不知何时染了浅浅绯色，他微垂着眸，看着手中那朵犹在徐徐绽开通体晶莹的雪莲：“这还是我第一次收到别人的礼物，谢谢。”

千千闻言，心中一软，想都未及细想，脱口便道：“那以后我送你许多许多礼物！”

她拉起司徒琰的手，指着不远处道："看到那座湖了吗？待儿会我带你去捉鱼，那里头的鱼又肥又嫩，最好吃了！"

司徒琰闻言就笑了："好。"他指了指放在一旁的包袱，"我带了些五香粉，待会儿我为你做烤鱼吃。"

"用不着五香粉。"千千拉着他飞快向前，身姿轻巧得如一只飞翔在空中的乳燕，"湖边长着的那棵大树你看到了吗？将那上面的叶子摘下来，裹上鱼肉来烤，什么调料都用不着，最美味了！"

不多时，两人便坐在湖边，手里各捧着一大片焦黄沁香的肥大叶片，一旁架起的篝火上，还咕嘟咕嘟煮着热腾腾的鲜鱼汤。

冰天雪地间，雪湖沁蓝，头顶金灿灿的大树无风却招展，发出沙沙的声响，一切美得犹如仙境一般。千千深吸了一口气，对准肥嫩的鱼腹一口咬了下去，顿时香得满嘴流油。

"千千。"

太久没吃到这雪湖中的烤鱼和鱼汤，千千馋得不行，吃得头也不抬，听到司徒琰喊她，"唔？"见他就那么捧着烤鱼坐在身旁，一动不动，不禁瞠目，"怎么了，不好吃吗？"

"千千，"司徒琰神色温柔，颊边露出浅浅的梨涡，"这里你可带旁人来过？"

"没有啊。"千千觉得有些痒，忍不住伸手抓了抓脸颊，"你是第一个，不过这里我也好久没来了。"

耳畔传来温暖的触感，千千抬眸，就见司徒琰伸出手，为她理了理耳鬓散乱的发丝："慢点吃。"千千此前从未见他笑得连眼眸都微微弯起，不由有些看呆了。

司徒琰见她神色怔愣，勾起嘴角道："怎么，看我看傻了？"

她刚撕下一大块鱼肉吃进腹中，这时却又忍不住吞了吞口水："你生得真好看。"

司徒琰像是听到什么非常好笑的话一般，笑得眼睫轻颤，唇瓣沁红，连眉眼都弯起来："千千喜欢我的模样？"

千千点了点头。

司徒琰笑着道："在我心中，千千便如仙子一般，比我好看多了。"

上一次听到司徒琰这般称呼她，还是两人初见那日，司徒琰一开口就直呼千千"仙子"。时隔几月，两人之间早没有了初识时的礼貌恭维，司徒又一次这般说道，千千听在耳中，小蝙蝠人生第一次，心头生出了几分不一样的滋味。

那感觉说不出的奇妙，有几分羞，有几分恼，还有几分说不上缘故的甜蜜。千千只觉得司徒琰说话的声音好听极了，这样的情景下，他坐在她身畔，嗓音低醇，说她像仙子，当真令她心悦至极。

千千一高兴，更来了胃口，一连吃了三尾大肥鱼，才记起自己如今“为人”的身份，匆忙收敛。好在一旁的司徒琰浑然不觉，他只吃了一尾鱼便饱了，从锅里盛了一大碗熬成奶白色的汤水，双手捧着让千千喝。

千千想要接过来，司徒却不肯，还对她说：“你是女孩子，这碗太烫，你拿不住的。”

千千想说，莫说只是区区盛着刚出锅的鱼汤的大碗，就是刀山火海、赤焰寒冰，从前她只身闯荡，也连眼都未曾眨过。可她听着司徒这样说，心里有说不出的甜蜜。

两个人面对面坐着，司徒琰端碗，千千一口接一口地喝着。她没有寻常女子那般拘泥，低头便饮进一大口，香浓滑溜的鱼汤含在口中，再抬头时，她的眸便刚好落入司徒琰含笑看着她的眼中。

真好啊！她从前还未修出人形时，曾来过这贡嘎山许多次，赏过此处经年不变的雪，采过刚开出花骨朵的冰天雪莲，尝过这雪湖里倏尔跃起的大肥鱼，就连此次要带司徒去取血的灵狐，她从前也不止一次与之赛跑过。独自做过的事，换了两个人一同来做，竟是全然不一样的滋味。

这感觉令千千新奇不已，也沉迷不已。

取灵狐血的过程很顺利，司徒在一旁以一只拇指大小的白玉小瓶接着，一会儿便满了。

危险是在两人一前一后下山时陡然发生的。

那时他们已远离贡嘎雪山，更换了轻薄衣物，走在折返白帝城的寻常山路上。也不知打哪儿冒出一条红环蛇，张开大嘴直冲千千脖颈而来。

红环蛇是毒物，常人避之唯恐不及，可千千是灵妖，更是蝙蝠妖一族，本就不畏天下百毒，却不想司徒琰的反应比她还快，还不等千千伸手扯断那条红环蛇，他已一手护住千千脖颈。

红环蛇被千千捏住七寸，转眼就断了气，可司徒琰的脸色瞬间就灰暗了下去。

千千一把扶住司徒琰，他眉眼生得漂亮，平日里肤若白瓷，唇色嫣红，乍一看去，宛如神仙画中走出的翩翩美少年，可被这红环蛇一口咬在虎口，青黑之气蜿蜒而上，转眼便脸色泛黑。红环蛇是剧毒之物，哪怕司徒琰有诸多药材傍身，但此时即便能从一堆草药中选出合适的嚼碎，勉强来得及自救，也少不了要遭罪。

千千想都未及多想，指尖一刮，殷红的血珠自食指尖沁了出来，纤白的指尖如同春笋，抵在司徒琰黯淡的唇瓣上：“咽下去。”

她的血便是这世间最灵的解毒圣药，只需一滴，这红环蛇的剧毒便解了。

司徒琰脸色难看极了，望着她的一双眸子却宛若春日里的湖光潋滟，雾蒙蒙的，仿佛要滴下泪来。

他听到千千的话，唇瓣轻启，缓缓含住千千的指尖。

本是危急时刻救命的举动，却因被救之人的姿容，平白生出几分旖旎。

千千匆忙收回指尖，扶着他在附近一棵大树下休息。她佯装生气，掩饰自己有些错乱的呼吸："我功夫比你好多了，那蛇根本不能把我怎么样。下次遇到这种情形，不要这么傻了。"

司徒琰靠在大树上，微昂着头，露出一段修长的脖颈。蛇毒已解，但他身体仍虚弱得没什么力气，额头、脸颊都染上了一层薄红，哑声道："好。"

千千看了他一眼："以前有人教过我，答应这么快的，都是骗我的。"

司徒琰妙目微转，凝眸看她："我若照实说，怕你也不信。"

千千看着他，就见司徒琰浅浅一笑，嗓音虽沙哑，神态却从容："哪怕我功夫不如你，在我心里，也一心一意想护着你。"

这话说得并不华丽，却重逾千斤。许久，两人之间谁都没有再说话。

休息了好一会儿，两人一同下山时，千千小声说："我……我从前与别人在一起时，都是我保护他们。"斛向秋倒是不需要她保护，但因为她也有灵力在身，不是柔弱的人间女子，斛向秋就是想保护她，也没有机会展现身手。

突然被一个在体力和功夫上都比自己弱许多的人保护，千千许久都难以回神。

顺利取到灵狐血后，其余药材的获取就简便许多了。饶是如此，为了配齐药方上的几十味药材，司徒琰和千千前后也费了好几个月的工夫。待找齐最后一味药材，千千盯着司徒手里的药方问："我记得你说过，珍贵的药方更不能少了药引，不然药效就不够好。"

秋夜露白，月盈中庭，千千仰起脸，眸中写满了对新鲜事物的好奇和对司徒琰的信任，可不知为何，司徒琰却猝不及防地移开视线。他的眼看向不远处的满塘枯荷，嗓音有些低哑，好像是想故意对她卖个关子："药引，日后我再告诉你是何物。"

之后的一段时日，仿佛每一天都沁满了蜜。

因为那天之后不久，司徒琰在一个下着薄雪的夜对千千表白了心意。

司徒琰实在太懂千千，表白心意那日，他与千千一同治好了一位久病缠身的贫家少女，随后两人一同到他们此前最喜欢的一处小酒馆，点了满满一桌千千最爱的吃食。行善事，吃美食，听故事，是千千人生的三大爱好，一天之中三个爱好完满完成了两件，千千心情实在是好到极点。

饭毕，两人一同走在折返的路上，司徒琰突然从此前一直提着的厚重包裹里拿出一件绣着红梅花的大氅，披在了千千身上。

天也应景，几乎才穿上那件大氅，天上就飘起了薄雪。

司徒琰眉眼微弯，垂眸看着千千：“今日是初雪。”

千千不明白他是什么意思，刚抬起头，就觉眉心一暖，这人竟然问都没有问一声，径自朝她落了一吻。

司徒琰的声音听起来就如两人初遇那日一般，清凌凌地动人心弦，又含着某种难以言状的魅惑：“听说每年初雪那日，亲吻心悦之人，便可以与那人长相厮守，直到白首。”

千千听得微愣，连要质问司徒琰怎么突然亲她都忘了。她抬手抚上自己的眉心，慢慢重复司徒琰的话：“长相厮守……是什么意思？”

司徒琰笑容淡淡的，眸光深邃：“就是一直在一起的意思。”

千千并不明白：“我们现在不就在一起吗？”

司徒琰摸了摸她的发：“那千千可愿以后一直这样？”他看着她的双眼，强调道，“只有你我，没有旁人。”

千千不知该如何回答，只觉自己仿佛如常人发烧了一般，全身上下都燥热得厉害，心跳快得仿佛要跳出喉咙一般，就听头顶上方又传来司徒琰的声音：“千千，说‘好’。”

千千抬起眼，这一次，她看到司徒琰就那么深情地凝望着她，面上又绽出两人初见那日的笑靥，她心跳如鼓，却不知道自己当下这样子是怎么了。

她望着司徒琰眼瞳中自己的影子，连她自己都知道，自己此刻脸红得厉害，司徒琰也一定早就看出来了。可他仍那么温柔，那么耐心，仿佛听不到她亲口道出一个“好”字，就甘愿一直这样等下去一般。

千千轻启朱唇，觉得自己从心底到舌尖都泛着一股甜蜜，她也像司徒琰那般，朝他露出一抹笑：“好。”

那天之后，千千住进了司徒琰在城郊置办的一处小院。司徒琰颇为体贴，从不多问她此前的住处，更不追问她的父母、亲人，千千不擅说谎，如此自是少了许多面对爱人时的压力，与司徒的相处也愈加甜蜜。

司徒琰仿佛比从前更忙了。

他一个人几乎撑起整间医馆的生意，但在司徒家，伙计、掌柜并不怎么将他放在眼里。司徒琰的母亲华容夫人，容貌姣好，所以才会成为司徒家主最为宠爱的一个小老婆。二十年光阴流逝，华容夫人的容貌、身材，仿佛仍是三十岁出头的模样，看起来比实际年龄小，加之她又常年居于城外道观，做起了女冠，因此在司徒家，甚至整个白帝城，都流传着有关华容夫人的种种传闻。司徒家主的正室把持着诸多产业，多少年来，对于这些传闻也一直推波助澜。“母亲是妖邪，小杂种也是怪胎”之类的话，不仅传遍司徒家上下，在整个白帝城内也都广为流传。司徒琰常去的这间医馆，司徒家这些知根知底的下人，表面对司徒琰勉强算得上恭敬，毕竟他好歹也是明面上的小少爷，但背地里多次喊他是“上不得台面的小杂种”。千千常去医馆找司徒琰，他不在场的时候，这种话千千听过好几次。

千千觉得这些人真奇怪，当着司徒琰的面是一副模样，背着人是另一副模样。斛向秋从前说过，世人皆有两副面孔，有的人甚至有很多副面孔，千千一直不太懂，但这不妨碍她替司徒琰抱不平。不论何时何地，只要被她听到，就一定会上前和那些人争辩，但心中有再多不平，她也不会动手打人，只是一脸认真地和那些人讲道理。

一天傍晚，千千照例去医馆找司徒琰，凑巧遇到前不久被司徒琰医治好的一位老先生，带着女儿到医馆专程道谢。可医馆里的人手都是司徒家大夫人从娘家带来的下人，又那么巧，当日司徒家大少爷也在当场，医馆的掌柜便朝那老者笑了笑道：“身为医者，治病救人是应当的，老先生身子才见好转，便专程跑这一趟，实在是有心了。只不过……”他眼珠一转，朝身旁不远处正在看方子的司徒家大少爷拱了拱手道，“老先生约莫是记错了，那日为您看诊的，应当是我家大少爷才是。”

那司徒家的大少爷看起来性子温和极了，听到这话，只是茫然了一瞬，随即便道：“劳叔，不必专门说这些事。”他看向老先生和他身边站着的少女，朝两人笑得温和，“老先生身体看着还有些虚，不如到内里，让我再为你把一把脉。”

那老者虽然年纪大了，记性却不算坏，他左右观望，寻找当日为他治疗急症的年轻大夫，一边对掌柜的道：“请问这里除了司徒家大少爷，再没有旁的大夫了吗？”

掌柜笑着道：“咱们这儿可是整个白帝城最大的医馆，大夫自然不止大少爷一位了。只是照您方才描述的情形，年纪轻轻又医术高明的大夫，就只有我们家大少爷。”

司徒琰为这老者医治时，千千并不在场，但当日司徒琰将老者送走时，千千曾与老者有过一面之缘，这事她也听司徒琰提过一句，所以见这掌柜趁司徒琰不在医馆，当众将司徒琰的功劳强记在司徒家大少爷的身上，当即开口道：“你说的不对。”

她这话一出口，在场众人纷纷朝她看过来。

千千微蹙着眉：“你说这医馆里除了你家大少爷，再没有第二个年纪轻轻又医术高明的，可司徒琰就是啊。”她看向掌柜和他周围的伙计们，“那天你们中许多人都在的，肯定记得当日救治这位老先生的，是你家大少爷还是小少爷。”

伙计当中一个高壮的当即道：“你这姑娘又是打哪儿冒出来的？”他上下打量了一番千千，道：“我想起来了，从前你每次过来，都围着那个小杂种打转，与我们拌嘴时还打翻过两个药罐儿！”

另一个药童当即怪笑道："我早就和你们说过她的，小娘子模样生得俊俏，可惜脑子不大好，总是跟那个小杂种混在一处，也不知是不是被他迷了心窍。"

"那野种随他娘，惯会一些妖异法术。说不准就会这一招，专骗一些小娘子对他死心塌地。"

"司徒琰有爹娘，他不是小杂种，你们这样骂人是不对的。"这话千千从前就说过许多遍，可不论她怎么说，这些人都跟没听到一样，每每提起司徒琰，还是一样张口就是那些龌龊话。千千心里生气，但她不是轻易放弃的性格，她转头看向那位老先生："您说的那个年轻人，是不是穿一身白衣裳，长得很好看，笑起来的模样很温和？"

老先生连连点头，她身边的姑娘也说："我听我爹爹说，那位公子复姓司徒。"

不等千千再开口，在场众人已哄堂大笑。

当中声音最洪亮那个当即指着司徒家大公子道："你说的不就是我家公子？"

另一个道："年纪轻轻，一身白衣，模样俊美，这姑娘每一句说的都是我家公子呀！"

围观的众人也纷纷笑出了声。

千千涨红了脸："我说的不是他……"她想说，司徒琰虽然也是一袭白衣，但他的模样比眼前这位司徒家大公子可要俊美多了。

约莫是感应到她侧眸瞧过去的目光，司徒家大公子朝她微一颔首："我每日看诊的病人实多，也有些记不清了。说不定就像这位姑娘说的，是我二弟救了这位老先生。"他吩咐掌柜的，"你带这位老先生进内堂，稍后我再为他看诊，不论前头是谁看的，也算善始善终。"

司徒家大公子说话温和，彬彬有礼，瞬间赢得了在场所有人赞许的目光和掌声。

老先生被两位药童搀着往里走去，他的女儿也紧跟在身后，人群没了热闹可看，渐渐也就散了。千千心里着急，可不论她说什么，都没有人再愿意听。

立春之后，不知为什么，天又下起了雪。千千深一脚浅一脚地走回家，推开院门，见到等在葡萄架下司徒琰的身影，鼻子一酸，眼眶热乎乎的。

司徒琰知道她是从城里一路走回家的，给她煮了一碗热汤饺，将她抱到膝上，一边为她擦干了眼泪，一边哄她好好吃饭。

"真相是什么，在许多人心中并不重要，重要的是，他们愿意相信的真相是什么。千千，你太单纯，自然不懂世俗和成见注定会让一些人从出生那日起，这一生都走得不平坦。"

千千捧着饺子，眼角微红，听到他这话后想了一想，说："我明白这个道理，就好像你生来就是人，还托生在富贵人家，但并不是每个人都有机会托生成人的，他们有的成了小猪、小狗，有的便是一棵小树苗的种子，但众生平等，每一个生命都是珍贵的。人生路很长，不要轻易放弃。”

千千能修出灵识，成为千年灵妖，自然有慧根的。这番想法，便是她从前长在道观之中，日日听那些道士说经论道，心中有所开悟所领会的。后来她认识了斛向秋，又跟他学了不少修仙之道，对于这世间万事万物，自然有一番不同于凡人的见解。

司徒琰被千千的比喻逗得弯起唇角，摸了摸她的头，道：“我想得很清楚，世上种种规则，皆由强者制定。你有一句话说得不错，人生路还很长，谁能笑到最后，谁才是真正的人上之人。”

千千听得有些懵懂，但还是点了点头：“我相信你，司徒，你这么聪明，又乐于助人，以后一定会成为非常了不起的人！”

也不知是千千的哪一句话触动了司徒琰，那天晚上，司徒琰突然问了她一句非常奇怪的话。

彼时千千哭了一整晚，吃了碗香喷喷的饺子，又喝了一碗热汤，靠在司徒琰怀里昏昏欲睡。就听司徒琰问：“千千，若我为了你放弃毕生所求，你可愿和我天涯海角，一生一世？”

千千实在困了，但司徒琰话尾的那几个字说得实在缱绻、好听极了，她眯着眸子，在司徒琰颈间蹭了蹭，宛如一只撒娇的小兽：“唔，愿意呀，我当然愿意与你一生一世。”

类似的话，司徒从前问过她两次，千千记得他当时的解释，其实她并不完全明白。但她记得当时他认真问她的神色，她当时只是那么看着，就觉心中欢喜，她也记得“一生一世”这件事在他的心中非常重要。

转眼过了元宵。一天午后，刚过晌午，却已狂风袭来、暴雪压城，蜀地的天空乌云密布，天色黑得犹如深夜。这一天，司徒琰回得比往常都早，刚到家中，便开始飞快地收拾衣物。

千千看得不解，放下手中正在筛拣的药材：“司徒琰，雪这样大，你外出不安全。”

屋外雪下得很大，屋内千千只点了一根烛火，一片昏黑中，她几乎看不清司徒琰的神色。

“不是我一人走，千千，你答应过我的，海角天涯，一生一世，你还记得吗？”

司徒琰这话问得没头没脑，千千怔了片刻：“我记得呀！”

烛影摇曳，朝她走近的司徒琰眼中也映着两团小小的火焰：“那就跟我一起走。”

千千摇了摇头：“我不能走。”她想起不久前司徒琰说过的一个病人，“前两天你还说，一定要诊治好那位秦小姐。我们走了，她怎么办？”

据说秦小姐是城主千金，多年来一直缠绵病榻，当今天下两位最有名的神医，都曾被请来为她看诊，也都断言，她活不过十八岁。或许是听说了司徒琰和千千奇迹般救治了一位将死的贫家少女，城主辗转找到司徒琰，求他务必治好秦小姐，届时除了黄金万两，还有重酬。而司徒琰也曾对千千说过，救治秦小姐，是他通往未来的非常重要的一步棋。

而此前她和司徒琰千辛万苦凑齐药材的那张古方，就是最适合这位秦小姐的救命良方。听说司徒琰登门的第一天，仅用了半张古方，兼以其母亲独门传授的金针疗法，秦小姐便能下床走动。城主大喜，当即便留他在城主府久居，方便照料秦小姐的病情。

司徒琰说过，只要凑齐药引，这张完整的古方必定能治好秦小姐的病。

眼看大功告成，司徒琰从前一直期盼的东西近在眼前，千千不明白，他为什么突然说要走。

司徒琰的声音极低且润，仿佛含了蜜糖的醇酒，令人甜醉："千千，那晚你亲口答允我的，要一生一世，心悦于我。"

司徒说起"那一晚"，千千是记得的。

不久前的一天，她与司徒琰同去山间某处采摘冬日特有的珍稀药材，天色将暮，两人发现了一处天然的温泉，她贪恋池水温暖，非要泡一会儿温泉才肯回家，司徒琰当时也不知道是想到了什么，耳朵尖红了。

那晚的温泉四周，疏影横斜，鸟声稀疏，格外静谧。不知何处的梅花开了，暗香浮动间，司徒琰的眼角染着淡淡红晕。他斜倚在池边，凝眸看她，呢喃低语，她几乎来不及细思司徒琰说了什么，就那么跟着他一字一句地念出了口。

她记得自己当晚的慌乱，也记得那个令她充满了欢喜和羞涩的轻轻一吻，更记得，她按照司徒所教，看着他的眼睛重复说出那句"一生一世"时，他看着她的双眼流露出怎样的温柔。

千千忍不住咬了咬唇，思及那晚的情形，多少令她有些不知所措。但就在她迟疑的这一瞬，司徒琰似乎整个人已经冷静下来："你不想跟我走，为什么？"

千千确实不想走，她曾经答应过斛向秋，要在白帝城等他回来。司徒琰提出的要求太过突然，透着某种她参不透的怪异，"我……"千千咬了咬唇，轻声解释道，"我不可以走。我答应过一个人，要在白帝城等他回来。我如果走了，就是毁诺，我要信守承诺……"千千本来还想说"就像对你许下的承诺一样"，可这后半句话，千千没有说出口。

司徒琰面色平淡至极，就连语气也温温柔柔的，就如两人初见那日他与千千说话时一模一样："是什么样的朋友，千千可以让我知道吗？"

千千只迟疑了一瞬，就自一旁柜中取出一幅小像，她有点拘束，又因为可以与司徒琰主动分享她与斛向秋的过往而有些雀跃。她展开那幅小像，对司徒琰解释道："我和你说过的，他叫斛向秋，是我最好的朋友。若没有他，许多事我到现在都还不明白……"

若不是斛向秋，她现在仍懵懵懂懂地混迹在人群之中，不知道该怎么像真正的人一样去生活。她原本没有朋友，没有生活的目标，也不懂人生的滋味儿，斛向秋是她修成人形之后结交的第一个朋友，因为斛向秋，她才逐渐了解到"生而为人"到底是什么意思，又在"路见不平""积德行善"这八个字的指引之下，遇到了司徒琰。

或许，这就是从前斛向秋说的，人与人之间奇妙的缘分。

可以说，没有斛向秋，就没有现在的千千。她答应过斛向秋要在这儿等他回来，就应该说到做到，不能轻易失信于人。

司徒琰凝视着她捧在两手之间的小像，眸色一点一点地凉了下去。

他看着千千，唇边露出一抹极淡的笑意："初见我那日，你说我很像一个人，说的就是他？"

千千不明白他为何会露出那样的笑容，迟疑间，她还是如实点了点头："是呀，你不觉得你们长得有些像吗？尤其是眼睛，你们两人的眼睛都生得特别好看，一看就是与众不同的人。"

"是，是像。"司徒琰的目光从那张小像上缓缓剥离，一双眸如钩子一般定在千千的脸上，像是要看进她的内心最深处，"所以，从一开始，就因我们生得相似，所以你才救了我？"

千千咬了咬唇："是有这个缘故。"她想起两人初见那日，司徒琰一手撑着在她身后，微微低头看向她的情景，再开口时，话音便软了几分，连她自己都有些不确定，自己是不是早在两人初见那一刻，就已经觉得司徒琰与众不同。这样一想，她更觉得自己被美色所惑，心志不坚。千千的眼眸有些慌乱地看向旁处，脱口而出的话也不知是向司徒琰解释，还是在努力说服自己，"斛向秋曾经说过，人生在世，就该行侠仗义、诸善奉行。"

所以，她的话可以这么理解：那日初见，她拔刀相助，完全是出自正义之心，绝不是因为她贪图司徒琰长得好看。

"好一个行侠仗义、诸善奉行！"千千听到司徒琰的声音仿佛含了颤音，匆忙抬眸看他，却见他朝自己绽出一抹最开心时才会绽出的笑。他一侧脸上浅浅的酒窝令千千不自觉地松弛了肩膀。就听他又道："既然是如此重要的朋友，千千当然不能辜负，那我们就不走了。"

千千不明白司徒琰为什么突然提出要两个人一起离开，也就更不明白，为什么一番模棱两可的谈话之后，司徒琰又改变主意不走了。

但她想事情一向简单：可以继续留在白帝城，等待有朝一日与斛向秋相聚；也可以继续住在这处简单却精心布置的小院子里，与司徒琰朝夕相对。一举两得，再好不过！

司徒琰唇角含笑，一双眼却乌沉沉的，看不到一丝光。“秦小姐的病不能再拖了，千千陪我一同前去，好不好？”

千千知道，秦小姐是司徒琰手头最重要的病人。因此听到司徒琰这样说，毫不犹豫就答应了。

城郊大雪纷飞，越往城内走，雪势越小，仿佛整座城都在挽留千千，求她不要离去。

千千跟着司徒琰一同进了城主府。病榻之上，秦芸芸面色蜡黄，眼神黯淡。千千看得出，司徒琰没有说谎，这个女孩子确实将不久于人世。

司徒琰问：“千千觉不觉得，秦小姐很可怜？”

千千点了点头，道：“确实是个可怜之人。”但她没有再说更多，因为斛向秋曾教导过她，为妖者，可以锄奸扶弱，可以路见不平，但凡人生死，自有定数，妖再不忍，也决不可以干预凡人生死。从前那次两人一同去寻灵狐血，司徒琰为救她意外中了红环蛇之毒，她用自己的血救他，只是为了让他少受些苦楚，而非擅作主张改变司徒琰的命数。

而秦芸芸不同。千千一眼就看出，她的身子已是强弩之末，大限也就在这一两天了。

自进了那个房间，司徒琰的目光自始至终都停留在病榻上的女子身上，再也未看过千千一眼。听到千千回答得这样果决，却并未如从前旁观他救人那般，主动开口说要帮忙，司徒琰唇角微勾道：“千千，若有机会，可以救秦小姐一命，更改命数，让她长命百岁，你愿不愿意？”

千千缓缓摇了摇头，她看向司徒琰，声音小小的，因为连她自己都知道，这样想是不对的：“生死有命，不可逆天而行。”

心底那个声音小小的，却不知怎的，一字一顿，格外清晰，可除了千千自己，世界上的其他人谁也听不到。

若病榻上的人是司徒琰，她想，她愿意。

若是司徒琰遭遇不测，有人问她愿不愿拿她的命来换他的命，她想，她是愿意的。

那天晚上，千千与司徒琰一同留宿城主府，当晚的宴席，也不知司徒琰是如何交代的，准备了许多她平日最爱的甜食。她还喝了许多果子酒，酒水甜如蜜糖，就如那晚她头脑昏沉前看到的最后一眼，司徒琰含笑看着她的面庞。

视线模糊间，她听到司徒琰对她说：“你曾问我，最关键一味药引是什么，”他抚着她的颊，手指冰冷，宛若千年寒冰，但他看着她的眼神却那么炙热，那么疯狂，“千千，你就是那味药引哪！你的血可以解我的蛇毒，自然也可以救秦小姐的命。可怎么那天你肯，今日又不肯了？”

千千被这样的司徒琰吓到了，可不知司徒琰喂她喝的是什么药，她全身都动弹不得，几次想要开口，喉咙却仿佛被人塞了块浸了水的棉花，一点声音都发不出来。

“如今，你可还觉得我像他？你以为你找的是一个消遣，一个替代品，没想到吧，你找错了人。”

司徒琰俊美的面孔如同被投入一片氤氲的水雾中，在她眼前忽而模糊，忽而清晰。

千千想伸手拉住他，想告诉司徒琰，一切都不是他说的那样，可不论怎么使力，她发现甚至连抬一抬眼皮儿都难以做到。

明明一切都不是司徒琰说的那样，可她却没法叫他知道；她想开口辩驳，却连张一张嘴都觉得困难。

她确实是为了斛向秋不肯离开，但斛向秋是她最好的朋友啊。

而司徒琰在她心中，是这世上最特别的存在。

他们两个在她心中都很重要，但完全是不一样的。

“也好啊。”司徒琰说话时与她离得很近，唇瓣自始至终轻轻蹭着她的脸颊，仿佛两人最亲密时，最令她心荡神驰的温柔细吻，“你把我当成个玩意儿，我把你当作药引，我们两个半斤八两，谁也不亏欠谁。”

司徒琰猛地站直了身，他的目光仿佛失了焦点，双眸明明凝视着她，又仿佛自始至终都未曾仔细看过她。“斛向秋教过你，要你行侠仗义、诸善奉行。那你要乖乖听话，每天放一碗血给秦小姐喝，到时她的病痊愈了，你也不损失什么，岂不是两全其美？”

千千拼命努着唇，她想开口说话，想让司徒琰看一看她，而他仿佛终于看到她的努力一般，果真伸出拇指，缓缓摩挲过她的唇瓣。仿佛初见她那日，望着她的目光尽是温柔与感激，可却让千千从骨子里觉得寒凉。

她想问司徒琰，从一开始认识她，与她相谈甚欢，引为知交，暑天为她买冰食，雪天为她披衣，甚至危难之时为她挡去致命的蛇毒，大雪之夜向她表白真心……这一切一切，不都是真实发生过的吗？

他从前对她所做的种种，难道都是假的？

彬彬有礼是假的，乐于助人是假的，就连他从前对她说过的每一句好听的，让她听罢心里暖烘烘的话，全是假的？

这就是斛向秋从前教过她的，身为“人”才会有的“虚伪”吗？

可他接下来说的话，仍然清晰传入耳中：“哭什么？疼？你可是妖啊，怎么会疼？还是，你觉得我不是他？哈哈哈哈……”

门外风雪逼人，鹅毛般的雪片吹入房中，经久不落，如冥纸片片，飘散于空中。

千千躺在床上，双眸含泪，不知何时，眼底已然一片猩红。

她想问司徒琰，为什么要一直提斛向秋；想问他，是从什么时候知道她是妖的。可她不能动弹，他给她喂了药，那种专门给妖吃的药。

她修行千年，第一次尝到落泪的滋味。从前她看到人流泪，还曾因好奇而问斛向秋，流泪是什么滋味儿。

当时斛向秋只含笑看着她说：“流泪不是好事，我只希望千千永远不会懂。”

但如今她懂了。

原来人哭的时候，是这样锥心刺骨的疼。

等她再度醒来，已身在地下水牢。

身上连最贴身的遮蔽衣物也无，她全身赤裸，长发披散，被关在一个铁笼子里。

这里有被人特意绘制的压制法力和掩盖气息的阵法，她一身法力难以施展，铁笼更是精心打造，不论她如何用力，甚至生生折弯了指骨，都无法撼动分毫。

她终于可以开口，可以行动，可这寂静的地下水牢，整整三日，连一个人都不曾出现。

没有人给她送食物，他们知道她是妖，不吃东西也不会饿死。

从前下雪时，司徒琰会为她买来暖和漂亮的大氅，怕她被雪水打湿受凉。可如今她身上未着寸缕，司徒琰也能做到不闻不问。

千千已经一滴泪都流不出了。可她没有想到，更可怕、更残忍的事还在后头。

第四天时，华容夫人出现了。她与传闻中一般年轻漂亮，举手投足都透着一股子妖异的妩媚。与她一同出现的，还有此前与千千有过一面之缘的白帝城城主。

他是个斯文体面的男子，初见那日，他温文尔雅，与千千说话时既客气又亲切，宛如一位值得尊重的长辈。可这一次，当他走在华容夫人身后，再度张眼望着他时，他的目光已不同了。

他望着千千的眼神，就如一匹饿狼盯着垂涎已久的食物。

华容夫人一语道破她的身份，当着城主的面说道：“书有记载：‘千岁蝙蝠，色白如雪，末服之，令人寿四万岁’。说的便是此女。”

“城主大人，此女的血搭配我儿特意翻阅无数古书调配而成的药方，可根治秦小姐顽疾，并使秦小姐身体强健。”华容夫人的声音听在千千耳中，却宛如地狱恶鬼的低语，“更为神奇的是，此女之肉，可使人青春不老、益寿延年呢。”

城主没有说话，但他与华容夫人一般望着她的灼灼眼神，已说明一切。

那天下午，他们锯掉了千千的一根小指，当着她的面研磨成粉，用参汤服用。

千千终于确信，司徒琰把她丢在这儿，并不是在闹着玩。他喂她吃了不能动弹、不能说话的药后所说的那些话，都是真的。

他和斛向秋从前告诫她一定要警惕的那些人一样。

从头到尾，他接近她，和她做朋友，哄她高兴，让她信任他，就是为了利用她。

城主离开时满面红光、步履匆匆，那天之后，他再也没来过。

华容夫人却每天都会来。

每一日，她都会亲自出手，取出一片轻薄锋利的柳叶刀，自千千身上割下一片血肉，放入水晶盘中。

她的手缓缓拂过千千的躯体，望着她的眼神，就像在看一只待宰的羔羊。

接连几日服食千千的血肉，华容夫人愈加貌美，身姿愈发轻盈，宛如少女。但她眼神森然诡异，看向他人时，俨然活了千年的老妪一般，常人早已不敢轻易与她对视。

每一次被华容夫人生割其肉，千千都在心里默念着司徒琰的名字。

她已不会再轻易将他的名字宣之于口，那天晚上司徒琰说的每一句话都如一把最锋利的刀，早已将她的心割得鲜血淋漓。

可他的名字早就镌刻在她心里最隐秘亦最珍贵处，难以轻易抹除。

多少天来，她水米未进，周身冰冷，疼得神志模糊，可她心里还存着一点暖。

那是她与司徒琰相识相知、相恋相处的一点一滴，那是她对他、对这个世间所怀的最后一点希望。哪怕这点希望已弱如萤火，到底是黑暗深处的最后一点光。

她盼着，也骗自己相信着，至少，她想再见他，她想跟他说，她从来不觉得他是斛向秋的替身。她想他看一看她现在的模样，或许他是赌气将她送来这儿的，他并不知道，这里有个可怕的女人，每天都在吃她的肉。

最疼的时候，她心里闪过一个念头，哪怕只是能再看一眼司徒琰的脸，也是好的。

第七天时，华容夫人再度开口：“多亏了我儿孝顺，替我寻来此等美食。”

池水碧若翡翠，周遭飘溢着腥甜的血气，华容夫人一袭华服，怡然自得地坐在上首，一边啜饮千千的鲜血，一边不慌不忙地吃着水晶盘中的血肉。她看着千千的脸，幽幽道：“你也不必想太多了，在琰儿眼中，你不过是一只宠物罢了。就如家中饲养的猫儿狗儿，主人喜欢时便好好养着哄着，玩得腻了，觉得无趣了，或是扔了，或是杀了，自然是怎么快意便怎么来了。”

说到这儿，她笑容愈加甜美，望着千千的眼神也流露出几分快慰：“自然了，你可不是寻常妖物，随意杀了，委实暴殄天物。这是天降的机缘，自然要物尽其用，才不辜负琰儿费心与你周旋这么久。”

千千终于明白，司徒琰再也不会来了。

这个女人是他的母亲，原来他从一开始接近自己，就是把她当畜生一般，狩猎、宰杀，最后献给他的母亲享用！

空荡荡的地下水牢，突然响起凄厉彻骨的一声尖号：“司徒琰！”

一切都是假的。

是她太傻，竟然到了最后一刻，还巴望着他会回心转意。

她满心满眼都是他，他却说她身为一只妖，不可能有心，他说妖根本不会疼。

她虽然是妖，但也修成了人身，知晓道义，懂得情爱，更将与他这段爱恋情缘看得比自己的命都要重。

妖若无心，如何动情?

她为了他，死都甘愿，可他却从头至尾只将她当作医治旁人的一味药引。

在他眼中，她连个人都不能算。

是啊，人怎么会真心喜欢一只妖呢?

斛向秋从前就告诉过她的，人心难测，最要当心。

是她太傻了。

不知道华容夫人是什么时候走的，千千眼前早已模糊一片。此处的大阵对她压制颇深，又日日被人生割血肉，她早已虚弱不堪。可听到华容夫人那些话，她双眼之中，便抑制不住地凝成殷红一片。胸腔之中，有什么东西在飞快涌动，几乎要在她身体内炸开一般，这股不管不顾席卷一切的暴虐之力，转瞬间便传遍了她四肢百骸，千千突然尖啸一声，一道血红的光芒，自她胸腔喷涌而出。

千千完好无损的那只手，五指突然生出尖甲，暴增数丈，穿过铁笼，一把抓过距离最近的几个女冠，不等众人反应过来，嘭的一声，那几名女冠已悉数化为血雾。

铁笼之内，千千的皮肤骤然更白，白发如雪铺展，尖齿外张撬开嘴唇，猛兽出闸也不外乎此。

她的真身受大阵压制而无法挣脱，可强烈的煞气剥离出她的一抹灵识，灵识自铁笼冲出，所过之处，血雾弥漫。

要去报仇!

吃她血肉者都要去死！

还要……

还要找司徒琰！

城主府内响起一阵撕心裂肺的惨叫声，守在水牢外面的人一个都没逃过，纵是只有灵识，一只即将堕为怨妖的妖，其力量也绝非凡人可比。

那抹灵识化成的幻影宛如浴血而来，利爪撕开人的胸腔，鲜血糊了她满脸。

有人求救，有人讨饶，都未能让她心软半分，她只觉可笑，满腔的恨和怨让她不能退让。她修行千年，从未伤人，到头来却要被饮血吃肉，她那时的惨叫声这些人可有听闻？心中对她可有半分愧意？可有人，想过饶她一命？

司徒琰是在千千杀红眼之时赶到的。千千来到城主府之后，他不知躲到哪儿去了，连人影都不见，此时察觉到不对，倒是早早地赶到了。

那一夜明月高悬，星辰万千，浑身是血的妖露出尖齿，终于在月色之下见到了她心心念念的那个"翩翩公子"。

"司徒琰！"千千伸出利爪朝他抓去，像是杀招，却被司徒琰一个侧身扑了空，反倒给了司徒琰杀她的机会。

司徒琰站在她身后，没有动手，只看着一身是血的千千攥紧了拳头。当千千回过头，用一双血红的眼对上他目光的时候，他突然怒目圆睁："你身上的伤是谁干的?!"

这话竟然像是让千千听出他什么都不知道的意思，可他怎么会不知道？毕竟华容夫人是他娘。

千千颤着眼，冷笑出声："你费尽心机将我骗到这里来，不就是为了把我献给你母亲吗，你现在还装什么？还是你又想骗我？"

她话落再次伸开利爪，朝司徒琰胸口抓去。

她的手刚要碰到他，一道冷光瞬间挡到司徒琰面前，千千碰到那道光，整个人直接被弹飞出去。

华容夫人急匆匆赶到，看清情形后，她冷笑了一声："一道灵识也敢在我面前作妖。"

她说着就要朝千千抬手，司徒琰伸手一把抓住华容夫人的手臂："母亲！"

就在这个当口，倒在地上的千千猛然爆发全部灵力，浑身煞化，堕为怨妖，那一抹灵识瞬间化出三道分身，消失得无影无踪。

什么情爱，什么信任，什么行善救人，全都是假的。

这世间一切都是假的，人，从来都不值得轻信！

她只恨自己不够强，不能杀了他们！

如果斛向秋在就好了，他一定会护着她，这世上真心实意对她好的人，永远都只有一个斛向秋而已。

偏偏她快死了，却依旧没等到他回来。

她想见他，想最后再见他一次。

跟他说说她的恨和怨，也跟他说说她的思念。

以她的灵力，分身只能支撑三日，她靠着最后一个分身找到斛向秋时，已近子时。

那是一个深夜，斛向秋一身白裳，一匹黑马，孤身一人睡在大漠之中。周围银沙漫天，远处生着一棵半枯半荣的老树，月是小小的一枚弯钩，挂在树梢。月色凉薄，星辰寥落，刚一开始，千千几乎看不真切斛向秋的脸。

斛向秋几乎在千千靠近的一瞬间，就张开了眼。

分身所能展现的，便是本体当下的模样。

斛向秋刚一看到千千的模样时，似乎有些认不出她来，可他的目光顺着千千的脸庞，看向她被砍掉两根手指的手，再看到她被刀割得血痕斑驳的双腿，当即便红了眼眶。

千千望着他，缓缓一笑："我终于见到你啦，你怎么那么久都不回来，我等了你好久好久。斛向秋，从前和你约定好的，要一起做好事，一起修仙，我做不到啦！"

找到斛向秋的时候太晚，千千的身形已接近虚无，声音也破碎不堪，几不可闻。说完这句话，千千身形缓缓向后，仿佛转瞬便会彻底湮没在这荒漠之中。

斛向秋飞身向前，似乎想拉住千千的手，却只握住了一段虚空，触目所及，再不是从前的冰肌玉肤，取而代之，是沾着血迹的森森白骨。

斛向秋望向千千，眼底一片血红："这是……这是谁做的？千千，告诉我！"

千千也有许多话想和斛向秋说，他离开之后，实在发生了许多许多的事。回头再看，她也有点迷糊了，是啊，怎么就走到这一步了呢？

另一边，华容夫人用黑狗血混合朱砂重绘阵法，千千眉心红光一闪，再凝神看向斛向秋时，已经彻底失去清明的意识，她的本体已堕为怨妖，此刻她的心中，只有恨。

"斛向秋，替我报仇。城主府……司徒琰！"

千千恨司徒琰。

恨他的欺骗，恨他的虚伪，更恨他从头到尾都没将自己当成过一个"人"。

他一开始接近她，就把她当作秦芸芸的"药引"，当作供他母亲享受的"食物"。

千千不懂情爱，但旁人对她好，她知道，更懂得人们所说的"滴水之恩，当涌泉相报"。司徒琰说要和她"一生一世"，千千似懂非懂，但她知道，自己愿意和司徒琰每天一起吃、一起玩、一起治病救人，一起做许多许多的事。和司徒琰一同度过的每一天，她都是发自内心地快乐。

可原来所有的这一切，都是假的。

到头来，她彻底沦为一个任人宰割的废物，被司徒琰的母亲和那个城主割肉放血，被他们当作一头畜生对待。

千千的恨意太深，一身灵力就此化为怨气，她彻底堕为怨妖，再也不能回头了。

她也不能再遵守从前与斛向秋的约定——行侠仗义、诸善奉行，更不能与他一同修仙了。

第九章　一生一世

再度睁开眼时，曲苏眼眶酸涩，头晕目眩，她看向站在一旁的青玄，许久都没能说出一句话来。青玄引着她一同探知千千的过往，千千与斛向秋的相识相知，与司徒琰的相恋相许，故事的前半段有多甜多美好，后面就有多苦多黑暗。

不久前青玄问她："你可是觉得秦小姐可怜？此间若还有比她更为可怜之人，你待如何？"

她待如何？

曾经她以为秦芸芸如今的惨状是"果"，可她没有想到，许多事正是因为秦芸芸，才一步步走到了后来。但若真要说秦芸芸是"因"，却又不那么恰当。城主秦映寒的爱女心切和华容夫人的贪恋长生，这些人心中毫无止境的欲望，才是酿成这杯苦酒的"因"，司徒琰更是参与其中的最大推手。他们中的每一个人，都从千千身上榨取了自己想要的——秦芸芸病体痊愈，秦映寒意外获得了"长生"，华容夫人青春永驻，司徒琰则通过这一切平步青云，成了城主府的乘龙快婿。锦绣前程近在咫尺，如花美眷触手可及，他虽然没有如另外三个人那般吸食千千的血肉，但他比他们三个人更可怕，也更可恨！

而从头至尾，千千做错了什么？

她在道观修成灵妖，在这世上本该如精灵一般，活得逍遥自在。却因为认识了司徒琰、爱上了司徒琰，无辜被卷入这样一桩阴谋之中，被人这般算计、折磨、欺辱，弄成如今这副不人不妖的模样。

曲苏脱下外袍，俯身盖在千千身上。她不懂医术，只能轻轻将手搭在千千的额头上，她小声问青玄："千千为什么还不醒来？"

青玄伸手在千千面上一拂而过，摇了摇头："此前我只是暂时压制了她的怨气，若想彻底化解，需要用……"青玄本想说，若要彻底化解怨气，需要用伏羲琴，可若用伏羲琴强行涤清千千体内的怨气，她的所有记忆都会不复存在。最好还是能解开心结，从根源上化解戾气，让千千得以解脱。这事说来简单，但既堕为怨妖，便是心有执念，难以纾解。而千千心中有血海深仇，常人轻飘飘几句话哪里就能化解她的心魔？

曲苏声音很轻，仿佛怕吵到千千一般，却又透着执拗："我不想她也像林梵那样……”

林梵当日就是不愿用伏羲琴，更不愿轮回转世，才那么当着她的面灰飞烟灭的。

青玄低声解释：“千千的情形，和当日林梵不同，她……”青玄眼睫轻眨，曲苏觉察到不对，想要扭头，身后凌空刺来的剑已被青玄徒手接住。

一声脆响，铁剑被青玄两指生生折断，碎成两截落在地上。

曲苏旋身而起，斩尽春风剑破空而出，清凌凌的剑光，如春江破冰，直指司徒琰。

司徒琰拼尽全力也只此一击，一击未中，他不惊不怒，反而面上含笑，看着曲苏与青玄：“早知你们两个与斛向秋是一伙的，入府那日就该先杀了你们。”这人容颜俊美至极，神色温柔至极，一举一动姿态翩翩，可偏偏每一句话都说得阴森入骨，令人齿冷。

曲苏握剑，剑尖直指他的咽喉，心中对这人厌恶透顶，面上却也学着他做出三分含笑的模样：“人就是人，怎么会与狗为伍呢？”

约莫司徒琰此生，早已听过诋毁、谩骂无数，听到曲苏这样说，他丝毫不畏脖颈正中对着的那柄剑，反而仰起头来，笑得狂肆：“我是狗？那你们是什么？打着正义之师的旗号，所行便是天下至善吗？”他凤眸微眯，眼尾漾出蜿蜒的弧度，因他神态张狂，眼角甚至洇出淡淡红晕，撩起眼皮儿斜眸看向曲苏，“你敢说，你这一生就没走错过半步，没做错过一件事？你这剑下，就没有一个屈死的亡魂吗？”

曲苏被他说得一怔。远处碧波荡漾，暗潮涌动，人群倒伏，呻吟呼痛之声绵延不绝，鼻端犹能闻到此前混乱厮杀时的鲜血味道。司徒琰墨发散乱，眼神狂乱地环顾四周，他一一看过曲苏、青玄、斛向秋，以及自己的母亲华容夫人：“你们每一个人，都自以为绝顶了不起，都认为自己所作所为问心无愧、惠及世人，可凭什么，这世道就由你们做主？凭什么是非对错，就由你们说了算？是你们站得太高，自然不需要考虑蝼蚁的感受，所谓助人，也无非慷他人之慨。你们尝过一举一动都如临深渊、如履薄冰的滋味吗？试过做每一件事，甚至吃一口饭，都要看人脸色、凭他人心情吗？你们没尝过我受的苦，有什么资格替我评断对错？又是谁规定的，我的所作所为就是错，而你们的就是对？自以为高高在上、不染尘俗，实则蝇营狗苟、虚伪至极！”

“小心！”曲苏仓促间循声侧眸，就见斛向秋一脸焦急地看向她身后，曲苏来不及多想，本能地闪向一侧，却被面前的司徒琰徒手攥住了剑锋，鲜血沿着司徒琰的手腕无声流泻，可他一身红衣，哪怕血染湿了衣袖，也几乎看不出痕迹。他仿佛半点也感觉不到疼，看向曲苏的眼神中，唯有畅快与得意一闪而过。

司徒琰与曲苏身后之人同时出手，前后夹击，他们想让曲苏死。

电光石火间，有人自身畔如流风回雪，飞闪而过。曲苏感觉腰被人一把捞起，接着被紧紧护在怀中。

淡淡的冷香侵袭鼻端，盈满整个怀抱，曲苏猛然间抬头，青玄也在这时微微垂下眸子，如从前每一次两人斗嘴那般，眼色含着三分调侃、两分戏谑，神情淡然地看着她。

从前只觉得他那副模样着实欠打，可当此之时，曲苏却发现自己连一句嘲讽的话都说不出。

青玄还是如从前那般看着她，唇色却不如往日那般，惨白的两瓣唇中缓缓溢出一丝鲜血。

错过这样一个诛杀曲苏的良机，华容夫人扼腕，可看到青玄的模样，她忍不住心中得意，冷笑出声："就算是神仙来了，受了我这一剑，也要尝尝神魂受损的滋味！"

这九阴斩魂剑是她机缘巧合所得，不论斛向秋还是青玄，不论他们修成了散仙还是得了什么仙缘，今日只要有这把剑在手，眼前这两人就算联手，也不足为惧。

"青玄！"曲苏两手紧紧环住他的腰身，大片的血迹自他腰侧洇出，蔓延成鲜丽艳红的花朵。

只见青玄眉间微蹙，眼里闪过一抹阴鸷冷光，抬手便一掌朝华容夫人推去。华容夫人方才还得意扬扬，瞬间被拍飞出去，撞到后面的石墙上，吐出一大口鲜血。

她浑身瘫软如泥，双目暴突望着青玄："不……不可能……你是……"

话未说完，她已口喷鲜血，转瞬就断了气。

"青玄，你怎么样？你别吓我！"曲苏不安地看着他。

青玄两指捏住曲苏的一绺碎发，张了张唇，想问天不怕地不怕的曲女侠也会怕吗，但他本就只剩下一成功力，刚刚华容夫人所执法器并非凡品，他未能将这话说出口，下一瞬，就毫无声息地倒在曲苏怀中。

曲苏的心在这一瞬沉了下去。

她从未设想过，青玄会在她命悬一线之时这般倾力相救，更未曾想过，他会这样苍白无力地倒在她面前，生死未知。

他不是仙吗？她一直觉得他很厉害的。那日他在雒城救她，宛如开天辟地一般自一整个儿的黑暗之中撕开一条光亮的口子，大步朝她走来的模样宛如神祇，曲苏觉得那个画面自己这一生都忘不掉。彼时，就连彻底煞化的林梵都难敌他一掌之力。他那般神出鬼没，又一直那么高高在上不理凡俗，一看就是个非常厉害的神仙。可两人在白帝城重逢那日，他偏要与她开玩笑，说他不过是紫微帝君手下一名小小仙官。

她当时以为他定然是骗她的。

可她从没有哪一刻如此刻这般发自内心地希望，青玄是骗她的。

她望着青玄靠在她肩膀上毫无血色的侧脸，突然发现自己浑身颤抖得厉害，连抬起手探一探他的鼻息都做不到。

她没法接受青玄就这么为了救她而死。

她轻轻喊了声“青玄”，而司徒琰嘶吼着华容夫人“母亲”的声音彻底盖过了她的声音。

曲苏抬起头来，看向罪魁祸首。

司徒琰又唤了一声母亲，仿佛下定决心一般，通红的双眸看了曲苏和青玄一眼，长袖一振，众人面前突然浮起一片血红的烟雾，他和倒在一旁的千千就一同不见了。

就在同一时间，烟雾弥漫中，一个身穿鹅黄色广袖仙裙的年轻女子凌空出现。她四下一望，看清曲苏和青玄的情形，仿佛只踏出一步，却转眼便出现在曲苏面前。

她模样生得极美，肌肤吹弹可破，眉心点缀了一点水仙花的花黄，一双水汪汪的眸子在看清了曲苏怀里的人时，瞬间瞠大，不等曲苏反应过来，她一挥衣袖，就将青玄夺了过去，小心翼翼扶在身侧。

“你——”曲苏刚想开口问她是何人，就被黄裙女子一语打断。

“区区凡人，也配这般与帝尊亲近？”黄裙女子说话的声音宛如瑶琴清奏，婉转动听极了，可说出的话却令曲苏整个人怔在原地，一句话都说不出。

她的目光在曲苏面庞上打了个转，瞳孔微缩，娇嫩的唇紧紧抿着，眉眼间毫不掩饰对曲苏的憎恶：“帝尊若有个好歹，我定将你挫骨扬灰，让你永世不入轮回！”

黄裙女子来去匆匆，眨眼间就不见影踪，还带走了昏迷不醒的青玄。

一连串的突变令曲苏几乎难以回神，可那女子不论容貌还是言谈举止，都明显不是凡尘中人。她开口便称青玄为“帝尊”，显然印证了林梵早先的称呼和曲苏对他身份的猜测。青玄绝不是他口中的什么小小仙官。而她既然能开口说出“若有个好歹”的话，就说明青玄当下应是无恙的，否则以她所言，若青玄当真命悬一线，她当即就会杀了自己。

曲苏这般想着，心中稍定，此前那种整个人都陷入无边的绝望与惶惑的感觉便如潮水一般，翻涌着向后退去，可却难掩渐渐蔓至整颗心脏的酸涩。那个女子看上去又娇又美，就如从神话传说中走出来的仙子一般，对青玄的举止也亲昵非常，显然两人从前就十分交好。不然为何青玄刚一遇到险情，她即刻便能赶来？

越是这样想着，曲苏越觉整颗心都泡在了一罐酸梅汁中。可再转念一想，她又极气，那女子姿态高高在上，言语之间更是充满了对凡人的蔑视，可自古以来，从神到仙皆需要凡人供奉，她凭什么扬扬得意，蔑视她凡人的身份？

曲苏越想越气，觉得自己刚刚实在没发挥好，此时，冷不防身后一道身影骤然趴伏过来。那身影太快，曲苏方才又在出神，想反身将对方手臂一拧制住来人，却还是晚了一步，后颈处一片火辣辣地疼。看清对方的面容后，曲苏不免蹙眉："芸芸！"

"女侠。"斛向秋帮曲苏将秦芸芸再度制服，令她暂时陷入昏睡。考虑到之后秦芸芸可能会再次暴起伤人，斛向秋从一旁拿来之前用来捆人的绳索，将她绑在一旁的椅子上。

"不要紧吧？"斛向秋见曲苏脸色惨白，问了一句。

曲苏摇了摇头。正事要紧，她一语不发，跟在斛向秋身后，一同追人。

司徒琰一只手受伤，又抱着昏睡不醒的千千，按说不可能这么快便消失不见。可也不知他用了什么障眼法，两人一路沿着地下唯一的甬道追至地上，几乎翻遍整个城主府，最终来到碧落湖畔，蒙蒙细雨中，司徒琰和千千就那么凭空不见了。

碧落湖上，雨丝急促，荷叶翻转，幽紫色的莲花兀自静谧开着，白玉观音像垂眸而立，眉眼间似有挥之不去的清愁。

斛向秋与曲苏并不熟识，而青玄为她身受重伤，昏迷不醒，紧接着又在迷雾之中被一个陌生女子救走，他也悉数看在眼中。眼见曲苏提剑站在雨中，丢了魂儿一般沉默不语，他静默片刻，低声道："方才行事仓促，在下斛向秋，还未好好谢过女侠与帝尊。"

"帝尊……"刚刚那个突然出现的黄衫仙子，就是这么称呼青玄的。曲苏唇边挤出一丝笑，问他："你也管他叫帝尊，这么说来，你知道他是什么身份了？"

斛向秋沉吟片刻，低声道："此前并未见过，但……"他思索着道，"我自入仙途，也听过一些仙界传闻。在下观神君容貌气度，似乎像极了一些仙友口中的东极青华大帝。"

东极青华大帝救扶众生，应化于十方，随机赴感，是一位心怀大慈悲的上神。他容色殊丽，放眼三界也难有人可与之匹敌，气度高华，不爱谈笑，传说三界之中万万年里，多少仙子对他芳心暗许，为他黯然神伤，但从未听说他与哪位女子有过亲近的传闻。

但让斛向秋确认青玄身份的，并不仅仅是这些传闻。从前他与千千相识时，就听她说过曾与青华大帝有过一面之缘，青华大帝还赠她一块青溟玉的故事。此番千千命悬一线，青玄骤然现身，与千千说话时似旧识，如此正合了千千从前与他说过的往事。再者，方才他眼见曲苏险些命丧华容夫人之手，来不及阻止只能出声提醒，曲苏和旁人或许看不真切，但他眼见青玄出手击毙华容夫人时，指尖九色莲花一闪而过的幻影。那是唯有青华大帝本人出手，才有可能显露的神迹。

但不知为何青华大帝此次现身会如此虚弱，又或者说他当下关心则乱，为了救眼前这位姑娘，连自己在凡界的安危也难以顾及了。青华大帝为修缮炁渊耗去九成法力之事，一直是紫微大帝与他两人之间的秘事，就连天上那些神仙甚至玉帝都不知晓，更别说斛向秋这位散仙。

斛向秋对此自有一番猜测。他与曲苏一同折返地下途中，知晓了曲苏的名字和来历，见她失魂落魄的模样，约莫还在为青玄骤然消失而难过，便开口劝道："许是青华大帝来到人间，并未使用全部真身，分身的力量有时便会比较虚弱。曲姑娘若实在担心，大可等上一些时日，说不准用不了几日，帝尊便又回来了。"

曲苏听到这话，先是愣了愣，随即便是一笑："可能不会几日那么快。我与他上一次分别，中间便隔了两三个月。"

这一次他受了那么重的伤，再见怕不知何年何月。

曲苏人生第一次生出一种天高地远的孤寂来，她一辈子能活多长？运气好一点儿，约莫能再活三四十年，在凡人之中已算高寿。若是运气差些，或是自己不当意，觉得人生在世也没什么意思，说不准就像岳周那样，年纪轻轻就去世了。但哪怕她能再活百年，这百年光景，在青玄眼中，也不过短短百天。

若青玄这次伤得重些，或是那位仙子不许他再来凡间，也许她这一生都再也见不到他了。

斛向秋生性温柔，向来善解人意，见曲苏神色寂寞，勉强挤出的一丝笑，却比寻常女孩儿家哭出来的模样看着还可怜，便温声道："我看帝尊颇为在意曲姑娘的安危，想来一旦伤势有所好转，便会立刻来探望姑娘的。"

曲苏心中微微一动，明知不该因为斛向秋一句安慰的话就生出那么多希望，可心中还是忍不住渐渐生出一些希冀来。她的神色看起来比之前明快少许，主动对斛向秋说："我们先回去收拾残局。至于寻找千千的事，我想或许城主和芸芸能帮上忙。"

然而曲苏到底高估了芸芸的情况。当他们回到地底水牢，那些杀手有的勉强恢复了意识，更多仍在昏迷或意识溃散，而此前跟在华容夫人身边的那些女冠，也随着司徒琰的消失一同不见了影踪。地底闹出这样大的动静，秦映寒终是藏不住了，曲苏和斛向秋一同折返，见到的就是秦映寒将爱女护在怀里，失声痛哭的情形。

朱管家跟在一旁，指挥着府中下人将秦芸芸抬上座椅，可秦芸芸哪怕已失去意识，容貌也早不似凡人，那些下人个个吓得两股战战，却没一个人肯主动上前帮着将秦芸芸抱扶起来。

此前秦映寒故意避开此处，自然知道他不在场时，这里在秘密进行着什么。华容夫人和司徒琰蓄谋已久，若不是曲苏和青玄这两个意外到场的人与斛向秋里应外合，终止了这场毫无人性可言的屠杀，这里怕是早已沦为一处血肉横飞的人间炼狱。

如今主谋一个惨死，一个外逃，秦芸芸遭到此前服食的鲜血反噬，成为这副怪异恐怖的妖怪模样，他再也无人可用，再也不能隐藏人后坐享其成，今日终于肯露面了。

秦映寒从前掌管整个白帝城，多年来为秦芸芸的病情忧虑不已，现在华发早生，眼神浑浊，就连眉毛都早早白了半截。可他从前到底是个很好也很负责任的城主，尽管容颜老去，但整个人精神矍铄，每每谈及秦芸芸时，除了担忧和心疼，还有止不住的爱怜。

而如今的秦映寒，约莫是偷偷食用过千千血肉的缘故，面上风霜之色褪去，一头乌发宛如少年，神色却仓皇恍惚，见到曲苏赶来，第一反应竟是将头埋得更低了些，似是不愿当着此情此景再与故人相见。

曲苏看在眼里，心觉讽刺，开口道："秦城主避而不见，竟也知道羞耻吗？"

秦映寒抬起头时，依稀可见他脸上、手上、脖颈之上生出的白色细毛，与秦芸芸当下的模样如出一辙。可他再也顾不上遮掩，伸颈仰面，朝曲苏深深作了一揖："曲姑娘，你是芸芸最好的朋友，求你看在从前与芸芸交好的分上，帮我救一救她！"

曲苏心中五味杂陈，看到秦映寒朝她一揖时，生生避开，执着剑道："我可受不起城主行这么大的礼。"

"你若是真心，就应该知道如何弥补，更应该知道，你该向谁悔过。"想到此前在千千意识世界中看到那一幕幕令人目不忍睹的过往，她浑身战栗，就连剑尖都忍不住轻颤着，发出轻微的剑鸣之声。"那是一个活生生的人。她虽是妖，却已化作人形，论在人间行走、知晓世情的年岁，她比芸芸还要稚嫩许多，你怎么忍心和华容夫人一同吃下她的血肉？"

说起此事，斛向秋也眼眶微红，他冷声道："秦城主既然贪心长生，做下这桩冤孽之事，就该知道，善恶到头终有报，你与你女儿如今所遭受的一切，怨不得他人，皆是报应。"

秦映寒闻言，怀里抱着昏迷不醒的秦芸芸，缓缓坐直了身，面上神情似笑非笑，毫无心虚之色："曲姑娘也说了，她是妖，即便化作人形，她也仍是妖。我们吃她的血肉和吃一只兔、一只鸽子补身体强精神，有什么分别？"

不等曲苏和斛向秋说话，秦映寒唇边的笑愈加狂放："况且我也并非全是为了自己。芸芸是我唯一的女儿，是我妻子给我留在这世间唯一的血脉。曲姑娘，如果是你，眼见着父母老去、子女病弱，又或是，你要亲眼看着你心爱之人立即死在你的眼前，这时有人告诉你，吃了蝙蝠妖的血肉，便能救他们，你还能像现在这样，毫不迟疑地拒绝吗？"

秦映寒抬高了头颅，目露精光，他的脸上再也看不到从前的慈祥淡然，看起来就如这世间任何一个寻常老去却又不甘就此老去的平凡人一般，眼中充满了欲望和对身边能抓住的一切事物的掌控欲：“曲姑娘也是江湖中人，斛公子更是出自世家，这弱肉强食的道理，难道还要我说给你们听？人有本事，就可以吃妖的血肉，治病救命。妖若是有本事，也可以反过来吃人，增强修为。”

曲苏被他这一番强盗逻辑说得倏然一笑：“是啊，秦城主有本事，吃了千年蝙蝠妖的肉，修炼成如今这副青春容颜，我真应该道声恭喜。”

秦映寒神色如常：“我求曲姑娘救一救芸芸，只因她是无辜的。这桩事，芸芸从头至尾都不知情。是我一意孤行，与华容夫人做了交易。为了芸芸活命，别说取一只蝙蝠妖的血肉，就是让我再杀一百人、一千人，只要有人告诉我，这样做有用，我全都会做！”

曲苏却并未如秦映寒料想的那般有所动容，她看着伏在秦映寒肩膀上细细喘息的秦芸芸，轻声说：“芸芸，你早就醒了吧？”

秦芸芸缓缓张开眼，却没有立即说话。

她的双眼仍透着血红，脸上的白毫却不似之前那般耸立，脸旁两只小小的蝙蝠耳正在以一种缓慢的速度萎缩。秦芸芸的脸庞和身躯渐渐显出真实的病弱瘦削之态，就如以前曲苏认识的那个秦芸芸一般，再不复这段时间的健康、饱满。

曲苏道：“你病了十几年，天下神医皆为你诊治，皇宫也难得一颗的紫清丹，你日日带在身边，那么多珍奇补药你都试过，可没有哪一种药真见效过，怎么就吃了司徒琰的药，突然整个人都容光焕发了，你自己不觉得奇怪吗？”

曲苏越说，眼睛里越流露出失望的情绪来：“那个花蜜酒，我一口没喝都能闻到一股腥气，你从小药不离口，以前你和我说，大老远的闻着肉味儿都想吐，那酒里那么浓的血腥味，你会一点儿都闻不出来？”

“还有那几个从小服侍你的婢女，还有澜儿，你真不知道，也不在意她们究竟都去哪儿了吗？”

“你服下的所谓古方，是千千的血肉；你用来续命的秘药，是那些和你差不多年纪、陪伴你多年的年轻女孩的命。千千被关在城主府，闹出那样大的动静，你身边的人天天更换，城主府的仆人越来越少……”

最后一句，曲苏几乎是死咬着牙根才缓缓问出的：“秦芸芸，你真的什么都不知道吗？”

在曲苏心里，她起先并不愿意相信秦芸芸会是这样的人，可多年行走江湖的经验和入府以来观察到的一点一滴的细节，让她无法忽视许多铺展在眼前的线索所指向的唯一可能。

如果没有亲眼见到千千的惨状，没有亲历千千回忆里那些惨不忍睹的真实，一个人或许能为了以前的交情、为了秦芸芸这些年来的病痛，暂且掩耳盗铃、忽视真相。可曲苏亲眼看到千千几乎没有一块好肉的双腿，隐约可见白骨的手臂，更在千千的记忆里，无法逃避地亲历过华容夫人对她毫无人性的血腥凌虐。

就像青玄问过她的，如果她仍然觉得秦芸芸可怜，那么千千呢？

秦芸芸脸上的白毫此时已脱落光了，眼珠儿也由红转黑，又逐渐黯淡，脸色蜡黄，嘴唇翕动，泛起白皮。她完全变回了从前的样子，却比曲苏记忆中的那个少女更为虚弱，她就像一朵花儿，花期已尽，唯一的结局便是随风飘零，碾作尘土。

秦芸芸缓缓转动眼珠儿，目光落在曲苏脸上时，骤然发出一声短促的笑："曲姐姐，你生过病吗？"

曲苏没有说话。

秦芸芸气息紊乱，拼命急喘了几口，胸腔发出的闷响，如同一只残破的风箱："你和那些健康的人一样，病上几日，痊愈之后出门，都觉得憋闷坏了，要去大吃一顿，和好朋友喝酒庆祝。可如果让你们和我一样，打从记事儿起，就天天躺在床上，一日七八次地灌着苦药，吃什么、穿什么、用什么，每天走几步路，全都不能由自己决定……"

"螃蟹是什么味儿，我到上个月，才尝了一回。还有酒，是有些血腥味儿……"秦芸芸说到这儿，嘴角流泻出一丝笑意，"可我喜欢那种喝了酒之后，整个人飘飘然的感觉。"

"那些风筝，飞得满天都是，就像鸟儿一样，多自由啊。乘着船打桥洞底下游过，迎着风，两岸的柳树连成一片绿，花儿特别香，船行得那么快，整个人就好像在飞一样，真好啊！"

大约说得太快太急，秦芸芸急促地咳嗽了几声，抱着她的秦映寒，眼睛里已隐隐显出泪光："芸芸，是爹没有保护好你，害你吃了这么多苦……"

秦芸芸继续道："曲姐姐，如果你也和我一样，病了这么多年，突然有个机会，能让你像正常人一样生活一段日子，能跑，能跳，能想做什么就去做什么，哪怕只有几天。"秦芸芸缓而深地吸了一口气，喘息着道："你就会知道……"

曲苏闭了闭眼，说："如果我只有几天可活，我只会自个儿寻个清净地方，静静等死。"

"那是因为你至少曾经健康地活过了十几年。"秦芸芸笑了一下，她不再看曲苏，而是伸长了脖子，靠在秦映寒怀里，目光虚浮，看向空荡荡的上空，"我们不一样的。"

秦映寒看到秦芸芸的模样，不再迟疑，他将秦芸芸抱起来，如同抱着一把散碎的骨头架子，又仿佛怀揣着此生最珍贵的宝贝："芸芸，哪怕为了爹，撑下去。"

“不论再试多少法子，不论需要什么药引，爹都会替你寻来。”秦映寒嗓音嘶哑，仿佛整个人都发了狂，“不论付出多少代价，只要你能活，爹什么都愿意做！”

秦映寒抱着芸芸大步离开，很快，父女俩的身影就消失在黑暗的尽头。

长乐界，东极妙严宫。

薄雾轻云，青烟缭绕。九头狮子坐在院子里那棵大柳树下，一颗脑袋叼着桃儿，另外几颗脑袋，分别叼着不同的果子和鲜花酒酿。这些是今日早些时候，紫微大帝过来探望时，顺手塞给它的。它并不吃那些果子，只是妙严宫常年就它一个活物，闲来无事，权且当个乐儿罢了。冷不防地，它的三颗脑袋突然齐齐扭头，朝窗子后头那张软榻看去。

青华大帝眉心微蹙，也朝它看来：“我回来多久了？”

九头狮子晃晃脑袋，将身躯化为普通狮子大小，九颗脑袋，今日轮到老三值班。老三说话是个青年的声音，它打量着青华大帝的面色：“没多久。按照人间的时辰，也就三四天而已。”说着，它讨好地将紫微大帝送来那些果子、酒酿一并拱到青华大帝睡的榻上。

青华大帝揉了揉毛茸茸的狮子脑袋：“是紫微送你的。”话音落，他的目光落在当中一只浅紫色的小酒瓶上，那是一瓶玫瑰花酿。

青华大帝拿起酒瓶，拢进袖里。九头狮子还是头一次见他会在意这些小玩意儿，瞪圆了眼睛：“尊上这是有了相好的姑娘吗？”

青华大帝嗔了他一眼，正要说什么，眼尾扫到一道身影，面色不变，可也一句话不再说了。

似乎是没想到他这么快就醒来，凌曦仙子神色微怔，匆忙上前：“尊上。”

青华大帝神色微凝：“你在这里做什么？”

凌曦仙子绽出一抹笑：“尊上忘记了，之前在白帝城……”

“没有忘。”青华大帝截断她的话，双目定在凌曦仙子面上，“你去白帝城做什么？”

青华大帝气场太强，别说是凌曦仙子，就是她的师父太阴元君来了，当面被他这般质问，也只有战战兢兢老实回答的份儿。

凌曦仙子眼圈微红，一双美眸直直地望着青华大帝：“凌曦不敢欺瞒，不久前尊上重建炁渊归来，我从师父那儿得知尊上受了伤，向我父王讨要了不少仙果、灵药，本想依照父王叮嘱，亲自送到尊上面前，可彼时紫微帝尊说了，尊上闭关，若是非要打扰，说不定要惹得尊上不痛快……”

凌曦仙子解释的这些，青华大帝本就从紫微大帝口中听过一遍了，他有些不耐烦地打断："我问的是，你为何会去白帝城。"

凌曦仙子眼中缓缓蓄满泪水，她本就貌美，露出这般委屈的神情，当真是我见犹怜："我在北极星宫附近等了好久，怎么都等不到尊上召请，又担心尊上的安危，就以湖中月影卜了一卦，这才得知尊上早已不在北极星宫，而是去了白帝城。"说到这儿，她向青华大帝行了一礼，又飞快用手指抹了下眼睛，"我知道我这样做不对，可我也是关心尊上的安危，才会这样做。"说到这儿，她嗓音愈加柔弱，"至于那只白鹤，当日是我太着急了，一心惦记尊上的安危，所以伤了她。那些礼物，我也都转交给她的族长。白鹤心善，未曾怪罪，还和我成了很好的朋友。多亏尊上及时提点，让我免却杀生之过，还结了这样一桩善缘。"

凌曦仙子跟在太阴元君身边四千多年，能以月影占卜青华大帝的去向，这个解释倒说得过去。至于她所说白鹤一事，哪怕她不在此时如实道来，事后紫微大帝也一定会派人巨细靡遗地转告周全。但青华大帝面色丝毫未缓，目光在凌曦仙子发顶一扫而过，脑内回闪的却是刚刚凌曦匆忙折返的情形。"若没别的事，回你自己的住处。"

他这妙严宫，向来不喜外人探视，更别提像凌曦仙子这样随意进出。今日凌曦仙子能毫无阻滞地进来，也是因为九头狮子感应到他这个主人昏迷，才放了凌曦仙子自由通行。看来他接下来得好好给这头笨狮子定一定这青华长乐界的规矩，别得了紫微大帝几篮果子，就高兴得什么都忘了。

凌曦仙子见青华大帝微垂着眸，起身欲走，连忙跟着起身，轻声道："尊上，凌曦确实还有一事，要与尊上商量……"

青华大帝垂落的左手，中指和无名指指尖轻拨几下，面上神色如凝冰一般："改日再说，你不必再过来了。"

"可是，尊上……"凌曦仙子的话没有说完，青华大帝已没了影儿。

九重天上，素曜宫。

云雾缥缈，桂香缭绕，一双秀窄修长、宛若笋尖的素手捧出两盏覆着霜花的翡色茶汤，她一边将其中一盏递给坐在对面的人，一边嗤笑："你看她一天天地跟在青华大帝身后跑，人家理她吗？"

接过萱花霜盏的那只手，骨节清晰有力，指尖略带薄茧，听到这话不由顿了顿，那人随即笑道："小孩子，玩心重也正常。凌曦那孩子聪明剔透得很，许多东西随手教一教，一学就会。左右你这素曜宫近来也没什么事非要她留守不可，跟着青华大帝四处跑跑，总没什么坏处。"

太阴元君半垂着脸，不慌不忙饮了口茶："当年收她当徒弟是怎么个情形，你也不是不知道。若不是看在玉帝的面上，赤帝的私生女送给我做徒弟，我还真消受不起。”说到这儿，太阴元君抬眸扫了一眼端坐在对面的人，“说起教导她，这些年我这个师父也不过担个虚名儿罢了，还不如你教她多一些，也难怪每回提起她，你总要在我面前夸赞几句。”

雪沫般的珠子串成珠帘，层层逶迤，一弯素月悬在当空，照耀在冬神英气却不失明媚的侧脸上，她失笑着嗔了太阴元君一眼：“若不是因为常来看你，谁会认识她？不是你见她就烦，教都不想教，我是为了谁费这个心思帮忙带徒弟？怎么到头来还为一个外人和我置上气了？”

冬神肤色极白，眉目端丽，平日里在外人面前仪态庄重，颇有威仪。她的父母在神魔大战的长留山一役中双双战死，而当日的冬神不过两千多岁，她率领天兵三千，反杀魔将诛怀，自此一战成名。那之后，在天界众多神仙之中，冬神渐渐就有了“女战神”的美称。唯独在好友太阴元君面前，冬神偶尔才会流露几分少女情态，并不避讳与好友玩笑几句。

太阴元君看了她一眼：“你是真的不在意，还是非要和我装糊涂？我确实从一开始就看不上凌曦，但这些年我为了什么打从心里烦她、不想理她，你心里不明白？”

冬神眸光微闪，别开视线看向别处，唇畔仍带着一抹惯常的笑：“青华大帝是何等的人物，数万年来，多少仙娥、妖姬倾心不已。凌曦才多大年纪，她心悦青华大帝，得了闲暇就天上地下追着人家跑，太正常了。”

太阴元君哼笑了一声，她才饮过一口茶，见到好友说这番话的神色，险些笑得喷出来，她连忙拿帕子掩了掩唇，清清嗓子道：“这番话有几分真心。是啊，青华大帝那副模样儿，哪个女子见了不喜欢？我眼前不就有一个心悦人家整整四万年，至今还痴心不改的吗？”

冬神面不改色，目光飘远，睇向庭中碎珠溅玉的银川飞瀑：“我是心悦青华大帝，但他心里，好像对男女之情从不过眼，更不过心。”

太阴元君颦眉良久，沉思道：“你要是这么说的话，好像这么些年，青华大帝就不曾对哪个女仙留心过，除了……”她眼前一亮，看向冬神，“你也记得那个人吧？我记得当年有一阵子，你还在青要界养过伤呢。”

冬神一怔，捏着茶盏的手微微一松，但她反应极快，不等好友发声已反手一抄，将茶盏连同盏内的霜浮翡一把捞起，又送至唇边，缓缓饮了一口。

“我记得当年就和你聊起过这桩事儿。那时在众神之中，大家伙儿当面不敢这么称呼青华大帝，背地里都管他叫‘杀神’，他那时也确实不知遮掩，明明是昳丽耀眼的少年模样，却走哪儿杀哪儿，简直神憎魔厌。他如今这副淡然出尘的沉静脾性，还是彻底接掌十方幽冥之后，才渐渐养成的。”

太阴元君眯着眸，缓缓道：“但即便谁都知道青华大帝性子冷淡，脾气也不大好，三界之中，心悦他的女仙、女妖不知多少，却不见他给过谁好脸色。只有那么一回，听说是当着紫微大帝和他座下几个仙娥的面，青华大帝夸过一个人。”

当年青华大帝如何夸赞这位司寒神尊的，太阴元君还记得清楚。但事关青华大帝与一个上神的微妙传闻，这种连她都印象深刻的话，冬神又如何会不记得？她又何必非要在这儿字字句句地说出来，戳好友的心窝？

青华大帝说：“观如今诸神，唯司寒上神，有女娲遗风。”像青华那样冷情的人，能在私下与好友闲谈时，对一个上神有这样高的评价，简直都有些不像青华大帝了。

但这话切切实实就是从紫微大帝的北极星宫传出的，委实作不得假。甚至就连紫微大帝本人，某日被一位恋慕青华大帝已久的仙子问及此事，也只是笑眯眯地看了那仙子一眼，既未承认，也没否认。

紫微大帝与青华大帝私交甚笃，若非实情，他决不会默许这消息在天界传开，尤其还是从他的北极星宫传出去的。

这是间接坐实了这桩传闻。

“司寒神尊。”念出这个名字时，太阴元君心中也不由恍惚片刻，她笑了笑，“她都羽化多久了，四万年，还是三万年？我都有些想不起她的模样了，就记得她每一次出现，吹起那支能降霜落雪的笛子，总是那副懒洋洋、笑吟吟的模样，好像天底下就没什么她能放在心上的事儿。”

“依稀记得，也是个大美人来着。”太阴元君喃喃道。

冬神许久都没有说一句话。

太阴元君陡然回过神，见好友神色不对劲，连忙挥手为她换了一盏新茶，又道：“我倒是觉得，青华大帝当年会这般大度地称赞司寒，并非出自私心。”她向冬神眨了眨眼，轻声道，“别忘了，那个司寒上神在世时，也对怨妖格外网开一面。青华大帝夸她两句，无非是因为两个人在对待怨妖一事上，刚好意见一致罢了。”

冬神沉默片刻，才缓缓开口：“时间太久，这些旧事，都不大记得了。”

太阴元君见她神色如常，也多了几分谈兴，单手支颐道：“都是些过去的事情，平日确实不大记得起来。不过我刚才想起前些日子听到的一桩新闻。”

冬神眉目不动，唇角浮笑：“都说太阴元君足不出户可知三界，今日看来，至少这桩传闻是真的。”

太阴元君秀眉倒竖，啧了一声：“你这个人，如果不是为了你，这件事儿我就是听了也不过耳，更别提还巴巴儿地转说给你听了。”

冬神拱了拱手，眉眼含笑，故作伏低做小的模样："元君请讲，洗耳恭听。"

太阴元君被她故作谦卑的模样逗得笑声连连："反正这事你当个笑话听就好了。"

"你应当也还记得吧，司寒上神还在世时，天界不少仙君都恋慕她，听说那青要山的界碑，棱角都被摸得光滑了，原本一条路都没有的地方，生生被人走出一条前往青要界的通路来。"

冬神一身轻甲，寒光凛凛，连唇边的笑都被映出了几分冷意似的："记得。"她嗓音淡淡地道，"我在青要界小住那段日子，一天到晚，客似云来。那位上神大人的行情可是紧俏得很。"

"我记得当年最夸张的就属白帝本人了，那时他年少，也不知师从了谁，妙手丹青，三界闻名。听说他单独辟了一处宫殿，里面什么多余的陈设摆放都没有，就只用来盛放他为司寒上神绘的肖像，曾经有位交好的神君，向他求赠一幅美人图，还被他给打了出去。当时这事闹得好大，连西王母都听说了，向我打听有没有见过那些画。"

冬神淡笑道："这也是桩旧闻了，怎么你今天还当一件新鲜事说？"

"我还没讲完呢。"太阴元君似笑非笑，嗔了她一眼，"司寒羽化也有几万年了，这些年来，五帝之中，除了赤帝为了她那个女儿，总往咱们这九重天上跑，青帝、白帝这些人，都在各自的地盘，与天界少有往来。直到前些日子，我听说白帝孤身一人，往青要界跑了好几趟，说什么，他当年为司寒画的一幅画有了异象……"

"异象？"冬神配合好友讲故事的节奏，跟着轻笑了声，"什么异象？"

太阴元君幽幽道："他说，异象昭示青女要回来了。"

冬神唇角轻翘，淡声道："他这是吓唬谁呢？司寒死了三万年，她若真能转世重生，怎么没听青要界那边有半点风吹草动……"

"你可别忘了，'青莲既开，青女归位'，这个说法你应当也听过吧？还有，十五年前，紫微大帝观万星轨迹后也说过，有一位上古之神将归位。所以那天白帝跑去青要界闹着要进去，说非要亲眼看一看姑射莲池的青莲是不是要开了……"

"他进去了？"

"哪会那么容易进去呢，那可是司寒羽化前，亲手布下的三绝禁令。"太阴元君似笑非笑道，"司寒生前的法力，在上神之中，也是排在前头几个的。不过可惜了，她当年死得实在太不光彩，被一个亲手养大的怨妖反噬而死……"

冬神问："你觉得白帝是一个怎样的人？"

"你其实是想问，白帝说的那些话可不可信吧？"太阴元君的脸上收起了玩笑的神色，思索片刻道，"从前与他并不熟稔，加之后来，他极少往天界来，所知便更少了。所谓画中异象，可能是他相思成狂，自己骗自己搞出来的幻象，也可能，真就是青女要回来了。不就刚好应了紫微大帝的那句话？”

说到这，太阴元君幽幽一叹：“不过我觉得，他说的是真是假，都不重要。”

“就算司寒复活了，又能怎样？”她轻轻拍了拍好友的手臂，“你是三界的冬神，而她不过是个死了几万年的上神罢了。如今也就青要界那些寒荒蛮民，还尊她为神，把她当个宝贝，放眼三界，还有几个记得她的名字？至于青华大帝，他就是再不开眼，也不会看上一个死前和怨妖纠缠不休的神女。”

“尤其你别忘了……”太阴元君嗓音渐低，“当年明阎算是比司寒还厉害的上古大神吧，可结果怎么着？因为一个女人，好好的上神堕落为魔，做出的事儿，比十个魔尊加在一块还猖狂。玉帝不喜上神，也并非偏心，而是为了三界众生考虑，实在不能再出一个明阎那般的上神了。”

“司寒从前就和明阎交好，性子也像极了他，我行我素，狂狷难驯。就算她哪天真的回来了，玉帝也不会认她的，你这冬神的位子啊，必定稳稳当当。”说到这儿，太阴元君轻笑了声，“而且，陛下不日就要迎娶你的侄女素蕴了。你还有什么好担忧的？”

冬神沉默片刻，也笑了：“我并非忧虑，是你这个故事讲得好，我刚刚想得入神，觉得白帝相思三万年，委实有些可怜。”

“先别想别人的事了，要我说，凌曦这孩子别的什么都不好，唯独有一条优点，你该好好学一学，若是学到了，说不定早将青华大帝追到手了。”

冬神的嗓音里有淡淡的无奈：“你又想说什么？”

“厚脸皮啊！”太阴元君循循善诱，“你也别一天到晚往我这里跑了，学一学我那好徒弟，有这工夫，多往青华大帝身边跑几趟，说不准这事早就成了。”

冬神却浅浅一笑，不吭声了。

见她这副不置可否的神情，还站起身欲走，太阴元君不禁一蒙，抬手想牵好友的衣袖，手一伸出，才发现她今日虽然没穿正式的战甲，却也一身轻甲打扮，并不是一般的女仙的穿着，有宽大的衣袖可以被随意拽住。

太阴元君不由得跟着她站了起来：“怎么了这是？”她悄悄打量冬神的侧脸，柔声道，“听我总是说起凌曦那丫头，不耐烦了？”

冬神摇摇头，反手捏一捏太阴元君素白纤细的指尖：“知道你说这些都是为了我好。”她旋即一笑，目光投向远方，“刚才听你讲，突然觉着不能再这么荒废下去了，得找个地方去松松筋骨。”

太阴元君一听，知道她这又是手痒想去练练手了，不由掩唇一笑：“去吧，不拦着你找人练手过招。”

她朝太阴元君拱了拱手，转身出了素曜宫。

紫桂林中，落英缤纷，幽香阵阵，莹冬独自一人慢慢走着，既没有去她口头告知太阴元君的演武场，也未着急回到自己宫中。

她当了三万年冬神，当年玉帝亲赐的“凝冬阁”，她住了三万年。可当她心情特别烦闷或低落的时候，内心最深处仍然抗拒回到那个地方。她永远也无法忘记，那个人死的第二天，玉帝让手底下最信重的陆波仙子带路，一路领她到凝冬阁时，结界入口处的界石上，分明写着“武罗殿”三个字。

彼时她还不知道那么多，目光只在那三个字上稍稍停留，反倒是陆波仙子神色不大自然，抬手一挥，飞快抹去界石上的刻痕。

直到很久之后的某天，她无意间听太阴元君讲起一段过往，才知道“武罗”二字，是许久许久以前，早在神魔大战开始之初，一位非常厉害的上古大神给司寒取的尊称。

但因为这事实在太过久远，以至于除了像太阴元君这样的天界元老，一些人听到“武罗”二字，依稀可知指的是曾经的司寒神尊，却没几个人清楚这称呼的来由。

大多数人都如莹冬一般，根本不知，武罗就是青女，就是司寒神尊。

也就是说，那座赐给冬神的凝冬阁，不论当时的玉帝心中是如何想的，底下这些人，早已默认那块地方是划给司寒的。

“如鲠在喉”四个字，没有人比莹冬更能体会。

多少次午夜梦回，走在本该属于自己的宫殿前头，面前都会突然出现那一块大石，还有陆波仙子似笑非笑的眼神。

莹冬知道，凝冬阁是天界划给“冬神”的居所，却永远不可能成为她真正的家。

一朵紫色的桂花打着转飘落在眼前，莹冬垂着眼，将那朵细小却芬芳的花朵攥在手里。

大家都说，紫桂的香气清甘幽远，是酿酒的好材料。这样清芬的花儿，比指甲盖还小的玲珑一朵，捏在指尖，挤出汁液，那股香气便会黏在手上，充斥鼻端，哪怕隔上许多天，仍然清晰可闻。

可她从没有和任何人说过，哪怕是她在天界最要好的朋友——那位拥有整片紫桂林的月神，没有人知道，她厌恶这种花儿。

因为它就和那个人一样，明明已经死了三万年，当年在青要界关闭之前，她曾在通天晓镜中亲眼看到她兵解，连一丝魂魄都没留下。明明在天界早就没什么人记得她了，就连传闻中长在姑射莲池的那朵青莲元身都虚弱至极，可她就是如影随形，就是挥之不去！

真是令人厌恶、作呕，恨不得一把火彻底毁了才叫痛快！

人界，白帝城。

青玄重伤消失那日，司徒琰带着千千逃得不见影踪，城主府闭门谢客。据说秦映寒不理俗务，在江湖上广求名医，愿以十万金之数，只求一味可以医治爱女的药方。然而秦芸芸的身子犹如沉入水塘的棉絮，一日比一日破败消沉，已没有几日好活了。

曲苏搬出了城主府，在城中寻了处进出城门方便的客栈住下。白帝城的客栈陈设颇具当地特色，每个房间一进门的地方，都会挂一只小葫芦，不仅因为葫芦具有“福禄”之意，更因为整个白帝城若从上空俯瞰，刚好是一个葫芦形状。然而不论曲苏还是斛向秋，都无心在意住处好坏，眼下最着急的，还是寻找千千的下落。曲苏和斛向秋约定，兵分两路，各自寻人。

为了方便联络，斛向秋赠给曲苏一枚核桃大小的银质小牌，名为“召铃”，说是只要手执银牌的两人各滴一滴鲜血在这牌上，七日之内，哪怕两人不在一处，也能随时随地召唤彼此，毫无障碍地沟通交流。然而此物不仅有时间限制，也受距离的制约，简单来说，若是斛向秋离开白帝城境内，去往异地，两人便会彻底失去联系。但此物对于当下的斛向秋与曲苏两人来说，已经非常适用。为了寻找千千和司徒琰的踪迹，两人每日奔波在外，有了召铃，便可以随时交换信息，非常便捷。

这一天，斛向秋依照前一天曲苏描述的方向，一路出城寻到了郊外。

其实还未走近，斛向秋就已知道，千千不在这里。他毕竟已经修成散仙，千千又受了那样重的伤，若她真在这附近，隔得很远斛向秋也能感知到她的气息。

但站在空荡荡的小院儿门口，斛向秋静静待了片刻，还是推门走了进去。

这里是从前千千和司徒琰一同住过的地方。

院子里搭了个秋千架，屋后的地分成几垄，想是用来种植蔬果的，地里还扎了个巴掌大小的稻草人，圆圆的脸，乌溜溜的眼睛，很像是千千会喜欢的娃娃模样。往里走，桌上摆着一套茶具，那个茶壶上的纹路看着眼熟，斛向秋盯了一会儿，突然记起，那是从前有一次两个人逛街时，他随口夸说好看的石榴花纹样式。

斛向秋弯了弯唇，却发现自己一点都笑不出。

这里是他熟悉的千千住过的地方，可还有更多细节，是他从前未想到的：她会做饭了，还自己种起了小青菜，搭起了葡萄架……墙上贴的红色剪纸，是从前千千怎么都做不来的精细手工，他走之后，她都一一学会了。

但她的改变和成长，不是因为他，而是全为了另外一个人。

可那个人，待她并不好。

斛向秋的心中感到温暖、难过、心疼、愤恨，满溢而出的恐惧和心焦，让他不敢也不能再多看下去，他蓦地转身，就如他打马离开白帝城那次一样，步履如飞，毫不迟疑。

但当时的千千并不知晓，那天马儿跑得飞快，他的心却空荡荡的。

后来他走得那么远，天山飞雪，大漠孤烟，突然有一日，他终于明白，不论他走出多远，逃出多远，他的心，一早就留在了白帝城。

千千的分身去找他那夜，正是他想明白了自己的心意，打定主意以最快速度折返白帝城的那一天。

可一切都已迟了。

斛向秋行得飞快，忽略了腰间接连作响的召铃。

这天清早曲苏起来后，对着白帝城的地图，把这几日两人找过的地方都圈出来，又将那日在千千记忆里看过的情形细细回忆一遍，心里突然有了一个念头。她取出召铃，想与斛向秋再商议一下，可唤了两声斛向秋的名字，对方都没有应答。曲苏不愿枯等，干脆取出前一天在附近医馆取的药膏，想再往颈后的伤口涂一些药。

曲苏半褪衣衫，面朝铜镜而坐，刚旋开药盒，就被镜中情形吓了一跳。

三日前她被秦芸芸抓伤肩颈处，起初只是三道颇为锋利的抓痕，当晚看着并不严重。看诊的大夫是男子，听她说是抓伤，也就并未亲自查看，听曲苏描述了伤处情形后，给她拿了两盒药膏，一盒作用是加快痊愈，一盒是为伤好后祛除疤痕所用。

当晚涂上药，曲苏只觉伤处凉冰冰的，也就没将这伤放在心上。

之后的两日，曲苏每天都在外奔走，时常觉得伤处有如火烧，可她自小摔打惯了，向来是个能忍能熬的性子，从前身上有几处比这严重的刀伤，也不妨碍她外出办事。在外一忙起来，也便将那种不时出现的火烧火燎的感觉彻底忘在脑后。

昨天又在外忙了一整天，回到客栈已是深夜，她也未曾掌灯，摸索着擦了些药膏上去，感觉伤处冰凉凉的，好了许多，当时她觉着舒适，不一会儿就睡着了。

可不想到了今日，再看伤处，那三道抓痕变成了血红透黑的颜色，且伤口变长，自肩头至肩胛，如同尖利兽爪所伤，伤痕露骨，青黑外翻的皮肉更是眼看难以愈合。曲苏这才惊觉，早上起来便觉肩背酸痛，阵阵泛凉，并不是连日奔波没休息好的缘故，而是这伤口感染，伤势加深所致。

腰间所系的小银牌突然传来斛向秋的声音："曲姑娘，方才是你在唤我？"

"是。我……"饶是曲苏一贯心宽，看到镜中自己后背伤处，一时之间也有些心惊，她吸了口气，故意放缓了语调，"我没事。我刚才又想到了一个地方，很可能是司徒琰会带千千去的，所以想与你商量，那地方有些远，地势也险峻，这一次我们两个同去。”

司徒家在城内的几处宅院、医馆，华容夫人居住的道观，甚至从前司徒琰和千千一同在城外居住的那处小院，他们都找过了。这些地方毫无踪迹可寻，很明显，司徒琰压根儿没带着千千去过。

“曲姑娘，不……为何，不清……你……什么？”

斛向秋的声音听来断断续续的，话语中也透着焦急，曲苏安抚道：“你别着急，换个地方，稍后我们再联络。”之前也出现过类似的情况，往往是由于两人所处的地方在深山偏僻之所，听不清对方声音的时候也是有的。

曲苏耐心道：“斛向秋，那个地方有些远，可能今日你要提前返……”一句话未说完，曲苏自镜中瞥见一道黑影朝自己袭来，匆忙间一个闪身躲过。

她本就衣衫半解，腰间召铃也在纷乱间坠地，那端斛向秋听到衣物摩擦声，紧接着便是曲苏的一声闷哼，连忙道：“曲姑娘，曲姑娘？”他接连唤了两声，当即意识到情况不妙。曲苏不是普通女子，身手轻功都不俗，所以他才放心两人分开行事，只为能尽快找到千千踪迹。可见，眼下能让曲苏吃亏的，绝非常人。斛向秋不敢深想，再也顾不上其他，当即御剑折返城内。

另一边，曲苏顾不上回应斛向秋，并不是她不想回应，而是来人一击未中，竟然看出她右肩受伤不便，身形一转，与她擦身而过时，伸出五指径直朝她肩后伤处抓来。

来人一身黑衣，头戴黑巾，只留三个孔洞，露出两只眼睛和嘴巴。曲苏不觉得自己认识对方，更不知道为什么这人会突然出现在自己房中，且一现身，便招招直指要害，显然是来取她命的。

曲苏想不起自己近来和谁结了这么大的仇，她也不畏死，但她实在想知道，来杀她的到底是什么人。

已经好久没遇到这么刺激还主动送上门的麻烦事儿了。

曲苏披着衣物，起先只躲不攻，为的是观察对方的身法、路数。可渐渐地，她发现自己再这样放任下去，只会越来越被动。眼前这人看不出何门何派，身形莫测，功夫诡谲，一身蛮力更是令人难以应付。曲苏虽有功夫在身，但此前学的都是杀人功夫。杀手讲求的便是一击毙命，不过有句老话说“一力降十会”，曲苏与这黑衣人缠斗少顷，感觉简直比和十个功夫上乘的杀手过招还要辛苦。她勉强躲过黑衣人致命一抓，后背却一下撞上门板，整个人被惯性推得横摔了出去。

曲苏甩开斩尽春风剑，转用剑鞘作为支撑，刚勉强站起身，就觉喉头一甜，控制不住地喷出一口血。

若说黑衣人此前与她打斗，顶多是力气惊人，身形如电，那么在闻到曲苏身上的鲜血味道之后，这人便如陷入癫狂的野兽一般，眼珠由黑转赤，张开两手，长啸着朝曲苏冲了过来。

曲苏被来人以两手掐住脖颈，她双手握紧剑鞘，抵在对方胸口正中，可饶是如此，也抵挡不住他如一头蛮牛般直冲而来。曲苏被这人掐住脖子飞快倒退数步，直至背心一阵钝痛，这才发现自己被其死死抵在房内的一根雕花梁柱上。

曲苏本就肩背有伤，如何受得住黑衣人这般一再地蛮力冲撞？她控制不住，一丝鲜血溢出唇边，瞬间引来黑衣人更为疯狂的举动。

曲苏眼看着来人朝着她缓缓一笑，嘴巴咧开至常人不可能做到的程度，面部的黑巾因这怪人动作幅度太大，发出布帛的撕裂声。可他本人却浑然不觉，头颅歪着，咧向耳根的两唇之间，鲜红的舌头瞬间伸长三寸，如同一只锋利的钩子，直朝着她面部勾刺过来。

腥臭的气味扑面而来，曲苏清晰地看到，裂开的布巾边缘，他的面部肌肤覆盖着灰而细密的鳞片——他根本不是人。

心中这个念头在一瞬间清晰起来，曲苏脖颈飞快地向左一偏，引着这怪物朝自己的脖颈咬来的瞬间，右手腕侧朝身后柱身一磕，精准调整角度，三根牛毛粗细的银针直朝怪物双目刺去。

眼见暗器飞来，这怪物本能地闪躲，这一闪躲就露了破绽，给了曲苏机会。曲苏也不知哪儿来的力气，趁着这千钧一发之际，斩尽春风剑一挥而过，竟将那怪物探出嘴巴的舌头生生斩落！

怪物力气再大，反应再快，也终究是活物，如何受得了这生生被斩断舌头的疼痛？就听到一阵刺破耳膜的嘶叫声，怪物衣物尽碎，人形褪去，露出本相，全身骤然暴增数倍，几乎顶破客栈楼顶，它尾巴一扫，水桶粗细的梁柱就被它拍成了齑粉。可它的脸却还是人脸的模样，只是肌肤灰白，覆盖着一层细密的鳞片，一双红眸充血，死死看住眼前的女子，显然已将斩舌之恨视作不共戴天之仇，一定要亲手杀曲苏而后快。

曲苏还是第一次亲眼见到怪物，可她心里却觉不出半点恐惧，反而仿佛从前经历过许多回这样的战斗一般，她将斩尽春风剑反握手间，另一手将溅在脸上的鲜血一抹，朝着怪物道："怎么，丢了一根舌头还嫌不够，想连命也赔给你姑奶奶？"

怪物听到这话，喉间发出嘶嘶的低鸣，上身躬低，前肢着地，尾巴上翘，不等曲苏反应过来，身形如电，一闪而现，巨大的前爪直朝曲苏天灵盖拍来！

曲苏就地一滚，勉强躲过这致命一击，脖颈受伤的地方却被它的爪子勾过，鲜血瞬间喷洒而出，曲苏眼前阵阵发黑，想要提气，却还是没忍住喷了一口血出来。

这怪物身形虽大，动作却一点也不笨拙，可能这就是妖吧。不论是力气，还是速度，哪怕是江湖上最顶尖的杀手，也绝不是它的对手。

躲过了一击，却难以躲过第二次攻击，曲苏觉得，自己今天约莫会死在这儿了。

可惜还没喝到青玄对她许诺的仙酿，更可惜还没等到青玄回来。

明媚的辰光透过窗棂，如同一只莹亮的小鱼儿，在曲苏眉间一闪而过。手松开剑的那一瞬，曲苏只觉全身上下前所未有地轻松，她微合着眼，等待死亡，却发现预想中的疼痛并没有朝她袭来。

再睁开眼时，逆光望去，眼前白蒙蒙，一片模糊，可下一瞬，她却那么清晰地看到了青玄的脸。

曲苏全身脱力，脚步踉跄，身体失去了剑的支撑，不受控制地向前倾倒。青玄脸色苍白，被她这一撞，顺着力道连连倒退两步，一只手却下意识地仍圈在她后背。

曲苏无处可扶，两手不得已撑在青玄胸口，不想这厮看着虚弱，嘴却还一如既往欠收拾："这才几日不见，苏苏便相思至此，实在令某惶恐。"

以前两人在棠梨镇街上打斗，曲苏为了躲避一个孩童，也是这般不小心栽进他怀里，那时他也说了相似的话语："相识不过几日，不想姑娘如此热情，着实令某惶恐。"

可彼时的曲苏心中只有恼怒，哪怕小有羞涩，也是身为女子不小心栽进陌生男子怀里所致，但相同的情形，相似的话语，再由同一个人口中道出，这一次曲苏却羞大于恼，尤其听到他口中的"相思"二字，更是控制不住地脸颊发烫。

青玄本就担心城主府内情形复杂，司徒琰心狠手辣，秦映寒老谋深算，怕曲苏一个人无从应对，再遇凶险。尤其他醒来之后，指尖微动，掐算到她很可能有性命之忧，当即不敢耽搁片刻，下临人间，追踪着曲苏气息一路赶来。却不想刚到这里，就看到令人胆寒的一幕，若他再迟须臾，曲苏此刻已经被这蜥蜴精拍碎全身而死了。

越是这般想，气息越是不稳，说完那句半开玩笑的话，他匆忙暗自调息，强忍住冲到唇边的血。可下一瞬，青玄就觉察怀里的人衣衫散乱，尤其他一手环着她的背，此刻更能感觉到指尖一片温香软玉，细腻如膏脂……

青玄微垂下眸，他比她高出半个头还有余，这个角度刚好能看到曲苏肩背处的伤。

一片血肉模糊之中，依稀可见变了形的骨头，隐隐透着焦黑之气。除了蜥蜴精的抓伤，还有蝙蝠毒的残余。

他是上古之神，亲历过仙魔大战，亦见证过始祖神死去，他看过无数比这更为狰狞惨烈的伤口，可也不知为何，没有哪一次比他此刻亲眼看到曲苏身上的伤，更令他心神不安。他轻抿着唇，指尖徐徐捻动，就见一缕淡淡的黑烟自曲苏伤口飞快溢出，转瞬又消弭无踪。

细腻若脂玉的背上，转眼便只余三道又小又浅的红痕，那是蝙蝠毒被仙者拔除之后，伤口原本的模样。

曲苏只觉此前酸痛阴寒的肩背瞬间一松，却怕自己此刻脸颊发烫的模样被青玄看穿，低着头道："这回你倒来得及时。"

青玄强行以真气涤清曲苏肩上的蝙蝠毒，鬓间沁出些微冷汗，他听到远处的脚步声，指尖一勾一抹，曲苏身上的衣衫已完好如初，看不出任何杂乱的模样。他唇边浮起一抹淡笑，凝视着曲苏微低着头的模样："倒是难得见你这般乖巧，看来是真吓着了。"

曲苏忍不住抬头瞪了他一眼。她心头有气，又是直性子，本就憋不住话，更想尽快撇清心中自见到青玄起就左右不自在的感觉，硬邦邦甩了一句："还未正经请教尊上大名。"

青玄见她微鼓着脸，显然这话不是玩笑，而是真在生他的气，忍不住笑道："我的名字就是青玄。"

东极青华大帝是世人对他的称呼，而他自出生在天地之间起，便自称青玄。只是这个名字，少有人知晓，也就更少有人能这般亲口唤他罢了。

曲苏忍不住又瞪了他一眼："但你根本不是什么紫微帝君身边的小仙官，你的真实身份是青华大帝。"她越想心中越酸，忍不住轻声道："你是青华大帝，身边又有那么美的仙子陪伴，从头至尾都是将我耍着玩罢了。"

这话一出口，别说青玄如何想，连她自己都觉出几分不妥，又隐隐觉得耳熟，再一想，这正是以前她与青玄一同探察千千回忆时，司徒琰曾说过的话。曲苏本就有几分脸热，这么一闹，眼眶更烫了几分。

可她不再看青玄，却还是听到身后传来的一声轻笑。曲苏正想开口嗔他两句，就听一道又娇又甜的嗓音道："尊上。"

曲苏抬起头，就见不久前见过的那个美貌仙子又出现在了门口。她今日未穿鹅黄，而是换了一身雪白的襦裙，鬓间别了一束也不知是哪里采来的鲜花，形若银铃，玲珑可爱，雪般纯白之中隐见一抹浅绿。她逆光而行娉婷走来的模样，既娇且纯，仙气飘飘，就连身为女子的曲苏，也禁不住一时看呆了。

再观自己，一番打斗弄得鬓发散乱，狼狈不堪。曲苏默默抿紧了唇，提起佩剑转身避过："我还有事在身，先行一步。"

青玄见状，匆忙跟上："哎，咳咳……"

曲苏听到他咳嗽声仿佛比前几日更重了，却不想就这么轻易回头，那也显得她刚才的生气太儿戏了，因此只是脚步微顿。

"曲姑娘！"斛向秋虽能御剑，但也不是瞬息便抵，路上一刻也不敢停歇，赶到客栈二楼，眼见屋内一片狼藉，再看曲苏虽则衣着完好，脸色却是惨白，唇边还沾着未干的血迹，旁边还倒着一个已毙命的蜥蜴精。显然这里刚刚发生过一场以命相搏的打斗。

斛向秋走上前，轻声问："曲姑娘，无碍吧？"

曲苏朝他弯了弯唇："不妨事。你赶回来了，咱们这就启程。"

青玄端详斛向秋片刻，微微眯眸，飞身一步，走在曲苏的另一边。

临走前，他又侧眸，静静看了那蜥蜴精片刻。

他想起不久前某次与紫微大帝闲谈时，对方说起的话。

如今的妖界，以迟玉山为界，两分天下。这一边，扶桑女帝辖草木灵妖，但这位是经年不爱管事儿的，几乎一年到头都在睡觉。那一边，龙君殷和虽然早已修成了应龙之身，但因为他是水蛇出身，并非真龙，龙族那边不认他，他也不将自己当作龙族看待。听说那些小妖，平日里并不称他为"龙王"或是"殿下"，而是口称"殷和大人"。

青玄敛眉，心中细想，这蜥蜴一族按道理应当归殷和管辖，但许多年前，蜥蜴族的族长星零煞化，紧随老烛龙而去，蜥蜴族自那之后分崩离析，如今也说不上是归哪一族管辖。

青玄嘲弄地翘起唇角，不论今日遣这蜥蜴精来袭击曲苏的人是什么来头，倒是很会选人。

一行人出了客栈，走在街上，凌曦仙子见青玄面色淡淡的，主动上前，轻声说道："还请尊上不要生我的气，凌曦真的有要事和尊上商量，而且实在担心尊上的身体，所以才大胆跟着尊上又来了白帝城。"

青玄面上神色难辨，说话时唇角微翘，仿佛还含着淡淡笑意："凌曦仙子是赤帝的掌上明珠，又是太阴元君首徒，放眼六界，知晓仙子声名、倾慕仙子者众多，你又何必非要跟在我身边伏低做小呢？"

或许是青玄这句状似恭维的话，让凌曦仙子心里多少生出几分底气，她浅浅一笑道："尊上所说的这些，都是些浮名虚物。为仙者，本就该看淡外物，修心为先，不是吗？"

这句话成功地令青玄朝她多看了一眼。凌曦仙子唇边笑容愈甜，水盈盈的一双妙目看住青玄的侧脸，轻声说："尊上可能不记得了，五千年前渭水之滨，我与尊上曾有过一面之缘。我初登九重天那日，第一眼见到的人也是尊上，后来更听我师父和冬神她们讲了许多尊上的事迹。凌曦一向钦佩尊上的为人，能有机会跟在尊上身边做一些力所能及的事，是凌曦一直以来的心愿。"说到这儿她顿了顿，又道："前日我见父王时，他就说我，跟在太阴元君身边，所能得的历练终究是少了些。刚好再过几日，就是我父王的生辰，父王让我转达此物，邀尊上前往生辰宴小聚。”

说话间，凌曦仙子的纤纤玉手向青玄面前一伸，一张朱红洒金的信笺凭空出现。

青玄垂眸看着那物，却没有立刻伸手接过。

此前凭借忆昔花看过的情形历历在目，炁渊当日究竟发生了什么，凌曦仙子与烛龙两人又在此事中各自扮演了什么角色，青玄至今仍然存疑。以前他与凌曦仙子接触不多，单凭今日她在自己面前的表现，足可见这人并不是刁蛮任性的蠢货，反而说起话来言辞周到、有条不紊。这样一个人，在清潋被众人冤枉时，偏偏要提及他的名字，真的只是无心之失吗？还是像紫微大帝所说的那样，她那几句话看似句句为清潋说情，实则火上浇油，彻底将清潋推入了万劫不复之地？

又或者，她在这其中，不只做了面上的这一点工夫？

青玄心中未有定论，可眼下，既然她上赶着送到眼皮子底下，他也不妨听之任之，好好看一看这位过往几千年都未曾入眼的凌曦仙子，到底是何许人也。

街上人声嘈杂，凌曦仙子与青玄低声耳语，曲苏约莫只能听到只言片语。无外是“尊上”“担心”一类的话，曲苏还听到了她的名字——凌曦，倒是个很像仙女的名字。

曲苏对斛向秋说：“这么一步一步走着去，等我们赶到，人都凉透了，你不是会御剑吗？”

斛向秋第一反应却是越过曲苏，悄悄看向她身后的青玄。

青玄也朝他看了一眼。

斛向秋收回视线，神色恳切，对曲苏一拱手：“曲姑娘见谅，斛某修仙不久，御剑之术不甚熟练，故而难以两人同行。”

曲苏叹了口气：“斛兄你这技术可是太不熟练了。”

斛向秋道：“斛某惭愧。”

另一边青玄道：“你们要往何处去？”

斛向秋道：“这几日，我和曲姑娘将整个白帝城找遍了，去过从前千千在城郊的住处、华容夫人居住的道观，连同司徒家在城中的所有宅邸和医馆，但都没有千千的气息。”

青玄思虑片刻道：“他们并不在白帝城。”

曲苏瞥了他一眼：“这还用你说，我早就想到了。”已经用排除法解决的问题，还用得着他现在才做总结发言？

斛向秋道：“曲姑娘方才急召我折返，就是说已经想到了一处地方……”

正事要紧，曲苏也懒得卖关子，径直道：“贡嘎雪山。”那里经年覆雪，人迹罕至，司徒琰和千千从前为寻灵狐血，曾在那里有过一段非常美好的回忆。

今早起来，曲苏梳理思路，突然想明白，司徒琰这么怕他们找到千千，就一定不会去此前他们找过的那些寻常之处，唯独雪山和那个雪湖，是独属于他们两人的回忆。若不是曲苏在青玄的引领下看过千千的记忆，她也不会知道那里。

在司徒琰心中，雪山是最完美也是最安全的所在。

斛向秋并不知晓这段过往，闻言不由一愣："那地方距离白帝城，约莫有三四日的脚程，曲姑娘可确定？"

青玄却也在这时点了点头："就去雪山。"

青玄既然都开口肯定，斛向秋也不再迟疑。他多一刻都等不及："千千对司徒琰恨之入骨，我怕她若转醒，见到身边的人是司徒琰，宁死也要与他玉石俱焚！"

千千临死之际对司徒琰的恨意，曲苏在她的回忆之中便感知到了——那如高山倾覆、若海水倒倾的磅礴恨意。听到斛向秋这样说，不禁赞同地点了点头。

斛向秋朝三人一揖："斛某法术低微，先行一步。"临走前，他又看了一眼曲苏，眼神里大有安抚之意。

凌曦仙子将目光投向曲苏。

曲苏见凌曦仙子的目光一直在自己脸上、身上扫过，微微一笑道："我是曲苏，还未请教仙子大名。仙子这般盯着我看，是我脸上长出花儿了？"

凌曦仙子正在端详曲苏的模样，听到曲苏这样调侃，不禁浅浅一笑："别叫我仙子了，叫我凌曦吧。第一次见你那天，是我太着急了，把曲姑娘误当成伤害尊上的坏人，所以言辞有些激烈，希望没有吓到你。"

凌曦这话说得也算坦率，曲苏若还跟她计较，倒显得她小气了。

曲苏朝她翘了翘唇："凌曦仙子也是关心咱们尊上，真情流露，不敢怪罪。"

曲苏这话说得客气又周到，简直不像她平日说话的格调。青玄一手覆在曲苏肩侧，说："闭眼。"

凌曦刚开口，小声喊了声"尊上"，就被青玄一个眼神制住了后头的话。

青玄修为高深，似这般距离，几乎一念之间，便可抵达。凌曦暂时得了青玄的首肯，允准她一路跟着，当即不敢有任何耽搁，避开人群，直朝雪山的方向飞去。

绵延千里的雪山，入目尽是一片纯白，唯独雪湖的一抹湛蓝，如同一只世间最纯粹的瞳孔，纯净无污，仰望着头顶上方的蓝天。

司徒琰毕竟是凡人，他一路背着千千行到贡嘎山上的雪湖旁时，所用的时间几乎是从前千千带他来那次的两倍之多。

但他到底还是寻到了这里。

从前千千仿佛很喜欢这里，他还记得那次为了找灵狐血，千千领着他上山，在厚实的雪地里打滚儿，在这雪湖里捞鱼，又拿湖边那棵大树的树叶裹上肥鱼烧烤，那鱼好吃得千千眼睛都眯了起来。

从前，他也以为千千一定是很喜欢自己，不然她怎么会对他那般好？她从那些匪徒手里救下他的命；天天去医馆帮他的忙；趁他不注意时，目不转睛地偷偷盯着他瞧；与他一同爬山采药、街上玩耍时，总会露出格外灿烂的笑颜；见到他为了救她而被蛇咬伤，更是难过得眼睛都红了。

她一尝到喜欢的食物，看到喜欢的美景，就会摇着他的手臂说："司徒琰你最好了！"

她仰脸望着他时的眼睛，仿佛倒映着天上最亮的星星："司徒琰是全天下最厉害的人！"

每每看到他又写出一张药方，救好了一个病人，她都会忍不住感慨："司徒琰你真的好聪明啊！"

那些人嘲笑他，唾骂他是"野种""怪胎"时，她哪怕只身一人也毫不畏惧，叉着腰与那些人辩驳，她会说："司徒琰根本不是你们以为的那种人，他帮了你们那么多，还救过那么多人，为什么你们就看不到他的付出和努力呢？你们这是歧视，你们是欺负人。"她会替他出头，还有更多让他听了从心底暖和起来的溢美之言，她是发自真心护着他的。

那时候他觉得，千千一定是真爱自己的。

从前他觉得自己什么都没有。没有父亲的器重，更得不到母亲的宠爱，没有家族的看重，也得不到府内府外任何人的尊重。他原就是庶子，是母亲用来向父亲献媚争宠的工具；是父亲用来培养大哥，替大哥分忧扛事的杂役；是整个白帝城所有贵族世家眼中的笑话；是那些平民百姓茶余饭后的谈资、笑料。

但那时他什么都不怕。

他本就一无所有，所以更无所畏惧。

所有人都将他当作一颗随时可以丢弃的棋子，但所有人在他眼中，都是可以为他所用、助他平步青云的踏脚石。对他严厉、苛责的父亲，教他许多妖邪之事、一心拱他上位的母亲，还有那个烂泥扶不上墙的大哥，甚至是从一开始就对他与众不同的千千……

但是当他第一次收到千千送他的那朵冰天雪莲时；听到她亲口说，这个地方她只带他一个人来过时；他亲眼看到千千为了他和那些人争执掉眼泪时；甚至是她在他的诱哄之下，亲口承诺愿意与他一生一世时……他对自己说，千千是不同的。

她和所有人都不一样。

从前他可以舍弃一切，只要能让自己站在众人无法企及的权力之巅。若有朝一日，他真能扶摇直上，搅弄风云，便是将这整个天下毁了，也不会觉得可惜。

但不知从什么时候起，他开始舍不得千千。

他畏惧失去的滋味，因为他不再是个一无所有的人。

母亲逼得越来越紧，让他尽早将千千迷晕了交出去，可他不肯，他一心想带千千远走高飞。他可以从别的地方再从头开始，这一次，他仍然可以什么都不要，他只要千千如从前一般，一心一意陪在他身边，那他便什么都不怕。

可原来一切都是假的。

千千说，他与她初见时的情形，与她和斛向秋初次相见时的情景一模一样，而他又生着与斛向秋四五分相似的容颜，所以那日她才会出手相助。

原来她带他去过的望江楼，是斛向秋第一次带她品尝人类食物的地方。

她与他一同看过的烟花，走过的长街，吃过的芙蓉糕，都是她与斛向秋共同经历过的回忆。

就连他的这张脸，都是因为与斛向秋有四五分相似，她才会用那般水润温柔的目光，日复一日地望着他。

她对他的喜欢、依赖、维护，她望着他时眼底的星光，都是因为另外一个人。

他自以为珍重的这段爱恋情缘，原就是他从别人那儿偷来的。他只是替身，是供她消遣取乐的玩意儿。

也是啊，她本就是灵妖，有着几千年的寿数。斛向秋是散仙，寿命也很长，他们两个才是天造地设的一对儿。

而他这个凡人，蝼蚁一般的低微生物，不过是她漫长修仙岁月里，闲来无聊时的玩物罢了。

“一个玩物罢了。”司徒琰哑声说了句，轻轻笑出了声。

他将千千放在解下来的大氅里，她身上衣着单薄，但他知道，她本就是妖，妖是不会怕冷的。

但那时他多傻啊，明知她是妖，明知她可能压根儿觉不出冷，还是亲手为她买来漂亮暖和的大氅，将她裹得严严实实，就如每一个凡间的女子一般。

他在心里对自己说，若不对她好些，如何骗得她以心相许，心甘情愿给秦小姐当药引。

可心底另一个声音说，你不过是自欺欺人罢了。你做这么多，不过是想要她高兴，你想这般宠她，你想如她待你那般，将这世上最好的东西都送给她。

司徒琰在千千身边坐了下来，伸手摸了摸她的脸颊。冷冰冰的，就好像彻底没有生气的死人一般。

但司徒琰一点都不怕，他俯身向她，捏着千千的下颏，以唇在她唇上缓缓辗转摩挲。

“死了也好。”他凤眸微眯，目光自千千凝了冰晶的眉，到紧紧闭合的眸，再到她毫无血色的唇，最终又缓缓落了一吻在她眉心那抹朱砂红上，轻声道，“死了干净。从今往后，你就完完整整属于我一个人了。”

“你若醒来，是不是又要想着斛向秋了？”他捏着她下颏的手指微微用力，指节都捏得泛起青白，“你若心里只有他，当初又为何要来招惹我？你对我那么好，让我心里只有你一个人，可你的心凭什么要留给别的人？”

他的手沿着她的脖颈徐徐下滑，最终停在她心脏的位置：“真想把你的心剖出来看看，到底有没有我。”

他看到千千的眼睫轻轻眨了一下，扑哧一声就笑了出来：“原来你胆子这么小，听到我说要剖心，吓得就醒了。”他眼睛一眨不眨，凝视着千千未睁开的眼眸，“别怕，我不会那么做。”

他自怀里取出一个药瓶，拔开塞子，递到千千唇边：“吃下去。”

千千微张着眸子，她身子太虚弱，依稀能听到耳畔有声音，却听不真切；眼前有个朦胧的影儿，可却看不清对方的模样。

司徒琰却以为她已看到是自己，所以才迟迟不肯张口，他捏着她的下颏，将她的脸抬高，想将药给她灌下去：“就算死，我也要完完整整的你。剖心什么的，说来吓吓你的，我舍不得。”

“你放心，这药一共两颗。你死了，我也决不独活。”

司徒琰扬颈吞了药，将另一颗抵在千千唇上，却在这一瞬，对上了一双霜雪覆盖着的眼。

那双眼朝他缓缓张开，就像两个人初见那日，她也是这样，眼睫轻眨，眉目如画，朝他睇来。那一瞬间，整个世界，都在他眼前倒转。

千千的双眸在看清司徒琰面庞的一瞬转为血红，五指张开，一把擎住他的脖颈，将他抵在两人身后不远处的大树上。

树叶簌簌落下，司徒琰被她死死扼住，喉间发出咯吱、咯吱的响声，他连气都喘不过来，却看着千千的脸笑出了声。

也不知是因为他的笑，还是其他什么缘故，千千的手在这一瞬间松了松。

他的目光在她雪般的长发，覆着淡淡白毫的脸上，还有那双血红的眸子上逐一细细描摹，像是要把她的模样就这么刻在心里。末了，他伸着手指，缓缓抚上她的唇。

“真不愧是我喜欢的女人，和我的心一样狠。”

“你要杀便杀吧。我这条命，从遇到你那一天起，就一直握在你的手心。”

纤细而鲜红的痕迹顺着千千的眼尾，正在以一种飞快的速度蔓延至整个脸庞，两枚小小的尖齿抵在上唇，蝙蝠耳外扩，白发飞扬。千千既醒，她体内的煞气也在迅速觉醒，抓着司徒琰脖子的手指一点点收拢。很快，司徒琰连一句话也说不出了。

殷红透黑的血顺着他的嘴角，滴在千千的手背上。

千千的眼瞳迷茫了一瞬，紧接着，她伸出另一只手，在自己唇边咬破，喂到司徒琰的嘴边。

司徒琰一愣，目光看到千千的眼瞳，突然记起，从前那次，他故意使计中了红环蛇的毒，千千就是这样割破手指，喂他自己的鲜血解毒。

她已煞化，神志模糊，却在看到他服了毒口吐黑血时，还愿再次为他解毒。

司徒琰的心，突然前所未有地剧烈跳动起来，如同一只暴躁的小兽，挣扎着想要破壳而出。有那么一瞬间，司徒琰突然慌了，他后悔孤身一人把千千带来这里，他只是凡人，服了毒药必死无疑，如果留下千千一个人在这儿……可未及多想，一柄长剑已横在他的颈侧。

山上风雪逼人，司徒琰逆风而立，面上早已尽覆霜雪。他原就生得好看，哪怕如今这般白雪覆眉、清霜迷眼，也仍旧俊美如画。他看清来人，嗤的一声就笑了出来：“原来是曲女侠。”

青玄反应极快，看到千千提早醒来，瞬间隔空灵虚一指，封住千千心脉，眉心却微微蹙起。

“你可知千千主动用自己的血救过你的性命？”曲苏恨极了这人的自私阴暗，一剑就朝司徒琰刺去，“你可知城主府那一晚她有无数个机会杀了你！你可知她一心一意对你，想要跟你一生一世！”

曲苏的剑没能刺进司徒琰的胸口，因为一身血污早已不成人形的小蝙蝠突然出手，徒手抓住了曲苏的剑。

曲苏猛地一怔。

旁边的斛向秋心脏微抽，他快步朝千千走过去，蹲在她身边，伸手轻轻地哄着她松开抓住长剑的手。

“千千，先松开，我们不会伤害他。”

千千眨动着雪白的眼睫，好似听懂了，又好似没有听懂，她侧目呆滞地看着斛向秋。斛向秋看到她早已辨不出人形的脸，纵使是这般模样，可她的神色却依旧乖巧。他喉头嘶哑，艰难地上下滚动，他想伸手去摸一摸千千的头发，刚一抬手，千千瞬间变了神色，她将斛向秋当成了要伤害她的人，利爪直接朝斛向秋抓过去。

斛向秋闪身向后，化去千千的攻势，手中的剑顺势一松，噌的一声，笔直插入雪中。他舍不得伤千千，他手中的剑，剑锋永远不会指向心悦之人。

千千也并没有再要伤他的意思，仍然呆呆地站在原地。她的怨气被青玄暂且压制，心脉也被封住，整个人犹如初生的灵妖一般，懵懵懂懂，行事几乎全凭本能。之前她出手攻击斛向秋，约莫是因为斛向秋的动作让她想起从前被困在水牢里的日子，她以为眼前这人又要挖她的肉、取她的血，所以才会出手自卫。可当斛向秋扔掉了剑，不再有任何举动，她便不再攻击任何人。

斛向秋望着落在雪中的剑，雪刃冰锋，蓝光凛冽。一滴泪垂落眼前，坠向雪中，转眼便凝成一朵冰花。

斛向秋说："我曾答应过千千，要亲手为她报仇，杀了司徒琰。"

可千千现在什么都不懂，却还记得要护着司徒琰。

司徒琰的眼中根本没有旁人，更没有斛向秋，他牢牢攥着千千的手，轻声说："你那天带我来这里看雪、吃鱼，那时我就觉得这里很美。"

"如果能一直把你藏在这儿就好了。"

雪山之上，寒风呼啸，霜雪相逼，司徒琰靠在雪湖旁的大树上，紧紧攥着千千的手，双眼渐渐蒙眬，说出的话，几乎只有他自己能听得清。

"你那时……不肯和我走，非说要等他回来，我真生气……

"我……生来便是庶子，一辈子都没有一件属于我的东西，一辈子……都活在阴影里，我爱上的女人，我……"

司徒琰什么时候死的，没有人知道。只是他到死，双眸都定定地望着千千的方向。

"千千！"斛向秋喊了一声，曲苏等人顺着他的目光看去，这才发现，千千双眸微合，整个人凌空而起，雪白的发无风自扬，一双蝙蝠翼自身后缓缓伸展开来，覆着白毫的面上布满了鲜红而诡异的纹路，血红的双眸，瞳孔正中显出两点妖邪的幽黑。

曲苏喃喃道："千千要煞化了。"

斛向秋当即向青玄双膝下跪："求尊上救千千一命！"

曲苏站在一旁看着，不知为什么，青玄站在那儿手持伏羲琴，神色清冷、一语不发的模样，让她觉得似曾相识。

此情此景，仿佛以前见过一般。

青玄亦仿佛若有所感，抬眸朝曲苏看了一眼，随即道："我可以用伏羲琴为千千涤清怨气，但伏羲琴会抹去千千所有记忆。斛向秋，你可想好了。"

"一切从头开始，但从头开始的千千，未必会爱上你。"

斛向秋最后看了一眼千千，漫天雪飞中，他依稀望见与千千初遇那天，黄叶漫天，她从树上旋身飞落，彼时她一袭白裙，眉心一点朱砂，朝着他缓缓笑开的模样，宛若从天而降的小仙子。

斛向秋望着半空之中双眸紧闭的千千，也缓缓展出一抹笑："我愿等。"

冰天雪地间，青玄再一次奏响了伏羲琴。曲苏晃了晃头，随着琴声响起，她的脑中好像飞快闪过一些碎片，可那些情景出现得太多，消失得又太快，她想要一一分辨，却发现什么都抓不住。

曲苏一手扶着额头的模样，落进一旁始终注视着她的凌曦仙子眼中。凌曦仙子走上前，轻轻扶住她的手臂："曲苏，你怎么了？"

曲苏微微摇头，那般模糊而零散的东西，哪怕是对着亲近之人，她也无从描述，更别说对着刚相识不足半日的凌曦仙子了。她转而看向凌空而起奏响伏羲琴的青玄，嘀嘀咕咕："这是什么垃圾仙器。"

弹奏伏羲琴对此时的青玄而言，并不会过于吃力，相反，伏羲琴声对他稳定心神还有益处。因此旁人耳语，他一句不落全都听在耳中，听到曲苏这样说，他忍不住微微侧眸，朝她看了一眼。

凌曦仙子小声道："曲苏，不可如此妄议上神。"她微微抿唇，眼睫轻眨，看向不远处浮在半空的青玄，"更何况这伏羲琴是上古神器，弹奏全凭尊上强大的神力，旁人无法操控。"

言下之意，伏羲琴可是放眼四海八荒都难得的宝贝，曲苏这般随意置喙，委实不识货。

曲苏叹了口气，道："原来是以前流传下来的老古董，也难怪顾此失彼，洗清了怨气就要失忆。"她看着斛向秋的侧影，又看着在伏羲琴的琴声之中逐渐变回原形，缩为雪白一团的千千，恨道："这是什么奇葩设定。"

千千身上的怨气被清洗一空，雪白的小蝙蝠紧闭着双眼，躺在斛向秋双手之中。

青玄收起伏羲琴，路过曲苏身边时，声音不大不小地说："颇有道理。"

凌曦仙子说他神力强大不假，但论及净化怨气，并非只要神力强大就能做好。若是从前的司寒上神还在，以她与生俱来的净化之力，说不定就算不用这张伏羲琴，也能在为千千净化怨气的同时为她保住这一世的记忆。

曲苏本来不想搭理这人，却被他这一句赞同之语说得唇角微翘。

凌曦仙子站在一旁，眸色渐深。

第十章　多事之秋

羽杭城一年一度的拜月节是观塘赏月的好日子。

观潮时，远见江水犹如一条银白的带子，迤逦而来，顷刻间波涛汹涌，水涨如注，满江沸腾，卷起千堆雪，巨浪高达数丈。

而观潮时生意最好的酒楼，莫过于踏云楼。从踏云楼最好的雅座望出去，既能近观夜潮壮景，又不用担心人潮拥挤，还能喝一壶羽杭城最好的桂花龙井，吃一碟此处烤得最地道的鲜肉小饼。

“听你说得这么熟稔，显然从前来过了。”问出这句话时，青玄刚好从小二手中接过一碟外皮烤得金黄的鲜肉小饼，他斜着眼朝曲苏睨去，面上神色淡淡的，丝毫看不出任何异常，“是和你口中那位翊大哥一起来的?”

曲苏从盘中抢了一块，不顾外皮微烫，飞快送至嘴边。刚出炉的鲜肉小饼，一口咬下去，酥皮纷纷掉落，香甜的肉汁横溢满口，内馅丰腴鲜香，丝毫不腻，香得人恨不得把舌头一并吞进去。

曲苏被烫得一个激灵，想再吃一口，舌头却受不了这份烫，只得用另一只手连连扇了几下，又灌了一口温得正合适的桂花甜酿，这才腾出空儿来回答青玄的话：“就是因为没来过，又听我大哥说特别值得一观，才非要来不可。”

青玄意味不明地笑了笑：“看出来了。”

曲苏抬眸，见他似乎在盯着自己的嘴唇看，却也不擦，反而说他：“看什么看，想要吃得香，就别管吃相是否斯文了，吃这鲜肉小饼就得趁热乎!”

青玄却依稀有些不依不饶的，仍然微侧着脸。从进了这间酒楼起，他就没拿正眼瞧过曲苏：“这话也是你的翊大哥说的?”

曲苏这回却飞快摇了摇头：“什么呀，他也就是从信里听说我想来羽杭城观潮，就托人帮我订了雅间和这几日休息的客栈。吃吃喝喝这么细节的事儿，他哪儿管得过来。”

眼见青玄的目光又瞥向两人手边的桂花甜酿，曲苏道：“人家这羽杭城，桂花是特产之一，来都来了，总要尝尝。”

青玄原本右手摸在另一只袖子的袖口，像是要拿出什么东西，听到这话，又将拿到的东西不声不响放了回去。

曲苏却没跟他多客气，自己又拿了一块小饼吃："我说认真的，反正这儿又没有外人，你也用不着端你那副尊上做派，好好吃饭为先，平淡做人才是真。"

青玄用一旁的水盆净过手，擦干净水渍，重新坐了回来，也拿起一块小饼。

传闻中羽杭城踏云楼三层最好的雅间，确实设计精巧，格外接出一截露台，最适合这样的时节观月赏景。

清风习习，丹桂飘香。夜色之中，一袭浮云青衫的俊美公子墨发微垂，信手捏起一块小饼，吃得轻松又从容，横看竖看、左看右看，不论从哪个角度细观，都好似一幅浑然天成的"美人"赏月图，那可是比曲苏优雅了不止一点。

曲苏半眯着眼端详眼前这位的做派，问了句："好吃吗？"

青玄已经吃完一块，点点头："不错。"

曲苏一连吃了三块小饼，有些腻了，拿起筷子专攻桌上那道特色的羽杭醋鱼，听到这句话不由哼了一声："你现在要是后悔，还来得及。"

青玄问："后悔什么？"

曲苏道："跟着我，每天再怎么吃香喝辣，差不多也就是这个水平了。跟着人家凌曦仙子，可是能去参加赤帝十万三千五百八十八岁的寿宴，那里好吃好喝的，怕是不一般。"

离开白帝城前，凌曦仙子三次邀请青玄同去赤帝寿宴，前面两次他是如何拒绝的，曲苏不得而知。唯独最后一次，是当着她的面，青玄的拒绝也简单，眉毛都不曾皱一下，只说一声"不去"，连多余一句借口都懒得找，搞得人家凌曦仙子只得孤身赴宴。凌曦仙子临走时那副泫然欲泣楚楚可怜的模样，曲苏此刻想起，仍历历在目。

这"十万三千五百八十八岁"的说法，便是当日凌曦仙子挂在嘴边反复强调的，曲苏过了一遍脑子就记下了。

曲苏旧事重提，可一样的话，由不同的人来说，那感觉是全然不同的。

当日听凌曦仙子说起赤帝寿辰多有厌烦，此时见曲苏这么摇头晃脑仿佛不在意地提起，青玄却被她逗得险些笑出来，不免轻咳了一声："恐怕不是你想的那样。"

曲苏咬着筷子尖，观察他脸色："怎么说？"她上身微微前倾，面上神色仿佛淡淡的，可相识这么久，青玄对她这副佯装平淡却两眼冒光的神色再熟悉不过，每每嗅到八卦的味道，她就是这副模样。

青玄道："神仙和人不一样，大多没什么口腹之欲，哪怕大办生辰宴，也不会有什么你感兴趣的美食美酒。"

曲苏颇有几分狐疑地望着他，撇了撇嘴角："我怎么不信呢。"

青玄语气淡然道：“那你为什么看到那位翊大哥的来信，不肯听他的回落羽去？”

曲苏脸上的不自在一闪而过，摆了摆手：“这个不一样。”

青玄道：“你不说出来，我怎么知道不一样？”

曲苏反问他：“这凡人呢，吃喝可是头等大事。可照你说的，你们神仙饭都用不着吃，余下的人生大事……”她又抿了一口桂花甜酿，“不一样，我们不一样。”

青玄心中飞快闪过几个念头，不由道：“莫非你大哥……”

曲苏几乎与他同时开口，嘀咕了一句：“难道你们那位玉帝，还能费尽心机在生辰宴上为你相亲不成？”

青玄凤眸微眯，朝她看去：“恕我冒昧，曲女侠今年贵庚？”

说起这个话题，曲苏顿时笑眯眯地说：“大约也只是尊上年纪的一个零头儿吧，尊上实在不必费心打听。”

青玄想到之前曲苏拿着那封信，一副牙疼的表情，不由心中松快了几分，也不在这个话题上过分纠缠，就坡下驴道：“既如此，今晚看过潮，我们下一站准备去往何处？”

“我们？”曲苏端起一碗米饭，边吃边瞥了他一眼，“跟我游山玩水这些日子，你大概也过够了吧，难不成你还能一直这么浪荡下去？”

曲苏这话表面听起来是婉拒的意思，但若是了解她性子的人，就不难听出她这是对接下来如何还没有打算的意思。青玄不由微微一笑：“我这儿倒是有个合适的去处，不如一起走一遭？”

曲苏见这家伙今天一反常态，桌上摆着他最爱吃的醋鱼，竟然一筷子都没跟自己抢，不由趁势又夹了一大块又鲜又嫩的鱼腹肉，撩起眼皮儿瞥了他一眼：“先说好啊，没意思的地方不去，没好吃的地方不去，没——”

曲苏后半句话还没说完，就被青玄截去了话头：“江湖传闻中各色八卦的发源地，曲女侠可有兴趣？”

曲苏“啊”了一声，一时没反应过来。

青玄夹住醋鱼身上最美味的鱼脸肉，沾了些糖醋汁，在曲苏近乎呆滞的目光凝视下，从容不迫地递入曲苏碗中：“那天你不是说，人在江湖，就要打探最刺激的八卦，吃最大的‘瓜’？这时节就应该走一趟皇都，我们此行，就去雒城，如何？”

直到一整块鱼脸肉进了肚子，曲苏还有点回不过神来——青玄不仅把鱼身上最好吃的部位让给了她，还说要陪她一块儿去雒城打探八卦，无事献殷勤，就是用脚趾头想都知道，这其中有阴谋啊！

曲苏分了一杯桂花甜酿给他：“说吧，要我办什么事？”她倒是不怕被人求，尤其这个人还是一向喜欢在人面前摆足派头、宁折不弯的青玄，那就更令她兴奋了，“银子不够花了，还是又要去祸害什么人？”

饶是青玄得了她亲手斟的一杯酒，眸中本已浮起浅浅笑意，听到曲苏这话语中毫不遮掩的幸灾乐祸之意，也不禁一噎。微顿了顿，他叹了口气：“我何时祸害过什么人？”

如今她也知道他的真实身份，所以她对他的这句评价就尤其诛心了，真是人在屋中坐，凭空扣下来好大一口“锅”！

嚯！这还觉得自己冤枉了。曲苏瞥了他一眼，觉得自己很有必要不畏强权，正直发声。

她放下酒杯，指尖轻磕了磕桌面：“你看哪，自从我认识了你，不知道是哪儿要出事你就偏要去哪儿，还是你去哪儿哪儿就偏要出事。反正我感觉吧……”青玄的目光仿若含着冰碴儿，曲苏却仿若未见一般，继续道，“跟着你走吧，肯定是有八卦瞧的。”

就是可能会苦了他们接下来要拜访的那位了。但还能怎么办呢，也只能让尚且不知姓甚名谁的那位“朋友”自求多福了。

青玄冷笑了声：“一切自有天定，你别说得好像我不去，该发生的事就不会发生了一样。”

曲苏一笑：“尊上救苦救难，自然是哪儿有危难，哪儿就有尊上的身影了。”

类似这种恭维话的更高级版，青玄从前也不知听了多少，可从眼前这人的嘴里似真诚又似调侃地说出来，却叫他一点都生不起气来。

他一语不发、面无表情的样子让曲苏误解了，她正自我反省刚刚那句“青玄走哪儿，哪儿就出事”的调侃是否有点儿伤人，便顺着青玄之前的邀约道：“去雒城也挺好，我听说近来朝中是否有些不太平，说不准真有机会看一场大戏呢！”

青玄的目光朝她睇来：“你都听说了些什么？”

曲苏勾了勾嘴角：“咱打个商量。”

青玄问：“怎么说？”

曲苏道：“这一回去雒城，食宿我全包，而且准保是我能力范围内的最高规格。但是你也要答应，接下来不管你要去见谁、做什么，都得带上我。”

青玄沉吟片刻，说：“可。”

曲苏见他答允得痛快，美滋滋又饮了一盏桂花甜酿。专业“吃瓜人”，自然要行走在打探八卦的第一线了，跟紧眼前这位，一准儿没错。

月上中天，潮水澎湃之声纷纷入耳，一股潮湿的水汽扑面而来。曲苏举着一杯酒站起身：“潮来了。”

远处月影银涛，摇光喷雪，势若天崩地裂，曲苏忍不住赞了声好，一转眼，却见青玄眉心轻蹙，目光凝在远处某点，也不知在看什么。

曲苏抿了抿唇："羽杭夜潮难得一见，你若觉得不好看，不如……"话未说完，已被青玄拉住手腕，飞身越过露台的栏杆。

月色横空，曲苏顿觉周身一轻，四周景色一掠而过，转眼就看不真切了。潮湿微咸的水汽扑面而来，极目望去，只见烟卷波涛，仿佛万马奔腾，又似雪山倾颓，壮阔的景象压迫得人几乎喘不过气来。曲苏不仅不怕，反而觉得有意思极了，双眸微静，缓缓赞了一声。

坐在踏云楼远远观望，哪里比得上这样玩更真切、更带劲儿？

水珠飞沫扑了一脸，曲苏随意惯了，随手一抹，刚想夸青玄一句"有想法"，却感觉眼前景物一旋，双脚转眼间就落了地。

距江边较远的一块大石旁，不知什么原因，里三圈外三圈围了不少人，男女老少都有，隐隐还能听到有人拍手叫好的声音。

曲苏轻巧地站上旁边的一块石头朝里望去，只见人群之中空出一条通道，一个身穿水蓝衣裙的少女怀抱着一个穿红衣的小女孩飞快奔来。

少女步履娉婷，身姿纤秾合度，仿佛从滔天水浪里走出的龙女一般。她从浪潮中一跃而出飞奔而来，身上一片布料都未曾沾湿，月色澄澄无边，那一头海藻般的黑发似乎泛着幽蓝的光，愈加衬得她微微低着的脸庞如冰雪塑成一般。

从前君翊送曲苏那两件遇水不湿的衣裙，也只能抵挡毛毛细雨，上一次在白帝城只是跳个池塘，就尽数湿透了。再看眼前这少女身上的衣裙，不仅干爽柔顺，月色照耀下，似乎还闪着点点星光，一看就知是极为稀罕的布料。

旁边一个大娘说："又救上来一个，这姑娘可真厉害！"

另一个人说："今天多亏了她，不然那个当娘的眼睛都要哭瞎了。"

"哭瞎了也没用，年年看潮，都要淹死一些不知死活的，她们母女也就是运气好！"

说这话的是梳妇人髻的年轻女子，她这话说得不客气，但周围这些人并没有责怪她什么，反而纷纷点头称是。

有几个还顺着她的话道："这当娘的就不该带着两个孩子来看潮，太危险了。"

人群七嘴八舌议论纷纷，这些人说话都带有羽杭城独特的口音。曲苏自小走南闯北，倒是能听懂个八九不离十，粗略听了几句，便拼凑出大概。再看那蓝裙少女将怀里的小女孩平放在地上，手法熟练地摁压女孩胸腔。一会儿，女孩吐了几口水，嗓音嘶哑地哭着喊娘了。她旁边蜷缩着另一个穿红衣服的女孩儿，两个女孩儿生着一模一样的面孔，都是七八岁的年纪，明显是一对双胞胎。一个看起来颇年轻的妇人跪在地上，一手揽着一个，边哭边向少女道谢。

周围人纷纷鼓起掌来，有赞少女人美心善的，有好心给那对母女三人披上粗衣取暖的，还有人在议论年年羽杭大潮都要死人的“老皇历”。

曲苏听得有些入神，不经意间抬起眼，却见少女扶起母女三人，塞了一个小香囊一样的物事到那妇人手中，轻声说：“不用谢。”而后目光笔直地朝她看来。

曲苏和她看了个对脸，只见一对拇指肚大小的珍珠耳铛，随着她缓缓转脸的动作在脸侧轻轻摇曳。她皮肤雪白，眉若翠羽，眸若含星，这般唇角含笑朝人看来的模样，有一种天然的娇媚，亦有一种灿若星辰的冷艳。她的目光在曲苏脸上、身上打了个转，而后便朝她身旁看去。

曲苏顺着她的视线看向青玄的侧脸，只见他的目光凝在蓝裙女子身上，神色淡然，唇角微微翘起。认识这人有些日子了，别人可能无法分辨，曲苏却很了解，每当青玄露出这副神情，就意味着他对眼前的人或事并不怎么欢喜。甚至，对方很有可能把他惹毛了。

曲苏心头微动，颇为兴奋地拿胳膊肘戳了戳青玄，嘴唇微动，低声道：“你的老相好？”

青玄闻言，不由瞥了曲苏一眼。他陡然记起来，和曲苏刚认识时，他就被她想当然地误解成林梵的老情人，而且是始乱终弃又勒索钱财，外加蹭吃蹭住的那种“渣男”。再想想她平日里的那些个独特爱好，想来但凡见到他盯着一个女人瞧，她就能飞快脑补出一场风花雪月的大戏，对此他实在不该感到意外。

由苏误解了青玄的沉默，接着说道：“至少是旧相识。”

青玄不欲多说，转身就走，曲苏笑眯眯地跟着，还顺带朝身后的蓝裙少女睇了一眼。

不出曲苏所料，美人果然识趣儿，只消这一眼，就走出人群乖乖跟了上来。

转眼回到踏云楼，桌上酒菜经过这一遭，早就冷了，好在君翊的人事先安排妥当，一早托人包下这间雅座，所以即便一时无人，店家也没有撤下碗盘。

曲苏唤了小二过来，吩咐他上些当地的特色夜宵，又点了一些瓜子、花生和糕点，看那架势，俨然做好了现场看八卦看个畅快的准备。

瓜子、花生、菊花茶端上来，小二退下，房门紧闭，一时之间满室寂静。

曲苏的视线刚从美人的脸挪到修长的脖颈，正在看向她微微外露的纤细锁骨之际，就见眼前人蓦地一矮。曲苏还没反应过来，少女已朝着青玄的方向瓷瓷实实跪了下去：“尊上。”

哦，这语调，这姿态，这熟悉的场面，曲苏脑中灵光一闪，脱口道：“你也是怨妖？”

少女约莫是没想到青玄还未开口，曲苏就先发了声，更没想到她这么问，却迟迟等不到青玄的呵斥。她星眸微抬，看向曲苏，毫不掩饰目中的杀意："你知道得太多了。"

曲苏差点笑出声，这小脾气，对她的胃口。曲苏笑吟吟地道："我知道得确实不少。你叫什么名字？是什么妖？你长得真好看。"曲苏毫不掩饰对她的欣赏和好奇，"你身上这个裙子也很特别，能告诉我什么地方能买到这种布料吗？"

一旁的青玄仍然没出声阻止。

犹记得，他们两个第一次见面那天，曲苏第一句问的也是这个问题，合着这姑娘对布料还挺有执念。

蓝裙少女："……"

她原本想说什么来着，被眼前这个凡人一搅和，她差点忘光了。人类果然狡猾！

蓝裙少女挺直了脊背，冷面无情地拒绝曲苏的示好："我为什么要告诉你？我叫什么，是什么妖，布料是哪儿买的，通通与你无关。"

曲苏面上笑容不改，径自展开一番猜测："你是不是龙女？不过你头上没有角。或者是蛇？但看起来也不像……"曲苏的目光再一次落在她身上的水蓝色布料上，长长地"哦"了一声，"我知道了！"

少女被她口中的"龙女"赞得脸色泛红，又听她突然这么一说，耳朵尖不禁微微动了动，然后就听曲苏一脸恍然道："你是不是蚌精？"

耳畔传来一声轻笑，蓝裙姑娘显然也听到了，不禁脸色更红："你才是蚌精，蚌精怎么可能穿得起鲛绡纱！"

话音一落，她也知道自己说漏了嘴，气得瞥向另外一边，一句话都不肯说了。

曲苏笑眯眯地说："我就说吧，生得这么好看，又是从水里来的，不是龙族，就是鲛人。"

青玄这时说了一声："起来吧。"

少女规规矩矩道了声："阿秾谢过尊上。"这才站起身。

青玄又道："八月十五涨潮，你不在自己的地方待着，跑来人间做什么？"

阿秾道："不敢欺瞒尊上，今日我救那母女三人，并不是偶然。十五年前，那妇人还是少女时，曾经救过我一回，我最近在城中寻了很久，本想赠出一颗珍珠作为酬谢，没想到她这些年过得辛苦，父母相继过世，丈夫也死了，婆家嫌她生的是两个女孩子，说她没用，就把她赶出家门。她带着那两个小女孩，一心求死，所以临走前，我送了她一颗珍珠，希望可以帮她渡过难关。"

青玄道："你也活了几千载，应当知道，为妖为仙，都不该干预凡人生死。"

曲苏正想开口，就见阿秾抿了抿嘴唇，嗓音格外好听，格外执拗："凡人都信善有善报，当年她救我一命，我今日救她，也就是还了这条命，这正是凡人说的种善因得善果，不该算我故意扰乱凡人的生活。而且我若不报恩，岂不成了没良心的坏妖？我知道我不可以介入凡人的生活，所以救了她们母女三人之后我立刻就走了，我也不敢多给她金钱，就只给了一颗珍珠。”

青玄淡淡道：“你不死，是你命不该绝，若命中注定你会死，别说她一介凡人，就是玉帝现身，也救不了你。但妖的力量与人不同，你今日救她，就是扰乱凡间秩序。而且你没有想过，当日她救你一次，你今天却救了三条命，这如何是一命还一命？”

阿秾被青玄说得呆住：“我……我当时只想着救人……”她在青玄的注视下，声音越来越小，嗫嚅道，“而且若我只救一个，她看不到希望，还是会死的。”

青玄道：“你又怎么知道，没有你出手，她们母女三人一定会死？你的施救，很可能恰恰破坏了她本该经历的境遇。”

青玄说这些时面上神色极淡，一句接一句，字字笃定。阿秾在他面前本就底气不足，被他这样一句接一句地诘问，很快便将头垂在胸前，大气都不敢出一声。

不想青玄这时又问了一句：“若是你因一念之差，干预凡人生死，他日为自己带来灭顶之灾，你可会后悔今日的冲动之举？”

阿秾猛地抬起头：“尊上的意思是我会因为帮了别人而死？”她好像从没想过这个问题，沉默了好一会儿，喃喃道，“如果我因为帮了别人从而自己死掉……我曾经答应过她，怨气尽消，离开炁渊，一定要知恩图报，做一只好妖。”

这一回，也不知是什么原因，青玄没有再说话。曲苏在一旁看得啧啧称奇，递了一把瓜子给他：“事已至此，你们又是老相识，训也训过了，就此揭过吧！”

青玄看了她一眼，没有说话。

阿秾道：“阿秾其实不太明白，但尊上要罚，阿秾甘愿领罚。”说完这话，她微垂着雪白的脸儿，双眸紧闭，两臂轻垂，显然是做好了被青玄惩罚的准备。

青玄道：“你走吧。”

阿秾飞快睁开眼，一双眸子熠熠闪光，仿佛比天上的星星还要亮：“尊上不罚我了？”

青玄道：“你刚刚自己说过，种下什么因，就结什么果，用不着我罚你。”

阿秾听了这话，面上露出若有所思的神情，却没有立刻转身离开。

曲苏冷不防地又递了一把瓜子过去，阿秾还在发愣，等顺手接过来，望着手掌里的一捧瓜子，神情看起来更呆滞了。

曲苏又递了一杯茶过去：“来都来了，吃点喝点再走？”

阿秾似乎想起了什么，转过脸瞪着曲苏，说：“谁说我要走的？”她一屁股坐上曲苏身旁的椅子，“我偏不走。”

糕点、零食当前，曲苏勉强腾出手给她鼓了鼓掌：“欢迎。”

阿秾拿那双灿若星辰的漂亮眸子瞪着曲苏：“你一个凡人，凭什么跟在尊上左右？”

曲苏叹了口气：“这事儿说来，话可就长了。”

阿秾一句话都没说，只是瞪着她，那双生得雪白玲珑的耳朵尖儿却悄悄动了动。

曲苏话锋一转，笑眯眯地道：“不过尊上可没说要你留下，我是有心讲故事，怕你没机会听。”

阿秾又看向青玄：“尊上。”

青玄面上淡淡的，说：“有事便说。”

青玄问得很直接，阿秾仿佛有点儿纠结，她抓了抓脸颊，趴在桌上，仰着脸颊，眼巴巴地望着青玄，说：“不知道尊上接下来要去何处，阿秾也想跟着去。”

青玄这人一向不是好相处的性子，曲苏听到阿秾这句毫无水平的恳求，本以为青玄会像从前一样，不假辞色径直拒绝，却不想他唇角微微翘起，竟然对这只人鱼吐了实话：“去雒城。”

阿秾丝毫没觉出不对，她听到这个地方，高兴地险些跳起来：“那太巧了！我家族长吩咐，让我去雒城一趟，买些人间的用品。”

表现浮夸，借口牵强，这小鲛人可能很少在人间行走，连谎话都说不利索。曲苏在一旁默默观察，抛了一颗辣花生进嘴里，吃得有滋有味。

青玄迟迟不答，阿秾等不到一个答案，坐立不安。

曲苏在旁边观察着这两个人的神色——青玄一反常态，小鲛人另有所图。旁观这两个人的种种神态、言语，可比看话本、听评书有意思多了。

冷不防阿秾突然又将目光投向她，曲苏朝她眨了眨眼。

阿秾微扬着精致的下颏，说：“我若和你们一道，你就能讲你的故事了。”

曲苏笑了笑：“比起讲故事，我更爱听别人的故事。”

言下之意，带不带阿秾，她也很无所谓的。

阿秾咬着唇，悄悄拿眼看向青玄，但这一次她只敢看着，却不敢轻易再开口求什么了。曲苏在一旁看得清楚，不论是从前的林梵，还是如今的阿秾，这些怨妖当着青玄的面，除了敬重，还有一份难以掩饰的畏惧，故而阿秾对青玄，哪怕是请求，也不敢表现得太明显。

谁知道这时，青玄突然朝曲苏睇了一眼：“苏苏觉得，此去雒城，可要多带一个人？”

曲苏正在品茗，嘴里还含着半块橘红糕，乍听到这声“苏苏”，说是一声惊雷炸在耳边也不为过。曲苏接连捶了好几下自己胸口，才勉强止住这阵咳嗽。她咳得眼角一阵湿意，抬眼却见青玄正唇角含笑看着她。

这份笑意比之前的明显许多，连阿秾这样的小呆瓜都看得清清楚楚，目光不由在这两人之间反复游走，看向曲苏的目光愈加狐疑起来："天上地下，尊上想去哪儿就去哪儿，为何要问你一个凡人？"

青玄听了这话，居然点了点头，颇为赞同："是呀，为什么我要过问苏苏的主意？"

言下之意，既然她那么喜欢逗阿秾说话，这件事他便做个顺水人情，当着阿秾的面抛给曲苏，主意她来拿，理由她来解释。

曲苏哼了一声，将手上的花生壳、瓜子皮往桌上一抛，拍了拍手："自然因为我是金主！"

从羽杭前往雒城，骑马最快，但路上不免要颠簸、辛苦些。走水路要慢上几天，胜在从容、舒适。

曲苏从前每每出行，总在赶路，毕竟杀人是个技术活儿，而时机，恰恰是专业杀手必须要争分夺秒才能抓住的。

因而这一趟前往雒城，曲苏拍了板说坐船，青玄这个吃白食的，一如既往地没主意。阿秾不愿意，可她在青玄面前都没有发言权，故而最终三人选择乘船前往。

临登船前，曲苏大包小包买了一堆东西，考虑到夜晚船上风大，北方气候又寒凉，还额外买了几件新装并一件斗篷，看那架势，不知道的还以为她会在船上过个把月再离开。

这一趟客船载的人不少，除了青玄、曲苏和阿秾，还有二十余人。但没有哪个比曲苏的行李还多，光是糕点、蜜饯等等这些吃喝之物，就装了满满两匣，登船之后，光是收拾行李，曲苏就用去足足两盏茶的光景。

待船驶入航道，已时至傍晚，天边的云霞已映红半个江面。曲苏从自个儿的房间出来，仍然提了一个随身的小竹箱在身旁。

曲苏在二楼选了个靠窗的茶座，跟这里的小二要了几碟时令小点，边吃茶点，边看新买的话本打发时间。

羽杭城卖的话本，光看名字就令人心生向往，似曲苏这样览遍话本的，乍一看到这些新鲜读物都忍不住去买，一连挑了十几本，才勉强止住心痒。因而登船之后收拾好行李的第一时间，她就先拎了随身行李，找了个光线充足的地方看了起来。

青玄和阿秾前后脚赶来时，就见她裹了一件兔毛镶边红斗篷，懒洋洋靠在桌子一头，饮热茶，吃糕点，手翻着话本，偶尔露出颇为怪异的会心之笑，那模样看起来好不惬意。

青玄脸色微白，在曲苏对面坐下来，特意瞥了一眼话本封皮上的字样：我与帝君不得不说的二三事。

青玄：“……”

阿秾的反应更直接，还未坐稳，就先一步站起身，飞快奔至船舱外，迎风凭栏，呕吐出声。

阿秾这动静委实太响亮了些，曲苏就是看得再入迷，也不得不回过神，一抬头，就对上青玄微白之中透着几分莫测高深的脸。

曲苏一愣，下意识就推了推面前的茶壶：“新沏的顾渚紫笋，尊上来一杯？”

自从知道了他的身份，无人时，曲苏偶尔也喜欢喊他这个称呼，倒不是为别的，更多的是打趣他。

青玄张了张唇，紧接着就闭上了嘴，一语不发，脸色有些差。

曲苏“咦”了一声，很快反应过来：“你晕船？”话一出口，顾不上细看青玄脸色，曲苏自己先乐了，“神仙也晕船？”

刚吐完一遭匆匆折返的阿秾：“……”

曲苏打量一番她我见犹怜的苍白脸色，点了点头，确认道：“怨妖也晕船。”

说完这话，她忍不住捶着桌子笑出了声儿。

片刻之后，曲苏找小二单要一个干净茶壶，又从随身的小竹箱里摸出一只小纸包，打开来，抓一些干瘪的叶片丢进茶壶。

沸腾的热水浇入壶中，一股沁人心脾的清新气味翻涌而出，青玄闻着这淡淡清爽的气味，脸色微缓。

一旁的阿秾皱着鼻子道：“这什么东西，味道怪怪的。”她瞥一眼曲苏手边有些皱巴巴的纸包，“别是你自己从什么不正经的药铺胡乱买来的吧？”

曲苏弯着嘴角笑：“那你就别喝啦。”

热水将原本干瘪的叶片泡得舒展开来，透过半透明的水晶茶壶，依稀可见叶片翠绿，茶水微金，这气味儿闻的时间长了，便不再觉得怪异，反而很是清爽好闻。

曲苏拿起茶壶倒了一杯，递给青玄。

阿秾揉了揉鼻子，忍不住打了个喷嚏，看向那茶壶的目光不由更为警惕。

青玄饮了一口茶，轻声说：“怎么想到提前买这个？”

曲苏毫不避讳：“以前忙，三餐不规律，落下偶尔胃疼的毛病。这茶喝在嘴里清凉醒神，进了肚子却是暖的，还挺舒服。”

所以不是特意为谁而买，而是她平日就随身备着。

阿秾见青玄喝了一口又一口，很快就喝完一杯，唇上泛着淡淡水泽，脸色也明显好了许多，不由狐疑地朝茶壶伸出了手：“有这么管用吗？”

素白的小手被曲苏一把拦在半路，阿秾怒目而视，曲苏露齿一笑：“好妖怪可不会吃白食。尤其你刚刚还亲口嫌弃我这茶是不正经的药铺胡乱买来的。”

阿秾被曲苏说得脸色一红，小手倏地就缩了回去：“我没吃白食。”

曲苏“嗯嗯”了两声：“我也是为了你好，避免你一不留神，铸下大错，毁了一世妖名。”

话都被曲苏说了，阿秾被她堵得半天说不上话，随着船身一个摇晃，小脸儿顿时又白了几分。

曲苏一手撑着下巴，低头又去看书。

阿秾扶着桌沿，粉指甲抓得泛白，下一瞬，再一次起身冲出船舱。

曲苏闷笑了一声，青玄听在耳中，捧着茶杯道：“你好像很喜欢她。”

曲苏唇角噙笑，将手上的话本子又翻过一页：“就是觉得她挺可爱。”

隐藏在暗处的刀风剑雨见得多了，突然见到这么一个将敌意明晃晃挂在脸上的，倒是新鲜有趣。

青玄一时没说话。要说曲苏这胆子，别说放在凡人之中，就是在九重天上，敢对着怨妖赞一声可爱的，万年以来他没见过第二个。

一会儿，船舱门再一次打开，阿秾跟在一对父子身后走了进来。也不知是不是刚才跑得急了，她脸颊泛起淡淡红晕，手一伸，放了一对花生大小的粉色珍珠在曲苏面前。

这对珍珠的尺寸远比不得阿秾耳上戴的那对，难得的是透着桃花般的粉光，而且通体浑圆，珠光温润，若是做成耳饰戴在耳朵上，想来比白色的珍珠更衬肤色。

曲苏打量着面前的一对珍珠，没有立刻伸手去拿。

“这对珍珠，当作买药钱。”鲛人的嗓音据说最好听，可此时阿秾的声音听起来却有点闷闷的，“先说好，可不是只买这一壶，接下来在船上这几天，只要我不舒服了，都要找你拿那些叶子泡水喝。”

曲苏当着两人的面打开小竹箱，拿起一个纸包放到阿秾面前。

小竹箱里的物品摆放得整整齐齐，光是外表看起来一模一样的小纸包就有十几个。阿秾一望，顿时更生气了，说：“奸诈。”

明明有那么多叶子，却拿一包就换了她一对桃花珠。

曲苏闻言，动作微顿，又拿了另外一大包，举在手里看向阿秾，说：“差点忘了，除了薄荷茶，樱桃蜜饯也可治晕船。”

阿秾抿着唇没说话。她从曲苏这儿买叶子泡茶是为治晕船，是不得已；一些蜜饯果干而已，她若嘴馋，大可以等下船自己买来吃，价格却比曲苏卖得便宜百倍也不止。

她忍不住又瞥了一眼曲苏面前的那对粉色珍珠。

曲苏从旁取了一只空盘，倒一半樱桃蜜饯，一半黄桃果干。她将盘子放在桌子中间，不慌不忙地将那对珍珠拾起来放在掌中。

阿秾垂下眼，捧着茶杯喝薄荷茶。

就听曲苏突然道："这对珍珠真是阿秾哭出来的？"

阿秾："……"

曲苏说完这话，突然就觉得氛围有了一瞬间的凝滞，她看向青玄："不是阿秾哭出来的？"

曲苏叹了一声："我刚想说这对珍珠颜色挺别致的，本来还想问问，是不是不同的鲛人，哭出来的珍珠模样也不一样。"

阿秾咬着牙道："这是我从桃花蚌里采来的，桃花蚌三十年才产一回珠，我等了足足三十年，只得了小小一捧。"

桃花珠虽然个头比不上其他珍珠，但胜在颜色别致，女子随身佩戴，更有驻颜美肤的功效，就是在他们鲛人之中，也是一种非常受欢迎的珠宝。谁能想到才上了船，就被曲苏拿一包薄荷叶骗去了一对。

曲苏"啊"了一声："这么珍贵呀？"她看向阿秾的耳垂，"我还以为是你耳朵上戴的那种比较名贵。"

阿秾一把捂住耳朵："你休想！"

这对珍珠是她当年成年礼时父兄所赠，她决不会给出这对珍珠。

曲苏的问题吓得小人鱼有点儿草木皆兵了。曲苏将桌上的果干往她面前一推："这家的黄桃果干特别好吃，尝尝。"

青玄在这时说："鲛人非死不落泪，而且落泪所凝成的也不是寻常人以为的珍珠。"

曲苏突然明白过来，她刚才当着阿秾的面问珍珠是不是阿秾哭出来的，有点类似当面咒人死，这句话问得实在不友好。

这误会有点儿大。

好在阿秾好像只是心疼那对珍珠，倒没有因为她那句话而生气。想来人间传言鲛人落泪成珠，他们作为鲛人也有所耳闻。

曲苏捏了捏自己的耳垂儿，说："胃好多了吧？晚上想吃什么，我请客。"

这两个，一个从来不带钱，一个显然身上也是没有钱，不然不至于被她一句话撑得下不来台，直接拿珍珠抵债。反正只是多管一张嘴吃喝，对她来说，并不是难事，尤其这对珍珠还这么好看，算起来好像还是她赚了。

阿秾却不信她会突然这么大方，看向她的目光充满了怀疑。青玄早习惯了这样的对话，说："随意。"

考虑到之前珍珠一事的沟通上出了小问题，这一次，曲苏颇具人文关怀地问阿秾："鱼片粥吃吗？"

阿秾一愣，点了点头："吃鱼。"

曲苏反应快，她朝身边的小二吩咐了几句，朝两人说："这边是吃茶的，我们待会儿去里面房间。"

一会儿，时令小菜上桌，热气腾腾的鱼片粥也端了上来。这样湿冷的夜晚，一口热粥进肚，顿时整个人都暖了过来。曲苏尝了一口鱼片粥，连连赞好，又尝了一口蟹黄汤包，顿时把粥碗一推，显然是贪这一口新鲜，顾不上吃粥了。

这么鲜的蟹黄汤包，不喝一点酒，简直辜负了。曲苏喊了一声小二，让他热一坛甜米酒来喝。

阿秾似乎很怕吃烫食，一勺鱼片粥吹了又吹，送进口中时，眼睛都亮了。

青玄将桌上盛着姜丝和醋的小碟向曲苏的方向推了推。

阿秾看到青玄的动作，怔了一下，不由看向曲苏。就见她毫无迟疑地接过小碟，连一声谢都不曾说，又夹了一只汤包进碗里。

再看青玄，也丝毫不觉有异，自斟了一杯甜米酒，慢慢喝着。

第二十七次，阿秾默默数着。自从她喝了曲苏的薄荷茶，不再呕吐、胃疼，坐在他们两人身边，这已是尊上第二十七次悄悄看向曲苏了。

阿秾一开始觉着奇怪，随后是不信，再然后，是隐隐觉着不妙。到此刻，她突然从心底生出一种惊悚：这还是她以前从大家口中听说的那位青华大帝吗？

从来只有别人在他面前俯首帖耳、唯唯诺诺的份儿，什么时候见过这位主动伸手伺候人了？尤其是伺候的还只是一个凡人。

就在这时，青玄突然抬眼朝阿秾瞥了一眼。

只是非常浅淡的一眼，轻描淡写，没有情绪，却令阿秾一瞬间将头埋得更低，直到默默吃完一整碗滚烫的鱼片粥，她都没敢再抬哪怕一次眼。

情况非常不妙，她甚至不知该如何应对。原打算做的那些事，当着青玄的面，她全然没有施展的可能。

一滴冷汗沿着阿秾的鬓角滑落。

下一瞬，一团暖烘烘的热意迎面而来，湿漉漉地扑了她一脸。

阿秾扭过脸，低头一看，手上抓着一张热气腾腾的白布巾，是曲苏抛过来的："出汗了，擦一擦。”

阿稌看向桌边，送热布巾的小二躬身退后。再看曲苏，终于吃够了包子，这会儿正专注地夹她面前那碗青菜吃。

或许是感觉到自己在盯着她瞧，曲苏突然侧过脸，朝她瞥了一眼，问：“怎么，这鱼片粥里下了蒙汗药？”

阿稌一时没反应过来，就见曲苏吃得比她还热，脸颊飞霞，弯弯的眉微挑，一双眸清水凌凌地望着她，似笑非笑接着说：“吃了我买的鱼片粥，突然发现我长得还挺好看？”

阿稌不屑道：“你若也能称得上好看，那尊上算什么？”

桌上瞬时一静。

约莫也是被曲苏的厚脸皮气晕了头，阿稌一句话冲口而出，才意识到自己都说了什么，顿时跟被剪了舌头的猫儿一般，哑口无言，这回可不光是鬓角，连额头都布满了冷汗。

曲苏哈哈笑出声：“这可不是我说的。”

青玄本来只是冰着一张脸，听到这话，凤眸微转，瞬时朝曲苏看了过来。可出乎曲苏意料的是，他眼睛里却没有半点怒色，反而像含着淡淡的笑似的。从前曲苏就知道，这家伙一双凤眸生得极好，眼瞳极黑，眸却澄澈，眼尾绵延出上翘的一抹，即便寻常时他神色极冷，正眼看人时也不免勾人。似这样仿佛含情脉脉地一瞥，哪怕曲苏在心里知道是自己小酒微醺的错觉，也不免悄悄捂着心口，在心底大喊一声“要命”。

青玄却看到了她的小动作，指尖微微一动，桌边连酒坛带热酒的酒壶都不见了：“这酒还是少喝。”

曲苏蒙了一瞬，下意识端起酒杯又尝了一口：“怎么了，我觉得还挺好喝的啊。”随即她又想起之前阿稌脱口而出的妙语，忍不住又笑出了声，“阿稌说得不错，若论美色，我不及尊上。”

青玄唇角浮笑：“各花入各眼，曲女侠不必妄自菲薄。”

曲苏觉得自己大约是喝得有点多了，听到青玄这句“各花入各眼”，竟然又笑了起来：“真难得，从你嘴里也能听到一句恭维话儿。得啦，这情我承了，今晚喝粥养养肠胃，明天咱们吃大餐。”

阿稌坐在桌边，垂着眼皮大气都不敢出。一开始她是觉得说错了话，一心想要降低存在感，生怕尊上一个不高兴，也动一动指尖，自己就得跟那酒坛和酒壶做伴去了。

可紧接着，阿稌越琢磨越是觉得不对味儿：明明青华大帝和这个凡人女子说的每一个字她都明白，可这些字儿连在一起，她怎么就听不懂呢？

阿秾悄悄揉了揉脑袋，到底是人间变化太快，这才十几年没来，她就有些跟不上潮流了。

而且人类真的好复杂。明明昨晚尊上还喊这个女人“苏苏”，这会儿又突然改口，喊起了“曲女侠”，可不知道为什么，这声“曲女侠”，却好像比昨天那声突如其来的“苏苏”听起来还要亲昵。

“鱼生不易”，阿秾深深叹了口气。她明明是今晚唯一一个一口酒都没喝的，可她脑壳疼。

平常在外奔波，陡然闲下来，曲苏一点儿也不会觉得无聊。坐船的好处就是，每天该吃吃、该睡睡，没意思了就翻翻话本，累了就望一望远处的景色，不用专门赶路，却一日比一日靠近目的地。曲苏忍不住感慨，简直没有比这更省力、更舒适的赶路方式了。

接下来的几天，有了曲苏的薄荷茶和蜜饯果子，不论青玄还是阿秾，都没有再晕船。

这天午后，途经一处渡口时，又有几位客人登船，不仅随行仆从众多，还带了两位说书的女先生。趁众人一同在船舱大堂用饭，那主家不仅大方地每桌赠送一份海鲜粥并一壶茶饮，还让那两位说书先生往前一站，为众人说书助兴。

午后天清气爽，太阳晒在身上也暖，曲苏不想回自己的小屋待着，便寻了个舒坦的位置，一边听那个说书先生讲段子，一边翻看自己买的这些话本。她向来一心二用惯了，听着声儿看故事，不仅不觉聒噪，反而愈加有滋有味。

有相邻的女客见她手边放的书多，便遣身旁的婢女拿着自己看过的话本来与她换书看。曲苏乐得遇到同好，翻了几本自己已经瞧完的递过去，任其挑拣。不多时，那婢女再次折返，这次带来的是一碟自家烤制的小零嘴儿。

曲苏也不客气，朝着邻座的女客拱了拱手，算作道谢，捡起一颗果干便吃了起来。

阿秾在一旁看着，忍不住道：“不认识的，你也不怕着了人家的道。”

曲苏嘴里嚼着口味酸甜的果干儿，抬眼忍不住多看了阿秾几眼。

阿秾被她瞧得不自在，捋着自己的发辫瞪她：“你看什么看，难道我说得不对？”

曲苏摇了摇头，一脸惋惜：“这么漂亮的小脑袋，可惜不大好使。”

不等阿秾发脾气，曲苏已经徐徐开了口：“行走江湖，我的经验应该是咱仨之中最丰富的，要是随便一个路人都能把我药倒，那对方怎么也要是江湖排名前十的行家了。栽在这种人手上，我也不冤。”

“吹牛。”阿秾并不信曲苏的话，在她眼里，曲苏功夫再厉害，终究是个凡人，她口中的什么“行走江湖”“江湖排名”，对她而言完全是小孩儿过家家，闹着玩罢了，“你功夫再高，还能打得过尊上？”

曲苏目露惊奇：“别说尊上，就是你，理论上我也打不过。”

阿秾“嗤”了一声。总算她还顾点脸面，没敢把牛皮吹破天。

就听曲苏不慌不忙道：“所以我更用不着怕了，身边跟着两个这么强力的保镖，若我还能受伤、被害，那就不仅是我判断失误，更是你们无能。”

阿秾第一反应就是看向青玄，却发现，即便曲苏说出“无能”两字，青华大帝依然面色平淡，毫无波动。她几次嚅动着嘴唇想开口，却发现不知道该说些什么。

别说青华大帝了，就是她，也不可能被人用“无能”二字来形容。可若是如此，岂不正应了曲苏的话，有他们两个跟着，曲苏怎么也不可能被一个普通人药倒？阿秾思来想去，越想越气，却又无处发泄，随手从旁边扯过一本书来，也看了起来。

不想曲苏却并未像她想象之中那么小气，不仅没把书夺回去，反而还从另一边抽出两本丢了过来：“这两本可能比较适合你。”

阿秾识字不多，但这事除了同族亲近之人，几乎没什么人知道。毕竟几千年来妖族式微，许多妖从小就被父母摁着脑袋通习人、妖、仙三界的文字。看这排序，就知道人界文字在六界之中的排面儿了。可阿秾自小看到那些方块字就脑袋疼，起先还有阿爹和兄长管束，后来去了炁渊，每天要做的事情有很多，却没人再逼着她读书、写字了。再后来，她身上怨气尽清，离开炁渊回到族中，阿爹早就过世，所幸兄长一家还在从前的海域居住。但她已经是一只成年鲛人，从前父母做惯的事，如今为了外甥、外甥女，为了族人，她也要承担起成年鲛人的责任。

读书、写字这事儿，也就这么被耽搁了。

如今，当着刚认识没几天的曲苏的面，阿秾一点儿都不想暴露自己识字不多的真相，绷着小脸儿瞥一眼封皮上的字：“这本讲什么故事的？”

曲苏看正经书不行，但看话本和八卦杂谈却能一目十行，转眼就看完一本。这十几本看着挺厚，但到了第三天晚上，她就看完了一半。有人主动问她这故事讲的是什么，她倒也愿意讲一讲。尤其阿秾状似神情冷淡，实则那双雪白的耳朵尖又开始微微摇晃着，曲苏看得心痒痒的，若不是碍于种族不同，动起手来自己很可能打不过，她早就上手摸一摸了。

曲苏喝了口水，说：“就是讲一位鲛人族的少女，因为被凡人男子搭救，对他一见钟情，等过了成年礼，就打算来凡间报恩，以身相许……”

阿秾还是头一回听说这样的故事，不由睁大了眼，问：“然后呢？”

曲苏道：“凡人男子见她貌美，就把她带回了家，找了一处私宅，金屋藏娇……”

曲苏一边嗑瓜子一边讲，几乎每每说到关键处，就要喝口茶水，吃块点心，要不然就重新捧一把瓜子嗑。

以前没人给阿秾讲过故事，第一次听曲苏讲，可把她急得够呛："然后呢？"

曲苏道："没有然后了。"

阿秾不信："明明他们两个误会都解除了，凡人是出于好心，他早就发现她是鲛人，怕心怀不轨的人伤害她，所以才把她藏起来。但他表妹坏事，趁凡人不注意，跟踪他找到鲛人，还骗鲛人说，凡人要和丞相的女儿成亲了。"

曲苏指了指书皮，说："我买的时候没注意，这是个连载故事，想知道故事后续，得等下个月书局印新书了。"曲苏道，"反正你就住在羽杭附近，等从雒城回来，你自己去书局买就是了。"

阿秾第一次听到这样的故事，尤其是故事的主人公还与她身份一样，都是鲛人族的少女。凡人与鲛人的几次误会，太虐心了；误会又逐一解开，两人确认心意，却不想这故事结束在最关键的地方，直让阿秾第一次体会到了什么叫百爪挠心。她看向曲苏："你不是看过许多话本子，那你说，这故事后面会如何？"

曲苏道："这要看写故事的人了。"她扫一眼著书人的名字，"这个作者我从前也没见过，不了解他的写作风格。但要我看，依照他前面的剧情走向，这故事十有八九是悲剧收尾。"

阿秾并不信曲苏："为什么？他们的误会已经解开了，只要他们像从前那样，彼此说清就好了。"

曲苏说："从前那些，都只是误会，所以两个人能说清。但如果这一次是动真格的呢？表妹没有说谎，凡人男子高中榜眼，丞相一心嫁女……"

阿秾说："表妹肯定说谎了。那个男子是真心喜欢鲛人的，他不会这样。"阿秾抿着嘴角，一双星眸水盈盈地看着曲苏，"若不是坏女人从中使坏，他们两个肯定是大团圆结局的。"

曲苏看着阿秾，不由玩味一笑："怎么，你的意思是，每一对不能顺利在一起的男女，都是因为外人破坏所致？"

阿秾说："那当然，如果他们两情相悦，肯定最终会在一起，恩爱到白头的。"

曲苏心中想笑，这小鲛人看着美艳绝伦，骨子里却还挺纯情的。她反问阿秾："那如果不是两情相悦呢？依我看，这凡人压根儿就不是真心喜欢鲛人，也不大可能娶她。若有真心，就不会这样上下欺瞒，直到家中表妹都发现了他的不对劲。表妹说的是谎话吗？说不准全是实情。对于鲛人来说，早点知道实情，看穿凡人的真面目，反而是件好事。"

说起情感方面的话题，曲苏最是来劲儿，一席话说得有理有据，前后全能对应上，阿秾满脑子都是故事里的线头，噘着嘴不吭声了。

曲苏拎了拎话本道："看故事不能光看表面，有时候作者真正的意图，其实写在细节里，就看这些看故事的人能不能留心了。"

说完这句，不光是阿秾，连青玄都朝曲苏看了过来，甚至还将目光落在了她手边那些书上。

曲苏露齿一笑，递过一本给青玄："这本比较适合你。"

青玄轻垂目光，只见封皮上写着三个字：明珠记。

他问："这个又讲了什么？"

他本以为会等来曲苏如刚刚那般细致的讲述，就连阿秾也再度打起精神，她就不信，曲苏敢给尊上也推荐个连载中的话本，这回她肯定能听到一个完整的好故事。

谁知曲苏再次不走寻常路，一句话概括道："凡人女子爱上修仙道长，先虐后甜，开放式结局，你会喜欢的。"

青玄目光微凝："何谓开放式结局？"

曲苏道："就是这两个人有可能在一起，也有可能不在一起，全看读故事的人心里怎么想了。还挺有意思的。"

青玄接过话本，曲苏站起身，开始收拾桌上的零食和书本。

阿秾茫然，跟着站起了身。

曲苏手上动作利落，一会儿便收拾妥当，丢下一句"晚饭再聚"，转身就走。

青玄手里拿着曲苏推荐的话本，跟着一同出了船舱。

阿秾左看右看，陡然有点回过味儿来：所以就她一个，既没有后续故事听，也没有新的话本看，曲苏这是摆明了在坑她吧？还是说，这其实是传说中的"钓鱼"？

阿秾抱着连载中的话本回到自己的房间，前思后想，想到自己午后饭桌上的遭遇，觉得这曲苏果然狡诈！

傍晚。

阿秾敲门时，曲苏正在忙手上编织的活计，顾不上起身，便喊了声："进来。"

房门打开，前头站着小二："客官，您的梅花汤饼、花菇菜心、水晶虾肉包，荔枝玫瑰冻、海棠酥，还有一壶上好的碧螺春。"

曲苏应了一声："另外两个房间的都送了？"

小二让出半个身子，让身后的人先一步进来，这才带着人进房布菜。

曲苏看到来人，不禁一乐："外面不是下雨了？说好各吃各的，怎么，才半日不见，就舍不得我了？"

来人正是阿秾。

她身上仍是前几天那件水蓝色的裙子，耳畔一对拇指肚大小的明珠摇曳生姿，只是雨夜幽幽，烛火明亮，她看向曲苏的神情与之前当着青玄面时格外不同，透着一种令人不适的幽冥冷意。

门外秋雨霏霏，放眼望去，江上一片浓雾，白茫茫的什么都看不真切。她却只穿着单衣，一片衣角都未曾沾湿。好在她还懂得在人前遮掩，来的路上，装样子地举了把伞。进了房门，就将那伞收好，靠墙立着，她转过身说："我有些话想和你说。"

曲苏瞥了她一眼，道："看来你不是来闲聊的。"

阿秾道："的确不是。"

小二带人布好了菜，刚一躬身欲走，就被曲苏扬声拦住，她唇角微勾看着阿秾："看来阿秾姑娘不需要吃晚饭了，也别白走一遭，原说好送去她房间的那些酒菜，不如你们几人就地分了，也不算辜负了我一片心意。"

小二等人一听，面带喜色连声道谢，倒退几步出去，还贴心地为两人关上房门。

阿秾张了张唇，却什么都没说出口。被曲苏这么一搅和，准备了半天的词儿一时全忘了。

这阴天下雨的，船走得又慢，阿秾从早上起床就不大舒服，哪怕吃了她之前从曲苏手上买的薄荷茶，人也有点晕乎乎的。如果有别的选择，她也不想专挑吃晚饭的时辰来，大冷天的谁不愿在自己房内吃点好的？

可如果不挑这个时候，其余时间，青玄总是和她们两个同在一处。错过今晚这个机会，她怕自己跟到雒城也没机会下手。

有青玄在，阿秾自问就算有一百个好想法，也无从施展。

却不想曲苏翻脸比翻书还快，甚至不等她张嘴，就直接免了她的晚饭。

阿秾咬着唇想要坐下，却被曲苏伸臂一拦。

曲苏唇角带笑："我吃饭时，最讨厌别人打扰败了兴致，有什么事你抓点紧，说完走人，这梅花汤饼泡久了就不好吃了。"

阿秾僵在原地。

曲苏见她不吭声，干脆拿起筷子，说："没话说？走的时候把门带上。外面雨水凉，我只是个凡人，可不想大晚上吃了风闹肚子。"

阿秾身形一闪，转眼便闪身至曲苏面前，覆盖着细密银鳞的五指微张，锋利的指甲与曲苏纤细的脖颈几乎只隔着毫厘的距离。

阿秾眉眼低垂，瞪着曲苏的眼瞳，幽蓝色的光一闪而过："你还知道自己只是个凡人？"她摩擦着牙齿，瞳孔几乎形成竖瞳，"我还当你不知道怕，不知道自己只是凡人，而我是妖。"

曲苏眼角眉梢一丝波动都没有，她甚至可以做到哪怕开口说话，身体也没有丝毫颤抖："我是凡人，你是妖，但你别忘了，我隔壁的隔壁住着谁。"

阿秾五指瞬间一拢，没有如想象中那般，一把捏碎曲苏的喉咙，反而向下一刮，拇指趁势压住曲苏形状纤巧的锁骨，另外四指扣在她的后颈。

她的指甲虽然只有半寸长，却比人间最坚硬的兵器还要锋利。只是那么一落一刮，曲苏的锁骨处已出现一道血痕。

"你从前就是这样吧？当着尊上的面故意做出这副柔弱无依的样子，让尊上为了你杀我同类……"阿秾到底是妖，看起来只是一个轻巧的动作，却能压得曲苏坐在凳上，浑身动弹不得，"别再拿尊上压我！你以为自己是谁？还真当尊上会为了你一而再、再而三地破例吗！"

"你也说了，我只是个凡人，对我一个凡人，倒也不必这么大阵势。"说到这儿，曲苏看向阿秾，眼睛里透出几分兴味，"所以你一开始就吵着闹着非要一路跟在尊上身边，就是为了杀我。"

曲苏这话说得格外平静，甚至听不出一点儿疑问的意思，却把阿秾说得眼神微茫，她垂下眼睫，不再看曲苏的眼："我从没见过像你这么厚脸皮的女人。"不但厚脸皮，心眼黑，而且胆子也大，从她进了房门到现在，竟然一点儿都没被吓唬住。

若论耍嘴皮子，她明显不是曲苏的对手。可若是比武力，青玄此刻就在船上，别说只相隔一个房间，以青玄的修为，就算相隔数里，她一旦施展法力，也会在第一时间被觉察。

这个曲苏，可比她事前预想的难对付多了。

阿秾越想越不甘心，忍不住瞪了曲苏一眼，问："你不觉得你现在的行为，对于别人来说，就是一种困扰吗？"

曲苏眨了眨眼，神色很是无辜："困扰谁，你吗？"

"不是我。"阿秾忍不住吸了口气，"你一个凡人，寿命再长，也不过只有几十年，却非要赖在尊上身边，每天缠着他，这很蠢，很没有意义，你知道吗？你的几十年，只是他的几十天，我这么说，你能明白吗？"

这意思是看她天天和青玄在一处，觉得碍眼了。

果然还是青玄自己惹来的桃花债。

曲苏用指尖在阿秾的手背轻点两下，示意她先把手松开："你如果不是来杀我的，就坐一边去。天寒日短，容我好好吃口饭。"

杀人这件事，有时候讲的就是个心气儿，一触即发，方能势如猛虎。像阿秾这样，上来又是撂狠话，又是故意掐脖子威胁的，在曲苏过往的经历里，简直不值一提。

既然阿秾不是来杀人的，曲苏也不想耽误享受美食，阿秾一松手，她就拿起汤匙，也不管她还站在一边，径自吃起梅花汤饼。

接连吃了几口，身上暖和不少。曲苏抬眸看向阿秾，说："有些话我就说一遍，你听好了。"

"我是凡人，只能活几十年，所以我更知道时间的可贵。我想和谁在一起，做什么事，过什么样的日子，都是我自己拿主意，旁人管不着。"说到这儿，曲苏看向阿秾的眼神，也不复之前玩笑时的温和，而是淡淡的，看不出半点情绪，"你若真有那本事能杀我，我也认了。但你不敢。"

曲苏话音刚落，阿秾反抬起一手，五指之间已凝起一团银色水球，隐隐泛着冰蓝色的光。然而曲苏还来不及将那团光晕看清楚，门板突然啪的一声从外面打开，一袭青衫的身影无声地站在门外。

天色已彻底黑暗下来，房门外的走廊挂着灯笼，被冷风吹得忽明忽暗，一抹光晕晃晃悠悠地映在青玄脸上，为他向来冷淡的容色平添一抹艳色，却更显出他眼底神色疏冷，如覆霜雪。

他负手站在那儿，一语不发。房间里，阿秾已经瑟瑟发抖地跪了下去。

青玄的脸色丝毫没有转暖："没有下次。"

阿秾对着青玄无声地磕了个头，走的时候悄无声息。

曲苏轻笑了声，打破僵局，问："饭这么快就吃完了？"

青玄几步便行至她面前，他身上挟着风雨气息，略带凉意，曲苏鼻子发痒，打了一个喷嚏。

青玄的指尖就在这时，在曲苏颈间轻轻一抹，鲜红的血痕瞬间消失无踪。

待曲苏反应过来，青玄已收回手。

是他大意了，青玄将手背在身后，缓缓揉去沾在指尖的血。彼时紫微大帝身边的仙官刚到，正在述说一些与烛龙相关的要紧事。他感知到阿秾进了曲苏的房间，但料想阿秾知道他就在附近，绝不敢妄动法术，因而迟来了片刻。

他早就知道阿秾故意出现在羽杭城，又找借口跟在他们两个身边，多半出自什么人的授意。青玄一贯认为，万事堵之不如疏之，所以放任阿秾跟在身边，也省得那背后之人一计不成，再生事端。

却没想到刚刚那一瞬间，阿秾对曲苏起了杀意。与不久前在白帝城的那次一样，若不是他及时赶到，还真敢动手。

曲苏揉了揉鼻子，一时没反应过来他刚才在做什么，不由仰起脸看向他。青玄的动作很轻很快，比一片羽毛飞掠而过还要轻缓，曲苏几乎以为是自己的错觉。

青玄的目光落在桌上。

那是从前在白帝城时，斛向秋赠的一只召铃，上面的血只在七日之内有用，此时早就失效了。

曲苏见他盯着召铃瞧，笑了笑说："很漂亮吧？今早停船时，有个小姑娘卖丝线，反正在船上闲着没事，我就买来一些丝线编着玩。"

她本来不会这些，但那卖丝线的小姑娘很会说话，约莫见她出手大方，当即教了她两样简单实用的络子样式。曲苏记性好，手也灵巧，一个下午就编了好几条。编好之后她突然发现，腰上挂的召铃光秃秃的，若是搭配个水蓝色的络子，佩在腰间会好看许多。但召铃小巧，这络子要编得玲珑才相配，她用了半个多时辰，才编了不到三分之一。

青玄以为曲苏说的是召铃，凤眸轻垂，未置可否，只是朝曲苏伸出手。

姿容绝色之人，就连手都生得格外好看。曲苏的目光在那只骨肉匀称、指节修长的手上停留片刻，才将注意力放到他掌心托着的物品上。

那是一支比寻常女子手掌略长的玉笛，玉色青翠，莹润欲滴，一头还坠着红色络子，很精致。

曲苏见青玄一直保持着摊开手的姿势，不由指了指自己，问："给我的？"

青玄抿了抿唇角，问："可会吹笛？"

曲苏拿过笛子，在手上轻轻抚过，说："这可难不倒我，小时候没什么好玩的，天天对着一片叶子也能吹出曲儿来。"

青玄道："那就是你的了。"

闲来无事的夜晚，曲苏总喜欢将房内布置得灯火通明。此时她仰着脸看青玄，却发现夜晚光线太亮也不是好事，至少此刻，她就因为背光而看不清他到底是何神色。

曲苏微微眯眼，问："无功不受禄，怎么突然就送礼物？"曲苏狐疑地看着他，"难不成你不打算去雒城了，所以提前赔罪？"

青玄从前就觉得，有时和曲苏交流，她这小脑袋瓜总与常人不同。此时听到她这样说，不禁轻笑："雒城自然要去。怎么，我好心送礼，你却不敢收了？"

玉笛在手，质地温润，仿佛攥了一把温软的水在手心，曲苏还真有点舍不得放手了。她将玉笛往身后一藏："谁说不敢？只是跟你沾边的事儿，总有些麻烦，我事先问清楚了，避免日后再生是非。"

青玄权当没听到曲苏话里的夹枪带棒："不是嫌汤饼凉了就不好吃了吗？快吃饭吧！"

说完这话，他也不多停留，转身行至房门口，才撂下一句："玉笛吹响，不论何时何地，我都会出现。”

青玄这话说得云淡风轻，仿佛和上一句让曲苏赶紧用饭并无多大差异，可在那一瞬间，曲苏心中突然生出某种微妙的感应。

仿佛有什么东西自四面八方纷至沓来，仿佛来自辽远的天地之间，极细微又极广袤，极渺小又极盛大。那种感应玄之又玄，仿佛只在一念之间，曲苏怔了一瞬，想要细究，却发现自己仿佛已经忘记一般，再难捕捉。

彼时曲苏还不知道，青玄那短短一句，看似寻常，实则是与天地立下誓言。

任何时候，任何地方，只要曲苏吹响这支玉笛，青华大帝都会出现在她面前，保她无虞，护她周全。

比之从前青玄赠予千千的青溟玉，这支玉笛明显要更珍贵。

曲苏握着玉笛，抬眼看向他，问：“我一直想问你。你总说世上皆有因果，神仙不能随意插手凡人生死。那上次在城主府，你为何要救我？”

他明明是那样冷心冷肺的一个人，前几日还在跟阿秾讲道理，让她不要妄图插手人间事。那他为何要救她？

这个问题在这几日一直萦绕在曲苏脑海，直到此刻周遭唯余湖水激荡声，青玄深邃的眉眼氤氲在房中昏暗的光影里，将他此刻衬得极尽温柔，她才忍不住开口问他要一个答案。

青玄显然被她问住了，面上怔然一片。

为何？

大概是，控制不住吧。

就像他不喜欢看到她受伤。

但看着曲苏那张写满了疑惑的脸，他定然不能将这话说出口，否则，她一定会认认真真地跟他说“己所不欲，勿施于人”的道理。

青玄压下眼睫，淡然道：“你若死了，我的人生会少许多乐趣。”

曲苏悬起的心一点点下落，说不出的失望将她萦绕。她冷哼一声，说：“我看是因为我死了，就少了个人给你当饭票吧。哎呀，你赶紧走吧！走！别在我这儿碍眼了。”

青玄笑得无奈：“有事就叫我。”

曲苏含糊地应了个“嗯”，一边把玩玉笛，一边吃饭，倒是把刚刚那番话忘到九霄云外去了。

吃到荔枝玫瑰冻时，曲苏突然“唔”了一声，才反应过来是哪里不对。

她之前和阿秾在房内说话，青玄一直都能听到，不然他怎么会知道她抱怨过汤饼再放就不好吃了的话。

曲苏觉得别扭，脸颊隐隐有些发烫，改天见了青玄，她得跟他单独把话说清楚。这保护安全是很有必要，毕竟若论单打独斗，她功夫再高，也打不过阿秾，但他也没必要时时刻刻都偷听吧。

曲苏忍不住开始回忆自己从傍晚时起，都说了些什么话，可回忆了一阵儿，她陡然发现，她当下的心态，比起青玄有可能把自己说了什么都听得一清二楚，要更奇怪。

她刚刚都在紧张些什么东西啊……

曲苏灌了一碗茶，拿起短笛藏进袖里，转身出门去了。

青玄房内。

一灯如豆，蓝色纱帘随风浮动。之前接到紫微大帝让手下仙官送来的消息，得知烛龙这一世在雒城的确切身份，青玄思索片刻后手书一封，让仙官代为转交给紫微大帝，继续着人调查。

此时，只听门外有一男声朗然道："帝尊在上，妖王座下赤眉求见。"

青玄淡声道："哪个妖王？"

那人嗓音中带笑道："回帝尊话，赤眉的主上是殷和大人。"

青玄听到"殷和"这个名字，又想起突然出现在羽杭城的鲛人阿秾，眸中蕴起薄薄的寒霜。他并未允准对方进来，隔着门道："何事？"

一门之隔，朦胧月色里，只见一身绯色的青年躬身而立，生得墨发银眸，眉目风流，一双修眉隐隐可见赤红，"赤眉"之名想必因此得来。

那赤眉恭敬等了片刻，只等来青华大帝冷淡的一句"何事"，面上丝毫不显恼怒或不耐，反而愈加恭敬道："帝尊容秉，小人传殷和大人的话：'听闻炁渊重塑，吾心大悦，炁渊掌管天下怨妖，天族又不容怨妖现世，听闻青华大帝心怀大慈悲，想必愿与妖族为善，何不将炁渊交予吾，如此两厢清爽，各得所愿。'"

赤眉传这段话时，声线虽稳，额角却隐隐透出汗滴。他心里清楚，若不是这艘船上载满了凡人，青华大帝可不止显出这一点威严了。

可哪怕只是这一点，也足够让赤眉冷汗涔涔，大气儿都不敢喘。

隔着薄薄一扇门，青华大帝清越的嗓音徐徐传出，如金石相击，掷地有声："你说炁渊锁百妖、涤怨气，该归妖族掌管，那就拿个章程出来。"

赤眉屏息听着，听完青华大帝所说的前半句亦不敢心喜，听到后半句，心中隐隐生出不妙的预感："帝尊的意思是……"

"烛龙死后，妖界无主，他想要炁渊，但他做得了整个妖族的主吗？我可以将炁渊拱手相让，但如今的妖族接得住吗？你们想代表妖族，先取得了扶桑女帝的许可，再来谈。”

此话一出，不等赤眉发声回应，他已被一股威势推出数丈，若不是赤眉擅水，险些就要在冰冷的江水里涮上一圈了。

赤眉臊眉耷眼地在江边稳住身形，远远望着那艘隐藏在薄雾中的大船，忍不住叹了口气：“扶桑女帝一年到头都在冬眠，怎么可能愿意管这闲事……”

此前等候在江边的几个小妖听到赤眉大人的嘀咕，忍不住出声献策：“大人别灰心，咱们这趟本来就是苦差。您没看灼曳那老滑头听了这事，就溜得没了影儿了吗？”

另一个道：“我就知道，天族怎么可能会轻易把炁渊交给咱们掌管。”

“可我听说，一旦天族重开炁渊，只要是怨妖，就都会被它吸进去，那日子……求生不得，求死不能！”说到这儿，那小妖狠狠打了个哆嗦。

赤眉自然知道，代表殷和向青华大帝传口信，不是什么好差事。他跟着殷和也有万年，了解殷和的心思，殷和想要掌管炁渊，说到底也是为了妖族。

可青华大帝给出的理由无懈可击。如今的妖族，并不是殷和一个人说了算。就算青华大帝愿意将炁渊拱手相让，扶桑女帝那边又会是个什么态度？扶桑女帝不爱管事是不假，但也不是个好相与的脾气，若为此事大动干戈，妖族可经不起这一战了。

再往深想一步，炁渊交予妖族，天族又会怎么想？

放眼如今六界，对妖族多少有几分慈悲心的，也就是这位青华大帝了。其他那些天族中人，哪个见了怨妖不是就地斩杀？听说就连玉帝也对青华大帝重建炁渊颇有微词呢。

赤眉长叹一口气：“殷和大人还是少年心性，太着急了。”

曲苏走到青玄屋外，只觉一阵凉风兜头袭来，她忍不住晃了晃头，腾出一只手敲了敲门。

青玄开门的动作倒是很快。

曲苏往房内一望，一副早就料到如此的模样，大摇大摆地拎着她的小竹箱进了屋。一眨眼的工夫，青玄房内那张原本和兜儿一样干净的桌上，已然摆上十几样吃食。

曲苏也不和他客气，寻了最暖、最舒服的一处摇椅，径直捏起一块猪肉脯，吃得香甜。

青玄微微蹙眉，问：“不是刚吃过晚饭？”他默默回忆不久前在曲苏房内桌上摆的饭食，再对比给他房内点的饭菜，突然发现：曲苏晚饭给他点的倒是荤素搭配、营养均衡；给她自己点的就随意多了，梅花汤饼本来就不怎么顶事，水晶包子小小一屉，一屉只有三个，花菇菜心是全素，至于其他两样，都是就热茶吃的小点心罢了。难怪她才吃过晚饭，就又饿了。

曲苏将倒在盘中的猪肉脯朝青玄推了推，说："午后让小厨房做的，撒了许多白芝麻，很好吃。"

青玄扫一眼桌上的吃食，说："这些不管饱。"

曲苏笑道："我知道啊。这艘船上的小厨房，到了后半夜也能开火，想吃热食随时都能吃到。怎么样，我这船选得很不错吧？"

青玄沉默片刻，说："是不错。"他微微斜眸，看向曲苏半仰在摇椅上的身段儿，"才不过两三日，肉就养起来了。"

曲苏一开始还没反应过来，下一瞬，直接从摇椅上站了起来，一脸难以置信："你说我胖？"

青玄语气淡淡的，显然是在陈述事实："自从登船，每日天亮起，直到入夜，你的嘴就没停过。"

曲苏被他说得一噎，想要反驳，却突然发现他说的都是事实。

她忍不住悄悄在自己后腰掐了掐，多少有了底气："顶多再有三天就下船了，就这么几天工夫，不会胖。"

青玄眼底已存了浅浅笑意，只不过他微垂着眸饮茶，眸中神色，旁人轻易瞧不见："曲女侠心中有数就好。"

这话说得很有效果，烤得又酥又香的猪肉脯捏在指尖，曲苏却发现自己怎么都没法儿当着这人的面下咽，气得只能又喝了半盏茶。

曲苏不想再继续这个扎心的话题，干脆转到正题："你这趟去雒城要办的事和阿秾有关？"

青玄微微摇头："说不上。"他侧眸看向曲苏，"觉得带她在身边烦了？"

曲苏瞥了他一眼，总觉得他好像早就等着自己说"是很烦"，"烦倒是说不上，只是觉得，你同意把她带在身边是别有用心。"

青玄闻言，看向曲苏的目光里透出几分笑："那苏苏觉着，我有何用心？"

曲苏沉浸在自己的思绪里，一时没留意又被这人在称呼上占了便宜，端着茶盏顿了顿，道："直觉告诉我，还是和你要办的事相关。"

青玄道："没有直接的关联。但带在身边，有用。"

这算是肯定了她的猜测。

曲苏点了点头，关于这个话题不打算再多问。青玄却反过来问她："之前你说，近来雒城有些有意思的传闻，说来听听。"

真是难得，青华大帝也有主动跟人打听八卦的时候。曲苏轻笑："行啊。"

她喝了一口茶，垂眼道："岳周死后，我对雒城和太子府的事一直关注着。老皇帝十三年前就立三皇子容璟为太子，去年初，容璟年满十八，又在治水、赋税两件事上立了大功，有些人就坐不住了。"

青玄道："开国侯算一个。"

曲苏点了点头："岳周的事之后不久，他便疯了。这事瞒不住，不出两日就传得满城风雨，老皇帝也不是什么好玩意儿，见他没了用处，直接解除其兵权，开国侯府树倒猢狲散……"

说到这儿，约莫是想起了往事，曲苏停顿片刻，接着道："那之后，他从前在军中的势力，分别被将军府和六皇子的势力蚕食，这皇都的风向，自然也就跟着变了。"

青玄的手指尖在桌上轻轻点了点："说一说将军府。"

曲苏想了想道："将军府这一代当家的，叫盛燚，和太子关系微妙。"也不知是想到什么，曲苏忍不住翘起唇角，眉眼间笑意萦绕，"有关这两位，江湖上一些不入流的八卦小报写得很有意思，有那么几段，简直比我平日里看的话本还要精彩。"

青玄的目光落在曲苏脸上："如何精彩？"

曲苏眸光流转，她眉眼生得好看，却少见笑得这般顾盼生姿，她看向青玄："反正这大船咱也坐过了，不如提早下船，我带你去听戏吧。轻语楼的戏班子，最爱讲这些故事，有时消息比我还灵通，而且往往和真事贴合得八九不离十。"

青玄望一眼满桌的零食，笑道："你舍得这船上的小厨房了？"

曲苏道："后天傍晚下船，刚好去雍城听轻语楼的戏。再从雍城买辆马车，不出五日，就到雒城，绝不会耽误事儿。"

青玄此去雒城要办的事，和那日在白帝城的不同，不是着急就能办成的，因此路上快一些或慢一些，他并不在意。

但他面上不显，也不给个准话儿，曲苏猜不准他的心思，仍然在那儿一门心思循循善诱："雍城好吃的也很多，我还没有尝过。汤泉也很有名，听说那儿每家客栈都有汤泉，这时节泡汤泉，刚好赏梅，说不定还能订一桌梅花宴……上一回听轻语楼的戏，还是赶巧在路上遇到他们在别处唱，许久没听花老板的戏了，我都有点想他了。"

冷不防青玄此时突然出声："花老板？"

曲苏道："花轻语啊！"她想了想，激动得连连挠桌，"我那本书是不是放在你这儿了？"

青玄瞥一眼无辜遭殃的桌面，微垂着眼没接话。

曲苏站起身，四下一望，嘿，还真是神仙住过的屋子，房间里桌椅板凳，床铺窗帘，干净整洁得就跟没人住过一样。不像她的房间，从桌子到床铺，再到地板，处处可见她的各样东西。

曲苏转了一圈没找见，干脆扯青玄的衣袖："你藏起来了吧，快拿出来。"曲苏见他一动不动，从盘子里捏起一块烤得色泽最好的猪肉脯，塞进青玄口中，"给你吃一块最好吃的，我那本书呢？当时说好你只是借去看看的，那上面就有花老板的画像。"

青玄冷不防被塞了一嘴猪肉脯，先是一愣，吐也不是，咽也不是，看着曲苏的目光却有所松动，指尖轻动，一本书便凭空出现在他另一只手上。

曲苏见状，连忙旋身去够，却完全没意识到，她这样的举动相当于整个人像一只转动的陀螺，从青玄的右臂转到左臂，在他怀里蹭了一圈。

青玄唇瓣微动，缓缓咀嚼完那块猪肉脯，面色未变，耳朵尖却悄悄染上几分红："成何体统！"

曲苏着急翻书，冷不丁听到这句话，头也不抬地道："数我最没规矩。我这还不是觉得猪肉脯好吃，才分你一块尝尝，换作别人，就是给我一兜儿桃花珠……"

青玄挑了挑眉，等她说完后半句话。

曲苏弯着唇，毫不迟疑地道："那我肯定是卖的。"她又不是阿秣，一颗珠子能买多少猪肉脯了，这点账她还是算得过来的。

"找到了！"曲苏将书摊开在桌上，指着上面说，"这就是花老板。"

只见画上人一身戏服，手握折扇，眉眼微挑，似嗔似笑地看向不远处一株桃花。当日那卖话本的书生所言不虚，他的朋友画工确实了得，一身戏服的花轻语身段窈窕，姿容清绝，眉眼间风流蕴藉，确是难得一见的美人。

曲苏见青玄凝眉看得认真，拍了拍他的肩膀，说："放心，论容貌，花老板远不及你。"

曲苏故意调侃，不想青玄的脸皮厚度与日俱增，竟然一点也不生气，反而朝她淡淡一笑，眉尾轻挑："那还去什么轻语楼？"

他眉眼生得出色，却极少做这般生动的神情，美色当前，曲苏险些被晃花了眼，微一愣神才反应过来："肯定得去啊！"

青玄面色微冷，就见曲苏捧着书，边端详画上人边兴致勃勃地道："这不是说好了，要去打探消息吗？"

青玄道："难得你对此事如此上心。"

曲苏一脸真诚："咱们都是朋友了，别客气。"

能不上心吗？能调查八卦，又能吃美食、泡温泉，还可以亲眼赏一赏这画上美人。这雍城，横想竖想，都必须去！

第十一章　言多必失

雍城毗邻皇都，因遍地汤泉和百里红梅而举国闻名。抵达雍城时，正值傍晚。薄雪仿佛秋日里的荻花，飘摇间坠落，逶迤满地。街道两旁种着红梅，店铺次第亮起灯笼，远山淡影，红梅初绽，灯火映照下红白交映，别是一番雪夜盛景。

曲苏一袭白裙，外裹一件猩红色斗篷，适逢雪天赶路，帽子一戴，周围镶了一圈兔毛，雪白软糯，暖和又漂亮。

但凡外出执行任务，她一贯穿着简素，尽量不惹眼为宜。难得近来无事，一路游玩，还有青玄这尊神仙一路跟着，想穿多鲜亮都无妨，这件猩红斗篷就是新近购置的一件。城门近在眼前，曲苏扫一眼青玄和阿秾身上的穿着，摇了摇头。

青玄见她停住脚步，也跟着停下来，却并没有先说话，只是望着她。

曲苏道："你这衣裳是变出来的？"

青玄沉默片刻，说："算是吧。"具体解释起来有些麻烦，旁边还跟着个阿秾，他不想多说，就顺着曲苏的话回答了。

曲苏道："那你学我这样，多变一件暖和的大氅。"

"没见识。"阿秾嘀咕，又以崇敬的语气道，"尊上和我，不是你这样的凡人，别说这样的天气，就是一件衣裳不穿，径直去长白雪山，也丝毫不会觉得寒冷。"

曲苏这回没忍住，扑哧一下笑出了声。青玄也脸色微妙，阿秾这才意识到自己说错了话，不由慌张地看了青玄一眼："尊上，我不是那个意思。"她又瞪了曲苏一眼，就知道她一张嘴就没安好心，总是给自己下套。

青玄顺着曲苏的目光看向远处长街，眼睫微垂，身上已多了一件天青色大氅。

这一回，青玄和曲苏两个人的目光一同落在只穿单薄裙装的阿秾身上。

阿秾苦着小脸儿低声道："我和尊上不一样，我这衣裳不是变的，是真的。"

说完这句，阿秾似是有些羞愧，眼神里满是挣扎，道："尊上，我虽然法力不够强，但御寒没问题，这样的天气，我一点都不觉得冷。"

曲苏摇头叹了口气："你可真是个小棒槌。"

阿秾直觉这不是好话，一脸警惕地望着她，坚决否定："棒槌才成不了精。"

曲苏强忍笑意，往前方不远处一处成衣店努了努嘴："走吧。先去店里逛逛，再去轻语楼。”

阿秾之前听曲苏提起过轻语楼，知道那是个听戏的地方，突然听曲苏说去听戏之前还要先去买衣服，看向她的目光不由得变了：“你有很多衣服了，什么时候买衣服不行，非要这时买，若是耽误尊上办事……”

“不是给我买，是给你买。”曲苏见她还傻愣愣站着，不由推了她一把，轻声说，“你看看这街上，除了你，还有谁下雪天只穿一件单衣还不冷的？当个好妖，融入人群，懂吗？”

阿秾仍然不懂，怎么她穿什么衣服就和“当个好妖”这件事相关了，但眼看青玄也朝她投来鼓励的目光，阿秾瞬时垂下眼，进店之后一声不吭跟在曲苏身边。

阿秾人如其名，姿容秾丽，一双盈盈水眸，任是无情，也仿佛脉脉含情。曲苏自打第一眼见了，就格外偏爱她这副容貌。此时有青玄在一旁跟着，阿秾自然不敢多话，曲苏也就来了兴致，仿佛儿时和师姐师妹玩打扮娃娃的游戏，让店家取来几套时下漂亮的冬装，给阿秾逐一换上。

约莫见曲苏和青玄两人模样、穿着皆不俗，店家让伙计奉上两盏清茶，主动上前搭话：“店里新进了一批上好的衣料，有一件墨色大氅，用料剪裁都属上乘，绣活儿也是一等一漂亮，非得郎君这般身量、容貌，才能撑得起。”

这店家也是人精，一眼看出三人之中，做主的是曲苏，讨巧地向她推荐男子的穿着。说话的工夫，就让一位负责男子成衣的伙计捧了他口中那件墨色大氅和一整套穿搭过来。曲苏原本不以为意，待看清伙计手上的衣料，来了兴致，只见一整套衣裳不知以什么布料做成，虽是墨色，却有淡淡金色流光闪耀其中，曲苏一眼就相中了，目光一转，刚好和青玄的目光撞在一处。

曲苏清了清嗓子，说：“要不，试试？”这套衣裳与从前青玄那件法衣有三分相似，但这上面的金色流光并非仙法，而是巧手的绣娘缝制衣服时在暗纹之中缠入了金丝，灯火照耀下，别有一番华丽。

相识这段日子以来，曲苏多少摸清了这人的脾气，他若是不愿意的事儿，这普天之下还真没谁能强迫他。起先不明身份时，曲苏还觉得他挺能装。后来知道了他的来历，时而想起从前的一些事，才有点回过味来，他不是装，是真的目下无人。

青玄点头，站起身往更衣的隔间去了。

约莫见曲苏神色微愣，那店家凑趣道：“鄙人开店三十年，还是头回见生得这般俊俏的郎君，姑娘稍候片刻，这套衣裳一定包您满意。”

这话说得，不知道的还以为青玄是她夫君。曲苏听得微怔，待回过神，就听店家和周围人的连声赞叹，侧脸看去，只见青玄一袭墨色长衫，外罩大氅，墨色之上隐有金色流光，愈加衬得他玉质金相，不似凡尘中人。

青玄冷漠惯了，这般站在一众买衣衫的女子之中，依旧神色凌然。周围议论纷纷，却无一人敢朝他靠近，就连此前帮忙捧衣的伙计也站在几步开外，微微躬身，没有抬头。

曲苏与他目光相接，却发现他没有想象之中的不耐烦，反而透出一种似是而非的淡淡笑谑。曲苏移开目光，对站在一旁巴巴儿等评价的店老板说了一句："是挺好看的。"

店老板那一双眼从三人进了店铺就没歇着，这一会儿工夫，更是在曲苏和青玄之间来回绕了数圈，见曲苏这副模样，不由笑着拱了拱手，说："今日初雪，不如就让这位公子穿着新衣同游，才更难忘。"

曲苏神色微妙，不由看向这店老板，突然有点回过味儿来：本来进这成衣店是要给阿秾好好打扮一番的，怎么就变成她给青玄买衣裳了？落在这店老板眼里，他还一副"不必多谢，我就是这么有眼力"的样子。

店老板朝曲苏投以一个过来人的目光，笑着道："这条街往前不远就是轻语楼，与之相邻的是咱们城内最大的一间温泉客栈。三位不妨去轻语楼听一听花老板的戏，吃些酒，再逛一逛咱们雍城特色的夜市。回到客栈，泡过温泉再入睡，那才是浑身舒坦，旅途上的疲惫也都消散了。"

店老板一看曲苏三人就是远道而来，尤其那穿蓝裙的姑娘，更是一身单衣就走进店里来了，随身衣物一定不多，所以才来临时采买。店老板看人老到，说话热络，三言两语，就和曲苏攀谈上了。

曲苏见阿秾在更衣的隔间迟迟不出来，一边示意店家找两位店里的娘子去帮忙，一边问："您也爱听花老板的戏？"

店老板笑道："花老板的戏谁不爱听，只不过我这店里大小事务，总离不了人，这一年到头啊，能听上个两三回就不错了。"

另一头，青玄已经重新坐回曲苏身边。店老板看得清楚，自打这位郎君踏进店门，多少大姑娘、小媳妇儿频频朝这边打量，还有胆子大的专在他附近转悠，可他面不改色、目不斜视，几次抬眸，目光都在身旁这位穿红色斗篷的姑娘身上。

别看这两位不似寻常的小情侣那般黏腻，可在店老板眼里，如此形势，是只隔着一层薄薄的窗户纸未捅破罢了。

曲苏又道："最近可有什么新戏？"

店老板闻言一笑："姑娘这话可问对了。前两日轻语楼上了一折新戏，内人去了两次，说是极有意思，这不，今晚上又要去听呢。"

曲苏朝店老板眨眨眼："讲的可又是从前雍城那位……"

店老板闻言"哎哟"一声："这听过的人，都那么说，不过要我说，这小儿女之间的事儿，管他是王孙公子，还是寻常百姓，一旦彼此心意相通，不都是一回事儿嘛！"

说这话时，店老板朝青玄瞥了一眼。

曲苏端起茶盏假作喝茶，佯装没看见店家的眼神。她最爱打探旁人的八卦趣事，冷不防这店老板是个同道中人，不仅与她相谈甚欢，还将这爱八卦的心思用到自个儿和青玄的身上。店老板又是言语暗示，又是眼神乱飞，饶是曲苏浸淫此道已久，生平还是第一次知道身处八卦旋涡是什么滋味儿。还怪让人不自在的。

另一边，阿秾总算顺利出了隔间。她本来不习惯有人跟着伺候，但她更穿不明白这些形制繁复的衣裳，试了几次，越穿越糊涂，只得僵着手脚任由店里两位娘子摆弄。

曲苏生怕一旁目光如炬的店老板再出什么惊人之语，匆忙起身道："就这件吧，再把那套粉色的包起来。"

阿秾身上仍穿着从前那身水蓝色的长裙，外罩一件水蓝色的斗篷，款式与曲苏身上的相似，领口处也镶了一圈兔毛，与她站在一起时，一红一蓝，仿佛一对出游的姊妹，站在店里就成了活招牌，引得许多女客频频望来，纷纷让店家找来相似的款式试穿。曲苏趁机杀价，压低了两成不说，还成功换来两只兔毛袖筒。

水蓝色一向是阿秾的最爱，这件斗篷上面的刺绣格外有些巧思，鱼儿鲜活灵动，姿态百变。阿秾悄悄伸手戳了戳袖口绣的那只鱼儿的腮帮，嘴上却犟道："先说好，这衣裳可不是我要买的……"

曲苏脚步匆匆，懒得跟她掰扯："是我要买的，好好留着你那包珠子养老吧！"

曲苏说得干脆，头也不回就走，仿佛之前坐在店铺里笑盈盈看她换装的另有其人，两人又回到了那天在船上打斗前剑拔弩张的样子。阿秾有些无措，却又不知该说什么好，拎着包袱跟在青玄一旁，直到进了戏楼，也一声没敢吭。

说来也有意思，轻语楼与别的戏楼不同，一踏进门槛，就见楼内轻纱幔帐，鲜花堆簇，设计这楼的人别有几分巧思，将每一桌都巧妙地隔开了，既能保证在场各桌都看得到中央的戏台，又避免了互相探视、打扰。楼内氛围也不同于寻常戏楼，进了大门就发现，这楼内反而比外间街道还要清静几分，不论宾客还是仆从，说话时都轻声软语。曲苏走了进来，一看是这般情景，不禁先挑了挑眉。

"客人这边请。"迎面赶来的小二也有意思，穿着比许多戏楼里的小二都要体面，看起来十三四的年纪，生着一双眯眯眼，"三位今夜是听戏呢，还是吃酒？"

曲苏奇道："来轻语楼，还有不看戏的？"

小二边为三人引路，边道："听您的口音，不像是咱雍城人。"

曲苏道：“两年前打南边听过一回花老板的戏，念念不忘至今，刚好今日路过雍城，就和我两位朋友来轻语楼听戏。”说到这儿，曲苏递出一片金叶子，待小二伸出手接时，才轻飘飘松了手，“我看你们这儿一共三层，带我们去最好的位子。”

戏楼不比普通酒楼，平日里见到的出手阔绰的客人自然也多，然而似曲苏这样出手就是一片金叶子的，几天也不见得能遇着一个。小二双手接过金叶子，对曲苏态度更热络了几分，躬了躬身，道：“三位来得巧了，今晚就有花老板的戏，还有一个时辰开场。贵客既然是头一回来咱们轻语楼，除了看戏，自然要尝尝咱们这儿的招牌酒菜了。”

说话间，小二引三人进到二楼一处雅座：“三位这边请，这间雅座可是咱们轻语楼最好的位置。”或许是见曲苏出手大方，小二态度殷勤，伶俐道，“咱们轻语楼有三绝——花老板的戏、宋大厨的红梅小宴，还有从不妄山里运来的泉水煮的茶。贵客可要试一试？”

曲苏闻言眼睛一亮：“不妄山的泉水煮的茶，在你们这儿就能喝到？”

“正是。”那小二见一旁的青玄和阿秾两人全无反应，不禁挺直了胸脯，颇为自豪地介绍，“来咱们雍城游玩的人都知道，太子殿下少时一直居住在雍城，直到六年前才回到雒城。殿下和宋郎君惯爱风雅事物，泉水煮茗和红梅小宴，都是这两位少时在雍城的最爱，而这两样，也是因为太子殿下才举国闻名。”

曲苏笑眯眯地说：“既然这样，那就给我们这桌来一份。”

小二应得干脆，就听这时青玄开口问：“除了这位太子殿下，雍城可还有什么别的风云人物？”

曲苏一手撑着下巴道：“我记得盛家那位少将军，好像也是雍城人？”

这戏楼里的小二生就一张巧嘴，最会讲些八卦故事，先帮三人传了酒菜，又站回来继续讲：“您说得不全对。少将军自小住在雍城，是因为他母亲是雍城人，不过少将军十三岁那年，就跟着父亲回皇都去了。说起来，比去东宫还要早两年呢！”

曲苏道：“如果我没记错，这少将军单名一个燚字？”

小二笑着道：“正是。说起这位盛燚盛小将军，从前在咱们雍城也是男女老少无人不知。作为将军的独子，自小在家里的千娇百宠下长大，脾气未免骄横了些，但人家有骄横的资本。”说到这儿，小二拿手指在自己左眼的眼尾点了一下，“小将军这儿啊，生了一点朱砂痣，模样生得漂亮极了，咱们雍城至今还有人在传呢，若这位小将军生来是女儿身，就凭这样的家世、容貌，定然是要嫁给东宫当太子妃的！”

见三人都听得专注，小二来了精神，继续讲：“盛小将军虽然模样生得比许多高门贵女还要漂亮，但可不是手无缚鸡之力的文弱书生，一身功夫，放眼江北，那是罕逢敌手呢！听说他生来就力大无穷，三岁那年，就举起了家中成年男子也举不动的百斤香炉。十三岁那年，天子点兵，命他率军南下剿匪，一夜之间，就掀翻了九江十寨。那寨主是一个两百多斤的壮汉，被他一杆火龙银枪生生钉死在香江渡口……”

这小二不愧是轻语楼出身，讲起故事来比那专门点的说书先生也一点儿不差，曲苏听得津津有味：“长得俊，功夫好，还天生神力。”

小二连声道：“正是如此。”

曲苏接着道：“就是听说脾气不大好？”

“这个……”小二闻言一笑：“脾气不大好，这也分对谁。对咱们这些平头百姓，人家堂堂一个大将军，平日里根本接触不到，也犯不着；但对宋郎君，就……”

曲苏听得乐了：“合着这故事说了一圈，又绕回太子身上了。”

青玄和阿秾都不知道曲苏在笑什么，一时全将目光投向她。

说话间，菜陆续端上来。这小二陪着说话，本也存有不让客人无聊的意思，眼见酒菜上桌，小二朝三人躬了躬身：“不打扰三位了，慢用。”他又朝曲苏一笑，“小姐想知道的事儿，晚些时间，听了咱们轻语楼的新戏，就都明白了。”

红梅小宴，顾名思义，是以梅花为主的宴席。都说雍城山青水软，除了温泉出名，豆腐也做得一绝，因此这桌宴席上，不仅诸多红梅点缀，还有两道菜都与豆腐相关。曲苏尝了几样，口味清新又颇独特，正想和青玄交流几句，就见他轻锁眉心，一直未动筷，便说：“在发愁那个盛燚的事儿？”

当着阿秾的面，她并不避讳，反正这事的主动权在青玄身上。有什么他觉得不适合说的，自然不会开口；若是他恰好想要阿秾知道，就用不着刻意回避。

阿秾闻言，朝青玄看去。

青玄道：“不是发愁，只是有些奇怪。”

曲苏道：“奇怪什么？”

青玄沉默片刻，摇了摇头。曲苏盛了一碗三鲜豆腐羹给他：“既然说不上来，不如先好好吃饭。”

阿秾道：“尊上想查这个盛燚？”

曲苏瞥了她一眼，问：“难道你有办法？”

阿秾道：“刚才那个小二都说了，盛燚不在雍城，在雒城，那我们现在应该尽快赶到雒城去。只要当面见到这个盛燚，不怕查不出他祖宗三代，何必在这雍城白白耽误工夫！”

曲苏被她这副流氓口吻逗乐了：“怎么，你还能把人套麻袋打一顿？”说着，她将阿秾上下看了一番，“还是你会什么严刑逼供的手段？”

阿秾咬唇，悄悄瞥了一眼青玄："我不是严刑逼供，但我确实可以用些手段，不论尊上想问什么，我都可以问得出来。"

曲苏若有所思地打量她："看来小阿秾还通晓法术。"

阿秾瞪了曲苏一眼："一定比你这样绕着弯子找人打听八卦来得有效。"她又看向青玄，言辞间有点小心翼翼，"尊上若是同意我用法术，不论想打听什么，只要他知道的，我都能问得出来。"

青玄闻言一哂："他若不知道，你自然问不出；他若是知道，你更问不出什么。"

青玄这话说得玄乎，不光曲苏，阿秾也听晕了。

接下来阿秾又说了许多，可不论她怎么说，青玄都不再说与这有关的事。

这红梅小宴，曲苏吃得津津有味，青玄吃得云淡风轻，若说其中最吃不出味道的，恐怕就是从始至终蹙着眉头踌躇满志的阿秾。

趁着戏楼内的侍从撤下碗盘，阿秾也出恭去了，曲苏道："这个盛燚，又是什么来头？"

曲苏本来也只是随口一问，毕竟从前她不止一次问这问那的，青玄都避而不答。曲苏知道，这不仅仅是天机不可泄露，还有一层原因，是青玄自己的缘故。他行事疏冷不羁，看似一切尽在掌握中，却颇有几分自己的固执，不喜欢以外力介入一件事，从而改变这件事本来的走向。从前在岳周身上是如此，后来在千千一事上，也是如此。

却不想青玄这一次轻描淡写地开了口："他是天地间最后一条烛龙。"

不妄山的泉水盛了满满一壶，放在一旁，供客人自己煮茶取用。刚吃过热食，房间里还烧着炭火，暖意十足。曲苏贪凉，直接舀了一杯冰凉的泉水，刚喝了一口，还未尝出是什么滋味儿，听到青玄这话，险些喷出来。

她连连咳嗽数声，眼睛也泛起水花："你是不是在逗我？"

青玄目中浮上笑意："不告诉你，你怕又要在心里咒骂我小气；告诉了你，你又不信。我真是两难。"

曲苏不大好意思当青玄的面承认这一点，自己刚刚确实在心里骂过他，于是连连拍了几下胸口："我不是那个意思……"好容易缓过一口气，她道，"你说的烛龙，是《山海经》中记载的烛龙？"

青玄道："书中记载的是烛龙一族的祖龙，到了盛燚这一代，妖神力量衰微，族人凋零，放眼六界，也只剩下他这一条刚满四千岁的小烛龙了。"

曲苏听出几分不一样的滋味儿："既然烛龙这么珍稀，为什么还要让他下凡，不是应该留在天上当个吉祥物，好吃好喝地娇养着？"

青玄没说话，曲苏却从他的沉默里猜出了几分："让我猜猜，他是来历劫的，而你又和从前一样，不能说破，不能参与，也不能强行改变什么，我说的可对？”

青玄微微点头：“我确实不能强行干预他在凡间这一世，但有些事，我需要当面看了才能印证我的一些猜想。”

曲苏奇怪道：“所以你并不是为了他来的。”

两人相识至今，对于曲苏在一些事儿上的敏锐，青玄并不惊讶，他正要说什么，阿秾脸色微白，步履匆匆，又走了进来。两人有关烛龙的这段谈话自然无法再继续了。

不多时，周遭隐约传来鼓掌叫好声，曲苏朝下一望，许多雅间有人探出头来，鲜花、手帕、香囊一类的物事，纷纷抛掷向一楼的戏台。

曲苏也来了兴致，捧一杯热茶在手：“花老板来了！”

阿秾刚想说什么，就见青玄朝自己淡淡瞥了一眼，她到嘴边的话只能悄悄咽了回去，她不敢吱声，但目光在曲苏两手之间的茶盏上看了又看。曲苏本就是习武之人，自然觉察到了，但她不想阿秾在这个节骨眼上瞎说些扫兴的话，干脆端着茶盏站到栏杆旁边，顺势将她一扯：“看我做什么？花老板登场了，快看！”

或许是被周遭气氛感染，这回不光阿秾，连青玄也朝楼下看去。

率先登台的是个旦角，一袭白底绣粉樱花的戏服，衬得此人肩若削成，腰若约素，一双桃花眼眼波流转。一个亮相，便引来呼声、口哨无数。

曲苏含着半口水，一个口哨吹得一转三折，又脆又响亮，别说其他雅间的宾客，就连台上站着的两人都朝她这个方向看来。曲苏笑得一双眸子亮晶晶的，朝台上两人招了招手，满足地坐了回去。

此刻她眼里除了花轻语，容不下任何人了。

耳畔传来某人轻且淡的嗓音：“好看吗？”

曲苏笑眯眯的，端着茶盏怡然自得地抿了一口：“好看呀。”她一双眼几乎钉在了台上，左瞄右看，一副目不暇接的模样，还不忘了和身边人点评，“和花老板对戏那个角儿，我从前没见过，不知从哪儿挖来的小生，唱腔真清亮！那双凤眸生得也好看，和花老板站在一块儿，真是般配。”

桌旁其余两人，一个越听越是沉默，一个越是感知到沉默的威压越是瑟瑟发抖，却在听到曲苏这句“真是般配”时，一齐忍不住目露疑惑。

阿秾虽然比曲苏多活了几千年，但这点年纪，在妖族之中，仍是少女年华，听到曲苏这样点评，她按捺不住好奇：“花老板是女的？”

曲苏看得目不转睛，答道：“当然是男人了！”

阿秾更糊涂了：“那你刚才说他和另一个人般配。”

曲苏忍不住叹了口气，眼睛虽然抽不出空闲来看人，手却在阿秾头顶摸了摸：“他是男人，但他扮的是女人哪！”

阿秾一双眼在台上两人之间兜了一个来回，若有所悟：“所以这两个人是一对？”

曲苏道：“别急，还有一个人没登台呢。”

台上演的这出戏出自《秉烛记》。从前曲苏虽然没有看过现场，但前面两折戏，早在一年前花老板登台献唱之初，便在江南一带颇为盛行。讲的是身为皇亲贵胄的男主角在不妄山踏青时，对一个名为意娘的寒门少女一见钟情并英雄救美的故事。故事中还有个女二号，戏份几乎和意娘一般重，她和男主自小一同长大，有着十几年的情谊，是个名门出身的千金小姐。简单来说，这就是个二女争一男的“三角恋”故事，千金小姐与男主角青梅竹马，寒门少女几乎从天而降一般出现，却在出现之后瞬间吸引了男主的全部注意。

要说这故事本身，并没有什么稀奇，只是自打花老板开了轻语楼之后，凡他本人出场的戏，一向由“江南七绝”中排行第三的“如意书生”应如意撰写。据说应如意本人生得倜傥风流，更难得的是一手戏词写得秾丽凄绝，读来令人口齿生香。有意思的是，坊间早有流传，这《秉烛记》中的“三角狗血恋情”，似乎隐有现实指向。想一想花轻语和应如意两人长居雍城，而雍城正是太子、盛将军和宋郎君三人少时居住过的地方，更仿佛坐实了这桩捕风捉影的香艳八卦的真实指向。因此不论轻语楼的戏，还是如意书生的戏本子，近一年在坊间可以说是炙手可热。

大周朝民风开放，朝廷对于这些书生、文人杜撰的调侃故事，一向持开放态度。尤其应如意聪明地将三人之中的两人转换了性别，写成了女子，就算故事流传到了当事人耳中，他们也只能一笑而过，当不得真，也难以较真。

而曲苏三人今晚观看的这折戏，名为《生杀》，此时正好演到了故事的高潮部分——寒门少女竟然是当朝一品大员多年前走失的爱女，千金小姐得知消息，雇佣山匪前往阻拦他们父女相认。意娘眼见生父惨死眼前，正准备以命相搏时，男主及时赶到，而千金小姐也被意娘当场指认，难以脱罪。

整折戏充满了反转，阿秾以前没看过戏，一开始有点儿跟不上节奏，曲苏从旁简要讲述了前情，又介绍了台上三人之间的关系。花老板唱腔惊艳，台上三人生得各有风韵，阿秾不知不觉就看得入了迷。

待到中场休息，蓦然回神，她发现桌上的瓜子皮、花生壳几乎堆成了两座小山，“山峰”之高耸，简直难分伯仲，全是她和曲苏刚刚一边看戏一边吃出来的。

阿秾难以相信自己竟然有这般不俗的“战斗力”，目光越过两座小山，战战兢兢地瞥向桌子对面，刚好对上尊上那双凤眸。

阿秾头皮一炸，瞬时手脚冰凉，小脑袋一垂，死死扣在胸前。她刚刚看戏高兴得昏了头，不仅和曲苏一块嗑瓜子吃零食，竟然还敢在曲苏第十一次夸那个小生凤眸生得绝美时，连连点头表示赞同，而且还跟着她一块儿点评了男子凤眸的不同形状。

她怎么就忘了，尊上也是天生凤眸！若论男子凤眸生得如何勾魂夺魄、俊美绝伦，还有谁敌得过眼前这位？

而今被这双天上地下绝无仅有的绝美凤眸冷冰冰地看着，阿秾觉得，自己还在呼吸，简直就是“鱼生奇迹”。

偏巧曲苏在这时嘀咕：“水怎么喝得这么快？”

阿秾一下站起身，拎起桌边的小水壶就朝外奔去，自觉程度之高，服务意识之强，几乎令曲苏瞠目结舌，忍不住感慨：“什么时候这么乖巧了？”

桌子对面，青玄目光深幽：“说来雍城看戏，能打探到烛龙的消息，如今戏看了半场，曲女侠可得出了什么结论？”

曲苏眨巴眨巴眼：“尊上刚才没有好好看戏？”

青玄道：“与烛龙有何相干？”

曲苏一怔，也是她看得太高兴，一时忘了和青玄好好解释。她拿过手边半盏残茶，指尖沾水，在桌上写写画画，对青玄解释：“其实这戏讲的就是烛龙和太子的故事。花老板演的那个，就是之前小二口中的宋郎君，当朝太傅最宠爱的小儿子，宋千意。那个小生扮的，就是当朝东宫。烛龙就是最后登场的那个千金小姐。”说到这儿，曲苏突然挠了挠下巴，抬眸问：“欸！烛龙这一世，可是来历情劫的？”

青玄眸色深沉，摇了摇头，不说话。

曲苏也不知是哪儿惹了这位祖宗不痛快，她思索片刻说：“我并没有窥探天机的意思，只是据我从前打听到的一些传闻，你要找的这个烛龙和当朝太子关系匪浅。“如意书生”写的戏本，虽说有些夸大的成分，但对于这三人之间的关系，拿捏得也算精准了。你若是想知道烛龙在凡间的种种，肯定绕不开太子。”

青玄仍然不开口。

曲苏摸不准他的意思，不禁有点讪讪的：“是我一时兴起，偏要来雍城看戏，你若是着急，咱们明日就启程，买几匹快马，从官道走，绝不比之前坐船慢。”

阿秾这时提了一壶水匆匆走进来，听到这话便道：“以尊上的修为，由此处到雒城，瞬息可抵，若不是为了迁就你这个凡人……”

“尊上法力无边，就是带上我这个凡人，一样也能瞬息抵达。”曲苏接过阿秾的话头，舀了新鲜的水，边煮茶边道。

阿秾从她手里抢过茶盏，颇有几分气急败坏地道：“带上你，纯粹就是累赘！”而且多次将她置于危险之中，若不是尊上慈悲，她早就被曲苏坑得小命不保了！

“你这出去一趟，打回来的真是水？不知道的还以为你拿的是火油。不然怎么一张嘴就这么大火气？”

曲苏的性格，一向睚眦必报，决不会委屈自己。阿秝对她不客气，她也懒得还以好脸色，没好气地甩了她一句，又将茶盏夺了回来。

也不知道鲛人是不是都像阿秝这样的脾气，刚刚跟她一块儿看戏看得乐不可支，走之前还有说有笑的，这才出去多久，回来看她的眼神又是一副“不共戴天”的模样。

阿秝气得脸都红了，两手拽住那只茶盏不松手，口不择言：“你这人到底怎么回事？戏开场之前我就想说了，你有自己的茶盏不用，非要占着尊上的茶盏做什么？”

曲苏被她说得一蒙——自己看了半场戏，一张嘴就没停过，光是茶就喝了五六盏，阿秝说她用错了茶盏，曲苏原本是不信的，可她低头一看，桌上一共三只茶盏，阿秝手边一只，自己手上一只，还有一盏鲜翠满盈的新茶，放在自己的左手边，水早已凉透了，显然从头至尾都没人动过。

曲苏恍然大悟，匆忙看向青玄：“对不起！”

怪不得他脸色就一直不好看，他那么讲究的一个人，何时能忍受和别人共用一个茶盏了？曲苏脸颊隐隐发烫，她左手边的才是自己原本喝的那盏，手上死死攥着不肯放的这盏，是刚入座时青玄喝过的。只不过他喝过半盏后，就顺手放在一旁，刚好在她右手边，她又一门心思都在戏台上，拿起来喝了也不知道。

若不是阿秝说破，她根本不知道，一会儿还要继续捧着这盏茶喝得津津有味呢。

青玄却不知为什么，这时突然开口：“无妨，本也该换茶了。”

曲苏连连点头：“是该换。”

曲苏尽量让自己此刻的神色看起来没那么不自然，却无法抑制脸颊那股热意一路烧到耳根。她转过脸，仓促起身转去走廊，“这水一会儿就烧开了，我让人重新换一套茶盏。”

阿秝不依不饶，目光追随着曲苏的背影，继续火上浇油：“就知道一天到晚惹尊上生气。”

曲苏此时已走了回来，听到阿秝这句话，讥讽道：“我惹尊上生气，你哪只眼睛看到了？”

她肤色生得白，去走廊和小二吩咐几句又转回来，面上仍带着浅浅红晕。模样生得又清丽，平日里多是一副怡然自得的神色，少有在外人面前这般不自在的时候，此刻她面上两抹淡淡绯色，难得一见地显出几分春日里暖风熏得桃花醉的娇媚。

对曲苏的话，阿秝简直难以置信：“难不成现在尊上看起来很高兴？”

说这话时，阿秾忍不住求证似的，偏头看向一旁，曲苏也顺着她的目光朝青玄看去。却见他背光而坐，眼眸轻垂，房内四角灯盏洒下的光辉，将他的眼睫也染上一层淡淡的金色，眉眼间蕴藉着一层说不尽的温柔之色。

那神情绝对称不上生气，反倒隐隐透出欢喜之意。

阿秾："……"

曲苏唇角弯弯，笑盈盈坐下煮茶，倒不是为别的，主要是这条小人鱼太爱搅事，见到她吃瘪，自己就开心。

一壶新茶煮好，曲苏先盛了一盏，递到青玄手边："尊上请用。"

曲苏平日里喊他尊上，多数时候都语带调侃，难得有这样温言软语笑靥嫣然的时刻。青玄的目光在她面上停留片刻，伸手接过茶盏。

曲苏见他肯接，权当他已经不生气了，听到楼下戏台的动静，刚偏过脸欲看，就听青玄开口道："不过是二女争夫的戏码，有这么好看吗？"

阿秾在一旁气道："她哪里是看戏，我看她分明看的是人！"

阿秾一语中的，不仅青玄，连曲苏都朝她看了过来。

阿秾重重哼了一声："肤浅！"

曲苏却不生气，似笑非笑地看着阿秾："那依照小阿秾的意思，怎样才算有深度？"她一边嗑瓜子，一边继续说，"买菜是不是要买新鲜水灵的？喝酒是不是要选陈年佳酿？我这花钱看戏，自然要看美人了，不然岂不是花钱买罪受？还是你身为鲛人，和我们凡人审美不同，以丑为美？"

阿秾被她说得一愣，反应过来之后顿时更怒："你才以丑为美！"

曲苏道："那不能够，我觉得你就长得挺好看。"

阿秾绕了好一会儿才反应过来，她如果反驳曲苏，就是在骂自己丑。可如果不反驳，又好像显得自己之前讲话很没道理，一时气得脸都涨红了。

曲苏这时笑眯眯地又加了一句："身为一只有礼貌的好妖，这时候一般要说，谢谢曲姐姐，你长得也很好看。"

阿秾道："才不用你教我什么样的才是好妖，很久以前有人教过我。她比你好看，比你温柔，比你更得尊上喜欢。"

曲苏本来听着阿秾的反驳一直在笑，听到最后一句时，不由微微一怔，浮光掠影般飞快瞥了青玄一眼，不待看清他是什么神色，就摸了摸自己的脸皮道："比我还好看，那大约得是仙子级别的了。"

"她本就……"阿秾想说"她本就是神女"，可她陡然意识到，就像那个人刚刚嘱咐过她的那样，这些话当着青玄的面说，效果并不见得好，尤其若是惹得尊上不高兴，说不准半路就把她撵走了，那岂不是白忙活一场？她咬了咬唇，起身朝青玄行了一礼，软声道：“阿秾贸然提及旧事，惹尊上不快，还请尊上饶恕这一次，阿秾以后不敢了。”

青玄没有说话，目光却和曲苏一般，瞥向楼下的戏台，仿佛专注在戏上，不曾注意过她刚刚都说了些什么。

阿秾僵站半晌，悄悄坐了回去，手指不经意间碰到腰间鼓囊囊的香囊，原本发虚的心又瞬间鼓胀。她不该这么容易就害怕的，那个人说得对，她既然顺利地在青华大帝和曲苏的身边留了下来，就该珍惜眼下，找准机会，让这个坏女人彻底消失，再也没有机会在尊上身边巧言迷惑。

从前是她太心软，一心想着自己是妖，而曲苏只是凡人，使些吓唬人的法子将曲苏赶走也就是了。今晚她已经明白了，那个人说得一点儿都不夸张，曲苏这个女人，嘴巴太会说，而且脸皮厚、心眼多，牛皮糖一般黏在尊上身边，早晚要惹出祸事。为了大局着想，她必须下手。

曲终人不散。花老板一场戏终，轻语楼内外不再轻声细语，笑声、掌声、欢呼声经久不散，还有胆子大的年轻男女追着花老板送礼物、求墨宝。青玄眼尾轻扫，睇向瘫坐在房间一隅的曲苏：“都说花老板的墨宝价值千金，你不是爱看他的戏，这会儿怎么又不去求了？”

一盏茶前，有沿街叫卖鱼皮馄饨的经过，曲苏闻着那气味儿，趴在窗沿让摊主用竹篮子递了两碗上来。这家做馄饨的也真有些心思，汤是当天现熬的鲜鱼汤，上面撒了细碎的葱花、芫荽，奶白色的汤水配着一口一只的小馄饨，简直鲜掉眉毛。

曲苏自己留一碗，另一碗推给青玄，他也未拒绝，只是吃相比曲苏优雅许多。曲苏七八只馄饨进了肚，青玄才吃了三口。吃完也不见他说一句好或不好。曲苏吃得浑身暖洋洋，有些撑着了。接下来一盏茶的时间，连花老板也顾不上看，跑到房间一隅的软榻上歪着消食，又向软玉楼的小二要了一杯山楂热糖水帮助消化。

房间里仍飘着馄饨的鲜香，听到青玄这样问，曲苏连眉毛都懒得动一下，缓缓道：“都是些年轻小妹妹，缺乏经验。像花老板那样，模样生得好看，戏又唱得动听，已经算是难得了。这追戏看，最重要的就是保持距离，方得长久。非要追着本人打转，还求赠墨宝，万一看到一篇狗爬似的字儿，收还是不收？往后怕是一听到这名字都要扫兴，脸也懒得看，戏也懒得听，何必呢？”

青玄听了这话，却是一顿：“你的意思是，觉得这世上不存在方方面面都极好的男子？”

曲苏滑下软榻，缓缓伸个懒腰，颇有些漫不经心地道："存在还是存在的，就比如尊上，许多方面称得上相当不错。"

此言一出，满室寂静。

阿秾吓得大气都不敢喘，偷偷侧眸瞄一眼端坐在桌边的青玄，却见他神色板正，难辨喜怒，一双眸子定在曲苏身上。阿秾设身处地、换位思考，深觉尊上若是用这种眼神看向自己，估计她要吓得当场露出原形，溜回罗刹江底了。

谁知曲苏一句话刚说完，伸完懒腰转了个身，边往外走边道："但你是神仙，也不算人，而且脾气还不大好……"

说完这话，曲苏拍了拍胸脯，打了个饱嗝。难怪她总觉得今晚这家鱼汤特别鲜美，而且喝完全身暖融融、软绵绵的，原来是卖家在汤里放了不少自家酿的米酒。别说，这米酒后劲儿还挺大的……

曲苏说这后半句话的声音算不上大，基本就是普通人自言自语的音气，但确实如她所言，房间里另外两个都不算人，所以她哪怕声音再小，落在这两位耳中，也字字清晰，难以忽略。

阿秾觉得自己此刻舌头都不会动了，捋了好一会儿，才张开嘴："尊……尊上……咱……咱们今晚去……去……"

青玄连看都没有看她一眼，人影一闪，原地消失不见。

阿秾愣了愣神，刚想掐个神行千里诀，突然又反应过来，拉开窗户向楼下望去。

窗外月明如水，长街上雪积了厚厚一层，身穿猩红斗篷的窈窕身影走得三分摇晃两分落拓，速度却一点儿也不慢。或许是吃了馄饨汤发热，她一手掀掉兜帽，露出用洒金红绳束得高高的马尾发辫，侧脸微扬，依稀可见泛着红晕的脸颊。倏尔，曲苏身边多了个身穿黑色大氅的男子身影。他的现身很突兀，曲苏却一点儿都没被他吓到，反而好像还觉得挺好玩似的，仰着脸朝他笑了一声。两人身后，两道影子在雪地里拖得长长的，偶尔曲苏脚步凌乱，两道影子彼此交错，仿佛两个人也纠缠在一块儿一般，难分彼此。

阿秾着急地直咬嘴唇，却不敢大声叫喊，只得将窗户彻底推开，身子一拧，使了个轻功飘摇落地，快步追了上去。

约莫是有了阿秾那句提醒，临到客栈时，曲苏一身酒意被冷风一吹，消散得差不多了，主动问了青玄一句："咱们明日就启程？"

青玄微微颔首，也不知是想到了什么，他又道："也不太着急。到了雒城，有些事还须从长计议。"

曲苏的眼神却有些意味深长："可能事情本身确实不太急，但每次尊上现身，必定有大事发生。"在青玄有些"危险"的注视下，曲苏不慌不忙地说完了后半句："所以咱们确实得商量清楚了再行动。"

阿秾从吃馄饨起，就被曲苏和青玄一再忽视。她虽然较少在人间行走，有些事上反应不太灵光，但身为妖的本能让她时刻留心青玄的脸色。令她为难的是，青华大帝这一整晚情绪飘忽不定、喜怒无常，她也不敢借题发挥，生怕一个闹不好，就被曲苏陷害，吃了瓜落。

一行三人看了一晚上的戏，返回客栈时时辰已晚，只余一间最贵也最大的上房，是单独的套院。曲苏一听说里面有两层小楼，依山傍水风景绝好，房间更是不愁住，院子里还有单独泡温泉的水池，便让店家多取两床被子，再送些热酒、小食，干脆利落地付了银两。

店家见曲苏出手阔绰，热络地推荐道："姑娘好眼光。咱们这处上房，不仅有单独的院子和温泉，过了月亮门，可以一路走到不妄山。等过两天放晴了，几位可以一路沿着山路上山赏梅花，那山上还有几处天然的温泉，从前在我们这儿住的客人，凡是去过山上的，个个赞不绝口，说改日他们再来咱们雍城游玩，咱们家永远是首选。"

曲苏笑着道："听起来因为太子殿下，这不妄山也跟着出名了。"

店家哈哈大笑："殿下人极为和气，每每和朋友来不妄山游玩，都包下整间客栈，从不让咱们这些做生意的老百姓吃亏。"

曲苏三人在小二的引领下往后院走去。小院儿依山而建，格外静谧，曲苏一进院子就非常喜欢，对两个人道："我就住一楼这间离后山最近的，其余房间你们挑。"

青玄道："隔壁这间就很好。"

不等阿秾开口，曲苏笑眯眯地转过脸看她："阿秾本就是鲛人，是不是晚上睡水池会更舒服？"

阿秾虽不甘，却不得不颇为屈辱地开口："温泉是热的……"

曲苏故作恍然道："是我忘了，鲛人应该算是冷水鱼。"

阿秾："……"

虽然是这么个意思，但怎么听怎么好像哪里不太对的样子。

曲苏摆了摆手："今天太晚了，我先去泡会儿。"

院子里不止一处温泉池，每一个水池边，都贴心地放置了屏风隔挡。曲苏选了离房间最近的一处，拎了两盏灯笼放在一旁的大石头上，用脚试了试水温，慢慢坐了进去。

她从前只在话本上看过泡温泉这码事，从前倒是有几次泡温泉的机会，但都是在出任务的状态，诸多不便，只能放弃。如今终于有机会在著名的温泉之乡好好泡一泡，曲苏快活地撩起两把水，发出一声轻叹。

“曲姐姐……”

全身泡在温泉里，暖洋洋的，令人昏沉、慵懒，曲苏不一会儿就打起了小瞌睡，冷不防听到少女轻而温柔的轻唤，曲苏猛地睁开眼，呆了一瞬才反应过来，身后传来的是阿秾的声音。

她往脸上撩了一捧水，头也不回地道：“房子后头还有两个池子。”

曲苏身后，阿秾一袭水蓝的抹胸长裙，有些局促地站在岸边：“那两个池子靠近尊上的房间，我不敢……”

曲苏半闭着眸子，向后靠在池壁上：“这会儿又知道谁对你好了。”

阿秾小声道：“其实我不泡温泉也可以。曲姐姐，我有些睡不着，就是想找个人说说话。”

曲苏道：“我能睡着，而且我今晚只想泡澡，不想聊天。”

身后静默了片刻，紧接着，曲苏就听到面前不远处的落水声。她突然睁开眼，果然阿秾悄悄绕过半圈，跑到池子对面下了水。

或许真是半个鱼身的缘故，她下水时的动静极小，滑进温暖的池水里后，几乎转眼间，她的脸上就如蒙上了一层薄纱般，显出一种滋润至极的朦胧水意。阿秾的五官本就生得娇媚秾丽，灿若玫瑰，这般皮肤仿佛瞬间喝饱了水的模样，衬得她眉更翠，唇更红，鼻梁高挺，眉眼深邃，显出一种世间少见的魅惑空灵。曲苏愣了一瞬，就翘起唇角调侃：“你这又不怕被煮熟了？”

以前那段在船上相处的日子，哪怕阿秾掐过曲苏的脖子对她语出威胁，也未见曲苏像今晚这般，对她各种冷嘲热讽。阿秾不善言辞，被曲苏这么掉，低了低头，思考片刻道：“我已经活了四千两百年，不是族内刚出生的幼鱼，故而不惧高温。”

曲苏道：“你好像很喜欢蓝色。今晚这件裙子和平日穿的，都是这种蓝。”

阿秾点了点头：“鲛人大多喜欢鲜艳的颜色，但我只喜欢这样的蓝。”

真是难得，竟然她说什么，阿秾就顺着答什么，仿佛两人是把臂同游的密友一般。但曲苏早就看清阿秾的本性，压根儿不信她对自己会有发自真心的乖巧与温顺。曲苏心念微转，从旁边的大石上取过一瓶橘果露，倒进小巧的杯盏里，喝了一口说：“突然这么乖，是有什么事有求于我？”

阿秾眨了眨眼，她的眼睫纤长微卷，衬着那双沁了水的眸子，有一种天然的无辜：“也说不上是求，就是有点想通了，想和曲姐姐说几句心里话。”

曲苏吃饱喝足，泡在暖融融的温泉里，刚才又小憩片刻，冰凉的橘果露酸甜清爽，一口咽进喉咙，简直爽进心坎。她徐徐吐出一口气，看向露出纤细锁骨和半个肩膀的乖巧人鱼："这么有诚意，我如果偏不听，好像有点欺负你了。"

阿秾道："曲姐姐，你喜欢尊上吗？"

曲苏微微一笑："那你喜欢尊上吗？"

阿秾一个激灵，若不是这温泉水温太高，她差点被曲苏这个反向发问吓得一猛子扎回水里。她连连摇头，原本晶莹剔透的小脸儿隐隐泛出惨白："我……我对尊上，只……只有尊重、钦佩之情。"

瞧瞧，孩子吓得都磕巴了，也要回答得坚决果断，可见是本能反应，字字发自肺腑。

曲苏似笑非笑地看着她："那你问这个干什么，今晚吃太饱撑着了？"

阿秾摇了摇头："我自然不是为我自己才问的。"

曲苏做出一副愿闻其详的神情："哦，这是有故事了？"

阿秾微微垂下眸子："其实这些年来，我一直都知道，尊上心里，没有一刻忘记过清潋姐姐。"

曲苏没有问清潋是谁，白天时阿秾才提了一嘴，想必这位清潋仙子，就是她口中那个比她更得尊上喜欢的故人了。阿秾今晚反常，既乖巧又话多，显然是奔着给她讲故事来的，哪怕她一句话都不说，或者多次冷嘲热讽，阿秾也一定会"忍辱负重"地把故事讲完。

"尊上是上古神祇，万万年来，从没有和哪位仙娥或人类女子有过半分亲近，他只收过一个弟子，就是清潋姐姐。清潋姐姐是青女的后人，据说在青要界，像清潋姐姐这样继承青女神力的人，几千年来，就只有她一个。也是因为这个原因吧，尊上对清潋姐姐特别看重，不仅亲传口诀、心法，还手把手地教她布阵、守阵，而后更与她一同看守炁渊三千年……"

难得阿秾用尽了自己掌握的人间词汇，向曲苏巨细无遗地描述了她所见过的、听过的青玄与清潋之间的种种相处，末了沉痛地总结道："哪怕在清潋姐姐死后的五百年里，尊上也从没有一刻忘记过清潋姐姐，他行走人间，净化怨妖，也是为了以前与清潋姐姐的约定。"

"所以曲姐姐，我之前想赶你走，说一些听起来很讨嫌的话，是为了你好。"阿秾睁着水盈盈的眸子，一眨不眨地看着曲苏道，"你如果对尊上没有旁的心思，那就再好不过。若是你心悦尊上，我劝你还是尽早抽身，不要再沉迷了。你和尊上仙凡有别，尤其在你们两个之间，还隔着清潋姐姐呢，虽然清潋姐姐已经不在了，但是在尊上心里，清潋姐姐虽死犹生啊！你再这样继续痴迷下去，其实只会害了自己。"

曲苏忍不住轻笑了一声，还“虽死犹生”，看来这小鲛人专程来给自己讲故事之前，还真没少做功课，这么一会儿工夫，没少四个字四个字地往外蹦词儿。曲苏一手撑着身旁的大石，一手端着橘果露，边喝边听阿秾讲故事。听到最后，她放下杯盏，晃了晃一旁早就空了的瓶子，说：“这就没了？我还没听够呢。”

阿秾抿了抿嘴角，神色不明，问道：“曲姐姐还想听什么？”

曲苏道：“这听八卦故事，自然是要听最精彩的桥段了。你刚刚讲的许多地方都含糊其词，我这胃口刚被吊起来，就没了？”

阿秾沉默片刻，嗓音不似刚刚讲故事那般婉转清灵，颇有些沉闷，说：“清潋姐姐和尊上的过往，是独属于他们两人的回忆，我作为外人，一则所知有限，二则不适合与外人多说。出于对尊上和清潋姐姐的尊重，有关他们两人的过往，我只能对你说这些。而且，曲姐姐何苦为难自己呢？非要听人家一对恋人之间的甜蜜过往，你这不是找虐吗？”

说到这儿，阿秾眼见曲苏仍然是那副恬淡的面容，转了转眼珠儿，决定再下一剂猛药：“而且，我之前听过一个传闻，好像说是……”阿秾咬着唇瓣，嗓音微颤道：“好像说若是哪天尊上成功净化所有怨妖，清潋姐姐还会复活的。等清潋姐姐复活了，尊上和她便是一对神仙眷侣。”

天不知何时又落起了雪粒子，池边的老梅树枝干遒劲，一朵红梅就在这时，无声地从枝头坠落。

夜色寂寂，落雪声簌簌，清泠入耳。阿秾原本微垂着眼，就听到一声似是而非的轻笑，她抬起头，见曲苏颇为闲适地斜倚在一旁的大石上，露出一截皓如白雪的手腕，两指轻拢，正捻着一朵红梅在指尖。

以前她不觉得曲苏的容貌有多么惊艳，毕竟她只是个凡人，灵力全无，哪怕在人间众生眼中是倾国倾城，落在他们妖的眼中，仍然平平无奇，不具魅惑。可就在这一瞬，她看着曲苏神情慵懒地捻花在指，也不知怎么的，突然觉得她垂眸一笑间清丽婉约，蕴含着一种说不出的风流韵致，让自己完全挪不开目光。

曲苏曲指一弹，殷红的梅花花瓣含着金黄的花蕊，软乎乎、轻飘飘地坠在大石之上的一团衣物上，那是她事先准备好的干净衣物。

阿秾乍然回神，意识到自己刚才的失态，再看向曲苏的目光已经透出警惕。藏在水下的五指悄然拢紧，目光锁定在曲苏的脸庞，嗓音幽幽：“曲姐姐，我今晚说这么多，都是出自真心，你如果真是个心思纯正的人，就应该听我的劝——”

哗的一声，水雾弥漫，曲苏自池中一跃而出，站定在池边，取过一块布巾飞快擦了两把，随手裹了条布料柔软的鹅黄色长裙，边系腰带边道：“怎么，不听劝，你就要杀了我吗？”

阿秾眸色渐深，瞳仁在一瞬间转为泛着幽光的深蓝，她也从池子里站了起来，足尖轻点一下，便飞跃到曲苏身边，一手化爪刚伸到曲苏面前，却在看清她腰间所系的物件那一瞬，整个人都愣在当场。

“这是什么？”

曲苏刚将腰带系好，指尖在那颗雪白的绒团上点了点，淡淡说：“以前一位朋友送的。”

阿秾屏息感受片刻，确定了绒团上的气息，再看向曲苏时，眼中的惊慌一闪而逝：“你的朋友？”

曲苏懒得和阿秾多说，收拾起一旁的衣物，转身就朝屋里走去：“对，和你那个故事里的清潋姐姐一样，已经死了。”

阿秾对于曲苏的这句话并不惊讶，妖界传递消息有自己的渠道，林梵为了凡间一个渡仙劫的男子命殒魂消的消息，早在半年前就传遍整个妖界了。曲苏这样说，恰恰证实了她没有说谎。

这只绒团子，果真是林梵生前所赠。

林梵和阿秾许多年前便相识，她选在沧浪城一处小镇定居时，还专程向阿秾订购过雾縠冰绡和其他特殊的布料。有关她和那个凡人相恋的故事，也早就在他们族中传遍了。狐妖性狡，性情更是多疑、善变，因而朋友极少，若不是得到他们本人的认可，是不可能将这种贴身之物作为礼物相赠的。

她刚刚本已动了杀念，甚至在那个人的帮助下，在池边提前用一枚沾了仙人血的鲛人鳞片设好了结界，就算她刚才直接杀了曲苏，待到青玄有所感应，也来不及救曲苏的命。

可偏偏就在这时，她看到了林梵的遗物，稍一犹豫就错过了斩杀曲苏的最佳时机。阿秾心中茫然又混乱，脑海里闪过许多朦朦胧胧的猜想，脚步沉重地走回二楼的房间，以前对曲苏的种种敌意和提防，好像一团拿捏不住的烟雾，来不及捕捉，就在这一晚消散了大半。

曲苏急着出浴，身上水渍未干，长裙一裹，匆忙披了件外裳就往房间里走。迎面看到一道黑影，想要停住，却发现刹不住脚，只能把眼一闭，做好一头撞上去的准备。

青玄早就立在距离温泉不远的拐角处，不论是结界内片刻之前蓝光一闪的杀机隐现，还是分别朝着两个方向奔去的人影，尽在他视野范围内。阿秾走的时候满腹心事，青玄有意隐藏气息，她自然没看到他就站在相距不远的一片幽暗里。曲苏倒是瞧见了，只是她头一回泡温泉，欠缺经验，领路的小二也忘记叮嘱，所以她一口气泡了半个时辰，又喝了些橘果露，此时不免乏力，脚步虚浮，看见人影想要躲开，却已经来不及了。

青玄伸出一只手臂将人扶住，却不想曲苏比他想象得还身骨酥软，被他这么伸臂一撑，反而更加失去平衡，整个人几乎扑进他怀里。曲苏举止一向清爽潇洒，何曾有过这般脸泛潮红、双眼微蒙的娇弱模样？青玄动了动嘴唇，将已到嘴边的嘲讽咽了回去。

曲苏反应挺快，一手在青玄胸口一撑，自己又站稳了，后退一步看着青玄道：“你不去泡温泉，站这儿当灯柱吓人玩哪？”

青玄的目光落在她凌乱的衣襟上，曲苏一绺微湿的头发发尾蜷在雪白的颈侧，饱满晶莹的水珠调皮地沿着锁骨飞快滑落，转眼消失在鹅黄色绣合欢花的长裙胸口处。青玄低声道：“成何体统？”

但他声音低哑，没有往日说这话时万分之一的气势。

曲苏揉了揉耳朵，觉得自己大概率是温泉泡太久，耳朵进水了：“你说什么？”

青玄抬眸，刚好看见她左肩上沾着一朵初绽的红梅，红花黄蕊，嫣然一抹。他不由翘了翘唇角，拾起那朵红梅，捻在指尖，悄悄藏进袖里：“本来想给你一件东西，看你今晚这样子，是用不着了。”

曲苏半眯着眸，下巴微抬，两人今晚站得有些近，她若想看清他的神色，不得不扬颈：“前不久刚送了一支短笛给我，今天又送？”别看她现在脑袋有点晕乎乎的，可出于职业本能的警惕性还在，“你这想求我的事儿，怕是不一般哪！”

无事献殷勤，非奸即盗。这时候提的十有八九都是极不好干的活儿。

青玄颇为沉静地瞥了她一眼：“迷糊成这样，还认得回自己房间的路吗？”

曲苏简直要笑了：“怎么不认得，你身后不就是我的房间吗？”见青玄脸色依然不佳，曲苏伸出手拨了拨，“你，走开。”

青玄本来袖里藏了那瓶玫瑰花酿，正在琢磨今晚到底要不要给曲苏，看她这泡了温泉晕乎乎的模样，多半不宜饮酒，可这两天住在温泉旅舍，又是最适合喝些花酿的。不想这姑娘人都有点迷糊了，脾气却比平日里清醒时还冲。青玄弯起唇角道：“怎么，着急回房间去看你的话本？”

今晚早些时候，看曲苏那副恨不得将眼珠子黏在台上的模样，他以为她是沉迷于那个凤眸小生的皮相，可后来戏散了场，也不见她多么热衷于那人和花轻语，青玄就知道，她对美色并没有嘴上说得那么着魔，反倒是对与这戏文相关的传言八卦，颇为上心。

曲苏嗤笑：“看话本哪儿比得上听真实发生过的故事好。”

青玄沉默了一瞬，说：“那三人都是男子，坊间传言，不可尽信。”

曲苏哼笑了一声，绕过青玄，一把扯开推拉门，力气之大，险些将整个门板掀飞：“是啊，不过是几个凡人之间一时间的爱恨情仇，对尊上而言，人间数载，不过须臾。”

青玄蹙起眉，正在琢磨曲苏说这话的语气为什么似乎透着讥诮，就听她将门一关，一边模模糊糊地说了句：“哪里比得上尊上……千年……痴心……”

被甩在门外的青玄：“……？”

青玄微垂着眼眸思索了好一会儿，曲苏那两句话说得断断续续、含混不清，饶是他向来自忖擅识幽微的人心，也没想明白，不过泡了小半个时辰的温泉，曲苏对自己的态度怎么突然就冷了。

藏在袖中的指尖传来温软柔嫩的触感，青玄捻起那朵红梅，送到眼前。红梅花瓣乖巧地伏在指尖，花蕊娇嫩，花瓣嫣然。她一头扑进他怀里时，嘴唇也是这般娇艳……

也不知怎的，青玄脑海中不由自主闪过刚刚的情形。他一向过目不忘，凡是亲眼看过的事物或情形，再回忆时，只要他想，皆可慢慢重现。

他想起曲苏双眼迷蒙地朝着他快步走来时的情形。她显然没有好好擦拭，爬出温泉后长裙随意一披就走，殊不知晚风吹拂，鹅黄色的长裙多处沾染了水渍，将她胸前、腰间的曲线凸显无疑。她在梳发一事上向来懒，今晚也不例外，一头长发松松挽了一个髻，出浴时那发髻几乎全散了，偏她逆风而行也不觉寒凉，皎洁的月色下墨发披散，脸色酡红，那双眸子不知是染了水汽还是醉意，看人时难得地不带提防，清凌凌的两汪泉水一般。可她抬头看向他时，却好像含着些恼怒。青玄呼吸微顿——她因何生气？她最后那句模糊不清的话，是在指责他什么？

青玄默默在房前站了好一会儿，才消失不见。

曲苏这一觉睡到大天亮。

青玄早就猜到她昨晚醉酒，泡了温泉又乏，肯定不会早起。阿秾也不知是什么原因，虽然照常起得挺早，却一改往常爱和曲苏唱反调的习惯，一个人憋在房内磨磨蹭蹭，不知捣鼓些什么，直到听到楼下曲苏房间传出动静，才游鱼一般飞快溜下了楼。因而当曲苏打着哈欠推开门，发现这两个人一前一后站在房门口时，有那么一瞬间，她陡然生出一种被监视的惊悚感。

阿秾反应却快，她特意穿上曲苏为她买的那套粉色镶兔毛的冬装，笑吟吟地一把挽起曲苏的手臂：“曲姐姐，饿了吧？你起来的这时辰正好，刚听店家说，今天有猎户送来新鲜兔肉，热乎火锅，先到先得！”

曲苏伸个懒腰：“兔肉火锅啊，有日子没吃了。”

阿秾连连点头，跟在曲苏身后：“曲姐姐，那个，我昨天……”

“打住。”曲苏抬了抬手，横了一眼，她这一眼横的不仅是阿稌，还有阿稌身旁的青玄，“想吃肉，就少说几句。还有，你每次叫我曲姐姐都没好事，你还是正常点儿，直接喊我名字吧！”

前一天喝醉酒的人，往往第二天都没什么好脾气。

接下来的饭桌上，曲苏淋漓尽致地展现了这个“定律”。

兔肉火锅端上来，青玄和阿稌面前都是一人一小份，唯独曲苏面前是一大锅。不仅如此，她自己那个锅子里放了双份的兔肉，还有冻豆腐、小青菜、豆皮等辅菜，看起来既美味又营养，丰盛极了！

阿稌头一回被这般差别对待，简直有些难以置信，拿起筷子扒拉了两下，顿时心都凉了：“怎么只有这几块？”她眼巴巴地看向曲苏面前的锅子。

然而“兔肉大户”曲女侠压根儿不急着捞肉，反而先夹了一筷子小青菜，不慌不忙地边吃边道：“我毕竟只是个凡人，又小心眼儿，又记仇，和你俩也没啥深交。所以，给你俩好吃的是情分，不给你俩好吃的，是姐乐意！”

阿稌反应了好一会儿，才明白过来曲苏是指她之前提起清潋时说的那几件事。她都夸过清潋姐姐啥来着？阿稌望着锅里屈指可数的几块兔肉陷入苦思。对了，她说过，“清潋姐姐温柔善良、宽容大度，是全天下最好的仙子，不仅他们这些怨妖喜欢她，就连青华大帝也对她疼爱有加”。

阿稌悄悄咬住手指，可她那时也不知道曲苏还认识林梵啊，而且不仅仅是认识，明显两人还是好朋友！

可要是事先知道，她就能忍住不说那些有意让曲苏死心的话吗？阿稌陷入深深的纠结，最后得出结论：站在大义的角度，为了斩断这段从一开始就没结果的“仙凡恋”，她还是会这么做。

另一边，青玄早拿起筷子，默默吃起了自己那份兔肉火锅。

眼见小人鱼一声不吭、可怜巴巴那个样儿，曲苏心里总算舒服了几分。这小东西典型的“三天不打，上房揭瓦”，不给她点苦头吃，她还真当自己是冤大头了。

曲苏又夹了一筷子冻豆腐，悄悄转过脸看向桌子另一边。却没想到，青玄也在同一时间侧眸看向他。

他唇上沾着淡红色的汤汁，唇瓣比往常多了几分艳色，一双凤眸眼尾微微上挑，侧过眸来看她的眼神，有一种说不出的风流韵味。曲苏恶狠狠地咬了一口兔肉，飞快扭过了脸。

谁知青玄在这时道：“曲女侠这话未免失之偏颇。”

曲苏一觉酒醒，满脑子都是昨晚泡汤池子时阿稌说的那些话，听到青玄这么说，忍不住哼了一声，说：“怎么，难道在你心里，我还是个温柔大度、善解人意的好人了？”

让曲苏完全没料到的是，青玄居然颇为赞同地点了点头：“是，不仅如此，我与曲女侠几经患难，称得上是生死之交，关系匪浅。”

他最后四个字嗓音微沉，听在耳中，别有一番温柔缱绻。此语一出，别说曲苏，就连阿秾都惊呆了：“尊上？”

她从没想过，她心目中冷漠孤高如高山冻雪的青华大帝，竟然有一天，会为了一口兔肉火锅，对一个凡间女子这般曲意逢迎！

谁知下一瞬，她筷子上夹到半路的一大块兔肉就这么吧嗒一下，掉在桌上。

阿秾回过神来，顿时又痛又悔——她的兔肉啊！总共就没几口，还因为尊上损失了其中最大、最肥、最嫩的那块！

换作往常，就凭青玄这般服软、嘴甜的模样，曲苏肯定早就绷不住笑出声了，可昨晚阿秾的那些话句句真切，言犹在耳，比起她喝的酒，劲儿可猛多了。曲苏冷着脸将锅子往自己这边一拖，往碗里连夹了三块鲜嫩的兔肉：“神仙谎话说多了，也会被雷劈的。”

青玄蹙了蹙眉，他自然不会在这个节骨眼上跟曲苏较真，因为第一，他从不说谎，第二，就算他真说谎，这世上也没什么雷能劈得了他。而且很明显，从昨晚开始，曲苏整个人就很不对劲。

向来自视看破一切的青华大帝，继阿秾之后，陷入沉思。

第十二章　夜长梦多

这是在岳周死后，曲苏第二次到雒城来。

雒城不比雍城寒冷，尽管已是初冬时节，却尚未落雪，午后的阳光落在肩上，晒得人暖烘烘的，浑身舒坦。不远处传来小贩儿的叫卖声、孩童的笑闹声，曲苏和青玄跟在人群后面，缓缓经过城门，看着这座繁华拥挤的都城。

数月前，林梵誓要屠遍雒城那天，乌云蔽日、人群混乱的情形历历在目，眼前平静却热闹的寻常景象却又将人瞬间拉回现世。那天的种种可谓凄厉可怖，仿佛一场大梦，除了曲苏这个往昔之事的局中人，似乎没有人记得那天都发生过什么。

曲苏一时怅惘，冷不防被阿稌拽了拽衣袖："你听到没有？"

曲苏有些恍惚："你刚刚说什么？"

阿稌道："不是我说了什么，是这些百姓都在议论，一个多月前的九九重阳，太子代天子登泰山祭天，今日正是太子和盛将军回朝的日子。"

曲苏耳力虽然比不了青玄和鲛人，但远胜寻常百姓，放耳一听，果然听到周遭议论纷纷，全在讨论这桩盛事。远远地，就听靠近城门的地方有人呼喊："是殿下，殿下回来了！"

沿途官兵开道，百姓纷纷瞭望，有父亲将调皮的儿子举过头顶，让其坐在肩膀上。曲苏、青玄、阿稌站在一处街角，也朝不远处看去。

曲苏小声道："别说，我还是第一次离这两个传说中的大人物这么近。"

阿稌嘴快，瞥了她一眼，道："传说中的青华大帝就站在你身边，也没见你好好珍惜，一个人界的太子，有什么好稀奇的？"

皇天不负苦心人，阿稌终于成功拍了一下马屁，自己都觉得这句话颇有水准。她拿眼角余光偷瞟，就见青玄站在曲苏的另一边，正拿眼神瞥向曲苏，听到这话，虽然面上没露笑脸，可那神色也绝对说不上生气。

四舍五入，就是很高兴了！阿稌心头窃喜，曲苏似笑非笑地瞥了她一眼："是啊，我左手边站着震古烁今的青华大帝，右手边站着传说中的鲛人，简直人生巅峰，不虚此行！"

阿稌嘴角微弯，却又将笑抿了回去，没有接话，雪白的耳根却悄悄红了。

曲苏看在眼里，继续逗阿秾："反正我知道，要论相貌，不论太子殿下还是那位盛小将军，都比不上鲛人貌美。"

阿秾微微挺直了脊背，神色倨傲："那是自然了。"

太子一行人骑马进城，走得极快，说话间就瞧见远处为首那人，一袭紫貂大氅，头戴金冠，身骑白马而来。曲苏是头一回见太子的模样，只见他纵马骑行，尽管锦衣华服，姿态却无半点骄横，反而爽朗谦逊，颇有君子之风，眉眼间一派清正温雅，观之令人好感顿生。

身后错开半个马身的那位，身骑红鬃宝马，雪狐大氅裹身，皮肤很白，下颏微尖，眉眼生得漂亮极了。马儿行得飞快，他眼角眉梢却透出几分不耐烦的慵懒，须臾之间，他就朝前方的太子连连望了多次。他额间系条手指宽的浅黄色抹额，当中镶了一颗色泽血红的宝石，阳光一照，那宝石熠熠闪光，却丝毫不掩其容貌光彩；左眼下一点丹砂，更添三分殊丽。这般容貌、气度，与不久前在轻语楼时那位小二的描述几乎一模一样。曲苏总算知道，为何那小二提起这位时，忍不住感慨，若盛燚生为女子，容貌堪称绝色。盛燚确实生得绝色，且这绝色不在皮相，而在骨相，见之忘俗，观之难忘。

曲苏忍不住嘀嘀咕咕："难道就因为他是烛龙转世，所以连长相都得了加持？"

似乎是感觉到有人频频注视自己，打马经过时，他朝曲苏三人所在的街角匆匆瞥了一眼，目光却没有落在实处。然而只是这般浮光掠影的一眼，身旁许多年轻姑娘家已经尖叫一片。

吵嚷声彻底盖过曲苏的点评。阿秾一时没听清，问她："你说什么？"

青玄也看向她。曲苏中气十足地道："没什么，我说，盛燚长得还挺好看。"

阿秾颇为赞同地点了点头："是还挺好看的，算是我见过的所有凡人里第一好看的。"

青玄道："走吧。先找间客栈落脚。"

三人绕道而行。阿秾跟在曲苏身侧，小心翼翼问青玄："尊上，不是说要调查这个盛燚？"

青玄道："你没觉出他有什么不同？"

阿秾凝神思索片刻，迟疑地摇了摇头："没有。他就是一个普通人，就是长相相对于其他凡人而言，有点过于好看了。"

青玄没再说话，只是眉眼间露出沉思的神色。

路过卖糖葫芦的小摊，曲苏问阿秾："吃不吃？"

阿秾自从在船上饿了那一顿，又在雍城吃过瘾，如今在吃喝一事上，缴械投降得格外痛快："要吃。"

曲苏也不问青玄，直接对那小贩说："三串糖葫芦。"

红红的山楂裹着又脆又冰凉的糖衣，曲苏一口一个，吃得格外娴熟，还不忘教阿秾："你咬一整个，咬半个容易掉。"

阿秾连连点头，学曲苏的吃法，一口咬下一颗糖葫芦。她可是鲛人，若不是顾忌着人形，就是连果子带竹签整个吞进肚里也不怕，根本不会考虑什么吃相要斯文的问题。

曲苏走在两人中间，见青玄举着糖葫芦不动，就拿胳膊肘顶他："再不吃可就化了，到时候弄一手糖浆，更不好看。"

青玄颇为认真地看了手上的糖葫芦一眼："不会化。"

"怎么不会化？"曲苏试图向这两个人科普一些常识问题，"现在雒城的天不算冷，不抓紧吃，就不是那个味儿了。"

青玄道："我不会让它化。"

曲苏："……"

何必呢？明明抓紧吃两口就能解决的问题，这位尊上非要用仙法给冰糖葫芦强行延长"寿命"。曲苏拿下巴点了点不远处的摊贩："一堆好吃的等着呢，你要一直举着这个？"

青玄问："吃什么？"

阿秾眨巴眨巴眼，也看向曲苏。这些天跟着曲苏，吃喝上她可是过足了瘾，吃到的美味简直比过去几百年加在一起的都要多。曲苏为人大方，自从在船上收了她那两颗桃花珠，吃住全包，再也没跟她多要过一文钱。

曲苏拿手指挨个点过那些摊位："荔枝膏水、酥琼叶、河豚小面、辣鸭脖儿……反正这些我都要吃一遍的。"说话间，曲苏转过脸，就发现阿秾手上的竹签已经空了。再转过脸儿，青玄手上的也空了，但明显和阿秾不一样，他是连竹签带整串糖葫芦都不见了。

曲苏："……"

阿秾雪嫩的两腮塞得鼓鼓的，嚼得十分努力："我已经吃完了。"

曲苏又咬了一颗糖葫芦，扔给阿秾一袋铜钱："我要一杯荔枝膏水，你们两个随意。"

青玄定定地看着那摊位上面挂着的竹板，说："一样。"

阿秾在吃喝上很有些勇气，坚持己见："我也想喝荔枝的。"

曲苏险些噎着，连忙说："荔枝膏水里面没有荔枝，是乌梅和生姜，还有糖。"

冬日里到底天凉，曲苏只挑了几样口味不错的小吃打包，最后还是选择进酒楼吃顿正经的晌午饭。

三味斋是雒城开了几十年的老字号，从前曲苏第一次来，还是君翊途经雒城时专程带她来尝鲜。曲苏轻车熟路点了几样菜，没有要雅间，而是选择坐在二楼大堂内一处位置，边等菜边听旁边几桌谈天说地。太子回朝是大事，老百姓茶余饭后都会忍不住议论，选一间热闹的酒楼边吃边听八卦，有时会有惊喜收获。

“从咱们这儿去泰山祭天，路程可不近呢！”

“你小子想要放什么屁，就别憋着了。”

“他说得不错，一个多月就从泰山回转，肯定没少赶夜路，也不知路上跑死了多少好马。”

“要我说啊，咱们这京城的天，又要变啦！”

右边稍远一桌的人也在议论此事，对此却有不一样的说法。几个年轻人穿着并不豪奢，但其中穿石青色锦缎的那个年轻人，其腰间佩玉一看便知不是凡品，再看那打扮和气度，更像是家中有人在朝为官的名门之后。

“几个江湖人能知道什么？我听兄长说，咱们这位殿下快马加鞭赶回，并不是因为宫里出了什么要紧事儿，而是因为宋少监。”

另一个人道：“也是巧了，前脚殿下刚走，后脚宋少监就抱病请了假。”

“要我说，那几个人说得也没错。”第三个人脸色阴沉，瞪着两眼道，“就算殿下真是为了宋少监才提前赶回来的，可此事落在陛下眼中，就不是这么一回事了。”

前面两人听到这话，面面相觑，竟然一同叹了口气。

阿秾小声说：“当今陛下，不喜欢这个太子吗？”

曲苏对这些皇室八卦可谓如数家珍：“太子容璟是皇后的亲儿子，八岁那年册立为太子，但十岁之前，一直养在雍城。老皇帝更喜欢贵妃生的六皇子。所以这些人才说，容璟提前赶回，怕是太显眼了，可能会让老皇帝不高兴。”

阿秾道：“可我感觉太子人缘还不错啊。”她悄悄环顾四周，小声说，“至少现在议论这件事的，明显都站在太子这边。”

曲苏笑了：“太子当然人缘好，他娘是皇后，两个舅舅，一个驻守北疆，一个当年收复了南越，还在那边娶妻生子，安定边塞，都是周朝的大功臣。太子登基，可以说是众望所归。老皇帝当年能顺利登基，也是多亏皇后娘家两个哥哥支持，只不过这男人，当了皇帝后，心眼儿渐渐小了。而且坊间流传，老皇帝的真爱是贵妃。”

阿秾一双好看的大眼直闪：“为什么这样说？”

曲苏道：“贵妃入宫之前，嫁过人，还生过孩子。”说到这儿，曲苏摸了摸下巴，神色显出几分向往，“听说当年是个挺漂亮的小寡妇。”

说起八卦，曲苏就来了劲儿，幸好她说话声音小，且这些事对于常年居住京城的人来说，也不算什么新鲜八卦。周围几桌仍然在议论太子提前折返的事，显然都觉得不论出于什么原因，太子这么干，就是昏招儿。

阿稌道："所以真像'如意书生'的戏本子那样，太子喜欢他们口中那个宋少监？"

曲苏摸了摸额角："这个吧，大家平日里这么传，更多是图一个乐子，最好还是得亲眼所见，不过太子很倚重这位宋郎君是事实。"

青玄半晌没说话。曲苏道："怎么了，感觉你今天见到盛燚之后，好像有心事似的。"

青玄听到这话，不由看了曲苏一眼。那日泡过温泉，直到第二天傍晚，她的态度都一反常态，这份态度是对他，也是对阿稌。而阿稌对曲苏也不像从前那样说个话都夹枪带棒，反而好像有了什么顾忌一般，往往吃一顿饭的工夫，至少要悄悄观察曲苏的脸色十几次。

三人抵达雒城后，曲苏对他们两个的态度，仿佛又回到了从前。阿稌藏不住情绪，见到曲苏愿意搭理她，一整天话就没断过。至于他，听到曲苏那句话后，无法忽视心底缓缓涌出的暖意。她注意到他与平常不一样，说明她也一直在关注着他，也说明，她远比其他人更懂他的心思。

青玄神色微缓："稍后我会派人再去详查。"

青玄不知道的是，曲苏之所以对这两人态度有所转变，一个是因为她性子跳脱，若不是大是大非的事，本也不必心思狭窄、斤斤计较；还有一个原因，就连曲苏自己都不大愿意去面对：自打三人到了雒城，又很快见了传说中的烛龙和太子，曲苏心里便有了计算——接下来她与这两个人相处的日子不会太长了。

傻瓜都看得出来，这小鲛人一门心思赖在自己身边，本就是冲着青华大帝来的。至于青玄，则是有正事在身，之前陪她吃吃喝喝，无非是还没到雒城见着正主罢了。如今这人也见着了，以他办事的效率和手段，估计不出十日，此间事就全了了。

曲苏心里明白，反正也没多少日子能在一块儿好好相处了，她也不至于为了个阿稌口中已经故去的仙子天天愁眉苦脸，还不如让一切回到从前，跟这两个人好好过完余下的这段时间。

雒城是出了名的不夜之城。每至傍晚，夜市便开始了。若是站在高处远望，可以清晰望见城内楼阁林立、灯烛荧煌、行人如织的盛景。鼓瑟吹笙之调，推杯换盏之声，从酒楼、茶馆等处传遍整座都城。

青玄站在客栈三层一处僻静的露台，面前站了一个身穿白衣的清秀少年，手捧一卷银色书简，正向青玄低声汇报着什么。

此处设了结界，不论两人说什么，外人都无从得知。早在船上时，他就收到了紫微大帝派阿缎带来的有关烛龙的消息。只是小烛龙本就是当年妖神陨灭、妖族衰微的危难之际，青玄亲自从章尾山带回的，在天界没待多长日子，又和霜雪神女一同受命看守炁渊。所以，关于他在天界的那段时日，能探察到的信息相当有限。

在九重天上的千年岁月中，他看起来和大多数仙者关系处得都还不错，可细一打探就会发现，他看似与人为善，很好相处，却并没有什么真正要好的朋友。

从前那些旧人听到"燚"这个名字，提起对他的印象，要么说他容色出众，一头红发总是高高束起，眼尾一点丹砂令人印象深刻；要么就说他整日里不论见了谁，都是一副浅笑盈盈的模样，除非有人故意惹他，才会暴露内里的火暴脾气。许多仙子、仙娥至今还常常提及，妖族里模样出众的男子并不少，可像小烛龙这般身世凄惨却每日唇角含笑、嘴巴还甜的懂事少年，委实不多见。

模样出众，爱笑爱说，不轻易暴露内里的火暴脾气……青玄将这些从众仙口中汇总的信息与自己记忆中的烛龙仔细对比，尤其是炁渊被毁那日，当着玉帝和众仙的面，他口口声声唾骂清潋是叛徒的情形，仍然历历在目。青玄突然觉得，不仅是他，这九重天上的许多人，此前都看错了烛龙。

烛龙少时目睹族内几大妖神先后陨灭，妖族从鼎盛至极到中道衰落，整个烛龙一族，自此只剩他一条小龙独活。

一个少时就历经世事变迁、蓦然跌落云端的人，一个在他人看来爱笑、嘴甜，很会讨人欢心的人，从来都不简单。他这般轻易就给他人留下了惹人喜欢、性情浅直的印象，若不是天性憨直纯粹，便是城府幽深难测。

一个性情憨直纯粹的人，又怎会在与清潋共同坚守、死守炁渊之后当众倒戈，一口咬定炁渊所有异变都是因清潋有意背叛而起？

青玄心知，想要揭开这个谜底，说难也不难，只需让他与烛龙见上一面，便什么都清楚了。

可是自古以来，神仙被罚或为历练，一旦堕凡历劫，哪怕是他这样的上古神祇，也无法得知他这一世的"劫"到底是什么，又何时才会终结。只要烛龙尚在尘世历劫，他就不能插手强行终止他这一世。

至于从前在千千身上用过的搜魂之法，本就是禁忌之术，不可轻易用在凡人身上。彼时使用，一则因为千千本身并非常人，而是灵妖；二则，是为解开千千心结，避免她彻底堕为怨妖。但此法对烛龙并不适用。烛龙是妖神后裔，此时尚在凡间历劫，强行使用搜魂之法，会产生什么样的影响，哪怕是青玄也难以预测。

此前阿稔频频催促，青玄仍对来雒城见烛龙一事并不怎么急切，反而放任曲苏一路吃喝玩乐，原因就在这里。

但没想到的是，今日当街遇到盛燚陪同太子折返皇都，却让他意外发现了一些很有意思的事情。

街角惊鸿一瞥，第一眼见到太子真容，青玄便觉得这人仿佛在哪儿见过。能让青华大帝有此感应，只能说明此人绝非凡俗。午间与曲苏一起吃饭时，他思索了许久，终于从记忆里拎出一个尘封已久的名字——兰昱尘。

因而，晌午时青玄给紫微大帝去信，只有四个字：查，兰昱尘。

白衣少年此刻正在念的，就是有关兰昱尘在天界时的种种。

白衣少年将书简所记全部念完，而后道："尊上，兰昱尘在凡间需经九世历练，这是最后一世。而且，据传，小烛龙在天界时，与兰昱尘交恶，甚至有一回，两人大打出手，险些闹到尊上您面前……"

险些闹到他面前？青玄蹙了蹙眉，正要说话，突然若有所感，眸光回转间手指轻轻一拨，四周结界瞬间撤去。

白衣少年猝不及防，就这样和上来找人的曲苏看了个对脸。

曲苏胆子大，心也大，没被惊吓到，反而满脸好奇地"咦"了一声："你也是神仙？"不然也不会和青玄几乎同时突然出现了。

眼前的少年一袭白裳，不知是夜色缘故，还是天生如此，他双瞳之中透着幽深的蓝色，眼尾微微下垂，这般微微睁大眼瞳与人对视的模样，有一种如同稚子般的懵懂无辜。

九重天上仙子众多，但没有谁似曲苏这般，眼睛都不眨一下地专注看人。白衣少年面孔微红，朝曲苏行了一礼："姑娘有礼。我不是神仙，来此是为给尊上传递消息的。"

青玄眸色微沉："你吓到他了。"

曲苏和白衣少年两两一愣。曲苏第一反应就是指了指自己："我？"她简直要乐了，"我一个凡人，能吓到他？"

真是从天而降好大一口"锅"！

白衣少年刚想摇头表示自己并没有受到惊吓，突然感觉到身畔递来意味不明的目光，瞬时一动也不敢动。

青玄道："你刚刚看他的眼神，像是在掂量斤两，思索他能卖几文钱。"

白衣少年浑身一抖，看向曲苏的目光里透着几分难以置信的惊惶。

如果不是尊上还站在一旁，而他的任务还没有完成，听了这话他第一反应想必是变回原形赶紧飞走。

曲苏受到少年近乎谴责的瞪视，当即反驳道："我不是，我没有！"她只是看这少年生得精致、漂亮，而且一袭缀着许多细小亮片的白色羽衣纤尘不染，身姿笔挺，她就忍不住猜想，既然不是神仙，难道和阿秾一样，是什么特殊品种的仙兽？

青玄对白衣少年语重心长地道：“阿缎，人类女子，大多如此，日后再见到，要多加小心。”

青华大帝何时这般亲切地喊过他的名字，还这般悉心提点，主动关心他的安危？阿缎受宠若惊，同时深觉人世险恶，看向曲苏的眼神变了又变，从好奇到茫然，再从惊惶转为高度警惕。

方才他见青华大帝突然撤去结界，第一眼见到曲苏时，阿缎眼前一亮：此女生得清丽绰约，一定就是紫微大帝口中所说的，那朵令青华大帝红鸾星动的“迟到万年的小桃花”。要说这事也不是他妄自猜测，实在是他的主人紫微大帝近来几乎天天挂在嘴边念叨，说青华大帝自打前些日子去了一趟人间，就爱上了频繁“出差”。以前没有别的事，青华大帝几千年也不去一次人界。若不是紫微大帝自己算出青华大帝这一次真的红鸾星动了，还不知道要被青华大帝嘴硬地瞒上多久。

可方才听了青华大帝的教诲，他又深深地迷惑了：“尊上这般语气说她，这能是心动吗？”

曲苏简直如遭到无妄之灾，气得转身就走：“算我多此一举，你自己在这儿凉快吧！”

青玄身形一闪，衣袂飘拂，挡在曲苏面前：“去哪儿？”

曲苏懒得理他：“要你管！”

青玄眉眼温存，与刚刚空口“扔锅”的模样简直判若两人：“和我一块儿去趟太子府。”

曲苏本来上楼来找人，也是想到了这个主意，毕竟这一整天下来，有关太子和宋少监的八卦在雒城都要传疯了。曲苏觉着，本着“他山之石，可以攻玉”的策略，先去太子府转一圈探探情形，说不准会有意外收获。哪知道凭空冒出两个人，换作常人，估计心脏都要吓出毛病了，也就是她好脾气，一句责备的话都没来得及说，就被这家伙当着外人的面一顿排揎，简直就不讲道理！

由苏把头一偏：“不去。”顿了顿，她又改口，“我就算去，也犯不着和你一起。”

“瓜”还是要吃的，尤其是太子府的“瓜”，毕竟她不远千万里一路从白帝城跑到了雒城，新鲜出炉的八卦故事都送到眼皮子底下了，她没理由拒绝观看。虽然生气，但不能误了“吃瓜”，这是他们专业“吃瓜人”的职业操守。

青玄突然道：“阿缎变回原形。”

阿缎还在茫然，毕竟尊上变脸太快，别说是这人类女子了，就是他也摸不清尊上到底是什么意思。

但尊上毕竟是尊上，阿缎虽然蒙了，还是依照本能在青玄下令的第一时间变回了原身。

那是一只非常漂亮的白鸟。头颈幽蓝，周身雪白，身形纤巧，尾羽却极长，白鸟扑了扑翅膀，微微伸展的尾羽在皎洁的月色下光华流转，如同两条雪白的缎带一般，随风摇曳，飘飘欲仙。

想来这就是阿缎名字的由来了。

似乎有些畏惧曲苏此刻双目灼灼的模样，白鸟在半空中突然调转了个方向，翅膀轻轻拍打，转而避到青玄身后。一般来说，他变回鸟身后，都会就近找个地方蹲着，但眼下最近的地方就是青华大帝的手臂……

阿缎尽量将拍打翅膀的声响降到最低，瑟瑟发抖地藏在青玄身后，真要同去太子府，他哪怕是人身走得也不慢啊，就不是很懂尊上为什么忽然要他变回鸟身。

他扑打着翅膀转过脸，刚好和同样绕到青玄身后的曲苏再次看了个对脸。

阿缎吓得一个趔趄，险些一个倒栽葱摔下去，晕头转向地抬起眼，刚好与曲苏清凌凌的眼眸对上。

阿缎忍不住发出叫声："啾呋。"

曲苏笑得双眸如同弯月："哇，叫起来的声音也好可爱！"她解下斗篷，扭过脸问青玄，"阿缎是什么鸟？尾羽长得有一点像凤凰。"

若不是曲苏把他护得严严实实，阿缎鸟爪一软，可能会栽倒。他那两根尾羽也就那么长，如何能和神鸟凤凰相提并论！

青玄在一旁语气淡淡地解释："绶带鸟。活了两千多年了，所以尾羽生得格外长。"说完这句，他突然递出手臂，唤了一声："阿缎。"

在曲苏羡慕的目光里，阿缎晕乎乎地站在青华大帝的臂弯上。

青玄道："天气冷，你还是把斗篷披上吧！"

雒城不比雍城天冷，曲苏其实也可以不披，但这斗篷拿着也没什么用，还不如披在身上轻便。

两人一同下楼时，曲苏悄悄换到青玄的左边。

两人一同走出很远，曲苏仿佛全然忘记了不久前和青玄的不快，全部注意力都落到了鸟身上。阿缎浑身哆嗦，陡然明白过来，这才是尊上的用意——把人家姑娘惹恼了，就让自己变回鸟身，被他当成个宠物用来哄姑娘高兴。

阿缎幽蓝的眼睛里涌上淡淡一圈水泽。尊上变了，他再也不是从前那个大圣大慈、救苦救难的青华大帝了。

两人一鸟到了太子府附近，青玄让阿缎幻化成一只乌鸦的模样，进府先行探察一圈。曲苏眼看着阿缎微扁着嘴，由一身雪白变成了通体乌黑的模样，再一次笑得眼眸都弯起来。

阿缎虽然也嫌弃自己这副模样，却又有些庆幸脸颊处的羽毛都黑乎乎的，就算青华大帝目光如炬，也不会发现他其实又脸红了。

曲苏问青玄："阿缎认识太子吗？"

青玄道："他看过画像。"

曲苏连忙用颇为兴奋的眼神看向小乌鸦："阿缎，等你待会儿见到太子，顺便帮我看一眼宋千意是不是也在府内。"说到这儿，曲苏从怀里摸出一本薄薄的册子，指着其中一页的小像道："这是画像。我听说宋千意常年不是穿白，就是穿青，身高比太子矮上半头，太子和他在一起时，总唤他'阿意'，反正只要他在府上，太子肯定不离左右。"

这些都是她下午和阿秾闲逛时，从那些江湖人和商贩口中打探来的。雒城不愧是皇都，这儿的百姓见多识广，就连八卦的本事都比其他地方的人强上许多。这不，她们不仅打听来了传闻若干，就连宋少监的画像都弄来好几份。她手上这本画册，据那些闲来在书局八卦的小娘子们说，算是民间诸多流传版本中，画得和本人最相像的一幅了。

阿缎目光迟疑，看向青玄，他虽然不知宋千意是谁，但整个太子府，能算作主子的总共也就那么几个人，尤其还有画像和这么详细的描述，只要青玄同意，该探察的人或事，他一样都不会落下。只是青华大帝出了名的冷心冷情，做事一向利落果断，从不理会那些与正事不相干的庞杂琐事。

出乎阿缎意料，青玄点了点头。

阿缎伸出翅膀，他本想揉一揉额头，突然意识到自己此刻是鸟身，而且还不是本体的翅膀，乌鸦羽翼坚硬，戳在脑门上，有些疼。他朝曲苏点了点头，翅膀一振，飞过高墙。

青玄见曲苏一直仰脸望着阿缎飞走的方向，开口道："这就是你这一下午的成果？"

曲苏见青玄目光落在自己手中的画册上，也不小气，将那画册往他面前一送："喏，想看尽管拿去看。"

这画册是雒城新晋排名前十的美男子，毕竟是天子脚下，皇都之内，这十位美男子没有一个是江湖中人，多数都是宋千意和盛燚这样的出身于世家大族的官宦子弟。

青玄唇角微翘："这才过了几日，又把花老板和风临之忘在脑后了？"

“凤临之？”曲苏愣了好一会儿，才反应过来青玄说的人是谁。那日他们三人在轻语楼看戏，她和阿秾都觉得与花老板对戏的那个凤眸小生长得好看，尤其一双凤眸，眼尾微勾，看起来就是一副薄情寡性的风流公子样儿。当时左右厢房确实有人在议论这人的姓名、来历，曲苏脑子里转悠着台上的剧情及其影射的那三人的关系，听了转眼给忘了。

反正对她而言，天下美人多矣，她只想遍览群芳，享受当下，至于这朵花叫什么名字，那朵花儿又是打哪儿来的、要往哪儿去，她并不在意。

于她而言，这些人能令她大饱眼福，心情愉悦；而对这些人而言，她又何尝不是过客？

太过较真儿，就失去了八卦的乐趣。

曲苏倒是没有过多阐述自己的人生态度，只是大概与青玄讲了两句。可不知是由于她说得轻巧，还是开口前那种连凤临之是谁都记不清的反应，青玄面上淡淡的，虚落在不远处的眸光看起来柔和了几分，不复之前的锐利之色。

两人才说了没几句话，就见头顶一抹小小的黑色身影一闪而过。青玄伸出手臂，阿缎战战兢兢站了上去，小声道：“太子不在府上，我听那些下人议论，他好像去了别处，没说去哪儿。”

曲苏问：“是不是去了宋府？”

阿缎歪了歪头：“我见到宋千意了。”他看到曲苏倏然亮起的眼眸，咽了咽唾沫，仔细解释，“他好像身子不太好，一直在咳嗽，但一直在忙着写什么东西。而且那间屋子，看起来并不是普通客房，更像是太子的书房。”

曲苏咋舌：“这只能是真爱了。”

堂堂一朝太子，书房是何等重要的地方，这容璟竟然对宋千意毫不设防，自己不在府中时，也任其出入，甚至伏案书写。

就算这两人真不是那些八卦艳曲之中写的那种关系，说一声“知己至交”，也绝不为过。

青玄却仿佛在思索着什么：“去将军府。”

有青玄这个“飞行神器”在一边，不论太子府还是将军府，都是瞬息可抵的地方。阿缎飞进去，不一会儿便匆匆出来，小声道：“太子和盛燚都在。”尽管变成乌鸦的模样，他一双眼眸仍保持着身为绶带鸟时的幽蓝，而且从这个角度看去，依稀可见根根眼睫泛着海水般的光泽，“他们好像在吵架。”

曲苏一听，八卦之魂熊熊燃起：“肯定是因为宋千意！”一墙之隔，如此精彩刺激的修罗场，她决不能错过，“咱们快去！”

或许是因为太激动，曲苏说这话时，一手紧紧抓着青玄的袖笼，连站在青玄手臂上的阿缎都被拽得身形一歪，险些滑倒。

阿缎倒不在意自己没站稳，他急得鸟喙微张，粉嫩的小舌头颤了又颤，张口想要提醒曲苏，就算她是青玄万年难得的“桃花”，也不能这般拉拉扯扯，目无尊上。否则，尊上会生气，而且后果很严重！

他可是记得清清楚楚，五百年前，就在炁渊被毁后不久，某次玉帝出面，广邀众仙，在瑶池西畔为西王母筹办寿宴。青华大帝一向不理会这种场面，那次约莫是因为与西王母的故交，难得出席在列。却不想那日也不知是哪一位仙友带来的舞姬，一曲桃夭舞格外大胆妖娆，末了一舞将终，竟将一捧桃花悉数朝青华大帝抛撒过去，而她整个人也在漫天飞舞的粉色花瓣中，身姿娇柔无骨，盈盈拜倒在青华大帝身前，又白又嫩的素手微抬，轻轻牵住他一片衣角。

那日的青华大帝，头戴白玉冠，身着一袭碧色常服，目不斜视，正襟危坐。那舞姬身姿妖娆，穿着也轻薄，似恳求一般跪倒在青华大帝面前，情景很是旖旎。在场众人，包括玉帝在内全都看呆了，只有西王母一副看好戏的神情，端着酒盏，轻轻笑出了声。

谁知就在这一笑间，谁都没有注意到青华大帝是做了什么，待看清时，那舞姬已变回原形，原来是一只皮毛雪白、两眼通红的三尾雪兔，它显然吓坏了，瑟瑟发抖，蹲在一位仙友的酒桌旁。

而另一边，青华大帝一袭碧色长衫，衣角处缺损了一块，就连原本漫天飞舞的桃花瓣，也在这时尽数消弭，不见影踪。

瑶池西畔，绿柳拂风，大块大块的凉玉砖石光滑如洗，干净得简直比寿宴开始之前柳树仙者命人逐块刷洗擦拭后还要干净。

最后还是西王母朝那只三尾雪兔伸出了手，笑吟吟地解了围：“来我这里吧。你呀，看上谁不好，偏要去惹他不痛快……”

西王母嗓音清妙，吐字清晰，半点也没有要替谁遮掩的意思。她这般神情自若，青华大帝饶是面色冷淡，却也没有更多举动，重新坐了回去，自斟自饮了一杯千雪玉暖饮。

多亏了西王母娘娘，此事就这般轻飘飘地揭了过去，未再掀起什么大波澜。

可这桩西王母寿宴之上，青华大帝被一雪白妩媚的兔妖主动献媚，却怫然不悦、振衣拂袖的香艳桥段，不出一盏茶的工夫，便在六界传得沸沸扬扬，甚至连那三尾兔妖将手搭在青华大帝衣角时伸了几根手指头，都被那好事之人反复提及。

阿缎当日陪在紫微大帝身旁一同出席，对此是亲眼所见。在他的印象里，青华大帝不仅不喜旁人无故触碰自己，更不会对任何女子假以辞色或小意温柔。想那兔妖虽然并不是多么上得了台面的身份，但那般容貌、身段，就算是在美人如云的九重天，也能排得上号了。甚至在那之后，就有好事之人口出妄言，说若是只论外表不说其他，那日主动勾引尊上的三尾雪兔，比之如今仙名甚广的凌曦仙子，也是有过之而无不及了。可也未见昔日青华大帝对这三尾雪兔有过半点怜香惜玉。

五百年前的旧事，细细回忆，不过瞬息，正是因为这桩往事，阿缎急得张口结舌——想劝青华大帝别为此生气，却有心没胆；想替曲苏求情，却又不知该如何说起。甚至，阿缎突然意识到，直到此时，自己还不知道眼前这个女子的名字。

就在阿缎胆战心惊、抓耳挠腮之时，青玄唇角微勾，伸出两指在两人一鸟身上抹了一圈，随后就着曲苏抓住他衣袖的姿势，伸臂一揽，将人半扣在怀里，三两下越过高墙和几处宅邸，在阿缎的指引下，瞬息移到一处靠南的书房上方。

青玄施了法术，三人就站在书房窗外，却不会被任何人瞧见或听见声响。

曲苏大胆试了试，随后便朝青玄绽出一抹前所未有的灿烂浅笑。

这下不单单是被青华大帝的反常行为震惊得无以复加的阿缎，就连青玄一时片刻都没发出任何声响。一人一鸟的目光全凝在曲苏身上，却见她从随身的荷包里摸出一把樱桃果脯，一边吃着，一边朝窗内望去。

只见房内有两人。一位身穿雪缎长袍，头戴鎏金龙纹发冠，手里捏着一本奏折，端坐在书桌一端。眉眼间凝着一股郁色，似乎正在为什么事不悦，但神色颇为克制，端坐的姿态也韧若青松，毫不松懈。确是白日在街边见过的那位太子无疑。

书桌这端的矮几旁，一位身穿朱红色蟒袍的男子箕踞而坐，眼尾一点丹砂，在烛火的映照下，猩红如血，抹额正中镶嵌的那枚红色宝石，哪怕在这样昏黄的光线里也显出某种深邃的光泽。他生得唇红齿白，俊美异常，只是姿态散漫之中透着倨傲，哪怕不远处当朝太子正襟危坐，他却敢两脚张开，袍角飞扬，坐得像个簸箕似的，半点也不讲究。这正是连阿秾也称赞他容色倾国的转世烛龙。

盛燚一只手随意把玩着一支白玉箫，另一只手不慌不忙地斟了两盏热茶："这奏折被我半路截了下来，压根儿就没送进皇宫，你还紧张个什么劲儿？"

容璟眉眼微沉，并未抬头："六弟这回请动了一城之主上奏弹劾我，这封奏折怕只是个开始。"

盛燚嗤笑："新任白帝城城主本就是敏贵妃母家的拥趸，说白了就是你六弟的自家人，有什么稀奇？"

说到这儿，他懒洋洋站起了身，将一盏茶递到容璟手边，又在他身旁就地找了个舒服的地方一歪："要我说，老六这么急，恰恰说明他们手里底牌不多。"

容璟沉默片刻，道：“父皇当年立我为太子，本就是为势所逼，母后和两个舅舅为给我铺路做了太多，凡事过犹不及……”

当年容璟被立太子后，老皇帝和皇后夫妻两人日益疏远，十几年下来，竟然走到形同陌路的地步。不仅是后宫流言四起，就连大周朝的平头百姓都知道，当今皇帝和皇后感情失和，也并不怎么喜欢太子，反而更为宠爱出身低微的敏贵妃，还在朝堂上不止一次夸赞敏贵妃生的六皇子忠孝仁义。简直就是变着法儿地指责太子不忠不孝、德不配位。

“景家看似繁花似锦，实则烈火烹油，我和母后每一天都步步为营，如履薄冰。他把我一个人放在雍城多年，直到六年前堵不住这天下悠悠之口了，才将我接了回来。若没有他的默许，贵妃和老六怎会野心越来越大，频频使出奸计？”说到最后一句话时，容璟唇边露出苦笑。

盛燚闻言一笑：“老皇帝一直提防着你的母族势力，殿下也不是才知道的，怎么今日突然这般感伤了？”他将太子手边的茶盏往前推了推，“到底是和宋少监相识太久，殿下不知不觉沾染了他那骨子里的文人酸气了呢，还是今日回京过府探望时，又听他说了些什么迂腐之语？”

曲苏突然发出一声短促的笑声，站在窗外看戏的阿缎和身旁的青玄全都朝她看过来。

这两人的对话阿缎也听了好一会儿，他两千多岁并不白活，一会儿工夫便闹明白了这两人在凡间的烦恼，见曲苏忍不住笑出声，阿缎眨了眨那双幽蓝的圆眼，说：“盛燚还不知道，太子并不是过府探望，而是把宋千意接到了自己府上。”

曲苏笑容更盛：“我还不仅仅是笑这个。”她下巴微扬，示意两人看烛龙的表情，“还说宋千意骨子里有文人酸气，我看谁都没他酸得厉害。”

阿缎眼神中闪过一瞬间的茫然，突然反应过来，不由鸟身一晃，被曲苏的话吓得生生打了个寒战：“不会吧！”

曲苏道：“怎么不会？”她再度朝房内望去，“我看盛燚的一双眼珠子，都恨不得要黏到太子的脸上去了。”

青玄这时道：“人心难测，有时露出这样的眼神，也不见得是你以为的那样。”

难得见到青华大帝也有这样的闲情逸致，和她聊起了感情八卦，曲苏不由来了几分兴致：“那还能是因为什么？”

阿缎也歪着小脑袋，等着认真聆听尊上高见。

青玄沉默少顷，颇为简要地答道：“也可能是见识浅薄，耽于色相。”就如同她一般，每每见到个姿容不凡的，那双眼珠子就恨不得黏到人家脸上去，就连阿缎，也是因他命其变回鸟身，才勉强躲过一劫。

但能说她就是心悦那些人吗？不过是贪色罢了。

曲苏没想到青玄会这么说，她先是一愣，随即哈哈笑出了声。她早该想到了，以青玄一贯的脾性，就不会有什么好话。

阿缎疑惑了片刻，小声道："姑娘不要嘲笑，我觉得尊上所说，可能有所依据。"

曲苏笑眯眯地道："别姑娘姑娘地叫啦，我叫曲苏，你喊我名字就成啦。"说到这儿，她还颇为顺手地摸了摸阿缎的后脑勺，"我知道，你叫阿缎，绸缎的缎，因为你的尾巴生得好像两条最美的缎带，对不对？"

曲苏与自己说话的语气显得二人太过熟稔，且动作亲昵，这着实让阿缎难以适应。他从前只是一只绶带灵鸟，潜心修炼，从无二心。后来到北极星宫，一直跟在紫微大帝身旁，身边尽是清冷有礼的仙官、仙子，哪里见识过曲苏这样的，对他一边甜言蜜语、恭维夸奖，一边还主动伸手揉他脑袋？

阿缎脸颊一烫，一身黑羽瞬间化为本体的雪色，而且身体迅速蓬成球状："多……多谢曲姑娘，我的名字是紫微大帝所赐，他当年初见我时，也是这样说的。"

曲苏见它蓬成一个雪团子，刚想伸手再摸，就听房内盛燚嗓音微哑，隐隐透着一股子狠戾："为了一个宋千意，活活跑死了我盛家十几匹战马，只为提前回京，从皇后那儿请来薛神医给他诊治。你刚才还说当初老皇帝把你接回雒城，只为堵住天下悠悠之口，可你做这样的蠢事之前，怎么就没想一想，这天下的悠悠之口又会如何议论你这个太子？"

容璟皱着眉，神色不豫："若不是阿意借口生病传信给我，你我又在他们意料之外提前折返，你怎么会这么顺利地拦下这封奏折？我也不明白，我们都长大了，不再是当年不懂事的幼童，你怎么还是从前的性子，总喜欢处处针对他？"

盛燚此时已站起了身，背对着容璟，一口接一口吞着茶水。

两人说了好一会儿话，冬日天凉，房内还开着窗，茶水早就凉透了。可盛燚仿佛浑然不觉，以一副仿佛要生啖其肉的神情喝着冷茶，幽冷的眸色对着窗外隐身的两人一鸟。或许是他心绪起伏太大，眼尾那点红痣仿佛新点上去的一般，透着令人心惊的妖异之光。

青玄微微蹙眉，盛燚身后，容璟也在微微蹙眉："我们三个人一同长大，初时我觉得你是更不好相处的那个，待你有诸多冷淡。后来知道你面冷心热，渐渐也就熟识了，尤其我们一同回到雒城之后，多少次危难艰险，都是我们三个一同蹚过来的。盛燚，如今雒城形势并不简单，你我府内外，有多少人虎视眈眈，我们三个之间，就不要再多生事端了。"

盛燚饮着冷茶，殷红的唇瓣染上薄薄一层水光。他缓缓抹了把嘴，一字一句道：“六年前我们回京之际，你的表哥——你大舅舅的独子，被指婚给了敏贵妃的外甥女。三年前，你小舅舅又在进攻九曲寨时被奇兵突击，腹背受敌，折损精兵三千，还断了一条腿。”

不长的两句话，说得盛燚身后的太子也不禁眸色幽暗：“他和贵妃这样对我景家，总有一天，我会亲手讨回来。”

没有二十年前景家的鼎力支持，老皇帝当年只是个并不受宠的皇子，他怎么可能会有当皇帝的一天？大周朝的疆土又怎会一扩再扩，成为如今这样令四方臣服的强国？这一切，究竟是谁的功劳？

太子面如冠玉，眉眼清润，大约盛燚这两句实话说得实在戳人心肺，才让一向好脾气的人也禁不住动了真怒。

盛燚这时又道：“容璟，你有没有想过，是谁给贵妃出了这样滑不溜的主意？又是谁常年潜伏在你我身边，他们才能一击必中，两次出手成功，令你这几年来左支右绌，事事都慢人一步？”

盛燚话中所指实在太过明显，太子无从回避，沉默良久，才开口道：“表哥被指婚的事，是太傅一心促成，此事阿意事前已经告知我们，他劝说不了父亲，只能偷偷告诉我，让景家上下提前有个准备。小舅舅断腿，是你借南下便利替我前往探望，我和母后这才放下心。盛燚，你和阿意是与我自小一起长大的朋友，这世上如果我连你们两个都无法交心托付，我还能信谁？”

盛燚脸色一直不太好看，直到太子提起当年他南下探望一事，才稍有缓和。他缓缓饮尽最后一口冷茶，唇角勾起一抹莫名的笑：“你能记着我的好，就该知道，任何时候，我不论要做什么、做了什么，都是为你好。”

容璟道：“我自然知道。”他说这话时，走到盛燚身旁，将他此前撂在一旁的白玉箫递了过去，“盛燚，今日这事，多亏了你和阿意通力合作，才将折子压了下来，眼下是多事之秋，一切还是以大局为重。”

盛燚也不知想起了什么，神色有一瞬间的恍惚，听到容璟这话，突然笑得畅快：“殿下说得极是，一切当以大局为重。他日再聚，还望殿下不要忘了这话。”

盛燚模样生得极好，难得这般粲然一笑，不单是曲苏看得一脸惊艳之色，就连容璟也被他感染，不由得笑出了声：“你这是又想到什么鬼主意了？先说好，遇事不要急躁，不要轻举妄动，先和我商量一下再做也不迟。”

窗外，青玄若有所思，阿缎却毫不遮掩心里的疑问：“真是奇怪。按理说他们两人下凡历劫，虽然没有了在天界时的记忆，但他们毕竟不是凡人，骨子里的喜恶和偏好不会轻易改变。烛龙在天上时，明明和兰昱尘交恶，怎么到了凡间，两人这么要好了？”他此时恢复了鸟身，用翅膀尖挠起后脑勺，动作颇为熟练，显然平日里没少这样做，“难道这就是小烛龙在凡间这一世的劫？还是说，他现在和太子混得这样熟，并非真心，而是演戏？”

曲苏问：“你说的兰昱尘，就是太子？”

阿缎点了点头：“是他。”

曲苏脸上露笑：“且不说咱们眼前这位盛小将军对太子到底是真心付出，还是另有所图，就说你刚刚所说的天上那桩事儿吧，我是觉得，老话说得好，传言不可尽信。”

阿缎虚心求教：“曲姑娘的意思是，盛燚在天上时，才是在演戏？”

曲苏摊了摊手：“我只是说有这个可能。这世上有的人，是口蜜腹剑；可也有人，是刀子嘴豆腐心。盛燚到底是哪一种，他心里到底对太子有几分真，咱们不能光看他嘴上说的，还要好好考量他到底都做了什么。他们两个在天上的过往，也是一样的道理。”说到这儿，她看向阿缎的眼神透着几分意味深长，“没听过一句话吗？男人的嘴，骗人的鬼。这有的男人吧，光说不做，假把式；有的男人，光做不说，也是白瞎。”

说到这儿，她不免想起从前在白帝城时，在千千的回忆之中看到千千和司徒琰两人吵架的情景。就司徒琰那个混蛋玩意儿，别看身手、功夫不咋地，嘴巴一张，那可真是夜叉在场都能气得杀穿三界，凤凰来了也能气得当场涅槃。曲苏自认平日里也算个清醒理智的人，可那时看着千千的回忆，明知是往事，明知不是发生在自己身上的事，仍能被他气得险些当场血溅三尺。

可事后冷静下来仔细想想，司徒琰对千千没有一点爱吗？

是有的，可是都湮没在他的嫉妒和满嘴胡话里了。

这人就是个彻头彻尾、毁天灭地、恨不得与所有人同归于尽的疯子。

曲苏深吸了一口气，强压住回忆起司徒琰时险些冲到脑门儿的怒火，故作高深道：“而且这有的人吧，虽然心里可能是想对一个人好，可是不知道是八字不合，还是性格有缺陷，就是能整出相爱相杀的调调来。如果查明烛龙和太子在天上的过往对你们有帮助，我建议，不如查得再深入点儿。”

阿缎偷偷瞟了一眼青玄的神色，见他没有阻止，知道是默许的意思，才对曲苏说起旧事：“三千年前，兰昱尘受命前往真武宫拜会佑圣元君时，不慎打翻了八宝琉璃盏，被罚千年雷劫和历十世凡尘。现在这个太子殿下，就是兰昱尘受罚第十世的转世。”

曲苏本来专注在烛龙和太子的过往八卦上，听到这儿不禁啧了啧：“什么法器这么宝贝，是打翻又不是毁坏，要受到这么重的惩罚？”

阿缎眨了眨幽蓝色的眼睫，正色道：“不是这样的。那琉璃盏里关了一个大坏蛋，兰昱尘当日不慎打翻琉璃盏，若不是尊上得了消息在半路拦截，不知道要惹出多大的祸事！而且……”说到这儿，他再次悄悄偷瞄了青玄一眼，这才继续解释，“而且罚他历尘世劫，看似是处罚，实则也是个好机会。若他这一世仍然成功渡劫，再回到天上，就可连升三阶，成为一个了不起的大神仙了！”

曲苏了然道：“就相当于是试炼吧，试炼完成，功力大涨，这么一想倒也不算亏了。”

阿缎晃了晃脑袋：“那是自然了。尊上对手下人虽然严苛，却也护短得很。所以那兰昱尘去领罚之前，还朝着妙严宫的方向长跪不起。谁真心对他好，他心里清楚得很。”

书房之内，突然响起一阵低沉幽咽的箫声。曲苏会吹箫，自然也懂箫声，但她没想到，房内那个一身朱红、性似烈火的俊美少年，所吹奏出的箫声竟然是这样的。

不论是阿缎口中九重天上的烛龙，还是此前书房里与太子几次争执、坚持己见的盛燚，都是张扬肆意的。可这箫声仿佛是一个独自生活了千年的孤人，在幽冷月色下，诉说着自己在这世间所见。

不多时，旷远悠扬的琴音响了起来，与箫声交相应和，却又独自成曲。书房里只有盛燚和太子两人，这古琴自然是太子奏响的。

如果说太子的琴声与他本人性情相似，那么盛燚的箫声可以说几乎与他在外人面前表现出来的性情截然相反；如果说太子的琴声是空谷幽兰，自矜自省，盛燚的箫声便如无边落木，荒凉萧索；如果说太子的琴声是君子意，那么盛燚的箫声就是孤者吟。

阿缎声音有些闷闷的：“我怎么感觉这箫声听得人有点想哭呢？”

曲苏见青玄一直不言语，不由拿胳膊肘戳了戳他：“想什么呢？”

青玄若有所思，说：“在想你……”说这话时，他微微侧过脸，在曲苏忍不住快要怦然心动时，倏然一笑，“刚刚说的话。”

曲苏反应过来时，才发现自己刚刚不仅心跳骤然加快，就连呼吸都不自觉地快了两拍，她忍不住瞪了青玄一眼：“怎么，才意识到你身边站了一个比你还聪明的高人，每一句话都是金玉良言？”

青玄唇角的笑意未曾消退，反而有逐渐加深的趋势：“曲女侠所说，确是金玉良言，在下受教了。”

曲苏被他笑得后背一凉，忍不住摆了摆手：“算了算了，搞不懂你。”反正这家伙性格一向有点古怪，嘴巴也严，她就是问，也问不出个所以然来，还不如节省点口水，多从阿缎嘴里套几个天界的八卦故事来听听。

雒城近郊。

一辆银顶朱轮雪花青缎车帏的车辇在两列护卫的陪同下，缓缓停靠在密林深处。

车辇外，两个婢女彼此交换了焦急的眼色，其中一个壮着胆子道："殿下，奴婢灿儿、灵儿还有周侍卫一同去探察过了，这林中确实没有水源，请殿下稍加忍耐，咱们的车再行半个时辰左右就进城了。娘娘在宫中已备下许多殿下自小爱吃、爱玩的，只等殿下回宫呢。"

过了好一会儿，车辇里传来一个女子颇为冷淡的嗓音："区区一个宫婢，名字里也配有'灵'字。"

名唤灵儿和灿儿的两名婢女对视了一眼，灵儿先一步跪了下去："公主殿下三岁时，皇后娘娘给奴婢赐名灵儿，说是松鹤观上一任老观主在殿下出生时卜过一卦，殿下命里缺火，需在观内过了十六岁生辰，才能万事周全，且跟在殿下身旁伺候的，名字里总要带个火字才好。"说到这儿，灵儿也不知是急的还是慌的，额头已经布满了冷汗，"娘娘从前就说过，凡是殿下身边的，人也好，物件儿也好，都以殿下喜好为先，请公主殿下为奴婢赐名。"

车辇内，面色幽白、双眸紧闭的小公主缓缓睁开了眼，唇角牵起一抹有些僵硬的笑："就唤你青儿吧。"

"青儿叩谢殿下赐名。"

"起来吧。"

公主的嗓音听起来不似往常轻柔，反而透着一股子瘆人的凉意。两个小婢女悄悄搓了搓手，抱紧胳膊，踩着板凳正要上辇，就听公主又发话道："外头跟车伺候就是。"

青儿的脸色已经和头顶的月光一般惨白，见灿儿上前半步还想说话，忍不住死死扯住她的手腕，硬是将人一路拽到了车辇后头。

两个女孩儿下车时穿得单薄，跟在几名侍卫身边找了一路水源，几乎把整个树林走了个遍，此刻折返已冻得浑身冰凉。原想着公主向来大度，在热水和暖炉这类物件上，从不曾苛待她二人，到时回到车上捧一会儿暖炉，喝几口热水，也就暖和过来了。却不承想公主一反往日的温柔敦厚，不仅语出古怪，强行给灵儿改了名字，还不准两人上车同行。

周遭树木高大，干枯遒劲的树枝彼此交错，在两人身边投下张牙舞爪的暗影，放眼一望，好像传说中的鬼影儿，要把人就势拖去吃了一般。青儿缩着脖子，双手抱紧自己，牙齿打战小声道："殿下三岁时就去了观里，这么多年，一次也没回过雒城，除了太子殿下去瞧过两回，还有皇后娘娘每月一次的书信和包裹，其余那些人怕是早把殿下给忘了吧。殿下年纪小，骤然得到陛下允准回京，这一回来又要见那么多人，心里紧张、烦躁也是难免的。"

灿儿却拿眸子觑着不远处的车辇："临行前，公主确实一夜未眠，那天晚上是我值夜，她反复和我说起的，都是终于能和娘娘、太子殿下团聚的欢喜，何来紧张、烦躁一说？况且……"她越说，声音压得越低，也不知是冷的，还是那股自心底涌起的不安令她忍不住浑身发抖，连嗓音都跟着颤抖起来，"况且，自从经过那片湖，我就觉得殿下处处都不太正常。殿下平日里虽不茹素，却是最不爱吃鱼虾的，酒水更是半点不沾。可你看今日这一整天，清早在客栈，殿下一口粟米羹都没尝，反而叫了一碗黄鳝面，还吃得干干净净的。"

有些事，同伴若不戳破，自己也许还能继续自欺欺人，偏偏灿儿胆大机敏，观察细致，她这一说起来，连青儿也记起诸多古怪细节："吃午饭时，殿下主动叫了一斛'梨花春'，配着那条清蒸鲈鱼，吃得很是香甜，也不见有醉意……"

可她们这些在公主身边伺候的人最清楚，公主十岁那年，太子殿下来道观探望，还带公主一同下山玩耍，在一处酒楼吃了碗醪糟鸡蛋圆子。殿下当时许久未见兄长，欢喜得不得了，那碗酒酿圆子吃了一多半，可晚膳之后不久，就醉了酒，直到第二日晌午才清醒。

自那之后，殿下从不沾酒，也不许她们这些身边人饮酒。晌午时，殿下非要尝一尝那家酒肆里的梨花春，青儿和灿儿当下觉得古怪，提心吊胆伺候了整顿饭，却并不见殿下饮酒、吃鱼后有什么不适，心头忧虑稍减，可那种古怪之感更浓了。

灿儿冷声道："最奇怪的还不是吃喝这些日常，殿下平日里待人最是温柔和善，何曾有过今日这样的疾言厉色？"

林中突然刮过一阵冷风，寒凉刺骨，还在两人站的老树附近打起了小旋儿。两个婢女一起打了个寒战，突然止住了声儿。

不远处，车辇里传来公主冰冷的嗓音："时辰也不早了，启程吧。我想早点进宫。"

侍卫应了一声，就听公主又说："青儿、灿儿，进车里来。"

公主最后这一声不似之前那样冰冷，反而好像蕴满了蜜糖一般，透着说不出的温柔和诱惑。两个婢女不由自主地走上前，动作整齐，先后有序、无声地进了车里。

车辇启行，帘外传来清晰的马蹄声。密林中风声呼啸，仿佛人在恐惧到极致时才会发出的牙齿咯吱的摩擦声。

车辇内亮着一盏花灯。殿下自小喜欢莲花形制的物件儿，因此不论是从前在道观居住的房屋，还是平日里出行的车辇，都用这种造型精巧的莲花灯。莲花灯烧起来时，灯光是暖融融的橘粉色，原本柔和的烛光映在两个婢女的脸上，不知为何，却显出诡异的幽青色。

两人双目大瞠，汗出如雨下，两股战战，却如同两只木偶一般，跪坐在那儿，一动也动不了。

名为灿儿的婢女拼命嚅动嘴唇，却发现哪怕磨碎了牙齿，也连最基本的求救声都无法发出。看着面前面容亲切却神色陌生的小公主，两颗滚圆的泪珠儿顺着眼角无声滚落。

小公主容貌并没有多么出众，身子骨也一贯虚弱，因而面色冷白，眉眼寡淡，唇色也淡，近于无色。因出生时老观主算过的那一卦，公主三岁时便远离皇都，孤身一人前往扶风郡松鹤观修行。或是天性使然，又或是耳濡目染，小公主虽然容貌平平，身体羸弱，但逢人含笑，温和大度，待人一贯和善。尤其对灿儿和灵儿这些自小跟着伺候的下人，平日里更是温声细语，十几年伺候下来，就连一次责骂也不曾有过。

可此时的小公主，眉目傲然，眼瞳幽深，几无血色的嘴唇弯出奇诡的弧度，她看着面前两个婢女道："公主不食鱼虾，滴酒不沾，性子温柔，待人和善。我都记下了，谢谢你们。"

数不清的泪珠儿纷纷砸落衣襟上，公主怪异的面容逐渐模糊、扭曲……青儿只觉有一道冰冷的东西朝自己面门袭来，她忍不住闭上了眼。神志模糊之际，她听到那个怪物用小公主的嗓音说："伺候人的玩意儿，我还是喜欢听话些的。"

回到客栈，曲苏先敲了敲斜对过的一扇门，等了片刻，又将耳朵贴在门板上听了会儿动静，忍不住嘀咕道："大晚上的，又跑哪儿疯去了？"

眼角扫到一抹白，曲苏心口一紧，迅速转脸，却正对上一袭白袍的小少年。

他见到曲苏脸上的神情，不由倒退半步："抱歉。我不是故意的，但刚刚我好像吓到曲姑娘了。"

曲苏将手上纸袋一递："樱桃饆饠，吃不吃？"本来是买给阿秾的，结果他们才出去没多少工夫，回到客栈，这丫头又不知跑哪儿去了。

来到雒城之前，他们三人一直同进同出，曲苏还没什么感觉。这会儿突然找不见阿秾，曲苏才突然意识到，相处这些日子，尽管阿秾总是时不时地"发疯"，偶尔当着青玄的面故意挑事儿，甚至还有那么两次，明夸暗贬拐着弯儿地让她难受，但其实她心里还是有点喜欢阿秾的。

阿秾是鲛人，不论她如何像人，本质上仍是一只妖，因而重要东西都随身带着，住过的房间和青玄一样，几乎不会留下什么痕迹，就和新的一样。

可能她就这么走了也说不定。

可能，妖和神仙都是这样的，来时毫无征兆，离开时也没有道别。

招呼都不打一声，说走就走，她什么时候也该学一学这份潇洒。

“发什么呆？”耳畔响起那道清淳微冷的嗓音。

曲苏转过身，眼尾在青玄身上轻描淡写地一瞟而过，就仿佛两个人是并不怎么相熟的路人一般。不光青玄神色微怔，就连一旁手捧樱桃饆饠的阿緞都跟着一齐看呆了。

“没什么。”曲苏彻底没了胃口，将怀里另一份樱桃饆饠连同原本打算买来逗阿秾馋虫的一大份古楼子一股脑儿塞进青玄怀里：“早就知道，全是一路货色。”

说不上心头那种空落落的感觉到底是从何而来，曲苏也不愿意深想。说到底，自从那日在棠梨镇第一次看到青玄和林梵，这个世界就向她打开了一扇从前想也未想过的大门。

原来这世上真的有神仙鬼怪，有与人间全然不同的规则、道理，更有数不尽的邂逅和难以诉说的离别。

阿秾的突然消失，就好像幼时在落羽，每当有兄弟死去时，掌舵者令人敲响的钟声。那钟声并不多响亮，却每一声都敲在曲苏的心里。钟声每一次响起，曲苏都告诉自己，人生太短暂了，死有时比一声咳嗽来得更突然，因此，别管过往与明天，只记今朝，好好地活在当下。

曲苏从不是自欺欺人的性格，阿秾的离开，令她不由记起之前的两次，青玄也是这样不告而别的。

她已经不再是儿时那个抱着母亲僵冷的尸身号啕大哭的小女孩儿了，也从不认为掉眼泪是解决问题的手段。她学会了看淡生死，习惯了活在当下，懂得了珍惜身边人，却一直不喜欢离别。

但总有一天，或许就在办完盛燚这桩事之后，青玄也会和从前那两次一样，和今日的阿秾一样，不告而别。就像那天阿秾在温泉里说过的那样，他会来人间行走，收服怨妖，本就是与清潋仙子的“千年之约”。

至于她，只是他践行与昔日恋人的约定途中的一个过客罢了。

曲苏关上房门，侧眸一看，却发现内室的桌上摆着一只精巧的小瓶子。

一个有点模糊的画面在脑海中一闪而过。那晚从汤泉出来，他好像是说，有东西要送给她，但泡汤泉时阿秾一顿胡搅蛮缠，说了许多他和他那个好徒弟的过往，惹得她心情实在欠佳，多一句话都不想和他说，开门时扯得那门板发出咔嚓一声，差点就要额外多赔一副门板的银子给店老板了。

曲苏不由反手一拍自己的脑门儿，难得这抠门神仙舍得送点东西，她竟然因为一时意气，险些就这么错过了。

幸好，这家伙还算有点良心。

浅紫色的小酒瓶打开来，一股馥郁的玫瑰香气扑鼻而来。曲苏微抿着唇角，眉眼却不由自主地向下弯了弯："什么呀，这下酒有了，樱桃饆饠却'飞'了，也不知道早点给……"

曲苏将酒重新盖好，揣进腰间挂的百宝袋里。

她的百宝袋里除了一卷银票、一包特制暗器、几瓶应急的药丸和一小包在雍城游玩时买的红梅香身丸外，并无其他杂物，可将酒瓶和这几样东西放在一处，行动间磕碰是难免的。

犹豫片刻，曲苏还是将那瓶酒取出来，放在枕边的小竹箱里，翻窗子出了屋。

客栈另一个房间，阿缎捧着一份樱桃饆饠，眼巴巴看着店小二为两人端上的两碗鲜香扑鼻的羊骨汤。

青玄坐在桌边，面前除了两碗热汤，还有一份樱桃饆饠和一大份古楼子。他眼眸微垂，只看着那些食物，却并不动手。

阿缎咽了咽口水，终究不敢在尊上面前径自先吃东西，只好壮着胆子道："既然店小二都说了，这汤是曲姑娘特意买的，用来配这烤饼最好吃了，尊上还是趁热用些吧。"

青玄道："我来之前，你和曲姑娘都说了些什么？"

阿缎的眼神中有一瞬间的茫然："并未来得及说什么……"鸟类一族，向来耳聪目明，他仔细回忆刚见到曲苏时的情形，逐字逐句复述道，"那时曲姑娘在敲门，还说'大晚上的，又跑哪儿疯去了'。"

青玄默了片刻，陡然有点明白过来，自己好像是"背锅"了？

阿秾不见了踪影，就把火气撒到自己身上，这脾气还真是……

换作任何一个人，这时都应该心里窝火，可不知怎的，青玄却从曲苏这毫无道理的撒泼中，品出一缕甜来。换作别人，她也会这样发脾气吗？以他认识曲苏这么久以来的经验判断，答案显而易见是不会。想到这儿，他朝阿缎睇了一眼："过来这里吃。"

阿缎愈加茫然，战战兢兢地在青玄一旁的椅子上坐下来，刚拿起汤匙，就见青玄突然起身往内室去了。

隔着半扇屏风，阿缎咬了一口香喷喷的古楼子，喝了一口热汤，奶白的汤水里撒了碧绿的葱花和芫荽，半点也不油腻，喝进肚里暖烘烘的。因而屏风那边突然响起紫微大帝的声音时，阿缎险些没被这口香喷喷的羊肉汤呛得晕过去。

他不敢出声打扰，可咳嗽根本控制不住，阿缎捂着嘴，宁可噎死，也不愿出声，但还是被耳朵灵敏的紫微大帝听出端倪，看着青玄的眼神顿时显出几分揶揄："隔壁可是你之前提过的那位凡人姑娘？"

紫微大帝心下思量，真是没想到啊，这两人进展还挺快，这才过了多少日子，都发展到一个在内室谈公务，一个在外间吃吃喝喝的地步了。

原本酝酿了满腔疑虑的青玄：“……”

青玄的沉默，让原本满脑子桃色八卦的紫微大帝愈加精神抖擞：“不如你稍微侧个半身，也让我看一看那位姑娘的真容？”

紫微大帝说这话时，原本没抱多大希望，毕竟没人比他更清楚眼前这位古怪孤冷的脾气。他执意这么说，也无非是故意调侃，希望借此激出青玄更多的心里话，逗逗趣儿罢了。毕竟他手头事多，很忙，也有好一阵子没到凡间来凑热闹了，能得个空和青玄斗几句嘴，也算近来难得的消遣。

哪知道青玄果真让开半个身子，不仅如此，他还转过身，彻底将原本遮住的外屋情形展现出来，让紫微大帝看个真切。

紫微大帝反应极快，生怕好友反悔，第一时间伸长脖子望去，就听到青玄略带讥诮的嗓音：“你养的这只绶带鸟，刚到凡间一个时辰，就差点把自己噎死，这就是你之前说的乖巧懂事、善于应变？”

紫微大帝神色微怔：他刚刚听到咳嗽的不是什么凡人姑娘，而是他家那只蠢乎乎的小绶带鸟儿？

阿缎原本已经不咳了，还趁着之前青玄沉默的时候，接连吃了两口古楼子，又灌了一大口热汤，不仅嘴唇吃得红润，小脸儿也泛上健康的红晕，衬得一双下垂眼水润润的，此刻却刚好和主人来了个面朝面、眼对眼。阿缎先是一噎，紧接着，竟吓得打起嗝来。

阿缎又急又羞，但是一张嘴就打嗝，根本连一句完整的话都说不出来，深觉刚刚青华大帝教训得是，自己真是给主人丢脸了。他只得一手捧碗，一手拿饼，隔空对自家主人行了个礼。

紫微大帝不以为意，反倒是看向青玄的眼神透出几分嗔怪：“瞧你，把孩子吓着了。”他朝阿缎摆了摆手，“接着吃你的。大人聊天，没你的事儿。”

青玄又坐了回去，唇角微翘：“你倒是护短。”

紫微大帝道：“我也是奇怪了，就你这臭脾气，那位姑娘跟着你，从白帝走到羽杭，又从雍城到了雒城，就没对你有一星半点的嫌弃？这份气度与胸怀，某真是自愧不如。”

紫微大帝也不知他家阿缎又是哪儿犯了这位的忌讳，连吃口热饭，都要被这位吓得一会儿咳嗽，一会儿打嗝。阿缎这趟“出差”，委实辛苦。

出乎紫微意料的是，青玄再开口时，不仅没有像往常那样非要和他在口舌上争个高下，反而面色平静、语气淡然，透出几分很是虚心求教的诚恳：“那依照你说，日常与女子相处，行事该是何种态度？”

这回轮到紫微大帝险些被水呛着了。

他手肘撑在桌沿，以手抚着心口的位置，缓缓喘一口气，说：“如果上天真要惩罚我，该让我继续工作，就算累死，好歹也得份体面。而不是像今日这般，紧随阿缎，步其后尘，被你一番话呛死。”

青玄微蹙着眉，显然对此事苦思已久：“近来她看似与从前没什么不同，可一遇事，就有些喜怒不定……”

紫微大帝觑着好友脸色，心头暗爽，就连眉毛都忍不住微微扬起：“这事儿啊，要我说也不难解。肯定是你什么地方做得不对，又或者说了什么欠妥的话，惹人家姑娘讨厌了。”

青玄面色淡然：“哦？她若是讨厌我，又怎么会一天到晚好吃好喝地供着我，连你家这只呆头鸟儿，都能这般轻松蹭吃蹭喝？”

紫微大帝刚想反驳，转念一想，这家伙从前极少下凡，更不会记得随身带银钱，毕竟以他的修为，就算在人间待上一百年，也用不着吃喝、睡觉，更不可能善心大发，给他家阿缎买吃食。所以，刚刚阿缎吃的那些东西，还真是人家凡人姑娘给买的。

青玄见他沉默不语，不由微微一笑：“都说紫微大帝温柔多情，游遍芳丛，最懂女儿家的心思。如今看来，也是名不副实。”

紫微大帝眉心那抹天然的紫色痕迹随着他蹙眉的动作愈加鲜明，他捻起一绺发丝向后一拂，抿唇笑道：“你也用不着激我。依照你的意思，人家姑娘管你吃喝，待你周到，那你为人家都做过什么？比方说，你可给她买过衣衫，赠过礼物？”

青玄微微一愣，衣衫是买了，却是曲苏给她买。至于礼物，短笛和花酿勉强算得上吧。

“陪人家一同游玩时，处处关照？”

他们两人，一同观过羽杭夜潮，赏过白雪红梅，还一起逛过灯市店铺呢。但若说处处关照……青玄敛眉沉思，曲苏的身手在凡人之中算得上乘，两人一起游玩时，她精力充沛，兴致勃勃，既没叫过苦，又未喊过累，吃喝玩乐更是冲在前面，也用不到他“处处关照”。

“姑娘家有烦恼不快，你可曾耐心倾听、温柔安慰？姑娘家受了委屈，你有没有及时挺身而出，英雄救美？”

说到这儿，就连紫微大帝自己都噎了噎，眼前这位是什么脾气，他最清楚。安慰起人来是不可能温柔的，但凡朋友遇到个事儿，他不出言讥诮、大泼冷水就已经算是手下留情了。至于英雄救美，紫微大帝眉梢一扬：“人家姑娘知道你是仙人了吧？”

青玄点了点头，他还沉浸在回忆自己过去的所作所为之中，一时间也没顾上去观察好友是什么表情。

紫微大帝面色上虽然还正经端着，可那微微抖动的眉梢，怎么看都透出一股幸灾乐祸的味道：“她既知道你是神仙，而她身为凡人，寿数再高也不过百年。我看这姑娘，出手大方，举止洒脱，脑子肯定也是个清楚的，她知晓和你之间的差距，能把你正经当好友看待，已算仁至义尽了。”

紫微大帝还在扬扬自得地抒发己见，压根儿没留意到青玄脸色已愈见冰寒，最终还是来了个总结发言：“总而言之，你若是想讨得姑娘欢心，至少也该先问问人家的意思，万一人家心里压根儿就没有你呢？”

紫微大帝最后这一句，简直振聋发聩、锥心刺骨，颇得平日里青玄本人拿话刺人的真传。青玄指尖微动，干脆提早中断了两人之间这段令人不堪细想的对话。

约莫是感觉到此前公主殿下诸多不耐，得了继续前行的命令，车辇回到官道之后，行得逐渐快了。

粉色的莲花灯在雪花青缎上映出模糊的莲花轮廓，小公主斜倚在软枕之上，吩咐面前垂头捏腿的婢女：“再用点力。唔，舒服。”

另一边，婢女青儿将一枚柰果削去外皮，切成小块，在水晶盘内整齐码好。

小公主发出一声意味不明的哼笑，自腰间取出一枚核桃大小色泽莹白的海螺壳，将其尖角朝向虚空的方向，纤白食指在螺壳背面缓缓摸了三下。一会儿，一道水蓝色的身影在眼前逐渐清晰起来。

阿秾眉若横翠，眸若星波，耳畔的卷发幽蓝近墨，雪白的皮肤宛若剥了壳的荔枝一般……凌曦仙子的目光默默在她的面庞上扫过一圈，若不是没有更合适的身份，以这小公主的平凡姿色，她无论如何也不会这般屈就。

面前的薄雾缓缓褪去，阿秾看清面前女子的容貌后不由惊讶得连连眨眼：“仙子怎么变成了这副容貌？”

凌曦仙子扯了扯嘴角：“方便行事罢了。”她看向阿秾，眸色微沉，“我那日让鹊妖带给你的药，你可用了？”

阿秾神色娇憨，不点头，也不摇头，而是问：“仙子，曲苏真的只是个凡人吗？”

寄身在当朝五公主身上的凌曦仙子微微蹙眉，神情里透着几分不耐：“当然了。她若是有别的什么身份，我能看不出来？”

“我也觉得，她就只是个普通凡人。”阿秾缓缓点头，语透迟疑，“阿秾只是纳闷，因为尊上待她太好了。”

之前几次，两人以传音海螺定时联系，凌曦仙子没少从阿秾那儿听到尊上与曲苏相处时的种种细节，这事原是两人事先约定好的。可几次三番听下来，两人或是斗嘴，或是说笑的诸多细节，阿秾虽都转述得巨细无遗、绘声绘色，凌曦仙子却每每听得心口发酸，越来越不是滋味儿。

从前在白帝城时，她已看出，尊上待曲苏，看似语带轻嘲、处处调侃，但从眼神和不经意间流露的淡笑来看，尊上对那个凡人女子，终究也太上心了些。

她一连三次邀请尊上同去参加赤帝的寿宴，前两次他都找借口推辞了，最后一次更是摇一摇头，连个正经推拒的理由都懒得给出。赤帝得知此事并不惊讶，只是劝她尽早动身，也好多陪他几日。显然这些年来，他对于青华大帝的脾性也很了解，这位疏冷惯了，若是哪日主动出现在谁的生辰宴上，那才叫天大的稀罕事儿。

眼见尊上不可能与自己同去寿宴，凌曦仙子却也不甘心眼看着他和曲苏游山玩水，成日厮混。得知他们不日将前往羽杭，她便让手下婢女给住在罗刹江底的阿秾去了个信儿。

烝渊建成两千年左右时，霜雪神女清潋有功，曾在青华大帝的许可和见证之下，亲手放了一批怨气尽消的怨妖出去，鲛人阿秾就在其中。后来从天界传来清潋身死魂消的噩耗，阿秾和许多怨妖很是难过了一阵子。九重天上，玉帝跟前，青华大帝不见影踪，妖神之后烛龙口口声声都是指责清潋，一众神仙里，只有凌曦仙子肯多次发声，为清潋求情。这件事儿，不论是阿秾还是其他受过清潋恩惠的怨妖，都铭记心中，感念至今。

阿秾那日突然收到凌曦仙子派人传来的口信：青华大帝身边突然多了一个性情狡诈的凡人女子，让阿秾想办法跟随左右，最好能当着尊上的面，揭露那个女子的真面目。阿秾起先也觉得这差事来得有几分莫名，可后来通过传音海螺与凌曦仙子交流小半日，阿秾又觉得，事情若真如凌曦仙子所说的那样，哪怕为了从前清潋待她的好，自己也应该跑这一趟。

没想到的是，这个曲苏远比凌曦仙子所说的还要狡猾，饶是阿秾此前信心满满，这段时日相处下来，也有些受不住曲苏的性子，颇有些偃旗息鼓之意。但真正让她止步不前的，还是泡汤泉那日，她在曲苏腰间看到的那枚林梵的旧物。

“阿秾，我在问你，收到我给你的药，为什么迟迟不用？”

凌曦仙子口中所说的药，名为“千丝”，是用一种名为“千机”的古树上的果子提炼出来的。千机树每隔五百年开花一次，花开之日，也是其结果之时。千机树花开，形态殊美，自树顶缓缓坠下紫色丝囊无数，远远看去，仿佛一把紫色的巨伞，又如江南烟雨，紫雾朦胧，曼妙至极。而从这种紫色丝囊中，便能提炼出“千丝”来。

此药若是寻常使用，并非毒药，而是一味功效特殊的滋补之物。但其玄妙之处在于，若将此药与鲛人之血混合，便成了天下至毒，只需极少用量，便可令人生不如死。用在曲苏这样的凡人之躯上，一开始只会稍感不适，昏沉欲眠；随后数日，感到困倦无力的时辰会越来越长；待到毒发，这人的全身经络、骨骼如散为千根丝线一般，成为败絮一团，就是神仙来了也难救。这便是千丝的可怕之处，也是凌曦仙子特意为曲苏所准备的至毒。原本凌曦仙子与阿秾约定好，只要顺利下毒，阿秾无须惊慌，在之后几日，随意找个机会溜走便是。

但凌曦仙子并没有告诉阿秾，千丝之毒，并非无解。若尊上眼明心亮，一眼认出这千丝之毒，又足够心狠与果决，只需立时杀死以己血混合千丝毒的鲛人，抽取其全身血液，将中毒之人整个儿浸泡进去，只要这人还有一口气在，就能救回来。

同一个问题，凌曦仙子第二次问及，阿秾不好再回避，只能微低下头，把玩着自己的发辫道："仙子可别以为是我不上心，之前倒是有过一次机会，为了下毒，我还特意和那曲苏专门泡了同一个池子……"

凌曦仙子听到关键字，指尖悄悄勾紧了衣裙上的布料："你们去泡池子？"

"是呀，就是那日在雍城戏楼和你联络之后。"阿秾垂着眼，嘴上答得无可奈何，心里却忍不住想，曲苏果然没有骗她，下午带她去逛的这间店铺，小娘子真是一双巧手，为她编辫子时特意缠了银蓝两色的缎带进去，夜晚灯光一照，光彩夺目。阿秾喜欢得不得了，哪怕和凌曦仙子说着话，也一直拿小手指悄悄顺着缎带的走向来回摩挲。

"泡什么池子？只有你们两个？"

"泡温泉呀，那池水可热了，我为了下毒，强忍着不适陪她虚耗了好久。"

凌曦仙子语气中隐隐透出急切："然后呢？"

阿秾脸色微红："我正想动手时，突然发现，尊上就在隔壁。"

阿秾极少撒谎，尽管她心里明确有了非撒谎不可的理由，可仍是忍不住脸泛热意。可这落在凌曦仙子眼中，却霎时误会了她脸红的意思。

一人一妖泡在汤泉里，想来两人都穿得极少。且不说阿秾是何等绝色，就是那曲苏，平日里虽不见妖娆，可但凡女子穿着单薄，裸露臂膀，往汤泉里那么一泡，落在男子眼中，情景难免旖旎。尤其听阿秾的意思，尊上在隔壁，也不知他当时看了多久……

凌曦仙子脸色忽白忽青，阿秾却仿佛看不到一般，继续轻声道："对了，仙子托我关注的那件事，好像有点眉目了。"

阿秾将白日发生的事仔细叙述了一番，凌曦仙子素白着一张小脸儿道："你是说，尊上已经见过了盛燚，但并没有什么表示。对于太子，尊上可说过什么？"

阿秾微微摇头："那倒没有。不过因为曲苏对太子和盛燚之间的八卦很是热衷，尊上也就由着她。今天下午，我陪她在坊间打听了许多这方面的传闻。"

凌曦仙子脸色微沉，过了半晌才道："我知道了。阿秾，我这里仍是两桩事，要辛苦你去办。"

阿秾眨着水盈盈的眼："仙子，并非我不想下毒，而是尊上他……"她抿了抿唇角，虽然不情愿却也不得不认命，"尊上他与曲苏几乎形影不离，而且有他在的地方，我并不能动用法力，杀曲苏一事，确实难办。"

凌曦仙子轻笑了声："我不是说过吗，有时杀人，并不一定要用刀。我让你找机会单独对曲苏说的那些话，你可都说了？"

阿秾道："我说了。但她当时听了，并没有什么反应，就跟没听到似的。"

凌曦仙子道："那就找机会，将我稍后要告诉你的这些，再和她说一说。"她顿了顿，又道："至于盛燚和太子那边，若是尊上有什么举动，阿秾可一定要及时相告。"

阿秾点了点头："既然这是玉帝吩咐仙子的要事，阿秾一定谨记。"

凌曦仙子嗓音微甜："谢谢你，阿秾。这些日子真是辛苦你了，若是清潋姐姐还在，能看到你已经成长为今天的样子，心中一定会感到宽慰。"

阿秾微微一愣，随即弯了弯唇，对凌曦仙子行了一礼："拜别仙子。"

第十三章　自求多福

夜晚的雒城一向熙熙攘攘，热闹非凡，但没有哪一个晚上如今夜这般热闹。亥时初刻，宫城上方一声巨响，街道上，屋舍里，无数人朝着皇宫的方向望去，只见漆黑的夜空寂静片刻，下一瞬，便炸开数朵烟花。在人群的欢呼呐喊声中，更多五颜六色的烟花在空中次第绽放，各式形状，流光溢彩。最当中的是一幅“月上清河图”，小小一轮圆月，皎洁之中隐隐透着蓝光，几乎可与夜空之中真实的月亮相比拟。

客栈一层的大厅之中，无数宾客议论纷纷：“这是庆贺五公主回宫吧，当真是大手笔！”

“可不仅是今夜，公主回朝，这烟花要连放七夜呢！”

“听闻这位公主自小养在道观，还未回宫，皇后娘娘就降下懿旨，赐名‘令月’。你们看这圆月烟花，就是特意为庆贺公主回朝而定制的。”

大周建国两百年，自开国以来，只有开国君主的亲姐曾得赐名“昭阳”，而后便是这位令月公主了，足可见帝后二人对这位小公主的疼惜与看重。

皇宫内苑，长生殿内，令月公主倚在罗汉床上，眼睫轻垂：“太子哥哥怎么不来看我？”

她尝了一口婢女奉上的玫瑰花露，面上浮现淡淡的嫌恶神色。凡间俗物，再如何精心酿造，到底比不得仙界佳酿。那次送青华大帝回妙严宫，看见那只九头狮子喝的玫瑰花酿，光闻味道，都足以沁人心脾。

只可惜青华大帝对这些酒水不屑一顾。她心里喜欢，却不敢向尊上开口讨要，只能看着那只九头狮子牛嚼牡丹，肆意糟蹋。

公主面前，除了自小服侍她的青儿和灿儿，还跪了个回宫后皇后娘娘亲赐的大宫女银灯。除她们三人之外，其余赐下的宫人，全被公主借口性喜安静，暂时撵去殿外。

银灯垂首道：“娘娘说公主今晚回宫，肯定乏了，应当早点歇下，好好休息。不论是太子殿下，还是其他什么人关心、想念殿下，都得等明天午后再进宫。”

凌曦仙子感知一番这位小公主体内的另一个灵魂，唇角浮现一丝冷笑——身子这般孱弱，就算再怎么好生养着，也断然活不过这个冬天。亏得这帮子凡人还将她当作什么宝贝，金尊玉贵地养着。更好笑的是那个皇后，居然还敢给她赐名“令月”，真是嫌她这个小女儿命太长了些。

“我很想念太子哥哥，想明天醒来就能见到他。”

令月公主的嗓音轻轻柔柔的，细听还能听出几分虚弱的气喘。银灯心中忧虑，柔声道：“殿下安心休息，奴婢这就回禀皇后娘娘，皇后娘娘如此宠爱公主，定会应允。明日公主醒来，就能与殿下兄妹团聚。”

“甚好。你退下吧。”

银灯迟疑道：“殿下虽然不太习惯，但只有她们两人伺候，终究太少了。娘娘若得知，也是放心不下的。”

公主扯起嘴角，缓缓一笑：“也好啊，就让他们都进来伺候。”她垂着眸，看着自己素白的指甲，“我想沐浴。弄些凤仙花汁子来，冬夜漫长，我想染些蔻丹玩。”

银灯迟疑片刻，还是应了一声，躬身退下。

莹白的耳垂上，造型精巧的耳坠子如一点星芒，倏然亮起，又瞬间熄灭。

凌曦仙子伸手捏了捏耳垂，转回自己的嗓音，轻唤了一声：“师父。”

耳畔响起一道威严却不失柔和的女声：“凌曦，前日你离开天界时，不是说要回家乡参加你父王的寿宴？”

凌曦仙子噘了噘嘴，嗓音清脆：“是啊师父，只不过我有个朋友和我说，雒城这边有好玩儿的东西，我——”

“我看是哪个家伙走漏了消息，让你知道了青华大帝就在雒城吧。”

凌曦仙子咬唇：“师父……”她软声央求，“您别告诉我父王，不然我回去又该挨罚了。”

耳畔传来一声轻叹：“你呀，你父王找不见你，都一路派人寻到天界了，要不是今日被我拦在紫桂林外……”

“多谢师父，师父对我最好了！”

“别一口一个师父叫着，被别人听见，还以为我真跟你师父抢徒弟了。”

凌曦仙子唇角弯弯：“您和我师父那么要好，又对我这么好，我私下里喊您一声师父，也不过分啊。”

“就你嘴甜。”耳畔的女声掺了几分笑，显然对凌曦仙子这般撒娇卖乖的话十分受用。

凌曦仙子的眼中透出几分深思，她故意让自己的嗓音听起来轻快无忧：“对了，师父，刚才突然想到一件事。好些年前有一回，您教我布阵的时候，好像有一个阵，可以诛妖……”

“你这孩子，是好几个阵都可以诛妖，只不过那几个阵法太过阴毒，在天界已被划为禁术。教你那些东西，也是为了让你在遇到性命攸关的大事不得已的时候，可以有个自保的法子。你可不许乱用！”

“我知道呀师父，您放心吧。您从前教我的话，每一句我都放在心上，一天都不敢忘。”

耳畔的女声轻笑了声，又道，“忙完你那点事，尽早回赤帝身边去吧。”

“好的师父。”凌曦仙子乖巧地答应了声，又道，“等回去见过我父王，让他安心，我就回天界，再好好和师父多学些本事。”

“早去早回。”

随着这最后一句叮嘱，耳畔再次安静下来。

说起来，她这个白捡来的师父还真是厉害，不仅精通各种外功身法、阵法，就是许多上古书，也能轻易找来。只要她耐心点，多说几句好听的话，对方甚至能将毕生所学倾囊相授。

就连这趟来人间，夺舍这小公主的法子，也是从前跟着这个师父学来的。

从前她还不觉得这本事有多厉害，最近她切身实践了一回，才发觉真是好用。

等回到天界，她还真要安下心来，好好跟着这个“便宜师父”再学点厉害的招式。

凌曦仙子抚着耳垂儿，唇角泛出一缕笑，起身向殿外走去。

长生殿内外灯火辉煌，铺设奢华，奇珍异宝无数。皇后爱女心切，不仅处处布置妥帖，而且还特意在后殿挖了个汤池，引来温泉水，专供小公主沐浴玩耍。

四名宫婢跪在池边，往池水里撒着玫瑰花瓣。凌曦仙子靠坐在池边，水汽氤氲间，她伸出食指，在面前虚虚画了个圆。旁人看不到，唯独她自己可以透过那面镜子，看到自己真实的容颜，而不是此刻身上穿的这副平庸笨拙的躯壳。

乳白色的汤泉温暖熨帖，她朝面前轻呵了一口气，只见镜中的自己明眸皓齿，雪肤花貌，比那曲苏不知强出多少倍。那五百年前在玉帝跟前受四十九道天雷而身死魂消的霜雪神女，模样也只是堪称清隽罢了。看着被汤泉滋润得愈加娇媚的容颜，再想到那鲛人在自己面前几次三番详细描绘的情形，凌曦仙子贝齿轻咬红唇，她太不甘心了。

她自在渭水之滨初见青华大帝起，就为他的容貌、风姿心折不已。后来她跟在太阴元君身边修习时，看到一句“云开千仞雪，月照万江流”，只觉这诗写得万分妥帖，字字句句都是两人初见时她心里的所思所感，可为什么那样丰神俊逸的人，眼中从来都看不到自己呢？

四千多年前，她跟随亲父赤帝初登九重天，那日他明明也在近前，却仿佛看不到她一般，不论玉帝和赤帝两人如何明说暗指，他就是不接话。最后还是太阴元君在玉帝几番眼神暗示下，开口替她和父亲两人解了围，收她为座下大弟子。

三千多年前，青华大帝要收徒镇守炁渊一事传遍了四海八荒。选徒试炼那天，她也去了，明明她杀的妖兽最多，速度最快，甚至不惜脸上挂彩，可他却选了各方面都不如她的清潋当弟子。她为此一连哭了好些日子，直到后来九重天渐渐传开一桩旧闻，说清潋身为霜雪神女，是昔日司寒上神的后裔。万年之前，司寒上神羽化，青女一族渐渐式微，青华大帝便是看在从前司寒上神为天界做过许多事的情分上，特意关照其后裔族人，这才破格收了清潋为徒。

五百多年前，清潋看守炁渊时勾结怨妖，铸下大错，被玉帝当众惩处，灰飞烟灭。她本以为这一回，青华大帝总该看到她的努力了，却不想从那之后，炁渊毁弃，青华大帝再也没提过收徒一事。

不收徒也是好事。他从不对任何女仙假以辞色，既然不收徒，便意味着除她之外，也不与任何其他女子亲近。可谁能想到，不过去了一趟凡间，他竟然与一个凡人越走越近。在白帝城那几日，她看着他与那凡间女子说话时的神情、态度，竟然比从前对清潋还要温和、亲近许多。

凌曦仙子咬紧了唇，直到舌尖仿佛尝到了血腥味，才倏然松开唇齿。或许是她想得太多了，他再与那个女人亲近，对方也不过是个凡人，青华大帝是何等尊贵的神祇，怎么可能会无端痴恋一个凡人女子？她还派了阿秾在他们两人身边跟着，若有异动，阿秾就是看在从前与清潋的旧情上，也不会坐视不管。对于她而言，眼下还有更重要的事要做，想到即将要见到的人，凌曦仙子眯了眯眼，忍不住发出一声轻笑。

当日烛龙被贬下凡之前，与她约法三章：第一，两人往后非必要不得相见；第二，她要以太阴元君的秘法为他保留记忆；第三，他要知道兰昱尘在凡尘最后一世，到底要历什么劫。

第一个条件正合她的心意。第二条对她而言，称得上易如反掌，因而她当日一口答允。唯独第三条，别说她和烛龙，就是青华大帝来了，也不可能窥破天机，知晓仙人在凡间历劫的种种细节。可没想到烛龙心机深沉，不仅对别人狠，对自己也够狠，为了那个兰昱尘，他竟然舍得拿出他身为妖神一族的本命髓晶石，赠予文昌帝君座下大弟子清殊真人，让他为兰昱尘在凡间的最后一世进行占卜，最终得了两句模棱两可的谶语。

凌曦仙子不仅记得那两句谶语，也记得当日烛龙望着那两句话时的神情。但他无论如何都不会想到，有朝一日，她会化身为兰昱尘这一世最亲近的小妹，亲手帮他坐实这两句谶语。

长生殿后，香炉吐雾，暖意缭绕，撒满了玫瑰花瓣的汤泉中，少女轻而绵的笑声如同池中涟漪，一圈圈地荡漾开来。四周伺候的宫人无一抬首去看，与令月公主带回的那两名婢女一样，乖巧得如同木偶一般，面无表情，垂首忙碌。

皇后寝殿。

银灯报来消息，得知令月公主的请求，皇后精心保养的面容显出一抹有些忧伤的笑："我这一双儿女历来懂事。令月自小离家，难得的是这么多年一直惦记着璟儿，只可惜本宫当年瞎了眼，没给他们选一个好父亲。"

贴身服侍的大宫女翠屏轻声安抚道："如今公主殿下也回京了，母女重聚，娘娘应该高兴才是。"

皇后缓缓颔首："令月回家，我们母子三人终得团圆，这是难得的喜事。"她微皱着眉，"你刚刚说，太子今晚并不在府内，而是去了姓盛的小子那儿？"

宫女翠屏既是皇后贴身伺候的人，也是连通内外为皇后传递消息最为关键的一环："是的。太子戌时回府，宋少监这两日就住在太子府内。"

皇后神色未见轻松："当时给他选伴读，我左思右想，那姓宋的小子看着是个性情软和的，便允了他的心愿，让宋千意跟着他。宋家三代大儒，若能让宋千意为他所用，总归是一件好事。可这些年来，那姓宋的老匹夫却一直为贵妃鞍前马后。这两年，宋千意虽然也替太子办过两桩大事，但终究拗不过他老子，在那些老家伙跟前也说不上什么话。我总盼着，太子和姓宋的能疏远些，也免得登基后对宋家心慈手软。"

"回雒城之后这几年，他倒是和盛燚走得近了，可这盛燚比姓宋的小子还不好拿捏。如今他们三人走得倒近，也不知道璟儿心里到底怎么想的。"

皇后年轻时容貌就不出众，如今年纪渐长，眉目清淡，薄薄两片唇，反倒比常人显年轻些，小公主容貌便是随她。皇后出身世家大族，通身的雍容气度，绝非寻常女子可比，自少时就颇有主见，做事也不乏心机与手段，唯独在择选夫婿这件事上走了眼。婚后的二十几年岁月，她处处筹谋，都是为了景家上下两百余口和这一双儿女。

翠屏思索片刻道："依奴婢看，宋少监出身书香世家，才学、办事都出众，性情温顺，待殿下也有几分忠心。"

皇后闻言，目露轻嘲："你也说了，只有几分忠心。"

翠屏道："盛小将军性烈如火，行事偏狭，但私下辅佐殿下办的那几桩差事，都是实实在在的，为殿下在朝野博得了好名声。许多年轻的朝官这两年都心向殿下，想来日后也能成长为一股助力。"

皇后迟疑片刻："可他性子太烈，又有他父亲留给他的盛家军，我怕日后……"

两人正在轻声交谈，就听到窗外传来两声暗语。翠屏飞快奔至后窗，自暗卫手上取过一只竹筒，当着皇后的面拆开，而后将纸条递了过去。

那纸条是特制的，在烛火上烤一会儿，才显现出字。

翠屏微垂着眼，不敢窥探。皇后看过之后，将那字条直接递了过去："也不知盛燚这小子，葫芦里卖的是什么药。"

"娘娘要见此人？"

"当然要见。"烛火映照下，皇后面上缓缓浮现一抹笑容，"既然他这么着急为太子打算，本宫就成全他。"

"曲苏。"也不知这几日阿秾又抽了什么风，不仅待曲苏的态度比往常更亲昵了，还动不动就直接喊她的名字。

曲苏倒不以为意。她午饭吃得有点撑了，歪在软榻上吃蜜饯果子，正懒得动弹，听到门外阿秾的喊声，她应了一声："门没关。"

虽说有个又美又娇的小美人喊她姐姐，是件挺受用的事儿，但若这美人喊"姐姐"时别有用心，直呼她的名字却是真情实意的，那还不如喊名字呢！

阿秾推门走进来，发辫上银蓝两色的缎带上绑了些亮晶晶的水晶珠子，午后阳光一照，晃得人眼晕。她走到软榻旁，双眼亮晶晶的，说："曲苏，你从前来雒城，有没有去过城郊那间松鹤观？"

"没有。"曲苏以手遮额，半眯着眸子打量她："你这绑的都是什么，晃得我眼都花了。"

"从一个小贩那儿换来的水晶珠子，我这里还有许多，你要不要？"阿秾说着，就从腰间荷包里抓住一把五颜六色的水晶珠来。

曲苏缓缓喘了口气："你该不会拿珍珠换了这玩意儿吧？"

"没有。你之前都告诉过我了，我又不傻。"阿秾捋着发辫，扬扬得意道，"是尊上给了我银子，我又拿银子换了铜钱，用铜钱从商贩手里买了这些珠子。和你平日买东西一样，我还杀了价，没有吃亏。"

"学得还挺快，买东西都知道砍价了。"曲苏顺嘴夸了一句，旋即反应过来不对劲，"你说谁给你的银子？"

阿秾眨了眨眼："尊上。"她神情看起来骄傲极了，伸手拍了拍鼓囊囊的荷包，"准确地说，不是给，是换。尊上向我买了珍珠，依照市价给了我银子和银票。"

曲苏觉得这一句话里重点过多，她一时半会儿分析不完，顿时有些头大。青玄怎么就有了银子和银票？不，更准确地说，他确实可以弄到这些东西，但他拿这些钱跟阿秾买珍珠做什么？

曲苏揉了揉额头，不免深吸了一口气："先不提他。你换这么多银子、银票，花得完吗？等你忙完这一趟，是不是要回你在罗刹江的家？你们鲛人之间买卖东西，也用不着人间的货币吧？”

若是用得着，阿秾刚上岸那些日子，也不可能分文不带啊。

曲苏觉得这孩子是被白花花的银子冲昏了头脑，更重要的是，青玄身为一个大神仙，也不知道搞个等价交换，这不是坑鱼吗？

阿秾不仅丝毫不慌，反而特别开心：“你不懂，这可是青华大帝亲手换给我的银票，我拿回去都可以直接当护身符用。虽说这些年来，在殷和大人的管辖之下，我们这些妖族的日子比起从前已经好很多了，但说到底，在我们鲛人族心里，最崇拜的还是青华大帝！我都数过了，等我回到族里，这些银票我们一人一张，刚好够分。等我们有需求上岸，还能拿银票买凡间的东西，多方便呀！”

行吧，这大约就跟一个普通老百姓从皇帝那儿收了一万两银票，一张都舍不得花，全留下来当传家宝的意思差不多。

曲苏坐了起来，一脚蹬上靴子起身：“你刚才说要去哪儿？”

“去松鹤观。”阿秾答得脆生生，她跟在曲苏后面，“曲姐姐，你不想知道，尊上为什么要买这么多珍珠吗？”

曲苏眼皮儿一跳，唇角却含上三分笑意：“别说他买珍珠了，他就是把整个皇宫买下来，跟我又有什么关系？”

刚走到门口的青玄：“……”

曲苏一扭头，刚好对上青玄幽深似墨的眸子，瞬时露齿一笑：“去松鹤观逛逛，一起吗？”

开玩笑刚说完别人，就和他本人来了个两两对视，还有什么比这更尴尬的场面吗？当然要赶紧找个理由缓和一下大家的关系了。

青玄若有所思地看了她一眼，神色微缓：“可以。”

曲苏还在纳闷，为什么这一个两个的都对松鹤观这么感兴趣，身旁跟着的阿秾主动开口答疑解惑：“最近令月公主回来了，普天同庆，雒城的松鹤观与五公主前往扶风郡修行的那间本是一家。自前日起，这两间松鹤观接连七日施粥。听说这两天，清早天没亮就有人去排队了。”

冬日天寒，也没什么正事要做，曲苏最近慵懒得很，听到这话不免打起了退堂鼓：“这都过晌午了，咱们这会儿出发，等到了道观，估计锅底都刮干净了。”

“不会的。”阿秾解释，“听说前两日就算傍晚到那儿的人，都能分到一碗如意粥，吃一碗如意粥，新一年就能吉祥如意、事事顺心！”

曲苏听得简直想笑：“我只听说凡人有烦心事，怎么你们鲛人也有？”

阿秾目光闪了闪：“唔……反正我今日要进香许愿的。”

曲苏道：“怎么，求桃花吗？”

这话前两日曲苏说起过一回，阿稌已经知道此桃花非彼桃花，听到这话并不羞涩，反而露出一抹极温柔的笑：“那倒不是，阿稌想求签，只为一故人。”

此时的曲苏并不知晓，阿稌口中所说的一心惦念的故人，会为她带来怎样惨烈的灾祸。

她只是从未见过阿稌露出这样温柔而缅怀的笑，恍惚片刻，轻声道：“我的故人都不在了，我若求签，只为自己。”

抵达城郊的松鹤观时，天色稍晚，阿稌抽了抽鼻子道：“明日会下大雪。”

曲苏自山脚下的茶水铺买了一袋糖炒栗子：“若真被你说着了，请你去雒城最豪华的那间酒肆吃全鱼宴。”

阿稌是鲛人，自然最爱吃鱼，听到这话她瞬间来了精神，朝曲苏伸出小手指：“拉钩!”

曲苏在她手心拍了一下：“那家的全鱼宴得提前好几天预订呢，只要明天下雪，咱们当即就去订饭。”

想进道观，先要登三百六十九级石阶。这三百多级石阶，三人很有默契地一步步爬了上去。冬日天黑得早，登到山顶时，日已西斜，晚霞绚烂，染红了半边天际。

曲苏缓缓喘匀一口气，往嘴里丢了颗热乎乎的炒栗子：“是该锻炼了。”她这几天在客栈太过懒散，体力明显不如往常。

阿稌道：“你说什么？”

曲苏瞥了她一眼，阿稌脸颊粉嘟嘟的，一丝气喘也没有，另外一个人看都不用看，他走在身边时，吐息绵长，她都懒得数他呼吸的次数。果真非我族类，不能比啊。曲苏吃了一颗甜栗子，整理好心绪，开口道：“没什么，就是有日子没舒展筋骨了。”

阿稌迟疑道：“最近除了令月公主回京的新闻，好像没什么大事件了。”

既没灯会，也没庙会，那些夜市连着逛了几日，也就没那么新鲜了。酒肆、戏楼，说书的、杂耍的，也都是刚开始才觉得最有趣儿。

曲苏眯着眼琢磨了一会儿：“过几日城里有鬼市，咱们可以去逛。”

“鬼市？”自从来了雒城，阿稌爱热闹的本性暴露无遗，每天城内有什么新闻，哪条街新开了个什么铺子，谁家饭庄又推出了什么特色菜，她打听得比曲苏还积极，可她并没有听谁说过“鬼市”。

曲苏道：“每年进了冬月都有。听说有不少稀奇玩意儿，子时开张，寅时一刻就收摊儿了。”她瞥一眼阿稌腰间的荷包，“不是刚换了不少银子吗，这下你可有潇洒的地方了。”

阿秾瞬间捂住荷包："那也得看那些东西值不值得我出手。"普通人眼中的稀罕玩意儿，可不一定符合妖的口味。可一想到此前曲苏介绍或推荐的那些小玩意儿，阿秾的小心脏又忍不住痒起来了。

也真是奇怪，说起这些吃喝玩乐和八卦的事儿，好像就没什么是曲苏不知道的。难得这两日曲苏懒得出门，让阿秾先知道了松鹤观这么个可以吃粥和求签许愿的地方，又刚好投了尊上的喜好。阿秾悄悄握紧小拳头，总有一天，她要抢在曲苏前头，干一件让她和青华大帝都惊讶的大事儿。

走进道观，曲苏才知道为什么阿秾对这间道观极力推荐，而青玄在听到她说要来此处时神色微妙。

原来这间道观最中央那座大殿，供奉的正是青华大帝。

曲苏嘴里含了颗栗子，望着殿内那尊雕像，忍不住笑出了声。

青玄瞥了她一眼："很好笑？"

曲苏摇了摇头："可能在普通人心中，神仙看起来年纪越大，法力越高。"

这话说得促狭，连青玄都忍不住唇角微翘："既然来了，去许个心愿也好。"

曲苏捧着那袋糖炒栗子，望着那尊将青华大帝塑造成白胡子老爷爷的塑像，摇了摇头："还是不了……"

远处传来阿秾的喊声，约莫是找到了求签的地方，让她抓紧过去。

不知为何，道观内突然响起了钟声，曲苏后半句话说得很轻，可青玄还是听到了。这里供奉了他，信奉着他，道观之内，只要他用心倾听，任何人说话，于他而言，都字字入耳，清晰可闻。

他听到她说："能做到的事，我自己会努力；做不到的事儿，我也不强求。"

所以哪怕是对着他，她也觉着不必许愿。

可是这一刻，望着穿过人群朝着远方飞快奔走的那道身影，青玄突然有点希望她心里有个可以对他许下的愿望。

曲苏听声辨位，脚程很快，不一会儿就赶到阿秾身边。她一路上悄悄剥了许多栗子吃，身上沾染了栗子的甜香味儿，站到那只巨大的签筒前，连那位严肃的年轻道士都忍不住朝她笑了一笑。

曲苏难得被他人笑出了几分羞涩，她拿出手帕擦了擦手，将签筒转了一圈，眼见签子掉出，一把抓在手里。

道士又朝她微微一笑："居士好身手。"

曲苏将扁扁的竹签捏在手里，看了一眼上面的字，是一句未曾读过的诗："千载白衣酒，一世清泫香。归来霜雪客，同沐莲华光。"

阿秾也抽了一支，学着曲苏的模样，将那支签及时接在手里，先曲苏一步递了过去：“先帮我瞧。”

那道士侧身而立，签上的两行小字刚好落入曲苏眼中，只见上面写着：“劝君切莫向他求，似鹤飞来暗箭投。宛如持灯更觅火，不如收拾枉劳心。”

曲苏虽然不是多么通文墨，但也看出这两句话的意思不太好。阿秾却没仔细看，只是盯着小道士的脸问：“我想找人，这支签是好签吗，能找到吗？”

果然，年轻道士微蹙着眉，迟疑片刻道：“这人……怕是不好找，且依照此签的意思，姑娘寻人虽然心诚，也要注意自身安全，不然，恐有血光之灾。”说到这儿，他自袖中取出一物，“这是我师兄写的平安符……”

阿秾却没有立刻伸出手，而是脸色狐疑地看向小道士：“你不是诓我吧？”

年轻道士脸皮薄，不好意思与阿秾争辩，只是说：“不要也无妨，只是姑娘近日行事，要多注意安全。”

曲苏却捏了捏阿秾的脸颊：“瞧你抠的。”她替阿秾做主，向那年轻道士说，“来三个。”

阿秾虽然有点不乐意，可也知道，三十文对她如今的存款而言，只是九牛一毛。拿了平安符在手，她小声对曲苏嘀咕：“我们一天到晚都跟尊上在一起，拿十文钱买这玩意儿，还不如向尊上讨根头发呢！”

曲苏不由侧眸瞥了阿秾一眼：年轻人很有想法！

阿秾被曲苏亮晶晶的眼神看得发毛，忍不住道：“你这么看我做什么，我又没瞎说。”

年轻道士向曲苏微一颔首，对她说：“居士的这支签，想问什么？”

曲苏道：“就……问前程吧。”其实她也没想好问什么，脑子里飞快闪过一个念头，她抓了抓腮，“要不还是问姻缘吧！”

年轻道士说：“这支签是上上签，平常很少有人抽到。以前我师父他老人家还在世时曾经说过，抽到这支签的居士，命途多舛，际遇不俗。依贫道所见，签文所言，并不合前程或财运，这应当是支姻缘签。”

听到年轻道士这样说，阿秾的反应顿时比曲苏积极多了：“若问姻缘，这支也是上上签？”

年轻道士浅笑道：“故剑情深，白首不离。是上上签。”

曲苏又将道士手中的签文径自看了一遍，默记在心里，目光却在触及那上面的“清泫”二字时，脸颊发烫，渐渐地，连心口那一块儿都跟着滚烫起来。

曲苏道了声谢，随手在签案上搁了块碎银子，转头就走。阿秾却飞快跟上来：“喂，你这姻缘签，该不会求的是和尊上的吧，你要知道……”

曲苏将揣在怀里的糖炒栗子取出来，一整袋全塞给了阿秾："送你了。"省得热得她闹心。

阿秾哪里甘心就这么被她打断："我不是很爱吃这个……我还没说完呢，你要知道自己和尊上，仙凡有……"

两人一前一后，走得匆忙，刚好和青玄走了个对脸。

曲苏一看到是他，第一反应就是指了指他身后："我看到粥摊了。"

天色已晚，三人走过去排队时，队伍已经没那么长了。阿秾不敢紧挨着青华大帝站，更没胆子站在他前头，只能躲在曲苏身后，继续苦口婆心地小声道："而且这签吧，它也不见得准，你说你求姻缘，也没说求的是和谁的姻缘，它怎么可能准呢，是不是？"

曲苏从阿秾怀里的纸袋子里捏了两颗栗子，垂着眸一边剥壳儿，一边道："再念叨下去，你要成小老太婆了。"

阿秾直跺脚："你怎么就不明白，我都是为了你好！"

冷不防站在曲苏身前的青玄侧了侧身，夕阳的余晖在他侧脸上镀上一层薄薄的金光，他鸦羽般的眼睫卷翘着，墨色的眼瞳里仿佛燃烧着一簇极为精粹的小小火焰："你求了支姻缘签？"

曲苏嘴里的栗子刚嚼了一半，听到这话，齿间一顿，没咬到栗子，却正好咬到了舌头。她缓缓挪动了下平日里分外灵活的舌头，眼眶含泪道："是那个道长说，我那支签和别的不一样，本身就是一支姻缘签。"

青玄点了点头："那我知道了。"

曲苏只觉得满口栗子，却吃不出半点栗子香，反而很像少时某次，偷吃了一位同门师姐自某个胡商那儿买来的酒心儿糖，那糖也是甜的，只是甜中带辣，吃得人昏沉欲醉……

曲苏晕头，舌头都仿佛不是自己的："你，知道什么？"

他也知道，那支签不但是上吉的姻缘签，而且里面还有两字，与他的名字笔画一模一样，只多了个三点水的偏旁。

青玄翘起一侧唇角，斜眼看着她道："这间道观既供奉着我，那一百零一根签我自然知道是什么。"

曲苏此刻难得像被猫儿叼走了舌头一般，无言以对。可自打两人相识以来，她最见不得这家伙露出这种什么都尽在掌控的神色，顿时哼笑了一声："你什么都知道？"

青玄侧眸，就见曲苏微微扬着下巴，沾着星点栗子皮的唇弯出一抹笑，双眸看着他道："那你倒是说说，我这支姻缘签好还是不好？"

青玄目光流连在她殷红的唇上，心里犹如鹿在撞，脱口而出道："上上签，自然极好。”

曲苏目露狡黠，倏然一笑：“那就承尊上的吉言，保佑我赶快遇到我命里的如意郎君，早点儿把他拐回家。”

青玄眼瞳幽深，凝视着她的眉眼，一字一句道：“赶快？”

曲苏说不出是什么原因，但不想跟个傻子似的，再这样和他对视下去。她的目光越过他的肩膀，看向前方，立刻道：“还挺快的，马上就轮到咱们了。”

虽然不再抬头，可曲苏却感觉到，他定定地看了自己好一会儿，才侧过了脸，嗓音微低，最后那句话说得轻若耳语：“若再这般胡言乱语，真该让你吃些教训了。”

有关排队这事儿，曲苏却没有胡言乱语，前一位牵着小儿的瘦高男子离开，刚好轮到他们三人。

道观用的是粗瓷大碗，如意粥盛了满满一碗，粥水呈枣红色，里面是红小豆、红枣、红米、枸杞等七八样食材，光是闻着就令人充满食欲。

曲苏端起粥碗，尝了一口：“看来这皇后娘娘倒和传闻中一样，对五公主疼爱到骨子里了。”

阿稌不耐吃太烫的食物，尝了一小口道：“我最近几天出门听说，不仅皇后娘娘很疼爱她，就连那个太子，也格外宠爱这个小妹。据说他进宫陪着皇后和妹妹同住了好几天，这在松鹤观施粥给公主积福的主意，就是他想出来的。”

“毕竟是一个娘生的，关系亲近也很正常。”

曲苏问青玄：“那件事儿，你最近怎么又不着急了？”

有关太子和盛燚的事儿，除了那晚他们两人和阿缎在将军府书房所见，再也没有更多进展。那天晚上她逛完夜市回到客栈，就再没见到阿缎。问起青玄，他只说有事派阿缎回去办，没必要在这儿多做停留。

这都好几天了，看青玄的样子，也不像有什么新的打算。

青玄问阿稌：“最近在京城游走，有没有觉察什么异常？”

阿稌知道青华大帝在这个节骨眼上问她，绝不是无的放矢，她吹了吹粥，细细回忆了好一会儿，才谨慎答道：“也没听到别的什么消息，只是感觉京城最近可能要出大事。”

曲苏点了点头，说：“毕竟天子脚下，按说每天不闹出点什么奇葩事儿来，都不配称为皇都。最近这几日，反倒有点太安静了。”

这是山雨欲来呀！

青玄说：“天象所示，这周朝的帝位，要换人来坐了。”

阿稌看向青玄的眼神满是尊崇：“既然是尊上亲自卜算过的，那肯定是准的。”

虽说那个盛燚是烛龙转世，仙人也不能预知他这一世的人生走向，但青华大帝想知道些什么，只需掐指一算就可以。

曲苏只需看一眼阿秾的脸，就知道她此刻又在想什么，开口道："既然这么崇拜尊上，还不赶紧把之前给尊上买的小礼物拿出来？"

在青玄透着淡淡迷惑的眼神中，阿秾将粥碗放在一旁，自荷包里取出三枚平安符，将包在蓝色绣布里的那枚双手奉上："尊上。"

青玄看到是这东西，不禁笑了："你们两个求的？"

曲苏道："那道士说她最近可能有血光之灾，既然是供奉青华大帝的道观售卖的平安符，肯定是灵的。不如一人买一枚带着。"

阿秾面露羞窘："尊上肯定用不着的。"

有青华大帝本尊跟在她俩旁边，已经是这全天下最安全、最靠谱的平安符了。曲苏还要她买一个"低配版"的送给本尊，这行径委实离谱得厉害。

青玄却并没如阿秾所预想的那样，露出拒绝或嘲笑的神情，反而伸手接过那枚蓝色的平安符，又问曲苏："你以前求了符，都放在什么地方？"

曲苏指了指他腰间："贴身放着就好。"

曲苏已喝完了一碗粥，搓了搓手，从阿秾手里拿过一张红色的，放进新买的随身小挎包里。

见两人都挺认真地将平安符放好，阿秾也来了劲头，左思右想，将符纸贴着心口的位置放好，又拿起已经凉了的粥，呼噜几口喝干净，三人一同去还了粥碗。

下山时，暮色四合，山脚下那处茶寮亮起了灯。

求过签，喝过热粥，手里的栗子不如刚上山时那般烫了，反倒软糯香甜、温度适口。曲苏左边是青玄，右边是不自觉替她捧着栗子袋的阿秾，三人一步一步走下山去。曲苏拢了拢斗篷，平生第一次体会到话本中所写的"岁月静好"。

若就这么一直走下去，也挺好的，她忍不住想。

"殿下的忧虑也是娘娘的忧虑。燚愿为殿下、娘娘，为大周解忧。"

皇后寝殿一侧的偏殿内，烛火微暗，四下无人，唯独屋内三人，一坐，一立，一跪。

皇后坐在上首位置，目光在盛燚脸上扫过，说："本宫可以相信盛小将军的话吗？"

盛燚单膝跪地，一袭墨色常服，墨发挽作髻，周身上下别无佩饰，就连多年来从不离身的那条缀着红宝石的抹额也未佩戴，显然此次进宫是与皇后事先有约，绕过皇宫内外重重眼线秘密进宫的。

他虽是跪在地上，可却微昂着头，线条精致的下巴，莹白精致的耳朵，哪怕是这般跪地求人的姿态，也丝毫不显委顿，反而如一朵自土壤深处生长出的绝色牡丹，姿容殊艳，一颦一笑令人不敢轻易攀折：“娘娘一直不相信，或者说，为了两位殿下和景家上下两百口的身家性命，娘娘一直不敢相信任何人。但今时不同往日，娘娘应当也看到了，重阳节太子代帝登岳，祭拜先祖，这才刚开了个头，贵妃、六皇子和朝中以宋侍郎为主的那一派文官就都坐不住了。白帝城城主的折子我能替殿下拦住一回，可贵妃必定还有后手。”

皇后没有说话。

“娘娘虽不敢信我，却也深知，若不赶在今年年关之前搏一搏，待到宋侍郎和贵妃网罗朝廷内外官员，撼动太子在圣上心中的位置之日，那便错过最好的时机了。两位国舅一南一北，就是想帮忙也鞭长莫及。朝堂之上，文官之中，殿下一直不比六皇子更得民心。以宋侍郎为首的文臣，不放心一个母家势大且手握重兵的皇子登基，他们想要的是一个母家势孤、性子柔善的太平天子，而不是铁血帝王。圣上虽然身子一直不大好，却还想在这帝位上再熬十载……”

“做他的春秋大梦！”皇后突然发声，嗓音微哑，隐含凄厉，“他休想再如从前那般，以我一双儿女的安危，再挟制景家又一个十年！”

“只要殿下尽早登基，便能免去这些担忧。”

盛燚的话如同魔魅，有着蛊惑人心的力量。

饶是皇后这般深谙人心的上位者，也在盛燚说出这句话之后，心神有了一瞬间的恍惚。

她望着这位少年将军比后宫女子更为精致的脸，冷笑一声：“你说得倒是轻松。天子在堂，贵妃得势，那些文官一人一口唾沫就能把我们母子二人淹死，如何尽早登基？”

盛燚微微一笑，没有皇后的允准，擅自站了起来。他长身玉立，这般陡然站起来，虽然风姿翩翩，仍把皇后身后站着的翠屏吓得一抖。皇后随即便向前站了半步：“大胆！”

烛火明暗中，盛燚眉眼含笑，不退反进，边朝皇后走去，边说道：“我是大胆。试问千万载，天下人中，这弑君谋反之事，哪一次不是由一个大胆的人去做的？”

皇后的眼瞳倏然一缩，随即唇角绽出一抹温柔至极的笑，那笑像是在诱哄盛燚，更像是在安抚自己：“盛将军好大的口气。要行此事，你可有实力？”

“我有精兵三千，就驻扎在雒城三十里外。”

“三千精兵，怎够攻打这层层围守的皇宫？”

“自然需要皇后娘娘调遣全城禁军，与我里应外合，一同血洗皇宫。”

“我只是一个皇后罢了，如何能随意调遣全城禁军？”

“娘娘手中有景老将军临死前交付的令牌，虽此令牌二十年未现世，但令牌一出，全城禁军自然听从娘娘调遣。”

皇后的纤纤玉指缓缓抠住座椅扶手上的凤尾雕花，脸颊的肉缓缓抽动，向来云淡风轻、包容万物的眼，死死望着面前镇定自若的男子，一字一句问道：“我既有这般本事，自该早早筹谋，为何直到今日，都未曾出手？”

盛燚倏然一笑。他自小容貌生得好，却极少露出这般毫无芥蒂的倜傥笑容来。饶是皇后，也忍不住在心中赞一句“此子姿容绝世风流”。

“自然是因为娘娘虽有本事帮殿下拿下这大周江山，却一直苦于找不到一位合适的人，替殿下扛下这逼宫谋逆之名，堵住这天下悠悠之口了。”

无边夜色下，盛燚站在昏暗的宫殿正中，身姿昂然，窗外一抹莹月之光投在他的眼角眉梢，使他看起来精致、冰冷，不似真人。但他双目直视着前方，甚至隐隐透着灼灼之色——他是自小就因身份被皇后在心头忌惮了十几年之久的故人之子。

皇后缓缓绽出一抹笑，看着盛燚的眼，不再遮掩：“若盛将军能替璟儿做到这一步，本宫便信了你的诚心。”

盛燚唇角含笑，可那笑半分未抵眼底。他向皇后拱手时，姿态虽恭谨，面上却一派泰然，仿佛于他而言，不论是眼前的一国之母，还是身上即将背负的千古骂名，都不过是过眼云烟。

“燚与娘娘约定之事，绝无反悔。”他伸出一手，奉上那支自小随身的白玉箫，“我朝上下，无人不识此物，事成之后，娘娘尽可安心。”

皇后示意翠屏上前接过。眼看盛燚消失在夜色之中，皇后将玉箫握在掌中，玉石清润，触手生温，是一件难得的宝物，更是盛家祖传之物。她叹了口气，向后靠在椅背：“璟儿一日没能坐稳皇位，我一日都不可能安心的。盛燚这小子……我愈加有点看不懂了。”

翠屏悄声道：“娘娘若不能安心，不若唤公主来。依奴婢看，公主这次回来，与娘娘格外贴心些。而且这事，也瞒不过两位殿下。”

皇后点了点头：“你说得是。”

五公主归来，太子接连几日宿在宫内，他们三人团聚的时光，总能令她心中生出许多安慰。

不多时，太子和令月公主前后脚来到皇后的寝殿。皇帝近几年身子不大好，日常除了宠幸那些年轻貌美的妃嫔，多宿在贵妃处，从不来皇后处。他们三人往来频繁，皇帝懒得管，贵妃想管却管不了，倒也给他们减少了许多麻烦。

皇后说话很有技巧，提及此事时，并未明说此事是盛燚主动献策，而是先说了近来在宫中的诸多为难和忧虑，待到容璟沉默不语时，再说了整个计划中需要太子知道的部分。说到最后一环，需要寻一个人，替太子担下逼宫祸国的罪名时，皇后观察着容璟的神色，缓缓道："此事，我已和盛燚谈过，他愿意。"

这个话题，在皇后与太子之间虽然是第一次提及，却并不新鲜。老皇帝懒政多年，大周内忧外患，景家多年来忍辱负重。他虽是太子却并不得宠，类似"逼宫"这样的事，早晚都会发生，区别只在于主动还是被动罢了。

容璟原本就神色沉寂，待听到这句时，第一反应便是蹙眉："此举本已不是明君所为，怎么可能还要多年挚友为我牺牲？"

皇后幽幽一笑："傻孩子，一将功成万骨枯。这大好江山，任何时候，都不是兵不血刃平白得来的。母后和盛将军商定的这个计划，已经将伤害降至最低，就说这皇城百姓，也不过是睡一觉醒来，就换了天子。但你要当皇帝，要当举世明君，要堵住那些谏官、史官的嘴，所以必须有一个人替你扛下这个罪名。"

"我早料到，有朝一日，你我母子谈及此事，便会是今日这般光景。"皇后虽然一直在笑着，但眼角眉梢已难掩疲态。

多年来一直跟在身旁的忠仆翠屏忍不住道："殿下，时不我待。并非娘娘心狠，娘娘也实在是没有别的办法……"

容璟的面上没有任何表情，他微侧着头，望着窗外那轮孤月："我没有怪母后。"

他只是觉得自己无能。

身畔传来皇后沙哑的嗓音："璟儿，我知道你看重宋潜和盛燚两人，盛燚对你的忠心，如今母后也明了。若你实在舍不得，母后可以想办法，将他下狱之后，另行他法，偷梁换柱……"

最后几个字，皇后说得极轻极幽微，但还是令容璟面色有所缓和。他转过脸，看向皇后："当真？"

皇后忍不住笑了："自然当真。"她唇边露出淡淡的笑，因为不那么浓烈，反而显得真实，"也真是难得，到了今日这种为难的境地，才看出他的真心。到时你若是想他日后仍然陪伴左右，大不了让他先回雍城，过几年再换个身份回京便是。"

令月公主被一顶软轿接到皇后寝殿时，已经睡着了。后来迷迷糊糊听着两人低声争执，许久都未睁眼。听到这时，却在婢女的帮助下坐起了身，软声道："母后所说的盛燚，可是前日哥哥来看我时，跟在身边的那个穿红衣的男子？"

容璟记起那日的情景，唇边不由露出一抹笑："是他。你当日躲在屏风后，哥哥还当你没看到他呢。"

令月公主苍白的脸上显出恐惧的神色:“令月不喜欢他。”

皇后和太子谈论了许久国事、天下事，两人身心俱疲，听到五公主说出这般撒娇的话，都不由笑了起来。

皇后道:“盛将军虽然杀名在外，模样却比太子生得还要俊美，令月为何不喜欢他?”

皇后从前并不怎么喜欢盛燚，总嫌他煞气太重，脾性也烈，难得今夜母子俩促膝长谈，说起盛燚时却心平气和，还替他想出了两全之法。听到皇后当着五公主的面这样调侃他们两人的容貌，容璟也不禁笑了:“是不是妹妹更喜欢宋少监?”

那日他去探望令月时，盛燚和宋潜两人都跟着去了，只是令月生性胆小，远远见到他身后跟着两名男子，便躲到屏风后头了。

令月微微摇头:“我在松鹤观时，曾跟着老观主修习法术，虽只是学了些皮毛，但……”说到这儿，令月公主看向容璟，面上也浮现出忧虑之色,“我初见那个盛将军，就知他不是凡人。”

“不是凡人……”皇后脸色剧变,“令月这话是什么意思?”

令月公主自小身子孱弱，两次病重，险些救不过来。若不是当年松鹤观的老观主替她勘测命数，又将她带到扶风郡，另立一间松鹤观，带在身边养了十年，哪里能有她们母女二人今日的团聚?几年前老观主身故，但令月仍然依照他从前的叮嘱，老老实实待在松鹤观，直到过了十六岁生辰，才折返京中。因此公主口中老观主教过的道理，听在皇后耳中，字字句句都深信不疑。尤其这还是她当作心肝儿疼了十六年的女儿，她师从老观主，又对容璟这个哥哥关爱至深，虽然年纪尚小，却一向知道轻重，没道理会口出妄语。

容璟眉心微蹙，却一时没有说话。

好在令月公主的脸色虽透着恐惧和忧愁，说话却条理清晰:“我也不知他具体是什么身份，但初见他那天，我见他眉心闪着凶煞的红光，就知他并不是凡人。后来我也曾跟母后赐给我的婢女银灯打听过他，听说这位盛将军，一直有着天生神力的传闻。哥哥既然和他一起长大，他有什么异常之处，哥哥应该最清楚才是。”

皇后将目光投向容璟，却见容璟露出一抹笑:“没有那么夸张，只是比寻常男子力气大一些。他家世代习武，有此事本也不足为奇。”

皇后道:“话不是这样说。”她攥了攥令月的手腕,“依令月看，这盛燚既非常人，会不会妨碍或伤害到你哥哥呢?”

令月摇了摇头:“母后和哥哥刚才所说，令月也都听了大概。我想，依照母后所言，应无不妥。只是……”她咬了咬唇，看向容璟的眼里透出几分忧色,“只是事成之后，哥哥与他单独相处时，一定要当心。老观主曾对我说过，‘非我族类，其心必异’。哥哥虽然与他有数年交情，但也应当有所提防。”

容璟微微一笑，摸了摸令月的头，对皇后道：“母后、妹妹且安心吧。我知你们都关心我，也相信妹妹所说，但与他相识这么多年，他到底是人还是旁的什么，我心里清楚得很。”说到这儿，他不禁一笑，“说不准，他并非什么妖邪，而是神仙转世，专为庇护我而来的呢！”

此言一出，就连皇后的神色都微微缓和了些。

令月抿着淡而无色的小嘴儿，也跟着轻轻笑出了声。

翠屏命人端来夜宵，三人围炉而坐，一时无话。

冬夜无风。

皇后歇下来了，太子和令月公主两人一前一后出了皇后寝殿。

令月轻轻喊了一声“哥哥”。

容璟心事重重，面上挂着倦色，转过身来看向公主。

身后宫人们离得稍远，无不躬身而立，不敢窃听兄妹二人谈话。

天上的月不知什么时候躲进了云里，只留一抹淡而模糊的影儿，映着宫墙下一棵开得正盛的茶花。这座宫殿前的茶花，还是皇后刚进宫那年亲手栽种的。自从令月公主出生，每年茶花虽然照常开放，却总蔫头耷脑的，只开几朵便匆匆凋谢。唯独今年令月公主归来，满园子的茶花早早就开了，尤以这棵领头的赤丹开得最繁茂，皇后为此还特意重重赏赐了负责照管茶花的宫人。

太子依稀记得，初冬那阵茶花初绽，某次来探望皇后时经过此处，他觉得这棵赤丹开得正好，便随手摘了一朵。后来被盛燚看到，便抢了那朵花去，簪在他那匹红鬃宝驹上，一路骑着马儿招摇过市。

那般骄纵又得意的模样，别说是他，就连宋千意瞧见，都忍不住笑出了声。

夜晚霜寒露重，碗口大小的茶花开得殷红饱满，层层叠叠盛满了露水，花枝仿佛不堪重担，美人含羞般微微垂下了头。

容璟望着枝上那朵茶花，唇边溢出点点笑意。

一只素白纤细的小手朝着茶花伸了出去。

朱红宫墙上花影摇曳，本就不堪承受的花枝重重颤了几下，那朵开得最好的茶花，终究还是被小公主摘到了手。

几滴冰冷的露水飞溅至容璟脸畔，露水映入眼帘的一瞬，不知怎的，让人恍惚觉得是红色的。容璟微微闭眸，唇边的笑不觉淡了。

令月公主自小身体孱弱，连手指尖都是苍白的，毫无血色。又细又白的手指间擎一大朵赤红色的茶花，画面反而有几分罕见的妖娆。

令月公主那张脸小小的，那么苍白，可仰头看向他时，眼睛里却显出近乎奇异的光彩："哥哥。"

容璟移开眼，不再看她指间那朵茶花，揉了揉她的头："太晚了，有什么话，明早醒来再和哥哥说。"

令月公主捏着那朵茶花，朝他伸出手来。容璟几乎不及多想，便伸出手去接。

茶花入眼，猩红如血，落入掌中，却并非想象中那般轻绵、柔嫩，反而透着一种金属般的沉重和微凉。

容璟不由朝自己的掌心望去，那是一把造型仿若花朵的黄铜钥匙。

耳畔响起少女特有的轻柔嗓音："哥哥若是哪天发觉那人有什么不对，便将他带到皇宫西南角的武库去。进了武库，向北直行，一直走到最深处，会看到一个密室，这是能打开密室门的钥匙。"

从头至尾，令月公主都没有提及盛燚的名字。这段兄妹之间的私密谈话，自那天夜里之后，在容璟心中回放了无数次。

那晚，容璟并未宿在宫中，而是回了位于雒城城东的太子府。沐浴过后，他独自一人坐在床畔，一室寂静，满身清凉，唯独攥着那枚钥匙的手心隐隐发烫。

令月公主温柔而微哑的嗓音仿佛仍在耳边："哥哥是聪明人，遇事自然要相信自己的眼睛、自己的心。若遇不测，请哥哥不要惊慌，将那妖邪带到武库深处那间密室，一切自有分晓。"

容璟记得，当时他盯着那枚形状特异的黄铜钥匙看了好一会儿，开口时，嗓音沙哑，几乎不是自己的声音："武库大门的钥匙，我与兵部尚书各执一把，妹妹怎么会有武库密室的钥匙？"

令月公主似乎笑了一声，又好像没有："天下之大，万物相生相克，既然他可以天生神力，我为什么不可以知道克制他的方法呢？"

容璟道："他天生神力，却从未害过我。自从他陪伴在我身边，所做之事，都是为我扫除障碍……"

"哥哥真傻。"令月公主嗓音轻飘飘的，每一个字落入耳中，却如有千钧之重，"海水难量，人心难测。他过去与你交好，自然事事为你。可若有朝一日他倒戈相向，哥哥手里连点自保的东西都没有，真就心无畏惧吗？"

容璟闭了闭眸，他自床头取出一只用了多年的匣子，将那枚钥匙收入匣中，屈膝而卧，再缓缓躺平。

也不知过了多久，他闭着眸，指尖顺着光滑的丝织物摸到那只木匣，黄铜冰冷的触感贴在掌心，不知什么时候便睡着了。

第十四章　多此一举

大周至德元年的这个冬天，注定不太平。但对于雒城百姓而言，这场被后代史书称为“至德之变”的宫廷哗变，却并没有带来想象中的血腥与动乱，甚至还不如之后连下三日的那场大雪更为全城百姓所津津乐道。

就连曲苏这样自来消息灵通的人，也是直到事发的第二天傍晚，才通过府衙门口贴着的告示得知：老皇帝前夜病危，授命太子七日后登基，并遣六皇子及其母敏贵妃，即日前往封地南樗。

天色灰蒙蒙的，天地间像是挂起了一床雪白的幔帐，不到片刻，鹅毛大雪遍铺全城。曲苏穿着斗篷，抱臂站在人群外沿，将那张告示翻来覆去看了两遍，忍不住笑了一声：“真是病来如山倒啊。”

阿秣咕哝：“谁当这个皇帝又有什么区别，至于挤成这样吗？”

曲苏一本正经地叹了口气：“如果不是为了看个新鲜热乎的八卦，谁愿意大雪天出门呢？”

阿秣不由看了她一眼：“就这么一张破纸，有什么好看的？”她揉了揉肚子，“有这工夫，还不如琢磨一下晚上吃什么。”

“吃烤肉啊！下这么大雪，不吃点大鱼大肉怎么御寒？”曲苏显然觉得这事不值得浪费时间深入探讨，“出门前我给青玄留了字条，让他去酒楼占位子了。”

阿秣原本听到前半句已经悄然加快脚步，听到后半句，险些原地摔个屁墩儿。曲苏眼疾手快，出手搂了她一把：“瞧你这点出息。就吃个烤肉，也至于激动成这样？”

阿秣眼睛里已经看不到曲苏了，拽着她的手道：“你告诉我吃烤肉的那家酒楼在哪儿，占位子这种事，还是我来做比较稳妥……”

曲苏一双眼全放在街边那些开着的果子店、糕饼店上，正在挨个“检阅”，仔细比较，顺嘴答道：“就是客栈门口那间三味斋，离咱俩远着呢。”不然她也不会在出门前把这件事交给青玄去做了。

曲苏还在往前走，突觉袖子被人死命扯住，不由啧了声：“再扯你可得给我买新衣裳了。”

顺着阿秣惊恐到近乎呆滞的目光看去，曲苏一扭头，刚好看见沿着雪白长街缓缓走来的那人。

他穿着三人初到雍城时曲苏在成衣店为他买的那件墨色大氅，执一把青竹伞，步伐不疾不徐，却几乎转眼便行至眼前。天青色伞沿之下，最先映入曲苏眼帘的，却是那浅浅丹色、微微抿着的薄唇。

曲苏第一次注意到，青玄唇间竟也生了唇珠。她从小就有唇珠，某次与几个师兄争吵不休，一位师姐经过时便说，以前她阿娘还在世时说，生了唇珠的人，吵架从不会输。

曲苏忍不住想，难怪从前每次吵架，两个人谁也不肯落于下风。

伞沿向曲苏站着的方向前倾，有些薄削的唇瓣微微翘起，绽出并不明显的弧度："雪这样大，怎么不打伞？"

曲苏咽了口口水，目光不由自主地向上溜，却陡然发现，这家伙不仅一双凤眸生得清亮绝尘、勾魂摄魄，从这个角度看去，黑漆漆的睫毛根根分明，又卷又翘，简直让人忍不住手心痒痒，想要伸手去拨一拨才痛快。

"我出门前就说，今日雪肯定下得大。她偏不信，还说下雪也不打紧，反正还有斗篷上的帽子戴。"阿秾忍不住在一旁小声抱怨。可这雪下得实在太大了，不光曲苏，就连她的帽子也早被雪打得透湿。好在人鱼不怕水，更不畏寒，她早就摘了帽子，干脆任雪淋个痛快。

可曲苏到底是凡人，若是再继续这么一路顶风冒雪走去酒楼，说不定要冻出毛病的。阿秾正在腹诽，冷不防抬眸，却刚好将青玄微垂着眸看曲苏的眼神瞧个正着。她忍不住飞快垂下了头，老天爷啊，如果她刚刚不是眼花，那就是尊上……

青玄手上的伞，已完全移至曲苏头顶。她眨巴着眼问他："你怎么来这里了？"

青玄微微凝眉，一时没领会她话里的意思："想要在城中确定你的位置，并非难事。"

曲苏张了张嘴，若不是眼前这人生得实在太好，干扰了她的注意力，这话她打从一见面就要问出口了："你没瞧见我留的字条？"

青玄沉默片刻，面上浮现淡淡的犹疑之色："听阿缎说了些天界旧闻，就赶来了这里。"

所以是没瞧见了。曲苏干脆摆了摆手："没事儿，那直接去吃吧。"

青玄将目光投向站在一旁的阿秾。这阿秾虽然偶尔有些不通人情世故，但反应一向灵敏，瞬时垂下眼，丢下一句："我这就去占位子。"便不见了人影儿。

就是借她一万个胆子，她也不敢说，曲苏留那字条，是要让青华大帝去占座啊！

阿秾消失得太快。饶是曲苏一贯心大，此刻突然只剩他们两个，还是这般肩碰肩、臂挨臂共伞前行，也忍不住生出几分不自在来。她忍不住揉了揉脸，却听青玄道：“冷？”

曲苏摇了摇头：“还好。”脑海里忍不住浮现竹伞倾斜时的景象，又忍不住轻咳了一声，将那幅画面强行逐出脑际，随口找了个无关紧要的话题：“其实这雪虽然下得大，但最冷的并不是下雪时，而是雪后初晴的时候。”

青玄道：“这雪来得不善。”

青玄说话一向简洁，但曲苏还是听出了几分不一般的味道：“你的意思是，接下来会有不好的事情发生？”可紧接着，她自己也想到了，“恐怕不好的事，已经发生了。昨夜兵马入城，可不会只有我一个人听到，今天一早，守城官兵全是新面孔，就连雒城府尹也换了人……”

街头巷尾有关太子带兵逼宫夺了帝位的消息不胫而走。

青玄道：“不论如何，大局已定。从前的太子，很快便是周朝天子。”他看着不远处看不出边际的混沌天地，“烛龙心里打的什么算盘，这会儿也该露出端倪了。”

曲苏拿胳膊肘戳了戳他：“有没有内部消息，分享一下？”

青玄似笑非笑道：“不如你先猜猜看。”

曲苏摸了摸下巴：“这宫变的事儿，不好说。反正我觉得，贵妃还有六皇子，估计是不能活着到封地了。”她琢磨片刻，又道：“老话说得好，鸟尽弓藏，兔死狗烹，若是连六皇子也死了，我感觉下一个可能就轮到盛燚了。”

盛燚和太子走得那么近，这帝王之位来得突然，估计等太子回过味儿来，就该觉得“日防夜防，兄弟最难防”。但不管怎么防，都不如人死了来得安心。就是不知这盛燚心里有没有数了。

想到这儿，她不由微微一顿。青玄问：“怎么？”

曲苏瞪了他一眼：“是我太笨，才想到这一节，尊上估计昨晚就料到了吧。”所以今天才这么高兴，还专门打着伞跑这么远来问她什么感想。

她能有什么感想？反正她和盛燚又不认识，他是死是活，对她而言，都不是紧要的事。可盛燚一死，应当会回归天界吧，青玄不正好能抓个正着？到时他想知道什么，逮着烛龙直接问他就是。如此一来，他这趟人间游历，也算功德圆满了。

青玄道：“我让阿缎去了趟文昌帝君处。”他语气很平淡，听不出喜忧，“兰昱尘比烛龙多了九世历练，这最后一世，最难参破。”

曲苏道：“之前不是说，就连你也不能提前预知他们下凡历劫会发生些什么？”

青玄道：“文昌帝君也不知详尽，此事一直由他座下的清殊真人掌管，凡下凡历劫者，可从清殊真人那儿得到一条谶语。这些谶语若非情势特殊，绝不允许其他任何人查看。清殊真人虽已羽化，好在他做事一贯仔细，这些东西都还留着。此事紧急，文昌帝君也就允了阿缎查阅。”

他伸出手来，黄纸朱笔，无形而显，上书：“水火既济，不得而终。”

曲苏看得直皱眉：“这什么意思？水火既济，是水火不容的意思吗？”

青玄道：“水火既济，本是一卦，得此卦者，一切谋望皆亨通，是大吉庆。”

曲苏忍不住啧了声：“文昌帝君亲手卜出来的，还是个上吉卦，岂不是说他这一世会很好？”

青玄目光微定，摇了摇头：“这一卦虽好，却不是上吉，而是中上。凡事盛极而衰，物极必反。尤其这‘不得而终’四个字……”

曲苏恍然大悟：“也是，他本来就是来受罚的，如果事事顺心，要什么得什么，那还受什么罚、吃什么苦。”

青玄不禁被她这反向推测的想法逗笑了：“是这个道理。但他若能坚守本心，看破迷障，这一世虽不太好，却也应当不会太糟。”

曲苏道：“那烛龙呢？”

青玄手上，又显出另一张字条，上面的字更简单：“绝人路者，自绝于天。”

曲苏倒抽一口气：“虽然我也不太能猜得到他们两个具体会发生些什么事儿，但明显是他的这条谶语更凶吧。”

雪天路滑，青玄一手撑伞，另一手摊开在曲苏面前，因而两人走得并不太快。曲苏刚听到青玄说了个“未”字，气息忽然一变，不由也跟着飞快抬眸。他们往这个方向走，行人本就稀少，放眼望去，只见眼前白茫茫一片，似乎只有一辆马车飞快经过。

“怎么了？”曲苏微眯着眼，盯紧远处那辆马车，“需要追？”

青玄摇了摇头：“用不着。”他刚刚觉察到他人窥探的视线，虽然只是飞快一瞥，他也已经看清了对方的脸，“应当是烛龙。”

曲苏喃喃道：“这个节骨眼儿，他竟然还能自由出入皇宫……”

青玄似乎想到了什么，唇角轻牵道：“且随他去。”

青玄这句话说得轻飘飘的，显得满不在乎。曲苏觑着他的侧脸，摇了摇头道：“你知道你现在的表情像什么？”

曲苏直视着远方已经看不清踪迹的马车，语气幽幽：“特别像我小时候，我大哥训练我轻功时说的那句‘给你一盏茶的时间，你先跑’。”

耳畔传来某人一声轻笑。曲苏虽然早料到自己这个笑话讲得不赖，还是被他这一声笑笑得耳根微酥。

她在心里悄悄叹了口气，长得这么好看就算了，偏偏声音也是她的“菜”，等陪这家伙办完正事，把人送走，她估计得再去一趟轻语楼，老老实实待一段时间，才能好过点儿了。

宋千意这一趟进宫，并未遭遇重重关卡。想来也是，不论老皇帝是不是如对外所说那般病重，如今这皇城早已换了人做主。既然是容璟做主，那以前对他的层层设防，自然都不复存在了。相比而言，眼下更难熬的是家里。

父亲和几个叔伯兄弟都不相信，老皇帝会一夕重病且在病倒前传位于太子，六皇子和从前最受宠爱的敏贵妃，则被撵到南樗那样偏远苦寒的地方，甚至连个正式的封号都没有。

丞相和两位亲王自从昨夜进宫，至今都未传来任何消息。进宫前，父亲甚至对他说过，怀疑皇帝并非病重，而是……昨夜进宫的那几位，恐怕也早已不在人世了。

想到这儿，宋千意唇角浮上一抹淡笑。父亲还是不了解太子——不，用不了几日，所有人都要改口，称容璟为陛下了。

若要他来安排，他也不会让老皇帝死。皇帝驾崩，太多事都要暂缓推进，这对容璟来说，有太多不便之处。至于丞相和那两位亲王，能不能活，全看他们是否精明了。若是一早表态，容璟应当还会留他们几年；若不当机立断，恐怕昨夜，用不着容璟出声，盛燚早就动手了。

想到这儿，他忍不住轻抚了下背在身后的古琴。常人都道盛燚性烈如火，不好相处，要让他说，此子虽然眼高于顶，行径大胆，对容璟倒是一向心诚，行事旁人也意料不到。

就拿今日来说，容璟派人到宋府传旨，让他即刻动身进宫。临行前，那领头的小太监却说，盛将军特意吩咐，让他临行前悄悄儿去一趟太子府邸，帮着把这张古琴也一并带进宫来。

想来容璟在宫内诸事繁杂、千头万绪，盛燚看在眼里，便想到了这张琴，特意让小太监传话，让他此次帮着带进宫，也是为了让容璟在休息时能纾解心绪。

谁能想到凶名在外的盛将军，私下里竟还有几分文人雅致。自从回到雒城，三人时时刻刻都绷紧了弦，如今容璟多年心愿达成，不光是他在心中替容璟大大舒了口气，就连盛燚的性子，都比往常和缓了许多。

“宋少监，这边请。”领路的小太监朝他招了招手。

宋千意这才意识到，自己刚才沉溺于过往回忆，脚下行得慢了些。这是天子御书房后的一片花园，宋千意走进来才发现，老皇帝年轻时，最爱冬日赏梅，因而这片书房后的花园，冬天总是开满了白、绿两色的梅花。

白梅高洁，绿梅清奇，老皇帝年轻时最爱这样的淡雅清芬。后来他年纪渐长，政事上惫懒推搪，便更爱牡丹、木棉那般开得红火热闹的花。御书房后的这片花园，他已许久不曾来了，相比在书房批奏折、与大臣商议国事，他更愿意把时间花在陪伴后宫那些年轻的妃嫔上。

这片花园，后来反而成了他和容璟在皇宫中喜爱的为数不多的地方之一。

尽管初来那日，容璟曾对他说，相比这种在园中被精心修剪的白梅、绿梅，他更怀念在雍城时那些在不妄山上开得漫山遍野的红梅。

后来有一次宫宴，他和容璟两人都喝得有点醉了，一同散步到这里，容璟便说，如果真有那一日，他便遣人去一趟雍城，移栽一些山上的红梅，以后每年大雪时，他们便可和从前一样，赏梅花雪景，吃梅花小宴了。

两人几乎同时开口："可惜没有不妄山的泉水煮茶。"

他还记得那晚下着大雪，两人一同畅想着往后数十年的君臣相随、河清海晏之景，丝毫不觉得天冷，反而对那些仿佛触手可及的未来愿景，生出无限希冀来。

而今，曾经哪怕只有他们两人相对也不敢明确宣之于口的"那一天"真的来了。

"今日这梅，开得真好。"

听到那有些慵懒的熟悉声线，宋千意单手擎伞，另一手轻托着背在身后的古琴，不动声色地转过身，朝来人一笑："你也在。"

来人一身赭红，轻裘缓带，浅黄抹额当中镶嵌的那枚红色宝石，红得仿佛要滴出血来。鹅毛般的雪片簌簌落下，盛燚的脸上、身上都不免沾上雪水，他却浑然不觉般微眯着眼朝他一笑："琴带来了？"

宋千意不动声色地环顾四周，他本以为那小太监引他来此，是容璟的意思："这样大的雪，有什么事不如进屋子里说。"

盛燚眼角眉梢似乎都含着淡淡怡然的笑，两手拢着狐皮袖筒道："前头不是有个亭子？就去那儿吧。"

他说话的姿态懒洋洋的，连肩膀都微微塌着。以前三人相交，宋千意虽也见过他懒散的时候，却不是今日这般仿佛卸下一切重担的模样，不由笑道："你若累了与阿璟说一声，找一间闲置的屋子好好睡一觉，何必着急，这般强撑？"

盛燚脚步微顿，瞥了他一眼，说："我确实着急。"

宋千意不禁笑了起来，他模样不比盛燚俊美，他人见了，顶多赞一声清秀，唯独这般微微笑时，唇边浮现两个小小梨涡，眉眼隽然，别有一派温柔缱绻之态。听说从前二公主未出嫁时，满朝俊才中，唯独就相中了宋潜，不仅因为他出身世家，才学出众，更因他摘得探花那年入宫面圣，当众一笑，令其心折不已。

盛燚道："心情很好？"

宋千意反问他："难道盛将军心情不佳？"

盛燚翘了翘唇角，那抹笑淡近于无，意味深长："比起你，我应当更高兴些。"

两人也算自小相识，平日不论容璟在或不在，当着盛燚的面，宋千意从不与他争锋，今天这般的好日子，他自然更不会了。

两人沿着梅园小径，一前一后走在茫茫白雪中，盛燚缓声道："我认识容璟那年，我与他都是四岁。"

不知怎的，这趟进宫让宋千意莫名想起许多从前的事，听到盛燚这般说，以为他也和自己一般，追忆起诸多往事，思索片刻道："我比你们大一岁。那年搬去雍城，我刚过了五岁生辰。"

盛燚又道："我当时正在吃奶奶做的白果糕，初见到他时，掰了一块给他。不想他对白果过敏，险些送了命。"

宋千意也记得此事："那时你母亲过世不久，父亲还在世，为此重罚了你。当时大家都以为阿璟对白果过敏，直到半年后，又一次出现那日的情形，咱们才知道，他并不是吃不得白果，而是吃不得松子。"

盛燚继续道："那碗松子粥是你给他的。"

宋千意面上浮现淡淡的笑："是。还好阿璟吃得不多，即便如此，也害得他发了一身疹子，之后还高烧了足足三天。"

盛燚道："我去他府邸送药，但因为白果的事，他一直不喜欢我。我找遍全城才买来治风疹的秘方和专门退烧的汤药，还有给他压惊的平安符，他全都不要。唯独重新熬好的那碗汤药，后来你去了，端进去喂他，他一口接一口全喝了。"

宋千意笑得有几分腼腆："几年后我和阿璟说起此事，他一开始还不信。"

盛燚接着道："之后三个月，皇后要选太子伴读。因为这两桩事，他只要你当他的伴读。"

盛燚的语速渐渐快了："七岁那年，他跌落池塘，是我将他捞了起来；九岁那年，一同外出打猎，是我替他挡掉那支涂了剧毒的弩箭。"

宋千意跟在盛燚身后，两人一前一后走到那处凉亭时，盛燚已经讲到了十三岁那年的旧事。

盛燚率先一步走进凉亭，站在石桌旁，朝宋千意笑了一笑："就放在这儿吧。"

宋千意将伞放在一旁，将朱砂红色的古琴自琴囊取出，置于案上。石桌冰冷刺骨，宋千意的指尖微微颤抖了一下，又收回袖中。

盛燚瞧见了，眉眼间便不自觉带出笑来："终于知道怕了？"

亭外风雪逼人，除了几竿被压弯了腰的翠竹，几乎看不清远近。石桌白森森的，映着古琴上的朱砂红色，仿佛一片鲜红的血。

宋千意只觉寒意自骨子里透出来，他几乎用尽全身的力气，才抬起眼来看向站在石桌另一端的那个人。

嘣的一声，琴弦未弹先断，随着盛燚陡然伸出的手一同出现在眼前的，还有一柄寒光森然的剑。

宋千意看清楚那柄剑的剑锋时，也第一次听到了兵刃入肉的声响。那是一种很难用言语形容的声音，他甚至感觉不到一点疼。

盛燚眉眼弯弯，朝着他露齿一笑："不痛吧？"他从未用这样有耐心的语气与他说过话，第一次，却是向他解释被剑刺中的真实感觉，"拔出来时，你才会死。"

宋千意缓缓看向放在石桌上的那张古琴。盛燚天生神力，这般用剑径直刺穿他的心脏，几乎将他整个人钉在原地动弹不得，他张了张唇，向来温和的嗓音有点哑："原来……"

盛燚知道他是什么意思。如今大局已定，每一步都与他这十八年来的设想分毫不差，他也不介意对着宋千意多解释几句："这张'不妄'本就是我送他的，就连阿璟也不知道这琴中剑的玄机。"

"不妄"二字，原本是容璟与宋千意两个人之间独有的默契。从前在雍城时，他们一年四季都爱往不妄山去，骑马围猎，煮茶赏花。

雍城和不妄山，乃至后来举国闻名的"红梅小宴"，被许多文人雅士津津乐道的不妄泉水煮茶，其实都是因为太子容璟而广为人知。

如果那些百姓茶余饭后广为流传的逸事里，容璟是主角，宋千意是主角身旁的知交密友，那么盛燚，便是一抹并不鲜艳却挥之不去的影子。

可如今宋千意知道了，盛燚从来不是影子。

六年前回雒城时，盛燚送了容璟这张名为"不妄"的古琴，彼时他和容璟都以为，盛燚此举是在缅怀从前他们三人在雍城的过往。

现在宋千意知道了，盛燚从赠琴的那一日开始就想杀他。

或许还要更早。

早在他与容璟相识相伴一同长大的漫长岁月里，他已成为盛燚的眼中钉、肉中刺。

亭外风雪呼啸，亭亭的翠竹被积雪压得直不起腰，而宋千意也发现自己双腿绵软，呼吸迟滞，他已如同身畔那几竿翠竹一般，几乎站不直身躯了。

他翕动着唇，如同一只脱水太久濒死的鱼，却在意识模糊的边际听到身后传来一道迷蒙却熟悉的嗓音："阿意！"

他叫宋潜，小字千意，摘得探花那年，朝中上下都称他宋少监、宋郎君，这世上唯有一人，会唤他阿意。

他实在太疼了。盛燚说得不对，或许是骗他，又或许盛燚也不知道，这般将剑刺穿一个人的胸膛，哪怕不急着拔剑，渐渐人也会感觉到疼的。

宋潜嚅动着嘴唇，他用尽全身力气，想着盛燚应允的承诺，他想对盛燚说："你要对阿璟好，你要一生一世，做他最好的朋友，最忠诚的臣子……"

他想转过身，再看那个自小唤他阿意的人最后一眼。

可他实在太疼了，他讲不出一句完整的话，就连多呼吸一口，都是上天额外的施舍。他也没法如往常那般挺直脊背，留给身后飞快奔来那人一个月朗风清的最后的背影。

顺着衣襟飞快落在身前的鲜血，混合着地上的霜雪，形成一汪混合着冰碴儿的血泊。

宋潜屏住呼吸，调动全身的力气，在人生最后一瞬，抬起眼看向面前一身赭红的男子。

他想再最后确认一次，从头到尾，盛燚想杀的人是只有自己，还是连对阿璟的忠心和追随也是假的。

可就是最后这样一个微微抬眼的动作，耗尽了他全身最后一丝生气。

宋潜不想死得这么狼狈，但还是控制不住，由口中喷出一口血。

眼前一片广袤的白茫茫，很快就什么都看不真切了。

最后倒下的时候，有人从身后接住了他，没让他倒卧在冰冷的地上。

但死了的人，什么都不会知道了。

宋千意倒下时，盛燚拔出了刺穿他整个胸膛的那柄剑。

毕竟是才咽了气的人，血溅在盛燚的脸上，他还能感觉到鲜活的热乎气儿。

尽管对于这种情形早有预料，但盛燚发现自己并没有想象中那么平静。他从喉咙里发出一声短促的笑声，那笑声又轻又微弱，简直连他自己都奇怪，为什么会在这种时候发出这样的笑声。简直就像很怕容璟故意挑衅。

面前，容璟抱着宋千意半跪在地上，就在这时朝他看了过来："你做了什么，你究竟知不知道你做了什么！"

容璟抬起头时，一滴眼泪顺着他的脸飞快落下，转眼便消失不见。他着一身玄色绣龙纹的长袍，看得出来他这一路跑得匆忙，连随身的大氅都落在了不远处的雪地里。

亭外白茫茫一片，唯独那一点墨色看着格外清晰。

盛燚微微眯着眼，收回了视线。若不是他知道自己绝不会看错，几乎要以为那滴泪是他的错觉。

然后他就又笑了一声。

容璟的目光落在他手上握着的剑上，而后是桌上那张朱砂红色的古琴“不妄”，最后微微仰起脸，看向盛燚的脸。

“上一次见你哭，还是我去送药，你摔了药碗说什么再也不要见我。”盛燚说话的语气透着某种回味的温存，看向容璟的眼神却含着让人极不舒服的笑，“那年你才几岁？”

盛燚问这句话时轻柔极了，却像是在极尽讽刺，老皇帝还没死呢，他已经敢开口喊容璟那个能令盛家满门抄斩的称呼，“陛下，您今年都多大了？”

盛燚说得云淡风轻：“身为天子，犯得着为这么个人掉眼泪吗？”

他的语气淡极了，甚至不像是在反问，而是陈述一个事实。也不知他打哪儿取出一方雪白的帕子，行云流水般一抹，剑锋即刻如冰雪一般，薄削铮亮，几乎灼痛了容璟的眼。

容璟闭了闭眸，他费了很大力气才站起来。他没有再去看地上的尸体，只是这般看着面前的人，控制不住眼底渐渐漫起的水汽：“为什么？”

盛燚仿佛欣赏什么格外有趣儿的东西一般，盯住容璟的双眼：“什么为什么？”他说话的语气太平淡，就如同在谈论一条冻毙在路边的野狗，“如你所见，我和宋潜闹矛盾，一时失手，把他杀了。”

容璟的眼底弥漫起一层水雾，眼眶猩红：“一时失手，那下一个是谁？是不是我？”

容璟觉得面前这个人不是盛燚，他仿佛是一个自己从未认识过的陌生人，只是凑巧戴上了盛燚的面具。

“从前我只当你行事骄奢放纵，却是重情重义之人，可你如今做了什么？你一时失手杀的人是与你我一同长大的至交好友！”

他见过盛燚毫不迟疑地替他扫平那些障碍，为他出谋划策，挡去前朝后宫的明枪暗箭时的雷霆手段，也听说过盛燚昨夜带着最精锐的一支军队直接血洗内苑三宫，吓得老皇帝当着敏贵妃和众人的面失禁。

可从前盛燚这把永远背对着他的杀人的刀，此时朝向了他身边的人。在他忙于宫中事务的当口，调用他身边的小太监去宋家下旨，甚至还特意嘱咐宋千意，进宫之前去一趟太子府，带上“不妄”再进宫，又将地点约在这个对他和宋千意而言意义非凡的御书房后的花园。那小太监宋千意往日里就熟，又是这般正式之中透着熟稔的旨意，因而哪怕在这般敏感的时刻，宋千意也丝毫没有产生怀疑。

盛燚就这样把人骗到园子里的一处僻静角落，一剑杀了。

他如何还能用少年意气轻描淡写地替他遮掩？

“他是你的至交好友，并非我的。”盛焱唇角一翘，先就笑了。

他模样生得好看，眼尾一点丹砂殷红如血，与他抹额正中那颗色泽血红的宝石遥相呼应，愈加衬得他眉眼如画一般。漫天风雪里，他就那样毫不收敛地飒然一笑，脸上还沾着宋千意的血，简直不像活人，而是像小时候听皇后身边一位嬷嬷给他讲的故事里，从地狱里爬出来的修罗恶鬼。

那么好看，却难掩煞气重重。

那么可怕，可看向他的眼里，却是他看不懂的快慰。

“陛下想杀了我给他报仇吗？”盛焱笑出了声，“我这就成全陛下。”

下一瞬，他信手挽了个剑花，手腕翻转，剑柄塞到容璟手里。

剑柄温温的，带着被人握了很久的温度。

容璟几乎怔住，噌的一声，剑锋抖直，看清剑尖儿正对着盛焱心窝的位置，他不由就退了一步。

可紧接着，容璟自己也意识到了这种行为的可笑，不等盛焱再有反应，他将剑一横，剑刃抵在盛焱脖颈，步步紧逼，转眼便将人逼在身后雪白的亭柱前。

这剑锋利得很，刚触碰到肌肤的那一瞬，就在盛焱的脖子上划开一道极细却极清晰的血痕。

血渗出来，落在盛焱的衣衫上。容璟这才留意到，他外披一件赭红大氅，里头却穿着一件浅黄色的长袍。这般鲜丽明艳的颜色，男子之中，也只有盛焱的容色、风姿，才能将之穿得翩然若仙，毫不媚俗。

血滴在浅黄的衣袍上，宛如梅花初绽，刺红了容璟的眼。

他将刀刃更向里倾斜半分，嗓音已透出连他自己都未觉察的颤抖：“你到底想要做什么……”

盛焱却在这时做了一个令他吃惊的举动——将脖颈向前飞快一压，若不是容璟反应极快将他推开，凭此剑的锋利，刚刚那一下，盛焱已经没命了。

容璟几乎将唇抿成一条线，一路飞奔赶来和看到宋千意死在眼前时脸上的潮红已经彻底褪去，取而代之的是苍白：“你想死？”

盛焱被他推得一个趔趄，但他到底不是宋千意那样的文弱书生，飞快倒退两步，手一撑石桌稳住了身形。也不知是容璟推他力气太大，还是他晨起时仓促了些，抹额系得不牢，竟在他刚站稳时飞脱而去，撞在不远处的一根石柱上。

一抹殷红滑落，抹额正中那颗跟了他许多年的红色宝石瞬间摔了个粉碎。

这般变故，就连盛焱都有一瞬间迟滞，但他很快释然一笑，双肩微垮：“看来陛下不想我死。”

窥探到容璟对他的心软，盛燚渐渐放松，他挑起眉笑道：“陛下不必对我心软，反正血洗皇宫的罪名也要有人担，杀了我，既解了娘娘的心结，宋千意的命我也赔他了。此事由陛下亲自动手，替宋太傅报了这杀子之仇，刚好彰显陛下处事公道，从无偏私。单凭此事，足可堵住那些文臣谏官的嘴，说不定还能收服姓宋的老匹夫。而且，能死在你手上，我很开心。”

容璟被他的话气得又惊又怒、又恨又痛。他平日里性子温和，从未有过这般情绪失控的时候，连嗓音都有些沙哑：“你杀了阿意，就是想逼我亲手杀你？”

“倒也不是，我早想杀他了。今日杀他的这柄剑，六年前我就藏到了这张古琴里。我想着既然我注定要为你死，那他也不能活。”盛燚轻笑一声，他将身上大氅一解，铺在石凳上，潇洒落座。素白纤长的指尖轻拨过七弦琴，他抬眸朝容璟看去，“只是陛下呀，我真想不明白，明明是我先认识你，你为什么偏偏更喜欢宋潜？早先那几年，甚至只要我一走近，你就说全身痒，肯定是我又要拿白果或是其他什么毒物故意害你。可陛下，那第二次，不是宋潜的松子粥害你过敏发烧的吗？”

那碗对症的汤药是他亲自看着贴身仆从煎好的，就连后来挂在太子床头许多年，已经褪色的平安符，都是他去庙里求来的，可太子怎么就只记宋潜的好，将他的好忘得一干二净？

六年前……容璟未曾想过他竟从那么早的时候，就在筹备杀阿意了，而这一切的源头只是因为阿意同自己交好。他要死，阿意便不能跟自己一起活下去。容璟双手颤抖，嗓音干涩：“错的人是我，你应该恨我，而不是他……”

“我恨你做什么？”盛燚简直被容璟的妄自揣测逗得笑出了声，看向他的目光也透出几分暖，“别说是恨，但凡我有一点讨厌你，这些年何必鞍前马后地为你挡毒箭、杀佞臣，替你扫平登基的一切障碍？就连你的母后，虽然她一心为你，但她实际能做的，也远不及我多。”

容璟以一种前所未有的奇异目光看着他，盛燚却仿佛没有觉察一般，继续道：“我想助你登基，杀那些人也好，逼宫也好，都是因为我想做；我帮你，只是因为我愿意信你、助你，想让你得偿所愿；杀宋潜，是因为我想杀。当今世上，就算是神仙来了，也不能逼我做什么事。”

他坐在石桌前，眉眼轻垂，唇角勾笑，一手拨弄琴弦，曲虽不成调，却别有一番悠游自在的倜傥：“现在我做完了我应该做的事，等一会儿你杀了我之后，我这一世也就总算结束了。我死之后，你就以谋逆之罪处置我吧，日后逢年过节你也不必挂念我，免得被人诟病。好好做你的皇帝，你定会是盛世明君。”

沾了鲜血的符咒就在这时倏然贴在了盛燚的眉心。

四肢在一瞬间绵软得失去了控制，盛燚倒伏在冰凉的石桌上，第一次从这样低的一个角度，看到容璟神色冰冷的脸。

他的五官轮廓依稀透着从前在天界时的影子，但比那时的样子多了几分清润温雅，毕竟在凡间的这一世，他只是个尚未登上帝王之位的青年男子。这世上有许多事是他还未看破的，比如权力，比如亲情，比如他对宋潜的执念。

不过没关系，自己已替他杀了宋潜，自然就破解了当年清殊真人的那句谶语，也凑巧替他化解了这一世“不得而终”的劫，再深的执念等到容璟回归仙界之后，自然都会全部释然。他想开口说话，却发现自己连舌头都是软绵绵的，使不上力气，也说不出一句完整的话。

他本想说：“要杀便杀，剑就在你手里，何必用这么麻烦的法子。”可紧接着，他从容璟的眼睛里看出了一点别的东西。惊愕之余，他又觉得有点好笑。在他的认知里，容璟从不是嗜杀之人，难道就为了一个宋潜，他还打算百般折磨自己之后再杀了才过瘾？

如此想着，盛燚反倒彻底放松下来，就连看着容璟的眼神都不由自主地显出一点笑意。

意识模糊之际，盛燚感觉到容璟垂眸看着自己，声音凄厉：“人间一世对你来说算什么？你想走就走，想死就死，凭什么？”

阿稌对雨雪天确实敏感。这天雒城不仅下起了雪，而且雪势越来越大。曲苏和青玄、阿稌三人坐在三味斋二层的雅座，边吃烤肉，边赏雪景，倒也满足、惬意。

曲苏咬了一口冒油的五花肉：“烤肉不吃五花肉，简直没有灵魂。”

“你们人类真奇怪。”阿稌将烤得半熟的牛肉翻了个个儿，道：“前天晨起吃水豆腐时，你还说不放芫荽和豆腐乳的水豆腐没有灵魂。”

曲苏道：“这不叫奇怪，这叫对于食物具有高端审美。”她瞥一眼阿稌，“难道你这些日子跟着我吃遍美食，仍然还觉得鱼肉生吃最美味？”

阿稌被她问得很是认真思索了一番：“生吃很好吃呀，就是一口气连着吃很多可能会有点腻。”鲛人的饭量一向很大，尤其是化为原形时，阿稌所谓的“吃很多”，是真的非常多。

她仍惦记着曲苏前不久的提议，追问道：“这几天可能每日都下雪，你说的那个什么鬼市，还能照常出摊吧？”

曲苏头也不抬地道：“雪太大的话，可能有点难。”

阿秾失望，眉毛都耷拉了：“那岂不是每天都要待在屋里，好无聊。”

曲苏瞥一眼青玄：“这事儿你得求求你们尊上了。”

突然被点名的青玄，扫了一眼曲苏，将她手边的米酒坛子挪远了些：“何事？”

曲苏道：“推牌九三缺一啊，到时如果雪太大真的出不去门，可能需要你把阿缎找来，正好四个人一起玩。”

青玄淡淡道：“他不行。”

曲苏伸着胳膊想把米酒拖回来，顺嘴问了句：“为什么不行？你给他派了很多的活儿？”

青玄道：“他没银子。”

曲苏的手指刚要触到酒坛，青玄目光微扫，酒坛子瞬移到了阿秾身后的房间角落：“喝酒太多，第二天头疼。”

曲苏知道青玄说得没错，她这会儿脸颊都有点发烫了，确实不宜再多饮。其实她酒量一向不错，但这天也不知是怎么了，不仅喝了没多少就上脸，而且有点口干舌燥，越不让喝，越是想喝。她干脆以手托腮，另一手捏了兰花豆，边吃边问：“所以说，在天界，像阿缎这样每天给你们这些大神仙跑腿儿的，连俸禄都没得领？”

青玄反问：“若发俸禄，要买什么？”

曲苏喝了酒，不仅脸颊发烫，脑袋也有点昏昏沉沉的，听到青玄这话，反应了一会儿才明白过来：“你的意思是，在天界什么都不缺，也就用不着银子了。”

“能入住九重天，已是无上殊荣。”阿秾一脸认真地插话，看向曲苏的眼神透着几分嫌弃，“谁跟你似的，掉钱眼儿里了。”

曲苏险些被她气乐了，小人鱼就连这句话，都是跟她学会的，这可真是鲁班门前弄大斧：“这你就不懂了。仙人难道就只有和别人交换物品的需求？想想你自己，若遇到别的妖手里有你需要的东西，但对方所需的东西，你却不能提供，你要怎么办？”

这个问题阿秾从前还真遇到过，她眨巴着又圆又大的眼睛道：“看他想要什么，我就去给他弄来，然后再从他手里换。”

曲苏摇了摇食指：“不仅费时费力，还把自己降格变成了任人驱役的小跑腿儿，一不小心再遇到点危险，受个伤什么的，你冤不冤？”

阿秾：“……”突然感觉中了好多箭是怎么回事儿？

曲苏又扭过头看青玄：“你说我说得有没有道理？”

青玄原本想说，绝大多数仙者并没有那么多欲求，可眼看着曲苏脸颊酡红，双眼微蒙仰脸看着自己，显然是有些醉了，到嘴边的反驳一转眼便忘了词。他微微颔首：“有些道理。”

曲苏得到满意的答复，手攥成拳，撑着太阳穴揉了揉："所以，给阿缎发薪资的事儿要提上日程啊，这样我们就可以四个人凑一桌推牌九了。"

青玄："……"绕这么一大圈，还把阿秾弄得泪眼汪汪的，到头来就为了骗阿缎下凡跟她推牌九？可真有出息。

喝酒上头的人，思维格外跳跃，而且脾气比往常大。曲苏拿胳膊肘儿戳了一下小人鱼："去跟店家说，弄三碗胭脂酥山来，还有什么吃着解渴、去油腻的小食、水果，让他们看着上。"

曲苏请客，还有更多好吃的，阿秾也不跟她计较又使唤自己跑腿儿的事，利落起身就出了屋。

曲苏觉得燥热，起身去将窗子开得更大，却忍不住打了个哆嗦："这雪真大。"

青玄跟在她身后，手臂绕过她，将窗子关上一半："吃了酒别吹风，会着凉的。"

这姿势应该是有些亲昵的，可曲苏却浑然不觉，自随身的小挎包里取出那只浅紫色的小酒瓶，转过身来对着青玄晃了晃，背倚窗棂，打开瓶塞喝了一口，随后炫耀一般地"嘿嘿"一笑。

青玄："……"

曲苏渴得厉害，喝的就有点急了，一口花酿闷进肚里，只觉满嘴玫瑰香气，忍不住咳了两声。

青玄抚了下额头，伸手欲夺她手里的酒瓶："你已经醉了，不宜再饮这花酿……"

曲苏动作飞快，手腕顺着青玄手臂一绕一滑，单手塞上瓶塞，酒瓶转眼重新放回小挎包。平日里对她而言并不算多大的成就，此刻却仿佛占了多大便宜一般，仰起脸朝青玄挑了挑眉毛。

青玄微微垂眸，看向曲苏压在腰间的手，其实只要他想，她挎包里的所有东西，包括那瓶玫瑰花酿，都可如桌上那坛米酒一般瞬间消失。

下颏传来微凉的触感。青玄眸光微定，他们两人此刻离得实在有些太近，尤其他一手还扶着她身后的窗，这般姿势，几乎将她整个人揽入怀中一般。然而怀里的人不仅没有半分女子身处此情此景该有的紧张与娇羞，反而胆大包天，伸出两指捏住了他的下巴。

青玄的目光落在她的双眼上。临窗站了这一会儿，她脸颊的红晕比刚刚淡了几分，双眼的蒙胧醉意却丝毫不见消减，这样仰起脸与他对视，还透出几分莫名的灼灼之色。

青玄摸不准她的心思："大胆……"

他本想说你喝醉了，却不想曲苏就在这时踮起了脚，在他唇上吧唧亲了一口，又在他耳畔道："你才大胆。"

天地间数万年岁月呼啸而过，唯独这一吻，令青玄觉得时间都慢了。她踮起脚时看着自己的眼神，唇上传来的温软触感，她落下脚两人彼此缠绵又各自回落的衣袂，每一分每一秒，都那么缓慢清晰，清晰得他甚至可以听到自己的心跳声——只要他想，他确实可以令时间停止，但他分明清楚，刚刚她朝自己吻来的那个瞬间，并没有用任何法术。

她只不过是一个再普通不过的凡人罢了。

约莫是青玄的发愣给了曲苏莫大的成就感，她松开他的下巴，转而在他脸上摸了一把："长得挺好看，就是一张嘴就不可爱了。"

青玄："……"

"酥山来啦，他们问我是不是三份都要胭脂酥山，说是今天有个新口味，是酸甜口的，我就换了一份。"阿秾一边说，一边推开门往里走。见桌边没人时她还蒙了一瞬，以为自己走错了屋，等她本能地朝窗边看去时，险些一口气没喘上来，当场抽过去，"我……我再去点一份酸梅汤！"

捂着眼睛带上门，阿秾一手捂住心口，迎面刚好走来端着果盘的店小二。

小二也有点蒙："这位客官，您没走错，就是这间房。"

当时就是这位姑娘先来订的雅座，就冲这姑娘的好看模样，他也不会记错。

"我知道。"阿秾心慌意乱，但考虑到大局为重，仍然深吸一口气，"你不能就这么进去。"

小二点了点头道："不劳烦您。"他腾出一只手，在门板上敲了敲，"客官，您要的酥山和果盘来了。"

这几位刚刚又添了几道甜品小食，东西太多，他只端了一部分，身后还跟着两个伙计呢。

阿秾根本来不及阻止，眼睁睁看着门从里面打开，小二等人端着酥山等物鱼贯而入，很快又空手退了出来。那小二还颇为体贴地朝她一哈腰："咱们房内都烧足了炭火，酥山得抓紧吃，不一会儿就化了。"

阿秾哪里还有心情吃酥山？垂头耷拉眼走了进去，就见青华大帝满身清爽，神色怡然，端坐桌边，正在吃自己那份酥山。

再看曲苏，竟然歪头往桌上一靠，闭着眼睡着了，身上还披着尊上的那件大氅。

阿秾在曲苏身边坐下来，刚伸出一只手，就听桌对面青玄道："她喝醉了，让她睡。"

阿秾痛心疾首，一时之间甚至难以分辨情绪中夹杂的满心焦灼，到底是因为心目中一向被奉为完美神祇的青华大帝，竟然堕落到对一个凡人女子上了心；还是气曲苏抵挡不住青华大帝的诱惑，说了多少遍仙凡相恋没有好结果，可她就是不听！

可再转念一想，那可是青华大帝呀！

若今日换作自己，能抵挡得住吗？

阿秾咬着发辫上的水晶珠子，双眼噙满泪花。她发现曲苏从前骂得没错，她是真的怂。只要稍一设想青华大帝有那么一丝丝可能喜欢上了自己，她就吓得魂不附体、五内俱焚，还不如当场离世来得痛快些。

简而言之，她虽然也想，但求生的本能告诉她，她不敢。

可凡人远不比妖对危险敏感，也远比妖更为脆弱和短寿。

这么一想，阿秾更难受了。

桌边，曲苏“唔”了一声，揉了揉眼：“酥山来了？”

阿秾又气又心疼：“早来了，再不吃都化光了！”

曲苏揉了揉太阳穴：“那你就都吃了吧，我想喝点热的。”

阿秾一听这矫情的话，就气不打一处来，正想骂她，刚吃着热食你说要吃冷的，这会儿来了冷的，你又要喝热的，这不是有病吗？就听曲苏嗓音沙哑地说：“可能有点着凉了，觉得头疼得厉害。”

阿秾冲到嘴边的怒骂瞬间消音，定睛一看曲苏，就见她恹恹的，脸颊泛着不自然的红晕，就连眉心处都透出浅红，她甚至不用伸手试，就能感觉到曲苏的体温与往常不同，这是真生病了。

曲苏自己也觉出不妥，揉着额角道：“怪不得今天酒量这么差。”

阿秾有点慌张地站起身：“那咱们回客栈休息吧，我去趟医馆。”

话音未落，青玄已将一只手放在曲苏的肩膀。

阿秾看向青玄，眼神里透着惊惶：“尊上，她是凡人……”凡人病了，得吃药，得好好休养，可禁不住他再对曲苏做什么。

青玄揽过曲苏，在她微微转过脸的一瞬，伸出两指在她眉心轻轻一点：“本尊知道。”

曲苏从醒过来就一直在头疼，被他这么一点，再度睡了过去，神态却不似刚刚那么烦躁，显然青玄是用了法术，让曲苏舒适地睡着了。

紧接着，青玄将人反手扣进自己怀里，身形一闪，便不见了影踪：“这里你来处理。”

这是先一步带曲苏回客栈休息了。

青华大帝虽则生性冷淡，但行事一向细致稳妥，这不，尽管走得匆忙，仍不忘在桌上放一锭银子，让阿秾代为结账。

这可是青华大帝刚从怀里取出的银两，放在从前，阿秾肯定又要把它当作收藏品，珍重地藏好，等回到族里，就仔仔细细供起来。可是这个晚上，阿秾拿起银子捧在掌心，却发现自己一点儿都开心不起来。

她学着曲苏从前的模样，从走廊喊来小二，让他们将几盘没怎么碰过的小食、水果打包好，又去一楼掌柜那里结了账。掌柜知道她就住在隔壁客栈，还很好心地借给她一把伞，让她先拿去用，天晴了再来还。

天色昏黑，大雪纷飞，阿秾一手撑伞，另一手拎着替曲苏打包的那些食物，深一脚浅一脚地往客栈走。平日里只需半盏茶就能走到的路，只有她一个人走时，总觉得格外漫长。

腰间的传音海螺传来两声嗡鸣。阿秾停住脚步。

这几日每天和曲苏好吃好睡、嬉笑打闹，她几乎已经把凌曦仙子的吩咐彻底忘到脑后了。

好在凌曦仙子似乎也不得空闲，并无上次那般与她面对面长谈的打算，叩了两声海螺便道："尊上此时身在何处？"

阿秾施展了个小法术，将传音海螺移至耳边，沉默片刻，说："在客栈休息。"她嗓音忽而甜软，"仙子可是有事要与尊上商量？"

那头凌曦仙子淡淡笑了一声："阿秾，别要小聪明。"她听出阿秾想套话，撂下这一句半带警告的话，很快便转移了话题，"那个凡人女子，你还没有找到机会下手吗？"

也不知是凌曦仙子每每提起曲苏时，那语气总是轻慢中透着不屑，还是近来她言语中几次三番都用了"下手"，阿秾心中突然涌起一股浓浓的不舒服，她攥紧了手里的食盒，嗓音清越，吐字清晰："近来据我观察，曲苏有些地方，并不似仙子说的那般。"说完这句，她突然又有点懊悔，飞快道："她并不是那种恬不知耻勾引尊上的坏人。"

凌曦仙子在那头笑了："阿秾，或许这些日子朝夕相对，曲苏确实对你不坏，但你说出这样的话，可还记得炁渊之中对你百般照顾的霜雪神女？"

阿秾忽地沉默。就听凌曦仙子又道："就算曲苏真不是那种习于勾引、媚上之人，但她身为一个凡人，不知深浅，故意与青华大帝走得很近，总是不争的事实。自来仙凡有别，他是上古神祇，享万年清名，若被一个凡人扰乱神志，做出不理智的事，你可知这会给六界带来多大的灾祸？"

阿秾不再说话。

凌曦仙子道："这两日京城会有异动，阿秾不妨多留些心，说不准届时不用你做什么，我们也能达成目的。如此也不会辜负玉帝对你我的信任，更不负昔年霜雪神女对阿秾你的救命之恩。"

传音海螺突然寂静，显然那头的凌曦仙子已经关闭了海螺，去忙自己的事了。

凌曦仙子的意思是让她伺机而动——她仍然想要曲苏的命。

阿秾脚步沉重，耳边不停响起凌曦仙子刚刚说过的那些话，忍不住轻声辩驳了句：“清潋姐姐若还在世，就算亲眼看到尊上心悦别的女子，也不会……”

从前在炁渊时，清潋姐姐曾经对她说过：“阿秾，杀人并不是解决问题的唯一方法，反而可能制造更多祸端。遇到事情别冲动，好好想一想。”

霜雪神女从来不是滥杀之人。

但凌曦仙子的话也并非全无道理，尤其这其中还有玉帝的授意。

但脑海里突然响起了另一道清亮含笑的女声：“阿秾，做一只好妖。”

阿秾嘀咕了声：“凡人真的很烦！”

她加快了脚步，边走边想，她当然知道要做一只好妖。她本来就是一只心善的好妖，不然青华大帝也不会这些日子都任由她跟着，哪怕来了雒城，也从未提过让她去找她此前说过的怨妖朋友。

这说明在青华大帝心中，明知她当初是撒了谎，但也知道那是一个善意的谎言，她其实是一只相当乖巧可靠的小人鱼。

相当乖巧可靠的小人鱼进了客栈，飞快攀上楼梯，转眼便到了曲苏的房门前。她敲了两下门板，正要推门而入，冷不防门突然开了。

青玄不知何时换了一袭雪色衣袍，墨发微散，见是她来，也不惊讶，从她手里接过食盒，道了声“辛苦了”，便当着她的面，又将门带上了。

阿秾：“……”她准备了一肚子的话想与曲苏秉烛夜谈，可青华大帝压根儿不给她近身的机会。

对她来说，这注定是一个孤单又难眠的夜！

雒城是三朝古都，雒城皇宫曲径回廊，雍容豪奢，且有许多不为外人所知的暗道、密室。

但不论是几日后就要登基的容璟，还是苦心孤诣多年的皇后娘娘，或是此刻正被那个七星锁妖阵困得一步都动弹不得的盛燚，他们对这座皇宫的了解，都远不及此刻正沿着密道莲步轻移，款款走向武库最深处的令月公主。

想到这儿，令月公主忍不住笑出了声。

盛燚怕是做了鬼也不会想到，自己有朝一日竟会被两个凡人弄到这般狼狈的境地。

小公主身子羸弱，不过走了一小段路，已汗湿全身，额头、鬓角的碎发也都沾上了一层细汗。身姿娇弱的少女在最后那道门外站了好一会儿，才勉强平复了吐息。她闻到自己周身散发出的轻微汗味儿，纤细的手指尖攥紧身上镶珠缀玉的层层宫衣，嫌厌地皱了皱眉。凡人就是肮脏，稍有动作，就要出一身臭汗，若不是这个身份刚好能派上用场，她真恨不得当即从里到外扒了这身皮子才清爽。不过好在用不了一时片刻，一切都会有个完美的了结。

推开沉重的黄铜大门，锁妖阵内，姿容俊美的少年盘膝而坐，浅黄色的长袍破碎不堪，遍布脏污，墨色长发没有了抹额束缚，纷纷垂落在他的肩膀、膝头，在七星锁妖阵冰冷的蓝光之下，竟然隐隐透出妖异的红光。

小公主紧紧绷着的面皮在看清少年的发色时，微微抽搐了下，很快又恢复了少女独有的天真与高傲："你就是哥哥锁起来的那只妖？"

盛燚半闭着眼，盘膝而坐，听到这话，墨而卷翘的眼睫轻轻掀动，却并未抬起眼去看来人："从前听闻公主殿下活不过十六岁，长居扶风松鹤观，故而从未往心里去。如今看来，是我有眼无珠，疏忽了。"

小公主冷冷一笑："好大的口气。哥哥是真命天子，自然有满天神佛庇佑，岂是区区一只妖物就能轻易迷惑的？"

盛燚道："听说殿下回宫后，每日睡眠都不足两个时辰。"盛燚语意温柔，仿佛句句都是关怀，实则字字都在嘲弄令月公主不是久活之人，"毕竟才刚过生辰不久，殿下还是多爱惜些自己吧。"

令月公主却并未露出预料之中的惊怒："盛燚，你已经落到了这步田地，不该先好好想一想自己如今的处境吗？"

这是令月公主踏进门后，第一次亲口称呼盛燚的名字，她咬字有一种奇特的韵律，令盛燚隐隐觉得熟悉。他面上毫无表情，"哦"了一声："那么依照殿下的意思，我该怎么想？"

"今日午后，哥哥已经下旨昭告天下：罪人盛燚，率叛军突袭皇宫，杀了两位亲王、敏贵妃、六皇子。宋少监为保护太子，不幸身亡。太子天命所归，与禁军统领一起剿灭叛军，诛杀罪人。"令月公主不慌不忙地说着，那张寡淡苍白的脸，如同一张戴了太久而显得僵死的面具，不论说什么话，都是近乎相同的神情，"盛燚，为了杀宋千意，你害得盛家上下三百余口要陪你一起死。"

"啊，是我忘记了，你本就不是人，怎会懂得人间亲情的羁绊呢？"

盛燚就在这时陡然抬起了头："我确实不是人，你又是个什么东西，有胆子来这里挑衅我？"

七星锁妖阵将他牢牢钉死在原地，盘膝而坐看似姿态优雅，其实是被大阵所困之人所能找到的痛苦最少，也最不狼狈的姿态。但盛燚突然发难，抬眸朝令月公主望来时，双眸瞬间爆发出火一般的亮光，一抹人首蛇身的残影自他身后一闪而过，巨大的蛇尾闪耀着火焰般鲜红的鳞甲，以横扫千军之势，朝小公主甩尾而来，眼看就要将她掀翻在地。

然而就在蛇尾距离令月公主仅有半寸距离时，盛燚的脸上突然闪过几缕裂痕，如同一块被焚烧殆尽的炭，这副凡人的肉身无法承受体内过于磅礴的力量。红光忽明忽灭，盛燚双手抱头，自喉咙里发出一声尖啸，巨大的蛇尾幻影如同一条被人勒住的麻绳，只在令月公主面前晃了一下，又倏然消失在盛燚的身后。

小公主一动不动，苍白得毫无血色的脸上缓缓浮现一抹僵硬而诡秘的笑："这可是七星锁妖阵，就算你是妖神后裔，也要永生永世被困在这阵里，求生不得，求死不能。"

七星锁妖阵在仙界早已失传多年，只因这阵残忍恶毒至极，名为"锁妖"，实则是一种虐妖、杀妖的恶毒法门。妖被放入此阵后，七星定魂钉在同一时间打入妖的魂魄之中，许多妖不得不运转全部妖力，只为缓解这种神魂俱裂的痛苦。妖力弱小的，会在这个过程中妖丹破裂，爆体而亡；妖力越是强大，在这阵中所受的痛苦越多，之后就算被放出阵外，也往往妖力枯竭，再无继续修炼的可能。

万年以前，在七星锁妖阵大行其道的千百年里，许多强大的妖自阵中逃脱，最后都选择了自杀了断。

但盛燚毕竟不是普通的妖，他是妖神后裔，世间最后一条烛龙，妖力之深厚，常人难以想象。在这七星锁妖阵里，就算被困上千年，也不会妖力枯竭。因而确实如令月公主所说，只要他被锁入此阵，之后的每一天，都会面对一种求生不得、求死不能的惨痛折磨。

盛燚克制着这具凡人躯体逐渐带来的疼痛，缓缓放下双手，朝令月公主看去。双眸之中，灼烧的红光与冰冻的蓝光交替闪现，最终连同眼白一同变成黑夜般的幽深墨色。他的声音忽然变了，像是来自更为空阔辽远的空间："为了见我一面，凌曦仙子竟然纡尊降贵，夺舍了这病秧子，又哄骗容璟摆下如此阵仗，实在令我惶恐。"

这世上懂得布七星锁妖阵的人本就不多，更少有人能仅凭他刚刚展露的残影就一语道破他妖神后裔的身份。

尤其她喊他名字最后一个字"燚"时，那种独特的咬字韵律，实在太令他感到熟悉了。

令月公主面色平静地望着他半晌，薄而小的嘴唇，缓缓咧开一抹笑："烛龙。"

盛燚双眸尽被深不见底的墨色覆盖，那是一种绝不属于活物的幽深与邪恶，那是传说中可令日月无光、天地变色的一双魔眼："九重天待得不舒服吗？还是哪怕清潋已死，整整五百年，凌曦仙子仍然没能得到尊上的心？"

令月公主的面皮几度抽动，毫无血色的唇间甚至溢出鲜血，随后口齿有些模糊地道："你还是和当年一样，自大，狂傲，令人恶心。"

盛燚看到她顺着嘴角不停淌下的鲜血，唇角扬起舒展的笑弧："这副身子骨柔弱得很，凌曦仙子用时，还请多怜惜些。"

令月公主如同一只被隐形的线牵动的木偶，肢体僵硬地挪步上前，望着盛燚道："我若真死在这里，等容璟来了，你说他会怎么想？"

盛燚面色不改："一旦脱离这肉身，你的行踪很快就会暴露，届时哪怕你是赤帝的女儿，玉帝也会亲自问责。"凌曦很清楚这一点，也最忌惮这一点，否则，以她的心思，若能多一个法子快点置他于死地，她根本不会等到现在。

小公主身体虚弱，头发也稀薄，勉强固定在发间的红玉镶金步摇，随着她转身的动作摇摇欲坠。她盯住盛燚的每一个细微表情，似乎对这个突然想到的法子心动极了："他亲眼看到你杀宋千意时，就已经发了狂，若是让他看到唯一的胞妹再死于你手，你说，他会怎么做？"

盛燚仿佛全然没听到她说的话，唇际的笑更灿烂了："那天我看到了，青华大帝就在这城中，身边还跟着一个凡人女子。说来也奇了，哪怕从前在炁渊时，面对霜雪神女这数万年来他唯一的爱徒，我也没见尊上像对她那样笑过。"说到这儿，他顿了顿，仿佛自己也有几分惊讶，"尤其尊上还为她撑伞，那伞歪得没边儿了，全遮到那女子头顶。"

盛燚"啊"了一声，似乎终于注意到了令月公主此刻的面色。尽管这般被凌曦仙子操控着神魂，她已鲜少能做出鲜活的表情。"该不会，你早就知道了吧？"盛燚低笑，少年清越的嗓音格外好听，"五百年了，凌曦，你还是那么胆小，从来只敢背地里捅刀子。以前面对清潋是这样，如今对着一个凡人，仍是这样。这么多年过去，你还真是半点长进也没有。"

令月公主苍白的脸上缓缓显出几缕黝黑细小的裂纹，如同一只摔在地上的瓷娃娃，那裂纹正在随着她说话时的表情变化不断扩大，那是体内魂魄力量太强且不加控制的结果。

盛燚的目光在令月公主的面庞缓缓游走："你这般痴恋青华大帝，可你有没有想过，你在天界四千年，以他那样的性子，他若是有心，早就看到你了。"说到这儿，他不禁觉得有趣儿极了，"对他来说，不论是以前的清潋，还是如今的你，都不过是个看着脸熟的路人罢了，甚至还不如他对我的印象更深一点儿。"

令月公主近乎空洞的眼神凝在盛燚的脸上："你在得意什么？五百年前，你为了兰昱尘能安然渡过第十世的劫难费尽心机，竟然连本命髓晶石都拿出来给了清殊真人，只换来那么两句似是而非的谶语。若不是你这般愚鲁，不计后果为他牺牲，我也没法在你是凡人之躯时，强行用这阵法逼出你的真身。”

盛燚面色阴沉：“你拿了我的髓晶石。”没有髓晶石，七星锁妖阵根本没法对他这个凡人的躯壳生效。

“是呀，清殊真人对我心悦，临死前，那块髓晶石可是他跪在我面前，双手奉上的。”虽然姿态僵硬，但从小公主微微扬着的下颌不难看出，连她自己都觉得，这件事做得实在漂亮。

“可惜，你这般倾心相待，又换来了什么呢？”凌曦仙子望着盛燚的双眼，流露出淡淡的同情，那是一种居高临下的怜悯，“容璟在意的那个人，自始至终都是宋千意，不是你。宋千意活着，他便高兴快活，他们两人君仁臣忠，预备携手共建太平盛世，甚至连这皇位都不着急去争；宋千意死了，他觉得一剑捅死你都不解气，听我说起这世界上还有七星锁妖阵这样完美的阵法之后，不用旁人动手，他亲手放了自己整整三碗血，就为能让你从今往后的每一天、每一刻，都身受剜心剐骨之痛，非死不得解脱！可惜呀，以你身为烛龙这通身神力，想死都没那么容易。兰昱尘对你，还真是狠心至极。”

盛燚苍白的脸上显出红焰，他紧紧咬着牙根，几乎是将牙齿反复碾碎了才说出那句话：“是你挑拨离间，玩弄人心！”

少女咯咯笑出了声。凌曦仙子未与这具肉身好好磨合，因此这些日子，不论做什么神情，令月公主那张幼小而虚弱的脸，看起来都僵硬怪异极了，甚至因她笑得夸张，公主的脸颊、前额迸出更多碎裂的痕迹：“你与容璟相识十几年，而我与他相处不过短短几天，若我三言两语就能挑拨了你们十几年的感情，那么盛燚，你觉得你和他之间，还有什么情谊和信任可言吗？”

“容璟从未将你当作至交好友，何用我一个远地归来的妹妹挑拨？凡人的心本就肮脏卑劣，若说玩具……”凌曦仙子缓缓走上前，伸出手，拍了拍少年苍白却俊美至极的脸，“还是你更好玩。”

“论心思歹毒，我确实比不上你。”盛燚死死盯住她的脸，“就因为嫉妒清潋成了青华大帝的弟子，几千年来你处心积虑非要置她于死地，甚至不惜害死炁渊数百怨妖的性命……”

“你又有多喜欢清潋？”少女轻软的嗓音渐渐变得尖锐，“我从未把她当作朋友。你这个与她相处了整整三千年的战友，还不是在她最惨最可怜的时刻倒戈相向？只能说是她自己太蠢，德不配位，自招灾祸！”

盛燚冷笑一声：“当年答应与你联手，并非因我恨她，那时我一心想捣毁炁渊，不论挡道的是谁，都得死。”

“够狠、够狂，所以我当日才选中你当伙伴。”小公主尖啸嘶哑的嗓音道，“当初炁渊一事，我玩得那么舒心，说来也多亏有你。如今要眼睁睁看着你被一个凡人困在这里，永生永世不得逃脱，还真有点舍不得了。”

盛燚容色冰冷，毫无迟滞道：“你擅自下凡，强占凡人躯壳，使用禁术强拘妖神魂魄，你身为仙人，从未做过一件有益天地之事，却比任何妖魔都更卑劣！青华大帝就算再孤寂十万年，也不可能心悦于你，就算我今日身死，炁渊的秘密也不会永沉地下。以尊上之智，终有一日能窥破你费心隐藏的秘密。”

令月公主瞬间出手，在他脸上甩了两个巴掌，力道之大，甚至使一只手腕反折过来脱了臼。可她面上丝毫没有痛苦之色，毫不在意地换了一只手，捏住盛燚的脸，强迫他抬起下巴好好看着自己：“将死之人就别瞎操心了。”

她挑动眉毛，如同死人一般僵直的眼神中闪过一丝自得的光：“我乃赤帝之女，太阴元君首徒，玉皇大帝宠我这个外甥女更甚于他自己的亲生女儿。除了我父亲，五帝四圣谁见了我不得和颜悦色？就算青华大帝从前眼里看不到我，往后千年、万年，总有一天，他心里会有我一席之地，我有的是耐心等。我不像你，说是什么妖神后裔，却没有父母宠爱，没有族人关照，更无仆从追随。你算什么妖神，九重天上从前能有你一席之地，全赖青华大帝对你心怀怜悯，你还真当自己是个神了？”

她陡然松开了手，宽袍广袖一拂，朱红色的冰冷布料刮擦过盛燚苍白的脸：“传说中的章尾山之神早就死了，什么天下最后一条烛龙，如今不过是我的手下败将，锁在这阵里等死的一条臭虫罢了！今天说的这些，其实早就想告诉你来着。”临走前，令月公主微微转身，七星阵冰冷的光在她脸庞洒下一片幽幽的蓝色，她的眸光落在少年微垂的脸上，哪怕到了此刻，他也仍然倔强着不肯弯折脊梁。

“你这般为了兰昱尘苦心孤诣，哪怕亲眼看着他这一世只将另一个人视作莫逆之交，约莫还在感念从前在天上时他很维护你吧？你以为他平顺度过这一世的劫，再回到天上，不论经历多少，你与他都能回到从前？那次你故意打翻八宝琉璃盏，放走那只大妖，你以为兰昱尘替你扛下此事，主动向佑圣元君领受刑罚，是真心想维护你？大约是你从未得到过，所以对于旁人的一举一动，都想得太多了。”

朱红色的宫装层层叠叠，将少女寡淡的面容衬托得如同一尊线条平缓的玉雕，但那平缓叙述的语调里难掩的愉悦，却让烛龙如坠冰窟，严寒彻骨：“你闯祸前不久，有一次我师父与旁人谈及兰昱尘，说如他这般凡人修炼成仙的，若想在修为上再有精进，难如登天。除非他如万年前的那个人一样，犯下大错，下凡历劫，看破心劫，修为和仙阶能涨十个境界都不止。那天与师父聊起此事的那位仙友，刚好与兰昱尘相交颇深。现在，你还觉得兰昱尘从前对你至真至诚吗？不论从前九重天上，还是如今凡间一世，烛龙，许多事都是你太当真了。人家不过演演戏，你就把整颗心都巴巴儿地奉上。我亲眼看着，都有几分心疼你了。”

朱红宫装的背影消失在黄铜门外。

一片寂静中，唯有以他灵魂滋养的七星骨钉闪耀着晶莹剔透的蓝光。烛龙静静地坐在原地，他就那么低垂着头，双眼半闭，眉心渐渐显出一抹紫红色的火烛之痕。

身在皇城根儿脚下，自然是“吃第一手瓜”了。对于曲苏这样的“吃瓜”大户，尽管吃烤肉那日因为没打伞着了凉，但身边有阿秾和青玄这两个家伙在，她不会轻易错过任何消息。

前一晚贴了青玄给的驱寒符，第二天晌午醒来，曲苏就感觉周身轻快，病已好了大半。

为了照顾曲苏，三人这一天并未外出，而是从隔壁三味斋叫了热锅子。曲苏虽然嗜辣，这时却不敢贪嘴了，阿秾问她选什么口味，她懒洋洋说了声：“吃番茄汤味的吧。”便靠着软垫坐下等饭菜上桌。

若说前一晚着了凉还放纵饮酒会有什么后遗症的话，那就是头疼。

曲苏自手边端起一杯热水喝了两口，嘀咕道：“好像忘了点什么事儿……”

一旁青玄原本自进屋起，就一直微微垂着眼，听到这话，正在倒水的手微微停顿：“忘了什么？”

曲苏下意识揉了揉太阳穴，她往日极少醉酒，但这个动作有几分熟悉，仿佛昨晚她不止一次这样做过。脑中飞快闪过几幅画面，曲苏目光微闪，转以手肘撑住桌沿，单手支颐，目光在青玄的面孔流连，缓缓地说：“想不起来了。”

青玄微抿着唇，那神色说不上是怒还是恼，至少曲苏是半点看不出来，但她心情依旧很好，一双清凌凌的眸子向青玄的唇瞥去：“好像昨晚的甜点不错。”

青玄侧眸看向她：“甜点？”

“嗯……记不大清了。”曲苏唇角轻翘。店家前一晚得了叮嘱，特意将她的房间烧得很暖，曲苏身上穿得并不厚重，仍然脸颊透出淡淡粉晕，看起来不仅毫无病容，甚至还有几分近来面对着青玄时少见的亲近温和。

青玄正欲说什么，房门外有人敲了两下，是阿秾带着隔壁三味斋的伙计回来了。

炭火点上，锅子架好，各样肉食、蔬菜连同三味斋特色的麻酱烧饼一同端了上来，摆了满满一桌。鸳鸯锅一边奶白，一边鲜红，这情形令人觉得熟悉，唯一的不同，就是今日这两边都不是辣锅。

青玄似乎也记起来了："敞开吃，今日这顿本尊请客。"

曲苏笑睨了他一眼："还是省点花吧。你那银票，前几天不是才给了阿稌许多？"

阿稌摇了摇脑袋，她的目光全落在面前的热锅子上，接话却接得别提多顺畅了："花不完的。你也不想想尊上是谁，若他能花得两手空空，除非这天下间没有银票了。"

曲苏顿时笑出了声："你这话说得好像他银票全是偷来的。"

"我不是这个意思。"阿稌闻言，面露怒色看向曲苏："你又给我挖坑！"

青玄却在这时道："今晨出门，听外面那些人说起，盛燚性情癫狂，在宫中连伤数人，还杀了宋千意。"

阿稌在一旁补充道："据说昨晚盛家被连夜抄家了。宋千意他爹连夜进宫说是想给儿子收殓尸体，但人被容璟扣下了，说要以国礼下葬。"

曲苏见阿稌说八卦时双眼都一刻不停望着锅子，便率先用公筷夹了一片涮好的鲜鱼片到她碗里，叹了口气，说："想不到我这一病，竟然错过这么多好戏。"她突然想起前一日青玄向她讲起的那两句谶语，"我怎么觉着，盛燚杀了宋千意这事儿，好像正好应了容璟的命劫呢？"

青玄微微一笑："命劫这种事，只能顺其自然，刻意消解，往往弄巧成拙，徒增灾祸。"

曲苏道："看得出来，盛燚和宋千意一直不大对付，但也不至于闹到出人命。"

阿稌一向怕烫，夹起鱼片时，那香气让她口水直流，但也不敢立刻放进嘴里，一边鼓起两腮连连吹气，一边接着道："宫外传出的说法是，宋千意是为了替容璟挡刀才死的，算是对大周尽忠，是有功之臣，所以容璟嘉赏了宋千意的爹，好像还给升了官。"

曲苏问青玄："那盛燚呢，被关起来了？"

青玄道："众说纷纭，我让阿缎进宫查探去了。"

曲苏一听，顿时来了精神："阿缎来了！"

青玄语气淡淡的："让他来，是因为他可以幻化成体型小的鸟，就算仙、魔在场，也难觉察。"若是身边有更合适办此事的人选，他也犯不着连着两次向紫微大帝借用阿缎。

曲苏叹了一口气："可怜的阿缎，出差都吃不上一口热饭。"

阿稌看向曲苏的眼神透出几分怒其不争的鄙夷："你怎么总是关注与你不同种族的男子？"阿稌本意是为曲苏好，在她心里，曲苏身为一个凡人，不论是爱上青华大帝，还是爱上一只绶带鸟，都不会有什么好结果。尤其前者，那不仅是没有好结果，而且可能引发天崩地裂的可怕后果。远的不说，凌曦仙子那儿，她暂且替曲苏糊弄过去，可这往后呢？等她回了罗刹江，凌曦仙子若是得知她与青华大帝已经发展到昨晚那般地步了，怕不是要当场撕了曲苏？

玉帝那儿也不好交代呀！

故而阿秣说这话时，咬着筷子尖心事重重，完全没注意到青玄听到这话，脸色当场就是一变。

曲苏却没去专门留意青玄是什么脸色，她一心一意逗阿秣："这话是怎么说的，我再关注阿缎，对他也没有对你好啊。"

曲苏一边给自己夹菜，一边举例："这一路上，我请你吃过多少好吃的，带你逛过多少个铺子，还给你买了那么多好看的衣服，这些我可都没对阿缎做过。"

阿缎那个小可怜儿，可能就一次，沾光吃了两个羊肉馅饼，就这还被阿秣嫉妒上了。

青玄的脸色又是一变。不久前与紫微大帝的对话历历在目，本以为曲苏待他诸多温柔，可听曲苏这么一说，好像这一路上他与阿秣的待遇并没有什么区别。一时之间，青玄看向小鲛人的眼神都不一样了。

曲苏可以做到完全忽略饭桌上另一位的反应，但阿秣做不到，或者说，妖的求生本能不允许她这样。意识到青华大帝此刻心情不佳，阿秣瞬间垮下肩膀，闷头吃饭，别说吭声，她连大气都不敢喘。

尊上这是嫌她话多，阻碍他和曲苏之间的感情交流了。

尽管阿秣简单的小脑袋瓜儿明显少转了好几圈，但世间万事殊途同归，小鲛人最终领悟的道理，也算到点儿上了。

曲苏的心思却顺着阿缎，转回盛燚和容璟这一对上："我怎么觉着，若容璟一直没有对外公布他如何处置盛燚……"

青玄道："烛龙没有死。"

烛龙若死，不论渡劫是否成功，这一世总归是结束了。紫微大帝那边早就做好安排，只要他回归本位，九重天上自有人会替他将人扣住。

曲苏吃了口番茄锅涮出来的菌菇，虽说味道怎么也比不上辣锅刺激，嘴里总算能尝出点鲜味儿了。她摇了摇头："我是想说，通过那天咱们在书房外看到的情形，容璟心里还是很在意那个宋千意的。不管烛龙是因为什么把人杀了，这件事都不可能轻轻揭过。"

青玄道："我让阿缎去寻烛龙踪迹，倒不为别的，而是……"

曲苏道："你觉得烛龙不对劲。"

她早就看出青玄在迟疑什么。青玄那套逻辑，她清楚得很，烛龙若是死了，对他来说，算是喜事，总算能当面问话了，那么他这一趟在人间的旅程也就到头了。烛龙若一直活着，这事才叫不好办。但依照她对青玄的了解，他心里再不喜，也不会介入其中干涉凡人的生死，并且能让青玄出手，就说明烛龙这家伙身上还有别的秘密。

青玄倏然一笑，他平日里极少露出这样的笑容，只是极浅淡的一抹笑，却让曲苏这样也算阅尽天下美色的人，都不禁看得一愣。

青玄笑倒不是为别的，而是曲苏总会在不经意间与他心意相通。

青玄道："最迟今晚，若连阿缎都找不到烛龙，我会亲自出手。"

曲苏点了点头："明白。今晚有行动，那晚饭得多吃点儿。"

青玄被她逗得又是一笑："我一个人去就行了，你们可以在客栈等我。"

阿秾的关注点还在晚饭的内容上："今晚吃什么？"

曲苏夹了麻酱烧饼到她碗里："你那么爱吃鱼，河豚捞面吃不吃？"

阿秾连连点头，然后又凑近曲苏，在她耳边小声说："待会儿吃完饭，我有话跟你说。"

曲苏不知道这小人鱼又在动什么歪脑筋，但她这些日子早就习惯了和这小人鱼斗智斗勇，点了点头道："行。"她朝青玄的方向眨了下眼，"就咱俩玩，不带他。"

小公主受惊病重的消息不胫而走，皇后召集太医院上下会诊，几次传来的消息都不大好。但容璟只隔着屏风站了一会儿，便又离开了。

他不通医理，但从几个太医脸上的神情不难看出，公主约莫是挺不过这一关了。短短几日，这座皇城已经死了太多的人，令月公主病重垂危，只是让本就沉闷的皇宫更添忧愁。

容璟突然想和人说说话。

鹅毛般的雪片簌簌抖落，几乎让人看不清前路。容璟遣散了跟在身边的宫人，就这么稀里糊涂地往前走。也不知走了多久，竟走到了这两天他一直回避的那个地方。

武库之中，灯火幽暗，在几乎看不到尽头的甬道里，只有他一人的呼吸清晰可闻。

他自怀里摸出那把钥匙，打开了最后一道黄铜门。

他还记得，亲手将盛燚放在七星锁妖阵那日，盛燚闭着眼沉沉睡去的样子。那双漂亮得不成样子的眼睛，没有了平日里的那股神采飞扬，也没有了一贯的不羁跋扈。

许久以前，他的母后曾对他说过，盛燚虽骁勇善战，但行事不羁、心思诡谲，背后又有整个盛家军为其撑腰，远比宋千意更难掌控。

幼时，他也不喜欢盛燚，甚至处处疏远他，但后来相处久了，他渐渐发现，盛燚看似脾气火暴、性情叵测，却唯独在与他相关的事上，极有耐心，从不会撂手不管。他不敢做的，盛燚替他做了；他不敢说的，盛燚替他说了。在这风波暗涌的朝堂之上，盛燚永远挡在他身前。

如果说宋千意是他的知己，那么盛燚更像是能够为了他风里来火里去的利器与神兵，他永远是最可信的、最锋利的、冲在最前方的。

但利器永远也只是利器，他猜不透盛燚在想什么，盛燚也从不与他交心。

他一直不明白因何如此，却在宋千意死的那天彻底醒悟——他与宋千意和这世间万物于盛燚而言，不过一场游戏而已。

谁会与游戏里的人交心？

容璟不知自己是怀着怎样的心情推开了面前这扇门，可当将门彻底打开时，他被眼前的景象惊得停在原地，半晌动弹不得。

眼前的人是盛燚，可又全然不像他记忆中的少年。他一袭锦袍脏污得看不出底色；比火焰更鲜红的头发肆意蜿蜒，如同数条彼此纠缠却看不出头尾的蛇；他的皮肤遍布着裂痕，像是被火器烫伤一般，红肿之中透着焦黑；眉心正中不知是什么缘故，竟然生出一抹紫黑色的烛火烙痕。他抬起头朝这边看来时，那双被无尽的黑暗彻底包裹的双眸令容璟惊愕。可更可怕的还在后头，随着他这一声扼在喉咙里的惊呼，盛燚的身后竟然显出一条巨大的蛇尾之影。

盛燚的脸上没有一丝波动，他用那双黑色的眼睛看着身穿龙袍站在面前的男子，缓声道："恭喜，终于除去心腹大患，达成所愿的感觉如何？"

容璟的目光自盛燚身后的蛇尾收回，落在他遍布着奇怪裂痕的脸上："你为什么……"

盛燚面上浮现淡淡的笑容："是你用符咒制服了我，亲手把我锁在这里，阵成所需的三碗人血是你主动奉上的。难道那布阵之人，未曾告诉过你这七星锁妖阵的威力吗？也没有告诉你，我究竟是谁吗？"

容璟嗓音干涩，饶是他身为男子，面对盛燚身上的伤痕和身后那巨大的蛇尾暗影，也有些不知所措。说是暗影，但其体型之大已足以令人不敢忽视。那蛇身上铁甲般的鲜红鳞片和脊背处耸起的奇怪脊骨，却比任何实物都更清晰可怖。

容璟突然开口："你是上古传说中的烛龙？"

容璟自幼博学多识，能认出他的真身并不奇怪。盛燚有几分懒洋洋地微微偏头，看了一眼自己身后："上古烛龙也被你锁在这儿动弹不得，容璟，你应该也可以'名垂青史'了。"

"你既然是上古之妖，为何要来祸乱人间？"容璟被他到了这种地步仍然漫不经心的态度激怒了，他甚至忘记了凡人面对妖物的恐惧，自大门朝里飞快走去，边走边道："你究竟将这一切当作什么，将宋千意当作什么？当作你来人间体验的游戏，供你虐杀取乐的玩物？在你眼里，究竟将我们看作什么？”

“游戏……”盛燚将这两个字咀嚼在唇齿之间，缓缓重复了几遍，随即发出一声叹息，“是啊，大概将一个游戏玩得如此失败的，也只有我这种废物了。”

“你是妖，你有百年千年可以浪费，所以你想走就走、想杀就杀，那活着的人呢？”容璟抬手摁住大阵旁边石壁上的第一块圆石，这是令月公主曾经教过他的，“活着的人就活该为你痛苦吗？”

七星锁妖阵的第一盏星灯忽然明亮起来，端坐在大阵之中的盛燚却似乎浑然不觉，连脸上那种随意又慵懒的神情都没有分毫改变。

“痛苦，谁会因我痛苦？”他的声音如同许多年前，他们三个年幼时，静静坐在不妄山上一处温泉里，听到的松涛风鸣，好听极了。但他此刻却说着最无情的话语：“宋千意可能会，他总是很好骗，可惜他死了。对了，他满心欢喜背着那张琴到梅园时，还以为要见到的人是你。容璟，你都没看到他转过身看到来人是我时的样子。”

容璟双眸颤抖，眼中赤红一片，他不明白为什么盛燚还能这样泰然自若，人间一世于他而言，当真如过眼烟云。

那他若知道他再也回不去，只能留在这里，他还能做出这样的表情吗？容璟抬手，旋转后面的几颗圆石。

盛燚蓦然变了神色，大块的血污自他身后的蛇尾残影中涌现，又逐一出现在他的肉身上，那双宛如魔魅的幽黑双眸，几度隐隐显出火光，最终又如同被风扑灭的烛火一般，再度归于沉寂。七星锁妖阵不愧是世间最厉害的锁妖阵法。

盛燚眉心的烛火烙痕似乎又深了，他弯了弯唇角，似是想笑，唇瓣抖了抖，吐出一口鲜红的血。他没法抬手为自己拭去唇边的血迹，便任由鲜血顺着脖颈淌下，有些口齿不清地道：“你没看到，但我替你看了。他当时特别惊讶，似乎是在纳闷，与他有梅园之约的人明明是你，为什么赶来赴约的人却是我。”

容璟死死咬着牙关，却控制不住眼角泛起猩红之色：“是我错信你……”

“对。”盛燚点了点头，“是你错信我，把独属于你们两个人的秘密告诉了我，才让我有了可乘之机，亲手杀了我这一世最想杀的人。”

容璟死死扣住圆石的手指早已鲜血淋漓：“为什么？”

他已问过盛燚许多遍这个问题，但每一次盛燚都没有好好作答，他转过脸看向盛燚时，双眸冰寒，宛如在看一只死物，却仍然没能控制住飞快落下的泪滴：“我最后再问一次，为什么要挑中我？”

“这么难过啊……”盛燚没有错过那滴眼泪，低喃了一句。

七盏星灯已经亮起六盏，整个暗室亦被映照得宛如星空，蓝色的光照映在盛燚的脸上、身上，越来越多鲜红的血液自他口中、身上几处大穴淌出，可他除了显得有些疲惫，似乎一点儿也不觉得疼。

“你从前帮我那么多……”容璟只觉每一个字说出口都那么艰难，“十三岁那年，你替我挡了那支涂了乌头的毒箭。”

“那次还真挺好玩的。”烛龙将口中的血水啐在地上，眉眼轻佻，“我记得，你当时特别感动，军医又迟迟不来，你都要急哭了。”

“十五岁那年，贵妃在我母后派人送来的饮食里动了手脚，阿意用银针试过，说是没事，你坚持先替我吃……”容璟看着盛燚的眼神透出几分茫然，“尽管后来太医及时赶到，你也昏迷了七八天，从那之后，你的胃一直都不大好。”

何止是不大好，事实是，他这副身体的肠胃被带有腐蚀性的剧毒侵蚀，当时的情形，说是肠穿肚烂也不为过。之后几年，私下里无旁人时，他都更偏爱用一些粥食，也是这个缘故。烛龙幽幽一笑，仰着脸，说：“我可是烛龙。区区断肠草，也就骗骗你们这些凡人罢了。”

“为了替我拦下白帝城城主的那封奏折，你折损了数名自小与你一起长大的死士。”

烛龙双眸微张，似在看着盛燚身后虚无的上空，但这里是地下，目所能及之处，只有望不尽的黑暗：“他们……对我确实忠心耿耿，但凡人的命，就如同草芥，不值钱……”

“宋潜也和你我一同长大，情同手足，他在你眼里，也同样命如草芥，不值钱吗？”

“他，不一样。”盛燚已经连说话都非常吃力了。提起宋潜的名字，眉眼间浮起淡淡的笑，看起来仿佛透出无尽的欢喜，“毕竟，杀了他，你会非常难过。杀了他，我才真是……快意至极呢！”

“所以你是看到我难过觉得好玩，才玩了这么一场游戏。”容璟堵在心口的那口气终于咽了下去，取而代之的是翻涌的血腥气。他的手落在最后一颗圆石上，却迟迟没有落下。

“是啊，人间一世，我只为你来这一趟……”盛燚瞥了他一眼，唇角轻翘，缓缓吐出积蓄的最后一口气，“不过，那个布阵的人骗了你。”

容璟转过身来，脸色木然，不用盛燚多说，他也看得出来，或许是令月公主跟着老道长学艺不精，或许是因为盛燚实在特殊，真身是上古烛龙，这个锁妖阵尽管让他痛苦得求生不得、求死不能，却也不能真将他怎么样。至少从盛燚的神情来看，他对于这个阵毫无畏惧。

盛燚看着容璟的脸，眼前的景象已经有些模糊，他甚至看不清容璟的眉眼，只是这样望去，愈加觉得容璟的轮廓像极了从前在天上时的模样。明明生得温和清雅，却永远板着一张脸，哪怕与旁人穿了一模一样的白色法衣，他的衣领也永远紧紧束至脖颈上方。刚认识兰昱尘时，烛龙就最讨厌他那副模样，认为他就算到了天界跟着青华大帝做事，也用不着从姿态到气质都与青华大帝相似吧。

在兰昱尘的记忆中，那时的烛龙也真会气人，当面也会规规矩矩称他一声“兰仙官”，背过身却促狭地喊他“小古板”，有一次还真被他给听到了。当时连烛龙自己都有几分尴尬，可却不见兰昱尘有半分怒意，甚至连一句刻薄的话都不曾当面说过。那天之后，烛龙就知道，兰昱尘整日里一副君子的模样，看起来是个“小古板”，但其实性子并不是真如青华大帝那般清冷出尘，反而有几分在九重天上难得一见的敦厚。

盛燚双眼迷蒙，目光落在容璟身上，却并不像是在认真看他，而是仿佛在透过他看着什么别的人。盛燚缓缓道：“她骗了你，这个阵根本锁不住我的，等我变回真身，这一切，不过是一场梦罢了。”

随着最后一盏星灯亮起，容璟低垂着眼，他不再看与他相距仅有几步之遥的盛燚，低声道：“那就滚回你的天界，从今往后，我与你死生不复相见。”

盛燚的笑声一开始很轻微，笑到后来，仿佛连他自己都有些控制不住，听着倒像是在哭一般：“好，好啊！当年在天界好歹欠你一回，承君一诺，烛龙与兰昱尘，死生不复相见！”

火焰般的红发无风自扬，宛如数条吐着信子的红蛇，盛燚眉心的火烛烙印彻底转为纯黑色，瞬间发出灼人的光亮，巨大的蓝光伴随着红中透黑的火焰，冲破七星锁妖阵连同整间暗室。容璟眼中的最后一幕，是那道由虚转实的巨大蛇尾将他卷起，一把朝外抛去。

图书在版编目（CIP）数据

此间，燃灯生莲．上 / 江雪落著．-- 成都：成都时代出版社，2023.1

ISBN 978-7-5464-3154-3

Ⅰ．①此… Ⅱ．①江… Ⅲ．①长篇小说 - 中国 - 当代 Ⅳ．① I247.5

中国版本图书馆 CIP 数据核字 (2022) 第 182262 号

此间，燃灯生莲·上

CIJIAN RANDENG SHENGLIAN · SHANG　江雪落　著

出 品 人　达　海
责任编辑　程艳艳
责任校对　张　巧
责任印制　车　夫
封面设计　小要设计

出版发行　成都时代出版社
电　　话　（028）86742352（编辑部）
　　　　　（028）86763285（市场营销部）
印　　刷　三河市嘉科万达彩色印刷有限公司
规　　格　166mmx235mm
印　　张　45.5
字　　数　898 千
版　　次　2023 年 1 月第 1 版
印　　次　2023 年 1 月第 1 次印刷
书　　号　ISBN978-7-5464-3154-3
定　　价　90.00 元（全两册）

江雪落——著

此间，燃灯生莲

CIJIAN RANDENG SHENGLIAN

（下）

成都时代出版社
CHENGDU TIMES PRESS

第十五章　至人无梦

这天傍晚，下了整整三天的大雪不仅没有消歇的趋势，反而越下越大，其中还夹杂着数不清的冰雹。路上行人避走，客栈一层的大厅坐满了人，就连屋檐下都拥挤不堪。

曲苏自客栈二楼的窗子向下张望，阿秾在一旁道："尊上还没有回来？"

曲苏道："吃午饭时你不是说有话和我讲，他回来晚些不是正好？"

吃过午饭不久，她便收到一封自地下钱庄送来的信笺，看完那封信她又有些困了。与阿秾约好的聊天一拖再拖，不知不觉就拖到了这个时辰。

阿秾摆弄着发辫上的水晶珠子，小声道："那个，我就是想问问，你是不是特别喜欢尊上，眼里只有他，宁愿死也要嫁给他的那种喜欢？"

曲苏听得一乐："怎么，泡汤泉那天没教育够，今天又要给我上课了？"

阿秾的脸上却没有了上一次故弄玄虚的神色，反而显出几分落寞。曲苏从未在阿秾脸上看到过这种情绪，在她心里，这只小人鱼看似狡猾，实则简单，玩的那些心思、手腕儿放在她眼前，连塞牙缝都嫌不够。甚至有时，她明知这小东西没安好心，却愿意耐心看她把不知悄悄憋了多久还没想明白的伎俩耍完，那种感觉，约莫有几分像看小孩子变戏法：我就静静地看你能折腾出什么来。

曲苏伸手捏了捏阿秾的脸蛋儿："有话就说。没人告诉过你吧，你哭起来的样子特别丑。"实际上，长得漂亮的人，不论是哭是笑，都是好看的。阿秾不仅模样生得娇艳，皮肤也如雪般细腻嫩滑，因而近来曲苏新添了个毛病，只要有机会，就喜欢在她脸颊捏上两下，占几分便宜。

阿秾垂着眼帘道："我真是为了你好。他是神，你是人，神与人之间，那就像是天和地的差别。从前清潋姐姐还在时，因为她偷偷恋慕尊上，也不知被多少神仙视为笑话，排挤她……"

曲苏强压下心头那股不适，故意调侃道："怎么，上次你才和我说过尊上有多宠她多喜欢她，那些神仙也真够胆，敢欺负尊上的心上人？"

阿秾借着揉眼睛的姿势，低垂着脸庞别过头，她不敢让曲苏发现，上一次那些话都是从别人那儿学来故意骗她的。若想让曲苏打消念头，她仍必须借助这些影儿都没有的谎话。她轻声道：“天界的事挺麻烦的。反正清潋姐姐和我说，她们一族自祖神司寒上神羽化之后，本就人丁凋零，不被天界看重，哪怕她早已是尊上的弟子，又担着看守炁渊的重任，在那些神仙眼中，她妄想着青华大帝的垂青，本身就是最大的笑话。在九重天那些年，她就交过一个朋友，但她来了炁渊后，与那个朋友也不可避免地疏远了。”

这些话却不是谎话。从前清潋在炁渊时，常与她们聊起青华大帝。偶尔也说起自己的事，每每提及她的族人和更早时在九重天上的旧事，她总是不太开怀。

曲苏不想表现得太过在意，但仍然不可避免地将阿秾说的话在心头滚了一遍，末了笑道：“你以为你们尊上会一直在这儿？没看他今天急不可待地去寻烛龙的下落？等他找到烛龙，从烛龙嘴里问出想要打听的消息，往后我和他也就没什么机会再见面了。”说到这儿，她拍了拍阿秾的肩膀，“倒是我日后再去羽杭，你肯从江底出来，咱们还能一块儿逛街、吃好吃的。”

阿秾听得有些犹疑：“你是说，尊上找到烛龙的下落后，就不会再来人界了？”

曲苏道：“当然了。”说到这儿，她不禁一笑，“反正前两回我遇到他，他都是差不多办完事儿，就突然不见了。”

阿秾迟疑片刻，仍然没忍住猝然出口的扎心之语：“也是。天上一日，地上一年。尊上又那么忙，说不准等他有工夫想起你而再来人间时，你人都不在了。”

真是致命一击啊！曲苏扯了扯嘴角道：“我谢谢你啊，好歹没说我骨灰都没了。”

说到这儿，阿秾顿时来了精神：“你若是愿意，可以把你的骨灰留给我，到时我亲自去取，帮你把骨灰撒进罗刹江，那样我们两个不就又在一起了？”

曲苏被她说得喉头一甜，转身去给自己倒水喝：“倒也不必。”

“你别担心，这事操作起来，并不太麻烦。”阿秾紧紧跟在她身后，颇为认真地道，“如果你愿意，水葬也挺好的。”

曲苏皮笑肉不笑地道：“阿秾，我们人间有一句格言，知道是什么吗？”

阿秾懵懂地摇头。

曲苏道：“活人不想死了的事儿，明白吗？青天白日的，咱们说点吉利的，成吗？”

阿秾瞅一眼外间天色，道：“天已经黑了。”

曲苏叹了口气：“至少这一刻，我有点想念青玄了。”

青玄虽然嘴巴也毒，却不至于时时刻刻盼着她去死。尤其有他在的时候，阿秾也不敢想到什么就说什么，这么“祸害”人。

一盏茶的时间过去，青玄仍没有回来。

曲苏站起身时，阿秾也跟着站起来：“我和你一起去找。”

两人踏出门口时，店小二殷勤道："两位姑娘走慢些，这雪下得邪乎。"

曲苏微一点头。她和阿秾一同行动，倒不畏惧。雪势太大，她和阿秾分开走，一人撑了一把伞："沿着这条街往前，随便走走吧！"

巴掌大小的雪片簌簌落在伞上，发出响亮的沙沙声。冰雹没有刚刚下得那般大了，但也有葡萄粒大小，落在地上，看得人心惊。

曲苏勾着唇角道："我去过北国，那边每年到了冬日，几乎天天都下这般大的雪。"

阿秾问："你去那么冷的地方做什么？"

"去杀人。"曲苏道，"天太冷了，兵刃冻得不听使唤，最后是用那玩意儿捅穿了任务目标的脖子。"

曲苏说话时，目光朝斜前方瞥了瞥，不远一处高屋的房檐结了一串冰溜子，她刚才眼角余光扫到，凑巧想起了那桩往事。

阿秾也顺着她的目光望去，却在一瞬间凝住了目光。她是鲛人，目力自然远胜曲苏，从这个角度刚好可以瞧见一些幽暗之处旁人瞧不见的东西。

"你在这儿等我。"阿秾丢下这句话便跑开了。大雪之中，她走得飞快，在曲苏的视线里，几乎转眼便只余一抹蓝色的残影。

曲苏虽然不明白发生了什么事，但不妨碍她顺着阿秾之前张望的方向去追。小人鱼虽然是妖，脑子却不太聪明，这般怪异的雪夜，放她一个人去前面探察，可不是什么明智之举。

曲苏这般想着，加快脚步追了过去。

那是一条被一棵棵高大的槐树掩映的窄巷。

路上积雪深厚，可以顺着前人走过的脚印判断去向。曲苏边看边追，拐过一个又一个弯，就听到了阿秾熟悉的嗓音："你疯了吗？青华大帝就在雒城，你这般见人就吸血，会被他打得魂飞魄散的！"

曲苏定睛望去，只见阿秾正与一个身穿胡服的娇小女子纠缠扭打。那胡服少女身骨极软，好几次阿秾刚要抓住她的肩膀或腰侧，都被她以一种常人不可能做到的柔软姿势游鱼一般滑了开去。她肌肤微黑，一头浅金色的卷发将将及肩，不仅身法诡谲，反应也敏捷，几乎曲苏刚一冒头，她就朝这边望了过来。

走得近些，曲苏一眼就看到她唇角上翻的尖细獠牙，以及那隐隐闪着红光的双瞳。有意思的是，这卷发少女竟然生着一双极漂亮的鸳鸯瞳，一只眼如夜空般深邃幽蓝，另一只眼则如同一泓泛着碧波的湖水。曲苏不由赞了一声："你朋友是个猫妖？长得还挺好看的。"

猫妖却在这时陡然发难，一只利爪陡然伸长，朝着曲苏脖颈抓来。

阿秾自猫妖身后一把揪住她的后脖颈，冲着曲苏怒骂：“不是让你待在那儿别动吗？这都躺倒两个了，你还想当第三个？”而且这猫妖这么丑，才不是她的朋友。只不过大家都是妖，她不想眼看着这家伙失去理智，被随时可能路过的青华大帝一掌拍死罢了。

曲苏在同一时间将手里的伞朝猫妖一掷，转眼便躲了开去。按理说，她的速度已经够快，但仍被猫妖的爪子抓破了衣袖，刺啦一声，软白的棉絮如同柳絮，细细碎碎飘散出来，一时之间简直难以分辨哪些是棉，哪些是雪。

曲苏低骂了一声，这是她前两天才同阿秾一块儿买的织金云锦，傍晚时分要出门才换上身，这才穿上不到一刻，就被这猫妖扯坏了。

猫妖身后，阿秾也一脸心疼：“我早说了，就出门这么一会儿工夫，你还非要换身新衣裳，这下可好，让你瞎嘚瑟！”

曲苏：“……”她就不该教小鲛人太多，这小鲛人词汇库才丰富了点，全拿来揶她了。

猫妖早已拧身，与阿秾再度扭打在一处。

曲苏趁势绕开，去检查不远处那两人的伤势。可惜的是，那两个人全都眼泛灰白，救不回来了。

曲苏朝阿秾喊了一声：“你到底打不打得过？”

反正她刚刚已经试过，哪怕全力一搏，她也打不过这猫妖。与上一次在白帝城遇到的那个蜥蜴精不同，今日这猫妖行动更敏捷，速度也更快，若无阿秾牵制，她根本不是对手。

阿秾的脸上、手臂，隐隐显出泛着幻彩的鳞片，她开始使用妖力了：“接住了！”

阿秾骤然发力，反手一抛，一段鲛绡制成的金铃银索一头攥在手里，另一头越过猫妖，被曲苏一把抓住。阿秾手上动作飞快，借猫妖贴身搏斗的习性，与曲苏一远一近配合，将鲛绡绕过猫妖脖颈，在其腰际缠裹两圈，将猫妖结结实实地捆缚住了。

猫妖力气极大，哪怕另一头有阿秾拽着，曲苏也觉格外吃力，不消片刻工夫就出了一身汗。她喘了一口气，见阿秾死死攥住那对金玲，猫妖再不甘心，也只能被她们锁住，动弹不得，不禁赞了一句：“想不到你还有这本事。”

阿秾哼了一声：“我多的是你想不到的惊喜。”她腾出左手，三指聚拢，念了句咒，一颗巨大的半透明泡泡浮现在指尖。

猫妖左右躲避，瞪着目露红光的圆瞳朝两人龇牙示威，那泡泡却好像有灵智一般，精准地朝猫妖头颅笼罩过去。

“你躲不掉的。”阿秾颇为深沉地道，“这个法子还是从前清潋姐姐教的，你以为你能——”

噗的一声，泡泡碎了。

猫妖躬身一顶，阿秾被她撞得直接滑了出去，鲛绡松脱了一截，猫妖就势一滚，身上捆缚的鲛绡便只余下半圈。

曲苏反应已算极快，一手托在阿秾后腰避免她栽倒，另一手向前探出，拽住鲛绡。两人一同使力，正想故技重施，再将猫妖捆回来，不想这家伙突然幻化出一条黑色的尾巴，反向缠住鲛绡，一个巧劲儿，瞬间将曲苏整个人拽了过去。

阿秾惊叫一声，顾不上手里的金玲，想要抱住曲苏的腰，不想地面突然一阵震动，深深的积雪被震得四下乱飞，漫天雪片连同冰雹飞快落下，阿秾只得一个拧身落回原地，扶着墙勉强稳住身形。

她仰头望去，就见巷口处那棵高大的老槐树也泛出怪异的猩红之色，数条粗壮的树根沿着巷道翻涌而来。这么大棵槐树成了精，并不令阿秾感到惊讶，让她觉得毛骨悚然的是，槐树竟然也和猫妖一样，好像被什么东西影响得发了狂。那种情形，就和从前在炁渊时她见到过的那些被怨气反噬而煞化的怨妖一模一样。

阿秾突然明白过来，她不敢再拖，尾巴一甩化出原形，反手朝着地上那些张牙舞爪的树根释放出一个巨大的水球，转身朝着被猫妖拖走的曲苏凌空飞去：“不打了，快走！”

灵妖也好，怨妖也罢，一旦煞化，那就全无理智可言，哪怕原本双方的实力相差不多，一旦其中一方煞化，另一方就是实力再增强十倍，也不可能打得过。刚刚她之所以能和那只猫妖缠斗一番，约莫是因为对方还未彻底煞化，多少还有几分理智。阿秾突然有点后悔，早知道这么危险，她就不该过来凑热闹。

这下可好，自己受伤不算什么，反正她是妖，修复能力可是很强的。曲苏只是个凡人，这次可要被她坑惨了。

阿秾幻化出本体，力量更大，攻势更强，身形也比之前更为灵巧。但猫妖狡猾，将曲苏揽在怀里，当挡箭牌，阿秾每次出手，都不得不顾及曲苏，甚至还会不小心反伤自身。如此反复几次，不仅阿秾渐渐力竭，曲苏的手臂、肩膀也被猫妖抓出道道血痕，深可见骨。

猫妖的手爪如同五根钢钉，死死钉入曲苏的肩膀。剧痛传来得太快，曲苏甚至来不及感觉到疼痛，她微一低头，就看到自己锁骨、前胸一片血痕，恍惚了一瞬，才反应过来那些都是自己的血。

耳畔传来呼哧、呼哧的野兽般的喘息声：“多管闲事。”猫妖的嗓音无半点少女的温柔，反而有一种少年般的粗粝低哑，“既然不让我吸那两个凡人的血，就让我尝尝你的味道。”

曲苏一手被猫妖反剪身后，另一手胡乱从腰间百宝袋摸出一物，几乎来不及多想，举起来便朝身后的猫妖戳去。

趁着猫妖吃痛脱手的那一瞬，曲苏一个闪身躲开，朝着半空中向她张开双臂的阿秾扑去。

阿秾接住曲苏，两个人的目光几乎同一时间落在曲苏的手上。

那是一支比女子巴掌略长的玉笛，莹莹青翠，触手升温，一头缀着梅花形的红色络子，在这般风雪呼啸的夜晚，闪耀着难以形容的清澈之光。

是那次在船上，青玄赠她的短笛。

曲苏来不及细想，内心深处突然涌起一股不知从何而来的冲动，那仿佛是一种与生俱来的本能，似是平生第一次，又仿佛在许久以前，同样的姿态、动作不知做了多少次。她横过短笛，举至唇边，吹响了那支短笛。

那并不是她熟悉的任何一种音律，非要说的话，唯与从前青玄奏响伏羲琴的音律有几分相似，却又不尽相同，依稀出自同源。

逼仄狭长的老巷子里，古老而清越的曲调响彻耳畔的一瞬，雪片和冰雹仿佛忽而下得小了，风也静止，周遭一切如同被定格一般，天地之间，一切都慢了。

数朵巴掌大小的青色莲花莹润清澈，轻盈似梦，自曲苏吹奏的玉笛流溢而出，绕身飞旋。她垂着双眸站在那儿，洁净的脸被映得不似真人，宛若白玉雕成一般。曲苏平日里散漫爱笑，但从吹响这支玉笛的那一刻起，她唇边的笑便淡了，淡眉垂眸的模样，似笑非笑，若含悲悯，仿佛眼前的一切都已不在她眼中。

数不尽的青莲在她周身越旋越快，一盏盏仿若琉璃灯般明亮，又如羽毛般轻盈，渐渐地，曲苏的身影笼罩在一片青莲之中，再也看不真切了。

笛声袅袅，陡然一转，就见数朵青莲倏地定在当空，旋即如同凤凰尾羽一般舒展而开，又在漫天风雪间如烟花般炸开，四散飞旋。

雪花、冰片徐徐飘洒，宛若碎玉，又似琼花，落在地上，落在身后不远处龇着獠牙、双目猩红的猫妖身上，也落在双眸圆睁、傻乎乎抱住曲苏却哭得乱七八糟的阿秾脸上。

冰凉的银花落在指尖，看似是雪，却又不同于此前阿秾见过的任何一场雪。阿秾忍不住微微仰起脸，只觉在这窄巷之中，小小一方天地，被这场雪映得宛如仙境。

曲苏放下笛子，悠扬的笛声停顿了。别说是旁人，就连她自己都有一瞬间的恍惚，她似乎有些茫然地望着自己的双手，朦胧中仿佛有一道声音在纳闷儿，她的双手，不应该是这样的。

下一瞬，曲苏不由得摸了一把自己的脸。好像哪儿有点不对劲。

哪知她还来不及多摸几把，就被阿秾一把攥住手，不等曲苏反应过来，阿秾已一头扑进她的怀里：“姐姐！”

曲苏神思恍惚，下意识摸了一把阿秾的头，颇为大度地道：“那什么清潋仙子教你的泡泡，可能是你没学到位，险些把咱俩都交待在这儿了。”

她还记得，当时就因为阿秾搞了个什么花里胡哨的泡泡，才让那猫妖趁乱挣开，只差那么一点儿，她就要被那小猫妖吸成人肉干了。

也不知阿秾是因为哭得太厉害，还是被曲苏调侃得有几分羞涩，原本吓得煞白的小脸儿此时脸颊飞霞，看向曲苏的双瞳亮晶晶的。她紧紧抓着曲苏的手，死活都不肯撒开：“我终于找到你了！”

曲苏再度感觉到一丝不对，正想摸摸阿秾的额头，看她是不是刚刚不小心磕坏了脑子，一抬头，刚好和匆忙赶来的青玄看了个对眼，有什么东西在心里悄悄地动了一下。

当日在船上时，他曾说，吹响这支玉笛后他便会出现。

曲苏忍不住在心里想，早知道这玩意儿这么灵验，还不如之前在客栈迟迟等不来人时就先吹两声，也不至于跟着阿秾一路出来找人，险些把小命都交待在这儿。

青玄步履匆匆，目光第一时间在曲苏身上转个来回，约莫是她身上实在狼狈，他蹙了蹙眉，再看向一头扎在曲苏怀里不肯出来的阿秾时，眼神便有些微妙。

顺着青玄的目光，曲苏缓缓低下头，不禁也有点尴尬，她正想解释一下，青玄已先一步开口：“阿秾。”

阿秾猛地转过身，看向青玄的眼神透着窥破一切的激动：“尊上，我什么都明白了！”

青玄：“……”

他与曲苏交换一个眼色，曲苏站在阿秾身后，指了指脑袋，又做了个无可奈何的姿势。

猫妖仍站在原地，微垂着脸，虽然睁着眼，可意识并不清明，好在她眼瞳中的红色已经褪去，两颗獠牙也收回了口中。老槐树早在感知到青玄即将赶到的时候，就将那些树根、枝条全都收了回去，化为一个身穿白裳的青年男子，朝着青玄所在的方向长跪叩首。

像他这个级别的精怪，就是再修炼上一千年，也不大有机会登临仙界，更别提见到青华大帝这个级别的神仙了。青年跪在青玄身后，小心翼翼地低声讨饶：“尊上容禀，小人刚也不知怎的，突然就觉心里充满了怒火，小人真不是有意作乱……”

“今日之事，罪不在你等。”青玄吩咐阿秾去安顿那猫妖，又让槐树精将这片地方清扫干净。

他走到曲苏面前，伸出两指在她眉心轻轻一点：“抱歉，我来迟了。”

曲苏也不清楚青玄对自己到底做了什么，只不过被他这样一点，还挺舒服的，全身都被一种温暖而清澈的能量包裹着，本该感到疼痛的伤口，以肉眼可见的速度飞快愈合。若说还有什么不妥，便是被那猫妖撕坏的衣物不可能复原了。

曲苏有些不舍地抚了抚身上的织金云锦，这布料又软又华丽，轻暖的粉橘色穿在身上还没焐热乎呢，就被那猫妖毁了。

青玄见她攥着袖子一角不吭声，不禁低下头，想将她的神色看得更清楚一些：“苏苏。”

从前青玄倒也不是没有这样喊过她，只是多是以调侃的语气，曲苏也从不当作一回事儿，可他突然正经起来，又是用那种特别温柔低沉的嗓音，曲苏第一反应就是一股酥麻自腰椎飞旋而上，她本能地有点排斥这种不受控制的感觉，抬头就想挬他：“要不是……”

她本想说，要不是你那么久不回来，阿秾又闹着要一起出门找你，我们也不至于遭此横祸，损失惨重。

可她来不及说出口的埋怨，全部消失在青玄的吻中。

凉凉的，又很软……曲苏来不及仔细品味，第一反应就是飞步后撤，却不想脚下一滑，整个人就笔直地朝后栽倒。

尚未走远的槐树精又羞又愧，拱手作揖，长袖乱舞：“都怪小人失去神志，弄坏了这些青砖，连累了仙子……”

确实，要不是这槐树精当时疯了一般挥舞着树根向她们发难，脚下这些青砖也不至于翻的翻、碎的碎，和积雪、冰雹一起堆得乱七八糟，不成样子。

但曲苏哪里还顾得上去责怪别人，她现在只恨不得槐树精当场闭嘴，更恨不得自己原地消失算了。

青玄伸手在她后腰扶了一把，仍然保持着微微低头的姿势，一时没有说话。

曲苏大气都不敢喘，满脑子都转着同一个念头：喝醉这理由是不能再用了。

而且她也不是那么没担当的人哪！

要不这回她就干脆一点儿，主动招认，这么久以来，她其实一直“居心不良”。可刚刚那一下，又确实是个意外。

青玄低声道：“你随我一起去趟皇宫吧！”

曲苏一时没反应过来，不由“啊”了一声。

青玄道："烛龙堕魔，怨气冲天，所以才影响了全城的妖，不能再拖了。"他又吩咐阿秾："你带上他们两个，前往城郊松鹤观一避。"那里远离皇都，也远离烛龙堕魔所引发的怨气。阿秾也是怨妖，离远一些对他们当下的状况更为妥当。

说完这话，他不再迟疑，抓住曲苏的手，转念间就不见了踪影。

与阿缎事先约定的时辰早就过了，却迟迟等不到阿缎的音讯，甚至连他事先放在阿缎身上的传音符都失去效用，青玄知道不能再等了。他先去皇宫转了一圈，却没有找到烛龙，就连阿缎也像从未出现过一样，彻底失去了踪迹。

曲苏和阿秾遇到猫妖和槐树精的异变并非个例，就在不久之前，整个雒城的妖和精怪都被一种破天而出的力量影响，自身能力弱的，又或者心志不坚的，几乎都像猫妖和槐树精一样，原地煞化。若不是青玄正好就在城中，又在第一时间以天地为阵，冰雪为引，辅以伏羲琴的清音之效，凌空降下可以遏制和净化怨气的大阵，还不知要惹出多大的灾祸。

虽然不知烛龙到底催动了什么，但很明显，能在皇都内爆发出如此强大的怨气，也只有身为妖神后裔的烛龙了。

青玄向曲苏解释了整件事的原委，包括自己消失的这两个时辰的去向和接下来要做的事。这对青玄来说，可是从未做过的事，话说出口，他也有一丝新鲜感和迟疑，可看着曲苏微微仰脸听得认真的模样，他又忍不住继续说了下去："前两日在长街遇到烛龙时，我就猜到他可能偷偷保留了记忆，故而一见我就立刻避了开去。没想到他胆子这样大，从清殊真人那儿弄到了他和兰昱尘这一世的谶语，先是逼宫，而后又杀了宋潜，想就此了结兰昱尘的命劫。"

若不是他当日有所怀疑，让手下的人再详查，也不会从文昌帝君那儿找到一些蛛丝马迹，又顺着清殊真人留下的手札查到这样令人惊骇的真相。

清殊真人也该庆幸自己的早死，否则这般滥权渎职，天界决不会容他多活。

曲苏听得微微瞠目："是个人才呀！"

就凭烛龙这胆量、这智谋，在她认识的人里面，好像就只有岳周能比他棋高一着了。

青玄却忍不住在她额头弹了一下："瞎说什么。"他叹了口气道："若不是他肆意妄为，扰乱秩序，也不会引发这场灾劫。怨气冲天，又接连暴雪，已然惊动三界，就连玉帝那儿都在询问到底发生了何事。"若不是他在此处，又回绝了天界再派人来的提议，还不知要闹到什么地步。

曲苏被他揽在怀里凌空飞行，几乎刚到皇宫上空，远远就看见西边似乎什么东西被引爆了，烈焰冲天，伴随着一种通天彻地的嘶鸣之声。

曲苏忍不住道：“好家伙，闹这么大动静。”她瞥了青玄一眼，“这回你肯定不至于找不到人了。”

青玄并未辩驳，眉心微蹙看着前方，远远地结了个手印，朝着火焰最浓烈处一掌压了过去。

冲天烈焰和四处弥漫的黑烟转眼就消散干净，不仅如此，方圆数里内，静得连一声鸟叫都听不到。

还未走近，青玄便先皱起了眉：“是七星锁妖阵。”

而且还是以人间的帝王之血成阵，难怪他先前来到这附近，却无法感知任何异动，甚至连阿缎都消弭无踪。

此阵一旦做成，烛龙被镇压当中，不论什么精怪路过，都会被吸进阵眼，无法逃脱。正因如此，怨气才会源源不断地产生，最终引得烛龙堕魔，甚至影响了整个雒城的气候。那些碗口大小的雪片，几乎能砸破头的冰雹，还有逐渐失去神志的精怪，都因七星锁妖阵而起。只消再晚一时片刻，这里就会化为一片火焰与焦土遍布的魔域，而随着天地变色、冰雪封城，那些被影响而煞化的妖纷纷出动，整个城池都会在烛龙和众妖的疯狂杀戮之下，化为尸山血海，没有一个生灵能够逃脱。

青玄的目光飞快掠过整个大阵，最终落在那几块布成七星走向的圆石上。刚看到此阵时的预感并没有错，布阵手法与当日他在炁渊老梨树下发现的那个反向阵法，颇有异曲同工之处，很可能出自同一人之手。

然而因为烛龙宁可堕魔也非要冲破此阵，青玄哪怕暂时找不到烛龙所在，也要让天地冰雪为他所用，所以凌空落下三清严霜阵涤荡全城怨气，七星锁妖阵因此已经彻底失去效力。

恢复原身的烛龙趴在一处被冰雪堆高的小坡上，巨大的蛇身伤痕累累，盔甲般坚硬漂亮的鳞片片片开裂，火红的长发如瀑布般披散，仿佛一捧拼命燃烧过后终将熄灭的火焰。看到青玄一步步朝他走来时，不由哑笑，道了声：“多亏尊上，又救了我一命。”

不远处，阿缎恢复了人身，倒卧在一旁。曲苏连忙上前查探，好在他虽然失去了意识，身体却是无恙的。

青玄看着烛龙的目光，并无他想象之中的冰冷和厌恶，反而透出几分淡淡的怜悯：“你若不想活，哪怕是我也救不了。”

烛龙眉心那抹火烛烙印，已经是极淡了，几乎看不清形状。这是烛龙一族的本命标志，从前在天上时，日日宛如火焰般鲜红闪耀。一旦堕魔，则会彻底转为幽黑，而他本人也会从妖神堕为魔神，成为天地间最可怖的存在。他刚刚殊死一搏，其实已经拿回全部妖力，但不论是他还是青玄都清楚，被锁之人反抗越强，此阵威力越大、压制越强，拿回全部妖力的同时，这些妖力也会在瞬间为阵眼所化。若不是青玄出手遥遥相助，他甚至会与这阵同归于尽，妖力竭尽而亡。

这正是凌曦仙子打的主意。

烛龙不愿起身，他实在太累了，哪怕是对着青华大帝，他也不想再如从前那般起身跪拜，干脆就这么半合着眼，与青玄对话："尊上还是和从前一样，什么都知道。"

远处似乎有什么人挣扎着站起身，朝着这边走来。青玄眸色微沉，只远远瞥了一眼，就知那是容璟。他面色苍白，带着难以置信的仓皇和茫然，步履蹒跚，却还拼了命朝着这边奔来。

青玄不愿这个时候还有外人打扰，抬手施了个障眼法，将他与曲苏锁在一个独立的空间，又将稍远处昏迷不醒的阿缎化为小小一只鸟儿，收入袖中。

他垂眸看着烛龙道："我也不是全知全能，至少当日炁渊之事，我就有许多细节尚不知晓。"

当日镇守在炁渊的只有烛龙和清潋两人，清潋只懂布阵，却不会画阵；而当日那阵法简单却精妙，也不是烛龙能想出来的。退一万步讲，以烛龙的城府与谋算，若真懂阵法，也就不会有今日之灾了。

这个当日在炁渊布下反向大阵的元凶，如今一心想杀烛龙灭口，却没有想过，这般步步为营，自以为天衣无缝，其实她的真实身份已然呼之欲出了。

可尽管青玄已经猜到真相，个中诸多细节、原委，仍需烛龙详细交代。

"尊上是上古之神，见识过多少险恶的人心，何必当着我这样一个废物的面自谦呢？"从前哪怕是青玄自章尾山的死尸堆里将他救出来，烛龙面对着这位青华大帝，恭敬有之、畏惧有之，却从来不肯作谦卑宛转状。那可能是一个尚未长大的少年在经历了灭族亡种的一系列打击之后，唯一残存的倔强。

如今想来，那点少得可怜的自尊、自傲委实好笑。

烛龙张开眼，抬起下巴，朝青玄仰脸看去："或许一时半刻之间，我和凌曦确实瞒过了尊上。但天长日久，以您的心思，早晚会猜透这一切。"

青玄对于烛龙宣之于口的这个名字并不吃惊，他淡淡道："所以你就这般孤注一掷，连下凡历劫都要徒惹事端？"

烛龙忍不住笑了两声，这一笑约莫牵动了体内的伤，他咳了一声，鲜血混合着碎裂的脏腑染红了面前的堆雪。他似是有些遗憾，目光定定地望着那捧原本晶莹皎洁的雪良久，才轻声说："尊上从前对我也很照顾，应当知道，我不是畏缩怯懦之人。"

青玄道："能绕开文昌帝君找上清殊真人，拿烛龙一族的本命髓晶石赌上这一世，一般胆色的人，也确实办不来。”

传来消息的下属还在调查髓晶石的去向，但现在不用任何人多说，青玄也已明了。

甚至连清殊真人的死，怕也与凌曦仙子脱不开干系。

青玄的语气很淡，但他这讥讽的话说得实在委婉，乍一听倒好像变相的恭维。至少烛龙再一次笑出了声：“尊上教训得是，我确实糊涂极了，一错再错，害人害己。”

他现在明白自己这一世的谶语了：绝人路者，自绝于天。

可是一切都太迟了。

烛龙强忍着咳嗽，吞咽着残血，有些唇齿不清地道：“我……不为自己狡辩。当日炁渊之事，确实是我的过错。我那时，心里有太多不平，对尊上建造炁渊一事，一知半解，心怀怨恨……”

他扬颈，最后看了青玄一眼：“我知道……尊上还想知道，烛龙之鳞的下落。”

青玄眼色淡淡地看他，此子心思剔透，行事狠辣，几乎事事都算在别人的前头，可惜他太过偏狭，作茧自缚，一步错步步错，自择绝路。

烛龙喘息道：“我……我知道烛龙之鳞的效用，此物若在我手上，可能早就拿出来，与尊上就炁渊一事，论个短长。我自混沌醒来，去过父亲寝殿和族人的埋骨之地，还有我族的地宫……后来，你来章尾山，说带我去天族。临行前一晚，我找遍了章尾山，没有烛龙之鳞。父亲留给我的，不知被谁拿走了。”

哪怕是化为原身，又是这般瘫倒在地伤痕累累的狼狈姿态，烛龙也如同从地底蜿蜒盛开的靡艳的花朵，有一种令人惊心动魄的美。

曲苏好奇于烛龙的过往，尤其是青玄一心想要探知的种种与真相息息相关的细节，明显都在烛龙讲述的这段过往之中。因此她并不插嘴，静静站在原地，和青玄一起听烛龙缓缓讲下去。

正如烛龙与青玄重逢之初所说，青华大帝其实是他的救命恩人。

三万年前，章尾山倾覆，烛龙一族只剩下烛龙这么一条小龙。他当时还只是一颗蛋，尚未到孵化的年纪。青玄不敢托大，只得暂将小烛龙带到与章尾山环境最为相似的地方以求万全。四千多年前，小烛龙破壳而出。青玄在章尾山筹备建造炁渊已有几万年，便干脆将他带到了九重天上。玉帝给他封了个无关紧要的官职，听着倒有几分威风。但在天界待久了便都知道，官职不在大小，只看具体让你做些什么，如烛龙这般的，不过平白担个好听的虚名罢了。

彼时他刚到九重天不久，炁渊刚刚落成，青华大帝事务繁忙，也不太会带小孩儿，估计眼见玉帝又给他封了官职，也就撒开了手，对他的关注也渐渐少了。可青华大帝并不知道，那些神仙虽然不敢明着欺负他，却也没什么人把他放在眼里，甚至背着他时，会悄悄议论他妖神后裔的身份，会奇怪青华大帝当初为何力排众议保下他的性命，会笑话他那一头普天之下除了魔族谁都不会有的红发……在他们眼里，妖就是妖，是比魔更低贱的物种，不然为什么会那么容易被怨气感染，沦为怨妖？青华大帝为他求情，是心怀怜悯，而他竟然真的有脸跟来了九重天，也真不愧是妖族，不知廉耻，不知进退。

很长一段时间，烛龙甚至连一个每天能说上两句话的朋友都没有。

也有一些心善的仙者，觉得那些都是上一辈的事儿，稚子无辜，犯不着和他一个对仙界与妖界前史一无所知的小孩斤斤计较。用他们的原话说："若这般刻薄一条小烛龙，反倒堕了仙界对外宣扬众生平等的声名。"还有仙娥觉得他生了一张好看至极的脸，年纪又小，又没有了父母、族人相伴，委实有几分可怜，每每半路上遇到，都爱与他多说几句话，塞给他一些吃食或小玩意儿。

但这些替他说话、对他友善的人，相比那些占据多数的反对声、议论声，对于烛龙来说，终究只是杯水车薪。

烛龙渐渐明白，自己妖神后裔的身份在这九重天上、众仙之间，从来不值得骄傲。他也不再是从前妖族眼中的天之骄子、妖族王者。随着他逐渐长大，他渐渐明白，青华大帝把他从死人堆里救出的那一刻，看似是救了他的命，其实是将他从自出生起就高高在上的人生推向了一个使他不断坠落的深渊。早早尝过云端之上众星捧月的滋味儿，又怎会甘心往后的一生都躺在烂泥里？

他看透了那些满口仁义、和平的神仙，其实都是些虚伪之辈。高高在上的玉帝，最在意的其实是自个儿的至高权力和众仙的吹捧追随。就连在三界之中声名颇高的青华大帝，与其他那些神仙也并无不同，一样的高高在上，一样的冷酷无情。

建造炁渊，嘴上说着是为那些怨妖好，为了三界太平，实质上无异于放弃了那些怨妖的命，将他们彻底锁死在一方，永不见天日。妖族本就式微，长此以往，更无活路。他实在不甘心，凭什么妖的命运就越来越差，而仙的命运却注定越来越好，甚至就连看起来最弱的"人"都过得不错。他也是妖，还是妖神后裔，却受命和霜雪神女一同看守炁渊。那段日子，望着那些被关在炁渊的大妖，他常常觉得，自己若不再做点什么，简直愧为妖神，愧对那些死去的族人。

烛龙与凌曦仙子可以说是各怀鬼胎，一拍即合。

凌曦仙子对清潋嫉恨入骨，眼看清潋陆续送那些被净化的怨妖离开炁渊，甚至受到玉帝的嘉赏，就连青华大帝都难得一见地当着众仙的面，夸赞清潋行事沉稳，是炁渊的功臣。

而他讨厌的不仅仅是霜雪神女，他讨厌仙界所有的人，不论与他一同看守炁渊的人是谁，在那个位置上的人，都令他厌恶至极。尤其清潋还是青华大帝的唯一弟子，对青华唯命是从，就更令他憎恶至极。

炁渊被毁前的那段日子，他终于摆脱了纠缠自己多年的噩梦，每一天都休息得很好。只要一想到他将依照凌曦仙子所说，在清潋院中的梨树下布下反向阵法，只要想到他的计划终有一日会为天下所知，那些怨妖逃出生天，都会知晓是他筹谋多年所成，他就盼着那日可以再快一点到来。直到炁渊被毁那日。

一开始看到那条黑蛟不顾一切地朝他撕咬时，他甚至整个人都愣住了。

再后来，眼看着周遭所有的妖渐渐失去理智，互相残杀；看到青华大帝苦心建立三千年的炁渊被鲜血和硝烟覆盖；看到清潋被押解着跪在众仙面前，而他依照与凌曦仙子事前的约定，将所有罪名都栽赃到清潋身上……那时其实他已经明白，一切都错了。

害死那些怨妖的罪魁祸首是他；导致炁渊崩塌、生灵涂炭的幕后真凶是他；以小人之心度君子之腹，误以为青华大帝冷酷虚伪的那个蠢货，从头至尾都是他。

妖族自老烛龙和族人死后，没有谁还在意他的死活，在那些妖族眼里，他若继续留在妖族，只是个人人恨不得争而除之的累赘；天界那些神仙，对他好的，对他不好的，甚至包括玉帝在内，都将他看作妖族送来的质子。

是质子，也是弃子。是三界尽知、人人明了的一个笑话。

可若不是青华大帝将他带到九重天，之后又将他安置在章尾山，他恐怕连性命都难以保全。

到头来，原来他最憎恶的青华大帝，才是对他仁至义尽，公正至极。

可那时的他，心里虽然偶尔闪过愈加清晰的念头，却不敢再往深处想。

当着众仙的面与凌曦仙子一唱一和，将清潋推向万劫不复之地时，他心里甚至控制不住地升起一种隐秘的快意，心里有个声音说："看吧，错的并不是你一个人。"不论是凌曦仙子，还是其他那些比他官位更高、更厉害的神仙，甚至那个高高在上、自视永不会错的玉皇大帝，他们每一个人都是冤杀清潋、毁灭炁渊的罪魁祸首。

谁都不清白，谁也不无辜，谁也没比他干净多少。

什么神仙、玉帝，什么正义之师，不过是一些食古不化、故步自封的蠢物！

看，只要他愿意用些手段，也能反过来算计这些神仙之中的自己人，而他们甚至觉察不到。

那段癫狂倒错的日子，事后回忆起来，连他自己都觉得糟糕至极。

初登九重天时，他最恨那些神仙的冷酷虚伪。

可不知从什么时候开始，他变成了和他们一样的人。甚至比他们更不择手段，更无耻不堪。

四千年岁月，回首再看，一切都好像一场颠倒错乱的梦。

从前那些执着与不甘，那些几乎刻入骨髓难以磨灭的爱恨纠葛，不过都是虚幻。

他知道凌曦仙子夺舍了令月公主，步步为营以七星锁妖阵镇压自己，打的是逼自己怨气入骨彻底堕魔的主意；他其实知道，凌曦仙子那么急切，那么不择手段，无非是想灭口罢了；他也知道，青华大帝既然能布下三清严霜阵涤清怨气，那么不论今日自己是死还是活，他都能找出当年的真相。

但他甘愿进入凌曦仙子布下的陷阱，他不在意冲破锁妖阵之后自己会死，面对着青华大帝，也懒得去想他会如何看待如今的自己，心甘情愿在意识消弭之前，对他和盘托出当年种种。

他实在太累了，不想再像从前那样，去计较、算计那么多。

突然之间，他仿佛有些理解了当日在天庭，面对着众口一词的指责和冷漠，霜雪神女一语不发甘愿赴死的淡然。

那时她应该就已经看透了吧。

缥缈九重天，滚滚红尘事，有多少人沉溺其中难以自拔，但其实也没什么意思。实在是没意思透了。

多少神仙、妖魔，从前也是惊天撼地的人物，将死之时，也不见得强过他几分。

“我这一生，负尽天下人，唯独未曾有半分对不住兰昱尘。”说这句话时，他似乎倦极了，若不是曲苏耳力极好，很难听清他的这句喃喃低语。

“我想……回家去。”烛龙将身子蜷成一团，头趴在蛇尾上，缓缓合上了眼。

章尾山还是那个章尾山，经年覆雪，静谧如初，却再不是他梦里的故乡——他早就没有家了。

武库大火，皇都暴雪，刚登基的皇帝陛下昏睡不醒，若不是还有太后率领禁军整肃内苑，整个皇宫险些再度陷入之前的混乱。

听宫人们议论，容璟自皇宫西隅被抬回来时，语无伦次，神情癫狂，一直在说什么“不可能”“这不是真的”“都在骗我”一类的浑话。更令众人议论纷纷的是，继几日前宋少监离奇被刺身亡后，盛小将军的残尸也在武库附近被找到了。说那残尸是盛燚，一则是因为那尸体上的衣物虽然脏污不堪，但依稀可以辨认得出与盛燚入宫那日的穿着一致；二则就是皇帝陛下的异常。

换句话说，若死在武库附近的那个人并非盛燚，想来皇帝陛下不至癫狂至此。

世人皆知，陛下最好的两个朋友宋潜和盛燚，一个温润似水，一个狂肆不羁，在他登基前后短短几日内，都死了。也有人说，这就是登基为帝的代价，大周朝的每一任君王，都注定要成为孤家寡人。

整个太医院的太医都在外间会诊，只得出了一个结论：当今天子性命并无大碍，只需好好睡上一觉，第二天醒来就没什么问题了。

青玄带着曲苏避开宫人，进入皇帝寝宫。曲苏对烛龙说不上喜欢，但她更看不上容璟，因此并不太愿意跟着青玄去皇帝寝宫。从前她爱看容璟和盛燚这两个人的热闹，是因为怀揣着一颗八卦之心。如今三个当事人死了两个，只剩一个容璟，委实没什么看头。

尤其听青玄所讲，害得烛龙堕魔、怨气弥漫整个皇都的罪魁祸首之一正是容璟本人。虽说听了烛龙那番论调，曲苏也看出来，这位自始至终也不是个善茬儿，能找上凌曦仙子，捅出“毁坏炁渊，祸乱三界”这么大的娄子，还把这事儿栽赃给了阿秾口中青玄心心念念的那位清潋仙子，绝不是什么好东西。但话又说回来，烛龙再该死，也正应了他长眠前那句话，他这一生，负尽天下人，未曾有半分对不住兰昱尘。这样想来，倒觉得容璟比他更为绝情。

想到这儿，曲苏忍不住讥讽道：“人家烛龙好歹也是因为妖力耗尽才长眠不醒的，他这又算是怎么回事儿，受惊吓太大，不敢面对现实？”

烛龙长眠，青玄却不能放任其庞大的本体继续留在皇宫内苑，只得将他暂且缩小，收入袖中，准备待此间事了，将他送回章尾山去。

章尾山不仅是炁渊所在，也是烛龙一族的故乡。昔年章尾山被毁，烛龙已经不可能回去了，如今炁渊得以重建，也勉强算是他的半个故乡吧。

见青玄神色微凝，曲苏也不由将目光投向仰躺在床榻之上的容璟。

只见他双目紧闭，脸色苍白，尤为令人感到奇异的是，他的眉心竟然隐隐显出某种奇诡的青黑之气。那并非烛龙眉心清晰可见的烙痕，非要说的话，更像是一种“气”。曲苏还是第一次见到这样非实体的东西，不由轻轻“咦”了一声。

青玄却将目光投向她：“怎么？”

曲苏正欲说，却发现一转眼间，那股似有若无的“气”又不见踪影。外间天色已晚，寝宫内灯火昏黄，曲苏突然意识到，自己刚刚眼花了也不一定。她迟疑道：“没什么，他看起来不太对劲……”

青玄若有所思：“他这一世贵为天子，一举一动，关乎国运。”

烛龙一事对他的影响，比青玄事先预料的还要深刻，当面一观，几乎深入神魂，若任由他这般耽溺下去……青玄不再迟疑，一把拉起曲苏，进了容璟的梦。

令青玄和曲苏都没有想到的是，一开始容璟的梦中，是没有任何景象的。

到处都是白茫茫一片。也不知走了多久，突然从白茫茫毫无一物的天地之间，生出一朵鲜红的小花来。

那是一朵红梅。就像曲苏和青玄在雍城见过的那些梅花一样。

紧接着，是宋千意苍白得没有任何血色的脸。他人倒在地上，心口插着一柄剑，朝容璟伸出手来。

他张着嘴唇，半晌才对他说出一句话，他说："阿璟，别怪盛燚。"

画面一转，却是容璟自己双眸猩红，一手摁在七星锁妖阵的圆石上，不远处被锁死在原地的烛龙仰天长啸，满脸水渍，令人辨不出那些是汗水还是眼泪："好啊！……烛龙与兰昱尘，死生不复相见！"

随着烛龙的这声哭号，整个梦境突如天崩地裂一般，剧烈地抖动起来。

天翻地覆，景象倒转，画面随之一转。

"兰昱尘！"一头红发的俊美少年嘴里叼着一根草，跟在身穿白衣的男子身后喊，"喂，喊你呢！聋了啊？"

面前那道白色身影不紧不慢，却越走越远。但曲苏和青玄都知道，梦里那道白色身影其实并未真走远，否则他不可能听到身后的人都说了什么。

"我刚刚那拳也没使多大劲儿，至于这么小气不理人吗？"

就在这时，白衣男子转过身，眉眼与容璟有三四分相似，若论容貌，却比容璟要更出众几分。相较而言，两人之间，比起容貌，他们清逸卓绝的气质更为相似。

唯一破坏了白衣男子容貌的，是他左眼下那一圈黑青，连曲苏看了都忍不住扑哧笑了一声。

几乎同时追上来的烛龙也嗤笑了一声："哈哈哈，兰昱尘你也有今天。让你非要跟小爷作对，现在知道了吧，就算你再修炼上一千年，也打不过我。我可是妖神之后，什么是妖神，你懂不懂？"

兰昱尘穿着一身素白，按说仙界的穿着都该是清逸飘洒的，他却将这身衣裳穿出几分修道者的刻板端方，领口更是几乎一路包裹到了脖颈最上方。若不是有一副好容貌托着，那样子看起来还真有几分傻。

兰昱尘转回身，微微垂眸看着烛龙："凡事不是谁拳头大，谁就有道理。若是如此，还要规矩做什么？"

烛龙只是微微一愣，旋即笑得更为灿烂："你说的似乎很有道理。"他顿了顿，又道，"但又好像完全狗屁不通！"

兰昱尘转头就走。

这回不论身后的烛龙怎么喊，他都再未回头。

画面又是一转。

这一回，是烛龙站在稍远的地方，正在闷头祸害一株长得尚好的红色茶花。

曲苏叫不上那茶花的品种，只是觉得这仙界的东西，果然与人间的不同，就连茶花都开得又大又艳，娇艳欲滴，一看就知不是凡品。

不远处，背对着烛龙的方向，兰昱尘与两个身穿相似白袍的男子一同走来，看那样子，几人应当是品阶差不多的神仙。

兰昱尘手里捧着一盘不知名字的仙果，个个都有李子大小，却是曲苏从未见过的霜白色。

兰昱尘身旁一个人道："那小烛龙不知天高地厚，一径挑衅，要我说，还是兰仙官的脾性太好了。"

另一个道："你若不想自己动手，倒也有别的法子。"

兰昱尘和另外一人，闻言一同看向了他。

就见那人得意扬扬道："兰仙官不是在青华大帝手下做事吗？那烛龙就是尊上带回来的，你只需把近来他惹的那些事如实说了，看青华大帝不好好罚他！"

先前那个顿时大笑："还是智坤的主意多！"

那智坤道："这叫什么主意，这是再正当不过的行事之法。若那烛龙并无错处，我等就是求告到玉帝面前，也不能怎样。"

兰昱尘的目光落在自己的手上，他嗓音温温的，说话并不急切，也不尖锐，却有一种旁人无法忽视的从容不迫："此法不妥。"

其他两人几乎齐声问："何处不妥？"

兰昱尘道："烛龙脾气是有些急躁，但本性不坏。虽是妖族，但行事并无妖族的偏狭与极端。要我说，两位与我既然比他早入修仙之道，许多事上，更该宽容大度些。"

智坤笑着道："这就是兰仙官了，向来宽以待人、严以律己。"

另一个也笑着道："说得也是。咱们都活了多久了，何必跟他一条小龙计较，反而堕了仙家气度。"

兰昱尘这时又说起了别的事，三人一路同行，渐渐便走远了。

花丛中那红发少年一直默默蹲着，突然发出一声轻笑，手上一个巧劲儿，便将那朵开得最红最艳的茶花摘在手中。

他哼着不知名的小曲儿，将那茶花往衣襟一别，拢着袖筒，不慌不忙地往与兰昱尘三人相反的方向走远了。

他穿着一身淡紫色的衣衫，本该是仙气飘飘的模样，却被那朵大红的茶花破坏了整体的"仙气"，可却没人敢说他这样是不美的。恰恰相反，他那般仪态，反而显出了某种仙界罕见的骄狂。茶花虽红，却远不及他红发似火；花容再艳，也比不上他姿容的万分之一。就连那吊儿郎当的模样，放眼整个九重天，也着实找不出第二个。

曲苏见状，不由轻轻“啧”了一声，这家伙原来在天上就是这副德行。到了凡间历劫，也一天到晚都是那副“天老大，我老二”的欠揍模样。

曲苏正想开口，突然意识到一件事，目光不由缓缓向下。刚刚青玄说都没说一声，就带她一同入梦，她也因为新奇，一时忘了计较，这家伙竟然问都不问地牵了她的手，还一直牵到了现在。

曲苏第一反应便是松开手，却不想青玄的手顿时拉得更紧了。她抬眸，刚想开口说他：就算大家认识挺久了，这牵手吧，也是件大事，总不能这么不明不白地就牵上了。谁知这家伙动作比她更快，直接伸出食指，抵在了她的唇上。

另一只手，还牢牢地拉住她的手。

青玄这样做自然是有缘故的。容璟这一世虽然是凡人，但兰昱尘不是，很明显，与他此前猜测的一样，容璟在梦中已经想起了在仙界时的事。而擅自进入一个仙者的梦，是一件很危险的事。他若是独自一人入梦还好说，但带上曲苏就不一样了，两人必须自始至终保持身体相接触，否则兰昱尘很容易觉察到梦境中有他人的痕迹，从而颠倒整个梦境。

在梦境之中，梦主的意志是最强大的，最好不要轻易试探，这也是青玄阻止曲苏开口说话的原因。

青玄与曲苏之间的动作只是瞬息。眼前画面翻转，兰昱尘和烛龙再一次出现时，却是一前一后站着，众仙站在与他们对立的另一端，面色沉沉，显然是因为什么事正要对这两人发难。

烛龙咬着唇，背在身后的手缓缓握成了拳。

他正要开口说什么，站在他面前的兰昱尘却先一步动了。

兰昱尘向前一步，双膝跪地：“是小仙失职，洒扫时失手打翻了八宝琉璃盏。此事全是小仙一人之过，望诸位仙尊明察。小仙愿承担一切惩罚。”

更多的画面如同书卷翻开，飞快翻过。有烛龙端着一杯自己新泡出来的茶，非要灌兰昱尘喝的；有兰昱尘木着一张脸，拿一卷书砸在烛龙脑袋上的；还有他们两人一人拿了一壶酒，避开众人，坐在一片星辰之上，喝酒谈笑……

“你呀。”兰昱尘摇了摇头，似是笑得无奈，他甚至还喊了烛龙的名字——“阿燚”，非常熟稔、亲昵、温柔的一声。与这一世他在人间时，称呼宋千意时几乎一模一样。

曲苏不由微微睁大了眼。

最后一幅画卷，却不再有兰昱尘，而只有烛龙一人。

那是他跟在凌曦仙子身后，两个人一同去找清殊真人，拿出本命髓晶石的一幕。那是一切悲剧的开始。

梦境就在这时再一次彻底归于白茫茫一片。

曲苏和青玄一前一后自兰昱尘的梦境里出来了。

龙床之上，容璟已睁开了眼。

他缓缓坐起身，一手抚着心口的位置，面上几乎看不出任何神色，却苍白得厉害。他手指一直在发抖，听到响动，便朝前方看去。

青玄并未刻意隐去身形，他只是在寝殿内设下一道屏障，隔绝了外界的一切人声。

青玄喊他的名字："兰昱尘，你既已梦到前尘，就该明白，一切已成定局。你虽历劫失败，但这一世为人，仍须做好你作为一国之君的本分。"

兰昱尘起身下跪，他垂着脸，曲苏看不真切他的神色，却听他嘶哑着嗓音开口道："敢问尊上，烛龙他到底如何了？"

虽然看不清神色，但曲苏听得清楚，问出这句话时，兰昱尘的声音在抑制不住地颤抖。

兰昱尘等不到青玄的回应，头也不抬，向他叩首："求尊上宽恕烛龙。他私自用本命髓晶石交换我这一世的命劫，虽然触犯天规，却并没有坏心。我十世历劫尽毁，也算还了他偷换来的谶语，还请尊上饶烛龙一命！"

曲苏原本只是有一搭没一搭地听着，听到兰昱尘这句"十世历劫尽毁"时，却不由瞠目，她转脸看向青玄，想问这是不是真的。

如果是真，她突然有点想收回之前认为兰昱尘绝情的评价。看过兰昱尘的梦境，纵观他与烛龙共同历劫这一世，曲苏突然意识到：兰昱尘是真的有点冤。

与仙官达成交易偷拿谶语的是烛龙，携仙界记忆投胎转世的是烛龙，就连故意杀宋千意，逼得容璟发狂的也是烛龙，但最后受罚时，兰昱尘不仅要跟着一同受罚，还被罚得这么狠。

烛龙长眠，永不苏醒，此事牵涉太广，青玄不欲将太多个中细节告知外人，只对兰昱尘淡淡道："烛龙所犯之罪，比你所知更为深重，散尽妖力永生沉睡也非我责难，是他自己的选择。兰昱尘，你既修仙，就该明白，你与烛龙之间，皆是因果纠缠。烛龙不可能回来，但你有你必须要承担的果，以及必须要走完的路。"

如果他们两人从前在仙界时不曾交好，兰昱尘不曾在关键时刻挺身而出，替烛龙领下全部责罚，就不会有后来烛龙孤注一掷，用本命髓晶石从清殊真人手里换来那两句似是而非的谶语。若不是烛龙携记忆转生，又不顾一切，凭着一股意气，偏要杀宋千意为兰昱尘强行冲破命劫，也不会有后来凌曦仙子借用小公主的身份诱骗容璟，设下七星锁妖阵，又借他的手，亲手坑杀烛龙。

事事环环相扣，互为因果。

天道对兰昱尘的责罚，看似是重责，却一点都没有冤枉他。

兰昱尘接连对着青玄磕了三个头，每一下都重得让曲苏以为他会这么把自己磕死在当场："受什么处罚都好，哪怕再受千年雷罚或者再入十世轮回，只求尊上救一救烛龙。"

最后一次，他缓缓跪直身体，垂着眸，目光不知落在何处，只是继续道："当年是尊上将他从章尾山救出，若这天地间还有谁能再救他一次，便只有尊上了。他是天地间最后一条烛龙，他是妖神后裔……"

烛龙不该因为自己在凡间的命劫，就这样死了。

他不该死的，至少绝不该是因为这样的缘故，以这样不堪的结局，死在人界，死在以自己的血成阵的七星锁妖阵里。

烛龙不可以死，他可是烛龙啊，怎么能就这样死在一个锁妖阵里！

兰昱尘心底突然生出一种近乎好笑的荒诞，他动了动唇角，没有意识到自己露出的笑容比寻常人的哭还要难看："尊上……"

青玄淡淡道："天救自救者，烛龙倒行逆施，覆水难收。兰昱尘，你若为一己私情疯魔，祸及人间百姓，本尊第一个留不得你。别忘了，你当初一心求仙问道，为的是什么。"

青华大帝救苦救难，故而眼看兰昱尘有可能堕入心魔，才专程入梦一探，又在他梦醒后现身点拨。兰昱尘本该成为盛世明君，若因为烛龙一事陷入迷障，彻底疯魔，做出祸乱人间的事，青玄也只能将他斩灭。

能不能看破这一劫，就看兰昱尘自己的修行了。

兰昱尘最后一次向青玄叩首时，不再说任何话，但曲苏临走前，分明看到一滴泪顺着他的眼睫，飞快坠落地上。

窗外白雪茫茫，大周朝历史上登基年纪最轻的帝王坐在窗边，听着面前太监总管汇报调查得来的种种。

太监总管说，武库附近的残肢都收殓好了，棺椁就停放在从前盛小将军进宫时最常住的那间宫殿。

几天前，他命人去松鹤观请那位新观主来宫中一趟。观主半年前外出游历，直到今日才返京，已经被侍卫统领请进了宫。

据这位观主说，武库附近的阵，并不是普通的锁妖阵，而是一种失传已久的恶毒阵法。凡是被困于阵法之内的妖，都会死得很惨。若不是耗尽妖力而死，便是知道这般死法后，在阵法内自爆而亡。

说到这儿时，观主发现这位年轻帝王的脸色已经非常苍白了。

但他不得不将自己此行的全部发现都说出来。皇宫之中竟然有人使用这般恶毒的阵法，兹事体大，须得告知帝王，早做防范。

观主觑着皇帝的脸色低声道："傍晚时分，就在武库失火时，公主殿下薨了。但并非外人以为的体弱，而是早在数日之前被人夺舍所致。"

兰昱尘陡然抬起头来，看向观主。

观主神色肃穆道："这夺舍之人行事霸道，公主殿下的三魂七魄并未被挤出体外，而是接连多日，被这人在体内一点一滴挤压碾碎，再无投胎的可能。如此行事之人，若还在皇宫内苑，对陛下……"

兰昱尘摆了摆手，示意他不必再说。

太监总管得了命令，将疑虑重重的观主领出宫殿。

不论对方是谁，若还在皇宫，刚刚青华大帝在时，便会一举先解决了他。很明显，武库失火时，正是烛龙堕魔，怨气冲天的当口，这个人眼见目的达成，便立即脱离了小公主的肉身走了。

或许，对方刚好与匆匆赶来的青华大帝擦身而过。

是他太蠢，竟然那么轻易就相信了对方的话。随意就信了不知来路的人，却不相信自小就陪在他身边许多年的人。别人说那个阵是将妖锁起来使其无法逃脱的阵，他就信了；烛龙说他杀宋千意是因为好玩，因为任性，因为他是烛龙而宋千意是凡人，他也信了。只因为他从没有真正信任过烛龙。

他将跟在身边多年的太监总管叫了进来问道："你也认识他许多年，你觉得他是个怎样的人？"

帝王并没有提及那人名字，但太监总管明白，陛下口中问的人，并不是宋潜，而是盛燚。他思忖片刻，小心翼翼地答："盛小将军在世时，性子是狂放了些，举止也有些不同于常人，但待陛下的心是好的。"

他见帝王并不言语，便壮着胆子继续道："陛下还在潜邸时曾说过，宋公子虽好，到底行事太游移，反误大事。盛小将军事事为陛下考虑，就是这性子，太难掌控。"

就说这逼宫造反的事儿，外人不知，他们这些跟在陛下身边多年的人又有谁不知道，盛燚这么做是为了谁呢？

前两日陛下突然下旨，将所有罪责都栽在盛燚身上，别人不说，但太监总管心里总觉得，这只是对外的说法，权宜之计罢了，盛小将军不一定真的会死。

可谁能想到，陛下与盛小将军，最后竟然会闹到这一步。

兰昱尘突然笑出了声。

连一个跟在身边多年的旁人都看得出来，烛龙待自己一片真心，但为什么他那么轻易就信了他的诳语？

在天上时，他便辜负了烛龙待他的一腔赤诚。想不到这一世在人间，他忘却前尘，仍然要枉顾他一片真心。

从前在天上时，许多仙人都不喜烛龙的性情，青华大帝也说，烛龙犯下的罪责很重。可不论烛龙是怎样的人，天上地下，自始至终，都从未辜负过他。

烛龙一直待他很好。

兰昱尘突然记起，在武库里，烛龙被困在锁妖阵里，对他说："哪怕我是疯子，也一心对你好。"

兰昱尘弯了弯嘴角又笑了。

站在身边的太监总管突然惊呼出声："陛下！"

太监忙着喊御医来，兰昱尘却一把拽住他，示意他不必兴师动众。

他抹了一把自己的嘴角，不过是吐了一口血罢了，实在用不着惊慌。

烛龙偷换谶语探知命劫，携记忆转世投胎，一心一意守护他整整十九年，最后又以那样决绝的方式，死在他以自己鲜血祭成的锁妖阵里。他欠烛龙的，何止是一条命？

从前在天上时，他们两个都喜爱月神素曜宫外的那片紫桂林。后来两人逐渐相熟，闲来无事时，烛龙喜欢在其中一棵开得最好的紫桂树下吹箫，偶尔他兴致来了，也会以琴相和。他们两个最爱的，还是一块儿偷溜到没什么人的紫桂林尽头喝酒、看星星。

那时烛龙总是喊他全名，不论两个人多熟稔，烛龙总是用那副吊儿郎当的口吻喊他："兰昱尘。"

而那时他却一直喊他"阿燚"。

可是后来，这些他都忘了。

他忘了自己从前在天界时，每每看到阿燚时，那种自心底涌起的快活自在；忘了当着其他那些仙者的面，他每每想要维护烛龙却又不能直接宣之于口的曲折心意；更忘记了，他亲眼看到烛龙趁着无人在房内，偷偷放走琉璃盏内那只大妖时，想到自己整整五千年未曾突破境界，悄悄在心底做下的决定。

他知道烛龙妖神的身份在仙界众人之中太过敏感，若当着众人的面亲口承认，所受刑罚一定会比他重十数倍，而他自己的修为又迟迟未有精进。考量之后，他觉得最好的办法就是由他来出头，担下这个罪责，如此既能保全烛龙，自己也能有个下凡历练的机会。

若说这办法有什么不足，便是在他亲口承认是自己不慎打翻琉璃盏之后，当场便被天兵拿下送走，先受一千年雷罚、一千年剑阵之殇、一千年水牢之刑，之后开始十世历劫。整整三千五百年，他都再未有机会与烛龙说上一句话。

没有机会告诉他，自己不在他身边时，他凡事都该收敛些，别再总是那副欠扁的样子；也没能告诉烛龙，其实就在出事前不久，他已预感到自己不久之后有缘入世，早早在他们从前相聚的那棵紫桂树下埋了两坛烛龙最爱的桃花酿；甚至来不及对他说一句，不必着急，自己会回来的。等他再回来时，他会更强大，可以陪烛龙一起做更多事，也更有能力保护想要保护的人。

可他不会想到，在他回归之前，烛龙先一步下界来陪他了。

可忘记了从前天界种种的容璟，并不是完整的兰昱尘。

许多时候，容璟都将宋千意排在烛龙的前头。

明明三个人一起长大，但幼时的容璟只看得到宋千意的温和与包容，却看不到同样一直陪在身旁的盛燚；长大后的容璟，更将宋千意引为知己，常常忽视了盛燚为他剪除障碍、清扫一切的默默付出。

生病时的那碗药，雨天撑起的伞，危难时替他挡过的箭，烦躁时吹响的那洞箫……

可容璟的眼里就是看不到盛燚。

容璟将宋千意当作知己，在意宋千意的一颦一笑，关注宋千意的一举一动。得知宋千意生了病，他宁可拖着一行人日夜不休也要提前赶回。

可对盛燚呢？容璟好像完全忘记了，盛燚也是个人，淋雨会受凉，生病会难受，受箭伤会命悬一线，替他试粥中毒会死。

好像他所做的一切都是理所应当，为他谋划，替他逼宫，替他承担天下骂名，甚至最后死在他的剑下。

他忘不了那日在凉亭，盛燚望着他举剑向他时，眼睛里那种快慰和近乎盲目的执迷。

当时他不懂，盛燚究竟是怎么了。

可如今他什么都明白了，却什么都晚了。

他早就彻底忘记了烛龙，忘了从前最爱一起把酒言欢的那个朋友，忘了从前埋在紫桂树下的桃花酿，也忘了开口替烛龙挡下那场刑罚时，在心底对他说的话。

直到烛龙长眠的那一刻，他再没有机会听烛龙念一声他的名字。

兰昱尘和阿燚的紫桂林之约，终成今日无人赴约。

小烛龙再也不会知道，当他是记忆完整的兰昱尘时，有多怀念他们一起看过的清雪落星河，一起并肩走过的落英满地的紫桂林，一起喝过的酒，一起开过的玩笑。

眼前倏然闪过烛龙站在大雪中的凉亭，朝他缓缓一笑的面孔。兰昱尘缓缓露出一丝笑，他懂了烛龙被他以剑相抵时的云淡风轻，他也明白，烛龙被关在锁妖阵里，面对着彼时他的句句指摘，状似毫不在意说出的那句“都是游戏”。

烛龙一直在等。

在等他历劫结束，等他破除命劫之后安安稳稳走完这一世，等他十世轮回后功德圆满，再回到九重天上，那时烛龙可能会如从前那般嘲笑他说：“兰昱尘，你可真够笨的！”

就像他在下凡历劫之前，心底悄悄期待过的一样。

可如今这一切，又都被他亲手毁了。

原来人世间最苦的，不是连最后一点希望都被碾碎，而是回首时突然明了，那个亲手熄灭最后一盏灯的人，正是自己。

但一切并不是命中注定的，哪怕烛龙犯下不可饶恕的错，但一切也都曾有机会可以挽回。

烛龙从不是非死不可。

哪怕他记忆尽失，只要他肯相信烛龙绝不会害他，只要他肯冷静下来好好想一想身边的太监总管说的：“盛小将军……待陛下的心是好的。”

甚至只需再等一等，只需等到松鹤观的那位观主进宫，什么锁妖阵，什么公主的话，一切都会真相大白。

可是他既不肯信，也不愿等。

是他亲手害死了烛龙。

偌大的皇宫，响起了年轻帝王低哑的笑。

是他自己，害死了他漫长记忆里最想珍惜的那个朋友。

太监总管候在门外，听到里面的声音，一步也不敢走近，只是将头垂得更低了些。

那天之后，皇宫里传出一条近乎匪夷所思的消息：这位新登基的皇帝陛下，不知是什么缘故，在一场皇宫大火之后昏睡一夜，醒来后竟然满头白发。

但这只是街头巷尾的传闻，毕竟自这位皇帝还在潜邸时，就因为与两位好友长达十数年的情谊，传出过不少趣闻。

在这之后的许多年里，他勤政爱民。自十九岁登基，至六十岁驾崩，在位四十一年，后宫虚设，无子无女，却让整个大周时和岁丰、河清海晏。史书记载，他是一位不可多得的盛世明君。

后事暂且不提。当日之事诚如兰昱尘所料，早在武库着火、皇宫内苑人心惶惶时，凌曦仙子便第一时间脱离了令月公主的肉身，拿出事前准备好的一小瓶妖血，涂抹在关键部位，一刻不停地离开了皇宫。

雒城的雪渐有消歇之势，凌曦仙子知道，这是青华大帝出手以冰雪压制烛龙怨气的结果。好在烛龙也活不成了，就算青华大帝真能在他死前及时赶到，套出点什么话，事后玉帝和众仙问起来，也是死无对证。

此刻她唯一需要做的，就是趁着无人知晓她来过雒城时，以最快的速度赶回赤帝身边。

赤帝向来好面子，也最爱热闹，每每生辰宴一旦开始，总要延亘半月有余。似今年这样的大寿，更请来了诸多好友一同赏乐，只要她及时折返，赤帝和在场的宾客就是她最好的人证。

腰间的传音海螺就在这时发出了声响。

凌曦仙子拿起海螺，微微眯起眸："阿秾，这个时候找我，可是有什么好消息？"

就在不久前，阿秾才依照青玄的吩咐，将猫妖和槐树精安顿在城外松鹤观的后院。那里远离人群，又有青华大帝的气息庇护，可确保猫妖意识清醒后不会再度发难。这样安排，对凡人和这两只才被怨气侵染过的妖怪来说都更稳妥。

阿秾走出松鹤观，往更远一点的山脚下走去，鲛人的本能让她感知到这附近不远，便有一处水源。她双眸晶亮，举着传音海螺轻快地说道："确实有好消息，但这事需要当面与你说。"

凌曦仙子微蹙着眉，正在迟疑，就听那头阿秾又道："这事与曲苏、清潋姐姐都有关，凌曦仙子，你是清潋姐姐在天界时最好的朋友，知道这个消息，你一定会很开心的。"

凌曦仙子心头咯噔一下，嗓音转柔："哦？看来小阿秾有了不一般的发现。"她考虑片刻便打定主意，问阿秾："曲苏现在也和你在一起吗？"

阿秾站定在树林之中的一处湖泊旁，一颗晶莹剔透的水球在她指尖缓缓旋转着，她唇角弯出一抹甜甜的笑："对呀，她和我在一起。仙子你快点儿来。"

凌曦仙子赶到时，阿秾背对着她，一身蓝裙，站在湖泊旁的一棵大柳树下。

就在她身旁不远处，站了一个身穿浅黄色衣裙的年轻女子，几乎只看了一眼，凌曦仙子心中就升起一种微妙的怒意。那个人正是曲苏，她半弯着腰，似乎在捡什么东西，一边还和阿秾说着什么。不论是她身上衣裙的颜色，还是发间那支红梅发钗，都像极了近来她在天界时颇为偏爱的一身装束。

凌曦仙子一贯自恃貌美，从前一位仰慕她的仙君就曾说过，这世间再也没有女子，能将鹅黄色穿得比她更为雍容华美又不失绰约仙姿。那支红梅发钗更是她近来很喜爱的一件首饰，但这首饰是一整套的，最好看的其实是那条以上古羊脂白玉和思过海最深处的珍稀红玉打造的璎珞项圈。白玉纯白无瑕，红玉鲜浓耀眼，刚戴上这套首饰那天，就连赤帝都曾夸赞，这般绝色夺目的饰物，只有戴在他的宝贝女儿身上，才不算被辜负。

曲苏在模仿她的日常穿戴，却仿得半点也不地道，简直如同东施效颦一般，粗陋可笑！

凌曦仙子越看越觉得碍眼，尤其令她生气的是，阿秾那丫头好像半点也没觉察到她已经来了，还与曲苏站在一处，不知在聊什么，笑得眉眼灿烂，格外起劲儿。

“阿秾。”凌曦仙子喊了一声。

这一喊，两个人几乎同时朝她看了过来。

阿秾拉起曲苏的手，笑得灿烂极了：“凌曦仙子，你快看看，这是谁？”

凌曦仙子觉得荒谬可笑极了，她此刻厌恶透了曲苏，但考虑到还当着阿秾的面，她不得不按下性子，与曲苏正式打个招呼：“曲苏，好久不……”最后一个字含在齿间，却怎么都说不出口似的。

阿秾笑吟吟的，牵着身旁那人朝她快步走来：“凌曦仙子，你怎么了？”阿秾的嗓音又甜又媚，仿佛透着无尽诱惑之意，“你连她都认不出了吗？”

凌曦仙子不由倒退了一步。

阿秾身边那人面色微白，清秀的眉眼透出淡淡笑意，朝她笑时，左唇的唇角总是抿出一朵极温柔的笑弧：“凌曦，是我呀！”

凌曦仙子连连倒退，眼前的景象令她惊讶得几乎说不出一句完整的话：“不可能，这不可能！”

阿秾道：“凌曦仙子，这就是我想告诉你的好消息。”阿秾眉眼深邃，定定地看着她的眼瞳显出幽蓝的漩涡，“奇怪，你怎么看起来一点儿也不高兴？”

阿秾身边，那个身穿浅黄色衣裙的女子不知何时彻底变了一副模样，与三千年前一模一样。她穿着最爱的那件青色衣裙，一对浅浅青碧的水滴形耳铛，眉心一点霜白的雪花痕迹，那是上古时代的司寒上神羽化之后，每一代诞生的霜雪神女都会拥有的天然印痕。

然而不论哪一任霜雪神女，尽管承袭司寒上神的青女血脉，眉心也拥有与之相似的雪花印痕，却再无人能拥有与那位上神相媲美的神力。据传，包括清潋在内的历任霜雪神女就算统统加在一起，神力也比不上当年司寒上神的万分之一。

或许是天生荏弱的缘故，清潋的灵力甚至还不及之前几位霜雪神女，她眉心的雪花痕迹，也总是时隐时现。好在后来她成了青华大帝的弟子，有幸得到尊上点拨，每每施展法力时，眉心的雪花痕迹总算不会轻易消失了。

凌曦仙子近乎失神地看着她眉心那抹忽隐忽现的雪花之痕："不……"

霜雪神女朝她笑了一笑："看到是我，凌曦很不开心吗？"

眼看着阿秾拉着霜雪神女朝自己越走越近，凌曦仙子近乎失态地一把拂开两人："我巴不得你死，你为什么还没有死？我为什么要开心？我最开心的时候，就是亲眼看你经受四十九道天雷，劈得身死魂消，永生永世都不能……"凌曦仙子瞬间回过神来，她眸光狠戾，手上转眼就幻出一条流珠火焰鞭，毫不迟疑朝着阿秾和霜雪神女抽了过去。

流珠火焰鞭所到之处，红黑色的火焰伴随着大小丹珠，如同一道雷电狠狠劈过。按说以凌曦仙子跟随太阴元君所学，不该使用如此霸气的法器，但她从赤帝那儿得到这件宝物后就爱不释手，还缠着太阴元君教她用鞭的招式。太阴元君禁不住她纠缠，却又不愿亲自教她，便丢了一本记载着鞭法的古卷给她。

凌曦仙子爱极了这法器，捧着那卷书学了足足百年，之后用起鞭来，倒也有模有样，后来甚至悟出了一套颇为独特的鞭法。唯独有一次太阳星君见了，心直口快说了句"此器阴戾，不该是仙界所有"。旁边围观的仙者，见凌曦仙子眼圈泛红，很是下不来台的模样，替她解围说："到底也是三界难寻的至宝，而且法器本身如何，并不要紧，要紧的是看谁去用。"

替她说话的声音渐渐多了，凌曦仙子才破涕为笑。

但那之后，非到必要时候，她极少在仙界众人面前使用此鞭。

此时她显然是恨极了，竟然被一条小鲛人愚弄得失态，意念一到，鞭子同时就朝面前那两人毫不留情抽了过去。

一蓝一青两道身影，连同她们身后那棵银装素裹的大柳树和泛着深蓝水波的湖泊，如同一面被打碎的镜子，瞬间碎成数块，转眼消失在风雪间。

凌曦仙子反应极快，猛地转过身。果然，刚刚那一切不过是有人借助湖中流水"造"出来的镜像罢了，真正的湖泊和大柳树并不在她面前，而在身后。

大柳树下，一道蓝色的身影缓缓走了出来。

那才是真正的阿秾。

她抬手抹了把嘴角溢出的鲜血，望着凌曦仙子的眼，再也没有从前的尊崇和信任："你果然一直在骗我。你骗我，说曲苏跟在青华大帝身边故作弱势，引得尊上在白帝城亲手杀了怨妖；你还骗我，说这些都是玉帝让你叮嘱我做的，盯好尊上的一举一动，避免他一念之差，在凡人的引诱下铸下大错。”

但其实从跟在青华大帝和曲苏身边的第一天起她就发现，许多事与凌曦仙子所说的不一样。至少当着她的面，曲苏从没有勾引过青华大帝，反倒是青华大帝对曲苏处处透着不一般的温柔与包容。

再者，曲苏虽然是杀手，但绝不是嗜杀之人，且她和林梵交好这件事本身就足以证明，凌曦仙子口中那个惨死在白帝城的蜥蜴精之事恐怕另有曲折。若那个蜥蜴精如今晚的猫妖和槐树精一般，怨气爆体失去控制，而青华大帝又无法将他们的怨气净化，那么动手杀了也没什么可奇怪的。须知普天之下，若是让其他神仙遇上怨妖，几乎全都径直杀掉了事，世间唯有青华大帝，发自真心愿意给怨妖一席生存之地。前不久，青华大帝再耗修为重建炁渊就是明证。

当日，她刚与凌曦仙子取得联系时就觉得奇怪，在她心里，从不觉得青华大帝会做下乱杀怨妖这种糊涂事。

现在看来，这些事全都是凌曦仙子编来骗她的，让她盯牢尊上的一举一动，恐怕也是为了什么见不得光的龌龊目的。

她真想不通，从前清潋姐姐怎么会把这种心思恶毒的女人当作好朋友相处了那么久！

阿秾看穿了凌曦仙子的真面目，一些事谋划起来也就容易多了。

鲛人想要施展镜之幻境，必须靠近水源。幸好这里有个湖泊，方便她在镜像中完整复制与周遭一模一样的景象，甚至一模一样的自己。但这镜像之中，唯有一样东西，是她身旁的真实世界所没有的——曲苏。好在不久前与那猫妖撕打时，她从半空中接住了曲苏，于是在自己身上找到了一根曲苏的头发。

一根头发，加一滴鲛人之血，再注入一缕她自己的魂魄，一个与真实曲苏相差无几的“人”就出现在了镜中世界。

镜之幻境是鲛人的拿手好戏，他们不仅可以复制一个完整、独立的空间，而且这个创造幻境的鲛人，其实是这个复制世界的“神”。阿秾的每一个念头，都可以影响镜中世界的最细微之处，从天气变化到风吹草动，都可以随心而动、随时变幻。鲛人可以在这个幻境里轻易窥见入镜者内心最在意、最恐惧、最难以磨灭的心魔。

凌曦仙子会在曲苏身上看到清潋，既有阿秾的蓄意引导，也有其心魔的缘故。

从凌曦仙子脱口而出的那句话不难看出，她对清潋恨之入骨，也畏惧至极。

“你骗我，你根本不是清潋姐姐的朋友。”阿秾微微摇头，看向凌曦仙子的眼中不由透出几分庆幸，“你休想借我的手，再杀她一次……”

最后半句话阿秾说得轻之又轻，转眼便飘散在风中。凌曦仙子听不真切，啪的一声，反手将流珠火焰鞭抽在地上："骗你又怎样？别说是你，就是霜雪神女，当年出尽风头，还有青华大帝护佑，不也落得个灰飞烟灭的下场！"说话间，她手腕一抖一拧，流珠火焰鞭快得仿佛霹雳闪电，又仿佛一条吐着信子的毒蛇，自阿秾面前的雪地蜿蜒而起，缠住她的腰身，一把将人掼倒在地。

阿秾没想到凌曦仙子会突然发难，更没想到，她手上会有流珠火焰鞭这种特别针对鲛人的法器。鲛人畏火，又格外不擅近身肉搏。阿秾更是从未想过，凌曦仙子看着娇弱，却使得一手毒辣的鞭法。

这一鞭下去，当即抽得她化出本体，银白之中泛着幽幽蓝光的鱼尾疼得打了个挺，鱼尾弯折，转眼便显出一道极深的鞭痕。

鞭子落在身上，才知为何当年太阳星君斥责这法器太过狠戾——整条鞭上遍布着细小而锋利的钩刺，抽在身上便是剥皮勾筋之痛。尤其这鞭子并非凡物，而是赤帝机缘巧合自失落之地带回的法宝，若让拥有灵力的人使用，落鞭之时，不仅有火焰之声，还能清晰看到带着火焰的大珠小珠沿着伤痕簌簌滚落，那些珠子火红中透着微黑，竟然自带失落之地的流火之毒。

流火之毒是天下百毒之首，几万年来无人能解。就算这火焰鞭上只是极轻微的残毒，也足够阿秾受了。

凌曦仙子却犹不解恨，转眼间又飞快抽了几鞭，眼见阿秾的鱼尾鳞片翻飞、血肉模糊，依稀可见森森白骨，才多少恢复了神志。

阿秾被一鞭子甩在地上，就觉全身上下好像被丢在火里烤一样，又烫又疼。她想使用幻术蒙混过关，又或是趁凌曦仙子不备，一头翻进身后不远的湖里溜之大吉。可凌曦仙子下手又狠又快，后面几鞭子紧跟着落下，很快，阿秾发现自己已经感受不到尾巴的存在了。

最后一鞭，落在了阿秾的脸上，阿秾只觉脑袋嗡嗡作响，那道鞭痕穿过她漂亮的眉眼，如同一条丑陋的红色蜈蚣，一路蜿蜒至她一侧锁骨。

眼看鲛人那张漂亮至极的脸蛋儿被抽得皮开肉绽，半点儿也看不出往日的秾丽娇艳，凌曦仙子缓缓喘匀了一口气，这才停下攻势。

阿秾双眸暴睁，口鼻流血，双手撑着地面，几乎用尽全身的力气才抬起头，勉强扭过脸看了一眼自己的尾巴。只一眼，她就知道自己是活不了了。

阿秾咬着嘴唇，她想伸手把自己的鱼尾巴抱起来。从前她也受过很重的伤，也因为调皮被族里的长辈用鞭子抽打过，但从没有哪一次让尾巴伤成这样，连鱼脊骨都碎了。难怪刚刚不论她怎么用力，尾巴都一动不动。

许久以前，尤其刚被关进炁渊的那些日子，她也曾设想过自己死时的样子，但她从没想过，自己竟会死得这么丑。

她从前最引以为傲的漂亮鱼尾巴，被凌曦仙子抽成了一团血肉模糊、看不出形状的烂肉。

她许诺过曲苏，若曲苏哪天再去羽杭城，就往罗刹江里丢一颗桃花珠，那是她们两个约好的信号。到时她就幻回原形，让曲苏口中含一颗避水珠，坐在她的大尾巴上，去江底玩一圈。

可她已经做不到了。

凌曦仙子已完全恢复了理智，她将那条流珠火焰鞭在湖水里仔仔细细地清洗干净，又擦干净一双纤细白净的手，不疾不徐站定在阿秾面前。

“凭你，也妄想算计我？”凌曦仙子抚平裙上的褶皱，唇边绽出一抹温柔极了的笑，“别急，我这就送你好好去死……”

阿秾突然发出尖啸，她的双眼、耳朵、咧至耳根的嘴角都在飞快涌出大量的鲜血。就在凌曦仙子尚未近身之际，她突然仰起脖颈，双臂交握胸前，趁着全身爆发出极纯极蓝的光芒之际，吐出了自己的元丹。那种独属于鲛人的蓝色光芒近乎灼目，就连凌曦仙子都不得不伸出手臂遮挡，避免被这种光芒伤到眼睛。

“自不量力。”凌曦仙子紧闭着眸子，双手结印，口中念了个诀，原本以极快速度飞升至高空的鲛人元丹如同被束在罗网之中，转瞬又自极高处飞快坠落。

阿秾的双眼流出晶莹的深蓝色泪水，那是鲛人的血泪。

凌曦仙子抬起手，接住那颗泛着水蓝色光芒的元丹，微微偏了偏头，手指包拢，微微用力。

“啊呀！”她朝着阿秾一笑，“碎了。”

随着凌曦仙子将那颗元丹当着阿秾的面彻底捏碎，成千上万细小的蓝色光芒如同羽毛，轻舞在整个湖泊上空。

令她惊讶的是，那条妖力微弱的小鲛人在彻底消失之前，脸上的神色却说不上绝望。她只是最后伸出双手，摸了一把系在头发上的那些水晶珠子，低着头说了一句什么，又浅浅笑了一下。

漫天飘散的蓝色光羽在鲛人彻底消失的那一瞬间，化成数不尽的晶蓝石子，每一颗色泽晶亮的石子，生来便是泪滴的形状。

人类对于鲛人有着数不清的传说和向往，但从没有人看到过，这才是真正的鲛人泪。

凌曦仙子先是微微眯起眼，随后看清漫天晶石随着风雪四散飘落时，一手中指与拇指轻轻捏在一起，施了个印，叱了一声：“破！”

哪怕漫天飞扬的鲛人泪有千颗万颗，也都在这一声清叱中，无声破碎，又在风声雪花之中，归于沉寂。

凌曦仙子环顾四周，却突然在阿秾彻底消失的地方，看到一抹杏黄。

拾起来，才发现那是一张来自松鹤观的平安符。

凌曦仙子不由嗤笑了一声，随手将那符纸在掌心狠狠一揉，信手抛开。

却不想那张符纸皱巴巴的，却顺着一股清风飞了起来。

凌曦仙子眼皮儿微跳，伸手就抓，却没有抓住。

杏黄色的符纸上，沾着最后一滴鲛人泪，顺着风雪的方向，很快便飞得高高的，像是被一股力量牵引着一般，朝着雒城内城的方向飞去。

凌曦仙子一连施了几个咒，都未能将符纸抓回手里，她急得来回走了几步，咬住指尖，很快做了决定——她必须尽快赶回赤帝身边。

只要有赤帝护着，就没人能动得了她分毫。

自皇宫里出来，曲苏被青玄一路带回客栈附近，站定在落雪的长街。亲眼见过了兰昱尘梦里的世界，曲苏仍沉浸在那两个人的过往之中，一时有些回不过神："烛龙去找那个什么真人，不是兰昱尘下凡历劫时的事吗？他怎么会知道……"

青玄道："因为他历劫失败了。"仙人入凡尘历劫失败，才会梦到天界的前尘往事，天道也才会在梦境的最后对其显示历劫失败的原因。若兰昱尘的梦中只有此生尘世，青玄决不会现身点拨，更不会对他说得那么明白。

他面色平静，语气却透出淡淡遗憾："若不是烛龙偏要自作主张，逆天改命，兰昱尘这一世的劫便是宋潜之死。但以他这一世的性情、为人，宋潜之死只会让他看破世事，他会广开言路，缔造太平盛世，成为一位被后人称颂的好皇帝。十世尘劫，十万修为，就因为烛龙，兰昱尘又要从头来过。从今往后，不论他是容璟，是兰昱尘，还是任何人，都不会再做梦了。"

天地之间，亘古悠悠，这是他的最后一个梦。

曲苏道："其实你要这么说，恰恰说明命运是可以更改的。"

"不是吗？"见青玄转过头来看她，曲苏摊了摊手，"他们两个会走到今天这一步，是烛龙性情偏狭，许多事他全凭自己的喜好去做，根本不管别人的感受。如果换一个人，换一种处事的方法，可能会有比天定更好的结局，说不准会反过来成就他们两个的仙途呢。"

青玄被她说得不由一笑，他正想摇头否定曲苏的片面之见，却在看清朝着自己飞快飘来的黄色符纸时，面色微变。

曲苏也认出了那张符纸，冰凉的泪滴晶石如同有意识一般，缓缓落在曲苏掌中，她一时不明白这是怎么一回事儿："这是……"阿秾这时候不是应该和猫妖、槐树精一起在城郊的松鹤观吗，怎么会突然用法术把这符纸隔空寄来？

晶石入手，沁骨的凉，曲苏心底升起某种朦胧的不好的预感，那种预感在她看清青玄的神色时，突然化为某种实质的惶然。

曲苏并没有意识到，自己在微微摇头："不……"

她并不知道自己在否认什么，但青玄却清楚知晓沾在符纸上的那颗晶石是什么，那是鲛人兵解之后才会留下来的东西。世人皆说鲛人泪难得，殊不知只有鲛人身死魂消，彻底消亡在天地间，才会留下如同晶石一般的鲛人泪。

若不是阿秾拼死留下的这颗鲛人泪，单凭这张符纸，根本不可能飞越这么远的距离，甚至还知道一路找回他们三人曾经一起住过的客栈。

曲苏将目光落回掌心的那颗泪滴般晶莹剔透的石子上："阿秾……"她原想说，阿秾又在搞什么稀奇古怪的东西，前不久是一颗大泡泡，现在又是这种玄之又玄的玩意儿，一天到晚就爱瞎折腾。

鲛人泪在听到曲苏这一声召唤时，倏然光芒大绽，一幅生动的画卷就这样出现在两人面前。

一开始，曲苏就有些看不明白。

远远地，她看到自己弯腰站在湖边，附近一棵大柳树下站着阿秾，她们两个好像在聊着什么，看起来兴致很高的样子。但曲苏并不记得自己有这样一身衣裳，她也从不曾佩戴这种华贵且复杂的簪钗首饰。她忍不住喃喃道："这不是我……"

一旁青玄轻声道："这是鲛人利用湖水做出的幻境。"

画面中响起一道熟悉的温柔女声，紧接着，凌曦仙子的身影便出现在画卷中。

曲苏忍不住蹙眉："凌曦，她为什么会……"

青玄没有说话。他之前隐约猜到阿秾背后的人，必定是身边亲近之人，却没有想到这个人会是凌曦仙子。烛龙身殒，按说凌曦仙子应该早就赶回天界撇清关系才是，但凌曦仙子身份敏感，青玄若想将她治罪，势必要在玉帝、赤帝及众仙面前拿出像样的实证，毕竟就算烛龙道出再多过往真相，如今也已陷入长眠，单凭一份烛龙的口述，根本作不得数。凌曦仙子敢在他眼皮子底下这般行事，自然也深知这一点，甚至早就想好了退路。

若她脸皮再厚些，两人再相见时，她一心当作无事发生，故作无辜，也无不可。

青玄并不认为阿秾有本事要挟凌曦仙子，依他所见，很有可能是阿秾编了什么说辞，足以让凌曦仙子心痒难耐，才会在这么紧要的时刻还愿前往相见。

他不禁将目光落在曲苏的脸上，很显然，阿秾编造的说辞与曲苏相关。

曲苏却在这时捉住了他的袖子："那个人是谁？"

青玄将目光投向鲛人泪投放出的过往。画面中，凌曦仙子一开始还与阿秾虚与委蛇，却在看到阿秾身边的人时很快脸色大变，连连倒退。

那副模样，活像是见了鬼。

青玄的目光落在那张久违的清秀面容上："清潋。"

原来这就是清潋。

曲苏不由看向青玄，却见他神色平静至极，不见半点预想中的伤心黯然："这不是真的清潋，是阿秾造出的幻象，更是凌曦心中最不愿见到的人。"

他解释道："她先在幻境中造出你的模样，让你穿着凌曦平日在仙界最爱的服饰，为的就是激怒凌曦，让她失去警惕，再以幻术拟出清潋的模样，诱她说出藏在心里的秘密。"

曲苏越看越是觉得不对劲："所以清潋……是被凌曦害死的？"

青玄眼神幽暗。凌曦仙子这副样子，就算说不是她害死的，会有人信吗？

想不到阿秾临死前层层布置，竟然留下这样一份指证凌曦仙子当年恶行的铁证。

幻境被凌曦仙子一鞭打碎，曲苏心中的不安逐渐扩大，拽着青玄的手也越来越紧，她忍不住焦急地喊出了声："还愣着干什么，快跑啊，这个小傻子！"

可画卷中的阿秾已经来不及跑了。

凌曦仙子因为被幻境控制了片刻，吐露了心底最深处的隐秘，被阿秾激得发了狂，一鞭又一鞭地抽下去，不过三鞭，阿秾就已瘫倒在地上动弹不得。

曲苏看着阿秾几乎看不出形状的鱼尾，苍白的小脸上深可见骨的伤痕，双眼渐渐泛起猩红，她已不想再看下去，转身就欲往城外奔去："我要去救她！"

青玄将他一把拽回，四目相对，青玄一贯冷情，可看到曲苏一双清凌凌的眼眸含满了眼泪，不由放软了语气："来不及了。这是鲛人泪，只有鲛人身死，方才现世。"

顾虑着曲苏的心绪，青玄刻意斟酌用词，曲苏没有听懂他话中的隐含之意，她一把甩开青玄的手臂："就算她死了，我也要为她敛尸！"

青玄淡声道："她身殒魂消，留在这世上的，唯有此物。"

话说至此，就听画面之中阿秾一声惨厉的号叫，曲苏转过脸，刚好看到凌曦仙子一把捏碎阿秾元丹的那一幕。

曲苏目眦尽裂。

阿秾留给这个世界的最后一幕，是千万颗鲛人泪如同湛蓝的星子，随着风雪漫天飞舞的画面。

曲苏读懂了阿秾微微垂头时的最后一句唇语。

她说："姐姐，这回轮到我来保护你啦！"

眼前的画卷消失，天地间归于冷寂，唯有片片飘落的白雪一刻也不曾停歇。

曲苏摇着头倒退一步，她双眸通红，眼眶里的泪却怎么都不肯落下来。她看着青玄："你不是神仙吗？"

她抽出腰间软剑，指着之前画面上鲛人泪显现的方向，那也是她亲眼看着凌曦仙子一鞭接一鞭活活打死阿秾的方向。

曲苏以剑指着虚空，一字一句地问："凌曦不是仙子吗？"

"为什么神仙会杀人？凌曦是仙子，为什么要杀阿秾？"

她看着青玄："我知道我是凡人，打不过妖，杀不了仙，但只要凌曦此时尚在城中，粉身碎骨我也要一试！"

青玄道："她不在人界。"

曲苏道："带我上去找她，不论她在何处，我一定要杀了她为阿秾报仇！"

青玄试着向曲苏走近："她是赤帝之女，就算你是仙，目睹此事也不可直接杀之了事……"

曲苏看着青玄的目光逐渐转冷："所以你的意思是，这件事就这样不了了之了，你不会为阿秾报仇，也不会为当年的清潋讨回公道？"

青玄身形一闪，移至曲苏面前，在她拒绝之前揽住她的肩："阿秾的鲛人泪可以证明一切，有了这件物证，我会在玉帝和众仙面前为她们讨回公道。"

清潋已死，烛龙长眠，阿秾留下的这滴鲛人泪，是唯一能在玉帝面前证实凌曦仙子有罪的实证。

曲苏本不愿跟青玄离得这样近，可被他揽在怀里不容推拒时，她干脆仰起脸，直视着他的双眼："你保证？"

青玄沉声道："我保证，会给阿秾和所有无辜死去的人一个公道。"

曲苏咬了咬唇："不可以带我一起去，是吗？"

青玄叹了口气："你是凡人之躯，天界九重天，你连第一重都无法承受。"

若有办法可以带曲苏同往，青玄会毫不犹豫带她一起。

他不愿曲苏再用刚刚那种眼神看他，也不想在这个时候与她分离。但凌曦仙子所犯之事拖延不得，他必须立即折返天界。

曲苏垂下眼，望着自己掌心里那颗晶莹欲滴的小小石子，那是阿秾留给她的最后一点念想。

她将鲛人泪交给了青玄。

她想起下午和阿秾要贫嘴，阿秾当时是怎么说的来着？对了，阿秾说：“天上一日，地上一年。尊上又那么忙，说不准等他有工夫想起你再来人间时，你人都不在了。”

曲苏弯了弯嘴角，她其实是想笑的，却忍不住掉了眼泪。

她想起烛龙长眠前讲起的往事，想起从前阿秾泡温泉时向她讲起的有关霜雪神女的故事，心里又酸又苦，说不上是怎样一种滋味儿。

长大之后，她很少会哭。可也不知道为什么，自从认识青玄之后，每一次和他在一起，就会发生许多事。她就像一个不停被推着向前走的人，不停被逼着和每一个她喜欢着的，也喜欢她的朋友告别，不停见证那些原本应该多陪她走一段路的朋友一个个死去。

曲苏轻声问：“你会离开很久吗？”

等到青玄为阿秾讨回公道，会不会是很久很久以后的事了？

等再见到青玄时，她会不会已经是个白发苍苍的老婆婆了？

又或者等不及再相见那一天，在某个非常平凡的清晨或者傍晚，她和岳周一样，死在一次失败的刺杀任务里？

头顶传来一抹温柔的抚摸，是青玄摸了摸她的头。

他说：“我会很快来找你。”

她身上带着他的那支短笛，不论曲苏在哪儿，只要他想，都能在第一时间找到她。

曲苏缓缓松开揪紧青玄衣襟的手指，她飞快抹了一下眼角，却没抬头看他：“好。”

她想，他可是青华大帝呀，他那么厉害，必定是说话算话的。

她突然倒退半步，目光却没有在青玄身上多做停留。她收好长剑，自袖中取出那支短笛，悄悄握在掌心：“我等你。”

说完，她转过身，踏过长街上的堆雪，毫不迟疑地奔向远方，奔向无垠的雪夜。

曲苏知道，自己只要一个转身，青玄就会在原地消失不见，却不知道，那天的雪夜，青玄并没有如往常折返天界时那般毫不迟疑。

他一直站在原地，目送她远去，直到她的身影消失在视野的尽头，随着一声几不可闻的轻叹，青玄的身影才消失不见。

第十六章　有情无情

九重天上，凌霄宝殿。

“凌曦丫头，你好糊涂哇！”郁禄神君与赤帝交换一个眼神，急得连连跺脚。

“凌曦这丫头一贯心软又乖巧的，怎么会……”

“依我看，这事绝不会是凌曦仙子主使的。”又一年轻仙君上前一步道，“放走怨妖，扰乱三界，更像是那天生反骨的烛龙小子一意孤行闯下的大祸！”

此言一出，众仙纷纷赞同。

当中声音最大的那几位，不约而同提及当年烛龙阿燚与兰昱尘“合谋”打翻八宝琉璃盏的旧事。

用他们的话说，小烛龙本就是妖神后裔，非我族类，天生反骨，能干出这样的事来，一点也不稀奇。

然而他们口中的“依据”，还是青华大帝刚刚当着众仙的面讲清楚的。不然在天界，此事直至今日，仍是兰昱尘在“背锅”。

就在约莫一盏茶工夫之前，青华大帝突然出现在凌霄宝殿，他的坐骑九头狮子摇头晃脑地跟在他身后，其中个头最小的那颗头颅将鬃毛一甩，向来在九重天上温雅绰约的凌曦仙子就这么被它一下甩在菱花白玉清砖上。

凌曦仙子鬓发散乱，花容失色，仿佛刚被人从糨水黏稠的大锅里捞出来一般，浑身上下都湿漉漉黏糊糊的，看起来别提多狼狈了。

她也知道自己当下的模样不好看，被九头狮子这么一下甩在地上，也不肯起身，干脆趴在那儿呜呜哭了起来。

九头狮子似乎也有点闹脾气，它张着大嘴，滚圆的狮眼呆愣片刻，不等众仙反应过来，便先打了个惊天动地的大喷嚏。

当即便有资历老些的仙君拂袖不悦：“凌霄宝殿，玉帝近前，像什么样子！”

青华大帝原本低眉垂眸，听到这动静也不禁蹙了蹙眉尖。

“我也不想当着玉帝的面打喷嚏啊，可也不知这女人身上涂了什么香料……”九头狮子别提多委屈了，九颗脑袋一起摇头，同时露出泫然欲泣的委屈神情，朝着玉帝和众仙可怜巴巴地道，“我对香料过敏，玉帝他老人家也是知道的。”

九头狮子虽是青华大帝的坐骑，性子却一点也不随他，虽然九颗脑袋性格各不相同，却有个相同的毛病——特别爱撒娇。

别说是九重天上这些个仙君、仙娥，就是玉帝，也常常抵挡不住这家伙与庞大的体格有如此巨大反差的可爱劲儿。

果然，被青华大帝的大阵仗扰得明显黑了脸的玉帝见了九头狮子这副模样，面部神情顿时缓和不少，还让一位仙子拿着一柄紫玉清风扇，去给这头大型萌宠扇一扇。

不然他这喷嚏一直打下去，光是这动静，也会让众仙没法儿谈正事。

而青华大帝这副模样，显然是来谈正事的。

凌曦仙子伏倒在地，一身狼狈、泪眼涔涔的模样，虽失了往日天之骄女的姿态，却在青华大帝的冷脸衬托之下，显得格外可怜。不等玉帝开口说出什么话，身边早有看不下去的仙君递了披风过去，为她披在肩上。

还有手更快的，在众仙反应过来之前，已先一步替凌曦仙子施了清洁术，还她一份在众仙面前的体面。

从前做过赤帝下属的郁禄神君更是主动上前，将凌曦仙子扶起来道："青华大帝此举未免太过，且不说凌曦仙子是赤帝后人，您与赤帝好歹也算故交，就算今日只是对九重天上一个籍籍无名的小仙娥，帝尊也不该这样粗暴行事。"

"不错。"另一位仙君接口道，"就算凌曦仙子真做了什么错事，自有玉帝秉公处理，青华大帝如此，未免逾界。"

这"眼药"果然上得到位，玉帝看向青华大帝的眼神已有点微妙了。

眼看着指责的方向越来越歪，青华大帝的脸色也愈加冰寒，九头狮子"嗷"了一声："你们都先别吵了，要说这事儿，也不能怪尊上啊！"

九头狮子天生大嗓门，他一开口，众仙的声响都被他衬托成了喁喁耳语。

他嫌说话不方便，当即幻化成人身，一身淡金色的戎装衬着他的雪肤金发，还未开口，那张俊俏不凡的少年脸庞上先显露出浓浓的委屈："尊上只让把人押过来，其余什么都没管。可我的本体是什么，你们也都知道啊，嫌我把这女子弄哭了，我也不知道她怎么会这么娇气，我已经飞得尽可能快了。"

九头狮子这话说得让人挑不出理。

要说凌曦仙子有什么委屈，无非是身上口水多了些，鬓发散乱了些，整个人看起来狼狈了些。

但这些都是九头狮子身为神兽，不懂照顾女子的缘故。

神兽能有什么坏心眼呢？他只是一心听从主人的命令罢了。

被九头狮子这么一打岔，现场一时陷入沉寂。

再追着指责青华大帝行事逾矩，明显有点小题大做了；可要就坡下驴，直说此事是九头狮子的错儿，又显得他们这些仙君欺负神兽，很不大度。

从自家门口一路追来的赤帝就在这时匆匆赶到了。

他年纪也不算轻，尤其这些年耽于享乐，功法上已许久没有精进，论起速度竟然还比不过重建炁渊之后刚恢复三成功力的青华大帝。

赤帝气喘吁吁，四下一望，眼见爱女鬓散钗横，眼圈通红，显然是受了委屈。不过好在有郁禄神君相护，粗一打量，好像也没受什么伤，又不由悄悄松了口气。

他先朝玉帝拱了拱手，这才看向站在一旁不远处的青华大帝："帝尊且先消消气。凌曦她还只是个孩子，论年纪，连你我的零头儿都不到，尊上何苦动这么大怒呢？"

他一边说着，一边浮出笑模样来："凌曦她自从闯了祸就十分害怕，早将整件事都向我和盘托出了。要我说，还是她年纪太小，被那烛龙哄骗了，才做出这样的糊涂事来。"

凌曦仙子也在这时颤抖着肩膀，朝青华大帝看来，泪眼婆娑地哽咽道："尊上，凌曦知错了，还请尊上看在凌曦一向对仙界忠心的分儿上，不要责怪凌曦的一时糊涂。"

凌曦仙子神色惨淡，一向殷红娇嫩的唇惨白得几乎看不出血色，颤抖着说话时，甚至还有几分牙关打战，也不知是冷的，还是被青华大帝这阵仗给吓的。

赤帝见状更心疼了，主动上前，将心头肉似的女儿挡在身后，似是讨好，又似求情地朝青华大帝作了作揖："尊上。"

青华大帝不闪不避，生受赤帝这一揖，随即右手一挥，一道低沉的男音响起。当着玉帝和众仙的面，青华大帝将三千多年前小烛龙与凌曦仙子合谋布阵毁坏炁渊，致使数百怨妖自相残杀，险些祸乱三界的真相说了出来。清澂当年被冤枉而死的惨剧，不久前凌曦仙子偷往人间扰乱秩序、使用禁术戕害烛龙、杀死鲛人阿秾……每一桩每一件，都讲得清清楚楚，毫无添油加醋，绝不多冤枉凌曦仙子半分。其中自然也讲到了当年兰昱尘主动替烛龙受罚的真相。

然而话音落下，在场众仙沉默片刻，很快便各执一词，吵了起来，其中多数站在郁禄神君一边。这才有了开头那一幕的争吵。

青华大帝面色平静，越过赤帝的肩膀看向凌曦仙子："你可有什么话要说？"

凌曦仙子轻轻摇头："正如尊上所说，烛龙永眠，此事也没有多余的证人在场，凌曦不论如何都是说不清的。"

她没有辩驳一句，但这般退了一步示弱，反倒引起现场更多仙君的怜悯。

就连玉帝，看向凌曦仙子的目光之中也透出几分不忍。

赤帝一个激灵道："小女所言不虚，当年真相到底如何，总不能单凭烛龙的一面之词。”

青华大帝道：“你的意思是，我眼见耳听、所查所证，都是虚了？”

郁禄神君道：“尊上用不着拿您的身份压人。这事除了凌曦，就只有烛龙知情，烛龙现在的情形和死了有什么区别？难道真相如何，全凭烛龙一张嘴？”

另一位仙官道：“昔年炁渊被毁，烛龙还说整件事都是霜雪神女与怨妖勾结，妄图颠覆三界，以致祸端。足见烛龙此人，性情孤僻，反复无常，他的证言不足采信。”

众仙顿时议论纷纷，就连玉帝都开口问：“此事波及甚广，牵涉颇深，确实不该草率处理。青华可有物证，或是人证？”

青华大帝神色极淡：“当年清潋苦练千年，也只学会三清严霜阵这一个阵法。烛龙当年虽有身在炁渊的便利，却对布阵之事一窍不通。必定有人手把手教烛龙布阵，又或是此人亲自跑到炁渊，布下那个反向阵法。”

赤帝反问：“除了烛龙的证词，尊上又有什么证据能够证明，这布阵的人就是小女？”

青华大帝朝凌曦仙子微一扬下颌：“这些日子她人在雒城，就是最好的证明。”

雒城连日大雪，此事天界不少人都知道，就连玉帝也曾过问，还差人问过青华大帝，是否需要加派人手。

青华大帝又接着道：“烛龙在凡间历劫，以凡人之身被施以七星锁妖阵，被逼出真身后陷入永眠，彼时凌曦仙子就在雒城皇宫。观其阵法走向，与当年暗中在炁渊布下反向之阵的，是同一个人。”

此言一出，在场诸仙的眼神纷纷起了变化。凌曦仙子的师父太阴元君却将惊诧的目光投向冬神。

冬神感应到好友的目光，也微微侧脸，她英气而不失明艳的脸上神色坦荡如常，只是眉宇间那一抹凝重，昭示着此事显然也出乎了她的意料。

太阴元君心头恼火，不由嫌恶地瞥了一眼不远处的凌曦仙子。自己一早就不喜欢凌曦的骄纵跋扈，偏偏冬神总说她资质颇高，人也机灵，每每来素曜宫拜访，有事无事时总喜欢指点一二。旁人或许不知道，但她这个师父是清楚的，什么天资过人，什么悟性颇高，凌曦仙子这些年在众仙之中博得的好名声，全亏了冬神私下里的悉心教导。

谁知凌曦仙子痴恋青华大帝，又妒忌霜雪神女，私下竟然和那狡诈的烛龙搅和到一块儿，闯下这样的弥天大祸。

太阴元君心中隐隐浮起一抹阴云，饶是凌曦仙子巧言令色，加之赤帝和郁禄神君这些人一心把水搅浑，想将此事轻拿轻放，但青华大帝那儿可不是轻易能糊弄过去的。

别说玉帝想要一碗水端平，就算端不平，恐怕此事最终也难善了。

在场的这些仙君仙娥还是年岁太浅，三万年来，妖族式微，魔君隐世，称得上一句三界太平，青华大帝自然少有展露身手的时候，他们也就不知道，如今这位容色沉静、不怒不惊站在凌霄宝殿当中的青华大帝，可是上古时期的杀神，哪怕是从前的魔君、妖王见了，也要退一射之地。虽说如今他早已敛了脾气、收了性情，但他到底还是青华大帝。

当日审判霜雪神女时，他不在场；如今他敢当众将凌曦仙子押上凌霄宝殿，手上必定有了确凿的证据，决不会任由这些人辩解几句就轻易揭过。

凌曦仙子的罪过，不仅在于她伙同烛龙污蔑、坑杀了青华大帝当年唯一的爱徒霜雪神女，更让青华大帝不可能轻易揭过的是，那个当年在炁渊内布阵之人，毁了青华大帝三万多年的心血啊。

想到这儿，太阴元君不由又瞥了冬神一眼。都说青华大帝处事公允，但若任他一路追查下去，迟早会被他查到凌曦仙子学会这一系列阵法的源头。凌曦仙子的死活，她不在意，但若冬神被当众问责，这场面可要闹得不大好看了。

尤其，冬神也悄悄心悦了青华大帝那么多年。

太阴元君忧心思虑的事，也是在场众仙各自心中正在考量的事实。

如今已不是上古时代，须知哪怕在这九重天上，懂得布阵之法的仙者也屈指可数。就拿当年青华大帝唯一的徒弟霜雪神女来说，直到临死之前，也只懂得布下一个三清严霜阵，就这唯一学会的阵法还是青华大帝亲自传授，她又刻苦修习、演练千年方成。

要说这布阵、破阵之法，青华大帝虽不是这普天之下最擅长的，却也对此钻研颇深，若他说两个阵法出自一人，不说十成笃定，七八成真总是有的。

面对青华大帝和众仙纷纷投来的质疑目光，赤帝微微摇头，目中透出几分无奈：“实不相瞒，尊上所说的那段日子，正是我大摆寿宴之时。凌曦这孩子孝顺，一连数日都陪在我身旁，一步也未曾离开过。”

说到这儿，他不由提高了声调：“此事除了我，还有家中上千仆从，都可作证。”

青华大帝唇角微翘：“你的意思是，人间那数日，凌曦一步也未曾离开你的丹灵殿？”

凌曦仙子眼睫微垂，避开青华大帝的目光。赤帝微微昂头，笃定地点头：“然也。”

青华大帝自袖中取出一物：“那你们来看看此物。”

一颗晶莹欲滴的碎片自青华大帝掌中缓缓升起，阿稌临死前的一幕幕，就这样呈现在众仙面前。

青华大帝道：“如若凌曦仙子当真一步未离赤帝的丹灵殿，这出现在雒城郊外，以流珠火焰鞭杀人的又是谁？”

鲛人泪是鲛人临死时以精魄所化，所记所现，绝无虚假。

在场的仙君、仙娥，无人不识这鲛人泪，也绝无人敢说，这鲛人泪所现，是他人伪造，作不得真。

凌曦仙子无法反驳，就是赤帝也不能，因为就算真的有人可以模仿她的容貌与言行，但她手上的那条流珠火焰鞭，却是天上地下独一无二的神器。

青华大帝道：“当日炁渊被毁，清潋蒙冤，若不是你做贼心虚，面对阿秾，你为何会怕、会怒？”他目光如星，定定地看着凌曦仙子，“阿秾的指认和你自己说的那些话，现下你又要如何自圆其说？”

九头狮子在一旁看着偷笑，尊上早知道天界这些老家伙的做派，故意没有一开始就把证物拿出来。如今眼看着凌曦仙子哑口无言，赤帝自打嘴巴，之前纷纷出言替这父女俩说话的仙君一个屁都放不出来，真是大快人心！

鲛人泪所现，阿秾被打得皮开肉绽的惨状，并未引起这些仙人多少唏嘘与同情。要知道，三千五百多年前，天界开炁渊、锁百妖，在烛龙这般不明真相的半大孩子看来，是对怨妖的残忍。但只要知晓怨妖来历和一些六界历史的都知道，当年若不是青华大帝不顾天界保守派的反对，以一己之力耗万年修为开启炁渊，等待着这些怨妖的结果只有一个——被六界生灵驱逐、诛杀，直到彻底灭绝。烛龙眼中将怨妖锁起的囚笼，其实是青华大帝拼上修为和颜面，为天下怨妖争得的一线生机。

因此，在现如今的天界众仙看来，像阿秾这样曾被锁起的怨妖，就算被杀，也不是一件多么大不了的事儿。

但青华大帝所说的话，却昭示着一个让在场许多人难以置信的真相——凌曦仙子不仅虐杀了这个名为阿秾的怨妖，而且是为着一个见不得光的缘故：该怨妖知道了一个本该永远长埋地下的秘密。炁渊被毁，清潋蒙冤，甚至烛龙被迫长眠，都是眼前这个近年隐有“天界第一美人”之称的凌曦仙子所为。

哪怕到了此时，凌曦仙子身着一袭浅金色的广袖长裙，簪钗微斜，更添温柔。她脸色惨白，皓齿将淡色的唇瓣咬出了血渍，愈显凄婉，整个人比之平日的尊贵清雅，更显出几分令世间男子心疼的娇弱。若不是一旁郁禄神君仍然牢牢搀着她，仿佛她整个人就要这样晕倒过去。这样美丽、柔弱、温柔的一个女孩子，怎么看都不像是青华大帝亲口指控的一连串可怕罪名的元凶。

就在这时，有人开了口：“谁知道这鲛人是打哪儿来的，她说的话有几分真，谁又知道？”

“此鲛是怨妖，怨妖对我仙界一向心怀恶念，说不准她和那烛龙也是一伙儿的，自己死不甘心，还想临死前拉个垫背的。”

郁禄神君从始至终都是一副痛心疾首的神情：“凌曦丫头不会干这样的事儿。毁坏炁渊是多么大的罪名，下官恳请玉帝，看在凌曦向来乖巧侍奉的分儿上，详查此事，千万不能这般草率就定了凌曦丫头的罪。”

“但她确实说谎了，不是吗？之前口口声声说自己从未离开过赤帝的丹灵宫，怎么跑到雒城去杀鲛人？”太阳星君性子耿介，不顾众仙脸色，开口便道，“当年凌曦仙子刚得此鞭时我就说过，此鞭阴戾，不该是我仙界所用的法器，可我看凌曦仙子用这鞭子，倒是颇得章法，享受其中啊。”

这话说得着实讽刺，就差直说凌曦仙子表里不一、心思阴狠了。连此前一直沉默的太阴元君也不禁侧眸看了他一眼。

太阳星君一个激灵，他差点忘了，虽然他一向看不惯凌曦这丫头，但凌曦却是太阴元君万年来所收的唯一爱徒。

太阳星君挠了挠腮，瞬间不说话了。殊不知太阴元君看他那一眼，并非恼怒嗔怪，而是暗暗心惊。

当年凌曦刚得这流珠火焰鞭没有多久，拿在手中把玩时就被她看到了，她当日说的话，与太阳星君的点评几乎分毫不差。她斥责凌曦不知轻重，灵力没修精纯，却还妄想掌控这样的阴戾之物。但凌曦却说此物是赤帝的手下辛苦寻来的宝物，就这么毁了，她实在做不了主。这是拿赤帝的身份来压她，太阴元君听得恼火，懒得再管他们父女间的事，只丢下一句“尽早毁了此物”，就将此事抛开没再管了。

那之后，她也并未再见凌曦把玩过此物，还以为她多少也知道收敛，却没想到她将这东西悄悄留了这么多年，还私下修习了一手如此狠辣的鞭法。太阴元君蹙眉回忆刚刚在那颗鲛人泪中看过的情景，她一时想不起来到底在哪看到过，但心里总有一道声音在悄悄提醒，这套鞭法，又或者说是凌曦使鞭时所用的身法，她从前也在另一个人身上见到过。

九头狮子浑然不觉众人之间的眉眼官司，晃着脑袋道：“可能这就是传说中的知人知面不知心吧。”

此言一出，倒把与他旁边的两位仙子逗得唇角微弯。

另一位仙君道：“大家都先别吵了，我看此事，应当还有曲折。此前一直是青华大帝在说，公平起见，应当给凌曦仙子一个申辩的机会。”

青华大帝并不言语，只是双眸微垂看着赤帝和凌曦父女俩的方向。

凌曦仙子站直了身，先朝玉帝行了一礼，又在众目睽睽之下，向青华大帝行了一礼。

她姿态柔弱，却礼数周全，还未开口，已经令此前议论纷纷的众仙安静下来，全都看向她。

凌曦仙子道：“我确实认识烛龙阿燚，从前他和兰昱尘两人，总喜欢到素曜宫外的紫桂林休憩、玩耍。我跟着师父修习法术，偶尔见到，交谈几句，渐渐也便熟了。烛龙常常借着闲聊问我一些阵法之事，我见他好学，想他在天界无亲无友，更无师父，实在可怜，就指点过几次。但我当时若是知道他向我求教，是为了密谋这样大逆不道的恶事，就是让我死，我也决不会答应他的！”

凌曦仙子说得不快，却字斟句酌，不过眨眼间，就四两拨千斤地将自己从当年炁渊之事中摘清了。

“太阳星君说我说谎，我确实说谎了。”说到这儿，她挽起赤帝的手臂，“父王刚刚强说我从未离开家，也都是为了保护我。”

“前几日，我确实去了一趟人间。烛龙来信，说他在人间性命垂危，求我去帮他。我当时对他下凡历劫竟还保留记忆很是惊讶，但想到从前在天界也算熟识，若他真遇到什么危险……”凌曦仙子抽了抽鼻子，两行泪珠儿簌簌滚落脸颊，“都怪我识人不清，不知道他早打好了主意，想把当年炁渊的事都栽赃到我身上。青华帝尊所说的七星锁妖阵，确实是我教给兰昱尘的，因为兰昱尘和我说，烛龙疯了，他不仅杀了他最好的朋友，还对青华帝尊、玉帝以及整个天界心怀怨恨，他保留为仙时的记忆，就是想着有朝一日可以恢复妖力，覆灭三界。”

说到这儿，凌曦仙子轻轻抽了口气，像是颇为后怕：“我真没想到，他竟会有那么可怕的念头。当日在皇宫，面对他的癫狂，我只庆幸自己曾在古书上见过那个阵法，还能困住烛龙。不然他若发疯，岂不是要为祸人间，生灵涂炭！”

青华大帝在这时淡淡开口：“好一张利嘴。”

这般言之凿凿，仿佛她布下锁妖阵害死烛龙，不仅是为自保不得已而为之，而且还做了件为民除害的好事。

凌曦仙子睁着眸，泪眼婆娑地望着他：“尊上这样恨我，非要置我于死地，是为了给霜雪神女报仇吗？”

她咬着唇，走上前，仰脸看着青华大帝：“尊上问我为什么会对阿秾制造出的幻境又恨又怕，为什么会对阿秾说那些话，我为什么会这样，尊上当真一点也不知吗？”

青华大帝垂眸看她，两人四目相对，他的目光仿佛天上存在了千万年的星辰一般，那么璀璨明亮，却那么冰冷无情。

凌曦仙子望着他的眼，看着他毫无波澜的面庞，唇边缓缓绽出一抹笑：“实话说，我确实对霜雪神女心怀嫉妒，尊上可会觉得我更面目可憎？”

凌曦仙子苦笑，语意幽幽："三千五百年前，尊上开炁渊、收徒弟，可还记得当年我也一心想要获得尊上的青睐，为炁渊出一份力？哪怕到了今日，我也想不明白，论家世、论天资、论容貌、论布阵用阵的天赋和涤清怨气的能力，我到底哪点比不上她。我不明白，尊上为何偏要选她而不选我？"

往事重提，凌曦仙子情绪激荡之际，坦坦荡荡仰望着青华大帝的一双美目中，两行清泪直直坠落："青华大帝，渭水之滨初见至今，我爱慕你整整五千载，难道你就一点感觉都没有？"

"云开千仞雪，月照万江流。"昔年记忆里的青华大帝，无数个午夜梦回记起的完美容颜和超然气度，与今日看来并无什么不同。他一如初见那日，凤眸如冰，容颜若雪，冰冷完美得恰如世人想象之中的神祇。他似是朝她看着的，可那双目之中没有半分情愫，就如同在看这世间万千一样。

就在凌曦仙子以为自己永远也不会等到一个回应时，青华大帝的目光似乎终于寻到一个落点，且刚好与她一直殷殷期盼的双眼落在了同一处。

青华大帝淡淡开口："你确实姿容出众、天资聪颖。你师父太阴元君于阵法一道并不熟悉，但你精研阵法，无人指点，全凭自学，若肯潜心钻研，再过万年，六界之中无人是你的对手。"

此言一出，不远处的太阴元君再次侧目，看到好友蹙起眉心，一副心事重重的模样，她不由攥紧了手指，在心底忖道：青华大帝还真是糊涂，精研阵法、天资聪颖的那个人，从来都不是凌曦，而是三万年来都在追随青华大帝步伐的莹冬啊！

然而对当事人凌曦仙子来说，青华大帝这几句看似公允的称许，并不是她想听的，但只要是他开口，她就心甘情愿聆听，甚至连呼吸都轻了，一双眼眨也不眨地看住了青华大帝。

青华大帝道："三万年前司寒上神羽化，之后每隔几千年，青女族内都会降生一位霜雪神女，担负降霜落雪、净化青要界之职。尽管灵力微弱，远不及当年司寒上神之万一，却仍是看守炁渊、净化百妖怨气的最佳人选。"

当着凌曦仙子和众仙的面，青华大帝没有明说的是，当年司寒羽化时在族内布下三绝禁令，隔绝内外，青女族人若要外出，就不可能再回去。因而当他用传音符与清沅长老沟通，希望青女一族可以派出一位霜雪神女，前往炁渊守阵净化怨气时，自己心里也不十分有底。毕竟这让人家派人外出帮忙的代价，也实在太大了些。

但也不知是出于什么缘故，清沅长老沉默少顷，便道："尊上是故人，若我家神尊还在，听到尊上提出这样的请求，想来也不会拒绝。"

"近三万年，族内一共有七位神女诞世，论灵力，与我家神尊灵力鼎盛时相比，不及万一。但她们毕竟也都是神女，通晓降霜落雪之事，稍具净化怨气之能，若尊上愿意悉心调教，想来能为尊上看守炁渊出一份力。”一阵静默之后，清沅长老又道，“霜雪神女清潋，年纪虽轻，悟性却很不错。待我问一问她，若她愿意随尊上前往，今日便可启程。”

这意思，便是其余几位霜雪神女都不愿意了。

想想也是，若同意前往，自此便要离开故土与族人，直至身死才能魂归青要界。很明显，当年司寒神尊布下这个禁制的意思，就是不主张族人外出的。

又过了好一阵儿，伴随着清雪飘零，一身素衣的清秀少女脸颊微红、神色仓皇地现身在结界之外。她顾不上贪看周遭景色，有几分生涩地向青华大帝行了一礼：“青要界清潋，拜见尊上。”

青华大帝向她微一颔首，又以传音符对结界内的清沅长老道：“多谢长老成全。”

隔空传来了清沅长老略显沧桑的嗓音：“清潋，此去你便用心跟着尊上，凡事三思而行，不要堕了我青女一族的声名。”

“还望尊上看在当年与我家神尊有过几面之缘的分儿上，善待清潋，她年纪尚轻，灵力也弱，遇事还望尊上担待、周全。”

青华大帝当日也承诺道：“我会收清潋为徒，悉心教导。至于看守炁渊，我会另择良伴，与她一同前往，决不会将她一人置于凶险之中。”

事后与好友紫微大帝提起当日情形，饶是性情冷淡如青华大帝，也忍不住感慨，自己都没想过，事情会办得如此顺利。尤其清沅长老那句“尊上是故人”，更是令他一时难以接话。

当年他与那位司寒上神，说不上熟稔，却也不能说是陌路。可时隔三万年，她手下的长老还能如此念及旧情……青华大帝本人对此不予置评，好友紫微大帝则哈哈一笑道：“此事能成，你还要多感谢你自个儿了！”

见青华大帝一时没反应过来，紫微大帝神采飞扬地调侃道：“若不是你这张脸当年也算入了司寒神尊的法眼，她手下的清沅长老哪儿会多次跟你论什么‘旧情’！青女一族都与世隔绝多久了，你为了炁渊一事，跟人家索要几碗姑射莲池的池水，给也便给了。你这趟去，直接跟人家要个大活人，清沅长老竟然还愿意成全，啧啧，而且居然还真有傻瓜愿意跟着你来。”

紫微大帝摇了摇扇，总结发言道：“看来司寒神尊的这个后人，对你这位传说中的青华大帝，印象还是挺不赖的。”

越是回想起当日的情形，青华大帝神色越沉。在得到清沅长老成全，带回清潋的那天，他心里有多么地云淡风轻，那么得知清潋身死魂消之日，他就有多难面对清沅长老和青女一族。

当年的事，若不查个水落石出，不足以告慰当年清潋以命追随，更难面对清沅长老和青女全族的以诚相托。

就算今日玉帝有心回护，众仙也对他的态度议论纷纷，赤帝和凌曦仙子本人更是一再模糊重点，他也决不会轻拿轻放，就这么算了。

凌曦仙子短促地笑了一声，似是有些难以置信地看着他："想不到在尊上心中，血统、出身居然比天赋、能力更为重要。"

青华大帝道："从始至终，清潋赢过你的，就在'仁心'两字。"他食指微弹，将那颗鲛人泪收回手中，"在凌曦仙子心中，到底是如何看待怨妖的，诸位今日还看不清吗？"

凌曦仙子却在这时仍直直地看着青华大帝，语气里似有宽慰："至少，你当初选择清潋，并不是因为别的原因对她有所偏爱。"

并不是因为喜欢，更不会是因为爱。

他的眼里自始至终都没有她，但好在也从没有过别的女人。

而她现在还好好地活着，清潋早已身死魂消，这天地悠悠，清潋连一声叹息都没能留下。

凌曦仙子突然轻轻地笑出了声。

众仙却当她是当众示爱又被青华大帝冷言拒绝，禁不住打击，有些疯了。

赤帝心疼女儿得不到青华大帝半分垂怜，反而被他苛责对怨妖欠缺仁慈，话说到这一步，也来了火气："尊上不喜凌曦便罢了，不必多言。今日对我儿的诸多指责，全是你一人推断，并无实据。至于这鲛人泪，就算我儿一时气愤打死了一只怨妖，又怎么了？今日我将话放在这儿，便是我明日将怨妖全都杀了，尊上又待如何？"

青华大帝眼神淡淡地看着赤帝："你可以试试看。"

怨妖一事，牵涉六界，玉帝不得不出声轻斥："极炎，不可妄言。"

极炎是赤帝的名字，除了玉帝和青华大帝这些资历老的神仙，天界中人大多还是得尊称他一声"赤帝"。

一旁，郁禄神君在这时帮腔道："我倒觉着，今日尊上这般不肯善罢甘休，怕是真如凌曦丫头所说，是为了给自己徒弟报仇，一定要找个人来排揎出气吧。"

青华大帝道："诸位何必太着急，我何时说过，证物只有这一滴鲛人泪？"

原本心向凌曦仙子并纷纷表态的诸仙此时又是一静。

文昌帝君突然出列，向玉帝行了一礼："青华大帝调查当年炁渊被毁、烛龙下凡等一系列的事，我也略有所知。烛龙以他本命髓晶石与我座下清殊真人私下交易，换走他和兰昱尘下凡历劫的命批，其间种种，凌曦仙子全都参与其中。”说到这儿，他伸出右手，取出一卷手书，“幸而清殊一向有做记录的习惯，今日既然诸君非要青华大帝拿出证据，我想这个，应当算是一件实证吧。”

清殊真人的手书，呈给了玉帝。

此前玉帝的面色一直平静，唯独看到手书中记载，清殊真人拿到髓晶石之后，将它送给了凌曦仙子时，看向赤帝父女二人的眼神倏然有了变化。

赤帝起初摸不着头脑，直到太阳星君等人也陆续看到了清殊真人的手札，在众仙或惊异或嘲弄的眼神中，亲眼看到上面都写了什么，这才真的着急了。

一直未曾发言的杨羲道君，此时也开口道：“不知凌曦仙子，还有什么话可说？”

凌曦仙子连连摇头：“不是，这些都不是真的。”她满脸是泪，朝着玉帝长跪不起，“陛下，这些都不是真的，我与清殊真人并不相熟，我真的不知道，他为何要这样污蔑我……”

赤帝脸色难看至极，众仙看向他们父女二人的眼神已经彻底变了。如果说青华大帝一开始所说所证，只有少数仙者相信，那么如今，这些人之中十之七八都站在了他这一边。

眼下除非父女二人能拿出驳倒青华大帝的切实证据，否则不论他们再怎么辩解，这些人也不会再替他们说话了。

目光刚好触到隐在人群中的太阴元君，赤帝一个激灵：“月神，凌曦可是你的徒弟，你倒是也说句话呀！”

太阴元君此前微垂着眸一语不发，听到赤帝这话，不由微微一哂：“极炎兄想让我说什么呢？”

赤帝眉心映红，这是他动怒的前兆。他沉着脸道：“元君这是什么态度，怎么说，凌曦她也是你唯一的徒弟，况且凌曦她年纪这么小，受烛龙蛊惑才惹上这些麻烦，难道就没有元君平日里关心不够的过错吗？”

太阴元君面露讽笑，听到赤帝这话，不由半转过身，似有若无地瞥了坐在上首的玉帝一眼：“当年收徒的事，原是我自己心软的过错。正好，当年在场见证的诸位，今日都在，那就再帮我做个见证。”

“从今日起，太阴元君座下，再无凌曦此人。我在此立誓，此生决不再收徒。”

凌曦仙子听到这话，本就不太好看的脸色瞬间惨白，看向太阴元君的目光，闪过恨不能除之而后快的恼怒。

但那眼神只是幽微闪过，除了将她全副神情尽收眼底的青华大帝，在场许多人都错过了。

太阴元君此言一出，别说是赤帝，就连玉帝都直皱眉。太阴元君开口时，他约莫有些预感，本想阻止，可太阴元君说这话时目光刚好微微瞥向他，素来宁和平静的双眸中透出的无奈和决绝，让玉帝当即明白，当年他和赤帝半哄半逼迫着让她收下凌曦这个徒弟，本就与她一贯的为人和喜好相违背，她忍了四千多年，到今日，是再也忍不下去，也不准备再忍了。再多说，只会拂了他自己的面子，也会伤了他与太阴元君万年的情分。

玉帝暗自叹了口气。他一向喜爱凌曦仙子，但青华大帝素来冷情，太阴元君又是柔中透刚的性子，天界之中，与他二人私下交好的仙者不在少数，比如那太阳星君，还有文昌帝君，明显从一开始就站在了青华大帝一边。

玉帝心中生出某种预感，他若再不插手叫停，此事怕是难以轻拿轻放了。

赤帝面色红涨，一双虎目死死瞪着太阴元君，他本想让她在玉帝和众仙面前替爱女求情，却不想这女人丝毫不顾往日情分，反而在这个当口与凌曦当众划清界限。他鼻子翕动，斥道："见风使舵，捧高踩低，今日我算见识了。"

太阴元君反唇相讥："极炎的爱女，天界第一美人，何等风光荣耀，是我不敢高攀。"

眼看底下众仙就要吵成一团，玉帝在这时开口："好了，到此为止。"

只听玉帝说道："此事，青华大帝原已调查清楚原委，但事情牵涉甚广，主谋烛龙陷入永眠，炁渊一事如今难以诉清，也无人能证明整件事是凌曦主谋。但鲛人泪证明，凌曦虐杀鲛人阿秾是事实；清殊真人的手书也写明，凌曦参与烛龙保留记忆、偷拿命批一事，故此……"

玉帝沉默的一瞬，几乎所有人都朝上首看去，唯独青华大帝仍然不卑不亢，双眸平视着前方。

玉帝沉吟道："凌曦仙子，识人不清，受人蛊惑，酿下大祸。姑念在你年纪尚幼，且是初犯，罚你在极寒之地面壁百年，静思己过……"

赤帝、太阳星君等，甚至九头狮子都纷纷发声，玉帝打断了所有人："此事今日了断，无须……"

变故是在所有人都没有防备的那一瞬发生的。甚至连离青华大帝最近的九头狮子和一直护在凌曦仙子前头的赤帝，事前都没有半分觉察。

众仙只听到凌曦仙子的一声惨叫，反应过来时，被青华大帝凌空一指升到半空的凌曦仙子已轻飘飘然落了回去。

赤帝飞步上前，接住女儿，脚步踉跄，目眦尽裂，却连一句话都说不出来。他实在没想到，已经过去这么多年，青华大帝这副先斩后奏的脾性还是未变，竟然敢当着玉帝的面，二话不说，动手就罚。

他怎么敢?

然而青华大帝当真就敢!

他那凌空一指，就在众目睽睽之下，生剥了凌曦的仙骨。

而青华大帝仍是那副微微垂眸的模样，神色清冷，却不倨傲，反而还像模像样地拱了拱手："玉帝说得是，凌曦仙子与烛龙合谋，毁坏炁渊，祸乱三界，污蔑霜雪神女致其身死魂消；使用禁术逼得妖神后人长眠不醒；虐杀鲛人，其心不正不仁，不可轻纵。姑念其年幼，识人不清，受人蛊惑，才酿下如此大祸，应当剥去仙骨，打入六道轮回，历劫千年，直至其彻底了悟，重修仙骨，方能重回天界。"

只见凌曦仙子全身如同从冷水里捞出来一般冷汗涔涔，身软如蛇，脸色惨白，被赤帝和郁禄神君一左一右搀扶着都难以站立。她眼角通红，双唇翕动，半晌才发出一声凄厉的惨号："青华!"

喊出青华大帝的名字，便已耗尽她全身力气。接下来凌曦仙子嘴唇微张着，似乎还要说什么，但她实在没力气发出声音，也没人再有心思去听她都说了什么。

大局已定。

更何况，只要是明眼人，都能看出，在炁渊被毁、清漇冤死和鲛人阿秾被杀这一连串的事上，凌曦仙子再怎么巧舌如簧，都难脱干系。

自然也有人为青华大帝的雷霆手段所慑，觉得他太过霸道嚣张。

但更有人通过这件事，看到他一心为三千五百年前魂飞魄散的霜雪神女伸张冤屈，看到他为了与己无关的鲛人阿秾申讨公道。

有人恨他，惧他；也有人尊他，敬他。

九头狮子站在青华大帝身后，拼命捂着嘴才没笑出声。

青华大帝说的好几句话都是玉帝刚刚说过的，但一样的句子经他重新排列组合，意思就完全变了。这么明目张胆的"阳奉阴违"，试问普天之下除了这位青华大帝，还有谁能干得出?

玉帝的面色已冷得不能更冷，但他沉默片刻，还是摆了摆手："此事今日了断，往后无须再提。"

原本他已宣布了对凌曦仙子的处罚，但青华当着众仙先斩后奏，还打着他的旗号，仿佛所做的一切，都出自玉帝的授意。他此时若不默许，在众仙的面前，只会更加下不来台。

但说完这句话，上首的位置已不见了玉帝的身影。

众仙哗然，凌曦惨号，赤帝怒斥，向来清肃沉静的凌霄宝殿，此刻前所未有地喧闹纷乱。

然而青华大帝就在这一团乱糟糟之中，转眼不见了踪影。

赤帝和郁禄神君等人想要追上，紫微大帝却在这时现身了。

众仙都知，青华大帝与紫微大帝一向交好，今日之事，紫微大帝刚巧也在场，却从头至尾都没吭过一声，甚至有意隐去身形，降低存在感。原本知道他在场的一些仙君还觉得有些奇怪，直到此时才明白这两人的盘算。

许多仙官平日里就不喜青华大帝的冷峻强势，若紫微大帝一开始就摆明立场站在青华大帝一方，这些人眼见他二人强强联合，更要为凌曦父女二人抱不平了。

玉帝消失，青华大帝也不见踪影，紫微大帝这时再出现替其善后，任谁都挑不出这两位的不是。

果然，紫微大帝现身，第一时间便笑眯眯地挡在了赤帝面前："极炎兄留步。"

赤帝不敢对紫微大帝不敬，但心里怎么也咽不下这口气："尊上非要在这个节骨眼儿上拦着我？"

紫微大帝微微侧开半个身，似笑非笑道："您心里也是清楚的，凌曦她做下那样的事，青华大帝一贯处事公允，决不会轻饶她。"

赤帝胸膛起伏得厉害，显然是气狠了："你既一直在场，也用不着跟我装糊涂，刚才玉帝明明不是这么裁断的。"

紫微大帝轻笑了声："赤帝，说起来你的年纪也不算大，怎么这么快就老糊涂了？"他凑近了他，近乎耳语道："你且静下心，好好看看在场这些人。你看一看，这些人，有几个是真心为你们父女抱不平的。除了今日在场这些，六界其他人呢？清潋和那鲛人的那些怨妖朋友，还有青女一族、鲛人一族呢？你女儿害得霜雪神女身死魂消，又那般虐杀鲛人，你当真以为能和从前那样，事后随意甩些天材地宝弥补，就能轻易了却这桩恩怨？你的女儿是宝贝，别人家的女儿难道就是草芥？青女一脉虽没落了，那清潋到底也是司寒上神的后人，若她不日归来，当着原主的面，你可有胆量如今日这般行事？鲛人一族更是爱憎分明，一旦结仇，那便是千年万年，不死不休哇！你虽有精兵十万，但此事做得实在不占理，日后两族打起来，在六界之中，谁会愿意帮你？你家里那位夫人，知道你为了一个不争气的女儿如此行事，又会作何反应？"

紫微大帝一席话说得轻风细雨，赤帝却渐渐听得一脑门儿冷汗。

紫微大帝说："你恨青华的雷霆手段，殊不知他这样做，恰恰是救了你们父女啊。"

赤帝沉默良久，眼圈却渐渐红了："我当年已经对不起凌曦他娘，这些年总想着能多疼她几分，你叫我如何舍得……"

若不是他心里总觉得愧对凌曦仙子已逝的母亲，也不会不顾家里那位正房夫人的感受，执意认回凌曦仙子，又将她亲手送到九重天上。

也是因为凌曦仙子生得美丽乖巧，像极了她的娘亲，玉帝第一眼见到，就将她当作自己的女儿一般疼爱。就是天界其他几位公主，也没有凌曦仙子这般受玉帝宽纵、疼爱。

此前一直沉默的冬神不知何时也出现在紫微大帝身旁，明艳的脸庞显出淡淡笑意，就着紫微大帝的话劝慰道："其实青华大帝已然留了一线，只要凌曦肯诚心悔过，千年轮回，仙骨重塑，你们父女总有再团聚的一天。"

赤帝不忍地看向不远处已经昏厥过去的凌曦仙子。

紫微大帝拍了拍他的肩："人界有一句话，'父母之爱子，则为之计深远'。你若是真心疼爱女儿，也该放一放手，让她吃些苦头了。"

不远处，太阴元君没有多看她一眼，目不斜视地略过了凌曦仙子，往远处去了。

赤帝饮恨，再看向面前的冬神时，眼中透出几分意味不明的打量："当年月神看在玉帝的面上，答应收凌曦为徒，但这些年来她对凌曦的冷落，我不是不知道。凌曦那孩子心肠软，每回我问起，她都说月神只是性子清冷了些，但冬神你与月神交好，每每过去素曜宫，见到凌曦，总愿耐心指点几句。月神看到了，也并不阻止什么。今日在殿上，我知道以月神万事不沾身的性格，少不了要说几句风凉话，和我父女二人撇清关系。但没想到冬神明明知道真相如何，更知小女性情，却仍和月神一样，冷心冷情，袖手旁观。"

紫微大帝就站在一旁，他瞥见冬神脸上一闪而过的慌乱，心中一沉，再看冬神时，目光便带上了探究之意。

冬神苦笑着摇了摇头："赤帝这话是要迁怒于我了。"她看向紫微大帝，脸上的神色显出几分无奈，几分后悔，"我从前确实和月神说过，很喜欢凌曦这孩子，她模样生得好，行事也伶俐，今日之事，我实在没想到……"

紫微大帝摇了摇扇，悠悠一笑："谁说不是呢，这是不是应了凡人口中的那句'知人知面不知心'？"

冬神似乎想解释什么，但话到嘴边，还是咽了下去。

她行事一贯坦荡，也不似凌曦那般擅长言辞，她这般举止情态，落在旁人眼中，难免要觉得赤帝父女实在过分，都到了这份儿上还不知悔改，逮谁咬谁。看吧，就连一向行事大方的冬神都没讨到好。

赤帝看着冬神的眼神愈加显出嘲弄之意："方才紫微大帝亲口说了，司寒上神不日就要归位了。莹冬，不知你这冬神的位子，还能坐稳几日？"

冬神温和大方的面庞在这一瞬如同一张完美的面具终于露出细小的裂痕，她嘴唇动了又动，最终绽出一丝明朗的笑来。她侧过脸，看向静静站在一旁观赏好戏的紫微大帝："若不是赤帝提醒，我还真没留意到。从前依稀听过类似的传闻，倒不知这传闻到底有几分真几分假，今天逮着紫微大帝本人，我倒是有机会好好问个清楚了。"

紫微大帝将手中的万星七翎扇倏地一合，在自己唇上轻敲了敲，故露恼色："哎呀，瞧我这个记性。从前玉帝打算亲封'冬神'时，司寒上神也在候选之列。"

赤帝心痛爱女的遭遇，却又奈何不了青华大帝，就连玉帝也摆明态度，对他避而不见。他不敢怨玉帝，也不敢恨青华大帝，如今他最不待见的，就数月神和冬神这两人。尤其是冬神，当着众仙的面落落大方、气度高华，可据从前凌曦向他所说，这位冬神私下里却也不是这般不染尘俗的。

她当年是个什么出身来路，他和紫微大帝心里都清楚得很。昔年玉帝亲封的这位"冬神"，众仙口中无不称赞的"女战神"，从前不过是个父母双亡、神力平平的孤女罢了。

紫微大帝这句话看似无心，实则与赤帝一唱一和，变着法儿地暗示，如今众仙口中"襟怀磊落、坦荡不争"的冬神，实则与从前的司寒上神关系不睦。

冬神却摇头一笑，看向紫微大帝的眼神透出几分不遮掩的嗔意："都是多少年前的事了，当年大家也是公平竞争，技高者得。难道我还能为一个'冬神'的名号，记恨司寒上神不成？"她的目光睇向远方，颇为怀恋地叹了口气，"说来，司寒上神在世时，我还在青要界小住过一段光景。"

紫微大帝眸光微闪，似笑非笑道："是了，若不是冬神提起，我险些忘了还有这么一段。"

赤帝短促地笑了一声："你这么盼望司寒上神归来，想来已然做好打算，将这'冬神'之位拱手相让了。"甩下这句，他也不看莹冬是何脸色，向紫微大帝拱了拱手，和郁禄神君一起搀扶起凌曦仙子，送她入了轮回井。

流霞城。

流霞城因一年四季云霞绚烂而得名，但也有人说，此名不祥。"流霞"二字，自古带有"血煞"之意，流霞之城，暗指血光漫天，并不是一处祥瑞之地。

落羽的总舵，就坐落在大周、南越和百夷三国交界的流霞城。此城千百年来多族杂居，龙蛇混杂，是个典型的"三不管"地带。因为谁都管不起，也就没有宵禁这一说了。渐渐地，流霞城便有了"不夜城"这个美称。

曲苏却更喜欢"流霞"这个名字。每每说起此事，她总会和身旁的师兄们调侃："对普通人来说，没准儿是有点不吉利，但对咱们来说，不正好是生意兴隆、红红火火的好兆头？”

杀手，不杀人不见血，还怎么赚钱？

自从五岁那年被君翊捡回落羽，扎根流霞城，曲苏就将这儿当成了自己的故乡。

故乡总是美好的，但这一回，曲苏回老家的心情，并不如往常那么美妙。

自离开雒城一路折返，曲苏一连接到了三封君翊写来的“家书”，每一封都在催她尽早回家，每一封信里都附了几张男子小像，外加详尽的人生履历。让曲苏哭笑不得的是，也不知君翊是怎么想的，这些男子中年纪最长的一位，比她足足大了十岁，最小的那个今年刚满十七，合着这意思是想讨个吉利，让她“女大三，抱金砖”。

君翊这是见她久不折返，按捺不住一颗蠢蠢欲动的“慈父”心，已然隔空替她相上亲了。

收到最后一封信时，曲苏已大步走进了流霞城。

流霞城四季如春，民风开放，哪怕年关将至，人们的穿着也比雒城、雍城那些北地城池清凉许多。

近处两个身穿鲜艳罗裙的姑娘，说话间抬起手腕，嫩生生的一截手腕上，挂着两条系金铃的红手钏，其中一个说：“想容楼新出的金手钏好精致呀，可是好贵，比我昨日买的这两只手钏加一起还要贵三分！”

经她这一说，曲苏才注意到，街上许多年轻女郎的手腕、脚踝上都系着金铃铛，走起路来香风阵阵，铃声清脆，笑语盈盈，行坐谈笑间都是风情。

曲苏看得眼馋，她一年多没回家，不想老家近来流行起了这样的装扮，金铃铛搭配色彩鲜艳的清凉罗裙，衬得人既娇媚又活泼。她这趟回老家，应当有一阵子不必出任务，倒是可以买几条手钏来过过瘾。

曲苏一边打定主意，一边随手展开刚拿到的信，颇为随意地看了起来。信既然是落羽寄来的，内容应该与之前那几封相去不远，想来也是变相催她回家相亲的。

“救命啊，采花贼掳人啦！”

“救命！”

曲苏蹙眉循声望去，只见一道人影儿突然出现在不远处的一座二层小楼上。

掳人的男子身穿黑衣，头戴面具，看身形便觉十分魁梧。而那个被他抱在怀里的人一袭红衣，披散的头发遮住了小半张脸，依稀能看到一抹红唇和精致的下颏。

曲苏凌空而起，越过街上众人，朝着那两个人的方向追去。谁知那黑衣人突然扭头看了她一眼，两臂一抛，竟然将怀里的女子朝她径直抛了过来。

曲苏心头一惊，她本以为还要追上一段路程，没想到这个黑衣男子当众掳人，竟然又这么快就放弃了。而且这个速度和力道……曲苏微微拧眉，运起内力，调动全身力气做好将人接住的准备，不然以这样的高度，这姑娘摔下去，不死也要受重伤。

然而出乎意料的是，当她将人稳稳当当接住时，对方却好像全无重量，轻飘飘的，仿若一团棉花。

“多谢女侠救命之恩。”

姑娘人美，嗓音也美，虽然低低的有一丝哑，却别有一番风情。

曲苏朝着那姑娘的脸看去，笑着道：“不妨……”她本想说“不妨事”，谁知待她看清对方的脸庞，最后一个字就生生卡在喉咙，彻底忘了说出来。

被抢的并不是什么姑娘，而是一个身穿红衣、脸戴面具的男子。

金乌西坠，红霞漫天。年轻男子就在这时候，抬起指节修长的手，轻轻摘下了脸上那张造型精巧的鎏金掐丝面具。

那是一张任何人见了，都会难忘的脸。只见他生得瑰姿艳逸、精致绝伦，眉黑而细，眸灿若星，眉峰和眼角绵延的弧度，都是微微上翘的，有一种夺人心魄的风流之态。那双浅茶色的眼瞳倒映着天边绚烂至极的红霞，有一种说不出的妖异魅惑：“还未请教女侠芳名。”

曲苏心里涌上一种难以形容的感觉，就好像很久以前，也发生过与此相似的一幕，她也曾在某个瞬间，看见过这样一双蕴藏风流的眉眼。但这种奇异的熟悉感并不令她觉得亲切，反而有一种说不出的沉闷、萧索。

因为心头突然涌起的感觉，曲苏一时沉默，并没有立刻回应男子。

男子却仿佛浑不在意地朝她一笑，神色温柔：“在下殷和，谢过女侠救命之恩。”

曲苏朝他拱了拱手：“小事一桩。”

殷和粲然一笑，修长的指尖向后脑一拨，飞快挑动几下，便将散落的长发束好，露出那张足以令天下女子黯然失色的脸庞。

他将头发束好，露出线条清晰、硬朗的下颏和修长的脖颈，仍旧是漂亮得惊人的一张脸，却让人无法再将他错认成姑娘。

曲苏摆了摆手一笑：“名字就不必了。公子虽是男子，但孤身一人在外，也要注意安全。”

曲苏原本还觉着有些奇怪，但亲眼见到殷和身为男子，举手投足间别有一番风情，想来那黑衣人应当也和自己一样，掳了人，到了半路发现他竟是个男子，又见身后有人急追，这才干脆把殷和扔下了事。

这年头，年轻貌美的男孩子在外行走，也开始不安全了。曲苏忍不住轻叹了声，嘀咕了句：“世风日下啊！”

周遭人声吵嚷，殷和仿佛没听清曲苏后面那句嘀咕，浅色的眸子锁住曲苏的面庞，眉心一耸，显出几分令人心软的脆弱之态：“殷和初来流霞城，人生地不熟，身上的银子也不见了，想来还要劳烦女侠……”说到这儿，他将手上的面具向前一递，送到曲苏怀里，“这面具跟了我许多年，我就厚颜拿它和姑娘换十两银子好了。”

“十两？”曲苏掂了掂手上的面具，不禁笑弯了眉眼。

殷和却好像误会了曲苏的意思，连忙道：“或者五两也行。”

曲苏摇了摇头，随手一指周遭的店铺：“你沿着这条街随便找一家当铺，这面具能换五百两银子不止。”

说完，曲苏将面具递了回去。

殷和并没有伸手去接，只是蹙眉望着曲苏，似有难言之隐：“我……”

曲苏并不是爱多管闲事的性格，若不是今天凑巧“英雄救美”，她还真懒得对一个陌生人说这么多话。

殷和死活不肯接曲苏手里的面具，望着她的眼瞳湿漉漉的。他本就生得绝色，露出这样的眼神，仿佛卸掉了通身气势，宛如一个十七八岁的少年一般：“女侠……”

曲苏忍不住叹了口气，这副模样加上这个眼神，换个心肠软点的女孩子，早就他说什么便是什么了。

曲苏自认并不是个心肠柔软的人，但也被殷和这副模样逗得嘴角微弯：“你这是干什么，难不成还赖上我了？”她将面具又往前递了递，“你拿着这个，去你身后那家酒肆，抵押一晚，顺便问个路，第二天再拿银子回来赎就成。”

曲苏指路的那家酒肆在流霞城开了许多年，店主和伙计都是实在人，口碑一向很好，不论殷和是要打尖住店还是问路回家，都能帮到他。

殷和却仍然不肯伸手，反而眼眶湿润，神色显出几分倔强：“这个说送你，就是送你了。”

曲苏却不肯再拿，朝他摆了摆手，趁着转身的空当儿，将手里面具往后一抛。

尽管她没回头，但听着身后没有传来硬物落地的声音，便知东西有人接住了。她翘起唇角，转头走进前方不远处的银楼，熟门熟路登上这座小楼的三层。踏入银楼之际，她忍不住轻声嘀咕了句：“怎么好像在哪儿听过这个名字……”

一袭红袍的俊美男子站在原地，夕阳的余晖将他半边脸镀上一层明艳的金红，衬得他本就过分精致的眉眼艳若桃李，另半边脸却笼在一片混沌昏黑之中。那只浅茶色的眼瞳望着曲苏远去的背影，幽红之光一闪而过，原本抛至半空的面具如被丝线牵住，悬在半空，一动不动。曲苏并不知道，她没有听到面具落地的声响，并不是有谁伸手接住了。

熙攘的街道一如往常，可从年轻男子身旁经过的人，无一人留意到他，更没有看到他面前的异常。

也不知过了多久，殷和才伸出手，抓起那张面具，轻举到胸口的位置。空荡了三万年的心，仿佛终于在这一瞬间被什么东西填满了。随着一声喟叹，颀长的身影如同一缕青烟般，在原地消散不见。

想容楼在大周的繁华之地都开设了分店。这处想容楼第三层只服务贵客，在流霞城一向引领风潮，很受追捧。诚如刚刚路边议论的女郎所说，他家的货品价格总比市面上的其他店铺贵上许多，但用料实在、造型精巧，设计别出心裁，不论在哪儿都很受年轻女郎追捧。

曲苏转了一圈，寻了个从前脸熟的伙计，说起在街上看到的铃铛首饰。对方很快端上一个玉盘，里面摆着各式各样的铃铛，还有一整套近来热销的头面首饰。

柜台前的年轻姑娘认得曲苏这位出手阔绰的老客。见她风尘仆仆，远道归来，目光一瞬也不离手里的信，姑娘乖巧地奉上一盏香茶。

曲苏正看到关键处，接过茶想润润嗓子，却被信里的内容吓得当场呛出了声。

她拍着胸脯站起身，一转眼，看到盘子里的精致首饰，想起小师弟在信里说的“机密事宜”，当即朝柜上的姑娘招了招手：“这个，那个，还有这支簪子，都给我包起来。”

将买好的首饰揣进怀里，曲苏拎起包袱，这下不用任何人再催，一路狂奔回了落羽。

落羽就在流霞城最热闹的南城区最繁华的那条街上。

最好的地段，最旺的人气，占了最大的一片地。

外乡人经过此处，常会将此处认作一间生意极好的镖局。然而江湖人无人不知，此处在过往的三十年间，不知培养出多少叱咤风云的风流人物，个个都是刀口舔血的硬茬儿。

用君翊从前的话，这叫“人地两旺”，刚好能冲掉他们这行的血煞气，保佑大家伙儿平平安安。

“那是。”彼时的曲苏听了这话，摇头晃脑道，“我们这样的一流杀手，出入都得有排面儿。”

排面儿十足的曲女侠冲进落羽大门，三步并作两步，直奔最里那间院子。

来来往往的师弟师妹见了曲苏，只来得及喊一声“师姐”，连她衣袖都来不及拉住。轻功最好的小姜反应最快，追在曲苏后头：“苏苏，你去哪儿？”

曲苏反应过来，最后这封信正是小姜写的，当即扭头，拎起他的衣领子：“人呢，还在大哥卧房？”

小姜点点头，眼看曲苏一双眼瞬间亮若星火，当即反应过来；“不是，苏苏，不是你想的那样……”

曲苏兴奋地搓了搓手，大步向前：“肯定是个大美人！”

小姜苦着一张脸追在后头：“苏苏，你要不要先去见见大哥，好歹也和大哥说一声。”昨天他们这些师兄弟还在议论，都以为曲苏今年过年不会回来了，他才写了那封信，告知曲苏落羽最新发生的一则新闻，谁知道信还没出城，曲苏人就回来了。

曲苏兴致勃勃，头也不回：“见什么大哥，先去见大哥的女人！”

“什么女人？”

人未见，声先闻，绕过眼前那片箭竹林，迎面走来一个身穿灰色长衫的男子。他看起来约莫三十岁的模样，轮廓微深，舒眉朗目，皮肤略透几分苍白，并不是个俊美的男子，但一眼望去，通身有一种令人愿意亲近的平和。

曲苏伸长脖子往他身后张望：“大哥，人呢，没和你在一块儿？”

君翊皱了皱眉，仿佛有些不满，可见到曲苏本人之后，眼角眉梢缓缓溢出的笑是骗不了人的：“一年多没见，还是这副模样，可见你在外这些日子过得还算不错。”

“君大哥，这位妹妹是？”

一道轻柔甜蜜的嗓音自身后响起，曲苏听得浑身一酥，扭头之快险些闪到自己的脖子。

只见来人一袭柳绿色长裙，体态丰腴，身段极柔，细细的眉，大大的眼，脸颊有几分婴儿的丰润，朝人看来时，眉眼间有一种稚子般的无辜。偏她一头秀发天生卷曲，长过肩头，眼波流转间，又有一种浑然天成的妩媚。

曲苏“哇”了一声，简直看直了眼：“想不到大哥喜欢的是这一款！”

君翊很是无奈：“曲苏……”

然而这两个字声音太低，完全被曲苏的询问声盖了过去：“不知这位美人姐姐怎么称呼，今年多大，可有婚配？”

君翊的声音当即提高了几分：“曲苏！”

美人显然被曲苏这一声“美人姐姐”给愉悦到了，笑道：“你就是君大哥这些日子一直挂在嘴边的曲苏吧。我在家中行七，自小他们都叫我阿七，你可以喊我七姑娘。”

曲苏连连点头：“我是曲苏，七姑娘快人快语，这性子我喜欢。”

她笑眯眯地挽住七姑娘：“不知七姑娘家在何处，怎么来到咱们这山野小城的？我听小姜说家里来了位美人姐姐，回家时特意在咱们流霞城最大的银楼买了几件小玩意儿，快和我一块儿去看看。”

曲苏笑脸相迎，语气亲昵，言语间有一种把对方划为“自己人”的自然诚恳，绝大多数人被她这么一忽悠，不知不觉就会吐露真言。

果不其然，七姑娘被她挽着手，与她肩并肩地往院内走去，笑盈盈地道："我并不是什么美人，曲姑娘你过誉了。我不过是个很普通的人罢了，倒是君大哥，他才是真的很厉害……"

"是吗？我还是头一回听到有姑娘家这么夸我大哥，快跟我讲讲，你和我大哥是怎么认识的。是不是大哥心黑手狠，在千军万马之中把你给抢回来的？不然像姐姐这样的美人，哪儿能轮得到我大哥呀！"

这般熟稔的套话技巧，就是君翊眼见了，也要自叹弗如。

小姜更是看得目瞪口呆，半晌回过神，刚好对上君翊有几分探究的双眼，当即连连摇手："大哥，你听我说，这事不是我故意要透露的。"

君翊道："七姑娘是客人，以后不可以这样背地里议论。"

小姜点头："我知道错了，大哥。"

君翊面上带着笑："不管怎么说，曲苏如期归家，都是一件值得庆贺的事。"他像是突然想到了什么，沉吟片刻，自袖中取出一块木牌，"既然她回来了，你和几个师弟就把这事情操办起来吧。"

小姜应了一声，又有点迟疑："大哥，我看苏苏好像对这事不大热衷。"

君翊道："她不热衷是好事。情窍未开，不曾钟情，也就不会受伤。我让你们为她好好挑选人家，就是想为她择一门稳妥的婚事。"

"可是苏苏那个霸道性子……"小姜撇了撇嘴，"至少咱们先前挑的那几个人，我看没一个能拿住她的。"

君翊笑道："曲苏还没说什么，你们兄弟几个倒先挑剔上了。"

小姜道："那是。要是不够优秀的人，如何配得上咱们苏苏？若是一直没遇到合适的，咱们这些兄弟就是养她一辈子又如何？我觉得像从前那样，咱们几十口人热热闹闹的，也很好啊！"

君翊叹了口气："你还小，不会明白。最好的日子不是叱咤风云，而是平平安安。曲苏她毕竟是个女孩子家，早日成亲，嫁个懂得疼惜她的夫婿，对她而言才是最好的人生。"

君翊抬眼望向远方，金乌西坠，竹影萧萧，两个年轻女孩子的身影早就看不到了。可他还是那样望着，就像是在瞻望心头至宝一般，恬淡却坚定。

晚上聚餐时，所有人都来了，大家伙儿吃得过瘾，喝得尽兴，尤其曲苏身边还有七姑娘相伴。靠着打探八卦消息的本领，不到半个时辰，曲苏已将七姑娘所叙和从其他师兄弟那儿了解到的信息进行整合，拼凑出了一个相对完整的故事。

几个月前，君翊出任务返家途中，偶遇了被人追杀险些丧命的七姑娘。七姑娘性格爽朗，很好相处，在落羽养伤期间，两人关系越来越近，师弟师妹们每日旁观，嗅出了几分不一样的味道。

且不说七姑娘一提起君翊，就止不住地夸赞，单是君翊每天看人家七姑娘那个眼神，就和看其他姑娘时不一样。

用小姜的话说，君翊这是哑巴说话，万年铁树开了花。

曲苏当时喝得醉醺醺的，听到“万年”二字，打了个酒嗝，颇为认真地和小姜分辩：“大哥是人，又不是神仙，哪儿来的‘万年’？”

她筷子一挥，夹了颗花生送进嘴：“而且大哥只是看着冷淡，他那个性子，又温柔又稳重，还特别细心，若是做人夫君，肯定是个知冷知热会疼人的。谁当了大哥的老婆，可算是有福气呢！”

小姜看曲苏喝酒很有几分往日少见的疯劲儿，又听曲苏这一开口，险些将君翊夸成了天上有地下无的完美夫君，顿时打了个哆嗦：“我说苏苏……”

曲苏捏着小酒盅，不慌不忙地嘬了一口：“怎么？有话就说。”

要说这桃花酿，还是大哥亲手酿的最地道，香甜不醉人，配着小师妹最拿手的香辣糖醋鱼，别提多带劲了。一年多没回家，她可想死这口了！

小姜战战兢兢、小心翼翼地问：“你该不会……你喜欢的人，该不会……该不会是大哥吧？”

曲苏抬起胳膊肘给了他一下子：“有病吧你，我把大哥当我亲哥！”她拿余光一瞟，示意小姜看那一头的拐角，“大哥能遇上一个真心喜欢的人不容易，往后我要是不常在家，你可帮我把人看牢了。”

拐角处的一张桌子那儿，君翊正在喝酒，七姑娘刚刚起身去帮着端菜，经过他身边时，为他添了些热过的酒水。君翊抬头，七姑娘垂眸，两人四目相对，其间的情意丝丝绕绕，旁人只瞧上一眼，都会觉得脸红心跳。

小姜把一颗心放回了肚子里：“那是，这事儿还用你说。”

早在七姑娘刚被大哥带回落羽的前三天，他们这些兄弟就把七姑娘过往二十来年的经历查了个遍。事实证明，大哥看人的眼光一贯精准，这七姑娘出身清白，性情纯正，并没有什么值得怀疑的地方。

小姜的思绪收回，又落在面前的曲苏身上：“苏苏，我怎么感觉你这回从外头回来和从前有点不一样了呢？”

曲苏闻言笑了一下：“哪儿不一样？”

小姜道："说不上来。"他拿筷子另一头搔了搔头，突然灵光一闪，"你是不是有喜欢的人了啊，苏苏？"

曲苏正在饮酒，听到这话差点被呛到，她勾起指节挠了挠喉咙，清清嗓子道："怎么，我要是有喜欢的人，难道你要吃醋不成？"

小姜"哈"的一声笑了出来，紧接着却面色一肃："吃醋倒是不会，但要让我知道有人想把你拐跑，就别怪我先请他吃顿拳头宴。"

曲苏扑哧一声笑了出来。

小姜被她笑得发蒙："真有人想拐跑你？"

曲苏摆了摆手："没有的事儿，别瞎想了。"她之所以笑，是想到了青玄那副被小姜揍得鼻青脸肿还不能还手的样子。

可转念一想，自己这是做什么春秋大梦呢？那家伙一走就要三两个月，这次的事情闹这么大，他既要给阿秾和他那个好徒弟申冤，还要安顿烛龙，就是走个三年五载也不一定。

而且刚才小姜明明说的是"拐跑她的人"，她大约是喝晕头了，才会在小姜问起这件事儿的时候，想起了青玄。

小姜在一旁幽幽地道："没有的事儿，那苏苏你怎么脸红了？"

这一回，曲苏是真的呛了酒。

被小姜和小师妹一左一右搀扶着回到自己的房间，躺在松软的大床上，曲苏几乎来不及多想什么，就坠入了梦中。

倦鸟归巢，亲人环绕，又喝了一整晚的酒，回到落羽的第一个晚上，曲苏睡得很踏实。

一开始，曲苏并不知道，自己在做梦。

约莫是席间喝了太多的桃花酿，鼻端始终有股香甜微辛的花草香气，眼前一片雾蒙蒙的。朦胧间，她又回到了在白帝城时独居的那间客栈。

曲苏的脊背在这一瞬间微微绷紧，她记得，就是在这个房间，她险些被一只蜥蜴精偷袭致死。彼时，她刚发现自己肩颈处被芸芸抓破的伤痕透出黑红，酸痛难忍，那蜥蜴精偷摸进来时，她甚至衣衫不整，兜衣的带子都是微微松散的。

曲苏伸手摸向腰间，可令她浑身僵冷的是，她不仅衣衫凌乱，就连从不离身的软剑也不知所踪。然而就在这时，有什么东西从身后悄悄贴了上来。

一丝微凉的气息，轻轻吹拂过她的脖颈。

曲苏险些尖叫出来，拧身就要挣脱出那怪物的侵袭，却不想对方比她更快，几乎在她转身欲走的一瞬间，再次将她圈了回去。

曲苏仓皇抬头，她的心脏几乎要从腔子里跳出来，眼眶发酸，双拳紧握，已经做好了拼死一搏的准备。然后就在她抬头的一瞬间，突然听到了一声熟悉而轻佻的笑声。

那是她既熟悉又陌生的一双眼。

凤眸清澈，眼尾端绵延出上挑的一抹，不知为何，竟然染上了微醺的淡红，就连看向曲苏的眼神也不是她从前熟悉的淡漠或微嘲，而是某种令人膝盖发软的脉脉含情。

环住她腰身的也不是什么可怖怪物的尾巴，而是他的手臂。不知何时，他已步步紧逼，将她整个人抵在了客栈的那张方桌上。

曲苏双眼微蒙，有几分不可思议："青玄？"

他一开口，确实是青玄的嗓音："是我。"

他拥着她，握住她肩膀的手指明明很轻，却又让她整个人都动弹不得："你这里受伤了……"

他微微垂眸，俯身看向她的肩颈，漆黑的眼睫鸦羽一般，浓密卷翘，他观察得格外认真，浑然不觉两人之间的距离越来越近。

两人之间几乎仅隔着一件单薄的兜衣，绸缎布料比婴儿的肌肤还柔软，此刻已悬悬欲坠。曲苏脸颊滚烫，却怎么都说不出完整的话来："青玄，你……"

她想说，你离我远一点儿。却在下一瞬，惊得整个人险些跳起来。

因为不知怎的，青玄在她喊他名字的那一瞬，突然更凑近了些："不疼了。"

说这话时，他已吻在了她的伤处。

曲苏浑身酥软，一动也不能动，只记得喊那个深藏在心底的名字："青玄……"

青玄的脸微微逆光，朝她俯低时，几乎令她看不真切他的轮廓。

他就那样朝她吻了下来。

软软的，还微微有点凉，好像从前在江南吃过的樱花玄饼。

曲苏忍不住微微侧头，将头更深地扎进柔软的枕头里，轻喃了声："青玄……"

一道绿色的身影站在床前，纤白的指尖缓缓流泻出淡绿色的细碎流光，人影望着将脸埋进枕头的曲苏，低喃道："神尊，是你吗……"

豁然起身时，已然天光大亮，梦里的每一个细节，都清晰得仿佛刚刚发生过一般。

曲苏难以置信地站起身，紧接着，她意识到自己梦到了什么，飞快奔到院子的水井旁，往滚烫的脸颊泼了两把凉水。

"师姐，你这是干什么？"

小师妹苗苗和小姜一前一后进了院子，苗苗一脸震惊，小姜则盯着曲苏酡红的脸颊，双眸若有所思。

曲苏木着脸，一派镇定之色："昨晚喝多了，醒醒酒。"

苗苗脸上的震惊之色更甚："昨晚不过喝了三坛桃花酿，师姐你从前不是千杯不醉的海量吗？"

小姜在一旁阴阳怪气："老话说，这酒不醉人人自醉。"

曲苏在心底不由自主地补上了后半句：色不迷人人自迷。

啪的一声，曲苏一巴掌拍在自己的脸上。

这下连小姜都惊了："苏苏！"

该不会真被他的乌鸦嘴给说着了，他家苏苏这一趟出门，喜欢上了什么人。而且很明显，是曲苏喜欢上了别人，对方还不喜欢她。

昨晚曲苏疯狂灌酒、莫名的感慨和此刻的一系列反常举动，瞬间都有了合理的解释。

这不就是传说中的失恋?!

原本在来的路上还有几分迟疑的小姜顿时坚定了决心，朝苗苗使了个眼色，又对曲苏道："苏苏，有个特别适合你的任务，接不接？"

曲苏正在刷牙，听到这话险些把嘴里的竹盐一口吞了。她缓缓吐掉嘴里的泡沫，漱了漱口道："小姜，苗苗，我是做什么错事了吗？"

小姜和苗苗一起摇头："那不能。"

曲苏道："那为什么我这才回来，就又给我派任务？"

苗苗一听这话顿时笑眯眯的："师姐，这任务你听我说完，包你喜欢。待会儿咱们只是先让你走一趟，去见见人。真正出任务要过完上元节，才会启程呢。"

曲苏进内室更衣，苗苗一路跟在她身后叽叽喳喳地把整个任务给介绍了一遍。别看苗苗只有十五岁，已经单独出过好几次任务了，整个落羽里面，她最钦佩的人就是曲苏。前些日子她听说曲苏很可能不会赶回来过年，还很失落了一阵子。昨天得知曲苏回来了，当即下厨做了好几道曲苏最爱吃的菜。

苗苗嘴巧，小姜稳当，这两个人又一贯和曲苏亲近，君翊才会把游说曲苏的任务交给这两个人办。

曲苏很快就听明白了："所以这意思是让我去见一见这位振远镖局的少东家，顺便吃顿好的？"

小姜道："是这么个意思。"

曲苏拿下巴指了指桌上的托盘："那这新衣服是什么意思？"

"这不是快过年了嘛，新衣服咱们人人都有。大哥向来疼你，这几件衣裳早就给你备好了。"苗苗说着，嘿嘿一笑，凑到曲苏身边咬耳朵，"师姐，你就去一趟吧。这位少东家别的不说，那张脸长得可真是……”

曲苏宿醉刚醒，昨天夜里又做了那样一个不堪回首的长梦，此刻正歪在椅子上懒得动弹，一听到苗苗这欲言又止的话头儿，懒洋洋地撩起眼皮儿，来了几分兴致：“长得很好看？”

小姜本来不想参与这些女孩儿家的八卦，可一想到自己刚刚洞察到的真相，痛心疾首地点了点头：“以我身为男人的眼光来看，那小子长得确实还可以。”

曲苏挑起一边眉毛：“评价这么高？”

须知小姜自己就长得“很可以”，寻常人尤其是男子的皮相，到他嘴里很难得到个正面评价，能让他赞一句“还可以”，那应该是相当可以了。

苗苗也道：“师姐，确实挺好看的，而且性子也很有趣儿，等你见到就知道了。”

曲苏眯了眯眼道：“你都见过人了，还挺满意人家，为什么不自己接了这任务？”

苗苗晃了晃脑袋：“师姐，我不是为了这任务去见他的，是前些日子凑巧在街上撞见过一回。”

小姜道：“而且这任务也不适合苗苗。说好了，人家这趟要的是保镖，谁来搅事儿，再出手杀人也不迟。让苗苗杀人还成，保人，她还欠点火候。”

曲苏点了点头，倒也是这么个理儿。

她站起身伸了个懒腰：“既然这样，那我就走一趟。”

她嘱咐苗苗：“那午饭就甭给我留了，我吃饱了就回。”

流霞城最好的酒楼，叫“流霞酒家”。

流霞酒家的左边，是城内最大的赌坊；右边，是城内最好的花楼。最妙的是，这酒家、赌坊和花楼，都是同一个老板开的。因而这三家彼此楼阁相连，足不出户，就可以吃喝玩乐，尽享风月。

也正因为这家酒家与花楼、赌坊相连，每每来这个地方吃饭，总能听到各式各样的精彩八卦。

曲苏走遍大江南北，也没见过第二家这样的酒楼。因此，在听说今天约人吃饭的地方就在流霞酒家之后，曲苏心里对这个地点选择还是很满意的。

毕竟，酒菜好吃的酒家不常有，酒菜好吃还能随处听闻八卦的酒家，更不常有。

进店时，曲苏与一个男子几乎同时迈过门槛，她动作微滞，侧眸朝对方看去，偏巧那个人也在侧首看她。

只见男子脸上戴着一张造型独特的面具，只露出眼睛和鼻子以下的轮廓。尽管只是匆匆一眼，也足以看清面具之下男子的眼眸。他的眼瞳是少见的浅茶色，眼尾上扬，哪怕只是朝着曲苏看似不经意的一瞥，那双轮廓极美的眼眸也难掩主人的风流之态。

曲苏自认遍览美人无数，可身为男子生着这般顾盼生姿的一双眼，也是极少见了。看到对方脸上那张造型精巧的鎏金掐丝面具，曲苏一眼就认出眼前这人，是她刚回流霞城那日，在城门附近从一名黑衣人手上救下的男子。叫什么来着，好像是殷和？

殷和显然也认出了曲苏，浅茶色的眼瞳迸发出欣喜的光芒：“是你！”

这人虽然生得漂亮，脸上的神情却藏不住心思，让人真有点刚认识阿稌时的那种感觉。曲苏忍不住勾起嘴角，毫不遮掩地将他从上到下打量一番：“怎么，殷公子这是安顿好了？那日我介绍的酒肆还不错吧？”

殷和点了点头，他抬起手来，想要摘下面具，又有几分羞赧，这样一迟疑，再看向曲苏时，那眼神就显得有点可怜巴巴的：“那天多亏了女侠……”

曲苏被他这番动作逗得忍俊不禁：“怎么，你这是终于知道长得太好看也是一种烦恼了？”

殷和微微低了头，修长的手指向脑后轻轻一抹，当着曲苏的面摘掉了面具。

尽管早对这人的惊人美貌有了心理准备，可在殷和抬眉凝眸看向她的一瞬间，曲苏发现自己还是可耻地沉醉了一瞬。不知道该怎么形容，但殷和这小模样生得也实在太招人喜爱了。单纯论容貌的话，青玄还是更胜一筹。但青玄一天到晚都是那副淡淡的模样，相较而言，殷和的一颦一笑更给他本就绝色的容貌加分了。

比如此时此刻，他这样有几分羞涩、几分彷徨的模样，就很勾得人心痒痒。曲苏咳了一声，朝酒楼里间扬了扬下巴：“这间酒楼在流霞城挺有名的，周围连着的几家都是他家产业，吃喝玩乐连成一体，很方便。”

殷和的眼瞳里流露出几分茫然：“我不太知道这些。今日来此，是与一位当地的朋友相约，有一桩买卖要谈。”他看着曲苏，眼睫低垂，似邀请，又似恳求，“那日你救了我，我还未好好谢过呢，不如……”

曲苏摆了摆手：“不用那么客气，我今天也是约了人谈事，咱们各谈各的，互不干扰。”

见到美人总是能让人心情变好，曲苏唇角弯弯，朝殷和摆了摆手：“先行一步。”

曲苏与镖局少东家相约的地方就在一楼临窗的某一桌。走近了才看到，对方比曲苏这个本就早来的人，还早到了一会儿。

至少桌上的茶，已经泡过两泡，颜色已没有那么浓了。

曲苏笑着朝这位少东家一颔首，在对方惊讶的眼神中坐下来，轻车熟路地招呼小二点菜上菜。

来之前曲苏并不知道，这位振远镖局的少东家，竟然比自己还小了三岁，他生日晚，上个月刚过完十七岁的生辰。

但苗苗和小姜确实没骗人，这位苏公子虽然刚满十七岁，已然生得丰神冶丽，尤其那一双桃花眼格外多情，令人一见难忘。若不是两人落座之后，他的随从经验丰富，让店家单独架了一座屏风，隔开那些客人的视线，他们这整顿饭都吃不安生。

即便如此，也仍有进店吃饭的男男女女，打桌边经过时，不时从屏风缝儿里向内张望。

曲苏自诩也是阅尽美色的行家，这位苏公子虽然生得艳丽绝伦，但若与刚刚那个殷和当面相较，仍需退一射之地，就更别说和青玄相提并论了。且不说青玄这人性子如何，那张脸确实行遍天下也难逢敌手。

可是从前与青玄朝夕相对，从不会有这种被人大胆围观的烦恼。曲苏细细回想了一番，恍然意识到，颜值方面青玄虽然更胜一筹，但他那张脸常年冷若冰雪，常人一看就知是个不好惹的，自然也就少了许多“桃花”。

那位苏公子见曲苏不说话，目光似是定在自己的脸上，笑得恬淡温柔，不禁壮起几分胆子，主动攀谈：“听闻曲姑娘从前行遍大江南北，应当结交了不少有趣的朋友吧？”

曲苏仍然沉浸在回忆里，顺口答道：“是。”

那苏公子又道：“听闻曲姑娘功夫也是一流。苏某不才，跟着父亲练了十几年，只学了些粗浅的拳脚功夫。”

曲苏随口答道：“像苏公子这样的容貌与气度，也不用学多厉害的功夫。只需动一动嘴，有的是江湖儿女愿为公子鞍前马后，小心伺候。”

她这话说得不假。远的不说，单在这流霞城，就有好几户正当龄的女儿家，功夫又好，模样又俊，只求一个好模样、好脾气的年轻夫婿。

这位苏公子这么容易脸红，可见是个脾气软和的，在他们这流霞城，可算是抢手货。

曲苏说完话一抬头，才发现这位苏公子的脸，比刚才更红了几分，说一句艳若桃李也不为过。

苏公子脸染飞霞，目光温软：“曲姑娘说话很风趣。只不过苏某并不在意有多少人追捧，姻缘一事上，我更希望寻得志趣相投之人，白首不离。”

苏公子说这话时，目光便在曲苏眉眼间流连，意有所指，且非常明显了。

曲苏忍不住在心里“啧”了一声，真没想到啊，这位苏公子这么爱脸红的一个人，说起这方面的事儿来，倒是半点也不怯场。她更没想到的是，大哥这趟叫她回来，还真是非要让她嫁人，他才能回家睡一个安稳觉。难怪第二天就急不可耐地给她安排上了。

也是赶上她昨晚喝了不少酒，夜里做了那么个梦，醒来就撞见苗苗和小姜主动找来。可见这人，就不能心虚。她这一心虚，就被家里这两个小的给忽悠了。又是新衣裳新首饰，又是什么“别人都不适合，只有她最适合接的保镖业务”，这么明显的暗示，她居然在亲耳听到苏公子的话时才反应过来。

说来说去，这谈业务是假，相亲是真。

曲苏忍不住暗自叹了口气。翊哥是好心，小姜和苗苗也没撒谎骗她，这位苏小公子不论模样还是脾气，看起来都挺符合她从前的喜好。但她如今，真没这个心思和谁谈情说爱。

曲苏没有接话，她的目光瞥向窗外，天光正盛，街上熙熙攘攘，热闹极了。一道熟悉的身影自行人间飘忽经过，曲苏目光一凝，忍不住微微探身。

那人一袭雪色长袍，墨发高束脑后，日光照耀下，白玉莲瓣发冠光泽温润。曲苏足尖点地，几乎就要站起身来。

苏公子觉察到了曲苏的专注，不由顺着她的目光看去：“曲姑娘看到了什么？”

一辆马车停在道旁，从她的角度朝下望去，视线刚好被挡了个严严实实。曲苏微微皱眉，转过了脸看向苏公子，唇露浅笑：“没什么。”

她随意挑了个话题：“听苏公子的口音，不像是我们流霞城的人。”

流霞城地处三国交界，向来民风彪悍，不论男女，行事都格外大胆。像苏公子这么容易脸红羞涩的，很可能刚来此地不超过三个月。

苏公子道：“我自小跟着父亲在江南长大，上个月才来到流霞城。”

曲苏道：“苏公子这是打算继承祖业，所以才准备过完年跑这趟镖？”

苏公子道：“不瞒曲姑娘，其实这趟镖去的不是别处，是我在叶城的外祖父家。待我到了那边，想来会定居叶城，不再返回。”

曲苏的目光在这位苏公子的脸上扫了一圈，道：“不回来也好。”

这位苏公子虽然模样风流，性格却老实，一看就是好人家养出来的娇贵公子，实在不适合在流霞城这种民风彪悍的地方讨生活。

曲苏想到苗苗讲的苏家的那些八卦往事，不禁有些出神，她本想给自己满一杯酒，却听桌对面苏公子一声惊呼：“小心！”

原来是自己粗心，撞翻了酒壶，酒水洒在新换的绯色罗裙上，很快就湿了一块。

苏公子起身到了近前，一面用随身的帕子为她擦拭裙上的酒渍，一面说：“都是我不好，是我招待不周，本来就应当是我为曲姑娘斟酒……”

曲苏见他急得不仅脸红，连雪白的脖子都红了一截，不禁觉得有些好笑，攥住他手腕制止道："没事儿。不用管它……"

曲苏本想说，用不着管它，一会儿就干了。可这话还没来得及说出口，就听苏公子闷哼一声，紧接着，曲苏眼尖地发现，苏公子被自己拉着的那只手，肤若凝脂的手背竟然青紫了一块。

曲苏定睛一看，却发现四周什么都没有。可这伤，很明显是被石子一类的硬物所伤。

曲苏松开苏公子的手腕，将人挡在了自己身后，朝着四下望去。

可紧接着，就听苏公子又是一声闷哼。

曲苏飞快扭头。

苏公子额角沁汗，右腿以不正常的姿势屈着，很明显是有人趁他不备，用暗器打中了他的小腿。

曲苏微一沉吟，一把拉开挡在桌前的屏风，嘱咐苏公子："你先回。"

屏风拉开，她正打算追出去，却发现那一身雪色的人就站在自己跟前——青玄。

他破天荒穿了一身雪色云纹长袍，面色却比衣衫的颜色更冰："从前苏苏不是说，不喜欢你大哥帮你安排相亲，这才过了几天，就变心了？"

亏得他在天界忙完了正事，又往章尾山去了一趟，安顿好小烛龙，检查过炁渊一切如常，就一刻也不停地赶回人间。不想这才过了十几天，曲苏不仅一路从雒城赶回了落羽，还背着他和别的男人相起了亲。

曲苏惊愕得几乎说不出话来，苏公子反应却快，他脸涨得通红，说话却还利索："曲姑娘，这位是……"

君翊和他父亲有约，今日这次见面，表面谈的是生意，实际上确实是相亲。若是曲苏答应接下这单，接下来护送苏公子往他外祖父家去的路上，两人刚好可以朝夕相处，彼此熟悉。待到了叶城，再筹备上小半年的光景，两个人就可以定亲了。

但苏公子面皮薄，虽然对曲苏第一印象很好，却不敢当着她的面点破，两人始终在闲谈。这顿饭的正题冷不防被一个突然出现的外人戳破，苏公子的脸已经红得发烫。

青玄薄唇紧抿，目光自曲苏发间新簪的火凤花，移至她身上簇新的绯色罗裙，再到她手腕上纤细轻巧的金色铃铛。火凤花娇艳，金饰精巧，绯色红裙喜气洋洋，愈加衬得她肌肤如雪似玉。她看起来气色好极了，面上染着一层薄薄的红晕，看着他的眼神宛如见了鬼——这是嫌弃他出现得太突然了？

青玄眼瞳微深，再看向曲苏身旁男子的眼神就透着寒意："我与苏苏还有许多旧事要叙，就不叨扰公子继续用饭了。"

曲苏从震惊中回过神的一瞬间，目光便自青玄的脸上仓促挪开。前一晚的梦境此刻在脑中挥之不去，她几乎不敢再与他对视，偏过头对苏公子道："今日的事，改日我定登门拜访……"

话音未落，手腕已被青玄一把拉住，曲苏几乎看不清周遭，只觉眼前一花，人已穿廊过亭，到了一处颇为僻静的后花园。

头顶的太阳不知何时躲入云层，曲苏看清周围景物，这才发现，两人竟然坐在了一棵火凤花树上。这棵火凤花树已有百岁高龄，生得格外高大，羽毛形状的叶片比男子的手掌还要大，火红的花开成凤尾形状，放眼望去，如同一团团燃烧正盛的火焰，明媚耀眼。

曲苏自小就不畏高，哪怕被青玄放在足有三层楼高的树干上，也不觉头晕，反而伸手够向附近开得最艳最大的一朵花儿。

青玄见她脸上毫无畏色，还有心情摘花，心头那股火气不禁更盛，心念微动间，目光便朝曲苏发间那朵火凤花看去。

乌发如云，鲜妍的火凤花无风自落。

曲苏眼角瞥见，反应倒快，伸手就去捞那朵花，却忘了自己坐在枝干上，整个人便朝树底跌去。

青玄看见她仰起脸的模样，皎白的脸庞透出几分慌，那双清丽的眉眼终于是看向自己的，不禁眉尖微松，俯身向下揽住曲苏的腰，和她一块儿稳稳当当地落在大树下。

曲苏没摘到想要的花儿，又为救发间那朵花险些摔了个四仰八叉，充分尝到了赔了夫人又折兵的滋味儿，不禁气不打一处来。她乍一见到青玄时的那股别扭劲儿，在这来回之间被冲散了，站稳了脚就后退一步，背抵在树干上，直勾勾地朝青玄看去。

青玄道："才几日不见，苏苏就和我生分了。"

曲苏一只手反撑着身后的大树，顺嘴说道："尊上记性不大好，不是几天，是十九天。"

青玄眉眼间似嗔非嗔，唇角那一抹，似笑非笑："哦？记得这么清楚，看来是我冤枉苏苏了，你对我还是很记挂的。"

曲苏却丧着脸："这次回来得倒快，该不会是差事没办好吧？"

青玄道："玉帝公断，凌曦仙子被剥去仙骨，重入轮回，历劫千年，直到彻底悔悟，重修仙骨，方可重回天界。"他顿了顿，又补充道："我将小烛龙送回章尾山，重新检查了炁渊的阵法，故而多耽误了几天。"

但这些都是大事，就算他再归心似箭，也不可荒废正业，误了三界众生。

曲苏却好像没听懂他的意思，微微皱着眉心问他："这算是很重的惩罚吗？"

青玄道："很重。"他耐着性子向曲苏解释："剥去仙骨，她已和凡人无异，重入轮回历劫千年，若她未能诚心忏悔改过，就会一直受尽轮回之苦，永世不得回仙界。”

在凌曦仙子之前，也有仙界的人犯下大错受此刑罚，但至今没有一个能看破心魔，重回天界。

青玄望着曲苏，只觉她今日打扮极尽娇艳，从前也不是不知她模样生得好，但她一贯懒怠，极少这般着意打扮，更不曾当着他的面簪花穿红。青玄越看越是仔细，心里越发不是滋味儿。

曲苏自他的话里回过神，缓缓道：“可是阿秾已经魂飞魄散了，就算凌曦死了，她也回不来了。”

她不觉得这惩罚有多重，凌曦仙子还有轮回，可阿秾却连轮回都没有了。

青玄自袖中掏出一物，拾起曲苏的左手，放在她掌中：“答应过你的事，我一定会做到。”

这是阿秾的鲛人泪，也是她留在这世间唯一的东西。

曲苏眼眶发烫，攥紧了那颗冰凉沁骨的小石子，却怎么都不肯如青玄的愿，再抬头好好看他一眼，反而一直微微侧头，看着不远处的某处。

青玄正摸不着头脑，就听曲苏说：“那……阿秾的仇已经报了，小烛龙也安顿好了，你接下来又要离开了。”

青玄听着这话头儿不对：“我要离开去哪儿？”

曲苏抿着唇角：“你不是与清潋仙子有约，要行走人间，清洗怨气？我们这流霞城可没有怨妖。”

没有怨妖的地方，自然留不住这位青华大帝。

“我何时与清潋有约？”青玄微微凝眉，他这趟来得仓促，一路上都在忙着感知曲苏的所在，倒是忽略了城中有没有怨妖的事儿。不过这并不是问题的关键，“我要做的事，是因为这些事需要有人做，清潋若是还活着，此时应当在看守炁渊，继续她身为霜雪神女的使命。”

曲苏叹了口气：“青玄，你不必再瞒我，你和清潋的事儿，阿秾都告诉我了。”

青玄愣了一愣，他回想片刻，总算把从前阿秾与曲苏微妙的针锋相对，和曲苏此刻的奇怪反应联系起来，弄明白了曲苏话中所指。

“你在吃醋吗，苏苏？”他问。

曲苏震惊地瞪大了眼，当即笑出了声：“怎么可能？”

青玄眉眼间不自觉就带出几分笑，就连看着曲苏这一身精心装扮都没那么堵心了：“我与清潋只有师徒之谊，并无男女之情。她是我唯一的徒弟，也仅是我的徒弟。不论阿秾从前对你说了什么，也不管她是出于什么目的，都不是真的。你若不信，此事我可以找来人证。你还想知道些什么，尽管问我，我都可以说给你听。”

青玄这一连串话都说得自然顺畅至极，半点也不像在说谎。反倒是从前阿秣讲起清潋与青玄之间的往事，表情总透着点不自在，而且她只说他们两个彼此深爱，曲苏再问，阿秣却讲不出一丝半点的细节来。

现在想想，以阿秣的性子，若青玄和清潋之间真有过点什么，她怎么可能忍得住不说？

曲苏闷了好一会儿才蹦出一句话：“跟我有什么关系。”

她转身就走，却被青玄自身后一把揽住，拽回怀里。曲苏被他与梦里几乎一模一样的动作弄得后背一毛，下意识地就向后躲，伸手去推挡面前的人，殊不知她这样抗拒的动作实则激怒了早就对她有所不满的某人。

青玄攥住她伸过来格挡的那只手腕，上前一步，将她困在身后那棵高大的火凤花树下。

曲苏刚想开口，就见青玄伸出两指，捻起她落在肩头的一绺发丝。他手指生得修长白皙，玉石雕成一般，明明发丝是不会有感知的，但曲苏就是觉得，他这个动作惹得自己好像连头发丝都烧了起来。

偏生这时青玄道：“苏苏还没回答我，怎么这么快就见异思迁，答应去相亲了？”问这话时，青玄微微低下头，温热的气息仿佛不经意地吹拂过曲苏的鼻尖、脸颊。

曲苏觉得整张脸都在发烫，她一整天都在极力避免记起那个梦。之前在酒楼，她确实看到一个人影像极了青玄，却又觉得是自己喝了酒还没清醒，所以当那道身影被马车挡住，她也就不再去深想。

可青玄真的来了。

而且他此时此刻的行为，像极了梦境之中的情形。

梦里，他就是这样突然从背后将她圈住，而后步步紧逼，将她困在一张桌前，缓缓俯低，朝她吻了过来。

曲苏完全不敢抬眼去看他，她嗓子发干，没话找话：“你怎么知道我在和人相亲？”她突然记起在酒楼的怪事，“是你用暗器打苏公子的？”

这简直是明知故问。

头顶传来一声听不出喜怒的哼笑：“整条街的人都在传，振远镖局的苏小公子在流霞酒家和一位姑娘相亲。这么巧，我要找的人，也在流霞酒家。”

更巧的是，他刚走到酒楼附近，一仰头，就看到曲苏眉眼含笑与那人相谈甚欢的样子。一开始，他本还耐得住性子默默旁观，谁知一转眼，曲苏拎着裙子站起来，那小白脸拿一条手帕，竟然直接上了手。

他当即凝水成冰，打在那男子的手背，却不想更气人的还在后头，曲苏第一反应竟然是把那小白脸护在身后。

第二次，他直接打在对方的膝窝。接下来的情形不看也罢，他身形一闪，人就到了桌前。

想不到曲苏比他以为的还要没良心，见到他的第一反应，整个人跟个木头似的，丝毫不见心悦之情，甚至比不上当着那小白脸谈笑风生的样子。

曲苏尴尬道："我也是去了才发现，是个相亲局。一开始家里和我说是来谈一桩年后的生意，顺便吃个饭。"

青玄道："那个姓苏的，生得很好看？"

他一路上都在听那些年轻女孩儿家议论纷纷，再联想彼时曲苏笑盈盈的模样，青玄觉得，此事要问清楚。

"在凡人里，算是很好看的。"说起这事，曲苏不禁笑着抬眼，"不过自然比不过你们神仙了。"

曲苏说完，才意识到两个人相距之近。从这个角度，她甚至可以清楚地看到他双瞳之中自己的小小身影。

和梦里一模一样，青玄只需微微低一低头，就可以亲到她的唇。

但青玄好像浑然不觉似的，他垂眸看着曲苏的眼："不如我好看？"

曲苏轻轻"嗯"了一声。

青玄的手指还卷着她一绺头发，目光自她脸庞滑向一旁，看向那朵落在地上的火凤花："我也这么觉得。"

他退开半步，松开曲苏手腕的时候，指尖在她雪白的腕间摩挲片刻："以前不知道，你喜欢这种花。"

曲苏清了清嗓子道："也不是很喜欢。就是快过年了，我们这边每逢过年，火凤花开，女孩子流行戴这个。"

所以并非什么特殊的寓意，而是大家都会戴这个。

青玄"嗯"了一声："我饿了。"

曲苏道："你回一趟天上，饭都没吃？"

他这也算办了件大事吧，怎么这天界这么抠门儿，忙活半天连顿饭都不带管的。

青玄淡淡道："没人管饭。"

全然不提自己是突然跑路，把九头狮子和紫微大帝丢在九重天上善后的"无耻"行径。

曲苏突然心疼，按照人间的时间来算，他这是整整十九天都没吃上一顿饭啊。她一把拉起青玄的袖子："走，姐带你吃顿好的去！"

绕过火凤花树，刚走没两步，就见一位穿着艳丽薄纱短裙的年轻姑娘揽着个俊俏少年，笑嘻嘻地往不远处的假山里钻。

曲苏脚步微滞，拽着青玄飞快换了个方向。

不远处的回廊拐角，一对男女衣衫不整，搂抱着亲作一团。

曲苏攥紧了手里的衣袖，带着青玄原地转了个圈。

身后刚好是两人待了好一会儿的那棵火凤花树。

曲苏只觉此生抬头的动作都没有此刻这么艰难，可巧青玄在这时出声道："真是想不到，苏苏与那位苏公子相约吃饭的酒家，竟然还有这般玄妙。"

曲苏抚了下额头："你听我说，不是这样的。"

青玄道："哦？难道是我误解了？"

曲苏艰难解释道："确实是个误会。"她扯着青玄的衣袖，"你当时飞得太急，所以没看清楚，这里是那个酒家的隔壁。你现在带我飞回去，我请你吃大餐。"

青玄望一眼周遭，蹙了蹙眉，没说话。

曲苏问："磨叽什么，你又不饿了？"

青玄淡淡道："当时飞得太急，不记得是怎么过来的。"

真是好理由。

不远处，轻吟娇笑和男女的喘息声此起彼伏，大有愈演愈烈之势。曲苏深吸一口气："咱们先离开这儿，你甭管什么方向，咱们先回去大街上，这个总不难吧？"

青玄沉默了片刻，似妥协似无奈地轻笑了声，揽住了曲苏的腰。

出于某种难以言明的心理阴影，曲苏选了位于流霞酒家对面的仙炙轩，请青玄吃大餐。

好饭好菜点了一大桌，曲苏也来了胃口，跟着青玄一起大快朵颐。

青玄不论何时都是那副优雅进食的模样，倒是曲苏，吃到一半，觉得有些热了，向店家要了两坛冰过的甜酒喝了起来。

青玄道："你们这里的酒肆，倒是颇有特色。"

曲苏顺着他的视线向窗外看去，从这个角度，可以清晰地看到街对面的流霞酒家，与刚刚困住两人的花楼彼此相连，并不是之前曲苏口中的毫不相干的两家生意。

曲苏从不觉得这事有什么不对，甚至刚刚和那位苏公子吃饭时，还感慨过这个设计够独特、够便捷。可当着青玄的面，尤其对上他那若有所指的目光，从前那些夸赞的俏皮话怎么都讲不出口。曲苏咳了一声："这里是流霞城，风土人情与中原大不一样。

你从前没来过，所以才觉得奇怪。”

青玄道：“听苏苏的意思，似乎从前没少逛这样的地方。”

曲苏端着酒盏，凭着一贯过硬的心理素质，生生绷出一脸的坦然无波：“也不能说逛过很多次吧，但都是为了出任务。那样的场所，总是更方便些。”

青玄的目光锁紧在曲苏素白的小脸儿上：“苏苏确定，那种场所，会更方便？”

自重逢以来，青玄就一口一个“苏苏”，喊得格外熟稔，曲苏却越听越是浑身不得劲儿。青玄挑起的这个话头，因为刚刚两人在那花楼后花园亲眼见到的情形，总有一种越解释就越奇怪的感觉。

曲苏以手背抚过明显发烫的脸颊，喝了口冰凉凉的甜酒：“我们当杀手的，要有专业素养，主顾约在那种地方，总不能说不愿意、不想去吧？”

青玄道：“今天便是为了你口中的任务，特意精心打扮，赴了场相亲局？那还真是很有专业素养了。”

也不知青玄犯了什么毛病，回了一趟天界，再回来时，说起话来总是阴阳怪气的。

曲苏觉得喝酒都要压不住心头的那股暴躁了：“我精心打扮，是因为我自己喜欢穿得好看，并不是特意为了见谁。”她扫一眼青玄面前的碗碟，“你这是吃饱了？”

不然怎么这么闲，开口闭口又开始追问她和那苏公子的相亲饭局。

青玄的目光落在曲苏露出一截的手腕上，她皮肤生得白，戴这样纤巧的金手环格外好看，抬起手时，上面的小铃铛便发出清脆的响声，搭配她今日这身绯色的裙子，别有几分异域的风情。

因为那句“并不是特意为了见谁”，青玄眉眼稍松：“尚未。”他执起酒盏，饮了一口，用谈论天气一般的平淡口吻道，“只是觉得，苏苏今日这样穿，很好看。”

曲苏整个人呆住。她眼前的这个人真的是青玄吗？还是其他什么会法力的神仙或妖怪，披了青华大帝的皮子，故意到她面前寻开心来了？

青玄说了这话，却见曲苏整个人直愣愣地看着自己，不仅没有意想之中的羞涩或是开心，反而以一种奇怪的眼神望着他，不禁又添了句：“苏苏若是日后只穿给我看，更好。”

完了，这绝不是青玄那厮能说出的话。

但脑子里另一个声音说，又冷又傲又狂妄，管得还特别宽，若不是青玄，这世上还有谁能当着她的面说这么不要脸的话？

曲苏轻声道：“你怕不是疯了。”

“并未，我只是看着你为旁人穿成这样，心中不悦。”他朝曲苏望过去。

青华大帝平生头一遭动凡心，压根儿不会掩饰情爱，说起话来全是真心。

曲苏回过神，视线刚好与青玄凝视她的目光在半空相交，四目相对，曲苏心头一震，第一反应便是想移开视线。可不知怎的，身体的本能让她并没有移开。

青玄就在这时伸出手，轻抚上她的脸颊。

他原本坐在桌对面，身形一闪，就到了曲苏近前。曲苏刚张开唇，冷不防他突然俯身凑近，淡淡的冷香扑面而来，青玄就这么吻了过来。

和梦里的不一样。

这个人亲她的样子，并不是想象之中的冷淡克制，相反，曲苏被他抚着脸锁在怀里，自始至终几乎都动弹不得。他的手指很温暖，温柔却不容她退避地抚着她的脸颊、耳垂，鼻端那种仿佛混合着霜雪与松柏的冷香，铺天盖地朝她覆了过来。两人气息交融，曲苏觉得自己的唇灼得发烫，但她知道，自己的脸颊一定更烫。而这一点，那个自始至终吻着她的人知道得更清楚。

就在曲苏觉得自己要喘不过气的时候，青玄缓缓松开了她，一向清冷的凤眸此刻闪着细碎却愉悦至极的光。曲苏很煞风景地喘着气、红着脸瞪他："你当我们凡人不用呼吸也能活吗？"

青玄也不接话，只揉着她的耳垂，等她呼吸平复下来，低头又要去亲她。

曲苏连忙推他的肩膀："尊上，你这样是要流氓，知道吗？"

青玄看着她，认真至极地道："从前你也亲过我，两次。"

曲苏脸霎时就红了："这是我的问题吗？主要怪你。"

"嗯？怪我什么？"

曲苏轻咳一声："美酒上头，佳人在侧，哪个酒鬼会冷落佳人？你若是不愿，当时就该阻止我。"

嗯，主要还是要怪青玄长得太诱惑，一颦一笑都让她心折，她那时也是心大，秉着一种"多过一天是一天"的占便宜心理，借着酒劲儿，一时冲动就把人给"轻薄"了。

反正不能怪她。

谁知道青玄今天抽的哪门子疯，不仅说话阴阳怪气，举止也与从前的冷淡克制大相径庭，居然还敢反过来主动撩拨她了。

曲苏越想越是气不打一处来，本来她被青玄亲，并不算是吃亏，毕竟这是青玄，不是别人，她很久以前就"垂涎"这人的美色来着；但被这家伙站在了道德的制高点上，莫名其妙亲完她还要旧事重提，把她嘲笑一番，她此番实在是亏大了。

谁知青玄还不肯放过她，坚持要把当初在雒城的事儿掰扯清楚："你若真的喝醉病倒，事后怎会记得？而且后来……"

曲苏瞪眼道："那次真是意外！"

她就算想揩油，也要挑个风和日丽的好日子。那天她和阿秾差一点就死在那怨气爆体的猫妖手上，哪儿会有心思当着猫妖和那槐树精的面占他的便宜？

青玄皱起眉头，刚刚的好心情仿佛不复存在。曲苏想挣开他走人，青玄不撒手，反倒按住她的手，问她："所以我不能亲你了吗？"

曲苏看着他，方才吻过的唇此时一片潋滟春色，她有些心动。青玄的姿色可是一等一的，亲到就是赚到，人总是贪心。

她明明感觉他待她是不一样的，可他说他亲她竟只是因为她曾亲过他两回。

不爽，不爽至极。

曲苏扬起眉眼，伸手勾住青玄的脖颈，问他："那你说说看，我亲你时你可开心啊？"

"开心。"他几乎是没有迟疑就开了口。

这倒是让曲苏乐了，她问："你不觉得我行事孟浪，太过主动？"

青玄搂住她的腰淡淡一笑："本尊心悦之人，再主动几分，也无妨。"

曲苏呼吸一滞："你，你说什么？"

青玄道："吾心悦于你，想与你长伴此生。"他捏了捏曲苏的脸，"以及，日后若是再想与我亲近，不必找那么多借口。想要听什么好听话也可以直接问我，我平生头一次喜欢一个人，若你太过拐弯抹角，我兴许会分辨不出。"

刚刚两人亲吻时，曲苏觉得自己的心仿佛要跳出来。可当她听清青玄说的话，又觉得自己刚刚那一瞬，仿佛连心跳都跟着停了。

他这番话，哪像什么头一次喜欢人啊，分明是会的不能再会了，曲苏都忍不住捶了他一拳。被他短促微低的笑声撩得耳根一酥，正想说什么，就听门板那儿传来嘭的一声。

曲苏险些直接跳起来，却见门口，小姜和苗苗一前一后站在那儿，两个人的脸色一个冷峻，一个欣喜，四只眼睛却都齐齐落在一旁的青玄身上。

曲苏皱眉："你们两个搞什么？"

苗苗先开口："师姐，我和师兄到处找你，我就说除了流霞酒家，你最喜欢的就是仙炙轩的烤羊腿和冰甜酒。"

小姜冷着脸，看青玄的眼神宛如在看不共戴天的杀父仇人："你是谁？拿开你的手，凭你也配碰我家苏苏？"

青玄眯起眼："我是谁，凭你还不配知道。"

这小子看着不过十七八岁，绝不会是曲苏从前口中的大哥君翊。尤其从前曲苏读信，他坐在一旁也瞥见过只言片语，君翊在信里一直称曲苏"小妹"，或是直呼其名，从不见有这般亲昵的称呼。

青玄的话音刚落，小姜就抽出背后的刀劈了过来。曲苏刚想上前去拦，就被青玄从身后以一指勾住了腰封，两人一同瞬移至不远处的空地。

小姜劈了个空，脸色更冰，他朝曲苏喊："苏苏，你让开。"

青玄道："苏苏心疼我还来不及，怎么可能抛下我？"

苗苗站在门口没动，听到这话，不由"哇"了一声。这男人不仅脸长得比小姜更俊，脾气也比小姜更冷更傲，就连这嘴，也明显比小姜要毒得多。

没看她小姜师兄被气得脸都红了。

曲苏被这三个人闹得头疼，她反手去拽青玄的手指，一边轻声道："你别闹，他是我师弟。"

青玄食指在曲苏的手心挠了挠，才松开了手。

曲苏连忙上前，拽着小姜把人往外推，一边道："这么凶干什么？我还没说你呢，偷看也就算了，怎么还敢撞我的门？"

小姜的个子已经比曲苏高，他被曲苏连拖带拽弄到门外，反手揪住曲苏袖子："你迟迟不肯回家，昨晚又喝得那么醉，就是为了他？"

小姜说这话时并未放轻嗓音，曲苏不禁扶额，屋里那个人，肯定将这些话听得一清二楚，到时候还不定要怎么得意呢。

苗苗觑着曲苏泛着红晕的脸，小声问："师姐，那个人是谁啊，是不是未来的师姐夫？"

小姜冷笑了声："我第一个不同意。"

曲苏拍了下小姜的脑袋："你都不认识他，不同意个什么劲儿？"

小姜道："我不同意，大哥也不会同意。苏苏，跟我们回家，不能继续跟那个男人待在屋里。"

他们刚赶到时，眼看着那家伙和苏苏坐在一处，又是捏脸，又是笑的，若他不及时撞开门，说不定下一刻就要亲上去了。

可怜小姜还不知道，他去的实在不算及时。而他心里庆幸尚未发生的情形，实则就在不久前，已然发生过了。

怪只能怪青玄的动作太快，这不，就连曲苏本人当时都反应不及。

曲苏看着小师弟冷若冰霜的侧脸，叹了口气道："我肯定要回家，但是我也不能放着他不管。"眼见小姜又要爆炸，曲苏放缓了语气道："这事我不会瞒着大哥。你们先行一步，我在街上买些东西就回。"

小姜并不愿意放任那个俊美得过分的男人和曲苏单独相处，但曲苏自小就是个有主意的，而且既然那个男人都追来了，若他对曲苏真有心，就不可能绕过大哥和落羽；若他没有诚意，接下来的日子，只要他人还在这流霞城，有的是机会收拾他。

苗苗拽了拽小姜：“你就别瞎操心了，师姐心里都有数的。”她又朝曲苏眨眨眼，“师姐，别逛太晚，大哥说今晚备了你最爱的野蕈汤火锅，就等你回去吃呢。”

曲苏朝两人摆了摆手，示意他们先走。

果然，一回到房间，青玄已轻笑出了声：“我就知道，这些日子，苏苏对我很是挂念。”

曲苏翻了个白眼：“你就唯恐天下不乱吧。”

曲苏刚要坐下，青玄已站了起来：“不是说要去街上买些东西？”

曲苏道：“你知道我要买什么？”

青玄道：“你自小在落羽长大，看得出，你和这些师兄弟感情很不错。我既然来了，初次登门，总要买些礼物。”

曲苏忍不住道：“真是看不出，从前岳周还在时，厚着脸皮在人家里蹭吃蹭喝的青华大帝，如今都知道登门拜会要准备礼物了。”

青玄摸了下曲苏的头：“不是一码事。”

彼时他本是奔着林梵去的，见到岳周后发现岳周有仙缘在身，这两个人之间的羁绊，他不可以牵涉过深，所以那段时间除非必要，他并不常常在岳周家中逗留，自然也就不去理会这些人情世故。

但现在不同了。处理凌曦，安顿烛龙，为清潋洗冤，为阿秾报仇，这些事他从前做便做了，从不会想着要对谁有个交代，更不会因为心里惦记一个人，就这般一刻也不停地穿山越海奔赴而来。

他虽九万年不曾为谁情动，但他也知道，他早就心悦曲苏，情难自抑。

既然一路追到曲苏自小长大的地方，也做好准备要见一见她的家人，礼物自然要备，诚意一定要足。凡人男子为了心上人会做的那些事，一桩桩一件件，他都想做到最好。

第十七章　花朝月夕

一年之中，君翊极少亲自下厨。

这天是小年夜，算上掐着日子赶回的曲苏，今年一同留守落羽过年的，一共有三十四人。

偌大的厅堂里，长桌摆成一圈，热气腾腾的野蕈涮锅端上来，还没进屋就能闻到那股独特的浓郁香气。

曲苏穿着晌午出门时的那件绯红长裙，腕上戴着几条细细的金手环，手一抬，便是一阵清脆的响声。她一边走，一边挨个给师弟师妹发红绳。

这些红绳也是今天下午和青玄一起，在城中最大的那间银楼选的。想容楼的红绳很有些讲究，每年临近年关，想容楼都会订制一批挂着各色金饰的红绳，拿到城郊那座千年古刹找大和尚开过光，再统一拿回到店里贩卖。也是因为这个，红绳数量有限，每一年都特别抢手。

曲苏早就在信里让小姜提前付了定金，下午和青玄同去取货。

红绳上的金饰各有不同，但每一根上都系了枚铜钱，铜钱辟邪招财，能保四季平安。曲苏自从经历了一系列神神怪怪的事儿，就格外信这个。

苗苗选了一条戴在手腕，铜钱在当中，小柿子和玉如意一左一右，寓意新的一年事事如意。苗苗越看越喜欢，悄悄儿拿眼睛瞟曲苏身后，朝她挤了挤眼："师姐，难怪对着苏公子那样的极品都不动心了，你这是从哪儿拐来的天仙?"

曲苏扑哧一声笑出了声，那双向来清凌凌的妙目此时眼波缱绻，几乎每隔片刻，都要往不远处的某个方向瞟上一眼。听了苗苗的这句话，她又朝那个方向瞥了一眼，意有所指地道："天仙自然是从天上拐来的。"

小姜走上前，自曲苏手里挑了一条挂着小匕首金饰的红绳，臭着脸朝曲苏伸出手腕："那句话怎么说的来着，绣花枕头一包草，中看不中用罢了。"

曲苏也不辩驳，替小姜系上红绳，说了句吉祥话："新的一年，大吉大利，平平安安。"

苗苗道："不能吧，下午那会儿我看他那身手，像是有两把刷子的。"

曲苏捏了捏苗苗脑袋上系着紫色发带的鬏："还是我们苗苗眼睛毒。"

“曲苏。”君翊端上最后一锅汤，解下围裙，朝她走来。

曲苏带了个好看得不像话的男人回落羽，彼时君翊正在后厨熬汤，就听到了这个消息。但他朝着曲苏走来时，目光不偏不倚，全然落在她的脸上，好像就没看到青玄这个人似的。

曲苏也不当一回事儿，依然笑嘻嘻的，她从红绳里拿出早就准备好的两条，一人一条，递给君翊和跟在他身后的七姑娘：“大吉大利，甜甜蜜蜜。”

七姑娘看到红绳上挂着的金饰是小橘子和松子糖，笑盈盈地道了声谢，她拿眼神偷瞟君翊，脸上只有雀跃，倒是半点不见一般女孩子的羞赧。

曲苏又道：“大哥，向你介绍我的一位朋友。”

青玄早在君翊迎过来时，就走到曲苏身旁，但他并不急于说话，只是默默打量面前的两人。他姿容不凡，这样神色淡然，不卑不亢，不会泯然于众。至少屋里这三十几个人，不论手头儿各自在忙什么，自从曲苏带人进了院子，就有一眼没一眼地全在打量他。他故意站在曲苏身旁稍后一点的位置，看似退了半步，实则将曲苏纳入自己的保护圈，哪怕他一句话不说，也颇有宣示主权的意味。

君翊看得明白，面带浅笑，不等曲苏介绍青玄，便道：“今天是小年夜，本是家人团聚的日子。阁下既然是曲苏的朋友，若不嫌弃的话，就与我们一同用餐吧。”

青玄微一拱手，不卑不亢：“却之不恭。”

君翊发了话，周围包括小姜在内的师兄弟也就散了，众人各自落座。

曲苏拉着青玄坐在自己左手边，右边挨着七姑娘，再过去依次是君翊、小姜和苗苗。一桌刚好坐满六个人。

野蕈火锅是流霞城的特色，也是君翊拿手的菜色。曲苏一边涮菜，一边对七姑娘说：“我还记得刚认识大哥那天，他就从山上采了些野蕈和兔肉一起给我烤着吃。我那时好久没吃过一顿饱饭了，那滋味儿，直到现在我都还记得。”

君翊道：“家里备了许多野蕈，你若惦记这一口，明天咱们就可以吃烤兔肉。”

小姜也道：“家门口不远有个摊子，常卖些野味儿。苏苏若是喜欢，我明天就买几只回来。”

“行啊！想念大哥烤肉的手艺了。”曲苏咬着筷尖，笑着道，“也不用非吃野味儿，烤牛肉烤羊腿也是一样的。”

苗苗从饭碗里艰难抬起头：“师姐，你今天中午不是才吃了仙炙轩的烤羊腿，这么快又想吃？”

曲苏似笑非笑地瞥了苗苗一眼，悠悠地说：“是吃了啊，但没吃够。而且外面的东西，怎么能跟大哥的手艺相比。”

君翊面上绽出淡淡的笑："我做的都是些家常口味，曲苏他们都是自小吃惯的。"他以探究的目光看向青玄，"郎君龙章凤姿、大家风范，这些山野粗食，怕是有些不合口味吧？"

青玄道："野蕈是山珍，并非粗食，君大哥的手艺也很好，我还是第一次吃到这种蕈汤热锅。"

青玄向来性子疏冷，从前与人交往，只有别人着意讨好他，哪里有他主动逢迎的时候？比起两人初识那会儿他的冷峻，此时的青玄神色虽平淡，却毫无倨傲之色，对着君翊的有意调侃，也能坦然相对，甚至随着曲苏的习惯，称他一句"大哥"。

曲苏心里暖烘烘的，看着青玄的侧脸，还有一点说不出的自得和甜蜜。

谁知君翊却笑着道："这声大哥不敢当，我看郎君的年纪，应当比我们曲苏要大不少吧？"

青玄反应极快地道："也没有大很多。"

但约莫是被君翊这个问题戳到了痛处，他眉眼间已稍显愠色。旁人倒是看不出，只是觉得曲苏这位俊美得过分的朋友，脸色自始至终都冷冰冰的。但曲苏看在眼里，既觉得心疼，又有点好笑。

青华大帝竟然也懂得睁眼说瞎话了，以她的年纪，约莫只能算是他仙龄的零头儿，他竟然也好意思当着大家伙儿的面，淡然自若说一句"没有大很多"。

但毕竟是当着众人的面，曲苏不论心里什么感想，都不可能在这件事上自揭青玄的短。她扭头看向君翊："比我大点儿不好吗？年纪大点，更懂事儿啊。"她虽没明说，但拿眼神瞥了瞥身旁的七姑娘，揶揄的意味很明显。

君翊瞟了曲苏一眼，示意她不要插嘴，一边道："曲苏性子直率，我一直希望她未来的夫婿，不必大富大贵，但一定要事事以她为先，温柔体贴。"

青玄道："看得出，君大哥很疼曲苏。"说话间，他为曲苏盛了一碗汤。

若是放在一年之前，他做这些动作，大概看起来会很生硬。毕竟在棠梨镇与曲苏初识那会儿，饭桌上他可从不会主动给谁盛汤，抢食的速度倒是一流。但随着两人逐渐熟识，他已很习惯主动做这些，从前阿秾还在时，第一次看到青玄为曲苏盛汤，也几乎是惊掉下巴。

君翊也看出青玄动作的熟稔，确实有几分讶异，倒不是因为别的什么，而是青玄这副模样，实在不像是个会主动伺候人的。

再看曲苏，非常自然地从他手里接过汤喝了一口，甚至一句多余的客套话都没有，显然这两个人都很习惯这样。曲苏看似大大咧咧，但与人相处，界限感很强。若不是打心底里信任和依赖一个人，这些小细节她是装不出来的。

青玄又道：“人生在世，凡事都讲求个缘分。姻缘一事，既然有个‘缘’字在里面，自然是不可强求的。比起年纪、身世这些，我更在意两人是否心意相通。”

君翊深深看了青玄一眼：“观君气度，不像会沉溺于儿女私情的人。”

青玄神色淡然，直视着君翊：“男女之情，自然之性。君大哥也是性情中人，怎么会不懂呢？”

曲苏实在忍不住开口：“大哥，你这意思就好像在说，凭我的本事，不应该能钓到这么大一条‘肥鱼’。事出反常，谨防有诈。”

她大哥的这个表现，也实在太明显了，明显到曲苏都忍不住要“戳穿”他。

之前君翊一直以眼神威胁，不让她开口，但她这会儿实在憋不住了。君翊这话问的，乍一听好像是在替她把关，对青玄严防死守，可反过来一想，这不就是在抬青玄而贬她？仿佛青玄是什么人间绝品，普通如她，不配拥有。

此言一出，别说是青玄和君翊，就连小姜都被她逗得咳嗽出声，苗苗更是毫不遮掩哈哈大笑。

君翊也没法儿继续绷紧面皮，弯着嘴角无奈道：“大哥不是这个意思。”

青玄嗔了她一眼，只说了两个字：“顽皮。”

曲苏见饭桌气氛终于融洽起来，连忙端起酒杯道：“今天是小年夜，我敬大哥一杯，大哥辛苦了！”

曲苏一开口，其他人也纷纷举杯。君翊这一回，脸上的笑容再也掩不住，气氛一活跃起来，其他桌的师兄弟也陆续过来，向君翊敬酒。

曲苏趁着桌上闹哄哄，转过脸悄悄儿对青玄做了个鬼脸。

她殷勤地给青玄也盛了一碗汤：“是不是有点儿吃不惯我们这边的菜？”

流霞城一年四季如春，哪怕临近年关，也并不怎么冷，因此许多菜色里都放辣椒。君翊做的蕈汤火锅虽然不辣，但每个人的蘸料碟里都放了辣椒粉，许多小菜也都是酸辣口味。

青玄吃得慢，也有这个缘故。

青玄自曲苏手里接过汤碗，悄悄捏住她的指尖：“没有，很好吃。”

入乡就该随俗，尤其他今日还来了曲苏的家。很久以前，两个人抢食林梵做的那道糖醋鱼时，青玄就知道，她最爱吃酸甜辣的口味。君翊今天准备的这蕈汤火锅和小菜的味道，他一点儿都不意外。

不过好在这汤滋味鲜美，一点也不辣，一口入腹，就如眼前人的笑脸，让他的心一点点温暖起来。

七姑娘这时突然碰了碰曲苏的手臂，眼睛里透出几分好奇：“你从很小的时候，就一直跟着君大哥吗？”

曲苏猜想七姑娘想多了解一些君翊的从前，答道：“是啊。被大哥捡到时，我还不到一岁吧。大哥自己那会儿还是个孩子，但已经很会照顾人了。”

七姑娘有些讶然：“那你的爹娘呢，都不在世了吗？”

曲苏道：“不知道呢。听说那年闹灾荒，估计都在那次灾荒中死了吧。”

不过那时她实在太小，爹娘长什么样子，家里还有其他什么人，她完全没有记忆。虽说后来有大哥在身边照顾，但是总觉得自己没有根。

曲苏和落羽的许多师兄弟一样，对于生死一事向来豁达，也不觉得七姑娘问这事失礼，反而笑着说：“我命好，还没怎么挨饿就遇到了大哥。然后他就把我捡回来，从那天起，一日三餐，顿顿有肉！”

苗苗坐在桌对面，吃得两腮鼓鼓的：“七姑娘问这个做什么？咱们落羽的这些人，一多半都是大哥捡回来的。”

七姑娘笑了笑，取过公筷，自锅里夹了一筷子煮好的野蕈，送到曲苏碗里：“没什么。只是听曲苏这样说，依稀想起，二十年前，确实有那么一年，一连刮了几个月的厉风，庄稼尽毁，死伤无数。哪怕有些人侥幸在那场大风中活了下来，之后也因为灾情，病死、饿死在逃荒的路上。”

君翊道：“似乎只在西南这一带，其他地方还好。”

七姑娘若有所思：“是了。”

小姜端起酒杯：“都是过去的事情了，今天是好日子，说这些事儿干什么？”目光一扫，凛然落在青玄身上，“还未请教这位的姓名。”

青玄道：“我叫青玄。”

小姜不说话，只朝他举了举杯，而后一饮而尽。

七姑娘微微蹙眉，此前她的注意力几乎全在曲苏身上，这时却将视线悄悄绕过曲苏，落在青玄身上。

青玄侧眸，神色冷淡，目光之中似有警告。尽管只是极淡的一瞥，且并未释放威压，但七姑娘仍然像被震慑了心魂一般，紧咬着牙关才忍住险些溢出嘴边的尖叫。

尽管并不清楚青玄的身份，但七姑娘已然明白，曲苏带回来的这个男人，她惹不起。

桌边坐着曲苏和苗苗两个吃货，大快朵颐的气氛很快就被带动起来。小姜心情不悦，嘴却不停，几乎眨眼工夫，锅里又要重添一遍菜了。

另外三个人，都吃得不多。青玄始终不紧不慢；七姑娘自青玄那一瞥之后，就有些魂不守舍的模样；君翊一向话不算多，但这个晚上，他脸上的笑容也少。

几乎曲苏刚撂下筷子，君翊就开口：“曲苏，你跟我来。”他站起身，又嘱咐苗苗：“准备一间客房。”

苗苗答应得痛快极了：“好啊。”她颇有先见之明地道：“下午回来我就收拾出了一间屋子，待会儿我让小姜带师姐——”话到嘴边，苗苗觉察到不对，打了个磕巴道：“带师姐的这位朋友去。”

苗苗吐了吐舌，好悬，就差一点点儿，她那句在心里已经演练了几十遍的“师姐夫”就这么脱口而出了。

曲苏知道她本来想喊什么，睨了她一眼，跟在君翊身后出了房间。

晚风温柔，空气里飘浮着野蕈汤的香味儿，曲苏咂了咂嘴：“大哥，我知道你想说什么，待会儿咱们聊完，我还得回去再喝碗汤。”

君翊仰头，望着不远处院子里的那棵火凤花树。这树正值花期，哪怕是夜晚也能看到大朵大朵凤尾形的红花，开得肆意又热闹。他叹了口气：“有时觉得只是一晃眼，就这么多年了。”

曲苏唇角挂笑：“是啊，一晃眼，大哥也到了成亲的年纪了。”

君翊瞪了她一眼。他这些年虽是落羽实际的掌舵人，但当着这些师兄弟的面，从不摆架子，脾气也越来越好，越来越有“大哥”的样子，已经很少露出这样鲜活的神情。曲苏看在眼里，却觉着亲切。从前君翊还没成长到这么稳重时，鲜衣怒马，嬉笑怒骂，虽然没有如今大哥的派头，却比现在这副模样有趣多了。

曲苏道：“大哥，我今天这手绳送出去，人家七姑娘可接了，你也不能太端着了。这方面的事儿，你身为男人，总该主动些。”

君翊又瞪了她一眼：“这话应该我对你说，你好歹也是个女孩子！”

曲苏道：“大哥，我知道你想说什么，但是我都把人带回来了，你在准备讨厌他之前，是不是应该先了解一下他的为人？”

君翊都被曲苏这副理所当然的样子气笑了：“你也好意思说？招呼都不打一声，就把人带回来了，还专门选在过年这个时候。”

第一天带人回家，就赶上小年夜，曲苏的意思，三岁小孩儿都能看明白，苗苗那会儿险些叫出口的“师姐夫”就是证明。

君翊道：“岳周走了之后，我总是想起你的婚事。今天安排你与振远镖局的那位小少爷见面，是我思虑不周。但你见到他，就该知道，我希望你未来过的日子，不一定要多么轰轰烈烈，但一定要太平安稳。”

“那个青玄……”君翊顿了顿，才道，“下午小姜和他交手回来，就和我说了。曲苏，你老实跟我说，他到底是什么来历？”

若是普通的官宦人家，倒也罢了，就怕是他是皇族，一旦沾惹，后患无穷。那样的话，接下来不论如何，他也要把这两个人拆散了。

曲苏状似无奈地叹了口气："大哥，他就是普通的江湖人。我知道你在担心什么，你放心，他并非皇室，也没什么特殊背景。"

青玄在人间，既无家世也无背景，说是江湖人最方便，她也不怕君翊派人去查。毕竟江湖之中，许多人都如青玄这般，说不清来历就横空出世。

至于青玄的真实身份，连阿秾那只小人鱼当初都再三劝她"仙凡殊途"，前路渺茫。君翊这么在意她的感受，若是告诉他青玄连凡人都不是，是个大有来历的上神……想到这儿，曲苏自己都忍不住想笑，就算她肯如实道出，大哥也不会信，没准儿还以为她出门一趟，脑子坏了。

君翊不禁侧过身，目光郑重："当真？"

曲苏重重点头："真得不能再真了。大哥，他就是长得有点好看，比较具有迷惑性。"

君翊失笑："他那般样貌，何止是有点好看。身为男子，他那模样也太出众了，你若是选了他，怕日后有斩不尽的桃花。"

曲苏不以为意道："既然是美人，与大家共赏也挺好，我没那么小气。"

君翊道："小姜说他功夫莫测，我观他气息、行止，内力和轻功都远在我之上。若是你二人日后感情不睦，真动起手来，我怕你打不过他。"

曲苏在心里道：别说是她了，就是整个落羽所有人加一块儿，也打不过一个青玄。

但她仍然笑着问："大哥，听过一句话吗？"

君翊扬了扬眉。

曲苏神色俏皮，伸出一根食指，在半空画了个小圈儿："化百炼钢为绕指柔，驯服男人，用的是手段，不是功夫。"

君翊这一回是真被曲苏给逗笑了："我从前怎么不知，你还有这手段？"

曲苏嘿嘿一笑，晃了晃君翊的手臂："大哥，我知道你一心为我好。刚才饭桌上你为难青玄，也是为了替我考验他。"

君翊道："你既然明知道，还那么心软，我总共没讲几句，你却一直故意插话。"

曲苏道："大哥，从前岳周还在时，就见过青玄。"

君翊没想到还有这么一层，闻言不禁看向曲苏。

曲苏道："他们俩惺惺相惜，一天到晚也不知道都在聊些什么，但总是有话说。岳周看人的眼光，大哥知道，青玄他虽然性子冷了些，但心地很好。"她笑了笑，轻声道："我知道大哥疼我，小姜和苗苗，还有其他人，你们都关心我。但是大哥，人这一生实在太短了。"

“周周这一生未有一刻放过自己，即便面对心爱的女子，都未曾动摇他的决心，可后来林梵为他魂飞魄散，再无来生。他那时若知晓会有这样的结果，定会后悔。我不想跟周周一样，去做一些自以为对的事，我曲苏这一生，不想将就，不会屈从，只愿今朝有酒今朝醉！大哥，我喜欢青玄。”廊下清风徐徐，屋檐之上，繁星满天，少女皎白的脸庞微微仰着，那双清凌凌不懂情爱的眼眸，此刻亮晶晶的，仿佛倒映着满天星河。“大哥，我想和他在一起，不是因为到了适合成婚的年纪，也不是需要找一个什么人庇护我的后半生。人生的路，不依靠任何人，我自己就能走好。对于青玄，我只是单纯地喜欢他，没有其他什么缘故。若没有遇到青玄，没有喜欢他，我可能会遇见别人，也可能会一直就这么一个人过，但无论怎样，我都能过得很好。”

那天的后来，两个人都聊了什么，君翊几乎记不真切了，唯独记得提起青玄时，曲苏亮晶晶的双眸，还有那句难得郑重却温柔的“我喜欢青玄”。

他爱护曲苏，愿意尊重她的选择，所以他只是目送着她步履欢快地走回堂屋，坐回到自己的座位，端起一碗冒着热气的汤，脸上的笑前所未有地欣慰。

君翊想，且由她吧。

不论如何，她的身后都还有他，还有整个落羽。任何时候，他们都是曲苏的家人，不论未来发生什么，他们永远都会站在她这边，为她撑腰，替她遮蔽风雨。

庭院深深，啪嗒一声，一朵火凤花禁不住风的诱哄，堕入泥土，散溢出清甜的芬芳。

这样轻微的声响，睡着的人是不应该听到的。

但曲苏就是听到了，她晚上吃得太多，也喝了不少，直到这会儿都还精神奕奕。但这些都不是重点，重要的是，这一天发生了太多的事，美好得令她觉得仿佛在做梦。

她舍不得睡着。

曲苏推开窗，向外望去，可几乎就在她推开窗的同时，隔壁的门咯吱一声，一片雪白的衣角映入眼帘。

青玄的面上一副早知如此的神情，望着她道：“还睡不着？”

苗苗这姑娘有点过于贴心，收拾房间时特意挑了这间紧挨着她的。曲苏扒着窗，瞅着青玄露在房门外的半张脸：“你怎么知道我没睡着？”

青玄勾起嘴角：“你一直翻身，床板会响。”

曲苏顿时生出几分不好意思：“吵到你了？”

青玄“嗯”了一声。他没有说实话，隔着一面墙，若不是他在意住在隔壁房间的那个人，其实并不会听到床板的动静。但因为是曲苏，别说是她翻来覆去睡不着时发出的声响了，就是之前她和君翊在廊下的谈话，他也听了个八九不离十。

曲苏转身去橱柜里摸出一坛酒，走回到窗边，爬了出去："要不要喝一点儿？"

曲苏穿得单薄，雾紫色的长裙，袖子刚过手肘，腕上的金手环没有摘，衬得皓腕如雪，嫩生生的一截，两条辫子松散扎着，垂在胸前。没有白日身穿绯衣的明艳，反倒显出几分平日当着外人面少见的娇憨。

青玄走上前，自曲苏手里取过酒坛，另一只手将她的手腕握在掌中，捏了捏："去哪儿喝？"

曲苏见他一身雪色长袍穿得整整齐齐，连领口都纹丝不乱，转了转眼珠："回到屋也有一个多时辰了，你就一直坐着？"

青玄点点头："闲来无事，打坐了一会儿。"

曲苏伸出手指，在他肩膀戳了戳："原来这就是神仙吗？"

晚上不用睡觉，打坐就行。衣服头发都不会乱，什么时候出门见人都齐整妥帖，仙风道骨。

青玄攥住她的一根手指，凌空而起，转眼便落在院子里最高大的那棵火凤花树上，低声道："是啊，这就是神仙。"

曲苏"啧啧"两声，拍了拍身下的枝干："怎么感觉尊上自从来了我们流霞城，就特别喜欢上树呢。"

青玄笑了一声，那笑声又短促又轻，听在耳朵里，分外撩人。

曲苏不大自在地向后靠去："你……"

青玄眼皮儿都没抬，一把将人捞了回来，他半垂着眼眸，眼睛里似有星辰："我什么？"

曲苏这回不敢再乱动，也没有推他，小心翼翼地调整坐姿，朝青玄伸出手："酒呢？"

她接过酒坛，拍开泥封，望了望四周。这棵火凤花树虽然没有花楼后院儿里的那棵古老，但也长在这儿很多年了，自她六岁起，就觉得这棵树很高大。她虽然轻功很好，到底是个凡人，这样高的树，自己是不可能这么轻松上来的。

从这么高看下去，好像她所住的院子和房子都小了许多，但自己好像离天上的那些星星更近了，仿佛一伸手就能摸到。

曲苏喝了一口酒，轻声说："六岁那年，我刚学会轻功，还望着这棵树想过，什么时候我能坐到树上看一看。"

青玄道："如今你的心愿实现了。"

曲苏道："但没想到是这样实现的。"她偏过头，看着青玄的侧脸。光线熹微，他的侧脸轮廓深邃，眼睫又长又翘，鸦羽一般，像个女孩子似的，但他眼尾的痕迹狭长上挑，就是再绝色的女子也绝不会长成的冷冽。曲苏接连喝了几口酒，这时忍不住笑吟吟地摸了上去："你知道我大哥今晚怎么说你吗？"

青玄一动不动，任由曲苏动作轻浮："他怎么说我？"

青玄微微垂着眸，这般任由曲苏调戏的模样，别有几分平日罕见的乖顺。"乖顺"这两个字，本就和青华大帝是不沾边的。曲苏这样想着，顿时摸得更起劲了。

曲苏一边捏着青玄的面皮，一边道："大哥说你，身为男子，长得未免太好看了些。"哈哈哈，曲苏越想越是乐不可支，"说起来，我们落羽长得好看的男孩子可不少，大哥因从前参与过各种任务的缘故，见过不少绝色佳人，能得他一句夸，说明青华大帝这张脸生得是真绝色，不掺假。"

青玄道："既然你大哥也觉我拔群出众，为什么还一门心思往你面前塞那些庸脂俗粉？"

曲苏"哎呀"一声："大哥介绍我认识那苏公子时，不是还不知道有你？他现在知道了，就不会再闹了。"

青玄牵了牵唇角，语气淡淡的："看来若不是我来这一趟，苏苏压根儿没打算告诉他们，你身边已有了我。"

曲苏一边心道"大意了"，一边哄他："话也不是这样说。我当时怎么知道你要过多久才会回来？我若和大哥先提了有你这么个人，可你三年五载都不回来、不出现，岂不是显得你很不可靠？"

好像是这么个道理。青玄似乎听进去了，点了点头道："倒是苏苏思虑周全。"

曲苏伸出手指，轻轻碰了碰青玄的睫毛："而且那时候，你又没说过喜欢我。"

从很久之前，她就想这样做了。手感什么的倒在其次，主要是，可以这么正大光明地玩他的眼睫毛，心里某种微妙的甜蜜感和满足感爆棚。

青玄微微垂着眸子："我若不曾心悦于你，能任由你一连两次亲到我？"

曲苏正玩得不亦乐乎的手指一顿，好像是这么个道理。但是此情此景，青玄又是那样淡淡微沉的语气，这话怎么听，怎么显得她从前像是个行为随便、到处留情的流氓。

曲苏咳了一声："那不管怎么说，现在也算是皆大欢喜了。"

看来这话茬儿以后是不能提了，还是就此揭过，对大家都比较好。

青玄语气微低，似有落寞："可我看今日在饭桌上，你大哥并不怎么喜欢我。"

这"冰雪美人"一旦露出委屈的神色，就算只有很淡的一抹，也显得格外惹人心疼。曲苏看得心尖痒痒的，连忙凑近了些，把双手挂在青玄胳膊上安抚："大哥不是不喜欢你，是你各方面都太优秀了，大哥有点儿不放心。”

“不过你放心，我后来都跟大哥说清楚了，他已经不反对咱俩在一起了。”

青玄缓缓应了一声：“但愿如此。”

曲苏解释：“是真的！我和大哥说了，我只想和你在一起，不然这辈子就干脆孤独终老。”

曲苏当着君翊的面说的那些话，尤其是最后表明心意那几句，青玄其实听得一清二楚；每一句话，他只听过一遍，就已一字不改地铭记在心。

青玄发现，从前未曾对谁动心，他只当自己天生冷情。但原来他并非情薄，而是一个对感情极为贪心的人。

当他真的自内心最深处心悦一个人，便希望这个人任何时刻、任何地点，眼里、心里都只有他一人，再也看不到旁的男子。他更乐意听到她当着他人的面，总是提起有关他的一切。

曲苏刚刚说的这些话，之前已对着君翊宣誓过，但他总想曲苏当着他的面，在只有他们两个人时，从头至尾，再说一次。

不过说些别的甜言蜜语也就罢了，最后这句近乎诅咒的话，青玄却不爱听。他微微侧过脸，看着曲苏的嘴唇道：“曲苏不会孤独终老，你这一辈子都会和我在一起。”

青玄说这话时，声音并不怎么大，但语意温柔坚定，是不经意间蕴含了神的允诺之力说出的。

这是神对着天地三界十方生灵的誓言，足以抵消曲苏那句不吉利的诅咒。

曲苏不知道这些，但她被青玄抿着唇的认真模样逗笑了，揉了揉青玄面颊说：“好，在我有生之年，都会和青玄在一起。”

她看着青玄仍然有些不快的神色，轻声哄道：“不要难过啦。我大哥那个人就是那样的，不信你等明早起来试试看，大哥对你的态度肯定是不同的。”

青玄却突然转了话题，约莫见她说了这一会儿话，手指都在他的脸畔流连：“看起来苏苏对我这张脸，是相当满意了。”

曲苏美滋滋地道：“那是。”

她也真是有福气，从前最爱看美人，还为此排过不少长队，买了许多带图画的画本子和八卦书籍回来。万万没想到，等她自己谈起恋爱，顺手一拎，就选了个姿色独绝的天仙。

青玄道：“那苏苏是不是应该公平点儿？”

曲苏还没反应过来，青玄已然转过脸，手臂撑在她身后的树干上，本就不太宽敞的地方，更被他的怀抱锁成小小一方独立的天地。冰雪般的气息朝她覆来，曲苏下意识地想要闭上眼，谁知青玄捏住她的手腕，轻轻吻在了她的指尖。

所以他口中所说的“公平”，是这个意思。

亲吻的时候，他的目光一直锁在她的眉眼之间，末了甚至透出几分笑：“苏苏在想什么？”

曲苏被他亲得有点痒，更多的是羞窘：“想你怎么跟小狗似的。”

青玄眉尖一挑，唇上的动作顿了顿，随即将她手腕举起来，下一瞬，一个有些湿热的吻落在了曲苏的手腕上：“上一个说本尊像小狗的人，你知道他是什么下场吗？”

曲苏呼吸一滞，险些连话都不会说了：“你……”她实在不知该说点儿什么，“你也不怕硌着牙。”

青玄哼笑了声，嗓音低到近乎无，离得这么近，曲苏都没听清他说什么。

青玄举着她的手腕晃了晃，金色的小铃铛发出轻微的脆响，在这样静谧的夜里，听得特别清楚。

曲苏瞪他，连忙伸出另一只手捂住：“这一院子的人都会功夫，你别闹！”

若是让师弟师妹知道她大半夜的不睡觉，和青玄跑到树上喝酒玩闹，她这大师姐的脸往哪儿搁？

青玄眉毛低压，凤眸似笑非笑地看着她：“从刚见到你戴这东西，我就想这样做。”

曲苏简直不能相信这话是从前那个张口闭口“成何体统”的青华大帝说出来的，她忍不住伸脚踹他：“登徒子！”

青玄却朝她轻轻“嘘”了一声，指了指不远处的一间房。

片刻，那间房就亮起了灯。

曲苏一眼就认出，那是七姑娘的房间。她忍不住气不打一处来，捶了一记青玄的肩膀：“赶紧下去，回房！”

青玄本想再多逗她一会儿，但看到曲苏面露疲色，眼眶底下透出两片浅浅的青，知道她这会儿该休息了。

青玄拇指在她手腕内侧轻轻摩挲，然后将人抱在怀里，转眼就悄无声息地将她送回了房间。

曲苏坐在床边，悄悄松了口气：“还好。”

亏得青玄这凡人难及的出神入化的功夫，连房门都不必开合，转瞬就把她送了回来。

青玄道：“刚刚那是你大哥的房间？”

曲苏摇了摇头：“是七姑娘的。”说到这儿，她也有点纳闷儿，转念一想又释然，“隔那么远，她应该听不到的，可能只是凑巧起夜吧。”

青玄敛眉，道："离那个七姑娘远一点。"

曲苏听了这话瞬间惊悚："你不要告诉我，七姑娘是怨妖！"

青玄摇了摇头，若她是怨妖，反倒更好解决："不是你想的那样。"

七姑娘确实非人，但她并不是普通精怪，与绝大多数灵妖或怨妖不同，七姑娘这一族，自诞世起就一直被各族生灵竞相争夺。某种程度上来说，她们非常珍贵，也非常脆弱，面对六界生灵的追逐争抢，几乎连自保都成了难题。

因而，若非事出有因，七姑娘绝不敢这样贸然出现在人界，尤其还和落羽这群人共同生活在一处。

出于谨慎，青玄并未对曲苏多说，只是安抚她早些休息。

这是青玄第一次在凡间过年。

大年三十这天，曲苏和往年在落羽过年时一样，和师兄弟们一起贴对联、挂灯笼，准备除夕的晚餐。七姑娘和苗苗一起在后厨忙活，因为人口多，饺子包了许多种不同的口味。君翊让小姜支了个烧烤架，又串了许多羊肉和鸡肉，供大家晚上吃个新鲜。

短短几天的光景，青玄已经迅速和落羽的众人熟悉起来。

他并不是爱热闹的性子，但相处起来也不拿架子，用曲苏的话说，青华大帝不故意拿话噎人的时候，还是令人感觉相当岁月静好的。

青玄看到曲苏和苗苗凑在一处嘀嘀咕咕的，就拿起一张窗花："苏苏？"

曲苏刚要开口，小姜已先一步道："怎么，连贴个窗花都要苏苏来教，你家到底在什么地方？"

落羽其他人喜不喜欢青玄，小姜不在乎，反正他到现在都还看这个"拐跑"苏苏的男人不顺眼。

青玄拿起一张窗花，微微蹙眉道："我自然知道这是贴在窗上的。"他瞥了小姜一眼，"我只是想问苏苏，往哪里的窗子贴。"

院子这么多，房间这么大，窗子更是多得数不过来，这个问题也确实是个问题。

"而且既然名字都叫窗花了，谁还能不知这是贴在窗上的装饰？"

小姜挑了挑嘴角："是吗？那你倒是说说，你手上这张叫什么名字？"

青玄瞥了一眼面前的窗花，是两只喜鹊的图案，但小姜既然拿这个考他，显然这个问题别有内涵，青玄一时沉默了。

小姜"嗤"了一声："怎么，喜鹊都不认识？这叫'喜上枝头'，懂吗？"

青玄抬起眸："难道不是叫作'喜相逢'更为贴切？"

说这话时，青玄还别有深意地看了曲苏一眼。

七姑娘这时笑道：“这个名字确实更妥帖。”

苗苗道：“一只喜鹊是‘喜上枝头’，这两只喜鹊面对面，确实是‘喜相逢’了。”说完还朝曲苏挤了挤眼。

曲苏笑得甜滋滋的：“想不到你连这个都知道。”

小姜内心一阵憋屈：“多大点儿事，也值得你们这么夸。”

小姜也不坐着串烤串儿了，起身摘掉手套，拿起一沓窗花，足尖轻点施展轻功，从挨得最近的一间房飞快贴起。

他穿一件银红色的外袍，梳个高马尾，施起这招“踏雪无痕”，宛如一只凌空的鹞子，好看极了。

苗苗忍不住夸：“小姜师兄这样可真好看！”

曲苏正在和七姑娘学包饺子，听到这话忍不住抬头瞧了一眼，紧接着又多看了一眼。她倒不是看别的，而是从这个角度看小姜的背影，身姿挺秀，腰又很细，梳着高马尾，乍一看却有几分像青玄。

曲苏忍不住在心里想，还从没见过青玄穿红衣，他那模样，穿多明艳的颜色都能压住，但一定比穿浅淡的青衫白袍更有味道。

青玄将曲苏的神色看在眼里。眉眼微垂，将桌上另一沓窗花拿起来，伸出两指一抹，一张窗花笔直飞了出去，贴在窗子上，不偏不斜刚刚好。

小姜刚要走到那扇窗前，他不禁一愣，侧眸看向几人的方向。

青玄垂着眉，指尖不停，几乎转眼间，面前的十几扇窗全都贴上了大红窗花，看起来又精致又喜气，还特别端正。

小姜几乎瞪圆了眼，苗苗则缓缓张大了嘴。

旁边帮忙的几个师兄弟见状都鼓起掌来，还有人吹了声口哨，大声说：“小姜，你输了。”

也有年纪小好奇心重的，走到近前仔细盯着青玄手上的动作：“喂，你是怎么做到的？”

唯独七姑娘微微蹙眉，望着青玄的身影，若有所思。

曲苏捏着一个饺子走到青玄另一边，踮起脚凑近他耳朵：“低调点啊。”

青玄却侧眸看了她一眼。

曲苏被他看得一蒙：“你那是什么眼神？”

青玄抿着唇：“不希望你看别人的眼神。”

曲苏忍不住已到嘴角的笑：“你知道我刚刚在想什么？”

青玄不说话，只是再次用刚刚那种有点锐利又仿佛透着控诉的眼神瞥了她一眼。

曲苏小声说："我是在想，你穿红色衣裳会是什么样。"

捏着一沓窗花却无用武之地，尴尬迷茫又无助只能原路折回的小姜喊道："师姐。"

他虽然没有那个青玄的手法，但他内力一向不错，听力也很好。可谁来告诉他，他师姐刚刚都说了什么？

曲苏"啊"了一声，笑眯眯地扭头看小姜："鸡翅串好了吗？我和苗苗都有点饿了。"

小姜委屈地看了曲苏一眼："我累了，不想串了。"他扫了一眼曲苏的手，"我想包饺子。"

青玄慢悠悠地跟了句："苏苏，包饺子是怎样的，我也想学。"

曲苏叹一口气："那成，你俩包饺子，我来串鸡翅。"

青玄又道："那我陪苏苏一起。"

小姜幽怨地瞥了曲苏一眼，在苗苗的指点下，洗干净手，开始笨拙而缓慢地包饺子。

苗苗一边技术指导，一边小声说他："你呀，第一回见面就知道打不过人家了，还跟人家较什么劲儿？"

小姜道："我就是看他不顺眼。"

苗苗嘀咕了句："跟个小孩儿似的。"

小姜抬头看向另一边。

青玄一个人顶俩，曲苏完全不用动手，干脆愉快地嗑起了瓜子。也不知青玄说了一句什么，曲苏一双眉眼都弯成了月牙，"嘎嘎"笑出了声。

小姜心里酸极了，忍不住对苗苗说："我就不懂，苏苏喜欢他什么。说我幼稚，难道他就很稳重？"

苗苗叹了口气，看着小姜的眼神宛如在看一个傻子："师姐喜欢他，他就算幼稚也是可爱，情人眼里出西施，懂不懂？"

小姜道："也不知道大哥咋想的，养得水灵灵的大白菜，眼看就被猪给拱走了都不着急！"

苗苗朝着不远处抬了抬下巴："大哥正忙着拱别人家白菜呢。"

不远处，君翊端着一盘刚炸好的素丸子，拿着筷子夹起一颗，悄悄喂给七姑娘吃。

小姜："……"

明明从早上忙到现在也没吃顿正经饭，为什么他这会儿觉得有些撑？

除夕夜是团圆夜。

红彤彤的灯笼挂在大门口，丰盛的晚餐端上桌。桌上几乎全是大鱼大肉，唯独新来的七姑娘茹素，君翊特意为她单独做了一份素什锦，一份竹荪青菜豆腐羹。曲苏等人在一旁看着，大家都觉得，这两人的“好日子”应当不远了。

一顿年夜饭吃得大家心满意足，以热腾腾的煮饺子和炸元宵收尾。

曲苏最爱苗苗做的油炸元宵，甜甜的豆沙馅儿，外酥里糯，明明已经吃了许多其他东西，还是没忍住一口气吃了半盘子炸元宵，最后趁着那帮师兄弟划拳斗酒的空当儿，溜到院子最里头那间大屋的一张摇椅上揉肚子。

一只大花猫慢悠悠漫步到摇椅和墙角之间的旮旯，和曲苏同款姿势，摊开肚皮躺下来，湛蓝的眼眸盯着曲苏。

青玄走进来就看到这一幕，忍不住翘起唇角：“他们到处找不见你。”

曲苏哼哼了两声，一动都不想动：“那你不是找见了？”

青玄走到近前，一只手臂撑在椅背，俯身看她：“这又是犯什么懒？”

傍晚时，曲苏特意去换了一件玫瑰色的襦裙，这颜色娇媚明艳，最衬女子的肤色。她在席间多饮了几杯，脸颊的酡红一路蔓延至脖颈，细汗微微，几绺发丝蜷着贴在颈间，她自己似乎也觉得有点痒，伸手抓了抓道：“没什么，就是挺高兴的，炸元宵吃多了，有点儿撑。”

青玄以目光描摹着面前女子的眉眼：“高兴什么，你大哥终于肯给我好脸色？”

晚上吃饭时，君翊主动端起酒，与青玄正式说了两句话。说了什么并不重要，重要的是他这番表态，显然是不再阻挠他和曲苏在一起的意思了。

曲苏半眯着眸子，还笑嘻嘻的，浑然不觉青玄凝视她的眼神：“是呀。也替大哥高兴，我今天都看到了，他还偷偷给七姑娘买了支簪子呢。”她打了个酒嗝，“本来我还怕大哥不懂风情，提前买了一支给他备着了，但他今天没送我备的那支，显然是他自己特意给七姑娘挑的……”

曲苏兀自絮絮叨叨，冷不防手腕处一片温凉，她不禁撑着另一边手肘，想坐起身：“你做什么……”

青玄将她揽在怀里，另一手仍握着她的那只手腕：“没什么。”

曲苏这下看清楚了，青玄手里拿的是一条珍珠手钏。每一颗都有手指肚那么大，颗颗正圆，晶莹润泽，又泛着淡淡玫瑰色的粉光。曲苏一下子就认出来了：“这是阿秾的桃花珠？”

但又好像有什么不一样——每两颗珍珠之间，都以精巧的镂空小金球相隔，珍珠莹润，小金球闪耀，串成一串戴在腕上，既华美又精致，衬得她的一截手腕宛如软玉雕成。

青玄道：“是。”他轻轻拉住曲苏的手腕，“阿秾身上一共带了这些桃花珠，我都买了来。”

曲苏想起阿秾那时捏着银票，兴冲冲说是青玄给他的模样，忍不住弯起嘴角，她正想说什么，却见两人牵着彼此的手，仿佛有一道极细的紫光一闪而过。

曲苏“咦”了一声，青玄已经揽着她坐了起来：“苏苏也有礼物了，这下不必再躲着了。”

曲苏忍不住还嘴：“才不是因为这个，我是真的……”

青玄突然朝她伸出手：“我的礼物呢？”

曲苏噎了一下，就见青玄眼神微暗：“苏苏给大哥准备了送给七姑娘的簪子，给同门那么多师兄弟准备了红绳和有好寓意的金饰，我却什么都没有。”

青玄的神色并没有多么夸大，只是唇角的笑勉强了一点儿，看着曲苏的眼神黯然了一点儿，脸上的神情，比之平常当着他人的面生动了那么一点儿。

但越是这样，眼角眉梢透出的淡淡失落和貌似强撑的无谓，才越是惹人心疼和内疚。

至少曲苏此时就内疚自责极了。

毕竟谁能想到，以青华大帝这般清高疏冷万年的人物，有一天竟会为了引起一个凡人女子的注意，故意做出这般姿态。

曲苏脑筋飞快转动了得有一百圈，电光石火之间，她突然有了个好主意：“谁说没有礼物的，你跟我来。”

曲苏拽着青玄走得飞快，直奔后院一个囤放杂物的屋子：“在门口等我。”

青玄“嗯”了一声，没有说多余的话。

曲苏却压根儿不敢回头看他此刻脸上的神情。

今晚这个礼物，顶多只能应应急，等接下来正月十五逛灯市，她一定要给青玄挑一件最别致、最用心的礼物！

手腕上珍珠手钏传来温润的触感，曲苏忍不住在心里想，不对，不是一件，是许多件。以后只要看到什么好玩有趣的物件儿，她随时都会留意着，从今往后，她要把这世上最好的东西，都送给青玄当作礼物！

房门半掩，青玄眼看着曲苏在里面忙得团团转，跟个小松鼠似的，眉眼间忍不住浮起淡淡的笑。

他其实是故意岔开话题，不然以曲苏的性子，肯定要揪着刚刚那一闪而过的紫光不放，非要问个明白。

但他既已打定主意，将当世最后一根紫冽天堕丝用在送给曲苏的这串珍珠手钏上，就没打算让任何人知道这件事。

紫冽天堕丝是从前一位上古大巫所炼，凡使用者，可将自己与心系之人命魂相连，若未来曲苏遇到险境，不论何时何地，他都能以元神相护，为她挡去一切危险。

除非他死，不然曲苏必定安然无虞。

至于曲苏，不论她准备了什么礼物送给他，都是好的。哪怕是一个吻，一碗她亲手为他煮的面，只要是与她息息相关之物，对他而言，都是这世间最好的礼物。

“快看！”

青玄从沉思中回神，顺着曲苏手指的方向看去，只听嘭的一声，一朵浅青色的莲花自空中缓缓绽开，又湮没在苍茫的夜空之中。

随着更多烟花腾空的声音，更多浅青色的莲花次第在空中开放，也不知曲苏从哪儿找来的烟花，竟然能在夜空中制造出这样一幅水墨画般的美景。

也不知为何，青玄望着夜空中此起彼落的青莲，心里突然生出一种微妙的预感。

那是一种说不出的玄妙感觉，青玄不禁轻声道：“这烟花……”

“很奇特吧？”曲苏笑着说，“这家的烟花可是流霞城的特产，我这儿不仅有莲花的，还有梅花的、桃花的，各种花儿，还有一条大金龙。”

青玄被曲苏的喜气洋洋感染，不禁凑趣问她：“没有火凤花的？”

曲苏转过身蹲下，在搬到院子里的那一堆烟花里扒拉了一会儿，嚷嚷道：“没有火凤花，但是有凤凰的算不算？”

“师姐！”苗苗隔着大老远就开始喊，“大哥让你和师姐夫赶紧去领银子。”

曲苏一顿忙活，先前那股懒劲儿早已烟消云散，听到这话简直一蹦三尺高：“来啦！”她拽起青玄，“回来我再接着给你放烟花看，先去领银子。”

青玄见她这副模样，不禁纳闷儿：“我记得你不缺钱。”

曲苏道：“我又不是神仙，凡夫俗子，谁会嫌钱太多？”

苗苗跟在一旁，连连点头：“师姐说得对。而且这可是咱们落羽每年的传统，大哥给的压岁钱，图个来年的好彩头，必须拿着。”

曲苏道：“下回跟大哥建议，要不改成发金子吧！”

青玄忍不住淡淡地揶揄：“看来落羽的生意还真不错。”

他其实想说，可见生意是太好了些，才把这些家伙个个惯成这副贪财的样子。

曲苏忍不住瞪了他一眼：“你可是最没有资格说这话的人。”从前任何时候见到他，哪一回不是吃她的喝她的，蹭她的银子花？曲苏揪着他的袖子，手指不停地画圈圈，“你应该保佑我接下来日进斗金，财源广进。”

青玄被她生动的神色逗得笑出声：“那下次再进道观，你可要好好许愿了。”

苗苗跟在一边，却有点听不明白这两人的对话，唯独最后这句她听得明白：“初五迎财神呀，师姐，刚好那天咱们一块儿去逛庙会。”

曲苏答应得痛快："也行啊。好久没吃庙会的那些小吃了，正好有些想了。"

快乐的日子宛如指间滑落的沙，总是过得特别快。

转眼便是正月初五，可与曲苏预想的不一样的是，早早就盼着的这一天，过得并不太愉快。

初五这天，说好几个人一块儿出门逛庙会，吃小吃。中途正逢一家铺子新店开业，曲苏和苗苗一马当先。

君翊远远看到那家店的招牌，摇了摇头笑道："前些日子就听说，这间云霓阁推出的都是成衣，说是从沧浪城一路开过来的分店，不论在哪儿，生意都红火得很。"

青玄将君翊的话听在耳中，摸了摸袖中的银票，紧跟着曲苏进了那间店。

他可还牢记着紫微大帝传授的经验道理，想要讨姑娘家欢心，就要陪她逛街，给她买好看的衣服，还有女孩子喜欢的首饰、胭脂水粉一类的东西。从前在雍城，是曲苏给他买衣服，今天在这间云霓阁，曲苏看上什么，他就买什么，大不了把整家店买下来，总而言之，一定要让曲苏知道他的诚意。

女人在逛街时，总能展现出超凡的战斗力。君翊和七姑娘、小姜才走进店铺，那头曲苏和苗苗已经一前一后换了新裙子出来。

曲苏穿一件月白色的长裙，据说是云霓阁绣娘昨天才做出来的新款，亮晶晶的双眼看着青玄："好看吗？"

青玄点头："好看。"

曲苏又看向另外几人。

君翊道："你皮肤白，适合穿这个颜色。"

小姜迟疑道："不过这个袖子好像太宽大了点儿，日常穿着会不会不大方便？"

曲苏虽然游手好闲了好些日子，到底还保留着职业本能，听到小姜的话，不由也迟疑了几分，转身去换另一件。

苗苗指了指自己，君翊和小姜几乎同时点头，连七姑娘都说："苗苗穿红色好看。"

君翊劝七姑娘也去选两件心仪的衣裳，七姑娘迟疑片刻，笑着答允了。

不一会儿，曲苏又换了件藕荷色的裙子出来，青玄站在最前面，仍然是和之前一样的神情，一模一样的回答："好看。"

小姜抱起了手臂，摸摸下巴："这件款式利落，适合师姐的风格，就是这颜色，好像暗了一点儿。"

君翊道："颜色虽暗，却不落俗套，而且绣工很好，可以考虑要这件。"

从前君翊就替曲苏和苗苗买过衣裳，这方面他向来有些眼光。

但曲苏看起来已经有点不高兴了，走回去的步子也慢了几分。

曲苏回到更衣的房间，望着架上几件还未试过的裙子，之前那股热血冲闹的兴奋劲儿不知什么时候已经不见了。她闷着头换衣裳，从衣架上取自己的裙子时不小心被什么东西剐了下手指。

约莫是新店铺的缘故，店里一切家具用品都是全新的，挂衣服的架子一角，不知何时悄悄探出一根小小的尖刺。曲苏抽回手，皱眉望着食指指尖沁出的血珠。

七姑娘半侧着身，“呀”了一声，连忙抽出手帕，递给曲苏。

曲苏刚将指尖送至唇边，见此不由笑着道了声谢。

七姑娘凝眸看着曲苏将手指包裹在帕子里，鼻翼翕动，微微偏头，似乎在分辨什么：“曲苏，你平时用些什么香粉，味道真好闻。”

曲苏摇了摇头：“我从不用香粉。”

七姑娘浅浅一笑：“是吗？那可能是我闻错了。”

曲苏有些漫不经心地答：“可能刚才逛街时，不小心蹭到了什么吧。”

她拿着沾了血的手帕，正在迟疑，七姑娘已先一步将它接了回去：“给我吧。这条帕子是前不久君大哥买给我的。”

七姑娘说这话时，很是宝贝地捧着手帕，脸上露出的笑也有几分腼腆。

曲苏不由笑着调侃了句：“早知道是大哥送你的，我就不借用了。”

七姑娘道：“不妨事的，只有这一点血，我回去洗洗就干净了。”

曲苏点点头，掀开帘子先一步走了出去。

七姑娘放下挂在臂弯的裙子，小心翼翼将手帕展开，素白的手帕上，沾了一滴殷红的血。

只要能拿到曲苏的一滴血，就能通过鲜血里残存的味道，确认她到底是不是那个人。这个办法最稳妥，也最准确，但这几天曲苏不论走到哪儿，身边都跟着青玄，她很难有近身的机会，更别说拿到曲苏的血了。

她张开五指，口中念念有词，另一只手在手帕上缓缓摩挲着，仿佛在抓取什么一般。不一会儿，有尘埃一般极细微的淡绿色流光自手帕上一闪而过。

七姑娘的眼中闪过欣喜的光芒，她将那抹淡绿色的流光攥在指尖，放到鼻端轻轻嗅着。

不会错的。时隔三万年，这一次，她终于找到神尊了！

曲苏第三次换上衣裳出来，青玄也看出她脸色不对，主动上前轻扶着她的肩膀：“怎么了？”

曲苏抿着嘴角，明显兴致不高：“没什么。”

青玄道："这几件裙子都很漂亮，你若喜欢，我就都买下来。"

曲苏摇头："我不想要了。"

她将几件试过的裙子都退了回去，换回自己那条玫瑰红色的襦裙，默默站到角落，等苗苗和七姑娘买完。

谁知这时，一个中年妇人模样的人主动走上前，双手奉上一只包装精美的木匣："我家店主人刚才看到姑娘穿这件月色长裙，说只有姑娘穿出了这条裙子的风姿，刚巧您又是今日第一位试穿这件裙子的，说是新店开业，就图个吉庆热闹，这条裙子就送给姑娘了。"

曲苏从小到大逛街还没有遇到过这么大的福利，一时有点不确定地指了指自己："送我？"

中年妇人笑着道："正是。"

曲苏摇了摇头："不必了。"别说她今天兴致不高，就是放在往常，这种白送上门的东西，她也不会要。

那中年妇人面露难色，迟疑片刻又赔笑道："姑娘还是别为难我了，我家店主人说要送给姑娘这份礼物，聊表谢意，姑娘若拒绝，我实在不好交差。"

曲苏抓住了对方话语中的关键字眼："谢意？"

中年妇人一听到这个问题，顿时喜笑颜开："说起我家这位少主人，也是前些日子才到咱们流霞城，人生地不熟的，据说那天多亏了姑娘才免遭危险……"

曲苏"啊"了一声："你家主人是殷和？"她不由失笑，"他怎么还惦记着这事儿？"

"我家主人最讲信义。凡是真心帮过他的，不论多久，都要报答。同样的，凡是欺侮过他的，他也会牢记心中，决不轻饶。"

曲苏正对镜整理衣衫，听到这儿，不由从镜中睇了那中年妇人一眼。

却见那妇人慈眉善目，笑得和软，仿佛刚刚说后半句话时透出的阴戾狠毒，全然来自另一个人。见曲苏抬眸看向自己，还朝她又笑了一笑："这衣裳，还请姑娘一定要收下。"

曲苏没再说话，心想或许是刚刚自己心绪烦乱，一时听错了。

中年妇人又絮絮说了一堆感谢的话，随即又道："要说我家主人，最是独具慧眼。今日我们新店开业，这满城的大姑娘小媳妇儿，几乎全都来了。我看了这么些人，唯独姑娘的容貌和气质，穿这件衣裳最相宜。这袖子虽然宽大了些，但穿在身上，是独一份的清雅飘逸。除了您，今日这店里可没有谁能把这条裙子穿得这么好看了……"

中年妇人的每一句话都夸在了点子上。要是放在从前，哪怕明知是店家为了卖货故意说些吹捧的话，曲苏也难免要被她说得很高兴，顺势再买几件也不一定。但今天因为某些缘故，不论妇人恭维的话说得多动听，她也高兴不起来。

但曲苏也看出来，殷和这人看着温软，实则是个性情执拗的主儿。不然也不会因为当日一面之缘和一桩举手之劳的事，这么久还念念不忘，还委托一个嘴巧的妇人专门来赠新衣，博她欢心。

若她再执意拒绝，这妇人恐怕还要继续缠着她。曲苏从妇人手上接过衣匣："那就替我谢过你家主人。"

妇人见她肯接，顿时松了一口气，又讨好地道："我家少主人说了，只要姑娘看中的衣裳，全都给您留着。咱家新店开业，最近陆续会来许多样式精巧的成衣，姑娘尽可常来看看。"

曲苏点了点头，从妇人手里接过匣子后有些怏怏的，原来心里头期待了许久的话，就因不是从那个人嘴里说出来，所以哪怕说得再动听，也没法哄得她开怀。

苗苗选了两件新裙子，她看出曲苏不高兴，走到曲苏身边小声问："师姐，你怎么了？"

曲苏瞥了那头一眼，见君翊正在付钱，知道七姑娘也选好了，就拉着苗苗转身出了布庄。她越想越来气，干脆问苗苗："你觉得我穿这几件衣裳，哪件最好看？"

苗苗犯难："颜色还是第三件最好看，但第一件的款式新鲜，不过小姜师兄说的也对，那个袖子对咱们来说是不大方便。"

曲苏叹了口气："连小姜那个愣子都能说出点道理来。"

苗苗思索了好一会儿，才明白曲苏的意思："师姐，你是因为师姐夫生气的？"

曲苏忍不住看了她一眼："这么不明显吗？"

她以为就凭青玄刚刚的表现，大家伙儿应该都看出了他的敷衍和没诚意才对。

曲苏忍不住数落道："大哥从前就给咱们买过衣裳，就不说他了。你看小姜，虽然说话不好听，好歹也能提点意见。谁跟他似的，每一件都只有好看两个字。"

苗苗深吸了一口气："师姐啊……"

曲苏买了两杯桂花蜜茶饮，递了一杯给苗苗。平时，她就算不给所有人买一杯，肯定也不会忘了青玄那份。但今天她根本就不想搭理那个人，若是给所有人买，却单独漏了他，好像又显得在刻意针对他似的。所以她干脆只买了自己和苗苗的，别人都不管。

苗苗喝了一口甜津津的蜜茶饮："师姐。"

曲苏道："想说什么就说。"

苗苗仰天长叹："没什么，就是突然觉得，一个人也挺好的。"

曲苏颇为奇怪地瞥了她一眼，就见苗苗意味深长地看着她道："至少不会变傻。"

曲苏追着苗苗就打，两个人一个跑一个追，很快就在人群里不见了影儿。

青玄之前一直隔着几步，不远也不近跟着，见此情形，穿越人群，一念之间，就站到了曲苏面前。

曲苏被他吓了一跳，险些洒了手里的茶，待看清他手里提的东西，顿时又冷了脸："你买这些做什么？"

青玄盯着曲苏，实话实说："你大哥说，你虽然闹脾气，但那几件衣裳你既然当初挑了出来，显然都是喜欢的，我就全买了。"甚至包括曲苏还没来得及试穿的另外两件。

苗苗在旁边看着，缓缓叹了口气，心想："完了，以师姐现在的脑子，估计只需要听到'虽然'这两个字，就足以再生一场气。"

曲苏的脸色果然更冷了几分："我饿了，要吃炸丸子。"

庙会上有一家素丸子炸得特别好吃，外皮酥酥的，内馅香而不腻，蘸料也调得地道，是曲苏最喜欢的酸甜辣口味。

青玄跟在曲苏后头，为她付钱买了一份炸丸子。

曲苏吃了一颗，见青玄一直站在自己前头，就将丸子递过去："你也吃一个。"

青玄实在不明白曲苏为什么生气，但她突然又肯和自己说话，再说吃丸子也不是什么为难的事，便默默地吃了一颗。

曲苏问："好吃吗？"

青玄道："还好。"他沉默片刻又道："少加点辣最好。"

曲苏看了一眼苗苗，那个眼神虽然短暂，但苗苗秒懂。是了，依照师姐现在的逻辑，肯定会觉得，师姐夫连吃个丸子都有自己的主意，怎么看她挑裙子，就只有一句笼统的"好看"？答案只有一个：对她不够上心。

苗苗忍不住扶住额头，不是她向着师姐夫，只是，她家师姐今天这个闹脾气的点，也真的是很微妙啊。

你说她不讲理吧，但她很有自己的逻辑；但你说她讲理，讲的又不是一般人能懂的道理。

苗苗默默在心里念了声佛，心想：恋爱中的人，果然脑子会变蠢吧。

别的不说，从出门到现在，青玄那双眼一刻都没离开过他家师姐，配上那张脸，就是仙女看了都要忍不住羡慕。

但他家师姐现在正在闹女孩子的小脾气，她看不到啊！

与此同时，青华长乐界，妙严宫。

一身紫色长衫的青年男子步履匆匆，一脚踏进青华大帝的宫殿。他第一眼就朝着那棵大柳树看去，却并未如往常那般，看到九头狮子在树下小憩或发懒的身影。

“尊上可是在寻我？”雪肤金发的少年突然出现在紫微大帝身后。

紫微大帝却没那些闲情逸致，反手揪住少年，把人往前一拖：“就是找你，赶紧的，你这就下凡间一趟。”

九头狮子被他推得一蒙，踉跄两步，勉强站稳了身形：“我？去凡间？”他连连摇头，脸上还颇有些委屈，“尊上你就别坑我了，若是被我家帝尊知道，肯定卸了我八颗脑袋当球踢。”

紫微大帝被他说得一愣，随即又笑：“怎么会，据我所知，青玄他不爱蹴鞠。”

九头狮子低下头，双手交握，拇指对着抠了抠：“尊上说我九颗脑袋，一会儿一个主意，没个准性儿，一天到晚除了给他惹祸，干不了别的，所以轻易不让我出这妙严宫。”

紫微大帝忍不住回想起最近一次这小家伙在九重天的“英伟事迹”——前不久当着玉帝的面把凌曦仙子当食物一般叼到众仙面前，糊人家一脸口水的情形——向来舌灿莲花的紫微大帝突然沉默了。

虽说青华大帝一贯嘴毒，自己也早就习惯了，但他挑剔九头狮子这些毛病，看起来好像确实没有错。

九头狮子一共九颗脑袋，一颗脑袋一种性格，今天这个做主，明天那个说了算，说句实在话，天上地下问遍六界，愿意把它养在身边当坐骑的，也就只有青华大帝。虽说平常在天界，不论玉帝还是其他许多神仙，见了九头狮子都愿意拿他当个吉祥物宠着、哄着，但那仅仅停留在不经常见面的情况下，不然谁会愿意把一个性情百变的九头狮子当坐骑朝夕相处呢？别说愿不愿意了，许多神仙单是想想，就觉得这是“地狱模式”。换作别的神仙，用不了三天，就把这脾气反复无常的小家伙扫地出门了。

也因为此，许多仙君都在背地里议论，毕竟是青华大帝，救三界苦难，掌十方幽冥，降服一只九头狮子，轻轻松松不在话下。

但只有紫微大帝知道，青华大帝之所以愿意养这只九头狮子，一方面是因九头狮子虽是坐骑，但青华大帝几乎从未将这小家伙儿当作坐骑使唤；另一个方面则是青华一天到晚地忙，几乎少有机会和它单独相处。

只需看它每天待的地方就知道了，与其说是坐骑，不如说是青华大帝把这小家伙当成个看门兽了。

随着紫微大帝越来越不抱希望的眼神，九头狮子愈加委屈了：“虽然尊上不挂念我，但我是很想念尊上的。紫微大帝若是有什么要紧事，愿意交托给我，我一定不负使命，努力完成。”

紫微大帝在心底叹了口气："你自己还不知道其余那几颗脑袋的脾气？"

现在说话的这颗脑袋，虽说性子呆了一点，说话直了一点，但至少没那么难沟通，而且打架很厉害。想到最后这一点，紫微大帝下定决心："就你吧。"他看向九头狮子，"我给你施个术法，保证你下凡这段时间，都是保持当前这种性子不变，你可愿意？"

九头狮子没想到，在家闲得狮子毛都脱了一层了，竟然会从天而降这样大的好事。

可以下凡，可以去见尊上，而且接下来相当长一段日子，都是它自己说了算，其余八颗脑袋谁也别想霸占这具身体！

雪肤金发的少年连连点头，一双幽蓝色的眼睛熠熠闪光："我愿意啊，你可是紫微大帝，说话得算数！"

紫微大帝叹了口气："我说话自然算数。"他身边那几个最能打的，刚巧都不在身边，而这个任务不仅要选一个能打能扛的，还必须是他和青华大帝身边的亲近可信之人，算来算去，九头狮子是唯一的人选。

紫微大帝念了句咒，给九头狮子施以术法，保证他去人间寻青华大帝这段时间，其余几颗脑袋不会突然冒出来惹是生非，这才继续道："我近来夜观天象，发现星宿变化有诸多奇异之处，昨夜我为青华占了一卦，算到他将有一劫。但这是他自己的命劫，我若出手相帮，恐引出其他变数。"

紫微大帝叹了口气，神色严肃道："你且听好。此劫是十万年一次的命劫，也是青华自天地之间降生后，所经历的第一个命劫。你此次下凡，接下来这段日子，不论发生什么事，都要寸步不离地守在青华身边。"

这样重大的事，九头狮子也不敢犯浑，连连点头："事关我家帝尊的安危，我一定谨遵紫微大帝的教诲，寸步不离，守着帝尊。"

紫微大帝格外提点了句："不论青华说什么，你都不要听，不要管，也不要管其他人如何。你且记着，守好青华。此劫逢九之数，凶险非常，你转告青华，就说我说的，'事无大小，顺势而为，不可强求'，你可记住了？"

九头狮子将紫微大帝最后这句话复述一遍，立时马不停蹄下凡寻青华大帝去了。

流霞城地处三国交界，各族杂居，信仰丰富，每年正月初五这天的庙会，通常会一直持续到上元佳节。

曲苏有些意兴阑珊，全无心思看街上的舞狮、杂耍和那些游车队伍，冷不防被苗苗拽到一处小摊前："师姐，你快看这个。"

曲苏打眼一看，原来是一个异域商人，赤发碧眸，说着一口流利的汉话，正在向两位结伴出游的年轻女子推销一条坠着红色宝石的璎珞项圈。

让苗苗两眼放光的是一盒子五彩斑斓的水晶珠子，她兴冲冲地问那个商人卖多少钱，商人热情地报出一个价码，苗苗当即小脸儿一绷，放下那只颇为精巧的螺钿首饰盒："也太贵了。"

曲苏却伸手将那只盒子接了过来："这盒子怎么卖？"

赤发碧眼的年轻商人突然伸出手，轻轻托在曲苏的小臂下方："这位小姐，我从未见过这么美丽的珍珠，真是太好看了。"

他抬起眼，猫儿一样的碧绿眼瞳看着曲苏，一脸诚恳地说："不知您肯不肯割爱，卖给我一颗珠子呢？我只要一颗珍珠，这盒子里的珠子，可以任您挑选。"

苗苗也看到了曲苏腕上的珍珠手钏，惊呼出声："天哪师姐，你什么时候买的珍珠手钏，也太好看了吧！"她叉着腰，瞪那年轻商人，"你想得美！一盒破珠子换我师姐一颗这么美的珍珠，你当我们傻啊！"

曲苏当即就要收回手："不……"

她正想说"不卖"，手腕已被人从后方握住，伴随着一道清澈冷淡的男声："不卖。"

青玄这样从身后攥着她的手，几乎将她整个人都圈在怀里，身旁传来苗苗的抽气声，那商人也是一愣，随即露出了然的笑容，摊开双手道："抱歉，抱歉。"

他大笑着对曲苏说："我知道了，这串珍珠是您情郎送的定情之物，这是我不对。"曲苏仍梳着未出阁女子的发式，因而他很确定，这男子并不是她的夫君，只是情郎。他又看向青玄，"不知这位郎君可还有更多的珍珠？这样美丽的珠子，我也想买一些回去，送给我心爱的人。"

异域商人的小摊上全是些女子喜欢的首饰或小玩意儿，因而摊前几乎全是些年轻姑娘。青玄个子高，相貌也是殊异的俊美，还一直将曲苏护在怀里，这样突然出现，实在太引人注目了。那些女孩子有的拿手帕悄悄遮脸，却又忍不住偷瞧，还和身旁的女伴小声议论。

曲苏推了下青玄的手臂，青玄松开她的手腕，目光凝在那异域商人身上，自袖中摸出一只布袋。

在异域商人和周围年轻姑娘的惊呼声中，一颗又一颗泛着莹润粉光的珍珠落在他的手心。

曲苏认得，这些并不是阿秾的桃花珠，但颗颗都有龙眼大小，莹润剔透，几乎要沁出水来，也是世间难得的珍品了。

赤发碧眼的异域商人看得两眼发直。有个大胆的少女，在一旁娇声说道："郎君若是要卖这些珍珠，不如卖给我，随意开价便是。"

曲苏不由循声看去，那少女身穿胭脂红的提花锦缎，珠围翠绕，通身的富贵，难怪有底气说出任由青玄开价的话来，看来倒是个诚心买珠子的。

苗苗在一旁小声嘀咕："不卖她，说得好像我家师姐用不起这些珠子似的。"

她家师姐可没少攒小金库，她从前不爱梳妆，懒得打扮，这些年下来，比她们这些师妹少了不少开销。

说来也是，师姐像今天这样兴致勃勃拉着她去试穿新衣，这么多年还是头一回。苗苗忍不住叹了口气，也难怪师姐夫嘴笨不会说话，惹得曲苏不开心了。

青玄侧眸看了那少女一眼。

对方面染酡红，朝着青玄微一福身，虽然什么都没说，但那满脸的羞涩和一双水光盈盈的杏眼，已胜过一切言语。

青玄朝她微微摇头："抱歉。"他将手心里的几颗珍珠，连同那一整个布袋子，都塞到曲苏手里："这些珠子不卖。"

他又瞥了一眼那异域商人："她看中什么，你随意开价便是。"

异域商人的脸色从懵懂逐渐转为恍然，合着他刚刚拿那些珠子出来，并不是打算卖给谁，纯粹是为给面前这位姑娘撑腰的。商人是个乐天的性格，当即哈哈大笑，对曲苏和苗苗一伸手："两位姑娘尽管看，相中什么，我给你们算便宜点儿。"

这异域商人毕竟也很久没见过这么深情又爱吃醋的年轻郎君了。

曲苏顿时感觉手上这袋珍珠沉甸甸的，又很是烫手，她不用抬头，都能感觉到那几位姑娘的灼灼目光，简直要把她手上这珍珠布袋瞪出个窟窿来。她面上不显，嘴角却忍不住微微上翘，指着那盒子说："这个首饰盒，连同这些水晶珠子，我都要了。"

她朝苗苗小声说："好好砍价，回家分你一半珠子。"她还记得，从前阿秾也最喜欢这些水晶珠子，她轻轻抿唇，忍不住说，"我从前有位朋友，最喜欢把这些珠子编进头发里，特别好看。"

苗苗被曲苏描述得心痒痒，撸起袖子朝那商人露出一个甜甜的笑："师姐你就放心吧。"

苗苗站在摊子前，和异域商人嘀嘀咕咕了好一阵儿，最终以一个双方都满意的价格拿下了首饰盒和珠子。

曲苏却看中了另一样东西。

那是一颗淡青色的珠子，触手温凉，看着仿佛玉石的材质，却有着猫眼儿般的光泽，尤其在太阳底下看着，十分耀眼。

曲苏捏着这颗珠子，不知怎么的就想到了她第一次见到青玄时，他头戴九珠冕旒，穿着那身青华大帝的法衣，通身的流光溢彩，说不出的玄妙。曲苏莫名就觉得，这颗珠子很衬青玄。

她半眯着眸子，看那商人："这个怎么卖？"

商人望一眼她手里的珠子，朝她竖起大拇指："姑娘好眼光。这颗猫眼珠当初还是我从一顶老古董发冠上头拆下来的，本来想做一副耳珰，但一直配不齐珠子。既然合了你的眼缘，不如就便宜些卖给你。"

异域商人眼光毒辣，一眼看出了曲苏对这颗猫眼珠的偏爱，嘴上说给便宜些，报价却并不便宜。苗苗磨破了嘴皮子，他也不肯让利半分。曲苏不再杀价，直接付钱，只多向商人要了一条红绳，将猫眼珠编进去，做成个手绳的样式。

转过身时，曲苏也不看青玄一眼，轻描淡写地递了过去："不白拿你的珍珠。"

青玄轻轻攥住她的指尖，看到曲苏侧眸瞥了自己一眼，眉眼间仿佛有些生气似的，却比之前在云霓阁时的神色生动多了，不禁心头微动，正要开口，曲苏却不肯再理他，转过脸和苗苗说话。

青玄将红绳戴在手上，指尖微动，淡淡的紫色光芒转眼隐没在红绳上。

七姑娘的目光一直流连在曲苏身上，对这两个人的一举一动都看得清清楚楚，她看到青玄的动作，轻蹙起眉心，却什么都没说。

推着神像的队伍缓缓经过，与前面那些队伍不同，这座神像不知是什么缘故，拿一块红布盖着头。

苗苗忍不住"咦"了一声："这几位应该是道观的吧，不知道供奉的哪位神仙？"

一行人的目光全都落在那座盖着红布的神像上，不知从哪儿刮来一阵微风，轻轻吹起那块红布，只见那是一位女仙的石像，玉容清丽，似笑非笑，右手抚一张雕莲七弦古琴，左手朝上，掐三清指诀，一朵雪花悬在指尖，似落非落。

曲苏有些出神地望着那座神像，就听一旁七姑娘说："这是司寒神尊的神像。"

"司寒神尊？"小姜道，"好像没听说过有这么一位神仙啊。"

"或许你们听过她的另一个名字——青女。"见几人都摇头，七姑娘露出有些哀伤的笑容，"青女是上古之神，她掌管霜雪，降下的霜雪可以驱邪除恶，净化人祸。相传上古时期神魔大战，死伤无数，煞气横生，人、神、妖、魔，无一不被这种煞气感染，互相厮杀，煞气盈天，怨气自此源源不绝。六界之中，到处都是血雨腥风、山瘴毒雾，就连神魔都拿这种怨气没办法。青女身具天生的净化之能，她以一张莲华七弦琴和一支雪凤霜凰笛，涤三界怨气，还世间澄明，天地间终于恢复了往日的清净安宁，可青女却因为神力耗尽，在那之后不久就神陨了。"

曲苏听着七姑娘讲这些，神色微茫："我怎么感觉……"

七姑娘凝视着她的侧脸："感觉什么？"

曲苏摇了摇头，她说不上来那种感觉，笑了笑道："就是感觉听你这么说，她好像还挺舍己为人的。”

七姑娘道：“她确实是一位非常好的神仙，心地仁慈，许多人都受过她的恩惠。因此哪怕到了今天，仍然有道观在供奉她、祭奠她。”

小姜撇了撇嘴道：“算了吧。除了今天咱们看到的这座神像，我都没在别的地方见过这什么青女。”他年纪虽轻，说起这样的话，却有几分老气横秋的漠然，“人是最健忘的，就算她当年真是个很好的神仙，为人做过许多贡献，那又怎样？过了几千年，早就没什么人记得她了。”

曲苏指了指七姑娘，笑着道：“也不能这么说，这儿不就有个人还知道青女的故事吗？”

七姑娘望着曲苏，目光轻柔，仿佛在透过她看向什么非常遥远的回忆：“是啊，我就一直记得，并且永远都不会忘记。”

曲苏见青玄默默听着，没有说话，不由拿胳膊戳了戳他：“你有没有听过这位青女上神的故事？”

青玄不知想起了什么，眉眼间浮起一抹不太自在的神色，很快别开脸：“知道，但不太熟。”

众人交谈间，那支队伍已渐渐远去了。曲苏见青玄神色有异，正想追问，这时小姜指着不远处道：“咱们去玩那个，谁能投中，今年定能心想事成。”

小姜指的是当地一座石桥。每年正月里，桥下的桥洞里都会挂一枚硕大的铜钱，铜钱中孔悬一口铜钟，上书“钟响兆福”四个字。谁若能以手中的铜钱投掷穿过这枚大铜钱，撞响当中悬挂的小铜钟，新的一年就能福气满满，心想事成。每一年的庙会，石桥附近都挤满了人，这应该算是整个庙会上最受欢迎的活动之一。

曲苏也有两年没玩这个游戏了，搓搓手来了兴致：“好，那就看今年谁的手气更好了。”

街上人群拥挤，摩肩接踵，一行人只能跟随人群，慢慢向前挪着。等到了石桥，人更多了。

小姜问苗苗：“用不用师兄把你托起来？”

苗苗还在长个子，听到这话连连点头：“好啊。师兄你要不还像小时候那样，让我坐肩膀上吧。”

小姜笑骂了句，到底还是单膝跪在地上，把苗苗举在肩头站了起来。

小姜又瞥了眼君翊：“大哥，你也主动点儿。”

君翊不由看向七姑娘，她今天似乎有点反常，一整天的目光都黏在曲苏身上。君翊看在眼里，也不戳破，只是笑着道：“你先顾好苗苗吧。”

七姑娘知道君翊在看自己，不由抬眸笑了笑："我不着急，等前头那些人掷完腾出地方，自然能轮到咱们。"

因她这一句"咱们"，君翊面上也露出笑来。

曲苏从荷包里取出一枚铜钱，两手拇指握住，拿在唇边吹了吹，随后踮起脚尖，眯着一只眼瞄准。

"中！"曲苏向来干脆，看准了就朝着铜钱眼儿一扔，但她势头太猛，这向前一抛，自个儿也向前扑去。可巧这时人头攒动，纷纷向前拥去，曲苏等人面前就空出一片地方。

曲苏来不及尖叫，她的双眼还望着桥洞底下挂着的大铜钱，就觉被人从后面环住腰身，一把捞了回去。

青玄抬眸望了一眼桥洞，唇瓣微动，他将曲苏揽在怀里，说话时，唇轻轻摩挲过曲苏的耳朵："小心。"

曲苏被他呵出的热气弄得耳朵直痒，伸出手挠了挠，却还踮起脚执拗地看着前方，就听嗡的一声，铜钟被击中，发出一声清幽的嗡鸣。

人群先是一静，紧接着便爆发出掌声和叫好声，不少人纷纷朝曲苏看来。玩这"金钱眼"想图个好彩头的人虽然多，但这半天下来，曲苏还是头一个掷中的，怎能不令众人吃惊叫好？

曲苏笑得嘴都合不拢，她忍不住转过身，抬起头看向青玄，虽然什么都来不及说，但眼神里的意思明明白白，这是又嘚瑟上了。

青玄并不拆穿，他既然都妥协到为博美人一笑偷偷作弊的份儿上，哪会在这个节骨眼儿上泼曲苏的冷水？他顿了顿，伸出手在曲苏头上摸了一下，有些生涩地夸赞道："苏苏真厉害。"

曲苏太高兴了，也顾不上在这时和青玄拌嘴，她朝着周围祝福和羡慕的人群拱了拱手："承让了！"又朝还在迟疑着没敢出手的苗苗攥紧拳头，"苗苗，加油！"

小姜涨红了脸，额头冒汗："苗苗你快点儿。苏苏都投中了，你这还舍不得出手。"

"哎呀，你别催我呀，你越催我越慌。"

曲苏回过神，才意识到青玄一直环着自己的腰，而她几乎整个人都埋在他的怀里，两个人之间的距离早已近得不能再近了。她不由抿着唇角，手轻轻推着放在自己腰间的手："松开，松开。"她扬起颈，偏着头斜青玄一眼，"大庭广众，成何体统啊，尊上。"

最后这两个字，曲苏说得很轻，轻到只有她和青玄两个人能够听清。

从前青玄最喜欢对着她念这四个字：成何体统。曲苏心里想着，今天总算把这句话还给他了。本以为这句话会把青玄说得面红耳赤下不来台，谁知青玄神色镇定极了，眼角瞥到身旁的小姜扛不住苗苗，两个人一起朝这边栽过来，他揽住曲苏的腰，单手将她整个人提起，旋身侧转，将她放到另一边的空地上。

与此同时，他不慌不忙，低声说了句："不成体统也罢，我甘之如饴。"

幸好苗苗没摔个倒栽葱，在地上滚了半圈，裙子都脏了，当即吼小姜："臭小姜，你是不是故意的？"

青玄并不说什么，可他居高临下扶着曲苏，淡淡瞥小姜那一眼，意味明显。

小姜耳朵都憋红了，扶着腰站在原地，俊脸微红，神色却冷，显然被青玄那一眼瞥得很下不来台："还不是你太沉了，再多托你一会儿，老子腰都要折了。"

曲苏听清了青玄那句俯身低语，脸有点发烫。她抬起眼看着青玄，正想说什么，只觉衣领子被什么重物勾了一下。

曲苏被扯得一个趔趄，她推开青玄护着自己的手臂站稳，扭过头，就见身后站了个白皮肤的金发少年，他模样生得极好看，剑眉星眸，天生笑唇，一双眼瞳是少见的琥珀色。

曲苏见到这少年的容貌，不禁眼前一亮，可对方看着她的神色却不那么友好，只见他抱着手臂，颇为不满地瞪着她道："还不赶紧站好，成何体统啊！"

曲苏："……"她不由转过脸，面露微笑看向青玄，"这人是你请来的？"

不然哪儿能这么巧，张嘴就是从前青玄的登场台词，就连那十足欠揍的语气都与从前的青玄如出一辙。

青玄的脸色也不大好看，一旁小姜笑了一声，道："哪来的黄毛儿，有没有点眼力见儿？"

九头狮子昂首挺胸，下巴微抬："我的名字，你这凡人还不配知道。"

"九灵。"青玄低斥了一声，他侧首，向君翊几人淡声解释，"他是我一个手下，幼时因父母看护不慎，摔伤过脑子，说话做事，总有些异于常人之处。"

九头狮子瞪圆了眼，提起一口气正想辩驳，却在关键时刻收到青玄冷飕飕的一瞥，顿时偃旗息鼓，闭紧了嘴巴一声都不敢吭。

尊上还不知道他这回下凡，是奉了紫微大帝的命令，估计以为他是私自跑来凡间玩的，他若不收敛着点儿，惹得尊上不高兴，尊上直接用一截杨柳枝儿把他抽回妙严宫，也是极有可能的。或者干脆给他下个禁言咒，那不得把他活活憋死？九头狮子越想越后怕，悄悄挪动脚步凑近青玄："尊上，紫微大帝有要事派我来，你别赶我走，也别给我下禁言咒。"

青玄明面上一声不吭，却悄悄传音道："那就老实点。不然你接下来五百年，都别想再说一句话。”

九头狮子连连点头，乖乖站在青玄身边，一声不吭装起了玉帝凌霄宝殿门口的那头石狮子。

曲苏却饶有兴致地看着这个突然冒出来的英俊少年，忍不住轻声嘀咕了句：“是不是天界来的都长这么好看啊？”

青玄听到她这句话，看向九头狮子的眼色顿时更冷了。

九头狮子缩了缩肩膀，委屈地撇了撇嘴，他什么也没干、什么也没说啊，为什么尊上看他的眼神这么冷漠无情？

曲苏心想，之前见过的阿缎就长得很不错，今天来的这个什么九灵，更是英姿勃勃。不一样的风格，一样的高颜值，可能这就是神仙吧。或许在他们天界，长得不好看，是不配当神仙的。

君翊这时道：“青玄，借一步说话。”他又叮嘱曲苏和小姜，“时辰也不早了，你们先回，想逛街的话，明日再继续。”

曲苏点点头，反正今天也买到了几件心仪的东西。她朝苗苗一扬下巴：“照顾好七姑娘。”

“尊——”九头狮子在青玄的淡淡一瞥里将剩下的话咽了回去，乖觉地换了个称呼，“主子，那我怎么办？”

青玄道：“照顾好曲苏，送她回家。”

九头狮子顿时以一种仿佛见了鬼的眼神看向曲苏。

曲苏朝他眨巴眨巴眼：“怎么，没见过我这么好看的凡人？”

曲苏知道九头狮子身份特殊，为图说话方便，带着他快走几步，朝身后几人道：“我去糕饼铺买点东西，你们先回。”

九头狮子哼了一声：“别以为尊上让我照顾你，你就可以对我为所欲为。”

曲苏险些笑出了声：“为所欲为？我让你陪我干什么了？”她伸手指了指隔壁那条街，“我要去那条街买东西，你若不想跟，可以跟他们一道先回家。”

九头狮子直摇头，一副“你休想害我被尊上骂”的神情，抱着手臂，亦步亦趋跟在曲苏身边：“我听尊上的话，你休想离间我们主仆感情。”

曲苏道：“所以你是什么神仙？”

九头狮子眉毛一横：“我乃九灵元圣，是主人身边最受器重、最受宠爱的坐骑。”这句吹牛皮的话他平日里说习惯了，被曲苏一问，张嘴就来，话说出口他才觉出不对劲，“你怎么知道我是神仙？”

曲苏听到“坐骑”二字，瞬时了然，难怪这家伙一见到青玄，态度就这么讨好。曲苏忍不住啧了一声，还真别说，这从天界下来的神仙，哪怕一只金毛坐骑，变成人的模样也都怪好看的。

他虽然有点愣，但不是傻，联想到之前青华大帝的叮嘱，还有这个叫曲苏的女子之前扎在青华大帝怀里的样子，他眯着眼，将曲苏从上到下仔仔细细打量了一番：“确确实实只是个凡人。”

一个凡人，既不是神仙，也不是法力高强的妖族，竟然能得青华大帝的青眼，这可真是万年难得一闻的奇事。

曲苏道：“我是个凡人，不过不妨碍我知道你主子是青华大帝。”她想了片刻，问九头狮子，“你认识阿缎吗？”

九头狮子正在琢磨曲苏和他家尊上之间的关系，听到这话，不由“嗤”了一声：“别提那只绶带鸟，蠢死了！他也配和我相提并论？”

曲苏看出这九头狮子的性格简单、高傲，还特别好套话，不禁来了几分兴趣：“你突然来找青玄，是有什么紧要的事吗？”

九头狮子正欲开口，就听青华大帝隔空传音对他道：“九灵，你在何处？”

九头狮子连忙道：“我和这女子一块逛街呢，她说要去买糕饼。”

青玄的嗓音不觉温柔了几分：“记得帮她提东西，稍后我去找你们。”

九头狮子听到青华大帝这个要求，九颗脑袋同时蒙了，他从不是能憋得住话的性子：“尊上，你欠了这女人钱吗？为什么要我一直陪她玩，我不想跟她，我想跟着尊上。”

平时他就爱跟着青华大帝，只不过近万年来，怨妖滋生，怨气不绝，青华大帝事务繁忙，少有待在妙严宫的时候。他已经很久没有像从前那般，陪着青华大帝南征北战、大杀四方了。但这也就罢了，对他来说，只要能跟着青华大帝，哪怕就这么不紧不慢地逛街，也不失为一件新鲜事儿。可他不想跟着一个陌生人这样到处溜达啊，尤其还是个素不相识的凡人女子。这也没有共同话题呀。

青华大帝静默片刻，才又开口：“我没欠钱，但只要她想要、喜欢，我都愿意为她花钱，不论多少。”

九头狮子缓缓张大了嘴。

“九灵，我已认定曲苏，要与她生生世世。我会找紫微大帝，替我卜算曲苏是否有仙缘。你可听懂了？”

若青华大帝不是隔空传音，恐怕这会儿九头狮子已经给他跪下了。他正在努力消化这个石破天惊的惊世大八卦，就听青华大帝又道：“不知是何缘故，她今日有些不开心，你替我哄一哄她，记得多说好事，逗她开心，你可明白？"

这个要求却不算难，九头狮子满口答应，一边回道："尊上放心，哄人开心这件事，放眼整个妙严宫，没人比我更在行。"

青华大帝那头似乎正在与别人交谈，过了片刻才道："若是做得好，准你暂时不回天界。"

九头狮子贪玩，青华大帝以允准他逗留人间的条件诱他好好表现，之前又耳提面命告知他，定不会出错了。但分了一半心神和君翊交谈的他却忘了一件事，九头狮子这句保证，只需仔细一想，就知绝不靠谱。

数万年了，放眼整个妙严宫，除了青华大帝自己，就只有九头狮子一个活物儿。

这头九头狮子得了青华大帝的指令，面对曲苏时一扫之前的冷酷高傲，见她买完糕点，便立即抢过来抱在怀里，一边讨好地道："还想逛哪儿？我陪你去。"

曲苏瞥了他一眼，这就是传说中的九头狮子？想来他有九颗脑袋，一会儿一个心思与性格，似乎也不算奇怪。

但有人乐意帮忙提东西总是好的，曲苏道："那就再去前头逛逛吧。"

回家这段日子，君翊和苗苗天天下厨，顿顿大鱼大肉，她倒是有点想念果脯一类的小零嘴儿了。

九头狮子将青华大帝的话颠来倒去在心里反复揣摩，终于想出一条妙计，他清了清嗓子："曲姑娘，你既然认识我主人青华大帝，想必也听过许多他的事迹吧？"

曲苏侧眸看他："你家尊上有什么感人事迹？"

这九头狮子要起心眼来的模样，倒和阿秾有几分像，都是一副"你赶紧来问我啊"的小傻样儿。

九头狮子看了曲苏一眼，故作高深地道："我可是从上古时候就跟着尊上了，这都几万年了，还从没见他对谁像对你这般温和有耐心。"

曲苏绷着嘴角，差点没笑出声："温和？"

九头狮子浑然不觉这两个字有什么不对劲："对啊。你可知道凌曦仙子？那可是赤帝的爱女，玉帝跟前的红人，多少仙君千百年来的梦中仙子。"

曲苏心想：你也不考我个难点儿的。但明显这只狮子正在兴头上，她也想听听，他能说出点什么有关青玄的过往八卦，便颇为配合地点了点头："知道。她前不久已经被青玄重罚，剥去仙骨，重入轮回修炼去了。"

九头狮子脸色严肃，朝她摇了摇食指："这凌曦仙子的事儿，我主人可能没时间跟你详细讲清楚。你是不知道啊，当天在凌霄宝殿，多少仙君、仙娥都看着呢，那凌曦仙子哭得稀里哗啦的，明知要被尊上责罚，仍然一往情深，对他剖白心迹，说什么'渭水之滨初见至今，我爱慕你整整五千载’，那模样，令多少仙君看得黯然神伤，就连我看了都有点心软。”

曲苏没想到其中还有这一出，忍不住停下脚步，但细一琢磨，这事儿应该是真的。初次见面那回，凌曦仙子突然出现，当着她面抱住青玄，撂下狠话说，若青玄有事，她决不会轻饶了自己；后来第二回见面，青玄刚到客栈救下她，凌曦仙子再次紧跟着出现，对自己说话虽然客气了几分，但仿佛总在刻意试探着什么。如今听了九头狮子转述当日在凌霄宝殿发生的种种，那凌曦仙子以往的种种作为，倒是都说得通了。

她忍不住哼笑了声：“你家尊上的桃花，一向都很多。”

九头狮子颇为自豪地道：“那当然了。”他悄悄打量曲苏的反应，见她嘴角挂着笑，应该是挺高兴的，顿时觉得自己这步棋走得真是高明，忍不住再接再厉道，“青华大帝威名远播，六界之中谁人不知？多少仙官见了我们尊上，那都毕恭毕敬的。你就看这回，玉帝再怎么喜欢凌曦仙子，不也得顺着我家尊上的意思公平处事？还有赤帝那老头儿，平日里多霸道嚣张的一个人，每次去了天界，那也是个横着走的人物。当着我家尊上的面，从来大气不敢喘一声。还有啊，九头鸟听说过不？那家伙原本是十颗脑袋，就因为这个，从前每回见面，没少对我显摆……”

这九头狮子说话没头没尾的，曲苏不由笑着道：“对你显摆，就因为他比你多一颗脑袋？”

“对啊！”九头狮子摇头晃脑地道，“他天生十颗脑袋，比我和相柳多一颗，向来嘚瑟得很。上古时，这家伙到处惹是生非，有一回因为一个女人，把榴榴给惹恼了，榴榴把它的一颗脑袋给咬了下来，那之后我们才喊他九头鸟的。”

曲苏道：“榴榴是谁？”

九头狮子道：“就是你们凡间传说里的天狗。榴榴脾气不好，两个人自那之后结了仇，天天打、日日掐，好好的阴山被他俩打得坑坑洼洼，断成几截儿。最后我家尊上去了，就用那么一招，把九头鸟那只没有头的脖子削得更短了一截。天狗更惨，直接被打得妈都不认识了。”说起这段往事，九头狮子颇为神往，“自那之后，差不多得有七八千年吧，我都没见榴榴出过门。”

曲苏最爱听八卦故事，九头狮子讲的这段倒是对足了她的胃口：“听起来，好像从前青玄的脾气更不怎么样。”

现如今的青玄，顶多只是性子冷了点、嘴巴毒了点，看他如今的样子，无论如何也想不到几万年前的青玄，脾气竟然会这么暴躁，明显是个能动手就绝不讲理的狠人哪！

九头狮子搓了搓下巴：“那会儿尊上年纪也轻啊，如果按照你们人类的年纪来算，也就十五六岁吧。而且那会儿妖族兴盛，那些大妖都挺爱打架的，尊上若不出手，他们更无法无天了。”

曲苏忍不住问：“那会儿的青玄，长得就是现在这样吗？”

九头狮子能明白曲苏的意思：“尊上是上神，那个时候的容貌便是如今这般，不过性子比现在还冷，人也比现在凶，但是桃花……比现在多得多！”

曲苏也瞬间明白了九头狮子的意思，毕竟是上古时期，妖魔鬼怪遍地走，大家都爱打架，估计那些“桃花”个个都是胆子大、性子烈的美人儿。

细想一想那个情景，还真是令人神往。

“所以，我还没见过谁敢给我家尊上甩脸子呢。”

曲苏正兀自笑着，陡然听到九头狮子这句话，一时没反应过来：“嗯？”

九头狮子一脸的理所当然：“我说认真的，就我家尊上这战斗力，天界有谁敢给我家尊上脸色看？真有那几个不开眼的，事后没一个落得好下场的，像凌曦那样被扔进轮回重修仙骨，算是最轻的惩罚了。而且这往后啊，当着天庭那些老古板的面，你可不能再对尊上直呼其名了。你也知道，他是上神，你是凡人，怎么也得恭恭敬敬称他一声‘青华大帝’，或者像我这样，至少喊一句‘尊上’啊。”

说到这儿，九头狮子看向曲苏的眼神不由透出几分深意来：“曲姑娘，尊上愿意对你这么好，你也应该……”

“我应该？”曲苏一把从九头狮子怀里扯过自己刚买好的糕点，扭头就走，“我一个凡人，又不是你们天界的人，玉帝再牛，也没给我发月钱，凭什么管我？青华大帝这么厉害，让他愿意揍谁就去揍谁啊，有本事你让他打死我。”

亏得她还以为这九头狮子是个和阿秾差不多段位的傻瓜小可爱，想不到他刚刚讲了那么长一段，全是冲着她来的。

还有青玄，专门派这么个家伙跟着她，是想让她知道他有多了不起、多厉害，自己能和他在一块，有多么难得，是多么荣幸！她是不是应该现场给他们跪拜，谢天恩啊？

曲苏突如其来的翻脸不认人震惊了九头狮子，他好一会儿才回过神，忙不迭地去追人。

他几次张嘴，都不知道该怎么接曲苏刚刚的话，最后只能巴巴地说：“那个……尊上让我跟着你一块回家呢。我若是不跟着你，待会儿尊上回来，该找不着我了。”

曲苏头也不回，冷笑了声：“随便你。待会儿你就站在大门口，保管青华大帝从外头回来，第一眼就能看到你。”

九头狮子：“……”曲苏的话虽然听起来好像挑不出什么错，可他怎么感觉这么不对劲呢？

直到曲苏回到家，当着他的面一脚踹过去，大门嘭的一声在他面前关上，九头狮子才突然意识到一件非常可怕的事：尊上让他好好表现，哄曲苏开心，但他好像把事情搞砸了。

曲苏现在的样子看起来非常不开心，非要比较的话，简直比从前青华大帝冷脸的样子还要可怕，毕竟尊上几万年都是那副冷冰冰的样子，他早看习惯了，可曲苏不一样，她长得就一副清水出芙蓉的模样，皮肤欺霜赛雪的白，眉眼清润温柔，看起来就还挺招人喜欢的。这副模样的女孩子突然摆出冷脸，看都懒得看他一眼，九头狮子莫名就觉得心头发虚——他好像闯大祸了。

逛庙会的日子里，流霞城大街小巷摩肩接踵，想在这个时候逆着人流的方向往城外去，是一件难事。君翊走了几步就发现了这个问题，干脆就近选了一间人少的茶楼，带青玄进了位于二楼的一间雅室。

两人平日里都不是话多的性子，专门避开众人走这一趟，显然有要事商谈，因此谁都没有多客套什么。

君翊开门见山道："你家乡来人了，可是这几天就要离开？"

君翊的猜测合乎常理，毕竟是过年的关口，这般匆忙找来，想必也是有要紧的事。尤其看那位小郎君连个包袱都没带，显然没打算在这多待，说不定寻到青玄就要启程了。

青玄摇了摇头："我不着急。"他微笑着看君翊，主动为他斟了一杯茶，"至于在流霞城待到什么时候，看苏苏的意思。"

君翊道："曲苏看着吊儿郎当，什么事都不上心，但她向来最重情义。"他顿了顿，仿佛在斟酌词句，看着青玄的眼缓缓道："对你，她很上心。"

他端起青玄为他倒的那杯茶，转身站到窗边，眺望着远方街上人头攒动："青玄，落羽这些师兄弟，几乎都是我看着长起来的。他们都是孤儿，没有父母、亲人，落羽就是他们的家。但所有人之中，曲苏最不一样。"

君翊道："当年遭遇天灾，曲苏年纪小，有些事她已经记不真切了，我也不希望她记得。但我这一生都忘不了，捡到她的那天，翻开她母亲的尸体，把她从一摊热血里拎起来的样子。她母亲到死都将她护在怀里，食指塞进曲苏的口中。"君翊转过脸，他模样生得远不如青玄或小姜俊美，但或许自小经历许多的缘故，眉眼间自有一派远山淡水的韵致，"我并不知道她父亲是如何死的，但她的母亲，并非天灾所害，而是被人杀死的。她母亲的后背全是刀伤，最深的一刀几乎砍断了脖子。血流到曲苏的脸上、身上，她几乎成了个血人。那些血是很好的掩护，她母亲在临死前拼命将食指塞进曲苏口中，不让她发出声音，显然是为了给曲苏争取一线生机。”

青玄并不知道，当年曲苏父母的死还有这样一段曲折，君翊讲得郑重，他也听得认真。

君翊道：“曲苏能活下来，是因为运气够好。我路过的时候，她母亲还没有完全断气，但已经说不出话了。她只是看着我把曲苏从她怀里拖出来，我到现在都忘不了她看着我的那双眼。我试了几次，那双眼都无法闭上。我当时对着她的尸体说，我会养大这个孩子，有我一口吃的，就有她一口吃的。我会照顾她，护她一世平安。”

青玄道：“你是个重诺的人。”

君翊道：“我在她母亲随身的包袱里，找到她父亲生前与友人往来的信件，知道她的名字叫曲苏。我没有为她改名，我想她既然叫这个名字，能有足够好的运气遇到我，那么这个名字就会一直保佑她，护她一世平安。她的父母都在天上看着。”

青华大帝掌管十方幽冥，对于人死之后会去往何处，他比这世上任何人都更清楚。但当着君翊的面，他说不出一句否定的话。

从很久之前，他就知道，凡人寿命短暂，力量也弱，但或许正是因为此，凡人所怀的执念，有时比神魔更强。因为人就是靠信念而活的。你若碾碎一个人的希望和信念，与杀人无异。

因此许多时候，神明明早就看到了凡人的宿命，却不会干涉，更不会说破。

这是独属于神的慈悲。

君翊见青玄一语不发，神色也没有丝毫动容，说道：“曲苏带你回来那天，你我第一次见面，我并不喜欢你。并非我对你有偏见，而是我知道，你这样的人，看不透摸不清，太难掌控。我希望曲苏能过平凡幸福的一生，所以一开始，我并不喜欢你一直缠着她。”

青玄这时开口道：“我和曲苏，彼此相悦，互通心意。我和她是平等的，没有谁缠着谁一说。”

君翊道：“你非池中之物，曲苏跟着你，注定不会过我希望她过的平凡日子。但曲苏喜欢你、看重你，我陪她一起长大，愿意尊重她的选择。今日，我要你一句承诺。”

青玄神色一如往常地淡然，与君翊对视的那双眼却熠熠闪光。有那么一刹那，君翊似乎看见青玄开口时，有一道极快极幽微的金光自青玄双眸一闪而过。但青玄面朝窗子而坐，那道金光，很可能是日光与晚霞照耀在他眼睛里的流光罢了。

君翊不会知道，神对着天、地、人立下誓言时，双眼才会有这样的金光流转。

青玄缓缓道：“我对曲苏的心意，海枯石烂，永不变更，若违此誓，天地同诛，形神俱灭。”

青玄的态度和所立誓言，令君翊颇为满意，他点了点头：“很好。”

回程的路上，或许是因为话说开了的缘故，两个人之间的氛围也轻松了许多。君翊主动说起几桩曲苏少时的趣事，青玄听得认真。经过一间炒货店时，他停下脚步道：“君兄可先折返，我在这家店买些东西就回。”

君翊见他有心，不免多提点了几句：“比起这家炒货店的东西，曲苏更爱吃隔壁街两家的果干和牛肉，我将店名告诉你，你从前头街角绕过去就是。”

青玄点头谢过。与君翊分别后，去那两家店选了几样从前见曲苏喜欢买的零食。回家路上他寻了处胡同，造了结界，主动联系紫微大帝。

紫微大帝一见他这身装扮，便忍不住笑：“果然是红鸾星动，连万年冷情的青华大帝都穿起了这般鲜亮的颜色。”

青玄神色淡然反讽道：“所以你果然是看不惯我逍遥，专门把那头狮子撵下来烦我的？”

紫微大帝忍不住吸了口气：“你都是陷入热恋的人了，嘴巴能不能少一点刻薄？”

青玄道：“胸襟宽广点儿，既然知道我过得好，应该多一分祝福。”

紫微大帝都被他气笑了：“我还不够祝福你？上一回你在雒城办烛龙的事，还不是我给你出各种主意哄那位曲苏姑娘开心？”

就算青玄不肯多说，紫微大帝也已从自家绶带鸟的口中，套出不少两人之间的小趣事，如今叫起曲苏的名字，熟稔得像提起一位相熟的朋友。

青玄毫不客气地道：“那就再帮我一回。”他微微皱起眉，似乎遇到了一个疑难问题，“我今日陪她一起出门，事事都照你所说去做，但她好像更不开心了。”

紫微大帝道：“你都做什么了？”真不是他小人，但难得见青玄吃瘪，哪怕只是这样隔空看着他愁眉不展，都让他忍不住心头暗爽。紫微大帝清了清喉咙，努力克制着自己开口的语气不要太欢脱，“朋友，展开说说。你们这小情侣之间闹别扭的事儿，不仔细说清楚，我一个外人怎么替你出谋划策啊？”

青玄这一回没有犯懒，将当时的情形仔仔细细复述，随后道：“你自己说的，鞍前马后，出谋划策，若今天哄不好曲苏，我唯你是问。”

紫微大帝借着拿茶盏饮茶的姿势，勉强忍住蔓延到嘴角的笑，故作严肃地皱着眉道：“青华啊，你还记不记得从前你座下有个叫杨羲的仙官？”

青玄记性向来不错，思索片刻点了点头道：“他不错。”

他之所以记得杨羲，主要还是此人话虽不多，但办事极利落，因而对他有几分好印象。

之后有一回，佑圣真君觉得这杨羲身手不错，尤擅兵法，更适合跟在他身边，就向青华大帝要了人，带在身边历练。又过了三千年，杨羲升了职位，在如今的天界也是独当一面的人物。人人见了，都要尊称一声“杨道君”，鲜少有人知道，杨羲曾是青华大帝座下的一名小小仙官。

紫微大帝又道：“那紫清上官，你可还有印象？”

青玄道：“他在诣清山修上清道，最终得道封仙，当日他求我赐姓，我观他道心，赐了他‘安’姓。”

紫微大帝这才继续说道：“他家里有个女儿，取名‘安灵箫’，也是位朱唇粉面、玉软花柔的美人。有一年，这位小美人在人间历练时，和那杨羲看对眼了，就那么一眼，自那之后，这杨羲就思恋成狂，苦修道法，最终驾龙飞升，抱得了美人归。”

青玄沉默片刻，总算回过味儿来：“你的意思是，他当初得道升仙，是因为安家的女儿？”

紫微大帝忍不住大笑道：“话不多，办事利索，那估计只是在你面前吧。我可是亲眼见识过他是如何哄得家中娇妻破涕为笑的。那番甜言蜜语，别说是那位性子本就温柔婉转的‘九安华妃’了，就是换作我，恐怕也要被他哄得晕头转向、有求必应。”

青玄沉默片刻，看向紫微大帝的眼神透出几分了然：“我也是第一次知道，原来你遍览芳丛却片叶不沾，是因为心仪男子的缘故。”

紫微大帝刚喝了一口茶，正准备了长篇大论给好友“补课”，听到这句话险些没把心脏咳出来。他伸出食指指向青玄：“我现在被气死，对你有什么好处？”

青玄道：“你的意思是，我应该对曲苏多说好话，哄她开心？”

紫微大帝抚着胸口好不容易才喘匀一口气：“当然了。青华，你从前不曾将男女情事放在心上，这些话自然不会有人主动教你。但凡你寻一个人问，只要此人通晓情爱，都会说给你相似的道理。不论凡人还是仙子，就算是西王母那样性格的神女，遇到心仪的人，也只会比今日的曲苏更不讲道理，更需要恋人温柔小意，耐心哄好她。”

青玄皱着眉：“但我还是不明白，她今日为何生气。”

紫微大帝耐心地给他梳理：“青玄，你以为男女相恋，日常琐碎事中都需要分出谁对谁错、谁高谁下吗？或许在你看来，曲苏今日的行为，不讲道理，令你摸不着头脑，但这就对了。什么时候她愿意和你讲道理，才恰恰说明，她心里已没有你了。女子面对喜欢的人，总爱使些小性儿。你就当她这是变相在向你撒娇，可还觉得难解？”

青玄摇了摇头。他学习新事物向来能举一反三，紫微大帝说得也通透，再仔细回想今日两人相处的种种细节，许多之前不明白的地方，现在想想，都不难解。

紫微大帝继续替他分析：“况且，你我相识多年，面对同一件事，尚且各有见解，更何况曲苏她是女子，自小在凡间长大，对许多事的想法自然和你不同。你日后与她朝夕相对，总会有意见相左、磕磕绊绊的时候，难道你为了顺着她的心意，就不保留自己的想法吗？”不等好友开口，他便替青玄回答：“显然是不可能的。所以我现在教你，但凡往后再遇到什么事惹她不开心了，你可以暂时放下那些想法，先说些好听的，把人哄开心了。但凡女子，总想听心爱的人多说些甜言蜜语。”

青玄若有所思。

紫微大帝又道：“还有，男女之道，贵在谦让，贵在示弱啊。”他点了点桌子，颇有一副夫子的架势，“你喜欢的这位姑娘，虽是个凡人女子，却并不是柔弱无依的性子，对付这种性格的女子呢，你若要强，她肯定会更和你别着劲儿。但你若示弱，她肯定要心疼了。姑娘家心肠都软，你得给她制造心疼你、可怜你的机会，那时，不用旁人帮忙说和，你们也能日日蜜里调油了。”

紫微大帝正要再说，那头青玄已伸手一抹：“时辰不早了，我还要回家陪曲苏吃饭，改日再聊。”

紫微大帝阻拦的手伸出一半，只见眼前人影一虚，转眼便归于虚无，两人的对话被青玄这家伙单方面强行中断了。

他还有更重要的事都没来得及当面和青玄说啊。

而且他和青玄都认识多少年了，青玄只惦记着要回家陪人家姑娘吃饭，怎么就不记得多关心一句他有没有吃饭？

紫微大帝被气得乱了方寸，直想骂娘，全然忘记了他与青华同为上神，压根儿用不着吃饭。而且神仙与人不同，多是天生地养、自然所化，青华大帝压根儿就没有娘。

另一边，青玄拎着给曲苏买的各样零嘴儿回到落羽，刚从街角转过来，远远就看到那一头黄毛拿根草棍蹲门口画圈圈的落寞身影。

青玄不由微微眯起眼。九头狮子若有所感，一看真是青玄回来了，顿时一蹦三尺高，人直接冲了过来，讨好地将青玄怀里手里的大包小包全接了过来。

青玄看一眼大门，有些纳闷儿：“门怎么关了，曲苏他们呢？”

九头狮子不敢答话，但青玄既然开口问了，他也不敢晾着他家尊上完全不吭声，半天才垂头答道：“我也不知道……”

青玄走上前，敲了敲大门喊道：“苏苏，是我。”

青玄才从紫微大帝那补了小半天的课，此刻耐心十足，款款温柔，一连喊了三声等不到人应答，他也不生气，继续温声道：“苏苏，开开门。时辰不早了，该吃晚饭了，我都有些饿了。”

九头狮子活了几万年，何曾见识过自家尊上这般放低姿态、温柔小意，而且还睁着眼说瞎话？他眨巴眨巴眼，实在憋不住话："尊上，咱们就是一万年不吃饭，也不会饿的。"

青玄横了他一眼，正待开口，就听里面传来苗苗的声音："师姐夫？"

青玄被这一声"师姐夫"喊得舒心，正要答应，就听隔着大门，苗苗连连"呸"了两声，随后又道："不对不对，你现在已经是前师姐夫了。"

青玄脸色一僵："苗苗，你说什么？"

苗苗在那头小声道："你还是走吧，你已经被我师姐扫地出门了，现在整个落羽都传遍了，你今日就算叫破喉咙，也不会有人给你开门的。"

青玄："……"他没说话，但看向九头狮子的眼神，几乎能把这孩子给活撕了。

九头狮子虽然顶着一张嫩生生的少年脸，个子已长得几乎和青玄差不多高了，但他此刻压根儿不敢挺直身板儿，而是缩着肩膀，可怜巴巴地塌着腰，抱紧怀里那些东西："尊上，我错了。"

九头狮子不敢隐瞒，将自己与曲苏一路上的对话复述一遍，末了特别委屈地抽了下鼻子："我也不知道，怎么就惹曲苏姑娘不高兴了，明明我前面讲完凌曦仙子的那段往事，她还笑来着。"

青玄没说话，隔着门却传来小姜清亮又欢愉的声音："能别这么堵在我家大门口吗？大过年的，还能不能讲点武德了？不带这么死缠烂打的，知不知道？"

九头狮子忍不住开口回撑："你说谁不讲武德？有本事出来咱俩练练！"

小姜道："我才不上当，我就不开门，你能怎么地！"

九头狮子道："你以为老子不能爬墙过去？"

小姜哈哈大笑："你当然能爬，你还可以学我师弟养的哈巴狗儿，从大门左边墙根儿底下那个狗洞爬进来呢，傻黄毛儿，你爬吗？"

"你才黄毛儿，没文化！老子这是金发，你懂个屁！"九头狮子朝着里头嗷嗷地喊，"曲苏，曲姑娘，我错了，但我家尊上没错啊，你可以把我锁外头，但你把我家尊上放进去啊，他为了哄你开心，给你买了好多好吃的，重得我都快拿不动了！"

而且就眼前这道门，别说是他家尊上了，就是他想神不知鬼不觉地穿门而过，也是易如反掌，小事一桩。

也就是他家尊上把姿态摆得那么低，对着曲苏说话又那么温柔，他作为一个刚刚犯下大错，坑了尊上的人，当此之时，最好是戴罪立功，可不敢再自作主张瞎说话，惹门里那位姑奶奶不高兴了。

竹林一角，曲苏坐在木栅栏上，沉默地啃着一块鸭脖，一声不吭。直到听到九头狮子这句“拿不动了”，才冷笑了声：“我信你的鬼话。”

一个青华大帝，一个九灵元圣，以他俩的力气，就是把整个落羽连同地皮扒起来扛着，力气也绰绰有余，几袋零食就拿不动了？

大门外，青玄在曲苏突然说了那句话之后，突然动了动耳朵尖。

这点距离，别说曲苏突然肯开口说话，她就是打个喷嚏，青玄也能听得一清二楚。

苗苗好像还想说点什么，但一阵布料的摩擦声和少女小声抗议之后，大门另一边彻底安静下来。很明显，苗苗反抗不到位，被小姜那个唯恐天下不乱的家伙强行拖走了。

与此同时，曲苏轻而冷的嗓音低低说了一句：“没我的允许，不许进来。”她虽然没说那几个字，但青玄全明了，曲苏这意思是不许他用术法进门。

他虽然头一回与女子谈情说爱，但也明白这时若是偏要进门，可能会适得其反，把本已难解的局面搅得愈加糟糕。

刚打定主意要穿门而过的青华大帝蹙起眉心，破天荒地顿住动作，踟蹰不前了。

紫微大帝教的那些办法虽好，可好像没有能用于当下这个情形的。

时近傍晚，流霞漫天，隔着面前的大铁门都能闻到里头的饭香味儿。九头狮子抽了抽鼻子：“尊上，他们好像在吃烤兔……”

青玄看都不想看他一眼：“你不是说，就是一万年不吃饭，也不会饿？”

九头狮子可怜巴巴的，毫无立场，当即改口：“烤兔肉好香，曲苏姑娘手艺真好。尊上，我好饿。”

神仙虽然用不着吃饭，但谁还没有个口腹之欲呢？紫微大帝远住北极星宫，仍然凭着葡萄仙子那一手精绝的酿酒手艺，获得天界一众仙君、仙娥的喜爱，就连九头狮子这头脾气古怪的小家伙，都被紫微大帝不时派人送来的美酒佳酿给收买了。

青玄道：“让你哄苏苏开心，你把人气得大门都不让我们进，就是阿缎那只呆头鸟也不至于如此没用，你不配吃饭。”

至少人家阿缎从前跟在曲苏身边时，总是一副乖乖的模样，一直都挺讨曲苏欢心的。

就是太讨曲苏欢心了，所以后来再有什么事要办，青玄都没允他下凡。

九头狮子这辈子都没想过，有朝一日竟然会被阿缎那只破鸟儿给比了下去。他心中默默流泪，卑微地抱紧了怀里堆得如小山高的零食：“尊上说得对，都是我不好。”

说起来，也不能怪尊上生气。自从跟了青华大帝，他们两个人，一个赛一个的能打，事事顺畅，所向披靡，人人爱戴，无往不利，何曾受过这样大的委屈！

九头狮子默默反省，他不是故意惹曲苏不开心的，谁还不想当个受人喜欢的小灵兽呢？而且直到现在他都没想明白，自己到底什么地方把人惹怒了。九头狮子越想越委屈，突然灵机一动："尊上。"

青玄瞥了他一眼，就见九头狮子一脸"你快夸我"的自豪神情："尊上，我想了一圈，咱们认识的人里头，最会讨女人欢心的就是紫微大帝了吧！这事儿您问他啊，他跟您那么好，人也聪明，肯定会给您出个绝妙的好主意，顺顺利利把曲姑娘哄回来。"

青玄："……"他沉默片刻，"先找间客栈安顿。"

半个时辰前才刚刚联系过，转眼就又要因为同一个问题开口求助，他青华大帝不要面子的吗？

也不知说错了什么话，再次被主人甩个冷眼的九头狮子抽噎一声，扁着嘴跟在青玄身后。

新春佳节，金乌西坠，街上人来人往，无处不喜气洋洋。青玄和九灵主仆两个一前一后慢吞吞地走着，显出与路人截然相反的落寞。

过年这段时间，流霞城的许多客栈都有许多空房，青玄和九灵去住店，受到店家非比寻常的热情欢迎。青玄从前跟着曲苏，也算有过一些住店的经验，选了一间离落羽最近、最宽敞的房间，只交了一个晚上的房钱。

约莫是见青玄和九灵两个风尘仆仆，大包小包买了不少，店家以为这两位是来流霞城探亲访友的，特意让后厨烧了热水，连同热茶一同送去房间。

远在北极星宫正在饮茶的紫微大帝感觉腰间的坠子闪了几下，转了转眼珠，突然绽出一个有几分玩味的笑，故意拖了一小会儿，才不慌不忙将那坠子从腰间取下来，点了一下放在桌上。

紫微大帝这拖了"一小会儿"，对青玄和九头狮子两个来说，就是凡间的一个多时辰。

待看到紫微大帝躺在他那张摇椅上优哉游哉晃着脚的模样，青玄的脸色就不是很好看。

紫微大帝"哟"了一声，故意伸长脖子，打量起青玄身后的房间："这是怎么回事儿？人间此时正是新春佳节吧，你和九头狮子怎么不好好在人家曲苏家里待着？"

紫微大帝的眼神看起来诚恳极了，但唇角的笑怎么都憋不住："是不是曲苏家里人口太多，住不下了？"他朝蹲在不远处窗台的九头狮子瞥了一眼，摇了摇头道，"真是看不出，你和九灵还真是主仆情深，都陪他一起出来住客栈了。"

青玄脸色几乎已凝成冰，另一头紫微大帝实在忍不住了，把酒葫芦往旁边一甩，伏在摇椅上哈哈笑出了声。

就看不久前青华迫不及待回家会佳人的样子，能这会儿冰着脸跑出来住客栈，肯定不能是自愿的，更不会是为了照顾九灵。这两个人，一个赛一个的脸皮厚，还特别会得寸进尺，落到如此田地，明显是被曲苏撵出来的。

青玄一语不发，默默地看着紫微大帝笑个够。

黑发紫衫的俊美青年笑得前仰后合，好一会儿，才意犹未尽地擦了擦眼角的泪，对着青玄摇了摇头："我想说这句话好多年了。青华，你也有今天，哈哈哈！"

眼看紫微要笑个没完没了，九头狮子也看不过去了，走到桌边对紫微大帝道："我说紫微尊上，您就先别笑了，您说说您，这都多少年了，怎么还是这么小心眼儿啊？"

紫微大帝露齿一笑，从旁取过一柄凤羽白扇，缓缓摇着："果然不是一家人，不进一家门，你这遇事倒打一耙的本事，真不愧是青华手把手教出来的。"

青玄道："如何是倒打一耙？"他伸出两指，指了指九头狮子，"这个，难道不是你不经我同意，就给我打包送来的？"

紫微大帝笑容微微一僵："是我，但我那也是为了你……"

青玄道："归根结底，我如今孤身一人，无亲无友，冷冷清清住在客栈，又是谁的过错？"

九头狮子忙不迭地连连点头："我家尊上说的没错，今日这祸确实是我闯下的，全都是因为我，才害得我家尊上有家不能回。还有呀，我刚刚想了许久，我之所以说错话，害得曲苏姑娘不开心，确确实实是紫微尊上您的过错。"

若不是紫微大帝临走之前对他千叮咛万嘱咐，一定要保护好尊上，他也不至于反应过度，当着曲苏的面说出那些乱七八糟的话来。总而言之，他的出发点是好的，而且很大程度上是受了紫微大帝的影响。

紫微大帝简直无语："我一个人，真是说不过你们俩。"他瞟一眼九头狮子，"是我算错了，不是'你们俩'，单你一个就有九颗脑袋，论起颠倒黑白，我如何敌得过'威名赫赫'的九灵元圣呢！"

九头狮子颇为羞涩地挠了挠后脑勺："紫微尊上谬赞了。"客套话是说了，但显然九头狮子被紫微一句"威名赫赫"夸得整个人都骄傲起来，挺起胸脯道："紫微尊上，我真的没有说谎。今日我家尊上有事要忙，让我陪曲苏姑娘聊聊天，哄她开心。我当时就记着在天界时您对我的那些叮嘱，事事都要以我家尊上为先，然后就一不小心说错了话，害得曲苏姑娘会错了意。然后，就是现在这样了……"

紫微大帝一只手揉着额头，斜眼看这一站一坐却不约而同盯着他的主仆两人："所以你们两个这是话也说了、祸也闯了，就想到找我来替你们两人顶缸了？"

青玄道："你远在天界，鞭长莫及，让你顶缸并不实际。"他顿了顿，迟疑道，"你之前教的那些办法，听着是有道理，但如今我连曲苏的面都见不到，就算想施展，也没有机会。”

紫微大帝陷入沉思，目光落在站在青玄身后的九头狮子身上，他正在抓自己那一头黄毛，手中羽扇一击掌心：“有了。”

他指了指九头狮子：“解铃还须系铃人，既然这祸是九灵闯的，人自然要他去哄。”

九头狮子还没开口，青玄已径直拒绝：“不妥。”

紫微大帝纳闷儿了：“如何不妥？”

九头狮子也道：“尊上，您就让我去吧。他们虽说不让咱们进门，可也没说不能爬墙啊。紫微尊上说得对，既然当时是我说错了话，惹得曲苏姑娘不快，自然也该我去给她赔个不是。说不准她见我诚心认错，就不生咱的气了呢。”

青玄的凤眸微微一眯：“月黑风高，你一个成年男子突然出现在她的闺房，若是被落羽其他人看到，这如何说得清？”

九头狮子被青玄给说蒙了，另一头的紫微大帝扑哧一声，笑出了声。

九头狮子觉得这是天大的冤枉：“尊上，我又不是人。”

青玄道：“在凡人眼中，你就是人。”他轻蹙着眉，又添了句，“而且若是吓到她怎么办？”

紫微大帝这时懒洋洋地插话道：“我说青华，你这是担心吓到曲苏或是旁人吗？我看你是不想曲苏在这个节骨眼儿上见到除你之外的男人吧？”

哪怕那个人是九头狮子，他也不愿意。

这前有阿缎，后有九灵，紫微大帝作为局外人，可是将青华大帝那点儿不足为外人道的隐秘心思看得一清二楚。

这热恋中的男人可怕的占有欲啊！

青玄一语不发，端起茶盏喝了一口，凤眸睇向紫微大帝。

紫微大帝被他这一眼看得一个哆嗦，连连摆了摆手：“怕了你了。”他反手拿扇，将扇柄在桌沿上敲了敲，“不开玩笑，我确实觉得九灵为你探路，是一步绝佳的好棋。”

青玄淡淡道：“那就变只雪狮幼犬，从落羽大门左边墙根底下的狗洞进吧。”

紫微大帝拊掌大笑：“妙极！”他隔空点了点青玄，“我刚才正是这么想的。”

紫微大帝和青华大帝两人越发默契，被晾在一边的九头狮子恨得想撞墙。

他家尊上追姑娘确实是人生头等大事，但他九头狮子的面子同样也很重要啊。凡间不就有句话嘛：人活一张脸，树活一张皮。他九头狮子可是有九颗脑袋，这需要的脸面，自然比别人还要多些。

紫微大帝这出的都是些什么馊主意啊！

在九头狮子明确表达了变狗可以，但不想钻狗洞进去之后，紫微大帝乐不可支道："你既然都变成雪狮犬了，自然要装得像一些，不然就像你家尊上说的，让凡人看到一只雪白可爱的小狗在空中飞，岂不是当场要吓疯几个？"

九头狮子闭着眼，颇有几分恼羞成怒："我又不是傻子，我可以用隐身术进去。"

青玄淡淡道："不爬狗洞可以，但接下来紫微教你说些什么，一字不多，一字不少，务必精准传达。不然……"

九头狮子打了个激灵："我保证！"

在众仙君、仙娥面前清雅出尘的紫微大帝，当着他的面，露出一个难以用言语形容的险恶笑容："九灵，来，这事儿我得单独教你，不让你家尊上知道。"

夜黑风高，人却睡不着。

曲苏一手托腮，另一手把玩着桌上早已空空如也的酒杯，微微侧过脸，仰头看着窗外那棵繁花正茂的火凤花树。

一想起傍晚时候，苗苗被小姜拖走之后又偷偷跑回去扒门缝儿的情形，就让她气不打一处来。

他竟然那么快就走了！

难道今天的事，他就不觉得自己有一点儿错？

雪白、娇小而又蓬蓬的肉团子就在这时艰难地蹦进半敞的窗，它眨着黑宝石一样乌溜溜的圆眼睛，迈着肥嘟嘟的小短腿，想跳下窗台，却好像有点怕高似的，喉咙里还发出一声嫩生生的求助声。

曲苏被这小东西闹出来的动静吓了一跳，站起来往前走了两步，看清它的模样后，她简直难以置信："你是从哪儿冒出来的？"

曲苏解了发簪，披散着头发，只穿一件宽松的长裙。她走到近前，一把抱起这只年幼的雪狮犬，快步走回去，小心翼翼扶着它，让它站在了桌子上。

从九头狮子的角度，便是刚扒着桌子稳住身形，就见曲苏的脸在自己面前突然放大，扑面而来的还有她散落在肩头的发丝，以及身上说不出的淡淡幽香。

九头狮子顿时老脸一烫，它刚想出声，又想到紫微大帝的叮嘱，匆忙转换声线，以幼犬独有的嫩生生的嗓音道："曲姐姐，是我。"

曲苏一怔，原本扶着幼犬的手却悄悄抽离："你是谁？"

丰盈柔软的毛发也挡不住脸颊逐渐蔓延的烫意，九头狮子喘了一口气，硬着头皮道："我是九灵。尊上他出事了，你快跟我去看看他吧！"

曲苏一听"九灵"二字，瞬间已后退三步，她皱着眉道："你又想要什么花招？"

胖嘟嘟的雪团子好像没力气了，干脆趴在桌上，短短的前爪无奈地揉了揉脸。

曲苏被面前这只幼犬一连串的动作萌得心肝颤，脸上却仍是冷冰冰的神色，一句多余的话都不肯说。

九灵揉了揉脸，嫩嫩的嗓音满是沮丧："曲苏，曲姑娘，曲姐姐。我的好姐姐，下午是我说错了话。但惹你生气，不是我的本意，我是希望你可以知道，尊上他是一个非常好的上神，他什么都很厉害，但我光顾着说尊上的好话，却没考虑过你听到这些话后的感受。还有，往后你和尊上在一起，愿意怎么称呼他就怎么称呼，这些我没有资格代替尊上做决定。"

九灵的这番道歉和忏悔可以说很有诚意了。

尤其还是用雪狮幼犬那种细细的小奶音来说的，更是听得人心头微软。

曲苏抿了抿唇："我接受你的道歉。"她不是矫情的性格，既然愿意接受九灵的道歉，就不会再计较，更不会记仇。她沉默片刻道，"时辰不早，你还是先回吧！"

九灵摇了摇脑袋："曲苏，你快和我去看看尊上吧。他真的很不好。"

有关青玄的事儿，曲苏却不肯那么轻易信他："他是青华大帝，你今天下午还和我说，他一个人能拳打天狗、脚踢鬼车，他会有什么不好？"

雪团子一般的幼犬瞬时在桌上转起了圈圈："我没有说谎，但我说的那是从前的青华大帝。自从他从那什么沧浪城回来，就跑去重建炁渊，修为足足耗去九成，就算已经休养了这么些日子，如今的尊上比起他的巅峰时期，所剩修为也不足三成。"

说到这儿，小小的雪狮犬眼睛湿漉漉的，仰着小脑袋看曲苏："曲苏，你就去看看他吧，尊上真的很可怜。他今天隔着一道门进不来，你又不肯和他说话，他一整晚什么都不吃。你说他现在都这样了，还不好好吃饭，身体怎么会好呢？"

前面那些话都是紫微大帝一字一句教的，九头狮子自己说起来，也觉得很感动，十分心疼尊上，唯独最后这一句有关吃饭的问题，他偷偷练习了好几遍，但每一回说到这句，他其实都在悄悄心虚。

青华大帝为修炁渊不惜耗费自己的修为是真，直到最近，他的修为只将将恢复到三成也是真，但是神仙恢复修为，绝对不会是靠吃饭，至少不会是靠人间这些饭食。

九头狮子偷偷拿眼去瞄曲苏此刻的反应：还好，看起来没生气。

曲苏听到九灵讲起"重建炁渊"那段，先是微微一愣，随即便记起两人在白帝城重逢时，青玄一开始总是一副恹恹的"病美人"模样，还经常会忍不住咳嗽。那时她不知他是青华大帝，还以为他一个天界来的小小仙官，因为制伏煞化的林梵，为她洗去怨气而消耗太多法力，才导致后来那么虚弱。再后来，她知晓了他的真实身份，共同目睹了千千和司徒琰的惨烈结局，那段时间有太多事发生，千头万绪，青玄又有意隐藏，她也就忽略了他那段时间脸色苍白的状态。如今看来，他当时并不是在卖惨，而是真的身体不适。

曲苏忍不住眼眶发烫。她还记得因为岳周和林梵的事，她和青玄可以说是不欢而散。后来在白帝城那段日子，她也没少因为看不惯他总置身事外的态度而讽刺他，甩脸色给他看。

原来他在她看不见的地方，已然尽了自己最大的能力，默默地做了那么多。

原来他并不是对林梵的灰飞烟灭无动于衷，也并非无视岳周和斛向秋的苦苦挣扎；原来对他们从前一起走过的路、遇到的人、经历的波澜壮阔，并不是只有她一个人感到不平和惋惜。

原来他为了重建炁渊，几乎耗尽了自己的全部修为。

曲苏朝着九头狮子走过去，轻声问他："青玄在哪儿？带我去见他。"

雪白的肉团子趴在曲苏手臂上，终于悄悄儿松了口气：搞定。

推开门的那一瞬，曲苏本能地感觉到好像哪里有一点儿不对劲。

但就在她迟疑的片刻，臂弯里的雪绒团子纵身一跃，就这么当着曲苏的面隐匿身形，不见了踪影。

房间里似乎传来一阵有些熟悉的声响，曲苏脑袋还混乱着，一时没反应过来那是什么动静，迈过门槛走了进去，然后她就看到了令她终生难忘的一幕。

半透明的绢帛屏风，偌大的浴桶，热气腾腾几欲迷眼的雾气，还有屏风另一头，墨发披散、赤裸着上半身站在浴桶里的人。

"苏苏？"尽管隔着屏风，只是朦胧看到个人影儿，青玄还是第一眼就认出来人，约莫是正在沐浴的缘故，他的嗓音听起来有些沙哑，"苏苏，别走。"

曲苏掉头就往外冲。

青玄原本惊喜的心情瞬间凉掉半截，也顾不上其他，随手披上一件外衫，身形一闪就挡在了曲苏前头。

曲苏愣在当场，没了屏风那半遮半透的朦胧美，青玄整个人赤裸着胸膛挡在她面前的模样，简直比她不久前的那个梦更有冲击力……

曲苏猛地仰起头，一手捏住鼻子，另一手指向身侧，瓮声瓮气地凶他："你走！"

饶是曲苏反应极快，动作也敏捷，但顺着她指缝飞快涌出的鼻血，还是让青玄很快明白过来，曲苏刚刚为什么转身就走，现在还变了一个人似的，对他这么凶。

青玄没忍住笑了一声，却没有听曲苏的，躲去一旁，而是伸手将她的下巴微微抬起，低声道："苏苏原来这么没出息。"

曲苏刚想说话，就觉鼻腔一热。她瞬间记起来，流鼻血是这样的，情绪激动的话血只会流得更凶。小时候她有一阵子总爱流鼻血，后来长大了些，不知不觉也就好了，没想到今天被青玄给刺激得犯了老毛病。

此情此景，别说是她再抬头看上青玄一眼，哪怕青玄用他那种清越微沉的声音再跟她多说上一句话，都能让她的鼻血流得更为汹涌。

曲苏越想越气，这谁能想到啊！

谁能想到她满怀担心、一脸坦荡地推门进屋，看到的就是这种情形？

她此前就算阅遍不同风情的美人，看过再多剧情旖旎的画本子，也没亲眼见过这么刺激的“美人出浴图”啊！

而且那个人，还是在她心目中向来清冷、禁欲的青华大帝。

最让她生气的是，她怎么就这么不争气，才这个程度，就激得她犯了多年前的老毛病？

青玄看着曲苏红透的脸颊，五指凌空一抓，一块干净的帕子出现在手中。他微微拧动指尖，帕子上肉眼可见地凝上薄薄一层冰霜，他低声哄曲苏：“拿这个冰敷试试。”

帕子攥在手里冰凉凉的，贴在脑门和鼻子上很是舒服。曲苏缓缓吐出一口气，目不斜视地站在屋子一角，既不肯坐，也不肯理人。

不坐是因为依照少时流鼻血的经验，突然坐下或突然起身，鼻血很容易再次涌出来。至于不想理人的原因，就更简单了：她觉得好丢脸！

假如她也是个神仙，此刻她想做的第一件事，就是原地打个洞，从地下一路溜回落羽的家。

青玄倒了一杯凉水递给她：“喝一点水。”

曲苏试探着放下手里的帕子，感受到鼻腔里已没有了异样的涌动，垂着眼不肯接水：“今天烤肉有些吃多了，上火。”

青玄“嗯”了一声：“我还惦记着和苏苏一起吃这顿烤肉呢，苏苏也不等我一起。”

曲苏垂着眼帘，这一顿鼻血流得她不仅人虚，心也虚，到现在她都还没想好，接下来要怎么面对青玄，听到这句话，不由道：“那从前怎么没听你说过想吃大哥做的烤肉？”

青玄嗓音微低，透着某种罕见的温柔：“重要的不是吃什么，而是和苏苏一同享用美食，什么都很好吃。”

曲苏突然记起九灵眼含热泪的叮嘱，于是飞快扭头看了青玄一眼：“我听九灵说，你身体不太舒服。”

青玄淡淡地“嗯”了一声：“现在好多了。”

这句话听着平平无奇，实则可比“确实不舒服”的杀伤力可大多了，至少曲苏一听，就觉得这不能忍。她走到水盆前，将帕子沾了些清水，对着一旁的镜子轻轻擦拭：“我带你出门吃点东西吧。这家客栈虽然还算整洁，但饭做得一般。我知道有一家野蕈炖鸡汤，特别滋补且好喝。”

“好。”青玄应道，“苏苏刚才流了许多鼻血，确实应当喝些鸡汤补一补。”

曲苏收拾清爽，准备掉头就走，背对着青玄，有点儿暴躁地道：“不许再提流鼻血的事。”

青玄从身后揽过她的肩膀，嗓音含笑：“好，不提。是我听你说了那家鸡汤好喝，有些馋了。”

曲苏虽然脊背挺得有点僵直，但到底没有推开青玄的手臂。两个人低声说着些什么话，不知不觉间就下了楼，走远了。

九头狮子变回人形，没精打采地回了屋：“尊上变了，有了姑娘，就不记得我了。”

桌上，青玄留下的一个腰坠子闪了两下，九头狮子伸手点开，看都不看那头紫微大帝的表情：“曲苏不生气了，尊上也不气了，他俩去外头喝鸡汤了。”

另一头，紫微大帝期待地搓搓手：“九灵啊，我来来回回考虑了好几遍，觉得还是应该去找你们玩两天。”

“啊？”九头狮子先是一呆，随即高兴起来，“紫微尊上也要来这边？那太好了，有人陪我玩了！”

紫微大帝笑眯眯的：“对啊，虽然我这手头的事有点多吧，但我刚刚算了一下，去个三五天，也不打紧。”

反正工作天天做也是做不完的，既然做不完，就不如抓紧机会轻松一下。尤其有些事，还是得当着青玄的面跟他说一说，才比较稳妥。

第十八章　争风吃醋

正月十五上元佳节，比起正月初五的庙会，更为热闹繁华。几乎刚到掌灯时分，整个流霞城已然灯火通明。皓月当空，彩灯万盏，各式各样的大小花灯，绵延成了灯的海洋。

这一天既是阖家团圆的日子，也是青年男女外出游玩、幽会的好时机。君翊难得主动一回，吃过晚饭便宣布，今晚要和七姑娘两个人一块儿去买花灯。这就是明确地拒绝和大家一同行动了。

曲苏有样学样，拽起青玄，很快就溜没了影儿。这两个人动作太快，除了青玄走哪儿跟哪儿的九头狮子能跟上他俩，小姜和苗苗都没能追上。

“姐姐，买盏莲花灯吧！”一个梳着双鬏的粉裙女孩拦住青玄和曲苏，她怀里抱着箩筐，里面盛满巴掌大小的花灯。女孩仰脸，只瞧了青玄一眼，便脸颊透粉，连忙看向曲苏，“姐姐，上元节买盏莲花灯许愿，然后放到咱们流霞城后头那条清凉河里，可灵啦！”

曲苏见她不过十来岁的年纪，怀里抱着这许多花灯沿街贩卖，额角和鼻尖已沁出汗滴，却还殷勤地向路人推销，应是为补贴家用，不禁笑着逗她：“这灯看着倒是挺漂亮的，是你自己做的？不会刚放进河水里就会被冲散骨架吧？”

女孩之前还有几分羞怯，一听这话便急了，连连摇头道：“这些灯全是我阿娘和阿姐做的。阿娘说我手指力气不够，还做不好灯笼，才让我沿着家附近这一小段路叫卖。我家灯笼都卖了十多年了，价格实惠，还不容易坏，从前买过的客人，许多第二年都还来我家订呢！”

曲苏本就是想逗逗她，见她急得眼眶都湿润润的，赶紧笑着从荷包里数铜板：“信你了，给我两盏灯。”

女孩偷偷瞥了青玄一眼，又道：“姐姐未来的夫君这般俊美，是要好好许愿的。”她递过两张粉色花笺，“这个也是我姐姐亲手制的，一般人买花灯，我都不舍得赠这个。”

一旁的青玄已伸手接过花灯和笺纸，道了声：“多谢。”

曲苏把铜板塞进女孩掌心，又揉了把小姑娘的脑袋，嘟囔了句：“小小年纪，懂的倒不少。”

青玄生得俊美，虽然面色始终冷冰冰的，却一直走在曲苏身旁。自打手上拿了两盏莲花灯，往来人群看向他们两人的目光愈加多了。出于职业习惯，曲苏不大喜欢这种被人频频注目的感觉，不由嘀咕了句：“惹祸精。”

“你说什么？”

曲苏抬眸，灯火明暗间，她看清了他的眼，他那双凤眸生得实在勾人，眼尾绵出缱绻上翘的弧度，漆黑的瞳染上了灯火暖色，即便只如这般略显茫然地朝她看来，也足以牵动少女情肠。难怪连刚刚那个十来岁的小姑娘多瞧他一眼，都要红了脸庞。

曲苏咳了一声，移开视线，一边告诫自己别再回想那晚在客栈看到青玄沐浴时的情形，一边对着脸颊扇了扇风：“没说什么，我说路上人多，你把这两盏花灯拿好了。”

两人身后，紫微大帝和九头狮子不远不近地跟着。九头狮子好久没见识过这么热闹的阵仗，看什么都新鲜，看什么都想买。紫微大帝出手阔绰，看到喜欢的，毫不犹豫就买，也不拘着九头狮子花钱。他性子温雅从容，哪怕只有片刻得闲，也能顺势而为，很好地享受当下。因此一会儿工夫过去，这两个人买的竟然比走在前头的青玄和曲苏还要多。

“要不要和我打个赌啊，九灵？”紫微大帝笑眯眯地递给九头狮子一碗刚出锅的汤圆，抛出了“鱼饵”。

汤圆又软又糯，馅料也足，但刚出锅的汤圆几乎能烫破人一层皮，普通人总要吹上半天才能咬上一口，九头狮子却不畏这些，转眼已咬开第五颗汤圆，嘴上还沾着黑芝麻的馅料：“赌什么？”

紫微大帝笑得狡黠：“就赌你家尊上，今晚会不会和那位曲姑娘更进一步。”

九头狮子一蒙：“什么叫更进一步？”

紫微大帝笑吟吟地比了个手势，九头狮子瞥了一眼，不屑一顾地埋头继续吃汤圆：“我还以为是什么，不就是亲嘴儿吗？告诉你，就算从前尊上没亲成，这两天也差不离了，这有什么可赌的？”

紫微大帝笑得有几分神秘：“那要不要就赌今天晚上？”

九头狮子把脑袋一摇：“没银子，不赌。我家尊上说了，赌博不是好孩子该玩儿的。”说到这儿，他还颇为嫌弃地看了一眼紫微大帝，“尊上还说，你这人虽然正事上靠谱，但闲暇的时候，让我注意分寸，不要被你带歪了。”

紫微大帝把扇子一收：“瞧你那个劲儿！我算看出来了，青华能被惯出这副臭脾气，有你一半功劳。盲目追随，无脑吹捧，你这是对青华好吗？你这是害他！”

九头狮子压根儿不把紫微大帝的话往心里去：“我家尊上就是好，就是厉害，你再说尊上一句坏话，我现在就去告诉他。”

紫微大帝缓缓吐出一口气，保持微笑：“你现在去找青华说话，就是找揍。”

九头狮子吃得正爽快，听到这句话，突然缩了缩脖子，从紫微大帝手里抢过另一碗汤圆：“这个你半天都不碰，我替你吃，凉了就没法吃了。”

“救命啊！”一道凄厉的女声划破夜空，熙熙攘攘的人群也被这声尖叫划破一道口子，几乎所有人都在寻找声音的来处，人头攒动，四处张望。

“救命，妖怪吃人啦！”

“有妖怪！”

更多的喊声次第响起来，人群中发出更多的惊呼和议论声，曲苏和青玄也几乎在同一时间循声望去。

青玄蹙起眉：“这声音……”

这些声音乍一听是出自同一人，但若仔细分辨就会发现，并不是完全一致的声线。

然而就在这时，头顶突然同时绽开数朵烟花，几乎全是大家以往没见过的新样式，有百花争艳，有万鸟朝凤，甚至还有一条黑鳞之中金光隐现的巨龙。原本惊疑不定的人群，因这场突如其来的盛大烟花，陷入了新一轮的混乱和拥挤。

“当心！”

曲苏被人扶了一把手腕，抬起头来，就见对方戴着一张鎏金面具，笑盈盈地看着她：“今晚的烟花你喜欢吗？”

曲苏愣了一瞬，顺着他微微扬起的下颏朝头顶看去，只见夜空之中，数不清的烟花次第绽放，样式新奇，色彩鲜艳，许多都是曲苏也没见过的。

殷和又道：“其实我也不知道你喜欢什么，那日我去铺子里盘账，刚巧见你和朋友一起选衣服，就自作主张让家仆送你一件裙子。今日是上元佳节，我想着或许你也会出来赏灯，不知道你喜不喜欢烟花，就提前让家里备好了烟花，想不到，还真让我在这儿遇见了你。”

殷和浅茶色的眼瞳里显出的惊喜和雀跃毫不掺假，就连曲苏也不禁被眼前绚烂的烟花、熙攘的人群和他脸上的喜悦之色感染，跟着笑道：“当然喜欢了，过年放烟花不就图个新鲜热闹吗？也不知道这放烟花的人从哪儿找来这么多新样式，比我之前和师妹一起买的烟花厉害多了！”

殷和笑得一双眼都弯起来：“流霞城能人无数，能办起这样一场烟花，也不算什么。说起来，最近或是偶然，或是巧合，总会遇到女侠，我还不知道你的名字呢。”

“苏苏。”刚刚周遭吵吵嚷嚷的，又因为有人喊“妖怪吃人”，青玄确实感应到一股很强的妖气，为了多方周全，他远远看了一眼，确认曲苏安全无虞，难免要先去查探一番附近情形，再过来与曲苏会合。

青玄走过来时，扫了一眼站在曲苏面前戴着鎏金面具的红衣男子，眉眼微沉，脸色冷极。曲苏认识他这么久，一眼就看出他这是不开心了。

“原来你的名字叫苏苏，很好听的名字。”殷和露出一抹笑，那模样就像是个“奸计”得逞的少年一般，因为格外生动，半点也不惹人讨厌，“那我以后也叫你苏苏可好？”

曲苏正要开口，青玄已抢先一步将曲苏挡在身后，将人揽在怀里转身就走：“她的名字，你不配叫。”

曲苏还想再说什么，但眼看着青玄那个脸色，到嘴边的话又咽了回去。算了，家里这尊神仙脾气上来可不好哄，她还是不要捋虎须了。

远远地，紫微大帝和九头狮子也朝这边赶来，尤其后者还颇为担心地朝这边招了招手：“主子！曲苏！”

红衣男子倒背着手，向旁边踱了两步，隐去身形，尽量不引起那两个人的注意，目光却一直凝在曲苏的身上。

多少年了，她的样子几乎没怎么变。还是那么温柔、爱笑，又喜欢帮助人。

“曲苏……”殷和低声笑着，将这个名字在唇齿间反复念诵，“我还是更喜欢你从前的名字，姐姐。”他望着曲苏走远的身影，指尖摩挲着拇指上那道深可见骨的陈年旧伤，唇瓣轻扬，笑得又甜又肆意。

不远处，九头狮子还要再喊青玄，被紫微大帝眼疾手快地塞了块驴打滚儿。

这一家的驴打滚儿做得又糯又黏，九头狮子一时说不出话来，对着紫微大帝就伸出了拳头：“呜……”

紫微大帝毫不客气，一巴掌拍在他脑袋上：“还敢跟本尊动拳头了，我这是为了你好，知不知道？”

九头狮子挨了一个“爆栗”，一边飞快嚼着口中的甜食，一边口齿不清地道：“你就是想拆散我和尊上……”

紫微大帝翻了个白眼：“你家尊上现在眼里心里，都只有那位曲苏姑娘一人。”说话间，他一把揪起九头狮子的后脖领，移形换影穿梭过人群，立在一处颇为低矮的墙头上，朝院子里一处凉亭指了指。

此时的流霞城，街头巷尾处处灯火明灿，唯独这一处院子，正好在一条胡同的旮旯，约莫是一处荒废宅院，从内到外都未点灯，放眼望去真是黑黢黢的一团，伸出手都看不见五指。但这样昏暗的光线对蹲在墙头上的两个神仙来说，自然不算什么。

九头狮子一开始还不太明白，顺着紫微大帝拿着万星七翎扇的手往凉亭的方向一看，他狠狠地咽了一口口水，幸好没呛到。

只见他家尊上一袭枫叶红色的交领长袍，墨发微散，将面前身穿樱粉留仙裙的女孩子整个人困在面前那张石桌上，上身微倾，一手撑着桌沿，另一手则捏着曲苏的下巴，毫不迟疑地吻了上去。

九头狮子何曾见过这种阵仗，先前差点被自己的口水呛到咳嗽，此时见了这一幕，差点一头栽下墙头。

还好紫微大帝大发慈心，也有可能是怕糟蹋了他怀里那些吃食，将手上扇子往自个儿怀里一抄，又伸出手把九头狮子给提了上来。

说到底，也不能怪九头狮子没见过啥世面，到底还是眼前这一幕太过刺激。

他家青华大帝从前是何等睥睨众生的高傲人物，想不到一朝认识了曲苏这个凡间女子，不仅穿起了从前看都不看一眼的鲜亮红色，还把人家姑娘当街掳走，随意寻了个漆黑的院子，就迫不及待地做出了这般孟浪举动。

眼见青华大帝捏着曲苏的下巴，越亲越放肆，甚至隐隐有顺着曲苏微微敞开的衣襟，一路向下的趋势。那条樱粉色的留仙裙被男子红色的衣袍压着，裙摆上的褶皱尽数被压向了另一边。远远听着，几乎连衣料的摩擦声都清晰可闻。

“和他不是初识？当初你看都不看是什么人，就凌空把人家抱了？”若不是听到青华大帝清晰吐露的这一句，都看不出他已经停下动作，至少从这个角度看去，两个人仍然贴面相对，耳鬓厮磨，这样近的距离，仅仅是说话，都有着说不出的旖旎。

紫微大帝轻轻咂了咂嘴，投给九头狮子一个只可意会的眼神：你家尊上这是吃醋了，难怪直接把人家姑娘劫到了这种黑漆漆的地方。

九头狮子回以一个有些茫然的眼神：我家尊上何时这么小气了？

紫微大帝看得明明白白，不由伸手拍了拍九头狮子的小脑袋瓜：“傻孩子。”

曲苏的嗓音带着喘，似乎还有一丝恼怒：“我抱之前也不知道他是男的啊，而且你不知道他抱在手里感觉特别轻，就跟一团棉花似的。”

远远地，就听青华大帝笑了一声，嗓音微哑：“苏苏若肯抱一抱我，保管我比棉花还轻。”

曲苏回得更快：“行啊，如果你不介意被我打横抱起来，我是不介意试一试。”

“美人”在怀，曲苏自然乐意，就怕她真那样做了，青玄自己第一个先觉着别扭。

果然，青玄难得沉默了一瞬。

紫微大帝扑哧一声笑出来，紧接着意识到不对，在青玄隔空打过来掌风的一瞬，扯上九头狮子溜之大吉。

九头狮子还在摸不着头脑，青玄已隔空传来一个“滚”字。

那声音不大不小，却威势迫人，哪怕九头狮子还被紫微大帝拎着后脖颈，也被自家尊上这一个字压得膝盖一软，险些沿街跪倒。

紫微大帝在距离庭院稍远的拐角站定，摸出扇子把玩着，忍不住“啧”了一声。

九头狮子撇着嘴：“尊上凶我。”这么多年，青华大帝就算再怎么对他爱搭不理，也极少对他说这个“滚”字。

紫微大帝叹了口气道：“知足吧，这也幸亏是你我，换个天界来的旁人，早被你家尊上一袖子扇回九重天了。”

“想不明白。”九头狮子挠了挠头道，“曲苏刚刚也没干什么啊，至于把尊上气成这样？”

紫微大帝都被他给逗笑了：“那你看到你家尊上成天只跟曲苏玩，不陪你玩，你心里酸不酸？”

九头狮子嘬了嘬牙根儿：“是有那么一点。但我知道，曲苏是尊上想要生生世世相伴的爱人，我是尊上的朋友，这不一样。”他故作大方地耸了耸肩，“而且我都陪着尊上几万年了，曲苏才‘霸占’他几天啊，算起来还是她亏大了。”

紫微大帝笑道：“道理都被你说了，跟你们尊上一个模样。”他拽了九头狮子一把，掉头就走，“今天这赌约，是我赢了，你就当我三天仆从，好好提着手上的东西吧。反正啊你记着，这但凡爱一个人，就都想独占对方。你家尊上这是吃上醋了，心里头正不舒服呢。”

九头狮子朝着紫微大帝背影喊：“你去哪儿，不在这儿等尊上他们了吗？”

紫微大帝轻嗤了声：“自然是去街上等了。站在那儿等，岂不是不打自招，等着被青华削啊。”

九头狮子骂骂咧咧跟了上去。

庭院里，青玄一道掌风撵走了两个“损友”，转过脸看着曲苏，冷着脸道：“今晚这事来得蹊跷，接下来这些日子，你不许再乱跑。”

曲苏忍不住仰头朝天，叹了口气：“青天大老爷啊，怎么突然说话跟我大哥一个口吻了？”

青玄嘴角微翘，突然凑近她，唇几乎要贴上她的脸：“我像你大哥？”

曲苏被他吓得整个人后仰，双手撑住他的肩膀：“不像不像，我说错话了。尊上如此月朗风清，天下绝色，世间怎会有男子能和青华大帝比肩！”

今晚青玄大约真的被那个突然出现的“红衣美人”给气坏了，一直不停地亲她，曲苏虽然有点享受其中，但几次反客为主都失败后，渐渐地连气都喘不过来，她有点被青玄今日不顾一切的气势给吓到了。

千穿万穿，马屁不穿。曲苏这句格外顺畅的夸赞一说出口，顿觉周身一轻，先前青玄身上的威压顿时卸去大半。再看眼前的人，虽然面上未见明显的笑，但眉眼间都洋溢着一种愉悦至极的淡淡慵懒，向来冷淡的凤眸也微微眯了起来。

“走吧。”青玄将曲苏抱下石桌，手掌一翻，先前被他藏起的那两盏莲花灯了出现在手中，“先陪你去放莲花灯许愿。”

两人回到街上，先一路往清凉河去了。

清凉河绕城流淌，途经流霞城后的一座竹桥，直通远处暖翠浮岚的群山。每年正月十五，流霞城的青年男女都会来这座竹桥附近放灯许愿。

曲苏和青玄还未走近，远远就瞧见拥挤的人群中，破天荒地让出小半个圈来，其中还掺杂着少女笑盈盈的起哄声，“答应她吧！”“答应她！”“不说话，点个头也算呀！”

青玄正在思索紫微大帝事前教他上元节这日要做的“约会事宜”，他跟在曲苏身后，低声道：“苏苏，待会儿放过花灯，不如我们……”

曲苏突然向后伸出手：“你抬我一把。”

前方人头攒动，几乎无路可走，但曲苏要看的热闹就在竹桥这一头，相隔仅有几丈，只需站得高一点，便不会错过接下来的任何好戏了。

约莫是觉得青玄迟迟没有动静，曲苏向后一倚，两手搭在青玄的手臂上，侧过头对他说：“你悄悄用术法，把我抬起来一点儿，约莫有你这么高就够啦。”

曲苏说这话时微微仰起脸来的模样，红唇水嫩，眼波流转，有着平日里少见的娇艳。青玄被她这一眼看得心旌摇曳，刚微微低下头，曲苏头已转了回去：“你快点呀！”

青玄伸手揽过曲苏腰侧，一只手臂已将她凌空抱起，这其实并不需要什么仙术，对他来说，这般抱起曲苏与凡人拾起一片树叶并无差别。

曲苏却觉得满意极了：“哇！”

青玄凑近曲苏的耳朵：“苏苏。”

曲苏拍了拍他手腕：“别吵，看前头。”

好戏才刚上场呢，既然想看八卦，总要有点专业精神。

青玄淡淡吸了口气，分出两分心神看向前方。只见被众人让出小半个圈的竹桥一头，一个身穿石榴红襦裙的年轻女子手执一盏样式精巧的桃花灯，执意将它赠给面前一个模样冷峻的青年。两个人皆侧身而立，从曲苏和青玄所站的地方，刚好能将这两人的模样、姿态一丝儿不落地尽收眼中。

年轻女子挽了个特别好看的发髻，满头珠翠，鬓边簪了一朵开得极艳的火凤花，还特意涂了同色的唇脂。她模样生得并不多么娇媚，但胜在身姿娉婷，落落大方：“你不愿意答应，总该给我个理由。你若说得有理，从今往后，我决不纠缠。”

说话间，她伸手一指身旁丫鬟手里的匣子：“这里头是一百两黄金和你的身契，拒绝了我，你今夜就可离开流霞城。我会告知家中手下，我朱家上下，绝无一人敢阻你出城。”

曲苏正看得津津有味，就觉耳根一酥，身后传来青玄微沉的声音：“在你们流霞城，女子赠男子桃花灯，可有什么讲究？”

曲苏的目光一瞬不离那个一身藏蓝色劲装的男子，飞快解释道：“就跟江南一带赠香囊什么的差不多。男子若是接受，就代表两个人定了终身。”

青玄低声道：“那苏苏都没为我准备一盏桃花灯。”

曲苏“哎呀”一声，手指揪紧青玄的衣袖：“可真够憋气的，愿意不愿意，倒是吱个声啊！”

那红裙女子约莫也与曲苏有着相似的心绪，她气得脸庞微红，胸口微微起伏，一片酥白引得远近年轻的郎君纷纷看直了眼。

有那胆子大的当即便嚷嚷道：“我说朱家娘子，你既招婿，总紧着一个看多没意思，不如你也看看我。”

又有一个男声道：“就是啊，论出身论模样，我张家三郎不比你家这个小护院差！”

曲苏与围观的众人几乎同一时间朝着那位张家三郎看去。

只见那张三郎虽然生得和朱娘子面前的青年差不多身量，却是淡眉小眼大嘴巴，也不知他何处来的自信，敢说出论模样与人家不相上下的言论来。

围观群众发出嘲笑声，更有敢言者，大喊出声让其闭嘴。

曲苏反应更快，第一时间便呕了一声：“妈呀，换我还是要这个小护院。”

腰间的手臂瞬间收紧，曲苏却扒住青玄的手臂，兴奋地向前探出脖子：“快看快看！”

原来就在张三郎开口说话的同时，那位郎君也说了一句话，而且还向前走了一步。

只不过大家伙儿刚刚热情高涨，许多人一时都没听清他说了什么。

曲苏连忙拍青玄：“你肯定听到了，他刚刚说了什么？”

身后静默片刻，随即传来青玄颇有些无奈的嗓音：“天冷，把这件披风穿上。”

曲苏一时不信：“他手里也没拿披风啊。”

青玄道：“在那位娘子身后第二个丫鬟的手中。”

曲苏伸长脖子一瞧，果然不假，顿时满意地拍了拍手，有几分扬扬得意地道：“我就说，看他这样子，怎么也不像对这位朱娘子无意。”

青玄看出曲苏正在观摩八卦现场的兴头上，若想她搭理自己，只能顺着她感兴趣的点：“怎么说？”

曲苏道：“他若真对朱娘子无意，大可一走了之，他不吭声，不拒绝，也不走。我就觉着，他心里肯定也是有这位朱娘子的。”

就在曲苏说这两句话的光景，眼见那位神情冷漠的俊俏郎君，已伸手从丫鬟手中接过披风，亲手为那朱娘子系上。

男子姿态熟稔，动作温柔，看那样子，相同的事不知已做过几百回。

朱娘子手中的桃花灯已微微放低，灯火映照下，她脸颊酡红，眼圈儿也泛红：“你心里明明有我，为什么不愿接受我？”

男子仍然不语。

直到系好那件石榴红色的披风，朱娘子胸前的“大好风光”被一遮到底，他才退后一步，开口道：“我只是个小小护院，配不上娘子。”

朱娘子说话间已落下泪来：“你不必故意说这样的话，我知道你胸有乾坤，我这小小朱家，从不在你眼里。”

也不知是被朱娘子的愁绪感染，还是这两个人的言谈愈加沉重，众人的叫嚷和喧嚣声在这一瞬间寂静下去。

只见朱娘子转身，将手中桃花灯往河里一掷，在众人的一片惋惜声中，自身后第一个丫鬟手中拿过那只匣子，一把塞进青年郎君怀里。

朱娘子泪洒红裳，一席话却说得掷地有声：“身契还你，还有这一百两黄金。你若心里有我，就去外头天高地阔闯个名堂，八抬大轿娶我过门！”

火焰般的披风扫过青年捧着木匣的双手，朱娘子转过身，嗓音哽咽：“我等你三年，三年后你若不回来，我另择佳婿！”

青年在最后这一刻突然出声：“三年，若我不曾闯出个名堂，我也会回来，入赘朱家，做你的夫婿。”

朱娘子走得昂首挺胸，没有回头。但曲苏分明看到，听到青年这句话时，她带泪的腮边，笑容是前所未有的明媚。

青年一直站在原地，直到那抹石榴红彻底隐匿在灯火阑珊处，他才转过头，朝出城的方向笔直去了。

一对有情人就此分别。

人群分开，为他们让出两条道，而后又合拢，竹桥周遭，再次热闹起来。放花灯的，凑热闹的，欢笑声、吵嚷声一浪高过一浪。

青玄将曲苏放下来，拥着她向前走去，一边问：“这下可看过瘾了？”

曲苏意犹未尽地咂了咂嘴：“不出我所料，是个好结局。”她对那青年临走前的宣言颇为满意，“幸好他没有说，若是闯不出名堂就不回来。否则的话……”

青玄笑问：“否则怎样？”

曲苏瞥了他一眼，反手做了个劈刀的手势："自然是打断他的腿，哪儿也不必去了。"

青玄被她的眼神和手势逗得弯起唇角，故意道："倘若三年后他一无所有地回来，朱娘子会不会心生嫌弃？说不准到了那时，情势又不一样了。"

曲苏长叹一口气："现在他也什么都没有，那朱娘子不还是当街示爱？所以要我说啊，有些时候，是你们男人想得太多了。"

青玄道："他身处低位，遇事难免想得多一些。"

由苏"嘁"了一声，斜眼看青玄："算起来，我和尊上在一起，也可以说是高攀了，怎不见我日日愁苦，奋发图强？"

青玄正待开口，就听曲苏顺理成章地接了下去："自然是因为就算我拼尽毕生，也不可能把自己修成个神仙。一旦这个道理想通了，哪怕吃软饭，这饭碗也吃得坦荡。"

青玄这一回是真的笑出了声："休要胡说。"他揉一揉曲苏的发顶，含笑觑着曲苏，"在人间时，多亏了苏苏接任务赚银子养我。衣食住行，无一不是我在吃苏苏的软饭。"

曲苏瞠目看了青玄好一会儿："你今天是怎么了，突然这么会说话了？"

这还是从前那个与她斗嘴时从不肯落下风的青玄吗？

但曲苏转念一想，从前的青玄不仅不会甜言蜜语，更不会做出之前那般当街抢人，把一个姑娘堵在凉亭石桌上强吻的孟浪事儿。

至于她自己，曲苏扪心自问，换个人敢对她做这种事儿，手还没探过来，就先被她直接拧折了。

如此想来，他们两人各自的变化，不仅合理，还很同步。

曲苏眉眼盈盈看向青玄，不知青玄在想什么，向来冷淡的凤眸也含着浅浅的笑在看着她。

"苏苏！""曲苏。"

声音并不是从一个地方传来的，曲苏循声看去，只见小姜和苗苗占了个放灯最方便的地方，两个人一齐朝她招手。

与他们两人相隔不远，是君翊和七姑娘。七姑娘一身翠衣，笑靥盈盈，朝曲苏喊道："曲苏，来我们这里。"

有人占地方，曲苏挤向前的动力顿时更足了，青玄伸开双臂为她挡去阻力，两人挪了约莫一盏茶的工夫，终于和大家伙儿团聚了。

曲苏和苗苗、小姜凑在一处，三个人嘀嘀咕咕，十分热闹。

小姜道："怎么样，我就说吧，他们不论逛到哪儿，最后都会来这儿放花灯的，在这等着一准儿没错。"

他又对曲苏说："我说苏苏，早就看到你和青玄了，就知道你爱看热闹。你说你们两个，比大哥他们还早到，半天也不见你挪上一步。"

曲苏学着苗苗的样子，蹲在河边看着河水里那一盏盏逐渐漂远的莲花灯："你也说啦，热闹还没看完，我为什么要挪动呢？"

苗苗拿着一支画眉的笔，兴高采烈地向曲苏推销："苏苏，你用这个写心愿，可好用了。"

曲苏从青玄手中拿过自己那盏灯，又朝小姜摆了摆手，示意他去另一边找君翊玩去。

青玄若有所感地朝七姑娘看去，与往常不同的是，这一回，七姑娘并没有躲避他的目光，而是坦坦荡荡地朝他看了过来。

君翊看出这两人之间气氛似有不同，不禁低下头，轻声询问。

七姑娘则朝他轻声耳语几句，随即，君翊和青玄换了个位置。

夜晚河水潺潺，身后人声喧闹，青玄没有动唇，清越的男声清晰地直抵七姑娘的耳畔："我已告诫过你，不要再动那些小心思。"

七姑娘蹙了蹙眉，转过脸看向青玄，正要说话的一瞬，陡然看清了青玄的真容，以及他身后一闪而过的九色莲华。她心神一阵恍惚，浑身酥软，几乎稳不住自己的身形，求生的本能让她在这一瞬间想要不顾一切地化为原形遁地逃走，逃得越远越好，但身体却仿佛被一股力量牵制着定在原地，不会软倒，也不能动弹。

七姑娘双唇微动，她想要开口，却发现自己完全不能，几个字尽数卡在了嗓子眼儿里："帝尊……青华大帝。"

这一趟来流霞城找曲苏，青玄刻意隐去自己的上神气息，如七姑娘这样的灵妖，顶多能感知到他身上有着不一般的力量，是他们一辈子也招惹不起的人物，却并不能一眼看穿他到底是谁。

但很显然，今晚在城内发生的那桩意外惹恼了青玄，当着七姑娘的面，他也不再遮掩自己的上神身份，有些话他干脆直说："你身为玉姒草一族，本该与你的族人一同避世而居。我观你也有几万年修为，修成人身，应更加珍惜。你该知道，若被其他仙魔、妖怪识破你的身份，势必会为争夺你而斗得血雨腥风。"

玉姒草是上古时期便存在的一种珍稀草本植物，能修成人身的，寿数少说已有万年。尤其像七姑娘这样灵力充沛，行动、言语与凡人无异的，则必定拥有三四万年的修为了。据六界传说，玉姒草能够找回世间生灵的所有记忆，哪怕转世轮回，只要服下玉姒草，那些往世的记忆都能找回来。而像七姑娘这样的玉姒草妖，则能找回十世记忆，堪称世间至宝。

所以青玄说的一点也不夸张，七姑娘这样大大咧咧在凡间行走，简直就像一个身怀宝藏的幼童四下游走，遇到饿狼只是迟早的事。

草木类的灵妖虽然举世罕见，但战斗始终不是他们的强项，哪怕是七姑娘这样的修为，遇到其他力量强大的妖魔或是心术不正的仙人，照样打不过。

青玄凝视着七姑娘的双眸，金色的流光一闪而过："你跟在君翊身边，并不是为了他，而是因为曲苏，对吗？"

青华大帝问话，七姑娘纵使不愿，也不得不如实回答："尊上容禀。"她的额头渐渐冒出汗水，鼻翼颤抖，呼吸滚烫，几乎每说一句话，都要费很大力气。

他们两人都面朝河水而站，自始至终，两个人连嘴唇都没动过一下，哪怕是一直在附近等候和观望的君翊，光是看这两人的身影，也发现不了任何异常。

七姑娘道："尊上，三万年前，玉姒草全族险些遭遇灭族之灾，若不是司寒神尊及时出现，玉姒草全族七十一口，都要折损在焰煞之下。司寒神尊也因为我们的缘故，双目被焰煞的锋芒所伤，险些双目尽盲。若不是扶桑女帝赐予灵药，后果简直不堪设想。小七感念上神恩情，无以为报，希望可以跟在神尊身边随侍左右，神尊她也应允了。可惜当我带着族人，按照上神给出的指引，找到了适合居住的地方安顿下来，就听闻了神尊身殒的消息。

"我多希望那是个假消息！一路匆匆赶回，我不相信神尊她就那么陨落了，哪怕她真不在了，我想再去祭拜她，哪怕一次都好。可到了青要界我才发现，那里再也进不去了。之后的几千年，我想了许多办法，也请托许多受过上神恩惠的故人帮忙，但始终未能再踏入青要界一步。青女一族掌事的清沅长老更是直接对我们这些故人下了驱逐令。她说，就算以后三绝禁令不在了，我们这些妖族也休想再踏入青要界一步。我打听了好久，才从一位很厉害的妖族朋友那儿得知三绝禁令到底是什么。那是司寒神尊临死前亲手布下的禁制，别说是我这样的小妖，就是天族的神仙来了，也解不开神尊的三绝禁令。可小七始终觉得，当年上神的死或许并不是神力耗尽那么简单，不然上神她为何要在临死前下那样一道禁制？"

青玄蹙眉回忆道："司寒上神降世，在我之前。当年为消除煞气、净化怨气，她确实消耗大半神力……"事实上，当年的司寒之所以消耗太多神力，个中原因远比七姑娘所知要复杂得多。

当时神魔大战接近尾声，许多能量强大的神魔都在这场战争中战死，天地间阴阳失衡、昼夜混沌，浑浊的煞气越来越多。但神魔大战僵持日久，双方称得上势均力敌。可因为映蓝之死，一切都改变了。

上古大神明阎因此堕魔，自爆而亡，临死前，他诅咒三界与他同堕十方幽冥，永处无边的黑暗。七姑娘口中的“焰煞”，便是明阎堕魔自爆时四散遗落的碎片，也是后来妖族堕为怨妖最原始的因由。

那之后，魔尊率十方神魔退兵避世，之后整整三万年，无人再见过魔尊身影。六界传言，魔尊早就死了。

天地之间，煞气四溢。最先受到影响的是妖族，但神和魔也一样受到了冲击。这些能量强大的生灵受煞气影响，会很快沦为受煞气掌控、失去神志的行走杀器。于是战争迭起，他们互相攻击，至死方休。与此同时，他们各自内部也会自相残杀，可以说是无差别地杀尽世间一切生灵。而随之受到最大影响的，便是女娲大神创造出的人族。

人族虽弱，但被虐杀的数量成千上万，转眼又凝聚出更多的怨气。如此循环，三界便如明阎临死前所诅咒的那样，真要沦为一片幽冥之所了。

司寒自出生起，就身具强大的净化之能，就如七姑娘所说的那样，司寒神尊降下的霜雪可以消弭煞气、净化怨气。得知明阎自爆的消息后，司寒是第一个站出来四处寻找“焰煞”的上神。

相传，明阎生前与司寒相交颇深，司寒此举，既是基于往日交情，也是出于对明阎的了解，她比其他神都更清楚这些煞气的根源在哪儿。

“焰煞”是明阎自爆而亡之后，散落在三界的碎片。简言之，如果能找到这些碎片并将它们彻底消灭，天地之间流窜的煞气自然也就消失了，至于那些因为死伤过多而残余的怨气，接下来可以慢慢净化。直到司寒羽化之前，她一共找到并消灭了五片焰煞，仅余的第六片，被烛龙一族的祖龙，即当年的妖王吞噬了。

妖王那时自知时日无多，得知司寒四处寻找残片，便邀她前往章尾山。在那儿，司寒帮助烛龙将体内的焰煞炼化，又在妖王的恳求下，将一股天然的净化之气注入尚且是一颗蛋的小烛龙体内，保小烛龙到了日子可以安然孵化。

自那之后，天地之间煞气渐消，只留怨气。在这种情形之下，神魔都不再受到影响，人族因为能量最弱也不太会受到影响，唯有妖，一旦被怨气感染，就会转化为怨妖。这个转化的过程，被称为“煞化”。

这样的情形，比之三界从前的暴乱迭起，已经算是很好的结果。

彼时，青华大帝目睹众生惨状，第一次有了修建炁渊的想法。章尾山四季严寒，经年覆雪，是自然天成的净化之所。地址选定后，接下来最重要的一环，是寻找一位擅长净化怨煞之气的上神，共同商定诸多细节，才能将炁渊的作用发挥到最大。

然而青华大帝做足了准备，却迟迟没有进行最重要的一步动作——求助司寒上神。

那时众神之中，最擅长净化的就是司寒上神，而且朝常理来讲，若要修建炁渊，一般人都是先去拜会司寒上神，而后再行选址也不迟。但青华大帝偏要反着来。说一千道一万，彼时的青华大帝对于前往青要界这事儿，一直没做好思想准备。

那时紫微大帝听说了这事儿，主动送来十樽千年葡萄佳酿，附赠一张传音符，说这些酒权当是送行酒，给青华大帝壮胆用的。

青华大帝一口酒都没喝，径直出了妙严宫，却没前往青要界，而是来了紫微大帝的北极星宫。

紫微大帝远远感知到好友走到了大门外，惊得险些从躺椅上跳起来："不能吧，我也是一番好意，怎么还能打上门来呢？"

青华大帝却往他面前一坐，端起桌上的白玉霜花酿，饮了一口道："我不是不敢去。"

"那是！"紫微大帝一脸肃穆地连连点头："凭她司寒神尊是什么三头六臂，你可是堂堂青华大帝，如何会怕她？"

见青华大帝垂眸不言语，紫微大帝默了一瞬，小心翼翼地循循善诱："那你是厌恶她的为人，不想跟她相交太深？"

青华大帝摇了摇头："我只是……"

细说起来，他们两人不过是有那么几面之缘，谈不上是喜是憎。他只是没见过像她那样的上神，一想起来，就觉得不知道该如何应对。想到自己此去是有求于人，又是同建烝渊这样一件天大的麻烦事儿，近年来司寒上神又因为收集和消灭焰煞消耗了太多神力，近日正在青要界休养，他便想着，不如自己先做好万全准备，再去拜见。

紫微大帝从好友脸上的迟疑之色中品出了几分不一般的味道："我说青华，你该不会……是在害羞吧？"

青华大帝睨了他一眼："这白玉霜花酿，你以后还是少饮为妙。"

说完这句，他便起身。

徒留紫微大帝倚桌而坐，摸不着头脑。

就听青华大帝又丢下一句："真喝成个傻子，我也没空理你。"

紫微大帝气结，追上青华大帝道："你有本事当着司寒的面也这么说话试试。"

说话间两人已出了北极星宫的大门，青华大帝淡淡地道："她又不像你，总说些不着调的话。"

紫微大帝哼笑了声："是啊，论知情识趣，谁及得上司寒神尊？人家刚一见你，就说天上地下无此绝色，那原话是怎么说的来着？我还真有点记不起来了！也难怪，这把你给夸的，如今去一趟青要界都要筹备再三。"

青华大帝淡淡地道："我也是到今天才知道，原来紫微大帝对我芥蒂颇深，是嫉妒旁人认可我容貌的缘故。”

堂堂紫微大帝，愣是被噎得半晌没说上来一句话。

“青华大帝，紫微大帝。”陆波仙子突然出现，朝着两人盈盈一拜，“玉帝有请。”

紫微大帝问：“可知是什么事？若不是十分紧要……”

陆波仙子道：“听说是有关冬神人选一事。”

紫微大帝道：“这事问我们也没什么用，依我看，全凭玉帝做主就得了。”

陆波仙子浅笑道：“玉帝猜到青华大帝若不在妙严宫中，就在紫微大帝的北极星宫，遣我来此，是专程请两位过去。”说到这儿，她睇了青华大帝一眼，轻声道，“玉帝说，遴选冬神一事，本也和修建炁渊相关……”

话说到这份儿上，青华大帝和紫微大帝两人不想去也得去了。

紫微大帝跟在一旁，小声嘀咕：“我这纯粹是陪跑……”

抵达凌霄宝殿才发现，几位在天界颇有地位的上神，早就等在此处。青华大帝和紫微大帝交换了一个眼色：难怪要陆波仙子专程请他们两个过来，看来玉帝今日想要商谈的事，绝非单纯抉择冬神人选那么简单。

然而就在众上神齐聚的这一天，也就是司寒上神刚刚折返青要界休养的第二天，青要界便传来她羽化的噩耗。

哪怕是青华大帝也没有料到，正因为自己多方筹备，几番踌躇，已然永远错失了见到司寒上神的机会。

三界流传，司寒上神之死，是因为净化天地神力耗尽的结果，但唯有三万年前的天界诸神知道，司寒上神羽化，神力衰微或许只是其中一个原因。而关于其羽化，流传更广的一个版本是：司寒上神在青要界饲养的一只怨妖，趁着她神力微弱之际偷袭，诛杀司寒于青要界。

这个说法，只在天界一些年纪颇长的神仙之中流传，像七姑娘这样的妖，是不可能知道的。也是因为这个版本，有关司寒的流言渐渐有了更多或香艳或龌龊的不堪说法。有人说，司寒是看那只妖龙生得好看，起了豢养的心思，才被那妖龙记恨，最终阴沟翻船，惨死故乡；也有人说，司寒死前和那妖龙正在被翻红浪，所谓惨死实在是子虚乌有，这位上神真正的死因，约莫与人界广为流传的“马上风”相近；还有人说，司寒的死，就算无关风流韵事，也与这只妖龙有着脱不开的干系。

妖，就该死。

杀了所有的妖，世间便再无怨妖，三界太平。

类似的声音在天界渐渐流传开来，加上生具净化之能的司寒神尊羽化，敢出面对抗这个说法的神仙，唯青华大帝一人。

他本就不是个擅长净化之事的神仙，在世的神仙之中，又大半不赞成他的做法，所以自那之后，青华用了整整三万年，耗修为和心血无数，最终建成炁渊。

然而炁渊建成不过三千年，就因小烛龙的偏狭和凌曦仙子的私心，一夕之间，损毁大半。

青玄垂下眼帘："司寒上神当年的死因成谜，当日在青要界具体发生了什么，我也不知晓。"

七姑娘道："当年上神的陨落，是包括我在内许多故人心中的谜团。我始终觉得，上神的陨落一定有诸多隐情，但这些年，我们这些人死的死散的散，如今三界之内还记得神尊的人，已然不多了，也就更没什么人在意当年神尊的死……"说到这儿，七姑娘情不自禁流露出几分伤感，"我当年为报恩情，曾悄悄在神女身上，布下我玉姒草一族独有的一种香，这种香气，哪怕转世投胎，也不会消失。"

青玄一怔，看向七姑娘的眼神里也显出几分不一般的深凝："你的意思是……"

七姑娘神色激动，双眸甚至泛起一层水意："我找了上神三万年，终于被我找到了。我第一次进入落羽，触碰到曲苏从前经常把玩的物件，就隐隐觉得熟悉。后来她回来了，我与她接触，总觉她身上有我万年前种下的香气，只不过，大约因为历经三万年，那种气息似有若无，实在难以捕捉。直到前几日，我们一同外出，我拿到了曲苏的一滴血……"说到这儿，七姑娘有些惭愧，"此事是我做得不对，但我保证，只取了她一滴血，绝不会对她造成任何伤害。"

青玄追问："那滴血，可以证明她就是你一直在找的司寒上神？"

七姑娘郑重点头："那是只有我玉姒草一族才能调出的香气，绝不会错。尤其，曲苏的容貌和三万年前的司寒神尊足有六七分相似。"

其实这六七分的相似，已相当足够。须知曲苏如今只是个凡人，若她回归上神之位，容貌、气度自然会大有变化，届时自然会与的司寒一模一样。

这番话七姑娘不必多说，青玄同为上神，自然知晓。

青玄没有言语，他的神色看起来并不雀跃，反而眉眼微敛。那副神情，似在恍然，又有凝重。

七姑娘试探道："如今尊上既知道了真相，何不找个合适的时机，把此事对曲苏和盘托出？"

她这些日子观察下来，看得出青玄对曲苏用情至深，正是热恋之时，从前因为看不穿青玄的身份，她还对这段恋情抱有质疑的态度。但今日得知他的身份是青华大帝，而曲苏的真身是司寒上神，这岂不是天定的一段姻缘？

若曲苏只是个凡人女子，两人这段恋情，才难以长久。尤其青华大帝还不是普通的神仙，此事若被天界那些神仙知道了，必定要反对，那时他才心烦呢！

七姑娘想不明白，为什么青华大帝得知了曲苏是上神的真相，看起来反倒不如之前开心，他到底在迟疑什么？

为了上神，她忍不住出声试探："尊上得知曲苏的真身其实是三万年前的司寒神尊，并不欢喜？"

青玄沉浸在回忆之中，似乎是记起了什么非常有趣的事，蓦然一笑。他本就生得俊美至极，这般一笑，简直能令天地失色。就连一直战战兢兢站在他面前的七姑娘，见他这样一笑，也忍不住心神巨震，看得呆在当场。可她很快便意识到了不妥，匆忙垂下眼帘，就听头顶上方传来青华大帝冷淡的声音："此事用不着你操心，我自会寻个合适的时机，和曲苏讲清。"

七姑娘不敢再抬首。尽管青华大帝的声线听起来冷淡极了，可刚刚惊鸿一瞥间，看到他那仿佛冰雪消融的一笑却是实实在在的。她忍不住在心里想：青华大帝嘴上不透分毫，但看那粲然一笑，心里也该是欢喜的吧。

她低垂着脑袋，应了声"是"，突然感觉到周身一松，显然青华大帝不欲多谈，收回了之前的威压。

七姑娘转过身，对着青玄微一福身："请尊上放心，我对曲苏从无恶意，如今确定她就是司寒神尊，是我苦苦追寻了三万年的恩人，更会自此将她认为主人，忠心追随，绝无二心。"她微微顿了顿，又道："也愿尊上与上神早日说清这其中原委，彼此毫无芥蒂，恩爱长久。"

青玄"嗯"了一声，他没有回头，却尽知身后发生的一切："起身吧，君翊在后面看着，此事无须对旁人提起。"

七姑娘站起身，对着青玄身后不远处的君翊弯唇一笑，示意他尽管放心。

君翊见她笑得释然，仿佛卸下什么重担一般，也打从心底里松弛了几分，笑着朝她点了点头。

"我写好啦！"曲苏朝青玄喊，"就差你了！"

其实早就该写好了，但是正要写字儿的工夫，不远处又上演了一出才子佳人的戏码，曲苏拉着苗苗，两人买了杯果子露，手挽手看得津津有味，就是小姜都催不动。

这一拖，就拖到了眼前。

青玄循声望去，喧嚣人潮中，斑驳光影下，曲苏就站在那儿，笑得眉眼弯弯，好不快活。青玄想，她是谁都好，是谁都无所谓，只要是她，只要她能一直这样肆意快活，而他能一直像此刻这样陪着她、伴着她，就很好。

他扬起唇，款步朝曲苏走过去，将手里那盏莲花灯递给她："我的也写好了。"

曲苏眯着眼，偷偷瞄那莲花灯里的花笺，被苗苗从旁扯了一把：“师姐，干什么呢？”

曲苏咳了一声：“没干什么啊。”

苗苗捏一把曲苏的胳膊，熟门熟路地数落她：“刚刚还教训小姜师兄，说不能偷看，看到别人的心愿就不灵了，怎么你也偷看起来别人的了？”

曲苏被苗苗说得有点下不来台，忍不住抓了抓腮，狡辩道：“那青玄也不是别人啊。”

青玄被曲苏这句话说得眉眼微弯，那双凤眸在灯火的映衬下，仿佛万千星河在缓缓流淌：“我的花灯，随便苏苏看。”

他这么大方，曲苏反倒不好意思看了，她把花灯往回一推：“自己的花灯自己放，不然就不灵验了。”

说完这话，她拉一拉苗苗：“我俩先放，你们紧随啊，最好咱们的花灯凑成一团往前冲，那样才走得远呢。”

青玄跟在曲苏后头，看着她笑闹。今夜无论曲苏许了什么样的心愿，都可实现。

因为他在花笺上所写心愿只有一句：曲苏心愿成真。

青华大帝亲笔所写，哪个仙官敢不听从？

苗苗笑哈哈地尖叫：“哎呀，师姐你别推我。”

小姜一手拎起苗苗，抢占了她的位置：“行了，你的灯已经放了，轮到我了。”

青玄不需曲苏让位置，他一手揽着她的腰，随即信手一抛，那盏莲花灯刚好落在曲苏的花灯左边。

紧接着是君翊和七姑娘。七姑娘唇角弯弯，使了个小小的术法，两盏花灯紧紧接着前面的四盏花灯，果真如曲苏之前所说，六盏花灯簇拥成一团，沿着黑黢黢的河面飞快向前冲去。

苗苗发出孩子般欢快的笑声。小姜笑说，苗苗笑得好像一只鹅，顿时引来曲苏更响亮的一阵狂笑。

七姑娘露出微微讶异的神情，显然在她的记忆中，不曾见从前的司寒上神这样大笑过。但随即，她唇边的笑容也愈加甜蜜起来，甚至轻轻歪过头，半枕在了身旁君翊的肩膀上。

曲苏忍不住大笑着偏过头，刚好看到稍远一点的地方，九灵正欢呼着抛玩一颗金狮样式的绣球。他身旁还站着一个身穿绛紫长衫的男子，眉眼如画，清隽出尘，见她朝这边看过来，也朝她微一颔首。

曲苏并不认识他，但因为对方友好的眼神和举动，也朝他还以颔首，算是打过招呼。

古老的竹桥旁河水淙淙，眼前灯火灿烂，人声喧嚣，正热恋的心上人、最好的朋友、最亲的亲人，都在身旁。曲苏伸出手，一左一右揽住身旁的人，笑着看向头顶的夜空。

又大又圆的一轮明月，皎洁如玉，光是看着便让人从心底里生出圆满来。

小姜忍不住高呼："我希望往后每一年的上元节，都和你们一起过！"

苗苗捶他脑袋："你怎么就喊出来了呀？"

小姜道："又没关系，我年年都许这个愿，一定会实现的！"

曲苏大笑着道："对，一定会！"

就连这几年愈加稳重的君翊都跟着应声："只要你们几个小的不犯懒，每年上元节，我们都来这里放灯。"说着，他轻轻挽起了七姑娘的手。

就在这时，青玄微微侧眸，曲苏与他的目光相交，发现一抹淡淡的金色流光，在他眼瞳中闪过。

不知怎的，曲苏心里突然闪过一个念头：青玄的眼瞳里会闪过这样的光芒，往往是他情绪比较极端的时刻，比如此时，他应该也和她一样，心中欢喜至极。

但此时的曲苏并不知道，这是她往后余生，在人间过的最后一个上元节。

流霞城清凉河畔，那一年的上元灯节，是他们所有人都无法再回去的甜蜜圆满。

粉盈盈的莲花灯飞快穿过河水，彼此簇拥着，拐过一道弯，冲向不知名的远方。

幽黑之中，一只纤纤如玉的美人手突然探了过来，在那几盏挤成一团的莲花灯里拨了拨，很快挑中了想要的那盏。

灯芯捻灭，取出夹在一旁折起来的那张花笺，低柔微哑的嗓音轻轻念出了声："多喜乐，长安宁，诸君共饮！"

"诸君？"那人低低笑出了声，大红色的衣袖一甩，一团闪着怪异青光的火焰啪的一声，击中那几只拖成一团的莲花灯。

红中透青的火焰越来越多，很快，沿着河流冲到此处的莲花灯无一幸免，尽数湮没在这场怪火之中。

随着他站起身，红色的衣角蹁跹掠过灌木，那道修长绮丽的身影转眼便消失在深浓的夜色中。

第十九章　翻云覆雨

“你可是青华大帝，手下精兵强将无数，怎么这样一桩小事，还要使唤我去跑腿儿？我说青华，你该不是自己一忙起来，就见不得别人过几天清闲日子吧？”

紫微大帝不乐意地坐在桌子那端，连刚烫好的千年芳桂酒喝着都不香了。这酒还是他自北极星宫出来时顺手带上的，好不容易今日青华大帝肯大方一回，主动提出请他在这流霞城最好的酒楼大吃一顿，他便拿出此酒，亲力亲为地烫了一壶，只为大快朵颐后畅饮。

诖知道这新鲜热乎的鲜花宴还没吃上一口，青华大帝这家伙就露出了六亲不认的真面目！

紫微大帝在心中暗暗垂泪，他太傻了。他一直以为青华大帝如愿哄得美人回心转意，和曲苏过上了蜜里调油的小日子，这家伙春风得意之际，总算有点良心，想明白自己能在人间过上这样的好日子，全仰仗他紫微大帝运筹帷幄、算无遗策。

青华大帝早就应该当面道谢，好好犒劳一番他这个大功臣了！然而残酷的事实证明：是他想多了。

青华大帝果然一如既往，全无心肝。请他吃饭，半点都没想着他此前的辛苦，反而变本加厉，打着继续“奴役”他的主意。

紫微大帝舀了一勺梅花金银蛋，尝了一口，眉心舒展，慢条斯理地拒绝：“我不干。”他言语淡淡的，但若有心，不难听出他话中的疲惫，“近来星宿的诸多变化，与过往万年大不相同，不再遵循从前的轨迹……还有你的命劫，我总觉得接下来会有什么大事发生。可我派出手下人去查，却始终没个眉目，也不知怎么了，近来心里烦得很。”

青华大帝沉默片刻，薄唇轻启：“前些日子我曾和你商量，帮忙看一看，曲苏是否有仙缘？”

紫微大帝没精打采地否定：“这事我记得，而且我第二天就告诉过你答案了，没有。”说到这儿，他自己也摇了摇头，“不对，也不能说是没有，而是我看不到她的前世来生，所以当时我跟你说的是，再等等，可能时机未到。”

青华大帝的嗓音听起来淡定极了，但对于桌对面的紫微大帝而言，不亚于晴天霹雳："不用再看了，曲苏的前世，正是司寒神尊。"

紫微大帝抬起头，一脸呆滞地看着好友，半晌才冒出一句："你说什么？"

青华大帝眼神瞥向另一边，若不细看，根本看不出他此刻其实也有几分不自在："曲苏就是司寒的转世。"

紫微大帝当即掐指，半晌猛一摇头："不可能，我算不出……"他猛地反应过来，"司寒死了三万年了，姑射莲池中的那朵青莲，直到最近才有绽开之兆。难怪，难怪我看不到她的前世来生。"

姑射莲池中的青莲是司寒的元身，只有青莲真正盛开，曲苏才会真正归位，成为司寒。也就是说，哪怕是紫微大帝，也只有到了那个时候才能从曲苏身上看到她的前世。

紫微大帝难以置信地接连掐指，瞪向好友："以曲苏如今的情形，连我都看不到她的前世，你又是怎么知道的？"

青华大帝解释道："有只名为阿七的玉姒草妖此前一直跟在曲苏身边打转，前几日上元灯节，我逼问其缘由，她告诉我，三万年前，司寒对玉姒草全族有救命之恩，她曾用玉姒草一族独有的方式，在司寒身上用了一味香。那种香气哪怕十世轮回都不会消失。她寻了司寒三万年，直到最近，终于在曲苏身上找到了那种独一无二的香气。"

紫微大帝听得入神，片刻之后，忍不住拊掌大笑："天意！"他又看向青华大帝，朝他拱了拱手道，"帝尊大喜啊！你与曲苏，岂不是故人重逢，再续前缘？从前摆在你们两人之间的仙凡之别，如今也荡然无存。"

紫微大帝笑得眉眼弯弯："若非要挑剔这其中还有什么不足，依我看，从前尊上顶多要担心，心悦之人寿数不久。从今往后，尊上要担心的，不是未来的妻子太弱，而是太强了。"

青华大帝横了他一眼，再次举杯饮酒，一声也不吭。可耳朵尖两抹嫣红，还是出卖了青华大帝此时此刻波涛翻涌的内心。

紫微大帝忍不住端起酒樽连饮了两杯，才悠悠地道："我可还记得，那位司寒神尊当年第一回见着你，是怎么说的。"

他侧过脸，刚要学舌当日的情形，就被青华大帝打断了："现在你既然知道了曲苏就是司寒，也该知道我为什么需要你走这一趟了。这个忙，你得帮。"

听听这冠冕堂皇的理由，这理直气壮的语气！

紫微大帝没好气地瞪了他一眼："不知道的还以为我欠了你天大的债。"

青华大帝却神色微冷，仿佛陷入了什么回忆之中："你该知道，五百多年前，我曾去过一趟青要界。"

紫微大帝点了点头："就是那回我陪你一同去追寻伏羲琴的踪迹，谁想到等咱们回到天界，你那徒弟神魂都散了，你想尽办法，也只收敛到她一缕元神。"

青华接过他的话头，继续道："当年我头一回去青要界，是清沅长老亲手把她交给我的。我承诺过，会收她为徒，好好待她，可到头来却让她落了个魂飞魄散的下场。不管是什么缘故，终究是我这做师父的亏欠了她，替她收敛元神，送返故乡，是我当时唯一能做的事。"

紫微大帝安慰道："如今六界之中，无人不知当年霜雪神女是冤枉的，也算还了清潋和青女一族清白。且你当着玉帝和众仙的面重罚了凌曦，她想重修仙骨，可不是那么容易的事。至于烛龙，他那个情形和死也没什么区别。当年的罪魁祸首，如今都受到了惩罚。"

见青华大帝沉默不语，似乎仍然顾虑重重的模样，紫微大帝沉默了一瞬，有些惊悚地道："难不成你实在闲得慌，想凭当年的一缕元神复活霜雪神女？"

青华大帝睨了他一眼，端起酒盏："收起你那些漫无边际的奇思怪想，一缕元神，就是再养上万年，也不可能转世为人。"

紫微大帝眸光流转，看着青华大帝的眼神里透出几分玩味："当日在凌霄宝殿上，人家凌曦仙子不也问过你，一样都是天族后裔，青女一脉早已没落，赤帝之女分明高贵。至于个人方面，她不论天赋还是悟性，都比清潋强上不少，可三千多年前收徒弟时，你还是没选人家，反而选了方方面面都远不如她的清潋。"紫微大帝啜了一口酒，看着青华大帝的眼神明显透着谴责，"说起来，这当日炁渊被毁，清潋被推出来顶罪的祸事，实实在在是你五千年前渭水河畔惹出来的桃花债啊！"

青华大帝从前最不喜欢听人说起的，就是议论他因容色出众招惹女仙一类的八卦，然而说这话的人是紫微大帝，他虽然面色不悦，到底还是没当场翻脸。

紫微大帝见状，愈加得寸进尺道："你该不会是在担心，等曲苏回归神位，知道了她不在的这些年，她的族人受尽天族冷落，后人清潋还受过这样大的委屈，你没法儿和她交代吧？"

紫微大帝叹了口气道："你也不用这么想。不论是如今的曲苏，还是当年的司寒神尊，都不是蛮不讲理的性情。而且你自己也说了，一缕元神不论如何，也不可能让清潋复活。大不了等曲苏回归神位，你多下些功夫，陪她一起重振青要界就是了。"

见青华大帝仍不说话，紫微大帝转了转眼珠儿，漫到唇边的笑意怎么都遮掩不住："突然记起来，三万多年前，因为司寒当着你面夸赞的那句，白帝那家伙酸得厉害，不知造了多少谣，说什么你面上故作清高，实则行为放荡，故意勾搭人家司寒神尊。还说你不守'男德'，引得那些仙娥妖姬隔三岔五为你打架，实在不是司寒神尊的良配……”

青华大帝闻言，神色一顿，紫微大帝的笑声瞬时更大了些，说完了憋在心里好久的后半句话：“如今看来，还是白帝高瞻远瞩。这绕了一大圈，你果然还是把人家心心念念的司寒神尊勾到手了。”

青华大帝唇角轻翘，似笑非笑道：“你的意思，是我应当承了白帝的情，来年大婚，还要敬他一杯喜酒？”

紫微大帝大笑出声：“假如你不怕那家伙哭塌了你的妙严宫的话。”

青华大帝想着心事，转而正色道：“我想拜托你，替我走一趟青要界。”他看向紫微大帝，“你可还记得司寒死前下的那个禁制？”

紫微大帝点了点头：“三绝禁令，禁制落下，内外隔绝，山内禁出，山外免进，不论生死轮回，永无逆转。唯有像清潋那样，死后元神才可能借由流水魂归故里。”

青华大帝点了点头：“当年我送清潋的元神返回青要界，清沅长老正是用那条贯通内外的清水河，接引她的元神入内。”他顿了顿，眼神幽暗，“从前我曾和清沅长老约定：每隔五百年，从姑射莲池取一斛清水，供炁渊维持阵法所用。但那天我告知清沅长老炁渊被毁一事，向她言明，他日我若重启炁渊，会派人再往青要界索要池水，清沅长老也应允了。但同时，她也向我提出了一个条件。”

紫微大帝也被勾起了一点好奇心：“是什么条件？”

有那个三绝禁令在，青要界族人无一可以轻易外出，他倒是真的有点好奇，清沅长老会要求青华大帝做些什么了。

青华大帝道：“她说，若他日青要界禁制消除，必定是司寒上神归位了。真到那日，我须亲往青要界，陪司寒同上九重天，在玉帝和众仙面前说明当年司寒陨灭的真相。”

“这……”紫微大帝冷不防地反应过来，“这岂不是摆明说当年司寒的死有问题，而且还和天界有关？”

紫微大帝陡然回过味儿来，猛地看向青华大帝：“你的意思是……”

青华大帝道：“司寒当日的死，真相或许比你我猜测的更为复杂。眼下距离曲苏归位还有些时日，青要界，你得亲自替我跑一趟。我记得你手下有只九命猫，最擅离魂查案，如今青要界的情形，派他入内调查，最适合不过。”

紫微大帝正要反驳，就听青华大帝又道：“昨日灿烽传来消息，说是冬神亲自往妙严宫去了一趟，让他代为传信……”

灿烽是一只青华大帝养了许多年的重明鸟，用他传信，实在有些大材小用了。但事关女娲石，这是天界万年难得一闻的大事，不用青华大帝叮嘱，灿烽已主动联络了冬神，详细打听有关女娲石的种种。

"莹冬亲自到妙严宫，说要见你？这里面的信息量可挺大啊。"紫微大帝神色显出几分微妙，他把玩着手边的酒樽道，"她可不是无的放矢的人。上一回你重塑炁渊，耗去九成修为，她得了消息，也只是让手下人送了一壶千年雪参酒，而且还是辗转送到我那儿，生怕行事张扬，惹你不快。咱们这位女战神，看似行事大大咧咧，可在与你有关的事儿上，却是慎之又慎，心思细腻极了。"

青华大帝没心思和紫微大帝详聊莹冬的事情，径直道："她说寻到了女娲石的踪迹，但那东西最近出现的地方，在魔界。"

紫微大帝有些不敢相信："消息可靠吗？"

青华大帝张开手，一片灰扑扑的碎片在他手心显出形状，他垂眸看着那片东西："这是灿烽昨日带来的。"

紫微大帝将碎片捏在指尖片刻，神色也跟着凝重起来："确实是女娲石的碎片，只不过灵力已经非常微弱了。"

五百年前，炁渊被毁当日，紫微大帝陪青华大帝一同寻回了上古神器伏羲琴，但他一直知道，好友最想找到的还有女娲石。二者齐聚，放入炁渊，可以自行运转形成天然的净化大阵，哪怕从此以后炁渊无人看守，将怨妖锁入炁渊，也能在其中净化怨气。

不久前青华大帝耗费九成修为修整炁渊，却始终没将之彻底开启，也是因为缺少烛龙之鳞的缘故。小烛龙陷入永眠之前，曾亲口说过，他翻遍了章尾山和族人们的埋骨之地，却根本没发现烛龙之鳞和其余几样圣物的踪迹。青华大帝不觉得小烛龙会在那样的情形下说谎，可这样一来，便说明是有人在小烛龙破壳之前偷走了烛龙一族的这几样至宝。

这烛龙之鳞的踪迹就再难追寻了。

可冬神遣人送来了女娲石碎片。要知道，女娲石是比烛龙之鳞更古老的存在，石上的灵力也具有净化功能。若真能找到女娲石，眼前的一切难题便迎刃而解了。

紫微大帝心头稍松，连日来的紧绷和不适在这一刻被某种欢喜取代，他忍不住摇了摇头："若真能找回女娲石……"他端起酒樽，朝青华大帝举杯，"罢了，兹事体大，你尽管放心去寻女娲石，这青要界我就替你跑一趟。放心，一定将当年的事查个水落石出。"

青华大帝也看出紫微近来有心事，沉默片刻，难得地温言安抚道："你是万星之主，却也不可能万事皆明了，有些事太过强求，反而与天道相悖。顺其自然便好。"

紫微大帝蹙了蹙眉："我心烦的事，没那么简单。"温好的千年芳桂酒，清香飘浮鼻端，他为两人各斟了一杯，又道："我之前让九灵提醒你那事，你也上点心，别全不当一回事，毕竟你的修为现在也就刚恢复了三四成。”他斟酌片刻，还是叹了口气，“若你真遇到什么事，我会及时赶到的。”

紫微大帝掌管星宿万千，尤其青华大帝还是上神，他若触动命劫，遭遇险境，紫微大帝必定是第一个知道的。但他们二人各自的力量都太过强大，除非是到了绝境，否则他身为紫微大帝，强行介入青华大帝的命劫，反而可能引发一连串未知之事，最终的结果，可能会更糟。

青华大帝淡淡一笑：“既然这件事，你那几个得力干将费尽心思也查不到，不如让我的人帮你去查。毕竟你我的手下，调查事情所走的路子不一样。”

紫微大帝举起酒樽道：“那就先祝你此行心愿达成，顺利找回女娲石重启炁渊。青要界的事儿，就包在我身上。”见青华大帝若有所思的模样，紫微大帝忍不住嘴欠道，“不过我说，你这趟和莹冬一块去寻女娲石，留点心。”

青华大帝蹙了蹙眉：“留心什么？”

紫微大帝笑得意味深长：“自然是留心这位冬神借公事之便，对你投怀送抱了。现如今你也是有家室的人，可得注意影响，免得被你家曲苏知道了，徒生风波。”

青华大帝沉默了一瞬，没说话，可看那副神情，显然是把他随口一说的调侃听进去了。

紫微大帝看在眼里，眉眼藏笑，又给自己盛了一碗鲜花垫底的汤羹，美滋滋地舀起一勺：“等忙过这段时日，曲苏也回归神位，你们两个可得置办一桌席面，好好谢我！”

青华大帝眼风微动，紫微大帝面前凭空出现三只酒樽，芳醇的琼浆倒入其中，香味四溢，勾人垂涎：“先谢你三杯酒，够不够？”

紫微大帝抽了抽嘴角：“你谢人能不能好歹有点诚意，这千年芳桂是我带过来的！”

青华大帝道：“这套酒具，送你了。”

面前的酒壶和酒樽造型古朴、流光散溢，透出血一般的深浓红色，是用龙女花结出的果壳做成的。龙女花在万年前就已绝迹，龙女花的果实更是三界难寻的奇珍，它的果壳自带一股天然芬芳，似花似蜜，清雅醇正。用它盛酒，不论是什么样的美酒佳酿，不仅丝毫不会败了酒气，反而会增强酒液本身的独特风味。寻常一只酒樽已经极为难得，青华手上却有一整套，而且是一位三界闻名的巧手花妖精心雕琢千年，辗转奉上，送给青华大帝作为救其全族的谢礼。紫微平生最爱酿酒品酒，对好友的这套酒具可说是垂涎已久。难得今天青华大帝竟然主动开口说愿意相赠。

紫微大帝笑得眼都眯起来：“这怎么好意思……”说话间却已伸手一揽，将那整套酒具一把收入怀中，仿佛生怕晚了一瞬，青华大帝就会反悔一般。

青华大帝起身："你手底下那只九命猫进去青要界时，记得让他好好看清楚，曲苏的本命青莲还有多久会开。"

紫微大帝忍不住叹了口气："你如今三句话不离曲苏，我还真有点不习惯。"话没说完，眼前的人已不见踪影。

青玄不在流霞城这些日子，曲苏倒也没有多落寞。她并不是个黏人的人，青玄在时她欢喜，不在时她也乐得逍遥。这不，听说城里新来了个戏班子，曲苏就坐不住了，刚吃过午饭，就拉着苗苗和七姑娘出门，三个女孩子一同去逛街、听新戏。

七姑娘自从对青华大帝和盘托出当年种种，便处于一种既忐忑又兴奋的期待之中。可是等了又等，眼看半月时间匆匆滑过，青华大帝似乎有什么紧要的事忙碌，迟迟不曾和曲苏谈及此事。七姑娘等了几日，盼了几日，又憋了几日，最终实在忍不住了，打算干脆借着这天看戏时和曲苏单独相处的光景，把她真正的身世告诉她。

曲苏看戏最讲究，一楼不选，三楼太远，二楼的座位里，一定要选个不远不近、位置正中的，既不会错过戏台上的一举一动，又能保留一份私密，不被他人打扰。

这天唱的是一段曲苏从没听过的故事，名叫《驭蛟》，讲的是一只蛟龙和凡人女子相恋的故事。

苗苗捧着脸颊兴致勃勃："哇，这个蛟龙好痴情啊！被凡人姑娘救了之后，就各种陪伴她、保护她，还等了她十世轮回。到了这一世，姑娘不记得他了，他还一直忠心守护，哪怕知道她已有了定下的亲事，也痴心不改。"

曲苏嗑着瓜子道："还成吧。就是开头比较惊艳，看到这儿感觉没啥新意了。"

苗苗问："师姐，你不喜欢蛟龙这样的男子？"然后她若有所思地点了点头，"确实和师姐夫的性子不大相似呢。"

曲苏忍不住瞥了她一眼："我是觉得，情爱这种事，还是水到渠成你情我愿来得更舒服。蛟龙的执念如果只是单方面的，对另一方来说，有可能是负累。"

曲苏话音未落，苗苗就着台上的剧情一边鼓掌，一边调侃道："是我没有眼色，差点忘了，师姐都有了师姐夫那样的人间绝色，还要什么痴心蛟龙呢？"

曲苏毫无羞色，笑眯眯地饮了口茶，赞同道："没错，给我十个美人儿都不换。"

这头，曲苏和苗苗就着台上的戏文聊得热闹，原本揣了一肚子故事准备讲给曲苏听的七姑娘，脸色却越发不好，还渐渐显出几分心神不宁。

借口去茅厕，七姑娘起身，匆匆出了房门。

几乎才走过拐角，就见一袭红袍倏然走近。紧接着，那张既美且艳的面容清晰地映入七姑娘的眼帘。

七姑娘脚步微滞，对着来人行了一礼：“殷和大人。”

殷和的面上没有了面对曲苏时如沐春风的笑容，浅茶色的眸子厉光隐现，别说是七姑娘，就是他那两个万年来无拘无束的手下，也不敢在他露出这副神情时主动往前凑。

七姑娘有些干巴巴地解释道：“曲苏她毕竟还没有前世的记忆，又和尊上……”殷和的视线冷冰冰扫过来，剩下那后半句话，七姑娘也不敢顺着自己的心意彻底讲完。她本想说，既然找到了上神的转世，青华大帝也对她很好，不如就顺着上神的心意，撮合她和青华大帝在一起，未来也不失为遍传三界的一桩美谈。

尤其上一世，上神命短得很，尚未尝过情爱一事，就那么香消玉殒了。这一世，该好好弥补才是。

但一触及殷和仿佛淬了冰的眼神，思及这些年来，为了寻找司寒神尊的踪迹，她每每遇到危险之时，都是殷和大人派手下一路守护陪同，七姑娘又觉得，殷和大人对神尊的用心，与那楼下戏台子上唱的戏本子如出一辙，委实是痴心一片。

殷和开口时，不知是不是念及往事的缘故，眉眼间的神色柔和了几分：“我记得当年，姐姐最喜欢喊你小七，对吧？”

七姑娘不明所以，细细的眉毛微微蹙起：“是的，殷和大人。”

殷和笑了一笑，神色显出几分伤感：“我平日忙，说起来与你也有万年未曾见过面了。怎么如今再见，你好像很怕我？”

七姑娘小心翼翼地对答道：“大人修成应龙之躯，如今又贵为妖族新主，小七只是区区草妖，自然畏惧大人威势。”

殷和半眯着眸子打量面前这个玉姒草妖：“小七何必这般客气，说起来，玉姒草一族向来归扶桑女帝管辖，你也不算我云梦泽的子民。”

七姑娘闻言浅浅一笑：“大人对神尊一片痴心，小七这些年游历四方，寻找神尊的转世，自然也少不了殷和大人的多方保护。这些年来，大人一直惦记着神尊，小七感激大人，也敬重大人。”

殷和妖力强大，心思诡谲，七姑娘猜不着他此刻的心思，说起话来也格外谨慎。

殷和道：“你怕我做什么？过往这三万年，我们不是合作得很愉快吗？我给你资助，派手下人保护你，放眼整个妖族，有谁敢和我的人硬碰硬？”

七姑娘顺着殷和的话道：“大人的恩情，小七铭记于心。小七对司寒神尊的心，与殷和大人是一样的。”

殷和赞同道：“是，我们都一样。找了她三万年，等了她三万年，现在，姐姐活了，我们这些老朋友也能和从前一样，长长久久陪在她身边，如此喜事，你不应该开心吗？”

七姑娘抬起眼皮儿，悄悄觑了一眼殷和的神色：“只要神尊开心，小七就开心。当年神尊于我全族有救命之恩，只要小七活一日，就必报答神尊一日。”

提及往事，殷和眉目都显得温柔了几分：“我也是一样。姐姐对我，有救命之恩，而且……”他语调放缓，似乎想起了什么一般，笑着道，“不止一次。”

七姑娘若有所思地望着他，眉眼间虽然透着提防，语气却放缓了许多：“神尊从前帮助过许多人，能像大人这样始终牢记她的，却并不多。”

殷和姿容绝艳，修成应龙之后拥有通天彻地的威能，有关他的传说，这些年来七姑娘陆陆续续都有听闻。想他如今贵为妖王，虽然未得天界认可，但在妖族之中，也算拥有了半壁江山，盘踞云梦大泽一带，更是众星捧月、一呼百应。妖魔两界许多年轻女子，听到这位的名字，总会忍不住热议一番。像他这样称霸一方的枭雄人物，居然也会为了从前对他有过救命之恩的故人，露出这般怅惘落寞的神情，想来他同自己一样，这些年来对司寒神尊日日铭记，从未忘怀。

七姑娘见状，不禁心软了几分：“神尊她毕竟还没有恢复身为上神的记忆，她从前甚至没怎么听说过有关青女的传说。”

在她看来，殷和一心想找到司寒上神的诚心可嘉，但像今天这样命令她把曲苏约出来，又提前专门找人写了这出蛟龙与凡人相恋的戏本子来演给曲苏看，实在是有点太心急了。

七姑娘不敢对旁人说起，但在她心里，也悄悄比较过司寒神尊的这两位追求者。青华大帝看着性子冷淡了些，可他到底也是位上神，与司寒称得上“门当户对”。殷和大人瑰姿艳逸，在青华大帝面前，到底还是输了半分，毕竟放眼三界，青华大帝自少年起，容色俊美可说是无人能及。再说两人的口碑，青华大帝声名极好，处事公道，哪怕是妖族中人，提起这位上神时，也有许多人都会感念他的慈悲。在七姑娘心里，从择偶角度，青华大帝比殷和更适合做司寒神尊的伴侣。

尤其，从曲苏回到落羽的种种表现，就是瞎子都看得出来，曲苏心悦青华大帝。

殷和纵然痴心，但就像刚刚曲苏看戏时自己议论的那样，一个人单方面的痴心，在一段情爱之中是起不到好的作用的。

殷和垂下眼：“那日她在街上救下我，她当时的样子和说的话，和当年一模一样。我还以为她是记起我了……”

说到这儿，他看向七姑娘：“我有两件事，希望小七姑娘能看在寻找姐姐一事上我也出过力的分儿上，帮一帮我。”

殷和是谁，何曾有过这般近乎低声下气的时候？七姑娘不免有几分惶恐：“小七人微言轻，要怎么帮殷和大人呢？”

殷和却话锋一转：“你应当已经将姐姐的身世如实告诉青华大帝了吧？”

七姑娘微微一愣，随即意识到，曲苏这段时间以来的一举一动，都逃不过殷和的眼睛。自己与青华大帝的那段交谈，外人虽然难以探听，但对殷和来说，只要他当时就在附近，不难通过自己当时的异常看出端倪。

再加上这几日曲苏偶尔也会和自己聊上几句，殷和能从中推敲出事情的经过，并不奇怪。

七姑娘只得如实点了点头：“没有什么事能瞒过青华神尊的眼睛。”

殷和却古怪一笑：“我并不是怪你。只不过，你好心告诉了他姐姐的身世，这几天，你可曾见他与姐姐开诚布公地谈过？”

七姑娘原本对此只是稍有不满，可听了殷和的话，却陡然觉察这其中或许有什么自己也不知道的隐情。她心中迟疑，面上便忍不住多少带出几分。

殷和叹了口气道：“这就是我要你帮忙的缘故了。我要你代为引荐，让我与姐姐尽快熟识。我此前和她有过几次接触，但她对陌生人的警惕心很重，若是没有熟识的人引荐，很难与她在短时间内成为无话不谈的朋友。这世上，除了你和我，我不信还有什么人会真心真意对姐姐好。就这么把姐姐交到一个认识没多久的人手中，尤其那人还是传闻中冷心冷情的青华大帝，我不放心。在这之前，我需要你将姐姐的身世，如实地告诉她。既然青华大帝不愿意做，这件事，就由我们来做。毕竟，姐姐比谁都更有资格知道自己的过去，不是吗？”

殷和看似每一句话都点到即止并不深入，但恰恰是这样若有似无的暗示，更令人心生不安。

七姑娘忍不住顺着殷和的话想了许多，比如说那个最关键的问题：为什么青华大帝在知道曲苏的身世后，没有依照与自己的约定，将这件事尽早告知曲苏？

这样一想，七姑娘忍不住觉得，殷和此人看似强势，但事关曲苏，他的一些话也不无道理。

殷和的两个请求——引荐他与曲苏熟识和告知曲苏她自己的身世——听起来都是合理的要求，并没有什么过分或令她为难的地方。

尤其自己这一次能够顺利找到曲苏，其中也少不了殷和大人的一路保护。

七姑娘思虑良久，郑重颔首道：“好，我愿为殷和大人效劳。”

曲苏那么希望能和青华大帝长长久久，以她的性子，若是得知自己也是个来头不小的神仙，想必会很开心吧？

一想到曲苏得意扬扬的小模样，七姑娘就忍不住弯起嘴角。虽然曲苏的性子和前世有所不同，但又有许多不经意间的小细节，令人觉得熟悉和亲切。

殷和目不转睛地看着七姑娘，唇角缓缓绽开一抹笑："那太好了，我真盼着能早日和姐姐回到从前。"

七姑娘也露出笑靥："殷和大人少安毋躁，我想假以时日，曲苏会愿意结交殷和大人这个朋友的。"

暂且不论其他，至少殷和大人待曲苏的这份心意是毋庸置疑的。

殷和的脸上隐隐显出紧张和某种不敢期待过多的忐忑："说来，我虽盼着能和姐姐尽早熟识，却也担心，她会不会仍然和之前几次那样，对我不冷不热……"

殷和越是显出退缩之意，七姑娘越是对他生出同情和亲近之意："大人不要着急，我们给曲苏一些时间，待我告诉她真相，她会接受自己的身份的。日子久了，她也会明白，我们这些等待她归来等了整整三万年的故交，都是真心待她的。"

殷和眼瞳晶亮，微微颔首："如此，那就有劳七姑娘了。"

听了有关自己前世的故事，曲苏诡异地沉默了好长一段时间，险些消化不动这个惊天秘密。

仙炙轩的雅间内，她撕了一条羊腿肉，蘸着着辣椒面儿，面部近乎瘫痪地问七姑娘："你的意思是，我其实前世也是个天界的大神仙？"

七姑娘笑着点了点头："是呀，你身上的苣栀花和玉姒草二者混合的香气是这世间独有的，绝不会错。这世上的苣栀花早已灭绝，唯独当年我族中留有一棵，被我用来炼成一粒香丸，某次与你一起沐汤时，悄悄化开在池水中。这种香气，哪怕你转世投胎都不会消失。其实我前些日子已将此事告知了青华大帝。"七姑娘蹙了蹙眉，旋即决定将这件事先撂开去，"或许大帝有许多事要忙，一直没将此事告知于你。我想着，既然这事是我发现的，由我来说，也不算错。"

曲苏又撕了一块羊腿肉："连他都知道了？"她脸色怪异，看着七姑娘，"那他当时都说什么了？"

七姑娘摇了摇头："尊上只说，这件事他会找个合适的机会，亲自告诉神尊。"说到这儿，七姑娘不好意思地揪着帕子笑了，"是我实在忍不住了，总想着能早一点告知神尊真相。当年神尊掌管霜雪，大家都尊称您为……"

曲苏摆了摆手："现在我只是人间的曲苏，以前那一套就免了，你也别喊我什么神尊了，还是和从前一样，喊我名字吧。"她忍不住喃喃道："难怪当日阿秾会那么说，看来小鲛人还真没认错人。难道我真是清潋的转世？"

从前那次她和阿秾两人一同泡汤泉，听阿秾说起霜雪神女会复活时，心中还有些怏怏不乐。后来她俩在寻找青玄的路上，遭遇猫妖和槐树精作乱，她心神迷糊之际，吹起青玄送的那支笛子，事后阿秾激动地一把抱住她，还喊什么“姐姐”。还有后来，在阿秾的那滴鲛人泪里，她亲眼看到阿秾为了帮她，惨死在凌曦仙子手上，当时她是如何说的来着——

她说：“姐姐，这回轮到我来保护你啦！”

所以阿秾当日喊的那两次姐姐，并不是在喊曲苏，而是在喊清潋。阿秾在那时错认她是清潋，所以之后才会铤而走险，为她去试探凌曦仙子。阿秾也确实没有骗她，霜雪神女确实会复活。

曲苏说不上自己心里该是什么滋味儿，只是突然之间，她有些茫然：如果她真是清潋，如果当初小鲛人说的那些全都是真的，那么青玄呢？

当日他找来流霞城，自己提起清潋时，他说和清潋只有师徒之谊，从无男女之情，难道全是为了哄她开心骗她的吗？

可不论如何回想，曲苏都不觉得当日青玄是在撒谎。

“师姐，这家店是去年新开的，你一定得尝尝，特别好吃！”苗苗一把推开门，捧着热气腾腾的两笼包子进来：“蟹黄包子。他家今天可算是开门了！”

曲苏撕了一条羊腿肉，喂进苗苗嘴里：“我得先消化一会儿。”

苗苗震惊：“啊，师姐你今天这饭量不行啊！从前他家羊腿你一个人就能啃一整条。”

曲苏显然已经听不到她说什么了，连苗苗趁热买的蟹黄包子都吃不出香味了。此时此刻，她满脑子都是一个念头：“兜来转去，绕了这么一大圈，我自己竟然就是清潋？”

七姑娘还不知道这些。回去的路上，趁着苗苗东逛西跑地买各种好吃的，七姑娘兴高采烈地讲了许多当年的事，曲苏听到一半，忍不住问：“那我当年，和青玄的关系是怎样的？”

七姑娘凝眉思索了好一会儿，摇了摇头道：“小七认识神尊不久，就忙着带领族人迁徙安置，并未在您身边久留，您与青华大帝之间的事，小七真的不太清楚。”

曲苏努力捋清楚时间线：“所以认识你的那段时间，我一直住在自己的家乡？”合着她搭救七姑娘和她的族人，应当是清潋去天界之前的事儿了。

“是。”七姑娘道，“不过神尊您也常常往来三界，并不一直驻留在青要界，也是因为这样，最后才……”

思及上一世司寒上神的死和那些传闻，七姑娘神色沮丧：“都是我太没用了。”

曲苏却沉浸在对上一世的想象之中，听到这句，随口笑道：“没事儿，我这不是又活了嘛。而且这个故事告诉我们：哪怕是神，也是有可能阴沟翻船被人害死的。”

七姑娘心神微震，她没想到曲苏并没有听完自己讲述当年全部详情，就能猜到自己前世是被人害死的。不过说来也是，那么强大的一位上神，当年若非另有隐情，怎么可能早早地就香消玉殒呢？到现在，三界之中绝大多数生灵，甚至都忘记了这位上神的名号。

曲苏琢磨了一会儿，又问七姑娘：“那我以前是什么样的性格，和现在像吗？”

七姑娘回忆道：“上神如今的性子，比从前更超脱一些，不过有时一些不经意的动作和从前几乎一模一样。”

曲苏叹了口气：“长得也像吗？”

七姑娘重重点头：“六七分像。”她扶着曲苏的手臂，轻声告诉她，“等您回归神位，模样就会和当年一模一样了。”

曲苏拍了拍自己的脑袋：“所以我现在真的越来越不明白了。”她陡然想到一件事，当即僵住，“所以这就是他最近经常忙的缘故？”

难道他正是因为听七姑娘说了自己的身世，心里觉得别扭，所以才躲开她的？

毕竟他前不久还信誓旦旦地对她说，面对清潋，他只有师徒之谊，绝无男女之情。然后一转眼，就来了个从前的故人，告诉他，其实自己就是清潋的转世。从前相识多年却压根儿没看对眼的徒弟，这一世不知怎的就喜欢上了，这不是当场打脸是什么？

曲苏觉得这种感觉真的太奇怪了：“阿秾口中的清潋和七姑娘口中的那位上神真的都是我吗？可我怎么一点儿感觉都没有呢？”

从前阿秾说，清潋的性子非常温柔含蓄；七姑娘也说，自己现如今比从前超脱、活泼一些；青玄这个做过人家几千年师父的人，和她相处这么长时间，居然一点都没认出她来！

还有啊，从前他们两个就是纯粹的师徒情，这一世却彼此都喜欢上了？

她这性格，到底是和从前有多不相像啊！

所以青玄这一世到底喜欢上了自己什么？肯定不能是因为她这张脸了，难道是性格？

青玄知道真相的时候，感觉上估计和自己现在差不多一样“分裂”吧？

接下来的日子，曲苏陷入了深深的纠结和迷茫，彻底沉寂了好几天。

刚巧这几天，青玄一直没有回来。曲苏一面纠结，一面隐隐觉得烦躁：“这家伙该不会是觉得没法儿冲破心理这关，干脆跑了吧？”

曲苏越想越气，连带看着九头狮子都愈加不顺眼，见他和苗苗凑在一块儿吃吃喝喝，又说又笑，曲苏走过去把他屁股底下的凳子一把扯了出来。

九头狮子刚抢了一块新鲜出炉的烤红薯，正吃得香，被曲苏扯了凳子也不生气，干脆坐在一旁的门槛上，眨巴着一双眼看曲苏。

曲苏一口气堵在心口好几天，大马金刀地往长凳上一坐："问你个事儿。"

青华大帝临走前可是特意叮嘱过他的，九头狮子态度良好，配合极了："曲苏姑娘尽管问。"

曲苏绷着小脸儿问："你以前见过霜雪神女吗？"

九头狮子点头："见过。"他想了想，"不过次数不多。"

曲苏道："那在你的印象里，她是什么样的？"

这个问题对九头狮子来说，难度颇高，他绞尽脑汁地回忆了好一会儿才回答："话不多，人挺安静的，也很听尊上的话。"他咬了一大口红薯，两腮鼓溜溜地总结道，"简单来说，人是笨了点儿，资质也差了点儿，但笨鸟先飞，贵在认真努力态度好，是尊上的好徒弟。"

曲苏忍不住拿起桌上的一颗花生，弹向九头狮子："你说谁笨！"

尽管她还什么都记不起来，尽管她对自己现在这个身份还没有什么认同感，但她也不能容忍从前认识的故人说自己笨。

九头狮子嘴巴甜甜地道："那霜雪神女再好，肯定也没有曲苏你好呀。"

曲苏冷笑了声，并不吃他这句模棱两可的恭维："我哪儿好？"

九头狮子一脸理所当然地道："你哪儿都好，不然能把我家尊上迷得天界都不回了？"

曲苏怔了一下："他没有回天界？"

九头狮子低头啃红薯："曲苏你别坑我，尊上临走前说了，不让我和你说。反正尊上是去忙正事了，具体什么事，他怕我嘴巴不靠谱，也没告诉我。"

曲苏问："他真的有事情忙？"

九头狮子又从盆里拿了一块烤红薯，一边剥皮一边特别认真地点头："他可是青华大帝啊，每天都有忙不完的事。其实以前尊上也极少回妙严宫，一天到晚都在外面忙。我就是因为总也见不着他，这回才跟着跑来的。"

曲苏煎熬了几天几夜的心，因为九头狮子的这一番话，终于放下了。她也不是那种爱纠缠不放的性子，但自从知道了自己的前世，有些事她总是忍不住要多想。

她忍不住想，或许苗苗说的是对的。上一次她和青玄闹别扭，苗苗就说她，自从和青玄谈起了恋爱，有时简直像是换了一个人。比从前任性了，也比从前矫情了，还比从前情绪起伏大。简而言之，就是有人惯着，把她宠得越发无法无天了。

曲苏一手撑腮，另一只手也从盆里拣了个香喷喷的烤红薯，皮都不剥，狠狠咬了一大口。

算了，这事儿怎么说也都不是她一个人想明白就能解决的问题。她自己在这儿就算捅破天，也不顶用。等青玄回来了，她要当面问问他对于她前世身份的这个事，到底是个什么想法。

“尊上……”烝渊之中，霜雪飘浮，清气生腾，莹冬紧咬着唇，双眸之中已隐隐含泪，“我也不知，为何会这样。”

灰扑扑的女娲石放入阵眼，却没有泛起预想之中的明亮白光。莹冬一身盔甲，站在大阵不远处的山坡上，看一眼阵眼中的女娲石，又看一眼青华大帝神色冷峻的侧脸，两滴清泪顺着脸颊飞快滚落。

她抹了一把脸，嗓音微哽：“或许是因为这女娲石只有半块，请尊上再给我一点时间，我一定为尊上找来另外半块女娲石，让烝渊运转自如，恢复当年的生机。”

半晌，青华大帝摇了摇头，手一挥，将女娲石重新收入掌中：“不必了。”

“尊上。”莹冬见青华大帝欲走，飞步上前，“尊上是要去寻另外半块女娲石吗？不妨带上莹冬，我族对上古神器有天生的感应，尊上带上我，说不准很快就会寻到另外半块女娲石的踪迹。”

青华大帝神色沉静：“我还有更重要的事去做，你先回天界吧。”

莹冬还欲再说，可眼前霜雪弥漫、山岚飘忽，青华大帝眨眼间已没了踪影。

面前是空荡荡的烝渊，当那个人不在身边，整个烝渊仿佛一只巨大的、空洞的眼瞳，笔直地与人对视。这鬼地方……莹冬缓缓吐出一口气，转身回了天界。

若没有青华大帝在身旁，这鬼地方，她一刻都不想多待。

天界，素曜宫。

瞥见莹冬的身影，太阴元君险些惊得站起来：“你这是……成了？”

简直比她预想的还要快呢。

莹冬一脸忧郁地坐下：“只找到半块女娲石，也不知道那玩意儿是不是真的，放进烝渊一点用都没有。”没有旁人在场，莹冬也不再遮掩，径自和好友抱怨道，“害得我在青华面前折了面子，真的好丢脸！”

太阴元君看着莹冬泛红的侧脸，有多少年了，每每遇到与青华大帝相关的事，莹冬的神色总会格外生动，宛如少女时一般。这不，就因为一块女娲石，急得眼泪都要掉下来了。太阴元君叹了口气，素手轻招，桌上很快显出摆盘精致的清粥小菜：“你先别急，一连忙了好几天，怕是连饭都没好好吃上一口吧？”

莹冬心头憋了一口气，端起碗却怎么都吃不下：“真的就差那么一点儿！”

“你怎么也钻起了牛角尖！”太阴元君忍不住笑道，“因为一个青华大帝，把自己都折磨成什么样子了？一个炁渊罢了，本来天界之中，除了和他一派的那些个憨子，还有谁真把炁渊当回事儿啊？就算没有炁渊，任由那些怨妖去闹，难道他们还能把这九重天掀了不成？要我说啊，你也是追青华追得魔障了！”

莹冬垂着眼，一颗圆滚滚的泪珠儿落入面前的粥碗：“我能有什么办法，他一年到头有几天待在他那妙严宫？尤其这段日子，连那个九灵都跟着他一起到处跑了。我若不投其所好，更是连他的边都摸不着。”

她紧紧咬着嘴唇，仿佛突然想到了什么一般，抬眸看向太阴元君：“要不然你再帮我看看，六界之中，还有没有其他几样上古神器的碎片，或者是其他什么痕迹能帮到青华？”

太阴元君叹了口气：“我不是告诉过你嘛，那个法子，哪怕是我，一年也只能测上一回。而且根据上一回测的结果来看，寻遍了六界，真就只有这女娲石。”

莹冬垂下眼，捧着碗筷：“难道就真的没有别的法子了吗？”

太阴元君实在不忍心看好友这副神情憔悴的模样，她思虑片刻道：“能投青华大帝的喜好，本来就不是件容易的事儿。要我说，你不如换个方向。”

莹冬陡然抬起眼：“什么意思？”

太阴元君道：“你难道就不好奇，近来青华都在忙些什么、人在何处？”

莹冬摇了摇头，一阵心绪烦躁之后，她已经渐渐找回了往日的理智：“我自然想知道，可他是青华大帝，不论用什么法子窥探他的行踪，都会很快被他觉察到。得不到青华大帝的心，也没有什么，毕竟几万年了，没有谁能讨得他的喜欢，可我不想当那个被他讨厌的人。”

太阴元君叹了口气：“你呀……”

两人静静吃了一会儿饭菜，太阴元君道：“对了，别的事你不想轻举妄动也就罢了，有一件事儿，你可不要忘了。那一位，用不了多少时日，就要归位了。”

莹冬的双眸已恢复了往日的沉静笃定，她听到好友的这番提醒，不禁淡淡一笑：“说得好像她是青华的什么人一样，当年也无非是一些捕风捉影的八卦，本来也没什么实质的东西。”

“倒也是。”太阴元君见好友神色如常，不禁将心稍稍放回了肚里，“罢了，既然你都不放在心上，往后我也就不再提这个人了。”

莹冬潇洒一笑道：“还不是上一回你劝我的，她从前再怎么厉害，那也是从前。三万年都过去了，不论是对那封了三万年的青要界，还是对于天界而言，她都早已经是‘过去式’了。”

太阴元君也附和着笑道："你能这么想，再好不过。"

莹冬神色柔和，唇角的笑弧转瞬即逝，可她眼中的那抹深沉之色，就连一向与她交好的太阴元君都错过了。

流霞城是座不夜城。

这一晚，曲苏一反常态，很早就躺下了。她吹熄了灯，关上窗，躺在苗苗给她铺得软乎乎、暖烘烘的大床上，闭着眼，脑子里不受控制地闪过与青玄相识以来的情形。

她本以为自己会睡不着的。明明心里揣了许多事儿，可也不知怎么了，也许正是因为想着太多心事，也许是白天九头狮子的安抚好歹起了些许作用，想着想着，她就迷迷糊糊地睡了过去。

青玄赶回落羽时，本以为会如往常那般，看到曲苏和几个师兄弟在庭院里热热闹闹地烤肉饮酒、玩叶子牌的情景，但远远地，乍一看到曲苏的院落黑漆漆一片，他第一反应是飞身掠过，闪现在曲苏的门前。

隔着门窗，他"看"到曲苏闭着眸子，瓷白的脸儿歪在枕头上，微蹙着眉，睡得正沉。虽然他说不上是什么滋味儿，心却在这一瞬间陡然沉静下来。

青玄禁不住弯起唇角，下一瞬，人已出现在曲苏的床前。

他俯下身，端详她的眉眼。她似是做了什么梦，眉心微蹙，嘴角也跟着有些不满意地抿着。青玄伸出食指，在她眼角蜻蜓点水般地轻轻一揉。

曲苏的神色在这一瞬间放松了许多。她的眉眼生得清秀，还有些甜美的神韵，尤其是这般闭着眼眸的样子，不似白日那般眼神清凌凌地看人，难得显出几分罕见的娇憨。

青玄的指尖悬在半空，曲苏那双红润的唇微微翘着，仿佛故意引人采撷的花儿一般。

青玄垂眸凝视着，视线在曲苏的唇畔流连。曲苏微微抿唇之际，他正要俯颈，冷不防腰间那面铜镜传来轻微的嗡鸣之声。

青玄无奈地站直了身，临走前，他的指尖在曲苏唇上轻轻一点："好眠。"

一袭玄色长衫的身影在夜色的掩映下，很快消失无踪。

尚在梦中的曲苏浑然不知，她只是觉得脸上什么地方说不上来的痒痒，梦里那道熟悉的身影站在一座雪白精巧的宫殿前，凤眸含笑，侧过脸朝她伸出手，仿佛在引领她上前一般。曲苏伸手挠了挠腮，翻了个身，睡得更沉了。

流霞城外，清凉河畔。

青玄寻了个僻静处，翻出铜镜，看向另一头的紫微大帝。

紫微大帝正在翻箱倒柜寻什么东西，头也不回地问："可找到女娲石了？莹冬找到的那枚碎片说是在魔界，她好歹也有几分真本事傍身，还有你跟着一同前往……此行可见到了魔君？他好像有两万多年不曾现身了吧？"

近万年来，天界和魔族始终处于一种微妙的平衡中，哪怕是魔君本人现身，见到青华大帝，两个人估计也懒得过招。至于他手下那几员猛将，放在别人眼中，或许能称得上"猛"，在青华大帝这儿，都是他少年时的手下败将罢了。

青玄的嗓音听起来有几分沉郁："找到了半块，我带回炁渊却不起作用。"

紫微大帝猛地从一堆卷轴中抽出一截，松了口气，随即瘫坐在地上："总算找到了。"

他突然回过味儿来，看向好友："啊？那岂不是……"

青玄摇了摇头："莹冬的线索没错，但女娲石上的灵力太少，已然不能充当阵眼使用了。"

紫微大帝叹了口气："这事你也别太着急了……"他想到了什么，陡然一笑，"我说，你可别忘了，等你家曲苏回归神位，那可是比你降生还早的司寒神尊！有她在，你还愁找不到合适的净化怨气之法？"

提起曲苏，青玄的眉眼稍稍一松，显出几分少见的缱绻之色。

紫微大帝自袖中抽出近来的新宠——赤枭叠云扇，边扇风边道："先拣紧要的和你说。我这趟去青要界，可以说是有大发现。"

紫微大帝道："我和清沅长老商量过后，让九命猫金花进了一趟青要界，结果你猜怎么着？"

青玄没吭声，只是眼色嫌弃地睨了他一眼。那意思，分明是嫌弃他在这件事上卖关子，懒得捧着他说话。

紫微大帝咳了一声，边摇扇边道："青华大帝容禀。其实清沅长老在听说我是来调查当年司寒神尊之死的时候，也向我描述了当日的情形。她说当日发生了不止一桩怪事。第一桩是不知是什么缘故，青要界内突然刮起污秽的厉风，怨气很浓，有一位长老为保护族人，当场被那怨气撕成碎片；第二桩是司寒当日因一个阵法而死，这阵法是司寒当年养过的一只小妖不知从哪儿学来的，非常厉害。"

青玄的目光已然冷冽如冰："又是阵法。"

紫微大帝一哂："是啊，你说奇不奇怪，当年你修了三万年的炁渊，就是被一个反向之阵毁个一干二净。想不到查你家曲苏的事，又查到一个上古阵法上……"

青玄道："可查到是什么阵？"

紫微大帝道："我让金花进去查探了一番，好在三万年来，整个青要界除了你那小徒弟清潋，再无人进出，所以当年害死司寒的阵法，还能原原本本地拓下来。”紫微大帝自手边拿过一个卷轴，“我刚才找了好久，就是在找可能与这阵法相关的记录。”

他展开卷轴，指了指上面的一行神语。

青玄凝眸看了那行字片刻：“骨诅图——这是一本书？”

紫微大帝点了点头：“我只觉得那阵法看着眼熟，但具体那阵叫什么名字，是什么来头，如今的天界都有谁通晓此阵……这些事，你恐怕要自己跑一趟上清境紫芝崖了。”

青玄道：“玉宸道君……”他摇了摇头，“炁渊刚建成时，我就去过一趟，但没能见到他。”

紫微大帝叹了口气：“是啊，道君已有多年不曾现身了。”

青玄沉吟片刻，道：“你可让金花去看过那朵青莲？”

紫微大帝道：“我透过金花的眼睛看过了。可能还要再过半年。不过也不好说，她毕竟也是上神，她的元身，旁人如你我，不可能那么轻易就看得准。还有个事儿，是我听清沅长老说起的。”紫微大帝故作深沉地顿了顿，可是话一开口，还是忍不住已到嘴角的笑，“你还记得白帝吧？”

青玄思索片刻，脑子里出现一道面目模糊的身影，点了点头道：“都说他从前痴恋司寒，在自家地界上精心建造了一间豪奢精巧的宫殿，专门用来摆放几万年来他为司寒画的那些画儿。”

青玄本来神色凝重，听到这话，眉心轻轻一动，再看向紫微大帝时，眼神就不那么友善了。

紫微大帝连连摆手：“你有气别对着我撒，我顶多算是个传声筒。清沅长老说，最近一年多的光景，白帝常常在青要界的两处大门徘徊，说是他发现其中一幅画像有异，担心司寒的元身不妥，非要亲自入内看一眼那朵青莲才能放心离开。只要能看到司寒的元身，就是让他死了也甘愿。啧啧，真是痴心得很哪！”

青玄冷声道：“光是痴心就顶用的话，那青要界门口不知要候着多少亡魂，等着清水河引渡入内了。”

“谁说不是呢。”紫微大帝拿折扇击掌，痛心疾首道，“多亏司寒上神高瞻远瞩，她就是不想自己转生之后还要面对这诸多的麻烦事儿和一堆不想见的人，才提早布下‘三绝禁令’。高啊，这招实在是高！”

青玄的脸色并没有因为紫微大帝这两句马屁而有所缓和。

紫微大帝叹了口气道：“说起来，你还真别嫌人家白帝，至少他待司寒那份情义不假。你瞧咱们这位玉帝，简直像是忘了天界曾有过这样一位上神，就连记录、编纂天界万年史时，在许多事上，也让仙官隐去不提。三界之中，至今还记得司寒的人，可不多了。我这儿有好多东西，还是从白帝那儿听说得来的。白帝这厮，还真是个痴人，入不了青要界，就自己在界碑附近结庐暂住，我去的时候，他又新画了一张司寒的小像，正对画缅怀当年呢！”

“司寒当年性子随和，不论与谁交往，都没什么架子。彼时的青要界也称得上欣欣向荣，常年山门大开，并不避讳与三界神仙、妖魔往来。当年白帝恋慕司寒上神，加之与清渝、清浣两位长老交好，常常找借口到青要界小住。他那许多画作，就是常住青要界时所画的。我问过白帝：印象之中，司寒可有格外交好、交恶之人？她羽化之前那段日子，她的身边，又是否有过什么特别的事发生？”

青玄凝眉：“他是如何回答的？”

紫微大帝道：“司寒羽化前的十多年里，曾救过一只容貌生得极出色的小蛇妖，司寒待他那可真是极好。听说那蛇妖走丢过一次，司寒还特意跟人打听过蛇妖的下落，结果怎么也没找到。又过了几年，司寒受扶桑女帝所托，在迟玉山连降七日大雪，清洗怨气，那蛇妖也不知从哪儿又冒了出来。这一趟，他跟着司寒一起回了青要山，之后便常住在那儿。据白帝说，那只蛇妖私下里性子很是阴沉不定，并不是个好相处的主儿。白帝那几年因为那蛇妖，连司寒的面都没怎么见到。偏偏那蛇妖十分会讨司寒欢心，是装乖卖惨的一把好手，司寒那几年外出次次都带着他。可奇怪的是，司寒那日布下三绝禁令时，第一个就将那蛇妖驱逐出了青要界。”

很明显，白帝口中的这个蛇妖，与清沅长老说的“小妖”，就是同一个人。

青玄神色冷凝：“那蛇妖的名字，白帝可有提及？”

紫微大帝道：“你应当听说过他的，近万年来的妖族新主，与扶桑女帝划迟玉山为界，盘踞云梦大泽，占得妖族半壁江山。”

青玄抿唇，缓缓吐出一个名字：“殷和。”

“就是他。”紫微大帝道，“依白帝所说，司寒生前跟这个殷和恐怕很有一段故事。至于其他人……”紫微唇边露出一抹意味深长的笑，“说句实话，咱们这位司寒神尊，从前在妖、魔两界的声名，可比天界要好得多，原因你也知道的。当年是她第一个提出怨气、煞气都可净化，也是她极力反对因怨妖的存在而对整个妖族赶尽杀绝。因为这事，玉帝不喜司寒，明知清洗怨煞之气司寒是首功，仍要借着遴选冬神的名义，捧莹冬和她分庭抗礼。天界那些骨头轻的家伙，也都是看人下菜碟，知道玉帝的心意，次次见到司寒，也都没个好脸色。不喜欢司寒的人，光是在天界，我就能给你找出一大堆。”

“还有一事。”见青玄露出沉思之态，紫微大帝又道，“说来也是赤帝那日提醒我的。我看当年玉帝选冬神的事儿，直到今日，莹冬也未曾释怀。如果非要给不喜欢司寒的人列个排行榜，我想咱们如今这位冬神，必定榜上有名。”

过了许久，青玄才点了点头：“我知道了。”

紫微大帝长叹了一口气：“老规矩，谢就不必说了，我只希望改日，能名正言顺地向你讨杯喜酒喝。”

青玄本在垂眸思索，听到这话，不禁翘起唇角一笑：“这是自然。届时还要向你借座下葡萄仙子一用，为我多酿些美酒，宴请宾客呢。”

与紫微大帝道别之后，青玄凌空画了一道传音符给九头狮子。

北极星宫里，紫微大帝靠在自己心爱的龙鳞竹摇椅上，缓缓摇着，身子调转个方向，看向之前用扇子指给青玄的东方。

那颗星子虽小，却隐隐泛出金红交替的亮光，且朝着既有的轨迹缓缓向前移动，正是一位上神即将归位的征兆。

看来他这位好朋友，还是有些福气。

虽然九万年一次的命劫在身，但从司寒上神这颗星看来，他们两人，应当好事将近了。

九头狮子接到青华大帝的传音符，当即露出凝重的神色，他思索片刻，还是主动向曲苏辞别。

曲苏对他的离开倒没有露出什么不乐意的神情，只是叮嘱他，快点忙完，和青玄一道尽早回来。

九头狮子尽管平时有些粗枝大叶，关键事上嘴巴却严得很，临走之前，他口中念念有词，伸出手在曲苏左肩轻轻一拍，淡金色的眼睫微微翘起，笑着道：“曲苏，这可是世间仅此一份的金光咒，你收好了！”

曲苏一蒙，她确实看到自己左肩有明灿的金光闪烁：“有什么用？”

这名字倒是直白，但光听名字，让人无从知晓这咒语的作用。

九头狮子挠了挠头：“简单来说，就像是个罩子吧，保护你，其他人伤不了你。”

曲苏眨巴眨巴眼：“那青玄也不成吗？”

九头狮子俊脸微僵，不太乐意地瞪了她一眼：“曲苏，你这就是人间所说的，哪壶不开提哪壶吧？”

曲苏忍不住一乐，这意思就是，金光咒再厉害，但面对青玄还是起不了什么作用。她笑着朝九头狮子一拱手：“不管怎么说，还是谢了，早去早回！”

九头狮子从前随着青华大帝南征北战，偶尔也会挂点彩，却从没有谁对他说过这句话。别说，听了心里还挺暖烘烘的。他不太自在地朝曲苏摆了摆手，一转眼，便在庭院之中消失无踪了。

曲苏知道，他这是故意隐匿身形，不想让凡人看到他腾云驾雾的样子。

青玄还没回来，这一转眼九头狮子也走了，曲苏嘴上说得轻松，心里却有那么点儿空落落的。好在她一向很会给自己找乐子，左右也无事可干，干脆叫上苗苗和七姑娘，到城内最热闹的地方逛街采买去了。

前些日子才采买过衣衫，还为此事和青玄闹得挺不愉快，曲苏左思右想，还是决定带上两个姑娘一块去想容楼逛逛。

想容楼每个月都会上新一些首饰头面，曲苏虽然不爱戴繁复的头饰耳坠，但不妨碍她爱买，尤其爱给身边长得好看的女孩子买。

一边和柜前的小姐姐聊天，一边为苗苗选中了一套红菱玉缀珍珠的头面，其中那支坠流苏的蜻蜓步摇，戴在头上华美不失活泼，苗苗喜欢极了。

曲苏替她戴上，苗苗有点不好意思："今天也不是什么特别的日子。"

曲苏笑着道："要什么特别的日子？真让你出任务，又不方便戴了。"她替苗苗戴上，又捏了捏她胖嘟嘟的脸，"在家待着的每一天，都是好日子。"

苗苗挽住曲苏的手臂："师姐，我真舍不得你走。"

曲苏失笑道："谁说我要走了？"她觉得苗苗说的都是孩子话，"再说了，我就算真要离开，过不了多久也会回来的。而且哪次我从外头回来，不是大包小包，又是吃的又是玩的，给你们带一堆好东西？"

苗苗晃晃脑袋，在曲苏肩膀上蹭了蹭："大哥说，姑娘家总要成亲的。不过师姐，我打心眼里替你高兴。我看得出，师姐夫待你很好。"

曲苏伸指弹了下她的脑门儿："你怎么什么都知道？"

苗苗笑嘻嘻的："那是。我不仅知道师姐夫对师姐好，而且还知道，师姐夫那般绝色，师姐婚后消受起来……啧啧！"

从前在落羽，师兄弟之间也会开玩笑说些荤话，曲苏自小在男人堆里长大，没脸没皮惯了，可大约从前没有对谁真动过心思，相似的话从前听到也不觉有什么。今天再听苗苗说起，却有点遭不住地脸颊发烫。

苗苗看出来曲苏神色不自然，从她肩头抬起脸，故意一指曲苏的耳朵："师姐，你刚刚是想起什么了，怎么连耳朵都红了？"

曲苏正要还击，就见苗苗脸色微变，蹙眉看向自己身后的方向。

曲苏警惕心起，扭身向身后看去。

是七姑娘从一楼走了上来，身后还跟着一个身穿绯衣的青年。

七姑娘唇角含笑道："我刚想在街对面的铺子挑些花种，没想到遇到一位从前的朋友。"

曲苏顺着她侧过身让出的方向看去。

只见来人一身绯色长衫，生得瑰姿艳逸，琼姿花貌，他手里捧着一盆开得皎白的鲜花，见到曲苏时，眼波流转，微讶之中带着惊喜："曲苏！原来七姑娘说的朋友就是你。"

这一回，殷和没有戴面具遮挡自己的容貌。

哪怕已经不是第一回见到殷和，曲苏仍然忍不住在心底感慨：身为男子，这人长得也太好看了吧！

青玄的容貌在男子之中已是独绝，但他惯常容色冰冷，有一种拒人于千里之外的清冷漠然。但殷和却截然相反，他本就生得好看，眉眼间有一种风流婉转的生动，因而总能格外引起他人的瞩目。

苗苗在一旁插嘴道："他是谁？"曲苏在流霞城认识的朋友，她全都认识，眼前这人生得绝色，却给她一种特别危险的感觉，苗苗本能地对此人感到不喜。她悄悄挽起曲苏的手臂，"师姐，这人你认识？"

曲苏没想到会在这里见到殷和，而且是由七姑娘引荐。听七姑娘话里的意思，这人还是她很久以前就认识的朋友。

想起两人上一次在上元节当晚的相遇，还有当日青玄那吃醋的模样，曲苏忍不住眉眼含笑："新认识的一位朋友。"

苗苗"哦"了一声，心中了然，才认识没多久，可见称不上师姐的密友。

殷和见曲苏眉眼弯弯，也不禁笑得愈加明媚，向曲苏解释道："刚在楼下遇到阿七，她说要为我介绍一位朋友认识，没想到就是你。"他主动走上前，挨近曲苏，他模样生得漂亮，一双眸子亮晶晶的，眼巴巴地看住曲苏，"好巧啊，苏苏。"

长得好看的人，总能获得额外的优待，引起周遭许多人的关注。这不，打从殷和上到想容楼的这一层，周围许多客人的目光不再聚焦在那些样式新颖的首饰玩意儿上，全都绕着殷和打转。

还有一个胆大热情的少女，鬓簪一朵雪芙蓉，故意从殷和身边走了个来回。

但殷和目不斜视，全部注意力都落在曲苏身上。

那大胆的少女气得直嘟嘴，又拿殷和没办法，只能气鼓鼓地瞪了曲苏一眼。

苗苗在一旁忍不住叹了口气："飞来艳福啊，师姐。"

落羽上下无人不知，曲苏向来爱看美人，尤其这个"大美人"还知情识趣，打定主意要向曲苏大献殷勤。苗苗忍不住在心里替自家未来的师姐夫捏了一把冷汗，小声嘀咕道：“师姐夫若再晚两天回来，可能要吃大亏了。”

殷和仿佛突然注意到了苗苗，侧眸朝她看了一眼，旋即笑得温和：“这位姑娘头上的蜻蜓步摇真是精巧，难怪之前阿七和我说，想容楼的首饰哪怕在江南繁华地带，也能排得上前三。”

苗苗扯了扯唇角：“是我师姐选得好。”

殷和仿佛全然看不到苗苗在一旁悄悄翻白眼，朝曲苏笑得怡然：“苏苏眼光确实好得很，不知我有没有这个荣幸，也让苏苏帮忙，代为挑选一支发簪。”

“可以啊。不过我的意见仅供参考，最后还需要你本人做主。”曲苏上下打量一通殷和，调笑道：“殷公子这是要成亲了？那我先道一声恭喜了。”

殷和笑得眼尾都染上了两抹薄红：“还没有到那一步，不过我确实心悦她许多年，那就承你吉言了。”

帮客人挑选发簪的娘子见殷和仪表不凡，衣着华贵，不由笑着从上锁的柜子里端出一盘新货，对曲苏等人道：“这几件都是昨日刚到的新品。”

这下别说曲苏，连苗苗都“哇”了一声，七姑娘的目光也随之一顿，在那几件发簪上来回扫过，殷和则格外在意曲苏的态度。

曲苏选起发簪来并不纠结，她先从中选出一支多宝石榴双蝠簪，交给那位笑得合不拢嘴的娘子：“这支先替我包起来。”她笑着向殷和解释：“我看中这支了，想送给七姑娘。你的那支，我接下来帮你好好挑选。”

七姑娘微愕：“送给我？”她瞥了那支石榴双蝠簪一眼，旋即在曲苏和苗苗心照不宣的笑容之中顿悟了点儿什么，丰润的脸颊顿时红成一片，大大的眼也透出几分羞涩无措，“曲苏，你……”

曲苏拍了拍她的肩膀：“这支簪寓意好，你可不许推辞。”

殷和见状，也跟着浅浅一笑，看向七姑娘的目光里多了几分深意：“原来是这样，阿七都还没有告诉我。”他从一旁的托盘里拿起一对羊脂玉牌，递给面前的娘子，“这对玉牌也一起包起来，记在我的账上。”

他随后看向七姑娘，朝她微一颔首：“我记得阿七从前好像和我提过一次，当初会在流霞城定居，是一位君先生救了你的命，那之后你就一直住在落羽。但没想到，后来你和君先生竟然情投意合，马上都要成婚了。这对玉牌，聊表一点心意，祝你和君先生百年好合。”

曲苏听他这样说，不由多看了七姑娘一眼，看来这七姑娘与殷和私交不错，他竟然连当初大哥救了她的事都知道得一清二楚。

七姑娘脸颊红扑扑的，向殷和行了一礼：“多谢。”

曲苏挑得认真，好一会儿，才在其余几支发簪里，选了一支并蒂海棠玉鸾簪。

阳光透过窗棂，照着殷和端详发簪的脸庞，他仔仔细细打量了一番那支发簪，随即绽出一缕笑：“这支发簪设计得别出心裁，用料好，寓意好，颜色也娇艳。”

曲苏问：“可配得上你那位心上人？”

殷和浅茶色的眼瞳里，明明白白地映出曲苏的人影儿，他抿着殷红的唇，笑得既羞涩又开怀：“在我心里，这世上没有任何首饰配得上她。”他望了一眼那支发簪，又道：“不过，我刚在心中想了一下她戴上这支簪的模样，我觉得，会很好看。”

曲苏笑着道：“你满意就好。”她想了想，又道，“像你嘴这么甜，未来肯定能哄得你那位心上人开心。”

在花言巧语这方面，殷和显然比青玄有天赋多了。

曲苏悄悄叹了口气，脸上的神情却不见有多沮丧，反而透出几分无可奈何的甜蜜。

殷和付过银钱，转过脸就看到曲苏那副笑眼弯弯的模样，他心中略沉，将放在一旁的花递了过来：“对了，这盆花我精心培植了许多年，权当辛苦苏苏帮我挑选发簪的谢礼吧。”

盆栽生得玲珑青翠，花朵皎白可爱，香气既像茉莉，又像栀子，还隐隐有一种说不出的奶香味儿。曲苏平日不施脂粉，也不喜欢香气浓郁的东西，因而端详这盆花片刻后，摇了摇头：“谢谢，不过不用了。”

殷和愣了愣，似乎没想到曲苏会这么直接拒绝：“苏苏不喜欢这花？”

曲苏微微摇头：“我不喜欢香气太浓的花，而且我也不会养花。”

殷和瞬时露出一抹笑：“苏苏不必担心，这花好养活得很，就是十天半月不浇水，也能开得很好。”

七姑娘道：“曲苏，这花也是殷和的一份心意，要不你就收下吧。”

连七姑娘都这样说了，兼之殷和看着她的眼神也有点可怜巴巴的，曲苏叹了口气，从殷和手里接过那盆花，朝他挥了挥手：“先说好，花我收下，可不一定能养得活。殷和，暂且别过啦。”

殷和目送着几人远去的身影，唇角噙笑，眸光深远：“暂且别过？很快，我们又会见面了。”

另一头，九头狮子以最快速度赶到青要界，还未走近，就见一块巨大的黑云裹挟着雷电翻涌奔来，远远地就将远近山峰连同大片旷野，都遮蔽在它的阴影之下。澎湃的水汽伴随着巨大的雪白雨幕扑面而来，视野朦胧之际，就见电光霹雳、雷声滚滚、丘峦崩摧、山河震颤。

“这是……”九灵抹了一把脸，瞠目望着远近天地之间的巨大变化，忍不住喃喃，“怎么会这样？”他连避水咒也顾不得施，迎着狂风骤雨逆势而上，直冲青要界山门。

青华大帝叮嘱过，让他提早在青要界山门等候，司寒上神的三绝禁令消失之际，就是她的青莲元身盛开之时。依照紫微大帝所说，应该还有个一年半载，可九灵才行至青要界上空就发现，曲苏的青莲元身竟然提前开了。

不仅如此，刚踏入青要界，九灵就发现情况有些不对。尽管三绝禁令随着司寒神尊的提前归位而消失，但照理说，青要界的山门仍在，且这时应该有族人轮流看守才对。可此刻，巨大而古朴的山门像是被人用法力强行破开，一路走来，不仅半个人影都没看到，且一路上都有打斗的痕迹和折断的兵器。

九灵心生警惕，可越往里走，周遭却越发地安静了。

一路走来，四周安静得不像话，甚至连一丝风都没有。

不对劲！九灵眯起湛蓝的眸子，远远地，他依稀可以窥见姑射莲池的轮廓，却连半点莲花的影儿都看不到。整座莲池仿佛被淹没在一片雾气之中，又好像处在另一个空间的镜像之中，忽而闪过一丝涟漪，忽而又被浓重的雾气笼罩，一转眼，又什么都看不真切了。

周遭不仅无风无雨，甚至连一声虫鸣鸟叫声也没有。九灵是天生地长的灵兽，对这样的异常极为敏感，他抬手一挥，恢复出一半真身，毫不遮掩地露出九颗头颅，眼观六路、耳听八方，面色凝重地向面前不停变化的雾中走去。

就在这时，九灵陡然听到一声暴喝：“何人如此大胆！”

那声音听着并不苍老，却因嗓音低沉而雌雄难辨，：“众人听令，我族不论老少，今日死战到底，哪怕粉身碎骨，也一定要护住神尊的元身！就算战至只剩一人，也决不向妖族屈从！”

另一道声音很年轻，也很娇媚，却是个男子声音：“清沅，说来你我也是多年知交，我们来此拜访，只为合作，并无恶意。为人处世方面，你不妨学学从前的清渝，何必非要闹得非死即活，让大家难堪呢？”

“凭你也配提清渝的名字！她若还活着，早在见到你的第一眼就恨不得将你千刀万剐，炖一碗蛇羹孝敬司寒神尊了。”清沅长老唾了他一口，“区区蛇妖，也敢在青要界大放厥词。灼曳，我看你是嫌命太长了！”

另一道冷峻的男声却在这时响起：“清沅，别不识趣。殷和大人此举，也是为了更好地保护你家上神，你若非要负隅顽抗，不如想一想三万年前，另外两位长老的下场。”

清沅怒不可遏道：“狼心狗肺的东西！若不是司寒神尊当年在迟玉山降下霜雪为你

们洗去怨气，你们这些鼠辈，早在三万年前就已经死了，如今却一个个觍着脸去当殷和的走狗。”

“妖族，忘恩负义，全无心肝，活该被三界诛杀！”

之前那道娇媚的男声道：“清沅长老这话说得未免偏颇，司寒上神还在世时，可是心悦我家大人已久，你说杀就杀，有没有问过你家上神舍不舍得？”

冷峻男声则道：“清沅，凭你如今这些族人的身手，连我一个都打不过，你为什么非要找死？”

“那如果加上我呢！”九头狮子飞步向前，道出了这句话。

一个身穿斗篷的灰色身影循声冲了出来，掌风凌厉，直压九灵的天灵盖。

九头狮子冷笑了声，站在原地不闪不避，九颗头颅飞快转动，其中一颗头颅朝着掌风来向张嘴一喷，巨大的火球直朝那灰衣人而去。

来人身披灰斗篷，皮肤微黑，一道狰狞的疤痕自他眉骨穿过大半张脸，若不是这道疤，这灰衣人也称得上容貌出众、英俊不凡。

他身法诡谲，几次在空中硬生生调转方向，轻松躲过九灵击出的火球，却不想最后一颗火球从他身边擦过之际，猝不及防打了个旋，自他后背直穿而过。火花爆闪，闪耀着圣洁金光的火球在他胸口一闪便不见了影踪。

这是一击即中，径直打入他的心脉了。

灰衣人瞪着九灵的眼难掩惊愕，他踉跄着倒退数步，噗的一声，喷出一大口鲜血。

层层迷雾之中，他勉强看清了九灵的面容，抚着胸口道：“倒是小瞧了你这毛头小子。”

九头狮子哼了一声，他向来脾气火爆，没有青华大帝在一旁压制，更是毫不掩饰通身的桀骜：“没见过世面的狼妖，难怪连本圣都不认得。”

灰衣人没想到九头狮子连自己的呢喃都能听得一清二楚，又听他自称“本圣”，不由面色僵白，再看向九头狮子时，目中已带上浓浓的警惕。

就在这时，另外两道身影也紧跟着飞了出来。

只见随着姑射莲池逐渐显出轮廓，一道巧夺天工的白玉石桥也随之在众人的视线里清晰起来。紧随在灰衣人身后，一前一后赶来两人。一个银发曳地，头生鹿角；一个眉目妖娆，嘴唇殷红，正是清沅长老和那个名叫灼曳的蛇妖了。

更多身影随之出现，且慢慢分成两派，各自在清沅和灼曳身后站定。

清沅和灰衣狼妖分别站在姑射莲池两端，当中是一袭紫红衣衫的灼曳，加之站在距离清沅不远处的九灵，三方势力围绕莲池，各据一方，隐隐形成三足鼎立之势。

九头狮子定睛再看，只见这清沅虽然满头白发，声线低哑，模样却是个风姿绰约的大美人，尤其头上那一对漂亮的银白色鹿角，更为她平添几分难以形容的圣洁高雅。

他从前也听过一些有关这位清沅长老的故事。据说当年，司寒上神出生之后不久，清沅也出生了，她天生有鹿角，天赋极高，年纪轻轻就做到了青女一族长老的位置，与清渝、清浣同为司寒上神的左膀右臂。尤其因为清沅年纪最小，性情直率，司寒在世时，对这位下属颇为偏爱。

九头狮子在观察清沅容貌的同时，清沅也在打量他，但清沅定定地看了他一眼后便挪开视线："见过九灵元圣。青华大帝还算遵守约定，但我本来期待，这趟来的会是尊上本人。"

九灵没想到，眼前这个大美人竟然只看一眼就能喊出自己的名字，而且言语间还有几分嫌他不够格的意思。他不由一噎，正想解释他家尊上调查清楚当年司寒之死的真相就会赶来，可眼角扫到蛇妖的动作，当即出手攻了过去。

灼曳身法奇诡，出手狠辣，但毕竟本体是蛇妖，与九头狮子这种量级的神兽近身搏斗，很难讨到便宜，片刻就落了下风。九头狮子微微得意，转过脸正要和清沅说什么，就见她眼神陡地一凛，手里的法杖一把朝他挥了过来。

九头狮子正中间那颗脑袋当即一蒙，其余几颗脑袋却看得清楚，他身躯倒转，及时躲过了身后突然出现的致命一击。清沅的冰晶法杖已化为一条雪色缎带，缠绕在他腰间，将他一把拽到了身旁。

巨大的乌云凝聚在姑射莲池上方多时，云团隐隐发出沉闷的呜咽，就在这时，突然一声惊雷炸响。

九头狮子仰脸看去，清沅也在瞬间变了脸色。

而突然出现在众人面前的红衣男子，露出一抹意味深长的笑。

只见来人瑰姿艳逸，通身气场却盛极，就连九头狮子都感受到了一种罕见的威压，他不由得皱起眉头，细细打量面前这个人。他并不认识此人，可记忆里却闪过一道模糊的影子，好像在什么地方曾经见过……

就在这时，清沅缓缓出声，一字一顿地喊出了对方的名字："殷和！"

清沅那副模样，仿佛恨不得将对方剥皮抽筋，食其肉、寝其皮。

另一边，殷和的眼神看似温和，却毫无温度，他向清沅微一颔首，姿态随意，毫无诚心："清沅长老，好久不见。"

就在这时，周遭突然刮起了风。

殷和的眼神也随之发生了变化。他的眼波突然之间温柔至极，连唇角都不自觉地微微扬起，此时此刻，他的眼里已没有任何人，唯独不远处的姑射莲池，攫取了他的全部注意力。那副屏息以待又欣喜非凡的模样，仿佛看到了此生最为珍惜的宝贝一般。

九灵也顺着他的目光看去。

雾气氤氲了整整三万年的姑射莲池，突然显出清晰的轮廓。

九灵突然听到，莲池的正中央，有什么东西发出了一声极细小幽微的声响。就好像是什么东西倏然碎裂的声响，又像是娇嫩的植物芽儿终于冲破障碍，破土而出的声音。

莲池正中那朵丰硕饱满的青色莲花，在这一瞬间，突然开了。

青莲花开之时，正是司寒神尊归位之日。

也是在这一瞬间，九灵突然发现，站在他身边的清沅，身体一直在微微地发抖。

那种无法控制的战栗，只有在极度恐惧和极度激动的人身上才会出现。

九灵突然记起来，为什么隐隐觉得殷和这个名字耳熟，还有他此前到底在哪儿见过这个人。

殷和正是近年来的妖界新主，听说他心思难测，性情乖戾，不论在天界还是在妖族，都不大得人心。尤其在妖族，许多人尊他为妖王，但也有许多人畏惧他的狠辣，怀念烛龙祖神的仁厚公允，一心想要推翻他的统治。许久之前有一回，玉帝当着众仙的面提起此人，极度不喜，甚至还留下“若此人还不知收敛，敢来放肆，当场斩杀也罢”的话。

前不久上元灯节那晚，他和紫微大帝远远瞧见一个戴面具的红衣男子和曲苏说话，那个人，正是殷和。

九灵突然感觉一股寒意自脊椎蜿蜒而上。

这个殷和，怕是早就盯上曲苏了。今日他先遣一众手下往青要界来搅局，现在更亲自至此，显然是下定决心要抢夺司寒的元身，这一战恐难善了。

九灵从不畏战，但他刚刚悄悄看了一眼周遭，心里也为青要界这些族人的安危捏了把汗。

真打起来，他哪怕处处当心，恐怕也没办法保全所有人。

九灵悄悄伸出手，他正想拉一拉清沅的袖子，就听她突然低声恳求道：“帮帮我。”

清沅的嘴唇没有动，她在用灵力和他悄悄沟通：“神尊的元身绝不能交给他们，求你一定帮我！”

清沅话音未落，她和殷和两个人同一时间动了。

只见清沅祭出法杖，飞扑向莲池，想要竭尽全部修为阻挡住殷和的攻势，可殷和更快！

就在姑射莲池上方白光一闪的瞬间，他已闪身出现在清沅跟前，一手掐住她的脖子，另一手攥住她法杖的一头。

冰晶法杖就这样寸寸断裂，在两人之间碎成齑粉。

清沅唇角溢出鲜血，嘶哑着喊道："殷和，三万年前，你背叛神尊，害她惨死，如今你还要再害她一次吗？"

殷和原本神色冷冽，听到她这一句却眼角泛红，手上不由更用力了些："你懂什么，这世上没有人会比我待她更好！"

九头狮子两次想要出手，都因为忌惮会伤到清沅而不得不暂时收手，就在这时，清沅突然攥紧了殷和的手歪向一旁："九灵！"

九头狮子找准目标，两手结印，九颗火球就在这一瞬间喷出，在半空中凝聚成蕴含着击穿金石之力的巨大火球，直朝殷和胸口冲了过去。

殷和拧眉，眼神在一瞬间变得森冷至极，松开清沅，掌心翻转，苍青色的火焰瞬间在他手上点燃。

九头狮子脸色瞬间变了："青冥幽焰，他怎么可能……"

殷和浑不在意地将手心里的火焰反手向前一推，只见九头狮子喷出的精纯赤焰与这股苍青色的火焰在半空相撞，以迅雷不及掩耳之势，飞速炸开。

金红和苍青的火焰化成无数朵细小的火花，向四周飞溅，众人无不游走躲避。九头狮子眼见莲池无虞，飞身上前，一把拽起清沅，将她护在身后。

就在众人或惊呼、或庆幸、或松了一口气的空当，隐匿在众妖之中的一道身影突然动了。那人装扮成一只小妖的模样，趁着殷和与九灵和清沅斗得正凶，身形轻巧地穿过众人，移到距离莲池最近的巨石旁，悄悄隐蔽自己的身形。她找准时机，趁着无人注意，一道掌风悄悄打出，精准地扫在离莲池最近的一朵花上。

霜花伴随着青红交缠的火焰，精准地落在了莲池当中正在徐徐绽开的那朵并蒂莲上。

轰的一声，莲池中的水位暴涨，原本盈盈粉润的丰硕莲花，在这一瞬间炸成无数碎片，又在众人的惊叫声中，碎落成更多细小的流光，漫天飞旋在姑射莲池上方。

俄顷，碎片消融，流光尽褪，彻底消弭在天地之间。

清沅脸色惨白，目眦尽裂，哇的一声喷出一口鲜血。

殷和站在池边，更是整个人都僵在原地，一动不动。

片刻之后，他突然笑了，嗓音微哑，徐徐开口："给我杀。司寒元身既毁，今日在场这些人，都得死。"说完这句话，他长袖一甩，飞身离开了青要界。

灰衣狼妖之前被九灵打得受伤不轻，也紧随殷和之后离开了青要山。

九头狮子急得眼圈泛红，刚刚形势太过混乱，他纵有九颗头，也没看清到底是谁利用他与殷和斗法所生的火焰，趁乱出手毁了司寒的元身。可他看得很清楚，那个人既不是殷和，也不是殷和身后的任何一个手下。因为他此前的注意力一直放在这些人身上，生怕他们任何一个人会突然出手抢走并蒂莲。

但如果这个人不是殷和的人，又会是谁?

这个变故来得太突然，整个青要界已乱成一锅粥。九灵顾不上细想，一把抱起清沅，与灼曳和他的手下混战起来。若是换个地方，换个情形，他想杀这几只妖会更简单些。但眼前的人实在太多，他又要顾忌不能乱用灵力伤了司寒的族人，因而越打越乱，转眼身上也挂了彩。

灼曳见状，越发狂妄："清沅长老，对不住，我家大人临走前发了话，你家上神的元身既毁，你的这些族人，一个都不必留了。不过咱们两个的交情，多少与旁人不同。你这样一个美人，就这样死了，实在有些可惜……"

九灵见他越说越不像样子，当即怒吼一声，捏碎青华大帝的传音符，腾空而起化为原形，将清沅驮在背上，朝着蛇妖一口咬去。

青华大帝刚在上清境小莲峰寻到玉宸道君，还没来得及开口，脸色便陡然一变。

他与九头狮子相伴数万年，九灵竟然捏碎符咒，连一句多余的话都来不及说，可见形势危急，甚至连九灵也应付不来。

身后飞瀑倾泻，玉宸道君捻须而立，见青华大帝神色突变，他毫不意外，含笑翻开掌心，一卷玉白色的竹简凌空推向青华大帝："你要找的，应当是这个吧?"

青华大帝拱手："多谢道君。"他也不再多废话，转身飞快穿梭两界，左手捻动三指，就在刚刚得知符咒破碎的那一瞬息，他心中突然闪过一朵青莲的影像。青华大帝以心中闪念占卜，寄望九灵虽然身处险境，但一切尚有转机。可他卜的这一卦，显示的却是大凶之卦。

青华大帝脸色微白，不敢有任何耽搁，劈开眼前厚实的云层，往青要界疾行而去。还未行至青要界，远远地已看见乌云如瀑，风雨大作，雷电交加之际，打斗声伴随着九头狮子的怒吼声不绝于耳。

青华大帝人未到，已沉着脸色隔空压了一掌过去。

与此同时，九头狮子等人就听凌空一道清冷而怀着沉重威压的声音道："天清地明，诛!"

九头狮子眉眼倏然一松，而他背后清沅也在这一瞬间勉强睁开了双眼，口中喃喃："青华大帝……"

青华大帝的掌风伴随着一把青绿的柳枝直插而落，青要界中，大多数族人难以承受这股极强极纯粹的气息，纷纷跪倒在地。

暴雨倾盆，风沙狂舞，唯独那把从天而降的青青翠柳，仿佛落地生根一般，矗立在姑射莲池四周。紧接着，看似青翠无害的柳叶如同无数柄细小却锋利的尖刀，寒光裹挟着无上罡气，以一种常人难以看清的速度，飞射向四周诸妖。

殷和临走前留下了不少人，应当是早有打算，不论此番是否能如愿得到那朵青莲，都会覆灭整个青要界。

以灼曳为首的众妖此前诛杀青要界的族人时有多么得意猖狂，当下面对漫天纷飞的罡气柳叶时就有多么恐惧。

妖力低微些的，刚被柳叶沾身，当场便魂飞魄散。妖力高强些的，尤其是跟在灼曳身后的那几个手下，虽不至于沾身即死，也被柳叶追得苦不堪言。他们都是未经天界认可的妖族，只要被柳叶携带的罡气伤到，伤口就很难愈合。一时间，几人纷纷看向灼曳，盼着他开口说出撤退的命令。

灼曳双目猩红，化作半人半蛇的身形，朝着远方青华大帝的来向怒吼了声："今日你若敢伤我分毫，殷和大人必为我等荡平三界，杀上天庭！"

此言一出，灼曳身后的几人神色随即转为坚决，他们都明白，灼曳大人已做好死战的准备。

蛇妖话音刚落，一道身穿法衣的青色身影无声飘落。男子眉眼浸墨，冰雪姿容，一双凤眸似嗔非嗔，微微下垂，他神色淡然地站在姑射莲池旁，飘摇兮若流风回雪，遥遥兮若高山独立。

众人头顶电闪雷鸣，暴雨瓢泼，不论九头狮子还是蛇妖，打斗间都淋了一身雨，可唯独眼前这个不知是何身份的仙君，从天而降的狂风暴雨纷纷避他而行，仿佛他一人所处之隅，便是单独一方天地。也不知他是否施了什么仙法，他所站的地方连同整个莲池上方，不再掉落一滴雨水。

灼曳从前自恃生得风流妩媚，他的主人殷和大人更是三界难寻的倾国倾城之姿，可直到亲眼见到眼前仙者的姿容，突然打从心底里生出一种天外有天的叹服和自卑来。

如果说殷和的绝色之姿，让任何人都难免见色起意，那么此人的姿容与气度，只会令人目眩神迷，却不敢生出一分一毫的亵渎之心。

九头狮子嘴角溢血，蛇妖一心杀人，他则一心救人，既要护住身后受伤的清沅，又要尽力保全她的族人，难免左支右绌。好几次蛇妖攻来，他为了救人，只能硬生生扛下来。

此时见蛇妖先是大放厥词，亲眼见到青华大帝出现后又两眼失神，神色迷惘，也不知在想些什么，九灵不禁冷笑道："连'神诛'都不认得，还敢这么大口气说话，看来殷和也没正经教你什么。"

蛇妖听到"神诛"二字，不禁勃然变色，再看向青华大帝时，突然发现怎么都看不清对方的容貌，但青华大帝头戴的九珠冕旒和周遭飞快漂移的柳叶，令他心头隐隐有了个不敢说出的猜测。

清沅此时已彻底清醒过来，挣扎着跪下，满脸都是泪："尊上，我家神尊的元身……三万年了。"

她在这儿守了整整三万年，却连司寒上神的元身都守护不住。若不是青华大帝来了，她心底尚存一丝希冀，她宁可刚刚能以自己一死替司寒上神的元身挡了这一劫。

青华大帝落在姑射莲池畔，却连一朵莲花的踪迹都不见，来时路上卜的那一卦，让他心中早有不好的预感，此时听到清沅这样说，神色愈冷。

灼曳正想开口，青华大帝衣袖一甩，此前停在半空的柳叶瞬间倒竖，如同数柄利剑，不等灼曳反应过来，已尽数没入他体内。

灼曳跟在殷和身边，修炼万年，却连一声惨叫都来不及发出，蛇身瞬时被斩成数段，血如泉涌，神魂俱灭，彻底消失在天地之间。

须臾之间，守在灼曳身后的几只妖也随之魂飞魄散。

青华大帝无心恋战，从抵达青要界的那一刻，他的目光就锁定在眼前的莲池，一瞬也不曾偏移。他低声吩咐九灵："速去落羽，护好曲苏。"他在九灵和清沅等人难以置信的目光中，整个人没入了姑射莲池。

清沅一个激灵，第一个反应过来，飞奔至池边，自怀里掏出一颗巴掌大小的夜明珠，施展法力为青华大帝照明。

这姑射莲池是当年司寒上神还在世时亲手布下的，看着不大，一池碧水却深不可测。

九灵不放心地看了清沅一眼，低声道："你也小心。"便头也不回地直奔人界。

也不知过了多久，直到清沅面色苍白如同天边渐渐泛白的云朵，偌大的莲池内碧波一荡，青华大帝双臂微拢，抱着一团看不清的微白光晕，湿淋淋地走了出来。

清沅看到青华大帝臂弯中那微弱的一小团，双眼一亮，一眨都不敢眨，还未开口，先又吐了一口血出来。

青华大帝神色凝重，一手覆在自己心口的位置，转眼，一朵微小而明灿的金色莲花出现在他修长的指尖。

清沅虽然希望青华大帝能出手帮一帮司寒上神，但她从未想过这位素来以冷情著称的上神，真能为她家上神做到这一步。她不禁微微屏息，看着青华大帝将臂弯里微弱的一小团白光放在那朵金莲上，转眼又没入自己心口。

青华大帝见清沅目不转睛地看着自己，以手握拳抵在唇上，掩过那阵强忍着的咳意，哑声道："殷和手上可有神尊元身的碎片？"

司寒上神的元身碎裂，他在姑射莲池中来回游走了数十遍，也仅仅找回半朵残莲，想要为曲苏重塑元身，单凭这半朵残莲可不够。

清沅摇了摇头。提起殷和，她眼中便隐隐含泪："那头畜生，我家神尊昔年对他也算有活命之恩，他却眼见神尊的元身破碎，头也不回就走了。"

青华大帝点了点头，一点一点拼回残莲的时候，他已有这个心理准备。虽然半朵残莲远远不够，但放眼三界，也不是没有别的法子为曲苏重塑元身，只不过要多费些心血与周折罢了。

事已至此，青华大帝敛眉，对清沅道："我去接司寒回青要界，她元身被毁，逗留人间，并不安全。"

清沅蹙着眉，向青华大帝行了一礼："一切有劳帝尊。"眼下她还不清楚，为什么青华大帝会对她家神尊这般用心，但司寒眼下连元身都没了，回归神位自是困难重重。且殷和那个魔障痴缠司寒三万年，绝不会就这么轻易放手，青华大帝能常伴在司寒左右，也算多一重保障。

想到刚刚莲池畔发生的一切，清沅忍不住上前两步，向青华大帝低声恳求："还请尊上念在当年同为上神的情分上，多看顾我家神尊几分。神尊元身被毁时，我看得清楚，并非殷和刻意为之，故而我担心这青要界内，也并不安全……"

青华点了点头："我会带她回来，护她周全。"

清沅和族人以长跪之礼为青华大帝送行。

曲苏和苗苗、七姑娘一同回到落羽时，已近傍晚。小姜特意迎出来，一边帮她们提东西，一边朝着院内的方向扬了扬下巴："苏苏，大哥说有事找你。"

曲苏塞给他一块刚出锅的芝麻饼："什么事？我都快饿死了，有什么事都等吃过饭再说。"

苗苗当即举起手："我知道。"她朝曲苏眨巴眨巴眼，"昨日午后，我看大哥在那儿看日子，看那样子，是想让你和师姐夫早日完婚。"这件事儿她憋了一下午，好几次都差点没忍住，如今大哥都开口了，她也就不帮着大哥瞒曲苏了。

曲苏啼笑皆非："什么呀！"她揪了揪苗苗脑袋上的花鬏，"一天到晚就瞎想。"

苗苗说："师姐，师姐夫什么时候回来啊？这走了得有七八天了吧？"

曲苏微微垂眸："应该快了。九灵今天说去找他，他们两个会一起回来的。"

苗苗小声道："师姐，我觉得那个九灵，除了脑子不大好使，其他还挺好的。"

想起青玄，曲苏本来有些心烦，听到苗苗这句，却一下子笑了起来："哪儿都好？"她拿眼睛瞥着苗苗肉鼓鼓的侧脸，"我看你是垂涎人家的美色吧？"

“艾呀！”苗苗故作无赖地靠在曲苏肩膀蹭了蹭，“不要说得那么直白呀……”

身后小姜提着大包小包，嗤笑了声：“花痴。”

七姑娘轻声道：“曲苏，我也有一件事，想要和你说。”

曲苏道：“好呀，正好你和我一道去找大哥。”

七姑娘思虑片刻，又迟疑着摇了摇头：“还是先等你和君翊谈完吧。”

她说这句话时，刚好墙头闪过一抹红色的衣角。

七姑娘看到殷和的身影，微微叹了口气。这么巧，他才刚来，就听到了苗苗和曲苏的对话，想来难免心生黯然。这些日子以来，他私下来看过曲苏好几回，每一回都是默默地站在远处，看着曲苏和苗苗、小姜甚至九灵玩笑打闹，眼神专注，脸上的神情看起来很是艳羡。

七姑娘看在眼中，对殷和的落寞多少能够感同身受，她私下悄悄劝慰：“曲苏毕竟还没有回归神位，她没有从前的记忆，偶尔向我问起以前的旧事，感觉她好像有些地方还没想通。”

殷和只是淡淡笑着：“三万年我都等了，短短几日，我还能等得起。”

七姑娘不解：“殷和大人口中‘短短几日’，是什么意思？”

殷和道：“她的元身青莲将在这几日盛开，我派人在青要界附近保护，届时青莲盛开，她回归神位，恢复前世记忆只是时间问题。”

七姑娘没想到，殷和连这一点都替曲苏想到了，她不由露出一抹欢欣的笑，大大的眼弯成月牙：“没想到这么快就可以再见到上神了。”

现在的曲苏虽然也很好，到底没有从前身为上神时的记忆，相处起来，多少是有几分生疏的。等曲苏回归神位，不论修为、神力还是记忆，都会统统回来，那时的曲苏，就真真正正是从前的司寒神尊了。

殷和也绽出一缕笑：“我也期待至极。”

忆起两人前几日的交谈，七姑娘不由上前两步，想问一问殷和有关神尊元身的事，谁知他身影一闪，转眼就不见了踪影。

曲苏以为七姑娘转身想走，便说：“你去忙吧，我和大哥聊几句，一会儿就去找你们。”

迈过门槛，曲苏一眼就看到了坐在窗边的君翊，以及他面前摊开的老皇历，笑着道：“大哥查这个做什么，着急和七姑娘的婚事了？”

君翊兀自在沉思，听到曲苏这话，淡然道：“我确实打算今年就和七姑娘办婚礼。”

不等曲苏击掌叫好，他转过脸，神色郑重地看着曲苏道：“但在我成亲之前，一定要亲眼看着你和青玄成婚才好。”

曲苏走上前，拎起茶壶想倒一杯水喝，不想茶壶轻飘飘的，并没有水。她一时尴尬，摸了摸鼻子，在君翊对面坐了下来：“大哥这是怎么了，突然找我谈这么沉重的话题。”

“沉重？”君翊眼中露出笑意，“这么说来，你并不想和青玄成亲？可我之前对青玄提起这件事时，他却亲口答允我，要一生一世好好待你的。”

曲苏微微垂着眼帘，把玩着面前的一只茶杯道：“大哥也别故意拿话激我。我只是觉着，现在和他这样也挺好的。成婚这件事，还是讲个水到渠成，没必要这么着急。”

君翊端详着曲苏的脸色：“你是觉得和青玄还未水到渠成？”

曲苏“哎呀”了一声，站起身在君翊肩膀上拍了拍：“我说大哥，你可能最近真是太闲了。”

君翊哼笑了声：“我闲？我看青玄不在落羽这几日，你整个人都快闲成一朵蘑菇了。”

曲苏被君翊调侃得脸颊微烫：“大哥这是想撵我去出任务？”

“我撵你做什么？”君翊唇角已漾起笑弧，“今年之内，离开家门之前，你务必要和青玄把婚事先办了，不然你一两银子都甭想赚。”

曲苏已经开始拽君翊的胳膊：“哎呀，知道了，咱们先去吃饭，先吃饭行吗？逛了一下午我都快饿晕了！”

君翊被曲苏拽着站起身，推了推她：“你去前头等着，我让后厨做了烤乳猪，刚好这会儿去看看做得如何了。”

曲苏不肯松手，拖着君翊一路往外：“那也顺路，走吧！”

曲苏长大之后，罕少有这样黏人的时候，想来今日突然提起成亲这个话题，是戳中她的心事了。君翊心中觉得好笑，推开曲苏让她去饭厅等着，一个人往后厨走时，忍不住轻笑出声。

异变就在这时陡然出现。

君翊在第一时间觉出不妥，倏然旋身的同时飞快退后，看向此前不知何时出现在自己背后的人：“你是何人？”

殷和一袭红袍，墨发披散，看着君翊的眼神宛如在看一个死人：“凡人之中，你的反应已算极快，倒也不枉她喊你一声‘大哥’。”

君翊眼神淡然地看着殷和，他神色平静，毫无波澜，倒背在身后的手却悄悄捏住一支落羽特制的穿云箭：“你是为了曲苏而来。”

殷和笑着道：“脑子也不算笨。”

眼前这个男子，容貌极美，气场极盛，功夫高深，令人难以捉摸，无端让君翊觉得危险至极。

上一个让君翊产生相似之感的人，便是青玄。但青玄又和这个人不同。

初见青玄那日，虽然君翊觉得此人深不可测，但他周身泰然清净，自有一种包容万物的宽和。就像深海可纳百川，高山滋养万物，虽有几分清冷孤高，却并不会让君翊觉得他有什么可怕之处。

但眼前这个身穿红衣的男子，眼角与眉梢神情狂肆，毫不遮掩周身的杀意，君翊只看了一眼就知道，他是来杀自己的。

殷和唇角微翘，看着君翊的眼神却阴冷不善："我今天很不开心，本来刚见到她，心情好些了，偏你要跟她说起那些有的没的。"

他冷眼瞪着君翊："哪怕你养过她十几年，对她有恩，但你说了不该说的话，照样该死。"

君翊道："你是谁？"殷和出现的方式太蹊跷，饶是君翊见多识广，也不敢妄自以常理度之。

问出这句话时，他已飞快弹出手里那支穿云箭，而殷和的手也在同一时间穿过了他的胸膛。

看到自己的心被眼前这男子捏在手上时，君翊甚至感觉不到一丝疼痛。

一切都太快了。

君翊并不担心自己的惨状会被闻讯赶来的曲苏或是七姑娘看到。这些年，他将曲苏教得很好，她并不是普通人家娇滴滴的女孩子，刀口舔血的江湖生活一度让她遍体鳞伤，但也敦促她成长得更快、更强大。这点血腥场面，根本吓不到她。

但她肯定是会伤心的。七姑娘也会伤心，但好在她也不是普通人家的女子，遇到他之前，她一个人流浪江湖，也有几分本事傍身。好在他们相识的日子并不算久，好在他只是一个人翻了几日老皇历，还未向她正式提起成亲的事。

她们都会伤心，但不会为了他伤心太久。

跪倒在地的一瞬间，映入眼帘的最后一幕，是曲苏和苗苗飞快赶来的身影。

君翊缓缓吐出几个字，但他实在没有力气说完了："跑……"

曲苏冲进来时，看到的就是殷和手里攥着鲜血淋漓的东西，站在院子当中的样子。

几乎刚看到一个背影，曲苏就认出了他："殷和！"

紧接着，曲苏终于看清了他手里握着的东西，和他身后缓缓跪倒的君翊。

这个曾经被他当街救下的人，这个曾在流霞城几次和她偶遇，前不久还经由七姑娘引荐，他们相谈甚欢，还成了朋友，甚至那天在想容楼，他还拜托她帮着心上人挑选发簪的人，他怎么会凭空出现在落羽的后院，毫无缘故徒手掏了君翊的心？

身后的苗苗发出一声短促的尖叫，紧接着，就是一道利刃破空划过耳畔的响声。

曲苏整个人定在原地。身旁，苗苗双目圆睁，原本朝着殷和掷出的梅花镖反插在她的心口。她的手臂还保持着向前的姿势，但人僵在原地，脸色青紫，很快就仰面朝后倒了下去。

苗苗的梅花镖淬了剧毒，但并非无解，只是眼前这个人出手太狠，生生将梅花镖刺穿苗苗的心脏。

苗苗一句话都来不及说，就这么死了。

曲苏抬手拔剑，但下一秒长剑便化作齑粉，唯余两手空空。曲苏两眼泛起猩红，额头、鬓角全是冷汗。

“姐姐，不要反抗。”殷和很是不悦地看着她。

曲苏抽出腰间玉笛，这是青玄给她的。他说过，只要她吹响这支玉笛，他就会出现。

她立刻将玉笛放在唇边吹响，笛声尖锐地响起。

殷和看着她的动作，先是一怔，而后才哈哈大笑：“这是青华给你的吗？你觉得你吹响这支玉笛他就会来？姐姐，他不会来了，他这会儿可有比你更重要的事。”

曲苏不信！她吹着玉笛，一声声，从尖锐到崩溃。

殷和就由着她吹。

不一会儿，更多身影朝这个院子跑来，殷和却浑不在意，他反手一拧，抛出数朵苍青色的火焰，那些火焰如同长了眼一般，四下追逐着落羽的众人。苍青色的怪火一击即中，凡是活物，无一能幸免。几乎转眼之间，整个落羽就成了一片人间炼狱。尖叫声、嘶吼声、凄厉的求救声不绝于耳。曲苏院子里那棵火凤花树也被烧得冒起滚滚黑烟，转眼间就成了一截焦木。

在绝望的笛音之中，曲苏终于明白，青玄真的不会来了。

她放弃了玉笛，想要以自杀的方式袭击殷和，脚却怎么也动不了。曲苏死死看着眼前的红衣男子：“你最好现在就杀了我！”

“我杀你做什么呢？”殷和在滚滚黑烟之中，笑着朝曲苏走了过来，“姐姐，来，我接你回家。”

曲苏被他打横抱起，搂在怀中。曲苏目光所能及之处，师兄弟们有的被活生生烧成了焦炭，有的人还在嘶叫，四肢却被怪火烧得露出森森白骨。苗苗和君翊的尸体明明近在咫尺，此时却不知为什么，看不到了。一切都在黑烟迷雾之中似真似幻，唯独殷和放大的脸孔清晰至极，好像一个恐怖至极的怪梦。

初见时令曲苏惊艳不已的一张脸，此时再看，却宛若魔物，让她不寒而栗。

曲苏看着殷和，一滴眼泪都流不出，牙齿打战，一字一顿地咒道："我会亲手杀了你！"

殷和却毫不在意，抱起她飞得又高又远。他俯下脖颈，格外温柔地将唇印在曲苏的眉心："只要姐姐喜欢，我每天都可以让你杀。"

他言语轻佻，明明说的是生死大事，却宛如在谈论一个无足轻重的游戏。

曲苏又惊又怒，手里紧紧地捏着青玄送给她的那支玉笛。接连而至的打击让她难以承受，她竭力想要挣脱殷和的禁锢，却怎么都不得其法，就这么昏死了过去。

第二十章　紫陌红尘

群山环抱，青霭浮沉中有个云梦大泽，淼漫若海，江流蜿蜒，放眼望去，宛若一处神仙秘境。然而此处自三万年前起，就归殷和所有，云梦泽水底更是修建起一座气势恢宏的龙宫，此事在妖族之中广为流传，许多小妖都以能入新妖王的龙宫为荣，为此甚至争个头破血流，也不是什么稀奇事儿。

几只黑衣小妖近来运气不错，得了妖王座下赤眉大人的青眼，被派遣到附近的流霞城采购货物。眼下，他们兴奋地拎着大包小包，气喘吁吁地跟在一个身穿墨绿色长袍的男子身后，其中一个脸上隐隐透出鳞片的小妖道："赤眉大人，小人记得您从前最爱红色，怎么今日换了这样暗沉的颜色？"他又一脸谄媚地道："不过赤眉大人国色天香，穿什么颜色的衣服都是一样的风华绝代！"

一袭墨绿洒金长袍的男子生得墨发银眸、眉眼风流，唯独一双眉隐隐可见赤红，显然不是凡人。只见他脚步不停，斜眼看了那只黑鱼妖一眼道："东西可以乱吃，吃死了算你自己的；话可不要乱说，尤其不要拖我下水。"

黑鱼妖颠颠地跟在他身后，脸上显出几分为难："赤眉大人说得是，不过咱们这眼看着就要下水……"

这两个"下水"能是一个意思吗？

赤眉忍不住翻个白眼："既然人话说不明白，待会儿见到殷和大人，你们还是说妖语吧，免得再给我惹祸。"

眼见已至岸边，他脚步不停，继续向湖面行走。随着他步步踏过，波光粼粼的湖水自动分为两边，赤眉头也不回，敦促几人快些跟上。转眼间，几个人的身影便消失在滚滚碧波之中。

入了水，赤眉一边快步向前，一边低喃道："国色天香，风华绝代，这种话是能当着殷和大人的面夸别人的吗？是嫌我命太长不成？"

若不是怕触了这位的霉头，他也不会一改万年来爱好红衫的嗜好，专门挑了件又暗又低调的墨绿色长衫来穿。

几只小妖跟在他身后，到了水底，转眼便陆续显出原形来——站在最后头的还是只色泽雪白的大螃蟹，眼见赤眉缓缓转过头来看她，一双外凸的眼滴溜溜转了两圈，雪白的蟹壳上瞬时显出淡淡的粉色。好在她还牢记着赤眉大人不久前的叮嘱，转而用妖语道："赤眉大人。"她忍不住出声感慨，"这真是我见过的最气派的龙宫！"

目所能及之处，尽是看不到尽头的华丽宫殿。整个龙宫以巨大的雪白兽骨为基座，辅以冰晶雪柱搭建。与其他修炼成龙的龙王不同，殷和并不偏爱金光灿灿的东西，反而更偏爱青白两色。整个龙宫给人一种庞大、冰冷之感，美则美矣，在这水底世界，到底显得清冷孤寂了些。

别说这些小妖，就连赤眉也说不上来，他家这位妖王大人到底是个什么审美。

要说这穿衣打扮，殷和平日里最爱红衫，旁人都以为他偏爱花团锦簇，但唯有亲眼见到殷和亲自选址搭建的龙宫，才知道这位平日里那副见了谁都笑吟吟的风流模样，至少有七分是装出来的——他骨子里仍然带着龙蛇一族的本性，最是冷血凉薄。

螃蟹精却很喜欢这座青白雪亮的龙宫，第一眼见到，就有些挪不动步子。

赤眉缓缓叹了口气："差点忘了，今时不同往日，你们几个，全都变回人形。还有，待会儿当着里头那位姑娘的面，少说话，多做事，非要开口不可，就说人话。可记住了？"

雪白的大螃蟹最先幻化成人形，是个胖乎乎的少女模样，她脸颊粉嘟嘟、肉乎乎的，连连点头道："赤眉大人的吩咐，都是为了咱们好，属下必不敢忘。"

最前头的那只黑鱼精道："赤眉大人，不知我们应当如何称呼那位姑娘？"

赤眉沉吟片刻，还是摇了摇头："我也不知，要看殷和大人的意思。"

胖乎乎的螃蟹精兴高采烈地道："难不成真像我家阿姐说的那样，咱们云梦大泽要迎来王妃了？"螃蟹精的阿姐近日被遣去了流霞城，听说在殷和大人开办的一家成衣店打工。螃蟹精把阿姐当日的形容转述了一番，兴奋道："听我阿姐说，咱们那位新王妃，模样长得还不错，不过肯定比不上殷和大人了。"

赤眉瞥了她一眼，一时没有说话。他跟在殷和身边不过万年，远不如灼曳那条臭蛇资历深厚，有关这个凡人女子的事儿，听那家伙的意思，似乎殷和大人与之前世今生，纠缠两世。别看这女子这一世只是个普普通通的凡人，上一世那身份可不简单，是一位上神来着。殷和大人等了人家三万年，这一世的姻缘，更是他家大人用尽手段强求来的。

想想也是，敢在青华大帝眼皮子底下搞小动作，调虎离山，乘虚而入，这份胆色，这份谋略，放眼如今三界，除了他家大人，还有谁？

这么想着，赤眉的脚步也不禁轻快了几分。拐过一道高大洁白的兽骨拱门，笑吟吟朝着庭院里一拱手道："大人，您要的东西都带来了，吃穿用度，一应俱全。赤眉在这儿先向大人道喜了。"

话音刚落，就听面前传来一道似笑非笑的声音："哦？我倒不知喜从何来。"

赤眉笑吟吟地半抬起头来，眼见殷和一身火红长衫，没坐在他一贯最爱的那把赤金鎏沙龙椅上，反而斜倚在一张又精美又软和的美人榻上，怀里抱着那个名叫曲苏的女子，嘴上说得淡定，但眉眼间的欢喜，掩都掩不住。

殷和本就生得极美，这般肆意开怀的笑容，赤眉与他相识万年，印象里也没有过两回。赤眉不禁呆了一瞬，站直了身答道："听闻殷和大人得与佳人重逢，再续前缘，自然是可喜可贺。"

殷和怀里揽着美人，听到"前缘"二字时，眉眼却微微一凝。赤眉看在眼里，心里咯噔一声，正在思索应当说些什么找补，就听殷和道："赤眉，有一件事，我不久前才问过灼曳，想再问一问你。"

论年头，其实还是灼曳跟他更久。但灼曳风流好色，行事偏激，向来滥情得很，他的那些建议，殷和听听便罢，总觉不具备参考价值。

赤眉还未开口，殷和已朝旁边微一扬下颌："坐。"他语调轻柔，神态看着也温和，"闲聊而已，畅所欲言。"

赤眉奉命落座，可当着殷和的面，却只坐了椅子的一半，一边还不忘朝殷和拱了拱手："大人请讲，只要是赤眉知道的，必定知无不言、言无不尽。"

殷和微微垂眸，拾起曲苏脸畔的一绺发丝，捻在指尖："赤眉从前可真心喜欢过什么人？"

赤眉一听，知道殷和这是要聊与情爱相关的话题，如此话题，当真算是"闲聊"了，他不由心下微松，面上也露出浅浅的笑来："不瞒大人，我确实有一位心仪的女子，不过这事说来话长，大人若有什么想与我探讨的话题，不妨直言。"

赤眉跟在殷和身边不足万年，但他办事妥帖，颇知分寸，说起话来却不会故意兜圈子，总能精准搔到殷和的痒处，因而近些年来，反而比灼曳那只蛇妖更得殷和信重。

殷和抬起眼，看向赤眉的眼神透出几分平日里罕见的茫然："若赤眉心悦一个女子，既想找回从前与她共同的记忆，又不想她记起从前一些不好的事，会如何抉择？"

赤眉沉吟片刻，不由蹙起眉："大人的意思，是想她只保留好的那一部分回忆，还是说在大人心中，不知该让她想起全部，还是干脆彻底遗忘？"

殷和缓缓叹了口气："赤眉，若是你，会怎么做？"

赤眉缓缓道："若是我，便不在意她是否会记起过往。"他看似陷入自己的沉思，眼神微微瞥向一侧，实则在悄悄观察殷和的神色，字斟句酌道："若她彻头彻尾记不起来，也不妨事，只要她的人在我身边，我与她朝夕相伴，天长日久，总会拥有更多新的值得珍惜的回忆。"

殷和似是被赤眉最后一句话说得意动，不由似笑非笑地重复道："朝夕相伴，天长日久……"他微微挑眉："可若是有一天，她又突然全都想起来了呢？"

赤眉突然收回目光，意味深长地看着殷和："以大人之能，说不准在这之前，已经让这女子再次爱上大人了。过去的终究过去了，唯有当下，才是真真切切握在手中的。"

说到这儿，他又向身后不远的方向一指："大人，您要的那些东西，我都让人寻来了，不若趁着王妃还未苏醒，先都备上？"

殷和的神色微一怔忪，旋即一笑："王妃？你倒是乖觉。"

赤眉站起身，见殷和并不反对，轻轻拍了两下手，院子外头那几只小妖垂着头飞快走进来，开始拿出这一路搜罗的吃食物件，布置开来。

殷和问："灼曳人呢，还没回来？"

赤眉含笑道："前两日凑巧听灼曳说起一些往事，他似乎对青要界那个清沅长老，有那么点儿……"赤眉点到即止，但眉眼间的调侃之色，已然说明了灼曳那点不可告人的心思。

殷和蹙了蹙眉："你去青要界一趟，把人带回来。他再怎么耐不住寂寞，这几天也得给我好好做人。至于清沅……"他神色淡漠道："我走之前告诉过灼曳，青要界内，不留活口。"

赤眉拱手道："属下明白了。"

灼曳风流成性，对清沅心存爱慕，想来此次迟迟未归，也是想趁乱把人藏起来，但殷和这头已然下了死令……赤眉心里觉得难办，此去青要界，怕是免不了和灼曳那家伙打上一架了。

曲苏慢慢醒来，初时只觉半边脸连同身子都是麻的，紧接着，她闻到一股似有若无的奇异花香，那是一种近似茉莉和栀子的花香，却又比这两种花都要好闻，似乎还带着一丝似有若无的甜甜奶香。这香味……曲苏先是一怔，旋即反应过来，反手一撑软榻，将自己向后一推，瞬间拉开了自己与对方的距离。

一阵天旋地转，曲苏勉强稳住身形，看向四周。

巨大的兽骨，冷白的宫殿，华美诡谲，绝不是凡世该有的景色。曲苏不由看向面前朝自己温柔笑着的俊美男子，她一醒来便飞速后移，此时头昏脑涨，脚下虚浮，连站稳都很勉强。

原来这一切都不是梦。

大哥被杀，苗苗惨死，落羽满门被屠，原来一切都是真的。

曲苏动作已极快，殷和却比她更快，在她踉跄的瞬间已闪身而来，揽住她的腰，将她再一次抱在怀里。

“姐姐不记得我们的从前，所以总是喜欢闹些小脾气。”他眉眼生动，看着曲苏的眼神宛若在凝视一件珍宝，他伸出手，抚向曲苏的脸，“不过没关系的……”

曲苏侧脸拧身，衣袖一角寒光一闪，数根银针直朝殷和面门而去，与此同时，她的手一摸腰间，斩尽春风剑一剑凌空，毫不迟疑地朝着面前对她温柔笑着的男子直刺过去。

这样近乎同归于尽的招式，按理无人能躲。但殷和就是不闪不避，甚至连一只手都不曾抬起，他只是将温柔注视曲苏的眼神不慌不忙地移开，轻轻看了一眼斩尽春风剑。

淬了剧毒的数根银针闪耀着幽蓝的光，连同那把陪伴曲苏十几载的斩尽春风剑，如同被一股无形之力定在半空。

殷和没有像对待苗苗那样，让这些暗器反噬其主。

他只是朝曲苏极温柔地一笑，暗器和长剑瞬间撤掉力道，还未落在地上，便在半空化作齑粉。

殷和什么都没有说，但他的神情已然道明一切：凭曲苏的本事，根本连他一根头发丝都伤不到。

两人之间连一臂的距离都不到，殷和却还想上前。曲苏这一回径直自袖中取出一物，巴掌大小的玉笛青翠欲滴，玉笛尾端系着一束鲜红的梅花络子，因她动作太猛太快，反扫在露出一截的皓白腕间。

曲苏手执玉笛，面孔雪白，双眸泛红，冷斥道：“你再上前一步，我会让你后悔终生！”

殷和微微眯起眼，目光在那玉笛上缓缓滑过，不疾不徐笑道：“姐姐身上的护身咒，可不怎么顶用。这支笛子虽是仙界之物，也抵挡不了什么。”

曲苏听到他说九头狮子的金光咒已破，连眉头都未皱一下，她连死都不怕，还有何惧？但有一件事，她今天一定要问个明白：“为什么？我落羽到底和你有什么仇什么怨？你要灭我一门，总该有个理由。”

殷和微蹙着眉：“我都听到了。”

曲苏一开始还没有反应过来：“什么？”

殷和俊美的脸上显出几分委屈之色：“我听到了，那个君翊说让你尽早和别人成婚。还有你的那个小师妹，总喜欢说你和别人般配。”

曲苏心中升起一种巨大的荒谬感，她难以置信地问殷和，又好像在问自己：“就因为我要和青玄……”

殷和却不能听她口中提起别人的名字，他那双水光潋滟的眸子有些湿漉漉的，皱紧了眉头喊道："我等了姐姐三万年！"

哪怕那个人是三界闻之色变的东极青华大帝，也休想抢走他找了整整三万年的司寒上神。

他不是青华大帝吗？那么喜欢维护三界安宁，肯定是见不得眼皮子底下有任何脏东西作乱。一旦青华大帝追着他事前布置好的线索到了魔界，看到那些踪迹，也足够他好好查上一阵了。

本以为青华大帝不在，姑射莲池一役，清沅和她那些法力低微的族人不足为虑，青女的元身必定落入他手。却不想青华大帝一面死咬线索，一面却对青女格外上心，还提早派出九灵元圣前往守护将开的青莲元身。这才有了双方在姑射莲池的一战。

司寒上神的元身被毁，是殷和唯一漏算的一环。

曲苏不知是该笑还是该哭，忍不住喃喃："就因为这个，你就杀了大哥、苗苗、小姜和落羽所有人！"

落羽灭门，并不是因为什么新仇旧怨，而是她还是清潋时，不知从哪儿惹来的一桩桃花债。

原来她的亲人、朋友被杀，都是因她而起。

可笑他们初见时她还惊艳于殷和的美貌，之后几次再见，还觉得他颇有几分可爱，对他好感渐增。

曲苏觉得既荒唐又可笑，心已经麻木得没有任何感觉，只觉得舌尖发苦，一双眼又干又涩，连一滴泪都流不出来。

她微垂着头，嗓音沙哑："我是曲苏，不是你嘴里的什么姐姐。"

殷和眼波缱绻，在曲苏的脸畔流连："你是曲苏，也是我的姐姐，七姑娘不是都告诉过你了？姐姐，我和你的缘分，远在三万年前就开始了。"

曲苏蹙眉，她隐隐觉得什么地方不对。有关清潋的故事，从前她听阿稌讲过许多，印象里并不是那么久远的故事。不过对这些神仙的往事，她确实所知不多。

她看向殷和，目光从刚醒来时的冷漠和提防，转为厌恶和憎恨："我没有从前的记忆，从头到尾，对我而言，你都只是个陌生人。就算你现在把我也杀了，我也不会多看你一眼。"

殷和料到曲苏醒来之后会闹上一番，也早就做好温柔哄劝的准备，但他本就是诡谲难测的性子，如何能忍受得了曲苏用这种眼神看他？他一个闪身贴近，一手占有地抚在曲苏腰后，逼得她不能后退，俯身看住她的双眼："姐姐，别用这种眼神看我。"他嗓音微软，宛若恳求，"姐姐从前看我的眼神，不是这样的。"

曲苏冷笑了声，就这样微仰着脸看着殷和："怎么，我就这样看着你，你难道想剜了我的眼睛不成？"

殷和伸出手，缓缓覆住曲苏的双眼，几乎在曲苏视野暗下来的一瞬间，便双唇微颤地吻了上去。

这个吻几乎只是短短一触，但殷和将人松开时，已被曲苏咬出了血。

他却一点也不恼，反而眉眼含笑，伸出拇指缓缓擦过下唇，还当着曲苏的面，拿沾着血的拇指在自己唇珠上轻轻一摁。那模样，就仿佛在吻曲苏一样。

曲苏见他这副神情，神情冷漠："既然你这么喜欢自己鲜血的味道，总有一天，我会让你尝个够。"

殷和却仿佛看到了什么令他爱恋至极的宝物一般，眼睛里迸发出沉醉的欢喜："我的姐姐和从前一样，一点都没变，我就是喜欢你这样。"

从前的司寒上神，世人皆以为她是温和懒散好说话的性格，但只有真正与她朝夕相处，亲眼见识过她日常行事的人才知道，司寒看似温柔，对许多事都不甚在意，内心里却是傲骨铮铮，是决不屈从的性格。

曲苏道："是吗？如果清潋从前也是我这样的性子，怎么没在看到你的第一眼就灭了你？"

殷和的脸色几经变换，最终缓缓绽出一抹怪异的笑："清潋？"他偏了偏头，浅茶色的眼瞳显出几分玩味，"七姑娘是这样告诉你的？果然，呵……"

曲苏神情冰冷："你不是与七姑娘相识多年？她知道的事，你也都该知道。"

殷和摇了摇头，看着曲苏的眼眸里显出几分无奈、几分怜悯："不仅是我，你从前也和她相识多年，但一个人的品性，并不是认识久就能看出来的。"他扶住额头，以手遮眼，似乎在努力平复着什么，"若不是今天听到姐姐这么说，我还真不知道，七姑娘竟然和青华那家伙联起手来骗你。"

"清潋，还神女？"殷和忍不住低声笑了起来，"不过是看在姐姐从前对三界的功绩上，勉强赏她个'霜雪神女'的名头罢了。他们胆子可真大，眼瞎心盲，竟然敢将蝼蚁一般的东西与姐姐相提并论，还试图蒙骗你，骗你做清潋复活的踏脚石。"

曲苏心头隐隐浮上不安："你在胡说些什么？"

"是我胡说，还是你一直以来信任的七姑娘助纣为虐，在信口胡诌？"殷和突然放下了手，那双浅茶色的眼瞳光泽水润，仿佛听到了什么可笑至极的事情，他刚刚连眼泪都笑出来了。他用这样的眼神看着曲苏，宛如看一只柔弱的小兽，愈加激出曲苏心底惶惑了多日的恐慌。"到底是谁在胡编乱造，是谁在背后步步为营引你入彀，姐姐，你这么聪明，这些日子以来，真的一点不对劲都没察觉到吗？"

殷和缓缓向前走了一步，他神色温柔，看向曲苏的眼神中透着深沉的痛色，不再是之前那样咄咄逼人的模样。曲苏被他这样的眼神看得脊背泛凉："我不懂你是什么意思。"

"你也不止认识一只怨妖吧，就没从他们口中听过有关青华大帝的风流韵事？你在雒城时，不是与一只叫阿秾的鲛人关系要好，她没给你讲过清潋和她师父之间的那些旖旎往事吗？清潋原本只是青要界灵力微弱的一个小姑娘，若不是当年被青华大帝一眼看中，破格录用，放眼满天神女仙娥，做青华大帝的徒弟，她何德何能啊？就是再等上几万年，也轮不到她！青华大帝与他那个女徒弟一同看守炁渊，缠绵悱恻三千载，有关他们两个的故事，姐姐若是想听，我可以专门寻个知晓内情的人来，为你讲上一整天。"殷和觑着曲苏的脸色，目光愈加幽微，挑起一侧眉毛，似笑非笑道，"不过这其中至关重要的一件事，我还是应当给姐姐提前讲清楚。约莫五百年前，凌曦仙子与那小烛龙串谋污蔑，清潋被罚受诛神阵四十九道天雷，自此香消玉殒。可青华大帝情深义重，他苦苦搜寻，最终收敛了清潋残存的元神，为此，他当年还专程跑了一趟青要山，拜托族内的几位长老，将清潋的元神放入姑射莲池，以那朵青莲的灵力好生滋养。"说到这儿，殷和突然顿住，目光定定地望住曲苏，"姐姐，你都听到此处了，就没觉察出这其中有什么不对劲吗？"

曲苏心头如坠千斤，面上却仍然与之前的神色无异："什么不对？"

殷和道："我刚刚讲的这些事，姐姐怕是第一次听说吧？"说到这儿，他似笑非笑地看着曲苏，"姐姐就没有想过，为什么在这个故事里，从没有过我和七姑娘吗？"

曲苏心头一惊，终于反应过来是哪里不对，就见殷和朝她露齿一笑，神色乖巧："因为你从来都不是清潋啊，我的姐姐。清潋算是什么东西？她灵力低微，远不及你当年之万一，你可是青女，上古时期就诞生的上神，青要界的祖神！别说是清潋，就是如今天界诸仙，见了你也要行大礼，尊你一声'司寒神尊'。"

仿佛有什么东西，在意识的最深层轰然落地。

那是一种令人难以承受的重创猛击，却也是灵魂最深处得知"一切便是如此"的尘埃落定。

曲苏连连摇头："不是，我不是……"可心底最深处却有一道熟悉的女声悄声附和：是的。那道声音清澈婉转，响彻曲苏的整个心魂：他说的没错。

司寒是你的名字。你，就是青女。

面前不远处，殷和继续道："在你为自己的身世惶惑不安时，青华大帝这些天却时时不见影踪，你就一点都不好奇，他到底去哪儿了吗？姐姐，你就没有想过，为什么七姑娘会在青华大帝的授意下，骗你说你的真身是清潋吗？你听七姑娘告诉你，说你是清澂，你听那些人讲起清澂与青华大帝的师徒情深、恩爱长久，就没有觉得故事里的那个‘你’，陌生极了吗？他们故事里的那个霜雪神女，沉静、隐忍、逆来顺受。我的好姐姐，这是你的性子吗？”

殷和每问一句，曲苏便后退一步，后腰触在石桌的外沿，冰冷的触感令她浑身一震：“我不信！”

殷和露出一个意味深长的笑：“不信？姐姐，你那么相信青华大帝，那他怎么直到现在，都没有来救你？那支玉笛是他给你的，你吹了那么久，他有来救你吗？我在落羽的时候，他在哪里？我把姐姐请来这龙宫做客时，他又在哪里？他可是青华大帝，天界数一数二的上神，他会不知道落羽发生了什么，不知道你在经历什么吗？”

在两股力量的角力之下颠倒反复的天平，在这一瞬间缓缓倒向另一端。曲苏抬起眼，看着殷和的眼睛：“他全都知道？”

哪怕之前殷和说的所有话她都可以不听不信，这件事却容不得曲苏不相信。

殷和说得对，青华大帝可是上神啊！凡间的事，有什么能瞒得过他的耳眼？

曲苏只觉得喉咙一阵酸苦：所以这一次，青玄又是和从前的几次一样，明知道会发生什么，但为了不干涉因果循环，而故意离开的吗？

曲苏定定地看着眼前某处，不消一会儿，眼中已然凝成一片赤红：“如果他什么都知道，那为什么……”

心里明明已经知道答案，却偏还想从别的人那儿听到不一样的说法。

可这一次，殷和却没有令曲苏失望。

就听殷和嗓音温柔地道：“他明明什么都知道，却仍然没有来，自然是因为在他心中，有更重要的事要去做。”

曲苏抬眸：“更重要的事？”

殷和眉目含情，不知何时已走到了曲苏近前。他眼看着曲苏双眸凝成一片血色，却连一滴泪都流不出，忍不住抬起手，在她眼角轻轻揉摁：“青华大帝心里只有他那个乖徒弟，自然什么事都把她放在第一位了。他让七姑娘安抚住你，骗你说你是霜雪神女。与此同时，他自己却跑去了青要界，日日守在姑射莲池，等那朵青莲盛开。姐姐，那朵青莲是你回归上神之位必须要用到的元身，可青华大帝为了清澂，从一开始就没想过你的死活。五百年前，他托人将清澂的元神放入那朵青莲，为的就是有朝一日青莲花开，他就能复活心里最爱的女人霜雪神女了。一边是倾心守候千年的爱徒和眷侣，另一边，不过是个替身，但凡是个人，都知道该怎么选了。姐姐，换作是你，也该知道孰轻孰重吧？我因一心想要守护姐姐周全，提前在姑射莲池等候，思前想后，知晓了青华大帝的全部计划。不过我真是想不到，他竟然比我想象的还要无情。姐姐是没有亲眼看到，当时他眼见不可能从我手上夺得莲花，就一掌击碎了它。这算什么？他心爱的徒弟清潋不能安然复活，就也不让姐姐好好地回归神位吗？这就是神仙吗？心可真狠哪！”

有那么一会儿，曲苏觉得自己仿佛听不到任何声音了。

她以为自己已经足够了解青玄，可以足够坚强、平静地承受全部的事情真相，但殷和说的每一句话都在陈述一个事实：她知道的，还远远不够多，也不够清楚真相。

不知过了多久，曲苏抬起眼，看向殷和的双眼神色漠然，无波无澜。她仿佛将自己整个人强塞进了一个坚固的壳子，只要她自己不主动去触碰，旁人谁都别想将她从壳里拖出来，逼她面对现实。

曲苏定定地看着殷和，嗓音冷静：“你说我是青女？单凭你一面之词，我不会信。”

殷和道：“青要界有你数百族人，还有与前世青女相识多年的清沅长老，过几日我带你去和她们相认，这样可足够？”

曲苏没有说话。

殷和又道：“还有七姑娘，她此前虽帮着青华骗你，但我有法子让她对你说真话，这样可行？”

曲苏微微垂下双眸，仍不讲话。

殷和倏然一笑，抚着曲苏冰冷的脸颊，低声道：“或许日后你有机会再见到青华，你心里不确定的那几桩事，你不妨亲口问一问他。”

曲苏没想到殷和竟会主动这样说，可眼见殷和的神色这般笃定，愈加令她心底一片冰凉。

曲苏翘起唇角，露出一抹不信任的笑：“你费尽心机把我掳到这儿来，会那么好心，放我和青玄见面？”

殷和忍不住低笑两声，在她脸颊上怜爱地捏了捏：“我的傻姐姐，我虽然不愿意你再见他，但他骗了你这么久，一心拿你当清潋的替身，还想从我手上抢夺你的元身复活清潋，你觉得他会这么容易就善罢甘休吗？”

殷和沉声道：“姐姐，你难道没有听说过吗？上古之神，是比最邪恶的妖魔更偏执、更不好惹的家伙。”他低声说，“不过我会一直保护你的，姐姐。”

曲苏道：“那你是什么？”

殷和笑得温柔至极：“姐姐终于想到问我这个问题了。”他微微低头，似乎想将额头与曲苏的前额相贴，“当年姐姐还是上神时，与我相识的情形，和你我这一世在流霞城那个傍晚，几乎一模一样。当日，也是姐姐及时出手，我才得救。初次见面时，姐姐说我长得好看，若是肯笑一笑，必定惊艳非凡。那天之后，姐姐就把我带回了青要界，帮我养伤，还让你的族人为我准备吃穿。每次外出，若有人欺负我，都是姐姐为我出头。平日里若有人说了不好听的话，也都是姐姐替我伸张正义。是姐姐教我，是妖也罢，是神也好，想要不被欺负，想要这世道给自己公平，自身就该先强大起来。有了实力，才能重新裁定这世间的公平之法；有了能量，才能帮助更多自己想要帮助的人。这世上，姐姐是第一个真心待我好的人。”

曲苏静静听了半晌，神色毫无动容，甚至翘起唇角嘲弄道：“所以我从前，是救了一只白眼狼。”

殷和急道：“我一心对姐姐好，从未变过。”

他拽过曲苏，让她看四周摆放的那些东西：“云霓阁的最新款式，是我让沧浪城最好的绣娘依照姐姐的尺寸定做的；这套想容楼的头面，姐姐若是一整套穿戴，定然天下无双；我知道姐姐最爱吃仙炙轩的烤羊腿和冰甜酒，就让人给姐姐买来，等你醒了就能吃到；还有这些蜜饯果子、果干烤肉，全是姐姐喜欢的口味……”

他又揽着曲苏去看庭院外那一片琼白色的花海：“还记得这种花吗？我当日送了一盆给姐姐，现在姐姐不住在落羽了，没关系，我这儿还有许多呢。姐姐从前说过，这花香气悠远，只是太难栽活。我试了百次，养了万年，后来发现，只要每隔几百年取我的血浇灌一次，这些飞琼花就能四季常开，经年不凋。如今姐姐眼前这一茬儿飞琼花，已受过我百次鲜血浇灌，它们也知道姐姐要回来了，最近开得格外好。”

曲苏越听越心冷。云霓阁的衣裳，想容楼的首饰，仙炙轩还有其他那些店铺的吃食……这些东西都是她在流霞城时的最爱，难怪她和青玄、苗苗等人逛街，他会一早派人守在一旁，将准备好的衣裙送她做礼物；难怪正月十五那晚，他会专程守在那条街上，现在想来，当日的混乱恐怕也是他有意制造，为的就是引开青玄；他还故意问她喜不喜欢那些烟花，因为就在那之前，她和青玄曾在落羽的后院一起放过烟花；难怪他说杀大哥和苗苗，是因为听到他们说了他不喜欢的话，他一早就在落羽附近监视她的一举一动，偷窥她和苗苗、大哥他们每天的日常。甚至更早，打从她这趟回来，刚一踏进流霞城，就已落入了他层层布下的罗网。

初遇那日曲苏对他的出手相救，根本就是他自导自演的一出好戏!

眼前这些飞琼花，香气太过浓郁逼人，她本就不喜欢，听到殷和说常年以他的鲜血浇灌滋养，更令她几欲作呕。

他是个彻头彻尾的疯子。

殷和见曲苏不说话，不由轻轻拉了拉曲苏的手：“姐姐，你不喜欢我为你准备的这些吗？”

曲苏侧过脸，对着殷和微微一笑：“我不爱飞琼花。”她的目光看向远处，嗓音微甜，“我最喜欢的是火凤花。”

殷和既然喜欢日日偷窥，自然应该知道，火凤花对她意味着什么。

果然，在听到“火凤花”的瞬间，殷和的脸色变得异常森寒。

他一把拽起曲苏的手腕：“姐姐非要这么不乖吗？明知道在他眼里，你不过是个替身，你还要飞蛾扑火不死不休吗？”

曲苏眉头微动，似乎有些听不懂他的话一般：“乖？”她嗓音冷硬，“我是人，不是你的傀儡，你可以杀了我，但永远无法左右我的喜好。”

殷和飞快道：“姐姐从前最爱飞琼花的清香皎洁，也最喜欢和我在一起。如今说这些口是心非的话，无非是故意和我闹脾气罢了。”

曲苏咬牙切齿，一字一句道：“你杀了我的至亲，你我此生所结，就是死仇！”

殷和怒道：“什么至亲？那些都是无关紧要的人，你本就跟他们没有血缘关系，更何况你本来就不是凡人，而是上神。”说完这两句，他自己先是愣了愣，紧接着，他看向曲苏的目光便微微发亮，“姐姐，我想到了！”

由苏被他这一刻的目光看得毛骨悚然，正要说话，突然看到不远处走来的几个人。那几个人虽然面孔和身材都是人的模样，身后的倒影却各有不同，分明是螃蟹鱼虾的模样。

殷和也看到了，正想斥责那几个人退下，就听当中那个微胖的少女道：“殷和大人为了王妃费尽心血，还请王妃不要再和大人闹脾气了，能成为这龙宫的女主人，可是天下女子想都不敢想的福气。”

曲苏皱眉看向殷和：“你是龙？”

另一个小妖与有荣焉道：“殷和大人可不是一般的龙，四海龙王加在一块儿，都不是咱们殷和大人的对手。殷和大人，是咱们妖界的王！”

殷和将袖一挥，那几只小妖的身影瞬间消失。他将曲苏打横抱起，瞬移至一处宽敞的宫殿之中。

冰雪塑成的宫殿之中，数面高大而清晰的镜子矗立当中，曲苏放眼望去，无数个自己都被殷和抱在怀中，不论朝哪个方向看去，都避不开殷和垂首凝望着她的侧脸的影子。

雪色幔帐无风而飞扬，高床软枕当中，殷和将她抱在怀里，漂亮的眼眸欣喜地微微眯起：“姐姐，我想到该怎么帮你了。”

曲苏避无可避，不愿再看四周镜中情形，只得直面殷和。但看着他欣喜若狂的神色，曲苏生了一种不祥的预感。殷和衣襟微松，露出胸口隐隐闪现的苍青鳞片。曲苏只看了一眼，便飞快地别开了头。

殷和捏着她的下颏，迫她转过脸来：“姐姐，虽然你元身陨灭，再难成神，但我可以将我的血喂给你，再剖我一半心脏，放入你的体内，这样姐姐就可以和我共享十万华岁，我们就可以真正地长相厮守了！从今往后，姐姐又会和从前一样，眼里心里，只有我殷和一人。”说到这儿，他微微合眼，将额头轻抵住曲苏的前额，“姐姐，为了你，我什么都愿意做。”

曲苏嘴唇微颤：“你要将我的心剖出来？”

殷和双眸晶亮地望着她：“但你不会死。我会将我的心分一半给姐姐，这样你就可以和我一样，也成为妖了。”

曲苏摇头：“我不要。”她左手一直死死攥着那支青玄赠她的玉笛，可在这龙宫中，当着殷和的面，她从始至终都没有机会吹响一次。曲苏用尽全身力气想要挣脱殷和，玉笛的一端甚至抵在殷和半露在外的胸口上。

殷和神色微顿，低头向自己的胸口看去。曲苏也看到了，玉笛与他肌肤相触之处，竟然瞬间焦黑一片，如同被烈焰焚烧过一般。

曲苏当即一喜，拿玉笛挥手向殷和的脸扫去。

可不论她速度多快，在殷和眼中，都如同被故意放慢的动作，殷和抬起一手，仿佛漫不经心般攥住曲苏的手腕，两指轻轻一握，曲苏便再也握不住那支玉笛了。他随即拿袖一扫，玉笛无声地飞出帐外。

殷和一手将曲苏的两条手臂压过她头顶，然后咬破另一手的食指，将之强硬地塞入曲苏唇齿之间。

盈翠的玉笛被抛向帐外，眼看就要落在地上，却被一只修长的手在半空接住。

纷飞的白色床幔之中，一身火红长衫的男子身形微滞，旋即松开对曲苏的压制，凌空旋身而起，朝着来人方向击了一掌。

来人头戴九珠冕旒，一袭浅青色法衣宛如雪照银霜，身如青竹，行若闪电，行走间周身法衣迸发出日月流光，身形之快甚至连殷和也看不真切。他击出的那一掌还未到对方身前，半路就如烟一般溃散了。

凌云暗纹的广袖一甩，两截巨大的断蛇残身宛如从天而降，鲜血淋漓地滚落到殷和眼前。一截蛇身赤红，另一截雪白之中隐有红纹，其中那截白蛇的蛇头依稀可见头顶鼓起的小包，眼看再修上一千年就可以成龙了。这两条巨蛇不是别人，正是殷和万年以来最为倚重的灼曳和赤眉。

殷和没想到青华大帝竟然转眼就斩杀了他两员悍将，漆黑的眉凝起，红唇微张，一连笑了三声：“好，好，好。不愧是上古时的杀神，青华大帝，我还真是小瞧了你。”

青玄神色冰冷，一手握住那支玉笛，动作轻柔地收入怀中，另一手不疾不徐地在半空微微一拧，一个携带着三清罡气的巨大掌印陡然浮现在半空，朝殷和压了过去。

殷和运气强接住这一掌，嘴角溢出一丝鲜血。他站定身形，红衫飒飒，望着青玄的双眼毫无畏惧，反而迸发出遇强更强的亢奋之色："魔界这么快就查完了？找到女娲石的时候，你和那位冬神应该很开心吧？青华，你来得可真不是时候！也是灼曳和赤眉太不中用，若能再多撑上一时片刻，等到姐姐与我共享一颗龙心，姐姐就能彻底成为我的人了。"

青玄冷冷道："痴心妄想。"

殷和唇角绽出一抹笑："我还真是没想到，你竟然也和我一样，这么看重姐姐。看来，你是铁了心要让姐姐当霜雪神女的替身了。"

他缓缓抬起两手，在半空拨弄翻飞，透着青黑之色的幽冥之火自掌中燃起。

青玄提起唇角，冷笑道："胡言乱语，不知死活。"

四周数面镜子被青冥幽焰照耀，仿佛在一瞬间被激活了什么一般，突然开始飞快旋转，殷和手上的两朵幽焰，在镜子的照映下瞬间增至数十团，以某种不死不休之势，朝着青华大帝围拢而去，他神色癫狂，怒吼的声音宛如龙吟："不知死活的是你！"

整座宫殿突然剧烈地震颤起来，曲苏挣扎着扶着床柱刚站起来，看到的就是这一幕。她目眦尽裂，心在一瞬间提到了嗓子眼："青玄！"

九头狮子曾说，青玄为重塑炁渊耗去九成修为，殷和是妖龙之身，性格偏执霸道，这里又是他的地盘，周遭镜阵透着让人参不透的古怪，她担心青玄会在殷和手上吃大亏。

数十团青黑色的幽冥之火绕着青玄飞速旋转，转眼竟首尾相连，在空中形成一只巨龙的虚影，而后龙尾一甩，张大嘴巴，朝着青玄吞来。

青玄神色冷淡，掀起唇角冷斥了声："擅自修炼吞天之术，难怪修成应龙之身，仍不受天道认可。"

说话间，青玄不躲不避，一动不动，任由青冥幽焰凝成的巨龙张口来吞。

殷和脸上隐隐透出得意之色，狂肆笑道："狗屁的天道！我祖上本就身怀吞天血脉，乃是妖神后裔，我欲吞天，天能奈我何！"

他一边说，一边朝着青玄疾步奔来，左手自胸口隐隐显出龙鳞的位置一挖，神色扭曲之中透着畅快，竟掏出一团黑中透红的火种，运起通身法力，毫不迟疑地朝着青玄推了过来。

"不要！"曲苏脸色惨白，发出一声凄厉的喊声，同时使出全身的力气，宛若飞蛾扑火般，朝着青玄飞身扑去。

她已经失去了一切，不能再失去青玄。

青玄和殷和在同一时间动了。

青玄的身形几度扭曲，突然自巨龙身影之中一举冲出，揽住曲苏，背对殷和，将她牢牢护在怀中。

殷和伸掌化爪，瞬间伸长三倍，在半空一捞，将自胸口祭出的火种抓了回来。

与此同时，巨龙虚影被青玄一撞，先是在空中一滞，紧接着，便在殷和难以置信的目光中，碎成数段，彻底溃散。

殷和单膝跪地，噗的一声，喷出一大口鲜血。

鲜血之中混合着碎裂的内脏，显然青玄这一招击溃的不仅是龙影，还有殷和的五脏六腑。

曲苏一心维护青玄，甚至不惜以命相替，让殷和心惊胆战的同时深恨没有早点弄死青玄。但也是因为曲苏未经思考地舍命一挡，令殷和宁可冒着被反噬的风险，强行收回本命冥火，这反倒在青玄穿透龙影欲将他彻底绞杀的当口，救了他一命。

殷和这才明白过来，青华大帝并不是斗不过他的龙影，他的故意示弱，不过是想骗自己主动拿出本命冥火。

殷和呕出一口心头血，突然低低笑出了声。

曲苏这飞身一挡，是救青玄，但何尝不是在救他？这番变故，恐怕就连青华大帝也想不到吧？

连天命都在眷顾他！

另一边，青玄叹了口气，伸出手指轻轻抹去曲苏唇上的血迹，又摸了摸她的脸颊：“别怕，我不会有事。”

尽管错失了杀殷和的最佳机会，青玄却并不打算多说什么，毕竟刚刚曲苏为了他差点连命都没了。

曲苏眼眶通红，两行泪无声地滚落，她嗓音哽咽，半晌也说不出一句完整的话来：“我……大哥，落羽……”

青玄追来龙宫的路上，与先一步赶去落羽的九头狮子联络，已然知悉落羽发生的惨剧。也是因为这个，终于见到曲苏的那一刻，他心中一块大石才终于落地，同时，陡然涌起一种对他而言非常陌生的情绪。

许久之后，青华大帝才明白，那种感觉，是对心爱之人的心疼。

而此时的青玄只是竭力压下心头那股异样，伸手在曲苏发顶摸了摸，又将她揽在怀里：“你还有我，还有你的族人。苏苏，我带你回家。”

曲苏摇头，隔着青玄的肩膀看向殷和的方向，毫不掩饰眼中的杀意：“我要杀了他，我要替大哥、苗苗他们所有人报仇！”

青玄蹙着眉，正要说什么，身后殷和突然哈哈笑出了声。

曲苏当他是疯了，绕过青玄看向他。

殷和一身红衣，墨发飞扬，周遭镜阵在刚刚青玄击溃龙影的同时，早已片片碎裂，散落一地。此时在这冰雪宫殿之中，碎落的镜片折射出耀眼的光，将殷和的眉眼、面容衬托得似神似魔、如梦如幻。

殷和踉跄着站起了身，他笑得几乎停不下来，目光却一直锁在曲苏身上。

曲苏看他这样疯魔，不由上前嘲讽道："死到临头了，你笑什么？"

殷和的目光落在她殷红一片、隐隐泛泪的双眼上："我不是笑，而是心疼姐姐。"他摇了摇头，看向曲苏的眼神中隐隐透出怜惜之意，"真是想不到，三万年过去，姐姐第一次心悦于人，竟然比我还痴心。"

殷和半眯着眸，缓缓扫向站在曲苏身旁凝眉不语的青华大帝："明知青华大帝只把姐姐当成霜雪神女的替身，还这样一心一意为他，甚至心甘情愿替他去死。可惜呀，姐姐的一片痴心，到底是错付了。"

眼见曲苏的脸色因为自己这一番话苍白得不像话，殷和露出一抹玩味的笑："怎么了姐姐，刚刚我们不是说好，等青华大帝来了，有些话，你要亲口问他的吗？如今他人就在眼前，姐姐这是不敢开口？"殷和长叹一声，"也罢，就让我这个恶人做到底，姐姐不敢问的话，便由我代劳吧。"

"找死！"青华大帝眼神冷厉，甩出一道掌风："我和曲苏之间，还轮不到你置喙。"

殷和本就是强弩之末，受了青华大帝这一掌，顿时又喷了一口鲜血出来。殷和趴在地上，脸上被破碎飞起的镜片割出细小的血痕，可他的双眼一直似笑非笑地看着曲苏，眼中大有深意。

他在等着她亲口问青玄那些话，等着听青玄如何回答。他一早就笃定，输的那个人必定是曲苏。

"青玄。"曲苏开口时，才发现自己嗓音竟然有一丝颤抖，"殷和对我说，七姑娘之前所说，都是骗我的。他说我并不是清潋，而是青女，说我的名字是司寒。"

她侧过身，转脸看向青玄："你来告诉我，我到底是谁？"

青玄听到曲苏说"七姑娘所说"，神色不禁一怔。明明是七姑娘先告诉他曲苏的身世，为什么到了曲苏这里，却说七姑娘骗她说她是清潋？

可青玄这微微一怔的神色落在曲苏眼中，却让她心头钝痛，她凄然地一笑，嗓音愈轻："所以我不是清潋，而是青女，是殷和口中的司寒上神。"

青玄叹了口气；"曲苏，你确实是司寒，但……"

曲苏诘问："你既然早就知道我是司寒，为什么不告诉我？还要让知道真相的七姑娘故意误导，一起隐瞒我？”

青玄看出曲苏眼神迷乱、神色仓皇，忍不住走上前，想将她拥入怀里：“我不想告诉你，是因为……”

曲苏却倒退一步：“你别碰我。”

殷和此前的话一句句在耳畔响起：“若不是今天听到姐姐这么说，我还真不知道，七姑娘竟然和青华那家伙联起手来骗你……他让七姑娘安抚住你，骗你说你是霜雪神女。与此同时，他自己却跑去了青要界，日日守在姑射莲池，等那朵青莲盛开。姐姐，那朵青莲是你回归上神之位必须要用到的元身，可青华大帝为了清滶，从一开始就没想过你的死活。五百年前，他托人将清滶的元神放入那朵青莲，为的就是有朝一日青莲花开，他就能复活心里最爱的女人霜雪神女了。”

曲苏眼前一片模糊，她甚至连青玄的脸孔都看不真切，却仍然直直地望着他的面庞：“赶来这里之前，你人在哪里？青要界，姑射莲池，我说的可对？”

就听青玄沉默片刻，才道：“曲苏，你的元身青莲虽然被毁，但并非不能重塑……”

曲苏嘶声打断他的解释：“所以你没有赶去落羽，去救大哥他们，都是因为那时你选择了去青要界。”说着她从青玄怀中抽出玉笛，嘲讽着问他：“你从前说，只要我吹响这支玉笛，你就会出现，你知道我吹了多久吗?!”

话音落地，那支玉笛就被她扔到地上，摔得四分五裂。

青玄声音哑然：“落羽的事，是我去得太晚……”

没能护住君翊和苗苗他们，确实是他的过错。

曲苏突然笑出了声，她鬓发散乱，脸色惨白，双眸却血红一片，青玄不明白曲苏问了他几句话之后，为什么会露出这样溃败癫狂的神情，他不由朝曲苏走去：“苏苏，我知道，落羽和君翊的事，你一时难以接受……”

曲苏抬手止住了青玄没说完的话。

她一开口，唇角就溢出了淋漓的鲜血：“我都明白了。”

“我是司寒，”她眼神空茫，似笑似哭，嗓音嘶哑，却仿佛又含着一股自己都无法排遣的笑意，“我虽是个上神，但在青华大帝心中，从头至尾我都是霜雪神女的替身罢了。”

难怪她从前听七姑娘说了自己的前世，总觉得自己和清滶的性子半点也不像；难怪从前阿秾说，青华大帝在人间行走，是因为从前与清滶的约定，是为了有朝一日能复活清滶，如今对她再好，也不会长久；难怪他这段时日总是频频外出……她此前却还在落羽傻等，总想着等他回来，当面说清，两个人之间就再没有隔阂了。

原来真相早就在眼前，是她太傻了。

初相见时，他明明是那么嘴毒刻薄的人，若不是她这张脸和他的徒弟清潋有几分相似，恐怕也得不到他几次出手相帮。

后来阿稌见他对她格外宽容，总在一旁嘀嘀咕咕，旁敲侧击讲起从前青华大帝和霜雪神女的过往，就怕她陷得太深。明明阿稌什么都说了，她当时也信了，但那时她心里总有几分连自己都不敢正视的侥幸：就算他从前和清潋真有过那么一段，也已经是过去的事了，和她当下有什么关系？

再后来，他一路追来流霞城，对她表现出前所未有的热情，还因为她和那位镖局少东家在酒楼相亲而吃醋。她故意问起与清潋的过往，他却说，他从未和清潋有过什么。

他说什么，她都信了。

可她从没想过，上神也会骗人。

耳畔不由响起殷和轻柔甜蜜的嗓音："姐姐，你难道没有听说过吗？上古之神，是比最邪恶的妖魔更偏执、更不好惹的家伙。"

青玄虽然骗了她，到底是因为对清潋用情太深的缘故。

原来这就是上神的执念。

说到底，还是她这个替身的错。

曲苏再次陷入恍惚，回想起那个睡不着的晚上，他和她坐在火凤花树上，朝她吻来的情形……曲苏突然就笑出了声。

他对她的一切都是真的，眼神是真的，吻是真的，一心一意对她好的心意也是真的，唯独她是个假的。

一切都是对的，唯有她错了。

阿稌曾说过，尊上万年以来，就只收过清潋一个徒弟。

烛龙事了，他迫不及待折返天庭，如今想来，他当日那么着急，不仅仅是为了三界秩序拨乱反正，更是急于替他惨死的爱徒讨回公道吧？

曲苏笑着笑着，眼角就滴下泪来，殷和说的没错，她真的太可笑了。

原来那么久之前，早在她明白自己爱上青华大帝之前，她就已经为了他，一直在自欺欺人。

所以只要他信口一说和清潋只是师徒之情，她就愿意信。

曲苏笑的声音很轻，脸上的笑容却又淡又甜。

青玄心头惊骇，几乎连呼吸都停了，他轻声喊她的名字："曲苏。"

他连声解释："你是司寒，也是曲苏，但你从不是任何人的替身。你从不是清潋的替身。苏苏，你醒一醒。"

但好像不论他说什么、做什么，曲苏都听不到，也看不到了。她双眸仿佛在看着他，却又好像谁都没有看，随着青玄最后那句话说完，鲜血从她的唇角溢出。

青玄飞快上前，曲苏却在这时步履飘忽，身姿轻若飘雪，转眼间就自他的怀抱中滑了出去。

殷和若没有趁着曲苏和青玄决裂时悄悄溜走，看到这一幕，也必定会感到震惊。

青玄愣了一瞬，突然明白过来：若不是此前殷和非要抢夺并毁了司寒的元身，就在刚刚那一瞬，曲苏应当已经回归神位了。上神归位前，必定要经历人间至苦，尘世历劫，就属情劫最难看破。可对曲苏来说，骨肉分离，至亲俱亡，前仇旧怨，恋人反目，她已一一历尽了。

她毕竟是上古神祇转世为人，哪怕没了元身，不能找回全部神力，也不再是从前的凡人之躯了。

曲苏的面容在这一瞬间陡然变得既清晰又缥缈，洁白的眉心之间，缓缓显出一片霜色的雪花痕迹，雪花正中，又有一粒淡淡的紫痕。她就那样迎风而立，发绳无声滑落，墨发披散，双眸低垂，唇角微抿。她的容貌和从前还是凡人时仍有七分相似，但回归神位之后，更添三分为神的疏冷淡漠。

鲜血顺着她的唇角不停溢出，但她好像无知无觉一般，自刚刚吐血那一刻起，唇边始终含着淡淡的笑。

这本是云梦大泽的水底，不知何时，冷风吹起，细碎的雪粒和成片的霜花围绕着曲苏飞快流转，而曲苏的口鼻、双眼甚至双耳，也在不停地流出更多的鲜血。

青玄又急又心疼，他走上前，试图用神力阻止曲苏：“曲苏，快停下来！”

曲苏没有了元身，就等于没有了容纳神力的器皿，她又偏巧在这时回归神位。神思癫狂之际，她根本不懂收敛神力，再这样下去，只会耗尽神力，再度身殒魂消。

很快，青玄就发现，自己越是试图使用神力阻止或是掌控，曲苏周身神力溃散得越快。数不清的霜花与飞雪，飞越整个云梦大泽。

漫天飞舞的霜雪在曲苏周身飞速旋转，越聚越多，却又有一种以曲苏为主之势，如同无数乖巧的仆从一般，聚拢在她周身，听候她的下一步指令。

青玄知道，自己若是强攻，这些霜雪只会无差别发起攻击，而这势必导致曲苏的神力以更快的流速溃散。

青玄只能收手。

他望着曲苏，明明两人离得那么近，却又觉得那么远。

青玄沉声道：“我此生最爱，唯曲苏一人，你从不是任何人的替身。今日所言，若有任何虚假悖逆，就叫青华不得好死，堕魔而亡！曲苏，你听到了吗？”

曲苏突然抬起了眼，她的双目本就清皎无双，眉心多了天然的雪花痕迹后更显殊丽，然而她与青玄四目相对，眼神却不再是青玄从前所熟悉的曲苏的眼神。

素白手腕上，颗颗圆润又泛着玫瑰色光泽的珍珠在这一瞬间分崩离析，四散洒落。唯一道紫色光芒一闪而过，那是世间最后一根紫冽天堕丝，是他在新年时系在曲苏腕间的。自此，他与她命魂相连，不论曲苏遇到何种险境，不论何时何地，他都能以元神相护，为她挡去一切危险。除非他死。

可这并不包括她以凡人之身成神时所感知到的一切痛楚。那位上古大巫会炼化此物，本就因为他当年心悦的是一位凡人女子。就如他心悦曲苏一般。

周遭风雪在这一瞬间倏然静默。

青玄朝她伸出手："苏苏。"

曲苏双眸无波，神色凌然："从今日起，世间再无曲苏，只有司寒。我与尊上就此别过，天上地下，后会无期。"

曲苏身形飘忽，摇摇欲坠，青玄就在这时猛然抬手，制住曲苏，将她一把托起，横抱在怀里，飞身往青要界的方向赶去。

青要界。

青玄一路抱着曲苏飞快赶回，只见两人回到青要界之际，远近景色同一时间发生着天翻地覆的变化。大片苍翠的绿树飞快长高，数不清的藤蔓急速生长，只不过瞬息之间，远近山峦、平原的花草树木仿佛度过了几十年的光阴。

青要界正中，姑射莲池碧波激荡，流水四溢，转眼便湮没了大片平地，又以一种失控之势，沿着附近一处断崖飞流直下，落成一道天然瀑布，激湍翻腾，如雪般崩泻。

经过姑射莲池，一座精巧非凡的白玉石桥陡然映入眼帘，青玄抱着曲苏飞快经过，就在即将走完最后一步时，石桥的另一端，缓缓显出一座玲珑素巧的雪白宫殿。

青雾弥漫，遮天蔽日，整座宫殿也在雾气之中若隐若现。青碧沉沉，仿若美玉造就；素白耀眼，宛如冰雪塑成。

青玄一眼便认出，云梦泽底，殷和以无数兽骨和蓝关石打造出的华美龙宫，便是仿造的眼前这座宫殿。

曲苏伏在青玄怀里，被他制住，不能言语，不能动弹，可当她亲眼看到眼前的情形，心底最深处仿佛有什么东西豁然一松——原来这座宫殿就是她从前住过的地方。

就在不久前，在与青玄有关的一个梦里，她曾见过这个地方。

只不过在梦中，青玄头戴冕旒，一袭墨色长衫流金溢彩，眉眼含笑站在宫殿前的长阶上，侧身朝她伸出手来。

而梦中的她也是欢愉的，她身上的衣裙是从未见过的服饰，迈上台阶时，她甚至要提着层层叠叠的裙裾，才能避免被滑不溜手的布料绊倒。

她和青玄手牵着手，两个人的身影逐渐拉远，最终消失在宫殿内雪青色的重重帘幕之中，一转眼就看不真切了。

可梦终归是梦，现实比梦境残酷多了。

“司寒神尊！”

“是神尊？”

“神尊回来了！”

青要界中，族人们经过刚刚那场鏖战，许多人都受了伤，他们感应到了整个青要界正在急速发生的巨大变化。眼见青华大帝抱着一个女子飞步折返，众人不禁纷纷朝那女子的面庞看去。

曲苏已然回归神位，虽然神情看起来有些异样，但容貌已然与当年别无两样。

族人们不约而同认出了她，有的惊呼，有的欢笑，更多的是彼此搀扶、相拥着，喜极而泣。

清沅的眼中淌下两行热泪，引领着族人朝曲苏长跪不起：“恭迎神尊回家。”

“恭迎司寒神尊。”

青玄稍有迟疑，还是解开了曲苏身上的禁制。

远远地，族人们听到曲苏声线清冷：“你们用不着跪我。”

族人们没想到，他们等了、盼了三万年的神尊归来，容貌虽然几乎与当年一模一样，开口说话的态度却是这样冷漠、陌生。

正在众人面面相觑不知所措之际，青玄已抱着曲苏进了宫殿。

长门闭合，宫殿紧锁，就连清沅都吃了闭门羹。她和两个侍女站在门外守了好一会儿，接连喊了几声“神尊”，既等不到曲苏的回应，也听不到旁的声响，只得暂且离开。

不论如何，他们的神尊已然归来。

这对于青要界的族人们来说，既是天大的好消息，同时也意味着挥之不去的哀愁。

神尊元身被毁，全族皆知，如今包括清沅在内的青女族人，只能将希望寄托在青华大帝身上。他们都愿意相信，青华大帝会有办法，帮助神尊重塑元身。

雪青色的帘幔层层遮蔽，无风而飞扬，青玄抱着曲苏，飞快经过一道又一道帘幔。最终，他终于寻到一处最温暖也最柔软的角落。

他将曲苏小心翼翼放了下来，让她靠着软榻暂且坐下。

他们两人进到这里不过片刻光景，可此时此刻，偌大的宫殿内，已处处都是霜雪的痕迹。光洁的青色砖石上沉积了厚厚一层冰雪，目所能及的墙壁和石柱上，也正以肉眼可见的速度凝结起一层霜花。

宫殿正中，座椅空浮，却无人去坐。

曲苏靠在软榻一角，身上披着青玄的法衣。她现在可以说话，也可以行动了。但曲苏很快发现，身体的最深处有什么东西正在飞速运转、流逝。

强大的充盈之后，如今取而代之的是挥之不去的疲惫。她一动也不想动。

而在青玄眼中，曲苏当下的模样也确实虚弱极了。她蹙着眉，双眸紧闭，看起来比在云梦湖底时更苍白，也更荏弱。她的眉毛、脸颊都被细小的霜花覆盖，一头墨发正在以一种缓慢的速度缓缓化为霜色。那模样并不可怖，尤其她眉心那抹天然的雪花痕迹衬着，更令她有一种不似真人的脆弱之美。乍一看去，仿若一尊妙手雕成的琉璃美人，又仿佛一座不容亵渎的神女雕像。

青玄看得心惊，他俯低身，将曲苏整个虚拢在自己的臂弯里："苏苏。"

他端详着曲苏的眉眼、鼻子、苍白无色的嘴唇，最终目光又凝在她轻垂的双眼上："苏苏，你能不能听我解释？"

曲苏张开眼，眼神空蒙，全无焦点。她刚刚并非故意不理人，尽管此时此刻，她也确实不想和青玄说话。回归青要界之后，她的意识仿佛被一股沉重的力量拉入神魂深处。她觉得累极了，不知什么时候，自己竟然就那么半昏半睡了过去。

若不是青玄突然出声和她说话，她甚至都没有意识到，自己刚刚似乎睡着了。

骤然听到青玄的声音，她第一反应是一种不知今夕何夕的茫然。

她的目光缓缓落在青玄的身上，却不肯去看他的脸，而是定定地落在他衣衫某处："多谢尊上念在往日情分，一路送我回到我该回的地方。我已然浪费尊上不少辰光，没有别的事，尊上就请回吧。"

青玄看出她态度疏离，却不肯轻易放弃："苏苏……"

"尊上是青华大帝，上古之神。放眼三界，再找一个霜雪神女的替身很难吗？何苦非在我一个人身上兜圈子。"曲苏淡淡一笑，垂下眸子，看向自己淡而色薄的指尖，"是我忘了，我的元身毁了，没了复活你那爱徒的容器，尊上是想来我青要界继续研究复活清潋之法？"

青玄一字一句道："我说过，你不是任何人的替身。更何况清潋早在五百年前已然身死魂消，我虽代为收敛她一缕元神，送回了青要界，但一缕元神不论如何都不可能复活她。此事你若不信，大可以问你的族人和你从前最信任的长老。"

曲苏垂着眼帘，翘了翘唇："尊上对令徒痴心一片，字字泣血，令人动容。"

青玄没想到，话都说到这个份儿上，曲苏还是不肯相信他。他早就说过，自己与清潋之间只有师徒之谊，从无男女之情。他今日也说了，清潋那样的情况，将她的一缕元神送回青要界，不过是个对已死之人的安慰。

他吸了口气，沉声道：“我从七姑娘口中得知你的真身是司寒神尊，之所以没有立即告诉你，是因为你前世的死并不简单。你死前曾亲手布下三绝禁令，隔绝青要界内外，驱逐殷和，也足以佐证这一点。我不在的这段日子，就是去调查当日害你兵解而死的阵法到底是何人所为，而不是殷和口中的什么为了复活清潋。前世你兵解而死，殷和就在当场。我让九灵先一步来青要界，不是为了什么别人，是因为那朵青莲是你的元身，我想保护的人，从始至终就只有你。你元身被毁，也跟殷和非要前来抢夺脱不开干系。他说的那些话，都不是真的。”

曲苏的眼睫轻轻颤了颤，“那落羽呢？你觉得世间之事，皆有因果，所以你觉得我大哥、我师弟师妹死了就是活该，对吗？”

“不是！”青玄立刻摇头道，“落羽的事是我的过错，是我没能及时赶回。但我不在落羽，绝不是为了清潋，这些都是殷和在颠倒是非。苏苏，你尽可以怪我、骂我，但不要不理我，更不要为了这事惩罚你自己。”

“我没有惩罚自己，我只是现在才明白，我跟高高在上的青华大帝，从来都不是一路人。”

青玄深深地望着曲苏，她却换了一个姿势，不再垂着眼眸，只侧过脸，静静望着窗外。

青玄眸光微沉，望着曲苏的侧颜：“苏苏，我会离开几日。我……”

他沉默片刻，还是没有将最后那句话说出口，而是选择换了个说法：“待我回来，苏苏，不论你心底再怨我、恨我、误解我，我都会守在你身边，寸步不离。”

只要他能回来。

青玄离开得悄无声息，但曲苏已不是从前的凡人之躯，她能敏锐地感知到，青玄的离开就是在一瞬间发生的。

他走得非常干脆，说要离开，就连多余的一句话都没有。

他说待他回来，但他这一走，是一去不返了吧？

曲苏闭上眼，不愿再想。

青华大帝离开青要界之前，又去找了清沅。

不出他的意料，清沅对曲苏忠心耿耿，进不了宫殿，就一直在宫殿后的小厨房忙碌，想为曲苏做些她从前爱用的食物。

清沅看清来人，第一反应就是要跪倒，对方却伸手一托：“不必了。”

清沅身形定在半空，想跪也跪不下去，她心中吃惊，但眼下她更担心的是另外一件事："尊上，我家上神回归神位，却没有元身依托，这样下去用不了多久……"

"我知道。"青华大帝道，"此事我会解决。"

清沅抬眼看向青华大帝："尊上要如何解决？"她并不是好奇心重的人，只是事关司寒上神生死，不问清楚，她实在心中难安。

就她所知，想为一位上神重塑元身，绝不是一件轻而易举的事。而要为司寒重塑元身，更是比登天还要难。哪怕眼前的人是青华大帝，清沅也不敢轻易相信。可为了她家上神，她又不得不求助于青华大帝。

放眼三界，如今还记得司寒这名字的已寥寥无几。天界那些神仙都是什么嘴脸，她也早就看得清清楚楚。当年她家神尊为天界卖命，耗尽神力净化怨气，救了多少人的命，可到头来也不见玉帝有过什么嘉赏，更没见那些大神仙对他家上神有过几分尊重。

清潋的事就更令人心寒了。她小小年纪，孤身一人背井离乡，远上天界，降霜洒雪，看守炁渊三千年，没有功劳也有苦劳，可到头来，仅凭那小烛龙的一面之词，就给清潋扣个勾结怨妖的帽子并当即处死。诛神阵四十九道天雷下，即便是神仙也要身死魂消。整整五百年，若不是青华大帝一心为了此事奔走，最终查明真相，为清潋洗清冤屈，勾结怨妖祸乱三界这个骂名，清潋还不知道要担负多久！

清沅知道，如今的青要界孤木难支，除了面前的青华大帝，早已无人可求。

可青华大帝这么干脆就主动开口，说愿意帮忙，清沅却不敢轻易相信，所以必须要从青华大帝口中，要个承诺。

打定主意后，她向青华大帝行了一礼，厚着脸皮道："尊上的意思，可是要为我家上神重塑元身？"

见青华大帝点了点头，清沅又道："为一个上神重塑元身，并不是简单的事。敢问尊上，为何愿意为了司寒神尊，做到这一步？"迟疑又迟疑，清沅再度开口，"清潋虽然当过尊上三千年的徒弟，但她与我家上神之间，并没有什么关联。"

"我能分得清她们两人。"青华大帝听到这话，神色微冷，"清潋是我徒弟，我和她之间，仅是师徒之情。"

清沅几乎不敢将心底那个猜测宣之于口："那尊上对我家神尊……"

"我与她在凡间相识，心悦她久矣。彼时我不知她是司寒。"说到这儿，青华大帝顿了顿，不管眼前的清沅听到这样一席话，心中已掀起怎样的狂风巨浪。他沉声道，"我必须离开几日。我不在时，你要好好看顾她，尤其当心别让她心绪激动，你该知道轻重的。"

清沅自然知道，司寒失了元身，若是心绪激荡，周身神力只会溃散得更快。此时的司寒虽是上神，但无元身，凡人的躯壳无法承担身为上神的神力，更像是一个身怀至宝却无安身之所的灵体。看似悍然无敌，实则随时都处在神力溃散爆体而亡的凶险之中。

清沅神色肃然颔首道：“我会以性命保护神尊周全。”

她觑着青华大帝的脸色，斟酌道：“不敢在尊上面前卖弄，但想为我家神尊重塑元身，需要找来至清至纯、至坚至韧的仙品莲花。我记得许多年前听一位朋友说起过，东海瀛洲有一座仙山，名为玉碎，那山上生长着一种形似玉石的淡紫色莲花……”

青华大帝摇了摇头：“紫璧银环虽然足够坚韧，却并非水生，而是金石，不能做苏苏的元身。”

清沅冥思苦想道：“听说万年以前，西王母曾在瑶池养出一朵玉簟冰菡……”

青华大帝神色凝重，缓缓摇了摇头：“且不说那朵玉簟冰菡是西王母心头至爱，就在约莫一千年前，那朵冰菡已然修成人身，就随侍在西王母身边。”

修成人身，那也就是有了灵智，此时若是抢夺冰菡，等同杀生。且不说此事青华大帝决不会做，就是清沅想做，为了司寒日后的境遇，她也决不能做。

青华大帝道：“元身一事，你不要在曲苏面前提起，我会为她找来最合适的元身。殷和受了重伤，这段时间，他还不敢主动找来青要界。我让九灵率兵三千，镇守青要界外。你拿着这个，可以与九灵随时交流。”他递出一片金色甲片，最后望了一眼宫殿的方向，便消失不见了。

清沅再见到自家神尊，已是第二天的傍晚时分。

彼时她担心司寒神尊的情形不好，亲手做了从前她最爱吃的清露圆子甜羹，但她一连敲了两次门，都不闻内里有任何回应。

再次出现时，清沅身后领着一个年轻的碧衣女子。

七姑娘一袭碧衣，丰润清妩的脸上神色惨淡。她跟在清沅身后，听到清沅再次开口劝说司寒神尊用些饭食，里面仍然没有声响，她突然开口道：“司寒神尊，小七前来请罪。”

殿内没有回应。

七姑娘咬着唇，又道：“三万年前，小七全族受神尊几番庇佑才得以存活。小七找了神尊三万年，一心只想报恩，确认您就是神尊那天，是小七有生以来最开心、最快乐的一天。”说到这儿，她嗓音哽咽，强撑着一口气继续说道：“是小七太蠢，受殷和蛊惑，犯下大错。我自知没有面目再见神尊。小七无能，只是一棵玉姒草，不能辅佐神尊报两世之仇，也没本事复活君翊。”七姑娘的眼前，闪过君翊摇头轻笑的面容，她闭了闭眸子，两滴清泪自眼角滑落，“小七身无长物，只能……聊作弥补。”

宫殿外，长风呼啸，霜雪纷飞，中间的几个字七姑娘说得轻微极了，就连站在她身旁的清沅都没听清。

只是她说完这句话，便伸出两指，隔空虚指着清沅端着的那碗甜羹。

几乎只是瞬息之间，七姑娘整个人就以一种肉眼可见的速度虚弱委顿下去。

清沅双手端着甜羹，见她这样，顿时大惊失色：“你这是……”

清沅从前与七姑娘也仅有一面之缘，知道从前司寒对她有恩，却没想到故人相逢，还来不及说些什么，她就选择耗尽灵力，自戕谢罪。

七姑娘神色宁静，缓缓在门边坐了下来，她的脸色几近透明，声音也接近虚无：“我没什么用处，唯一能做的，就是助神尊恢复全部记忆。你刚刚说，天界的人，从前对神尊就不大尊重；殷和虽然还在养伤，但他轻易不会放手。神尊元身被毁一事……神尊她处境危险，我实在帮不上什么，唯有一死，才能报昔年上神恩情的万一。”

七姑娘微微仰脸，向这尘世瞥了最后一眼。突然，她双眸微睁，迸发出欣喜的光芒。她朝着虚空，缓缓抬起右手：“君翊……”

长门打开时，清沅看到宫殿里也已铺了厚厚一层霜花。曲苏看到了站在大门外的清沅，也看到了伏倒在一旁早已没了生息的七姑娘。

曲苏目光空蒙，仿佛连神志都有些不清了：“她这是怎么了？”

清沅两眼含泪，走上前扶住曲苏：“神尊，您先喝下这碗甜羹，一切都会好起来的。”

曲苏的神力溃散得厉害，又经历过大喜大悲，此时意识并不清明，但她本能地抗拒面前那碗碧莹莹的甜羹，摇了摇头，作势要推开那只碗：“我不喝。”

清沅心中一惊，连忙避开：“神尊……”

想起七姑娘临死前的话，还有神尊如今的情形，她心中又酸又苦，扶着曲苏在门槛上坐下来，让她靠在自己的肩膀上，将那碗倾注了七姑娘毕生灵力的甜羹一勺一勺喂给曲苏。

曲苏迷迷蒙蒙地喝下甜羹，一开始还没有感受到什么，可渐渐地，灵魂最深处仿佛有什么东西，翻涌着，沸腾着，几乎要将她整个人湮没。曲苏忍不住朝清沅推了一把，哪怕幼时连着十几天高热发烧，她也不曾这样难受。

曲苏周身瘫软，一头栽在清沅的怀里。她强撑着意识，看向摔在地上的碗：“这是……”

清沅抱起曲苏，将她送回殿内的大床，跪坐在一旁轻声安抚：“神尊，睡一觉吧！

等醒来，您就什么都想起来了。”

修炼成人身的玉姒草妖，以身化药时，可以帮人找回十世记忆。

曲苏喝下这碗甜羹，前世种种事情她全都会记起来。

曲苏做了一个很漫长仿佛又很短暂的梦。

梦中的第一个影像，是她刚从仙山诞生时的情形。

她出生在青要界山势最险峻的青女峰。但除了同在青要界的族人，世人并不知道，在她出生之前，青女峰并不是后来这样层峦耸翠的模样，而是一座银霜满覆、终年飘雪的雪山。

当她开始有了意识，从那座雪山走出，风雪止息的那一刻，漫天霜雪尽数消弭，她的手里，多了一张流光溢彩的莲华七弦琴，还有一支宛若冰雪塑成的雪凤霜凰笛。这两件东西，是她诞生的雪山所化，也是她后来一战成名时所用的法器。而青女峰，就此蜕变成后来人们所熟知的模样——与世间绝大多数山峰并没有太大区别。

青要界里生活着许多她的族人，但他们之中，没有人与她一样，眉心有一抹天然的雪花印痕，自然也没有谁曾拥有过她那样强大的神力。因而尽管她的诞生晚于清渝、清浣两位长老和其他许多族人，但自她诞生那一刻起，族人们似受到了感召，在她踏出青女峰的时候，俯首叩拜，长跪不起。

他们尊她为青女一族的祖神。

世人唤她青女，但她的族人更愿意称呼她的另一个名字：司寒神尊。

刚出生那段日子，她的玩心很重，不愿意一天到晚待在青要界，反而急着想去看看外面的世界。

她拥有天赐的神力，并不懂什么叫畏惧，也不通晓世人所拥有的诸多情感，见到诸多新鲜事物，第一反应，除了好奇，便是觉得好玩儿。

在外游览的那段日子，她走过许多地方，第一次见到了青要界以外的景象，听到了许多不同地方的言语，还见到了许多与她和她的族人截然不同的人：凡人，仙人，还有妖魔。

第一次在溪水中看到自己的模样时，她忍不住伸出手指，轻轻抚了抚眉心的雪花印痕，而后她就看到水中的自己，弯起唇角笑了。

她听到最近的一座山上，有一道声音问她是谁。

她当时愣了许久，随后模拟着大山的语言，缓声回道：“我是司寒。”

那座山传来青年敦厚的声音：“原来是司寒上神，雨灵失礼了！”

可能同是从山里诞生的缘故，司寒很快发现，山的语言很好学，在山神雨灵的陪伴和讲解下，她逐渐从蒙昧中觉醒。

神一旦觉醒，学什么东西都很快。

雨灵陪伴司寒度过最初那段在外游历的日子，但因为他不能离开自己的守地，当司寒打算继续向前游历时，只能向她在青要界之外结交的第一个朋友道别。

那之后，时光流逝得很快。

对于神而言，时间是最没有意义的东西。

之后的日子里，司寒见到了比雨灵所在的山更高的山，比初见的那条溪更深的水，那些山岭丘陵、江河湖泊，每一个脾气都不尽相同。还有叫不出名字的花草树木、精灵鬼怪，以及在三界之中数量最多的生物——人。

彼时司寒已然厌倦了在外漫无目的的游历，多数时间里，除了必须外出降下霜雪，她要么待在青要界，要么便去人界最热闹的城市闲逛。

司寒发现，人虽然弱小，寿数也短，但总有各式各样的奇思妙想，会做许多口味的美食，会讲有意思的故事，还会发明许多奇奇怪怪但有趣的新物件。

几位长老知道她贪嘴爱玩，为了把她长期拴在青要界，也主动跟着往人间去了几趟。就连最不擅长做菜的清沅都学会了几样拿手好菜，还学会了酿酒这门手艺。

那段日子，司寒过得很是清闲。

而司寒第一次清晰地意识到自己诞生在这世间的意义和身为上神的责任，是在神魔大战开始之后不久。在那之前，虽然她也常常降下霜雪，但那时天地平衡，阴阳协调，还有雨神和风神协同，三界之中怨气不多，浑浊更少。她所降下的霜雪，也就没有引起其他上神的注意。

随着战争愈演愈烈，伴随着神魔的死去，世间常有煞气诞生。众神发现，煞气一旦滋生，就无法自行消弭，而若任由煞气蔓延，往往会引发意想不到的灾祸。神会暴怒；魔会发狂；妖会随时进入狂暴状态；就连最弱小的人，也会被煞气影响，成为乱发脾气、四处虐杀的怪物，最终爆体而亡。

但神魔之战已经不可能停下来，随之产生的煞气也就源源不竭，越来越多。虽然风神和雨神都愿意帮忙配合，让司寒降下的霜雪吹得更远、扩散得更广，消除煞气更为彻底，但司寒还是一日比一日更忙碌了。

之后的日子里，发生了一件震动三界的大事。上神明阎因情堕魔，自爆而亡，临死前，他诅咒三界与他同堕十方幽冥，永处无边的黑暗。

自此，天地之间的煞气彻底失去控制。三界生灵无不受到波及，最受影响的，便是女娲大神创造出的人族。

明阎比司寒还要早出生几万年，因为一桩巧合，两人成了忘年之交，过去的两万年里，断断续续一直有往来。对于明阎那段波折重重的孽缘，司寒知道得比谁都清楚，也正因为知道明阎孽缘诞生的本源和过往，得知明阎堕魔之后选择爆体灭世，司寒很快就想明白，想要从源头消灭煞气，必须尽快寻找到“焰煞”的碎片。

与殷和的初次相识，就是在寻找其中一片碎片的途中。

一只鹿妖受煞气影响，失去神志，堕为只知嗜血的怪物。彼时殷和还是一只小水虺，被司寒救下时，他并非原身，而是人身。那天殷和穿了一件红色的衣裳，从沼泽里连滚带爬地上了岸，眼角眉梢都湿漉漉的，嫩生生的两瓣红唇轻轻抿着，小小年纪，就长了一张“祸国殃民”的脸。

司寒也是嘴欠，又犯了爱调戏“美人”的老毛病，对着殷和端详片刻，漂亮的话张口就来：“自打上一回从天界回来，已经好久没见过长得这么好看的人了——哦不，妖。”

她盯着殷和上下打量：“你的原身是什么，一条小水蛇？”

殷和此前被那只鹿妖撵到一片沼泽地里，此时满身污泥，衣衫褴褛，嘴角还在流血，看起来别提多狼狈了。他仰脸看向司寒时，见对方穿着一件青色的长裙，手拿一支素白短笛，全身更无多余的坠饰，简素极了。但殷和只看了一眼就认出来，她是天族，还是个上神。

对着这样狼狈的自己，还能笑眯眯地开口就夸他长得好看，殷和嘴上没吭声，心里却有个声音小声地说：说不定又是个道貌岸然的神，而且比上次遇到的那个更贪色。

司寒浑然不知殷和的想法，哪怕知道，她也不在意。毕竟彼时的殷和只是一条刚满一千岁的小水虺，司寒随便动动小手指都能轻易把他碾死。

对着与自己实力相差太多的弱小者，人是很难生出什么警惕心的，更不会多么在意对方的想法。因此司寒只是又朝他笑了笑：“我待会儿拿到碎片，就要回青要界了。你伤得这么重，要不要和我一道回去？清渝最近学了一道人界的新菜——炙鹿肉，我想你肯定会喜欢吃。”

司寒想得很美好：这小蛇妖看起来挺记仇的模样，刚刚差点被那头失了理智的鹿妖活活顶死在沼泽地，这会儿听到跟着她能吃烤鹿肉，肯定会愿意和她一道回去的。

不知是不是出于司寒猜测的原因，那天，殷和跟着司寒一起回了青要界。

回去的路上，司寒忍了半晌的手还是忍不住捏住了殷和的脸：“小小年纪，总皱着眉做什么？你长得这么好看，要多笑一笑，肯定能迷倒一片姑娘。”

司寒那段日子很忙，每天都要外出。但把殷和捡回去的第一天，她就吩咐过清渝、清浣两位长老，小蛇妖从前吃过不少苦，既然把他留在青要界，日常饮食就多照看着点儿，也要留心别让族人或是其他暂住在青要界的妖欺负了他。

司寒不外出的时候，常去殷和住的地方溜达。连着去了几次，每一回，殷和都在不同的地方。有时是屋后的小竹林，有时是房前拐角摆放杂物的空地，还有一回，是距离屋舍颇远的一处池塘旁的大树上。可每一回，司寒都能精准找到殷和藏在了哪儿。

司寒是上神，想要在自家地盘儿上寻到一只小水虺的踪迹，自然易如反掌。但她好像并不觉得这件事无聊，反而比殷和玩得还起劲儿。

在池塘边的大树上找到殷和时，司寒也不和他玩捉迷藏的游戏了，她仰起脸，笑眯眯地看他："喂，想不想和我学点东西？"

殷和不说话。

但少年生得实在漂亮，殷红的嘴唇，精致得不像话的眉眼，哪怕一句话不说，阴着脸蹲在大树上，也是一道靓丽勾人的风景线。

司寒倒背着手，耐着性子跟他沟通："你身上的伤一直没好，不难受吗？我教你个口诀，只要你每天练上一炷香的光景，半个月之后，你的伤就能痊愈。到时候你想去哪儿就去哪儿。"午后明灿的阳光透过树梢和斑驳的树叶，落在司寒的脸上。

她抬起一手，在前额搭个"凉棚"，半眯着眼，笑得有几分不怀好意："还是说，其实你是故意的，就想在我这儿多蹭一年半载的饭，生怕身上的伤好得太快？"

话音刚落，少年就从树梢轻巧落地。别看小水虺修为不高，一身轻功使得倒是挺漂亮。

司寒平时也没带过徒弟，此时倒难得生出几分好为人师的兴致，先依照约定教了殷和几句修复外伤的口诀，接着又顺带教他一套呼吸吐纳的功法。

这套功法对于殷和这个阶段的小妖而言非常适合，只要勤于修炼，很快就会看到成效。

等到一个月后，司寒从外面回来，再见到殷和时，发现他不仅身上的外伤全都好了，而且吐纳和修为明显比之前提升了许多。

这是个又聪明又勤勉的好孩子。司寒在心里这样下了评价，倒背着手走在殷和身边，随手一指不远处的花丛："这花是我去年亲手栽的，怎么样，香不香？名字也可好听了，叫'飞琼花'。琼瑶碎玉，漫天飞舞，感觉就是在形容这种花盛开时的样子了。不过也不知道怎么回事儿，这花总也养不长。我第一回把花种带回来，养了十年，才等到第一次花开。可只开了一个夏天，之后就死了。"

殷和突然开口问："这些花，是你第几次种？"

司寒觉得这小孩儿真是问到了点子上，颇为自豪地道："第十三次。"她解释道，"现在种这花我可有经验了，栽下去用不了多久就能开花，一开就是一整年。"

殷和道："花开完就死了？"

司寒笑眯眯地道："是啊，第二年可以再种。"

那天，他们两个沿着岸边开满了飞琼花的池塘，静静地走了许久。

几天后，司寒正在吃清渝亲手做的炙鹿肉，突然开口吩咐身旁的侍女："把这个送一盘给殷和。"

侍女去送炙鹿肉，不一会儿就托着空盘子回来了。

司寒问："他都吃了？"

侍女摇摇头："不知道。"她解释道，"我去送鹿肉，他原本不理人，听到说是您让送的，他就单独拿了一朵荷叶来，包走了鹿肉，我就回来了。"末了，她小声嘀咕："真是个怪人。"

司寒却仿佛来了兴致，和一旁的清渝交流经验："突然想到，是不是用荷叶包裹着烤，会别有一番滋味儿？"

清渝比司寒要年长许多，对待自家这位上神，就像长辈对待家中独宠的小辈儿。听到司寒这样说，她也不烦，只是笑弯着眼道："刚好还有不少鹿肉，我明天就烤来试试。"

身旁的小侍女道："您对那个殷和也太客气了。不过一只小水虺，在咱们这儿养伤养了半年多，伤早就好了。"

另一个年长些的侍女道："其实想要在咱们这儿长住也无妨。只不过他性格实在不好相处，其他在咱们青要界住下来的客人，都会主动问咱们有什么事可以帮忙，唯独他，吃吃喝喝，从来也不客气，见了人连声招呼都不打。"

司寒没把侍女们的议论当一回事，她笑着道："他才几岁大，还是个小孩儿呢。慢慢教，总能教好的，你们也多包容他些。"

司寒有心对殷和好，不管殷和心里信或不信，但身边的几位长老都看得明明白白。清沅年纪最小，又一向心直口快，之后每一回司寒回家，她总会嘀咕两句不喜欢殷和的话。司寒听得有趣儿，常常会捏捏清沅的脸，道："怎么，终于来了个美貌能与你匹敌的小孩儿，这就嫉妒了？"

清沅皱着鼻子拍掉司寒的手："我才没那么小心眼儿。就是他那个人，一天到晚总是阴着个脸，就跟别人欠了他多少钱似的。反正我不喜欢他。"

这话倒是与之前两个侍女的议论不谋而合。

司寒知道，殷和的性子有些古怪，不论是几位长老还是青要界的其他族人，都不太喜欢他。尤其清沅，更是从不遮掩对他的反感。

然而这只令清沅等人怎么都喜欢不起来的小水虺，就在不久后的一个清晨消失了。

前去送朝食的族人在房间内没有找到殷和的踪迹，之后又过了两日，都没见到人，这件事最后还是清沅报到了司寒那里。

彼时司寒正在翻阅一本记载着诸多术法的书，听到这个消息，也没有流露太多伤感，只是叹了口气道："可惜了。好吃好喝喂了半年多，还是没养熟。"

她扫了一眼站在一旁插花的清沅，哄道："好啦。现在人都走了，从今往后，你又是青要界第一美人了。"

清沅忍不住白了司寒一眼："一天到晚胡说八道。您是上神，在我们青要界，最美的必定是您。"

司寒摸了摸自己的脸皮道："虽然我也很想相信这话是真的，但我也是见过不少美人的，还不至于为了个上神的名号自欺欺人。"

清沅听到这话，忍不住跟着叹了口气："我的神尊大人，您这见到美人就忍不住要夸两句的毛病可真要改改了。前些年您去天界那回，见到人家青华大帝，也不顾旁边还站着多少神君，张口就是一句'君之绝色，旷古烁今'。您说说您，这事儿直到前两日我还听到有人拿出来说嘴呢。"

司寒以手支颐，拿起书本扇了扇："你不说我都差点忘了，那位青华大帝的长相，还真是天上有地下无的俊俏。我这些年见了这么多美人，还没有哪个能超过他。"

初见青华大帝那日，还是某日目睹对方刚从战场上下来。

彼时天族与魔界激战正酣，司寒虽然神力强大，却并不是个热衷干架的，更懒得旁观别人打架，因而尽管听说有一个名叫青华大帝的，近来势头很猛，被天族中几个"打架资历"最老的神上封了个"杀神"的诨号，司寒也没有太过往心里去。

那天刚好明阎说有一样东西她肯定感兴趣，约她在战场附近的一片山坡等着，说是直接拿给她才最新鲜。司寒虽然性格懒散，却很守时，依照与明阎约定的时间，提前一会儿到了小山坡候着。

谁知道明阎没等来，却等来了青华大帝和紫微大帝、九灵等人。

司寒当时听到动静，猝然转身，打招呼的话到嘴边又咽了回去，一句发自肺腑的感慨就那么脱口而出，然后这事儿也不知道怎么的，就流传得那么快。

"君之绝色，旷古烁今"，很夸张吗？做个老实人说点大实话，怎么就那么难？

可是一回想起当时她说完这话之后，面前的少年那眼睛不知该往哪儿看的不自在样儿，还有他身旁名叫紫微的少年睁大双眼的模样，司寒就忍不住在事后自我反省：难道说实话，也是一种罪过？

转过脸，迎面对上明阎颇带玩味的眼神，司寒难得地有了一丝不自在，可那仅有的一丝不自在，在看清他手里拎着的野味儿之后，顷刻之间烟消云散。

司寒几乎是小跑着迎了过去："你怎么找来的，我最爱的当康肉！"

明阎注视着那几个少年走远的身影，意味深长地问司寒："难道我真的老了？"

司寒反应了一会儿，陡然明白过来，瞬间义正词严："您这是正值壮年，风韵犹存。"

说起来，彼时的明阎也是许多神女的梦中情人，此时却毫不在意形象地捂住了脸，嘤嘤假哭道："这简直比直说我老了还伤人。"

司寒嘿嘿一笑，连忙打圆场："不能这么想。若我以后到了您这个年纪，还能有您这样的风韵气度，我才真是做梦都会笑醒。"

不等明阎反应过来，司寒已经扯着他的手腕找地方生火了："先把肉烤了再详聊，这东西还是现杀的最好吃！"

明阎"哼哼"冷笑了两声，任由司寒拉着。两人在距离溪边不远的一处空地上架起了火，边吃边聊。

司寒自袖中取出一只酒葫芦，递给他道："我族清沅新酿的果子酒，尝尝看。"

明阎显然还沉浸在之前的情景之中，看着司寒问："你喜欢青华那样的？"

司寒撕了一块腿子肉，边啃边道："谁不喜欢长得好看的啊？"

明阎道："难道我生得就不好看？"

司寒愣了一愣，认真思考一番明阎的问题，缓缓道："长得好看，也分很多种，可能他那副模样的更能入我的眼吧。"

"用不用哥哥帮你牵线搭桥？"

司寒连连摆手："那也是个爱打架的主儿，感觉玩不到一块儿去。"

明阎愣了好一会儿，才摇了摇头："是我多虑了。你这小丫头和扶桑女帝那丫头一个样儿，压根儿还没开窍呢！"

回想起那时的明阎，还有他堕魔时两眼流出血泪朝着自己阴戾一笑的模样，司寒鼻子一酸，她连连摇了摇头，告诉自己别想太多。

清沅却误会了自家上神摇头的意思，走上前对司寒道："我的神尊大人，您就听我一回，少往家里惹几桩桃花债吧！"她忍不住站直了腰，指了指窗外某个方向，"咱们不说远的，您看看瓦头上那位狐族的四公子，从上个月起就一直住在咱们这儿不走，您不知道是为了什么吗？"

司寒眨了眨眼："他不是奔着咱们清渝来的吗？我那天听他亲口夸赞，说清渝长老做的桃花羹，三界之中独此一份啊！"

清沅一噎，随即又道："那鲛人族的族长呢？咱们青要界可就只有一条清水河，还不够人家化回原身，舒舒坦坦泡个澡呢！您别跟我说他是看中咱们这条河水质好，舍不得回家了。"

司寒慢条斯理地解释道：“人家族长大人这回是带着自家夫人的七颗蛋一起过来的。自从我找齐了焰煞，煞气的源头遏制住了，但这仗打个没完没了，怨气还是源源不断。如今就属妖族受影响最大。鲛人族的族长是希望我能帮他把那七颗蛋全都净化一遍，保证小鲛人可以健健康康出生。”

清沅没想到，这事儿竟然又是个乌龙，咬了咬唇，终于还是忍不住放了大招：“白帝的画可是连那间分给他住的屋子都放不下了。神尊您可别再和我说，白帝画您的小像，是为了练画技。”

这一回，轮到司寒摸了摸鼻子，不吭声了。

好一会儿，她才小声嘀咕：“他那来了走，走了又来的，每回来了也不见他主动找我几回，我都把这人给忘了……”

清沅总结道：“总而言之，神尊您往后在外面遇到不论多好看的人，切记少说话，多微笑，好好走路，要保持您的上神气度。”

司寒点了点头，又一拍自己的脑袋：“差点给忘了。”她吩咐清沅，“你让人尽快收拾出来一间屋子，给女孩子住的，人应该这两天就到了。”

迎着清沅略带谴责的目光，司寒解释道：“这真不是我惹来的，是玉帝那儿塞过来的人。说是她父母过世了，也受了点伤，让她来咱们青要界小住一段时日。”

清沅忍不住嘀咕：“我们青要界是什么风水宝地吗？怎么谁养伤都要来我们这儿借住？”

“你也别太小气啦。”司寒道，“听说莹冬随了他的父亲，战斗时可以吹送厉风、降落冰霜。人家年纪轻轻的，很厉害了。送来咱们青要界养伤，估计也是觉得她和我一样都能降下冰霜，算得上是同根同源吧。”

清沅听完，更不高兴了：“我看天界这帮人，就没安好心。”

事实证明，清沅这姑娘虽然脾气不大好，嘴巴也有几分毒，看人却很有准头儿，至少比司寒是精准多了。

没过几天，莹冬就在两位仙使的护送下，来到青要界小住。

莹冬的容貌在众多上神之中称不上绝色，勉强衬得上“端丽”二字。见到莹冬之前，司寒听过几桩与她有关的传闻，彼时外界对这位“女战神”的评价多是爽朗大方、英姿勃发一类。可真的见到本人，司寒就发现，其实这位上神并不是太好相处的主儿，看似豪爽的性格之下，其实有几分难以言说的别扭劲儿。

比方说初见时大家闲聊天，总要互相恭维一二。司寒虽然不是多么擅长交际的性子，但场面上的话总要说几句，她本人对此也称不上反感。用她自己的话来说，能让大家听了都高兴的话，浪费口水多说几句，也是值得的。

然而莹冬就不太一样。

当司寒夸她模样俊秀时，莹冬说自己的容貌比不上已逝父母一半俊美；司寒夸她声名远播、威名赫赫时，莹冬说自己在外带兵打仗，本质上是“杀生”，比不得青女一族，做的都是救死扶伤的善事；吃饭时司寒让侍女为她布菜，莹冬说平日里在军营过惯了粗糙的日子，不习惯吃饭时还有仆人伺候。

此言一出，别说司寒，给莹冬夹菜的那个族人就不乐意了。可看在神尊大人的面上，小姑娘抿着嘴候在一边，接下来整餐饭就只给司寒夹菜盛汤，莹冬那头儿再也不管。

当日类似的聊天情形，不胜枚举。

莹冬离开后，清沅就老大不高兴，她说话也直：“这个莹冬，说起话来夹枪带棒，听着真让人难受。”

彼时的司寒却没怎么放在心上：“可能父母都过世了，心情不大好。”

清沅道：“她父母过世也不是咱们的过错啊，而且也不是我们主动邀请她来住的，是天界硬塞过来的，她是来客，能不能有点身为客人的自觉啊！”清沅咬了一口萘果，不太高兴，“搞得好像我们欠了她似的。”

知道包括清沅在内的几位长老都不怎么喜欢莹冬，司寒便嘱咐道：“人家是玉帝送来的人，咱们就好吃好喝供着。你们都不喜欢她，那以后就少见，也省得给彼此添堵。”

那段日子，司寒常常外出，偶尔回到青要界，也都在自己的地界自娱自乐，很少见到莹冬。

唯一令她印象深刻的一回，是有一天雨后，她和清沅去采莲蓬，刚好撞见了莹冬。

她孤身一人，穿着朴素的墨色长衫，头发在脑后高高挽成一个发髻。

司寒知道这人不大会聊天，就打算彼此点点头，打个招呼就各走各的路。谁知道这一天的莹冬，仿佛很有聊天的兴致，主动走上前和司寒搭话。

她先是聊起前不久在西王母那儿的一次酒宴。

那酒宴司寒倒是去了，但印象最深的有两桩事儿：一是她又遇见了那个名叫青华的上神。他身边跟着的还是那几个跟他关系要好的朋友，而且这一回，她还没开口，那几个少年就打她面前匆匆走过，仿佛生怕她语出惊人一般。结果没想到的是，接下来的酒宴，青华的酒桌刚好挨着司寒，两个人用不着说话，光是举杯饮酒，都有可能挨到彼此的手臂。二是那天西王母的酒宴上，特意准备了事前用葡萄酒汁腌过的当康肉，明火一烤，端上桌来，简直香气四溢。事后回想起来都叫人流口水。

司寒倒是不记得，那一天的酒宴莹冬是否也去了。

还是莹冬主动提起，司寒才从记忆里扒拉出个模糊的影儿。又听她道：“我曾与青华并肩作战，感觉他并非外人口中那么不近人情。”

司寒点了点头，恍若未闻，事实上，她满脑子都是酒宴那日的葡萄酒和烤当康肉。

“我有一位朋友，消息颇为灵通，听她说，许多神女仙娥，甚至是妖族的女郎，都对青华大帝芳心暗许。”

司寒点了点头，仍然神游天外。上一回离开瑶池时，听西王母身边的那位侍女说，下一回的酒宴，可能要等到明年此时了。

“对了，听闻玉帝有意在神尊、我，还有几位同僚之间遴选一人，封号冬神。不知神尊对此，有何看法？”

司寒恍然回神，刚好对上清沅险些翻上天的白眼，不由强忍着到嘴边的笑意道：“什么看法？既然是玉帝的打算，就一切听从玉帝安排。”

“哪怕玉帝没有选中神尊，您也没有异议？”

清沅忍不住插嘴道：“您又怎么知道，玉帝不会选我家上神呢？”

“是呀。论功绩、论声名，现如今谁能比得过司寒神尊？”说这句话时，莹冬看似落落大方，却难掩失落之色。

司寒不由道：“你也不必这样说，仿佛一切已经内定了似的。”司寒侧眸，瞥了莹冬一眼，“你若真的在意冬神的名号，尽管去争。能争到手，是各人的本事。”

说完这话，司寒转身便走了。

可清沅直到回了房间，还在嘀咕：“我每回只要一听她说话，就打从心底里觉得难受。也不知道天界那些夸她大方的话都是怎么传出来的。依我看，她那心眼儿，简直比神尊您爱吃的烤肉上撒的白芝麻粒儿还小。”

司寒本来没将选冬神这事儿放在心上，可还是被清沅的话逗得哈哈笑出了声：“被你一说，感觉三日之内不敢吃撒有白芝麻的烤肉了！”

清沅却小嘴儿一撇：“不撒白芝麻，您还可以让我们依照王母娘娘的烤肉方子，也拿葡萄酒给您提前把肉腌上再烤，依我看，您是早就做好打算了吧？”

司寒笑吟吟地摸了摸清沅头上的鹿角：“若是滋味儿好，先分你一大盘。”

然而这第二位令清沅不喜欢的客人，却在这儿足足住了将近一年才离开。

其间发生了一件有意思的小事。

几年前司寒外出时搭救的那只小蛇妖，竟然自己找回来了。据他说是半路上刚好看到司寒上神在降霜雪救人，也不知出于什么原因，他当时没有主动上前相认，却在那之后，默默跟了司寒一路，一直跟回了青要界。

而这一回，殷和便在青要界长长久久地住了下去。

与上一回不同的是，殷和此次在青要界住下的第二日，就主动登门，向司寒请教修炼的心法。

司寒虽然忙碌，但出于爱看“美人”的缘故，对殷和的耐心总格外多些。

一个有心想学，一个愿意耐心教，所以只要司寒人在青要界，两个人每天的相处时间，都有一两个时辰。

清沅和白帝私下都来问过她，为什么偏偏对一只法力不高、本事也不大的小蛇妖那么好，难道就是因为他长得好看？

司寒却说，殷和性格是不大好相处，但那是他从前吃了许多苦的缘故。他的本性不坏，还有一颗坚忍不拔的心，他值得被好好对待、栽培。

还有一层缘故，司寒没有对任何人说起。

随着她找齐碎片，消除了明阎自爆引发的煞气，神魔甚至人都不再受残留的煞气和怨气影响。或许因为神魔都是非常强大的存在，残留的怨气已无法影响他们；而人太过弱小，也不容易被怨气传染；唯独妖，至今深受其苦。

天界近来有许多极端的说法，甚至有神提出，若是直接杀掉所有的妖，便不会有妖被怨气感染堕为怨妖，为祸四方。也是因为这个缘故，许多妖都过着惶惶不可终日的日子，这其中也包括殷和。

司寒当时便否定了这种说法——天地间既然有神魔，有人，也有妖，就说明他们都有资格生活在三界之内。为了看似一劳永逸的安全而要杀掉所有的妖，太不公平。

或许她私心里是很喜欢这只小蛇妖的。既然上天让她与殷和相遇，让她看到了他经历的苦楚，也见证了他想要变得强大的决心，司寒愿意在自己能力范围内，多帮他一点儿。

而殷和也一天比一天开朗、讨喜起来。

从一开始主动向司寒请教修炼之法，到外出为司寒四处搜罗可口的美食和烹饪方子，再到每天清晨都往司寒的窗台放一束飞琼花，司寒对他的好感也越来越多。两个人经常凑在一起，聊着天南海北。

殷和一改从前的沉默寡言，常常会就司寒抛出的话题，聊一些自己独特的见解和想法。

唯独有一回是殷和主动挑起了话题。那天他来拜访司寒时，刚好见到白帝从她的房间出去。进屋之后，他踟蹰片刻，便问司寒：“姐姐既然不喜欢白帝，为什么还要任由他住在这儿？”

司寒愣了一下，旋即笑道：“我并没有不喜欢他。白帝性格温柔，做事细致，是个很好的朋友。”她顿了顿，又道：“我只是没有接受他的爱意，不代表两个人从此就不能做朋友了。”

说到这儿，她有了一瞬间的恍惚。记忆里明阎无奈地感慨她“没开窍”的情形仿佛昨日，如今她却可以对着另一个少年，剖析“爱意与朋友”这种事关情爱的话题了。

殷和却仿佛对这个话题很执着，他又问：“姐姐不喜欢白帝做你的仙侣，那您喜欢什么样的男子？”

司寒沉默了好一会儿，才有几分尴尬地笑道：“这个问题，我从前倒是琢磨过，但一直没想出个明确的答案来。”

她看向站在面前的少年，嘴欠地调侃道：“怎么，我们的小殷和这是情窦初开，也有自己心仪的姑娘了？”

殷和皮肤白皙，面皮也薄，只这么一句话，就让他当场红了脸颊。

司寒见他沉默不语，以为自己不小心猜中了少年的心思，便耐心疏解道：“这也没什么，本来男欢女爱，就是世间寻常事。你既然有了心悦之人，就该好好待她，不要辜负了人家。”

“怎么才算好好待她？”

司寒自己也没有谈情说爱的经历，勉强回忆了一阵儿从前在别的神仙眷侣那儿观察、思索得来的结论，才又道：“了解对方的喜好，一同玩乐时，为她准备小惊喜；还有就是，尊重她的意愿吧。凡人有个成语叫作‘爱屋及乌’，大概意思就是说，喜欢一个人，也会连带着喜爱她喜爱的事物。”

殷和听罢，若有所思。

司寒笑着道：“我今天还有些正事要做，就不跟你闲聊了。”

那天之后，司寒虽然未曾外出，却接连有好几天都没见到殷和。但她并不觉得失落，因为从那天两人的交谈不难看出，殷和或许真的有了心悦的姑娘，那么把时间和心思花到人家小姑娘身上，也是情理之中的事。

然而令司寒没想到的是，那次交谈之后不久，青要界开始流传一个传闻：司寒神尊竟然十分宠爱一只蛇妖。

无人知道这个传闻是从谁那儿传出来的，但很明显，自那之后，殷和的日子逐渐不好过了起来。

尤其司寒常常外出，而青要界之中，除了几位长老和族人，还有许多客居于此的外来人，其中有像殷和这样的妖族，也有如白帝这般的天族。

然而不论是他们之中的哪一种人，见到殷和，都没有好脸色。

殷和的日子，也一天比一天难过。

可出乎所有人的意料，当着司寒的面，殷和从不主动告状，反倒是总因为这样那样的巧合或偶然，司寒才知道他一直被欺负、被孤立的事实。

或许正是因为殷和的沉默和退避，更令司寒心生维护之意，只要被她发现殷和被欺负或被孤立，总会主动发声，替他做主。

当时的司寒也没有想到，她与殷和的关系，竟然会在那之后的不久，迎来一个意想不到的转折。

事情的起因是天界来人探望在青要界休养的莹冬时，顺便为司寒带来了两个消息。

一则是玉帝有意在几位实力相当的上神之中，选拔一位，赐号“冬神”。尽管不久前司寒已从莹冬的口中听说过，但玉帝如此正式地让一位仙使过来青要界告知，显然是要将此事正式提上日程了。

仙使说，过去这些年，司寒对三界的贡献有目共睹，但其他几位人选，也各有所长。例如莹冬，她虽然资历尚浅，但她父母都是为天族战死，她拼死杀出重围后，接连在几场大小战役中获得胜利，在战士和一些新晋的仙君、仙子之中颇受追捧，渐渐有了“女战神”的称号。

来传话的仙使与司寒关系不错，她告诉司寒，尽管天族有一些声音支持莹冬获此封号，但在她和许多上神的心中，司寒才是真正实至名归的冬神。

司寒并不太在意这些虚名，但当着仙使的面，她还是笑吟吟地谢过对方的认可和好意，并让长老准备了一份厚礼，让她带回天界。

随着仙使的到来，这个消息仿佛长了腿，在整个青要界流传开来。尽管司寒本人对此事一直抱着无所谓的态度，但整个青要界却对他们的神尊要封冬神一事与有荣焉、喜出望外。尤其清沅和清渝、清浣几位长老的态度，俨然家里这位神尊，已获得了“冬神”的封号。

那段时间，青要界的几位长老和族人提起司寒时，最频繁念在嘴边的，就是这“冬神”二字。

另一件事，仙使向司寒提起时，脸色就有些凝重了。事关前不久司寒前往章尾山帮烛龙一族清除怨气时，在那儿遇到的一位仙娥——知妙。

司寒回忆了好一会儿，才将名字和人对上号，问仙使为何会特别提起她来。

仙使神色不悦道：“那日当着你的面，知妙对你身边那只小蛇妖出言不逊，许多人都记得，你曾当面训斥她。事后，又有人见到她追在那只蛇妖身后纠缠不休。然后，就在大家从章尾山回到天界的第二日，知妙失踪了。”说到这儿，对方顿了顿，脸色愈加难看了几分，“三天前，知妙的尸体被找到了，死相很惨。”

仙使临走之前，欲言又止，末了才匆匆道：“我知道你不会做这种事，但现在天界已经有了不少人议论，是你养的那只小蛇妖虐杀了知妙。”

司寒向仙使道了谢，之后一整日，她闭门不出，谁也不见。

这件事司寒没有向任何人说起过，但那天仙使说这件事的时候，清浣也在场。

第二天傍晚，司寒打开房门，清浣已站在门外多时了。她性情柔顺，平日里不爱说话，但这一次，她格外郑重地告诫司寒："殷和这个人，性情难测，知妙的事，有很大可能真是殷和做的。"

那天之后，司寒渐渐疏远了殷和。

知妙惨死的事，天界也有意轻轻揭过，因而此事就那么船过水无痕，之后无人再提。但司寒内心矛盾：一面感觉凶手应该是殷和，若果真如此，则自己无法原谅他；一面又不相信他竟是这样的人，想给他一个辩解的机会，却更害怕得到的是自己不想听到的答案。

她想起了从前的一些事，也许是微不足道的小事。比如在章尾山她替殷和出头训斥知妙的当晚，殷和来房间找她，和她说了一些话。再比如，仙使说起知妙失踪的日子，她事后回忆起来，殷和在那段时间格外亢奋开怀。

类似的事情分开来看，每一件都看似无足轻重；可把它们联系在一起再看，就有些令人吃惊了。

最先觉察到司寒对殷和的疏远的，是几位与她亲近的长老。

殷和对这种疏远也很敏感，但他仿佛比与司寒刚认识时胆子大了许多，脸皮也厚了许多，明知有好几次，司寒都是找借口外出，避开与他见面，他还是想尽办法打听到司寒的去向，在司寒回青要界必经的路上等她。

有时，司寒身边有许多天界来的神君跟着，他们商谈正事，殷和不便上前，就一直在队伍的尾巴默默跟着。有时，司寒身边跟着的都是熟面孔，他就厚颜凑近，不论司寒说什么，他都能接上话头说两句。

若不是渐渐看清楚了他是怎样一个人，以他的容貌与气度，加之能言善道，任何人都很容易被他哄得心花怒放。

但司寒对殷和的态度，一天比一天冷淡了。

因为司寒的态度变化，不论是几位长老，还是族人，乃至客居在青要界的其他朋友，对殷和的态度，只会比从前最差劲时更恶劣百倍。

没有人知道殷和是什么时候离开的，也没人在意。

但司寒知道，殷和是何时偷偷溜回来的。

那是个阳光晴朗的午后。司寒从外边回来，因为连日降霜落雪以涤清怨气，她损耗了大半神力，本就非常疲惫，吩咐过清浣几件琐事，就在寝殿的一张软榻上睡着了。

因而一开始，刚听到外面闹起来的声音时，司寒甚至有些回不过神来。她还以为自己在做梦。

然而一切都是真的。

当她飞过白玉石桥，赶到姑射莲池附近，看到清浣为了保护两位年纪较小的族人，已经被不知何处吹来的怨气撕扯着，活生生在司寒的眼前被撕成碎片，化为一片血雾。

那时她的眼睛因为长期且频繁地搜集焰煞碎片，已经不太好了，尤其像这样刚醒来的时候，双眼总蒙着一层淡淡的白翳。

远处响起年幼的族人被吓得哇哇大哭的声音，还有客居于此的妖族朋友惊慌失措的问询声、求救声。司寒来不及细想如此凌厉的怨气是从哪儿来的，她取出莲华七弦琴，想要尽快降下霜雪，净化这股被吹进青要界的强大怨气。

清沅不顾清渝的阻拦，想上前为司寒护法。

就在这时，殷和突然出现在众人面前。他两手空空，凌空一指，司寒就发现，自己所在之处，不知何时被人绘了一个须弥锁仙阵。

突如其来的厉风，源源不断的强大怨气，还有打定主意让她一脚迈入的诛神阵法……

这是有人一早就算计好了。

司寒不知道殷和从哪儿学来了这么阴毒的诛神之术。她虽不喜殷和的心思和行事，到底自己也救过他、帮过他，是真心想把这条小蛇养好，本打算渐渐疏远与殷和的关系，也算不辜负两人共同度过的美好时光。可她没有想到，殷和竟然恨她到非要杀了她、诛灭青女全族的地步。

两人目光相交，司寒看着他含笑而狂乱的双眸，心中有了决断。

殷和并不知道司寒在想什么，见她终于肯正视自己，忍不住眉眼弯弯地恳求道：“姐姐，你就乖乖听我这一次，好不好？”

司寒知道，若自己能顺利施展术法，接下来很长一段时间，青要界的日子会很难熬。但只要能活下来，就有希望。她的族人，都不是轻言放弃的性格，不会浪费她以性命为代价为他们争取的生路。

打定主意，司寒翘起唇角，朝殷和笑了一笑：“乖？”

殷和望着眼前这位上神，她之前应当正在午睡，听到外面传来打斗的声音，只穿了一条淡青色的襦裙就赤足而出，满头青丝尽数散落身后。此刻她的眼神冷静极了，清凌凌地望着他，那样认真而若有所思的眼神——他已经很久没有被她这样注视过了。

“我要的从来都不多。”殷和嗓音微哑，朝司寒伸出一只手，“我只想姐姐从此之后，都只和我一个人在一起，好不好？”

司寒的额头沁出大颗大颗的汗珠儿，殷和的这个阵法不仅能禁锢得她动弹不得，而且在飞快消耗、瓦解她的神力。若不尽快脱阵，至多也活不过半天光景。

司寒笑了一声，纤白若笋的指尖以迅雷不及掩耳之势，落在了七弦琴上。瞬间，两行鲜血顺着司寒的眼角淌下，在她白皙的脸庞上留下两道蜿蜒、狰狞的血痕。

“不！”清沅跌在地上，向着司寒的方向不住磕头，“神尊，停下来！”

清渝也很快明白过来司寒在做什么，她忍不住朝殷和怒斥：“神尊待你不薄，就算此前有心疏远，到底也不曾对你有过半点亏欠。你今日要杀神尊，不如先杀了我！”

司寒要逆着阵法的压制强施法术降下霜雪，每动一动指尖，都要承受极大的反噬。不然也不会因为只拨了一下琴弦就双眸滴血。

有什么滚烫的东西顺着眼角不断滴落，眼前渐渐被一片血红浸满，司寒隐约看到清渝向殷和身后攻去，想要出声阻止，手上的动作却不能也不敢停下来——此时若停，将前功尽弃，她所有的族人都会死在这里。

琴音清越而凌厉，司寒又拨了两下，更多的鲜血顺着眼角滴落，随之又有鲜血从耳朵、口鼻流出。

她看到清渝被殷和借用周遭的怨气撕成碎片，和清浣一样惨死在她眼前。

她看到更多的族人在同一时间或弯腰，或下跪——他们根本无法承受源源不竭、四下蔓延的怨气。

漫天大雪倏然而至。

数不清的霜花与雪片，随着盏盏散发着幽微光芒的青莲自天空落下。周遭的怨气飞快流动、游走，转眼就被蕴含着清洁之力的霜雪打落在地，又被一盏又一盏巴掌大小的青色莲花压制、吞噬，直至消失不见。

司寒眨了好几次眼睛，可眼前除了血红，还是血红。

到后来，她已什么都看不见了。

耳畔传来什么人模糊的叫喊声。

是殷和。他是在说“停下”，还是在求她，说“对不起”？

都不重要了。

司寒缓缓吐出一口气，只听一声嗡鸣，十根葱白的手指，一同落在了面前的七弦琴上。

司寒看不到的是，在她十根手指一同落下的瞬间，眉心淡紫色的天然印痕陡然射出夺目的青色光辉，满头乌发在同一时间尽数转白。

清沅发出一声凄厉的叫喊。

司寒听不清。她想安慰清沅，想告诉清沅和族人们：别担心，有我在，你们都会好好的。

但她只是喷出了一口又一口的鲜血。与此同时，她的指尖逆着琴弦飞快一抹，随着数道血痕，莲华七弦琴发出一声刺耳的嗡鸣，七根琴弦在同一时间，尽数折断。

七弦琴折之日，也就是她羽化之时。

司寒凌空而立，以指尖的鲜血在面前飞快地写下了三绝禁令。

她已双目尽盲、双耳失聪，满头白发，面容苍白得不似活人。禁令写完，她缓缓抬臂，两指做剑，隔空一指。

殷和呆愣之际，已然口吐鲜血，被一股强大的力量径直推出山门，当场摔去半条命，昏死过去。

司寒没有食言。

除了司寒和清渝、清浣两位长老，其他青女族人全都活了下来。

而青女族人以外的那些人，都随着殷和在同一时间，被驱逐出了青要界。

禁制落下，山内禁出，山外免进，不论生死轮回，永无逆转。

漫天的哭泣声中，司寒的身影倏然化为点点金光，转眼间，便消失不见了。

姑射莲池碧波荡漾，一抹绿莹莹的新芽，悄悄探出了脑袋。

梦境的最后几刻，曲苏看不见，也听不到，只觉浑身的骨头像被什么东西一根根碾碎一般剧痛无比，直到某一时刻，她陡然感觉浑身一轻，整个人仿佛消散在天地之间。随即，她便看到天地在她眼前颠倒翻覆，又缓缓归正，清晰地映入她的眼帘。

曲苏醒来时，第一眼就看到了守在她身边的清沅。

清沅正捧着一碗刚出锅的上好灵药，愣愣地看着睁开眼的曲苏，嘴唇颤抖，却连一个字都说不出来。

曲苏坐起身来，端详着清沅的模样，眸光闪烁，灿若繁星：“不是已过了三万年？我还以为你要变成老太婆了，没想到呀，怎么还越长越漂亮了？”

药碗倾倒，曲苏身形一闪，将碗一捞，洒落半空的灵药再度注入碗中。

曲苏端起药碗，抽了抽鼻子：“不错呀！你这炼药材的本事又精进了。这是打哪儿找来的千岁白芙蕖，闻着还真香！怎么，你这是打算替我以形补形？先说好啊，我的本命元身可是青色的，你这白芙蕖给我补多了，我不会褪色吧？”

清沅一头扑进曲苏怀里：“神尊，您回来了！”

曲苏抱住清沅，轻轻拍了拍她的脊背，温声笑道：“是呀，我回来了。”

第二十一章　燃灯生莲

北荒之北，名曰北溟。这里不再是一望无际的皑皑白雪，而是一团看不透、摸不清的混沌。这里没有白天黑夜之分，看不到雨雪星辰，土壤黏稠腐臭，寸草不生，没有一丝活气。

相传，这里是上古众神死后的埋骨之地，但说这话的人其实不知道，人死可通往幽冥投胎，仙死也可再入轮回，重修仙身，唯独上古之神，死便是死，死后神识溃散，消散于天地之间，那才是彻底的死亡。

天界流传的是另一个说法：当年盘古大神一斧子劈出天地阴阳，不小心漏掉的一块地方，就是这团混沌污浊的所在——北溟。因此，北溟还有个别名，叫作“堕渊”。连神都厌弃的地方，自然是三界之中最堕落、最晦暗的所在了。

一袭墨色长衫的身影从混沌中显出模糊的轮廓，往日闪耀着金色流光的法衣此刻看上去灰扑扑、湿漉漉的。细细看去，原本坚不可摧的法衣早被割成了碎布，勉强维持原状贴在他的身上。至于贴在身上湿漉漉的感觉，并非风霜雨露所致，实则是被鲜血从里到外浸透的感觉罢了。

额前的九珠冕旒轻轻晃动，青玄凝眉而立，自怀里摸出一只手掌大小的古朴木匣。

锁麟匣打开，内里空空如也。

其实刚把这东西从堕渊里捞出来时，青玄就已觉察到了不对，但他将整个堕渊都翻了过来，仍然没找到半点蛛丝马迹——除了这木匣底部沾着的一小片苍青色鳞片……

青玄将那块残存的鳞片捏在指尖，轻轻一捻，一个几乎早已湮没在记忆中的名字，缓缓浮现在脑际。

青玄蹙眉，心中默念一个名字。

片刻，一道清朗的男声在面前响起：“尊上。”紧接着，一张略显消瘦的清隽面容出现在眼前。

青玄道：“斛向秋，不久前你曾说，北海一带有几个村子接连消失，你带千千同往查探，在海边发现了颜色奇怪的鳞片。鳞片你可随身带着？”

斛向秋神色凝重，摊开手掌：“尊上请看。”他虽已修成散仙，仍不敢直接触碰眼前这枚隐隐透出苍青之色的鳞片。他以一个法器盛着，若有所思道："尊上，我有一个猜测，这凶兽胆大妄为，不仅吞食了整个村子，且所到之处，尽成沼泽，腥臭难闻……"

两个人几乎同时道出那个名字："相柳。"

青玄将指尖捏着的鳞片递向斛向秋，方便对方看得清楚。

也是因为他的这个动作，斛向秋才陡然看清面前的青华大帝不仅脸色苍白，且身上的玄色法衣片片割裂，早已被鲜血浸透了。他不由得大惊失色："尊上，您这是……"

青玄道："我在寻找混元灯。"

斛向秋正在脑海中搜寻世间有什么东西可以将青华大帝伤成这样，听到"混元灯"三个字，顿时一震："您……您去了堕渊！"

相传，混元灯是可以逆转生死、重塑万物的上古神器。但凡使用混元灯达成了所愿，不论是神是妖，都要付出极大的代价，甚至可能因此引发颠覆三界的灾难。因为这样的法器太过逆天，早在数万年前，就被女娲放入锁麟匣，扔进了北溟最深的一条巨壑中。北溟常年混沌一团，污浊不堪，因此，哪怕是青华大帝这样强大的上古之神，进出那里时也难免要为混沌之气所伤。

青玄看着斛向秋："混元灯不在锁麟匣里，我怀疑是被相柳先一步取走了。你帮我随时留意相柳的行踪，我这就过去与你会合。"

斛向秋欲言又止，就在他迟疑的片刻，青华大帝的幻影已然彻底消失在眼前。

怀里的毛球乖巧地拱了拱，斛向秋垂眸，看到臂弯里被他施以障眼法幻化为小白猫模样的千千，轻轻刮了刮她粉嫩嫩的小鼻子。这段日子他带着千千四处行走，为了避免引起他人的好奇和瞩目，就将她幻化成一只小奶猫的模样。毕竟在凡人眼中，一只白色的小猫可比一只皮毛雪白的小蝙蝠看起来普通多了。

千千似乎感应到了他的不安，悄悄拿牙齿咬住他的衣袖扯了扯。

斛向秋安抚地揉了揉她的小脑袋："我没事。只是，刚刚青华大帝说要去寻找混元灯，我总觉得好像会有不好的事发生。"

他已修成散仙，在某些事上，总会在不经意间闪现一丝灵光。而类似这样的预兆灵光，此前每一次出现都应验了。斛向秋皱了皱眉，低声说："但愿这一次，是我想错了。"

一个时辰后。北海之滨，幽都山上的一座道观。

一袭苍绿色长衫的男子拾级而上，看背影难免会让人觉得此人身形羸弱，但凡是亲眼看过他的容貌的，无人会觉得他是个普普通通的凡人。他的皮肤呈一种近乎病态的苍白，一双狐狸眼狭长妖媚。偏偏他极会装扮，额间系一条色泽翠绿的碧玉抹额，一侧耳垂也戴了一只猫儿眼的宝石坠子。碧玉抹额和猫儿眼的宝石坠子色泽浓丽，扯人眼球，寻常哪怕是女人戴了，也往往因为姿容压不住而显得俗艳。可在这个年轻人身上，这两样昂贵的饰物，也只能沦为装点他容貌的配饰罢了。

年轻人一路走到道观的大门口，却只是倒背着手，站在门槛外似笑非笑地打量着道观当中那座神像。

一个少年道士见了，走上前道："这位朋友……"

年轻人幽幽一笑，美唇轻启，露出两颗不似凡人的尖齿："青华大帝的道，我可信不起。"

少年道士微眯起双眼，目光定在对方有幽绿光芒一闪而过的眼瞳上："既然如此，这里也不是阁下该来的地方。"

话音刚落，少年道士眼前一花，一颗巨大的蛇头陡然出现在面前，以一种吞天食地之势朝他席卷而来，凌厉而高昂的男声也在这时响彻耳际："区区凡人，也敢对本神口出狂言！"

令人胆寒的蛇口大张，数不清的水渍沿着鲜红的蛇信子如暴雨般落在少年道士面前的地上，转眼就形成一片黢黑的沼泽。腥臭的劲风将少年道士连同不远处的几人一同卷起，与此同时，整座道观也在令人齿酸的咯吱声中摇摇欲坠。

"相柳！"被劲风席卷到半空的几人张着双臂，还未回过神来，已被一股更有力的清风托举着，轻缓地落到地上。

清越而冷淡的男声仿佛自四面八方传来："找死。"

伴随着这一声清叱，化作原形九头怪蛇的相柳又在瞬间化为人形，踉跄着后退数步，最终在百层台阶之下稳住身形。

幽绿的眼瞳折射出惊人的厉光："青华！"

道观之外的空地上，少年道士连同其余几人，早已朝着来人的方向长跪叩首："尊上。"

青华大帝神情冷峻，垂着眼道："三万年前饶你一命，如今你胆子肥了，竟然敢来毁我的道观。"

相柳手抚心口，露出两颗尖齿："三万年不见，你小子比从前更狂了。也是啊！天界那些上神，早已死得七七八八，也就属你命长。如今的人间是没什么可拜的了吗，竟然要拜你为尊。"他眉眼狰狞，"嘶"了一声，"真是天没长眼！"

青华大帝也不生气："八宝琉璃盏里关了两万多年，把你关傻了？"

提起这事相柳就气不打一处来，一双俊眸中泛起猩红："要不是你不守信用，明面上放人，背地里又把我供了出去，老子会被天界那帮老东西关进那劳什子里头？”

青华大帝轻抚手中杨柳枝，冷笑了声：“我若一心想让你死，早在你被丢进琉璃盏之初，就动动手指想法子把你给熔了。”

相柳额前的抹额都歪了，此时满头乌发凌乱，听到青华大帝这话，顿时气血上涌，几绺儿发丝拧成小蛇的模样，龇牙咧嘴地立在发顶：“你……”

青华大帝淡淡一笑：“只要你不是笨到了家，就该知道，本尊没有夸大其词。”

相柳气得嘴唇直打哆嗦：多少年了，只要遇到青华这厮，他是打也打不赢，骂也骂不过。天道生了这怪胎，简直就是命里注定来克他的。

相柳袖子一甩，转身就想溜。

刚转过身，青华大帝已立在了他面前。

相柳瞬间身形一扭，滑出三丈远：“你有病啊？”

青华大帝道：“你心虚什么？”

相柳嗤笑了声：“我心虚什么？明明是你不依不饶。”

青华大帝道：“当年那女人死了，你不是说，只要你活着，就必定会为她复仇，置我于万劫不复之地吗？”

相柳没忍住，反唇相讥：“什么那女人，她有名字，她叫鱼若。”他一双妖异的眼瞳盯住青华大帝，“当年是你轻薄鱼若在前，狠心杀她在后，到如今你竟然连她的名字都不记得了。青华，你可真是薄情寡义！”

青华大帝轻垂眼帘，语气淡漠地道：“轻薄？凭她也配！”

相柳被青华大帝激得心头火起，他飞身向前，一拳朝青华大帝打了过去。

青华大帝身形一闪，已经站在了几步开外的地方。相柳呆呆地看了自己拳头半晌，陡然露出一个诡笑：“原来如此。”

他转过身看向青华大帝，发顶九条发丝化为的小蛇龇着嘴嘎嘎发笑，他本人也露出前所未有的明灿笑容：“我听说你修了个叫炁渊的玩意儿，耗去不少修为，前不久，你又为了修补这东西元气大伤。我本来以为流言传到我这儿，也没几分可信了。想不到啊，原来他们说的那些，全都是真的。”他朝着青华大帝缓步走去，“凭你现在的修为，根本打不过我！”

青华大帝的神色平静至极，仿佛压根儿没将相柳那些话听进耳中：“混元灯是不是在你手上？”他抬起眼，第一次正视着这个多年前的手下败将，“你去过堕渊，打开了锁麟匣，盗走了混元灯，为的就是复活鱼若。”

相柳停住向青华大帝迫近的脚步，脸色剧变：“你不是来找我打架的？”他突然回过味儿来，“你也想要混元灯？”

青华大帝摊开手，掌心朝上："灯给我。"

相柳暴怒："你做梦！"他几乎是嘶吼着朝青华大帝叱道："你以为你还是从前的杀神？你可真是死到临头还不知悔改。你现在根本打不过我，凭什么用这种命令的语气和我讲话？"

他的身躯瞬间拔高数丈，九颗巨大的蛇头在空中摆动，如同一株迎风摇摆的巨大柳树。相柳之名，最早便源自对这怪物长相的描述。

然而青华大帝手中也有一束杨柳。万事万物相生相克：青华大帝手中的杨柳，至阳至清；而相柳这种天生地长的怪物，至阴至浊。简言之，青华大帝生来就是相柳的克星。哪怕他只剩下三四成的修为，仅凭这束灵力丰沛的杨柳，相柳就不敢轻易上前。

可出乎青华大帝和在场所有人的意料，相柳竟然克服了骨子里对清杨玉柳的恐惧，片刻迟疑之后，九颗头颅一同发动了对青华大帝的进攻。

青华大帝反手就将身后不远的少年道士和其他几人远远推出数丈，与此同时，他也腾空而起，手中杨柳朝着面前的怪蛇轻轻一扫："孽畜！"

相柳摇头摆尾，巨大的蛇身快如闪电，蛇口一张，数道又腥又臭的毒液如同毒箭一般，朝着青华大帝尽数射去。

青华大帝掌心朝下缓缓一压，那些毒液便停在半空，须臾之后，反朝相柳喷射回去。

相柳气得狂啸一声，当中那颗蛇头上，依稀是他为人形时妖异俊美的脸庞："青华，你……"

青华大帝道："混元灯给我。"

相柳道："你做梦！"

青华大帝淡淡地道："我记得从前那个叫鱼若的女人，第一次找到我时曾说，她最不能接受你的地方，就是你时常变回蛇身。她虽爱看你的脸，却实在看不惯你的蛇身。"

"你……"九颗蛇头仰天长啸，紧接着，羸弱却俊俏的男子代替了九头怪蛇，立在半空，脸色阴沉地看着青华大帝道，"你若敢骗我……"

青华大帝道："如果她不是真这样想，当年又为何会舍你而求我？"

相柳道："鱼若才没有心悦过你，从始至终，都是你单方面地纠缠她、轻薄她，最后还下了狠手。鱼若死得好惨！"

青华大帝陷入一阵诡异的沉默中，许久才道："你信吗？"

可能天长日久，当年拼了一条命也想杀了青华大帝的那种浓稠恨意，随着几万年来沧海桑田的变化，不知不觉间已然淡了，也可能是青华大帝此时此刻有伤在身，不可能如当年那般和他放开拳脚大战一场，却仍然淡定如初的模样太具有迷惑性了，有那么一瞬间，相柳内心的天平竟然罕见地向眼前这个自己厌恨了三万多年的仇人倾斜了。甚至他自己对此也有几分迷茫。

相柳迟疑道："当年你真没有对鱼若动过一丝一毫不该有的心思？"

青华大帝冷淡道："如果想把她千刀万剐也算的话。"

相柳眼眶湿漉漉的，他本就生得俊美非凡，眼睫又长又卷，此时几颗晶莹的泪珠儿沾在眼睫上，显出几分近似凡人的脆弱："我不信你，她当年明明跟我说……"

青华大帝道："你与她相识那么久，难道一点也不清楚她的为人？"

青华大帝一句话，将相柳彻底带回三万五千多年前，他与鱼若相识相恋的那段炽烈回忆里。

四万年前，相柳初见鱼若，就是在这北海之滨。那时他还是妖神之子，徜徉四海，不论谁见了，都要恭恭敬敬地称他一声"王"。天界那些神仙也因他有九颗头颅，都称他为"九命相柳"。

那天，他被身边一群莺莺燕燕缠得烦了，一口气从南边游来北海。就在他前几天吞吃几个村子的地方，他遇见了鱼若。鱼若的原身是鲮鱼。那天见到她时，她下半身雪白晶莹，如同鲤尾，上半身却是人类女子的模样。与鲛人不同的是，鲮鱼人身的背脊之上，还保留着鱼类的背鳍，晶莹剔透，宛如两片蝴蝶的翅膀。脸颊两侧，也依稀可见花朵般的鳍翼。她生得好看极了，是他有生以来见过的最漂亮的妖。

可当她转过身，看到他的第一眼，眉心就微微蹙起。她侧过身，手臂微屈，转身就要游入海里。

相柳身形更快，长尾一勾，已将她整个人环入自己所能及的范围。可那条生着倒刺的蛇尾，却和它可怖的蛇身截然不同：它栖息在与她手臂相距不远的一块石头上，向前悄悄地挪了两步，见她盯着它瞧，又战战兢兢地后挪了小半步。那模样哪里像是九命妖王的蛇尾，更像一只怯生生的小兽。

鱼若雪白丰腴的脸颊微动，转过脸来，看清他此刻的面容。她那双饱满的红唇弯出一抹笑弧，说："你还挺会讨人欢心的。"

相柳的上半身已化为人形，他缓步上前，充满迷恋地说道："你叫什么名字？我还从没见过像你这样好看的女子。"

鱼若眼波如丝，睇着他道："那你记好了，我叫鱼若。"

说话间，相柳已近身上前，额头轻抵着鱼若的前额，吐息灼热："真是个好听的名字。那从今往后，我喊你若若，好不好？"

鱼若半仰起脸，靠着身后的大石，雪白丰润的臂膀揽住相柳，笑嘻嘻地对他道："妖王有命，若若岂敢不从？"

那之后的很长一段时间，相柳都待在北海一带，和鱼若形影不离，几乎好成了一个人。

相柳头一回发觉自己对着同一个女人，久看不厌，久处不烦。但他毕竟还是彼时的海底妖王，还有很多事情要做。而且，这样腻在一个女妖身边，若是传出去，实在有损他妖王的名声。

他有几分试探地跟鱼若提起，自己要离开一段时间。

可出乎他的意料，鱼若一点也不像他从前交往过的那些女妖，既没有哭哭啼啼，也没有要死要活。她只是如初见那天那样，斜倚在一块大石上，雪白的鱼尾在海面上从容地铺展开来，如同一朵浪花，迎着海浪轻轻摆动着。她的脸上，没有一丝伤感，相反，她的笑容仿佛比这些天他陪在身边时还要灿烂："好呀！妖王大人何时得空，再来找我，我必定扫榻恭迎。"

话说得很有诚意，可看她此刻那副懒洋洋又怡然自得的小模样，只要眼没瞎，都能看得出来，眼前这个漂亮得不像话的女人，实在巴不得他赶快消失。

彼时的相柳，一则确实觉得再待下去有所不妥——和一个女人在一起这么久，对他来说实在是一桩从未有过的新鲜事儿。对妖来说，"新鲜"本身就意味着危险，因为这打破了他几万年来的习惯。二则心底的隐秘之处，被鱼若当下的神态和语言刺伤了。

她看起来与那些女妖完全不同，不会为他的离开黯然神伤，也就意味着，在她心里，他并没有那么重要。

那一次，相柳的离开着实有几分狼狈。

之后过了差不多半年，他再一次去了北海。

这一回，他又在鱼若那儿待了个把月才离开。可这回不论是甜蜜的朝夕相伴，还是他不久之后的离开，两个人都没闹什么不快。

相柳渐渐摸清了鱼若的性子。

每一次离开，鱼若都坐在一块大石上，甩着鱼尾巴甜甜地笑着朝他挥手。每一次他再回来，见到鱼若时，她也会露出欣喜的笑容，那双漂亮得仿佛会说话的眼睛里也都是他的身影。

一开始，相柳觉得这样挺好。两个人在一起，不就是为了比一个人时更快活吗？他从前认识的那些对他纠缠不休的女妖，相比鱼若，心胸和格局实在是小了点儿。

想明白了这一点，相柳也不再纠结。两个人就这样闲时聚、忙时散，处了几千年。因为并不是天天腻在一起，两个人的相处可以说非常愉快，也很默契。

不知从什么时候开始，相柳发现，自己去找鱼若的次数越来越多，几乎不再独处。至于从前那些莺莺燕燕，也在不知不觉间，被他遣散干净了。

既然那些女人本来也不是自己真心喜欢的，那也没什么好留恋的。把一颗完整的真心送到自己一心痴恋的女人面前，不丢人。

相柳从心底觉得：一个顶好的女人，可抵十个甚至百个一般般的女人。

抱着这样的心思，除了偶尔为了正事外出，相柳几乎一年到头都住在鱼若这里。

可一百年过去了，两百年过去了，相柳发现，鱼若在对待两个人关系这件事上，似乎和自己想的不大一样。

比如有一回，他跑去北海更北的一个山坳里，和商羊打了一架。这一架打了足足半年多，直到分出胜负，那家伙显出人身，相柳才发现：对方居然是个漂亮得不得了的女人。

商羊一袭青色羽衫，把玩着自己的一绺赤色流光的发丝，希望他能留下一段时间。

放在从前，类似这样的情况，相柳定会留下的。可看着商羊嫩滑如羊脂的脸庞、骨肉匀称的姣好身段，相柳的眼前突然闪过鱼若委屈落泪的面容。

他一把推开已然扑到他怀里的漂亮女人，头也不回地赶了回去。

可回到鱼若在北海之滨的宫殿时，他却在那儿看到了另一个男人的身影。

那是一个身形颀长的男人，一袭白衣飘飘，正站在鱼若的榻前，俯身和她说着什么。从相柳的角度，看不到鱼若当时的神情，可当着这男人的面怡然自得侧卧着，那模样、姿态该是何种的娇柔妩媚，也不难想象。

第一次，相柳体会到了什么叫作“绿云罩顶”，什么叫作“血冲脑门”，可就在他露出原身险些一口吞了那杂碎的瞬间，鱼若突然纵身一跃，当着他和那个陌生男人的面，破窗而出，飞身落入了远处的深海。

临走前，她还丢下一句：“平时也不见你多想这个家，一回来就打打杀杀，没意思。”

那是相柳有记忆以来，第一个进过他蛇口，又完好无缺地活下来的人。

准确地说，那家伙也算不得人，而是一个小有修为的地仙。

放走了那杀千刀的地仙，相柳游进宫殿后头直通山中暖泉的一汪泉眼，还没近身，就被一股滚烫的泉水兜头浇下。

鱼若面赛桃花，眼波潋滟，气哼哼地道：“什么味儿，洗干净了再过来。”

相柳闻了一圈，也没觉出自己身上有什么气味儿。鱼若身边的侍女提醒说，鱼若早就听说了这半年多来相柳在山中和商羊相依相伴的消息。

相柳听了，一方面惊异于这桩八卦传得实在离谱；另一方面，却是蛇生头一回感到了一股说不出的甜蜜之意。

小小的风波之后，半年多没见的两个人相处得愈加蜜里调油，过起了“没羞没臊”

的幸福生活。

之后又有两回这种风波，一回是听闻，一回是亲眼所见。相柳逐渐明白过来，鱼若虽然心里最爱的是自己，但对于主动凑上前献殷勤的男人，尤其是模样俊秀又装得仙里仙气的那一类，多少还是缺乏定力的。

好在每一回，他当着鱼若的面提起这一点，她也能分出轻重，对那些人的死活，并未多么在意。

相柳嗜杀，但那是针对妖族和凡人。那段时间，适逢神魔大战，妖族和另外两界的关系，可谓剑拔弩张。相柳也无意在这个节骨眼儿上出手伤人，主动挑事，把整个妖族架在火上烤。再者，在相柳心里，总觉得那几个碍眼的东西，并不会多么影响他和鱼若的关系，反倒是他若真的动手把人杀了，才会令鱼若小瞧了他。仿佛他心眼儿多小似的，连一两个她的裙下之臣都容不下。

因而明知有几个仙族中人和鱼若关系不远不近，相柳也没如几千年前那般，动不动就张嘴把人吞了。

直到有一天，他自魔族回来，还未进宫殿，就听到了那些侍女的哭声。

进门一看，鱼若躺在平日里最心爱的那张凤尾贝大床上，脸色苍白，满脸泪痕。见到他来，她刚要坐起，就先吐出一口血来。

再细看，只见平日里被他捧在心尖尖上的美人，脸颊一边的鳍不知被谁狠心削掉一半，背部和腰侧也不断渗出浅蓝色的鲜血。好端端一条美人鱼，竟然被伤得只剩半条命了。

相柳当即暴怒，把鱼若抱在怀里，一边为她输送妖力疗伤，一边问跪在榻前的婢女："是谁？"

领头的婢女头都不敢抬，颤颤巍巍地答："是天族的青华大帝。"

相柳双眸泛起血色，追问娇娇弱弱躺在怀里的宝贝："你认识青华？他为何伤你？"

鱼若嘴唇惨白，一双美目瞥向一边，嗓音颤抖："他……他说心悦于我，想要与我欢好，我不愿意……"

相柳疑惑道："怪了。这个时候，他不是应该正在和魔族打架吗？"

鱼若将脸埋在相柳肩窝，嗓音娇软无力道："我怎么知道，反正他就是突然出现在这附近的一座山上。"

鱼若平日里一贯明艳大方，罕有这般柔柔弱弱躺在他怀里撒娇的模样。相柳看得心疼极了，又为她强输了一道内力，将人一把抱了起来："宝贝，我要让你亲眼看着，本王如何为你报仇。"

鱼若当时似乎有些迟疑，可他当时怒火攻心，顾不上留意她当时的反应。

之后的三万年里，相柳每每想起，就觉得锥心刺骨，日日夜夜难以忘怀。

他抱着鱼若，依照她所指的方向，果真在不远的幽都山上，找到了一袭玄色长衫的青华大帝。

相柳将鱼若放下来，质问青华大帝："你可知道，这是谁的地盘？"

青华大帝这样眉目如画的俊美少年，恰恰是鱼若此前一直偏爱的仙君类型。

相柳不免更为狐疑，他看向身旁的鱼若："若若说，你想轻薄她，若不是她拼死反抗，险些被你得手。"

彼时的青华大帝并没有后来那么好性儿，只听到相柳后面的这句质问，脸色便难看到了极点："白长了九颗脑袋，不仅眼瞎，心也瞎。"

说完这句，不等在场的两人反应过来，青华大帝一道掌风隔空拍出，正中相柳身旁紧挨着的鱼若。

一代倾国倾城的妖族美人，就这么香消玉殒了。

相柳目眦尽裂，当场化为原身，与青华大帝死斗。

可连小半个时辰都不到，九颗脑袋全是伤的相柳就惊恐地发现：自己今日就算死在这儿，也打不过青华大帝，更没法替鱼若报仇。

就算让他再强十倍，对上青华大帝，尤其是对上他手中的清杨玉柳，自己连一成的胜算都没有——青华大帝是他天生的克星。

于是相柳在被揍得只剩半条命的时候，乘机逃了。

事后回想起来，就连相柳自己都觉得奇怪。因为当时青华大帝只要有心杀他，肯定追得上。但也不知道为什么，青华大帝没有那样做。

之后过了不久，相柳因为在北海一带肆虐杀人，被佑圣元君收在一尊八宝琉璃盏里，关了足足两万年。

琉璃盏里什么都没有。相柳被关得要发疯，没别的事做，过往那些回忆就成了最珍贵的东西。那些英雄战绩和风光过往，自然是他最经常回忆起的，可他更难以忘怀的，还是与鱼若的千年爱恋。

想起鱼若那些仿佛闪烁着星光的甜蜜与温柔，自然也就难以避免地想起她苍白娇弱地躺在他怀里的模样，她姣好的脸庞只剩一半的鳍片，身上不断渗出的鲜血，还有当时他带她去找青华大帝算账的路上，她纤白的手指轻轻揪着他的衣襟，说她害怕的那个时刻。

他最不愿回忆起，却总是穿插在有关鱼若的回忆里不时闪现的，是鱼若的死。

他恨青华大帝，但他更恨当时的自己。心里头有一点隐秘的不可言说，事关鱼若。如果今天和青华大帝见面之初，青华大帝就一掌结果了他；如果今天他身上没带着混元灯；如果刚刚青华大帝没有反问他“你信吗？”，相柳觉得自己不会想起那么多，也不会如现在这般，面对着一个只有三四成修为的青华大帝，反倒质疑起昔日的恋人。

相柳沉默了许久，突然笑了一声：“青华，你说这么多，不就是想从我的手上得到混元灯？”

他抬起头，目光越过百层台阶，看向那位数万年来不论在谁面前都高高在上的青华大帝，似笑非笑地道：“这混元灯是干什么用的，想必尊上比我更清楚吧。尊上四处寻这灯，是为了谁？你无亲无故，少有的几个朋友，也没听说谁近来遭了不测。该不会你也和我一样，一着不慎，痛失所爱，想拿这混元灯改换前尘，复活一个死人？”

青华大帝却只是垂着眼眸，神色平淡，那是相柳看不透的眼神，仿佛怜悯，又好像早就看透了他心底的彷徨：“混元灯虽是上古神器，却并非万能，哪怕你有混元灯在手，也复活不了鱼若。”

“你胡说！”相柳一声尖啸，整个人瞬间拔高数十丈，与青华平视着，“你为了得到混元灯，竟然不惜说谎骗我。”

“我从不说谎。”青华大帝道，“是三界的流言越传越离谱，放大了混元灯的神奇功效。鱼若已死了几万年，当今世上，不论谁来了，都没办法复活一个死了几万年的妖。”

相柳眼珠微颤，死死盯着青华大帝，随即从怀里取出一物，朝着他似笑非笑道：“我可以把混元灯给你，唯一的要求，是你要当着我的面，复活你想救活的人。”

青华摇了摇头：“我从没想复活任何已故之人。”他看着相柳，“我想救的人，尚在人间。”

“你骗我。”相柳露出原身，九颗头颅同时发出凄绝的尖啸，附近的山川河流亦受到这位昔日妖神的影响：山石崩塌，飞快滚落；河流湍急，直冲山脚。

“我不信你！”相柳摇头摆尾，几近癫狂，“今日你要么助我复活鱼若，要么你和我一起死！”

话音刚落的一瞬间，青华大帝已然出手。

他飞身上前，一把将混元灯抓在手里，随即飞身向后；可相柳疯狂撕咬，也在同一时间，以生着倒刺的蛇尾笔直穿透了青华大帝的心脏。

这是青华大帝一心要夺灯，近身搏斗付出的代价。

蛇尾的倒刺上，依稀可见闪耀着金色流光的碎肉，那是来自上神的鲜血。

青华大帝脸色苍白，飞身远走，只留下一句话：“当年真相是什么，你早就知道，自欺欺人四万年，不累吗？”

直到数千里内再也寻不见青华大帝的身影，相柳才看到自己尾巴尖上的那一抹金红。他抱起自己的尾巴，大笑出声。

可笑着笑着，那凄绝之声又转为低低的呜咽。远远地，只能依稀听到他喊一个女人的名字：“若若……”

相柳似笑似哭，抱住尾巴喃喃道：“若若，我为你报仇了。”

青华大帝临走前的最后一句话，言犹在耳。当年鱼若死后不久，他也断断续续从别的精怪地仙那儿，听到了一些流言。

有人说，当年并非青华大帝以势压人，而是鱼若存心勾引。

有人说，当年也不知那只魅人的鲮鱼用了什么妖法，天界那位清冷孤傲了几万年的小杀神青华，险些真被她得了手。

还有人议论说，九命相柳并不知道，他养在北海之滨的那位娇软美人，暗地里不知给他戴了多少顶绿帽子。

流言很多，只要有心打探，简直花样百出，多得听不过来。相柳质疑过，愤怒过，也崩溃过，他之所以沿着北海一路虐杀吃人，就是因为那些惹人烦的家伙话太多的缘故。也是因为此事，他才会引起天界的注意，后来又被匆匆赶来的佑圣元君用一盏八宝琉璃盏收服。

但最终，他还是选择忘了这一切。琉璃盏里两万多年，他心里只记得鱼若的好和两人当年那些朝夕缠绵的甜蜜过往。

有时，真相是什么并不重要。重要的是，一个人想要相信的真相，可以给予他支撑自己活下去的力量。

“我替你报仇了，若若。”

那天之后，再也没有人见过相柳。

有人说，幽都山上那座供奉着青华大帝的道观前，青华大帝被相柳重伤，但青华大帝是谁，怎么可能打不过一个被三界追杀的败将逃兵？因而真实情况，应当是相柳伤得更重。附近成片的土地化为焦壤，五谷不生就是铁证。只有被相柳的鲜血沾染过的地方，才会形成这样可怖的怪景。

然而彼时的青华大帝并不知道后人会如何议论他与相柳在幽都山那一役，事实上，当时的他也顾不得去在意别人的看法。

他抱着混元灯一路北上到北荒。

等了足足三天，终于等来了北荒的又一场暴雪。

漫天风雪中，青华大帝伸出食指，反手插进胸前被相柳用蛇尾豁出的那道口子。片刻之后，他用沾着鲜血的食指，轻轻触着混元灯的灯芯。

青华大帝不知道自己试了多少次。

到后来，甚至连心口那处新伤都开始缓慢地愈合了，混元灯仍然没被点燃。

青华大帝一头墨发，早已被落雪覆满，变成一片霜白。

腰间那面古镜已然亮起数次，又熄灭数次。最后一次，是紫微大帝隔空喊来的声音："青华，你在发什么疯！"

青华大帝跪坐在雪地里，面前的混元灯上，分别排列着一抹星光、一团曦光和星星点点数之不尽的冰魂雪魄，但混元灯仍然没有半点要被点燃的迹象。

青华大帝的目光一瞬也不敢离开，听到紫微大帝的叫喊声，只是微抿着唇，仿佛百般想不通："我为什么点不亮混元灯？"

紫微大帝惊叫："你点那东西做什么？你疯了，我听九灵说你跑去北边，想要找法子重塑司寒的元身，我还在想北边能有什么正经东西，你竟然要拿自己的心头血去点混元灯。点燃混元灯的代价太大，说是一命换一命也不为过。所以当年女娲大神才将这东西丢入堕渊，别人不知，你还能不知？"紫微大帝深吸了一口气，他又急又气，干脆站起身来回踱步，"不行，你人在哪儿？我现在就过去！总不能司寒活了，你却死了，真是疯魔了，难道你想当第二个明阎吗？"紫微大帝喃喃低语，古镜之中，他的身影已然失去了踪迹。

然而就在紫微大帝话音刚落不久，只见一片苍茫雪白之中，一点幽微的红色骤然亮了起来。

明亮的红色光芒为青华大帝的凤眸增添了一丝暖色，他小心翼翼地自心口取出那半朵残莲，轻轻放在那一小点红焰之上。不消片刻，一朵清莹纯澈的青色花苞缓缓显出身影，随着它的轻轻旋转，一瓣又一瓣渐渐绽开，伴随着点点金色流光，那朵青莲终于真正显出盛放的模样。

青华大帝缓缓收拢五指，温柔地将青莲捧在掌心，再次放入心口。

做最后这个动作，他已经很吃力了。

紫微大帝匆匆赶到时，只见青华大帝就那样跪坐在一片冰天雪地里：一手抚在心口，另一手置于膝上，唇角含笑，眉发全白，俨然已成了一个雪人。

紫微大帝见状，飞快上前，推掌为好友渡修为。直到青华大帝眼睫轻轻抖动，缓缓张开双眸，他才总算松了口气。

"你呀。"他低声道，"罢了，这番为了司寒豁出命去，也算是应了命劫了。"

青要界，姑射莲池。

曲苏坐在池边，掬起一捧水，看着清澈澄碧的池水自指缝缓缓淌落池内。她坐下才不过须臾，可她所在的那一小片天地，霜花飞旋，雪片飘零。转眼之间，就连附近的池水都有凝冰之势。

尽管她已经恢复了身为司寒神尊时的全部记忆，但仍然无法控制体内神力不断外泄。

没有了元身，就等于通身神力没有一个稳定的容器。不论多厉害的神仙，此种情形下，也不过是混日子等死罢了。

身后缓缓走来一个满头银发的身影。

曲苏望着水中的倒影，笑了笑道：“闻着味儿，这回的汤是红莲熬的？”

清沅走上前，轻声道：“神尊，您多少喝一点。”

曲苏摇了摇头：“我现在这样，就是再祸害千百朵莲花，也都是枉费。”她侧过脸，看向清沅，嗓音含笑，“清沅，你也消停几天，别再折腾族人跟着你一起‘杀生’了。”

“您的元身就是青莲，只要能为您补养身体，就是把这天下的莲花都采尽了，清沅也在所不惜。”清沅双手捧着碗，半跪在曲苏的身边，仰着脸恳切道，“神尊，您一定会好起来的。如今不仅是我和族人，还有许多您从前的朋友，都在为您想办法，还有青——”

“从前的朋友？”曲苏动了动唇角，脸上的神色似笑非笑，看起来有一种从前罕见的孤冷之色，“回想从前，我都不记得自己还有什么朋友了。”

清沅双眸蕴泪：“神尊大人……”

司寒顺手揉了揉她发间的鹿角：“差点忘了，我还有你！啊，好多年没摸了，你这对鹿角倒是生得越来越漂亮了。”

清沅却止不住泛出眼眶的泪水：“您就总是说些没正经的哄我。”

“这怎么能是没正经的呢？”说话间，曲苏已然站起身，“等我回来，再找你讨教驻颜变美的法子！”

眼见曲苏周身霜雪渐起，纯澈的眉眼间不知何时涌起一股肃杀之意。清沅先是一愣，随即大惊：“神尊，您这是要去哪儿？”

曲苏身形灵动，仿佛流风，又似回雪：“别担心，我去去就回。”

清沅心底陡然升起一个可怕的念头。可她拦不住神尊，眼见她飞升而起，身影消失在云层之上，她惊叫了声，连忙自袖中取出之前青华大帝赠予她的金甲片，飞快地往青要界的大门跑去。

青华大帝走之前，早已在青要界外布下层层防护，又让九头狮子率兵三千驻守在界碑附近。别说是殷和，就是天界那些神仙来了，也不可能轻易闯进来。

可他们所有人都忽略了一点：外面的人轻易进不来，却拦不住曲苏自己主动走出青要界。

九重天上，凝冬阁前。

一抹青霜色的身影站在那块镌刻着“凝冬阁”三个大字的界石旁，墨发如瀑，身姿绰约。乍一看去，只觉此人穿得简素，可稍加打量就不难发现，对方身上那件浅青色的法衣仿佛是无数冰花凝成，天上月人间雪，也不足以比拟那一抹流光闪烁。

莹冬刚从练武场回来，此时仍穿着一身盔甲，见到站在巨石前的人影时，不知怎的，心就一下比一下跳得快了起来。待看清对方发间那支莹润欲滴的瑶碧小荷簪，有那么一瞬间，莹冬觉得自己仿佛又重回那些怎么都醒不过来的噩梦里。

那个人仿佛也觉察到了什么。她转身的瞬间，在莹冬眼里，却比过往三万年都要漫长。

周身不知何时飞起了霜雪，而莹冬也终于看清了她的脸。

那是一张无数次午夜梦回，让她冷汗涔涔地挣扎着坐起的脸。其实，她的脸一点都不可怖。三万多年前，不知多少上神、仙君对她疯狂追逐，不也正是因为她这张脸?

她仍穿着那件从前每每来九重天上最常穿的浅青色法衣。仍是一贯的疏懒，堆云般的乌黑发间，只插了一支瑶碧小荷簪。她没有耳洞，也从不佩戴任何多余的坠饰。可越是这样简素的打扮，越衬托得那张脸清雅出尘，又不乏一种天然的甜润娇憨。她一张面皮白得欺霜赛雪，清凌凌一双眉目，平日里不论看向谁，总是一副似笑非笑的模样。“清水出芙蓉，天然去雕饰”，只能形容出她三四分姿容。

唯独额间那抹霜色的雪花印痕和当中那粒淡淡紫痕，是她通身上下最特殊的装饰。

天上地下，三界之中，唯有上古的神青女，那位当年众仙口中津津乐道的司寒神尊，眉心有这样一抹天然印痕。

那个名字已经冲到嘴边，莹冬嚅动着嘴唇，却怎么都喊不出来。她甚至觉得眼前这一切太可笑了，也太虚假了。她忍不住短促地笑了一声，一手抚额，可能最近真的太累了，她竟然在青天白日下看到幻影。

“莹冬。”那个本应该是幻影的故人竟然开口说话了，还用一种前所未有的语调念出了她的名字。

莹冬摇了摇头：“你……”她本想说，你不是真的。因为真实的司寒，从不会用此刻这般神色专注地看着自己，更不会用这种腔调和自己说话。

“怎么，短短三万年不见，已经不记得我是谁了？”依然是熟悉的嗓音，却和以往不太一样，泛着一种冷冰冰的不似活人的语调。

莹冬揉着额角的手猛地一顿，她抬起眼来，目不转睛地看向眼前的人影。

原来一切并不是她的幻觉。

周遭风雪弥漫、霜花飞舞，正是司寒神尊真身的最好证明。

看清眼前的一切，再看向司寒那张欺霜赛雪的脸庞，一抹笑，缓缓漫上莹冬的唇角。

她甚至开始有了闲情逸致，从头到脚仔仔细细地打量眼前人的每一个细节，端详的时候，还不忘顺口问候几句："原来是司寒神尊。真的是好久不见了，您看起来，仿佛比从前更有精神了。"

她蹙着眉，装模作样地思索着，看向司寒的眼神里却绽出一种说不出的光芒——真是没想到，一个连元身都没了的上神，竟然还有胆子径自跑来她的凝冬阁。

她该说是司寒胆子够大，还是该说她一如既往地蠢呢？

难怪三万年前，她几乎没费多少力量，就轻而易举地弄死了她。

曲苏却不管她在打量什么，只是自怀中取出一支宛如冰雪塑成的笛子。

莹冬饶有兴致地望着那支笛子："雪凤霜凰笛？"

曲苏却反手一拧，只见白光一闪，那支笛子转眼就消失不见了，取而代之的，是一柄霜锋雪刃的长剑。

雪凤霜凰笛是司寒的本命法器之一，身为上神，再强大的法器，也会听从主人心意任意变幻。这在如今天界的诸多神仙眼中，已然是非同小可的神迹。但对于司寒这样上古时代诞生的神来说，不过是随心所欲的小事一桩。

莹冬眼瞳微暗，翘起唇角一笑："多年不见，神尊大人还真是一如既往地不客气啊。"

曲苏抬眸，那双清凌妙目朝莹冬睇来，看似轻描淡写的一瞥，却令莹冬几乎冻在原地，动弹不得。

眼前这个人，仍是许多年前那副似笑非笑的神情，但她整个人从内而外，似乎又有什么东西与三万年前全然不同了！或许换作天界其他任何一个人，再见到司寒时，都不会这么快就觉察到，但莹冬不一样，她就是本能地觉察到了司寒的这种巨大的转变。

司寒已经死了三万年，但在莹冬心中，在那些无数个被噩梦和过往纠缠的深夜，司寒虽死犹生。她的一颦一笑，甚至是一个转身或回首，都在莹冬的记忆里不知重复了多少遍。因而她身上一点一滴的变化，哪怕是眼角眉梢等最细微处的变化，都能轻易触动莹冬的每一根心弦。

曲苏动了动唇瓣，她在看着莹冬，却又好像全然没把莹冬这个人放在眼里似的："见到我你这么紧张，可见我不在的时候，你的日子也不怎么好过。"

莹冬本来还在思索她身上的怪异之处，却被曲苏那个几乎和从前一模一样的眼神击中，心中早已湮灭的怒火难以控制地燃起，又在看到她的下一个动作时，瞬间烧成了一场燎原大火。

其实曲苏也没做什么。她只不过当着莹冬的面，轻轻一挥袖。

那个动作在莹冬眼中，几乎与三万年前陆波仙子挥手抹去界石上刻痕的动作完美重合。

纤长柔韧的手指缓缓落下，界石上的“凝冬阁”三个字随之被抹去，露出被隐藏了整整三万年的三个大字：武罗殿。

曲苏在这时笑着道：“这么看着，舒服多了。”她微微偏头，看着莹冬，“我的武罗殿，冬神住得可还舒心啊？”

莹冬几乎控制不住全身的微微颤抖，但她脸上的神色，却比之前更为坚定，唇边的笑容也更深了两分：“您也是健忘。哦！是我记错了。”她拍了拍自己的额头，“我搬进来那会儿，听闻神尊大人早已死在您亲手救回的那只蛇妖手上，所以您不知道，从前这里确实是武罗殿。可后来承蒙玉帝亲赐了‘凝冬阁’三字，我作为玉帝亲封、天族公认的冬神，顺理成章地搬了进来。”

曲苏看着她，一字一句地道：“殷和是妖，凭他自己，永远也接触不到诛神阵法。况且，只一个须弥锁仙阵，也要不了我的命。”她看着莹冬，试图从她的脸上找出一星半点除了强掩的得意和兴奋之外的其他情绪，却发现莹冬其实并没有自己以为的那么聪明。想到这儿，曲苏不由嘲讽地一笑：“吹进青要界的厉风，你费了不少心思吧？那么重的怨气，真不知道你从哪儿收集来的！”

莹冬笑容明媚，神情落落大方，她松了松手腕，垂下眼眸笑道：“看来，今日若是不把前尘往事论清楚，神尊是不肯轻易离开了。”

曲苏把剑横在眼前，两指轻轻抹过剑身：“我动手之前，只想问明白一句话。”

写着“武罗殿”三字的界石旁，风雪之势愈盛，数不尽的霜花、雪花簌簌落下，不过眨眼之间，周遭就落了厚厚一层霜雪。

莹冬望着眼前这冰雪盛景，唇边绽出一抹势在必得的笑。

司寒没了元身，还这般毫不节制地催动神力，照这样下去，她也没几个时辰可活了。

她今日刚从练武场回来，一身亮银色的盔甲，在周身冰霜雪片的映照下，显得愈加寒光凛冽，一如陡然出现在她手中的那把长刀。那是跟随她四方征战多年的法器，也是父亲牺牲之前亲手交到她手上的家族传承。

莹冬将手中长刀一挥，以司寒身后的界石为线，两人周遭瞬间鸦雀无声。她这是化出一片结界，将两人与界石之外的世界彻底隔绝。

长刀在手，莹冬终于不再掩饰眼中迸出的得意之色："神尊大人想知道什么，尽管问，今日我必定知无不言、言无不尽。如此，才好送神尊大人安心上路。"

反正过了今日，出了这道结界，这世间没有第三个人会知道，她和司寒之间，究竟发生过什么。

已然沉寂了三万年的真相，还将继续湮没在时光的长河中，无人过问，亦无人知晓。

曲苏道："须弥锁仙阵，是你教给殷和的？"

莹冬摇了摇头。提起此事，她便忍不住想笑："我只是在临走前，故意遗落了一个卷轴。又无意间和我的随从谈起，这个阵法真的不能随意乱用。因为，哪怕是面对最强大的上神，此阵也能将之锁住，使之动弹不得。至于那小蛇妖自己要怎么想，以及想拿这阵法去做什么，就不是我能控制的了。"

她就是故意诓骗那只小蛇妖，说那阵法只是锁住上神，那又怎样？到头来亲手把救过他、养过他的恩人上神锁进诛神阵里的那个人是殷和。她既未授意，也没介入，贪心捡起她遗落的上古阵法卷轴，又鬼迷心窍犯下诛神之罪的那个人，还是殷和。

归根结底，是司寒自己作死，非要养个心比天高的小蛇妖在身边，最终落得个作茧自缚的结局，又能怪得了谁？

曲苏神色未变，只垂眸看着眼前那柄雪凤霜凰笛化作的长剑："收集怨气，制造厉风，毁我青要界的人，也是你？"

"是我。"莹冬道，"可是在玉帝和众神眼中，甚至在你青要界族人的眼中，我早在很久之前，就已经离开了。无人目睹，无人做证，如今只有你一人知晓真相的滋味儿怎么样啊，神尊大人？"

曲苏周身风雪愈浓，她的眉毛和眼睫，不知何时渐渐凝结出一层薄薄的冰霜，她的脸色也不再是健康的瓷白，而是一种失去了全部生息的苍白。

此时的司寒，美则美矣，却不似真人，更像是一尊供世人祭拜的雕像。

莹冬看在眼中，终于忍不住一声溢出喉咙的笑声。

曲苏就在这时朝她看了过去。

曲苏的眼神很冷，可莹冬却再也不会害怕了。

似乎是想到了什么有趣至极的事，莹冬笑得更开怀了："好歹我也在青要界小住过一段时日，看在咱们的过往情谊上，我想提醒您一句。神尊大人，您如今的身子，最好平心静气，如此，还能多活两日。否则，若是就此倒在了我这凝冬阁前，日后众仙追问起来，我还真有点说不清了。"

曲苏的嗓音听起来冷淡极了，似在强装镇定："我有何妨？"

莹冬觉得此时此刻的司寒看起来真是好玩极了，就像许多年前，父亲带她去人间游玩时，凡人口中说的“纸老虎”一样，看似威严，实则一戳就破。

莹冬叹了口气，学着司寒从前说话的一贯语调，似笑非笑道：“您连元身都没了，左右也没几天好活，为什么不珍惜这有限的辰光，好好留在你的青要界终老呢？您也不想想，您如今这副模样，若是被从前认识您的天界故人看到，该多给人家添堵啊！”

从前青华大帝说，上神就该像司寒这样。可今时今日司寒在她眼前的这副模样，可还有半分身为上神的风光和尊严？苟延残喘罢了！

只要一想到青华大帝若此刻就在此处，看到如今这副模样的司寒的场景，莹冬心里就忍不住地涌起一阵快慰。

曲苏却在这时突然开口：“毁我元身的人，也是你。”

莹冬愣了一瞬，不是因为司寒突然提起了这件事，而是她开口谈及此事的语气，实在太平淡了。

她那么笃定，那么平静，仿佛在说一件与自己全然无关的小事儿。莹冬原本还有些鼓噪的心跳，在这一刻终于彻底安然。

她笑了笑，不再是伪装的强撑的笑，而是一抹真诚而坦然的笑，她颔首：“是我。”

曲苏道：“你还真是有心了。”

莹冬笑着道：“不怕您笑话，与您有关的事，我须得时时处处、谨慎入微地去做。二十几年前，我听说上神归位之前，可能会在人间转世，积攒修为。我特意托太阴元君卜了一卦，算出您应当生在西南。为此，我还专程跑了一趟，在您降生的那一带，日日降下厉风。宁可错杀千万，也不想放过您一人。”

说到这儿，莹冬似是感慨，也似是遗憾：“但我没想到，即便转世被灭、元身被毁，您居然还能回归神位。您的命，还真硬啊！”

曲苏道：“你没想到的事还有很多。”

说完这句，曲苏手中的长剑以一种划破长空之势，直朝莹冬刺了过来。

莹冬不慌不忙，长刀一抬，轻轻松松地挡住攻势。

她这一挡，有十足的自信。不仅因为这些年，明知司寒已死，她却未曾荒废过一日，而且如今的司寒根本比不上昔年之万一，她再怎么想杀自己，也都只是垂死前的挣扎罢了。

可紧接着，咔一声脆响，令莹冬整个人僵在当场，她不由顺着声音来向望去——只见家族传承了一代又一代的神兵利器，竟然生生被曲苏劈出一道裂痕。

莹冬难以置信地放下刀，她想看得更清楚些，可面前的曲苏却不会轻易放过机会，反而手腕一旋，只用腕力，就将她手上的长刀整个儿挑飞。

铮的一声，长刀落地，发出一声悲鸣。

原本只是绽出一道裂痕的长刀，竟生生断成了两截。

曲苏手中明明只有一支笛子化作的长剑，却被她使出了凌厉的招式。她明明只是个将死之人，却偏要在死之前诸神。

是了，她本就是上神。而在上古时期，神与魔本没有那么明显的区别，他们一样的强大，一样的嗜杀，甚至比后世所知的所有妖魔都更疯狂、更可怕。

片刻之后，莹冬突然挥手，撤去屏障，转身就逃。

莹冬感觉到身后有什么东西破空而来，她矮身躲过，就地一滚，反身往她的宅邸跑去。

可曲苏身形轻灵得过分，身边有风，她和风一样迅疾；面前有雪，她和雪一样轻盈。不过转眼之间，当莹冬再转眸看向眼前，曲苏和她的剑，竟同时赶到了自己前面。

莹冬只感觉胸口一痛，她赫然瞪大双眼低头看去，只见曲苏手中的长剑，一半已没入自己胸膛。

不过两招！她怎么都没想到，过去的三万年中，她夜以继日未有一日懈怠地修行，竟然在司寒手里还撑不过两招！

莹冬朝曲苏看去，面前的上神，面孔苍白，眉眼清澈，唇边仍是经年不改的似笑非笑，莹冬被她这副表情刺激得红了眼。

司寒一直如此，她生来就是上神，所以她狂傲自大，目中无人。当年在青要界养伤的时候，司寒便看不上自己。如今三万年过去，即便都没了元身，司寒依旧看不上她，不把她当回事。

莹冬几乎感觉不到疼，她伸出手，攥住剑锋，看着曲苏的眉眼："你很得意，但你别忘了，我也是神，神……没那么容易死！"

曲苏却露出一抹轻笑，她将手中的剑更往前抵了半寸，莹冬几乎整个被她钉在半空，动弹不得。

随后，她松开手，两指做笔，沾着周身降落的霜雪，在莹冬周身绘起了阵法。

莹冬的反应很快，眼看着司寒落下第一笔，她就已经意识到即将发生什么。

"不！"她不再顾及平日里的优雅端方，难以抑制自心底蔓延的恐惧，尖声指责道，"你不能这么对我！"

"司寒！"莹冬拼命挣扎，嘶声怒吼，"我是冬神，玉帝敕封，三界奉养，你没资格杀我！"

曲苏头也不抬，边绘阵边道："放在从前，我确实会觉得杀你这种人，会脏了我的手。可经过这么多年，我已经明白了。”曲苏道，“有些人，留着不杀，就是祸害。杀一个，胜过救人千万！”

“你不能杀我！你早就该死了，你已经快死了！”莹冬唇角渐渐溢出鲜血，她越挣扎，穿胸而过的那柄长剑便钉得越深，她忍不住发出痛苦的叫声，“司寒，我真恨天道不公！你明明没有转世，明明连元身都没了，怎么天道还会允你回归神位，你怎么不早点死！”

转眼间，莹冬周身的阵法已然完成一半。那日殷和暗算司寒，照着莹冬故意遗落的须弥锁仙阵法，提前一天偷偷绘成，只等她为救族人毫无提防地一脚踏入。而曲苏今日是当场布阵，能这么快完成一多半，已经是不计代价透支神力的结果了。

曲苏抬起头，耳畔传来莹冬的求救声和叫喊声，但她几乎已看不清莹冬人在何处。她的眼前，又是白茫茫的一片，就如三万年前她死的那天一样。

曲苏忍不住弯了弯嘴角，想不到啊，身为上神，自己这命好像还真是有点凄苦。

上一世稀里糊涂地死在莹冬与殷和的阴谋里。这一世更惨，才活了不过短短二十一年，就要再一次神力耗尽而死。

她张着双眼，目无焦点，唇角浮笑：“放心，我向来有仇必报。你当日如何对我，如何对我的族人，今日司寒必定一一报偿。你死了，还有你的族人，还有当日所有纵容你、包庇你的人，我一个都不会放过。”

莹冬终于发出一声撕心裂肺的尖啸：“司寒！”

“苏苏！”

莹冬眼看着青华大帝神色凝重却温柔地将昏过去的曲苏抱在怀里，转身就走，却连一点多余的声响都不敢发出。

不论是莹冬，还是抱着曲苏急于离开的青华大帝，都没有看到，曲苏紧紧拢着衣襟的手里，攥着一颗小小的、晶莹剔透的雪灵珠。

直到眼前再也没有那两个人的身影，莹冬才嘶哑着嗓子，向好友求救。

太阴元君赶到时，看到莹冬胸口淌血，无力地躺倒在绘成一半的诛神阵里。

她正想质问元凶是谁，一转眼，就看到不远处的界石上，三个苍遒有力的大字：武罗殿。

太阴元君双眸圆睁，简直不敢相信自己的眼睛：“这……这是谁干的？”

莹冬一想起青华大帝将司寒抱在怀里如同珍宝的神色和动作，就忍不住心脏钝痛。那种痛，简直比司寒用她的法器再捅自己一百遍还要锥心刺骨。

莹冬终于忍不住号啕大哭。她伏在太阴元君怀里，呜咽着道：“是司寒，她回来了，说我抢了她冬神的位置，半点道理也不讲，一心要杀我。若不是青华大帝赶来，我差点就要被她用阵法折磨死。”

太阴元君蒙了片刻，后知后觉地道：“你是说……司寒，她复活了？”

莹冬浑身颤抖，哭着道：“我也不知道是怎么一回事，你带我去见玉帝，不然她醒了，还会来杀我。”

太阴元君淡眉倒竖：“她敢！”她一把扶起好友，“她还当如今的天界是三万年前的旧世呢？就算她是从前神力拔尖的上神，可这是九重天，不是她一个人的青要界。果真是蛮荒之地养出来的野人，一点规矩都没有。别怕，我这就带你去见玉帝，让他为你主持公道。”

“我……你帮我多找一些仙君来。”

“这是自然，大家知道此事，必定不会坐视不管。你放心，这里是九重天，不是她青女想来便来、打打杀杀的地方。”

第二十二章　无上妙严

曲苏睁开眼时，恍惚片刻，伸出手，摸了片刻床幔。眼前的布料触手清凉柔韧，似月光皎皎，又似水光溶溶，看着格外轻薄。

“神尊大人，您醒了。”一道有些熟悉的嗓音在不远处怯怯响起，隔着床幔，曲苏依稀能看到个模糊的影儿，一时却想不起对方是谁。

“我去唤尊上来。”

“你站住。”曲苏想撑着床沿勉强起身，却发现自己的身体轻盈有力，与记忆里回归神位之后的状态截然不同。

曲苏只怔了一瞬，随即在识海中窥见了自己的青莲元身，便明白了这是怎么回事。她掀开床幔，看清了站在不远处的那个人，一个名字脱口而出：“阿缎？”

“阿缎在。”白衣少年眨着幽蓝的双瞳，对曲苏行了一礼，恭恭敬敬道，“神尊大人有何吩咐？”

曲苏却笑着朝他招了招手：“站那么远做什么？上回在雒城，吃了我买的古楼子和羊肉汤就跑了，这是怕我找你算账吗？”

阿缎一双眼角生得微微下垂，那模样平时看着就无辜，这样睁圆了眼一脸震惊的模样，配着嫩生生的面颊，看起来有几分呆呆的可爱。

曲苏看得手心痒痒，想也没想，上手就捏了捏。

结果两人几乎同时愣住。

阿缎实在是没想到，眼前这位——从前在雒城见到时，性格就与天界那些神女、仙娥不大相同，可好歹也是位上神，还是诸多古老传说里厉害极了的司寒神尊，竟然会这样举止轻浮。

曲苏则忍不住端详自己的手，没想到啊没想到，当了上神，竟然还有这等好处。放在从前，就算她有心调戏，只要阿缎跑得够快，自己身为一个凡人，对这些小神兽的速度也是望尘莫及的。

一室静默里，一道人影不知何时走了进来。

还不等两人反应过来，阿缎已被凭空移到靠近门口的位置，而曲苏眼前，则在瞬间换了个人。

个头比阿缎高，身段比阿缎挺拔，就连模样也……曲苏瞬间别开了脸，伸在半空的手也要收回来。

下一瞬，手却被那人伸手捏住，在掌心里攥了攥。

“你家尊上在外头，有几桩事要交代。”青玄淡声吩咐了阿缎一句。

转过脸，面对曲苏，却转眼间换了一副腔调，他的嗓音低低的，却还是那么清越好听：“苏苏。”

曲苏一连拽了两次，都没拽出自己的手，不由抬头看着他缓缓笑了：“尊上，我是司寒。”

这是青玄头一回见到这样的曲苏，她脸上带着笑，眼底却极冷，一句话仿佛就要把从前种种经历尽数否定。

青玄喉头艰涩，握紧她的手放在唇边轻吻。

曲苏脸色如冰：“尊上，请你放——”

她本想说“请你放尊重些”，可一句话还没说完，那道人影已朝她倾倒而来。

曲苏简直难以置信，伸手要推，那道听得人耳酥麻的嗓音又开腔道：“我若放手，你就走了。”

曲苏冷声道：“你不放手，我也……”

“咳咳！”青玄一手撑着床沿，以一种奇异的姿态倚在她肩头，那力道拿捏得恰到好处，既不会压疼了她，却也不能任她轻而易举地逃开了去。

曲苏那双清凌凌的妙目，却只看别处：“尊上这般，成何体统？”

青玄半垂着眸，凝视着被他耍赖困在怀里的人，眼眸幽暗，嗓音微低：“体统是什么，要来做什么用？”他的唇距离曲苏粉白的面颊只有一指宽的距离，思念了那么久的人近在咫尺，若不是怕把人吓走，他早就亲了上去，“苏苏……”

曲苏的神情依然疏离：“我是司寒，不是曲苏。”

耳畔传来青玄有几分迷糊的嗓音：“苏苏，我的苏苏。”

曲苏垂着眸：“别再喊我那个名字。”

头顶上方那人只安静了片刻，便又缓缓喊了一声：“苏苏。”

曲苏：“……”

头顶上方很久都没再传来任何动静，曲苏费了一番力气，才将人推开。

两人相识日久，但这还是她第一次真正看到他睡着的模样。因为是在自己的地界，他穿得简素，一袭白衫，宽袍广袖，墨黑的头发用白玉莲瓣发冠束起，有些清瘦的面庞罕见地透出几分疲色。这样闭着眼的时候，他眼睑的刻痕格外清晰，眼尾的弧度绵延上翘，修眉入鬓，鼻峰挺立，一看就不是好相处的性子。

相识之初，她便知道他冷心冷情，嘴巴又毒，一点都不好相处。可那时她太天真，觉得他只是性子疏冷了些，心却是热的，他会劝一心求死的林梵想清楚因果；会为了救她和千千尽心竭力，身涉险境；也会为了还阿秾和小烛龙一个公道，力排众议重惩凌曦。

她以为，他们两个虽然性子不同、说话处事的方式不同，但骨子里是一样的。

可到头来，她发现，一切都是她想错了。

青玄一直都是那个公允处事的青华大帝。在棠梨镇他给林梵机会，是因为他比所有人都更清楚地知道个中因果；在白帝城他救千千和她，也是因为深知她们是该救、可救之人；后来他离开雒城重回天上，剥去凌曦仙骨，还阿秾、小烛龙和清潋等人一个公道，也是因为这些事本就应当有人去拨乱反正。

一切都在他的预知之中，一切都从未脱离他的掌控，从头至尾，他一直都是清醒、冷静、超然物外的上神。

他是青华大帝，心怀大慈悲，甘救众生苦。

但他并不是她心里那个会为了救人不顾一切，会为了爱一个人奋不顾身的青玄。

曲苏垂着眸，眼中原本泛起的一层薄薄水光，再一次凝结成冰。她施了个小小的术法，诓得青玄松开了手。

刚出房门，就见庭院里站着的两人，几乎不约而同朝自己看来。

一个是阿缎，另一个她辨认片刻，才记起对方的身份。

从前在流霞城，她见过他，那时只知道他是青玄和九灵的好友，却不知道他的名字。更早些时候，当她还是司寒时，她也见过几次，只不过那时，她的注意力几乎都在他身边的青华大帝身上。

曲苏不闪不避，落落大方地走上前："紫微大帝。"

紫微大帝端详着面前一袭青色法衣的曲苏，笑眯眯地打了个招呼："神尊大人别来无恙，真是好久不见了。"

曲苏点了点头，不打算多说，绕过他欲走。

就听身后紫微大帝道："神尊这是想去哪儿？"

曲苏淡淡笑了一声："我有我的去处，想必用不着和紫微大帝交代。"

"是不必和我交代，只不过，您就这么一句话都不留地走了，某个为了神尊大人险些丢了命的家伙，醒来之后要肝肠寸断了。"

曲苏蹙眉，将紫微大帝这句话翻来覆去琢磨了几遍，才开口道："尊上这句话说得夸张，叫我不知该怎么接。"

紫微大帝道："神尊若愿意多留片刻，就会知道，我刚才所言，绝无半分虚假。"

曲苏沉默着，并不接话，但也没有立刻离开。

紫微大帝朝阿缎使了个眼色，浅笑着上前，走到曲苏身旁："神尊还是第一次来此，不如就由我这个熟客，陪您四处转转。"

曲苏淡淡道："这条刚好是出去的路。紫微大帝有什么话，不妨直言。"两人并肩向前走着，彼此始终隔着半步的距离。曲苏看着不远处色彩绚烂的七宝芳骞林，淡声道："我不过是一个乡野之人，不懂天界规矩，也过不惯在这边的日子。尊上若是真心为青玄好，不如放我归去，如此，大家都能得个清净自在。"

紫微大帝摇着羽扇，摇头一笑："神尊这番话，恕我难以赞同。您是上古之神，当年女娲大神还在时，亲口称赞过，说您的降生，是未来三界之福。那时我们之中无人懂得，除了天地神魔之外，还有谁，能跟我们比肩。那时，我们之中也无人能想到，人族，后来会兴盛至此。三万年前，若没有神尊大人凭一己之力，收复焰煞碎片，又耗尽心血清除怨气，三界哪来如今的盛世太平？"

紫微大帝这番感慨诉说得情真意切，曲苏却毫不动容，神色依然冷淡："天道生我，就有我必须去完成的使命。使命完成，三界太平，我也就没有了存在的必要。当年我的死，有人层层算计、筹谋，同时也是天道运转使然。"

紫微大帝叹了口气："这话您当着我的面说也就说了，往后，可千万别当着屋里那位这么说，就是剜心剔骨，也不会比您这番话更叫人难受了。"

曲苏淡淡道："我今日便走，青华大帝眼不见为净，自然也听不到这些难听的话。"

紫微大帝道："神尊大人，您就不想知道，自己那朵本命青莲，是如何重修出来的吗？"说到这儿，紫微大帝把手中的羽扇一拢，神色凝重，直视着曲苏，"还是说，您已经知道，这一切都是青华所为，也知道他为此付出了多少，但您觉得他没有了价值，这才打算就此一走了之？"

曲苏藏在袖中的手，随着紫微大帝的每一句话，越攥越紧，直至那句"他没有了价值"，指尖一痛，竟是不知不觉间，划出了一道血口。

紫微大帝见她蹙眉不语，眉眼间似有重重迷雾笼罩，却不复之前的漠然之色，不由心头微松，脸上却仍是一副沉重的模样："神尊可听过混元灯？"

曲苏知道紫微大帝从不是无的放矢的人，她回想片刻道："好像是个可以使人由死转生的法器，但那东西用起来太麻烦，从前听故人说起过一回，没怎么用心听。"

紫微大帝唇角勾起一抹笑："混元灯用起来不仅麻烦，而且凶险，所以当年女娲大神才会把它放入锁麟匣，投入堕渊，希望这东西永不现世。今有一人，为了救自己的心上人，不惜三入堕渊，满身沥血而出，却只寻到个空了的锁麟匣，为此又生挨相柳一记尾钩，直穿心脏，这才拿到混元灯。历来想要重燃混元灯，需星光一抹、曦光一团、心头血无数，才有可能点亮。而重塑你的青莲元身，又需要数不尽的冰魂雪魄，加之你原本残存的半朵青莲……可即便如此，想要点燃混元灯，仍然难之又难。你可知，那日我赶到时，青玄几乎取尽了心头血，耗尽了一身修为，这才为你点燃了心灯，重塑青莲元身。都说混元灯是上古神器，可以起死回生，可这世间哪有那么便宜的买卖？什么起死回生，不过是一命换一命罢了！你如今的青莲元身，至清至纯，至臻至坚，那是用青玄的一条命和全部修为换回来的。从今往后，世上绝不再有能伤神尊之人。司寒神尊如果听到这儿，仍然一心要走，那紫微也决不再拦。”

许久，曲苏都没有再说一句话。

紫微大帝觑着曲苏的脸色，在早已高高架起的火上，添上最后一根柴：“神尊刚才那么轻而易举地从房间里走出来，若是放在从前，这可能吗？我想您离开时，青玄应当是睡着的吧？您当时不觉得奇怪吗？”

曲苏道：“紫微大帝执掌天经地纬，通晓众神归宿，应当知道……”

“我不知道。”紫微大帝俊美的面庞露出一抹讽笑，“就像我没有事先料到，他会为了你连命都不要，如今我也算不到，司寒神尊是否愿意为了他留下来。”

曲苏垂眸，眼角眉梢透出的心绪，连她自己都想不明白：“我留下来，能有什么用？”

紫微大帝道：“神尊若肯垂怜，在这妙严宫留宿一段日子，对青玄来说就是天上地下最好的良药。就算不念往日您和青玄在人间的缘分，只看他这一趟为了您，连命都快没了，还请神尊暂住些时日，帮我稳住他。这段日子，我也会寻遍三界，为他寻找续命之法。”

他的目光在曲苏面庞逡巡片刻：“况且，神尊大人此前失了元身，也平白消耗不少神力，若是急于离开，恐会留下病根。妙严宫灵气浓郁，对您的休养颇有增益。至于您之前说，不懂天界如今的规矩，此处是青华大帝的妙严宫，并不归玉帝的九重天管辖，您又是青华大帝捧在心尖上的人，在这地界，就属您最大。”

曲苏微垂着眸道：“谢过尊上，我知道了。”

紫微大帝见她虽然还绷着脸，神情之中那抹决然之色却早已烟消云散，取而代之的有迟疑，有凝重，也有种种纠结，不由心中微松，替好友暗暗道了句：“有戏。”

他不由放缓了语调道：“神尊且放宽心，在这儿好好养伤。我让阿缎留在这儿，也是因为他懂药材，和您也算熟悉，不至于唐突。至于青玄那儿……”他故意停顿片刻，才又叹了口气，“他如今的情形，不便让外人知道，我寻找续命之法一事，也需低调行事。我让阿缎熬的那些药，对他来说不过是杯水车薪，他能否康复，还要看机缘。也请神尊耐心在这妙严宫住上一段时日，多少帮我看顾着他几分。”

曲苏沉默着，到底还是缓缓颔首。

目送曲苏一个人在七宝芳骞林中慢慢散步的身影，紫微大帝最后又检查了一遍自己设下的结界，心知曲苏就算能耐通天，也破不开这结界擅自离开，这才匆匆折返。

他走进青玄休息的房间，见好友脸色苍白沉沉睡着的模样，认命地叹了口气，静心凝神，伸出两指为他渡了些许修为。

青华大帝甫一睁眼，便看向四周，紫微大帝连声道："别急。人我替你拦下了，此时正在你家门口那片树林里散心呢。"

青华大帝起身就要去寻，却被紫微大帝伸臂一拦。

紫微大帝唇露笑意，都认识多少年的好友了，他可不畏青华大帝的冷脸："你就这么去，见到人家，打算说点儿什么？"

青华大帝毕竟刚从意识昏沉中悠悠转醒，此时被这么一问，不由微微一愣，看到紫微大帝脸上似是在看好戏的笑容，不由张口道："就按照你之前教我的那样。"

紫微大帝目露好奇："哪样？"

青华大帝脸色微微一滞，抿了抿唇："你之前说的那些，我都照做了。"

紫微大帝简直啼笑皆非，他转了半圈，寻了把舒适的椅子坐下，自袖中摸出一把近来得来的新宠——若瑶琼玉扇，优哉游哉地摇了摇："我看恐怕没有吧？"

青华大帝眼神微黯："我喊她苏苏，她说她不再是苏苏，而是司寒神尊。我想同她亲近，她一躲再躲，看都不肯看我一眼。再后来，我按照你说的，靠在她肩上赖着不走，可之后我意识昏沉，她就离开了……"

能让一贯冷若冰霜的青华大帝厚着脸皮，把两人刚刚单独相处的情形说得如此清晰，放眼三界，也唯有一个司寒神尊了。紫微大帝强忍着，使嘴角不要上扬得太过分，清了清嗓子道："我说，你是不是领会得不到位啊？"

青华大帝侧眸看了他一眼，语气不怎么客气："都什么时候了，卖什么关子？要行就赶紧说怎么做，不行就滚回你的北极星宫。"

紫微大帝"啧"了一声道："都什么情形了，你怎么对我就从没个和颜悦色的时候？"

青华大帝没好气地道："因为你教的那些法子都不管用。"

紫微大帝拿折扇挡着，才强忍住没笑出声。倒不是他不同情自家兄弟如今这般惨痛境遇，实在是，能看到向来超然物外的青华大帝如此吃瘪受气，真是神仙生涯难得的赏心乐事。他伸手自一旁的虚空一摸，端起一盏冒着热气的七木凌花茶，装模作样地喝了一口，这才开口道："这事说来也怪我，之前在院子里，我还是讲得太笼统了，你又欠缺经验，所以效果不太理想。"

青华大帝沉默地听着。

紫微大帝道："想要司寒回心转意，这第一桩也是最紧要的，就是你不能太要脸了。你刚刚那一次，是真的晕过去了，这就不说了。接下来的日子，尤其是你与司寒两人单独相处的时候，心口痛会不会？吐血会不会？全身剧痛走不动道会不会？"

青华大帝俊美无俦的脸上，万年罕见地显出几分踌躇之色："会不会太夸张了？"

紫微大帝长叹一口气道："心口剧痛，吐血不止，全身僵死动也动不了，这一桩桩一件件，哪一样不是你这几日时时刻刻亲身经历的？我这还不是让你演，只是让你真情流露一回，你都做不到？"

青华大帝抿着嘴角，半晌才道："我不想让她看见……"

紫微大帝道："你再好强要面子，媳妇儿就跑没影儿了。到时你再吐血晕倒，也就只有我和阿缎瞧见。到时你让司寒上哪儿心疼你去？"

向来行事坚定，主意比天大的青华大帝，头一回不吭声了。

紫微大帝又道："第二桩，你与司寒是在凡间相恋的，对她来讲，自然是你从前还是青玄时的那些记忆，最为新鲜甜蜜。接下来，这衣食住行，你就想办法让她回忆起你们从前最美好的过往，具体怎么办，就不用我再教了吧？"

眼见青华大帝不吭声，紫微大帝又道："第三桩，就是解开她的心结。她如今已不全是曲苏，还有从前身为上神时的记忆，对于从前殷和的那些谎言，有一些应当是不攻自破了。但你还是应该与她好好说清楚，解铃还须系铃人，有些误会，你必须亲口澄清。她想明白个中内情，也看清了你的一颗真心，天长日久，你们两个总会和好如初的。"

临走前，紫微大帝在青华大帝肩上拍了拍："记得啊，追妻路漫漫，脸皮不值钱。"

另一边，曲苏一个人往前走了一段，不知不觉又绕回了庭院。

就见阿缎果然一个人在后厨忙进忙出，身后还跟着两个眼生的小童，看那样子，应当是给他打下手的。

曲苏走近，三人匆忙行礼，她摆了摆手："用不着，忙你们的事。"她凑近，端详着阿缎手里的药碗，"这是什么？"

阿缎道："是千年红参和火灵芝。我家尊上说，青华大帝此番失了太多气血，得多吃些滋补之物，慢慢补回来。"

曲苏问："这管用吗？"见阿缎瞠目，她连忙道，"我的意思是，你家尊上有没有说，他如今这样，得补到什么时候才能见好？"

阿缎露出认真回忆的神情："尊上说，好歹先帮青华大帝把这一口气吊着，把命保住，其他的事，慢慢再说。”

曲苏听得心中一沉，阿缎老实，不懂说谎，连他都这样说，可见青玄这次确实伤得很重。

识海里，那朵青莲随着她的意识流转，显出淡淡金红色的流光，那模样，确实比她上一世时的青莲元身看起来更气派了。毕竟是青华大帝以心头血滋养盛开的，若论神力和杀伤力，放眼三界，如今又有谁能和青华大帝匹敌呢？

曲苏心头生出一种陌生的感觉，酸酸的，有点涩，有点苦，还有一点甜。她忍不住抚住心口，却听这时身后一道声音道：“苏苏，哪里不舒服吗？”

曲苏转过身，青玄一袭白袍，墨发披散，仓促奔出房门，发冠都歪了。那模样不仅没有半分狼狈，反倒有一种说不出的风流之态。

曲苏侧身躲过他的手，对阿缎说：“我有点口渴。”

青玄却紧紧跟在她身后：“苏苏想喝什么，炉上温着清露圆子羹，还有千重莲做的莲花水晶糕，我让……我这就端来。”

青玄不贪口腹之欲，不眷恋奢华享受，也不喜欢闲杂人等嘈杂吵嚷。再者他又常常外出，因而平日里，整个妙严宫，除了一个九灵负责看门，就是小仙童也不见有一个。

陡然多出个女主人，为了方便照顾两人的日常起居，他从好友那儿紧急调来几个人手，一时间却喊不出人家的名字。对上曲苏有些怪异的眼神，就连一贯冷淡自持惯了的青华大帝，也不由有几分尴尬。

曲苏迈上台阶，她见这座凉亭修得别致，就想在这儿坐一坐。不想青玄一醒来就化身牛皮糖，她走到哪儿，青玄就跟到哪儿，眼看着她坐下，他却不忙着落座，反而躬身为她洗起了茶盏。

他弯颈伸臂，白玉莲瓣发冠就那么顺着发丝倾斜坠落。曲苏看在眼里，来不及多想，伸手就接。青玄并不知道她要做什么，见她伸出手，也跟着伸手去捧。

两人的手叠在一处，白玉莲瓣发冠有生以来，还未享受过这样的待遇，被曲苏捧在掌心，不由发出淡淡金色的光芒。

曲苏手心翻转，发冠落入青玄的掌中，微微一颤，发出一声极轻微的嗡鸣。

曲苏没想到，不过一只小小发冠，还有这样的灵性，不由凝眸端详。

青玄眸色温柔，睇着曲苏：“它很喜欢你。”

曲苏转过脸：“数日不见，尊上如今怎么变得这般油嘴滑舌？”

青玄听她这样说，也不恼，反而厚颜问道：“我如今这样，苏苏不喜欢吗？”

曲苏道：“我早你出生两万年有余，按辈分，你该唤我一声‘司寒神尊’。”

青玄闻言勾起唇角，望着曲苏气鼓鼓的脸颊，柔声道：“可你三万年前曾死过一回，减云这三万年，如今你还要比我小上一万年。”

曲苏简直难以置信，她不由转过脸瞪他：“你这是什么算法？”

青玄隔着桌子，轻轻抚过她垂落脸畔的发丝：“这样算不好吗？如此，苏苏就比我还小了，我听说女孩子都喜欢比自己大一些的男子。”

曲苏唇角微勾：“可年长一万多岁，着实有些老了。”

青玄神情一顿，几乎以为自己听错了：“老？”

曲苏的目光重新落在青玄的脸庞，他刚刚小憩片刻，现在束好发的模样，倒和从前那次两人在白帝城重逢时的模样有几分相近。神情缱绻，眉目如画，脸色虽然有些苍白，可怎么看都是个俊美至极的少年郎。哪怕曲苏有心挑剔，非要给他扣个“老”字，也有点过不了自己良心那一关。

曲苏不自在地移开视线，不再搭话儿。

可石桌对面那人气场太盛，哪怕侧过身不看，也能轻易感知到他的目光自始至终都黏在自己身上。

平生第一次，曲苏觉得成了神仙也不是什么好事儿。至少，若她只是个凡人，此刻就不会对周遭一草一木的变化都感知得如此清晰。

凉亭外，阿缎候在台阶下，乖巧地垂着眸道：“尊上，这是刚煎好的药。”

曲苏正左右都觉得别扭，一听到阿缎的声音，不由立即将目光转了过去。

哪知阿缎一撞见曲苏的眼神，便仿佛受到极大的鼓励，当即拾级而上，恭恭敬敬地将两碗药放在青玄面前，对曲苏道：“我家尊上刚刚说得没错，还是神尊最关心尊上的身体。神尊，这药须得趁热服下，药效才最佳。”

不是，他是怎么从自己随意的一瞥中看出自己“最关心”青玄的？还有，难道他刚刚那话的意思，是让她亲手喂药？

曲苏看向阿缎的眼神顿时一言难尽：孩子长大了，都知道给人挖坑了。

青玄却在这时道：“退下吧。”

阿缎后退着走下台阶，朝两人行了一礼：“我家尊上说，青华大帝向来不喜药味，还请神尊看在他的薄面上，多多看顾尊上，监督他按时按量，趁热服药。”

曲苏沉默片刻，淡声道：“吃药。”

说这话时，曲苏垂着眼，慢慢抚着自己袖口的花纹，眼角余光瞥到青玄伸过来一只手，便将眼垂得更低了些，不打算再看他了。

谁知这时就听阿缎惊呼了一声：“尊上！”

曲苏被阿缎语调里的仓皇惊得心头一震，匆忙抬眸看去，就见青华绣着暗银云纹的衣衫前襟，不知何时落了几滴鲜红的血珠儿，血花洇开，星星点点映在雪白的衣衫上，仿佛白雪红梅，秾丽之色，令人心惊。

青玄半攥着拳抵住唇，一面遮挡，一面似在强忍，还朝曲苏投来一个似含笑似安抚的目光。可紧接着，不等他开口说些什么，一大口鲜血就喷了出来。

他脸色奇差，似是觉出这样很不好看，于是飞快起身，侧过脸想避开，哪知道紧接着又吐了一口血出来。

曲苏都不知道自己是怎么飞身走过去将人扶住的。

她紧蹙着眉，揽过青玄的腰，几乎没怎么费力，就将人托得双足微微离地，一边头也不回地嘱咐阿缎和那两个小仙童："端上药，跟我走。"

曲苏从前在落羽时，见多了自家师兄从外头回来，受了外伤或是中了毒，体力不支走不动路的情形，那时她尚是凡人，见到这种情形，也能将人扛起就走。如今回归神位，重塑元身，又已恢复了大半神力，别说是扶着青玄回房，就是将人整个抱起来也不在话下。可青玄似乎有自己的坚持，尽管脸色惨白、脚步虚浮，也非要自己走回去。

曲苏想要说什么，侧过眸，刚好和青玄的目光撞在一处。就见他唇角溢血，嗓音微哑："苏苏，我……我没事的。"

几天前，她离了青要界，谁也不带，直冲九重天，只身杀入凝冬阁，早已做好与莹冬同归于尽的准备。那时她心里想得分明，自己本也没几天好活，但莹冬这个心腹大祸若不除去，等她死了，天界这些人，谁也不会记得世间还有过一个司寒神尊，更不会有谁看在她的颜面上，还记得多看护青要界几分。她的族人只能自生自灭，颠沛流离。像清潋那样的悲剧，不知还会发生多少次。

哪怕是青华大帝……那时，曲苏心里想，哪怕是青华大帝，他也不会管。他向来处事公允，不涉因果。他那么不爱多管闲事，哪怕与她在凡间曾有过那么一段纠葛，也不会因此而为了她做些什么。

可是她没想到，不过短短几日，等她醒来，世间事全都不一样了。

如今，活得好好的那个是她，而只差一口气就要灰飞烟灭的那个，成了青玄。

而且，他是为了她才变成如今这个样子的。

曲苏告诉自己，哪怕他们两个就此缘尽，哪怕她心里始终过不去那个坎儿，不论如何都不可能原谅他，但现在这个样子的青玄，她不能弃之不理。

曲苏脸色淡淡的，扶着青玄飞快进了房间。

青玄刚靠在床头，眼见曲苏转身就走，不由拉住她的手腕："苏苏！"

从这个角度，能看到他两弯浓翘的睫毛，犹如受惊的蝴蝶的蝶翼，轻轻颤着："苏苏，落羽的事，是我做错了。我那时差人去青要界调查你前世被害之事，好不容易得了个线索，那时你尚未恢复记忆，为了揪出幕后之人，我便去了趟上清境小莲峰……”

青玄继续道：“之后，我从九灵口中得知殷和也去了青要界，两方打斗之下你元身被毁，我当时卜了一卦，卦象不好，我乱了方寸，仓促赶去也只捞起半朵残莲。玉笛吹响的时候，我……是我无用，来得太迟，请你信我，若有机会，我也想救回大哥和落羽的人。”

可曲苏只留给他一个背影。青玄仰着脸，看不到她的神色，他垂下眼，攥着曲苏腕子的手指，悄悄收紧了点儿：“苏苏，求你了，别走……”

这时刚好迈过门槛的紫微大帝：“……”

跟在身后的阿缎和两个小仙童：“……”

朝着门口逆光而立正要开口的曲苏：“……”

紫微大帝唰一下抖开扇子：“罪过罪过！我听阿缎说，青华快断气了，故而来得太快了点儿。”

阿缎身后那两个小仙童将脑袋埋得低低的，最后面那个，还后知后觉地捂住了耳朵，一副“我真的什么都没听到”的样子。

至于阿缎的表情，就比较丰富了，他似乎被青华大帝刚刚那句话惊得不轻，满脸的表情都写着一句话：“这是我能听的吗？”

曲苏刚想使点力扯开青玄的手，才抬了抬手腕，就听身后一声闷哼。

她转过身，就见青玄靠不住床头的软枕，半卧半躺在那儿，双眸微垂，另一手捂着心口，看那样子，距离昏死过去也就只差一口半口气的——只是到了这个份儿上，也不肯松手。

她嗓音淡淡的：“松开手。”

青玄蹙着眉，看那模样，心口难受得厉害，连话都说不出了，却还执拗着不肯松开。

曲苏道：“我去端药。”

“去吧去吧。”紫微大帝走上前，帮着把两人分开，又朝青玄狡黠一笑，“司寒神尊已答应我了，会在这儿一直住到我给你寻到续命之法，你不信我，还不信司寒神尊吗？她向来一诺千金，答应了的事，从不反悔。”

好不容易被松开手腕得了自由的曲苏：“……”

身后，青玄刚要开口，就听紫微大帝又道：“行了，少说两句吧。今日你一碗药都还没喝，血都吐了几回了？”

曲苏把放在外屋桌上的药端了进来，却发现阿缎和两个小童都避了出去，就连紫微大帝也站在一旁，翻着一卷书简，神色凝重。

这喂药的差事，折腾一圈，又落到了自己头上。

曲苏沉默地坐下，舀起一勺，送了过去。

青玄倒也乖觉，不吵不闹，微垂着眼睫，乖乖吃药。他本就生得俊美，平日里冷峻霸道惯了，倒是鲜少流露这般脆弱的神情，简直像一只受了伤后收起獠牙乖乖任人撸毛的狼王一般，那模样只是看着温顺，但威势犹存，实在难以让人放下戒备。

不一会儿，一碗药就见了底。

曲苏站起身，隔着半卷的帘幕，就见外屋的桌上，又摆上了两碗热气腾腾的新药。

似乎是感受到了曲苏质疑的目光，紫微大帝自卷轴中抬头，飞快解释了句："药在炉上，除了这两碗，待会儿可能还有几碗，都是给青华补血续气的，劳烦司寒神尊了。"他攥着卷轴，"我刚想到了一样东西，可能有用，我这就去找。"

曲苏跟着他走到门口，终于开口："你刚才说的东西，可能根治？"

紫微大帝摇了摇头："神尊既然恢复了记忆，自然也该知道，这世上真正能给一个上神续命的东西，必定是上古遗留之物。可伏羲骨、女娲血这些神物，早已不知去向。我刚说的这样东西，也不过能为青华续上一两个月的命罢了。不过有总比没有强，若没有这个东西，青华如今随时都有可能……"

临走前，紫微大帝只留下一声叹息。

那天晚上，直到月上柳梢，曲苏都不记得自己到底给青玄灌了多少碗药，可这家伙倒前所未有的老实，既未抱怨药苦，也没做什么拽着她手不松开的蠢事。

他越是这副乖乖听话的模样，曲苏越是看得心头一沉。她不再说什么要离开的话，但也并不多话，只是默默守在一边，做一些力所能及的事。

和她从前想象的不同，妙严宫并没有那么磅礴华丽，看起来也就这么一间正经的房间。眼见时辰不早，青玄也已昏沉欲睡，曲苏便站起身，准备离开。

"苏苏。"青玄根本就没睡着，昏黄的烛光里，他尽管脸色憔悴，那双清亮的凤眸却熠熠闪光，直直地望着她，"苏苏，可不可以不走？"

他倏然从床上起身，等曲苏反应过来，他已站到她的身后，将她整个人环抱在怀里："苏苏，不要走。我也不知自己还有几天可活，我不想死之前都看不见你。"

直到曲苏让他躺回了床铺，青玄也不肯松手。

曲苏并不想把动静闹大了，惊动了屋外的阿缎等人。她看了青玄半晌，而后轻叹了声，说："我不明白。"

在青玄还未反应过来之时，她继续说道："尊上现在究竟想做什么？能否给我一个准话，也别让我猜来猜去，这样很没意思。"

他近几日黏她黏得过分，即便是从前在凡间，她还是凡人曲苏的时候，也没有这样的待遇。

青玄握住她的手道："我只想你原谅我。"

"我并不怪你。尊上为我点混元灯，为我重塑元身，这份大恩我铭记于心。"

"不是什么恩。"青玄突然打断曲苏的话。他呼吸紧促起来，心中弥漫着不安，指腹细细地摩挲着曲苏的手背，"为你做什么都是我应该的，更是我心甘情愿的。"

曲苏还想说什么，可青玄却不给她开口的机会，小心而珍重地将她的手按在自己心口，"苏苏，我就想在你这里讨一个机会。"

"尊上。"曲苏眼睫微动，她朝青玄看去，"没有机会了。"

青玄脸色瞬间惨白。

曲苏挣开他的手，"你想要曲苏给你一个机会，可曲苏其实已经不复存在，所以没有机会了。若你想要司寒给你一个机会，我可以很明确地告诉尊上，司寒确实没有责怪尊上的意思，世间万物皆有因果，逆天改命没有意义，我能理解。"

她说话的语气那么绵软，神色又温和，可听在青玄耳朵里，好似锥心刺骨。

青玄感觉到胸口一疼，喉头涌上一丝血腥味，被他强行压了下去。

"你好好休息。"曲苏别开脸，正打算起身离开，青玄却突然伸手将她抱在怀里。

"陪我睡一会儿吧。"青玄将脸埋进她的肩窝，"苏苏，别再拒绝我了，我疼。"

若是从前的曲苏，听到他这样的话，一定心疼到不行。可如今的曲苏，只沉默着任他抱着。

她知道青玄想要什么，但她给不了。她确实不怪青玄，她只是不想再信他、爱他、依赖他，所以什么机会不机会的，不过是互相折磨。

或许是临睡前阿缎送来的那碗单独炖给她的汤药里也放了安神补养的药物；又或许，折腾这一天，她也真的倦了。那一晚，曲苏也不记得自己到底什么时候睡着的。梦中，她仿佛睡在一团柔软温暖的云朵上，不时有什么东西轻轻在她脸上、唇上轻啄着，她觉得痒痒，伸手拂开，却又被什么东西捉住了手。

曲苏实在太倦，懒得睁开眼瞧，感觉那东西没了动静，便又睡着了。

"到底要不要禀告尊上，我看那个人都在树林外转了好几天了。"

"反正他也进不来，如今尊上都那个情形了，紫微大帝走之前不也交代，说让咱们一定要照顾好尊上，别让他再耗费心神了。"

"可是……"

窗外两个小仙童的对话，青华大帝一字不落地都听到了，但他没有从大门离开。

只见他身形几个闪现，出现在七宝芳骞林外时，身上已换了一袭天青色的法衣，头戴九珠嵌宝獬豸冠，人未走近，已先出声："滚下去。"

话音刚落，一袭红衣的美貌青年身形一震，紧接着，便从重重层云上直坠而下。

青华大帝一手背在身后，另一手拿一束清杨玉柳，跟随着那穿红衣的青年一齐飞快跃下。

群山环抱，草木青翠，一座青云掩映的小木桥旁，殷和勉强稳住身形，面色不善地望着紧随自己而来的青华大帝，笑容阴戾："听闻尊上替姐姐修补了元身，殷和特来拜会。想不到传闻中普度众生的青华大帝，对待来宾竟如此失礼。"

青华大帝神色如冰，目光凛然："一条靠吞噬煞气修炼的蛇妖，还不够资格当我妙严宫的座上之宾。"

殷和半眯着眼，打量着他道："听闻尊上修缮炁渊，已耗去大半修为，如今又为姐姐修补元身，不知你如今的神力，还剩几成？"

青华大帝嗤笑了声，他极少露出这般轻慢嘲讽的神色，反倒愈加衬得他眉目生动，所谓"悦怿若九春，磬折似秋霜"，堪可形容青华大帝三分姿容。"杀鸡焉用牛刀，你若想找死，还用不着我多费神。"他以嘲讽的目光将殷和从头到脚看了一番，"怎么，挨揍上瘾了？上一回在你那泥鳅潭里，你还嫌没死透？"

殷和脸色阴沉，指节捏得泛起青白。他望着青华大帝，青华大帝今日这一身天青色的法衣也不知是如何选的，怎么看都像极了从前司寒最爱穿的那身法衣。只要一想到此时司寒就被他养在妙严宫，这两个人从前在人间又有过那样一段甜蜜腻歪的情缘，殷和就觉得一颗心仿佛被泡在了熔浆里，多一刻都不能忍受。

可青华大帝衣着华贵，容色极好，怎么看都不像身受重伤的模样，尤其刚刚在妙严宫外那一声冷斥，声气之强，威势之猛，直接将他驱逐出了天界，可见青华大帝即便真的有所损伤，但绝没有伤及根本。这与殷和之前的猜测和听到的传闻截然不同。也就是说，就算自己在短短时日内养好了伤，功力也比之前更上一层，却仍不是青华大帝的对手。

殷和脸色几经变幻，终是对着青华大帝幽幽一笑："尊上虽将姐姐强留在妙严宫，但在姐姐的心里，深知你是什么样的人，她早已对你失望透顶。姐姐向来重情重义、爱憎分明，恐怕这些日子，尊上虽然日日伴在她身边，但滋味儿也不大好受吧？"

青华大帝翘起唇角，蓦地一笑："不劳你费心。我与司寒，三万年前就已结下不解之缘，此事流传甚广，三界尽知；三万年后，我与她在人间相识之初，也是她主动开口与我攀谈。不论她有没有前世的记忆，在她心里，我始终与闲杂人等不一样。"

说着，他轻轻抬了抬手腕，露出一颗淡青色的珠子，那颗珠子猫眼儿一般流光闪耀，被青华大帝拿一条红绳串起来，系在手腕，与他身上那件天青色的法衣分外般配。

不等殷和看清，青华大帝手腕一翻，层层叠叠的袖口已将那条红绳连同猫眼珠又遮了起来。

就见青华大帝眸色温柔，轻垂着眼眸淡淡道："这是她送我的定情之物。"

殷和几乎咬碎了一口牙齿："你才跟她相处几天，你知道她最喜欢什么花？爱吃什么东西？闲来无事最喜欢什么消遣？"

青华大帝睨了他一眼，摇了摇头："这些都是我与苏苏之间的私房话，如何能轻易对外人说起？"

殷和被他气得怒极反笑："青要界那些人从前说我两面三刀，那是他们还不认识青华大帝。"

青华大帝怡然道："清沅长老是司寒的亲信，她早就知道司寒要在妙严宫长住，我与司寒之前的事，青要界族人，各个乐见其成。"说到这儿，他轻笑了声，连看都不再看殷和，"有的人真是脸皮比宫墙还厚，都到了这一步，还不认清现实，非要死皮赖脸地纠缠。"

殷和反唇相讥道："你也就在我面前说几句漂亮话罢了。我不信姐姐真的接受了你，不然你怎么一见到我来，就如临大敌。看来在青华大帝心中，也很介意我与姐姐的过往啊！"

青华大帝半垂着眼，不再看他："她这会儿也该醒了。"

殷和还要上前，青华大帝手执清杨玉柳，轻轻一甩，精巧的木桥前，出现了一条红线。

青华大帝头也不回地道："我不杀你，只为三界不再起争端，你若识相，早点滚回你的妖界去。"

曲苏醒来时，已近晌午。

"苏苏。"曲苏刚走出房门，就见青玄一袭白衣迎了过来，他看起来精神仿佛好了一些，走路也没有昨日那么飘浮，"苏苏，我做了你从前最爱吃的糖醋鱼，还有你以前说过，想尝一尝天界的酒……"

曲苏看他那样，好像昨夜之事没发生过，她无奈地垂下眼眸，没有说话，却也没有拒绝。

然而这对青玄来说，已经算是不敢奢想的惊喜了。

他坐在曲苏对面，细细看她。她比从前在人间时瘦了些，下巴微尖，肌肤白得欺霜赛雪，眉心添了一抹中心透紫的雪花印痕，眉眼间仿佛笼着一场经久不散的烟雨，令人怎么都看不透她的心思。那模样应当是比从前更美的，但落在他眼里，他宁愿她还如从前那般，脸颊微微鼓起，说到高兴处总是不自禁地微昂着头，时而还颇为得意地瞥他一眼。那样生动活泼，又有三分泼辣，才是他记忆里的曲苏。

她也不像三万年前的那个司寒。彼时的司寒，如今细细想来，与曲苏的性子也有五六分相似，只不过她贵为上神，又年长他两万多岁，说起话来，总是似笑非笑的慵懒模样。闲来无事时，还很喜欢说两句调侃的玩笑话。得知曲苏就是司寒时，他也曾设想过，以曲苏的性格，若是再过上七八年，差不多也会成长为彼时司寒的模样。

只不过那时他与司寒称不上熟稔，与曲苏相识之后，更没把两个人放在心里比较过，因而从未有过类似的联想。

青玄夹了一块肥嫩的鱼腹肉，蘸了点汤汁，送入她碗中。

曲苏刚夹了青菜，吃完青菜，筷子尖微微停顿，最终还是夹起鱼肉，送进口中。

酸甜爽辣的滋味瞬时充满口腔，曲苏先是一顿，随即爆发出一阵惊天动地的咳嗽。

等曲苏反应过来，自己已被青玄抱着坐在他膝上，后背被他的手轻轻抚着，面前还悬着一杯清水、一碗甜羹和一杯冰过的果子露。

曲苏：“……”

她简直没脸看凉亭外到底站着几个人，还没开口，就觉耳畔一热，紧接着是青玄淳美的嗓音：“太辣了？抱歉，我记得你以前很喜欢吃辣，所以辣椒放得多了些。想喝哪个？”

曲苏没想到这人居然能得寸进尺到这个地步，她也不想再跟他耍贫嘴，干脆身形一闪，就要躲开。

可令她没想到的是，不论她怎么催动灵力，都稳稳坐在青玄膝上，身形一动也不能动。

她蹙了蹙眉，转过脸看向罪魁祸首，可不想嘴唇就这么沿着青玄的下巴擦了过去，最终在他的唇角停下，那模样，仿佛她在主动向他索吻一般。

曲苏在回忆里搜寻一圈，也没找到类似“隐身术”或“遁地术”一类的术法。她脸颊发烫，眼神乱飞，刚张开唇想要说什么，就觉唇瓣一凉——青玄就这样吻了过来。

他大约真是快要死了，明明亲得前所未有地炽烈，嘴唇却一直凉冰冰的，给曲苏的感觉好像以前她每次吃完热锅子，接着再吃那种软糯糯凉冰冰的凉糕。曲苏被他吻着，脑子里却控制不住地胡思乱想。觉察到他愈加热烈时，曲苏后知后觉地发现，自己的处境好像有点不对劲：她就这样被他抱在腿上坐着，后背和石桌之间隔着他的手臂，面前是他的胸膛，简直是前有堵截，后无退路，无处可逃。曲苏的脸控制不住地愈加滚烫，脑海中突然闪过一个许久之前明阎教她的术法。

青玄原本将人珍而重之抱在怀里，陡然觉得手臂一空，他凝眉一望，只见眼前一片虚空。

青玄霍然起身，却见眼前霜花点点，飞舞着越过庭院，等曲苏再次现身，人已在数丈之外的七宝芳骞林附近。

凉亭外，捂着眼的阿缎将手指偷偷扒开一条缝，轻声提醒道："尊上，用不用阿缎去追……"

青玄道："不必。"

阿缎放下手，悄悄朝凉亭里的青华大帝看去，只见他一直望着司寒神尊的背影，脸上不见半分忧愁，眼角眉梢都透着一种说不出的缱绻与甜蜜。

阿缎默了片刻，突然懂了自家尊上临走前的那句感慨：早点走也好，省得那杀神醒了，嫌我碍眼，主动撵人。

阿缎当时不明白"碍眼"是什么意思，可当他看见了不久前凉亭里的一幕，小绶带鸟陡然了悟：自己从刚刚起就一直站在凉亭外头的行为，就挺"碍眼"的。

另一头，曲苏一个人在流金幻彩的林中慢慢走着，心绪渐渐平复，可脑海里却难以控制地闪过刚刚两人在凉亭内亲昵的情形。

当她回归神位，却因为元身被毁而没有恢复前世的记忆时，她是恨青玄的。她不仅恨他欺骗自己的感情，也恨他将自己当成他徒弟清潋的替身，更恨他薄情寡义，明知落羽众人遭难也不去搭救。

但那时她更恨自己，她恨自己看错了人，也爱错了人。她恨自己竟然会把殷和那样的怪物当作朋友，引狼入室；也恨自己竟然就这么愚蠢地托付了一片真心。青玄该有多么不在意自己，落羽所有人的命加在一块儿，都比不上他一心要为复活清潋找到躯壳。她更恨自己无能，恨自己只是个凡人，被殷和纠缠，被青玄辜负，可到头来，不论哪一个，她都招惹不起。

在神魔面前，凡人比蝼蚁还要渺小，她只能任由他们摆布，看着他们改变她的命运。想要替落羽复仇，想要求个公道，凭她一个凡人，这辈子都不可能。

后来她意外回归神位，命运却再次给她开了个巨大的玩笑——她没有元身，通身神力无法自控地不停外泄，神力衰竭不过是时间问题。那时候青玄同她解释，跟她道歉，她听不进，也不想听。哪怕他说的每一句都是真的，可横亘在他们之间的是她至亲好友的性命。在青玄眼里，大哥和苗苗、小姜他们只是小小凡人，凡人百年寿命，早死几十年也无足挂齿，可在她眼里，那是她小半辈子的牵挂。

她无法理解青玄，更无法原谅自己。

直到她喝下那碗凝聚了七姑娘全部灵力的药，找回了前世记忆。

她清楚地看到了自己前世的每一个日夜；看到自己如何走出青女峰，一点点成长为在后世诸多神女、仙君口中堪称传奇的“司寒神尊”；也见到了那些在记忆里仍旧鲜活的面孔，哪怕他们之中有许多人，早已湮没于这三万年间的滚滚红尘。

她看到了前世的自己，是那么愚蠢大意。彼时，她虽是上神，却比这一世是凡人时活得更简单纯粹，所以才更好骗。所以她最后死得那么惨。

她看到了一切，之前殷和编造的种种谎言，不攻自破。

有关清潋的事，哪怕青玄没有一句解释，凭她上一世身为司寒神尊时的记忆，也知道那一切都不是真的。

清潋是她的族人，灵力低微，蒙受冤屈，生受诛神阵四十九道天雷，身死魂消，灰飞烟灭。

清潋是不可能有来世的，更不可能借由她的躯壳复活。所以青玄为了清潋才离开自己的说法，根本站不住脚。

殷和信誓旦旦的模样看起来毫无破绽，才把身为凡人的她唬得轻信了他的鬼话。

这些事，在她醒来之后，早在心里颠来倒去想了无数遍。

想的次数多了，心里的那些仇恨叠了又叠，对青玄的一腔恨所剩无几，更多的是对自己的埋怨。

之后青玄为她点混元灯，为她重塑元身。他费尽心思地讨好她，逗她开心，她全看在眼里。如此她更谈不上恨他。

若真有恨，也不过是因为那支玉笛。

她那时候迫切地盼着他来，但他失信了。虽然现在知道了他当时是正在青要界捞那半朵残莲，但她当时的绝望至今犹能感知到。

他们两个，终究再也回不到从前了。

青华大帝普济众生，心怀大慈大悲，他在云端上，何必入俗世。而她司寒，不信天道，天生反骨，早在俗世里随心所欲惯了，受不住青华大帝那样的冷心冷肺。

他们，道不同不相为谋。

可经历过伤心、绝望和恨，再到恢复上神记忆之后的了然和释然，她以为自己真能洒脱地放下，可直到最近两日，眼看着曾经爱过、恨过、执着过却最终形同陌路的那个人，为了自己耗尽神力，命在旦夕……亲眼看着他止不住吐血的那一刻，她心软了。

他说疼时，她比他更疼。

所有的情感，都仿佛被一层薄薄的冰封存在了内心的最深处。可让她就这么将以前发生过的一切轻飘飘揭过，让一切都回到两人身在凡间那样，回到从前的倾心相待、欢喜笑闹、甜蜜无间，她又深知自己做不到。

妙严宫中，绿树成荫，芳草萋萋，靠近大门口的一片空地，土壤还透着新色，不知何时移栽来了两棵高大的火凤花树。也不知这树是从哪儿寻来的，又或者是天界的土壤，种什么都能长得格外好，这两棵树比曲苏之前在人间见过的都要繁茂。就连花儿，也比人间的更红更艳。

曲苏仰颈，看了一会儿开得鲜妍的花，这才朝前走去。

还未走近，曲苏已闻到一股清甜的香气。阿缎快步上前，蓝色的眼瞳认真地望着曲苏："神尊，您可回来了。"

曲苏看着他，笑了笑道："又怎么了？"

阿缎道："您去芳骞林散心，尊上不让我们跟着，非说要亲手给您炖汤。"

堂堂青华大帝，竟然为一人炖汤，这事若是传出去，恐怕要在天界近来的诸多八卦中"异军突起"了。

曲苏闻言，沉默了一瞬，颇为生硬地转了话题："客房在哪儿？"

阿缎震惊道："客房？"

曲苏见他那副模样，忍不住道："怎么，偌大的妙严宫，连间客房都没有？"之前连着两晚，她为了照顾青玄吃药，与他同榻而眠。可是今天在外走了一圈，她越想越是觉得不对劲，若说连一个客房都没有，那这几天阿缎他们都住在哪儿？

阿缎点了点头，神色看起来理所当然极了："是，只有那一间房。"

曲苏道："之前我睡了多久？"

阿缎掰着手指头道："阿缎来的那日，神尊您就在那儿睡了，至少有四天。"

曲苏缓缓一笑，那笑容看起来凉冰冰的，有些吓人："那四天里，青华大帝宿在何处？"

阿缎眨了眨眼："尊上他也睡在那间屋里啊！"他挠了挠头，实在不明白曲苏为什么对这个问题这般计较，"其实也不算睡，多数时间，尊上都在打坐。"

也就是说，之前她昏睡的那几日，青玄也都与她同处一室。

想想也是，连她醒来之后，青玄都那么纠缠着非要和她睡在同一张床上，她昏迷不醒的时候，不是更方便这家伙为所欲为了！

曲苏觉得这事简直不堪细想。

回想从前在凡间时，那个动不动就拿"成何体统"四个字斥责她的清冷上仙，曲苏只觉得往事真是遥不可追。

曲苏沉默了一瞬，看向阿缎的眼神里透着几分打量："那你也不睡？"

阿缎乖巧地摇了摇头："尊上没有吩咐时，阿缎也会睡上一两个时辰。"说到这儿，他指了指不远处的那棵大柳树，"神尊若是担心半夜醒来找不见阿缎，就去那儿。"

"……"曲苏皮笑肉不笑地道，"还真会省地方。"

阿缎缩了缩脑袋，小心翼翼地道："您不喜欢那个房间，可以和尊上说，尊上那么疼您，连堕渊那样的地方都敢为您去闯，不过另辟一间客房，尊上肯定会答应的。"

"苏苏。"

曲苏在心底叹了口气，默默转过身。说老实话，她从前最喜欢听青玄这样喊她的名字，可自打从妙严宫醒来，青玄每次喊她名字时，那语气和音调，听着总和从前有什么不一样。

他如今这样，也实在太黏人了些。

青玄不知何时换了一袭长袍，云蒸霞蔚般明艳，也不知是什么布料做成的，乍一看去，仿佛透着珍珠般莹润的光泽，又仿佛姑射莲池的水一般，碧波潋滟，熠熠生辉。他本就生得俊美非凡，突然换了这样显眼的颜色，更令人移不开视线。

曲苏回过神，就见青玄正用一种看透一切的了然目光看着自己，不禁飞快移开了视线。谁知这人走到近前，拉起她的手，非常自然地在他胸口摸了摸。

这真不是她主动摸的！曲苏觉得自己脑子都转不过来了，整个人都僵住了。

阿缎更是反应敏捷，身形一闪便化为原形，飞去不远处的大柳树上蹲着去了。

青玄却自在坦荡极了，攥着曲苏葱白般的指尖，低头问她："苏苏可喜欢这料子？"

光天化日之下，总算他还有几分节操，没有胡说些有的没的。

曲苏在心底大大松了口气："是很漂亮。"

青玄闻言，粲然一笑："我也为苏苏准备了一件。"他牵起她的手，往两人的房间走去，"带你去看看。"

等曲苏昏头昏脑地换了新衣裳出来，往外间的镜前一站，她陡然反应过来——两人初见那日，她曾看见他身上那件法衣就是这样的光泽流转，漂亮得不像话，还向他打听那布料的来处。

当日他是怎么说的来着？

"想穿这身衣料，怕你永生永世都没有办法。"

曲苏忍不住扑哧一声，笑出了声。

青玄就站在她身后，见她这副神情，不由凑近她耳边，轻声道："从今往后，整个妙严宫，连同我，都是苏苏的。但凭神尊大人吩咐，青玄无有不从。"

听听，这是神仙该说的话？

曲苏都有点恍惚，这还是当年那个冷心绝情的青华大帝吗？

不用别人提醒，曲苏自己都觉得耳朵连着脸颊那一片，烫得要命。她被他自身后拥着，一只手扣在她的肩头，还生怕不够亲昵似的，微微偏头，倚在她的颈侧。从镜中看去，他们两人当下的情形，说一句“耳鬓厮磨”也丝毫不过分。

此情此景，但凡被个外人瞧见，她这之后几十万年的漫漫仙途，怕是再也没个好名声了。

遥想当年，她不过当众随口赞了一句“君之绝色，旷古烁今”，就被那些人嚼舌根嚼了几万年，到处谣传她拈花惹草，不是个本分的神。

今日这事，若是传了出去，尤其以她如今在三界的声名和地位，不知要揉碎多少神女、仙娥的婉转情肠。实在造孽！

曲苏强忍着自耳根泛起的热意，却不知道自己穿着那件颜色绯红的鲜亮法衣，与青玄站在一处，面若霞飞，神情娇艳。两人头颈相交、吐息交融的情景，不论谁见了，都知他们是天造地设的一对眷侣。

曲苏强撑着气场道：“无有不从？”

青玄嗓音低哑：“嗯。”

曲苏侧眸看他：“那我要一间只属于我的单独的客房。”

青玄眼神微暗，凝视着曲苏提出这要求时骤然生动的眉眼：“唯独这个不行。”他低声解释，“你这元身是新的，与你神魂还未完全融合，得有人在你身边，日夜看护才最妥当。而且我如今的情形……苏苏，我只想接下来的每一日，都能陪在你身边，再不分离。”

曲苏抿了抿唇，她拥有身为青女时的记忆，自然知道青玄这个解释不算说谎。她本想再说什么，可突然从镜中瞥见青玄耳后的一缕发丝，她眸光微定，简直要怀疑自己看错了——那是一缕白发。尽管只是小手指粗细的一缕，却足以令她触目惊心。

曲苏自心底升起一股寒意，她飞快移开了目光，转头睇了青玄一眼：“你做的甜羹呢？我想吃了。”

青玄闻言一笑：“苏苏尝过，要如实告知我好不好吃。”

曲苏不再纠正他对自己的称呼。

在她心里，她既是司寒，也是曲苏。可她是司寒时，与青华大帝顶多算得上半个熟人；她是曲苏时，才真心实意体会了一次与他彼此爱慕的滋味儿。

青玄这样喊她，她嘴上不认，其实心里并不抵触。

以青玄的敏锐，想必早就看穿了这一点，所以一般是只有他们两人时，才一直唤她“苏苏”。

吃过青玄亲手做的墨芙蓉羹不久，曲苏便有些倦意。她知道，墨芙蓉有安神的效用，年头越久，效力越强。青玄做这个甜羹给她吃，无非是希望她夜间能休息得好一些。

这一晚，曲苏果真睡得很沉。意识迷迷糊糊的时候，她突然觉得有些冷，身体本能地向身后的温暖靠去。耳畔仿佛有人低沉地说了一句什么，似乎还笑了。

曲苏觉得耳朵尖痒痒的，伸手欲抓，手又被什么人轻轻捏住了，指尖仿佛触碰到了云朵，轻柔、微凉，曲苏伸指在那上面摁了摁，还将脸在温暖的热源上蹭了蹭。

一夜无梦。

醒来时，又是天光大亮。

令她没想到的是，不仅青玄不在室内，就连阿缎都失去了踪影。

曲苏走到庭院里，只见天光正好，鸟儿啁啾，放眼望去，四下里绿树成荫，一切看起来都与寻常没什么不同。

她思索片刻，朝昨日在大门附近见过的那两棵火凤花树走去。

火凤花树下，泥土很新，伴随着清风阵阵，不时有几朵红花飘落。曲苏拾起一朵，凑近鼻端，是她熟悉的花香，就连花瓣的触感都格外真实。

曲苏继续向外走去，妙严宫外，七宝芳骞林流光溢彩，令人炫目，每一棵树看起来都与记忆里她昨天见到的没什么不同。

曲苏突然顿住脚步，转过身，飞快往回走。

她终于想起了有什么地方不对劲，是鸟声！

真实的妙严宫，虽然有阿缎和几个小童陪着，也有数不尽的绿树碧草，青玄却从不在宫中养鸟，阿缎他们更不会轻易发出寻常的鸟鸣声。

就在她意识澄明的一瞬间，周遭景象陡然变化，如同水上泛起的波纹一般。

紧接着，四周倏然一静。

由闹转静，由伪转真，眼前这道看起来逼真至极的结界就这么破了。

曲苏向四周看去，却听到一道格外夸张的抽气声。

她朝着声音的来源看去，就见青玄仍穿着昨日那件青色法衣，神色冷淡地坐在白玉石桌前。阿缎连同几个小童都站在他身后。

石桌的另一边，站着一个峨冠博带的青年男子。

只见对方衣着鲜丽，皮肤白皙，濯濯若春月柳，尤其一双丹凤眼生得清亮秀丽，乍一看去，不似神君或仙人，更像一位在人间养尊处优的贵族公子。

见到曲苏突然现身，他又惊又喜，朝着她快步走来，却在距曲苏仅有一臂之遥的地方顿住脚步，一双丹凤眼水波盈盈，几乎要滴下泪来。

曲苏在记忆中恍惚片刻，见他这副模样，不禁一笑：“阿曜，别来无恙啊。”

只这一句，白帝再也憋不住眼泪。他一步上前，将曲苏抱在怀里，头埋在她的肩膀，号啕大哭：“你终于回来了，我和他们说你没死，没人信我。我说你要回来了，也没人信我。”

曲苏的视线越过白帝，就见石桌一旁坐着的那人，脸色早已冷若冰霜。偏偏怀里这家伙胆大包天，还在继续控诉：“青华把你锁在妙严宫，还骗我说你不在，若不是我一路闯进来，还不知你要被他关在这儿多久。”

眼看青玄目光冷得能淬出冰，曲苏连忙道：“不是关我，是他救了我。”

白帝泪水量惊人，几乎转眼间，就将曲苏的肩膀哭湿了一大片。听到曲苏这样说，他不由抬起头，泪眼婆娑地望着她：“小寒，你受委屈了。都怪我，在白帝城时我明明见过你的，可那时我竟然没认出来。若是我能早点与你相认，你也能少受些凡间的苦，若当日在茶楼我卖你八卦话本时就认出你……”

那还有青玄那厮什么事儿啊！

白帝越想越是悲从中来，忍不住再度趴在曲苏的肩头，嗷嗷大哭：“是我笨，我眼瞎，我怎么就没认出是你。”

曲苏不用抬头，都能感觉到青华大帝杀人的目光，她硬着头皮道：“别哭了，先坐。”她指了指石桌，“你也渴了吧，我去给你倒点水喝。”

“不坐。”斯文俊秀的青年哭得眼皮微红，那双眼里却透着决绝，“我也不渴。小寒，咱们走吧，我送你回青要界，或者你跟我回我的家乡去。如今的天界早不是三万年前的天界了，这里不适合我们。”

石桌旁，脸色黑得能当锅底的青华大帝冷声开口：“白帝要走，青某不挽留。不过，司寒是我未过门的妻子，妙严宫就是她的家，她在这里住得很好，不会跟你走。”

白帝闻言，霍然转身，看着青华大帝冷笑道：“司寒两个字，也是你配叫的？论年纪、辈分，你该称呼她一声司寒神尊。六万年前，我和小寒把臂同游三界的时候，还不知你在哪儿玩泥巴呢！”

青华大帝闻言倏然一笑：“认识得早又怎样？四万年前当着天界众神的面，司寒神尊对我说过什么，需要我今日再对你复述一遍吗？”

“君之绝色，旷古烁今”八个字，当年传得沸沸扬扬，白帝如何会不知道？提起这事，他就心口刺疼，他哼了一声：“小寒生性善良，就是见了一只鸟儿，都要夸上好几句漂亮、可爱，不过一句场面话，也就你当真。”

被曲苏当面夸过漂亮、可爱的小绶带鸟当即身形微僵，垂下脑袋，努力降低存在感。

青华大帝脸色冰冷，看向曲苏的眼神里透出几分幽深。

白帝又道："未过门的妻子，你蒙谁呢？当年小寒直到死，都没有过一个心悦之人。你别告诉我，把小寒锁在你这妙严宫几日，就能单方面宣布和她私订终身了！"说到这儿，他不由"哈"了一声，叉腰仰天道："那要这么说，我还和小寒青梅竹马、两小无猜呢。"

青华大帝淡淡地道："我和司寒的兄长曾有约定，要照顾她生生世世。她身边的清沅长老，也在不久前传来手书，说只要她愿意，就是长住妙严宫也无不可。"

"小寒哪儿来的兄长？"

"这是我和她之间的秘密。"青华大帝似笑非笑，悠悠然道，"毕竟我们早在凡间就相识了。"

这是拿刀往白帝的心窝子上戳啊！

白帝泪如雨下："小寒，都怪我！"

被点名的曲苏何止是有一点头疼，她现在脑袋都要炸了。她绷着脸色走上前，朝青华大帝伸手："清沅来信了？"

青华大帝自袖中取出一封信笺，递到她手上时，一语未发，却悄悄捏了捏她的指尖。

曲苏飞快地抽出手指，故意不回应他幽深的睇视，拿过信三两下看完，又收入袖里。

白帝不知何时也凑了过来，他没看清信上写了什么，拽着曲苏的衣袖道："小寒，这到底是怎么回事，清沅怎么会同意你住到妙严宫来？我不信。"

曲苏道："阿曜，我暂时不能和你走。"

白帝手指颤抖，看了看曲苏，又瞪向青华大帝："小寒，是不是他威胁你？"他先是拿手指了指青华大帝身后的阿缎等人，"就这么几个仆人，怎么照顾得好你？"

他又指向曲苏身后不远的屋舍："就这一间小破屋，你晚上睡这儿，他睡哪儿？他这打的是什么算盘，小寒你看不出来？"

他环视四周，一脸鄙夷："一整个妙严宫，还没有我在家中修的一间专门供放你画像的闲置宫殿大，花没几朵，湖没一个，在这破地方，你怎么可能休养得好？"

挑剔了一整圈，白帝自己也跟着原地转了一圈，可这一圈转回来他就发现，一番话说完，整个妙严宫也随之焕然一新。

偌大的庭院里，古树参天，乱花迷眼，碧瓦朱甍，仆从成群……不过转瞬之间，妙严宫中仙雾迷蒙，祥云掩拥，当中一泓湖泊，水木明瑟，白鹤飞舞。再看远处的七宝芳骞林，霞光明艳，绚烂璀璨，数不清的珍宝四处堆放，漫不经心地沦为风景的陪衬。哪怕是九重天上最豪奢的宫殿，也远远比不上这里精美高妙、灵气浓郁。若说养伤，这里对曲苏而言，就是最适合的居所。

曲苏默默侧眸，就见青华大帝也朝她看了过来。那双凤眸清亮摄人，锋芒无匹。简而言之，当着心上人的面反复打情敌的脸，他心里的得意、爽快简直要溢出来了。

由苏："……"

白帝的沉默只维持了短短一瞬间，很快，他又有了新发现："所以这才是妙严宫真实的样子？"

青华大帝看都懒得看他，端起阿缎递来的一碗药，默默喝着。

白帝倒吸一口凉气，神情惊悚地看向曲苏："小寒，你看到了吧，妙严宫分明这么豪奢精美，他之前那副穷酸样，装出来给谁看？这家伙分明是居心叵测，不得不防。"

曲苏抚了下额头，就听白帝飞快地抽了抽鼻子，震惊道："堂堂青华大帝，年纪轻轻，就靠这么多仙品灵药吊着。千年红参、火灵芝、金芝玉露、瑶池青云芝、大返魂丹……这么多补药一起吃，你这是要不行了？"

这回不光青华大帝呛着了，就连曲苏都被自己的口水呛得咳嗽起来。

始作俑者还在震惊："你想骗婚？"

曲苏勉强平复了咳嗽，强行打断道："阿曜，你先冷静一下。"

"我怎么冷静？"白帝的脸色已近乎苍白，直指着青华大帝的两个手指微微颤抖，"清沅长老把你托付给青华大帝，她知道他已经这样了吗？"

曲苏深吸一口气，飞快地解释道："不是你以为的那样，我之前元身被毁，是青玄用了混元灯，帮我重塑元身。"

此言一出，不仅白帝，就连青华大帝也将惊讶的目光投向她。

白帝更是精准地捕捉到了重点："你叫他什么，青玄？你们两个……"他指着曲苏的手都颤抖了，"你们两个什么时候这么亲密了？"

青华大帝的这个名字，就是向来与他交好的紫微大帝，也极少这样称呼他。如今天界许多人更是不知，青华大帝原本的名字是青玄。

青华大帝不说话，只是目光幽幽地望着曲苏。

曲苏伸手制止住白帝，示意他别再说了。

白帝还欲再说，曲苏一把捏住他的手臂，低声道："你若是想我在这儿住一辈子，就继续嚷嚷吧！"

白帝先是一怔，随即连连点头，和曲苏小声地咬耳朵："小寒，你是不是有什么计划？你放心，我一定全力配合。"

不远处，青华大帝的目光若能化为箭矢，早已将曲苏身旁眼神殷切的青年万箭穿心。

就见曲苏退开半步，朝他看了过来："阿曜是我故友，我想留他在这儿小住一段时日，不知尊上……"

青华大帝早在曲苏看向自己前，就绽出一抹彬彬有礼的浅笑："你的故友，自然也是妙严宫的贵宾，苏苏都这样说了，当然可以。"

曲苏点了点头，刚想说什么，又被白帝打断："先说好，我的住处得是和小寒最近的房间。"他又低声问曲苏，"他为什么喊你苏苏？"

曲苏也低声回他："苏苏是我在凡间时的名字。"

白帝恍然大悟，随即又落了几滴幽怨的眼泪："都怪我，我若是早知道你在凡间有转生，肯定能早些找到你的……"

曲苏："……"

她隐隐感到窒息：从今往后，这家伙的口头禅是不是就要改成"都怪我"了？

青华大帝吩咐身后："阿缎，你去安排。"说话时，他的目光一直睇着曲苏，目光幽深，"我有几句话，想单独和苏苏说。"

曲苏点头称好，白帝却一步三回头，离开得一百个不放心。

几乎两人刚走，青华大帝就咳了起来。曲苏一开始还没当作一回事，陡然记起前一天在镜中看到他耳后的白发，匆忙再看向他时，却发现那缕白发已然消失无踪了。

再联想到刚才当着白帝的面妙严宫发生的巨大改变，她忍不住道："你还喝着药，非要和他计较什么？"

从这个角度看去，青华大帝轻垂着眸，黑浓的眼睫又卷又翘，如同两柄小而柔软的羽扇，他眼睫轻掀，便如羽扇轻轻刮擦过心头。那副沉默不语又有点委屈的模样，少年气十足，着实看得人心底柔软。只见他抿着唇，唇角绽出的弧度似笑非笑："你不许我喊你苏苏，却让白帝喊你小寒。"

提起称呼一事，曲苏也有点抓狂："他那是故意的，从前他遇到我，经常喊我司寒。"

"经常？"青华大帝淡笑了一声，"也就是说，偶尔也会喊你小寒。"

都活了这把岁数，被人喊"小寒"，确实有点别扭。曲苏一边痛定思痛，决定待会儿务必要找白帝好好谈一谈，一边有些漫不经心地道："都是认识很多年的朋友，而且他那个人……"

话音未落，青华大帝不知何时起身，一把揽住她的腰，捏住她的下巴，低头看着她。

他问曲苏："他那个人怎么？"

曲苏怔了一瞬：她刚刚想说什么来着？

青华大帝毫不掩饰眼底蔓延的戾气："白帝少昊是怎样一个人，我比你更了解。"他捏着她的下巴，轻轻在她唇上啄吻，"苏苏，你能不能……"

曲苏被他的眼神和吻弄得心跳都乱了，她伸出手挡，却听青华大帝从喉咙里闷笑了声，紧接着，一个吻就落在了她的指尖。

曲苏挡也不是，不挡也不是，正想说什么，就觉手指被青华大帝轻轻握住，又往她的唇上印了一个更扎实的吻。

如今的青华大帝，早不是当初在白帝城时那个甩袖说她"成何体统"的清冷仙尊，若论死皮赖脸、得寸进尺，就连曲苏也不是他的对手。

轻绵的吻落下，曲苏听到他说："苏苏怎么不多疼一疼我……"

曲苏本想说"你还用得着人心疼"，可一想到不久前他当着白帝的面默默喝药还被嘲讽的情形，忍不住扑哧一声笑出了声。

论气人，白帝还真是个人才。

青华大帝心思剔透，见她笑得几乎停不下来，也不生气，只是捏了捏她的脸颊，低声道："苏苏学坏了。"

曲苏看着他幽深的眼神，拍掉他的手，转身就走："我去看看阿曜怎么样了。"

当晚，曲苏正在卧房吃着甜羹，就听窗户上传来敲打的声响。

她叹了口气："阿曜，有什么事明日再说。"

白帝几乎用气音道："好的，小寒。"

曲苏想了想，起身走过去，隔着窗纱轻声道："还有啊，你还是喊我司寒得了。"

白帝一时没转过弯来："为什么？"

曲苏牵了牵嘴角："我都多大年纪了，不说别人，我自己听着都觉得别扭。"

白帝气道："怎么能这么说，那是你我的年纪大吗，是现如今天界这些人，资历都太浅了。所以我说，天界一点意思都没有。小寒，你什么时候忙完，和我一起回去？"

曲苏沉默片刻，低声道："阿曜，我要报仇。"

尽管隔着一层浅紫色的窗纱，白帝也不觉得别扭，反而觉得这样聊天还挺新奇。他感应到曲苏忽然低沉的情绪，轻声道："我知道。我知道你当初是被人害死的，也知道你既然来闯九重天，就是想报仇。"

"司寒，让我帮你。当年我不在青要界，才没能护着你。这一次，让我陪你一起，成吗？"

曲苏淡淡笑了："你都不问我的仇人是谁。"

"是谁又怎样？"白帝嗤了一声，"这些年天界烂成了什么样子！从前的故人大都不在了，玉帝对我们这些老人，颇多忌惮，不愿委以要职，其实我也不稀罕。可若有人敢阻你复仇，就是玉帝来了，也拦不住你我。”

曲苏道：“也没那么严重。”

白帝摇了摇头，曲苏看不到他此刻的神色，因此不知这位向来喜怒形于色的俊雅青年，此刻脸上的神色是罕见的凝重：“幸好青华这小子还有几分良心，那些人日日在外头闹，也没见他给谁开门。司寒，你想报仇，不必犹疑，我们一起杀穿九重天！”

曲苏问：“你说的那些人，都有谁？外面可有什么传言？”

白帝道：“我来的时候，看到了两位天妃、太阴元君，还有就是冬神的几个旧部与族人。至于传言，这事应当还未被他人知道。”说到这儿，他冷笑了声：“我看，是有人心虚，不敢把事情闹开吧。这帮杂碎，也就是看准了青华那小子一心护着你，连让你露一面都不舍得，所以才敢打着什么‘大义’的旗号，堵在门口死缠烂打。”

曲苏道：“你该不会又和从前一样是混进来的吧？”

白帝笑了两声说：“用了点障眼法，他们不会觉察的？”

曲苏摇头笑了笑：“瞒不过他的。”

白帝听到这个“他”，顿时一脸的不情愿，他忍了又忍，还是没忍住，伸手抓住窗户，望着窗纱那头的秀美侧脸：“司寒，你该不会真对青华那臭小子动了情吧？”他越想越不服气，心里仿佛有一万根针同时在扎，“他比你还小了两万岁，除了一张脸长得有几分漂亮，他有什么好？”

曲苏侧对着窗纱而立，淡紫色的窗纱在灯光的映照下，衬着她的样子别有一份似真似幻的温软。听到这个问题，她眨了眨眼睫，微微垂下了头。她仿佛在思索着什么，又好像陷入了回忆，可看她的侧脸轮廓，那副模样没有半点不情愿，反而像是在笑着。

曲苏越是笑，他心里越是难受，忍不住嘀咕道：“他脾气又坏，名声又差，从前连魔尊听到他的名号，都忙不迭地想要避开。还有，你不在的这三万年，他还收过一个女徒弟，天天养在炁渊。前些日子为了给这个徒弟打抱不平，还把凌曦仙子的仙骨给剥了，弄得赤帝没少四处抱怨。对了，不仅是凌曦，还有许多妖女、仙娥，都痴迷他那副冷冰冰的样子，不知对他献过多少美人计。”

最后，白帝酸溜溜地总结道：“他这个人，桃花太多，不是良配。”

见曲苏仿佛没有太大反应，白帝咬了咬牙，终于决定：重病还需下猛药，而且这“猛药”，绝对是个惊天动地的大消息。他忍不住飞快地道：“还有，小寒，你可知道，我刚到这儿那日，在这附近的山下瞧见了谁？”

曲苏心里隐约有个猜测，心思微动，面上却不显：“谁？”

“就是那个殷和。司寒，我知道你从前就已经看清了这人的真面目，现在也不想搭理他。不过我要说的重点不是殷和，而是青华这小子。你可知那天我见到他们两人在一座小木桥边对峙，青华那小子放了多少狠话？一开始他差不多一脚把殷和那家伙给踹下去了吧，反正当时我看着殷和是站都站不稳了。之后青华还嘲讽殷和住的龙宫是泥鳅潭，问他是不是被揍上瘾了，还敢主动来妙严宫挑衅……你是没看着，青华这小子那张嘴真是损，把殷和气得脸都绿了。对了，他不知从哪儿淘换来了一颗猫眼儿珠子，我看着那东西不似仙品，倒像是凡间的东西。他还和殷和显摆，说那是你送给他的定情之物。怎么可能，青要界有多少宝贝，别人不知，我还不知？你就算送，怎么可能送他一个凡间的……"

话没说完，白帝猛地反应过来，下午时青华大帝当着他的面，就一直唤司寒为"苏苏"，司寒也说，那是她在凡间时的名字。也就是说，这东西还真的有很大可能就是司寒送的。

那岂不是说，这两个人在凡间的时候就……

白帝一时无语凝噎，只觉一颗心都被泡在了冰冷的醋缸里，酸酸的，透心凉！

白帝酸溜溜地道："小寒，你好好想想，青华大帝这个人，能可靠吗？明明妙严宫那么大，房子那么多，他之前却只弄了一个又破又小的茅草屋，那打的是什么主意？他分明就是想占你的便宜！当着你的面，一副弱不禁风的模样，还喝什么补药。可是我看他前两天在那个殷和面前，神清气爽，气魄惊人，哪儿有半点重病之人的样子啊？还不是为了扮柔弱博同情，想借机多亲近你。"

最后，白帝再次总结道："所以说啊小寒，青华这小子，不是什么实在人，心眼儿又多，手段又狠，还特别喜欢到处撂狠话欺负人，不能要啊！"

这句话刚脱口而出，白帝就忍不住搓了搓胳膊。这妙严宫就是古怪，明明是夏天的气候，刚刚还清风习习、花香阵阵，这才一会儿的工夫，就冷飕飕的比他家乡的冬季还冷。

就听窗纱那头，曲苏仿佛被他逗笑了似的，笑了几声。

白帝不由凑近了些："小寒，你说什么？"

曲苏摇了摇头："阿曜，你还是和从前一样。"

白帝心头微颤，连忙道："是，我对你的心思，和许多年前一样，从未有过更改。"

曲苏的嗓音含着淡淡笑意，听起来并不冷漠，但那话说得却很清楚："阿曜，你对我，只是朋友式的喜欢，不是男女之情。你现在还不懂，所以有些混淆了。"

白帝连连摇头，他还想解释些什么，就听青华大帝的声音从身后传来："时辰也不早了，贵客还请早些休息，不要扰了司寒神尊休养身体。"

白帝想要争辩，可转念一想，青华大帝这小子都这么说了，若在这个节骨眼儿上当着小寒的面和他争执，不更凸显得他温柔体贴，自己不讲道理吗？

白帝心头窝火，只得和曲苏温声道别。一边往回走，一边在心里嘀咕：走了个殷和，来了个青华大帝。这小子看着冷冰冰的不染尘俗，其实比殷和那只爱装可怜的心机蛇还要阴险狡诈、手段多端，更难对付。

冷冰冰的月光下，白帝拖着沉重的步伐，走了许久许久，才回到自己的庭院。

要不怎么说青华大帝这厮阴险呢？

白日里他说要选一间离曲苏最近的房子，结果等那小童引他到了地方，他才发现，他的庭院和曲苏的房子，简直如隔了半个青要界那么远。

就这，那个叫阿缎的小童还一脸无辜地解释："这距离远近，应当是尊上的个人喜好。可能妙严宫就是这样，每一间房子都和另一间隔得特别远。而眼前这座庭院，已然是距离司寒神尊最近的一间了。"

白帝忍不住质疑："什么叫可能？"

阿缎当时眨巴着眼道："我刚来几天，对妙严宫也不太熟。"

白帝长叹一口气，只得放人离开。

孤单的夜，凄冷的月，白帝一个人拖着愈加沉重的步伐，进了房间，给自己倒了一杯热茶饮下，久久无眠。

另一边，感应到白帝走远，曲苏走回到桌边，捧起甜羹，刚舀起一勺，就听门外再度传来青玄的声音。

只不过比之刚刚和白帝的对话，这一回他的声音更近了，听起来仿佛只隔着一层薄薄的门板。

"苏苏，羹冷了，我帮你盛了一碗热的来。"

曲苏闻言，唇角微弯："不必了，时辰不早，尊上也该早点歇息，这样才能好好休养身体。"

门外，青玄含笑的嗓音听起来有一丝无奈："苏苏。"他的嗓音突然低了几分，隔着窗纱，可以看到他的身影又从门外挪到了窗外，"苏苏，我刚刚一共喝了十一碗药，这会儿还是觉得不太舒服。"

窗外月色清明，衬得青玄一抹侧影皎如玉树，他轻轻抿着唇，从曲苏的角度，甚至能通过映在窗上的影儿，看到他那两排又浓又翘的眼睫。

曲苏听他又在示弱，于是想起不久前白帝讲的那些话，尤其是白帝说起的前两天他与殷和在外对峙时的情形，就觉又是好气又是好笑。

在妙严宫这些日子，青玄的吐血和虚弱，到底是不是装的，她心里比谁都清楚。

当着她的面，青玄吐血和昏睡那两回，都是真的，那种虚弱甚至令他本人都来不及遮掩。可他又不愿意她真正发现自己的虚弱，比如那出现了又消失的白发，比如他很在意那天自己提起的“老”字，还有他当着殷和的面，故意说的那些狠话。

曲苏忍不住一再回想，从前的青玄，不是这样的。

也不知是不是由于这一回伤得太重，自己对他又比从前疏冷了许多，所以才让他变得这样患得患失的，连这样不入流的小心机、小手段都使了出来。

可她听着却不觉得厌恶，反而越思量，越是想笑。

大约是见她一直不吭声，窗外，青玄再度开口，且这一回比之前，听着更虚弱了几分：“苏苏，我心口疼……”

曲苏叹了口气：“所以尊上更该早些回去，早点歇息。”

青玄沉默片刻，嗓音低哑：“晚上不抱着你，我睡不着。”

曲苏脸颊一烫，忍不住道：“你都活这么久了，从前是怎么睡的，难道这往后就不能那样睡了？”

这简直是冠冕堂皇的不打自招。她现在算是看明白了，向来脸皮薄、心性高的人，要是肯放下身段儿转了性子，哪怕老江湖如她，也难以招架。

隔着一道窗，青玄轻轻“嗯”了一声：“没有苏苏，睡不好。”

要不是心知肚明他这一回伤得着实严重，曲苏简直想啐他一句：“睡不好就别睡了！”他是神仙，又不是凡人，就是天天都不睡觉又怎么样？

可他身上还有伤，尤其取了那么多心头血，他一句“心口疼”，曲苏明知道他在撒娇，却又知道，他并没有撒谎。

可他这样如实说出自己这里那里的不舒服，对于现如今的曲苏来说，无异于耍赖。他这是吃定了她虽然冷着他，不爱理他，却也不舍得完全放着他不管。

曲苏沉默片刻，轻声道：“你身上有伤，早点休息。”她顿了顿，终于松了口，“你房间桌上的黄色罐子里，是九色海棠制的糖丸，吃完药含一颗，对你的伤有好处。”

青玄的嗓音听起来仍然失落，却还是乖乖地答道：“苏苏送的东西，我一定会吃。”他溢出一声轻叹：“苏苏，明天见。”

临走前，他又轻声嘱咐：“我把甜羹放在窗台，你若想吃，待会儿开窗自己拿。”

曲苏轻轻道了一声“好的”。连她自己都没觉察，应这一声时，她的唇边，绽着和从前的曲苏极相似的笑。

等了一会儿，感应到门外那人真的离开了，曲苏起身走过去，轻轻推开了窗。

窗台上，气味香甜的白露甜栗羹还冒着热气，旁边还有一只红色的锦盒。曲苏伸手打开。

皎洁的溶溶月光下，从前青玄赠她的那串珍珠手钏好好地盛在锦盒里。当日情急，一整串圆润饱满的珍珠散落一地，当中有一颗珠子被磨损了，如今那颗磨损了的珍珠上编制了一层精巧柔软的金丝，看起来更别致。

曲苏定定地望着手钏很久，最终伸出手，合上盖子，将锦盒拿进房中。

素曜宫中。

自那日在自家门前，险些被司寒一剑钉死在须弥锁仙阵中，莹冬说什么也不肯再回凝冬阁那个家。太阴元君同情好友的此番遭遇，又为了便于看顾，就将人接来了自己的素曜宫。

一连数日过去，不知是司寒那一剑刺得太狠，还是须弥锁仙阵的伤害太大，哪怕日日用着上好的灵药，与她同族的侄女素蕴天妃，也派人送来各式各样滋补气血的补品，贯穿莹冬心口的那道剑伤，却始终未曾痊愈。

这一日，太阴元君与莹冬的几位好友一同前往妙严宫，僵持半晌，却连司寒的面都不曾见着，一众人铩羽而归。太阴元君心中有气，回到自家，眼见素蕴天妃派来的仙娥就等在大门口，便似笑非笑地道："你也不必在这儿守着了，回话给素蕴天妃吧，就说青华大帝好大的威风，就是我去了，人家照样闭门谢客。还有，白帝也在妙严宫，他从前就和司寒神尊要好，如今有他守在那儿，这门更难进了。"

那仙娥神色很不对劲，眼见太阴元君一脸不耐，还是走上前，悄悄在她耳边将自家天妃嘱咐的话如实说了。就见太阴元君顿时脸色大变："当真？"

小仙娥得知了这天大的内幕，自己也在消化中，见太阴元君这副神情，愈加战战兢兢："我家天妃还说了，月神若是不信，大可自行占卜，以您的手段，有的是法子确认这消息到底是真还是假。"

太阴元君脸色沉郁，打发走了那小仙娥，步履沉重地回到了殿中。

并不是她不愿相信素蕴天妃的话，实在是这个消息太过惊悚，而且也不知是什么缘故，他们这些生活在九重天上的人，对此竟然全然不知。尤其对于她和莹冬来说，如此"灯下黑"的真相，实在令人难以消受。

莹冬穿着一袭素衣，正靠坐在一张软榻上，神色怔忪地看着窗外，不知在想什么。

太阴元君在殿外看了好一会儿，才缓步上前，艰难开口："有一件事，我觉得必须得让你知道。"

莹冬缓缓转过脸来，她翘了翘唇角，那模样看着简直比不笑还令人心酸："我知道，今日你也跟去了，但还是没见着司寒，也见不到青华大帝，我说的可对？"

太阴元君缓缓摇了摇头。

莹冬的脸色却因为她这一摇头，骤然亮了起来，她不由地坐起了身："难道你今天见着了？"

太阴元君简直不知道这事该从哪儿讲起。她思虑片刻，嗓音干涩道："我刚刚听说了一个消息。当时我不敢相信，便又卜了一卦。卦象显示，素蕴天妃得知的这个消息，一点儿也不错。"

莹冬皱起了眉："什么消息？"

太阴元君张了张唇，半晌，才找回自己的声音："你可知青华大帝对那个司寒，为什么如此维护，心肝宝贝一样地捧在手掌心？我们这些人不论谁去了，他都闭门不见，甚至还为了救她，豁出半条命去，点亮了混元灯，为她修补了元身。"

提起这事，莹冬就觉满口苦涩。那天她受了那么重的伤，眼看着青华大帝只现身片刻，抱起司寒就扬长而去。她当时心里虽然又恼又恨，一想到司寒此去，肯定是活不成了，心里就升起一股子说不出的快意。

再要强又怎样？到头来还不是要死在她的前面？

青华大帝再怎么怜惜她又怎样？一个死了的人，天长日久，怎样都争不过活人。

三万年前，她就死过一回。

那之后过了许多年，青华大帝不也收了个名叫清潋的女徒弟？前阵子听凌曦说，又在凡间和一个凡人女子打得火热。

所以莹冬才觉得凌曦傻得可笑。司寒一个上神都死了，清潋一个神女，也间接死在了她和凌曦的手上，与青玄大帝在凡间打得火热的不过是一个凡人女子罢了，短短几十年的寿命，哪儿还用得着她去费什么心思？

天上一日，地上一年。短短数十年的寿数，对她而言，不过个把月的光阴，随便忙点什么也就忘了。

如今三万年后，青华大帝才只见到司寒一面，就眼看着她又要死在自己面前。再怎么舍不得，等过上一段时日，也就再次把她给忘了。

司寒死了，清潋不在了，连那个顶着天界第一美人名号的凌曦仙子，也被青华大帝亲手剥去仙骨。放眼三界，还有谁有资格和她争？

可她不论如何都想不到，青华大帝不在天界的短短几日，竟然跑去堕渊，找到了混元灯，甚至还舍出自己的心头血和一身修为，为了司寒去点那盏灯。

司寒到底有什么好？

他们两个从前也不过是短短几面之缘，青华大帝怎么就能为了保她的命，豁出一条命去为她做到这一步？

莹冬越想越不服气，她渐渐红了眼眸，心头又酸又苦，如同油煎。她忍不住骂了句：“狐媚！说什么冰清玉洁，几万年来，天界最狐媚的就是她。”莹冬越说，越是咬牙切齿，“青华一共才见过她几面，怎么就被她迷了心智？”

“他们不止见过几面而已。”提起这件事，太阴元君也咋舌不已，她靠近好友，轻声说道，“你可还记得凌曦之前提过的那个凡间女子，名叫曲苏的那个？”

莹冬还沉浸在自己的情绪之中，无心听这些无关紧要的人：“记不清了，为什么要说这个？”她心里不舒服，脾气也不如往日那般绷得住，忍不住侧眸瞥了太阴元君一眼。

却见太阴元君素白的脸上挂着一抹苦笑，看向自己的眼中，也饱含着复杂的情绪，担忧、难过，还有一种无可奈何的宿命感：“因为那个曲苏，就是司寒在人间的转世。他们两个在凡间时，就你侬我侬，情根深种。你可还记得凌曦有一回说过，她那时刚到人界，就眼见青华大帝舍身为那女子挡了一剑，他之前重塑炁渊本就耗费大半修为，当时若不是凌曦及时赶到，还不知要闹成什么样子呢！”

莹冬记忆中有个模糊的影儿，依稀是有过这么一回事。

莹冬一开始，甚至都没反应过来太阴元君说的是谁。她眨着眼睛，消化了好一会儿，脑子里渐渐形成了一个令她难以置信的恐怖猜测，她连连摇头：“不！这不可能！”

那段日子，她明明一连数日，往西南一带吹送厉风。当时不知死了多少人，彼时的司寒明明只是个弱小的婴儿，怎么可能从那场天灾中活下来？

太阴元君苦笑道：“你别不信。你也知道我的本事，我拿着曲苏的名字对月卜了一卦，卦象清清楚楚显示：曲苏就是司寒，司寒就是曲苏。”

莹冬眼尾通红，死死盯着面前的一块空地，半晌，两眼滴下两滴泪来。

“司寒，我与你不共戴天！”

太阴元君见好友连落泪都死死咬着牙，不禁心生不忍，她扶着莹冬的肩，轻声劝道：“莹冬，要不然就算了吧？”

“你和她除了当年争一个冬神之位，也没什么深仇大恨。她刺你那一剑，应该是得知自己元身被毁，临死前就想争一口气罢了。我看青华大帝真是将她捧在心尖子上，含在嘴里都怕化了一般，而且他们之间的缘分，远比我们所知的更深。等这事报知玉帝，让他替你主持了公道，往后你就忘了青华吧！”

这都多少年了，青华大帝要是心里有莹冬，也早该有所行动了。

情之一事，本就勉强不来。太阴元君虽然偏向好友，也心疼她情路坎坷，可她心里是切切实实明白的，莹冬这样痴恋青华大帝，不过是一份执念罢了。

莹冬缓缓点了点头。

太阴元君见好友听得进劝，不由大喜过望，她扶着莹冬的手臂，柔声劝道：“早该这样了。我让人给你盛碗粥来，你喝一点。至于从前那些事，你就先别想了，还是养好伤最要紧。”

莹冬靠在软榻的一头，轻轻道：“别的我都可以不求，但‘公道’二字，必须还我。就算她是司寒神尊，就算她有青华大帝从头至尾地护着，她也不能只凭心情不好，就跑到九重天上喊打喊杀。”

因为伤势严重，莹冬说话慢慢的，早没了往日的爽朗，可越是这样，越是看得人心疼。太阴元君眼眶微湿，她拍了拍莹冬的手背，坚定道：“你放心，天界不是他青华大帝的一言堂，有玉帝为你主持公道，还有你的侄女，你的族人、部下，而且你还有我呢！”

莹冬嘴唇微颤，看向太阴元君的眸中有深而浓烈的东西熊熊燃烧着，将她的眼瞳衬得格外明亮：“司寒抢走了青华，毁了我的凝冬阁，还拿走了我半条命，这笔账，我要司寒以命偿还！”

妙严宫里多了一位客人，顿时热闹了许多。不论是早起吃饭，还是饭后散步、湖边赏花，哪里有白帝，哪里就有鸡飞狗跳。

这天午后，曲苏好不容易得了片刻清静，正把玩着一颗小小的雪灵珠，冷不防眼角闪过一抹湖蓝色，她抬起头，一张熟悉的容颜映入眼帘。

她脱口而出：“周周。”可紧接着，她就反应过来，收敛了神色，朝着面前的青年微微颔首，“还不知仙君的真名。”

青年生了一双似醉非醉的桃花眼，不同于很久之前的风流蕴藉，也不是一年多前的明珠蒙尘。眼前的青年，眼神清明，神色泰然，轻轻松松可视万物。明明是与从前一模一样的熟悉容貌，可两人目光相接的一瞬，曲苏就知道，眼前人并非彼时人，他们都回不去从前了。

他不是从前的岳周，不是那个和她一起长大、替她挡箭、背她走山路，可以彼此托付性命的师兄；她也不再是从前那个快人快语、潇洒无忧，心心念念只有落羽和师兄弟们的曲苏了。

青年将她神色间点滴的变化看在眼里，唇上绽出一点笑，向她恭敬行礼：“见过司寒神尊，小仙如今的名字，仍是岳周。”

曲苏微微一怔：“你来找我，可是有什么事？”

岳周敛眉一笑，那副神情和从前听到她说了什么调皮的话时一模一样：“小仙在青华大帝座下行走，听闻司寒神尊暂住妙严宫，就求了尊上，想着能来见神尊一面也好。”

曲苏心头恍惚，接下来的反应，几乎全是出自本能：“那……你坐。”

岳周也没有跟她过多客套，又恭恭敬敬行了一礼，就在她面前坐下，还主动替她斟了一杯茶。

曲苏端着茶盏，望着岳周熟悉的眉眼，还有两鬓微白的发丝，不由脱口而出道：“神仙也会白头？”

岳周睨了她一眼，神色平静地浅笑道：“神仙也有情，如何不能白发？”

曲苏沉默片刻，从随身的百宝袋里取出一对弯月形翠玉耳铛，她揉了揉其中一个耳铛上蓬松的雪团子，递给了岳周：“这是……我觉得，这对耳铛，应当交给你保管。”

岳周伸手，却只取过其中一个。他的手很稳，没有一丝颤抖，只是在常人难以觉察的角度，依稀可以窥见他的眼底闪过一丝水光。

岳周道：“你是她最好的朋友。”

曲苏垂下眼，望着摊开的掌心里那个小小的翠玉耳铛，回想起从前，竟然觉得恍如隔世：“当初我们四人住在棠梨镇的那间小院子，没想到，那就是我们最好的日子。”

岳周摇了摇头：“那是我与林梵最好的日子，但不是你的。”隔着石桌，他看向曲苏，眼神与从前没有丝毫分别，“神尊往后的每一天，都会过得开怀自在。”

曲苏垂着头，一滴泪自她的眼眶飞快滴下，落在那团软蓬蓬的雪团子上，她伸出手指，轻轻地摩挲：“以后我还能叫你周周吗？”

岳周笑着道：“我虽成仙，但没有忘记过去的一切，我想神尊大人也是一样。”他递给曲苏一页素白的笺纸，“任何时候，神尊想要唤我，就在这上面写下我的名字。”

他又自袖中取出一个卷轴，挥手铺开：“这上面，可以看到大哥、苗苗和小姜他们的转世。”

曲苏闻言抬眸，然而只瞥到一眼，岳周就将卷轴又收了回去。

但曲苏已然回归神位，尽管只是匆匆一瞥，也足以看清那上面的种种记录。

岳周深知这一点，所以只是浅笑着道：“青华大帝掌十方幽冥，此事若无他的允准，我也不敢贸然向神尊泄露天机。”

曲苏眼眶微红，许久才说：“他们都有来世。”

岳周笑着点了点头：“所以，你不必再背负着那些重担了，你只需记得：从前在人间时，你也有过很好的一生。有亲人、挚友，更有一生所爱。如今你重回神位，便是三界敬仰的司寒神尊。从今往后，神尊大人定然平安喜乐，一片坦途。”

曲苏没有再说话，只是红着眼眶，与坐在对面的俊美仙君相视一笑。

直到她起身想去院子里走走，才突然觉察了不对。彼时她也听到了外间的动静，隔着一面墙，她目光幽幽地看着岳周：“你怎么还和从前一样，有事就瞒着我？”

岳周笑着道：“尊上他既然一心想娶神尊为妻，那么有些事，理应是他代替神尊一力承担的。”

这话怎么听都有几分尘世人间身为大舅哥那种理所当然的调调。

曲苏默默听了一会儿墙脚，随后道：“你来时，外面那些人都说了什么？”

岳周道：“无非是一些混账话。神尊既然有自己想做的事，那些人的话，也不必细听。”

曲苏侧头，望着岳周的侧脸：“你说这话，感觉好像从前的师兄。”

还是一如既往的绵里藏针，看似无谓，实有锋芒。

岳周仍然看着前方道：“只要神尊愿意，任何时候都可以喊我一声师兄。”他转过脸，望着曲苏，眸色温柔，“就算神尊不愿意，在岳周心里，也永远都把你当作一心想要保护的亲人，永远都站在你的前面。只不过，如今的神尊大人，可比我一个小小仙君厉害多了。”

曲苏似笑非笑地看着他：“周周真狡猾，和我说了那么多，又给我倒了好几杯烫茶，就是为了多拖我一时片刻，好叫我错过这场热闹对吧？”

岳周摇了摇头，笑得无奈：“这场热闹，可没那么容易了结。”

曲苏道：“那就容我再添一把火。”

话音未落，曲苏身影一闪穿墙而过，人已在数丈之外。

“神尊！”岳周飞身欲追，却也只能和围在青华大帝和白帝身边的那些人一样，仰头看着曲苏飞掠而去。

晴天朗朗，就见曲苏一袭青衫，人影飘远，声犹在耳：“诸位若是想给莹冬讨个公道，就都随我来吧！凌霄宝殿，司寒恭候各位。三万年前的旧事，今日也该彻底有个了结！”

第二十三章　以直报怨

凌霄宝殿。

岳周等人跟随着青华大帝和白帝赶到时，只见玉帝端坐在上首，左右各坐着一位天妃，太阴元君、太阳星君等神女、仙君皆已到场。就连向来懒得出门凑热闹的紫微大帝也找了个僻静的位置坐下，见到青华大帝，还悄悄儿地朝他打了个隐秘的手势。

令人吃惊的是，莹冬竟然也有位子坐，且她坐的位置还与其中一位天妃相距不远。

曲苏大大方方地站在殿中，见到玉帝等人，既不行礼，也不跪拜，笑吟吟朝他问了声好。

银筝天妃坐在玉帝左侧，朝着曲苏轻轻颔首："神尊，好久不见。"

曲苏瞧了一眼这位姿容娇艳的小天妃，拿起手里的雪凤霜凰笛敲了敲脑袋："年纪大了，刚活回来，一时还真想不起……"

不少人笑出了声，就连银筝也掩唇笑得脸颊绯红："神尊不认得我，我却记得神尊。当年我还在一颗蛋里，幸得司寒神尊替我消弭怨气，之后又过千年，我才得以孵化。"

岳周悄悄站到了曲苏身后的位置，轻声提醒道："这位是银筝天妃。"

曲苏半眯着眸子打量了银筝片刻，恍然道："原来是雪凤一族的公主殿下。"她端详银筝的模样，回忆道："殿下的样貌，更像您的父君，依稀记得，那可是位风华绝代的'美人'。"

此言一出，众仙之中一阵骚动，更有好事者，纷纷将目光投向站在不远处的青华大帝。

银筝抿着唇笑道："我昨日给父君去信告知，他听闻神尊回来的消息，当即就说要来拜见神尊。算算时辰，再过一时片刻，应该就能赶到。"

曲苏又将目光瞥向坐在玉帝另一边的年轻女子。只见这一位，模样生得远不如银筝漂亮，但胜在气质高华，神态也更沉稳，莹冬就坐在距她不远的位置，可知这位不知是何来历的天妃，应该与莹冬关系匪浅。

岳周低声道："这位是素蕴天妃，论辈分，还要管莹冬叫一声姑姑。"

曲苏心中有数，也不吭声，只拿一双清凌凌的眼在素蕴和莹冬之间打量了两个来回，随后又朝玉帝投去个似笑非笑的眼神。

玉帝见状，也是一笑："前日得知司寒神尊回归神位，本当好好庆贺一番，可后来，又听说神尊的元身似有不妥……"说到这儿，他将目光投向在曲苏身前不远处站着的玄色身影，"听闻是青华大帝跑去北溟，点燃混元灯，补好了神尊的元身。"

素蕴在这时突然开口："我记得幼时曾听族中的老人说起，混元灯是不祥之物，贸然点燃，会发生灾祸。"

银筝笑盈盈地道："姐姐听说的这个说法，肯定不是真的。当年女娲娘娘就点燃过混元灯，之后也没发生什么不好的事。之所以将混元灯锁入北溟，是因为使用此物的代价太大，一般神仙根本承受不起。可青华大帝不是一般神仙呀，又是为了修补司寒神尊元身这样的大事。我听父君说，当年女娲娘娘可喜欢司寒神尊了。若是女娲娘娘还在，肯定也会为了神尊点燃混元灯的。"

"可我看，青华大帝仿佛脸色憔悴了许多。"素蕴看向青华大帝，似笑非笑，"不知是不是使用了混元灯的缘故。"

银筝道："青华大帝心悦司寒神尊已久，为救心上人，付出些心血，虽苦犹甜吧！"

银筝模样生得娇媚，说起话来也天真烂漫，口无遮拦，此言一出，别说是其他人，就连曲苏都有点遭不住，忍不住轻咳了两声。

跟她一同忍不住咳嗽出声的，还有此前一直静坐在旁一语不发的莹冬。

眼看着向来泰山崩于前而色不改的青华大帝，几乎每隔片刻，就要看向曲苏的情形，在场诸仙心思各异，许多人都起了看好戏的心思。

就听银筝又道："司寒神尊，可是哪里不舒服吗？"她看向身后的随侍，"快给神尊搬个软一点的椅子。我都忘了，神尊的元身才刚修补好，还要多休息才是。"

"她需要休息？"太阴元君冷笑了声，"她差点一剑杀了玉帝亲封的冬神，我看她精神可好得很呢！"

曲苏把手里的笛子转了半圈，似笑非笑地道："坐就不必了，我今日是来了结旧事的。"

话音未落，就听莹冬重重咳了一声，紧接着，就当着众仙的面，呕了一口血出来。

太阴元君就站在她身边，急得脸都白了："莹冬，你怎么样？"她瞪了曲苏一眼，转身看向上首的方向，"我记得许多年前，玉帝曾颁下明令，天族中人，严禁自相残杀，更严禁滥用私刑。司寒上神才刚回来，就一连触犯两条天规，今日当着众仙的面，恳请玉帝秉公处置，还冬神一个公道。"

莹冬在太阴元君的搀扶下，缓缓站了起来，朝着玉帝深行一礼。她想说点什么，却又被一阵猛烈的咳嗽声打断，只得在玉帝眼神的默许下，又慢慢坐了回去。莹冬一贯英姿飒爽、落落大方，今日却仅着一袭素衣，耳上两个盈盈的白水滴耳坠子轻轻摇曳，愈加显得形容消瘦、脸色苍白，实在与众仙印象之中那个身着银甲的冬神有着很大的反差，不禁令在场许多人生出恻隐之心。

其中一名年轻的仙君忍不住出声问道：“当日情形究竟是怎样的？冬神到底为何物所伤？不知在场可有人证，能为大家详细解释一番？以冬神的身手，竟然会伤得这么重，实在令人难以想象。”

冬神面色憔悴，眼神黯然，就连端坐着都有些勉强，对比曲苏一袭青衫风姿绰约地站在殿中把玩着玉笛，冬神看起来很是可怜。见到有人主动为她打抱不平，她便朝这位仙君微微颔首，以示感谢。可听到仙君最后一句话透出的茫然不解，饶是冬神精于世故，脸上也有几分挂不住了。

曲苏却在这时毫不遮掩地轻笑了一声。

那位仙君听到笑声，不由转过脸来，他一脸肃穆，正要斥责，冷不防和曲苏似笑非笑的目光对在一处。年轻气盛的仙君不由一愣，什么话都还没问出口，脸先红了。

今日事急，前所未有，所以许多仙君都匆匆忙忙赶来，各自依照顺序站好，听候玉帝指令。没人敢在这种场合左顾右盼，所以他也就从没机会看清远古传说中那位降霜落雪、荡平三界怨气的青女，到底是个什么模样。

他以为司寒神尊可能如太阴元君那般，高雅纤弱，不染凡俗；也设想过，能从神魔大战之中存活下来，降落霜雪、清煞除怨，又把向来有“女战神”之称的冬神打成这副模样，传说中的青要界祖神，说不定是个身形剽悍的女将军……

但此前无数想象，都不及司寒方才这惊鸿一瞥。

在场许多神女、仙君也都借此机会，细细打量着这位此前消失了足足三万年之久的司寒神尊。

有人悄悄地将司寒神尊与青华大帝放在一起，反复比较。不论愿不愿意承认，眼前这位司寒神尊，懒于梳妆，不耐坠饰，可不论是那张清水芙蓉般的脸，还是这份自在坦然地站在众仙面前任人打量的气韵，以及那一出手就把冬神打个半死不活的“丰功伟绩”，方方面面，都与青华大帝十分相配。

尤其也不知这两人是默契，还是有心炫耀，今日都穿了青色长袍。尽管两人没能站在一处，远远看着，也如一对神仙眷侣一般。

白帝就站在青华大帝身旁，将众人或惊艳或好奇的目光看在眼里，尤其看到那个年轻仙君脸色红涨的模样，哼了一声，气呼呼地道：“看什么看，一点规矩都没有。”

青华大帝嗓音冷淡，却将白帝的嫌弃之语盖了过去：“本尊当日就在凝冬阁前，你有什么想问的，尽管开口。”

年轻仙君又是一怔，可在青华大帝冷冽的凝视下，他又不能沉默以对。年轻仙君抿了抿唇，朝青华大帝一拱手道："敢问尊上，那日尊上到了凝冬阁，都看到了什么？"

这话一出，就连曲苏都侧过眸，看向了青华大帝。

她脸上挂着淡淡的笑，那双清澈眸子里的笑意更浓，似好奇，似打量，那副俏皮生动的神情，就如两人在人间相识之初。青华大帝见状，不由翘起唇角一笑，收回目光，直视着玉帝和年轻仙君的方向。

他道："我那日匆忙间赶到凝冬阁，就见司寒神尊因为神力溃散，险些晕倒。"

偌大的凌霄宝殿，一片寂静。

就连白帝都有点不敢相信，侧眸看向站在自己身旁的青华大帝。

年轻仙君等了又等，也不见青华大帝有半分开口继续讲述的意思，不由睁大了眼："仅此而已？"

青华大帝神色冷漠，语气听着却诚恳、真实极了："仅此而已。"

白帝忍不住喃喃了句："真有你的。"

年轻仙君不由张口结舌："这……这……"

他应该是想说："这可能吗？"

就连玉帝也跟着追问道："青华，除此之外你什么都没看到？"他神色威严，不容任何人有逃避之语，"地上的须弥锁仙阵呢，你也没看到？"

玉帝的诘问，掷地有声，此言一出，殿内哗然。

众仙议论纷纷，一向憋不住话的太阳星君原本打定主意，看在从前和青华大帝关系不错的分儿上，这回一定好好闭上嘴，老老实实看戏，不蹚这趟浑水。可是玉帝扔下的这颗雷实在太震撼了，他一个没憋住就嚷嚷了出来："什么阵？须弥锁仙阵？这么恶毒的诛神阵法，不是早在许多年前就被列为禁术了吗？"

这事也不能怪太阳星君小题大做。就在不久前，凌曦仙子也是因为擅自使用上古禁术，囚死了小烛龙，最后落得个被青华大帝剥去仙骨的惨痛结局。怎么才刚回归神位没几天的司寒神尊，也用起了诛神阵法？虽说这天界的怪事年年都不少，可今年这接二连三的怪事，还都和上古诛神阵法有关，实在太奇怪了！

太阴元君也忍不住道："尊上，此事关系重大，还请你据实相告。"

坐在玉帝身旁的素蕴天妃也道："敢问尊上，你当日，到底有没有看到须弥锁仙阵？"

青华大帝神色淡然："没有。"

太阴元君素白的脸迅速染上两抹薄红，不知是急的还是气的："尊上的话，真是让人难以置信！"她扶住身旁勉强倚着她才能坐直的莹冬，"不敢隐瞒诸位仙友，当日我收到莹冬的求助，赶到凝冬阁前，见莹冬满身鲜血，胸前有被利刃刺穿的伤痕。

尤其可恨可怖的是，有人在现场以霜雪混合着她的鲜血，布下了上古禁术——须弥锁仙阵。”

说到这儿，太阴元君目光如电，直指曲苏：“若不是那布阵之人因为种种原因，未能完成阵法，恐怕今日诸位就再也见不到活的冬神了。”

莹冬的一声抽噎，在一片寂静的凌霄宝殿，如同一颗石子投入湖中，其声清晰可闻。

有人道：“这不正和青华大帝方才所言对上了吗？没能成阵，是因为司寒神尊神力溃散，险些晕了过去。”

也有人质疑道：“可尊上刚刚也说了，他去的时候，没见到地上有阵法，会不会……”

莹冬在太阴元君的搀扶下，缓缓站起了身：“尊上，莹冬有一句话，不知当不当问。”

青华大帝直视着前方，眸色冷淡：“你想清楚，一件事若自己都觉得不当问，那就不该问出口。”

莹冬一噎，嘴唇颤抖，太阴元君在一旁刚想开口，就被青华大帝冷淡的目光冻住，也跟着消了音。

莹冬嗓音微颤，气若游丝，手指却紧紧抓着身旁太阴元君的手臂，缓缓道：“敢问尊上，你当日到了凝冬阁前，我人在何处、是何模样、身上有什么伤？司寒神尊又人在何处、手里拿着什么兵器？”

太阳星君插了一句：“冬神这一连串的提问，好像不止一句啊？”

太阴元君却坚持道：“请尊上照实回答冬神的问题。”

此时不单是莹冬和太阴星君，就连玉帝和两位天妃、诸位神女仙君，全都朝青华大帝看了过来。

就见青华大帝薄唇轻启，一字一顿道：“冬神当日是个什么情形，与我何干？”

他侧过脸，看向就站在不远处的曲苏：“当日我匆匆折返，一心只想救回司寒神尊，彼时身旁还有什么别的人、是个怎样情形、地上有没有什么阵，又与我何干？我的眼里，从始至终，都只有司寒神尊一人。”

曲苏没想到青华大帝竟然会当着玉帝和一众神君的面，说出这样毫无原则、不讲道理的话来。她一时心头巨震，一股臊意顺着心口直冲头脸，直到岳周在她身后连连唤了两声她的名字，才匆匆回过神，收回了与青华大帝对视的目光。

可青华大帝仍然那样定定地看着她，就是千万颗星子摇曳坠落，也不及他此刻眼中的璀璨热烈。

还是紫微大帝这时突然开口解围："好你个青华大帝，九万年不曾对谁动情，一朝动心，你这眼里就只有司寒神尊一人了啊？"

银筝天妃也在这时笑语盈盈地接道："青华大帝对神尊的痴情，真是让人感动。"她一手托腮，一双美目在青华大帝身上滴溜溜地转了一圈，"从前我就和父君说过，三界之中，不知什么样的神女、妖姬，能令青华大帝情难自禁，那定会是一段不得了的神仙佳话。"

话音未落，就听太阴元君一声惊呼，众人循声看去，只见莹冬当场喷了一口血出来，面如死灰，一双眼却仍死死看着曲苏。

太阴元君眼看着好友这副惨状，含恨道："青华大帝，你立身不正、处事不公，你枉为上神！你为了一个心狠手辣的女人，弃事实真相于不顾，莹冬今日若是死了，天界不会容你和……"

"莹冬怎么会死？""莹冬不会有事。"曲苏和素蕴天妃几乎同时开口，声音交叠，两人也不由朝对方看去。

素蕴天妃似笑非笑："想不到神尊大人，对冬神还有几分愧悔。"

曲苏清脆地笑出了声："我有何愧？"

曲苏说话的嗓音是极好听的，但她个人咬字和说话的习惯，却又仿佛林间清泉，清泠脆爽，毫无寻常神女的温柔甜腻。或许也正是这一原因，不论她说什么，都显得掷地有声，令人不敢忽视。

玉帝轻咳了声，似有阻止之意，可素蕴满脸怒气，忽略了玉帝隐晦的提点。她站起身，直视着曲苏道："你手上拿的，正是当日行凶的兵器，若不是青华大帝和月神前后赶到，你早就对冬神赶尽杀绝了。你这个杀人凶手，居然还有胆子主动找来凌霄宝殿！既然你自己狂妄送死，就别怪玉帝用天规惩罚你。"

曲苏垂眸扫了一眼手上的雪凤霜凰笛："你说这个是行凶的兵器？"

素蕴怒道："正是！"

曲苏又问："若不是旁人赶来，我早就杀了冬神？"

素蕴脸色微红，步下台阶，走到莹冬的另一边，和太阴元君一左一右，扶住她道："真相就是如此。"

曲苏笑吟吟地看了看素蕴，又看向勉强立在两人当中的莹冬："如此说法，除了冬神的一面之词，可有证据？"

素蕴沉默了一瞬，太阴元君辩道："方才青华大帝亲口承认，是他把你从凝冬阁前带走。我赶到时，莹冬险些惨死在须弥锁仙阵中。还有，那日闯上九重天的人，只有你一个，南天门口把守的两位天兵都可以做证，你还有什么可抵赖的？"

曲苏笑着睨了莹冬一眼：“我为什么非要置她于死地？就像我现在看你也不大顺眼，不也暂且保持风度，未曾出手伤人？”

莹冬哑声开口，唇边溢出一丝鲜血：“因为你嫉妒当年是我当选冬神之位。”

太阴元君道：“诸位，我赶到时，凝冬阁前的大石上，已被人修改了字迹，显出‘武罗殿’三个字。这事是谁做的，又是因为什么，不用我多说了吧！”

曲苏扑哧一声笑出了声：“月神对我，误会颇深。”她看向玉帝身后的某人，“‘武罗殿’三个字，并非我修改，而是当年有人亲手布置，替我刻好的。你们若非要深究此事，我想玉帝可以替我证明。”

玉帝身后的陆波仙子神色尴尬，听到曲苏最终也未点自己的名字，悄悄朝她颔首，目露感激。

素蕴天妃见玉帝不置可否，脸色微沉，陡然意识到了自己刚刚的行为逾矩了。她悄悄抬眸，觑着玉帝的神色，却见玉帝的注意力全在曲苏身上，反倒是银筝天妃神色俏皮，颇有深意地朝她眨了眨眼。

素蕴心头发虚，想要回到座位，又担心突兀的举动落在众仙眼中，更加丢脸，一时进退两难，只能僵在原地。

三宝盘龙鎏金椅上，玉帝脸色微沉，与曲苏对视片刻，又笑了笑：“司寒神尊所言不虚，当年凝冬阁前大石上‘武罗殿’三字是我亲允的。”

素蕴喃喃道：“怎么会……”

莹冬眼角泛泪，又羞又窘，她已不敢去看众仙是什么反应，都在如何看她，此时此刻，她眼里只有曲苏一人。

莹冬紧咬着牙根，再开口时，舌根发苦，满嘴的血腥味：“就算那里曾是武罗殿，当年到底还是我当了冬神。司寒神尊回归神位，恢复记忆，得知当年发生的一切，对我担任冬神一职，怨尤颇深。故此，才专程寻来九重天，一心想将我杀死在凝冬阁前。”

曲苏还是那副似笑非笑的脸色：“仅凭你一人之言，怎能证明我对你心怀嫉恨？”

莹冬嘶声道：“你就是嫉妒我！当年我去青要界小住，你从没有一次肯正眼看我，你心里恨死我了，所以才会刚一回来就迫不及待地杀我！”

曲苏道：“我嫉妒你什么？”

莹冬道：“嫉妒我成了冬神！”

曲苏看着她的目光中透出几分嘲弄、几分怜悯：“别说我那时死了，就算我当年活着，也从没打算来这九重天当什么冬神。”

莹冬飞快摇头，她挥开太阴元君和素蕴天妃的搀扶，朝着曲苏走去：“你说谎！那日仙使对你说了什么，我全都听到了。她走了之后，整个青要界的族人都在欢欣鼓舞，说要庆祝她们的祖神即将成为冬神。”

曲苏脸色平静地道：“我的族人都在替我感到开心，但她们都不是我，你也不是我。你用尽手段非要得到的东西，在我心里，从来都不重要。你想要，为什么不跟我说呢？你当年若开口，我愿拱手相赠。”

“虚伪，自大，满口谎言！”莹冬双眼通红，两行眼泪顺着脸颊飞快滚落，“你待在你的青要界，那些人奉你为祖神。你一天到晚骄奢淫逸，什么都不用做，那些长老上赶着伺候你。以白帝为首的神君、仙人整日到青要界小住，你享受他们的追逐、爱慕，却不肯给他们之中任何一个以明确的回应。你明明已经拥有了那么多，却非要跟我抢冬神的位置，你嘴上说不在意，其实早将冬神之位当作你的囊中之物，当作你的又一个可以到处炫耀的战利品了！我做冬神，是我一刀一枪凭本事打出来的，是我父母、族人牺牲性命为我争取来的，是玉帝亲口敕封的。你呢，你凭什么做冬神？就因为你是青女，是上神，女娲夸奖过你，青华大帝称赞过你，那么多人奉养你、爱慕你，我就必须将冬神之位拱手相让吗？身为上神，就一定比其他人更高贵吗？冬神之位对你而言，唾手可得，所以你从不珍惜。但它对我而言，代表了我族为天界流血牺牲的荣誉，是嘉赏我在神魔之战中的付出和功绩，我清楚地明白它的意义，珍惜它的可贵。自我坐上冬神之位，没有一天不战战兢兢、如履薄冰，生怕自己行差踏错半步，给‘冬神’这两个字抹黑。三万年来，我自认没有对不起‘冬神’这二字，没有辜负天界和族人对我的信任，我对得起三界苍生！若你当上冬神，你能比我做得更好吗？‘冬神’这两个字，你担得起吗？”

“她有何担不起？”白帝生性淡泊宁静，不愿与人相争，多少万年来，他极少出现在这样的场合，更不会就天界大事发表个人的主张。可今日他却主动开腔，抢在所有人前头开了口。

白帝看着眼前这位眼角通红，几乎快要崩溃的神女，神色郑重道：“论对三界之功，你有什么资格和司寒相提并论？当年若不是司寒，别说妖族，就是神魔两界都会被明阎自爆的煞气感染，三界早就一片尸身血海了！若不是司寒耗尽神力清除煞气，冒着双目尽盲的危险收集、清理了全部的焰煞碎片，将怨气控制在小范围内，你以为你还能好好地活到现在？如今天族又能剩下几人？你才打过几场仗，杀过几个敌人？为天界立下这么点功勋，就敢在这里当着众神的面叫嚣？”

他又看向在场众神：“如今天界，知晓当年事者，寥寥无几。我说这些，也只是不想你们被有心人的片面之词蒙蔽了。你们愿意称她为冬神，那是你们见识短浅，天界想要如此，我也管不着。但你们若以为司寒神尊是可以随意张口议论、折辱的，那你们就错了。”

向来寡言的玉清真王开口道：“司寒神尊当年除煞气、清怨气，护佑三界，功不可没。”

紫微大帝坐在一隅，摇着羽扇道：“在我心中，所谓冬神，唯司寒神尊耳。”

佑圣真君冷硬地甩了一句：“总不能因为日子久了，就把从前的功绩一并给抹了。”

莹冬惨笑出声：“今日你是得意了。他们都是你的故人好友，自然站在你那边替你说尽好话。”

曲苏道：“他们说了什么，与你我今日恩怨无关。”

莹冬弯唇一笑，神色诡异：“如今，是你司寒神尊一心害我，想要杀我。动手的是你，布阵的是你，做下错事就要受罚。司寒，今日天界，早已不是三万年前的天界。你既是上神，天界的规则，你必须遵守；天界的刑罚，你也要承受！五百年前，你的族人霜雪神女，就是在这里接受了审判，死在了四十九道天雷里，魂飞魄散。今天，你也逃不掉的，你想要的，也永远都得不到！”

说完这话，她仰天大笑，墨发翻飞，神色猖狂，令人几乎不敢相信她是从前那个在众仙面前温柔和善、彬彬有礼的冬神。

太阴元君站在她身后，几乎看得呆住。

“我想要什么，以你的脑子，怕是再过十万年，也想不明白。”曲苏缓缓开口，她不看众人，也不看青华大帝，看向莹冬时，也只是淡淡的一瞥，随即就像要甩开什么脏东西一般，将目光投向了别处，“天界的冬神，对你而言，是无上荣耀，可对我来说，从来都不需要这个名号。我想做的事，想要过的日子，和‘冬神’二字从无干系。我不是冬神时，该救的人，我尽可能救了；该做的事，也都拼尽全力做了。天道生我，身为青女应当履行的每一样职责，我都践行了。难道我走过的路、做过的事，仅凭‘冬神’一个名号，就能代我执行，替我完成？若是如此，你是冬神时，怎么不代我履行降霜落雪之职，洗清三界怨气？”

莹冬含着眼泪哽咽道：“你说这话，本就不公——”

曲苏打断她道：“你说天道不公，上神和神仙之间的差距犹如天堑，那我要告诉你，事实本就如此。天道生万物，万物各有位置，各司其职。想要变强，就要付出十倍百倍的艰辛，因为自古以来，其他人都是这样做的。你只看到我的风光，却不知道我为了能做到这些，背后付出了多少。我也不是生来就懂得世间一切，我做的那些事，也不是挥一挥袖子就能尽数完成。你以为我身为上神，能力比你强，本事比你大，做起事来就轻而易举吗？能力比你大的人，确实能比你做到的更多，也注定要比你承担的更多。你做到的那些事，对我而言，确实易如反掌。可我履行的其他职责，做起来也并不那么轻松。”

说到这，曲苏顿了顿，她无意当着莹冬和众神的面卖惨。当年明阎死后，她收集焰煞碎片时的种种酸楚与不易，尤其那段险些双目尽盲的过往，她也不想让这些人知道。

曲苏继续道："你顶着'冬神'之名，做不到履行冬神之职，不思如何精进一身本事，却一味强调天道不公，说比你强大就是在欺负你，那人间的百姓是不是也可以说你身为神仙，就是在欺负凡人？按照你的说法，这世间的道理，就是谁弱谁有理。若三界众生都像你这样想，天上地下早就乱了。天赋和后天的努力一样重要，但有的人不仅比你天赋高，而且比你更努力。所以你就算再努力，再过几十万年，也照样追不上我。"

此言一出，紫微大帝和白帝等人，纷纷忍不住笑出了声。有人爱听的话，自然也有人不爱听，不单莹冬，许多仙君、神君的脸色此刻全都变了，就连玉帝看向曲苏的眼神也饱含深意、意味不明。

曲苏却根本看也不看那些人，她笑了一声，看着莹冬道："还有，收起你那副虚伪的嘴脸。我要杀你，并非为了什么冬神之位，既然你今日非要把这事抖出来，我也不怕让人知道，当年是我疏忽大意以致阴沟翻船。当年你骗殷和以须弥锁仙阵禁锢我在先，吹进饱含煞气的厉风想要灭我全族在后，我当年兵解而死，是我自己没有防人之心，我认栽。但你这个罪魁祸首休想矢口否认你的罪行，贼喊捉贼。你想变得更强，想成为'冬神'，没有人拦着你，我本也不会因此瞧不起你。但你千不该万不该，不该为了一己私欲，坑害那么多无辜生灵的性命。"

莹冬脸色通红，双眸亮如闪电："你胡说，你满口胡言，你在冤枉我！"

曲苏不顾在场众仙发出的惊呼和议论声，又接着道："二十多年前，我在凡间出生，化身曲苏，也是你擅自下凡，故技重施，往西南方吹送厉风数十日，以致庄稼死绝，民不聊生。当年是我命大，侥幸活了下来，可人界数万人，皆因你的一己私欲，枉死在那一场天灾之中。莹冬，你说你无愧冬神之名，你做过的这些事，当真桩桩件件无愧于心吗？你的所作所为，可还有半分身为天族的宽容和仁慈？"

莹冬连连摇头："不是，你说的这些话，我都听不懂。"她看向众神，脸色惶然，"她在胡说，我根本不知道她说的是什么！"

曲苏又道："不久前，青华大帝派出九头狮子前往青要界，守护我的元身青莲，也是你趁乱偷袭，毁我元身。若不是青华大帝舍命救我，现在我已再一次被你害死了。还有清激的死，炁渊之中的反向阵法，凌曦给烛龙布下的七星锁妖阵……莹冬，你做过的恶事，罄竹难书。你如今想当着他们的面装糊涂，已经晚了。"

在场众人，都被曲苏说出的一连串信息惊住。唯有素蕴天妃一心牵挂莹冬，看出曲苏杀意盎然，刚想上前，可她像是突然想到了什么，偷偷侧过眼，却发现玉帝脸色阴晴难定，她这一迟疑，一切都迟了。

众人都没有看清一切是怎么发生的。

待曲苏收回了手，莹冬连一声惨叫都没发出来，迎着曲苏的脸，缓缓跪倒在地。

她的胸口，不知何时自前向后破了个大洞，鲜血自她胸前喷涌而出，就连曲苏的脸上也沾染了些许血渍。

然而曲苏身上的血比脸上的血更多，手上还捏着莹冬的一颗心。

所有人都愣住了。

“我要的真相和公道，用不着别人给，我自己来取。你们要的证据，尽在此珠，不信的人，自己来看！”曲苏临走前，只丢下这几句话和一颗保存着当日记忆的雪灵珠。

当在场的人刚刚反应过来时，青华大帝第一个动了，他拾起曲苏扔下的雪灵珠，当着众人的面，重现了当日在凝冬阁前发生的一切。

看完当日的情形，太阴元君是最先离开的。对于她的离去，无人出声阻拦。素蕴天妃站在玉帝近前，低垂着头，一语不发。也有人出言质疑，称曲苏报复的手段太过阴狠，有失上神的风度。但此言一出，瞬间引起更多人的反对。

毕竟莹冬已经亲口承认，当年曲苏之死，全都出自她的设计。青要界为此折损两名长老，若不是曲苏以命维护，当日的青要界几有全族覆灭之危。

之后的三万年里，她还擅自下凡，吹送厉风，一心要将曲苏的转世之身扼杀在摇篮。不久前，她还悄悄潜入青要界，毁了曲苏的元身。若不是青华大帝点燃了混元灯为曲苏重塑元身，曲苏就算能回归神位，也没几天可活了。

如此大仇，试问谁能做到大方地宽恕?

对比莹冬当年的狠辣无情，曲苏今日只手刃莹冬一人，并无迁怒之举，已算手下留情了。

凌霄宝殿上，众仙吵嚷纷纷。大多数人都对曲苏的行为表示理解，但也有人坚持认为，曲苏不遵天条，当着玉帝的面戕杀莹冬，也实在太过放肆。

银筝公主生怕不够乱，还请来了父君——当年受过曲苏恩惠的雪凤族长，代为说情。白帝、紫微大帝、岳周等人都留了下来，为曲苏善后。

青华大帝摩挲着手里凉冰冰的雪灵珠，也自袖中掏出一物，交给了紫微大帝：“此物是玉宸道君所赠，不论是当日害死司寒神尊的须弥锁仙阵，还是凌曦仙子教烛龙在炁渊偷绘的反向阵法，甚至当日她害死烛龙的七星锁妖阵，皆出自同一人之手。就凭莹冬唆使凌曦做下的这些事，她再死百次，也难消罪孽！”

丢下这句话，青华大帝身形一闪，便自凌霄宝殿消失无踪。

他追出了南天门，过妙严宫，还给远在青要界的九灵传音，可天上地下，怎么都找不见曲苏的踪迹。

她就像一片霜花，在这九重天飘忽一闪，便彻底消失在了天地间。

殷和是在离南天门最近的那座山脚下找见曲苏的。

她身上的衣裙仍是她从前最爱的青色，发间插一支翠绿欲滴的瑶碧小荷簪，正坐在一座小桥边，不慌不忙地清洗手上的血渍。

她的脸上、手上都沾了许多血，可脸上却看不出半分不快，反而像是终于卸下了什么重担一般，欺霜赛雪的脸上，含着淡淡笑意，是那么安宁，那么自在。

幸好，那日青华大帝画下的红线，刚好在小木桥的另一头。

殷和强忍着全身战栗，缓步走上前，看着曲苏侧身将手指浸在欢快流淌的泉水里，开口时，他的声音甚至有一丝颤抖："姐姐。"

曲苏没有抬头。

殷和俯下身，过往三万年雄踞一方呼风唤雨的妖界新主，毫不犹豫地单膝跪了下来，他伸出一只手，轻轻去握眼前那截宛若凝雪的皓白手腕："姐姐想杀谁，和我说一声便是，平白脏了姐姐的手。"他轻轻托起曲苏的手腕，感受到她没有推拒，不由眼眶微烫。他自怀里取出一方软帕，缓缓抬眸，仰起那张倾国倾城的'美人'脸，看向曲苏，"姐姐，你都想起来了？"

曲苏脸上仍挂着笑，她不仅没有推开殷和，反而还将手往他的方向一推，示意他再好好擦干净些。

她神色淡然极了，仿佛和一个老友叙旧一般，轻描淡写地说起不久前凌霄宝殿发生的一切。最后她睇了殷和一眼，道："她当着我的面全都承认了，那卷记载着诛神阵法的古籍，是她故意落下诱你上钩的。"

殷和拿帕子蘸着清水，细细擦拭着曲苏的手，听到此处，他眼神热切地盯住曲苏的脸，不敢放过她脸上一丝一毫的神情变化："姐姐这是信她说的话？"

曲苏对他的眼神不闪不避，反而还绽出一缕意味深长的笑："你希望我信，还是不信呢？"

殷和定定地看着她好一会儿，渐渐红了眼圈儿，就连说话的嗓音都染上了一丝哭腔："我当时真的不知那是个诛神阵法。姐姐那段日子一直不肯理我，我知道，你从天族的仙使那儿知道了知妙的事。可是姐姐连个解释的机会都不愿给我，就不要我了。"

他紧紧抿着唇，说起当年这一段往事，看着曲苏的眼神，一如当年两人初相识时那个脆弱又倔强的小蛇妖。

他轻轻地托起曲苏的手，轻声呢喃：“姐姐，你明明知道，从始至终，我的心里就只有你一个。我就是把自己的心挖出来送给你，也不会舍得伤你分毫。”

说完，殷和轻轻在曲苏素白的指尖落下一吻。

曲苏笑了一声，抽回手起身道：“用不着你，刚刚我已亲手将莹冬的心掏了出来，也算是为自己和死去的族人报仇了。”

殷和紧紧追在曲苏身后，寸步不离：“姐姐，你这是要去哪儿？”

曲苏悠然道：“还没想好，反正不回青要界。”

殷和惊喜道：“那姐姐跟我一起回龙宫可好？天界那些人，就是想破脑袋，也不会猜到姐姐和我在一起。”

曲苏没有回头，语气里却透出淡淡笑意：“天族的人不是草包，用不了多久就会追寻到我的踪迹，你不怕？”

殷和道：“怕？我还怕他们不敢来！”他三步并作两步，绕到曲苏前头，挡住她的去路。他早已不是三万多年前的孱弱少年，如今的殷和，身姿英挺，站直了的身量与青华大帝相差无几。两人离得这么近，曲苏同他讲话，须得微微仰起下颏，才能看清他脸上的神色。

殷和热切地望着她，一手揽住曲苏的手臂，远远看去，那副模样，几乎要将她整个人纳入自己的怀抱一般：“姐姐，跟我走吧！从今往后，就让我照顾你，我决不会让你再受半点委屈。”

曲苏歪了歪头：“才想起来，上一次你那龙宫好像被弄得天翻地覆，这么快就修好了？”

殷和笑得欣喜又得意：“当然了，不然殷和怎会厚颜邀姐姐同住？姐姐和我一道回去就知道了，我已命人将整个龙宫修缮了一番，姐姐见了一定会喜欢的。”

见曲苏没有拒绝，殷和将手覆在她的肩头，将人往自己怀里一揽，两人瞬间便消失无踪了。

这一次，曲苏意识清醒着被殷和带回，亲眼看到三万年后的云梦大泽，她不由露出几分惊异之色。

殷和见了，颇有几分自豪道：“姐姐可喜欢这里如今的样子？”

曲苏望着周遭落花缤纷的雪色花树：“你在这四周全种上了琳琅花？”

殷和凝视着曲苏专注地瞻望远处花树的侧脸：“姐姐可喜欢？”

曲苏道：“我记得这花只生长在南海附近的一座山里，想不到你竟然在云梦泽栽活了它。”

殷和道：“前些天刚得了个法子，我便亲手在这方圆数十里栽上了。这些天一直活得好好的，应当算是养活了吧。”

说话间，殷和两指一指，波澜壮阔的水面自动分开出一条干净笔直的通道，直通湖底。

终于，殷和领着曲苏一同回到了龙宫。他眸色深沉，打量着曲苏的脸色，低声道：“姐姐，你今天愿意跟我一起回来，我真高兴。”他悄悄伸出手臂，揽住她，“姐姐现在应当也知道了，青华大帝不是什么善良之辈，他虽然帮姐姐重塑了元身，但他心里，做这一切从始至终都是为了他那徒弟清潋罢了。”

曲苏脸色微凉：“我不想再听到这个名字。”

殷和拉住她的手腕，轻声哄道：“姐姐别恼，是我说错话了。姐姐，你饿不饿？你想吃什么，我让人速去准备。”

曲苏道：“吃什么都好，就是想吃点热食。”

殷和没想到这趟出去寻人，能如此顺利地将曲苏带回，这简直是天降的意外之喜。要知道养伤的这段日子，当他得知青华大帝远上北溟找到了混元灯，燃灯重塑了曲苏的元身青莲，之后又将人带回了妙严宫，他简直寝食难安，就算把心挖出来放在三昧真火上烤，也不会比他那时更煎熬了。可他又知道，若不抓紧时间养好伤，贸然前往妙严宫抢人，无异于送死。所以他只得强按下心中的焦虑，用了些法子，加快养好了伤，之后便一路往南天门的方向去了。

彼时，他心里只有一个念头，不管用什么法子，只要能将曲苏带离青华大帝，一切就都还有转圜的余地。

他苦等了三万年，不可能眼睁睁看着她转头投向别人的怀抱。

只要她不再被青华大帝蒙蔽，哪怕她现在心里还不愿原谅自己，他也会心甘情愿地等。

就算曲苏不理他，甚至一心恨着他，可只要能把她留在自己身边，他什么代价都愿交付。

可没想到，曲苏竟然在凌霄宝殿上杀了莹冬，而后逃出九重天。她不能回青要界，也不愿再理青华大帝，竟然同意和他一起回龙宫，能心平气和地和自己讲话，也愿意听他说起从前。

殷和对这一切简直难以置信，佳人在畔，触手生温，他甚至觉得自己活在一个死都不愿醒来的美梦里。可曲苏的一颦一笑，她说话的口吻，看向他时的眼神，无一不说明，她并不是梦中幻影。只有从前的姐姐，才会这般容忍他、爱护他。也只有姐姐，才会不计前嫌地跟着他一同回龙宫。

殷和吩咐下去，让手底下的小妖安排一桌丰盛的人间宴席。他看着曲苏在他亲手搭建的秋千架上坐了下来，一手抚着绳上交缠的鱼龙草和珍阳花，眼前的情景与从前梦中那些缱绻的画面交叠相融……殷和觉得自己心跳渐渐快了起来，他走到曲苏的身后，轻声道："姐姐，我帮你推。"

秋千架荡了起来，一株珍阳花知情识趣地探出触角，悄悄送上一串开得最大最艳的花朵。

珍阳花的色泽是淡淡的蓝，曲苏笑盈盈地将那串花儿接了过来，在手腕上挽成一个手环，又拍了拍珍阳花探头探脑的小触角。

珍阳花幸福得浑身颤抖，连带秋千架上的两条绳子都跟着抖动，发出枝叶摩擦的簌簌声响。

曲苏仿佛被它逗笑了，也不想玩秋千了，纵身一跃走远，说："有点饿了。"

一个胖墩墩的少女在这时迎上来，朝着曲苏一福身："神尊大人，宴席马上就好，先吃碗甜羹垫一垫肚子吧。"

曲苏端详了她片刻："我上回来好像见过你。"

白软软胖乎乎的少女，一笑还有两个小酒窝："神尊大人真是好记性。"

曲苏跟在她身后，不一会儿，就走进了一座造型精巧的木质凉亭。一路上她一次都没有回头，殷和却一点也不生气，笑眯着眸子跟在她后头，不疾不徐地走着。

两个人这样，仿佛又回到了很多年前，他刚跟着曲苏回到青要界那段日子。那时两人也是这样，曲苏在前头走，殷和始终保持着相隔几步的距离，不慌不忙地跟着。

只不过那时，他是时刻提防，故而有心拉开两人的距离。

可今日，相似的情形，他却在这份重温中尝到了不一样的甜蜜。

曲苏在龙宫的日子，称得上清静、舒心，却不知天界和青要界简直炸开了锅。

青要界以清沅长老为首，在九头狮子的陪同下，公然到凌霄宝殿要人。她们的神尊是在九重天走失的，如今人不见了，自然要找天族要人。九重天上的一些神君、仙娥，对那日曲苏在凌霄宝殿公然杀人也颇为不满，甚至有人提出要缉拿司寒，以天规惩处的请求。然而这样的论调，在九重天上并没有得到多少支持。

玉帝更是一连七天不见人影，连两位年轻的天妃都不知他的去处。

这可苦了素蕴天妃。从前莹冬还在时，她们两人互为依靠和支撑，在这九重天上，她也是有位分和靠山的人，因而当着许多人的面，她都是孤高倨傲的态度。可如今莹冬死了，且因为曲苏留下的那颗雪灵珠曝光了真相，莹冬的死便成了一个彻头彻尾的笑话。有人斥责莹冬恶毒，说她德不配位；也有人笑话她不自量力，自招灾祸，后者明显更刻薄些。他们说，不论莹冬从前做过什么，单从身手和实力上，她连成为司寒的对手都不配。这样一个平庸而恶毒的神女，竟然当了三万年的冬神，之后人家正主回归，她弱得连曲苏一掌都接不住，不是笑话又是什么？

更多人表面上斥责司寒胆大妄为，暗地里也没少笑话莹冬死得不光彩。毕竟从前做下的诸多恶事，当着司寒的面，她都亲口承认了。青华大帝亲口留证指认，莹冬不仅一直以来深恨曲苏，就连凌曦对霜雪神女和炁渊做过的那些恶事，个中也都有她的授意。上古禁术，鲜有人知，此事又是转自玉宸道君的指认，铁证如山，无可辩驳。

涉及炁渊和烛龙，可就不仅仅是与青要界结怨那么简单了。莹冬这回，是犯了众怒。

尤其玉帝自那日之后，就彻底不见素蕴天妃了。银筝公主与父亲团聚，宛如泡在了蜜罐子里。相形之下，她这个因为与莹冬的关系而牵连颇深的天妃，处境就显得尤为尴尬。

她尝试着去拜见莹冬从前最好的朋友——太阴元君，可她在素曜宫外站了半天，却只得到一个消息：太阴元君身子不适，闭关不见外人。

素蕴不是个笨人，她渐渐明白过来，玉帝的消失、月神的避而不见、天界放任各种对莹冬的诋毁，凡此种种，都在彰显着同一个态度：她们这一族，当初因莹冬荣任冬神而崛起；如今也因为莹冬之死，被天族彻底放弃了。

放眼整个天界，短短几日光景，与素蕴天妃一样度日如年、时刻备受煎熬的，就要属妙严宫了。

白帝赖着不走，青华大帝都懒得管他。随着清沅长老找到天界，众人一起行动，纷纷外出找人。可一连找了几日，却等来一个让人难以置信的消息——司寒如今人在云梦大泽，殷和的龙宫。不仅如此，听妖族故意放出来的消息，这两个人如今浓情蜜意，用不了多久，就要成婚了。

九灵话还没说完，面前青华大帝就不见了人影儿。

白帝紧接着也想追上，却被紫微大帝拦了下来："你跟着去凑什么热闹？"

白帝理直气壮："自然是去抢人。"

紫微大帝道："你怎么到现在都拎不清？人家两个，一个是新欢，一个是旧爱，你去了算什么？"

白帝被紫微大帝摇着扇嬉皮笑脸的样子气得发冠上的翎羽都竖起来好几根："胡说八道什么，小寒心里何曾有过那蛇妖？"

紫微大帝眨了眨眼道："哦，那殷和即便算不上旧爱，好歹也追了曲苏几万年。"

"等了曲苏几万年的人是我！"白帝脸都气红了，"你到底是站哪一边的？"

阿缎嗓音软糯糯地道："我家尊上自然是站在青华大帝一边的。"

白帝愣了一瞬，恍然大悟，朝着紫微大帝一头撞了过去："好你个紫微，你为了拖住我，不让我见司寒，什么话你都能说出口。"

紫微大帝身手何等利落，哪儿能就这么被白帝一头撞到，两人一个打、一个避，就这么在妙严宫的庭前追逐起来。

向来清冷的妙严宫，在青华大帝这个主人缺席的日子里，竟然前所未有地热闹起来……

青华大帝赶到时，兜头遭遇了一场大雨。

暴雨倾盆，江水上涨，碧波万顷的云梦泽，云迷雾锁，烟波浩渺，宛如一个水乡泽国，果然不负"云梦"之名。青华大帝心急如焚，无心观景，转眼就没入江底，直奔龙宫。

眼前的龙宫紫柱金梁，雕甍画栋，气势非凡，极尽奢华之能，与上一次来时的高华简肃截然不同。可让青华大帝越看心越下沉的还不仅是这些。他一路隐蔽身形，飞掠而过，周围那些小妖并未觉察有外人进入，一边忙碌手头的差事，一边叽叽喳喳地说个不停。走在最前头的一队虾兵，个个搬着巨大的檀木箱子，那箱上还缠着红布，像极了凡间筹备嫁娶的喜物。领头的那个虾兵身旁，还跟着一个皮肤雪白的胖姑娘，就听那胖姑娘说："都仔细着点，待会儿进了宫殿，可别露了原身。"

那领头的虾兵张开两臂抱着箱子，肩膀上头却伸出两只巨钳，欢喜地挥舞着："姑娘这是哪儿的话，咱们这位未来的妖后那是什么样的人物，哪会被咱们的原身吓着呢。"

胖姑娘白嘟嘟的俏脸一绷："神尊大人自然不会被吓着，可也不代表她就喜欢看妖怪啊。"

虾兵恍然大悟："是这么个理。"说话间，肩上那两把巨钳就迅捷地收了回去。

领头的都这样了，身后跟着的自然照做。

青华大帝飞身掠过这队虾兵，继续往前，就见前面不远处是一间以冰晶雪柱搭建的宫殿，乍一看简直像是把曲苏在青要界的那座宫殿原封不动搬来了一样。许多小妖或在搬货，或在登梯，数不尽的鲜花铺满了整个庭院，大红灯笼和绸缎在空中飞舞着，将这座原本清素闲雅的宫殿装点得喜气洋洋。

那些小妖也在议论纷纷。

"伏城大人可说过，什么时候办这宴席？"

"没听说。不过看这样子，应当就在这三两天吧？"

"可真快呀。咱们殷和大人果然有一手。我可记得，上一回见着这位神尊大人，她还一脸的不乐意呢。”

青华大帝脸色如冰，脚下生风，大摇大摆地自宫殿正门闯了进去。

然而没过多久，他又快步走了出来。宫殿里极尽奢华，精致非常，可并没有人住过的痕迹。

青华大帝继续向前奔走，偌大的龙宫几乎被他翻了个底朝天，最终，他在一处偏僻的院落里，听见了那道熟悉的清澈嗓音。

龙宫地处云梦泽底，十分幽谧，纵然建造得恢宏华美，仍与人间或天界大不相同，尤其屋内更加幽闭。曲苏并不喜在屋中独处，神仙无须睡觉，故而一天里的多半时间，她都在龙宫四处闲逛，要不就随意择一处就近的庭院，一个人静静坐着。

殷和一心想黏在曲苏身边，奈何身为妖界新主，每天都有数不清的事务要忙，因而他总是时而闪现，时而消失。

比如这一会儿，他突然出现在曲苏面前时，手里捧着一只蒙着红布的托盘，目光晶亮，笑容神秘。

曲苏瞥一眼他手上的红布，似笑非笑道：“我不是从前的凡人了，一百块红布，对我来说，也如无物。”

殷和微微一怔，随即失笑：“是我想得不周了。”他随手将托盘上的红布揭开，扔到一旁，捧着那颗足有男子手掌大小的明珠道：“这颗夜明珠，不论摆在哪儿，都能使得周遭亮如白昼，还能散发淡淡幽香，我想姐姐一定会喜欢。”

曲苏淡淡一笑，神色嫣然：“我还第一次见到这么大的明珠。”她眼珠微转，睐向殷和，“看来你这妖王，当得还挺有威望。”

殷和却答非所问：“姐姐可知，近来妖界最热门的八卦是什么？”

曲苏微微垂眸，望向自己的指尖：“听这意思，莫非是与我有关？”

殷和沉默了片刻，再开口时，却透出淡淡的委屈之意：“姐姐不知道，我听到那些人说的传言，心里有多嫉妒。”

曲苏漫不经心地搭话：“既是与我有关，你又嫉妒什么？难不成还嫉妒我在凌霄宝殿上动手杀莹冬时，下手比你狠，结仇比你深？”

见曲苏并不答话，反而有一搭没一搭地把玩着前几日新得的那颗镶嵌红玛瑙的香囊球，殷和走上前，悄然站在了木亭外的一侧，低声道：“那些妖族元老听说姐姐不顾玉帝的颜面，当着他的面手刃莹冬，惹怒众神，还来了我的龙宫，一开始各个拍掌叫好。可后面的八卦聊着聊着，就说跑了题。不仅论起姐姐从前与妖族各族长的交情，还说起姐姐曾当面亲口夸赞过的各族美人。第一个说起的，就是雪凤族的族长。”

曲苏一手托腮，一手把玩着香囊球，提起这些往事，脸上全无半点羞涩或惭愧，反而落落大方地追忆道："那确实是个难得一见的'美人'。可惜早早就结婚了。"

此事殷和也早就知道了。毕竟，雪凤族的小公主正是如今玉帝身边最受宠的银筝天妃。孩子都这么大了，估计当父亲的也已朱颜老去，芳华不再。

他勾起唇角，又道："鲛人族的那位，我记得他从前还在青要界长住过一段时日，算起来，也是姐姐的旧相识。"

"这事我从前还和清沅谈过，那位族长确实生得风华绝代，可惜当年抵达青要界时，是带着七颗蛋一同前往的。"曲苏将香囊球往桌上一掷，幽幽一叹，"是个好父亲的坯子。"

殷和这一回的停顿稍长，再开口时，嗓音不觉带了一丝冷意："我还听说，约莫在四万年前，姐姐去九重天上吃宴席，还曾夸过一人'旷古烁今'。"

然而就在殷和微微的停顿之际，无人看到，一道清瘦身影无声无息地出现在了庭院门口。

就听曲苏几乎毫无迟疑地轻笑了声："我对他能有什么妄想？四万年前那一回，本来也不是多大的事儿，不过是乍一眼看过去，见他模样生得还挺标致，大家又同为上神，我便顺口恭维了句。谁知天族那些人那么八卦，没过两天，就传得三界尽知。"

殷和笑出了声："姐姐也不必诓骗我。我知道，姐姐一向喜欢美人，不拘男女。"

"是啊。不然初见你那回，也不至于那么好心，不仅把你从那鹿妖嘴下救出来，还顺手把你领回了家。"

殷和含笑道："这张脸能勉强入得司寒神尊的眼，真是殷和的荣幸。不过我听闻，从前姐姐在人界时，明明都没了从前的记忆，再见到青华大帝，还是为他心动不已……"

"你也说了，我那时没有如今的记忆，还非要追问什么？"

"司寒是司寒，曲苏是曲苏，这个道理，不还是当日在龙宫，你教我的吗？"

明明是熟悉的嗓音、熟悉的腔调，可从曲苏嘴里吐出的字字句句，青华大帝听在耳中，只觉每一个字都宛如一把利刃，直插肺腑。

"殷和，我刚来那日就说过，不想再提起这个人，你今天是怎么了？"

一抹红色骤然出现在眼前，青华大帝不再遮掩，显出身形。

花木郁郁葱葱的小院里，曲苏双足离地，懒洋洋地坐在秋千架上，漫不经心地朝这边看了过来。

四目相交的那一刻，青华大帝朝她绽出一丝笑："苏苏，我来接你回家。"

青华大帝今日少见地穿了一袭雪色长袍，他寻了曲苏数日，身上的伤迟迟不好，向来俊美的脸，苍白得宛如冰雪塑成，唇上没有一丝血色。他身上雪色的长衫袍角飞扬，更显得他身形消瘦。

曲苏漠然地别开了脸。她轻垂着眼，指尖拨弄着秋千架上开得肆意的蓝色小花儿："尊上刚刚既然都听到了，还说这样的话，是想让谁难堪呢？"

"既然都说开了，尊上还是请回吧！"殷和提醒道。

青华大帝沉默地看着她，不再开口，却怎么也不肯离开。

殷和恋恋不舍地将目光自曲苏的脸上抽离，转过脸看向青华大帝："看在姐姐的面上，我称你一声尊上。这里是妖族的地盘，尊上若不想引起两族争端，还是尽早离开吧。"

青华大帝道："我与曲苏之间还轮不到你插话。"

殷和笑出了声："她如今不再是那个一无所知的凡人曲苏，她是司寒。司寒神尊与青华大帝之间，既无旧事纠葛，也没有往昔情分。"

青华大帝仍看着端坐在秋千架上的女子，她看起来气色很好，可见没受什么委屈。只是眼角眉梢都透着一种令他觉得陌生的疏冷，这样事不关己的神色，不论是从三万年前的司寒神尊，还是与他倾心相恋的曲苏那儿，他都不曾见过。

青华大帝以手抵唇，沉默半晌，直到口中那股锈味淡去，他才开口道："苏苏，我不信。"

他不信她身为司寒神尊，便不再是曲苏；他不信她一离开天界，就将妙严宫中两人的朝夕相对一把抛开；他不信短短数日，她就突然变了个人，将他们共同的过往尽皆遗忘。

不论她是曲苏，还是司寒，他不信她心里不再有他。

不论是她说的三万年前那桩往事，还是三万年后在人间两人相处的点滴，在他心里，都是属于他们两人的最珍贵的回忆。她刚刚说的每一个字，他都不信。

曲苏并不看她，只是淡淡笑了笑："青华大帝，你该不会以为，我在妙严宫里住上几日，就能将你做过的那些错事全都轻轻揭过了吧？我的元身因谁而毁，当日我在这里对你说过的话，你该不会全忘了吧？从今日起，世间再无曲苏，只有司寒。我与尊上就此别过，天上地下，后会无期。"

这番话，从前在云梦泽底，曲苏心神俱灭之际曾对青华大帝说过一回。但那时因为种种前缘，甚至还有殷和巧言令色从中作梗，因而当时青华大帝听在耳中，对曲苏更多的是心疼，而非心冷。

可如今曲苏明明已然回归上神之位，从前的诸多误会，早该消解了。她却用比之前更为平淡的神色，将这番决裂之语又重述了一遍。

青华大帝听在耳中，只觉有如一记重锤从天砸下，就是当日在冰天雪地的北溟为曲苏取尽心头血重燃混元灯，其痛也不及此刻之万一。

如果他们两个之间连误会都不存在了，而曲苏仍然不肯原谅、不愿回头，甚至从今往后连一面都不想再见，那么他该如何做？

说完这番话，曲苏起身便走。

殷和倒是不慌不忙地回首看了青华大帝一眼，可眼见曲苏走得头也不回，他也不再迟疑，快步跟了上去。

龙宫另一头的一间华美宫殿前，殷和端着一碗甜羹走进凉亭，递给了曲苏。

曲苏没有伸手接，她还在四下观望这座造型别致的凉亭："这凉亭的用材，看来不一般。"她起初还以为是桌上摆着特殊的鲜花或是熏香，观察了一会儿才意识到，这种沉稳舒缓的香气，来自搭建凉亭的梁木。

殷和笑着道："这是千年洛梨花木。姐姐喜欢这香气，正好，我让工匠雕了些小玩意儿，摆在房里，也能有相似的功效。"

说话间，身后的仆从躬身上前，摆上几样精巧玲珑的木雕玩具。曲苏拿起一颗绘着花鸟图案的香囊球，只见雕工细腻的木制香囊球上，巧妙镶嵌着色如滴血的玛瑙石，看起来既华美又不落俗套。她把玩片刻，收入袖里："这个我收下了。"

殷和看在眼里，心中甜滋滋的，柔声道："姐姐喜欢什么香料，尽管和我说。不论多珍稀难得的，我都能为姐姐寻来。"

曲苏道："洛梨花木的香气很好闻，我很喜欢，暂时不必寻什么别的香料了。"

不多时，凉亭外的院子里就摆上了宴席。曲苏拣了几样爱吃的动了筷子。吃饭时她不怎么说话，殷和见她吃得投入，眼神愈加柔和，只端着一盏茶慢慢喝着，就这么陪着她吃完了一餐。

当晚，殷和邀曲苏参观龙宫的陈设，还陪她挑选晚上就寝的宫殿。

如今的龙宫确实和上一次她被强制带来时有所不同，除了巨大的雪白兽骨，更多造型各异、风格不同的宫殿拔地而起，宫内遍植奇花异草，气味清芬，许多连曲苏都叫不上名字。还有几间宫殿，里面并不用来住人，而是用来堆放各式各样的珍宝。

曲苏忍不住笑着道："这三万年过来，你倒是给自己攒了不少彩礼。"

殷和一怔，他随即反应过来"彩礼"在人间的意思，心中如小鹿乱撞，低声道："姐姐还是和从前一样，总是爱说些俏皮话逗弄我。"

曲苏正要开口，就见殷和转过脸，眸色深沉："整座龙宫都当作我的彩礼，不知姐姐可愿下嫁？"

曲苏还未开口，一道声音已先一步代她回答：“苏苏不会答应你。”

不知何时，青华大帝又追了来。这一回，他的衣衫不知何时沾染了点点鲜血。那血迹看着熟悉，只一眼，曲苏就看出来，他这是刚刚又吐血了。

殷和也看得明白，他的目光只在青华大帝的衣襟上停留了一瞬，便似笑非笑地看向了曲苏：“我没有问你，我问的是姐姐。”

曲苏没有说话。

青华大帝脸色苍白，才刚刚吐过血，可他唇上一丝血迹都没有，显然是自己已经悄悄擦拭过了。他凝视着曲苏，开口时的嗓音低沉微颤，像在恳求：“苏苏……”

殷和却在这时道：“听说凡间的女子，但凡心里愿意一件事，保持沉默也是一种应允。”他走到曲苏近前，微微倾身，凑近打量曲苏的神色，“姐姐，你若一直不说话，我可就当你是答应了。”

曲苏仍然没有讲话。但她也没有站在原地。

临走前，青华大帝听到她用前所未有的漠然语气道：“还在这儿木头似的杵着不走做什么？回你的妙严宫去吧。”

直到曲苏走出很远，青华大帝还站在原地，一动不动。而殷和则亦步亦趋地跟在曲苏身后。直到拐过一道弯，两人走到了一片花海附近，殷和才开口道：“姐姐，我刚刚并非玩笑，也不是当着青华的面故意激他才那样说。姐姐，此刻身边没有旁人，我想知道你心里真实的想法。殷和愿以整个龙宫作彩礼，诚心求娶，姐姐可愿下嫁？”

殷和本就生得修眉美目瑰姿艳逸，这般认真地凝视着一个女子求娶的神色，简直令人难以拒绝。尤其他看着曲苏的眼眸，渐渐流露出央求和委屈的情绪——他实在太知道该怎么打动人心了。

曲苏摇了摇头：“我不愿意。”

殷和道：“所以姐姐刚刚当着青华大帝的面沉默不言，是想借我演戏，让他死心？”

曲苏脸色微冷，似乎对殷和再一次提到这个人，很不愉快：“我不愿跟他再有牵扯，不意味着我就要嫁你为妻。我现在想住在这儿，也愿意和你说几句话，可这不意味着我就心悦于你，更不意味着，我会愿意接受你的求娶。”

“姐姐总算愿意对我讲两句真心话了。”殷和忍不住缓缓露出一抹笑，“不错，这才是我认识的司寒神尊。”

可殷和并不甘心就这样轻拿轻放，他仍围着曲苏打转，不死心地追问：“在姐姐心里，可曾有过我的位置？”

曲苏沉默片刻，惜字如金：“从前在我心里，一直把你当作半个弟弟看待。”

殷和误解了这句话里的重点，他忍不住继续道：“但那是从前，那时我确实年少，不够懂事。可现在我已经足够强大，可以保护你、陪伴你，满足你的一切愿想，做你可以放心依靠的男人。我虽然喊你姐姐，可在心里，从没有一天把你当作过姐姐。”

他喊曲苏姐姐，只不过是不想和其他那些人一样喊她神尊大人。她有很多人喜欢、膜拜、追随，但他从一开始，就想做那些人之中，最特别的那个。

曲苏道：“殷和，情爱一事，不能勉强。”

殷和执拗地看着她的眼：“是姐姐太不公平。”

曲苏别开了脸：“殷和，我今天不想吵架。”

殷和静静望着她许久，才哑声道：“是我太心急了。我看那人一时半会儿不会离开，不如姐姐今晚换一间寝殿可好？我这就让人去收拾。”

曲苏道：“有一座木凉亭的那一间就很好。”

殷和应了一声，吩咐了身旁跟着的下人，哪怕两人此刻聊天的氛围并不好，他也不舍得把曲苏一个人丢在这儿。

曲苏转身折返，他就静静地跟着。只不过这一次，他不再像之前那样拉开距离，而是几乎亦步亦趋地跟在曲苏身旁，与她并肩前行。

傍晚时分，曲苏用过晚膳，静坐在庭院的一隅观花。

这座宫殿里种了许多珍稀的鲜花，还有一池小小的湖水，她看着觉得亲切，所以才选定了这里作为寝殿。她坐在那儿望着花海发呆，殷和就坐在与她相距不远的石桌前，翻阅账册。

他这龙宫能搜罗来如此多的宝物，除了妖界各方势力每年的进献，主要还是殷和个人头脑灵活，极擅敛财。曲苏之前也翻看过其中一两本账册，读懂个大概，但她很快就被那上面枯燥的数字弄得头昏脑涨，丢给殷和，再也不想看了。

身穿灰斗篷的男子就在这时走了进来，向殷和行礼。

曲苏注意到他的脸上有一道狰狞的疤痕，破坏了原本英挺不凡的容貌。她一时多看了两眼，不想那人也在这时朝她看来。

殷和道：“姐姐盯着伏城看个不停，可是又有什么不同寻常的评价？”

这话的指向，简直不要太明显。

曲苏叹了口气，这三界之中的八卦消息，还能流传得再广一点吗？她朝名叫伏城的青年微微颔首，算作打过招呼。

谁知伏城向她行了一礼，居然主动搭话：“小人听过不少和神尊有关的传说。神尊大人既然叛出天界，来了龙宫，不妨就在此处安心住下。殷和大人为您准备了许多惊喜，日子久了，您一定会喜欢上这里的。”

伏城面容冷峻，可这番话却说得很有技巧，殷和很快就被他这番话安抚得神色微松。

曲苏见状便问："什么传说？"

伏城露出一丝淡笑："小人曾听殷和大人提起神尊当年壮举，想来若是您从前一直都在，天界就不会非要修什么炁渊，许多悲剧也就不会发生了。"

曲苏被伏城的一番话勾起了好奇心，正想再问，殷和咳了一声，伏城当即朝她又行了一礼，便转身离开了。

曲苏道："你这个下属，看来有故事啊。"

殷和露出似笑非笑的神情："我的这些下属，各个都有很多精彩的故事。姐姐若是能久住，就能逐一知晓。"

曲苏道："还挺会卖关子。"

殷和道："姐姐一贯爱热闹，我也是怕这龙宫冷清，但我人笨嘴拙，也不会说什么好听的话，留不住姐姐的心。"

曲苏："……"

人笨嘴拙的人，能说出这样的话吗？

从前她大约是瞎了眼，怎么会觉得这家伙是个小可怜？

回到重新布置过的宫殿，已是夜晚。

曲苏一个人坐在那座散发着淡淡清香的木凉亭里，许久都一动未动。

青华大帝的身影就在这时突然出现在眼前。

若不是面前还点着一盏灯，他那副白衣染血的憔悴模样，着实有几分吓人。

曲苏一见到他果然未走，不禁额角生痛。她暗自叹了口气，低声道："你怎么还没走？"

隔着凉亭的围栏，青华大帝站在亭外，脸色苍白，嗓音微哑："苏苏，对不起。"

曲苏没想到，青华大帝开口第一句竟然是这个，不由微微一惊，她正要开口，就听青华大帝又道："我知道因为大哥和落羽的事，你心里一直不肯原谅我。你怨我、恨我、不愿理我，这些都可以，你想怎么样都行，但不要嫁给殷和……"他望着曲苏，清亮的凤眸眼尾上挑，泛起不一样的薄红。"苏苏，殷和当年为了得到你，不惜用那样的方式伤害你，让你不得不选择兵解保全族人。之前你的元身被毁，他又想剖一半龙心，将你变成半妖。他不是好人，你不要嫁给他。苏苏，求你了，你想怎么惩罚我都可以，但不要嫁给别人，尤其不能嫁给殷和。"

"姐姐想要嫁给我，凭什么要经过你的同意？"随着殷和一句质疑，一道掌风朝着青华大帝后背拍出，"青华大帝，这里是龙宫，你当着我的面，打扰我族未来的妖后，你真是活腻了。”

青华大帝本就羸弱不堪，全无防备地被人从身后击了一掌，再也稳不住身形，一个踉跄，呕了一口血出来。

殷和露出毫不意外的讽笑：“尊上为了复活爱徒，不惜耗尽心神，为我姐姐重塑元身，如此痴情，真是令人动容。但姐姐有我守着护着，再也不会受你蒙骗。青华大帝，你还是死了这条心吧！”

眼见从前三界敬仰、不可一世的青华大帝，如今竟然沦落到连自己随手挥出的一掌都难以承受的惨境，殷和心里说不出地畅快。令他更快慰的是，自从曲苏恢复了前世的记忆，就对青华大帝避之唯恐不及。这一点，恐怕连青华大帝自己都想不到。

殷和垂眸望着自己的掌心，发出一声轻叹：“尊上，你自己如今是个什么情形，难道你不清楚？一个将死的上神，如何配得上司寒神尊？”

青华大帝缓缓擦净唇边的血渍，仍不看他，只一径望着不远处的曲苏：“苏苏，你信我，我为你重塑元身从来不是为了清漱。”

他的眼里，从来就没有过除了曲苏以外的任何女人。

曲苏微侧过眸子，朝他睇来。

青华大帝心头微颤，那双向来冰雪清凉的凤眸瞬间迸出欣喜的期冀：“苏苏！”

曲苏却在这一瞬间绽出一抹讽笑，瞥眼道：“尊上，我信你又如何呢？有意义吗？尊上或许是欠曲苏一个解释，但曲苏已经死了，我是司寒，尊上难道真的辨不出？”

青华大帝喉头哽咽，曲苏说出口的话，比殷和那一掌让他更疼：“曲苏是你，司寒也是你。”

“不是。”曲苏笑着朝青华大帝看去，“曲苏不是我。若曲苏是我，便不会跟你有那么一段。虽然尊上长得是挺好看，但我也不是什么好看的人都喜欢啊。”

青华大帝沉默了一小会儿，低声问她：“为什么不喜欢我了？”语气仿佛受了天大委屈的小孩儿。

曲苏别开眼不再看他，垂在袖口的手微微紧握：“喜欢你？你懂什么是喜欢吗？你懂什么是感情吗？”曲苏深吸了口气，顿了顿继续开口道：“青华大帝大慈大悲，救苦救难，我敬佩至极。”

“我不要你敬佩。”青华大帝立刻反驳，“苏苏，我做错了事，我伤了你的心，我知道很难弥补，我不求你原谅了，但求你别嫁给他。”

殷和听到这话就不耐烦起来，怎么就不能嫁给他?!

他又想动手，曲苏伸手拉住了他，朝青华大帝道：“殷和可以无条件、无理由对我好，万事皆顺着我的心，我为什么不能嫁给他？”

看着青华大帝逐渐惨白的脸色，曲苏轻啧一声：“说实话，只要想想我的转世跟青华大帝你有过那么一段情缘，每天上赶着讨好冷心冷肺的你，真够我膈应好一阵子了。你说你喜欢我，那你为我考虑一次吧，从今以后，别出现在我面前了。”

曲苏对青华大帝说出这些话的当口，殷和的目光和注意力几乎全放在青华大帝身上。

哪怕殷和经过一段时日的休养，如今的功力早已更上一层楼；哪怕青华大帝已是强弩之末，不敌殷和一掌之力，可他眼里仍然看不到殷和，也看不到眼前这座气势恢宏，代表着妖族新主之尊的龙宫。

青华大帝的倨傲和冷漠，早已刻入骨髓，死也不会更改。

殷和看明白了这一点，他的眼神由嘲讽转为凝重，随后又转为深浓的杀意。他的掌中缓缓燃起青色烈焰，茶色的眼瞳也在这一瞬间化为锋芒尽显的兽瞳。然而就在这一刻，木凉亭里那人突然起身。

庭院中对峙的两人，一时都顿住身形。

曲苏看也不看这两人，转身就走。

殷和一看曲苏仿佛要离开云梦泽，当即也懒得再管青华大帝，一边紧跟着曲苏，一边低声问：“姐姐怎么了，不想待在龙宫了？”

曲苏懒洋洋地答：“外面应当是下雨了吧？闷得很。”

殷和闻言便笑：“是有些闷。姐姐想去哪儿，我陪你一块儿。”

曲苏睨了他一眼：“你能不能做一点自己的事情，不要一天到晚地跟着我？”

“陪着姐姐，就是我最想做的事情……”

随着两人身形走远，声音也听不真切了。

那一袭白衣的身影依然站在庭院里。

不知过了多久，陆陆续续有小妖簇拥过来，也不知是谁最先开口的：“他怎么还不走？”

“喂！司寒神尊马上就是我们的妖后了，人家不喜欢你，你就是在这儿站上一百年也没用。”

“一百年当然不够。也不看看我们殷和大人是何等的风华绝代，那个成语是这么说的吧？”

“没错，我听说，司寒神尊最爱美人，殷和大人倾国倾城，岂是他这小白脸能撬得走的。”

“那当然了，殷和大人和神尊可是几万年前就彼此爱慕了。如今在一起，也算是有情人终成眷属！”

一开始，青华大帝没有说话。

也不知是那些小妖的哪句议论触动了他，他突然开口道："我与曲苏，几万年前就相识了。"

他非常执拗，宛如一个与小情人闹别扭的少年。

其中一个身段妖娆的女妖放肆地将青华大帝打量一通，小声嘀咕道："神尊还真是好福气，就连一个普普通通的追求者，也生得这般俊美不凡。"

另一个男妖不服气地道："长得好看有什么用？你没看他那副样子，脸色苍白，脚步虚浮，绣花枕头一个，中看不中用。"

一个皮肤雪白的胖姑娘挤开众人，走到近前，她看了一眼青华大帝唇边的血渍，忍不住劝道："这位仙君，我看你还是走吧。过不了几日，就是我们殷和大人和司寒神尊成亲的大喜日子，你一直站在这儿，怎么也不大好。"

青华大帝凝视着不远处曲苏坐过的秋千架，眼中浮浮沉沉，说："她不会嫁。"

胖姑娘叹了口气，慨叹道："这大约就是凡人口中的自欺欺人吧。"

"说得不错，他一直都在自欺欺人罢了。"一道冷肃的男声在众妖身后响起，"青华大帝，你也有今日！听说你就要死了，天道还算有几分公平。"

几只小妖震惊地喁喁私语："他竟然是青华大帝！"

"看着不像呀，而且他身上怎么没有那种上神的味道？"

"你懂什么，一个将死的上神，身上那种威势自然也就淡了。我听说刚刚殷和大人险些一掌拍死他呢！"

众妖给身后缓缓走出的灰衣男子让出一条通道。

伏城走到近前时，背在身后的一只手已悄然化为狼爪。

青华大帝一动不动，连眼都未眨一下道："我今日不想杀生。"

伏城哈哈笑出了声，那笑声森冷，听得人脊背发凉。"不愧是青华大帝，死到临头了，还敢口出狂言。你连殷和大人一掌都接不住，我看你今日如何逃得出我的手掌心。"

说话间，伏城一掌拍出，陡然伸长的五根利爪，直朝青华大帝的心脏掏去。

不少好斗的小妖发出惊呼和喝彩声。

可伏城这一击必杀的一掌，竟然扑了个空。

青华大帝身形一闪，再出现时，人却在与此处毗邻的另一座宫殿前。

伏城的脸色难看极了，那双冷厉的眸子死死瞪着青华大帝："刚才当着妖王，你是在故意示弱。"

两人动手时，他就在不远处窥伺，对于殷和那一掌，他自认看得清清楚楚。他修为虽然远不及殷和深厚，但若论他刚刚这运起全部内力的必杀技，显然要强过不久前殷和那轻飘飘的一掌。估计那时的殷和也没想到，自己随手拍出一掌，会把青华大帝打得吐血。之后殷和虽起了杀心，却又不得不去追转身离开的曲苏，反倒给了青华大帝一丝喘息之机。伏城等了许多年，才等来这个机会，不共戴天的仇人就在眼前，可自己拼尽全力就是杀不了他，这让伏城心中又急又苦，一时眼都红了。

他看着青华大帝等在秋千架旁，忍不住讽道："你故意生受了妖王一掌又如何？司寒眼里没有你，今日就算你死在这里，她也绝不会多看你一眼。"

青华大帝并不理他。

伏城又道："青华大帝，这就是报应。三千五百年前，你害得我与我心爱之人天人永隔。今日，你也注定要痛失所爱！"

伏城化为原形，巨大的狼身瞬间压垮庭院隔绝内外的篱笆，狼头一甩，雪白的獠牙直朝青华大帝咬了过去。

然而出乎所有人意料的是，青华大帝不仅没有任何反击，反而不慌不忙地朝着白日曲苏玩耍时坐过的秋千架上的珍阳花伸出了手。

"你是想死吗？"一道人影以迅雷不及掩耳之势飞快闪过，拖走青华大帝。同时，白羽利箭凌空射出，直插狼妖两眼之间。

一声凄惨的狼嗥，响彻整个龙宫。

白帝拖着人还要再骂，却感觉手臂一沉，他侧眸一看，大为震惊。原来青华大帝不知何时竟昏了过去，修长的指尖，捏着一朵开得正好的珍阳花。

之后的一段日子，曲苏在殷和的陪伴下，几乎逛遍了迟玉山以南的所有妖族领地。两人游览美景，吃遍美食，时不时还会就着眼前的情景聊上几句。尽管曲苏的态度始终不冷也不热，但在殷和眼中，这一切已是他过去三万年里回忆和奢想了无数遍的情形。

他和司寒，好像又回到了三万年前。

没有族人，没有白帝，更没有后来的青华大帝。

曲苏杀了莹冬更像是一个彻底与天族决裂的信号。从今往后，她不再是什么天族上神，而是只属于他一个人的司寒。

凑巧的是，他们之后前往的几个地方，妖族首领都是曲苏的旧相识。妖族中人大多消息灵通，司寒重生归来，又在玉帝跟前杀了莹冬复仇的消息，早在他们之中传开了。

妖族向来记恩更记仇，从前司寒神尊于他们有恩，可她毕竟是高高在上的上神，因此，他们敬她，也不得不远着她。可如今的曲苏，手刃仇人的狠辣行径简直对极了他们的胃口，身边又陪着殷和这位妖界新主，还主动来到他们的地界游玩，他们对曲苏的态度自然比从前亲热了许多。

对于曲苏与殷和的关系，妖族中人也都有了隐约的猜测。

毕竟当年，殷和跟在司寒身边的往事，如今的小辈虽一无所知，他们这几个老家伙还是知道得清清楚楚的。再想想过去这三万年，以殷和的心性和手段，这世上几乎没有他不敢做的事，唯独在男女之事上，守身如玉得简直不像是他们妖族中人。

妖族之中，有关司寒神尊和妖界新主殷和即将成婚的八卦，就这么流传了出去。

妖族的几个老家伙都喜欢曲苏，也乐得看殷和这个向来嚣张跋扈的主儿跟在曲苏身边听话温柔的样子。大家伙儿各怀心思，抱着看热闹不嫌事儿大的态度，不约而同地都想将曲苏多留一段日子。然而殷和骨子里还是那个殷和，他从前连曲苏的族人都容不下，如今哪儿能容忍这么多人每天凑在曲苏身边嘘寒问暖、大献殷勤？更别提妖族之中那些年轻的小辈儿，也不乏年轻力壮没有眼色的，居然眼见着他就在身边，还铆足了劲儿往曲苏近前凑。

殷和看得堵心，当即改变了这趟出游的计划：每个地方都只住短短两三天，就借口要去下一个地方巡视，央求曲苏跟他一起走。

殷和说要离开，曲苏也不坚持。她不论到了哪里都是一副悠然自在的模样，仿佛对去哪儿、住哪儿、见什么人，她都没有意见。

殷和见状，心里愈加不快，便说这一趟出来也有些日子了，不如干脆回龙宫去。

曲苏听了便是一笑："我还想说，你对那个伏城还真是放心，把整个龙宫都交给他打点。"

殷和道："从前还有赤眉和灼曳，不过……"青华大帝的名字到了嘴边，他陡然意识到不妥，转而道："伏城此人，性情耿介，对天界更是恨之入骨，是个忠心可用之人。"

曲苏道："你的龙宫，自然是你做主。我只是好奇，他一个狼妖，怎么会跑到龙宫给你做手下。还真是挺有趣儿的。"

殷和似乎想说什么，却又出于某个不可说的原因，选择了在这个问题上保持沉默。

尾声

长乐界，妙严宫，香雾缭绕。

几个小仙童手捧盅盏，匆匆走着。阿缎双手捧着一只锦盒，飞身越过石阶，险些与其中一个小仙童撞在一块儿。

他顾不上多说，脚下生风，赶在那几个小仙童之前进了宫殿。

“药来了！”九头狮子拽起紫微大帝，示意他赶紧起身，“紫微尊上，阿缎把你说的那什么丹拿回来了，你快看看我家尊上！”

紫微大帝脸色沉郁道：“白帝可回来了？”

九头狮子摇了摇头说：“一直没消息。紫微尊上，白帝说去找什么老朋友帮忙，是去哪儿找了？”

“上清境小莲峰。”紫微大帝望着床上昏迷不醒的好友，喃喃道，“上一回你一去便见到了，这是你的机缘。可你把这十万年难得一次的机缘让给司寒，就为查明谁是当年那布阵之人。这一回，谁又能救你呢？”

九头狮子听清了紫微大帝说的话，不由瞪大了眼：“紫微尊上，你在说什么？阿缎已经取来了灵药，赶紧给我家尊上吃下去不就好了吗？”

紫微大帝眉头紧锁：“若是那么容易，白帝哪还用得着去跑那一遭。这九转三清丹，不过是勉强续命罢了。”

阿缎刚将盒子小心翼翼地打开，听到这话，手指微颤：“紫微尊上，丹药只有一颗了……”

清沅长老手捧着一炉清香走进来，她也听到了紫微大帝的话，说道：“这是当年神尊大人亲手炼化的十方莲华，可以凝神聚气，滋养五脏，希望能对尊上稍有助益。”

九头狮子一把抢过香炉，刚想砸了，可对上清沅忧虑的眼神，又顿住了手。

他端着香炉在屋子里连连转了几圈，末了把香炉往旁边桌上一墩：“什么十方莲华，都是屁。司寒上神亲手做的香又怎样，她的心早就偏了，住在妖蛇那儿乐不思蜀。不，她根本就没有心！”

清沅长老脸色尴尬，一时什么话都说不出来。

她来妙严宫，起初是因为远在青要界都听说了有关司寒上神的各种传闻，她实在不放心司寒上神的安危，这才同意跟着九头狮子一同前来。可她来晚了一步，半路上就听说司寒上神在众仙面前杀了莹冬，叛出天界的消息。她和九头狮子一路匆匆赶到妙严宫，一连几天都等不来人，这才终于确定，司寒并非暂时避开，而是真消失了。

清沅和族中几位年轻的长老一直保持着联系，也从她们口中确认：曲苏从未回过青要界。找不到曲苏，无法确认她当下情况如何，清沅也不想回去。九灵又在一旁极力劝说，她一时纠结，就这么在妙严宫住了下来。

之后的几天，众人外出寻人，一筹莫展。也不知从哪天开始，妖界渐渐传出了司寒即将成为妖后的消息，更多不像样的八卦传闻随之愈演愈烈。

就在他们刚刚得知曲苏在云梦泽的消息时，清沅眼看着青华大帝跑去龙宫，本想着不论外界那些人如何议论，至少这一回，司寒肯定会跟着青华大帝回来，她也能同神尊大人好好团聚了。遥想当初，青华大帝抱着昏迷不醒的神尊回青要界，那副模样俨然视神尊如珍似宝。可司寒却仿佛和青华大帝结下了什么解不开的仇怨，他人在时，司寒正眼都不看他一眼，口口声声与他再无瓜葛，一心要撵他离开。可青华大帝一走，她又因为七姑娘的汤药恢复了前世记忆，整个人便一天比一天憔悴。她嘴上不说，可清沅看得明白，自家这位神尊大人，三万年前对谁都不曾真正上过心，三万年后却对青华大帝开了情窍。

之后数日，上神郁郁寡欢，神色黯淡，她都看在眼里。甚至有一回，司寒上神还向她打听起霜雪神女的过往。

若不是心心念念难以忘怀，又怎么会连多年前那些细碎往事都紧抓着不放呢？

清沅知道，不论神尊如何嘴硬，都早已将青华大帝放在心尖上了。

可也不知神尊最近是怎么了，青华去了一趟龙宫，不仅没带回来人，而且自己还昏了过去，一连几天都昏睡不醒。听白帝说，青华大帝生受了殷和一掌，若不是自己去得及时，他险些就被那狼妖给伤了，而彼时神尊人在龙宫却避而不见，显然已冷血无情到了极点。那宫中的小妖们放肆至极，各个都在热议几日后神尊与殷和大婚的消息。这又与之前他们在妙严宫听到的种种传闻对上了。

白帝气了个倒仰，可青华大帝的情形实在太糟，他也不是不讲大局的人，和紫微大帝商量了一会儿，便动身前往上清境去求玉宸道君了。

殷和是个什么样的人，旁人不知，可清沅心如明镜。当初神尊一声不吭，哪怕是死都要杀了莹冬复仇；她如今一门心思死守龙宫，甚至与殷和传出这样的传闻都不离开。清沅猜不透神尊的心思，却又凭着多年对自家这位神尊大人的了解，觉得事情真相绝不会如此简单。

可青华大帝病成了这副模样，神尊都没有回来，她一个青要界的长老，青女族的族人，当着妙严宫众人的面，不论如何都没有替司寒上神说话的立场。

九头狮子又在屋里走了个来回，抓住紫微大帝问："我家尊上这样，还能撑多久？"

紫微大帝脸色沉重，摇了摇头："说不好。"他又看了一眼九头狮子，"我不想说不吉利的话。"

九头狮子心凉了半截，他眨了眨酸胀的眼眶，只觉得数万年来，心里都没有如今日这般没个着落。他又看了一眼清沅，见她站在屋子一角，紧抿着唇，一句话都不肯说，当即扭头就走："都别拦着我，今日我就是抢，也要把司寒上神带回来。我要让她亲眼看看，尊上为了救她，如今成了什么样子！"

九头狮子满心怒气无处发泄，他化为原身飞入水底，九颗脑袋毫不收敛地吐出团团红焰，还未进龙宫，就将整个云梦泽搅得江水浑浊、天翻地覆。黄狮、狻猊、伏狸、猱狮等七头巨狮从各地赶来，紧随九灵元圣，投身江底，大闹龙宫。

原本清凉的江水有如被煮沸的一口大锅，巨浪翻滚，无数小妖被九灵吐出的火球击中，又被跟在他身后的七头巨狮张口吞没。

宫殿梁柱倾倒，巨石砸落，精致华美的玉砖琉璃瓦碎得到处都是，数不尽的仙草、妖花被几头巨兽毫不怜惜地碾过，各式奇珍异宝被它们顺势吞进肚里。不久前才刚修复的华美龙宫，几乎转眼之间，就被这几头巨兽摧残成了一片焦土。

曲苏所在的小院最远也最僻静，她感受到了龙宫的震动和隐隐传来的嘶吼声、惨叫声，却面无异色，转身就出了院门，欲往龙宫更深处走去。

九头狮子一声狂吼，拦住她的去路："司寒！"

曲苏拧身绕到他的身后，显然并不打算与他缠斗。

九头狮子知道，曲苏的元身是青华大帝耗尽心血才重塑而成的，外界有传言说是"修补"而不是"重塑"，不过是他们不想让那些人知道青华大帝为点燃混元灯究竟付出多大代价，而故意放出的谣言罢了。就连玉帝和天族中人也不知真相。

他知道自己打不过如今的曲苏，尤其他今日来，是要带曲苏回去，而不是把人赶走。

九头狮子心里有气，但刚刚这一路狂奔肆虐，也多少散了一些火气。他晃了晃脑袋，心里头有了主意，便主动化为人身，转过身追上曲苏："神尊，我今日来不想吵架，我只想跟你好好理论几句。若我说的没有道理，你大可撵我走。"

曲苏并没有停下脚步，蹙着眉道："你先回去，我暂时没工夫和你说话。"

九头狮子深吸一口气，强压火气低声恳求道："司寒神尊，尊上真的病得很重。前两日他来龙宫寻你，脸色有多差，你应当也看到了。他还受了殷和一掌，若不是后来白帝及时赶到，差点就被一只狼妖伤了。之后他就一直昏睡，到现在都没醒……"九灵说着说着，眼圈都红了，“就连紫微大帝都说，不知道他这一回能不能撑得过去。我们之前没有人告诉过你，早在你还在流霞城的时候，紫微大帝就算到尊上他有一命劫，若是不能化解，可能会有性命之虞！”

曲苏只沉默了一瞬，便冷着脸道：“我知道了，你先回去。”

九头狮子原本就是强压火气，好声好气地和曲苏讲话，若是有那个必要，为了青华大帝，就是让他跪下求曲苏跟他回去，也不是不可以。可曲苏这样冷漠的一句回应，瞬间将他心里的火点了起来。他伸手拦住曲苏，脸色冷冽：“我可以走，但是走之前，我要把话说清楚。神尊如今真是好大的威风！你能有命活到今天，每日在龙宫和那妖龙快活，怎么不想想是谁豁出命帮你重塑了元身？又是谁自凡间到天界，时时处处都在维护你、保全你？你在凌霄宝殿上捅了那么大的娄子，是谁在你身后帮你把一切摆平、安置妥当？就连你的族人去到妙严宫，尊上也都悉心安排，着人好生照顾。我认识青华大帝几万年了，也不曾见他对谁有过这样的心思。司寒神尊，当初在凡间的那个一听说青华尊上有异就心急火燎的曲苏到哪儿去了？尊上他为了你，把一颗心都剖出来了，心血都耗尽了，可你现在竟然连见他一面都不愿意！你做凡人时，尚且有情有义，难道回归神位成了上神，就要冷心冷情至此吗？”

九头狮子说完这番话，眼见曲苏仍是那副心不在焉、无动于衷的模样，不禁心灰意冷。他松开曲苏的手臂，低声道：“算我瞎了眼。司寒，我真希望尊上从来都没遇到你，一世冷情，也好过如今这样生不如死！”

倏然间，数道青冥幽焰自四面八方纷涌而来，九头狮子躲过其中几盏，昂起当中那颗头颅，喷出一颗巨大的火球，正要反击，却不想曲苏往他面前一挡，吹起了手中的雪凤霜凰笛。

清幽旷远的笛声响起，周遭飞快游走的青冥幽焰由明转暗，就连九头狮子喷出的火球也瞬间哑火了。九灵还是头一回见识曲苏身为司寒神尊时的功法，一时间简直看呆了。

曲苏侧身推了他一把：“还不快走！”说着转过身回以一掌，刚好迎上殷和的掌风。

殷和匆忙撤去一半力道，脸色却难看极了，他冷笑了声，艳丽的眉眼毫不掩饰杀意：“姐姐为了一个畜生，非要拦我，是什么意思？”

曲苏淡淡道：“他也是我的朋友，来这里寻我，我即便不愿跟他回去，也没必要出手伤人。”

殷和露出一抹玩味的笑：“姐姐可真是念旧！”他缓缓走近，凝视着曲苏的双眸，“还是说，你之前全都是骗我的，从始至终，你都对青华大帝余情未了?！”

曲苏冷着脸道：“你非要这样说，就没意思了。”

“到底是我没意思，还是姐姐用心不诚？你刚刚听到九头狮子说青华大帝快要死了，心疼了是不是？之前青华大帝来找你回去，你不愿意；他走的时候吐了血、受了伤，姐姐看起来也是无动于衷的样子；可你当日也不愿答允我的求娶，姐姐心里到底是怎么想的，真叫人猜不透。”

殷和望着曲苏别开的侧脸，突然握住她的双肩，强迫她与自己对视：“既然如此，我今日就再问一遍：姐姐可愿嫁我为妻，做这妖族的妖后？”

曲苏翘起唇角，殷和如今的个头比她高出不少，两人离得这样近，曲苏想要看清楚他脸上的神色，也要微微仰起脸来。可即便是这样仰脸看人，曲苏的眼神依然没有半分服软，她仍然用那种似笑非笑的眼神瞧着他，缓缓道：“我当日也回答过你，经历过从前那些事，现在的殷和对我而言，可以算是朋友，可以算是半个弟弟，但我不会嫁给你。”

殷和咧开嘴角，笑容却比任何时候都要冷：“姐姐终于肯对我说几句真心话了。”

曲苏道：“前世我兵解而死，至少有你一半的原因。这一世你非要抢我的元身，害得我元身尽毁，险些丧命，我怎么可能毫无芥蒂、心甘情愿地嫁你？”她看着殷和，缓缓绽出一抹笑，“我若说嫁，你敢娶吗？”

殷和哈哈大笑，笑得眼角淌下一滴泪来。他伸出手指揩掉那滴泪水，一字一句地道：“我怎么不敢娶？只要姐姐答应嫁我，就是天上下刀子，殷和也必定十里红装，求娶司寒神尊！”

被九头狮子等人弄得江水翻覆的龙宫里，殷和一袭红裳，墨发飞扬，笑起来的模样看起来张狂至极：“就算洞房花烛夜，姐姐一刀杀了我，殷和也甘之如饴！”

“你疯了。”曲苏冷声开口。

殷和继续笑：“姐姐心里，可曾有过半分我的位置？”

曲苏看着他，也不跟他绕圈子，出口便是“没有”二字。

她的回答在殷和的意料之中，殷和冷笑着问：“姐姐为什么会喜欢青华那种装模作样的上神呢？”

曲苏紧皱着眉看向他。

“他有什么好？他能为你做到的，我也可以做到；他身为上神不能做、不敢做的，只要姐姐开口提一句，我全都可以为你做到！姐姐眼里为什么只看得到他，却看不到我？难道就因为他是上神，而我是妖？”殷和半眯起眼睛，脸上尽是对“神”这个字的不屑，“刚刚他身边的那头蠢货还为了他来指责姐姐，就因为青华大帝用心头血帮你点了混元灯，所以你就要为他的死活负责吗？明明这一切都是他心甘情愿的，不是吗？他凭什么要姐姐你负责，他有什么资格来要求你、命令你？就因为他是神，他便格外高贵吗？”

曲苏越听越觉得殷和扯远了，她出声想打断他的话，一声“殷和”刚刚叫出口，殷和突然尖锐地打断她：“姐姐从前说，众生平等，妖并不比神魔低贱，只要有实力，就能将当年欺我负我之人全部踩在脚下。可姐姐若发自真心觉得众生平等，为什么非要做神？为什么不愿用我的龙心，与我分享华岁，做这妖族的妖后？”

“众生平等，与我要不要嫁给你，这根本就是两回事。”曲苏面色疲惫地反驳他。

殷和摇头：“姐姐从前觉得我可怜，带我回青要界，一心想要把我好好养大。可你这般的慈善心肠和那些把我当成低贱杂种践踏的神族有什么分别？在你的眼里，我不过是个可怜可爱的小玩意儿，闲暇了就逗一逗，忙起来就抛之脑后。后来觉得我养不熟，难以掌控，就想彻底疏远，与我老死不相往来。”

殷和眉眼间皆是执拗，似哭似笑，似狂似醉，他再也不愿违逆自己的心意，俯身在曲苏唇瓣落下结结实实的一吻，随即在曲苏反应过来之前，用一条捆仙索将她牢牢制住，又将她打横抱了起来。

“姐姐，都没关系。”殷和的嗓音喑哑，神色突然又温柔了几分，“不论你心里怎么想我，其实都不要紧。因为不论如何，我都心悦姐姐，哪怕姐姐一开始只当我是个小玩意儿。没关系的，我已经长大了，我如今成了龙王，可以把天界神君踩在脚下，我也有能力娶姐姐为妻，好好照顾姐姐一生一世！”

殷和将曲苏带回了龙宫最深处的一间宫殿放下，转身便不见踪影。

曲苏知道，殷和生性记仇，睚眦必报，这般一路不停地冲出去，不是去找九灵算账，就是要径直冲去妙严宫。她试了几种仙法，都对身上的捆仙索不起作用，灵机一动，用出了当日在妙严宫的那一招——片刻之后，一片霜花飞出捆仙索的束缚，曲苏转眼便走到了宫殿外的庭院当中。

伏城便在这时走了过来，他的眉心被刺出一道很深的伤口，很明显是箭镞造成的。曲苏只瞥了一眼他的伤口，就知道那是白帝的杰作。

白帝用的箭羽很特别，哪怕拔除箭镞，伤口周围也会有细小的白色羽毛飞快流转，这是他当年的得意之作。一旦被这种箭所伤，伤口很难愈合，若是没有特制的解药，不出三日，便会魂飞魄散而亡。

曲苏淡淡道：“你拦不住我。”

伏城并不理会眉心的伤口，只是看着曲苏道：“听闻三万年前神尊大人多次降霜落雪，解救妖族，我一直以为，您和青华还有天族那些人不一样。”

曲苏早从身边服侍的小妖口中，听到了当日的一些传闻，她知道伏城当日一心想杀青华大帝。

她沉默片刻道："为什么要杀青华大帝，我可以知道原因吗？"

伏城的眼中，流露出深浓的悲伤和恨意："三界流传，青华大帝心怀大慈大悲，建炁渊、救百妖。可是没有人知道，也没有人关心，当年被锁入炁渊的怨妖是否出于自愿。在天界眼中，怨妖是世间最肮脏的存在，彻底清理掉是最好的选择。再不济，直接抓了投入青华大帝建造的炁渊，也是个不错的选择。可是我宁可和当年抓我的人打一架，甚至让他杀了我，也好过把我强行带走，丢进炁渊，一关就是三千年。当年，我被天兵天将强行锁进炁渊，杜若不知道我去了哪儿，她以为我很快就回去，就在那个我们两人约定好的山洞里一直等，一直等……等我回到那里，杜若早已化为一具白骨。"伏城两眼泛起泪光，"她只是个凡人，如何等得起三千年。她为了我，离开了家，背弃了父母，甚至连一个朋友都没有，可是我却被迫辜负了她，我害她孤独一人，惨死在黑漆漆的山洞里。"

从前每次见到伏城，曲苏都对他身上发生的故事感到好奇，可真的得知故事的真相，曲苏发现，有些人的往事，远比她所能预想的还要沉重得多。

曲苏沉默良久。"我来龙宫有我想要完成的事。我答应你，只要有我在一日，炁渊再也不会是从前的炁渊，怨妖不会被强行锁入其中，且身处炁渊，用不了三千年，不出俩月，就能洗清怨气，自由离开。"

伏城沉默着，许久都没有说话。

时间紧迫，曲苏不想再多废话，她匆匆交给伏城一瓶药："吃了这个，可以治你眉心的伤。他日你若愿意，随时可以去青要界找我。我答应你，会为三界建一个全新的炁渊。"

没有了伏城的阻拦，曲苏不再迟疑，继续沿着之前的方向飞去。

伸手不见五指的黑暗之中，曲苏指尖捻动，心随意转，幻化出一颗雪灵珠照亮前方。望不见边际的黢黑之中，巨大的龙骨静静躺在眼前，两只蟠虬般的龙角之中，一团青芒闪耀着幽微的光。

曲苏快步走近，手中的雪灵珠幻化成巴掌大小的一团如雪似雾的白光，她催动着灵力，用手中的白光将那团青芒小心地包裹起来，随后五指一拧，将之没入心口，那团青芒随即便消失不见了。

做完这些，曲苏额头已冒出点点细汗，她以最快的速度飞出身后的黑暗之地，朝着龙宫之中最醒目的雪白龙骨飞去。

她站在龙骨最高最弯曲处，一手攥住坚硬的龙角，鲜血顺着她的掌心蜿蜒流淌，曲苏紧咬着牙，干脆用手掌摩挲着，用鲜血濡湿整只龙角。

奇异之事就在这时发生了——只见龙角最尖端的一截渐渐凝成赤红，随着更多鲜血的浸透，甚至隐隐透出怪异的金赤色光芒。

“姐姐想要什么，为什么不直接和我说呢？”

殷和的嗓音透着一丝奇异的沙哑，哪怕身后一片喧嚣，仍然清晰可闻。

曲苏死死攥住那一截龙角，转过头来，看向殷和。她收拢手指，指尖微一用力，更多鲜血顺着指缝涌出。整个龙宫被九灵元圣带着七头巨狮颠覆，江水倒流，疾风凛冽，她身上那件青色的长袍被风与水搅得沙沙作响，可她的脸上却是前所未有地神采飞扬。她就那样毫不畏惧地站在巨大的骨架上，一手攥着龙骨和龙角，仿佛在攥着一把锋利无匹的骨刀。

她终于不再是之前那副冷淡自若的神色，虽仍然是清凌凌的一双妙目，但再看向殷和时，已毫不掩饰眸中的嘲弄。

她俯视着不远处的红衣身影，扬声道：“当初我从一只鹿妖手下救了你，却不知道，那时并不是鹿妖在追捕你，而是你在追捕鹿妖。从那时起，你就想得到明阎遗留的焰煞碎片。”

殷和微微昂着头，瑰姿艳逸的脸上，缓缓露出一抹笑来：“是。”他微微笑出了声，“姐姐一贯聪明，这件事，你在前世不愿理我的那段日子，应当就想到了吧？”

曲苏又道：“之后我收集了几乎全部的焰煞碎片，毁了煞气的源头。你得不到你想要的东西，便回到了我身边。得知烛龙将死，煞气入骨，你便趁着跟我同去烛龙一族救治的机会，悄悄在那附近留了标记。”

“没错。”殷和替她说了下去，“当年姐姐不在了，之后不久，烛龙也死了，小烛龙还是一颗蛋，妖族群龙无首。我便趁乱混进去，斩断他的角藏了起来，烛龙之鳞和烛龙之息，我也一并带走了。再之后，过了很久，我修建了这座龙宫，寻了一副应龙的骨架，将烛龙的角骨接了上去，烛龙的护心鳞便封印在这根角骨里。”

他扬起下颌，脖颈修长洁净，衬得面庞仿佛是一朵从浊世尘埃中开出的绝色红莲：“我真好奇，姐姐是如何一眼就看出的。”他轻声低喃，“是身为青女对怨气的特殊感知吗？还是因为焰煞碎片？那是明阎留下的东西，你们两个，实在太相熟了。”

曲苏没有回答他这个问题。

她只是紧紧攥住那根龙角骨，俯瞰殷和的眼神中毫无波澜：“我不会杀你，往后，你还是妖族人人敬仰的新王，但你不能继续用这个法子修炼。这截烛龙角，我必须拿走。”

殷和笑着道：“我说过，姐姐想要什么，尽管拿去。”他望着曲苏的眼，仿佛在仰望着天上最亮的那颗星星，闪耀着璀璨的光芒，“但是姐姐不可以离开我。你答应过我的，会一直陪我留在龙宫。”

他沉默片刻，又道：“我知道你还拿走了烛龙之息，你想把这东西带给青华，为他续命。”

曲苏并不答话。

殷和弯起唇角，笑得格外甜蜜：“我答应姐姐，烛龙之息也可以给你。”

曲苏道：“用不着你答应。我从一开始来这龙宫，就已决定要取走这两样东西。其余的，从一开始就是骗你的。”

殷和望着曲苏，试图从她的神色中窥见一丝半点的松动或是不忍，但大失所望——曲苏的脸上，有冷漠，有坚持，还有不愿再与他相对的淡淡厌恶，除了这些，什么都没有。

从前那么温暖、那么美妙的日子，他以为是自己“偷”来的，可当真相来临，他才知道，甚至连“偷”都只是他自己的一种妄念。

这一切，甚至都不是真的。不过是曲苏心有所图，在他眼前故意编织的幻梦罢了。

殷和的脸色渐渐冷凝，他望着曲苏，几乎是从齿缝里挤出了几句话：“为什么？如果从一开始，就都是骗我的，为什么不继续骗下去？”他看着曲苏，向来生动的眉眼此刻失去了神采，乍一望去，有一种令人心惊的死寂，“为什么不能回到从前，就像我们当初在青要界那样？”

曲苏翘起唇角，脸上却没有半点笑意，看着他的目光不掩嘲弄和冰冷：“你当年没有骗我吗？你当年没有害我吗？三万年前的事固然是莹冬有意设计，但你也是其心可诛。你想把我锁起来、困起来，你当我是什么？我从来都不是什么人的玩物。三万年前，你和莹冬里应外合，险些害得青要界全族覆灭；三万年后，你仍然死性不改，杀我大哥，屠我师门；在青要界，为夺我元身你下令屠族；为离间我和青玄，你编造谎言处处蒙骗，若不是我提早回归神位，恐怕要又一次被你害死了。一桩桩一件件，我哪一样冤了你？骗你哄你？用你以前对待我的法子，把你耍得团团转，还远远不够呢！若不是为了这两样东西，若不是看在你将整个妖族统治得尚好，以及我不想再惹纷争引得三界大战，我早就杀了你！”

“杀了我？”殷和的眼珠渐渐覆上一层浓重的血红，衬着那倾国的姿容，别有一番妖异与魅惑。他缓缓放下了手，慌张地看着曲苏，“你不是她，你不会是她！她从来不舍得伤我半分。”

曲苏漠然地看着他道：“三万年前，若非我一心想要用全部神力护住青要界，即便我只剩下最后一口气，都会杀了你。”

殷和瞪大了眼，不敢置信地看向曲苏，很快他又疯狂摇头：“不是，你说谎，你根本不是她，她不是你这样的！”

从前司寒事事顺着他，妖界众妖无一人不羡慕他，司寒怎么能是今天这样？怎么能想杀他？

“殷和，是你亲手毁掉了这一切。”

曲苏想说，当年她确实把他当作一个朋友，当成一个年幼的弟弟，甚至是当作青要界的一员，宠着他，护着他。但一切美好的过往、温暖的回忆，早在殷和用须弥锁仙阵把她困住，逼得她兵解以保住全族那一刻起，全都灰飞烟灭了。

对着殷和，她永远不会倾诉自己曾经对他怀有过的柔软的心思和美好的期许。

对于她与殷和，这一切的一切，都将成为世间永远的隐秘。

因为他不配知道。

殷和突然狂笑出声，那笑声绝望而凄厉。随着他的笑声，原本被九灵等人毁得几近断壁残垣的龙宫，再次发生山崩地裂般的剧烈震颤。

曲苏死死攥着龙角骨，冷不防脚下一滑，整个人便朝下方摔了过去。

殷和也在这时挥出一掌，红衫如血，掌风如刀，这一掌使出了十成力道，巨大的龙爪虚影朝着跌落半空的曲苏一劈而去。

曲苏拧身欲躲，却发现龙爪如影随形，自己无处可逃。她不禁睁大了眼，伸出右手护在心口的位置，她之前将烛龙之息藏在了那儿……

青华大帝的面容就在这时骤然在眼前放大。

曲苏不知道他是什么时候、从哪儿出现的，只知道他替自己挡住了龙爪虚影的致命一击，不远处的殷和也发出一声惨痛的嘶吼。

曲苏张了张唇，她想尖叫，却根本发不出任何声音。她紧紧将青华大帝抱在怀里，却发现他身上各处开始涌出鲜血，脸色也前所未有地苍白，那双漂亮的凤眸不再清冷含冰，而是凝视着她，一点一点地绽出一抹笑来。

他张开唇，想要说什么，并朝着她伸出手来。

曲苏拽住他的手，她从未想到，自己竟然会掉这么多眼泪。

“青玄。”曲苏终于喊了出来，可那声音嘶哑着，难听极了。

曲苏慌乱地抹了一把眼泪，视野里那一抹红色早已不知所踪。她想要替他擦掉溢出唇角的血，却发现那血越来越多，怎么都擦不完。

曲苏颤着指尖，自心口取出那抹笼罩着一团白雾的青芒。她看着青华大帝，他眼神空茫，意识已经不太清醒了。曲苏唇角颤抖，朝他绽出一抹安抚的笑，随即在他眉心轻轻一点，刚想将那团青芒送入青华的心口处，身后不远处，一道凌厉的掌风再度朝她袭来。

曲苏不再迟疑，取出雪凤霜凰笛，化为长剑，便与去而复返的殷和缠斗在一起。

碎石翻飞坠落，整个龙宫都在颤动，这里随时都可能彻底坍塌。伴随着两人毫不留手的打斗，巨大的龙骨摇摇欲坠。终于，伴随着曲苏又一个回旋踢，早已被她鲜血浸透的烛龙角发出一声沉闷的声响，透着金赤色的角缓缓地自雪白的骨架上自行抽离而出。就在它终于一跃而出之际，一声怪异的嗡鸣声自角骨发出，随即响彻整个龙宫。

伴随着震耳欲聋的嗡鸣声，锋利的龙角如同一把利剑，凌空跃起，朝着曲苏后背直刺而来。

身后突然贴入一个温暖的怀抱，曲苏心中一沉，已生出万分不祥之感。她双眸圆睁，张了张唇，她以为自己会惊叫出声的，可人到了真正的绝境，竟然什么声响都发不出。她微微摇头，脸色白得几近透明，没握剑的手抬了两次，才轻轻攥住身后骤然抱过来的人的衣袖。

布料触手宛如霜雪般冰凉，却又柔韧如水，正是此前在妙严宫时，青华大帝赠她那件法衣的料子。

曲苏双眸几乎沥血，她缓缓转过身。

只见青华大帝就那么站在她的身后，长发如雪，凤眸轻垂，连嘴唇都透出几分苍白。他身上那件光泽流转的青色法衣，看不到一丝鲜血，可此前悬在众人头顶的金赤色角骨却不见影踪。

曲苏刚欲抬步去看青华大帝的后背，就被他牢牢攥住手臂。

他嘴唇灰白，俊美无俦的脸上没有一丝血色，却还兀自弯起唇角，低声道：“别看。”

此时传来布帛的撕裂声，鲜血自青华大帝身后的伤口飞快流淌，汇集在地上，形成一个小小的、折射着金色光芒的血泊。

曲苏知道，若是从前的青华大帝，即便受了比这更严重的伤，也不会流出这么多的鲜血。

身为上神，受伤而血流不止，是必死之兆。

可青华大帝还那么定定地望着她，凤眸含笑：“苏苏……”

曲苏睁着眼，两行泪落了下来。

青华大帝死死压着她的手臂，让她半分也动弹不得。曲苏只得轻轻转动手腕，催动袖中的雪凤霜凰笛，口中轻念咒语。

青华大帝看出了她的动作，微一低头，正想有所行动，曲苏已先他一步念完了咒语。

周遭突然飘起鹅毛般的大雪。雪片飞扬，蝴蝶般的形状宛如当年司寒在青要界时，最喜欢栽种的飞琼花，又像数不清的鹅毛飞舞，几乎转眼之间，便覆满整座龙宫。

白雪化成的冰蝶漫天飞舞，有几只轻轻沾在青华的发间、衣衫，仿佛在轻吻、安抚着他。

能在转眼间催动漫天飞雪，这必定是司寒身为青女上神的独门术法。青华大帝很快便发现自己周身动弹不得。想明白是怎么一回事后，他动了动唇，发现自己仍能出声，不禁朝着曲苏微微一笑："苏苏。"

曲苏却不许他再出声，她先将烛龙之息送进他的心口，随即走到他身后，伸手攥住那锋利的龙角。

若不是她动作及时，用不了多少光景，这烛龙角就会自后向前刺穿青华的心脏，到了那时，天上地下三界之内，谁都救不了他了。

曲苏眼角泛泪，正想开口叮嘱什么，就听青华大帝低声道："苏苏，我知道，都是我错了，我现在什么都不求，只要你不嫁给别人，千年万年，我都愿意等。我不是冷心冷肺，我真心实意地心悦你、爱慕你……"

"你是傻子吗？"曲苏嗓音嘶哑，"我都说了那样的话，怎么还要来龙宫？"

他若不回来，怎么会遇到这样的凶险？

本以为找到烛龙之息就能救回他的命，可如今又被烛龙角这样刺中心脏，能不能活，如今真成了未知之数。

随着曲苏拔出龙角的动作，青华大帝紧咬着牙，一字一顿地道："因为，你在这里。我说过，不论你心底再怨我、恨我、误解我，我都会守在你身边，寸步不离，直到我死！"饶是青华大帝一直在强行忍耐，也因曲苏最后拔龙角的动作，痛得唇角溢血，微微昂首。

这话是青华大帝离开她去北溟时说的话，一字一句，曲苏全都记得。

那时她不知他要去寻混元灯，还以为或许他这一走，是一去不返，再也不会回来找她了。

可她没想过，青华大帝真的践行了这番话。

曲苏眼前一片朦胧，她攥着那浸透着自己鲜血和青华大帝心头血的金赤色龙角，紧咬牙关，双手与之角力，却发现一个令人胆寒的事实：烛龙之鳞虽饱含净化之力，可它如今被封印在烛龙的角骨之中。但烛龙身上，除了护心鳞片和一双眼瞳，全身上下都被煞气侵蚀。

烛龙角骨一旦被鲜血唤醒，不尝够一个人的心头血，是永远不会罢休的。

另一边，眼看着青华大帝为曲苏挡住烛龙角的致命一击，殷和还在犹疑之际，伏城对他总算还有几分真心，冒死赶了过来，将人拽走了。

临走前，殷和最后看了一眼曲苏。

她一袭青色罗裙，被青华大帝自身后牢牢护住，完好无损。两个人穿着颜色相近的衣服，离得那么近，彼此依偎，远远望去，真如一对传说中生死相随的眷侣。但青华大帝却被烛龙的角自身后穿心而过，满头墨发皆白，形容憔悴。他本就是强弩之末，加之烛龙角骨煞气深重，经此一击，他显然必死无疑。

尽管得了司寒神尊的允诺，但能亲眼看到昔日的仇人死在烛龙角骨下，对伏城来说，也算了却了一桩经年的心事。

殷和心头也浮起快意——青华大帝到底是活不成了。可眼看着曲苏的身影在视野之中越来越远，最后小如灯影缥缈，看不真切了，短暂的快慰之后，殷和心中渐渐涌起一股说不清的忧闷烦躁，几欲发狂。

那是一个隐隐浮起又被他三番两次按捺住的念头：他真的失去司寒了。

就在两人即将逃离云梦泽底之际，突然，周遭倏然一静。

原本震动不停即将彻底倒塌的龙宫在被冰雪覆盖的瞬间，成了一座寂静之城，就连伏城拖着他飞快前行的步子都缓了下来。

殷和不敢置信地看着周遭一切。他在司寒身边多年，她所有本领他都清楚，包括这需要燃烧她元神的霜灵之术。

三万年前，有一回他在修炼之时突遭妖力反噬，司寒费了大力气才将他救下。

当时他醒过来之后，她笑着跟他开玩笑说，如果他再不醒，她就只能用上以命换命的霜灵之术了。

然而三万年过去，她要杀他，却不计得失地为青华大帝用了这样不要命的术法。

让她死吧，殷和满脑子都是这四个字。

她不是司寒，她是曲苏。

司寒不会再回来了，所以让她去死吧！

殷和跟着伏城，脚步僵硬地往前走，每走一步，都伴随着四周霜雪更甚。

“大人，赶紧走吧，龙宫要塌了！”伏城在前面叫他。

“好，好！”殷和恍惚地跟随着伏城的脚步。

他在心底告诉自己，里面那个人不再是当年的司寒，她就应该死。

可他脑子里突然想到他们三万年前的初见，那时她笑着问他：“你伤得这么重，要不要和我一道回去？”

她说：“清渝最近学了一道人界的新菜——炙鹿肉，我想你肯定会喜欢吃。”

她还说：“你长得这么好看，要多笑一笑，肯定能迷倒一片姑娘。”

然后她就这么把他“骗”回了家。

如果没有后来的事，如果他只是一只安于现状的小蛇妖，他可以一直待在青要界，他会一直陪在司寒身边。他们之间没有青华大帝，也不会有别的什么人。

他们之间为什么会有别人呢？

又是为什么，当年那个对他那么好的人，会想杀他？

“大人！”伏城转身抓住殷和的肩膀，却被他以一道强大却温和的掌风，推出了数十丈远。

在龙宫再次天崩地裂般地震动之时，殷和猛地转身，朝着曲苏的方向俯身冲了回去。

他想告诉她，他是骗过她、瞒过她，但从没有一刻想过要害她，甚至是杀她。

她从来都不是什么玩物，从一开始，她将他从鹿妖手里救下，她就是他眼里的星。

她是他晦暗不堪的生命里，唯一的明灿的光。

指节分明的手，一把推开曲苏，将她与自己在半空交换位置。扑哧一声，那闪耀着赤金色流光的锋利的龙角骨，刺穿了殷和的背心，又在他的心口处显出一只小小的尖角。

“殷和！”曲苏不敢置信地看着他。

殷和唇角溢血，朝着曲苏看去：“姐姐是想要拿这个去做炁渊的阵眼吧。”

他朝着曲苏绽出一抹笑：“姐姐为什么不和我说呢？只要是你想要的，我都会帮你得到。你不想要龙心，不想当妖后，都没关系。你想要完整的、全新的元身，为什么不和我说？我也可以帮你燃心灯、生青莲，我也可以为你耗尽心头血！青华大帝能为你做到的事，我殷和一样能为你做到。”

雪白锋利的龙角骨，刺穿了他的心脏，刺穿了他的手掌，最终在即将触及曲苏时停了下来。

殷和攥着龙角骨的一端，等它彻底浸透自己的心头血后，一边缓缓将之拔出，一边道：“烛龙之角，煞气入骨，没尝够一个人的心头血，就不可能彻底安息，为人所用。”

生命的最后一刻，他看着曲苏，只觉她小小的雪白的脸孔，是那么轻柔，那么好看。他已不在意她此时会用什么样的眼神看着他，因为他早已看不清了。

可他心里一点都不害怕。

死不可怕，可怕的是死了之后没有人从心里惦着、记着。

可这一次，殷和心中笃定：司寒再也不会忘了他。

从今往后，只要她看到这龙角骨，只要她去到以烛龙之鳞为阵眼的炁渊，甚至，只要她见到一心想要重整炁渊的青华大帝，都会想起他。

永生永世，她都不会再忘了他。

或许，有一天，他会顺着幽冥之门爬上来，再一次找到她。

只要他活着，只要他还有一口气，他就永远都不会放弃她。

他会永生永世追逐她、跟随她，朝着那束光的方向，拼命奔跑。

只要司寒还在这世上，迟早有一天，他会再来找她。

最后一眼，殷和眼前已一片空茫，可他还知朝着面前这一片空茫笑了笑，低声道："我真不想放开你去死啊，姐姐。"

青华大帝醒来时，是一个阳光明媚的好天气。

妙严宫里一如往日静谧，门口那棵大柳树下，九头狮子化为原形，九颗脑袋都在享用葡萄仙子酿制的美酒，整只狮子喝得晕乎乎、乐滋滋的。

青华大帝摁了摁当中那颗脑袋："人呢？"

九头狮子哼唧了一声，半合着眼打了个酒嗝："走……走了。"

青华大帝还想再问，就听"哇"的一声，最小的那颗脑袋哭得凄惨极了，花生粒大小的泪珠噼里啪啦地往下掉："清沅走了，她不要我了，她说我对曲苏凶，还不帮着把你拖回来，险些害得你和曲苏一块死了，哇……"

刚醒来的青华大帝被这哭声弄得头痛欲裂，转身就走。

他点了点腰间的小镜，那边刚传来动静，他就开口问道："曲苏在哪儿？"

"哟，醒了啊，这烛龙之息就是灵啊！"

青华大帝听着那头声响怪异，不由拿起清音镜，只一看，就将镜子又扣了过去。

紫微大帝的声音闷声闷气地传了过来："是你叫得急，我这还没嫌你呢，你倒嫌起我了。"

青华大帝嗓音冰冷："青天白日，成何体统？"

紫微大帝心里冤死了："不是，我就泡个温泉，怎么就不成体统了？"

青华大帝强忍着不适，又问了一遍："曲苏人在哪儿？"

"不知道啊。她那天把你送回来后，带上那个头上长鹿角的美人儿，主仆俩就一块走了。"

青华大帝道："你怎么不帮我拦着点？"

紫微大帝长叹一口气："你都不知道，当天你被送回来时，都成什么样了。整个天界都被惊动了，玉帝都亲自来了一趟，还送了不少好东西。"他饮了一口暖酒，咂了咂嘴道，"当时太乱了，我们又都担心你的安危，也就没留意司寒神尊到底去哪儿了。要我说，估计这会儿人在青要界吧？"

青华大帝刚出妙严宫，就听那头紫微大帝又道："哦，也有可能在炁渊。"

青华大帝蹙起眉问："她去炁渊做什么？"

紫微大帝道："我也是听说，前些日子，她把从龙宫那儿取来的烛龙之鳞放入了炁渊，当作阵眼，又辅以青要界一些独门的秘法……反正现在的炁渊，不论什么等级的怨妖，只要投进去住上四十九日，再深重的怨气也能净化得一干二净。别说，弄炁渊这事儿啊，还是得找专业的。你看人家曲苏，前前后后忙了不到一个月，抵得上你在那儿辛苦钻研三万年！"

青华大帝原本从醒来起就一直脸色凝冰，听到这儿却不禁莞尔一笑。

他沉默片刻，忍不住道："她一直都很厉害。"

"是，是，是。"那一头，紫微大帝连声附和，"不然怎么能是咱们青华大帝看上的人呢？那可不就是放眼三界独一无二的司寒神尊！哎，要我说啊，你最近还是抓点紧，我听说白帝那小子，最近可没少往青要界跑，好像把手底下人带过去了一多半，打算长住在那儿呢。还有啊，最近天界有不少人，也有点蠢蠢欲动。毕竟曲苏人长得好看，又有本事，就拿炁渊这一个事儿来说，处理得实在漂亮。我听说咱们那位银筝天妃的弟弟，最近就很跃跃欲试呢。还有啊……"紫微大帝趴在自家的温泉池边，气得将手中的小镜一把摔了出去，"这是什么人啊，走了也不说一声！"

怪只能怪他八卦得太投入，澡泡得太舒服，连另一头的青华大帝何时消音了都没留意到。

紫微大帝缓缓叹了口气："这醒了都不知道过来先让我瞅一眼，果然郎大不中留啊！"

青华大帝先去了炁渊。

果然如紫微大帝所说，这里尽管经年覆雪，却不再是从前的严寒与孤冷。炁渊之中，处处可见盛放的飞琼花和火凤花。

飞琼花洁白无瑕，宛如碎玉琼葩；火凤花鲜红灿烂，宛若红焰灼灼。

花团锦簇，绿树丛生，炁渊显得生机盎然，生活在这里的怨妖，也不再是之前死气沉沉的模样。

青华大帝在炁渊上空看了好一会儿才离开。

赶到青要界时，时近晌午。

白帝果然在这儿另辟了一片地方，单独建起了一座宫殿，还从家乡带来了不少族人，那副模样，确实打算在这儿长住下去。

然而青要界之中，不仅有白帝一位来客。狐族、雪凤族、鲛人族都有来客。清沅和其余几位长老忙碌着，青要界的族人与这些外来的客人一起聊天、玩耍，还有的似乎在交换和买卖东西，欢声笑语处处可闻。

青要界仿佛又回到了三万年前的模样，只不过繁荣更胜往昔。

白帝举着一幅画匆匆走出，他没留意到隐身站在不远处观望的青华大帝，飞步走到清沅长老身边，问她："这幅画怎么样？你说等司寒回来看到，会不会喜欢？"

清沅盯着画看了一会儿，指着其中一处道："我觉得这里可以再加一点凤羽花纹，神尊最近好像很喜欢这种花纹。"

白帝颇有危机感地皱起眉毛："凤羽花纹？"

清沅长老笑着道："是啊。我听说雪凤族新来的两位贵客，送了一件非常漂亮的凤羽披风给神尊，神尊大人最近常穿那件披风，很喜欢呢！"

白帝郁闷地将手中的画纸卷了起来，问道："司寒人呢？"

清沅长老摇了摇头说："我也不知道。不过神尊最近少在族内，常往外面跑。"

白帝转身就走，边走边说："我去换件衣裳，出去找司寒玩儿。"

而另一道一直隐身的身影，离开得比白帝更快。

沧浪城的一间戏楼的二层。

曲苏边嗑瓜子，边朝下张望。

她喝了一口茶水道："今天这个好像没见过，那双凤眼生得真绝色。"

雪白的小蝙蝠趴在桌上，乌黑的眸子滴溜溜地转着问："苏苏，什么叫真绝色？"

曲苏道："你看斛向秋长得怎么样？"

小蝙蝠刚开了灵智不久，尚且懵懂，听到曲苏这样说，她思索了一会儿，才慢吞吞地答道："按照我们一族的审美……"

曲苏打断道："咱们这是生活在凡间，一切都得按照人间的审美来。"

小蝙蝠长长地"哦"了一声："那应该是挺好看的吧。"

桌旁，白衣剑仙模样的青年笑得温柔极了："千千还小，神尊大人别把她教坏了。"

曲苏不以为意地往嘴巴里塞了一颗杨梅干，边嚼边道："还是从小培养的好，免得审美歪了，被人拐跑了，你又白忙一场。"

斛向秋笑得双眸微弯："千千不会的。"他看着千千，轻声道："即便会，那也是很久很久以后的事了，她现在还是孩子心性。"

曲苏懒洋洋地应了两声："是啊，你俩现在看着对方，怎么样都好，就我一个最多余。"

桌子对面，生着一双桃花眼的蓝衫男子浅笑着道："你不回青要界，也不在妙严宫守着，非往这地方来，可不就是多余的吗？"

曲苏瞪了他一眼道："我都成上神了，若还不能想去哪儿就去哪儿、想吃什么就吃什么，那这上神当着还有什么意思？"

说话间，楼下一层两个男子不知因为什么缘故，竟然撕扯了起来。

其中一个指着另一个道："我与蓉娘两情相悦，你非要横插一脚，无耻！"

另一个道："若真是两情相悦，别人如何能插得进来？分明是你自作多情。"

曲苏扒着栏杆往下看，笑得眼睛都眯起来了："打起来，打起来。不打不是真男人。"

岳周见状，一手扶着额，忍不住叹了口气。

斛向秋也摇着头笑，桌上的小蝙蝠懵懂地看着几人，换来斛向秋在她额上轻轻一点，低声道："听听就好，别瞎学。"

好在曲苏这话只是口头说说，声音也不大，不然被楼下那两人听到了，还有得闹。

岳周正要说什么，冷不防自身后的窗子瞥见一道人影，楼下那人，也在同一时间朝他看了过来。

青华大帝一袭青衫，墨黑的头发以一顶白玉莲瓣冠高高束起，凤眸微扬，仰脸朝着大敞的窗子看了过来。

下一刻，曲苏就觉周遭倏然一静，紧接着，一道清冷的嗓音自身后响起："苏苏。"

番外一　礼物

“到底放哪儿了？”

清沅端着一碗雪参百萑鸡汤走进宫殿，听到里面的动静，不禁笑着搭话：“神尊想找什么，我来帮忙。”

曲苏端坐在寝殿一隅，左手在空中百无聊赖地画着圈，悬在半空的木箱、画卷、书籍一样接一样有条不紊地各自归位。

曲苏以手撑着额头：“我也说不上来。”

清沅听了不免一笑：“神尊这是怎么了，想找东西，连那样东西的样子都想不起来了？”

“不是。”她为这事已经苦恼了一天一夜，“我只是想找一件比较久远、比较有意义的东西，最好是从前我贴身佩戴的。”

清沅自出生起就追随在司寒神尊身边，对于她的一切，相当熟悉，听了这话，她思索了好一会儿，又摇了摇头：“从前除了莲华七弦琴和雪凤霜凰笛，您也没什么东西是长久带在身边的。”

从前的司寒神尊就不爱坠饰，三万年后她化身凡人曲苏在人间游历，如今回归青要界，仍然是从前的脾气，偏爱一身清爽，她连耳洞都没打，更别说佩戴其他首饰了。

曲苏闻言长叹一口气：“不合适。”

清沅将鸡汤端到曲苏面前，好奇道：“什么不合适？”

曲苏道：“七弦琴的断弦，还是青玄替我找来流坡不死蚕才修好的。雪凤霜凰笛我用着趁手，也不适合送人。”

清沅听出了自家这位神尊大人的未尽之语，“神尊是想找一件从前一直带在身边的物件，赠给青华大帝？”她忍不住笑道，“我怎么记得，那日紫微大帝说起，从前神尊和青华大帝在人间时，就已互赠过定情信物了？”

曲苏“啧”了一声：“当然不是定情信物了，我有别的用处。”她满脑子都是找东西的事，也顾不上责怪紫微大帝嘴巴碎。

清沅正想说点什么，曲苏突然回过神道：“紫微最近经常来青要界，那头狮子也跟着一起？”

清沅微微侧过眸子：“我没留意。”

曲苏觑着清沅突然偏过去的侧脸，突然伸出手，捏了捏清沅头上的鹿角：“那狮子没安好心，你少跟他在一块儿玩。”

那家伙每每一来青要界，一双眼珠子就恨不得黏到清沅身上，哈巴狗儿一样天天围着她转，就是瞎子都看得出，青华大帝座下的这位九灵元圣，对青要界的清沅长老，心思不一般。

曲苏看他不顺眼好久了，一想到他那点花花肠子，就觉得堵心。

身旁清沅耳根微烫，听了自家神尊的叮嘱，轻轻应了一声。

就在这时，曲苏陡然侧过眼，看向不远处的半空。

刚刚她眼角余光瞥见有什么东西自一个卷轴中掉出，无声地落在了铺着长羽软毯的地上。

她将鸡汤放到一边，走上前，将那东西拾了起来，是一片已经晒干的飞琼花。

飞琼花色白如雪，但一经晒干，夹在书籍或卷轴中，就会变为浅浅的黄色。可这片飞琼花仍然保持着莹白的色泽。

曲苏沉默地望着那片飞琼花，指尖轻轻地在花瓣的脉络上抚过，另一手则朝软毯上一招，那个卷轴就乖乖进入掌中。

柔软的白光闪过，一颗打磨过棱角的兽牙出现在曲苏摊开的手掌中。

卷轴自上而下展开，身后的清沅看清上面的小像后不禁惊呼了一声。

那是一幅司寒的小像，却绝不是出自白帝姬曜之手。

青要界中无人不知，白帝与神尊大人交好多年，最爱为她绘制肖像。清沅作为族中长老，从前没少收拾那些画。司寒羽化之后的三万年中，大殿之中，就挂着一幅当年白帝为司寒绘制的全身肖像。这些画她看了千遍万遍，对于白帝的技法、风格，她最熟悉不过。

而司寒手上拎的那个卷轴上的画，技法稚拙，运笔却格外用力，且将司寒的一颦一笑画得惟妙惟肖，必定是非常了解司寒，日日相伴观察过她的人才能画成。

也不知为什么，明明是第一次见到，连个落款、印章都没有，清沅望着那幅画，心里却无端涌上一股森凉。

清沅伸手，想从曲苏手里取过那个画卷：“神尊大人。”

曲苏却不松手，也没有说话。

她只是沉默地、近乎面无表情地望着掌心里那颗打磨得圆润的兽牙——那是一颗蛇齿。

但将它赠出的主人仿佛生怕蛇齿尖锐，会伤了她，重重打磨之后，几乎令人难以分辨出，那到底是什么动物的牙齿。

可蛇齿内里蕴藏着主人的气息，不论打磨多少次，都不会消弭。

妖族以兽齿相赠，一般有两层含义：或是祝福对方长寿；或是彼此定情。

记忆的迷雾中，缓缓显出一段可能与之相关的画面。

那是她与殷和相识之后，他第二次来到青要界之初的事了。那段时间，她频繁外出，一门心思都扑在消除怨气这件事上。接连好几年的生辰，都是简单过的。唯独有一回，好像是白帝起哄，说要为她好好办个生辰宴，清沅和清渝等人也都郑重其事地准备了生辰礼物。那天傍晚，她一边想着消除怨气一事，一边像今日这般坐在殿中，一样一样地拆礼物。

就在那时，雪凤一族的族长传讯求救。她急着外出，临走时，好像将一件东西碰落在地上，就是这个卷轴。

再之后，好像殷和曾向她问起，生辰宴过得可开心。但她当时可能想着别的事，含糊回答，敷衍了过去。

她并不知道，他曾这样费尽心思准备了这样一份礼物，所求也不过是想要讨她欢心。

“神尊大人。”清沅有些忧虑的声音在耳畔响起，“我帮您把这些收起来吧！”

她手里拿着一只长条木盒，刚好适合放这卷轴。

曲苏点了点头，葱白的指尖在兽牙上一抹，将那片飞琼花藏入卷轴，又将卷轴尘封在了木盒里。

午后，曲苏将自己锁在宫殿里，谁也不见。再之后，她去了一趟炁渊。

炁渊的大阵如今以烛龙之鳞为阵眼，整个炁渊不复过往数千年的颓败，虽仍然经年覆雪，却因为盛开的飞琼花和火凤花，多了几分鲜艳活泼的盎然之色。

曲苏一个人在炁渊里漫步，临走时，她摘了几朵飞琼花和火凤花，编成个手环，戴在了手腕上。

回到青要界时，已然入夜，曲苏化作一片霜花，隐匿了行踪，飘浮在青要界的半空中。

折返寝殿的路上，她隐隐听到不远处雪凤族的少族长和鲛人族新来的那位小鲛人拼酒的声响。周围尽是鼓掌声、叫好声，还有紫微大帝看热闹不嫌事大的起哄声和九灵那家伙咯叽咯叽的傻笑声。

她不是头一回听到九头狮子笑，但每次听到都会忍不住思考：为什么一头狮子笑起来的声音是这个腔调?

因往事填塞脑海而沉默了一整天的曲苏，忍不住笑出了声。

那新来的小鲛人自称是阿秾的族弟，眉眼轮廓像极了她，就连说话声音都有几分相似。

在曲苏心里，不论对方多么与阿秾肖似，都不可能取代她在自己心中的位置。但能在青要界见到她的族人，对曲苏来说，也算是一份安慰。

回到寝殿，曲苏将鲜花编织的手环放在了桌上，闻着花香，一夜好眠。

番外二 故人

大周至德二十三年，流霞城。

头天夜里下了一场大雨，河水上涨，水流湍急，裹挟着洁白的水沫欢快地奔向远方的大江大河。

河畔粉白的晚樱开得娇嫩，凉风吹拂，花树迎风招摇，团团绚烂的樱花摇曳散落，沿着清凉河畔宛铺出了一条花路，绵延伸向城内。远远看去，杂花生树，落英缤纷，美如仙境。

下过雨的初夏时节，少了一分躁意，最适合外出游玩。河畔三三两两的游人或是赏花，或是玩水，欢声笑语不绝于耳。

一个穿着粉嫩襦裙的女童梳着花苞发髻，急于追上不远处兄长的步伐，小脚丫踩在一块碎石上，眼看着就要向前绊倒。

女童不过三四岁的年纪，话还说不利索，见状只来得及发出“啊呀”一声，盈满慌乱的圆圆的眼瞳却在这时看到一张笑盈盈的脸庞。

那人一把将她捞起，放在地上站稳，还捏了捏今早起来娘亲特意给她梳的花苞发髻。

女童眨着圆圆的眼，忍不住想咬手指：“姨姨……”

走路更快些的兄长这时已回来了，他大约七八岁年纪，见状一把拽开女童的手：“娘说了，说话就好好说话，不许吃手。”

男孩生得眉清目秀，看向面前女子时，眼神却透着提防：“谢过阿姨。”

女童被兄长拽着手，有点委屈地撇了撇嘴，看了一眼哥哥的侧脸，又悄悄打量了一下面前半蹲着身的女子：“姨……”

一袭雾紫罗裙的曲苏摸了摸小姑娘的脑袋瓜儿，笑着递给了她一串糖葫芦：“才不是阿姨，要叫姐姐。”

曲苏自以为笑容优美又和善，没想到男孩儿听了这话，顿时拽着妹妹一起后退了好几步：“走，我带你去找爹爹。”

可女童贪吃，被带着离开前，还不忘从曲苏手上接过那串红艳艳、亮晶晶的糖葫芦。

两道矮矮的身影渐行渐远，依稀还能听到小男孩在教育妹妹：“你忘了娘刚教过，少跟陌生人说话，万一是坏人呢！还有，你怎么谁给的吃食都接啊？笨死了，一点都不像我的妹妹。”

曲苏摸了摸自己的脸：“难道我长得很像人贩子？”

世道变了，人心坏了啊。

从前小姜那家伙多喜欢她来着，如今和苗苗投生成了兄妹，竟然敢绷着小脸说她是坏人了。

身后传来白帝轻快的喊声：“小寒，这回是我先找到你的！”他快步走到曲苏面前，兴奋地朝她眨了眨眼，“还是清沅靠谱，她说你今日要来流霞城，你果然在这儿。”

曲苏打量了一番白帝的穿着说：“你换一身吧！”

白帝低头看了一眼自己的穿着问：“为什么啊小寒，我记得你以前还夸过我，说我穿白色很好看的。”

几乎话音刚落，曲苏就觉周身温度下降了几分，她叹了口气，头也不回地小声嘀咕道：“你这张惹祸的嘴……”

青玄一袭天青色常服，几乎刚出现在两人身边就开了口：“什么时候的事？”

白帝扬扬得意道：“自然是很久很久以前，久到压根儿没你什么事的时候。”

青玄淡淡道：“哦，所以是过去的事了。”

曲苏不得已打断这两人的争论：“两位，我待会儿要去参加婚礼的，不能误了时辰。”

白帝奇道：“谁的婚礼？”

曲苏边走边解释道：“从前在凡间时的一位故人。你要不也学学青玄，换一身喜庆点的。”

青玄和白帝两人跟在她左右，三人身影渐渐变淡，转眼又出现在流霞城内的一座府邸前。

曲苏抽空瞥了一眼白帝换装之后的穿着，发现他竟然换了一身暗粉色，看着确实喜庆，还有点风骚。她忍不住抽了抽嘴角，在好友期待的目光中点了点头，礼貌地赞了句：“很适合你。”

白帝瞥了眼站在另一侧的青玄，看到对方脸色微冷，顿时神清气爽。

红灯高挂，锣鼓喧天，大红花轿就落在大门前。越过拥挤的人群走进内院，曲苏三人选了个方便观礼的位置站定。

新娘子蒙着盖头，瞧不见容貌，但曲苏也不是来看她的。她看着一袭红袍的青年男子笑吟吟地牵过红绳，和新妇拜过天地、夫妻对拜，又转过身，朝着前来观礼的宾客拱手道谢。

新郎官皮肤白皙，温文尔雅，比起从前，早已换了一副模样，唯独这样朝人看来的眼神，依稀可以看出几分熟悉的平和与疏阔。

也不知是不是似有所感，模样温文的青年在婚礼的最后一刻，朝着曲苏看了过来。

他并不认识曲苏，但现场宾客众多，想着曲苏可能是新妇的远房亲戚或是好友带来的朋友。约莫是看到曲苏一直笑盈盈地看着自己，微微一愣之后，他也朝她绽出一抹笑，微微颔首。

看着青年转过身牵着新妇离开的背影，曲苏眼眶微湿，轻声说："平安喜乐，长命百岁。"

白帝正想搭话，却看到曲苏神情有异，便也不再出声。

青玄则在一旁说："父亲是个举人，母亲家中小有资产，今年二十岁中了进士，再过些日子，他会带妻子一同前往桐城赴任。他们夫妻俩会生养三个子女，平安顺遂一生。"

曲苏听得几乎入神，轻声笑道："真好。"

从前大哥虽是落羽的掌舵人，但若不是为了养活一门师兄弟，刀口舔血的日子，谁也不甘愿过上一辈子。

那时他总说，想要亲眼看到她和青玄成亲。彼时她打趣问他和七姑娘的婚事何时办，大哥嘴上不说什么，可眼神分明也是很期待的。

这一世，他总算平安顺遂，有父母爱护，妻贤子孝，可以平安喜乐过一生了。

只是，世间再无七姑娘。

临走前，曲苏将一只木盒交给了新郎官的母亲。

那位年过不惑的妇人打开木盒，在身旁亲眷的惊呼声中，看到里面盛的满满一盒子金币和一对羊脂玉龙凤玉璧，抬起头来想要问清来人的身份，却发现那身穿雾紫色罗裙的清丽少女，连同跟在她身旁的两位郎君，已经不见影踪。

番外三　求娶

“这叫什么花？开得还挺好看的。”离了正在办喜事的那一家，三人走在流霞城的大街上，唯有白帝是头一回来这个地方。此地与中原风物大有不同，白帝看什么都新鲜，指着不远处一棵开着红花的高树就问。

“是火凤花。”曲苏的嗓音听起来有几分怀念，“你应该见过啊，妙严宫里就种了几棵。”

白帝咂了咂嘴道：“民间有句俗语，叫‘橘生淮南则为橘，生于淮北则为枳’，小寒，你不懂，有的东西，一旦换了个地方长，可能就养不好了。树犹如此，更何况人呢？”

“怎么样，最后这一句，是不是说得深入浅出，极有文采？”他这明晃晃的暗示，也不知司寒听懂了没。

迟迟听不到回应，白帝突觉不祥，扭过脸一看，人来人往的大街上，行人如织，热闹非凡，可哪还有他家司寒的影子？

“青华，你是不是有什么大病！”白帝朝天怒喊，可青华大帝早带着人跑没了影，他就是叫破喉咙，那厮也听不到啊！

白帝气得俊脸煞白，凌空画了道符贴在腰间那个特制的小铃铛上，传信给曲苏问她去处，一路骂骂咧咧地回了青要界。

另一边，曲苏冷不防被带到了一个看起来有点眼熟却又没那么熟悉的地方，先是一愣，随即腰间震颤，腰间与白帝同款的小铃铛叮叮响了起来。

曲苏轻抚过铃铛，白帝有气无力的声音隔空传来：“小寒，我知道你是被青华拐跑的，我不生气。我先回青要界一趟，记得早点回来，别玩太晚。不然我和清沅都会担心的。”内容很体贴，声音很憋屈。

曲苏听得乐不可支，一旁青玄嗓音清凉道：“我还真不知道，堂堂白帝何时成了司寒神尊的娘家人。”

曲苏咳了一声，故作无奈地仰脸朝天：“倒也不是。我听清沅说，好像是之前有一回，紫微大帝到青要界做客，跟阿曜两个人都喝多了，紫薇大帝就劝他说，毕竟相识几万年，做不成夫君，做小也成。”

青华大帝恍惚了一瞬，只觉得自己是不是听错了哪个字，导致会错了意，他忍不住重复其中的关键字眼儿："紫微劝白帝做小？"

他倒是记得紫微大帝去过几次青要界，却不知道这向来贪杯好酒的家伙，还有喝醉的一天，最最离谱的是，他喝多了就劝白帝给曲苏做小。

清冷自持了数万年的青华大帝缓缓吸了一口气。虽然紫微大帝捅的这娄子也挺让人上火的，但毕竟今日之事，他事前已排练过许多遍，又特意咨询过身边有过成功经验的人，比如杨羲、佑圣元君，他还专门选定了地方。事有轻重缓急，不论如何，这事都不能再拖了。

曲苏还在观察眼前这个地方：此处岩泉流幽，灵力充沛，古木郁郁葱葱，蓬勃生长，放眼望去，入目尽是深深浅浅的翠色，仿佛一片碧色的海洋。她一边望着不远处蜿蜒生长的鲜活藤蔓，一边强忍着溢出唇边的笑，因为刚刚说那句话，也有几分故意逗他的缘故。却没想到，青华大帝的反应居然比她以为的要大度、平静得多。

这可真不像青华大帝。

她一边想着，一边朝他看去，却不想天青色的衣角轻巧一撩，身旁那位眉目殊丽的神君大人竟然笔直地朝她跪了下去。

曲苏自认也是见过大场面的，可还是被青华大帝这突如其来的举动震慑得不轻，下意识的反应就是倒退了一步。

再定睛一看，就见青华大帝单膝而跪，向来疏冷而锋锐的凤眸此刻正含笑看着她："苏苏。"

"请天地和扶桑女帝为我见证，青玄愿娶司寒上神为妻，一生爱护，日日相伴，不离不弃。若违此誓，天地同诛！"

随着青华大帝每说出一个字，周遭林木花草之间，便生出无数由青华大帝灵力凝结的淡青色光球。那些光球如同萤火，又宛如群星，飘浮在两人身边。细细看去，每一个光球里都倒映着他们两人的身影，神态、动作又各有不同。那是他们两人共同的回忆。随着他最后一个字说完，数个光球瞬间绽放，化成一朵朵精巧玲珑的青色莲花，又尽数朝着曲苏涌去。

眼前的一切都超乎曲苏的想象，她整个人几乎呆住了，手忙脚乱地迎接着那些朝她涌来的青色莲花。那些莲花有的落到她衣服上，有的沾在她发梢上，每一朵触碰到她，都传递着一道微小却独特的声音。

"神尊，答应他！"这是一道细小的少女声音。

"你是苏苏吗？你生得真好看，我好喜欢你！"是一道更为稚嫩可爱的嗓音。

"苏苏，我心悦于你。"这是青玄的嗓音。

还有更多蕴含着无尽灵力的青色莲花，正在山呼海啸般朝她涌来，汹涌又温柔，就如同此刻那双正仰望着她的眼。

“苏苏。”青华大帝低低喊着她的名字。

“我不过打了个盹儿，想不到青华大帝都要成婚了。”一道清幽微哑的女声自林中响起，“司寒，好久不见，我记得上一回听族人提起你的名字，好像是说你死了。”

说到这儿，那女声轻轻“咦”了一声：“难道我最近睡得太多，记忆错乱了？”

随着这道女声响起，曲苏终于反应过来为什么总觉得这地方有些熟悉了。她忍不住笑出声道：“三万年不见，扶桑女帝，别来无恙。”

“我确实羽化了，不过前些日子，又活了过来。”曲苏解释道。

青华大帝冷着脸站了起来。

之所以选在这个地方向曲苏求婚，一来是因为碧海古老，他为曲苏准备的那个小戏法，正需要这样一个安静少人又灵力充沛的地方。二来则是因为扶桑树对于上神来说，意义非凡，若是当着天地和扶桑女帝的面起誓，不仅字字郑重，必定应验，而且还怀有祥瑞、祝福之意。三来是因为正如当初紫微大帝说的，扶桑女帝向来贪睡又话少，最不爱管闲事。

可谁能想到，他才开口求婚，一天到晚不是睡觉就是在准备睡觉的扶桑女帝，竟然醒了。而且这醒来之后，话还不少。

扶桑女帝低声道：“真好。诸神之中，你是唯一一个死了之后还能活过来的。或许是女娲大神和映蓝的庇佑吧。”

话音一落，在场的三人都有些沉默。扶桑女帝好像也反应过来，这并不是个适合久别重逢之后聊的话题。她轻声道：“三万年前那次见面，焰煞碎片对你双目的伤害深入神魂，你如今的眼睛还好吗？”

曲苏笑着道：“应当是全好了。”

扶桑女帝道：“那就好。”她轻声道，“司寒，恭喜你和青华大帝，他选在碧海向你求娶，又当着天地和我的面起誓，也称得上至诚至真了。前些年我听人说，青华大帝只是看着性子冷淡，却惯爱拈花惹草，三界之中，勾搭了不少神女、仙娥。听说还有一只胆大的三尾兔妖，曾当着西王母和众神的面，向他大胆求爱……如今看来，传言也不可尽信。”

曲苏想象了一下那个画面，顿觉精神抖擞，她朝青华大帝眨了眨眼，悄悄做了个口型：“三尾兔妖？”

青华大帝脸色转冷：“无稽之谈。”

曲苏强忍着笑正要开口说什么，就听扶桑女帝的嗓音已越来越轻：“我有些倦了。司寒，你二人的新婚贺礼，我让忘忧送去。”

话音落下，再无声响。

曲苏若有所思道："扶桑女帝是有些懒怠，但从前，她从不会说觉得倦了这种话……"

这事确实有些古怪，但在青华大帝眼中，当下更重要的，还是……

他牵住曲苏的手："苏苏，不许耍赖。"

之前那些淡青色光球化作的青色莲花，此刻还余下光芒微弱的几盏，围绕着曲苏轻轻流转，其中还有一朵在她脸颊轻轻蹭了蹭，就如同在向她撒娇一般。

曲苏忍不住轻笑了声，她仰起脸，看向面前神色认真却耳根微红的上神，轻声道："好呀。"

原本做好准备迎接曲苏各种刁难或玩笑的青华大帝，没想到神生第一次向心爱之人求婚，中途还被扶桑女帝打断过，竟然这么顺利就等到了这两个字。

他忍不住抓住曲苏的手，凝视她的双眸："当真？"

曲苏没忍住，扑哧笑出了声："难道还要我说，娶你做大，娶阿曜做小，你才相信是我答——唔！"

曲苏还未说完的话，消失在缠绵却微微颤抖的亲吻中。

曲苏翘起唇角，心想：原来不是她的错觉，对于成亲这事儿，青玄这小子比她紧张多了。

她化被动为主动，在青华大帝唇上重重印了一下，笑眯眯地"趁火打劫"："要不婚礼就在青要界办吧！"

青华大帝并不是不知道她的小心思，但从前能当他长辈的几位上古大神或战死，或羽化，放眼这天地之间，他早已孑然一身，无人能管他、约束他。所谓九重天上的妙严宫，也从来不是他的家，只不过是一个栖身之所罢了。

他眼瞳微深，盯着曲苏因为亲吻而泛起殷红之色的唇，低声答："好。"

番外四　撒娇

辞别了扶桑女帝座下的忘忧，曲苏轻声说："我想去玉姒草一族看看。"

如今的玉姒草族，居住在碧海之北的一隅，受扶桑女帝庇护，再不受三界神魔的侵扰与欺侮。

这还是七姑娘逝世之后，曲苏第一次到她的故乡探望。

玉姒草一族如今的族长，是一位有些稚嫩的少年。但曲苏看了一眼就认出，他是七姑娘的族弟，论年纪也活了足有几万年。

少年认出了曲苏，隔着老远，就朝她深深作了一揖："神尊大人。"

曲苏道："好久不见，我记得从前，七姑娘唤你'不离'。"

不离恭敬称是，说道："两位远道而来，若不嫌弃，请在这里多留几日，也让我等稍尽地主之谊。"

曲苏婉言谢绝了："我想去小七的住处看看。"

不离知道七姑娘是为司寒神尊而死的，他领着两人走了一条僻静的路，直通七姑娘的房间。

打开房门，他轻声说："从前姐姐每年都会回来一趟，不过更多时候，都是在人间寻找神尊的踪迹。"

曲苏站在门口，房间干净温馨，散发出一股淡淡的清幽香气，显然，族人们明知七姑娘不会回来了，却仍然好好地打理着她住过的房子。

曲苏没有说话。

临走前，曲苏从七姑娘房间的梳妆盒里，取走了一支七姑娘生前最爱的发簪。并从袖中取出一枚别针对不离说："我知道你们这儿也不缺什么，但小七毕竟是为我而死，这枚凌雪针，若是未来你们遇到任何危难的事，以血沾染此针，我就会来相助。"

不离坚持拒绝："玉姒草一族彼此都有感应，当初神尊救过我们全族，七姑娘外出寻找神尊的踪迹，不仅是她自己的坚持，也是我们全族的愿望。神尊大人不必因此感到歉疚。"说到这儿，他面上露出浅笑，"而且，对于我族而言，若能帮助想要帮助的人找回失落的记忆，是一件很幸福的事。我们并不在意为此受伤或是消亡，这是身为玉姒草应当承担的使命。"

曲苏亲手将那枚凌雪针别在了不离的衣襟上说："就当是青要界和玉姒草族交好的见证吧！"

她侧眸，看向站在一旁始终未曾开口的青华大帝："我和尊上不日完婚，届时，会有人来碧海送请帖。不离和族人若是愿意，可以与碧海其他受邀的朋友一同前往，忘忧也会派人一路保护。"

青华大帝没想到，才求完婚，曲苏就这么落落大方地向别人提起婚事，还说出"不日完婚"四个字，凤眸顿时看向曲苏，想从她脸上看出半点羞涩或紧张的痕迹，却见她脸上自始至终只有一派泰然含笑之色。

他冷不防记起从前紫微大帝调侃他的话："从今往后，尊上要担心的，不是未来的妻子太弱，而是太强了。"

在不离的祝福声中，青华大帝拉起曲苏的手，向不离微微颔首："先走一步。"

再次被青华大帝拉着手，瞬移回到了妙严宫，曲苏刚想张口打趣，就被青华大帝抬着下巴亲了上去。

这份热烈也不知持续了多久，当着外人的面，向来清冷自持的青华大帝才稍稍冷却了几分，手指却轻轻在曲苏的颊畔抚着，他垂眸看她的眼，有几分委屈地道："苏苏是不是还在怪我……"

曲苏没想到自己的话引起了误会，让青华大帝受了刺激，情绪激荡之下，竟然想歪了。

曲苏只能叹了口气，向他和盘托出："我原本还和清沅商量，想把你娶来青要界，怕你不答应，所以就没说。"

言下之意，若不是他拉着紫微、杨羲几个一起出谋划策，提早准备，等待他的，很可能不是曲苏的拒绝，而是她的主动开口求婚。

青华大帝呆滞了一瞬，很快回过神："求婚一事，还是应当我来开口。"他咳了一声，"至于去青要界……"

曲苏嘴唇都被他亲麻了，见他迟疑，瞬间眯了眯眼："白日在碧海，尊上可是亲口答应我的。"

总不能她这一整天被他拖来拽去，不仅因为他放了白帝的鸽子，还被他占了这么多便宜，到头来这厮却要反悔？当真如此的话，那她可亏大了。

青华大帝垂眸问道："我们大婚之后，姬曜也会一直住在青要界？"

曲苏还当是什么事，正要摆手解释，就听那向来清越的嗓音低哑了几分："紫微那日和我说，姬曜向他炫耀，说几万年前他就住在青要界，青要界便是他的家，比白帝山还要亲近。"

曲苏真不知道他是打哪儿学来的这个撒娇的本事，简直太知道怎么戳她的心。她心里此刻盛满了泡泡，满满当当的，突觉肩膀一沉，这才发觉，青华大帝这家伙竟然连面子都不要了，一头趴在她的肩窝，轻轻磨蹭着："苏苏，婚后若我住在青要界，岂不是处处矮了白帝一头，毕竟我对你家乡的了解远不及他。"

曲苏脱口而出道："婚后你和我一起住在主殿，本来也离客人住的地方挺远的。"

青华大帝眼中暗芒闪过："那如果我想要改变一下宫殿的布置……"

曲苏道："这个好说，你喜欢什么样式的，随你的心意调整。"

青华大帝道："苏苏，三万年前，我曾和紫微商量，想去青要界拜访。"只是那时他总觉得自己修建炁渊的想法尚不成熟，准备不够充分，终究是少年心气，不想当着当年那位清冷出尘的上神的面出丑露怯。

曲苏听得新奇，不禁笑着道："你要是早几天去找我，说不定炁渊早就建成了。"

世事往往就是这样变幻莫测。哪怕是神仙，也不能提早预知。

青华大帝却在她颈侧轻轻啄吻："苏苏。"

曲苏经不住他闹，提起婚姻大事，她坦荡得很，但在这方面，她自认远不及青华大帝那般厚颜。她忍不住轻轻推了推他："别闹。"

青华大帝一手轻托在她腰间，一个巧劲儿，就绊着曲苏一同跌倒在厚如云朵的床铺上。

曲苏刚要抬手，就被青华大帝握着指尖落了个吻："睡一会儿。"

或许是这一天游走了太多地方，曲苏也有点倦，闭目片刻便睡熟了。

番外五　噩梦

也不知是不是白天刚被青玄在碧海求娶的缘故，这天晚上，曲苏破天荒地梦到了明阎，还有从前的大荒、碧海、赤水、章尾山……还有女娲大神、天帝、烛龙和许多如今早已羽化的上神。

其实明阎死后，除了之前七姑娘帮她恢复记忆的那晚，这些故人往事，从不曾入曲苏的梦。

从前还是司寒时，她每日不是忙着外出搜集焰煞的碎片，就是被各族求助或邀请前往清除煞气，或许她自己内心深处也总在回避关于那段时间的记忆，因为至今想来，那段日子都是忙碌而混乱的。

再之后，她死在莹冬和殷和的层层算计里，再世为人，她忘记了前尘过往，做了二十年潇洒快意的曲苏。

因而这天晚上，明阎的身影甫一映入眼帘，曲苏就已清楚地知道，这一切并非真实，而是梦境。

梦中，是那片一望无际的碧海，翠色滔滔，生机盎然。曲苏正在发怔，就见一道身着素衣的身影自大树后头走了出来。

他手上提着一只长着七彩羽毛的怪鸡，笑着朝曲苏招手。

他喊她："小丫头，快来。"

曲苏望着那张熟悉的面容，心中犹在怔忪，身体却仿佛有了自主的意识一般，只见她皱了皱鼻子，嫌弃道："这玩意儿我从前见过两回。"

明阎看着她笑道："你这么贪嘴，竟然也会口下留情？"

曲苏道："实在是太丑了，下不了嘴。"

试想，一只鸡生着七彩羽毛，本就已经够花里胡哨的，却还长着四条腿，两个头，是不是丑得让人难以下咽？

明阎道："用不着你动手，等吃就行了。"说话间，他已燃起一丛篝火，走到碧海之中的溪边，杀鸡拔毛。

曲苏实在不想多看一眼那丑东西，便将目光定在明阎的脸上。

上一回见到他，还是在映蓝死之前。

梦里，她的心中刚浮现“映蓝”两字，不知为何，明阎已朝她看了过来。

他仿佛看穿了她的心事，又仿佛对她心中涌起的万千波涛浑然不知：“你今天话怎么这样少？”他绽出一抹打趣的笑，“我们小阿寒，该不会是情窦初开了吧？”

说到这儿，他又摇了摇头：“我记得映蓝为你占卜过，她说，你遇到那命定之人虽早，但却是个十足的晚婚。连她都说你晚，可见你在这方面，实在不争气。”

曲苏并不记得从前明阎对她说过这样一番话，可梦里的明阎一举一动都和记忆中严丝合缝，就连他手上那连连蹬腿的丑鸡都格外写实。这一切，怎么都不像是她幻想出的。

曲苏心念微动，问他：“明阎，我想问你一个问题。”

明阎见她面色有异，一边拔掉那怪鸡身上最后一根羽毛，坐回了篝火边准备烧烤，一边耐心十足地回答道：“尽管问，只要能帮到我们小阿寒，就是问上一百个问题，哥哥我也有问必答。”

曲苏胆子也大，脱口就问：“你喜欢映蓝吗？”

明阎听到这话，顿时笑弯了一双眼：“你还是头一回这样问我。”

曲苏一时没反应过来：“啊？”

明阎欣慰道：“看来小丫头真是长大了。”

曲苏道：“你快回答我。”

明阎一手撑在腿上，支着下巴颏儿，另一手将涂抹了香料的怪鸡架在火上，缓缓翻动着。他若有所思地道：“这个要怎么说呢，在我心里，映蓝确实和其他人不一样。但……”他抬起眸，看向曲苏，“我暂时还没有要与她结契的想法。”

那个时候，上神之间成亲的另一个说法，叫作“结契”。

曲苏怔了一瞬，下意识道：“怎会……”

明阎笑眯眯地道：“映蓝心里应当也是一样，我们都觉得像现在这样相处，都很舒服自在。”

曲苏迟疑片刻，问出了那个埋在心里多年的疑问：“假如，我是说假如，映蓝被坏人害死了，你会怎样做？”

明阎顿时笑得好大声。

曲苏不想表现得很幼稚，但梦里的自己好像不完全由她控制，虽然会说出她想说的话，但动作与神情，都更像是几万年前少女时的自己。

只见自己跺了跺脚，瞪着明阎道：“我说认真的。”

明阎笑得几乎眼泪都要流出来：“不论是映蓝，还是你，我说认真的，不论你们两个是谁，都别想走在我前头。不然，我岂不是白活一世？”说这话时，明阎的声音突然慢了下来。

缓慢而郑重，却又蕴含着无尽的阴森杀意，像极了他堕魔那一天的表现。

曲苏猛地抬头，却只见明阎毫不畏烫，徒手撕下一条鸡腿，笑眯眯地朝曲苏递了过来："给。"

曲苏喃喃道："你怎么不吃？"

明阎叹了口气："你这丫头……是谁那天一边吃得满嘴是油，还一边和我哭诉，说为什么鸡这么美味的食物，却只长了两条腿。"

曲苏在明阎无奈的目光中，埋头咬了一口，滞了一瞬，便又狠狠咬了一大口。她含混不清地道："唔，好吃……"

明阎道："还有三只鸡腿，勉强够给你塞牙缝的。"

曲苏吃到第二只鸡腿时，明阎不知何时起身，走到她身边，揉了揉她的发顶。

曲苏陡然意识到了什么，她抬头看向明阎，想要挽留，却只看见光自头顶枝丫的缝隙洒下，令她一时看不清他的面容与神色。

头顶的光不知为何那么刺眼，曲苏只觉一瞬间头晕目眩。明阎开口时，唇角是含着笑的，可唇色却仿佛透着苍黑："青华那小子不错，阿寒，珍惜眼前人。"

曲苏想要拦住他，手臂一挥，却扑了个空。

可紧接着，她就听到有人轻轻喊她的名字："苏苏，醒醒……"

曲苏睁开眼，视线模糊间，已被揽入一个透着淡淡冷香的怀抱。

曲苏反手勾住青玄的脖颈，唇贴着他的肌肤，这才发现自己不知什么时候，流了满脸的泪。

青玄摸了摸她的发顶，有几分笨拙地哄道："不怕。"

曲苏弯了弯唇，被他抱进怀里，只觉温暖自他的怀抱蔓延周身，又浸入脏腑："我没有害怕，就是梦到了以前。"她抬起眼看青玄，"却也不是以前真正发生过的事，就好像是，有人托梦给我一样。"

青玄重复："托梦？"

曲苏道："我梦到明阎了。"

青玄眸色沉沉，将怀里的人抱得更紧了些。

他听到曲苏难得软弱地轻声道："我有点想他了，还有映蓝，还有女娲大神……"

明阎堕魔而死，遗乱三界，是祸害，是罪孽，是放眼整个天界，几乎无人敢提的禁忌。但青玄听到曲苏这样说，并不觉得她有错。他只在曲苏眉心落了一吻说："睡吧！"

番外六　携手

东极妙严宫。

妙严宫虽大，却比青要界清静得多。自从梦到明阁，曲苏一连几日都有些恹恹的，她不想这副样子回去，徒惹清沅和白帝担心。

青华大帝知道她的心事，所以当清沅以清音镜隔空沟通时，他故意当着那头白帝的面无奈道："苏苏说想多留几日。毕竟，大婚一事，想要办得盛大妥帖，难免要多费心思。"

白帝一脸茫然，陷入了呆滞。

清沅则惊喜道："神尊大人果然向青华尊上提亲了？"

白帝这时回过神来，发出一声惨叫："什么，还是小寒主动求娶？"

青华大帝莫测高深地略过了这个话题，继续向清沅道："这几日，我会让九头狮子送些东西过去，还要劳烦长老代为清点整理。"

清沅眉眼弯弯，笑得几乎合不拢嘴："这是自然。尊上婚后要住在青要界，有许多东西要筹备，我等自当尽心尽力，让尊上和神尊大人婚后住得舒心。"

白帝发出哀号："什么？他婚后要住在青要界？"他简直难以置信，"我为什么什么都不知道？"

白帝忍不住看向清沅，正要指责，妙严宫中，青华大帝已在白帝看到曲苏身影的第一时间掐断了与两人的隔空通话。

青华大帝主动起身迎上前问曲苏："怎么了？"

曲苏的精神比之前几日已好了许多，她也想通了，那天晚上梦到的一切，不论是什么，明阁想要说的，都已在梦中说了。

他说，在他心里，一心想要护着她和映蓝。可惜事与愿违。

他还说了，青华不错，她应当珍惜眼前人。

曲苏不想沉溺在有关明阁和过往的情绪里，想清楚一切后，她已经重新收拾好心情。她看着青华大帝道："请帖你都准备好了吗？我想去给周周送一份。"

青华大帝道："我有点事想和紫微说，稍后去找你。"

即将成为夫妻的两人分头行动。

岳周如今是青华大帝的手下，自从前些日子曲苏用烛龙之鳞作为阵眼，让炁渊顺利重启，他便自请前往章尾山，看守炁渊。

如今的炁渊，虽然净化之力更强，消弭怨气耗时更短，但仍然需要天族派人镇守。玉帝那边早就有人盯着这一项，岳周作为青华大帝的部下，愿意前往，也是好事。

可这一天曲苏到了炁渊，一路走来，却并没有找见岳周的身影。

炁渊重启时，所有屋舍都要修葺或重建，岳周选的地方，与从前那位霜雪神女住的屋舍相距不远。曲苏知道他的心思，从前林梵在炁渊时，与霜雪神女交好，最喜欢往这地方来。

章尾山中细雪飘摇，曲苏走到房门口，朝内瞥了一眼，发现岳周确实不在。

曲苏在门口呆立片刻，恍然惊觉，原地掐了个诀，身影便消失不见了。

北极星宫。

亏了紫微大帝不停地传播和白帝无休止地闹腾，青华大帝和司寒神尊不日就要成亲的消息，瞬息就传遍了六界。

且不说多少仙娥、妖姬为此哭晕在了自家床榻，传说就连玉帝听了此事，都摔了两个茶碗。

有好事者八卦，那第一个茶碗，说是玉帝太吃惊了还说得过去；但那第二个茶碗，难道是玉帝年纪大了，手哆嗦了？怕是被这消息给气得不轻吧？

但这个说法，九重天上无一人敢传，却在妖魔两界不胫而走，且说得有鼻子有眼的，像是真有那么回事儿。

自两人成婚的消息传播开来，短短几天，雪片般的问候信笺便山呼海啸般涌向青要界，九重天上的妙严宫，却一天到晚都静悄悄的。

说起此事，紫微大帝笑得险些岔了气，和坐在他面前的佑圣真君道："今天清早，青华那家伙还有脸问我，为什么那些人想要打听这婚事的真假，是去向青要界求证真假，甚至还问到了玉帝跟前，就是没一个人问一问他这个当事人。"

佑圣真君在某些方面，不开窍的程度和青华大帝相差不远，只是性子没他那么清傲不好相处，听到这儿，顺着紫微大帝的话道："今天一早，我在北天门外遇到了太阳星君，他听说我要来你这儿，也托我问一句，这事是不是真的。"

紫微大帝道："你怎么说的？"

"我要是知道，还用得着问你？前段日子我一直在忙魔界的事，连司寒什么时候归位了都不知道。"说到这儿，他沉默片刻才道："不过如果传言是真，这新婚贺礼，我倒是早就准备好了。"

紫微大帝惊奇道："我还真不知道，你对青华的情义如此深厚。"

佑圣真君面无表情道："这些年，玉帝那些人没少往真武殿送东西，我从未打算成亲，给青玄用倒是合适。"

紫微大帝吸了口气道："你这么大方，我若不出点血，倒显得我对青华的心不诚了。"他叮嘱佑圣："对了，你以后见他，还是少叫他这个名字。如今放眼整个天界，只有司寒才这么称呼他。"

佑圣真君一脸正色，丝毫不慌："我和他自小相识，再之后才认识了你，我们不一样。"

紫微大帝一噎，捂着心口感慨了句："这些年你俩鲜少一同来我这儿，真是给我积福积寿了。"不然他真怕自己被堆积如山的工作累死之前，先被这两个轮番上阵给活活气死。

佑圣真君又道："所以青玄真要成亲了？"

紫微大帝点了点头道："真得不能再真。他前些日子为了怨妖一事，去凡间走了一遭，刚好碰见司寒在凡间的转世，他和白帝两个谁也没认出她来……"

说来这事就好笑，尤其那个白帝，据青华大帝事后"补刀"所述，当时白帝不仅没认出来曲苏，还屁颠屁颠地祝他们两个"有缘千里来相会"，还有什么"近水楼台先得月"。

据说，后来白帝得知真相匆匆忙忙赶去妙严宫，整个长乐界，都能听到他哭得好大声。

佑圣真君有些不明白："既然青玄当时也没认出来，怎么后来又好上了？"

紫微大帝叹了口气："这才是真爱呀！算了，说了你也不懂。"

佑圣真君望着他，若有所思道："青玄从前说得没错，你懂得多，但也没见你正经跟谁谈过恋爱。我们几个之中，怎么出了你这样一个'渣男'？"

紫微大帝险些一口气没喘上来："你还有事吗？没事就不留你用饭了。"

佑圣真君道："有啊，我刚问了青玄，他说待会儿就到。"

外人面前八面玲珑、温文尔雅的紫微大帝强行运息，才忍住没出手揍他。他捏紧了手中的折扇，叹息道："我这是造了什么孽？"

真是误交损友，祸及终生！

曲苏在棠梨镇的那座小院里，找见了岳周。

人间岁月，几十载倏忽而过，周围的邻居已换了一拨又一拨，唯独这间院落，还保持着当初的模样。

甚至连木栅栏上那个令人一见难忘的蝴蝶结，都还挂在原先的位置，色彩鲜亮，一如从前。

她回想着当日在门口见到的那个身穿红罗裙，满臂缠臂金的少女，还有站在她面前忘了更换法衣、头戴九珠冕旒的青玄，唇角的弧度便如春日湖面一圈圈荡开的涟漪，渐渐笑出了温暖的味道。

她当时是怎么说的来着？“这位仁兄，你这身装扮……是来不及换戏服吗？”她甚至不忘将手里的果干夹在臂间，腾出手来给他鼓了鼓掌。也真是相当捧场了。

喉间忍不住溢出一声笑。恍惚间，她走上前，抬手推开了门。

洒满了阳光的小院里，那棵梨树开得满树雪白，桃花儿落了满地，鲜嫩的新叶在枝头伸展，靠近篱笆墙的地方，粉的、白的、蓝的花儿开得一团团、一簇簇，色彩鲜亮，几近灼目。不远处的葡萄架上，碧绿的葡萄藤俏皮地蜿蜒，这是春末光景，吃葡萄的时节还早着呢。鱼塘里的鱼儿却仿佛耐不住寂寞，当着曲苏的面表演了个原地起跳。

生着一双桃花妙目的男子一袭黑衣，坐在葡萄架下的石桌旁，望着手里的雪团子，不知想起了什么，唇边绽着一抹微笑。

曲苏却蓦地发现，他鬓边的白发，比起前些日子见面时，又多了几绺。

曲苏想开口，但仿佛有什么东西哽在喉间，让她迟迟开不了口。

身后，小院崭新的木门在这时被人推开。不用回头，已听见熟悉的声音传来：“苏苏。”

曲苏回过头，葡萄架下的岳周也在同一时间回过神。

却见站在门口的青华大帝，隔着门槛，朝他微微颔首。

青华大帝道：“我和苏苏要成亲了，特来此地，想邀岳兄一同前往，不醉不归。”

他没有贸然踏入这座院子，也没喊岳周的名字，而是喊他“岳兄”。就像当初几人在棠梨镇时，他对待岳周说话客气却也亲近的模样。

岳周站起身来，一双桃花眼闪耀着淡淡水泽，他朝着青华大帝拱了拱手，嗓音微颤：“必定前往，先在这里道声恭喜。”

真好啊！这世间纵有数不尽的生离死别，也有最后终成眷属的佳话。他默然想道。曲苏少女时最爱讲给他听的那些话本上的故事，原来也并不都是虚假。

岳周站在小院门口，目送两人携手走远的背影。恍惚间，耳畔仿佛听到了少女的轻笑。

或许是故地重游的缘故，他们没急着离开，也没用术法，就如同这人间的每一对平凡爱侣那般，手牵着手，走在明媚的春光里，走向岁月静好的广阔河山。

（全文完）

图书在版编目（CIP）数据

此间，燃灯生莲．下 / 江雪落著．-- 成都：成都时代出版社，2023.1

ISBN 978-7-5464-3154-3

Ⅰ．①此… Ⅱ．①江… Ⅲ．①长篇小说－中国－当代 Ⅳ．①I247.5

中国版本图书馆 CIP 数据核字 (2022) 第 182263 号

此间，燃灯生莲·下

CIJIAN RANDENG SHENGLIAN · XIA　江雪落　著

出品人　达　海
责任编辑　程艳艳
责任校对　张　巧
责任印制　车　夫
封面设计　小费设计

出版发行　成都时代出版社
电　　话　（028）86742352（编辑部）
　　　　　（028）86763285（市场营销部）
印　　刷　三河市嘉科万达彩色印刷有限公司
规　　格　166mmx235mm
印　　张　45.5
字　　数　898千
版　　次　2023年1月第1版
印　　次　2023年1月第1次印刷
书　　号　ISBN978-7-5464-3154-3
定　　价　90.00元（全两册）